李赋宁 总主编

欧洲文学史

（修订版）

第二卷

十九世纪欧洲文学

主编 彭克巽

修订主编 刘意青 罗芃

SINCE1897 商务印书馆 The Commercial Press

图书在版编目（CIP）数据

欧洲文学史. 2 / 李赋宁总主编；彭克巽主编；刘意青，罗芃修订主编. —修订本. —北京：商务印书馆，2019（2025.1重印）
ISBN 978-7-100-17117-5

Ⅰ. ①欧… Ⅱ. ①李… ②彭… ③刘… ④罗… Ⅲ. ①欧洲文学—文学史 Ⅳ. ①I500.9

中国版本图书馆CIP数据核字（2019）第034753号

ŌUZHŌU WÉNXUÉ SHǏ
欧洲文学史
（修订版）
（第二卷）

总主编　李赋宁
主编　彭克巽
修订主编　刘意青　罗芃

商 务 印 书 馆 出 版
（北京王府井大街 36 号　邮政编码 100710）
商 务 印 书 馆 发 行
北京虎彩文化传播有限公司印刷
ISBN 978-7-100-17117-5

2019 年 6 月第 1 版　　开本 880 × 1230　1/32
2025 年 1 月北京第 2 次印刷　　印张 26 5/8
定价：152.00 元

《欧洲文学史》（1999—2001版）
编委会

修 订 说 明

商务印书馆于1999—2001年出版的《欧洲文学史》（三卷四册）是由李赋宁先生担任总主编，在杨周翰、吴达元、赵萝蕤等学者所编写的《欧洲文学史》的基础上，根据时代的要求，重新组织编写的一部外国文学史专著。该书是国家“八五”重点社科项目，执笔撰稿的专家达90人之多，是一部融合了集体智慧的力作，为我国外国文学史类图书中知名度和认可度最高的综合文学史之一，其权威性和专业性长期为读者所称道。

首版《欧洲文学史》出版近二十年来，其学术价值和可读性一直受到读者认可，但是，在多次重版和重新审读过程中，发现书里还存在疏误，在结构和体例方面仍有可调整和完善的余地。同时，随着时代的发展和时间的推移，也有部分内容需要更新。经过出版社与作者的沟通，由曾参加原版编写工作的刘意青教授和罗芃教授承担本书的修订，他们通力合作，共同完成了这份艰辛的工作。

修订工作主要集中于三个方面：1.修正原版内容中的错误，包括少量不科学的表达和局部结构的调整。2.补全索引中的遗漏。3.查补更新已逝作家的卒年。最后，经过两位修订主编认真审慎的处理，共修订两千七百余处，其中作家信息补充近两百处，索引88处，结构调整和词条重组5处。

经过内容修订和重新装帧之后的《欧洲文学史》（修订版），以崭新的面貌与读者见面，既是对广大读者的回馈，也是对原班作者的致敬，使这部集体智慧之作在新时代焕发异彩，继续为中国学者和读者贡献力量。

商务印书馆编辑部

2018年8月

《欧洲文学史》(1999—2001版)编者说明

1961年北京大学西语系接受国务院文科教材会议任务，负责主持《欧洲文学史》编写工作，1964年和1979年由人民文学出版社先后出版上、下两卷。《欧洲文学史》出版后得到国内高等院校师生和广大读者的欢迎，曾多次印刷。从这项工作开始到现在，近40年过去了，主编杨周翰、吴达元和赵萝蕤三位教授和参加编写的冯至先生、朱光潜先生等前辈相继作古；校内外一些撰稿者，当年风华正茂，如今已经两鬓染霜。抚今追昔，不胜感慨之至！以今日的眼光看原《欧洲文学史》，不难发现其中存在这样那样的缺陷和问题，但大多数是历史条件使然，不应也无需苛求于前辈。原《欧洲文学史》作为建国后第一部欧洲文学史教科书，为我国外国文学的教学和科学研究作出的贡献是毋庸置疑的。今天，在出版新《欧洲文学史》之际，我们对参加原《欧洲文学史》编写的前辈和其他撰稿人表示崇高的敬意，对已故者表示深切的缅怀之情。

近20年来，国际国内形势发生了巨大变化，两大阵营的对立已经为多极化的时代所取代。改革开放的政策敞开了国门，国际文化交流不断扩大，国际学术合作不断加强，人们的精神解放了，视野拓宽了，知识丰富了，思想认识随之调整和深化。国内高等院校的外国文学教学和研究，无论从规模上，还是从深度上，均非40年前可以比拟。而广大学生和读者的知识结构、思想方法和求知心理也与40年前迥然相异。在这种形势下,重新编写新的《欧洲文学史》不但可能,而且是势在必行。

原《欧洲文学史》编写之初,主持者曾力图避免简单化、片面化的通病,可是在那个以阶级斗争为纲的年代,要想全面、客观、科学地研究介绍外国文学谈何容易!新《欧洲文学史》希望能够实现前辈的夙愿,这不但是我们的历史责任,也是对前辈最大的告慰。我们孜孜以求的目标,是写出一部既能比较全面、客观、科学地反映欧洲文明诞生以来文学嬗变的全过程,又有强烈时代感的新的《欧洲文学史》。为此,我们在坚持以历史唯物论为指导,以坚实丰富的材料为基础的同时,努力把握国内外关于欧洲文学研究的最新进展和成果,吸收新的材料和观点,在实事求是、尊重历史的原则下,融会贯通地运用当代的一些文学理论和文学研究方法。但是,每个时代都有其局限,何况编撰者的学术思想、学术水准,以及材料的收集和其他方面的学术操作,也都存在种种缺失。因此,新《欧洲文学史》不但难免有错误和缺陷,而且很可能仍然存在片面化甚至简单化等弊端。如蒙国内外专家学人俯允指点迷津,批点讹误,我们将铭感于心。

为方便读者阅读和专家批评指正,对本书的编写作如下说明:

1. 本书是国家"八五"重点科研项目,参加编写的工作单位和人员数量比原《欧洲文学史》大为增加。撰稿人除北京大学英语系、西语系、俄语系、比较文学所的教师外,还有中国社会科学院外国文学研究所、中国艺术研究院当代文艺研究室、北京外国语大学、深圳大学、清华大学、对外经济贸易大学、人民文学出版社、南京大学、中山大学、四川外国语学院、武汉大学、北京理工大学、福建师范大学(以撰写字数多少为序),以及香港大学和台湾淡江大学的教授、学者。撰稿人绝大多数是建国后成长起来的外国文学研究者,近十几年里获得国内外文学博士学位的中青年学者占了很大比重。此外,我国在美国和奥地利的数名学者也参加了编写。全体撰稿者严谨踏实的学风、精益求精的精神和通力协作的态度是本书顺利完稿的保证。

2. 本书以唯物史观为指导。一方面继承原《欧洲文学史》材料翔实，不空发论，寓褒贬于叙述之中的优良传统；另一方面排除旧的思维定势的干扰，实事求是地评价文学史上的人物和事件，按其本来的面貌给予恰当的历史定位。例如，以往教科书大都认为教会垄断了中世纪文学，并且基于对基督教的简单否定，进而贬低中世纪文学。本书在介绍中世纪文学时，注意纠正以往的误解，克服从政治概念出发进行价值判断的偏颇态度，对中世纪文学的复杂面貌作了比较详细的剖析，给予中世纪文学恰当的历史地位。又如巴罗克文学以往常常被冠以"矫饰"或"腐朽"之名，教科书中或者只字不提，或者语焉不详。其实巴罗克是17世纪欧洲的一个很重要的文学潮流。本书以较多的篇幅论证了这种文学潮流的各种形态，分析其历史存在的缘由，既肯定其价值，也不讳言其思想艺术缺陷。再如以往所谓"积极浪漫主义"和"消极浪漫主义"的划分，把作家在某一个时期的政治立场作为依据，往往以偏概全，忽视了作家和文学作品的复杂性。本书不再使用这两个术语，而是通过对浪漫主义作家和作品的个案研究来具体探讨他们的历史功过。对一些以往主要因政治原因而被忽视的重要作家、作品，本书也本着尊重历史的态度，恢复他们在文学史上的地位。

3. 本书共分三卷，内容上自古希腊、罗马，下迄20世纪80年代。编委会负责拟定大纲、组织撰写并最后审阅编定全书。编委会的日常工作由刘意青、罗经国主持。经过反复考虑并广泛征求国内同行的意见，本书仍采用原《欧洲文学史》的体例和断代方法，分古代、中世纪、文艺复兴、17世纪、18世纪、19世纪和20世纪七个大的时期段。古代至18世纪每一时期为一章，19世纪分为三章，20世纪分为两章。每章设概述，综合介绍该时期的社会文化背景，以及文学的总体风貌和主要文学潮流，然后逐节介绍各国文学。本书还采用了原《欧洲文学史》的个别章节或段落。

4. 为本书执笔撰稿的专家学者达90人之多，编委会在审阅编定过程中，一方面力求行文符合教科书的语言习惯，另一方面也尊重执笔者个人的风格，不强求一律。另外，由于撰稿人的年龄、学养、研究领域乃至文学观点都不尽相同，所以不同章节之间，在研究的层次、视角、方法和论述结构上也存在一定差异。对于这样一个大型集体项目而言，完全弥合这种差异不但几乎不可能，而且似乎也无此必要。在无伤宏旨的前提下尽量保留原稿的风貌，既能起到调节全书节奏的作用，以免雷同文风形成的单一节奏使读者厌倦，又能够使读者领略到执笔人不同的文学鉴赏和研究方法。较之文风一以贯之的著作，本书的“多声部”也许是个缺陷，但“塞翁失马”、“东隅桑榆”之说，或稍可为之一辩？望海内方家察之。

5. 本书在拟定大纲时，每章每节的字数均曾有大致的设想，然而后来在编写过程中发现最初的设定不尽合理，更重要的是，撰稿人每每突破字数限定。许多撰稿人是国内有影响的专家，他们的稿子包含多年研究的心得，按预定的字数硬性删节，不免削足适履。为使专家们的特点不致湮没，尤其为使那些启人心智的宏论能够较完整地保留下来以飨读者，对字数的限制便在不知不觉之中放宽了。这样做，固然有益，却也造成某些章节之间长短失衡，深望读者能够体会编者的苦心，予以宽宥。在各章节不完全平衡的情况下，一个作家所占篇幅的大小与这个作家的历史地位自然未必对应，这一点也预请读者注意。

在《欧洲文学史》的编写过程中，北京大学校领导、北京大学社会科学处，商务印书馆，以及各有关单位从人员、时间、物质和精神各方面给予我们热情的关怀，本书能够顺利出版，与他们的支持是分不开的。特此表示衷心的感谢。

《欧洲文学史》编委会

《欧洲文学史》(1999—2001版)
第二卷执笔者名单

(以执笔章节先后为序)

刘意青　(北京大学英语系)

19世纪初期文学: 概述;

19世纪中期文学: 概述;

19世纪后期文学: 概述。

孙凤城　(北京大学西语系)

19世纪初期德国文学: 引子, 德国古典文学和歌德, 德国古典文学和席勒, 耶拿派作家, 海德堡作家, 柏林浪漫派作家(克莱斯特除外), 施瓦本浪漫派作家, 让·保尔, 索伊默;

19世纪中期德国文学: 引子, 黑勃尔, 默里克;

19世纪后期德国文学: 引子, 拉贝。

刁承俊　(四川外国语大学)

19世纪初期德国文学: 克莱斯特, 荷尔德林;

19世纪中期德国文学: 青年德意志派作家, 海涅, 毕希纳, 40年代革命诗人, 无产阶级革命诗人。

丁宏为　(北京大学英语系)

19世纪初期英国文学: 引子, 浪漫主义诗人, 散文作家;

19世纪中期英国文学: 丁尼生, 勃朗宁。

韩敏中 （北京大学英语系）

19世纪初期英国文学：司各特，玛丽·雪莱，奥斯丁；

19世纪中期英国文学（丁尼生，勃朗宁除外）；

19世纪后期英国文学（王尔德除外）。

罗 芃 （北京大学西语系）

19世纪初期法国文学：引子，斯塔尔夫人；

19世纪中期法国文学：引子，尚夫勒利，弗洛芒丹，巴贝·铎维利，圣勃夫，泰纳，帕纳斯派（引言）；

19世纪后期文学：引子，龚古尔兄弟，戏剧。

郭宏安 （中国社会科学院外国文学研究所）

19世纪初期法国文学：夏多布里昂；

19世纪中期法国文学：波德莱尔。

程曾厚 （中山大学外文系）

19世纪初期法国文学：雨果。

刘自强 （北京大学西语系）

19世纪初期法国文学：拉马丁，维尼，缪塞，奈瓦尔；

19世纪中期法国文学：勒孔特·德·李尔，邦维尔，絮利·普鲁多姆，何塞–玛莉亚·德·埃雷迪亚；

19世纪后期法国文学：象征主义诗歌。

陈燕萍 （北京大学西语系）

19世纪初期法国文学：戈蒂耶；

19世纪后期法国文学：莫泊桑，都德，于斯芒斯，布鲁瓦。

桂裕芳 （北京大学西语系）

19世纪初期法国文学：大仲马，欧仁·苏，梅里美，乔治·桑。

彭克巽 （北京大学俄语系）

19世纪初期俄国文学：引子，卡拉姆津；

19世纪中期俄国文学：引子，果戈理；

19世纪后期俄国文学：引子，陀思妥耶夫斯基。

徐稚芳　（北京大学俄语系）

19世纪初期俄国文学：茹科夫斯基，十二月党人诗人，雷列耶夫，普希金；

19世纪中期俄国文学：丘特切夫，费特，谢甫琴科。

查晓燕　（北京大学俄语系）

19世纪初期俄国文学：克雷洛夫，格里鲍耶陀夫。

吴正仪　（中国社会科学院外国文学研究所）

19世纪初期意大利文学；

19世纪中期意大利文学；

19世纪后期意大利文学。

沈石岩　（北京大学西语系）

19世纪初期西班牙文学和葡萄牙文学（里瓦斯公爵，拉腊，埃斯普龙塞达除外）；

19世纪中期西班牙文学和葡萄牙文学（贝克尔，罗萨莉亚·卡斯特罗，埃萨·德·克罗兹除外）；

19世纪后期西班牙文学。

丁文林　（北京大学西语系）

19世纪初期西班牙和葡萄牙文学：里瓦斯公爵，拉腊，埃斯普龙塞达；

19世纪中期西班牙和葡萄牙文学：贝克尔，罗萨莉亚·卡斯特罗。

林洪亮　（中国社会科学院外国文学研究所）

19世纪初期东欧文学；

19世纪中期东欧文学。

石琴娥　（中国社会科学院外国文学研究所）

19世纪初期北欧文学;

19世纪中期北欧文学;

19世纪后期北欧文学。

王文融 (北京大学西语系)

19世纪中期法国文学:斯丹达尔,福楼拜;

19世纪后期法国文学:左拉。

夏 玟 (人民文学出版社)

19世纪中期法国文学:巴尔扎克。

顾蕴璞 (北京大学俄语系)

19世纪中期俄国文学:莱蒙托夫。

陈松岩 (北京大学俄语系)

19世纪中期俄国文学:莱蒙托夫,别林斯基,奥斯特洛夫斯基,杜勃罗留波夫。

任光宣 (北京大学俄语系)

19世纪中期俄国文学:赫尔岑,冈察洛夫。

李明滨 (北京大学俄语系)

19世纪中期俄国文学:阿克萨科夫;

19世纪后期俄国文学:谢德林,托尔斯泰。

张秋华 (北京大学俄语系)

19世纪中期俄国文学:屠格涅夫。

魏 玲 (北京大学俄语系)

19世纪中期俄国文学:车尔尼雪夫斯基;

19世纪后期俄国文学:列斯科夫。

魏荒弩 (北京大学俄语系)

19世纪中期俄国文学:涅克拉索夫。

孙成敖 (北京外国语大学外国文学研究所)

19世纪中期葡萄牙文学：埃萨·德·克罗兹。

冯国庆 (奥地利)

19世纪奥地利文学。

马文韬 (北京大学西语系)

19世纪瑞士文学。

田庆生 (北京大学西语系)

19世纪后期法国文学：维里耶·德·李尔-亚当。

周小仪 (北京大学英语系)

19世纪后期英国文学：王尔德。

刘 敏 (北京大学西语系)

19世纪后期德国文学：施托姆，冯塔纳。

井 茁 (美国)

19世纪后期德国文学：尼采。

谢 芳 (武汉大学外文系)

19世纪后期德国文学：豪普特曼。

陈思红 (北京大学俄语系)

19世纪后期俄国文学：契诃夫。

赵桂莲 (北京大学俄语系)

19世纪后期俄国文学：柯罗连科。

郑恩波 (中国艺术研究院当代文艺理论室)

19世纪后期东欧文学。

目　录

《欧洲文学史》(1999—2001版)绪言

李赋宁

这本新编《欧洲文学史》提供有关欧洲文学发展的基本知识,供高等学校文科使用,并为进一步的研究打好基础。

这本文学史试图运用历史唯物主义观点来解释文学现象,重视文本分析和美学探讨,强调作品的思想内容和艺术形式的统一,希望通过寓教于乐使优秀、健康的文学起到教育和感化的作用,产生积极的社会影响,促进我国精神文明的建设。

当代英国女小说家艾丽斯·默多克(Iris Murdoch)曾说:"文学是一个连续不断的故事",又说:"艺术以艺术为营养"。她说她自己经常阅读18、19世纪英国小说名著,借以吸取营养。创作离不开文学传统,文学研究更不能脱离文学传统。研究欧洲文学必须熟悉欧洲文学传统。这个文学传统自古代希腊、罗马文学开始,经过中世纪、文艺复兴、古典主义、启蒙运动、浪漫主义、现实主义等时期的文学和不同思潮和流派的文学不断给它注入新的内容,直到1914年至1918年第一次世界大战战后的现代主义文学和1939年至1945年第二次世界大战战后的后现代主义文学。欧洲文学传统的发展过程在这本新编《欧洲文学史》中有比较详细的叙述,兹不赘言。现把欧洲文学传统中的几个重点介绍如下:

首先是古代希腊文学。这是重点中的重点,是欧洲文学传统河流的源头。它包括希腊神话、荷马史诗、希腊悲剧和喜剧、历史、哲学、文艺理论、演说、寓言、抒情诗等方面。可以说欧洲文学的各种文学类型(genre)和体裁,无不溯源于古代希腊文学。后世的欧洲文学继承和发展了这些类型。其中应着重学习荷马史诗、希腊悲剧、柏拉图的《对话录》和亚里士多德的《诗学》,因为这些作品不仅是欧洲文学的高峰,而且对后世的欧洲文学起了极为深远的影响,是欧洲文学传统中最根本的理论和实践的基础。

古代罗马文学继承了古代希腊文学传统,在史诗、喜剧、抒情诗、讽刺诗、历史、演说和诗论等方面有所发展,把由古希腊文学开创的这个欧洲文学传统传递给中世纪文学和文艺复兴时期文学。在罗马帝国后期,基督教兴起,使西方希腊、罗马文化与东方希伯来文化结合在一起,推动了西方文化进一步的发展。这两种文化的结合开始于中世纪欧洲文学,成为欧洲文学传统长河的主流。

中世纪欧洲文学当中法国文学是个重点,因为在查耳曼大帝(亦可称查理大帝)统治下,法国最早在欧洲建立起中央集权的、统一的民族国家,促进了经济的繁荣和文学艺术的发展。法兰西文学吸取了凯尔特民族文学和日耳曼民族文学的精华,利用民间口头文学的素材,继承和发展了古希腊、罗马文学的艺术形式和基督教世界观的思想内容,创作出优秀的中世纪法国文学。例如,法国民族史诗《罗兰之歌》就来源于日耳曼民族(法兰克民族Franks)的民间口头文学,经过无名诗人的提炼升华,成为世界文学当中最光辉灿烂的爱国诗篇之一。又例如,亚瑟王的故事就来自凯尔特民族(威尔士民族Welsh)的民间传说,经过12世纪法国贵族女诗人马丽·德·法兰西(Marie de France)和宫廷诗人克里蒂安·德·特鲁瓦(Chretien de Troyes)的艺术加工,产生了优美的中世纪法国传奇文学(romance),成为欧洲其他民族的传奇文学的典范。另一部中世纪法国文学作品《玫瑰传奇》成为欧洲其他民族文学爱情寓言诗(love allegory)和讽刺寓言诗(satirical allegory)的典范。还有《列那狐传奇》

成为欧洲动物寓言(beast fable)的典范。中世纪法国市民文学(世俗化戏剧farce和描述日常生活中可笑事件的粗俗、幽默故事诗fabliau)也强烈地影响了欧洲其他民族文学。

从中世纪过渡到文艺复兴时期，欧洲文学最重要的作品是但丁的《神曲》。《神曲》最光辉、最深刻地反映了中世纪的宇宙观和人生观，包括神学思想、人类的命运和关于世界前途的理想。《神曲》一方面描述个人的灵魂走向上帝的历程，另一方面还预言了作为政治和社会集体的全人类走向世界和平的崇高目标，因此《神曲》是一部宗教和政治史诗，它对后世欧洲文学起了极为深远的影响。另外，《神曲》达到了崇高思想性和完美艺术性的统一，成为一代又一代欧洲各民族文学中诗歌创作的典范和创作灵感的源泉。以英国文学为例，但丁对乔叟的影响主要表现在两个方面：崇高、纯洁的思想和准确、具体、明晰、优美的语言，而且这两方面又是和谐、自然地结合在一起。乔叟以后的英国诗人，凡是企图全面、深刻地反映人类精神生活的诗人，如斯宾塞、弥尔顿、布莱克、济慈、T.S.艾略特等，无不有意或无意地以但丁的《神曲》为楷模。但丁对于诗歌技巧的卓越掌握，他的流畅的韵律和选词、协调的音乐效果，更是后世英国诗人梦寐以求的奋斗目标。

文艺复兴时期英国文学的代表作品是莎士比亚的戏剧和诗歌。莎士比亚最伟大的作品抒写了灵魂在极端痛苦中所迸发出的悲鸣。哈姆莱特对生死的考虑，对女性的失望、厌恶，对整个人类的绝望。他的装疯，他的复仇。奥瑟罗的妒忌、猜疑、杀妻、自刎。麦克白的野心、失眠、谋杀、篡位，以及后来的白昼见鬼，刚愎自用，暴虐凶残，终遭杀身之祸。李尔王的老迈昏愦，二女不孝，丧尽天良，暴风雨之作威，终于逼得老王发疯，气愤而亡。这四部悲剧里充满了莎氏的名句。如《奥瑟罗》中喻弱女子的生命如短烛。又如《麦克白》中喻人生为一行动的影子，像一名拙劣的演员在台上趾高气扬，不可一世，终于无声无息。人生如痴人说梦，充满了声音和咆哮，可是毫无意义。在这四部悲剧中，莎士比亚不仅显示出他是杰出的诗人，而更使人相信他是一位伟大的哲学家。所有的哲学家都看到人生的短促、无常，世界上、宇宙间一切事物都在变化。在这千变万化当中哲学家企图抓住一个永恒不变的东西。莎士比亚所抓住的就是“人性”。他抓住这个普遍的、永恒的“人性”，而加以理想化、深刻化、典型化，这就使他的伟大悲剧和其他优秀作品流传万世，深深感动读者和观众，并给后人以极大的启迪、教育、鼓舞和欢欣。这是因为莎士比亚始终不渝地相信善良一定能战胜邪恶，相信生活当中美好的事物具有强大的建设性力量，能够改造一切，而罪恶的东西，若不改邪归正，必然毁掉自己，走向灭亡。莎士比亚的人性观点自有它的积极意义。

文艺复兴时期的人文主义精神和教育改革的要求在法国作家拉伯雷的作品《巨人传》里得到充分的表现。德廉美修道院代表新型的学校。它的唯一的校规就是“做你自己想做的事”。在《巨人传》的第二部分快要结束的地方，叙述探索者们终于抵达神示所。他们所得到的神示只有一个字“喝”，意为尽量“汲取知识、智慧和美德”，力求满足文艺复兴时期人们对学问的饥渴，并充分发挥人的聪明才干和一切天赋，因为拉伯雷相信人性在根本上是向善的。

文艺复兴时期西班牙文学的代表作品是塞万提斯的《堂吉诃德》。这部作品一方面模拟、讽刺了从中世纪以来在欧洲流行的骑士传奇小说（chivalric romance），另一方面也开了欧洲现代小说的先河。现代小说是现实主义的，它的精神是反浪漫主义的。19世纪法国文学史家泰纳（Taine）把现代小说称为“反浪漫主义的传奇”（le roman anti-romanesque）。《堂吉诃德》在这个意义上可以被看作最早的一部欧洲现代小说，因为它讽刺了传奇文学的浪漫主义精神。《堂吉诃德》的主题是理想主义和现实主义之间的冲突，是两种世界观之间的矛盾，同时也显示了崇高理想和庸俗现实之间的鲜明对照。这个主题一直贯穿着欧洲现代小说，像战争和爱情主题那样普遍和持久。

启蒙运动时期的法国文学很重要，因为这个时期的作品宣传反封建、反教会，破除迷信、解放思想，并提倡民主和科学这些进步的启蒙运动思想，为18世纪末法国资产阶级民主革命做了意识形态方面的准备。启蒙运动思想家孟德斯鸠、狄德罗、伏尔泰、卢梭等人的作品对欧洲文学起了巨大的影响，推动了欧洲浪漫主义文学运动。法国浪漫主义诗人、小说家、剧作家雨果，德国作家莱辛，早期的歌德、席勒，以及英国浪漫主义诗人华兹华斯、拜伦、雪莱等，都受了启蒙运动思想的影响。这个影响一直延续到俄国伟大作家托尔斯泰身上。

关于欧洲近代史的积极意义，20世纪早期德国历史学家斯本格勒(Oswald Spengler)在他写的《西方的衰落》一书里把西方历史的发展分为三个时期：第一个时期是古代。这个时期的时代精神，斯本格勒称之为"阿波罗精神"(the Apollonian soul)。阿波罗是太阳神，给人类光明和智慧。他又是司医疗和音乐的神，主管科学和艺术。"阿波罗精神"代表古希腊文明。第二个时期是中世纪。这个时期的时代精神，斯本格勒称之为"东方贤人精神"(the Magian soul，来自the three Magi，他们是向初生基督朝圣的东方三大博士)，代表中世纪基督教文明。第三个时期是近代。这个时期的时代精神，斯本格勒称之为"浮士德精神"(the Faustian soul)，以歌德的作品《浮士德》中主人公浮士德博士而命名。所谓"浮士德精神"，指的是近代欧洲人为了改造社会而追求自然科学和技术知识的进取精神。关于浮士德博士的故事起源于中世纪。文艺复兴时期英国先进思想剧作家、莎士比亚的先驱者之一马娄曾写了《浮士德博士的悲剧历史》。歌德接受了启蒙运动思想，发展了浮士德故事，使浮士德为了造福人类，填海造田，企图建立一个理想社会。由于歌德在他的杰作中首先倡导这种"浮士德精神"，斯本格勒就借用了这种精神来说明欧洲近代历史的特征。歌德继承了古代希腊、罗马文化、中世纪和文艺复兴时期文化，受了启蒙运动思想的影响。在青年时代，他投身于浪漫主义运动（狂飙运动Sturm und Drang），后来又倾向于古典主义。在他的晚年，他把浪漫主义和古典主义融合在一起。因此可以说歌德是他以前欧洲文学传统的集大成者。

19世纪的欧洲现实主义小说可以找到三位最杰出的小说家的作品为代表：英国的狄更斯、法国的巴尔扎克和俄国的托尔斯泰。他们的作品把现实主义小说的地位提高到欧洲文学传统中希腊悲剧和伊丽莎白时代英国戏剧（莎士比亚戏剧）的崇高地位，成为欧洲文学的三大高峰之一。现实主义小说最突出的特点是它的批判态度和它对社会改革的强烈要求。就英国文学来说，19世纪后半叶是写实小说盛行时期。经过了18世纪末的政治革命（法国大革命）和19世纪上半叶的文学革命（浪漫主义文学运动），英国同时又经历了经济和技术上的产业革命，成为"世界的加工厂"，贫富愈来愈悬殊，社会不公正、不平等现象日趋严重。作家们最关心的是"英国国情问题"，各人从不同的角度来批评英国社会，并且提出各种不同的社会改革方案。这些作家在现实主义小说方面作出了卓越的贡献，起了积极的作用。他们当中影响最大、艺术成就最高的是查尔斯·狄更斯和女小说家乔治·艾略特。

关于欧洲现代主义和后现代主义文学的重点在本文中从略。

欧洲文学传统中，优秀作家的作品都具有高度的艺术性。他们塑造了活生生的人物形象，能够概括社会生活本质的典型性格，复杂、动人的情节，并能熟练地运用展示性格真实、准确、生动、丰富、精练的语言和鲜明、具体、发人深思的意象。这一切艺术综合都为作品的思想内容服务，达到了作品内容与形式的高度统一。莎士比亚的《哈姆莱特》就是最好的例子。另外，优秀的作家往往运用人民群众所喜闻乐见的民族形式，采取人民群众所熟悉并且热爱的民间传说或故事，经过艺术加工，赋予它新的、具有深刻意义的内容。索福克勒斯的《俄狄浦斯王》、莎士比亚的《哈姆莱特》和《李尔王》，甚至，在不同程度上，中世纪的《列那狐传奇》，都可以作为例子来说明这一点。

欧洲文学传统中最突出的特点就是作品的思想性和艺术性的统一。有了这种统一，我们才能从作品里既获得智慧、认识真理，又得到快感和美的享受，达到心灵的和谐，悟出做人的道理。优秀的文学作品能够陶冶性情，起到对读者潜移默化的教育作用，因此在建设我国社会主义精神文明的过程中，学习、研究、借鉴欧洲优秀、健康、高尚的文学作品是完全必要的，而且是十分有益的。

这本新编《欧洲文学史》旨在帮助读者和学生既能获得有关欧洲文学传统的基本知识，又能树立积极向上的人生观，对社会作出贡献。

第一章　十九世纪初期文学

第一节　概述

19世纪初是欧洲浪漫主义文学兴盛期，各文学史对这一时期开始的年代，在说法上略有不同，但一般从18世纪80年代算起。浪漫主义作为一个文学潮流在19世纪初期迅速发展，先后在欧洲许多国家的文坛上占据主流地位。虽然在19世纪30年代英国浪漫主义的辉煌时期已接近尾声，但在法国，浪漫主义不久前才刚刚取得对古典主义的决定性胜利，而在诸如西班牙、意大利，以及东欧、北欧的一些国家里，浪漫主义文学潮流一直延续到19世纪中期。

1789年的法国资产阶级革命，开辟了欧洲资本主义发展史上一个新时代。它用革命手段摧毁了封建统治，为法国资本主义发展创造了条件。在这次革命的鼓舞下，欧洲其他许多国家反封建进程加速，民族解放运动此起彼伏。

法国在革命以后，资本主义得到很大的发展，工业生产中机器生产逐渐增多。波旁王朝复辟后，资产阶级和封建王朝妥协，但彼此间也有矛盾，在人民群众斗争高涨的形势下，1830年爆发了资产阶级七月革命。英国在工业革命以后，工业资本兴起，工业资产阶级同把持政权的土地贵族与金融资产阶级存在着矛盾，同时劳资矛盾日益暴露，例如19世纪初发生了工人自发的捣毁机器运动。在德国，19世纪初资本主义有所发展，法国革命虽然使德国资产阶级一度感到鼓舞，但雅各宾专政却使它万分恐惧。由于德国资产阶级在政治上和经济上的软弱性，这个国家仍然处于分裂和落后的状态。这一时期，俄国国内的资本主义因素也有了较多的增长。俄国是封建农奴制国家，沙皇和贵族农奴主对内残酷地剥削和压迫人民，对外穷兵黩武，进行扩张，镇压法国革命和欧洲资产阶级革命，起着欧洲宪兵的作用。沙皇和封建贵族农奴主的一意孤行激发了反抗，俄国农民运动风起云涌，1825年发生了反对农奴制度和专制制度的十二月党人贵族革命。

1789年法国革命后，在欧洲许多国家，民族意识高涨，民族解放运动广泛展开。拿破仑失败后，以俄、普、奥为首的封建君主勾结欧洲封建势力，于1815年缔结“神圣同盟”，镇压欧洲的革命运动。但是许多国家仍然发生了争取民族自由和独立的斗争。西班牙和意大利爆发革命，希腊人民为摆脱土耳其的奴役进行战斗。这些国家的资产阶级民主革命不仅反对本国的封建统治阶级，并且也往往反对以“神圣同盟”为代表的欧洲联合封建势力。

这一时期的哲学思想和社会思潮同文学关系密切。在德国，康德、费希特、谢林（1775—1854）和黑格尔（1770—1831）的唯心主义哲学盛行。德国古典哲学包含有辩证法，但它夸大主观作用，宣扬宗教和神秘主义，对于浪漫主义文学强调主观精神和强烈的个人主义倾向有过一定影响。这一时期，空想社会主义在欧洲一些国家里传播很广，其主要思想家有法国的圣西门（1760—1825）和傅立叶（1772—1837），以及英国的欧文（1771—1858）。空想社会主义者是现代无产阶级还未充分发展时期的产物，他们从小资产阶级立场出发，看到资本主义使劳动人民日益贫困，因而抨击资本主义制度，提出消灭阶级差别的方案。他们不主张政治斗争，企图以个人的空想计划代替社会斗争来实现人类的解放。他们和启蒙思想家一样幻想立即解放全人类，幻想建立理性和正义的王国。空想社会主义对稍晚的浪漫主义作家有一定的影响。

浪漫主义运动是这一时期具有全欧影响的文学运动，是法国大革命、欧洲民主运动和民族解放斗争高涨时期的产物。

浪漫主义运动不是一个统一的文学运动。在过去的文学史中，常以诗人对待法国革命和民族解放运动的态度把他们分为消极和积极两类。这种分法不但以所谓的思想表现代替了艺术成就，而且人为地否定了浪漫主义运动中前后两代诗人的有机联系。在英国，第一代浪漫主义诗人年轻时正遇上法国大革命。起初，他们为革命热情所鼓舞，热烈欢迎并大力支持这场革命风暴。但随着革命的暴力专政和拿破仑上台，这批浪漫派诗人先后经历了失落和重新求索的痛苦过程，最后在理想化的人与自然以及人与神的关系中寻求到思想的寄托。第二代的浪漫主义诗人成长于法国大革命之后，这期间欧洲各国保守力量因惧怕再次出现革命，对国内的思想和言论自由严加控制。专制统治和压迫激发了年轻诗人们的反抗意识，他们用诗文揭露黑暗、抨击统治者，支持民主革命和民族解放运动。他们的思想核心仍旧是人道主义、个人主义，提倡的是“自由”、“平等”、“博爱”。

在德、法、俄等国家里，浪漫主义文学运动是在同古典主义相并行和互相论争中发展起来的。世纪之交的德国是歌德和席勒亲密合作的德国文学古典时期，他们推崇古希腊、罗马文学和启蒙时代的人道主义传统，追求完整、和谐的个性，最终形成了德国的民族文学。同时，自18世纪末到19世纪30年代，先后出现了耶拿派和海德堡派的浪漫主义文学运动，前者注重浪漫主义文学的理论探讨，后者则注重收集古老的民间文学。在反拿破仑暴政的斗争中也出现过不少浪漫主义诗人。法国在18世纪末和19世纪初还形成了古典主义和浪漫主义并存的局面。然而新兴的浪漫主义诗人和作家的作品逐渐扩大其影响，雨果1827年发表的剧本《克伦威尔》序言被公认为法国浪漫主义文学宣言。在19世纪初期的俄国文坛上古典主义派和浪漫主义派围绕文学语言问题展开激烈论争，在十二月党人革命运动时期浪漫主义逐渐成为俄国诗歌的主流，许多十二月党人革命者同时又是浪漫主义诗人、作家。

浪漫主义文学在各个国家的发展情况有不少差异，在思想内容和政治态度上变化多端，但是从艺术表现手法上看，还是有许多共同特征的。描写理想、抒发强烈的个人感情是浪漫主义作家的一个重要特征。他们特别着重描写作家个人的主观世界、对事物的内心反应和感受。他们中有人缅怀过去，沉溺于玄妙、神秘世界的探索，抒发个人享受、自我陶醉或悲观厌世的情感；另一些人则强烈要求突破封建束缚，追求个性解放，在作品中着力描写同封建社会或资产阶级社会统治集团格格不入的天才人物或叛逆性格。艺术的幻想成为浪漫主义的重要因素。

浪漫主义文学的另一重要特征是着力描绘大自然景色，抒发作家对大自然的感受。浪漫主义作家通常以大自然为作品的背景，或者以它为描写对象。他们经常把大自然的“美”和现实的“丑”加以对比，自然景象和作家自己的或作品主人公的内心世界紧密联系着，大自然被看作他们精神上的寄托。早期浪漫主义作家笔下的大自然常有出世的、宗教的神秘色彩，他们从大自然里寻求启迪。晚期浪漫主义作家往往把对大自然的描写和对资产阶级革命和民族解放运动的歌颂结合在一起，但也常把大自然作为精神上的避难所。

浪漫主义作家对民谣和民间传说发生极大兴趣，用来作为创作的素材和借鉴。他们学习民间诗歌格律，歌颂民间传说中的英雄人物。他们往往对资本主义带来的“文明”感到不满，宣扬普通人民是“纯朴”的，没有受到城市“文明”的沾染，甚至强调顺从、乐天知命、迷信等。

浪漫主义作家喜欢运用夸张的手法。他们常常在作品中描述异乎寻常的情节、自然环境和人物。在刻画人物性格时，他们又常常突出某一方面。浪漫主义的风格特色是运用华丽的词藻和丰富的比喻，诗歌的格律比较舒展、自由；但是也往往流于矫揉造作，以华丽的词句掩盖抽象的内容。

诗歌是浪漫主义作家最常用的文学体裁，这一时期特别盛行的是抒情诗和长诗。他们喜欢夸大诗人和诗歌的作用，把诗人视为人类的导师，认为"人类的伟大精神"和"深奥的思想"在诗歌中获得了最高的、最理想的表现。此外。18世纪后半期发展起来的历史剧和历史小说也是浪漫主义作家所喜用的文学体裁。革命形势扩大了他们的眼界，社会的动荡和变革加强了他们的历史感和民族意识，他们往往选择历史上的重大事件，描写人民群众的英勇斗争，谴责封建暴政，对民族命运表示关怀。

浪漫主义文学反对17世纪以来统治欧洲文坛的古典主义。古典主义在17世纪起过进步作用，但是在新的历史条件下，它的创作原则已经日益成为束缚作家自由表达思想感情的教条。浪漫主义作家要求个性解放，在文学上，他们反对古典主义把古代作家奉为偶像，反对古典主义崇尚理性，压制个性，束缚创作自由。他们在美学理论和创作实践上同古典主义展开斗争，制订了纲领性的浪漫主义宣言。但是应该指出，有些浪漫主义作家也继承了古典主义的一些艺术经验和创作手法。

浪漫主义文学的特征在18世纪的感伤主义文学、德国狂飙突进运动的文学和英国的前浪漫主义文学中已有所表现。卢梭的《新爱洛漪丝》和歌德的《少年维特之烦恼》对浪漫主义作家有很大影响，此外，18世纪后半叶欧洲许多作家所搜集的民间文学和当时流行的哥特式小说，也为浪漫主义作家所借鉴。

这一时期，浪漫主义是主要的文学潮流，但是也出现了现实主义作品。法国的斯丹达尔1830年发表《红与黑》，普希金1830年最终完成的诗体小说《叶甫盖尼·奥涅金》，这些都是现实主义的杰作。同时，浪漫主义文学的许多艺术成就，如注重人的内心情感和大自然的描写，也融合于现实主义的创作中，这是一个值得探讨的问题。随着资本主义的发展，在一些资本主义较为发达的国家里，劳资矛盾开始上升为社会的主要矛盾。在俄国，沙皇专制统治和农奴制也更加反动腐朽。因此，以揭露社会黑暗为中心内容的现实主义逐渐成为欧洲文学中的主要潮流。

第二节　德国文学

德国政治经济落后的状态到19世纪初仍然没有很大改变，只有个别地区稍有发展，没有像英、法那样强有力的资产阶级出现。当法国革命爆发后，在一潭死水的德国多少也引起了波浪，在莱茵河西岸出现了农民赶走地主的事件，萨克森、西里西亚等地先后发生了农民、织工、手工业学徒的起义或暴动。

法国革命在德国知识分子中所引起的反应非常强烈。最初他们欢欣鼓舞，满以为启蒙思想的“理性王国”终于实现了，但是当法国革命深入下去，尤其是雅各宾党实行专政时，他们感到了恐惧和失望，他们从根本上不能接受暴力手段。为此，当时除了少数作家如盖奥尔格·弗尔斯特尔（1754—1794）、赫尔德、荷尔德林等人外，大部分德国知识分子转变了态度，有的变为法国革命的反对者。

1806年拿破仑击败奥俄联军，致使神圣罗马帝国灭亡。同时他将莱茵河两岸16个国家组成“莱茵联盟”，并在那里实施了一系列改革政策。同年他又向普鲁士进攻，拿破仑所到之处，其政策虽然有利于扫除德国的封建势力，但作为入侵者，他对德国人民的奴役，所进行的经济掠夺，却唤醒了德国人的民族意识，大大激起了他们的爱国情绪，致使这时期的民族解放运动达到了高潮。1813年俄、奥、普联军击败法军，决定了拿破仑的失败命运。1814年欧洲各国反动势力在维也纳进行了分赃会议，

1815年又缔结了“神圣同盟”，欧洲进入了封建复辟的反动时期。而德国在经历了这场反拿破仑的战争风暴之后，人民所期望的统一、自由的国家并没有实现，所有的改变只体现在290多个国家合并成为34个国家和4个自由市。它们在奥地利的控制下组成了德意志联邦。

在这时期，除了法国革命，北美独立战争也具有极大的震撼力。当时的英国已开始产业革命，自然科学有了很大发展。许多国家在政治及经济方面的发展相应地引发了文化的繁荣。但是德国依然处于封建割据的落后状态，因而德国的作家只能在精神领域里实行他们改革的梦想。就在这种特定的时期，在德国这一块特定的土地上产生了许多具有重大世界影响的哲学家，例如康德、费希特、黑格尔、谢林，出现了文学上的古典时期和浪漫主义。它们在德国此期的精神园地里构成了色彩缤纷的图像。

这些哲学和文学精英之间的关系非常密切。康德不仅用他的“纯粹理性批判”建立了唯心主义的认识论，他关于天才、自由、艺术即游戏的观念成了德国浪漫主义的哲学基础，而他把艺术和审美活动看作是自然界和精神界之间的桥梁这一观点，则成为古典时期的席勒所写的《论人的审美教育书简》一书的基本出发点。费希特把“非我”视作“自我”的创造性活动的产物，谢林把艺术解释为“启示”，把直觉、“内部直观”看作是创作的主要工具，这些论点极大地影响了德国浪漫派作家。而黑格尔则在哲学和艺术理论上确立了历史发展的观念，发扬了德国哲学中的辩证思想。

从德国的文学发展来看，莱辛开辟了德国民族文学的道路，而狂飙突进运动则解放了德国作家的情感，这为后来的文学发展打下了很好的基础。但德国的作家尽管不满他们所处的社会，却又不能像法国那样改变现状，因而他们只能抱着美好的愿望，越过现在把目光转向遥远的未来，为自己寻找一个理想国。于是，德国的古典文学把古希腊、罗马视作典范，而德国的浪漫派则推崇中世纪。

德国古典文学所推崇的是人道主义，它对来自启蒙运动的这一传统给予了更多的肯定和论据。它认为随着人类社会历史的发展，人类必然日益接近人道主义的理想。而要实现这样的理想，首先就要培养完整统一的人，这种人应该能用宽容和妥协来解决情感和理智、自由和法则、个人和社会之间的矛盾。这种人应该具有最高的道德品质，那就是把个人献身给集体，对人类作出贡献。这是他们所追求的最后目标，实际上也就是德国古典文学所追寻的人道主义精神的最高理想。歌德笔下的浮士德和威廉·麦斯特都属这样的人物。古代艺术使德国古典文学得到了极大的启迪，他们把艺术史家温克尔曼对希腊艺术的概括——"高贵的单纯和宁静的伟大"奉为准则，他们要求作品的完整形式和语言的高度纯洁。在内容上要求培养"和谐"的人，在艺术形式上也追求"和谐"。尽管用抽象的理想来教育人以达到自我完成并不能改变现实，但正是在这种思想原则的指导下，歌德和席勒在合作的十年中创造了大量不朽的作品。也正是这十年标志了德国民族文学的最后形成。

与只有歌德和席勒为代表的古典文学相比，德国的浪漫主义则拥有大量的作家。德国的浪漫主义发生在18世纪末，它和古典文学呈交叉状态，虽比古典文学略晚，但延续到19世纪30年代。德国的浪漫主义文学一般分为两个阶段。第一阶段由于一些作家在耶拿出版宣传浪漫派主张的杂志《雅典娜神殿》（1798—1800）而被称为耶拿派，其代表人物是施莱格尔兄弟、蒂克和诺瓦利斯，还有哲学家费希特和谢林。1805年后，一些浪漫派聚集在海德堡，共同出版《隐士报》，这是浪漫派的第二阶段，其代表人物是布伦塔诺、阿尔尼姆及格勒斯，还有格林兄弟等人。他们被称为海德堡浪漫派。耶拿派主要从事浪漫派理论的探讨和确立，涉及抽象的哲理思考，尤其是施莱格尔兄弟，而诺瓦利斯及蒂克则是实践者。与耶拿派不同，海德堡派的作家大力从事创作，突出地体现了德国浪漫派在童话、民间故事、神话传说、民歌等领域里挖掘、整理及传播的贡献。

1809年阿尔尼姆和布伦塔诺来到柏林，组织了“基督教德国聚餐会”，沙米索、艾兴多尔夫等人都是它的成员。浪漫派的中心由此转到了柏林，因地处德国北部，这些作家被称为柏林派或北浪漫派。与此同时，由乌兰特和豪夫等人在南方施瓦本形成的作家圈子则被称为施瓦本派或南浪漫派。这南北两派的作家在创作上都有很大的成就。

在此时期，反拿破仑的解放战争是件大事，作家们对此纷纷作出反应，当时出现了两位重要的爱国诗人恩斯特·莫里茨·阿恩特（1769—1860）和台奥多尔·克尔纳尔（1791—1813），他们写出了充满爱国情绪的诗歌，后者22岁就在反拿破仑的沙场上阵亡。德国浪漫派作家在这场民族解放战争中表现也很出色，他们不但写爱国主义的诗歌，而且抱着深厚的民族感情发掘古老的、被遗忘的民间文学，以唤起民众的民族意识。他们中的艾兴多尔夫和马克思·封·申肯多夫（1783—1817）等人还亲赴战场。由此可见，在国难当头的时刻，德国浪漫派并未逃避现实。

但是德国浪漫派自诞生之日起一直在不同的历史时期受到各种各样的指责，其中最有影响的当推歌德、海涅、黑格尔、卢卡契[①]等人的观点，他们指责它“病态”、“复古”、“非理性”、“颓废”、“反动”等等。正因如此，长期以来德国浪漫派一直被看作是德国文学史上的一股“浊流”。尽管如此，德国浪漫派并没有在一片否定声中失去在德国文学史上的一席之地，其影响不仅巨大而且深远。评论家发现它和20世纪的现代派文学一脉相通，比如它对人们内心世界和情感世界的探讨，它对现实的不满，对物质文明和功利主义的鄙视；它所使用的夸张、怪诞、奇特的创作手法，它在跨文类界限方面的尝试等，无不与现代派文艺相符。德国浪漫派在人性的颂扬上和古典主义一样是启蒙运动的继承者，它将狂飙突进

① 卢卡契（Lukács György, 1885—1971），匈牙利哲学家、文艺理论家。

运动所崇尚的情感更推前一步，将文学的创作看成是个体心灵的表现，从而使作品融合作家的个性，并打破了只把创作主体看成是模仿和反映客观世界的工具这一僵死的传统观念，最终使文学的立足点由客观转向了主观。与古典文学相比，浪漫派的诗人不再是充满理性的教育者，他们具有更多的热情、敏感性、想象力和创造力。19世纪末，法国象征主义重新发现了德国浪漫派的价值，同时德国女作家胡赫写了科学地剖析德国浪漫派的重要著作《论浪漫派》。她对诸多否定浪漫派的观点逐一作了详细的探讨，为后来科学地研究和评价德国浪漫派开了先河。

这时期，必须提到的还有两位重要作家，那就是介于古典主义与浪漫派之间的荷尔德林和让·保尔。此外还有具有民主倾向的索伊默。

德国古典文学和歌德　歌德从意大利回来后，放弃了宫廷的官职，只担任剧院监督及管理矿业，专心从事写作和自然科学方面的研究；除地质学、矿物学外，他对植物学、昆虫学、光学、色彩学、解剖学等都有兴趣。

1788年7月，即从意大利回来的第二个月，歌德在魏玛公国结识了一位23岁的制花女子。这个来自民间、单纯朴素的女子吸引了歌德，他们开始同居，尽管这事引起了上层社会的种种闲话，但歌德没有退缩。然而18年后他们才正式结婚。此期发生的最大事件是法国革命的爆发。对于这场举世瞩目的大革命，歌德和大多数德国知识分子一样，一方面从理论上支持它，表示出了对这次革命历史意义的认识。1790年在他给友人的信中出现了“法国革命对我也是个革命”的话语；在亲眼目睹了法国人民军对普奥联军的英勇抗争后，他甚至发出“从此时此地，展开了一个世界史的新时代……”的感叹。但另一方面他却又从心底反对革命所使用的暴力，他从人道主义信念出发，认为暴力会产生仇恨，在这个意义上他又反对革命的群众运动。这在剧本《市民将军》（1793）和《激动的人们》（1794）中就有很明显的表露。在《威尼斯格言诗》（1796）里就有“群众是群众的暴君”这样的诗句。由此可见，正如大部分德国知识分子那样，在进行革命的目标与手段的问题上，歌德处于一种两难的境地。那么，究竟应通过什么方式才能既不使用暴力，又能达到改革社会的目的呢？从这时期产生的德国古典文学所追寻的道路和目标中也许可以找到歌德对这一问题的答案。

歌德从意大利回来后的第二件大事就是和席勒结交，那是在1794年。此前，他们虽见过面，而且席勒在耶拿大学任历史教授也是由歌德推荐的，但两人没有深交。直到这年6月，席勒筹备杂志《季节女神》（1795—1797），约请歌德合作，歌德回信答应了。7月，在耶拿召开自然科学研究会，两人在会后开始深谈，结下了深厚的友谊，直到席勒逝世。

歌德和席勒在思想、气质、性格各个方面都很不同。歌德虽然是位诗人，但他同时对自然科学很有兴趣，也很有研究，他对事物的看法很实在，往往从历史唯物主义角度出发，他的创作依据主要是实际生活。而席勒则长期生活在概念世界里，看事物往往从抽象思想出发。两人的订交正如歌德于1829年对他的秘书爱克曼说的那样，简直是鬼使神差：订交本来可以更早一些或更晚一些，但恰恰是在这种时候，他刚从意大利回来，而席勒正好开始厌倦于哲学的思考，这样对两人都有很大好处。歌德所说的对两人都有好处，也就是席勒所说的“每个人都可以补充另一个人的缺陷”。席勒认为两人的观念有着一种意想不到的一致，这种一致性今天看来主要不是在政治上，而是表现在美学观念、创作实践方面的认同。

自从他们订交后，两人互相帮助，完成了许多重要的作品。歌德在这时期创作的有《维廉·麦斯特的学习时代》（1795—1796）、《赫尔曼与窦绿苔》（1797）以及《浮士德》第一部（1808）等。

《维廉·麦斯特的学习时代》是歌德在1777至1785年间写的小说稿《维廉·麦斯特的戏剧使命》的基础上改写而成的。《维廉·麦斯特的戏剧使命》写主人公维廉·麦斯特由于不满周围狭隘庸俗的环境，立志投身于戏剧事业。威廉从小爱好傀儡戏，成年后常去剧院看戏。此后他加入了一个流动剧团，到处演出，有时还去贵族府邸表演。但他发现剧团的现实状况与他的理想有很大差距，在失望之中，他在莎士比亚的戏剧中发现了一个丰富多彩的世界，并梦想成为德国的莎士比亚。这部小说稿主要描述的是戏剧生活，其宗旨是想通过戏剧教育群众，以求在精神上统一德国。在此基础上歌德将它改编为一部“教育小说”。在改写后的《维廉·麦斯特的学习时代》中，歌德充分展示了他的古典主义人生理想，那就是不断地克制自已，以培养自已的个性，成为一个完整、和谐的人。因而，戏剧事业在《维廉·麦斯特的学习时代》中仅仅是主人公维廉经历的一个阶段。在这段时间里，维廉接触到了各个阶层的各种人物，经历了许多迷津和错误，也看到了许多人的不幸。比如被他从杂技团赎买出来的迷娘才13岁，她来历不明，常受到杂技团团长的虐待。后来维廉又收留了孤独的弹竖琴的老人。迷娘和老人唱的一些歌曲，是歌德抒情诗中的佳作。经过这段剧团生活，维廉醒悟到戏剧并不能改变现状，他看不到自己的前途，感到迷茫。此时，他来到贵族罗塔利奥的田庄，罗塔利奥也曾经对家乡不满，向往远方。他去过美洲，参加过美国独立战争，最后还是失望地回到家乡，认识到世界上没有奇迹，所谓生活的意义就是认真地完成自己分内的工作。因而，他解放了农奴，过着宁静的生活。维廉看到这里的人犹如在另一世界，他们生活目标明确，意志坚定。于是，他决定告别戏剧和他们一起生活，并加入了他们的一个旨在为人类工作的秘密团体。

小说中出现的贵族罗塔利奥等人都是被理想化了的人物，反映了歌德企图在肯定现存社会制度的前提下，通过贵族的道德改善来改变现实的梦想。书中的众多下层人物都写得很生动，有血有肉，而贵族秘密团体的人物就显得有点虚空不实在。这从另一方面说明秘密团体所追求的目标实际上是一种不能实现的空想。很显然,从维廉最初想以戏剧教育人,以后加入秘密团体为人类工作这一发展道路来看,这部小说所体现的正是古典文学所追求的,即用培养完整和谐的、符合人道主义思想的人来改变现状的理想。

《维廉·麦斯特的学习时代》是一部杰出的教育小说,对19世纪的德语小说影响极大。这部小说和作者晚年写成的《维廉·麦斯特的漫游时代》构成《维廉·麦斯特》一书,它成为歌德小说的代表作。

1797年歌德完成了叙事诗《赫尔曼与窦绿苔》。作品用古希腊六步格诗体写成,讲述法兰西共和国的军队占领莱茵河以西地区后,大批德国人逃往东岸时发生的故事:金狮饭店店主的儿子赫尔曼爱上了逃亡人群中的女子窦绿苔,要和她结婚,父亲不同意,牧师帮忙说服了父亲而得以如愿。作品描绘现实景象,非常自然生动。其中的人物各有特色,父亲保守,只求平庸安宁的生活,而儿子不满现状,爱国情绪很强。东、西岸的人群对法国大革命的认识也不同。这部作品被一些人称为"市民牧歌",歌德在其中固然歌颂了安定生活的可贵,但也从一个侧面反映出了大时代的激变。

这时期歌德完成的另一部重要作品是《浮士德》第一部,为讲述方便,将和第二部一起介绍。此外,歌德和席勒在合作的几年中还共同写出了926首辛辣的讽刺短诗,同文艺界的庸俗之辈进行论争,在文学史上被称为"讽刺诗斗争"。他俩还彼此鼓励写了大量思想内容和艺术形式都堪称杰作的叙事谣曲,如《魔术学徒》、《科林特的未婚妻》、《神与妓女》等,以致1797年被誉为"叙事谣曲之年"。歌德和席勒有过大量通信,它们是了解德国18世纪末与19世纪初文学情况的珍贵文献。

1805年席勒逝世,德国古典文学时期也宣告终结。席勒的去世对歌德的精神是个很大的打击。在以后的十多年里,他花很多时间写他的自传《诗与真》(1811—1814年出版前三卷,1833年出版第四卷)。该作品叙述了他从童年到应邀去魏玛宫廷的这段生活，讲述了在与社会及政治的碰撞之下形成的人生观和世界观。其中第七篇对18世纪中叶的德国文学作了全面而深入的论述。其间他还写了长篇小说《亲和力》（1809），这是一部看来很奇特的小说，讲述一对情笃的贵族夫妇居住的城堡里来了两位朋友，一男一女，于是四个人物之间发生了类似化学变化的分离及重新组合，男女主人分别爱上了寄居的男女朋友，其结局当然是灾难性的。这里所展示的具有神秘力量的亲和力，仅从社会和伦理的角度去理解是很困难的，歌德在这里所涉及的是婚姻的难以确定的法权和形而上学地位。1816—1817年的《意大利游记》写的是歌德在意大利旅行时的感受，它反映了作者向古典主义转变的过程。

歌德非常博学，除自然科学之外，他还从事阿拉伯、波斯、中国、印度的文学和哲学的研究。他从波斯的诗艺中发现了与欧洲传统文化不同的东方文化，这再度激起了他诗歌创作的热忱。这时他写有诗歌240多首，编成诗集《西东合集》（1819），这是歌德晚年创作的最好的诗歌集。它表达了歌德对于时代、历史的观察、对于生命演变的探索。他深深体会到一切都在变化，旧的在消失，新的在诞生、成长。其中许多诗都富有智慧及哲理。

1816年，歌德的夫人去世。1824年后他一直居住在魏玛，很少与外界交往，专心从事他的两部从青年时代就开始的巨著：《维廉·麦斯特的漫游时代》和《浮士德》第二部。

《维廉·麦斯特的漫游时代》（1821—1829）的完成距离《维廉·麦斯特的学习时代》有30年之久。在此期间，世界变化很大。在英、法等先进国家，资本主义发展迅速，但资本主义的一些弊端也暴露得更加清楚，贫富悬殊日益加深，于是欧洲一些知识分子企图改革社会的要求也日趋强烈，例如傅立叶、圣西门、欧文在19世纪20年代前后发表的有关空想社会主义的理论引起了很大的反响，许多欧洲知识分子或多或少感染到了这种思潮，歌德也不例外。他在晚年认真地思考了社会问题的解决途径。《维廉·麦斯特的漫游时代》正是他的社会理想的具体体现。在这部作品里歌德探索了未来社会的远景，尤其是青年的教育问题。《维廉·麦斯特的漫游时代》看似《维廉·麦斯特的学习时代》的继续，但实际上不论是思想内容还是艺术形式和它都没有多大关系。全书并没有什么现实的社会背景，着重的是表达作者的思想。维廉·麦斯特在这里已经不再是主人公，他的功能只是在全书中起连贯前后的线索作用。

歌德在这部小说里创造了一个乌托邦式的教育区，从而阐释了他的教育主张。在这里学习的儿童都要接受严格的训练，以摆脱从各自家庭中带来的习惯，他们必须遵守一致的法则。每个学生要学习一种与自己天性相近的手艺，掌握书本知识，从事实际工作，然后才能谈到学术研究，他们锻炼身体，人人都熟悉农业。

在《维廉·麦斯特的学习时代》里出现的秘密团体在这里成为一种世界性的组织。在这个组织里分两种人：定居者和漫游者。前者在固定的地区从事劳动；后者在祖国境内或外国开辟新的园地。在这个组织里每个人都有一技之长而且有益于集体，各种不同职业的价值是相同的，没有贵贱之分。很显然，歌德在这里树立了一种新人的类型：这种人既理解自己的事务，又能和集体融为一体，处处想着全人类，在为社会整体而积极工作的同时，自身也获得了发展。基于这种思想，歌德让维廉·麦斯特在小说中选定了外科医生的职业。不言而喻，歌德所设想的这样一个社会是一个空想的社会，但他在小说中所提倡的“我为人人，人人为我”的思想却说明歌德已具有了把个人作为社会整体的一部分的思想。小说表达的社会理想和教育理想正是当时欧洲先进思想的反映。

歌德最后的作品是凝结了他一生心血、同时也是他对自己一生经历做总结的《浮士德》，这部杰作完成于1831年。1832年3月22日歌德与世长辞，他留下的最后一句话是“多一些光”。

《浮士德》的创作历经近60年。这部从狂飙突进运动时期开始到1831年完成的诗剧是歌德作品中最重要、最优秀的作品。第一部完成于1806年，到开始写第二部时中间相距20年之久。但和《维廉·麦斯特》不同的是，《浮士德》的第一部和第二部比较连贯，精神是一致的。

《浮士德》是一部诗剧，全书12111行诗。取材于16世纪有关浮士德这个人物的传说。歌德在儿童时代就通过傀儡戏和民间故事书知道了浮士德，在斯特拉斯堡求学时就有了写作《浮士德》的计划。

16世纪出现了一本书，名为《著名魔术师、江湖术士约翰·浮士德博士的故事》，讲述了浮士德与魔鬼签订条约，最后灵魂为魔鬼所摄取的故事。此书的宗旨是规劝人们不要行动鲁莽，轻率地与魔鬼打交道而出卖了自己。但在流传过程中，人们对浮士德所具有的违反神学的思想却给予了更多的关注。有关浮士德的传说很快传入欧洲其他国家。17世纪初英国剧作家马娄发表了剧本《浮士德博士的悲剧历史》，剧中的浮士德首次明确地以反叛神权的形象出现。

但是，歌德的《浮士德》要丰富、复杂、成熟得多。从全书的内容来看，它涉及欧洲文艺复兴以来300多年的思想历史演变，反映了摆脱中世纪思想桎梏，不断探索新的生活，以及资本主义发展的漫长历程。歌德把浮士德的一生分成五个阶段来刻画：从求知、爱情的小世界到社会、政治的大世界，最后是事业的创建。我们不难看出，这正是歌德自己一生经历的过程，同时也多少可以看成是成千上万德国知识分子人生阅历的缩影。

这五个阶段的发展具有极大的人生哲理性。它们是这样安排的：第一阶段，浮士德从事几十年的知识追求后，深感自己得到的是僵死的知识，因而处于极端苦恼境地，同时他又隐隐感到外部世界在召唤他。正在这时，魔鬼梅菲斯特乘虚而入，规劝浮士德走向外界，并和他订了条约：一旦浮士德获得“满足”，他的灵魂就归魔鬼所有。就这样浮士德放弃了死气沉沉的书斋生活，开始走向现实。第二阶段，梅菲斯特让浮士德喝了女巫的返老还童魔药，然后诱导他尝试爱情生活，使他爱上了市民少女甘泪卿。结果使纯朴的甘泪卿误把自己的母亲毒死，溺死了自己的婴儿，而且哥哥也死于浮士德的剑下，最后姑娘发狂入狱。在这阶段，浮士德固然体验到官能的享乐，却更多地感受到了良心苛责的痛苦。爱情并没有使他满足，甘泪卿的悲剧也没有使他止步不前。以上由知识的追求和爱情的享受所完成的人生征途的两个阶段构成了《浮士德》的第一部。

《浮士德》的第二部一开始就进入浮士德人生经历的第三阶段。梅菲斯特使浮士德忘却了甘泪卿的悲惨下场，把他带到了皇帝的宫廷里，从此开始了浮士德的政治生涯。他不但亲身体验了统治阶级荒淫腐朽的生活，还依靠魔术发行纸币，帮助朝廷渡过了财政上的难关。但侍奉统治者绝非浮士德的志趣所在，同样，政治生活并不能使浮士德感到满意。这一段生活感受无疑是歌德在魏玛任职期间的切身体会。由于皇帝的要求，浮士德用魔术使古希腊的美女海伦的幻影出现在众人面前，而浮士德本人却为海伦的美貌所激动而昏倒在地。至此浮士德结束了他的政治生涯，进入人生经历的第四阶段：美的追求，也就是德国古典文学所追寻的目标。梅菲斯特把昏迷不醒的浮士德背回书斋，浮士德旧日的学生华格纳所制造的“人造人”看出浮士德的昏迷是由于梦想美女海伦，于是他们一起来到了古希腊，冥王之妃为浮士德所感动而允许海伦复活。浮士德如愿以偿和海伦结了婚并有了一个儿子，但不久，这个孩子因无限的追求而殒逝，海伦也随之消逝。这一情节说明，浮士德所追寻的，也即古典文学所探求的古典美的世界也仅仅是梦幻泡影而已。随后浮士德进入了人生经历的第五阶段，也即事业阶段。这时浮士德已经100岁，双目失明，但他利用皇帝给他的一块封地，企图实现把海水化为陆地的理想。在改造大自然的事业中，他终于首次感到了满足，此时按照条约他倒下死去，魔鬼如约可以取得他的灵魂。但就在这时天使却拯救了浮士德的灵魂，因为按上帝的意志，谁能永远自强不息，谁就能最后得救。政治生涯、美的寻求和事业创造，构成了《浮士德》的第二部，也完成了浮士德一生的追求。

《浮士德》的结构颇具匠心，浮士德的五个生活阶段是用两个赌赛来引发的。第一个赌赛是在“天上序幕”一节里，发生在魔鬼和上帝之间。魔鬼深信浮士德的追求不会轻易得到满足，浮士德会产生怀疑，从而最终抛弃信仰，走上怠惰和堕落的道路。而上帝却坚信浮士德虽然在追求过程中必然会屡犯错误，甚至迷失方向，但却永远在向上进取，最终一定会走上正路。第二个赌赛是在浮士德的书斋里，浮士德在绝望中对一切都感到心灰意懒。此时魔鬼出现，劝他走出书斋到外面世界享受人生，魔鬼并表示甘愿做浮士德的仆人，供他一生使唤，条件是当浮士德感到满足的一天，他的灵魂就归梅菲斯特。但浮士德却自信自己一生不会苟且偷安，向上进取的心灵永不会衰竭，于是双方达成协议。表面看来，这两个赌赛是用来引出浮士德此后一生的经历的，但实际上这两个赌赛本身就已集中道出了《浮士德》一书具有的哲理性主题思想。从上帝和魔鬼的赌赛来看，作者无疑借此预示了人在追寻生存意义、进行创造性活动时难免会犯各种错误，甚至误入迷津，但只要人不断进取，最后总会回到正道并获救。而从魔鬼梅菲斯特和浮士德的赌赛来看，作者更进一步揭示出，人在前进的路途上，不仅要与外界事物与人发生碰撞，更重要的还要和自身展开剧烈的斗争。这种属于内心精神世界的矛盾冲突无时无刻不存在，要想战胜对方，就得战胜自己、超越自己。这两种不同精神的存在早在作品第二场的城门口中，浮士德就曾向学生华格纳坦然言之：

有两种精神居住在我的心胸，
一个想摆脱另一个，
一个以强健的器官

执着于尘世的享乐；
另一个却强劲地要超尘脱俗，
努力想上升到崇高祖先的神圣境界。

这两种不同精神的冲突远非单纯的灵与肉的冲突可以概括。它们是积极与消极、肯定与否定、向上与堕落、善与恶、美与丑、诱惑与反诱惑等多方面的较量。表面看来浮士德与梅菲斯特是正反两个人物，但实际上他们是一个人身上的两个方面、两种精神的体现。但浮士德与梅菲斯特之间的关系并不像半个世纪之后英国小说家斯蒂文森的《化身博士》中所阐释的人性中的善与恶那样泾渭分明。歌德并没有把梅菲斯特描绘成一个十足的恶的化身，相反，通过梅菲斯特敏锐的眼力揭露了当时社会上的种种弊病，从政治、宗教、殖民主义，到大学的课程、唯心主义的哲学，等等。而且作者明确指出上帝之所以允许梅菲斯特引诱浮士德，是由于魔鬼对于浮士德会起到刺激作用，从而使他不致流于麻痹松懈。由此可以看到歌德思想的深邃、他独具的辩证思维方式以及他那独特的创造人物形象的艺术技巧。

当然从整体来看，《浮士德》的第一部只有场不分幕，却写得自然而紧凑。第二部则有幕有场，但由于内容过于丰富广泛，因而显得有些松散。在时空问题的处理上，歌德没有受到任何束缚，时间和地点往往变化极大。语言风格也是常常变化多端，随着不同的人物、不同的场合，出现了严肃与轻松、明朗与隐晦、真诚与嘲讽等各种丰富多彩的语言。在描写方面更有抒情、写景、叙事等不同的形式。在体裁上不仅有希腊式悲剧、中世纪神秘剧和英国戏剧等使用的各种手法，而且还出现了类似20世纪表现主义戏剧的因素。它的诗句不断变化的格律，例如双行押韵体、自由体、八行体、三行隔句押韵体等等则成了世界各国翻译家艺术造诣的试金石。

《浮士德》是世界文学中的宝贵财富，它涉及的面非常广泛，不仅有政治、社会、历史方面的内容，还包括哲学、神学、文学、音乐、美学等各方面的问题。可以从作品里看到欧洲300年来的各式思想、情感，但它最为吸引人的是对人生理想和人类前途问题的探索。浮士德在临死前认识到：人类应该每天每日去争取自由和生存，应该通过自强不息的创造性活动来度过一生。这一智慧的结论至今对我们仍有极大的启迪。

综观歌德的一生，他的创作在数量和质量上都达到了惊人的高度。通过这些不同阶段的作品，可以看到欧洲资产阶级上升时期一个具有代表性的作家的精神思想的演变和他对未来社会远景的设想。但由于他生长在鄙陋的德国社会，他不得不花数倍的力量去和他的环境抗争。由于他的博学、天性活跃和敏锐，他没有像一些德国作家那样逃向抽象世界，他的精神意向和周围的鄙俗环境迫使他趋向实际。歌德是位深刻的思想家，但他更重视行动，这也就是为什么浮士德在书斋里觉醒后，把《圣经》里的"泰初有道"译成"泰初有为"的道理。

德国古典文学与席勒 席勒来到魏玛后，全心研究尼德兰独立战争和德国三十年战争的历史。1789年由歌德推荐到耶拿大学任历史教授。1792年，法兰西共和国政府授与《强盗》作者以法国名誉公民的荣衔。但出于人道主义的信念，席勒和歌德一样不能赞同雅各宾党的专政和使用革命的暴力。在理想和鄙陋的现实之间出现的种种矛盾，促使席勒不仅对历史深感兴趣，同时也开始钻研哲学，以便把自己沉湎在与现实相隔绝的境地。从1792至1796年席勒专心研究康德哲学。由于长期从事历史和哲学研究，席勒更为脱离现实，但另一方面却使他早在80年代就已萌芽的、企图通过文艺来改变现实的思想更趋成熟。这时他写出了多种有关美学的著作，其中最重要的是包含有27篇书简的《论人的审美教育书简》（1795）和《论朴素的诗和感伤的诗》（1796）。席勒在《论人的审美教育书简》里既批判了封建统治阶级的腐朽，同时也不满资产阶级革命的暴力，他设想了一条通过审美教育来达到“自由王国”的途径。他认为感性和理性、主体和客体、个人和社会等矛盾只有用审美的艺术活动才能得到统一，进而达到真正自由。在席勒看来，只有在获得这种自由后人们才能得到精神的解放和人格的完美，然后才有可能发展政治和经济。显然这种途径正是德国古典主义文学所极力追寻的。《论朴素的诗和感伤的诗》涉及了文艺创作中的许多根本性问题，席勒在书中最早使用了“现实主义”和“自然主义”这样的名词。他把诗人分成两种类型：一种诗人和自然现实协调统一，他们的诗是朴素的；另一种诗人和自然现实相对立，但又追求和自然现实协调，他们的诗是感伤的。前者由于直接反映现实，因而是现实主义的，后者由于反映由现实提升的理想，因而是理想主义的。席勒在这里提出了两种不同的文艺创作方法，这在当时德国文艺论著中不多见。

1794年，席勒和歌德订交后，在歌德的影响下，席勒终于从哲学研究回到了文艺创作上来。正如歌德所说，席勒这样有才能的人却在无助于他的哲学思维上自寻苦恼，这非常可悲。而席勒一旦停止哲学研究，他就会发挥他辉煌的风格。果然，在歌德的帮助下，席勒写出了大量文学作品。从1796到1797年他们俩写了将近千首讽刺诗，席勒的讽刺诗占了一大半。席勒的叙事谣曲富于戏剧效果，为广大群众所喜爱，如《伊毕库斯的鹤》、《人质》、《手套》、《潜水者》等都是佳作。他在戏剧方面更是硕果累累。

《华伦斯坦》三部曲（1799）以德国17世纪30年代战争作为时代背景。由于席勒深入研究过德国这一时期的历史，掌握了许多资料，对历史人物华伦斯坦的复杂性格非常熟悉。华伦斯坦是皇军统帅，被封为公爵。他招募了许多士兵，组成一支颇具实力的皇家军队。三十年战争中的两大阵营虽然各自打着宗教招牌，把这场战争称作宗教战争，但实际上却是皇帝与北方诸侯间的权力之争。而皇帝阵营内部的诸侯与华伦斯坦之间的矛盾，实质上也是为了扩张各自的势力。华伦斯坦希望消除这场宗教纷争，建立统一的德意志王国，为此他在1630年曾被皇帝贬黜，但1632年瑞典胜利进军，他又重被起用。为了实现他的愿望，他不惜采用通敌的手段，与瑞典谋和，从而1634年被部下杀死。席勒并没有把华伦斯坦理想化，塑造成英雄。剧本主要反映了华伦斯坦如何从被部下信赖、拥护，转而被部下杀死的过程，从中刻画了华伦斯坦的矛盾性格。

全剧分成三部分：第一部《华伦斯坦的阵营》共有11场。这是德国戏剧史上首次以群众出场为主的戏剧，这里有市民、农民、随军女商贩、各种不同的士兵等。席勒在这里不仅反映了这场战争给德国人民带来的灾难，同时也描绘了不同民族的士兵们对华伦斯坦的崇拜和信仰。在皇帝和华伦斯坦之间，他们更愿追随华伦斯坦。

第二部《皮柯乐米尼父子》共有五幕。奥克它佛·皮柯乐米尼中将是华伦斯坦的左右手，他被皇帝的钦差大臣收买，企图接替华伦斯坦。但他的儿子麦克司·皮柯乐米尼却对华伦斯坦一片忠诚，并爱上了他的女儿。其时华伦斯坦已与瑞典军队有所勾结，但他因相信星相，认为当前的星宿位置对他不利，而不能下定决心与皇帝决裂。这一部主要叙述奥克它佛和华伦斯坦之间的斗争以及皮柯乐米尼父子间的矛盾冲突。

第三部《华伦斯坦之死》也分五幕，描述了华伦斯坦迫于形势必须作出决定，在皇帝和瑞典人之间作出选择。此时奥克它佛已使华伦斯坦处于众叛亲离的境地，而瑞典人节节胜利，麦克司在和瑞典人作战时身亡。就在华伦斯坦等待瑞典人来到的夜里，他被往日对他最忠实的亲信杀死。

《华伦斯坦》反映了德国历史上最混乱、最艰苦的时代，一方面是德国人民要求和平统一，另一方面统治阶级之间却争权夺利。华伦斯坦的复杂矛盾性格是时代的产物，通过这个人物的塑造，席勒对复杂的人性进行了深入探索。

1799年12月,席勒全家迁到魏玛,在那里他一方面翻译和改写莎士比亚、拉辛等人的作品,同时继续写历史剧。1801年他写了《玛丽亚·斯图亚特》。剧本写的是苏格兰女王玛丽亚·斯图亚特因国内叛乱,来到英格兰避难,英格兰女王伊丽莎白害怕动摇自己的王位,借口玛丽亚要谋刺女王而把她判处死刑。全剧只描绘从玛丽亚·斯图亚特被判死刑到执行死刑的短短三天,着重刻画了伊丽莎白的伪善面貌和她的暴政统治。剧本并没有着重交待历史背景,主要是对剧中人物的剖析,从道义上为玛丽亚·斯图亚特洗清了罪名。

《奥尔良的姑娘》(1802)取材于14至15世纪中叶发生的英法百年战争中贞德的故事。席勒将史实作了更改,描写牧羊女贞德在英军入侵法国内地时受到神灵启示,放下牧杖,拿起武器,率领民众冲向侵略者,使法方反败为胜。但在战场上她因瞬间产生的爱情放走了英国将领,从此失去了杀敌的勇气,后为英军所俘。被她放走的将领认出了她并也表示了爱情,但她却表示不能接受,并且恢复了力量,重上战场,再度解救了法军,最后在战场上负伤而死。席勒把此剧称作“浪漫的悲剧”,剧本带有一定的神秘性,而且表现爱情超越了敌我界线,可是最后理性终究还是战胜了感情。全剧充满了强烈的爱国情绪。

1803年席勒完成了悲剧《墨西拿的新娘》,该剧是席勒仿古希腊悲剧的作品,在内容上具有很强的宿命观,讲的是因不相识而造成的兄弟之间的仇杀故事。在形式上该剧采用了古希腊常用的合唱队,席勒认为这种方法可以摆脱剧情的束缚,自由自在地谈说过去和未来。

1803年席勒写了他的最后一部剧本《威廉·退尔》,取材于14世纪瑞士人民反抗奥地利统治的历史和传说。由于瑞士人民不堪忍受奥地利总督的暴政,有部分农民、牧人、猎人等结成团体,酝酿起义。但著名的射手威廉·退尔却独来独往,对总督的残暴采取容忍的态度。直到他冒犯了总督,总督命他用箭射放在他儿子头上的苹果时,他才有所醒悟。当总督继续侮辱他，并要把他投入牢狱时，他忍无可忍，终于用箭射死了总督。这一箭成了瑞士人民起义的信号，各地人民相继起来反抗，终于使瑞士成为自由之邦。这是席勒作品中最富有人民性的作品，他把威廉·退尔性格变化的过程刻画得非常细腻生动。威廉·退尔乐于助人，见义勇为，但另一方面他又深信自己最有力量，喜欢独来独往，直到迫害到了自己身上时，他才开始行动，融入到人民大众的行列。剧中出现的各色各样民众性格都很分明，极具代表性。虽然席勒的思想成熟了，但其舞台语言依然激情洋溢，极具煽动性。其时正值拿破仑入侵德国、瑞士，因而剧本于1804年3月在魏玛、莱比锡演出时，引起强烈反应，它的反抗异族统治的呼声得到了共鸣。该剧本在中国很早就有了译文，抗日战争时期曾被改编演出，以激励中国人民抗日。

席勒从青年时代开始就体弱多病，经济一直很困难。1791年后，病势恶化，他与病魔整整斗争了14年之久，但仍写出了许多优秀作品。就在1804年他还在创作反映17世纪俄国争夺王位继承权的历史剧《特梅特里乌斯》[①]，可惜只写了两幕，于1805年5月9日逝世。1827年席勒遗体迁往魏玛陵墓，歌德也安葬于这里，这就是著名的“歌德席勒合陵”。

耶拿派作家　奥古斯特·威廉·施莱格尔（1767—1845）生于汉诺威的一个教师家庭，曾在哥廷根大学学习神学和语文学，后参加《季节女神》杂志和《文学汇报》的工作。1798年起他在耶拿大学任教，同时和其弟弟弗·施莱格尔创办德国浪漫派的刊物《雅典娜神殿》。1801年他赴柏林，在那里结识了流亡在外的法国女作家斯达尔夫人，两人成为密友。他曾陪她旅行了意大利、丹麦、瑞典、英国等地。1819年施莱格尔任波恩大学教授，曾是海涅的老师，其间1801至1804年在柏林大学作的报告《论美的文学和艺术》和在维也纳大学的讲演《论戏剧艺术和文学》（1808）

① 指俄国17世纪初僭称为王者德米特里。

充分阐释了德国浪漫主义的文艺观，划分了古典和浪漫的界限，当时曾引起很大的反响。他同时也是位杰出的翻译家，他的译文要求精确，保持原著的风格。由于他不仅懂得多种语言，而且能熟练地掌握诗的格律和技巧，因而翻译得心应手。从1797到1810年间他翻译出版了莎士比亚的名剧17部，这是用诗体译成的作品，至今是德国文学中的瑰宝。此外他还译了《西班牙戏剧》（1803—1809），他是西班牙剧作家卡尔德隆、意大利作家但丁等人作品的优秀译者。他同时也是位语言学者，他所写的有关语言学的论著，如《对亚洲语言研究的考察》（1832）等对梵文及东方语言的研究起到了推动作用。

弗里德里希·施莱格尔（1772—1829）是奥古斯特·威廉·施莱格尔的弟弟。他是在启蒙思想影响下成长起来的，最初拥护法国革命，但不久也像许多其他德国知识分子一样改变了态度。他先后在哥廷根、莱比锡学习法律及艺术史、古典语文和哲学。1796年到耶拿。1798年和他的哥哥以及诺瓦利斯、蒂克等人一起出版浪漫派的刊物《雅典娜神殿》，这个刊物结束于1800年。在这期间，弗·施莱格尔写了大量的文艺论文，如《希腊文学研究》（1798）、《维廉·麦斯特的特征》（1798）等。他深受温克尔曼的思想影响，认为古希腊艺术是不可否认的典范。但另一方面，他又进一步指出，古希腊艺术反映的是客观的东西，而浪漫派的诗却要强调作家的主观性。他认为作家在创作时不应受到任何约束，要有自己的独创性。他曾写过一些《断想》（1797、1798、1800），集中反映了他的浪漫主义美学思想。其中第116条充分表达了他的思想核心，在他看来，浪漫主义的文艺是一种前进的综合艺术，其职责是要把一切划分开来的种类重又联合起来，使文艺接触哲学和辩论术。这种综合艺术应该把诗和散文、创作和批评、艺术的诗和天然的诗结合在一起。他还认为浪漫主义的诗永远是在演变之中，这是它的本质。而在第225条中，他还提出了这样的论点："诗越成为科学，就越成为艺术。"他认为艺术家要对艺术的手段、目标及对象有彻底科学的了解，就必须对他的艺术进行哲学思考，而且还应成为语言学家。类似这样的论点长期以来一直受到各种批判，但到了20世纪，对弗里德里希·施莱格尔的看法有所改变。

弗·施莱格尔的长篇小说《路琴德》(1799)是他理论的实践。作品的结构非常松散，他把一些抒情的信札、断片、对话等各种体裁混在一起使用。小说没有统一的故事情节，只有一对影子般的人物尤利乌斯和路琴德在幻想和渴望中互诉衷情；他们反对社会的道德和习俗，但反对的手段却是闲散和性爱自由。在这里作者无疑抨击了当时的婚姻制度，但与此同时却颂扬了闲散无为的生活。不过，从这部作品可以看到作者对书中主人公的内心、对他们的精神状态所作的深刻剖析。

1802年弗·施莱格尔到巴黎任讲师，同时学习罗曼语和东方语言。1808年他在科隆皈依天主教，出于对资本主义社会关系的反感，他转向了中世纪的封建宗法社会。在他看来，中世纪的“公平统治”、社会所公认的“荣誉观”、“忠诚”要比现存社会中的道德沦丧好得多。这一年他在维也纳奥地利政府任职，1815年被封为贵族，1815至1818年在美因河畔的法兰克福任奥地利使馆的参赞，其间从1810到1812年他在维也纳发表了许多有关历史、哲学和文学等人文科学方面的讲演，例如《论现代史》(1811)、《古代与现代文学史》(1815)等，从中可以看出，浪漫派往往把历史看作是一个民族对自己过去的一种自我意识的表现，而文学则是一个民族精神生活的体现。由此，我们可以理解，浪漫派之所以如此重视并大力发掘自己民族过去的民间文学尤其是热衷中世纪文学研究，并非出于单纯的怀古而是有其更深的思想基础的。

弗里德里希·施莱格尔不仅是浪漫主义的理论奠基人，同时也是位语言学家，他对东方语言，尤其是梵文深有研究。他在1808年发表的论文《论印度人的语言和智慧》探讨了梵文和日耳曼语的不同之处，使他成为梵文研究及比较语言学的奠基人。

诺瓦利斯（1772—1801）原名弗里德里希·莱奥波德·封·哈登贝格，生在曼斯菲尔德附近的一个贵族世家，从小受到非常严格的宗教教育。他先后在耶拿、莱比锡等地的大学学哲学和法律，以后在法院和盐务局工作。诺瓦利斯一生短促，但由于他写的作品充分体现了德国早期浪漫主义的精神而令人瞩目。他的作品有诗歌、小说和大量格言式的随笔。

他的作品最为著名的是《夜之颂》（1800），全诗共分六章，由诗歌和有节奏的散文组成。这是一部富有想象力的散文诗，是为他早逝的未婚妻而写的。全诗充满了对夜、对死亡的颂扬，刻画了“永恒之夜的奇妙王国”。他把夜看作是一切的源泉，是宇宙之母，是无限的；而光和白昼是从夜产生的，是有限的。他认为，尘世生活是走向“无限”的过渡，只有死亡才能显示出永恒的生命。尽管这部作品曾被一些人看作是消极颓唐的代表作，但其对于黑夜与白昼、永生与死亡的观念具有一定的哲理性，包含有辩证思想。

他的另一部代表作品是未完成的长篇《亨利希·封·奥夫特尔丁根》（1802年出版）。诺瓦利斯明确声称，这部小说是为了反对歌德的教育小说《维廉·麦斯特》而写的。书分上下二部，第一部叫《期待》，第二部叫《完成》，但是没有完成。小说的主人公亨利希是13世纪传说中的一个抒情诗人，全书写了他的渴望、追求和漫游，这是许多浪漫派作家喜欢用的主题。主人公在梦中见到一朵“蓝花”，这是浪漫派所追寻的真理、爱和诗的象征。小说没有复杂情节，而且有许多冗长的对话，但是语言简洁优美，作者善于使用平常的语汇使之含有新的内涵，充满了丰富的想象力。故事中的亨利希是在漫游的各种经历中通过外界和内心相互交融而由最初的渴望，焦虑不安，逐步走向内心世界的平静和谐的。诺瓦利斯所要表达的是宇宙与心灵相通，自然界是“心灵的另一存在”的具体体现。

这里还要提到的是他写于1799年，在1826年付印的论文《基督教还是欧罗巴》。出于对现实社会的不满，深感欧洲人的精神分裂、古老秩序的丧失、原有传统的断裂，他把理想化了的中世纪社会作为一种社会出路提了出来，主张要在一个新的统一的教会领导下，建立一个欧洲的国家联盟。这篇文章曾被执政者所利用，也是人们指责浪漫派反动的一个例证。但据此而否定诺瓦利斯或浪漫派是不妥的。

鲁德维希·蒂克(1773—1853)是浪漫主义理论的另一位实践者，出生在柏林的一个工人家庭。他由1792年起先后在柏林大学、哈勒大学、埃尔兰根大学攻读神学、哲学、历史和文学，以后专门从事创作。他是位多产作家，写过许多小说、戏剧、诗歌、童话、民间故事，出版过中世纪的诗歌，还翻译莎士比亚及塞万提斯的作品。1797年他和德国浪漫主义的先驱瓦肯罗德尔(1773—1798)合作写了《一个爱好艺术的僧侣的衷心倾诉》。虽然这部作品的主要作者是瓦肯罗德尔，却也充分反映了蒂克的浪漫主义思想。这部作品首先在文艺种类上打破了传统的界限，把诗歌、雕刻、建筑、音乐、绘画全部汇合在一起。通过主人公的言谈，作者大力赞扬了德国中世纪的文化艺术，并主张艺术应和宗教信仰一致。蒂克的第一部重要作品是长篇小说《维廉·洛弗尔先生的故事》(1795—1796)，通过主人公的自私自利而导致的行凶杀人，来谴责资本主义社会中的"自由思想"。

蒂克的作品中最具代表性的是1797年发表的三卷集童话，许多来自民间故事，也有作者自己创作的。其中最著名的《金发的埃克伯特》揭示了对金钱物质的追逐造成的苦果，同时也宣扬了静寂生活的可贵。

《法朗茨·斯特恩巴尔特的游历》(1798)是蒂克最具代表性的长篇，可惜没有完成。小说叙述16世纪的青年画家斯特恩巴尔特漫游意大利的经历。全书没有统一的情节，只是把谈话、感想、诗歌和写景穿插在一起，类似《一个爱好艺术的僧侣的衷心倾诉》，在内容上把16世纪的社会生活加以理想化、并使之与现代生活相对立。在作者看来，由于没有资产阶级的自私自利，因而行会制度有利于艺术的繁荣。蒂克还写有喜剧《穿靴子的公猫》(1797),这是部优秀的讽刺作品,讲一只公猫凭借它的智慧使它的主人,一个贫穷的农民,冒充伯爵,不仅获得了国王的宠爱,也得到了国王的女儿,公猫本身也成了一位大臣。剧本辛辣地嘲弄了昏庸愚蠢的统治者。在形式上蒂克还使用了戏中有戏、让观众发表评论的新颖形式,打破了戏剧的常规。1800年发表的剧本《圣格奴维娃的生与死》和1804年的《屋大维皇帝》对中世纪社会和天主教教会进行了颂扬。

1817年蒂克在英国研究莎士比亚戏剧,并且继承了奥·施莱格尔翻译莎士比亚戏剧的事业。他1819年在德累斯顿任戏剧顾问,1841年开始在柏林做宫廷顾问。

蒂克晚年时,浪漫主义已趋衰落,但他当时在德国文坛上影响很大,许多后起的作家得到了他的提携。他对中古德语文学的发掘也功不可没。

海德堡作家　路德维希·阿希姆·封·阿尔尼姆(1781—1831)出生于柏林的一个贵族世家。最初阿尔尼姆学的是法律和自然科学,但很早他的兴趣就转向了文学。1801年他结识了布伦塔诺,和他结下了终生之交。1805年至1808年他和布伦塔诺、格勒斯等作家在海德堡出版浪漫派报纸《隐士报》。这时期海德堡成为德国浪漫派的又一中心,在文学史上称作海德堡浪漫派。1811年阿尔尼姆和布伦塔诺的妹妹贝蒂娜·布伦塔诺结婚,她在丈夫去世后也从事文学创作,是《歌德与一个孩子的通信集》的作者。1813年阿尔尼姆作为上尉参加了反拿破仑的民族解放战争,1814年回到自己的庄园。

阿尔尼姆是海德堡浪漫派的重要代表人物。这一派作家比较重视民间文学,而且创作也比较丰富,并具有自己的风格。阿尔尼姆的语言简洁生动,在描写自然风景时抒情气息浓厚。他和布伦塔诺合作编纂的民歌集《儿童的神奇号角》(1806—1808)是德国文学宝库中的珍品。这是以阿尔尼姆为主从民间或从古版书籍中搜集而成的民歌集，时间跨度从16世纪到他们生活的年代，约三百年，内容包括情歌、士兵之歌、饮酒歌、流浪曲、叙事谣曲等约七百首。这些民歌充满了生活气息，语言清新而生动，颂扬了民族意识，至今德国中小学的教科书中还选用它们。著名音乐家舒曼[①]、勃拉姆斯[②]、马勒[③]等还为它们谱曲，如《晚安，晚安》、《睡吧，孩子睡吧》、《如果我是一只小鸟》等，可见其传播之广、影响之深。这部民歌集对德国后来的诗歌创作影响很大。

1809年的《冬天的花园》是阿尔尼姆对古代德国诗歌进行改写的作品。中篇小说《埃及的伊莎贝拉》（1812）是具有代表性的中篇小说，叙述了查理五世与吉卜赛姑娘的恋爱故事，充满了对到处流浪的吉卜赛人的同情。中篇《拉托诺要塞发疯的残疾人》（1818）寓意地描绘了一个人身上的双重性。作者对疯人的狂躁性格刻画得极为生动，与此同时，这故事也歌颂了爱的力量。未完成的长篇小说《皇冠的守护者》（1817—1854）描写的是一群霍亨斯陶芬王朝的皇冠守护者企图复辟旧王朝的故事，为德国历史小说开了先河。他的作品还有1818年的《君主全神和歌手半神》等。

克莱门斯·布伦塔诺（1778—1842）是海德堡浪漫派的主要代表之一，出生于商人家庭。先后在哈勒大学和耶拿大学学习，曾学过采矿学、财政管理等课目。1801年他和阿尔尼姆结交，后共同在海德堡办《隐士报》及编纂民歌集《儿童的神奇号角》。反拿破仑民族解放战争时期他曾写有大量歌颂自由和士兵的诗歌。战后他因社会和个人婚姻爱情的原因变得消沉，1817年起逐渐陷于天主教神秘主义，开始深居简出，过着与世隔绝的生活。

布伦塔诺一生搜集民歌，自己也写了许多抒情诗。由于受到民歌的

---

① 舒曼（1810—1856），德国音乐家。

② 勃拉姆斯（1839—1897），德国音乐家。

③ 马勒（1860—1911），奥地利音乐家。

影响，他的诗歌很具特色，诗句单纯，语言具有音乐性，韵律自然，虽然常常传达出作者忧郁和孤独的心态，显得有些伤感，但却给人以简单明洁的感觉。他善于将外部的景象与内心的感受结合一起表现，例如《小夜曲》、《摇篮曲》及1802年写的《罗累莱》等都是脍炙人口的作品。叙事诗《罗累莱》根据民间传说讲述在莱茵河岸一个悬崖上有个美丽迷人的女妖，每当落日黄昏时以其秀美的长发和诱人的歌声使路过的船上的渔夫为之失魂落魄，致使自己的船只为激流所吞没。这个美丽浪漫的传说，由于布伦塔诺的艺术加工，流传更广，许多作家诗人纷纷以此为题材写作，其中以海涅的《罗累莱》最为成功。

除诗歌外，布伦塔诺还写有小说和剧本，1801年写有小说《哥德维》，1815年创作剧本《布拉格的创立》。但最具代表性的小说是中篇《忠实的卡斯帕尔和美丽的安耐儿》（1817），讲述了一个青年卡斯帕尔从小就很重视荣誉，但当他骑着马从部队回乡探亲时，竟然在客店遭到了他父亲和同父异母弟弟的盗窃。出于荣誉和责任感，他不得不把父亲和弟弟交给法庭，但同样因为自己的父亲是窃贼损害了他的荣誉，他毅然抛下未婚妻安耐儿，在他母亲的坟旁自杀。安耐儿在公国首都当女仆，为一个贵族所诱奸产下了私生子。为了避免耻辱，她亲手杀死了她的孩子。而且为了保护这个贵族，她拒不向法庭说出孩子父亲的姓名，宁愿因此自己被判死刑。这一悲剧性故事是通过一个老妇人，卡斯帕尔的外婆，也就是安耐儿的教母讲述的。小说用第一人称叙述，令人感到亲切、真实。小说情节的曲折离奇，尤其是小说关于荣誉的主题思想更是发人深省，因为荣誉在德国历史的演变中起着极为重要的作用。

布伦塔诺的作品还有小说《众多的磨坊主和匈牙利的民族面貌》（1817）、诗集《圣马利亚的传说》（1841）等。他的小说同诗歌一样富有民间风格，由此可见德国浪漫派诗人无不与民间文学有密切关系。

约翰·约瑟夫·封·格勒斯（1776—1848）生于科布伦茨的一个商人

家庭。在大学学的是自然科学和医学。他曾是法国大革命的追随者，但1799至1800年在巴黎逗留过一段时间后，就转变了态度，开始对政治感到失望。1806至1808年他在海德堡大学讲授古德语文学，参加《隐士报》工作，和阿尔尼姆、布伦塔诺成为密友。1814至1816年他在故乡主编《莱茵信使报》，这份报纸在当时很有影响。1819年因《德国和革命》一文他受到普鲁士政府追捕，逃往斯特拉斯堡，皈依了天主教。1827年他在慕尼黑教历史，思想日趋保守。但格勒斯在挖掘和传播古德语文学方面作出了很大的贡献，他是位浪漫派的评论家，他的作品具有不同凡响的语言力量和杰出的风格，在当时及后来都具有很大影响。他的作品有1817年出版的《古代德国民歌名曲集》、论文集《信仰和知识》（1806）、《亚洲神话史》（1810）、《欧洲与革命》（1821）、《罗马的真相》（1826）、《基督神秘主义》（1836—1842）等。

雅各布·格林（1785—1863）和**威廉·格林**（1786—1859）是兄弟俩，生于官员家庭，均在马尔堡大学学习法律。雅各布·格林于1829年在哥廷根大学任考古学教授，1837年与哥廷根六位教授一起抗议汉诺威国王破坏宪法而被免职，此为著名的哥廷根七教授事件。1841年后他任柏林科学院院士和柏林大学教授。威廉·格林于1814至1829年在卡塞尔图书馆工作，1831年任哥廷根大学教授，他也是七教授之一，与其兄同时被免职，1841年成为柏林科学院院士。

雅各布·格林和威廉·格林，在文学史上被称作“格林兄弟”。他们不仅经历相同，而且始终一起从事科研工作。他们是日耳曼语言学的创始人，是发掘和传播德国民间文学的重要学者。他们毕生收集德国的民间传说和童话，但与阿尔尼姆、布伦塔诺不同的是他们尽量保留原故事的内容和语言，因其民间的朴素、简洁性使读者更易接受。其中的《儿童与家庭童话集》最初为两卷，完成于1812至1815年，后于1819至1922年增补成三卷。这是部成人儿童都喜爱的世界性读物，其中所宣扬的正义、忠诚、善良、勇敢、勤奋等品质至今对全世界的儿童具有教育作用。1808年起开始收集的德国古代民间传说于1816至1818年出版，名为《德国传说》，共两卷，计585篇之多。从1838年起，他们开始了工程浩大的《德语大词典》的工作，1852年出了第一卷。他们对德语的每个词都作了考证，叙述了它们的演变，然后举出它们从马丁·路德到歌德时代在文学作品中的应用，每个词的篇幅都很大，为此到他们去世还没有完成，后人根据其体例继续这一艰难的工作，直至1961年才算大功告成，花了一百多年时间。

雅各布·格林写的《德语语法》（1819—1837）也是很重要的著作，它对德语语法的变化、语言的规律、词的来源都作了探讨。他的《德国语言史》（1848）对德语的规律作了更深的研究。他的重要作品还有《德国神话》（1835）等。威廉·格林独自写的重要作品有《德国英雄传说》（1829）等。

格林兄弟虽然和阿尔尼姆、布伦塔诺关系密切，也被看作是浪漫派的成员，但他们在思想上属自由派，除参加“七教授事件”外，基本上一生都专心于搜集民间童话和传说以及从事德语研究，他们是德语语言研究的开创人，是日耳曼学的奠基人，作品影响深远。

在这时期德国有许多作家，他们和浪漫派的代表人物往来密切，思想及艺术创作手法上也和浪漫派有千丝万缕的关系，但又不能算是真正的浪漫派。他们大多在柏林，视野宽广，思想更有深度，艺术手法也多样。艾兴多尔夫、沙米索、克莱斯特、霍夫曼等人就是这样的作家。他们被称作柏林浪漫派。

约瑟夫·弗赖海尔·封·艾兴多尔夫（1788—1857）出生在西里西亚的贵族世家，先后在哈勒大学、海德堡大学及维也纳大学攻读哲学和法律。他和阿尔尼姆、布伦塔诺和弗·施莱格尔往来密切。在反拿破仑民族解放战争时期，他不但写了许多具有鲜明爱国主义思想的诗歌，并于1813年志愿参军，1816年开始为普鲁士政府服务，任文职，1844年辞职并专心于文学创作。艾兴多尔夫是位杰出的抒情诗人，他的诗歌善于描绘祖国的山河、原野、森林、小溪，在风格上显得单纯、朴素，用字简洁传神，具有极强的歌唱性，跟民歌非常相近。艾兴多尔夫往往把自然景色与个人心情融合在一起，使诗歌更能贴近读者，打动人心。他的有些诗被音乐家谱成曲子流传至今。他的《诗集》(1837)收的大多是写大自然，又与爱情和漫游紧密交织的诗歌。除诗歌外，艾兴多尔夫也写小说和戏剧。他的长篇小说《预感和现实》(1815)是一部描写主人公成长过程的"发展小说"，主人公弗里德里希周游世界，企图探索生活之奥秘，见到了各式不同的人物和社会上种种现象，全书表现出对当时社会的批判，但就像艾兴多尔夫的许多作品一样，小说呈现出一种忧郁的气息。他的小说还有《大理石雕像》(1819)、《诗人和他们的伙伴》(1834)及《迪兰德宫》(1837)，但流传最广、最为读者喜爱的是他的中篇《一个废物的生涯》(1826)，全书共分十章，以第一人称方式讲述故事。主人公是作者所偏爱的流浪汉，一个磨坊主的儿子，性格开朗、天真、朴实。他有音乐才华，但不被人赏识理解，他不满平凡的生活，不追随社会习俗，因而被人看作是个一无用处的废物。为此，他外出流浪，企图寻找幸福。一路上他为大自然的美景所陶醉，在和自然界的融合中得到了安慰。以后他来到一处宫廷，为伯爵当下人，他爱上了伯爵收容的孤女。但他不满足于宫廷的狭窄生活，又去意大利寻求幸福，结果未找到，只能回来和孤女结婚。伯爵夫人送他一座小宫殿，但他又打算婚后去意大利生活。主人公到处寻求幸福，却又得不到，这深深地反映出主人公与现实之间格格不入。作者描绘的田野、村庄、森林、小岛、河流、古堡和月色处处洋溢着诗情画意，令人神往，而写人写景采用的是现实与梦幻交织、逼真而又恍惚的手法，充满了强烈的浪漫色彩。

阿德贝尔特·封·沙米索(1781—1838)出身法国贵族，大革命时随父母逃亡到德国。1798年起他在普鲁士军队任军官。1806年退伍，其间他与柏林浪漫派有来往。1807年他学习植物学,同时也从事文学创作。1815年他参加俄国的一个世界旅行团,历时三年之久,后来他发表了关于这次旅游的日记《周游世界》(1836)。1819年他在柏林植物园供职,1833年起主编《德国缪斯年鉴》,1803年起开始写诗,1831年出版《诗集》。他的诗作具有民间风格,题材广泛,涉及一些社会现实问题,超出了一般浪漫派作家创作题材的范畴。他的作品中最为人们阅读,并具有世界影响的是《彼得·史勒密尔的奇怪故事》,又译《出卖影子的人》(1814)。小说来源于德国民间传说,作者以童话式的故事讲述了一个追逐金钱以致差点出卖自己灵魂的人的奇遇。主人公史勒密尔因为贫穷去找富人帮忙,在那里他见到一个"穿灰衣的人",他有个口袋,他要什么口袋里就有什么。这个"灰衣人"看中了史勒密尔的影子,于是两人达成了协议,"灰衣人"用这个魔袋换取了史勒密尔的影子。史勒密尔有了这个魔袋成了富翁,他想要什么,口袋就满足他的愿望。但由于他没有影子使人感到恐惧、憎恶,以致人们鄙视他,使他白天和夜晚月光下都不能外出,就连他的未婚妻也因此被迫解除了婚约。他想换回影子,但"灰衣人"却在一年之后才再次出现,非但不还他的影子,而且企图用他的影子换他的灵魂。但史勒密尔这次没有上当,非但没有答应,甚至把魔袋扔进了深坑。后来他得到了一双神鞋,穿着他走遍了全世界,在研究大自然,尤其是植物中获得了生活的意义。作者用这样的一句话结束这个故事:"如果你要在人中间生活,你首先要学会珍视影子,然后再珍视金子。"这个出卖影子的故事至今为人们所传诵,告诫人们不要对金钱贪婪。

威廉·缪勒(1794—1827)出生在鞋匠家庭,曾在柏林学习语文学,参加过民族解放战争。1818年他在家乡任教师,后在图书馆工作。他的创作以诗歌为主,作品具有朴实的民歌风格,非常清新、真挚,但带有一种忧伤的情调。他以诗歌歌颂希腊人民反抗土耳其的异族统治,写出了《希腊之歌》(1821—1824),1825年翻译了《新希腊的民歌》。由于他对希腊表达的极大同情，而获得了“希腊人——缪勒”的名称。他的重要作品有《抒情的旅行和箴言般的漫游》(1827)。他的两组诗《磨坊工之歌》和《冬之旅行》由音乐家舒伯特[1]谱成声乐套曲《冬之旅》和《美丽的磨坊姑娘》而闻名天下，其中的《菩提树》更为世界各国人民所传唱。这些诗用抒情的、自然的语言表达了一个流浪者对家乡和童年的回忆和眷恋以及他所经受的爱情的苦恼。他的诗歌本身就具有很强的音乐性，经舒伯特配曲更是优美绝伦。

弗里德利希·富凯(1777—1843)出身于贵族世家，祖先为法国人。他曾参加普鲁士军队，1813年参加反拿破仑的民族解放战争。1815年辞去军职，从事文学创作。以后他在哈勒大学任文学教授。1840至1842年在柏林办《贵族报》。富凯与霍夫曼往来甚密。他的作品有诗歌、剧本，但最多也是最重要的是小说。他的小说大多以中古时代为背景，主人公以骑士或英雄传说人物为主，往往取材于古代日耳曼和北欧的传说，例如《北方英雄》(1808—1810)即是根据尼伯龙根的传说写成的剧本。他的长篇小说《魔指环》(1813)写的是中世纪宗法社会中骑士的故事。他往往把骑士和骑士制度理想化，为此他常被人称作浪漫派骑士文学作家。他的作品中至今还为人们所喜爱的是童话体小说《温蒂娜》(1811)。该书讲一个水妖与骑士的爱情故事。水妖温蒂娜非常美丽，但却没有灵魂，只有与凡人结婚才会有灵魂。她爱上了一个骑士并与他结婚，她虽有了灵魂，但却从此也有了人间的烦恼。骑士不久又爱上了一个美丽的姑娘，温蒂娜非常痛苦。一天，骑士在多瑙河上侮辱了温蒂娜，从此她又失去了灵魂，并且在水中消失。最后温蒂娜又一次出现，给了骑士一次致死的亲吻，然后自己化作一溪清水围绕在丈夫的墓旁。这个故事不仅向人展示了至死不渝的爱情，同时也启迪人们，有灵魂就会有痛苦。《曼陀罗花》(1810)

---

① 舒伯特(1797—1828)，奥地利作曲家。

讲的也是鬼怪，取材于古老的民间传说关于瓶中妖魔的故事。他的长篇小说还有《死之盟》（1811）、《辛特拉姆和他的伙伴们》（1815）等。

恩·台·阿·霍夫曼（1776—1822）出生在律师家庭，大学读的也是法律，后在司法机关任职。他是个多才多艺的作家，1802年因画画讽刺普鲁士军官而受到迫害，1806年他因拒绝宣誓效忠法国占领军而被革职。以后他就在柏林、莱比锡等地靠作曲、作画、当乐队指挥、当导演、教师来维持生活。1816年任柏林高等法院顾问，1821年辞职，后又被任命为高等法院上诉院成员，晚年瘫痪，在柏林逝世。

霍夫曼是位具有很大世界影响的作家。除了许多德国本土的作家外，一些世界著名作家，例如果戈理、陀思妥耶夫斯基、波德莱尔、爱伦·坡等都受到过他的影响。由于他作品的怪诞、离奇、丰富的想象力，以及幻想和现实交织的手法，深刻的心理描绘等特点，他曾被看作颓废派和神秘主义的始祖，但实际上霍夫曼对现实社会的不满和批判是显而易见的。他的创作手法为20世纪的现代派开了先河。

霍夫曼的作品很丰富，在柏林期间他与沙米索、富凯、布伦塔诺等人关系密切。在他的作品里表现出了浪漫派的特色，但他并不逃避现实，相反他对当时社会中种种腐朽丑恶现象作了批评讽刺，但其形式往往是通过离奇怪诞的情节、神秘古怪的人物来进行，从而也就形成了霍夫曼的特有风格。在霍夫曼的作品中以艺术家为主人公的居多，这跟他本人作为艺术家的亲身体会密切相关，例如他的《卡罗特式的幻想篇》（1814—1815）是部短篇小说集，其中的大部分作品反映的就是作者从事音乐活动时的经历和感受。其中最著名的是《金罐》（1814），讲述一位心地单纯的大学生不喜欢庸俗的社会生活。一次出游，他见到树上有三条会跳舞、说人话的小蛇。之后，他偶然结识了城里的档案保管人，才知这三条小蛇是保管人的女儿。其中一条有蓝眼睛的小蛇爱上了这个大学生，她告诉他，父亲原本也是条蛇，但由于犯了错，上天对他惩罚，把他变成了人，只有三个女儿找到像他那样纯真而有诗意的人结婚，才会结束这种现状。大学生还在那里见到一只金罐，这是蓝眼睛小蛇将来的嫁妆。大学生向由蓝眼睛小蛇变成的塞尔彭蒂娜表示了爱情。但这时来了个妖婆，她盗走了会给人带来幸福的金罐，并使大学生看了她的魔镜，于是大学生立刻失去了他的纯真和诗意，回到了现实庸俗的生活。由于魔法，大学生被囚入一个狭窄的水晶瓶里，他感到憋气，难以忍受，这里和他广阔的幻想世界相距太远。最后小蛇的父亲战胜了妖婆，大学生终于和塞尔彭蒂娜结了婚，档案管理员后来全家搬到一个小岛上生活，金罐保护着他们。

这篇小说的主题是庸俗生活和诗意生活的对比。霍夫曼作为一个艺术家和作家对德国社会中的庸俗面深恶痛绝。他见到许多人热衷于钩心斗角，为的是追逐名利和权力，他们往往在这种狭隘的生活中踌躇满志。为此他创造了一个与这类人截然不同的大学生，他单纯、朴实，超凡脱俗，完全不同于那些现实生活中的俗人。在这个大学生眼中有一个幻想的、诗意的世界，正因如此，他才得以保持他的纯真。霍夫曼在描绘现实世界时，采用现实手法，使用讽刺嘲弄，而在刻画诗意世界时则充满幻想色彩，甚至妖魔鬼怪纷纷登场，显示了霍夫曼惊人的想象力。另一部短篇集《谢拉皮翁兄弟》（1819—1821）以四个爱好艺术的年轻人互相讲述的故事串联而成。他们是霍夫曼作品中一再出现的脱离现实社会、躲避到自己幻想世界中去的那种人。其中的《斯居德丽小姐》（1819）最为著名，它是德国第一篇文学性的侦探小说，叙述巴黎一位著名金饰匠每制作一个首饰，就杀死一个主顾的故事。他杀人的动机是为了追回自己制作的首饰。小说悬念迭起，曲折紧张，作者在这里深刻探索了金匠的心理演变。

长篇《魔鬼的不老汤》（1815—1816）是一篇用自叙方式讲述的故事，主人公是个修道士，他经不住诱惑喝了神秘的不老汤，从此就让魔鬼缠上了身，变成一个十足的恶棍。他爱上了美丽的姑娘奥莱利，并杀了她的继母和兄弟，走上了逃亡的道路，在森林里他遇到了长得和他一样的“疯修道士”。他改名更衣来到一个朝廷,又见到奥莱利,她认出他是杀人凶手,于是他被逮捕。但和他长得一样的“疯修道士”这时又突然出现,自称自己是凶手并代他入了牢狱。这之后,故事几度波折:修道士几乎与奥莱利成婚,“疯修道士”差一点被正法;修道士在冲动下又想杀死奥莱利,未果后逃到罗马一所修道院去修行;最后他在家乡为奥莱利主持出家仪式时,从刑场逃出的“疯修道士”又突然出现,把奥莱利杀死在教堂里。从此修道士在修道院潜心修行,并记下了他的一生。这是一部充满浪漫主义色彩的命运悲剧小说,其中内心分裂和双重人格的描绘是全书最为突出的特点。这种对人格的深刻剖析对后来作家塑造人物具有很大的启发作用。

长篇《公猫摩尔的人生观,附乐队指挥约翰·克莱斯勒的传记片断》(1820—1822)是他的重要代表作之一。全书分三卷,但第三卷没有完成。整部小说以两条线索交错展开,写了两个完全不同的角色:一方面是公猫对生活的各种观感,它是典型的德国庸俗市侩的代表;另一方面是音乐指挥家在鄙陋的社会环境下的遭遇和苦恼。小说揭示了这样一个问题:有才华的、真诚的艺术家在现实生活中没有立足之地。

霍夫曼晚年的作品更重视现实,也更贴近人民。《侏儒查克斯》(1819)写一个侏儒靠他头上的三根有魔力的红头发飞黄腾达,成了国王的大臣,但最终还是逃脱不了失败的命运。这童话对德国当时社会作了犀利的讽刺。《跳蚤师傅》(1822)将现实中法兰克福的市民生活与神话世界重叠地交织在一起。小说《堂兄弟的角隅之窗》(1822)通过一个瘫痪人从窗口观察柏林光怪陆离的生活,反映出霍夫曼自己的思想情感变化和他对普通老百姓的深切同情。霍夫曼作品中出现的那些恐怖怪诞的非常事件和稀奇古怪的妖魔鬼怪实际上是作者对丑恶现实的夸张,是他对现存社会的尖锐观察和强劲的讽刺。

亨利希·封·克莱斯特(1777—1811)出生于法兰克福的一个普鲁士

没落贵族军官家庭，11岁丧父，16岁丧母。1792年，15岁的克莱斯特加入波茨坦近卫军团，1793年参加干涉法兰西第一共和国、围困美因兹的战争，1797年参加莱茵河地区战役，同年升任少尉。1799年，他辞去军职，进入在故乡的大学攻读哲学、物理等课程，受到康德不可知论的影响。1800年夏迁居柏林后，克莱斯特去各地旅游，结识了歌德、席勒、维兰德等人。1805至1807年他在柯尼斯堡供职，1807年曾被法国占领军以间谍罪囚禁数月。1809年4月，克莱斯特迁居德累斯顿，和浪漫派作家蒂克等人交往，并创办文艺月刊《太阳神》。1810年回到柏林后，他同作家亚当·米勒合办《柏林晚报》，批评时政，受到严厉检查，被迫停办。他从贵族立场出发，追求自己的"真理"，但又感到真理无法认识；他渴望有一种理想的社会，但严酷的现实又使他感到这种理想无法实现。他抨击普鲁士的改革措施，受到政府当局的压制；他仇恨法国的国家主义，却又得不到普鲁士政府的赏识。为此，他感到彷徨苦闷，悲观绝望，最终，在柏林近郊的万湖同身患绝症的女友一道自尽身亡。

克莱斯特的创作正处于德国的浪漫主义时期，他的作品不可避免地打上了浪漫主义的烙印：具有比较浓厚的唯心主义和神秘色彩。《海尔布隆的凯蒂欣》（1810）又名《考验》，是一部典型的浪漫主义骑士剧，描写铁匠女儿凯蒂欣的爱情故事。15岁的少女凯蒂欣对韦特尔伯爵一见钟情，紧追不舍，甚至不惜冒着生命危险，冲入燃烧着的室内，取出伯爵的肖像。之所以如此，是因为凯蒂欣在除夕之夜梦见一位骑士，天使预言，这就是她未来的夫君。与此同时，在宫中病榻上的韦特尔伯爵梦中也有同样经历，所不同的是，天使预言他将娶皇帝之女为妻。几经挫折，凯蒂欣终于证实了自己的公主身份，成了伯爵的新娘。凯蒂欣跟踪韦特尔的这一悬念紧紧扣住观众心弦，凯蒂欣公主身份的确认又使故事的结局来了一个大转折。伯爵原以为被自己拯救的贵族少女库妮贡特就是未来的生活伴侣，没想到她却是企图害死凯蒂欣的凶手。在梦幻与现实的相互交替中，异乎寻常的情节使人感到惊异，但在神秘面纱笼罩下的宿命论却明显可见。

喜剧《破瓮记》（1808）由歌德倡议，于1808年3月2日在魏玛宫廷剧院首次演出，未获成功。其原因是：歌德将剧本分成三幕，前面拖得太长，结尾过于仓促。这部剧取材于克莱斯特在瑞士旅行时看到的一幅铜版画，具有很强的现实性。故事发生在尼德兰，青年农民鲁布莱希特与同村少女埃娃相恋。乡村法官亚当为占有埃娃，伪造军令，扬言要将鲁布莱希特送往东印度服役，但同时又声称他可以出具疾病证明，使埃娃的未婚夫免去东印度。亚当借送证明之机，夜晚来到埃娃房间，提出可耻要求，遭到拒绝。这时，适逢鲁布莱希特来到埃娃家，亚当在忙乱中跳窗而逃，打碎埃娃母亲玛尔特心爱的罐子，又丢掉假发，头上还被鲁布莱希特痛击两下。次日，玛尔特去法院告状。在来此巡视的检察官督促下，狼狈不堪的亚当不得不当即升堂问案。玛尔特状告鲁布莱希特打碎她的罐子，要他赔偿。鲁布莱希特一面为自己辩解，一面指责埃娃另有新欢，要求解除婚约。经过法庭对质，终于真相大白。法官变成了被告，只好狼狈逃走，一对年轻人也消除误会，重归旧好。剧本揭露了普鲁士司法制度的腐败，面对如山的铁证，检察官和法官仍然官官相护。在看到案情的发展有可能将法官推上被告席时，检察官居然企图冤枉无辜，保护真凶，示意法官草草收场。与此同时，剧本也歌颂了农村青年男女淳朴的品质和坚贞的爱情。埃娃一切言行的出发点，皆出于对鲁布莱希特的爱。她在法庭上顾虑重重，也是怕得罪法官会使未婚夫被送往东印度。但当她看到法官宣布未婚夫有罪，要将他送进监狱时，她变得无所顾忌了。她当场戳穿了法官的阴谋诡计。戏剧中，不是由演员的表演，而是由登场人物的陈述来展开情节。由玛尔特告状时的陈述提出问题，通过鲁布莱希特的辩护，邻居布里吉特关于假发的证词，埃娃的揭露，案情一步步明朗化。情节的发展自然有序，浑然天成。人物的对话幽默风趣，朴实粗犷。由于其思想上和艺术上的巨大成就，这一现实主义剧作与莱辛的《明娜·封·巴尔赫姆》和豪普特曼的《獭皮》一道，被誉为德国文学史上的三大喜剧。

克莱斯特的创作大多取材于古希腊、古罗马和古日耳曼的历史，着重人物心理刻画，因此，也有人称他为“介于古典和浪漫派之间”的作家。1810年的《弗里德里希·封·霍姆堡亲王》就是这样的剧本。该剧取材于17世纪勃兰登堡的历史。霍姆堡因爱恋选帝侯的侄女娜塔丽公主，在领受军令时心不在焉。战斗开始时，他未按命令行事，提前发动进攻，取得巨大胜利。虽然大获全胜，但因违反军纪，霍姆堡终于克服怕死的弱点，为维护军纪准备引颈受戮。由于这一勇敢行为，他不仅保全了性命和荣誉，还赢得了娜塔丽的爱情。剧本一方面极力宣扬普鲁士唯命是从的军纪，极力美化这种“战争的神圣法令”；另一方面也批评了那种脱离实际、贻误战机的教条主义的作战命令。

除上述作品外，克莱斯特创作的剧本还有《罗贝尔特·居斯伊卡》（片断，1808）、《赫尔曼战役》（1808）和命运悲剧《施罗芬施泰因一家》（1803）、悲喜剧《安菲特吕昂》（1807）、诗剧《彭忒西勒亚》（1808）。

克莱斯特不仅在戏剧创作方面硕果累累，而且也留下了一些脍炙人口的中短篇小说。

中篇小说《马贩子米歇尔·戈尔哈斯》（1808）的主人公因不堪容克地主的压迫，揭竿而起。他率领的队伍屡战屡胜，多次洗劫窝藏该地主的维腾贝格市，威胁着萨克森王朝的统治。后来戈尔哈斯由于误信马丁·路德的调解，放下武器，企图通过法律程序赢得自己的权利，却遭到官府逮捕，被扣上“破坏国家治安”的罪名，被处以死刑。作品在暴露统治者残暴无耻，歌颂人民反抗压迫的英勇斗争的同时，给人们提出了一个既要敢于斗争，还要善于斗争的重大课题。作品的前半部写得光彩照人，后半部在描写屈膝投降时，掺杂着神秘的宿命论观点，显得苍白无力。

短篇小说《O侯爵夫人》(1808)的女主人公是一个出身名门望族、品行端庄的寡妇。因为在战乱中遭到俄国士兵侮辱,她怀了身孕但又不敢道出真情。她遭到家人斥责,被逐出家门,害怕即将出生的孩子受到社会歧视,在百般无奈之中,只好登报寻找孩子的父亲。由于塑造了一个具有清醒的自我意识,面对社会的责难敢于傲然走上独立生活道路的妇女形象,这篇小说得到了"妇女解放的先声"的美誉。小说故事的安排颇具匠心:一位寡居三年、名声极佳的妇女居然身怀六甲,从一开始,小说便扣人心弦。作者将针锋相对的两种品格集中在一个人身上,使小说的情节变得扑朔迷离,在貌似荒诞的故事中,蕴含着合乎情理的必然性。

著名短篇小说《智利地震》(1807)以1647年智利首都圣地亚哥为背景,描写一对青年男女的悲惨遭遇。地震前,在修道院的贵族少女何赛法同家庭教师耶罗尼莫相爱,并发生关系。事情败露后,何赛法被判斩首。行刑之日,耶罗尼莫也准备在狱中悬梁自尽。因发生地震,两人得以虎口余生。但地震后,两人又被神父加上伤风败俗、引发地震的罪名,最后死于众人的乱棍之下。小说暴露了教会的残暴和群众的愚昧,歌颂了生死不渝的爱情。

克莱斯特的才华不仅表现在戏剧和小说的创作上,也体现在轶事和文学论著的写作中。文学评论《论木偶戏》(1810)表达了艺术的优美来自艺术家创作时的自由心态这一美学思想。其轶事言简意赅,隽永风趣。

除上述作家外,在同一时期施瓦本也聚集了一些浪漫派作家,他们以乌兰德和豪夫为代表,人数远比柏林派要少,组织也更松散。

路德维希·乌兰德(1787—1862)是德国施瓦本浪漫派的代表人物,出生在图宾根,大学时代攻读法律和语文,并开始写作。1810至1811年他在巴黎学习,在那里结识沙米索,1812年在斯图加特任司法部官员及律师,并从事政治活动,曾入选图宾根和斯图加特的议员,1829年在图宾根大学任教，1839年中止政治活动，专心从事学术研究。作为诗人，他在晚年诗歌创作较少，1848年被选入国民大会，较多时间投入政治。他的思想在当时属左翼，是资产阶级自由派。在德国十一月资产阶级革命失败后，他过起深居简出的生活。

他的诗歌具有浪漫气息和民歌风格相结合的特色。除抒情诗外，他写有许多叙事诗。他的作品许多是写普通人的欢乐和痛苦，有的是历史传说和神话，有的具有极强的反封建、反专制暴政倾向。其中著名的有《歌手的诅咒》（1804）、《埃贝哈德·德·芬舍巴德伯爵》（1815）和《埃登哈尔的幸福》（1829）等。在民族解放战争时，他的《致祖国》和《好伙伴》都是著名之作，均收在《祖国诗集》（1817）中。乌兰德的诗作语言凝练、韵律优美；舒伯特、舒曼都曾为之谱曲。

乌兰德在研究德国民歌方面很有成就，被誉为日耳曼语言文学的奠基人之一。他对德国民歌的起源和性质作了深入的探索。他的《关于诗歌和传说的历史文集》（1865—1873）是一套八卷的巨著，其中《德国古代诗歌》（1830—1831）及《瓦尔特·封·福格威德》（1822）等论文均有极高的价值。他全力汇集的民歌集《古代高地德语与低地德语民歌集》（第一卷，1844—1845；第二卷至第四卷，1865—1873）是非常珍贵的作品，乌兰德对此书所作的注解更具重要的学术价值。

威廉·豪夫（1802—1827）是施瓦本浪漫派作家，出生在斯图加特的一个官员家庭，1820年在图宾根神学院学习神学和哲学，后任家庭教师。1826年他到法国、荷兰旅行，1827年因染上流行病而去世，享年才25岁。豪夫的创作生涯仅仅三年，但作品却甚为丰富。他的作品往往具有极大的幻想力，常常将现实素材加上想象，构成曲折离奇的情节。他那取材于符腾堡16世纪历史的长篇小说《列希腾施泰因》（1826）将真实的历史和虚构的情节融为一体。豪夫善于采用历史和童话的材料，但往往用它们揭露德国社会中腐朽和庸俗的现象，嘲讽德国鄙陋的现实。他在最初一些浪漫主义色彩较重的作品之后就开始转向现实主义，中篇《艺术桥的女乞丐》（1826）就是一例。1826年、1827年和1828年他连续发表的三卷童话集，受到广大群众的喜爱。第一集《骆驼商队》中收有大家所熟知的《鹳鸟哈里发》及《小木克的故事》；第二集《亚历山德里亚的酋长和他的奴隶》中有《侏儒鼻儿》；在第三集《施佩萨特客店》中收有著名的《冷酷的心》。这些童话由书中的人物来讲述，其形式类似《十日谈》，讲述的故事往往异常离奇，包含有很丰富的哲理性，同时对统治阶级的腐朽、贪婪、凶残作了揭露，对小人物的善良、机智进行了歌颂。其中《冷酷的心》更是对金钱、财富的追逐作了深刻的批判。

《猴子当人》（一译《年轻的英国人》，1828）是很能代表豪夫风格的作品，故事讲述在某个城市，来了个陌生人，与任何人都不来往。有一天他从马戏团买了只大猴子，日夜加以训练，使它学会了一切社交礼仪，然后带它出席社交集团。该城的上层社会对它崇拜之极，模仿它的一切举止，并称它是年轻的英国人。某天陌生人故意不出席音乐会，这只充当他"侄儿"的猴子无人管束，最终真相毕露。这使那些模仿它、崇拜它的人们羞愧得无地自容。豪夫用一种宁静的叙述风格，在宁静中却极尽犀利讽刺之能事。这篇作品对德国市民的庸俗面批判很深刻。

弗里德里希·荷尔德林（1770—1843）出生于内卡河畔的劳芬，父亲为当地修道院总管。他三岁丧父，1774年母亲改嫁，不久又失去继父。他的童年和少年时代都在祖母和母亲身边度过，女性的爱抚养成了他柔和的性格。他先后在两所教会学校学习，1788至1793年在图宾根神学院学习神学，与谢林、黑格尔结为至交。在此期间，他阅读了柏拉图、索福克勒斯、莎士比亚的作品，开始研究卢梭、莱布尼兹等人的哲学思想，而对神学却毫无兴趣，更不愿从事牧师职业。1789年的法国大革命不仅激发了他的热情，还使他找到了一条实现自己理想的途径。在革命爆发前不久写下的颂歌《男子们的欢呼》中，他抨击了封建专制制度，同时热情歌颂了

“正义”、“自由”和“对祖国的爱”。

经席勒介绍，荷尔德林于1793年10月去瓦尔特斯豪森任家庭教师，1794年去耶拿，翌年在席勒身边任编外学者，听过费希特讲课。席勒和费希特对人类教育的推崇强烈地吸引着荷尔德林。

1796年初，荷尔德林迫于经济上的压力，去法兰克福银行家贡塔尔德家任教师。在法兰克福工作的两年中，他对女主人苏赛特·贡塔尔德产生了无望的爱情。他在银行家年轻的妻子身上看到了和谐、自然和美结合的理想，把她看成是一个完美的人。为此，他按照苏赛特的原型，塑造了《许佩里翁，或希腊的隐士》中狄奥提玛这一光彩照人的形象。荷尔德林与苏赛特之间的亲密关系激怒了嫉妒的丈夫，在同贡塔尔德一番争吵之后，荷尔德林于1798年9月离开了法兰克福。1798年至1800年在霍姆堡期间，他曾试图创办期刊《伊杜娜》，未获成功，却完成了悲剧《恩培多克勒之死》。

1801年迫于生计，他先后去瑞士和法国担任家庭教师。1802年6月，他再次回到尼尔廷根。这时，他的举止已出现异常，得知苏赛特病逝的消息，更加重了他的病情。1803年，他终于精神失常。尽管如此，他仍然笔耕不辍，并从事希腊悲剧的翻译。待到1806年，他的精神完全失常，被人送进了图宾根精神病院。次年，他被一对好心的木匠夫妇收留，直到他去世时为止。

在荷尔德林的作品中，《许佩里翁，或希腊的隐士》（第一卷1797，第二卷1799）占有重要位置。这部书信体抒情小说最初于1794年以片断形式发表在席勒主编的《新塔莉亚》杂志上，最后才在哥达结集出版，包括62封信。其中有44封是许佩里翁写给他的朋友贝拉尔明的，信中回顾了往事；有13封是许佩里翁写给他的情人狄奥提玛的，有4封是狄奥提玛给他的信，在接近尾声时有一封狄奥提玛的朋友来信，告诉他狄奥提玛去世的消息。

许佩里翁是一个希腊青年，生活在18世纪下半叶土耳其统治下的希腊。每当回忆起古希腊的荣耀，他就会为祖国遭到外国侵略感到耻辱和忧伤。他在好友阿拉班达爱国热情的鼓舞下，参加了1770年反抗土耳其的民族解放战争。在战争中，他身负重伤，看到希腊军队占领斯巴达后军纪松弛，烧杀抢劫，深感失望。这时，只有恋人狄奥提玛作为完美理想的化身，给他带来精神上的慰藉。不久，情人和好友相继去世。他在孤独、悲伤和绝望中离开希腊，来到德国。可是德国的情况同样令人失望。于是他又回到祖国，开始过隐居生活，渴望与大自然融为一体。

在小说中，阿拉班达和许佩里翁虽然都有变革现实的愿望，但变革现状的方式却大相径庭。阿拉班达主张通过暴力，而许佩里翁则希望通过教育来实现自己的理想。在这里，许佩里翁所表达的正是荷尔德林本人的意愿。在深受古希腊文化艺术影响的荷尔德林看来，只要人们认识和理解了爱、友谊、欢乐、和谐这些自然要素，就可以产生改造社会的力量，因此他主张通过教育使人民觉醒，以达到改变现状的目的。不难看出，在阿拉班达身上体现的是狂飙突进运动的斗争精神，而在许佩里翁的理想中所宣扬的则是古希腊的自然与和谐。

小说存在着两个层面——过去与现在，理想与现实。这两个层面的矛盾冲突推动着情节的发展。这种情况在许佩里翁写给贝拉尔明的一封信中表现得十分明显：一方面，“在这个民族里，没有任何神圣的东西是不被亵渎的，不被贬为可怜的随便使用的东西的。”另一方面，“啊！自然一定是有神性的，因为你们可以进行破坏，但它却不会衰老，不管你们怎样，作为美好的事物，它仍然保持着美好！”在小说中，自然和美的化身就是狄奥提玛。她的形象体现了古希腊对于完美的人的理想。狄奥提玛与大自然实现了和谐的统一。在一个小岛上，在那些与大自然关系密切的人们中间，她的天性得到了和谐的发展。她那全面发展的性格同现代人畸形发展的性格形成鲜明对比。许佩里翁与狄奥提玛相爱，体现了荷尔德林对于美的追求。她的去世既意味着许佩里翁希望的幻灭，也预示着荷尔德林理想的破灭。

《恩培多克勒斯之死》(1796—1800)是荷尔德林未完成的诗体悲剧，现有三种残稿。这三种手稿因创作时间不同，彼此之间有较大独立性。构成戏剧主体的是关于公元前5世纪哲学家恩培多克勒斯投身埃特纳火山口的传说。恩培多克勒斯出生于西西里岛，因积极参加反对贵族专权的斗争，被群众拥立为国王。但他认为王冠应当成为过去，人民应当自己解放自己，拒不接受王冠，宁肯投身火山口，以死唤醒民众。在第一稿中，他号召民众要"像初生的婴儿那样将目光投向神性的自然"。在第二稿中，恩培多克勒斯变成了一种反叛的力量。第三稿又对细节作了一些修改，作者不再强调恩培多克勒斯个人的悲剧过失，把他的自我牺牲归咎于社会矛盾。这样的处理同剧本的宗旨完全一致，因为这部悲剧着力表现的是已经觉悟的知识界与尚未觉悟的民众之间的关系问题。主人公要实现自己的理想，但面对愚昧无知的民众，却又感到无能为力，最后只好一死了之。

荷尔德林的主要成就在诗歌。他早期(图宾根时期)的诗歌深受席勒影响。这一时期(1788—1793)的诗歌以押交叉韵的八行诗节为主，每首诗都由若干诗段组成。这些诗被称为"人类理想的颂歌"，其风格和布局近似席勒的《欢乐颂》，但比起席勒来，更具有颂歌的特性。每一首颂歌都歌颂一种理想，内容涉及自由、美、友谊和爱情，反映了法国大革命后德国青年的热情和对德国封建制度的反抗。在《人类颂》中，我们看到"在自由的旗帜下，青年们已经/感到自己像天神般善良而伟大"，"为崇高的爱所鼓舞，飞翔着的/年轻的雄鹰永远不知疲劳"。结尾时诗人唱道："苍穹宣告尘世的荣誉，/人类进入完善的境地。"自由与正义将使人类进入到完善的境地，这是诗人毕生追求的崇高目标。

荷尔德林中期(法兰克福时期)的诗歌摒弃了早期的抽象性，找到了一种适合于他的独特形式——哦德体。德国诗人克洛卜施托克曾经使用过这种古典的颂歌体。荷尔德林的颂歌体使用两种诗律：阿尔凯奥斯诗律和阿斯克勒庇阿德斯诗律。阿尔凯奥斯诗律的特点是：一句扬抑抑格六音步诗行与半句扬抑格五音步诗行交替使用。阿斯克勒庇阿德斯诗律的特点是：诗行中间有停顿，一行诗分成两个尾韵不全的扬抑格和扬抑抑格三音步诗行。譬如《致命运女神》为阿尔凯奥斯诗律；《海德堡》则为阿斯克勒庇阿德斯诗律。《致狄奥提玛》也是用典型的阿尔凯奥斯诗律写成的古代颂歌。荷尔德林出于对苏赛特的爱慕，创作了不少颂歌。这首诗大致写于1797年，世界万物的有机联系在六音步诗行与五音步诗行的相互交替中，自然而然地表现出来，使人们感受到大自然的欢乐，经历到由于爱情而产生的“快乐的困惑”。

对未来社会的歌颂，对现实社会的不满，是荷尔德林晚期诗歌的重要主题。在1800年后，荷尔德林写了不少挽歌体诗和自由节奏诗。这些节奏鲜明的无韵诗意境优美，令人神往。由双行诗句构成的《梅农为狄奥提玛而哀叹》、《漫游者》等挽歌格律严谨，音调和谐。自由节奏诗《和平的节日》、《给大地母亲》和《莱茵河》等把自然与艺术融为一体，表达了诗人对祖国和人类的关怀和信念，被称为“祖国赞歌”。他的《生命的一半》（1803）被誉为“荷尔德林作品的心脏、核心和顶峰，是地地道道的遗嘱”。诗中“黄澄澄的梨子”、“漫山遍野的野玫瑰”和“可爱的天鹅”构成一幅春意盎然、绚丽多姿的画面，但冬天一到，只剩下满目萧瑟的景象，诗人预感到了与世隔绝的“默然不语和无动于衷”。正是由于他不幸的孤立，由于他无法解决的理想与现实之间的尖锐矛盾，使他的诗变得过于内向、主观和艰深，在客观上具有异国情调的风格。

沉寂一个世纪的荷尔德林，一直到20世纪初，才随着其重要遗稿的发掘，引起人们越来越多的关注。他的作品语言清新，自然纯洁，形象生动，发人深省。他的作品既有古典主义成分，也有浪漫主义成分。从作品的完整性，人道主义理想，美的追求，以及对于希腊文化的尊崇来看，他属于以歌德、席勒为首的古典主义；从他那梦一般忧郁的渴望，热情的主观意识，现实与理想的矛盾，企图在幻想中再现理想化的古希腊共和国等方面来看，他又属于当时方兴未艾的浪漫主义。

除创作外，荷尔德林还写过一些理论著作，翻译过索福克勒斯的剧本《俄狄浦斯王》和《安提戈涅》。

让·保尔（1763—1825）是笔名，原名约翰·保尔·弗里德利希·里希特，生于乡村教师家庭。由于父亲去世过早，家庭经济困难，他被迫从莱比锡大学退学，1784至1789年在家乡任家庭教师和小学教师，1798至1800年移居魏玛，和赫尔德成为密友。1804年他定居拜罗伊特，潜心从事文学创作，1824年双目失明。

让·保尔从大学时代就开始写作，如《格陵兰的案件》（1783—1784）就是那时的作品。这时期的作品受到18世纪英国斯威夫特的影响，带有讽刺性。1790年后他逐渐改变创作风格，在主题上对狭隘生活有所侧重，而写作的手法则不拘一格，非常有情趣，幽默而奇特。《奥恩塔尔的快乐的教师马利亚·武茨的生平》（1793）虽是短篇，却标志了让·保尔创作的转折点。这是典型的幽默小说，描述了乡村教师武茨从童年到老年死亡的一生，展示了一位小市民在狭窄天地里过的日常生活以及他的知足者常乐的心态。这篇小说当时是作为长篇小说《看不见的共济会》（1793）的附录，并没受到人们重视，但当让·保尔的其他作品不再为人阅读时，它却依然为人们所传诵。《看不见的共济会》是一部长篇小说，但未完成，小说讲的是一个贵族的儿子从小受到两种完全不同的教育后走上社会的经历，反映了让·保尔的教育思想。他的成名作是1795年出版的《黑斯佩罗斯，或45个狗邮日子》，讲述了主人公在宫廷的阴谋包围之中终于得到美满结局的故事。

《花卉、果品、荆棘画或穷人律师齐本克思的夫妇生活、死亡和婚礼》（1796—1797）是德国第一部有关婚姻问题的小说，比歌德的《亲和力》还早15年。这部小说涉及的是德国18世纪末的市民生活，具有现实主义倾向。有些文学史家称让·保尔是一位风俗画家，这部小就具有这种特色。内容是讲律师齐本克思由于妻子只想到生活的各种琐事，而不顾他的创作而与之经常发生冲突。大学时代的好友莱布盖伯不但帮他出版了作品，还邀请他去做客，在朋友那里，他结识了少女娜塔丽，两人一见倾心。由于莱布盖伯与齐本克思长得像孪生兄弟，莱布盖伯出主意让齐本克思回去假装病死，然后代替莱布盖伯去伯爵处任职，自己好远走高飞。此计果然奏效，齐本克思的妻子后来改嫁，因生育而死亡，最后齐本克思终于和娜塔丽成婚。这部小说一出版就遭到了一些评论家的非议，认为该小说在道德观念上有问题，但它再版的次数却很多，并被译成了英、法、意、俄等文学。《少不更事的年岁》（1804—1805）讲的是一对孪生兄弟瓦尔特和伏尔特的不同性格和不同的经历。瓦尔特热情天真，心地善良，而伏尔特少时就外出，学会了独立生活，有丰富的社会经验，成熟而老练。遵照一个富翁的遗嘱，瓦尔特若能通过各种考验就能获得巨额财产，但富翁的亲戚百般刁难。于是伏尔特帮助兄弟去完成任务，但瓦尔特还是不断出错，于是伏尔特离开了他。伏尔特在临行时留下一封告别信，认为瓦尔特永远不会成熟起来，超越不了他的“少不更事的年岁”。小说写到这里就结束了，一直没有完成。全书构思奇特，通过瓦尔特企图通过考验的过程，让·保尔描绘了现实社会与单纯朴实的瓦尔特之间的矛盾，嘲讽了以金钱为本的人与人之间的关系。1804年让·保尔出了文艺论著《美学入门》，他将小说分成三大类：一、小说中的主人公是贵族阶级的，他把它称作“意大利派”；二、小说的主人公是市民阶级的，称作“德意志派”；三、“荷兰派”小说，写的是普通下层老百姓，犹如荷兰的风俗画。而前边提到的充满幽默讽刺的小说《花卉、果品、荆棘画或穷人律师齐本克思的夫妇生活、死亡和婚礼》及《少不更事的年岁》均属“德意志派”这一类小说。

让·保尔的另一部重要作品是花了十年的长篇小说《巨神提坦》（1800—1803），是歌德的《维廉·麦斯特》的对立物。其中不乏作者对唯美主义、古典主义、浪漫主义、批判哲学的看法。作品中有些人物是以当时魏玛的文人为原型的。作品以王位继承人阿尔巴诺的成长、教育、爱情等经历，直到他最后继位为主要发展线索，情节曲折离奇，显示了让·保尔怪诞的想象力。让·保尔的作品还有中篇小说《卡岑贝尔格博士的温泉旅行记》（1809）、《战地牧师施梅尔策的弗莱茨之行》（1809）等，后者批判了德国由来已久的市民性格中的怯懦性。让·保尔还写有教育方面的专著《莱瓦那，又名教育学》（1807）等。

让·保尔的作品往往结构松散，形式不拘一格，用语机智，比拟怪诞，充满幽默嘲讽。在他的作品里既有抒情、梦幻、内省、强烈的对比等浪漫主义因素，又描绘非常现实的周围小市民环境。他在哲学、宗教、政治等各方面的态度和观点自成一派。在文学上他既不同于古典派也不属浪漫派，他的创作特色是幽默，但这种幽默很难归入时代的任何潮流。他的作品曾风行一时，许多人也受过影响，但后来很少为人阅读。直到20世纪初，德国诗人格奥尔格再度发现了他，提出应重新评价他的价值，主张不应把他看成是单纯的牧歌幽默作家，而应好好研究他那独有的风格，尤其是让·保尔那具有非同一般魅力的语言。有的德国作家称让·保尔是出身卑下的人们的诗人，是穷人的歌者，是小人物的朋友。他在德国文学史上是位具有独特风格的作家。

约翰·戈特弗里德·索伊默（1763—1810）出身农民家庭，家境贫寒，1781年被强行拉走卖给英国殖民军赴美国当炮灰，1783年逃回后又被迫去普鲁士军队服役。他1787年退伍后在莱比锡任语文教师，同时在莱比锡大学攻读法律和哲学等学科，毕业后先后在华沙和莱比锡工作。1801

年他步行去意大利，前前后后曾去过波兰、俄国、芬兰、瑞典等许多欧洲国家，接触了这些国家的人民，看到了他们的生活。这些亲身体验促使他写出了具有反封建性质的游记。1803年出版的《1802年步行去锡拉库萨》和1806年的《我的1805年之夏》就是这样的作品，前者描述了意大利人民穷困的生活境况，指出了意大利统治者和教会勾结在一起对人民进行的压榨。后者揭露了俄国沙皇的专制独裁和农民的反抗，作者对俄国农民充满了同情。

索伊默的作品还有《回忆录》（1797）和《伪经》（1806—1807），其中有700余条格言，涉及有社会、宗教和哲学等诸多方面的问题，内容丰富，民主倾向甚为鲜明。索伊默活得不长，作品也不太多，但他却是德国1815年后的民主文学的开路人。

第三节　英国文学

法国革命爆发时，英国工业革命已经开始，工业无产阶级队伍也在成长。19世纪最初十年间，北方工业区已发生过多次工人暴动，最剧烈的是1811到1812年的群众性的破坏机器运动[①]。政府镇压工人，造成1819年著名的彼得卢大屠杀，社会矛盾已经很尖锐。但此时英国工业资本家和大企业主在政治上还未取得绝对统治地位，1832年议会通过了改革法案才巩固了资产阶级的最后胜利。

18世纪后半叶，英国和爱尔兰、苏格兰之间的民族矛盾加深，对外进行了美洲和印度的殖民战争。在法国革命的影响下，由资产阶级激进派领导的民主运动在18世纪最后十年达到高潮。当时民主会社林立，如“革命

---

① 史称勒德（Luddite）运动。

社”、“权利法案社”、“人民之友社”等，其中以1792年成立的“伦敦通讯社”为最激进，规模最大，组织也最民主。它吸引了当时许多著名的民主思想家和文人，如潘恩、葛德汶、布莱克等，也吸收了许多工人。“伦敦通讯社”的活动在雅各宾专政时期达到高峰，它召开了全英人民大会，邀请其他民主会社参加，并通过了要求停止对法战争和扩大选举权的决议。

民主派的斗争突出地反映在葛德汶和伯克的论战中。伯克在《法国革命随感录》(1790)这一著作中维护传统与习俗，认为社会是在过去的基础上成长起来的，不能用强制的办法把它推翻。民主派纷纷起来加以驳斥，如普里斯特莱(1733—1804)的《致伯克书》(1791)和潘恩(1737—1809)的《人权论》(1791)。但是葛德汶的回答更进一步，他在《政治正义论》(1793)一书中不但驳斥了伯克的论点，还在启蒙思想的基础上提出了空想社会主义性质的政治理想。葛德汶还写过一部暴露贵族地主迫害农民、揭发法律不公正的小说《凯列布·威廉斯》(1794)。葛德汶的理论著作在工人和民主派中间产生了很大的影响，雪莱就是他的热烈拥护者。另一个激进派的代表作家是威廉·科贝特(1762—1835)。他主编《政治纪闻》(1802—1835)周刊，并在周刊上发表《骑马乡行记》(1821—1834)。这部作品以通俗平易的文字，报道了作者骑马在英国旅行时的见闻。作者从小生产者的立场出发，对当时英国农民的贫困表示深切同情，要求改善他们的境况，同各种形式的大土地所有制进行斗争，辛辣地抨击英国的国教和金融寡头。

这一时期英国文学的主要成就是浪漫主义诗歌。浪漫主义这个词来自法文字romans，原是指从拉丁语派生出来的通俗白话语言。在英国，通俗语言文学已有很长久的历史，到17世纪时“浪漫”这个词的含义扩大，几乎可以用它来形容任何想象的、虚构的、神奇又不着边际的事物，而且往往带有贬义。进入18世纪之后，这个词逐渐增多了正面含义，特别当它被用来描写自然景观时，大都指景色美丽怡人。“浪漫”与大自然美的这种相关含义一直延续到19世纪初，并被带入了浪漫主义诗歌。

英国浪漫主义运动是对18世纪理性主义的一个反动，两者间最大分歧表现在对待社会的态度上。18世纪理性主义者把社会看成人的杰作，在社会中所有等级的人和谐共存，在理性驾驭下生活。浪漫主义者却认为社会是一个邪恶的框架，它不仅限制和压抑其成员，而且扭曲人的灵魂。社会结构最壁垒森严的地方是城市，所以浪漫主义诗人往往逃离城市，投入大自然的怀抱。

英国浪漫主义运动反对18世纪的理性主义控制，主要还体现于对以洛克为代表的思想体系持否定态度，反对洛克推崇理性，把科学视为治理社会的法宝。然而，文学中对纯理性的批评并不始于浪漫主义，18世纪奥古斯都阶段的讽刺作家，如斯威夫特，早已在作品中对理性至上进行了嘲讽。19世纪初期，浪漫主义诗人们进一步批判了前一世纪强调世界的物质性而忽略精神，以及以"常识"为衡量一切是非之标准的种种现象。他们关注的是超越日常生活的更深刻的精神世界。

从18世纪资本主义在英国迅速发展到19世纪初，社会的弊端纷繁，如贩卖奴隶，虐待穷人，新闻和报刊业展开帮派之战等。但进入19世纪后，这无数丑恶现象都被工业化进程带来的巨大社会问题淹没了。对工业化的恐惧和憎恶是浪漫主义诗人共有的特点。在《弥尔顿》一诗中，布莱克就曾尖锐地指出，烟囱林立、被漆黑的工厂包围着的城市是撒旦的作品，何以能成为耶路撒冷？因此，浪漫主义诗人就到大自然中去寻求解脱。他们不像奥古斯都诗人那样仅仅描绘自然之美，欢呼自然那有条不紊的秩序，赞美创造这种奇迹的造物主。浪漫主义诗人描写各种自然景色，强调自然的野性，从中去获取人类社会不能给予的深刻启迪。奥古斯都诗人持人主自然的世界观，他们认为自然要想完美必须有人来相助，而对浪漫主义诗人来说，自然完全独立于人类，而且是人类完善自身必不可少的因素。

浪漫主义时期，英国的宗教思想也进一步变化，首次出现了一大批对基督教感到不满的作家。浪漫主义诗人几乎都追求精神上完美的境界，而正统的基督教却无法提供他们这方面的满足。为此，有的诗人走向神秘主义，还有些人不但不歌颂上帝，反而赞美地狱，更为深刻些的诗人则沿袭柏拉图和新柏拉图主义传统，吸收各种持不同见解教派的观点，来探寻自己更高或更超脱的精神境界。在这个探寻过程中，他们强调的是情感和想象。济慈曾说过，他只相信两样东西是神圣的，其一是人心产生的情感，其二是想象告诉人们的真理。所以，想象对浪漫主义诗人而言，已不仅仅是一种能形成虚构和提供愉悦的人脑功能，它已成为认识、理解和交流真理的唯一方式或方法。推崇想象的另一结果，就是进一步推崇诗人，因为诗人最富想象力。因此在浪漫主义时期，诗人比以前任何文学阶段都更显得重要。他不再被简单地看作一个文人，他成了艺术家，在诗中探寻人生真谛，或用诗来宣扬精神自由。

浪漫主义的产生几乎与法国大革命同步，这场革命在某种意义上代表了浪漫主义理想的政治实践，因为文学上的浪漫主义在产生之时也要冲破旧传统和体系的束缚。英国的第一代浪漫主义诗人代表布莱克、华兹华斯和柯尔律治在法国革命爆发时都是热血青年，充满了革命的理想。华兹华斯在《序曲》一诗中这样回忆那次革命开始时自己的兴奋心情："法国站在黄金时代的顶峰上，/人性似乎获得了再生。"然而，接踵而来的革命暴力和拿破仑专权击碎了年轻诗人的梦幻，他们转而反对革命手段。不过，他们早年的理想火花毕竟还是在法国革命过程中得到过瞬间的迸发。第二代的浪漫主义诗人代表是拜伦、雪莱和济慈。他们没有第一代诗人幸运，因为他们成长在法国大革命之后的年代，他们的理想从一开始就遇到严酷现实的压制。法国大革命吓坏了英国的统治阶级，掌权的托利政府生怕英国会发生类似的革命，于是对内采取了高压手段，特别是视自由思想和舆论为洪水猛兽。他们的高压政治激发了第二代浪漫主义诗人的反抗精神，在很大程度上造成了英国两代浪漫主义诗人的差异。华兹华斯和柯尔律治在政治态度转变后，移居湖区，致力于系统阐述浪漫主义的文学主张，讴歌平凡、古朴的农村生活和自然景物，描写神秘离奇的情节和异国风光。年轻一代的诗人，特别是拜伦和雪莱，继承启蒙思想和民主思想的传统，支持国内的勒德运动和国外的民族解放斗争，把文学紧密地和现实联系在一起。他们的作品充满了革命激情，追求个性解放。这种激情也体现在他们对大自然的描写中。

从彭斯入手谈论英国浪漫主义时代，并无必然性。**罗伯特·彭斯**（1759—1796）在能否算作主流浪漫诗人这一点上，较布莱克更有争议。一些权威的史书和诗集将他放在18世纪的末尾，似显示他与后来的浪漫派尚有差距。彭斯与19世纪浪漫主义流派的关联主要表现在以下方面。首先，华兹华斯认为彭斯教给后人如何将奇异的诗殿建在低微的事物上。他用华兹华斯所谓贴近生活的白话语言写普通人的真实情感，以特有的诗艺使作品显得纯朴自然，似未经雕琢。其次，他崇尚自由，反对压迫，赞颂美国革命，支持法国革命。他常被称做“苏格兰民族诗人”、“喀里多尼亚（苏格兰一运河名）的吟游诗人”及“原始主义者”等，这些称谓虽有时有误导作用，但至少在表面上还算贴切，因他本人是苏格兰佃农的儿子，自觉地在创作中与民间传统认同，并致力整理、拯救、翻新或重写大量的乡间歌谣，一时成为民族的精神偶像，其抒情短诗也广为流传。叶芝在谈论诗人时说过，伟大的诗人采集的一切都与“民族的生活”有关，并藉此与“普遍的和精神的生活”发生关联，因此“草叶能将宇宙擎在叶尖上。”彭斯的诗之所以受许多他国读者喜爱，原因正在于此。

彭斯生在乡间茅舍中，早年受过不很正式的教育，以读英格兰人的著作为主，如莎士比亚、弥尔顿和理性时代的作家，因此不能算一般的“农民诗人”。他自己的风格是经当地口头文学和民歌的熏染而形成的。1786年，经人帮助，他的首本诗集、主要以苏格兰方言写的《诗歌》发表，引起轰动。受此激励，他更加自信。其诗风及内容具多样化特点，情诗尤能反映他在抒情歌谣方面超人的才能，也是他最受欢迎的作品，如掺入方言的英语诗《玛丽·莫里森》、《开满鲜花的河畔》、《约翰·安德森，我的爱人》，基本用英语写成的《流连的星》、《吻别》、《高原的玛丽》和最广为人知的《一朵红红的玫瑰》等。许多情诗具有直率、粗犷的特点，体现男性的占有和保护欲，但无损外表感伤而优美的情调。另一类是喜剧式讽刺诗或含此成分的诗，现代学者多认为它们才代表彭斯的最高成就。此类诗行数较多，有的似小型诗剧，如《快活的乞丐》(1785)，写罪犯及草寇一类最底层人的欢聚与胡闹。彭斯唯一的叙事诗杰作是《汤姆·奥桑特》(1790)，该诗极富独特的想象力，也涉及欢饮与友情等内容；其他著名的还有《致一只老鼠》、《致一只跳蚤》、《两只狗》、《佃农的周末》以及一些巧妙而辛辣的宗教讽刺诗，如《神圣的聚会》(1785)和《致魔鬼》(1785)等。第三类大致包括思乡怀旧的歌谣和爱国诗，前者如《我的心在高原》，后者有《苏格兰人》、《都因我们正确的国王》等。最后还可提及一类包括酒歌和友情诗在内的作品，其中《为那过去的日子》被认为是友情诗佳作，并被谱曲成歌在世界上广为流传。

即便同属一类的诗歌，它们的风格也多种多样，而且都有自然天成、令人赞叹的佳句，不胜枚举。彭斯无自觉的体系，也无意将写诗看作谋生的职业，常即兴而发，急于将灵感写出，不大计较得失、成败，就像他随心所欲的生活。他将眼前的景物、心中的情感与民间的韵律融合在一起，从中获得很大乐趣。他并无深刻的哲思，无超然的宗教层面，他的自然也未辐射出神圣的辉光，他对人类的关怀也不见得特别深厚。然而，其“简单”何尝不体现刻意的信念？因为他并非不具广博的学识。实际上，他所一直依赖的自然、传统与普通人与物都因他的技艺而显得更加实在与生动。

许多学者视布莱克为英国浪漫时代的起点诗人，主要因为从他开始，英国文坛进入一个思想澎湃的时期。不过，将布莱克端放于首位也会立即引出疑问。首先，他在世时几近无人知晓，对同时代人无实质影响，其主要诗人之地位是由20世纪的学者确立的。其次，布莱克笔法奇异，不像华兹华斯那样以朴实、平直的语言代表现代诗风，因为他与歌德一样，尚不真正具有平民意识。他的诗中也缺乏雪莱或拜伦式的直接的自我抒表。可以说，他主要属于自己的时代，即浪漫前期的、与理性思维和启蒙运动直接对话的时代。更重要的是，布莱克热衷于建立特有的思想体系，他提出并能以不同的姿态玩味许多激烈而深刻的文思，诸如地狱与天堂一体，唯想象力才能表现神圣的人格，人的内外世界都应挣脱桎梏等。

威廉·布莱克（1757—1827）生在伦敦的一个男服零售商家庭，童年未受正式教育，只随人学过绘画和铜版蚀刻艺术，后就读于皇家艺术学院。布莱克学习蚀刻主要为了谋生，因伦敦的许多出版商要经常雇人做插图。可以说，他早年的学艺生活平淡，天地狭小，很难解释日后诗中表现出的纷乱恣肆的绪念。但这段经历对其诗歌创作确有重要影响，比如使他养成诗画兼顾的习惯，或自觉强调文思的视觉效果，或干脆将图与文并刻于同一版面之上，进而放纵对某些富有哲理的深层意象的幻视。因此，读布莱克的诗首先应注意文字与版画插图的整体关系，在文图之间寻找最终文本。

布莱克26岁时发表首本诗集《诗歌速写》（1783），颂及四季、景物、爱情或表达其他的憧憬与情感，多是些以第一人称写成的情味浓浓的小诗。熟悉布莱克名作的读者不易想到这些诗竟出自他的笔下，因它们更像当时感伤诗人或伊丽莎白时代诗人的抒情小品。这些小诗虽仍掺杂一些旧式的隐喻或讽刺，但已表现出抒情的冲动和标新立异的文学艺术观念，与此前蒲柏等提倡的诗风形成反差。1788年，法国革命爆发的前夕，布莱克在其工作间用一些造像的器具启动了典型风格的创作冲程，即用酸蚀法在铜版上刻出字与画的浮雕，印出画页后以手工着色，再缝制成册，此即他所谓的“彩饰版画”。后在《天堂与地狱的婚姻》中，他赋予此方法以深刻的寓意；铜面被蚀透的创造过程犹如在被感知的物体上打开一扇门，展示原藏于铜块中的无限的世界，证明肉体与灵魂、物质与精神的不可分。

大革命爆发的1789年，他印出《天真之歌》，又于几年后配印《经验之歌》（1794），可算是英国文学史上的一个里程碑。这两组诗都是篇幅短小、语言简单的歌谣，却埋伏着深刻的象征和沉重的暗喻，再加两组诗相互对应，其意义更加丰富，给人难以尽解之惑。用诗人自己的话讲，两组歌谣是从“人类灵魂的两种相对的状态”来审视世界的，先占据天真的视角，再采用苍苍智者或吟游诗翁的目光，通过基本上使用相同或相对的题目，迫使读者做前后两诗的比较。在社会意义方面，这些小诗使读者对人类文明的许多根本问题产生疑问，展示出宗教、法律、思想传统及政治理论等共同创造了一个监牢般的社会，压抑了人的能量，使天真的孩子从一开始就受到伤害。比如在《天真之歌》的《圣星期四》中，诗人从走入圣保罗教堂参加圣仪的幼童队列中幻见到天真所具有的力量：成千上万的男孩女孩举起他们的小手，如“伦敦的花朵”，其歌声如“劲风”，传向天庭，又似和悦的“雷霆”。如此一队似河水流动的孩子却要流入有形的教堂拱顶内，令人不安。这种幻见到的生命能量与当时的现实形成对照。《经验之歌》中的《伦敦》在一定程度上反映了现实的状况，诗中第一人称的声音说伦敦正像一所监狱，悲惨景象遍布全城，在每种声音中他都能听到生成于某种思想而又反过来禁锢思想的镣铐。但现实的惨状也是可以幻见到的。当他声称在每一张脸上都看见邪恶与悲苦的标记时，他其实影射了《圣经》中上帝所做过的事情。亚当与夏娃的长子该隐将其兄弟杀死，上帝在他身上做了印记，标示其罪恶，后该隐的后人成为人类首座城市的建造者，因此城市从诞生时起就与罪恶有关。将《伦敦》与该隐故事联系，不算出格，因布莱克在诗中为“看见”所选用的动词亦有“标刻”之意。从道德寓意上讲，城市文明中的人们都与某种罪恶相关联，都主动或被动地卷入抑制生命力的过程中，此为该诗深刻的一面。由于文明压抑了能量，传统认识中的魔鬼或鬼蜮的能量要求得到释放，自然也就不应简单地予以否定。《经验之歌》的《老虎》一诗也提出让人不安的问题：如此强大的虎身与虎魂除了上帝之外谁能创造出来呢？只有同时创造了羔羊的上帝才能在他的工作间里动用各种器具锻造出老虎这种暴烈的生命。诗人在此强调上帝与能量、羔羊与老虎的整体连贯性，实际是对正统教义的修正，为后来的《天堂与地狱的婚姻》和他的主要预言诗埋下伏笔。

布莱克在这些小诗中反映了并不完全等同他个人的信念，作者与诗中的“我”有距离，似乎诗人尚在试探，提问多于解答，讽刺多于有体系的象征含意。这种模糊性在当时几首中等篇幅诗作中也有明显痕迹。1789年，布莱克刻印《塞尔》一诗，以童话的语言讲述仙女塞尔的精神状况。她体味到某种莫名的渴望，对自己所在的乐园感到厌倦，认为自己生而“无用”，欲摆脱童心与天真的负担，尝试他处的经历。诗文优美流畅，大部分涉及塞尔与花、云、泥土等自然景物的对话，但最后一节忽然变得阴沉。在这一节里她被邀进入泥土的领地，看到地狱般的景象，人的感官所及都是恐怖、邪恶与危险，于是她在惊恐中逃回原来的仙谷。我们可从天真与经验的关系谈论该诗，但诗人的暗示显然比这要复杂，因为感官是否被外界俘获，可能取决于本体的态度或超验的想象力，而另一方面，乐园本身也不等于全无经历的真空。

1793年，布莱克再次以女性为主人公写了一首诗，称做《阿尔比安女儿的幻视》，似为《塞尔》配上另一视角。它写的是英国妇女在悲哀中幻见到的一个掺杂着神话与真实事物的故事；少女乌苏安代表新兴的美国的精神，她积极体验人生，以全部的灵魂追求西奥特曼的爱情。途中被布罗米安强暴，二人被西奥特曼俘获，用铁链锁入岩洞中。由于西奥特曼不能饶恕她，只知偷抛嫉妒的泪水，乌苏安发出一系列呼喊、质问与抗议。她称自己是纯洁的，感官的经历并不伤及灵魂，暗示西奥特曼被狭隘的观念锁住了，不但看不见那么多的欢乐，而且允许某些理念或逻辑像海绵一样将生命中丰富的汁液全吸干。诗中充满反抗束缚、渴望解放的思想，乌苏安在经历中的醒悟似能对照塞尔的羞弱，并具有强烈的政治与社会方面的暗示，与同期创作的《法国革命》和《阿美利坚》等诗一同体现诗人对现实社会的关注。

在中早期、甚至在其全部作品中占据十分重要地位的是预言诗《天堂与地狱的婚姻》（约1790—1793）。这部由27幅版画串联起来的作品主要包括“魔鬼的声音”、“地狱的格言”和一系列对不同幻景的复述，著名的《自由之歌》一般也被认为属于该作的结尾部分。作品中的许多语句为人熟知，如“无对立就无进步”、“能量才是永恒的欢乐”、“越界之路通向智慧的宫殿”以及“所有有生命力的事物都是神圣的”等。布莱克推崇想象力或主观创造力，反对灵肉二元论、物质决定论和理性主义与启蒙运动的传统，视正统教义和规范言行为禁锢，使该作有纲领性作品之感，也埋伏着后期作品中主要思想的精素，许多后代诗人、作家都能从其独特的文体和浓缩而激越的文思中汲取能量。

布莱克的主要目的是要“建立一个体系”，不甘心“受他人的体系奴役”。评论界认为他后来写的三大预言诗《四巨力》（1797—1804）、《弥尔顿》（1804—1808）和《耶路撒冷》（1804—1820）代表着诗人建立体系的努力，他的思想深度、力度和构筑，多体现在这几首极其艰涩的长诗中。20世纪西方几位研究布莱克诗歌的权威曾试图从经历原型、象征含义和历史与社会等角度拆析其文思。《四巨力》是由九个夜晚组成的梦幻，讲的是人原本具有的四种主要能力，大致分类为理性或法规意识、原欲、热情、创造的能量。这四种能力被拟人化，在伊甸园本是一体，人堕落后才相互分离，理性常压制创造的动能，但最终后者战胜前者，使人类重获自由，复得原始的完整。在后来定稿时，诗人在结尾的“最后的审判”部分增添了和解的成分。1804年始，布莱克着手创作《弥尔顿》和《耶路撒冷》，前者讲到诗人弥尔顿如何走下其超凡的高位，因为他本来就是“在不觉中站到了魔鬼的一方”。他化入布莱克的躯体，给后者以灵感，使他以预言家的姿态宣扬新的伦理。该诗虽在神秘色彩方面不亚于中后期的其他作品，但实质上仍是在反对狭隘的道德观和倚赖经验的自然神论，诗人称自然神论者与经验论者才是真正的撒旦。而作为预言家，诗人传播的是耶稣的福音，是超越自我、扩展视野与相互谅解的法理。

《耶路撒冷》似以《弥尔顿》为序言，进一步阐述想象理论。该诗分四卷，大部分诗文都涉及矛盾事物的相互冲突与最终的和解，包括布莱克心目中耶稣所代表的人本视角与自然神论的客观视角之间的冲突。尾卷确立想象力的地位，而由经验哲学和机械的理性思维所构成的魔鬼势力则被征服，代表想象力或爱与美的耶路撒冷与代表英国之工业文明的阿尔比安重新融合，如夫妻重聚。布莱克曾在《一个关于“最后的审判”的幻景》的说明文字中声称“我不见外在的造物，对我来说它是障碍，而非动态；它如我脚上的尘土，并非属于我本人。……我怀疑自己肉体的或被动的眼睛，正像我怀疑一个面向着景色的窗子。我看穿它，而非用它观看。”

这种将自我（“I”）等同于主动的目光（“eye”）的思维揭示了深层的布莱克思想。尽管布莱克的诗中有不少反对政治压迫、支持社会革命和鼓吹性解放的内容，尽管他有关这些问题的言论先于马克思和弗洛伊德的相应论述，实际上他对这些方面并无真切的兴趣。对布莱克而言，自然只是内部世界的镜子，或可称为其展示，一切本来就是内部的，怎可能任它们成为外部的媒体反过来束缚想象力呢？布莱克的思想在不同程度上受18世纪瑞典神学家斯维登堡[①]、17世纪德国神秘主义哲学家雅各布·波墨[②]、犹太神秘主义传统（喀巴拉）[③]以及强调灵念的古代诺替斯教[④]的影响，唯有在他的极端的、近乎神秘的超验思维中，“验”的一方才产生意义，上述类型的解放才成为全面思想解放的副产品。

布莱克的思想与强调对立统一概念的同时代德国唯心哲学家也多有巧合之处，也与他们一样，他并非简单地走“一方面……另一方面”的辩证平衡木；他的《圣经》中的圣人很像歌德的上帝。歌德从富有诗意的角度，视不息的追求为人性之本，否认人生的某种实际经历能为寻找幸福的过程划上句号。所以，布莱克虽鼓吹与传统的魔鬼对话，但并非主张应陷入经历或邪俗中；对他来说，去体验与陷在经验之内完全是两码事。“姿态”概念是其文思的重要成分，我们常说的“以出世的姿态入世”或可借来为其思想作注。诗人正是以这种思维反驳18世纪以洛克等人为代表的经验哲学，认为他们竟不能“在一颗沙粒中看到一个世界”。布莱克的思想对现代物质主义和工具理性起平衡作用，也使其名字与雪莱、济慈、卡莱尔和叶芝等人产生不同程度的关联。

从以上角度转向英国浪漫时代另一伟大诗人华兹华斯，或许更易看清两人的差异，毕竟后者也以想象力为旗帜，也摆出弥尔顿式的预言家姿态。评论家曾指出华兹华斯是西方抒情诗坛两大革新者之一（另一位是意大利文艺复兴时期的彼特拉克），也是现代诗的开山鼻祖。在文学

---

① 伊曼纽尔·斯维登堡（1688—1772），瑞典哲学家与神秘论者，晚年笃信通神论（Theosophy），认为人通过精神修持，培养幻见力，即可接获神性，体现上帝的意志。

② 雅各布·波墨（1575—1624），德国人，认为对立物相互冲突的过程创造了生命的能量，亦体现上帝的意志。

③ 喀巴拉（Cabbala或 Kabbalah），希伯来文，传统之意，是形成于中世纪后期的神秘释经说。

④ 诺替斯教（Gnosticism），流行于罗马帝国的基督教异说，基本以神秘的思维解释《圣经》，相信人可依赖耶稣赋予的灵知，挣脱自身的物性，重获神性。

史上,以他为主、由柯尔律治参与写成的《抒情歌谣集》被认为是文艺复兴后最重要的诗集,因为它在题材、风格、思想等方面启动了现代诗歌的创作。

威廉·华兹华斯(1770—1850)生于英格兰湖区附近。他在《序曲》中说,其灵魂的"播种季节"是在"奢华的自然风光"中度过的:德温河在宅边流过,水波与摇篮曲混在一起,将自然的音乐与静谧早早织入其意识。他从九岁起寄读于湖区南部一学校,进一步感受到大自然之秀美的同时,也开始体验其严父般的震慑力。华兹华斯走向社会的过程始于1787年入剑桥读书的一刻,因他视剑桥为大世界中的小舞台,是大自然授意的人生过渡期。假期及毕业后,他到欧洲大陆游历,也在伦敦小住,以较自由的心态穿行于人世的嘈杂和革命的风云中,视一切为"心智的能源"。但如果说他能倚赖大自然传授的知识解读伦敦的混乱,迅变的法国革命形势则使他难以消受,一时竟不知该取何种态度来看待人类社会。数年后,他与雅各宾派的认同感终于被绝望与愤怒的情绪取代。困惑中他求救于葛德汶的唯理性思维,但很快产生疑惑,随即感到厌恶。1795年他初遇柯尔律治,次年在妹妹多萝西的关照下基本度过持续数年的精神危机,重新认识自然、心灵与社会,确立诗人的自我,并宣布其使命是要写大自然中普通劳动者的心智与德行。他与柯尔律治的著名友谊结出艺术硕果,自此开始十年的创作巅峰期。

华兹华斯早期较重要的作品有五幕无韵诗剧《边界人》(1796—1797创作,1842发表)和叙事抒情诗《塌毁的茅舍》(1797)等。前者讲述苏格兰边界上一批心地善良的草寇,其首领使一无辜者丧生后经历了内心的折磨。这说明了良心或原始情感具备对人的约束力,从而否定了就事论事的理性可以给人带来自由。因此,该作品可被视为反葛德汶主义的重要一步。此外,它也开始展现华兹华斯抒情诗中涉及角色、语声、自我与他者等要素的潜在戏剧性。《塌毁的茅舍》涉及乡间普通人,是诗人较早让读者听到的“人性的悲曲”。第一人称叙事者将他从一位四处兜售农具的老人处听到的故事转述给读者。故事的主人公是一位默默经受着亲人生离死别之苦的女人，自己最终在期盼中死去。叙事者在荒野中遇此老人，有如重逢老友，但后者却像别世的预言家，对他讲授自然的信条与亲情的巨大力量，以平缓的声音给他沉重的启迪，使见惯嘈杂的人们经历感情的洗练。此类构思诗人于日后复用多次，在同年发表的《抒情歌谣集》中尤为明显。

《抒情歌谣集》(1798)由华兹华斯、柯尔律治二人共同构思，首版大多数作品属华兹华斯名下，柯尔律治的几首中包括著名的《老舟子吟》。1800年扩充为两卷本，补入柯尔律治的《爱》。此后于1802和1805年又做过程度不深的修改并定稿，但最重要的版本应是1800年第二版。首先，它是该诗集基本定形的本子；其次，华兹华斯为该版写了著名的序言，提倡朴实无华、接近大众语言的诗风，在用词、选材、诗歌功能等方面提出与18世纪文学传统不相同的观点。1802年华兹华斯又将序言扩展，使其成为重要文献。在素材方面，他所作的几十首诗多涉及湖区所见所闻。形式上，有的是人物独白，有的是对话，有时是诗人触景生情的感发，还有《丁登寺》这样哲思意味较浓的诗；其余的多是叙事诗，涉及内容大多来自真实生活中的人物与第一人称叙事者之间的交流。与《塌毁的茅舍》相似，这些诗常常是叙事中的叙事。诗集中的许多诗篇已被世人公认为佳作，如《西蒙·李》、《我们有七人》、《痴儿》、《山楂树》、《康伯兰的老乞丐》、中短篇《麦克尔》、笼罩着一些神秘色彩的“露西系列诗”以及《丁登寺》等。

叙事诗《麦克尔》开篇语气朴素：“在格拉斯米尔河谷的森林中，/住着一位牧羊人，‘麦克尔’是他的名字……”叙事者以早年所闻的方式讲述麦克尔的故事，主要为“取悦”纯朴的心灵或后代的诗人。牧人的职业决定麦克尔要常与孤寂为伴，他老年得子，取名吕克，爱他胜过爱老伴，视其为希望。吕克10岁时成了他牧羊的“伙伴”，使老人有再生之感。后麦克尔因面临自己失去一部分土地的危险，决定让18岁的吕克离家发展，以期将来挽回损失。天真的吕克昂头离开父母和家园，后在城市中堕落，最终逃至海外。听到消息后，老人迅速衰萎，又经七年等待，终在遗憾中死去，三年后妻子随去，茅舍不久也塌毁，唯有一橡树于原址独存。该故事含意丰富，但首先是对“我们人性的原始法规”表示敬意，与诗集内外其他作品有相似的主题：人类对孩子、对土地的本能之爱，两种爱织在一起，更沉重。该诗也是与葛德汶的对话，因为葛德汶强调财产与乡土观念是社会的一个恶源。

非叙事性的《丁登寺》则有集子内其他作品不具有的系统思维，甚至被认为是小型的《序曲》，将自我在经历中的成长、自然对心灵的诱导、记忆与往日的瞬间、生命的损失与补偿等典型华兹华斯主题浓缩。丁登寺废墟位于威尔士一河畔，以近旁涌动的河水、陡峭的山崖、浓郁的林木和简朴的民居让诗人看到自然的原型。1793年他初游此地，五年后重游，思绪万千，因为此间他体验了政治与社会的动荡，经历了信念危机。他说，自然界那些美妙的形状印在他心里，使他在城市的嘈杂中体味到弥散于周身的甜美感觉，进而心灵恢复平静；使他能回味余留的欢悦感，增加现实生活中的温慈与爱心；使他能拥有超然的心境，于是生与死的神秘重负得以减轻，直至自我化作有形的、自由的灵魂，以平静的目光洞彻“事物的生命”。此时面对同样的景物，他已体会不到旧日的快感与狂喜，这是生命的损失，但也找到补偿，即学会倾听幽静而哀伤的人性之曲。像做总结一样，他称自己在大自然中发现贯通万物、驱动一切并为自己的思绪定位的精素。他将再次积蓄食粮，用于日后静思与创作。如此作品在华兹华斯诗中的地位可想而知。虽然该诗集中了最能支撑所谓华兹华斯是“自然诗人”的说法，但仍有大量的内涵溢于自然概念之外。

发表于《抒情歌谣集》首版之后的另一些诗也是构成华兹华斯诗歌

主体的一部分，它们包括勾勒赏美过程的《我像一片游云》、讲述大自然中的人物如何给人以启迪的《孤独的割麦女》和《决心与自主》、进一步探讨人生与自然关系的《不朽的征兆》以及一批杰出的十四行诗等。作于1802至1804年间的《不朽的征兆》是中、短篇诗中思想含量最重的一首，许多诗句已成名言。诗文分十一节，大致划为两部分，头四节为第一部分，以对过去时光的回顾开始："曾有那一时刻，草原、山林、溪水、大地/以及每一平凡的景象都在我眼中披着天堂的光芒……"由此引向悲剧性的提问："那视觉中的辉光，消失在何方？/你现在何处，光荣与梦想？"第二部分先试图解释诗首题句中"孩子是成人之父"的含义，对前面的疑问做悲哀的思考，然后从第九节开始振作起来，称消失的辉光仍留在记忆中，我们可从"初首的亲和感"中汲取新的能量，在社会经历中练就"宽豁的心智"。诗中有关前生之说极具吸引力，前生似柏拉图式的实在，是光的源头和强点，而人的出生则代表"昏睡与忘却"，"生命之星"已落去。但圣光尚未尽失，童年时还披着随留的"光荣"，甚至青少年时仍有其陪伴，到成年才感其在"平常的年月"中消失。所谓孩子是成人之父，指他最接近真理，是"最杰出的哲人"，成长即是童年父亲生出成年孩子的过程，至少人的早年决定了后日。该诗虽富含哲学思考，但与《丁登寺》一样，实质是关注我们对人生的认知和在俗界的生活。

杰作《序曲》有复杂的版本构成史。起初他在柯尔律治的鼓动下欲写"哲思长诗"，称之为《隐士》，是"对人、自然与社会的思考。"但因怀疑自己的能力，就先以"序曲"的形式清点自己的资格；"序曲"作为独立的题目，也是其夫人在他死后提出的。此"自查报告"几经改动，越写越长，于1805年6月前以十三卷八千多行收住，即产生1805年稿本。而主诗《隐士》除中央部分《漫游》外，别无进展，却也非憾事，因系统的哲思似更是柯尔律治所长，倒是记述自我心灵与人生历程的《序曲》成了自弥尔顿的《失乐园》以来英国文坛最伟大的长诗。不过，该文本并未发表，发表的是又经数次改动的十四卷1850年本，前者于1926年才被挖掘出来。评论界对两个版本的短长争论不休，笼统地讲，前者粗朴、舒放，后者规整、畅洁、思想上较先前保守，但两者并无框架与基本内容的变化。

与前面的作品比较，《序曲》更注重自我主观世界，如副标题所示："一位诗人心灵的成长"。作品的主旨不是外在的经历，也不是自然，谈及外界，"只将其看作影响我自己心灵的风暴与阳光"（第十卷）。以往的长诗总选用"那些为他人的灵魂而存在的文字、符号、象征或情节，"而"我的话题所及，包括天赋、能量、创造力/以及神性本身的光芒，/因为内心的历练才是我的主题"（第三卷）。心灵的历程如长河，而大自然（及其怀抱中的羊倌等）的地位之所以重要，是因为她是心灵之河的最初的、最重要的向导。第二位的向导是书籍，其中文学书籍尤能助人承受世间经历的重压。作品的另一些诗卷涉及剑桥大学、伦敦市和法国革命，而它们也是正反作用兼有的教员，因为心灵之河注定要流经这些领域，其力量要受它们检验。"一个诗人的心灵，经历了所有最突出的事物"（第十四卷），其功能终得以复原，创造性的想象力到了施展才华的时刻。最后，他以预言家的姿态，一方面宣称"我将歌唱（普通的人与物）……直截了当地以实质的事物为题材……为的是讨回公道，/将恭敬还给理所当然的对象"（第十三卷）。另一方面他决心教人们懂得"人类的心灵能比他们居住的大地美妙一千倍"（结尾）。

华兹华斯诗歌中自然与自我两概念并非总能协调一致，他的诗似未能清楚地解答一个人如何在忠实于自然的同时也忠实于自我。《序曲》虽更多地采用了弥尔顿式的、升华的或自我的视角，却仍可被看做试答上述问题的一种尝试，即诗人试图协调18世纪洛克式的英国经验主义与德国超验哲学的关系，撮合与它们相关的联想论与唯心论、幻想与想象、记忆与顿悟、瞬间与无限、叙事与预言、平静中的回味与自发的抒表等不同思维。近二三十年来，华兹华斯的诗歌一直是西方评论界的焦点之一，已形成的流派达五六种之多，于是有人甚至认为这些不同的线条好似巴赫金所说的多语系统。华兹华斯虽“兼有”不同的思想，但不等于无纲领、无信念，也不是用哲思回避实质问题。他传授的是“感觉的艺术”，是如何汲取生命内外部的资源使精神复原。拜伦曾抱怨说无法读懂他，太多的神秘思想，为先前的神秘主义大师所不及。《序曲》与《不朽的征兆》等作品中的一些诗行确能引出如此评价，尽管这种评价更适于布莱克。但读者如果从自然或田园的平面提高思维的角度，会有助于切入他那“多语”的世界，体会其简单中的复杂和复杂中的简单。

柯尔律治虽曾与华兹华斯一同被称为“湖畔派诗人”，但他的思想更难被这轻佻的名称所标示，倒是更能证实“英国浪漫诗人很像德国哲学家”的印象式说法。华兹华斯在《序曲》中谈到两人的区别，认为自己从一开始就拥有一批真实而生动的形象，而柯尔律治多年寄居伦敦，只能让抽象的观念“列出眼花缭乱的盛仪”。他认为自己的幻念围绕着实质的中心，而柯尔律治只能在“无尽的虚梦”中拼拆事物。两位文学友人的才华也因此具有互补的特点：华兹华斯沉稳，缓慢，受惠于柯尔律治的流畅与敏捷，柯尔律治则得益于华兹华斯的执着与视角的恰切；柯尔律治深刻、博学，在哲思方面做过潜心的研究，而华兹华斯则长于对现实的把握和绵连而又坚定的静思。华兹华斯以心灵的历程与平凡中的瞬间等文思影响了乔治·艾略特、乔伊斯、普鲁斯特等作家；柯尔律治则以有关想象和艺术创作的理论影响了现代批评观，尤其是新批评派。从某种意义上，即使不提他那才华横溢的诗作，他在理论上的贡献也可使其稳居伟大作家的高位。

塞缪尔·柯尔律治（1772—1834）生于英格兰的德文郡，与华兹华斯一样，也是少年丧父，后去伦敦寄读十年，又去剑桥上学。虽为名校学生，却是酒、妓、鸦片无一不沾，时常情绪激烈，驶过“一段狂暴的航行”（华兹华斯语）。他涉猎政治与宗教方面的激进著作，终于在1794年辍学，与诗人骚塞计划在美国宾州创建乌托邦式的“大同世界”。当时他思想变化很快，曾支持雅各宾派，但不久就开始怀疑政治上的乐观主义。1794年他遇葛德汶，对其自由主义思想产生好感，他自己的“大同世界”实际上接近葛德汶在《政治正义论》（1793）中宣扬的理想社会，却更强调自觉与自治。不过，他所缠恋的宗教思想使他的自由观具有更复杂的含意，因此他对葛德汶思想有重要保留。不久后他的文学生涯全面启动，写出其最出色的诗作。约从1798年起他开始钻研当代德国哲思。在完成文学理论要作《文学生涯》（1817）之后，他开始较集中地思索宗教问题，发表《辅助思考》（1825）等著作。其理论思维并非像20世纪初英国保守评论家所说具有杂乱和业余的特征，“二战”后评论界重新认识他，读出许多严肃、系统、深刻的思想，也看出其极富想象力的诗作所具有的严谨结构。过去那种一提他的名字就联想到其放荡、毒瘾、白日梦的做法有避实就虚之嫌，多是因轻信了有关浪漫诗歌创作过程的神话的缘故。

柯尔律治年轻时写过许多短诗，1795年后的作品成熟起来，其中一些代表作常被分为两种类型：一类是友情诗或他所谓的“交谈诗”，另一类是象征诗或神秘诗。前者大致包括《伊俄勒斯之琴》、《这个菩提树的荫棚》、《霜夜》、《沮丧》和《致威廉·华兹华斯》等。后者主要指《老舟子吟》、《忽必烈汗》和《克里斯特贝尔》等。由于后者的斑驳异彩，人们对前类诗的价值稍有忽略，而实际上它们的重要性能比及《丁登寺》和《不朽的征兆》。这些诗常像自言自语，之所以称为交谈诗，主要因心中有固定的听者，如好友兰姆、华兹华斯兄妹、华兹华斯夫人及其妹妹等。此外，这类诗织体较松弛，思路舒缓。柯尔律治比其他浪漫诗人更喜爱geniality这一重要字眼，它同时指“温暖”、“湿润”、“利于生长或创造的状态”及“亲和感”等。他相信创造力与对人对物的亲和感是分不开的，他的人格也被认为同时体现着哲人、诗人、友人的特点。

最初的交谈诗《伊俄勒斯之琴》（1795）以妻子萨拉为听者，讲自己如何在芳谧的乡间景物中陷入绵绵思绪。该诗是浪漫诗人以风奏琴象征艺术创造力的名作。听风奏琴本是当时时髦的娱乐形式，阵阵轻风（浪漫文学的另一重要用词）触动窗台上的风奏琴琴弦，奏出音乐，但在诗中则象征性地浓缩了精神与实物、自然与灵感、气流与音乐、被动与自发等含意。不仅诗人的敏感性如琴弦等待着天风的触摸，而且整个富有活力的自然正是形状各异的有机琴身，由同一股浩漫的精神轻风来吹抚。如此泛神的思维达到高潮后，诗人感到萨拉的目光在责备他，让他谦恭些，于是觉得自己的思绪就像哲学的流泉上冒出后又即刻破裂的气泡。

1797年写给兰姆的《这个菩提树的荫棚》更能体现柯尔律治在交谈诗方面的才华，以轻松、明净的笔法将交谈的、抒情的、田园的、沉思的和宗教的文体以及人生、哲学、宗教方面的关怀都融在一起，展示了新鲜的艺术质感。诗人因脚伤不能与友人出游，伤感中开始想象自己与他们同行在山野中，"大自然从不抛弃智慧的和纯朴的人们，"似乎他以缺席的目光看到更生动的景象。学界的新解认为，从这首诗中可梳理出人对自然的鉴赏力的发展过程，即从客观感知到重视画面再到悟见象征和道德力量，也就是说诗人的思维快速超越了18世纪英国感知决定论者戴维·哈特雷（1705—1757）的理论，上升到著名唯心论者贝克莱主教[①]（1685—1753）的视角。当然，交谈诗在哲思上都要让位于《沮丧》，它是英国浪漫文思的代表作之一。该诗在华兹华斯写《不朽的征兆》一周之后动笔完成，后删去大半涉及个人生活感受的诗行，以突出生命的损失和艺术创造力的钝化等较抽象的内容。他写到自己虽长久盯视着月亮，听着风声，却已体会不到那种以内在的欣悦为特征的感受，因为成年生活的磨难使他失去大自然赐予幼童的才能，即能够"塑形造像的想象力"。他说："我们所获得的

---

① 戴维·哈特雷（David Hartley）是一个机械唯物论者，特别强调思想感情是物质的大脑振动的产物。贝克莱（Berkeley）主教力图证实精神是真正力量的源泉。

只是我们所给出的，/大自然只生存于我们自己的生命中。”如果我们想看到一些更高贵的东西，那么“灵魂本身必须射出光芒、辉焰、/一层裹覆大地的明亮的云霞。”尽管该诗讲的是精神与诗艺的失败，但一系列流畅而富有哲理的诗句却使其成功地超越了一般的好诗，有助于后人研究其两级想象理论和以古典镜子理论为对比的浪漫灯盏文论[①]。

第二类是象征诗或神秘诗，其特点是奇异，如梦魇，富有哥特式的想象力和跌宕的情绪，具有极高的艺术力度，与华兹华斯推崇自然的成分相比，更具超自然的色彩。《老舟子吟》（1797）讲述一位老水手坚持将一段海上经历说给一位欲去婚礼做客的路人听，于是从一开始该诗就在喧闹的社区与个人的精神世界之间建立了反差。他的船曾驶入冰的世界，一只信天翁飞来，如盘旋于空中的十字架，给他们带来轻风和好运，但不知何故，他举弓将其射杀，于是大自然的一系列惩罚降临了。死鸟套挂在他的脖颈上，似罪的标记，后当他看到月色中海洋动物之美妙时，赞美的情感如泉水涌出，标记随之落去，然后有超然的力量将船引出困境，最后船又回到起航时的灯塔旁。听者听完后，再无心赴宴，他变得忧郁，却也聪明了许多。该诗在道德、宗教、艺术、心理等方面引出众多评论。从结构上看，它为浪漫哲学中的迂回史观提供了例证，也有助于人们联想纯真—罪孽—救赎这宗教上宣传的模式。诗中有关万物共有同一的生命或天人一体的说教也符合诗人一贯的泛神思维。此外，我们也可依据柯尔律治有关首级与次级想象的理论，看到该诗所涉及的创造性想象力启动的欲望与启动的过程（老水手胸中诗意涌起）。

引起弗洛伊德学派兴趣的《克里斯特贝尔》（1797—1800）这首诗讲的是少女与林中女妖的奇妙纠缠，夜色、城堡、狗叫等使该诗哥特气氛

---

① 根据一些评论家（如美国的M.H.阿布勒姆斯教授）的说法，浪漫时代之前文人多相信艺术是对现实的模仿（如镜子），浪漫诗人则崇尚主观表达，情感与思想如外射的灯光。

浓重，但也有戏仿哥特诗风的作用。《忽必烈汗》（1798）与《克里斯特贝尔》一样，被诗人视为未完成的片断，但从内容与形式等方面看，此诗具备平衡、完整甚至完美的特点。就情感力度与艺术震撼力而言，浪漫短诗中能与之相比者不多，评论界一直视之为重要文本。诗人在幻觉中见到忽必烈汗的欢乐宫凌架于一条圣河的中段，河水联结着生与死、日与月、涌泉与冰洞、暴力与美景、原始与文明等矛盾事物，更显宫殿的奇妙。在极度痴迷中，诗人渴望能记起一位弹唱女的歌声："我要用响亮而悠长的音乐，/筑起那座空中的殿堂。"该诗虽辐射出无尽的含意，但焦点应在自然的、文明的，尤其是艺术的创造力上。诗人赋予诗歌神圣的地位，也宣告并捍卫想象的心灵所具有的魔力。

作为现代批评源头之一的《文学生涯》实际具有自传、哲思、文学批判兼顾的特点，主要在以下几个方面产生影响。首先，该书以细致而老练的手法分析了莎士比亚戏剧与华兹华斯诗歌，很早就指出华兹华斯所谓以常人真实语言创作的说法主要是一种姿态，实际上华兹华斯的诗有独特高超的织体。此评价实际是在捍卫艺术的有机统一体和艺术家的某种特权。柯尔律治有关创作心理的提法显然受到康德等德国哲学家的影响，其本身又影响了后来重视无意识及想象力的批评家。20世纪的解构理论主要针对新批评派的信条，而柯尔律治则是后者的主要靠山之一。其次，该书提出首级与次级想象力的概念。首级想象力是人类一切感知活动的原动力，因为人类以有限自我的"我在"重复着造物主的"我在"，人类也就具备了创造的资质。次级想象力是首级的回响，是创作历程的启动，它以新的形式将人类经历合成或再现，将对象分解或拆毁，"为的是再创造。"从首级到次级的心理活动就艺术创作而言具有积极的意义和必然性。此外，柯尔律治以系统的论述阐明他与华兹华斯常谈起的想象与幻想的区别，此区别也是浪漫文思与18世纪文思的不同之处，突出了创造力。与想象力所具有的塑形造像的能力不同，幻想只能组合记忆与印象，只会“把玩”那些固定的和有限的事物。

宗教是柯尔律治最初与最后的兴趣，他曾持续研究过康德之后的辩证唯心哲学，1798年始在哥廷根研读，后向英国介绍康德、谢林、费希特和施莱格尔兄弟等人的思想。与布莱克的神秘倾向相比，他的思想更貌似正宗的德国哲学。康德的先验论在一定程度上帮助柯尔律治摆脱了哈特雷的机械思维，后他感到谢林的辩证法较康德更有动感，更能满足他在情感和美学上的需要。由于这些，评论界曾就其“剽窃”问题展开争论，两派各有著名权威。谢林本人也认为柯尔律治搬用他，但并不在意，或以为柯尔律治使他在英国出名。不过，柯尔律治的思想有其非模仿性的独见。由于对宗教的兴趣，他不能完全接受辩证的思维和“绝对想象自由”的概念，不能认同后康德哲思中混淆精神与肉体、造物主与被造物的倾向。想象力是有精神含义的，如华兹华斯所说，无精神的爱即无想象。柯尔律治反对葛德汶无神论中的自由理性之说，也是出于此原因。他后来又回到康德，进而回到柏拉图，正因为感到辩证体系中无绝对的“实在”。柯尔律治的哲思并不清晰，他同时扮演着社会评论家的角色，作品中的基督教成分也反映了他的道德关怀。

1815年英国的社会质感已发生变化，滑铁卢的胜利只增加了当权者的傲慢，而平民却对社会、政治与经济环境感到失望，再加此后的粮食歉收和彼得卢镇压工人事件，一种幻灭与反抗的情绪弥漫着英国。最能适应并代表此气候的是拜伦的诗歌。由拜伦、雪莱和济慈代表的第二代诗人创造了与第一代诗人不大相同的浪漫文风。尤其是拜伦，基本上未公开表示过对华兹华斯或柯尔律治有何好感，至少在风格上划清界限。他并不崇拜深刻，对哲思三心二意，却更具现实的浪漫情绪与时代感；他易被读懂，引起热情的共鸣，更具普遍的影响力。拜伦是19世纪欧洲的文学奇观，在一段时间内显出叱咤风云的魅力，引起上至歌德、雨果、普希金，下至青年男女的喜爱，将许多文人罩入其巨影。但今天若绘制浪漫诗人的命运图表，会发现他的名声经历了最大的落差。布莱克终于被发现，迅速成为世界文化名人；华兹华斯与柯尔律治的名誉一向稳步缓升，华兹华斯于20世纪初期遭过轻蔑，但二战后，他二人稳居经典位置，华兹华斯被多数学者认定为最伟大的浪漫诗人；济慈的伟名从未有大的波动；雪莱创造了尖锐对立的阵营，在20世纪20年代后曾受过最严重的轻蔑，后被左派和保守派共视为伟大诗人。而拜伦则于19世纪中叶从最高处快速下滑，世纪末已有人反思拜伦现象，虽仍有慕名崇拜者，但更多的是不甚公正的贬低和漠视，只在20世纪中叶后才受到较深刻的解读和较客观的评价。

乔治·戈登·拜伦（1788—1824）生在伦敦，十岁时成为拜伦男爵六世，后进哈罗上中学，几年后成为剑桥的不羁学子。1809年他去欧陆旅行，两年后回国，即发表早期代表作《少侠哈罗尔德游记》[①]（一、二卷，1812），写厌倦生活的贵族青年哈罗尔德游历欧洲各国的观感。文体似《奥德赛》，却缺少希腊英雄与诗内环境的契合，令人难以区分拜伦与人物的语声。诗文赞叹近似虚构的美景，讥讽时政，鼓吹自由解放，将涉及西班牙、希腊、阿尔巴尼亚等国的自然与社会图画串联起来。三、四卷于几年后补齐（1816—1818），他与哈罗尔德的界线更难划定，思想与情绪更加剧烈，用他自己的话讲，诗是"想象的熔岩，其喷涌防止了地震的发生。"他对滑铁卢之后的欧洲现实做出评述，时而与拿破仑认同，时而擎起卢梭式的自由旗帜，颂扬个人意志与自由精神。在对欧洲民主革命和民族解放运动表示同情的同时，他时常陷于悲观苦闷之中，对人生抱着虚无主义态度。

1816年，拜伦因经济与社交方面的原因永远离开英国。他首先来到

---

① 中译名多为《恰尔德·哈罗尔德游记》，但Harold才是名字，而非姓氏：Childe（也有Child的拼法）虽也可作人名用，但在此则是称谓，中世纪时指出身高贵、尚未获正式骑士称号的青年。拜伦用此旧称，除为了配合"旧式诗体"外，也看中其所展示的少年游侠形象。

瑞士,遇见雪莱。在雪莱的乐观情绪影响下,他写了若干充满斗志的著名短诗,如《锡庸的囚徒》(1816)、《普罗米修斯》(1816)、《勒德派之歌》(1816)等。此后他流亡到意大利,完成了许多重要诗作,其中一些主要供人阅读的诗剧显示出他相对其他浪漫诗人的独特戏剧才华。著名诗剧《曼弗莱德》(1817)代表他在哲理剧方面的兴趣,另一类是采用历史题材的政治悲剧,包括《马里诺·法利埃洛》(1820)和《萨达纳巴勒斯》(1821),此外还有神秘剧《该隐》(1821)等。《曼弗莱德》的主人公在性情上与哈罗尔德大同小异,一开始就表现出浮士德式的对生活与知识的厌倦。歌德本人认出拜伦灵感的来源,但与浮士德不同的是,曼弗莱德离开俗世,到阿尔卑斯山一带的自然界去面对各种精魂与巨力。此外,曼弗莱德未与魔鬼签约,却反过来对其施加个人的意志力,借助其力量与爱人的幽灵重逢。他在山上寻求死亡,拒绝拯救,终于孤独地告别了生命。这种厌弃知识与理性、抑制欲望、追求自由意志与思想的混杂人格反映拜伦对启蒙思想家既否定又认同的态度,其意志独立的思想使人较易想到尼采等后来的文人。

在意大利时,拜伦还创作了卓越的讽刺诗《审判的幻景》(1822),他的讽刺诗最富想象力,且结构紧凑,笔锋锐利,主题连贯,有散漫跑题的《唐璜》所欠缺的一面。英王乔治三世死后受到桂冠诗人骚塞的赋诗追颂,其吹捧之词激怒拜伦,于是他套用骚诗原题,以正视听。他采用从蒲柏那里学来的讽刺笔法,以《失乐园》式的天堂景色,描述了乔治升天的过程:“一位老朽的人,带着老朽的灵魂,/人与灵魂都完全失明。”他只能等在天堂门口,待撒旦和天使米迦争定其归宿。撒旦坚持要领走上帝在人间的代表乔治三世,因为他在世时不懈地维护在美国的暴政,恢复法国的君权。争吵中,次等魔鬼阿斯莫狄乌斯将媚俗的骚塞背上天堂,欲雇用其“全能的笔杆”来助乔治。严肃的讽刺就此化为闹剧,拜伦也就此瞄向真正的标靶骚塞。只见骚塞炫耀其本领,许诺为各位大人写传——只要有利可图。在喧闹中已无人留意乔治的存在，于是未经审判的他悄悄溜入天堂。

叙事长诗《唐璜》(1818—1824)是拜伦的杰作，也是英国文坛最佳讽刺史诗之一，可惜因诗人病逝而停在第十七卷中。该诗融汇英意两国优秀的讽刺与浪漫传奇传统，以欧洲文明为鞭笞对象，涉及爱情、教育、游览、战争、道德与宗教及时事政治等话题。虽仍采用游记的形式，主人公与诗人也依然界限不清，但唐璜的形象已不同于感染了许多青年读者、性情孤僻的哈罗尔德式的人物。他更加入世，更善嘲讽，思绪更加舒展，性格更富有弹性，具有更广泛的代表性，与传奇中或莫扎特歌剧中的那位只对女性有兴趣的唐璜有实质不同。诗文的风格也更加灵活和口语化，结构松弛、枝杈频生，既像18世纪菲尔丁和斯特恩等人的小说，又像意大利式的现场即兴诗，给人以情调多变、思路繁复的印象。在西班牙经历了与一位已婚妇女的纠缠后，青春期的唐璜被其母送到国外，因途中遇海难而漂至希腊一岛上，受到少女海黛的呵护。在以后的诗卷中，他被当做奴隶卖到土耳其苏丹王的后宫，引起王妃的爱恋。逃走后在俄军服役，因参加俄土战争立功而得到叶卡捷琳娜二世宠幸，后受命出使英国。最后六卷讲到英国的现实政治与文化，诗人更是驾轻就熟。该诗展现更广阔、更生活化的欧洲社会画面，体现拜伦对历史的哀思和对现实政治一触即发的讽刺与批判，以及讽刺背后的阴沉的忧虑，主人公时常被女人引诱或被爱的情节线索逐渐退居次要位置。

评论家多认为拜伦虽有一流的讽刺与叙事才华，但总的说来享受了与其才华不配的名誉。说他伟大，似主要不是诗文本身的缘故，因在所谓六大诗人中，他的文思较缺乏深度，用词、组句、织体的丰富性与文本的平衡感等也不如他人，后来T. S. 艾略特甚至说他对英国语言无任何贡献。其实拜伦无论在思路、意象或词语方面都曾以直接或间接的方式仿效他所蔑视的华兹华斯与柯尔律治，有时套用好友雪莱甚至济慈的灵感，难免显出平庸。而且，他或是不具备涉及文学功能、想象与创造、道德与精神历程等方面的理论信念与哲思，或者他有意无意地偏离了某种文学主流，以至20世纪有的评论家基本否定了他与浪漫主义的相关性。

拜伦现象的核心是他创造了“拜伦式的英雄”，该人物四方游荡，性格忧郁，常自觉高居人群与习俗之上，论古讽今；虽有强烈的男性中心意识，对女性却有不断的魅力。哈罗尔德与曼弗莱德尤能代表这位孤独的反叛者，欧洲后来的小说与诗歌中也常有其身影，在贝多芬与柴可夫斯基的音乐中也可觉出其气质。拜伦不像济慈那样遏制作家人格的介入，却利用人物畅所欲言，毫不介意地频用套句俗语。只要能释放自我的能量，他能使诗文变成自传，将历史的魅力转化为艺术的魅力。别的诗人编织梦想，他却曾被认为是梦的本身，在诗、行动、人格之间创造了一种独特的生命。研究拜伦其人因此也算文学研究的一种，似乎他有融入文学但又大于文学的一面。虽然依他所说，两种情感即能限定他的实质：热爱自由，痛恨虚伪（政治的、宗教的、社会的、情爱的等），但他是个复杂的矛盾集合体：生来微跛，却爱四方漫游；身为贵族，充满等级观念，却又具有平民的反抗意识；他时而阴沉、焦躁，但更多时表现出和蔼、幽默或玩世的轻松；他崇尚自由，却坚守浪漫时代之前的古旧文体；他主观自信，却富有经验式的常识；他有强烈的男性中心意识，却常陷入他所谓的“女性思维”；他痛恨战争，但热衷于“争取自由的战役”。最后，他从物质和行动上投入战争，似乎是对他超越或毁弃文学文本而去用行动创造人生文本的诠释。

与拜伦不同，雪莱与济慈都表示过对华兹华斯的敬佩，雪莱较系统地发挥了华兹华斯有关先在、世界的光源和精神的爱等柏拉图式的思想，济慈则更重视其涉及感知、经历与过程的文思。权且先用雪莱的两首短诗简介其实质与特色。在十四行诗《奥齐曼迪亚斯》（1812）中，一位从“古老的国度”归来的旅人告诉诗人，他在沙漠中看到一埃及法老的巨型石像，已残破不全，但其威严孤傲的表情刻在“无生命的事物上”而留存下来，真人与艺术家却早已消失。石像上刻着文字：“我的名字是奥齐曼迪亚斯，千王之王。/强人们，看看我的业绩，绝望吧！”石像四周荡然无物，只有无际的平沙。作为面具的石像让我们感知背后瞬逝的暴政，对现今“荒原”中次等的暴君们讲授着民主的一课。但雪莱式的政治思维又被另一层意思盖过，因为像与字不仅是权力的面具，也是历史与实在的表象，似标示人类经历了衰败，历史源头的巨力与辉煌已永远消逝。我们如今所见的一切，包括自然、社会、文字等，无非是废墟一片。读者可以提问：难道可以满足于以如此废墟（尤其是文字）做表意媒介吗？但虽令人绝望，此面具又是唯一使我们感知高级实在的低级现实，这是较规范的玄学思维。

说理的冲动与抒情的冲动融合一起，这是雪莱的特色之一。一方面是执着的哲思，一方面是狂放无比的想象，两者联手，相得益彰，为他人不及。而《西风颂》（1819）则代表超群的艺术控制力。该诗由五个诗节组成有机整体，每节相当于一首十四行诗，每诗由四个三行小诗节加末尾一对句构成，意大利式三行诗节的隔句押韵法使小诗节间产生形式上的关联，并加速或控制思绪的冲程。内在形式上，该诗采用西班牙卡尔德隆式的安排，由前三节组成第一部分，写西风影响下的落叶、云朵和水波；四、五节构成第二部分，汇总三类物体，与自我的精神与肉体类比，并进一步将自己比做风奏琴，甚至比做西风本身，将语言或思绪比做落叶或将灭的火星，引出对万物新生的渴望。一方面是呼风唤雨、西风浩荡的无形能量，一方面是有形的诗文；一方面是对语言或诗歌作为表意手段的极度怀疑，一方面却有严谨的文字构筑和强有力的技术把握。诗中的想象力也有稳固的依托，似幻见天地间的大树或人体，而落叶、飞云、波涛与思绪、诗篇和文字都成了这躯干的“头发”受西风劲吹。

波西·比希·雪莱（1792—1822）生在英格兰萨塞克斯的一个保守乡

绅之家，少年时曾在伊顿公学读书，后入牛津大学。虽都是名校，但他常觉格格不入，私下的兴趣多在自然科学、形而上学和泛神论等方面。入大学一年后因他散发其《无神论之必然性》（1811）一文而被开除，不久即与葛德汶通信，思想更加激进。1815年他弃别妻子，更多地与葛德汶的女儿玛丽来往，并在妻子自杀后与后者结婚。雪莱、玛丽、李·亨特与拜伦等人逐渐形成一个文学小圈子，留名文坛。1818年他去意大利，与拜伦交往更密，其代表作都在此完成，生命也因溺海而在此结束。

依不规则颂歌体写成的长诗《麦布女王》（1813）是其较早的要作，续用了18世纪道德讽喻式写法。万能的麦布女王降至少女伊昂珊床边，使其灵魂飞升至一辉煌的天宫，俯瞰小小寰球，然后对其讲述世界历史的过去、今天和未来。雪莱称该诗为"哲理诗"。雪莱崇尚无神论，强调个人的智慧与美德，以葛德汶的理论为系统依托，矛头指向专制和现世的教会，被当权者指控为代表极端的"撒旦式"反叛精神。有学者认为1816年完成的《阿拉斯特，或孤独之魂》才是其首篇力作，一是他本人后觉《麦布女王》稚嫩，二是《阿拉斯特》更能体现其个性，与此后主要诗作更有血缘关联。《阿拉斯特》强调了与自然法则不同的人的法则，或爱的法则；"泛爱"的视角平衡着泛神的信仰。诗中写一位年轻诗人从小沉溺于梦幻，生活中只有孤独，后离开冷清的住所，"到未知的国度去寻找陌生的真理。"他追寻大自然"最秘密的脚印"，在自然哲学和人类历史的领域跋涉，不胜喜悦，但一次梦幻使他始知孤独之味："他梦见一位头罩面纱的少女坐在身旁。/以低沉的语调与他交谈……/知识、真理和美德是她的话题，/还有他所至爱的对神圣自由的企望，/以及诗艺，因为她是诗人。"少女唱起激昂的歌曲，以裸臂弹着"奇异的竖琴"，忽站起，让他看到薄纱后面的肢体，并伸出裸臂，向他张开颤抖的嘴唇。他欲"迎接她那起伏的胸膛"，但就在拥抱的一刻，黑夜淹没幻象，年轻的诗人欲跨越梦的疆界，抓住消失的幻影，似要抓住自我的灵魂，但只能感叹其欺骗性："那美丽的形状，永远永远地消失了……”情爱的理想集合了哲学、道德、政治、艺术等方面的理想，代表更真实的生活能量，但“真实”却被玄学概念中的面纱遮住，一旦想清醒地看穿或抓住它，便会堕入无着落的恐慌之中。

雪莱此类为“圈内少数人”写的哲理诗还包括歌颂柏拉图式真理的《赞精神的美》(1816)、赋予大自然华兹华斯式精神意义的《勃朗峰》(1816)、著名的《解放了的普罗米修斯》(1819)、记述生命中一段柏拉图式爱情史的《生自我灵魂的灵魂》(1821)和哀悼济慈并借机抒发个人感想的《阿多尼斯》(1821)等，这后者曾是雪莱诗中最广为人知的作品之一。除去为少数人写的诗，雪莱面对社会上多数人的诗实属“政治诗”，与前一类并无信念之别，因他的自由理想当可容纳政治自由；要挣脱的束缚涉及方方面面。政治诗包括以伊斯兰黄金城的革命来比喻法国革命的《伊斯兰的起义》(1818)、以罗马贵族钱起的暴戾喻及现实压迫的历史剧《钱起》(1819)、写于1819彼得卢大屠杀之后、号召工人团结起来争取自由的《无法无天者的假面舞会》、更为流行的是《致英国人之歌》与《1819年的英国》，另有添加了抒情色彩的《自由颂》(1820)和《那不勒斯颂》(1820)等。若按形式分类，先是一些贴近个人生活与情感的思考感发诗，如《生自我灵魂的灵魂》和《阿多尼斯》等。另一类是《解放了的普罗米修斯》和《钱起》这样为读者而非为观众所写的诗剧。描写两个女人重逢后感怀往事的《罗莎琳与海伦》(1818)与以两位意大利贵族代表诗人自己和拜伦的《裘利安和麦代洛》(1818)等属于“交谈诗”，一般含两个语声而且富有戏剧性，因此有别于柯尔律治的交谈诗。最后一类大致包括那些意味充盈的抒情短诗，如《西风颂》、《致云雀》(1820)和《当那灯盏破碎后》(1822)等。

《解放了的普罗米修斯》因体现其思想之精髓而在雪莱诗中占中心位置。该诗剧分四幕，开篇写窃火惠人的普罗米修斯受天神朱庇特惩罚，被缚山崖已达3000年，但由于大地母亲的关怀、精灵的鼓励和对久别爱人海洋之女亚细亚的思念，他一直坚毅不屈。二、三幕中，冥王击败朱庇特，使普罗米修斯获得自由，同时，爱的时代露出曙光，普罗米修斯与亚细亚团聚。第四幕是宇宙新生的颂歌，预言爱与美德将为人类开创新天地。该诗使雪莱的两大主题——社会变革与人间情爱——交织互补，并配之以两条线索：普罗米修斯与朱庇特的善恶关系和他与亚细亚的分别与重逢。这两条线索由代表必然性和原始生命力的冥王来串联，由他来影响众神之命运，决定不同人物的胜败。这位埃斯库罗斯笔下的巨人吸引诗人，是因为他以美德抗暴，他基本代表完美人格，无私、无野心、无妒意，集人类灵智与永恒灵智为一体。雪莱写这首诗时不再过分强调外在变革，而更注重自我完善和爱的力量，不再涉及具体的政治自由，而聚焦于超然而又深厚的自由含意。因比，《解放了的普罗米修斯》实际是理念诗，旨在展现理想生活的幻景，提供宇宙新生的启示。相对拜伦的现实革命精神而言，雪莱的革命概念更具理想色彩，因此也更彻底，是对现有世界方方面面的哲学否定。尽管一些青年曾因雪莱而走上救世的道路，但如他本人在《解放了的普罗米修斯》前言中所暗示的，他作为诗人的使命主要不是关注如何以外在的手段一步步地改变世界。

维多利亚时代文豪阿诺德的名言对雪莱的声誉造成较早的伤害，他说雪莱像个美丽的天使，在空中徒劳地击打着巨翅。“空”字将他与华兹华斯和济慈分开，但此筈责与20世纪初的批语一样，难免有因其理想主义而否定其诗的嫌疑，似乎诗的飘逸与廉价之间无大异。虽有名家轻蔑，崇拜者中也不乏巨人，如勃朗宁、爱伦·坡、哈代、萧伯纳及叶芝等。牛津的C.S.路易斯教授（1898—1963）是较早为雪莱“平反”者之一，他说弥尔顿的厚重与雪莱的“空气与火”各代表但丁的一半，而能顶其一半即是荣幸。他肯定雪莱性善论的意义，赞赏其匠艺，认为他的诗有时堪与莫扎特的音乐相比。

在其主要文论之一、很受今人重视的《诗辩》(1821)中,雪莱在理论上赋予诗歌异乎寻常的作用。针对友人关于科技的发展使诗歌过时无用的说法,他认为任何欲达大善境界者必须依赖至烈至广的想象力;无诗即无道德,功利主义只能导致混乱与暴政。他引经据典,指出诗歌在高级文明中亦有重要作用,从高超的角度看诗歌与政治和道德的紧密关联。虽文中柏拉图式的模仿论与浪漫主义的抒表论未达到完美协调,但有关诗人"是未被确认的世界立法者"等说法接近马克思之后的类似思考。20世纪70年代后的解构派使雪莱的名誉升至高峰,他们多次提到雪莱死前未完成的《生活的胜利》(1822)一诗,认为这首思考人类历史和世俗生活的讽喻诗显示了他的现代意义上的复杂性,因为他以更平常的心情看待幻影般的现实和现实般的幻影,从表象角度将生活与语言或性爱相联系,有效地反映出语言中心式的哲思和极度虚无主义之间的矛盾,为现代解构思想提供了理想文本。

第二代浪漫诗人都寿命短暂,其中**约翰·济慈**(1795—1821)最令人叹惜,享年仅26岁,留下许多精美的诗篇,包括莎翁与但丁在内的巨笔在那样年轻时尚未写出相当水平的作品。诗艺方面,甚至有人认为他是英国19世纪最杰出的诗人,不独属浪漫时代,从丁尼生到唯美派的主要诗人几乎都受到他的影响。尽管相对欧洲历史而言,济慈的影响力不及拜伦,但说到英国诗歌史,拜伦的声望则无法与济慈相比。与雪莱比较,济慈更愿与"纯艺术家"认同,乐于想诗,谈诗,而不是经常思考哲学与政治问题。他更愿以热心而冷眼的观者姿态绘制生活的戏剧画面,对在真实生活中扮演各种角色的真人表现出艺术家的兴趣,似将雪莱的柏拉图或新柏拉图主义的理论倒置。他并不因至上的理想而厌弃有限的世事,而是以具体人间情感证实无限的存在,因而更具内在的新柏拉图主义意味。

也举几首小诗谈其倾向。在1819年创作的十四行诗《就像赫尔米兹那样》中,诗人希望其精神能在梦中飞去,像仙灵那样展开轻盈的羽翼,但不是飞向寒天，也不是圣地，而是飞入但丁式地狱的第二圈，像那些相爱的罪人，“随着阴沉的风雨，与美丽的身形一同飘荡”。在同时创作的《金星》一诗中，诗人希望自己能像星辰一般恒久不变，但不是孤悬在高处，而是枕在爱人的胸脯上，能永远地感觉其轻柔的起伏。稍后另一首十四行诗《致芬尼》提出一个具有概括性的重要概念：他渴望爱情一类的真实情感，是因为害怕“灵智的软腭失去味觉。”这是与玄学有关的深厚思维，与他在《恩底弥翁》中使用的“与实质结交”的概念有微妙的关联，似乎如此年轻的诗人已达返璞归真、随心入世之境界。较早的十四行诗《阴沉的迷雾》（1817）则体现济慈从容的一面。他面对迷雾散去后的景色，让自己陷入“最平静的思绪”中，想到“萌发的新叶——在宁静中成熟的果子/——秋日的太阳在傍晚时将笑容投向安恬的麦束/——美丽诗女萨福的面颊——一个笑婴的呼吸/——沙漏中缓流的细粒——/一条林间的小河——一位诗人的死。”似乎时间已凝止，或只是慢速地流动，容他静观其运作的过程。后在名诗《秋颂》（1819）中，他再次静伴时间，试图于此时此地抓住永恒，虽同写秋天，但它的内容大异于雪莱在《西风颂》中有关毁灭、再生、未来的呼唤。

济慈生在伦敦，其父是经营车马行的小业主，因家境平俗，不能送他上名校。早年一直在医药行业中寻谋生之路，但内心对诗歌的热爱压倒其他的打算，终在遇到李·亨特并通过他与雪莱结识后，全力投入诗歌写作。济慈作品的体裁、题材和风格等具多样性，主要作品包括由《恩底弥翁》（1818）、《伊莎贝拉》（1818）、《圣阿格尼斯节前夕》（1819）和《拉米亚》（1819）等组成的叙事诗；以1819年六首伟大颂歌（《夜莺颂》、《希腊古瓮颂》等）为代表的短篇诗作；许多杰出的十四行诗以及具有史诗气质、未完成的“哲理诗”《海庇里安》和后来的《海庇里安的败落》。此外，济慈的书信也是其遗产的一部分，T. S. 艾略特说它们是英国诗人所能写出的最重要的信件。济慈24岁时染上肺痨，一年后去意大利，不久死于罗马。

长诗《恩底弥翁》虽在问世后一直受不同程度的批评，但它与《圣阿格尼斯节前夕》一起，似较其他作品更能代表作者的特性。开篇首行“一件美的事物永远都是乐事”所及的信念在其他诗中不断受到变相的处理，并引起19世纪末唯美派的共鸣。该诗写希腊神话中牧人、诗人、恋人身份兼具的恩底弥翁追求月亮女神的故事，易使人联想到雪莱的《阿拉斯特》中诗人对梦中少女的追求，因为济慈也强调梦幻的美、梦中的理想、在梦中离去等具有浪漫传奇色彩的概念。然而，恩底弥翁与月神有身体接触，在拥抱中他体味到生命的意义，且不在意随之而至的死的暗示。诗人让主人公沉溺于目光、亲吻、接触所带来的美妙感觉中，认为如此“与实质结交”实际具有神圣的精神意义。而且，当后来恩底弥翁走入山谷并发现身边的凡人少女就是月神时，我们可以说他所完成的追求并行于降入人间的过程。

《圣阿格尼斯节前夕》是诗体、诗语、内容有机结合的典范，是莎翁与斯宾塞在济慈诗中影响之佐证。至少在表面上，济慈采用适于浪漫传奇的斯宾塞诗节，写发生在中世纪哥特城堡中的罗密欧与朱丽叶式的爱情故事。更深入一些，我们可说一方面诗人意识到幻觉、盲目性或错觉与感情或精神生活的同一性，甚至无幻觉即无激情；而另一方面他以莎士比亚式的戏剧视角使含意和层面复杂化。传说圣阿格尼斯节前夜未婚少女若遵从一定的仪式，就能幻见到未来的丈夫。曼德琳即如此期待着奇迹的发生，而在现实的世界，热恋她的波菲罗已穿过荒野，潜入城堡，暗中偷看闺房中的少女，并在她从迷梦中醒来时，让她相信梦中的情节仍在继续：“他融进她的梦中，就像玫瑰以其芳香与紫罗兰配合。”最后他俩“像幻影一样”逃离城堡，在漫天风雪中跑向远方的爱巢。情节虽简单，但叙述过程充满各种对比：生活与爱情、现实与梦幻、老年与青春；城堡、铁栏、石雕与帘幔、美食和水果；寒冷与温暖、喧闹与沉寂、色彩与灰茫，这些对立又丰富的意象使诗人的立场不易捉摸。但含义虽模糊，从幻觉到结合的过程毕竟代表某种成功，诗的结尾也暗示着某种希望，与《伊莎贝拉》悲哀结局有所区别。

对济慈常见的误解是不假思索地称他“追求理想”、“逃避现实”或崇尚高超的美。多思的读者则能读出他诗中表现的“梦的欺骗”、“回到现实”等含意。但若更深刻一些，应既能看到此点，又能体味到他所暗示的无法超越、无法遏制的浪漫欲。他绝非逃避现实的诗人，但“回到现实”多指回到现实的情感中，而不是无梦的冷现实。由于梦欲溶在凡人的血液中，现实之内的浪漫也就体现了生活本来应有的甜美、丰富的意味。两位恋人在铁石冷堡中的热恋代表生命能量的聚集与释放，虽其远离“真理”，但何尝不是精神的行为？在1818年5月3日的一封信中，济慈指出华兹华斯较弥尔顿“更深刻”，因为他重视灵魂在俗界的旅程，比弥尔顿更关注“人心”或“人性”，其特有的才华能帮我们“探索”人生“巨宅”中那些“漆黑的通道”，从而减轻“生死奥秘的重压”。济慈发展了有关信念，认为人间是“造就灵魂的深谷”，除此无其他途径。由于对“过程”、“人心”、“奥秘”和“探索”等思想的兴趣，他分担了华兹华斯对科学法则和冷理性的忧虑。叙事诗《拉米亚》则很好地体现了此忧虑，诗中哲人阿波罗尼亚斯警告热恋中的利西亚斯，不要用眼睛恋爱，要用脑子想，眼睛饮汲的只是假象，因美妙的拉米亚实为蛇怪。哲人所言毋庸置疑是客观真理，但却不仅戳穿了假象，也扼杀了青年的生命，结束了一段始于幻觉、充满神秘美感与热情的有趣经历。

1819年的六首颂歌更贴近济慈个人的生活与情感，但字里行间同样富含悖论、反论与不同含义层面，似以文思的丰富体现了生活的复杂。《夜莺颂》（1820）写诗人听到夜莺流畅的歌啭，“过于幸福地沉浸在（它的）幸福中”，感到心疼痛，于是想凭借鸦片、毒药、酒来逃避充满辛酸苦辣的人世，但最终选中艺术幻想力作飞去的翅膀，欲随夜莺隐入林中。在与夜莺认同的剧烈心理活动中，诗人想到何不就此于午夜无痛地死去，但忽又意识到夜莺以其欢乐和歌唱代表永恒的存在，自己则化为泥土。他被拉回到自我的生活中，似庆幸未被"骗人的"诗念完全俘获。《希腊古瓮颂》(1820)中的古瓮大致相当于前诗中的夜莺，对诗人也释放出艺术的魅力，瓮上乐师演奏和男女追逐的生活画面引起他的妒意，因为他们虽凝止不动，却永在恋爱，春天永驻：无声的旋律因此才更加甜美。与此对照的是恼人的真实人世的情感，它受制于时间等因素，无法达及永恒的境界。但另一方面，画中的春意又是冰冷无声息的，缺乏完满的过程。最后诗人惊叹如此一个无言的形体竟引出这么多的觉悟与困惑，它将永存，成为"人类的朋友"，提醒人们"美即是真，真即是美。"此类颂歌常代表诗人惯用的构思方式：铺展自己的窘境或矛盾心理，沿一个方向推进思路并频频埋下伏笔，然后渐与理想认同，在临界时刻启动另一视角，与理想分立并提出最终的疑问。这样的文本引起后人广泛的评析，美与真的等同更使人争论不休。弥尔顿式的史诗《海庇里安》(1818)和《海庇里安之败落》(1819)即是对我们的又一次提示，两诗都讲到生活的磨难与生命之美或人之神格的因果关联："无数的见识使我成为神。"尤其对于一个诗人来说，"死入生(生命)"的过程确实含有丰富的诗意。

维多利亚时代及后来的评论家中，有多人将济慈与莎翁比较，甚至认为他是在资质、意识等方面最像莎翁的诗人。原因之一是济慈本人崇尚反映莎翁实质的"消极能力"概念并自以为能代表它。有趣的是，他在信中提到的这一概念是又一例济慈式的矛盾修饰法："消极"与"能力"的组合实质是与"积极"的组合，即诗人应像莎翁那样有能力排除内外世界各种干扰，主动做到不急于介入作品的冲突中，保持戏剧的视角。济慈称华兹华斯表现出"自我的超卓"，似暗示自己更愿像莎翁那样摆脱自我人格的困扰，尽量潜入剧中人物的视角，使自我化为每一个人物。济慈的语言本身也有高度不确定性，浓烈的修辞成分使多处局部含意显得飘忽不定。除矛盾修饰法外,他常将关系遥远的词搭配在一起,或重复用一词,使其意味渐变。有时也爱创新词,亦将旧词扭曲。诸如此类的手法让语言也扮演着角色,配合其在诗论方面的信念。

在20世纪一些现代主义批评家眼中,济慈摆脱了同时代浪漫诗人的那些不合现代人口味的"毛病",其作品可算现代意义上的理想文本。济慈对维多利亚诗人(尤其是丁尼生)的影响主要体现在后者对中、古题材的兴趣以及对艺术与生活、幻想与现实等关系的继续探讨。今人则更看重济慈所代表的某种新人的气质:他对现实生活中的各种情感,包括疚痛、欲念、尴尬与窘迫、美感与疾病、孤独、快乐等,都有敏锐的把握,能以生动而具体的感觉表达这类痛苦和欢乐。当我们谈论他有关剧烈的瞬间美感概念与唯美派或颓废派的关联时,不应过分夸大负面影响。实际上罗斯金、培特[①]、尼采和叶芝等人都受过此类思想的影响,都在现代社会环境中体会到济慈式的喜悦与悲哀。有评论家认为,济慈的倾向是要发掘新的永久价值,他主要不是让我们相信世间充满苦难与压迫,而是让我们鼓足勇气接受这样一个事实:世界充满欢乐、健康、自由。这些都属于他人,但只要争取,也能属于我们自己。济慈思想与艺术的精髓就是让我们有勇气相信他人是幸福的,并能为此感到由衷的喜悦。

英国浪漫时代其他的抒情诗人曾被列入"次要诗人"类,但近来有人认为其中有几人不次于主要诗人。威廉·里瑟尔·鲍沃斯(1762—1850)是一名教士,写过不多的十四行诗,但柯尔律治在《文学生涯》中曾提到他对自己最初的影响。其《致宜清河》一诗与后来华兹华斯的《丁登寺》有相似的情绪。历史小说家司各特最初在诗歌方面发展,曾发表《苏格兰边区歌谣集》,后又写诗体传奇故事,中世纪情调浓郁,一度有广泛的读

---

① 沃尔特·霍拉肖·培特(Walter Horatio Pater, 1839—1894),评论家、散文家,发表了不少美学和文学批评方面的著作。

者，但终因拜伦的名气压倒他而转向小说。《可怕的变化》一诗似是华兹华斯《不朽的征兆》或柯尔律治《沮丧》的简写本。沃尔特·塞维芝·兰德（1775—1864）是“次要”诗人中的主要诗人。他性格暴躁，政治观点上从不改共和派立场，但克制与静穆却是其诗作的一贯特色，被认为有“大理石般的”希腊气质。他尤擅长短小而忧伤的抒情诗，他私下在数首诗中与华兹华斯的记忆主题做过对话。

另一位重要诗人是属较年轻一代的约翰·克莱尔（1793—1864），于20年代初发表《乡间生活与景物素描》与自传性的《乡村乐师》，引起好评，但此后屡遭挫折。1837年他精神崩溃，后在精神病院度过余生，但创作未停，且写出许多佳作。克莱尔崇拜华兹华斯与柯尔律治二人，又具有布莱克式的简练与洞达，力量较他们稍逊，但自有纯朴、端正、自然的个性和华兹华斯式的平凡乡景描述，甚至比彭斯更具农民诗人的气质。

与克莱尔或与雪莱和济慈同时代的诗人还可提及乔治·达雷（1795—1846）和托马斯·里沃尔·贝多斯（1803—1849）。前者性情忧郁，不善言表，思想虽丰富，惜无相应成就。其风格接近雪莱与济慈的初期作品，更有伊丽莎白时代的风格，与当代语言有刻意的区别。他重乐感，认为诗人应以文做歌，引起丁尼生对他的兴趣。在复兴伊丽莎白诗风方面，贝多斯更富才华，但他将其难得的才智多用于探索死亡之奥秘。可以说死神的阴影笼罩着几乎其所有作品。雪莱诗中绝望的一面成为贝多斯的榜样，另有德国的思想及恐怖文学传统，使其诗文富有哥特传奇色彩和怪诞的幽默感。贝多斯的代表作为诗剧《死神的玩笑集，或傻瓜的悲剧》（1850），情节中尽是梦魇、月色、骷髅、幽灵、谋杀、复仇以及一座哥特式天主教堂的巨影，虽缺乏有机整体感，但局部不乏极精彩的诗句。

英国浪漫时代也是散文时代。社会的动荡、思潮的起伏、作者意识的解放和现代杂志业的发展，都是散文体得以兴盛的养分。散文约分四类：

一是日记与随笔，如已被视为重要文献的华兹华斯之妹多萝西（1771—1855）的《格拉斯米尔日记》（1800—1803）；柯尔律治的随笔内容浩瀚，灵念纷繁，只言片语凝聚着文思要素。再就是书信，与日记一样，落笔时似已瞄向更多的读者。查尔斯·兰姆、拜伦、雪莱和济慈等都是重要笔友；他们的信件是研究当时社会及其个人的关键材料。第三类小品文笔触灵活，情调舒缓，内容广及，是文坛一大成就，也是与革新的杂志业相得益彰的文体。最初帮助并影响了济慈的李·亨特（1784—1859）是较早的代表，但最杰出的作家当属**查尔斯·兰姆**（1775—1834）、**威廉·哈兹里特**（1778—1830）和**托马斯·德昆西**（1785—1859）。兰姆甚至被称为"散文王子"，不次于培根。他精巧细致，对人与物兴味盎然，饱含温情与幽默。哈兹里特虽以批评家身份为今人所知，但在小品文方面更露才华，比兰姆更直率。德昆西兴趣最广，且强调语言稠密的织体和内在的乐律。小品文为城市文体，多涉市井话题，但又频频掺入个人感想，显得生动而亲切。兰姆的《两类人》、《中国的古瓷》，哈兹里特的《论出游》、《初遇诗人们》和德昆西分两期发表于《伦敦杂志》的《一位英国鸦片瘾君子的自白》（1822）等都是名文。第四类是较正式的评论，包括社会、政治评论和文学评论等。早期著名政论有伯克的《法国革命随感录》及与之相对的潘恩的《人权论》和葛德汶的《政治正义论》等。葛德汶夫人、玛丽·雪莱的母亲沃斯通克拉夫特（1759—1797）所著《妇女权利辩》（1792）是现代早期女权主义的里程碑，旧势力视其为惊世之作。该作品提倡男女平等，反对使妇女地位低下的各种文化因素。以上类别无明显疆界，比如它们都可涉及政治或文学。

文学批评方面，兰姆、哈兹里特与德昆西是时代主笔，其中哈兹里特与柯尔律治分享最重要评论家的地位。兰姆曾被称为实用批评大师，因他首创一种批评手法，柯尔律治甚至认为哈兹里特只是将其搬来为己所用。该手法先是唤起读者对作品细节的兴趣或联想，再诉诸比喻，最后加入个人观点。此方式虽有积极的一面，但也有偏重印象之嫌，重情感本身胜过思想的构筑，因此兰姆似无批评力作。观点上，哈兹里特称兰姆"不与时代精神认同"，厚古薄今，他以笔名"埃利亚"写就的《伦敦杂志》系列文章多推举前两世纪的文风。另著《莎士比亚时代其他戏剧诗人作品精华》(1808)，表达对被忽略者的敬意。兰姆评说时不失距离感，注意行文的精巧与得体，在崇古文章中能给读者乐趣。

哈兹里特的文学理论和莎评方面的言论在当时影响很大，比如除华兹华斯外，当代人中只有他对济慈有重要影响。哈兹里特以著作或讲稿形式发表《莎士比亚剧中人物》(1817)、《英国戏剧概观》(1818)、《有关英国诗人的讲演》(1818)，实践其稍欠系统的实用批评。文集《时代的精神》(1825)中早早声称华兹华斯的时代中心地位，说他最能代表"时代的精神"。他曾自称是柯尔律治的门徒，但却频发重要歧见，如反对其思想中康德的先验成分，担心会引向宗教式的神秘论或愚昧。因此，虽想象功能也是哈兹里特思想的核心，但他更接近华兹华斯的想法，评论界甚至有观点认为《抒情歌谣集》序言是其出发点。或可说他与华兹华斯一样，在一定程度上继承了洛克的经验论，重视自然的和具体的艺术成分。他捍卫并实践从印象出发的评论，以为评论就是传递评论家的个人情感。但与兰姆不同的是，他同时致力于从理论上说清为何他有此情感。他提出的最重要的概念之一就是文学中的gusto，其含义不易定死，介乎"兴味"与"热情"之间。若说作家的gusto，则指他所具有的活跃的想象力，又指对具体人与物的热情与兴味，或称心理移入(或移情)的能力，这种能力就是人称的莎翁的天才。此点可解释为何他视戏剧为理想的形式，为何他与柯尔律治的先验想象力对立，为何济慈对他感兴趣。

而评论家也应有gusto，即对具体作品的了解与兴味，热情地以个人的感悟或共鸣引导读者分享文中要点。此观点所批评的和可导致的现象趋同，即主观主义。哈兹里特批评华兹华斯——尤其是拜伦——过分表达主观情感，不能像莎翁那样移情于多个客体。但在他洞见浪漫时代的倾向的同时，他的评论手法与兰姆的一样，也过于依赖主观印象。他对诗的定义就显得宽泛朦胧，轻视文本与自然的界线，似乎与情感相关的都已自动具有诗意。想象即是洞察自然的实质，想象又是诗艺的精髓，诗也就等同于实质，或可以表现真、自然、美的同一性。这是引起济慈兴趣的另一观点。

德昆西也受哈兹里特的影响。在其文论名篇《论〈麦克白〉的敲门片断》（1823）的末段，他将莎翁的艺术与"太阳和大海、星辰与花朵、霜雪和雨露"等自然现象等同，暗示诗即自然。德昆西对柯尔律治与华兹华斯有很高敬意，在心理、哲学、神学等方面与柯尔律治有相同的兴趣，欣赏华兹华斯的文思和道德意识，并致力阐述他们的思想，举荐其艺术，尽管他常绕过具体作品而谈其生平，如散文集《忆湖畔诗人》（1834—1839）所示。华兹华斯曾与他谈到"知识文学"与"力量文学"之别，他受此启发，撰文《知识文学与力量文学》（1828），扩展此浪漫思想。在文中他指出知识文学以教为目的，力量文学旨在打动；科学等知识是"临时的"，会被修改和取代，但借助"快感与同情"而诉诸于最高理性的文学一旦流传下来即是"完成的"和"不可改动的"；最低等的文学家也要高于那些只会教导的人们。德昆西有关"修辞"的说法与"力量"概念巧合，因修辞的主要作用不在于装饰或辅助诡辩，而在于扩展心智的潜能，施展感人的力量。除以上贡献外，他还提出散文体应有的素质和特定技法，指出哈兹里特和兰姆的各自欠缺。他对"暴力美学"感兴趣，似乎他是英国首位提出以美学的方式处理丑的文人，比培特和法国的波德莱尔早了几十年。

对后世来说，**沃尔特·司各特爵士**（1771—1832）主要是历史小说家，但他在浪漫主义时期威望极高，不仅著有大量诗歌、小说、剧本，还有史学、传记著作多种，整理出版了大量古籍，对19世纪作家的影响甚巨，对包括巴尔扎克和托尔斯泰在内的小说家的影响更是无法估量。

司各特是苏格兰人，在爱丁堡大学完成学业后，就跟当律师的父亲学法律，1792年获得律师资格，从1799年起终身担任塞尔科克的司法副长官，1806年起兼任地方刑事法院执事。但他自幼爱听大人吟诵民谣、讲述苏格兰边境的故事，兴趣始终在历史人文方面，博学强记，还常探索苏格兰边境的人文地理状况。他的文学创作大体分为两个时期，先以诗歌为主，后来改写小说。

他成名于1802至1803年发表的《苏格兰边区歌谣集》，即他所收集整理的三卷苏格兰民谣，有些经他的修复，很圆熟地表现了浪漫主义的情趣。此后写了不少长篇叙事诗和诗体浪漫传奇，如《最末一位行吟诗人之歌》(1805)，《玛密恩》(1808)，《湖上的夫人》(1810)，《特利尔曼的婚礼》(1813)等。他深受民谣影响，诗歌叙述了贵族的爱、情欲、阴谋、背叛、战争、勇武和死亡，苏格兰地方色彩鲜明。到1813年左右，拜伦已诗名远扬，他的长篇叙事诗富有生气，也更为深刻，司各特自觉比不过，于1817年发表《无畏的哈罗德》后不再写长篇叙事诗。1813年他还拒绝了桂冠诗人的头衔，推荐骚塞担任。

司各特将中世纪浪漫传奇、民谣和哥特式恐怖小说因素与苏格兰的历史、传奇结合起来，开创了“历史小说”这个亚文类。他共写过32部，《威弗利》是他1814年发表的第一部小说，背景是企图拥戴“小僭君”(詹姆士二世之孙)复辟斯图亚特王朝的“四五”动乱(1745)。1815年和1816年又出了续集《盖伊·曼纳林》和《古物癖》，组成威弗利三部曲。总称《房东的故事》的四个系列共八部小说，其中最著名的有《修墓人》(1816)，《罗布·罗伊》(1818；相当于英格兰的罗宾汉)，《米德洛西恩的监狱》(1818)，《拉默摩尔的新娘》(1819)。这些作品均以17、18世纪激荡苏格兰的政治、宗教斗争为背景，全面描写并重新阐释了业已消亡的苏格兰高地的社会形态、人际关系和风俗习惯。作品充分展示了司各特广博而深刻的学识，敏锐的洞察力和丰富的表现力；他熟谙下层的苏格兰方言和骑士贵族的优雅谈吐，人物对话十分传神，写村野怪人尤其生动，他使历史小说的关注从王室转向普通人。这些小说还表现了司各特对历史的矛盾态度，理智上他赞成苏格兰和英格兰联合和商业进步，但又痛惜苏格兰独立精神的丧失，民族意识的低迷，怀念往昔的英雄时代和维系传统社会关系的人情。

司各特还写过许多其他民族和时期的历史小说，最著名的是写狮心王理查时期的《艾凡赫》（1819），此外，《肯纳尔沃思堡》（1821；伊丽莎白时期）、《昆丁·杜沃德》（1823；15世纪法国）、《护符》（1825；十字军在巴勒斯坦）也广为流传。可能司各特觉得写小说会影响他做司法长官的威严，总是以“威弗利的作者”匿名发表作品，所以有时也将他的历史小说统称为“威弗利小说”。直到1827年他才公开承认自己的作品。虽然他写得多，挣钱多，但建筑豪宅的计划使他陷入严重债务。1826年，与他有关的出版商破产，司各特负债达12万镑，不得不为还债而拼命写作，影响了作品质量，也缩短了自己的寿命。

玛丽·雪莱（1797—1851）本名玛丽·沃斯通克拉夫特，父亲是影响了一代浪漫主义诗人的激进文人威廉·葛德汶，母亲是英国最早的女权论者玛丽·沃斯通克拉夫特，生下她后即去世。1814年她同雪莱私奔，1816年雪莱的妻子溺水自尽后，玛丽才正式同雪莱结婚，并长期生活在欧陆。1822年雪莱去世后，她编辑了雪莱的诗集和散文书信集，还发表了许多传奇、故事及传记，较著名的有《伐尔泊噶》（1823），《最后的人》（1826）等。

雪莱夫人以一部极为独特的“人造人”故事而在文坛占有特殊地位，那就是集哥特式鬼怪故事和科学幻想于一体的《弗兰肯斯坦，或现代普罗米修斯》。1816年夏季她夫妇和拜伦等在瑞士，下雨不出门，便读德国鬼怪故事，并约好每人写一则。《弗兰肯斯坦》构思最初出现在她半醒半睡的梦魇中，1818年出版，1831年修改后再版。故事仿佛是三个同心圆，外层是英国探险家华尔顿在北冰洋的奇遇，中层是自然学者弗兰肯斯坦讲述的故事，核心则是怪物的叙述。弗兰肯斯坦了解到造物的秘密后，从藏骸所、屠宰场等处收集材料，搭起人的架子，并赋予它生命。但他被自己刚造出的丑陋巨物吓坏了，逃之夭夭。巨人藏在一柴房中，通过偷听主人的谈话和偷看《失乐园》等习得了语言，它渴望人的生活，却到处被人看成怪物，于是愤而开始杀人。它要求弗兰肯斯坦为自己再造一个女怪，弗兰肯斯坦觉得让怪物繁衍后代的后果难以设想，未能完成女怪。怪物进行疯狂报复，杀了弗兰肯斯坦的所有亲人。弗兰肯斯坦追踪怪物来到北冰洋，向华尔顿讲述了以上故事后死去，怪物对华尔顿述说了自己的一面之词后消失在北极。这个故事使用18世纪"高贵的野蛮人"母题，提出宗教、哲学、伦理、科学等方面的许多根本性问题，关于创造和责任的思考尤其发人深省。

简·奥斯丁（1775—1817）是与浪漫主义诗人同代的小说家，但她既没有正面表现时代风云，也没有多少流连于山水林间的笔墨，不写汹涌激情，回避鬼怪志异，写作倾向迥异于司各特和玛丽·雪莱，却有后来维多利亚时代那种向现实生活的逼近，因而成为18、19世纪小说之间的重要纽带。她共写了六部不长的世态小说，另有一些未完成的作品，内容无非是请客吃饭，弹琴跳舞，择偶婚娶，用她本人的话说，只写"一个乡村中三四户人家"的事情，就连王室请她为当时的摄政王子写一部历史传奇也遭拒绝。但她用制作象牙雕品般的功夫打磨出了艺术精品，她的全知叙述者很少对虚构的人物和事件作大段正面评述，却始终将人物牢牢控制在她的反讽审视中。20世纪对奥斯丁的评价越来越高，开始可能和形式主义的盛行有关，但现在人们发现她的作品对于当时社会的经济、意识形态、初期的殖民主义扩张等也有很大的认识价值。

奥斯丁出生于南部汉普郡的斯蒂文顿，父亲是教区长，家中藏书颇多。1801年后她家几经迁徙，最后在汉普郡的乔顿定居下来。她终身未嫁，生活平静，家人和睦。她自幼好读，14岁时的习作《爱情与友情》已有雅致的表达。虽然她只能在共用的起居室内写作，家人在很长时间内却并不知道她在创作小说。

奥斯丁作品的创作年代和发表年代并不吻合，按出版顺序为《理智与感情》（1811），《傲慢与偏见》（1813），《曼斯菲尔德花园》（1814），《爱玛》（1816），《诺桑觉寺》（1818）和《劝诫》（1818）。《诺桑觉寺》最早完成（1798—1799），1803年出版商购买后未予发表。《理智与感情》最早的形式是1795年动手写的书信体《埃莉诺和玛丽亚娜》，1797年至1798年改写，更为现名，1809年再次改写。《傲慢与偏见》原名《初次印象》，是1797年写的书信体小说，出版商未阅便退稿，1809年改写成现在的样子。可见奥斯丁经过多年的磨炼，才达到艺术上的圆熟。她还有一些未写完的小说，如《沃森一家》、《桑迪幸》等。

《诺桑觉寺》的结构似有断裂，爱看哥特式小说的凯瑟琳·莫兰德到了诺桑觉寺、即她所爱的亨利·梯尔尼的家后，似乎抛开了上半部所关心的问题，而着魔般地相信这座古建筑物深藏着家族的秘密。奥斯丁对18世纪后期风行的哥特式鬼怪神秘小说进行了戏谑模仿，嘲弄了失去理性和常识、以"生活模仿传奇"的愚蠢，也将自己的创作和拉德克利夫们拉开了距离。其实前半部也有多处探讨文学和小说的地位，有关语言能否达意和人的互相理解的讨论尤其有意义，奥斯丁后来的创作不断地回到这个问题。

《傲慢与偏见》最受读者喜爱，其书名和《理智与感情》一样，标示了不同气质的对称、抗衡。班涅特太太有五个女儿，她一生的大事就是把女儿们打发到好人家去，只要邻近的庄园来了个年轻富有的男子，她就拿出志在必得的架势，动员女儿去死缠人家。此事看来庸俗可笑，但在那个社会却是很严肃的问题，像班涅特这样的绅士死后，产业将由家族旁系继承，他妻子女儿的生活就没有保障。小说的主线是班涅特家二女儿伊丽莎白和富有的青年绅士达西由冲突、摩擦而渐渐转变错误的初次印象，最后终成眷属的故事。奥斯丁一方面对婚姻采取了非常现实的态度，从不否认经济条件、门第的重要，也大致认同社会等级制度。但另一方面她将注意重点转移到人的自我、独立意识和情感世界，在择偶问题上强调个人的品行、境界。这些和浪漫主义倾向并行不悖的描写，传达了18世纪以来英国社会婚姻家庭制度的变化。伊丽莎白聪明睿智，目光犀利，说话痛快淋漓，总能直抒胸臆而又不失含蓄、得体，很像作者本人。她不顾母亲反对，拒绝嫁给将继承她家产业的牧师柯林斯，后来唇枪舌剑地击退以势压人、指责她高攀的德伯格夫人，这些都是小说中的精彩段落。

奥斯丁的其他作品也越来越受重视，尤其是《爱玛》。同名女主人公富有、聪明、喜欢做媒，其实也是很欣赏自己摆布他人命运的权力。她在奥斯丁喜爱的人物中属于缺点比较严重的一个，作者让她一味地执迷不悟，直到差点酿成终身误。如果说《傲慢与偏见》基本上是以伊丽莎白的聪明来讽刺那个愚昧的世界，那么《爱玛》则将爱玛的自作聪明作为审视重点，作品大量用自由间接引语，深入人物心理世界，道德辨析更为细致，反讽更为含蓄。书中爱玛做的最大的错事，是在游山时当众挖苦啰嗦的贝茜小姐，她的触动灵魂的反省也从这里真正开始。如今语言暴力已是司空见惯，读者不免觉得奥斯丁小题大做，这是时代和文化的差异造成的理解问题。那个相对平静、悠闲的乡村社会有因袭传统的一定之规，举手投足、言语习惯都是社会地位和秩序的符号。她的作品于小中见大，平静中起风浪，对于现在的人是小事，对她的世界中的人物则是波澜壮阔、涤荡心灵的大事。

奥斯丁的语言技巧备受赞扬，她刻画人物主要靠传神的对话，而对相貌、服饰并不作过细的描写。她也很少用隐喻，对于滥用想象力持怀疑态度，文笔流畅，从不故作高深晦涩，然而她的虚构世界绝不像表面看到的那么简单清澈。奥斯丁的最大吸引力就在于她对人世、人性的准确把握，以及言语行为与判断意义和反映真实之间错综复杂的关系。

第四节 法国文学

1789年资产阶级革命后，法国的封建生产关系加速解体，资本主义生产关系占据了主导地位。但是，在相当长的一段时间里，贵族复辟势力活跃，并得到仇视法国革命的外国势力的支持。社会动荡，政治风云多变。在革命和保卫共和国的战斗中，法国人民表现出昂扬的斗志和无畏的牺牲精神。资产阶级的政治地位虽然已经确立，但是政权形式和政治体制却屡经变更，并随之引起资产阶级、贵族阶级以及这两个阶级内部各阶层社会地位的多次变迁。在思想领域，启蒙思想进一步传播，然而反对启蒙思想的声音远未消失，而且从哲学层面说，从18世纪末到19世纪初，出现向唯心主义倾斜的趋势。以卡巴尼斯（1757—1808）为代表的观念派学者在宣传18世纪唯物主义哲学方面有贡献，但是他们的思想后来也程度不等地向唯心主义作出让步。各种反对启蒙传统的思想多以宣扬唯灵论、歌颂基督教、鼓吹教权思想、怀念封建正统观念、追思中世纪文化来与启蒙思想对抗。代表人物是约瑟夫·德·迈斯特（1753—1821）和路易·德·波纳尔德（1754—1840）。另外，夏多布里昂的《基督教真谛》（1800）和巴朗什的《论情感与文学艺术的关系》（1801）等著作也在宣扬基督教方面发挥了作用。

在这样的社会环境中产生的法国浪漫主义，其思想和美学特征相当复杂。这个时期社会心态有两个层面与浪漫主义文学密切相关。第一个层面是随着革命的深入，法国人民表现出的爱国精神、政治热情和人道主义情怀。这个层面的理想主义成分在浪漫主义文学作品中得到体现。

最突出的例证是诗人**皮埃尔·让·德·贝朗瑞**(1780—1857)那些富于战斗精神的作品,这些作品洋溢着为社会进步而奋斗不息的精神,唱出了人民的心声。他的作品大多采用民歌形式,语言通俗平实,深受群众的欢迎,许多作品被谱写成歌曲,广为流传。这时期社会心态的另一个层面是社会动荡和政治斗争造成的个人与社会的矛盾,以及因此引起的对个人命运、内心情感和内省经验的强烈关注。这一点也成为浪漫主义文学灵感的源泉。与此相关联的是宗教意识和宗教情感的回归。因此,迈斯特、夏多布里昂等人思想的某些侧面,例如强调法兰西文化的基督教性质,又如在歌颂基督教时强调心灵的感知力量,宣扬内省的快乐与价值,等等,从美学理论上为浪漫主义文学作了必要的铺垫。

这个时期外国文学的大量译介也对法国浪漫主义文学的发展产生了促进作用。在英、德两国,浪漫主义文学先于法国出现,到19世纪初已经蔚然成风。这种与古典主义迥异的新文学形态吸引了法国人好奇的目光。理查逊的小说、杨格的《夜思》、托名莪相的诗集、刘易斯的《僧人》、拉德克利夫夫人的"哥特式小说"、歌德的《少年维特之烦恼》、克洛卜施托克的《救世主》、莱辛的戏剧等先后翻译介绍到法国,深受法国读者的欢迎,使法国人的审美习惯和接受心理受到潜移默化的影响。

随着大革命的胜利,古典主义的社会和文化基础基本瓦解。同时,激烈的政治斗争和社会动荡造成思想的多极化,也使得一种唯我独尊的、稳定的文学范式难以为继。不过,一种文学潮流和形式不可能因一种生产关系和政治体制的寿终正寝而立刻消亡,对历史悠久、影响深远的古典主义来说更是如此。18世纪最后十年和19世纪头二十年是法国文学史上的一个过渡期。这个时期文学的总体特征是,古典主义依然得到广泛认同,而浪漫主义则已经开始流行,二者并存,相互影响。

过渡阶段早期的代表作家是诗人**安德烈·谢尼耶**(1762—1794)。谢尼耶出身于一个商人家庭,自幼受启蒙思想的熏陶。革命前,他是启蒙思想的热情鼓吹者。他的诗歌《发明》[①]、《赫尔墨斯》、《美洲》表现了对未来社会的热烈向往，对人类走向进步和繁荣的坚定信念。革命初期，他曾讴歌革命，然而到雅各宾专政时期，他和许多那些从书本上理解启蒙思想、诗意地构想新社会的人一样，在启蒙思想的历史实践面前彷徨起来，最终采取了与雅各宾政权相对抗的立场，撰写攻击政权的小册子，结果被送上了断头台。他的文学观带有过渡期常见的犹豫和摸索的特征。他既承袭古典主义审美观，而且赞同封特奈尔等启蒙思想家的观点，认为文学的发展维系于科学的进步，同时又主张张扬个性，强调个人感情的自发流露，倚重心灵和想象。他的诗歌基本上采取传统形式，正如他曾直言的那样，他要"以新思想为基础创作古典诗"（《发明》）。然而，就内在气质而论，他的诗歌抒发个人情感，想象丰富，灵气跃动，超越了古典主义的藩篱，具有浪漫主义情调，这在以《牧歌》为总题的作品中，以及他在狱中创作的《抑扬集》的十几首（包括未完成的）诗中表现得尤为明显。正因为如此，他的诗歌才为后来的浪漫主义诗人所推崇。雨果称他为"古典派中的浪漫派"，准确地说明了他的作品的时代特征。

如果说安德烈·谢尼耶的诗歌蕴含着对个人命运的焦虑这个浪漫主义文学的重要母题的话，那么在同时代的戏剧作品里，则更多地是表现了一种群体的政治激情。安德烈·谢尼耶的弟弟玛丽-约瑟夫·谢尼耶（1764—1811）的剧作就很有代表性，当时受到热烈欢迎。他的《查理九世》（1789）在大革命爆发后不久首演，以影射的手法对封建专制政权进行了猛烈批判。1792年，他又上演了《卡伊乌斯·格拉科斯》，这出戏热情地肯定了人民对贵族的斗争。这些作品尽管采取传统的悲剧形式，反映历史或异国题材，但是充满革命的激情，具有明显的现实意义。这个时期，

---

① 谢尼耶生前只发表过两首诗，1819年才首次出版他的作品集。因此，他的大部分作品创作年代难以确定。

舞台上一反古典主义悲剧的传统，不但出现了强盗、魔鬼的形象，而且故事发生的地点也从宫廷或贵族府邸挪到了荒蛮的或充满神秘气氛的环境里，例如山洞、哥特式城堡或废墟。根据席勒的《强盗》改编的《强盗首领罗贝尔》就是一例。这些作品迎合了观众情绪化的审美要求，演出大都比较成功。

这时戏剧的另一个重要现象是，形式开放、表现手段自由的情节剧大受欢迎。被称作"情节剧之父"的**皮克塞雷库尔**（1773—1844）从1797年上演《奥弗涅的小子》后一发而不可收，共创作了63个剧本。这些作品取材于日常生活，以轻松的故事娱悦观众。在表现手法上，这些作品深受莎士比亚的影响，实际上开了浪漫主义戏剧的先河。

小说方面，比较有特征的现象是通俗小说和志怪小说的流行。这两类小说大多模仿英国作家刘易斯和拉德克利夫夫人的作品，对18世纪小说主流的理性传统起了相当大的破坏作用。著名的小说家有皮戈-勒布仑（1753—1835）和迪克莱-迪米尼尔（1761—1819），前者的《马帮的孩子》（1794）、《我的叔叔托马》（1799）、《一百二十天》（1799），后者的《维克托或森林的孩子》（1796）和《柯利纳或神秘的孩子》（1798）当时都拥有大量读者。这些作品的情节曲折离奇，故事夸张荒诞，常有神秘恐怖的场景，对后来诺迪耶、雨果、欧仁·苏、大仲马有一定的影响。

在过渡阶段的后期，斯塔尔夫人和夏多布里昂登上了法国文坛，他们的思想和作品直接推动了浪漫主义文学运动的兴起，故而被文学史家看作浪漫主义文学运动的先驱。

斯塔尔夫人（1766—1817）出身于银行家家庭，其父奈克曾经在路易十六朝中三次担任财政大臣，实行具有改良性质的财政政策。斯塔尔夫人在政治上是自由派，抱负很大，但始终没有机会施展。她在文学艺术上的一个重要功绩是全面地向法国公众介绍了德国哲学和文学的最新发展。她因与拿破仑政见相左，帝国时期长期流亡德国，与施莱格尔等浪漫派作家交游甚密，深受影响。《德意志论》（1813）是她潜心研究德国文化的重要成果。这部著作和她的另一部重要论著《论文学与社会结构的关系》（1800）是法国浪漫主义的奠基作。这部论著继承孟德斯鸠《论法的精神》历史比较的研究传统，分析文学与社会形态的关系，着重探讨古代文学与现代文学不同的社会历史条件，指出随着社会条件的变化，古典主义必然为浪漫主义所替代。在这部作品里，她首次提出了北方文学和南方文学的区别。在《德意志论》里，她对这个思想作了进一步的发挥。所谓北方文学就是以英、德两国为代表的浪漫主义文学，而南方文学则是以法国为代表的拉丁语区的古典主义文学。斯塔尔夫人的两部论著字里行间流露出对浪漫主义的赞美，对古典主义守旧心态的鄙夷。它们分析了浪漫主义文学的历史性、宗教性和民族性，虽然有简单片面之嫌，却相当准确地抓住了浪漫主义的几个重要特征，不但推动了浪漫主义的兴起，而且开启了法国历史实证主义文学批评的传统。

斯塔尔夫人的两部小说《黛尔芬》（1802）和《柯丽娜》（1807）是法国文学史上第一次出现的探讨妇女问题的作品。两部书的女主人公都是社会偏见的牺牲品，对她们不公正的命运，作品给予了深切的同情。作品继承了以拉法耶特夫人为代表的法国古典主义小说的风格，同时也受到英国18世纪感伤小说和写实小说的影响。总体上说，小说弥漫着浓厚的理性气息，然而在表现主人公的心灵活动时，突破了古典小说心理分析的窠臼，用比较铺张的笔法烘托人物感情的波澜。而且这两部小说吸收了英国小说的技巧，故事比较完整，情节围绕主要人物的性格刻画展开，这也对后来的浪漫主义小说起了示范作用。

如果说斯达尔夫人主要为法国浪漫主义运动提供了理论和原则，那么夏多布里昂则以他的作品为法国浪漫主义运动提供了灵感。**弗朗索瓦-勒内·德·夏多布里昂**（1768—1848）生于布列塔尼的一个贵族之家，是十个孩子中的最后一个，他的九个哥哥姐姐中有四个早夭。他的童年是在荒凉的环境和一座中世纪古堡里度过的，他既桀骜不驯，又深深地感到孤独和忧郁，只有四姐吕西尔与他性情相合，姐弟俩常在冥想中咀嚼生活的苦涩。他在中学毕业后，又学会了希伯来文。1786年，他的家庭给他谋得了少尉的职位，在他哥哥的引荐下，他进入巴黎的沙龙和文艺圈子，还曾陪同路易十六行猎。

1789年，法国大革命爆发了。夏多布里昂虽然身为幼子不能继承父亲的爵位，却继承了贵族家庭的荣誉感和对正统王朝的忠诚。王朝垮台了，他见不得时局的混乱，于是开始实施久蓄心中的探险计划：发现一条去美洲的西北路线。他于1791年4月从圣马洛启程，三个月后到达巴尔的摩，然后到费城去见华盛顿，又北上直至尼亚加拉大瀑布，在印第安人的小茅屋中盘桓。当年12月，他从美洲起程返回法国，脑海中带回两个"其种类不为人所知的野蛮人"形象，即后来他小说里出现的夏克达斯和阿达拉。

回到法国不久，夏多布里昂便同一个有钱的贵族女子结婚，很快即把财产挥霍净尽。他声称他的剑是为路易十六服务的，于是，1792年7月，他同哥哥一起跑到布鲁塞尔，参加了贵族叛乱的队伍，受伤后辗转逃到伦敦。在伦敦，他翻译、教授法文，度过了一段饥寒交迫的日子。他开始写作《革命论》，并于1797年发表。这部著作论述了欧洲历史上发生的一系列革命，并与法国大革命做了对比。夏多布里昂说："《革命论》不是一本渎神的书，而是一本怀疑和痛苦的书。"研究革命使他想起了他在北美丛林中的旅行："这里，没有要走的路，没有城市，没有狭窄的房子，没有总统，没有共和国，没有国王，尤其是没有法律，没有人。没有人？不：有几个善良的野蛮人，他们不因我而感到拘束，我也不因他们而感到拘束；他们像我一样，想到哪儿就到哪儿，饿了就吃，困了就睡。"

1798年6月，母亲的死使夏多布里昂成了基督徒，他说："我的信念发自内心；我哭了，我就信了。"夏多布里昂迅疾投入《基督教真谛》的写作。1800年5月，他改名换姓回到法国，认识了拿破仑的兄弟姐妹和一些支持拿破仑恢复基督教的上层人物。作为“试探”，他于1801年发表了《基督教真谛》中的一个插曲《阿达拉》，次年《基督教真谛》便问世了，仅比拿破仑和教皇签订的《和解协议》生效早四天。《基督教真谛》投合了拿破仑恢复天主教的意图，因此得到拿破仑的赏识，也顺应了法国社会迫切要求恢复宗教生活的愿望，因而引起强烈的反响。夏多布里昂被任命为驻罗马使馆一等秘书，旋即又被任命为驻瓦莱公使。他说：“我由宗教而进入政治，是《基督教真谛》给我开的门。”但是，夏多布里昂和拿破仑的出发点不同，一个是为了维护旧的制度，一个是为了加强个人的独裁统治。1804年3月，德·昂吉安公爵因谋反被帝国当局枪杀，夏多布里昂愤而辞职，成了反对派。1806年他到近东去旅行，回来后在巴黎附近买了一处废弃的别墅。在那里，他除了种草植树外，还勤奋地投入了写作，写了《殉教者》和《从巴黎到耶路撒冷纪行》，并开始写作《墓中回忆录》。

1813年是夏多布里昂“政治生涯”正式开始的时候，他写出了《论波拿巴和波旁王室》。这是一本鼓吹王朝复辟的小册子，于1814年4月发表。1814年7月，他被任命为驻瑞典大使，这是一个“闲职”。不出几个月，拿破仑发动“百日政变”，夏多布里昂随路易十八逃到冈城，他被任命为贵族院议员和内务大臣。滑铁卢战役之后，他只得到无任所大臣的位置，年薪区区24000法郎。这期间，他爱上了美丽的雷卡米夫人。1820年，他被任命为驻柏林全权公使，但是上任仅七个月，他就辞职了。1821年，纯粹由保王党人组成的内阁成立，不得已把外交使团最重要的位置伦敦大使馆交给了夏多布里昂。1823年，他被任命为外交大臣，立刻发动了对西班牙的战争。夏多布里昂对自己的胜利异乎寻常地自豪，但是他摆脱不了王室对他的不信任，终于在1824年被撤掉了外交大臣的职务。1828年，他出任驻罗马大使，一年后辞职。他是一个君主制的拥护者，却反对专制君主制，他崇尚自由，英国式的立宪君主制是他的理想。

七月王朝时期，他仍然忠实于波旁王室，曾两次到国外觐见流亡的查理十世。1826年以后，他陆续发表了几部作品：表现“自然人”的理想的《纳戚人》、记录他北美见闻的《美洲游记》、宣传忏悔与苦修的《朗西传》等等。他最终完成了历时40年的《墓中回忆录》。

1801年，夏多布里昂的中篇小说《阿达拉》出版，立刻轰动了法国。有论者说，它和另外一本更短的小说《勒内》一起开启了法国的“浪漫主义世纪”。《阿达拉》之新，在于它向读者展示出一种蛮荒之美和孤独之美，以及在这种蛮荒和孤独之中两个野蛮人的热烈而凄婉的爱情。蛮荒之美一扫田园风光的牧歌式的柔媚，充满了一种震慑人心的粗犷原始的力量；孤独之美使人独自面对大自然，产生超俗绝尘之感，或陷入哲理的沉思，或遁入宗教的解脱；野蛮人的爱情则足以打动那些“认为对于爱情的任何抵抗统统算是罪孽”的人，使他们个个为阿达拉洒下一掬同情之泪。

阿达拉和夏克达斯相爱而未成眷属，是小说的中心情节，小说的副题叫做《两个野蛮人在荒原中的爱情》。酋长的女儿阿达拉爱上了俘虏夏克达斯，双双逃入丛林。但是，阿达拉并非酋长的生女，她的母亲是印第安人，父亲却是西班牙人。母亲在弥留之际让她发誓将自己的童贞奉献给“天使的王后”，这种欧洲人的宗教信仰使她不能成为崇拜偶像的异教徒夏克达斯的妻子。结果，阿达拉在宗教和爱情的冲突中吞下致命的毒药，饮恨而死。夏克达斯“悲痛欲绝，答应她有朝一日定将信奉基督教”。这故事极简单，像他们的爱情一样简单。然而，夏多布里昂用层次分明的心理活动，时隐时现的情绪变化，富于暗示的背景调度，把这个简单的爱情故事写成一出令人扼腕的人间悲剧。宗教狂热腐蚀了一个印第安少女的灵魂，断送了她的爱情，毁灭了她的幸福，这就是这出悲剧的主旋律。奇怪的是，正当这主旋律进行到高潮的时候，突然闯进来一种不和谐的音调，那是夏多布里昂本人的声音：他在赞美基督教，赞美基督教的诗意、魅力和文明。这种不和谐的音调在两个野蛮人天真淳朴的爱情中增添了一种矫揉造作的成分，不免使人感到有些浮夸。夏多布里昂在这一点上受到指责完全是理所当然的。无论他在奥布里神甫脸上和手上增添多少道皱纹和伤痕，无论他让阿达拉死得多么安详宁静，无论他把阿达拉的葬礼写得多么庄严隆重，他总掩盖不了这样的事实：阿达拉死而有怨。

自然风光和异国情调，在《阿达拉》中不仅仅是外在的形式，而是实实在在的内容，是人类自我意识深化的结果。因此，夏多布里昂把许多笔墨给予自然风光和异国情调，并不是他心血来潮，想出了讨好读者的妙计，而是文学发展过程中一种带有必然性的结果。夏多布里昂是否去过俄亥俄河注入密西西比河的那一片地方，至今众说纷纭。其实，《阿达拉》的风景描写也并不因此而失去文学上的意义。夏多布里昂并不是以学者的身份写密西西比河，而是以艺术家的眼光看他笔下的景物，其中有他的观察，也有他的想象，有他与众不同的眼光，当然也会闪射出独特的光彩。读过《阿达拉》的读者可能永远也不会在密西西比河沿岸看见一只"吃葡萄吃醉了的熊"，但他完全可以在夏多布里昂的笔下领略那种令他沉醉的蛮荒之美和孤独之美。

夏多布里昂最受人指责的是，他在《阿达拉》中写了两个欧洲化的野蛮人，阿达拉被称作英国密斯或法国小姐，夏克达斯被称作乔装打扮的勒内。但是，与其说他们是欧洲化的野蛮人，不如说他们身上表现了两种文明的冲突。他们本质上都是印第安人，基督教在他们身上并未曾真正地扎下根。他们的精神是与北美诡奇壮丽的荒原气息一致的，而一经有基督教的文明侵入，立刻就酿成了悲剧。总之，《阿达拉》虽然篇幅不大，却和同样篇幅的《勒内》预示了法国整个19世纪的浪漫派文学。

《基督教真谛》是夏多布里昂的代表作之一。全书分四个部分：《教理和教义》、《基督教的诗意》、《美术和文学》和《信仰》。《基督教真谛》包括考证、哲学论述、旅行回忆、艺术评论和作为例证的小说等，舍弃理性的思考而诉诸人们的想象力和情感，力图展示基督教的诗意和美。夏多布里昂既不是神学家，也不是哲学家，而他竟然长篇累牍地考证和议论，自然要受到教内和教外的批评家的攻讦，但是人们不能不承认，他对教堂、钟楼、坟墓、废墟以及大自然种种神秘现象的充满诗意的描写足以打动人们的心灵；他对忧郁、悔恨、冥想及朦胧的激情等的阐发，也为混乱不堪的时代中不安的灵魂提供了宣泄的渠道。

夏多布里昂认为，基督教是文学创作的源泉，要求文学和艺术与基督教结为一体，这实际上提出了一种浪漫主义的文学主张。他说："在一切现今存在过的宗教中，基督教是最富于诗意的，最有人性的，最利于自由和文艺的；现在的世界一切都得之于它，从农业直到抽象科学，""欧洲的文明，一部分最好的法律，差不多所有的科学和文艺都来自宗教。"他盛赞基督教，赋予基督教以前所未有的作用。他甚至以基督教的精神衡量一切文学艺术作品，认为历史上的杰作都体现了基督教精神，而它们的缺点"则来自时代和作者的恶劣趣味"。《基督教真谛》通过对历代遗迹的描绘、对坟墓废墟和人生无常之感的沉思，给浪漫主义文学注入了灵感。他认为，忧郁是文学的第一要素。基督教发扬了忧郁的倾向，而忧郁是对天国思慕向往的表现。所以，他在文学中追求孤独，着力表现一种"朦胧的激情"。

夏多布里昂最重要作品是《墓中回忆录》，这是他用文字为自己竖立的"纪念碑"，是他的坟墓，他的灵柩，他唯一能够长久地享受安静的地方。他还活着，可是已经告别了世界。他知道，《墓中回忆录》将是一个年迈的勒内回首走过的道路而留下的痕迹，读者将时时刻刻看见一个拿着笔的龙钟老人在体验着文字的创造。对于40年间不倦地写作回忆录的夏多布里昂来说，生命不再是叙述的对象，文字不再是生平的载体，文字和人生已经合而为一。以考证为目的来读《墓中回忆录》，以阅读对《墓中回忆录》，人们将得到两本不同的书，一本是实录、历史，一本是创造、艺术。前者或有夸张不实之处，往往为人诟病；后者则创造了想象的奇迹，放射着史诗的美。

夏多布里昂生在一个衰而复振的贵族之家，可惜是个次子，世袭的特权大部分被哥哥占了去，他尚幼稚的心灵已经受到忧郁和孤独的袭击，当他和姐姐"出神地谈起孤独"的时候，她对他说："你应该描绘这一切。"他描绘了，而且终生不疲。他有过文学上的辉煌，政治上的"成功"，然而他更多的是挫折、失败和幻灭。他对传统有根深蒂固的留恋，对民族的光荣有刻骨铭心的记忆，对精神的自由有百折不挠的追求，然而他生在一个除旧布新的时代，他不能接受专制和恐怖，他投入了一场他明知必然失败的斗争。忠也罢，愚忠也罢，他得到了道义感的满足。然而他始终得不到内心的平静，感情的风暴在胸中酝酿，抱负的重压在头脑中积聚，想象力的洪流在全身涌动，最后一一化解在废墟、落日、荒原等死亡的意象之中。内心的冲突，感觉的矛盾，理想和现实的反差，造成了他的忧郁。他描绘了忧郁，他也创造了忧郁。

夏多布里昂说："从本性上说，我是个共和派，从理智上说，我是个保王党，从道义上说，我是个波旁派，如果我不能保留正统的君主制，比诸一个不知谁生下来的杂种君主制，我远更喜欢民主制。"他的本性是独立不羁，是自由，是怀疑，所以他是一个痛苦的诗人。他的理智是光宗耀祖，是传统，是信仰，所以他是一位精神的卫道士。他的道义是尊卑有序，是忠诚，是传统，所以他是一位极端的政治家。然而本性、理智和道义常常是矛盾的，诗人、卫道士和政治家三者的相遇使他成为一个极其复杂的人，并且毕生承受着内心冲突的折磨。感情上的浪漫主义，智力上的现实主义，带给他的是精神上的痛苦，感情上的狂热，行动上的鲁莽，政治上的迂阔和生活上的清贫。他赞颂基督教的诗意和美，用永恒的时间之光照亮了废墟，他为忧郁孤独的情怀打开了宣泄的闸门，为怀旧的幽思注入悲剧的崇高，他在动乱的时代中开辟了一个可供冥思玄想的角落，他在古典和现代的转换中保留了延续的脉络，所有这一切都出自以辉煌的、雄浑的、金属一般的、富有魔力的、直扣人们心灵的文字。他因此获得了“魅惑者”的雅号，然而这个雅号中却包藏着巨大的危险。他往往被指责为“虚假”、“做作”、“妄自尊大”等等。但批评者仍不得不承认夏多布里昂不论在内容和形式上都做了创新，他的艺术成就是法国文学中的一件大事。

《墓中回忆录》的文笔历来为人称道。它的语言富有节奏，用词响亮，最宜于高声朗诵，有天风海雨惊心动魄之感。它的语句和谐，和谐中有运动，应和着情绪的变化。风景的描绘在夏多布里昂的笔下不是静态的，也不是客观的，更不是僵死的。一切都经过了想象力的安排和布置，犹如一幅幅层次丰富、纵深幽迴的油画，在视觉的陶醉中向心灵发出呼唤，具有一种强大的暗示的力量。夏多布里昂的散文具有一种大河奔涌的宏阔气势，然而在雍容中也能露出讥讽的锋芒。他也许是在浪漫主义的激情中能保持冷静的唯一的作家，他有着古典主义的均衡感。

与夏多布里昂同时代的**瑟南古**（1770—1846）的《关于人类本性的遐想》（1799）和小说《欧白曼》（1804）在灵感上、情感上、风格上都接近夏多布里昂。这一代作家已经举起浪漫主义的旗帜，然而没有能够掀起足以对古典主义形成威胁的文学运动。原因是多方面的。概括地说，随着资产阶级政权的巩固，社会动荡逐渐平息，高昂的革命情绪趋于平缓。拿破仑称帝后，出于镇压旧贵族的反抗，抵御外敌的入侵，以及后来对外扩张的需要，他把保持稳定、巩固秩序作为治国之本，加之他本人又偏爱古典主义文学艺术，因此在政治上压制自由派，在文学上则提倡高乃依式的英雄悲剧。这使初露头角的浪漫主义失去了生长的土壤。另外，没有形成能够迅速进入创作主流的作家群体也是一个重要原因。斯塔尔夫人虽然大力提倡浪漫主义文学，但是她本人实质上是个理性主义者，而且流亡德国后，与法国文学界毕竟有些隔膜。瑟南古的作品虽然以其卢梭式的忧郁情感而为后来的浪漫主义者所推崇，但是由于他长期处于文学圈的边缘，他的作品发表的时候却几乎没有任何反响。

及至波旁王朝复辟，情况发生了明显的变化。首先，法王路易十八迫于共和派的压力，采取了比较宽松的书刊检查政策，舆论相对活跃。其次，新一代作家，即1815到1820年间成人的一代作家，又恰在此时登上文坛，他们在学校里虽然仍然接受了古典主义的文学训练，在他们投入文学事业时，却都带着强烈的改造法兰西文学的愿望和决心。这些年轻作家聚集在文化中心巴黎，与文学、艺术、出版各界有着广泛的联系，一部分人与官方也保持良好关系。此时，新文学的根本性质问题已经由上一代人解决，国外浪漫主义文学作品已经如潮水般涌入，而国内也有了效法的楷模，这就是仍然活跃在文坛的夏多布里昂。因此，从主客观两方面说，浪漫主义文学运动兴起的条件都已成熟。

1820年诗人拉马丁发表了一本薄薄的诗集《诗的沉思》（亦称《沉思集》），他那种夏多布里昂式的"世纪病"呻吟在许多人特别是年轻人心中引起共鸣。于是，在短短的数年时间里，接二连三地出现了与《沉思集》唱和的作品，例如雨果的《颂歌集》、维尼的《诗集》。这批年轻诗人带着他们感情澎湃、张扬个性的诗作登上文坛，标志着浪漫主义文学时期的开始。

浪漫主义作家很快形成了不同的文学团体[①]。持自由党观点的浪漫主义者以《环球报》为舆论阵地，参加者有斯丹达尔（当时还使用贝尔这个名字）、圣勃夫等。拥护保王党的浪漫主义者则经常在诗人、小说家**夏尔·诺迪耶**（1780—1844）家聚会，他们的团体后来被文学史家称为"第一

① 这些团体的成员包括一些持传统文学观的作家。

文社”，成员有拉马丁、维尼等。年轻的雨果虽然参加文社的聚会，却并不十分热心。以后雨果在政治上趋向自由派，文学上也完全转向浪漫主义，因而得到《环球报》派的支持。浪漫主义者的两个派别联合，建立了新的文社（史称“第二文社”），以雨果为领袖。两派联合的契机是1827年雨果发表的剧作《克伦威尔》及其序言。这个长篇序言热情弘扬浪漫主义，猛烈鞭笞古典主义，被后人视为浪漫主义宣言书，可以说是恰如其分。这样，法国浪漫主义文学就形成了有组织、有纲领的运动。参加运动的除作家外，还有德拉克鲁瓦等艺术家。由于这些艺术家的努力，浪漫主义运动不久就蔓延到了绘画、音乐等领域。

在法国浪漫主义文学的历史上，还有一篇论文值得注意，那就是斯丹达尔的《拉辛与莎士比亚》。这篇长文的第一部分发表于1823年，第二部分发表于1825年。它从比较拉辛和莎士比亚的作品入手，相当公允地分析了二者的特点，在肯定拉辛代表的古典主义戏剧的功绩的同时，宣告继承莎士比亚传统的浪漫主义文学时代已经到来。如果说雨果的《〈克伦威尔〉序言》以气势和诗一般的语言见长，那么斯丹达尔的《拉辛与莎士比亚》则以缜密的分析和深刻的历史感取胜。只不过由于文章发表时浪漫主义运动还在运作组织过程中，也由于作者当时名气不响，所以它没有引起应有的注意。今天反观历史，从这篇论文可以看到在浪漫主义刚刚兴起的年代，年轻的一代对浪漫主义已经有相当深刻的认识。

国外的影响依然是浪漫主义发展的重要因素。19世纪20年代的一场关于莎士比亚的论战直接推动了法国浪漫主义的发展。莎士比亚的剧本早在18世纪中期就有拉布拉斯（1707—1793）的译本，1776到1782年，勒图纳尔（1736—1788）又翻译出版了20卷的莎士比亚戏剧集，然而，由于古典主义审美趣味的阻碍，否定莎士比亚的声音在法国一直相当强大。1822年，一个英国剧团在法国演出莎士比亚的戏剧，居然遭到阻拦，由此引发一场激烈的争论。浪漫主义者有力地驳斥了对莎士比亚的种种非难，不但改变了法国人对莎士比亚的认识，而且为浪漫主义文学运动的发展注入了活力。五年后，当另一个英国剧团到巴黎演出莎士比亚戏剧时，出现了空前热烈的场面，剧团在法国巡回演出达一年之久。

1830年，雨果的剧本《艾那尼》在法兰西剧院上演。剧本上演之前坚持古典主义传统的人就对剧本展开猛烈的批评，浪漫主义者们则全力反击。到演出时，两派更是剑拔弩张，相互谩骂，甚至拳脚相加。这种场面持续了40多天，史称“艾那尼之战”。实际上，反对的喧嚣刺激了观众的兴趣，从反面促成了演出的成功。由于古典主义素来以戏剧为立身之本，所以浪漫主义戏剧进入戏剧的最高殿堂法兰西剧院，并且突破古典主义者的围攻，在舞台上一展风采，这便无异于宣告了浪漫主义对于古典主义的胜利。

维克多·雨果（1802—1885）的创作跨越19世纪的多种文艺思潮，而且在时间上几乎覆盖了整个19世纪。一些同时代的作家有的能以一部杰作一鸣惊人，传之不朽；有的在一种文艺流派中叱咤风云，形成气候。而雨果好比是一棵大树，深深植根于现实的土壤，借助历史波涛的浇灌，始终生机勃勃，硕果累累。

雨果诞生在法国东部城市贝桑松，父亲是拿破仑麾下的一名将军，信奉共和思想，母亲则是家中有保王派思想传统的布列塔尼人。雨果兄弟三人幼年时和母亲一起追随南征北战的父亲，曾去过意大利和西班牙。雨果母亲带着三个孩子回国后，住在巴黎一座由斐扬派修道院改成的旧宅里。雨果曾在寄宿学校就读，但基本上是自学成才。

雨果少年时即有文学天赋，被誉为神童，很早开始写诗，17岁时获图卢兹“百花诗社”褒奖，同时写作一部描写多米尼加黑人起义的小说，出版时题为《布格-雅加尔》。少年诗人胸怀大志，相传他14岁时在笔记本上写道：“我要成为夏多布里昂，否则别无他志。”1818年，夏多布里昂办了一份政治性的报纸《保守者》，雨果和两位哥哥紧紧跟上，于1819年底创办《文学保守者》。1822年，雨果出版诗集《颂诗集》，1828年最后增订为《颂歌集》，因此获国王路易十八的一笔年金，经济开始独立，并和青梅竹马的阿黛尔·富谢完婚。1823年小说《冰岛魔王》出版。

20年代中期，新兴浪漫主义文学和古典主义之间的论战进一步加剧。起初雨果的态度并不明朗。他经过观察、思考，作出抉择。抉择的标志便是剧作《克伦威尔》及其《序言》(1827)。雨果在这篇著名的长篇《序言》中提出，人类历史可分为三个时期，每个时期相对应的有一种诗体。远古是“抒情时代”，产生颂歌；古代是“史诗时代”；而近代则是“正剧时代”。《序言》针对古典主义的教条，提出四条新原则。一是糅合“滑稽”和“崇高”，以反映完整的人；二是取消“三一律”，只保留情节的一致；三是强调“地方色彩”，包括历史和地理两个方面的“地方色彩”；四是提倡艺术自由，反对模仿，正剧也可以像悲剧那样使用诗体。雨果虽然不是第一个倡导浪漫主义的人，但是他的《序言》气势磅礴，立场鲜明，文采华丽，被认为是法国浪漫主义的宣言书，诗人戈蒂耶甚至比之为“照亮西奈山的摩西十诫”。

1829年，他的第二部诗集《东方集》问世，接着反对死刑的中篇小说《死囚末日记》出版，但是他先后创作的三部剧本，均未上演。1830年，法兰西剧院上演他的诗剧《艾那尼》，取得辉煌成功。未满而立之年，雨果已经在诗歌、小说和戏剧三方面均有建树。30年代是雨果创作丰收的时期。继历史小说《巴黎圣母院》后，相继完成了四部抒情诗集：《秋叶集》(1831)、《暮歌集》(1835)、《心声集》(1837)和《光影集》(1840)。同时，雨果继续为戏剧舞台不懈努力，先是剧本《玛丽蓉·黛罗美》(1831)终于获准上演，继而演出《吕克蕾丝·波基亚》(1833)、《玛丽·都铎》(1833)等。1836年，雨果把小说《巴黎圣母院》改编成歌剧《爱斯梅拉达》。

1832年，雨果结识女演员朱丽叶·德鲁埃。她不久成为雨果的情人，在雨果以后的生活和创作中，她给予雨果极大的感情和精神上的支持。雨果和朱丽叶经常出游，1838和1840年，两度游览莱茵河一带。1842年雨果出版游记《莱茵河》，在结论中提出：莱茵河应该团结法国和德国，而不应使两国分隔或对立。

雨果在30年代的抒情诗中提出他是"世纪的儿子"，诗歌应成为时代"响亮的回声"；诗人不仅歌唱爱情，咏叹自然，更应关心社会，同情人民。40年代，雨果投笔从政，虽然写诗，但并不发表，而把主要精力投入政治活动。雨果为欧洲弱小民族辩护，为社会伸张正义，反对死刑，但政治立场属于自由派，其思想基础是人道主义。雨果是高明的诗人，但经常是笨拙的政治家。1848年"二月革命"后他担心工人骚动，同意关闭"国家工场"。他同年创办《时事报》，座右铭为"恨无政府主义深恶痛绝，爱人民情深意切。"雨果曾一度对路易-拿破仑寄予希望，1848年12月，支持后者竞选总统。但一年以后，雨果对新上台的亲王总统失去信心，两人关系疏远。1850年，雨果在哄闹的议会上责骂亲王总统为"拿破仑小丑"。1851年12月2日，路易-波拿巴发动政变。雨果和共和派人士组织抵抗无效。政治形势急转直下，雨果在朱丽叶的掩护下逃离法国，开始了他长达19年之久的流亡生涯。

雨果先在布鲁塞尔稍作停留，即去英属英吉利海峡群岛，家人和朱丽叶也随之而到。1852至1855年，雨果住在泽西岛上的"海景台"，完成抨击政变者的《拿破仑小丑》，1852年问世；1853年出版讽刺诗集《惩罚集》，立刻引起轰动，并被偷运回法国。

英国政府不满雨果参加流亡者的政治活动，下逐客令，雨果全家于1855年年底迁往更远更小的根西岛，诗人着意布置新宅"高城居"，并在楼顶建成玻璃小屋"畅观楼"。15年间，诗人每天清晨站在"畅观楼"里，头顶蓝天，俯视大海，遥望天边依稀的祖国法兰西，诗思喷涌，下笔滔滔，写下一部又一部杰作：抒情诗集《静观集》，"小史诗"《历代传说集》，长篇小说《悲惨世界》。

流亡生活给予雨果的不仅是寂寞和孤独，更给雨果以创作的灵感，使他上天入地地求索和思考。雨果的思想走向成熟，成为充满激情的共和主义者。他的创作也达到新的高度。如果说，流亡前的雨果主要是一个才气横溢的浪漫主义作家，那么流亡后他的创作则远不是某一种创作方法所能概括的。他这个时期的作品不仅数量多，而且思想主题精深，艺术手法丰富。流亡生活后期，雨果先后出版专著《威廉·莎士比亚》（1864）、轻松的诗集《林园集》（1865）和长篇小说《海上劳工》。1869年的长篇小说《笑面人》描写18世纪初叶的英国社会，充满离奇的情节。

第二帝国在普法战争中崩溃。1870年9月4日，第三共和国宣告成立。雨果结束流亡生活，于次日返回巴黎。雨果在普法战争中是一个充满爱国热情的积极参与者，但在随之而来的巴黎公社期间，成为一个无可奈何的旁观者。在诗集《凶年集》中，老诗人捧出了自己一颗忧国忧民的赤子之心。雨果对国家政治生活深感失望，为巴黎公社社员争取大赦而奔走呼号。以法国大革命为主题的长篇小说《九三年》阐发了雨果对革命和理想的基本立场。1877年出版诗集《祖父乐》，借孙子和孙女再一次把“儿童”引进诗歌的题材。此外，雨果还整理主要在流亡期间写的大量诗作，结集出版，如《历代传说集》第二、第三集、《驴子集》、《精神四风集》等。

雨果晚年，亲人多已逝去。老诗人以陪伴孙儿孙女为乐，虽然雨果已淡出政治，但在社会上声望有增无减，被尊为“共和国的祖父”。1881年，巴黎60万市民列队通过雨果家门前，庆贺他80岁诞辰。1885年5月22日，雨果逝世，6月1日举行国葬，全国200万人民上街送葬。灵柩停放在凯旋门下，遗体送入先贤祠。法国《雨果传》的作者莫洛亚说：“一个国家把以往只保留给君王及将帅的荣誉给予一位诗人，这在人类历史上还是第一次。”

雨果的遗著数量巨大。1886年出版诗集《撒旦的结局》和《自由戏剧》，1888年有《全琴集》，1891年有《上帝集》，此外还有游记、书信及见闻录等。雨果一生的演说结集为三册，以《言行录》为名于1875年出版，记录了这位社会活动家的不懈追求和正义立场。雨果一生同情穷苦人民，是法兰西民族的灵魂；雨果一贯支持弱小民族的斗争，是人类的良心。1861年，他面对英法联军焚毁圆明园的野蛮行径，从“高城居”发出义正词严的谴责，使中国人民永远铭记在心。

雨果一生的创作丰富多彩。雨果一生的斗争和活动也丰富多彩，记录这些斗争和活动的文字不仅数量可观，而且具有非同寻常的历史意义和艺术价值。由历史学家马森主编的《编年史版雨果全集》（1967—1969）共18卷，最后两卷为“绘画”，收雨果绘画作品近2000幅。绘画是雨果艺术天才的一个重要方面，他一生的绘画作品在3000幅左右。

雨果的五幕诗剧《艾那尼》，1830年2月在法兰西剧院上演。剧情发生在16世纪初的西班牙。国王堂·卡洛斯和匪首艾那尼同时爱上老公爵吕伊·葛梅兹的侄女堂娜·莎尔。艾那尼和莎尔相爱，前来带她出逃，遇见与他有杀父之仇的国王堂·卡洛斯。吕伊·葛梅兹已和侄女定亲，在未婚妻房中撞见这两人，十分气愤。国王搪塞，谎称艾那尼是其随从。艾那尼打扮成香客再次前来，但被认出。老公爵出于贵族荣誉感，禁止家人交出被悬赏捉拿的艾那尼，成了他的救命恩人。事后，艾那尼立誓，一旦父仇报成，个人性命交由老公爵支配。后来，艾那尼和吕伊·葛梅兹因参与阴谋被捕，此时国王被选为神圣罗马帝国皇帝，称卡尔五世。皇帝放弃自己的爱情，赦免阴谋分子，并将莎尔小姐嫁予本是世家后裔的艾那尼。婚礼举行以后，响起不祥的号角声：老公爵吕伊·葛梅兹前来向艾那尼索命。新郎和新娘服毒自尽，老公爵见状也自刎倒地。《艾那尼》的首演是浪漫派和古典派的第一次正面交锋，戈蒂耶等年轻一代作家上阵助威，演出经过混战，在热烈掌声中结束。《艾那尼》摒弃地点和时间的统一，剧情曲折，气势夺人，有不少优美的诗句。《艾那尼》的成功标志着浪漫主义取得辉煌胜利。

雨果于1838年上演的另一部五幕诗剧《吕伊·布拉斯》，剧情也发生在西班牙：一位大臣企图报复王后，差遣仆人吕伊·布拉斯去接近并引诱受到国王冷落的王后。吕伊·布拉斯不仅成功地赢得王后的爱情，并当上首相，秉公治理国政。大臣向王后指明吕伊·布拉斯的真实身份，要挟她签字退位。吕伊·布拉斯义愤填膺，杀死奸臣，服毒自尽，倒在王后怀中。这是一出有反封建思想的爱情悲剧，剧中的情节体现“崇高”和“滑稽”兼而有之的原则，是浪漫主义戏剧的一部杰作。

30年代末期，雨果从莱茵河旅行回来，酝酿以中世纪古城堡为背景的一部史诗题材的剧本。1843年，这部名为《城堡卫戍官》的剧本上演，此剧人物众多，情节复杂，但观众不予认同，上演33场后被迫撤下。雨果深感失望，因为雨果对这部剧本倾注了自己的全部心力。从此，他不再创作舞台剧。今天的评论界认为，这部诗剧气势恢宏，史诗气氛浓厚。

雨果共创作了六部长篇小说，即《冰岛魔王》、《巴黎圣母院》、《悲惨世界》、《海上劳工》、《笑面人》和《九三年》。另有三部中篇小说：《布格-雅格尔》、《死囚末日记》和《克洛德·格》。

《巴黎圣母院》的全名是《巴黎圣母院-1482年》，于1831年3月出版。这是一部司各特式的历史小说，是法国浪漫主义小说的代表作品。小说以巴黎圣母院为主要场景，描写吉卜赛女郎爱斯梅拉达、圣母院敲钟人伽西莫多及副主教孚罗洛三个主要人物之间错综复杂、曲折离奇的故事。小说一开头提出“命运”或“天数”的概念，让美丽的爱斯梅拉达、善良的伽西莫多、邪恶的孚罗洛这三个人物在命运安排的碰撞下演出悲剧色彩十分浓重的故事，反映出作者的悲观主义思想。雨果对小说的历史背景作过长期而认真的史料查阅和考证工作，但小说情节则是作者想象力的产物，借用情节剧的手法，实践了崇高和滑稽相结合的原则。从小说的具体描写看，可以说，小说的真正主人公不是人物，而是巴黎圣母院这座哥特式大教堂。雨果对巴黎圣母院的描写精彩绝伦，引起法国对哥特式艺术的兴趣和重视，并为保护历史古建筑作出了贡献。在小说中还展现了雨果描写历史场景的巨大才华。以巴黎圣母院为中心的中世纪巴黎市民的生活写得生动鲜活。

《悲惨世界》是雨果最重要的小说，它于1862年出版后，轰动了法国和欧洲，尤其普通读者争相购买。早在30年代前后，雨果已关心民间疾苦，关心监狱、妓女等社会问题，反对死刑。1829年的《死囚末日记》和1834年的《克洛德·格》这两篇中篇小说都已部分地预示了"悲惨世界"的主题思想。1840年后，雨果开始酝酿一部长篇作品，讲述"一个圣人的故事"，"一个男人的故事"，"一个女人的故事"和"一个小姑娘的故事"。《悲惨世界》最初题为《贫困》，1845年至1848年间，他全力投入创作，但政变把创作计划彻底冲垮。雨果于1860年才修改旧稿，并增添了新的章节。

小说的主人公冉阿让是一个出身卑微、历经磨难、最终升华为博爱精神化身的圣徒式的人物。故事从他苦役刑满讲起。他在返乡的路上投宿米里哀主教家，受到礼遇；他偷了主教家的银器，被宪兵抓住，主教却声称银器是自己相送的。冉阿让的心灵受到主教精神光辉的涤荡，从此洗心革面。他改名马德兰，创办工厂，成为著名的慈善家，并被选为市长。后来身份暴露，再次沦为苦役犯。他为了解救孤女珂赛特，从苦役船逃跑，带着珂赛特隐居巴黎。珂赛特与青年马吕斯相遇，彼此爱慕。1832年，巴黎人民起义，冉阿让和马吕斯都参加了街垒战。多年对冉阿让穷追不舍的警察沙威充当奸细，在街垒被揭露。冉阿让受命处决沙威，但他却将沙威放了。沙威良心发现，投河自尽。马吕斯负伤，冉阿让拼死搭救，然而马吕斯与珂赛特结婚后，知道冉阿让原来是苦役犯，断绝了与他的往来。后来马吕斯了解了冉阿让的伟大人格，与珂赛特来到冉阿让的病榻前忏悔。冉阿让在两个爱他的亲人面前病逝，床边闪烁着米里哀主教送给他的银烛台。

雨果在序言中说："只要地球上还存在无知和贫困，像本书这样性质的书就会不是没有用的。"诗人拉马丁把《悲惨世界》说成是一部"危险的"书，是"流氓的史诗"，雨果答道："我要摧毁人的天命；我谴责奴隶制度，我驱赶贫困，我开导无知，我治愈疾病，我照亮黑夜，我憎恨仇恨。"他强调《悲惨世界》无非是一本"以博爱为基础、以进步为顶点的书。"《悲惨世界》是一部内容丰富、思想博大的巨著，很难以一种创作风格或小说类型加以概括。有人批评小说中与主要情节无关的议论和思考太多，但也有人认为这正是天才与匠人的区别所在。例如，书中对滑铁卢战役的描写被公认为天才的杰作。

雨果曾在海岛上度过十余年的流亡生活，熟悉大海、海岛和岛上勤劳的人民。《海上劳工》是歌颂人和自然搏斗的作品。船主勒蒂耶里的一条船在礁石间失事。船主提出，谁能把搁浅的船救出，愿以女儿德玉西特许配。青年水手吉利亚特排除万难，终于完成任务。他归来时获知少女别有所爱，便毅然放弃权利，走入流沙中自溺身亡。雨果表示："我是想赞美劳动，赞美意志，赞美忠诚，赞美一切使人伟大的东西。"《海上劳工》于1866年出版，手稿中有37幅绘画作品。

雨果是一位主动参与历史进程的作家。他一生都在思考革命及革命暴力的问题。他早年是保王派，歌颂过母亲家乡旺代省的贵族叛乱；政治观点转变后，他从理性上否定了早年的立场。1871年巴黎公社爆发，又一次触发了雨果对革命问题的思索。他的长篇历史小说《九三年》（1874）以1793年革命军镇压旺代省的叛乱为背景，展开了革命暴力与反革命暴力、革命原则与人道主义原则之间的尖锐冲突。旺代叛乱首领朗德纳克侯爵为人坚毅果敢，骁勇善战，给革命政权造成威胁。巴黎派遣年轻的优秀军官郭文前往旺代指挥革命军，同时派遣铁面无私的西穆尔登任督军。

分属两个阵营的三个人物之间有复杂的关系：郭文是朗德纳克的侄子，而西穆尔登是郭文的老师，两人情同父子。在一次战斗中，朗德纳克被革命军包围在一个城堡，他本可以从暗道逃走，但是因为冒死抢救三个被大火困住的孩子，被革命军抓获。郭文认为朗德纳克做了一件高尚的、人道主义的事，而利用敌人的仁慈消灭敌人是对革命的玷污，于是他放走了朗德纳克。西穆尔登从革命原则出发，把郭文处死，然后开枪自杀。这个悲剧故事是相当典型的浪漫主义作品。作品在肯定革命暴力的同时，提出“在革命的绝对性之上，还有人道的绝对性”这一思想。作品带有明显的虚构性，人物缺乏性格刻画，多少像是某种思想的符号。不过作者渲染气氛的功力，富于诗意的语言，在人物思想特征上简练而有力的表达，在一定程度上弥补了这些缺欠对作品的损害。

雨果在小说和戏剧创作上取得了辉煌成就。不过，雨果首先是诗人，他在诗歌上倾注的心血最多，收获最大，成就也最高。雨果生前发表诗集19部，总数约13万行，身后又有五部遗著整理出版，加上九部诗体剧本，雨果一生写下的诗句超过20万行。雨果在诗的语言和形式两方面继承并发展了法兰西民族传统；在诗的灵感上更推陈出新，使法国诗歌，尤其是抒情诗，达到了前所未有的高度。

如果说雨果的第一部诗集《颂歌集》还带有着意雕琢的刀斧痕迹的话，经过《东方集》的锤炼，在以后的《秋叶集》等四部诗集里，诗人不再刻意追求形式和技巧，而是坦诚地抒发内心的真情实感。这些诗歌自然天成，玲珑剔透，而在浑然不觉之中又以节奏、韵律、修辞等方面的创新丰富了法兰西诗歌的表现力。这些作品为雨果奠定了法国浪漫主义诗坛盟主的地位。随着思想的不断前进，雨果在诗歌艺术上也不断超越自己。50年代在海外孤岛上，他的诗歌创造进入巅峰时期，《惩罚集》、《静观集》和《历代传说集》为法国文学树起了三座诗的丰碑，分别成为法国诗歌史上讽刺诗、抒情诗和史诗的典范。

《惩罚集》这部讽刺诗集是雨果在人生征途的重大转折点上、在法国特定的历史背景下写成的。1851年12月2日，未来的拿破仑三世发动政变，推翻共和政体。雨果流亡海外，痛定思痛，成为法兰西愤怒的良心，先出版抨击路易-拿破仑·波拿巴的散文作品《拿破仑小丑》，写得抑扬顿挫，富有抒情气息，是一份慷慨激昂的控诉状。长达6000行的《惩罚集》以长诗《黑夜》开篇，象征政变后灾难深重的法兰西，以长诗《光明》压卷，宣告人类解放后世界大同的共和国。全集七卷，共一百首，或揭露，或痛斥，或嬉笑，或怒骂，语言尖刻，针砭无情，都是空前的。《惩罚集》以其丰富多彩的诗歌语言，千变万化的讽刺艺术，成为一部把暴君骂得遗臭万年的不朽作品。其中，《四日晚上的回忆》、《皇袍》、《报应》、《晨星》、《最后的话》都是名篇。

1856年，雨果出版《静观集》。雨果本以为自己会在流亡的异国海岛终老一生，希望为自己作为抒情诗人的一生划上一个句号。他自称这是一部“灵魂的回忆录”，表示《静观集》“将是我的大金字塔。”他强调，诗人的一生也是你我人人的一生，“这是从摇篮之谜来到棺木之谜的人的一生；这是一个人走过一片又一片的闪光，在身后留下青春、爱情、幻想、失望，最后慌慌张张走到了‘无穷的边缘’”。诗集分六部分：“曙光初照”、“心花盛开”、“斗争和沉思”、“写给女儿的诗”、“征途漫漫”和“无穷的边缘”，全诗长近11000行。诗集中有三个鲜明的形象：父亲、作家和先知，其中父爱的流露最诚挚感人。雨果对自己一生的斗争轨迹，也作了精彩的总结。最后，诗人用诗句构筑其惩恶扬善的宗教哲学体系，宣扬爱的福音。《静观集》名篇很多，除《写给女儿的诗》以外，还可以举出《答一份起诉书》、《来！——看不见的小笛……》、《苦闷》、《乞丐》、《沙丘上的话》、《我要去》、《黑暗的大口在说话》等。

雨果的史诗天才集中表现在他的《历代传说集》中，初集于1859年出版。50年代中期，雨果就有创作一部“宇宙史诗”的宏愿，但应出版商的邀约，先写成以叙事为主的“小史诗”。《历代传说集》主要取材于《圣经》及各民族的神话传说，写人类成长发展的历史进程，希望勾画出“进步这根人类迷宫中神秘的主线”。雨果善于烘托史诗的背景，营造史诗的气氛，能借神奇的环境描写神奇的事件，最后预言人类将高举科学和爱心进入未来。雨果预言20世纪的科技进步：“也许，现在终于已开始从一颗星星／到另一颗星星的令人害怕的旅行！”1877年和1883年《历代传说集》出版二集和三集。其中的名篇有《良心》、《波阿斯入睡》、《罗兰的婚事》、《林神》、《西班牙公主的玫瑰》、《穷苦人》等。

《凶年集》的“凶年”指1870年8月至1871年7月。这一年，法国历史上出现两次“大地震”：一是“普法战争”，二是“巴黎公社”。雨果不仅是历史的见证人，更是历史的参与者。诗人先后写了《普法战争》，和《巴黎公社》。诗人欢呼巴黎公社的成立，但认为时机的选择是错误的。公社失败，雨果挺身而出，庇护出逃的公社社员，谴责凡尔赛政府的暴力，为此而空前孤立。1872年4月，《凶年集》出版，1880年版为定本。诗集内容是“历史”，但形式似“日记”，是一部直录式的“史诗”。雨果握有书写“诗史”的铁笔，19世纪法国历史的许多重要转折，都在雨果的诗歌中留下了多姿多彩、可歌可泣的篇章，从中可以看出他强烈的历史使命感和崇高的社会理想。

雨果是一个高超的语言大师。他炉火纯青的语言艺术不但表现在他的诗歌中，而且也反映在他的小说和戏剧作品中。他那种游刃有余的语言运用与控制能力令一代代作家叹为观止。波德莱尔曾这样称赞道：“法语词汇从他嘴里说出来，就变成一个世界，一个色彩缤纷、富于旋律、变幻不定的天地。”

同雨果一道对浪漫主义文学的兴起和发展作出卓越贡献的是拉马丁和维尼，这三位诗人是法国早期浪漫派诗歌的“三巨头”。从20到30年代，他们的作品代表了浪漫主义文学的最高成就。但是拉马丁和维尼没有能够像雨果那样在与新的诗歌思潮的对话中不断激活自己的诗歌创作。内在动力的枯竭使他们在40年代基本上停止了诗歌创作。

拉马丁的一大功绩是以他在1820年发表了一本薄薄的诗集《诗的沉思集》(简称《沉思集》),结束了法国诗坛长达20年的沉寂,揭开了法国诗歌新的一页。当然,法兰西从来不缺少诗人,但是在相当长的一段时间里却缺少不朽的诗篇。众多新古典主义诗歌无非是效颦之作,不值得注意。有的文学史家认为,法国抒情诗真正的开端是浪漫派诗歌,如果接受这个说法,那么拉马丁的《沉思集》就可以看作法国第一部真正的抒情诗集。单凭这个意义,就足以为一个诗人在文学史上争得一席之地了。

阿尔方斯·德·拉马丁(1790—1869)出生于巴黎东南402公里外的马孔城一个效忠于旧王室的无衔贵族之家,他的父亲皮埃尔·德·拉马丁曾在1793年入狱,直至罗伯斯庇尔倒台;他的母亲是一位心性虔诚,富于艺术气质的女子,正是从她身上诗人继承了典雅慷慨的品德。如同大革命后的多数青年一样,拉马丁受到自由思想的熏陶教育,他的文化教养也并非纯粹古典主义的。他阅读《圣经》、拉辛以及文艺复兴时期的诗人,却几乎不涉足古希腊罗马的作家,他阅读更多的是18世纪法国与英国作家如卢梭、伏尔泰、贝尔纳丹·德·圣皮埃尔、理查逊与菲尔丁,以及斯塔尔夫人与夏多布里昂,后者的作品对他的影响尤为显著。

拉马丁幼年随家迁往米伊乡间。大自然的陶冶以及与农民亲近,培养了他对山河土地及对纯朴人民的热爱,这种亲情将不断呈现在他的诗篇中,使他在从政后的若干年间始终保持着诗人的情怀与思想者的清醒。

青年时代,拉马丁因回避为拿破仑帝国服务,闲居家中写作诗歌。最初的作品诗句平铺直叙,颇有伏尔泰的意味。为让他忘记最初的恋情,他的家庭送他去意大利旅行。这踟蹰惆怅的贵族公子从南方归来后,也许是地中海旖旎的风光给了他的灵感,也许是因为他那剪不断理还乱的爱情,他终于咏唱出音韵优美如啼如诉的诗篇。

1820年《沉思集》发表后，拉马丁立即成为众相传诵的诗人。早在《沉思集》发表前，拉马丁在巴黎沙龙里已小有名气；他故意推迟了诗集的发表，因为他有志进入外交界，唯恐诗人的名声不利于他的事业。然而，这集子不仅为他赢得辉煌的荣誉，而且有助于他在仕途上一帆风顺。外交大臣将他任命为驻那不勒斯使馆的参赞，同时法王路易十八颁发给他一份年金。于是诗人得以与一英国小姐成婚，并带着新娘赴任。

他的外交生涯持续了十年，到1830年的革命将法王查理十世推翻。这期间他发表了《新沉思集》（1823），《苏格拉底之死》（1823），以及悼念拜伦之死的诗歌：《哈罗德朝谒记末唱》（1825），这些诗篇虽无新的开拓，苏格拉底的形象也嫌缺少生气，但仍享有读者的热情。1829年拉马丁进入法兰西学院。次年，他发表了富于虔诚感情的《诗与宗教和谐集》。

卸职后，拉马丁步夏多布里昂后尘，往意大利南方、马耳他、希腊、叙利亚旅行，为他的散文及诗歌写作积累了素材。

1833至1851年间，拉马丁在当选北方代表后，又走上从政的道路。他表现出雄辩的才能，乐于辩论社会公正的问题，将诗歌视为业余爱好。1835年后他发表了四卷《东方游记》，对全书结构的忽略与严重的地理上的不准确性掩盖了其中的新见解。1836年问世的叙事长诗《若斯兰》叙述了一位乡村神父史诗般的故事。拉马丁以一种简朴而亲切的诗歌表现出了心灵的激荡与宗教感情的虔笃。那淙淙泉水一般流畅的诗句使读者不禁陶醉在充满卢梭意味的大自然中。两年以后发表的《天使谪凡记》是一部不成功的作品。诗人在卷入政治旋涡后，未能全力以赴去完善这卷巨幅画卷。他最后的一卷诗集《潜心集》荟萃有不相关联的三十首诗。除少数几首如《葡萄园故居》、《一线阳光颂》、《村里的钟声》仍保留着全部的清新流畅外，这诗集已失去他早年诗歌的风采。

在一定程度上，拉马丁是位涉政诗人。他抨击路易·菲力普的政府，主张博爱并反对德法对立的种族主义，并曾写下《拥护和平的马赛曲》。在1848年的临时政府中，他作为外交部部长，成为了政坛的显赫人物。他维护了三色国旗，几乎成为共和国总统。但动荡的政局及拿破仑第三的上升，断送了他的政治前途。

拉马丁晚年贫病交加，为生活所迫而写作。这个时期创作的历史、小说、传记、文评及戏剧皆非上乘，价值不大。只有他那如风低吟、似鸟哀鸣的诗句仍回荡在人们的记忆中："江河，岩石，森林，如此亲切的孤独，/你思念一人，万物皆凄凉而荒芜。"

阿尔弗雷德·德·维尼（1797—1863）与拉马丁是同时代的浪漫主义诗人。他出生于法国中部洛什的一个古老的贵族世家。维尼出世时其父已年逾60，因而深得家庭宠爱，受到良好的传统教育。中学时期，维尼是夺得各项奖品的出色学生，但他体质纤弱，又系世族子弟，在大革命后的年代中，不免受到同学欺侮。他后来写道，这是"我生活中最痛苦的时期"。王室复辟后，维尼投身军旅生涯，幻想以辉煌的业绩来恢复已没落的家族荣誉。然而征战的时代早已过去，无所作为的衰败王室使维尼陷入痛苦的失望中。他放下宝剑，阅读《圣经》与启蒙时代的哲学家，吟诵荷马、弥尔顿、英国的哀歌诗人、谢尼耶、夏多布里昂以及拜伦的诗作，并深受拜伦的影响。他逐渐放弃保皇的立场，宗教信仰亦趋淡薄，成为一位思想深沉，忧患意识深重的诗人，也是第一位最具现代意识的浪漫主义诗人。

维尼于1824年告假离队，次年与一英国小姐结婚，婚后定居巴黎，出入浪漫主义的文艺沙龙，结识了雨果、圣勃夫及画家德拉克鲁瓦。早在1822年，维尼已发表了他的《诗篇》。这本引起注意的集子于1826年再版，题名为《古今诗篇》，并于1829年及1837年增补后再版。集子分三卷：《神秘篇》、《古代篇》及《现代篇》。首卷涵义最为丰富也最具独创性，包括《摩西》、《艾洛阿》、《洪水》等篇。取材《圣经》的《摩西》，再现了

《出埃及记》的庄严宏大的气势,表现了一个寻求圣地、历经险阻的民族在沙漠中路途漫漫的跋涉。领袖摩西的经验与内心世界在一定意义上象征着诗人的精神经历,他面对无言的上帝与自然,面对茫然不知所从的人类独自体验着忧郁与孤独,他哀叹生活的虚无:“唉!主啊,我既强大而又孤独,/请让我在大地的沉睡中安息。”

《古代篇》描绘出《圣经》与荷马时代的画面,在《现代篇》中,诗人以音律的变化打破了亚历山大体的单调,《号角》一诗是人们广为传诵的篇章,它绘声绘色地追忆了历史英雄罗兰的死:

我喜爱夜里树林深处号角的声音,
低沉地唱出被围困的牡鹿的哀鸣,
或是微弱的回声中猎人的告别,
在北风中从一片树叶传向另一片树叶。

多少次我独自在午夜的阴影里停留,
为聆听它而微笑,更时常为它哭泣,
因为我仿佛听到那不祥的声响,
预兆着查理曼大帝的勇士之死。

维尼的第一部历史小说杰作《散-马尔斯》于1826年问世。次年他退伍后,翻译并改写了几出莎翁戏剧,其中如《威尼斯的摩尔人》(1829)、《舵手》(1833)皆取得成功。这时,他热恋女演员玛莉·多瓦尔,向她献上了他所写的格言剧《一场虚惊》(1833)。1835年,他描述诗人在庸俗的社会中怀才不遇最终落得一死的剧作《查铁敦》,取得舞台上的巨大成功。同年发表的叙事诗《军人的屈辱与伟大》述说了崇尚荣誉、富于献身精神的军人的苦难。维尼具有审慎含蓄而又热情洋溢的双重性格,他的作品是其性格的写照。维尼一生都在思考人与社会的关系，苦苦思索个人的命运究竟由谁来主宰，人的永恒价值是什么等问题。他的诗作大都是他思想活动的记录，因而具有很强的哲理性。然而这些思想在诗中不是一种抽象思维，而是以象征的方式意味深长地形象化了。

1838年，维尼与玛莉·多瓦尔决裂。以后几年间，维尼在他著名的诗篇中写下了他的忧伤：《狼之死》、《桑松的愤怒》、《橄榄山上》。这些诗篇一一表现出在严酷的命运中人所遭遇的苦难。1845年，维尼被选入法兰西学院。他曾热衷于拉姆内的民主基督教思想以及圣西蒙主义，并曾试图参政。但这位理想主义者参加选举失败，于是他离开巴黎，隐居在法国西南城市昂古列姆附近的庄园里。

维尼死后，他的遗嘱执行者出版了他的《一个诗人的日记》及继《古今诗篇》后的另一卷诗集：《命运》，其中荟萃有他数十年间所写的诗篇，如他的杰作《牧人的房子》（1844）及最后的名篇：《纯粹的心智》（1863）。维尼的诗文显示出了一位纯粹诗人的真实性，显现出那傲岸的冷漠下所蕴藏的卓越深刻的思想以及火热的心灵。诗篇是他思想的精华，是他所说的"思想的明珠"。在这些明珠中，一代又一代的诗人不断地得到了启发和鼓舞。

20年代后期，正当雨果、拉马丁等第一代浪漫主义作家踌躇满志地推进浪漫主义文学运动的时候，缪塞、戈蒂耶、奈瓦尔等青年怀着对雨果的崇敬，投身于文学事业，成为第二代浪漫主义作家。不久，时代的差异便从两代人身上显现出来。诚然，缪塞的诗歌基本沿袭第一代浪漫主义作家的传统，但是在戏剧创作上，他摒弃了情节曲折，场面辉煌，角色在舞台上尽情宣泄感情的雨果式戏剧，创作了一系列情节简练、戏剧冲突集中、更加贴近生活的作品。戈蒂耶和奈瓦尔与浪漫主义的分歧更加深刻。在关于文学与世界、主体与客体、自我与他者、情感与表达等一系列根本性的观念问题上，他们逐渐形成了自己独特的见解，与浪漫主义传统或者相抵忤，或者发生明显变异。

阿尔弗雷德·德·缪塞（1810—1857）是富于魅力、潇洒自如、才思敏捷的诗人。他出生在巴黎拉丁区附近一个和睦相爱的家庭中。父母受启蒙哲学家伏尔泰及卢梭思想的熏陶，文化素养颇高。小缪塞聪颖多才，深受全家宠爱。在著名的亨利四世中学，他成绩优异，展现出不可限量的前程。他学法律又转而学医，还擅长于音乐与绘画，但他最后选择了诗歌。缪塞18岁时，由雨果的妻弟富谢介绍，进入了那一代大师的文社，他也出入于诺迪耶的文艺沙龙，赢得不少他的浪漫主义长者的青睐。那时，他虽无个人特色，却善于模仿。他早年的诗集既能渲染出浪漫主义推崇的历史色彩、本地风光、中世纪气氛或异国情趣，又巧于变化音韵节拍，并不乏风格的灵活与典雅。

缪塞继承了巴黎人好喜谑的性格，以及法国文化传统所注重的平衡与分寸。他早期的诗歌充满了活泼洒脱、鲁莽不拘的朝气，对于当时对立的两大阵营——沉滞的新古典主义派与浮夸的浪漫主义派，皆似在暗自嘲笑。1829年他的首卷诗集《西班牙与意大利的故事》出版，读者为之又惊又喜，赞赏不已。这集子结合了诗人的奇想与技艺，在沉闷的新古典主义气氛中，带来一股清新的气息。后来这集子与缪塞的其他短诗汇编成《最初的诗篇》（1835），其中有不少妙趣横生的章句，如人所熟知的《对月抒情》：

> 在那棕色的夜里，
> 在变黄了的钟楼顶端，
> 月亮，
> 犹如i上的一点。

又如那音韵抑扬的《威尼斯》：

当威尼斯呈现出嫣红，
没有一只船儿移动，
水上没有一个渔夫，
没有盏灯笼。

1830年后，缪塞逐渐摆脱浪漫主义的窠臼，作品趋于更加成熟与深刻。在他愈突出内在的思想感情时，他的诗歌就愈是富于浪漫主义色彩。1830年完成的两出戏《魔鬼的收据》及《威尼斯之夜》，前者为剧院接受，却不知什么原因终于未能上演，后者也只演出了一场。于是这思想趣味超前于其时代的剧作家决定不再面向观众，他发表了《椅子里的戏剧》(1832)，让读者坐在椅子里，在想象中观剧消遣。这册集子包括《杯与唇》，《姑娘的梦想》两出戏，以及一篇诗歌佳作《纳穆娜》。1833年，缪塞在写《书简小说》的同时，发表了《安德蕾阿·德·萨尔托》及《玛丽亚娜的心潮》，前一出戏表现了艺术与爱情的关系，后一出则描绘了爱情的理想错遇轻浮的女人。这些看似轻佻的作品，实际上反映出这位纵情欢乐、具有唐璜倾向的青年作者内心的忧郁。他认识到他的理想与生活间的距离，却无力自拔，于是渴望爱情能拯救他。1833年他与女作家乔治·桑相遇，并为她所倾倒。这段爱情因两人性格差异，持续不久即告破裂。哀伤的诗人将他的经历写成了《世纪儿的忏悔录》(1836)。在一段时期中他以写作度日，写成不少优秀的剧本如《勿以爱情为戏》、《罗朗萨丘》(1834)、《蜡烛台》(1835)、《万勿发誓》(1836)、《一次心血来潮》(1837)以及稍晚发表的《门必须开着或关着》(1845)。

然而缪塞所经历的感情震撼并未使他从放纵的生活解脱，他的思想变得深沉了。他的诗篇坦率地抒发了他的感情、痛苦与希望。继叙事诗《罗拉》之后，《五月之夜》、《十二月之夜》(1835)、《八月之夜》

(1836)、《十月之夜》(1837)四篇长诗对痛苦与创作、生活与艺术、感情与理智、孤独与希望、上帝与死亡作出了深刻的沉思。这些诗篇或以诗人与诗神的对话,或以诗人与其化身的对话来体现缪塞的双重个性,是他身心中的光明面与阴暗面的对话。以清澈的诗句、和谐的音韵、自然流露的感情写成的这四篇关于夜的诗作是法国诗歌中感情抒发的杰作。缪塞稍后写成的卓越诗篇有《致拉马丁的信》、《对上帝的希望》、《赠送玛莉布朗的诗》、《回忆》,后一篇歌颂了与乔治·桑的爱情,在法国诗歌史上,是与拉马丁的《湖畔吟》、雨果的《奥兰皮若的忧伤》相媲美的诗篇。

具有多方面才华的缪塞还是一位优美的短歌作家。他的《福蒂尼若之歌》、《巴布里恩之歌》皆深受读者的喜爱。另一部分诗篇颇有古典色彩,法国诗歌史家萨巴蒂耶称之为"介于拉封丹与瓦雷里之间"的诗篇。缪塞还写有不少富于情趣的中短篇故事,他的有关文学艺术的杂文也都出手不凡,具有准确的欣赏趣味。

1847年,法国喜剧演员在圣彼得堡上演缪塞的《一次心血来潮》获得成功。不久,巴黎也重新发现了缪塞的戏剧天才,他那带有莎翁戏剧意味的诗情画意,那巧妙的人性刻画,博得观众普遍的赞赏。历史证明,缪塞的剧作在法国浪漫主义戏剧中最具生命力,直至今天,仍然是法兰西的大剧院的保留剧目。

1852年缪塞被选入法兰西学院。由于生活缺乏规律,40岁左右的诗人已进入他的晚年,他健康每况愈下,可是声誉与日俱增。这个时期他的作品数量不多,却仍然不时闪现出青年时代的光芒。他被称为超越时间而青春常在的诗人,因为即使深陷绝望,他仍保留着希望的热忱,如他所说:"最绝望的歌是最美的歌。"

热拉尔·德·奈瓦尔(1808—1855)原名热拉尔·拉布吕尼,是法国浪漫主义诗人中非理性色彩最浓的诗人。他对现代诗歌影响极大,是超现实主义诗人推崇的偶像，不少20世纪作家称他为19世纪法国四大诗人之一，与波德莱尔、兰波、马拉美并列。

奈瓦尔的父亲原是共和国军人，后来成为军医。他携带妻子追随拿破仑的军队转战欧洲南北。1810年，奈瓦尔的母亲死于波兰，小奈瓦尔被委托给在巴黎以北的莫特丰泰小镇开旅社的叔祖父照看。1814年，其父从俄国监狱获释归来，将孩子带往巴黎。但奈瓦尔常回到他幼年时代生活过的娃鲁瓦地区度假。森林茂密、水波荡漾的娃鲁瓦地区充满了法国的古代传说，极富传奇色彩，对孩子形成了一个梦的世界。奈瓦尔在巴黎入查理曼大帝中学，与戴奥菲尔·戈蒂耶同学，两人结成了终生的莫逆之交，同属浪漫主义青年运动《法兰西青年》文社的核心成员。

奈瓦尔18岁时发表了他最早的诗篇，20岁时翻译了歌德的《浮士德》。这为他赢来了荣誉和赞扬，他结识了不少诗人与画家，并被介绍给雨果。歌德称赞他说："阅读《浮士德》对于我已不再可能，但在这卷法文译本中，一切又重新变得新颖鲜明、神思翩翩。"[①]奈瓦尔编有一卷德国诗选，包括有歌德、席勒、毕尔格等诗人。正是他对德国文化的素养，他对德国诗歌的喜爱与模仿使他走出了新古典主义诗歌的死胡同。戈蒂耶说："由于他熟悉歌德、乌兰德、毕尔格、L.蒂克的诗歌，奈瓦尔在他的才华里保留有某种梦想的色调，能使人有时将他的作品当作是从莱茵河彼岸某些不知名的诗人作品翻译而来。"[②]的确，当奈瓦尔的创作渐趋成熟时，他的诗篇呈现出德国古老诗歌的纯朴及富于情感与象征的神秘气氛。无疑，这是他后来攀上那登峰造极的十四行诗组《梦幻》的开端。

奈瓦尔为人热情友善，乐于为朋友出力奔走。1830年，当雨果将他的首出浪漫主义诗剧《艾那尼》搬上舞台与古典主义的拉辛及高乃伊抗衡

---

① 转引自R. 萨巴蒂耶（R. Sabatier）：《法国诗歌史，十九世纪诗歌》，第一卷，第224页，阿尔班·米谢出版社，巴黎，1976年。

② 同上书，第225—226页。

时，奈瓦尔为之招募来众多支持浪漫主义的青年，遍布在剧场顶楼（俗称鸡棚）为雨果助威呐喊。在这剑拔弩张的气氛中，浪漫主义首战告捷，奠定了在法国的基础。奈瓦尔曾写下一些抗议当时的政府及赞扬人民的诗篇。1832年，他因参加学生示威游行而被捕入狱，狱中写了《政治》一诗，兼有缪塞歌词的轻快及魏尔仑狱中诗的诚挚的向往。

1834年，奈瓦尔继承了祖父的一笔遗产，前往意大利旅行。归来后，他倾慕女演员燕妮·科隆，并为赞扬她创办了豪华的杂志《戏剧世界》。次年，这杂志耗尽他所剩的遗产而倒闭。自此以后，奈瓦尔以新闻工作为生。他为燕妮·科隆，与大仲马合作写了《皮基罗》一出剧，取得了舞台上的成功。他还为她写了极其感人的《给燕妮·科隆的情书》，但燕妮却嫁给了一位吹笛子的乐师。

奈瓦尔写作勤奋，他与大仲马合写的剧本有《莱奥·布卡尔》（1839），他独自写的剧本有《卡里古拉》等。同时，他着手写《东方旅行记》（1851），并继续翻译德国诗歌，如《浮士德》第二部以及海涅的诗篇。

1841年2月，奈瓦尔首次出现神经错乱的症状，经治愈后，他恢复了繁忙的写作活动。不久燕妮·科隆死去。在幼年丧母的奈瓦尔的想象中，她成为了他所怀念的女性的象征，是兼有母亲的慈爱、童年女伴的友情、情人的温柔、女神的超逸、圣母的纯真于一身的永恒的女性。1843年奈瓦尔到地中海东岸一带国家旅行，继续追寻他梦幻中的憧憬。他满怀激情研究各种神话，将希腊的爱神与埃及的伊齐兹女神视为他的理想的象征。归来后至再次发病的几年间，他活动频繁，撰写了最早的几首十四行诗《梦幻》（1844）以及叙事诗：《悲剧性的小说》（1844）、《法若尔侯爵》（1849）、有关秘传学说的《光明异端派》（1852）、《放荡不羁者的小城堡》（1852）等。

1851年，奈瓦尔与梅里合写的剧本《孩子学步架》上演失败，引起他再次精神错乱。从此他发病次数频繁，连续几年间均住进诊所治疗。1855年1月清晨，人们发现奈瓦尔在一条小巷中吊死，死因至今仍不清楚，是否自杀也未肯定。

但是在最后几年发病的间隙期中，奈瓦尔却完成了他最主要的杰作：《西尔维》(1853)，《潘多拉》(1854)，《火的女儿》(1854)，《奥蕾莉亚》(1855)，这些散文叙事作品与奈瓦尔以前的诗篇在不同的方面体现出他的诗人气质，但他最具特色的作品是收集在《火的女儿》中的一系列的十四行诗《梦幻》。这寥寥可数的二十余首诗歌可称法国诗歌中的绝唱，诗中充满了神秘、梦幻的世界，好似诗人在上穷碧落下黄泉时的经历。然而这虚无缥缈的世界却在极其清晰明快的诗句中呈现。这些诗篇犹如我国古典诗歌一般，简洁精练，而无限的联想与铿锵的音韵相连。

戴奥菲尔·戈蒂耶(1811—1872)出生于法国上比利牛斯省的塔伯。三岁时他随父迁往巴黎，曾就读于路易大帝中学，因不习惯那里的寄宿生活而转入查理曼中学，在那儿结识了热拉尔·德·奈尔瓦，与这位青年诗人结下了深厚的友谊，并经奈瓦尔的介绍认识了当时已蜚声文坛的浪漫主义大师雨果，戈蒂耶对雨果的崇拜终生未减。戈蒂耶曾学过绘画，画画培养了他对颜色和形状的兴趣，练就了画家的眼光。放弃了绘画的戈蒂耶满怀热情地投入了浪漫主义运动，频繁出入文人圈。在“《艾那尼》之战”中，戈蒂耶受雨果之托组织拉拉队，并故意穿了一件鲜艳夺目的红背心，为浪漫主义摇旗呐喊。

1830年，戈蒂耶自费出版了他的第一本诗集《诗歌》。1831年发表了《阿尔贝杜斯》(又名《罪之魂》)，在这本诗集的序言中第一次推出了艺术至上的思想。从1833年出版故事集《青年法兰西》开始，戈蒂耶和他的浪漫主义朋友拉开了距离。

由于戈蒂耶鄙视高乃依等正统古典主义作家，对拉伯雷、维庸、维奥这些从正统观念看来有“道德缺陷”的作家却赞不绝口，因而遭到资产阶级卫道士的攻击。于是他在1835年发表长篇小说《莫班小姐》并撰写长篇序言,对卫道士们进行反击。1836年,为了谋生,戈蒂耶进入报界,撰写了大量文学和艺术评论。撰稿人的生活对他追求艺术美的强烈激情多少有所妨碍,因此他一有机会就去旅行,借此逃避繁琐的现实和"丑恶的生活"(戈蒂耶语),他的足迹遍及西班牙、意大利、俄罗斯,以及希腊、埃及等"东方国家"。每次归来他都带回报道,描写游历的鲜明印象和感受。

戈蒂耶一生创作了大量不同体裁的作品,从1830年到1872年,他写过诗、文艺评论、小说、戏剧、游记等,主要作品有:长篇小说《莫班小姐》(1835)、《弗拉卡斯上尉》(1863);诗集《死的喜剧》(1838)、《珐琅与雕玉》(1852);志异小说《咖啡壶》(1831)、《木乃伊传奇》(1858);游记《在西班牙》(1840)、《在东方》(1854)等。

戈蒂耶是从浪漫主义转向唯美主义的代表作家,是法国"为艺术而艺术"思潮的奠基人。他的文学艺术思想对法国19世纪下半期的文学创作产生了深刻影响。《〈莫班小姐〉序言》集中阐述了戈蒂耶的艺术观。在这篇慷慨激昂的长文里,戈蒂耶对卫道士们进行了毫不留情的嘲讽,同时也对人道主义关怀、匡正时弊、启迪并服务民众、反映现实生活等等为同时代许多作家认同的文学功能一概加以否定。也就是说,他不但否定文学艺术的功利目的,而且否定文学艺术社会的、现实的、历史的作用。他明确宣称:"真正的美莫过于无用的东西,所有有用的事物都是丑的。"这样戈蒂耶就把"为艺术而艺术"的思想推向极端,这篇序言也就被看作唯美主义的宣言书。从"为艺术而艺术"出发,戈蒂耶的诗歌理论提倡抛弃感情的宣泄,要求诗歌之美来自成功的技巧而不依赖诗人的情绪。这种技巧不仅要求诗歌格律多样化,韵脚新颖独特,修辞丰富,还要求语言和思想的和谐。写作难度越大,技巧越高,作品也就越美。诗人的工作与雕刻家的工作,诗句与大理石之间有着相似性,诗集应该是珐琅与雕玉组成的华丽的橱窗，是用诗制成的首饰。

他的诗集《珐琅与雕玉》就是这种理论的实践。这本诗集发表于1852年，从1852到1872年，作者不断地对它加以丰富和完善。正如诗集的标题所示，《珐琅与雕玉》由一组经过精雕细琢、如精美的工艺品一般的诗组成，主要是写景咏物，用雕琢的文字来赞美自然、人体和艺术之美。诗人十分注重视觉感受，追求绘画和雕刻的效果，讲究形式的完美，如首饰匠一般精心制作他的作品。诗集采用八音节、每节四行的形式，诗句中间无顿挫，朗读起来短促有力、响亮，富有造型艺术的效果。诗句韵脚丰富，节奏美妙，音色不俗。作者还善于表现颜色之间的细微差别，如在《白色大调交响曲》中，诗人用各种各样的白色来描写传说中的天鹅，如色彩不同的画，又似高低不同的音符谱成的乐曲，将视觉、听觉和语言美妙地结合起来，表现出诗人对完美形式的追求。艺术至上虽然要求避免个人感情抒发，但戈蒂耶并非排斥所有情感，在他的诗中也不时流露出对死亡和瞬间变幻的忧虑。诗人认为对完美形式的追求是克服这种焦虑的方法，写诗就是追求能慰藉人心的完美。

《珐琅与雕玉》中的《艺术》一诗充分表达了作者"为艺术而艺术"的思想，是唯美主义理论的宣言。他认为艺术创作应该是无偿的，诗人应将政治、哲学和感情抒发从诗歌中排除出去。作者对经过精心而长期的劳动而得到的完美，表现出执着的追求与崇拜。他呼吁艺术家们耐心工作，因为完美无缺的作品会使他们幸免于时间的侵蚀而永恒。

"为艺术而艺术"的理论反对资产阶级的功利主义和实用主义，推崇艺术形式美，有助于对形式的注重。但由于忽视内容，脱离实际，没有什么社会意义，所以虽也曾风行一时，但成就有限。

戈蒂耶的小说跟他的诗歌一样，题材大多脱离现实，他的长篇代表作《莫班小姐》描写了一个身份不明的女子女扮男装出游，广交朋友，意欲从中挑选自己中意的情人。不想她却被一个朋友的妹妹看中，尴尬万分。后来在串演莎士比亚的戏剧《皆大欢喜》时被男主角的扮演者识破女子身份，狂热地追求她。莫班小姐开始冷漠相对，后又主动相求，最后不辞而别。莫班小姐这个人物形象纯属虚构，小说也没有具体的时间和地点。她的所作所为被看作是不道德的，冒犯了资产阶级正统的道德规范。这部小说大大触犯了资产阶级，是作者对他们的又一次挑战；另一方面，书中男女主人公总是为外表美所吸引，也是作者唯美主义思想的表现。

戈蒂耶还写过不少志异小说。这种小说在1830年前后流行一时，属浪漫主义的一个新局面，戈蒂耶也加入这一行列。另一方面，他通过所写的短篇志异小说（例如《咖啡壶》）表达他对存在的神秘力量深信不疑。

此外，戈蒂耶还喜欢描写异国风情和远古风貌。作为一个旅行家，戈蒂耶周游各国并将所见异国景观反映在他的作品中。《木乃伊的故事》将人们带到法老时代的埃及，《弗拉卡斯上尉》讲的则是路易十三时代一个破产男爵的经历，这些都表现了作者的怀旧情绪和对远土异域的向往。

无论是对艺术形式的刻意追求，还是对超自然力量及异域远古风貌的描写，都反映出作者对现实的焦虑和悲观的情绪，并由此产生的逃避现实的倾向。他将对完美艺术形式的追求当作避难所和生活失意的补偿。

浪漫主义不但振兴了法国的诗歌，而且给法国小说带来革命，使小说在情节构造、叙事技巧、人物塑造、心理描写各个方面都有重大突破。

早在世纪初，浪漫主义的先驱斯塔尔夫人和夏多布里昂就力倡文学反映本民族的历史，而英国小说家司各特作品的传入，又为法国年轻作家提供了表现本国历史的小说范本。因此，早期浪漫主义历史小说相当繁荣，代表作品有雨果的《巴黎圣母院》、维尼的《散-马尔斯》、梅里美的《查理九世朝遗事》、巴尔扎克的《舒昂党人》，这些作品从不同的角度、不同的历史切面，以不同的手法，追述了法兰西民族的历程。拉马丁的《若斯兰》这样的长篇叙事诗实际上也可以归入浪漫主义历史小说。

论及浪漫主义历史小说，便不能不提到以写历史小说而著称的大仲马。他的作品虽然不足以构成文学史上的一个高峰，却以其通俗性赢得了无数的读者，影响相当深远，其艺术的生命力已经为历史所证明。

大仲马，即亚历山大·仲马（1802—1870）生于将军之家，幼年时家道中落，被迫辍学自立谋生。1823年他来到巴黎，在奥尔良公爵府中供职，同时自学成材，开始创作。

大仲马喜欢历史，作品均以历史人物为题材或以历史事件为背景。1829年，剧本《亨利第三及其宫廷》大获成功，此后还有多种剧著，如《安东尼》（1831）、《查理七世》。1844年发表小说《三个火枪手》，小说描写主人公达塔尼昂和好友三个火枪手如何效忠于王后，经历千难万险去伦敦取回王后送给白金汉公爵的爱情信物，以击败红衣主教首相黎世留的诡计。该作品情节跌宕起伏，引人入胜，成为大众十分喜爱的通俗小说。续集《二十年后》（1845）及《布拉日洛纳子爵》（1845—1850），描写宗教战争的《玛尔戈王后》（1847）也都拥有许多读者。1845年的小说《基度山伯爵》更以生动紧张的情节及传奇色彩而脍炙人口。小说主人公邓蒂斯遭人陷害，被打入死牢，后借一位狱中难友的指引，越狱逃走，并获得巨额财产，成为基度山伯爵，惩恶扬善。

大仲马是个精力充沛的多产作家，身后留下300多本著作及大量论文，除了剧本及80多部小说以外，还有历史论著及回忆录。

大仲马一生富有传奇性。他曾出巨资修建自己的私人剧院，曾经办过报纸，因负债累累而移居比利时，曾于1830年参加推翻复辟王朝的起义，并于1860年赴意大利参加民族英雄加里波第的战斗。他晚年生活拮据，由儿女赡养。

反映现实问题的社会小说起于20年代末雨果的《死囚末日记》，到他的《悲惨世界》，可以说在艺术上和思想上都达到了巅峰。社会小说最繁荣的时期是40到50年代。在这段时间里，社会小说创作成为浪漫主义文学的主要成果。其中，欧仁·苏和女作家乔治·桑的作品最引人注目。前者的作品继承了勒萨日、雷迪夫的写实暴露传统，描写下层社会的病态的悲惨生活，而后者的社会小说则主要揭露上层资产阶级对普通劳动者的歧视，批判他们不健全的人格。这两个作家的共同点是希望人道主义的博爱精神能够最终消除社会的弊端，成为和谐幸福社会强大的感情枢纽。

欧仁·苏（1804—1857）出身于巴黎一位医生之家。21岁时开始在一艘战舰上服役，任外科医生。1829年父亲去世，欧仁·苏继承丰厚的遗产，从此辞去职务，专心写作。最初的作品是以海上生活为题材的惊险小说，也曾撰写过多卷的海军史，后开始写世俗风情小说及历史人物小说，如描写与路易十四的军队长期抗争的长衫党领袖的《若望·卡瓦利埃或塞汶山区的狂徒》，对贵族阶层有所揭露的《玛蒂尔德或一个年轻女人的回忆》（1841）。

1842至1843年，《辩论报》长篇连载欧仁·苏的《巴黎的秘密》。小说讲述的是德意志小公国的鲁道夫公爵在巴黎的经历。他进到下层社会，与各种恶势力周旋，挽救了一些沦落在底层的人，也挽救了自己的私生女玛丽花。小说以其现实的笔触揭露了堕落悲惨的下层社会，表现出人道主义的精神。虽然心理描写过于简单，剧情变化有时突兀牵强，但总的说来，情节曲折，引人入胜。一时间，《辩论报》被抢购一空。1844至1845年，《立宪报》又连载欧仁·苏的另一部长篇《流浪的犹太人》，也大获成功。此后他一连写了许多长篇，如《亲儿马丹》、《亲儿的苦难》、《人民的秘密或无产者的家史》（1849—1856），等等，有的小说多达16卷。

1848年，欧仁·苏被选进立法议会。1851年，由于拿破仑三世发动政变，欧仁·苏离开法国，去了意大利。

欧仁·苏是法国长篇连载小说的开山鼻祖之一，作品具有通俗性。

普罗斯佩·梅里美（1803—1870）出生在巴黎。父亲是画家兼艺术史家，并在美术学院担任公职。母亲爱好绘画与文学。梅里美继承父母的艺术爱好，有志于绘画，后迫于父命，攻读法律。大学期间，开始涉猎文学，并与长他20岁的斯丹达尔相遇，两人情趣相投，成为好友。梅里美获得律师职称后，在商业部任职，同时开始创作。

1825年，梅里美化名发表了《克拉拉·加祖尔戏剧集》，佯称这是一位西班牙女演员剧作的法文译本，获得成功，一时间梅里美成为巴黎各沙龙的座上客。1830年，他将《圣体马车》收进这本戏剧集。《圣体马车》是出讽刺喜剧：秘鲁总督将马车送给女演员而引起轩然大波。1827年梅里美又化名出版一本诗集，佯称是一位伊利里亚诗人作品的法译本，获得好评。诗句独特，充满地方情调，被译为德文。俄国诗人普希金并将其中几首译为俄文。1828年，梅里美发表了一部描写中世纪农民起义的剧作《雅克团》以及描写南美乱伦者浪漫故事的《卡尔法雅尔之家》，但都平平。

1829年的《查理九世朝遗事》是以16世纪发生在巴黎的宗教杀戮，即所谓的圣巴托罗缪事件为题材的历史小说。正如"遗事"一词所指，梅里美在书中没有对历史人物进行渲染，也没有构筑引人入胜的情节，而只是对事件进行不太连贯的、精确的描述。

从1829年开始，梅里美开始写短篇小说，充分施展文学才能。《马特奥·法尔哥尔》（1833）短短不过十余页，却以其浓郁的科西嘉气氛：粗犷、诚实、高傲，而成为精品。这是一个浓缩的悲剧。梅里美从杂志上读到一则消息：一位牧人因出卖了两个逃兵而被父母打死。梅里美将逃兵改为更具科西嘉特点的土匪，将牧人改为小孩，将父母改为母亲，便写成了这篇描写科西嘉风俗的杰作，其实他本人尚未去过科西嘉。

同年的《攻克堡垒》描写了战争场景，《塔曼果》（1829）描写了黑奴买卖,它们也都以紧凑、明快的笔触引人入胜。

1834年,梅里美被任命为历史建筑物总督察,自此时起他的足迹遍布全法国,最长的实地考察经历五个月,最短的观察也至少十多天。由于他的努力,外省多处破败不堪的教堂得到了修复。与此同时,他继续文学创作,1838年的《伊尔的维纳斯》讲的是一座维纳斯铜塑像的报复,充满了神秘气氛。

1840年7月1日,《两世界杂志》发表了《高龙巴》,小说获得一致赞誉,被称为杰作。

梅里美在旅行科西嘉时,认识了一位65岁的寡妇高龙巴,她参加了半个世纪的氏族仇杀。梅里美利用她的事迹,将她由65岁改为20岁,将她漂亮女儿的美貌赋予她,将事件推前十多年,将地点移向北部,于是便有了《高龙巴》。当然更重要的是梅里美的创作手法,这是与一般浪漫主义有所不同的手法:梅里美用一种简略、平静、含蓄、精练的浪漫主义替代了眼泪汪汪、多愁善感、抒发心怀、洋洋洒洒的浪漫主义。《高龙巴》讲述的是科西嘉岛上一位少女鼓励哥哥替父亲报仇的故事,塑造了一个性格倔强的女性形象。

1840年正巧是拿破仑的遗骸运回法国的那一年。《高龙巴》既以动人的故事感动了法国大众,又以倔强不屈的科西嘉人形象而令人缅怀拿破仑,可谓一箭双雕。

1843年梅里美进入碑文和美术科学院,次年又被选入法兰西学院。

1845年10月1日,《两世界杂志》发表梅里美的另一篇代表作《嘉尔曼》。嘉尔曼是西班牙塞维利亚城一个烟厂女工。她是吉卜赛人,酷爱自由,独立不羁,热情浪漫,因不愿受制于男人而被杀死。梅里美听到过类似的故事,他本人有过吉卜赛女友,又阅读了有关吉卜赛民族的历史资料,便萌生了创作《嘉尔曼》的念头。小说以精练含蓄、朴素无华的笔触烘托出安达卢西亚那火热的气候与氛围。梅里美素来喜爱西班牙,喜爱西班牙斗牛，在他创作初期和末期都以西班牙为题材绝非巧合。

《嘉尔曼》并未受到应有的赞誉。1875年法国音乐家比才将它改编为歌剧《卡门》，引起轰动，掌声至今不衰。

在《嘉尔曼》以后，梅里美潜心研究艺术和历史，并且翻译普希金、果戈理和屠格涅夫的作品，向法国读者介绍俄国文学。1866年及1868年，他又发表过三个短篇，但都平平。

拿破仑三世的第二帝国时期，梅里美成为参议员，并成为王室的座上客，频繁出席各种庆典。1870年法军在普法战争中惨败，梅里美颓丧已极，对他的医生说："法兰西在死亡，我愿与它一同死……"。几天以后，1870年12月23日，梅里美与世长辞，被葬于戛纳城的英国公墓。在他死后发表的《致一位陌生女人的书信》使后人对这位外表高傲冷淡而内心敏感寂寞的作家的真实面目有所了解。

乔治·桑（原名奥洛尔·迪潘，1804—1876）父亲是第一帝国时期的军官，1808年不慎坠马而死。祖母为富有的金融家的遗孀，在诺昂镇的庄园里抚养孙女成人。奥洛尔自小爱好遐想、阅读、听人讲故事，13岁时被送到巴黎一修道院，16岁时回到诺昂。后祖母去世，她18岁时嫁给杜德万男爵，但夫妻感情不合。1831年，她携一子一女离开诺昂，来到当时文人大放异彩的巴黎。她身着男装，抽烟斗或雪茄，引起议论纷纷。

1832年，奥洛尔·迪潘第一次以乔治·桑这个男性笔名发表小说《安蒂亚娜》，接着是《瓦朗蒂娜》，两本小说讲述的都是爱情失意的女人的故事。乔治·桑每天工作14小时，勤奋耕耘，1833年发表《莱莉娅》，1834年发表《雅克》，1836年发表《莫普拉》。这些小说都是以乔治·桑本人的感情生活为基础编写的，表达作者对爱情的感受与观点。她认为爱情就是生命，是人们至高无上的权利与义务，爱情应克服一切偏见与习俗，摆脱一切羁绊和束缚。乔治·桑在生活中也身体力行这种爱情至上的浪漫主义观点。她爱过许多男人，其中包括诗人缪塞和钢琴家肖邦。

这几本表达作者心声的小说结构不甚严谨，但不乏诗意，值得注意的是农村生活和农民出现在作品中，如《瓦朗蒂娜》和《莫普拉》。

1836年左右，乔治·桑结识了一些资产阶级自由派及空想社会主义者，对社会的不公关注，开始创作"社会问题"小说。《周游法国的木工行会会友》（1840）讲的是一位细木工匠的经历，他去贵族城堡干活，被高贵的小姐看上了，于是成亲。小说歌颂了劳动，歌颂了劳动者，揭露了对工人的剥削，同时表现爱情能打破阶级壁垒，建立平等与和睦。《康素埃洛》（1842—1843）中的女主人公是个歌唱家，她经历种种遭遇与感情纠葛，最后又回到属于自己的世界——舞台生活之中。这本书好似流浪汉小说，其中既有叙述，又有哲理及抒情发挥。《安吉堡的磨工》（1845）也是以磨工与有钱人家的女儿相爱作为主线，最后有情人终成眷属。乔治·桑在这些作品中将世界分为善与恶，劳动者代表善，贵族及富人代表恶，只有爱才能扬善抑恶，导致社会公正。这些作品还带有神秘主义的色彩。

1848年，路易-菲力普下台，成立临时共和政府，乔治·桑积极参加政治活动，撰写《致人民的信》，甚至为临时政府的公共教育部及内政部撰写公报。6月份工人暴动，乔治·桑慑于工人暴动的声势，回到诺昂，从此不再写"社会问题"小说，不再过问政治，开始以充满静谧与无邪的田园情趣为题材来写作，发掘人心中高贵与美好的一面。

《魔沼》（1846）是一本富有诗意的田园小说。主人公谢尔曼是位年近30的鳏夫，为了三个孩子不愿再娶，岳父却催促他去外村相亲，他不得已只好带上最小的孩子出发，同行的有同村的小玛丽，小玛丽家境贫寒，比谢尔曼小十多岁。一路上，小玛丽照顾孩子无微不至，她的温柔善良赢得谢尔曼的爱慕，于是互定终身。这本小说没有复杂的情节，也没有理论阐述，自始至终充满诗意。贝里地区的绮丽风光，大森林、雾霭、水塘、灌木，等等，像童年的回忆，又像梦境一般与故事相互烘托。

《弃儿弗朗索瓦》(1848)讲的是弗朗索瓦与比他年长的女磨坊主的故事。女磨坊主收留了这个心灵手巧的青年，并在丈夫去世以后与他结婚。年龄的差异阻挡不了充满浪漫情调的爱情。1849年，乔治·桑发表《小法岱特》，这也是爱情故事：一贫如洗的小法岱特追求同村的富家青年，并且施展魔法，赢得对方的爱慕，终成夫妻。在这些田园小说中，对大自然的崇拜充分显示乔治·桑自幼就受到卢梭的影响。她十分推崇卢梭。卢梭的《新爱洛漪丝》的主题无疑也在乔治·桑的作品中有所表现。

在乔治·桑以前，小说中也出现过牧人，但很少出现农民，真正的农民。农民进入小说，这是乔治·桑的特点之一。虽然这些农民被极大地理想化了，但毕竟带有泥土气息，他们的语言既非完全的土语，但又带有土腔土调。《魔沼》中的语言是土语与朴素法语的糅合。

在第二帝国时期，乔治·桑住在诺昂庄园，她慷慨好客，款待四方宾客，特别是作家，如圣勃夫，米什莱，又与年轻作家福楼拜、小仲马频繁接触。与此同时，她笔耕不懈，1854年发表《我的生活》，此后几乎每年都有小说或剧本问世，受到青年们的欢迎。乔治·桑的作品，文笔流畅，富有女性的细腻与清新。家乡贝里地区的风土人情更为她的小说增添如诗如画的地方色彩，使之更具感染力。

第五节　俄国文学

19世纪初，俄国资本主义因素有所发展，农奴制度瓦解的征兆日渐显著。鉴于法国大革命的影响，1801年登基的亚历山大一世曾考虑政治与社会方面的改革，增设了大学，成立改革委员会，讨论解放农奴问题等等。1812年拿破仑入侵俄国，亚历山大一世起用名将库图佐夫，击退拿破仑大军；1815年与奥地利、普鲁士结成“神圣同盟”，镇压欧洲民族民主运动。在国内，亚历山大一世曾许诺的改革成为泡影，农民不满情绪日益高涨，起义频繁，士兵暴动也时有发生。自1816年起，受西欧启蒙主义思想影响的贵族青年军官先后结成若干秘密团体（有的主张立宪君主制，有的主张共和制），并于1825年12月14日在彼得堡参政院广场发动反专制制度的起义，被称为十二月党人运动。起义失败后，彼斯捷尔、雷列耶夫等五名领袖被处以绞刑，许多十二月党人被流放西伯利亚。列宁说：“俄国解放运动经历了三个主要阶段，这是与影响过运动的三个主要阶段相适应的，这三个主要阶段就是：1）贵族时期，大约从1825到1861年；2）平民知识分子或资产阶级民主主义时期，大致上从1861到1895年；3）无产阶级时期，从1895年到现在。”①十二月党人“同人民的距离非常远。但是，他们的事业没有落空，”②他们唤醒了后来的革命者。

在这个社会历史激烈动荡时期，俄国文学迎来了它的第一个繁荣期，以普希金为代表的一群诗人和作家创造出富于民族特色的优秀作品，奠定了19世纪俄国文学辉煌发展的基础，后来被称为俄国诗歌的“黄金世纪”。从文学潮流的角度来说，此时期的特点是古典主义、感伤主义和浪漫主义诸潮流并存、相互交错和撞击，并逐渐形成现实主义。古典主义诸文学体裁的典范仍为一些诗人、特别是剧作家所仿效。同时，以卡拉姆津的中篇小说《苦命的丽莎》（1792）为标志，感伤主义新思潮出现在俄国文坛上。它作为崇尚理性的古典主义的重要补充，将多愁善感的感情描写推到首位，从而对俄国中篇小说、抒情诗歌和旅行记等体裁的发展作出重要贡献。从1812年卫国战争到20年代上半期，以普希金和十二月党人诗人为代表的反专制农奴制、歌颂自由的浪漫主义思潮成为俄国文学的

① 列宁：“俄国工人报刊的历史”，《列宁全集》第20卷，第240页，人民出版社，1958年。
② 列宁：“纪念赫尔岑”，《列宁全集》第18卷，第15页。

主流。俄国浪漫主义受到西欧、特别是拜伦浪漫主义诗歌的强烈影响，同时振兴民族文学成为俄国浪漫派的主要追求，他们重视俄国民间文学，探讨民族性格和民族历史，从而强有力地推进了俄国文学的发展。在这些探索中，现实主义文学要素逐渐积累和发展起来。

此时期也是俄国文学语言发展的重要时期。由古典主义保守派希什科夫主持的“俄罗斯言语爱好者座谈会”（1811—1816）维护教会古斯拉夫语在文学高级体裁中的权威，排斥表达新思想的新词汇，而以茹科夫斯基和普希金为代表的“阿尔扎马斯社”（1815—1818）主张文学语言的改革，使之接近生动活泼的口语。这两个团体之间展开了一场激烈论争。新派的主张在普希金等诗人、作家的创作实践中取得丰硕成果。

尼古拉·米哈依洛维奇·卡拉姆津（1766—1826）是博学多艺的散文作家和历史编纂者，曾受俄国诺维科夫、法国卢梭和英国斯特恩等人作品的强烈影响。从1789年5月到1790年7月，卡拉姆津曾游历西欧诸国，拜访过歌德与康德。回国后，创办《莫斯科杂志》（1791—1792），主张通过文化的发展和普及来促进社会的进步。他在该杂志上发表了《一个俄国旅行者的书信》和中篇小说《苦命的丽莎》。他的旅行记既有他感伤的个人观感和思绪，也有他对西欧诸国政治制度的思考，并且基本确立了他反对暴力的政治倾向。小说《苦命的丽莎》以接近日常生活的口语写成，推进了19世纪俄国中篇小说体裁的发展。提倡善良和温柔的感情世界是俄国感伤主义文学的特色。

1802至1803年间，卡拉姆津主办《欧洲导报》，它是俄国大型文学及政论杂志的先驱。在该刊上发表了历史题材的中篇小说《女行政长官玛尔法》（1802）等作品。在这部反映中世纪诺夫哥罗德“自由城市公社”制度覆灭的小说中，卡拉姆津一方面写出玛尔法等人为维护原有体制而献身的刚毅性格，另一方面又指出伊凡三世的胜利既是历史必然又是俄国发展所需要的。1804年起至去世为止，卡拉姆津专心致志地编写《俄国国家史》（共12卷）。该书依据俄国各地丰富的编年史资料，并参照拜占庭、埃及和意大利史籍的记载，对俄国史进行了文学性很强的描述和建构，注重对历史人物心理的揭示。《俄国国家史》写到17世纪初“乱世”时期而中断。书中有一些将宗法制理想化的弱点，表现了作者温和、保守的社会历史观，但是也对伊凡雷帝残暴统治予以有力揭露，卡拉姆津以其注重感情描写的感伤主义和视野广阔、文字流畅的历史散文文学对以后的俄国文学发展作出了重要贡献。

瓦西里·安德烈耶维奇·茹科夫斯基（1783—1852）是继卡拉姆津的感伤主义之后拓展俄国浪漫主义诗潮的重要诗人和诗歌翻译家。茹科夫斯基有一个不平凡的身世，他是俄国图拉省一个地主与被掳来的土耳其女子的私生子，但受到良好的家庭教育，1800年毕业于莫斯科大学贵族寄宿中学。他以1802年在卡拉姆津的《欧洲导报》发表的《乡村墓地》而登上俄国文坛。这篇35诗节的哀歌是对18世纪英国感伤主义诗人格雷的《墓园挽歌》（1751，原诗32诗节）的自由译作，以符合俄诗韵律的优美诗句抒发多愁善感、关心农民疾苦的情感。茹科夫斯基自己的抒情诗中著名的有《黄昏》（1807）、《斯拉夫女人》（1816）、《神秘的造访者》（1824）、《大海》（1828）等。他在《黄昏》中描写了暮色中的俄罗斯大自然和主人公对往事的回忆，情景交融，笔触细腻，并希望诗歌和音乐能使短暂的人生充满生气。茹科夫斯基笔下的自然景物仿佛有人的灵性，诗人往往把自己的烦闷、忧伤、惆怅体现在所描写的景物中。

茹科夫斯基还写作了约30篇歌谣，其中最著名的是《斯维特兰娜》（1913）。它是德国18世纪诗人毕尔格的歌谣《莱诺勒》（1773）的创造性改编。茹科夫斯基曾说：“……我的几乎所有作品或者是他人的，或者是依据他人的，但同时又全是我自己的。”这样，他把《斯维特兰娜》写成一篇描写俄罗斯生活的歌谣。在耶稣洗礼节前夜，可爱的俄罗斯姑娘斯维特兰娜怀着恐惧的心情对着镜子为她远在他乡的未婚夫占卜。突然，她看到她的未婚夫在黑夜中骑马奔来，将她一起带进坟墓。原来这是一场梦，一觉醒来，壮美的未婚夫已经奔回她身旁。茹科夫斯基善于描写幻想世界和现实人物的内心状态，使他的诗篇具有一种忧愁和欢乐相交融的甜美。

1812年卫国战争时期，茹科夫斯基作为后备队中尉参加了波罗金诺战役，发表了颂诗《俄国军营中的歌手》（1812），以歌手和战士们连唱的独特形式，鲜明地表达了整个民族的爱国主义情感。

1815年起，茹科夫斯基接近俄国宫廷，曾任皇子的俄语教师，思想日趋保守，但也曾利用他的职位帮助过受难的十二月党人和莱蒙托夫等诗人。茹科夫斯基曾数次到西欧旅行，访问过歌德、斯丹达尔。1841年起他定居德国，1852年病故，骨灰被运回彼得堡，葬于卡拉姆津墓旁。他晚年神秘主义宗教情绪浓重。茹科夫斯基通过其创作和译作对俄国感伤主义和浪漫主义诗歌艺术的发展作了重要贡献，他拓宽了俄国诗歌主题范围，广泛探索了俄国诗律，在诗歌中注入个人独有的情绪和语调。他的诗歌音调和谐，悠扬悦耳，充满音乐美。他翻译的西欧名著包括荷马史诗《奥德赛》、奥维德的《变形记》、席勒的《奥尔良姑娘》和拜伦的《锡庸的囚徒》等。这些译作以及他在翻译时所做的大胆尝试，给俄国文学带来了新的声音。

十二月党人诗人包括雷列耶夫、丘赫尔别凯（1797—1846）、奥托耶夫斯基（1802—1839）、别斯土舍夫（1797—1837）和拉耶夫斯基（1795—1872）等。他们的诗歌创作和普希金的诗歌一起构成20年代俄国浪漫主义思潮的主流。十二月党人诗人继承拉季舍夫战斗的启蒙主义文学传统，将诗歌作为反对专制农奴制度的有力武器，表达了热爱祖国、争取自由的激昂的公民情感。他们重视民族历史，认为民间文学是诗歌的源泉，塑造了一批俄国历史上热爱祖国、热爱自由和反对暴政的英雄人物形象，但也有将他们理想化的倾向。

康德拉季·费多罗维奇·雷列耶夫（1795—1826）是最杰出的十二月党人诗人。他生于贵族家庭，参加过1812年卫国战争，后来领导秘密团体“北社”，发动了1825年起义，是被沙皇尼古拉一世绞死的五个十二月党人领袖之一。

雷列耶夫的第一首名诗《致宠臣》（1820）是影射当朝权臣的铿锵有力的讽刺诗。当时读者读到以下诗行：

> 他们会认识到，是你限制了他们的自由，
> 是你以苛捐杂税搞得他们赤贫如洗，
> 是你使乡村失去了昔日美好的光景……（魏荒弩译）

就自然会想到沙皇政府执行军屯制的军政大臣阿拉克切耶夫。诗人相信“被暴政激怒的人民一定会无比严峻”，并号召人民起来推翻专制暴君。在起义前不久写的《公民》一诗中，雷列耶夫谴责对“祖国灾难”的漠不关心，呼吁青年人起来斗争，不要“玷污公民的称号”。这些诗在进步青年中流传甚广。历史叙事诗集《沉思集》共25篇（1825）受乌克兰民间叙事历史歌谣以及波兰诗人聂姆策维奇创作的启发，把爱国主义和公民观念相结合，但有时失于不顾历史事实将主人公理想化。其中以《伊凡·苏萨宁》最受好评，描写的是17世纪初反抗波兰人入侵、为国捐躯的一位农民英雄。雷列耶夫将这种风格和手法带入他的著名长诗《沃伊纳洛夫斯基》（1825）的创作之中，他在塑造乌克兰叛乱首领马塞帕及其战友沃伊纳洛夫斯基形象时，也存在着理想化色彩。这样的描写虽不符合历史事实，但却体现了雷列耶夫同时代的公民精神，在刻画人物性格、表现复杂的人际关系上远胜于《沉思集》。雷列耶夫的作品一直被沙皇政府查禁，但他热情昂扬的诗句仍然传播开去，为进步作家所推崇。

十二月党人诗人的创作以反对专制的昂扬激情，推进了俄国浪漫主

义诗歌的发展，使俄国诗歌更富于民族独特性和理想主义。

伊凡·安德列耶维奇·克雷洛夫（1768/1769—1844）是欧洲文学史上著名寓言作家之一。他出身贫寒，主要靠自学成才，但却有良好的文化修养，通晓法语和意大利语，兴趣广泛，善于绘画、拉琴、演戏。生活环境使他从小就有机会接触平民，熟悉民间的语言和风习，这为他的寓言创作打下了基础。他曾在市政局和税务局当职员，以后担任彼得堡公共图书馆馆员达30年之久。18世纪末，受启蒙主义思想熏陶，办过三种讽刺杂志，写过喜剧和小品文，针砭时政，嘲讽生活陋习以及人身上的弱点和恶习，同时也有一些散文作品对许多哲学和政治问题予以关注。1806年，他发表三篇根据拉封丹寓言编译的寓言诗，从此开始进行寓言创作，一生写成诗体寓言200多篇；除发表在文学杂志外，1811年开始结集出版，1844年作者生前最后集成的寓言集共九卷，受广大读者的喜爱。克雷洛夫的许多寓言诗富于俄罗斯民族生活特色，鞭笞专制农奴制，歌颂农民的勤劳，同情人民的苦难；同时也有直接反映1812年卫国战争的作品。其中，脍炙人口的名篇包括：揭露沙俄统治阶级鱼肉百姓的《鱼的跳舞》、《农夫与大河》；抨击上层贵族，颂扬人民勤劳的《树叶与树根》、《鹅》；反映卫国战争中高昂的爱国激情的《狼落狗窝》、《货车队》；批判对西欧文化的盲目模仿的《两只斑鸠》、《小狮子的教育》；富于哲理的生活习俗素描《杰米扬的鱼汤》、《特利什卡的长衣》等。

在《鱼的跳舞》（1824）中，出巡的狮王误信掌管水族的“乡下佬”之言，以为锅里蹦跳的鱼是因见到他而兴奋得跳起舞来。这则寓言影射亚历山大一世昏庸偏信，纵容宠臣阿拉克切耶夫鱼肉人民。《农夫与大河》（1816）写小河泛滥，给农夫造成灾害，而当农夫去找其上司——大河主持公道时，却发现他们损失的东西一半都漂浮在大河上。《树叶与树根》（1811）以华美的树叶对埋在地下的树根的嘲笑比喻上层统治者忘记民族根基，脱离人民。

克雷洛夫寓言力图反映现实，描绘俄罗斯民族性格，形象生动，有很强的戏剧性，角色社会属性鲜明，又具有个性特征，他采用古典派的庄重文体，同时，成功地运用民间谚语和俗语，语言凝练精辟，充满诗意的力量和理性的智慧。他的寓言诗用不同音步的抑扬格自由诗写成。

亚历山大·谢尔盖耶维奇·格里鲍耶陀夫（1795—1829）出身莫斯科贵族家庭，天资聪慧，受到良好的家庭教育。1806至1812年在莫斯科大学学习，开始接近未来的十二月党人，思想上与他们有许多共同之处。他在1812年志愿参加卫国战争，战后在外交部任职。

1818年，格里鲍耶陀夫任俄国驻波斯外交使团秘书（实质上是政治流放）。1822年他被调到梯弗里斯，任俄军高加索总司令叶尔莫洛夫的外事秘书，那里的军官有许多后来成为十二月党人。他正是在这样的环境中写成了四幕喜剧《智慧的痛苦》（又译《聪明误》，1824）。剧本由于强烈的反农奴制度和反官僚制度的思想内容而未能上演和出版，但以手抄本方式流传开来，直到1862年才在俄国初刊。

十二月党人起义失败后，格里鲍耶陀夫于1826年初被捕，因未加入秘密团体而获释。1828年他被任命为俄国驻波斯大使，翌年在波斯人袭击俄国使馆的事件中身亡。

《智慧的痛苦》描写进步贵族青年恰茨基从国外回到离别了三年的莫斯科，来到他曾度过童年和少年时期的富有贵族法穆索夫家，看到俄国社会仍旧是一潭死水，少时钟爱的女友——法穆索夫的女儿索菲亚也已经移情别恋，爱上了父亲的秘书——一个卑鄙怯懦小人莫尔恰林。她尤其不能忍受恰茨基对周围上流社会的人和事的激烈抨击，进而指称其为疯子，于是无所事事而又乐于造谣中伤的上流社会各色人物也纷纷诬蔑其为疯子。万般痛苦的恰茨基在对周围世界发表激烈抨击的言辞之后，愤然离开莫斯科。

《智慧的痛苦》反映了当时俄国社会尖锐的思想冲突。一方以法穆索夫为首，代表“老爷的莫斯科”和“过去的世纪”，顽固地维护封建农奴制度；另一方以恰茨基为典型，代表新生力量，即“当今的世纪”的进步贵族知识分子，他们向往文明和启蒙，强烈反对农奴制度，要求改造社会。剧本对法穆索夫集团各类人物作了鲜明的刻画。官僚和农奴主法穆索夫仇视新事物，顽固维护农奴制和一切旧风俗习惯，随时准备将农奴发配到西伯利亚；武夫斯卡洛茹布是愚昧、粗鲁的阿拉克切耶夫式的军阀，他要让所有的学校不教科学，只教军事操练；小官僚莫尔恰林为升官发财，极尽逢迎拍马之能事，表面温文尔雅，内心却卑微低下。贵族妇女们聚在一起，谈论的只是时髦服饰，经营裙带关系，热衷散布流言蜚语。这些形象鲜明地描绘出当时俄国反动贵族官僚社会的典型特征。

恰茨基是一个受过良好教育的、热情、高尚而正直的贵族青年，他愤怒谴责地主对农民的压迫和蹂躏，痛恨“老爷的莫斯科”既守旧又盲目膜拜西欧时尚。他反对愚民政策，推崇文化教育，以促进俄国社会的发展和进步。恰茨基具有十二月党人思想的某些特征。他所遭受的痛苦是对停滞落后的俄国社会的强有力的抨击。

格里鲍耶陀夫在完成《智慧的痛苦》后，曾计划并已着手写作悲剧《一八一二年》和《格鲁吉亚之夜》，但由于他悲剧性的早逝，没能在悲剧创作中一展才华，只留下一部喜剧《智慧的痛苦》。

《智慧的痛苦》创造性地运用了古典主义喜剧艺术，在精练的、富于寓意的诗体语言中广泛吸收了精辟的俄罗斯民间俗语和谚语，又使其更富有表现力；许多台词都成为俄语中的经典成语。正如普希金所说，听这部喜剧的朗诵是一种享受。《智慧的痛苦》是俄国喜剧的一颗明珠，至今仍在俄国舞台上演出。

俄国诗歌自世纪初起逐步走向繁荣。除上述诗人外，在普希金之前就开始闻名的有杰·瓦·达维多夫（1784—1839）、康·尼·巴丘什科夫（1787—1855）等，而在普希金的同时代更出现众多诗人，他们被称为

“普希金一代诗人”，其中包括彼·安·维亚泽姆斯基（1792—1878）、叶·阿·巴拉丁斯基（1800—1844）、安·安·杰尔维格（1798—1831）、尼·米·亚济科夫（1803—1846）、德·弗·韦涅维季诺夫（1805—1827）等，他们的创作各有特色，但在某些方面与普希金体现出某种共性，从而与之共同构成了俄国诗歌的繁荣和兴盛。

亚历山大·谢尔盖耶维奇·普希金（1799—1837）出身于古老的莫斯科贵族家庭，母亲是年幼时来自非洲、受彼得大帝宠爱的军人汉尼拔的孙女。普希金少年时就读于沙皇政府为培养贵族子弟而设立的皇村学校，受到启蒙思想的影响，他的同窗好友中许多人后来成为十二月党人运动的参加者。他的诗才最初显现在1815年升级公开考试上，当时他满怀激情朗诵了颂扬卫国战争胜利的古典主义风格的颂诗《皇村回忆》，在场的老诗人杰尔查文大为感动，他看到了俄国诗坛的新秀。1817年从皇村学校毕业后，普希金到外交部任职，先后参加过“阿尔扎玛斯社”和“绿灯社”（1819—1820），与秘密团体有密切接触，形成了反对专制农奴制的进步思想。1820年他因所写政治诗而被政府谪贬于南俄，游历高加索和克里米亚。1824年他与监管上司发生冲突，被遣送到母亲的领地米哈依洛夫斯克村，受当地长官监管。十二月党人起义被镇压后一年，普希金被召回莫斯科。1831年与娜塔丽亚·冈察洛娃成婚，不久迁居彼得堡。普希金妻子的姿色引起沙皇的注意，为了接近她，沙皇赐予普希金宫廷近侍头衔。普希金一生最后几年精神压抑，经济窘迫，但他并没有变成宫廷诗人。妻子周围有不少崇拜者，流言蜚语不断。荷兰公使格凯伦的义子，法国逃亡者丹特士多次生事，普希金终于忍无可忍，向他提出决斗。1837年1月27日，普希金在决斗中身负重伤，两天后去世。

普希金学生时代就以“皇村学校诗人”而闻名。他在多种诗歌风格中进行探索，既有“阿那克里翁体”的诗作，又有茹科夫斯基风格的哀歌体作品，歌唱友谊、爱情和“神圣的自由”；有些诗篇，如《致弋尔恰科夫公爵》(1814)，已表达出反专制的思想。皇村学校毕业后，他接连写了几首反对暴政、歌颂自由的政治抒情诗，如宣扬以法治限制君权的《自由颂》(1817)、嘲讽亚历山大"新政"的《童话》(1818)、揭露乡村贵族地主暴行的《乡村》(1819)等，在当时进步贵族青年中间广为传诵。其中，最著名的是《致恰达耶夫》(1818)。全诗抒发了贵族先进分子的共同感受，对摧毁专制政权充满信心和渴望。在诗的末尾，诗人写道：

同志，请相信：那迷人的
幸福的星星将升起，
俄罗斯将从睡梦中苏醒，
并在独裁专制的废墟上
写上我们的姓名！

普希金的政治诗具有浪漫主义精神和明朗清新的抒情风格，语言通俗活泼，韵律巧妙。

1820年普希金以亦庄亦谐的笔法写作了长诗《鲁斯兰与柳德米拉》，诗人把英雄史诗、壮士歌与浪漫传奇、童话情节结为一体，庄重中见诙谐，活泼而不粗俗，描写了基辅勇士鲁斯兰历尽艰辛，寻找被魔王掳走的未婚妻柳德米拉。作品的成功是对古典主义史诗的超越，受到茹科夫斯基的高度评价。

普希金流放南俄期间，正值欧洲民族解放运动蓬勃发展时期。他与一些秘密团体成员交往频繁。这一时期，普希金的创作从主题和诗歌风格上受到拜伦的浪漫主义创作的影响。他的《短剑》(1821)一诗称颂历史上向暴君举起复仇之剑的自由战士；《忠贞的希腊女郎》(1821)歌颂为民族解放事业献身的英雄。他的抒情诗《囚徒》(1822)以被囚禁的幼鹰作比喻，表达了普希金向往自由，渴望奔赴南欧投入如火如荼的解放斗争的心情。全诗形象鲜明，语言流畅，三音节的诗律具有音乐旋律之美，后来被谱了曲，成为广为流传的民歌。同时随着形势的发展及个人思想感情的变化，普希金越发体现出自己的创作个性。《拿破仑》（1821）、《英明的奥列格之歌》（1822）显露出他历史主义的创作倾向。《恶魔》（1823）、《我是荒野上自由的播种者》（1823）等诗篇则显示出普希金对浪漫激情的某些怀疑和失望。1824年告别南方时，写下悼念拜伦的哀歌《致大海》，诗人把大海视为"自由的元素"，把它当作自己的挚友向它告别，向它倾诉自己对自由的渴望。诗人为拜伦的早逝而伤惋，面对一望无际的大海，诗人深切意识到没有自由、不能主宰自己命运的悲惨处境，内心充满压抑感。全诗忧伤中蕴含着奔放的激情、磅礴的气势和庄重的沉思。诗的结构严谨，语言优美，是诗人南方抒情诗的代表作。同年写下的《书商和诗人的谈话》表现出诗人用更为清醒的眼光来审视世界。这些迹象表明普希金现实主义艺术探索的开始。

在这一时期他先后写下一组浪漫主义长诗，其中包括《高加索的俘虏》（1822）、《强盗兄弟》（1822）、《巴赫奇萨拉伊的喷泉》（1824）和《茨冈》（1827）等。作品中故事发生的地点具有异国情调，主人公具有异乎寻常、愤世嫉俗的气质，在主人公的遭遇中往往发生奇异的戏剧性事件。同时，普希金在作品中关注同时代青年不安的社会探索情绪以及诸多社会、伦理问题，表现出自己独特的艺术倾向。

《高加索的俘虏》在壮丽的高加索大自然风光和切尔克斯山民粗犷强悍生活映衬下，展现了被山民俘虏的俄罗斯上流社会青年与切尔克斯少女的一段感情经历，最后俘虏竟然置舍命相救并为之殉情的少女于不顾，转身离去。诗人想在俘虏身上刻画"成为19世纪青年特征的对生活及其种种享乐的淡漠和心灵的未老先衰"。[①]《茨冈》描写贵族青年阿乐哥

① 《普希金全集》，第9卷，第52页，莫斯科文艺出版社，1977年。

不见容于政府，跟随茨冈人（吉卜赛人）流浪，并做了茨冈姑娘真妃儿的丈夫。两年后，真妃儿另爱他人，阿乐哥怀着嫉妒和复仇心理杀死了妻子及其情人，随后遭到茨冈人的唾弃。长诗前半部呈现了浪漫主义的“回归自然”主题，阿乐哥激烈批判城市文明的虚伪和对金钱的膜拜，欣赏茨冈人自由自在的生活方式。在后半部阿乐哥与茨冈人的冲突中，普希金将老茨冈人代表的原始道德观念与阿乐哥的利己主义行径相对照，既对朦胧的个性自由理想表示怀疑，也指出茨冈人的自然生活法则不会带来真正的自由和幸福，从而说明“回归自然”只是不切实际的幻想。

1924年起普希金在米哈依洛夫斯克村过着被幽禁的生活，他创作中的民族风格和写实倾向进一步深化。诗篇《安德列·谢尼耶》（1825）主张诗人不应当沉湎于个人享乐，应当投身于反抗暴政的自由事业，并为之献身。《我记得那美妙的瞬间》（1825）以严谨的结构、重复及对比手法歌颂美好爱情对心灵的启迪和净化作用。这首诗成为脍炙人口的爱情抒情诗。《冬天的夜晚》（1825）记述了他对奶娘——“可怜的少年时代的伴侣”的感激之情。《酒神祭歌》（1825）相信理智与光明必将战胜虚伪和黑暗。长诗《努林伯爵》（1825）以现实的村庄农舍的描绘代替了奇异的异国情调，以男女人物粗俗的调情取代了浪漫与神奇。在此期间，普希金潜心钻研俄国历史与民间文学，吸收了莎士比亚和卡拉姆津的创作经验，写下历史悲剧《鲍里斯·戈都诺夫》（1825），这是他最著名的戏剧作品。它取材于16、17世纪之交俄国皇权更迭的历史与传说，描写大臣鲍里斯·戈都诺夫害死年幼的皇储德米特里，登上王位。几年后，一个怀有个人野心的青年僧侣葛里戈里僭用皇子德米特里名义投靠波兰，他在波兰贵族支持下兴兵攻打莫斯科，鲍里斯在内外交困中抱病死去，而伪德米特里入京取代了鲍里斯的地位。这部涉及宫廷争斗和民族矛盾的作品，着重揭示的是民众在历史中的作用。戈都诺夫以阴谋篡位，以残暴执政，失去了民心，激怒了民众，伪皇正是利用这一点取得了胜利。而民众尽管不能完全决定整个事态的发展，但是他们了解统治者之间的残杀与争斗和他们的切身利益无关。因此，当戏剧结尾，贵族莫萨里斯基宣布鲍里斯的妻儿都已服毒自尽，要求民众高呼“沙皇万岁”时，民众以沉默无语作为回答。这部历史剧共有23个场景，前后经过七年，出场人物众多，两条线索（鲍里斯与伪德米特里）平行发展，主要人物性格心理复杂而深刻。全剧用无韵五步抑扬格写成，语言不拘一体，符合人物身份，有时采用粗俗的语言，有时采用高雅的语言。值得注意的是普希金称这部戏剧为一部“真正浪漫主义的悲剧”。

十二月党人起义失败后的次年，新即位的尼古拉一世为了笼络人心，把普希金召回首都，后来又亲自监管普希金的思想言论，秘密警察也不断对他纠缠。普希金曾一度写诗（《斯坦司》，1826），对新沙皇实施仁政抱有幻想。但是他依然倾情于旧日的友人及其事业，他在《在西伯利亚矿山深处》（1827）中对十二月党人说道，“你们悲壮的工作和思想的崇高意向/决不会就那样消亡”，胜利的日子终会到来。流放中的奥托耶夫斯基听到此诗后和诗回答：“我们悲壮的工作不会就这样消亡，/星星之火将成为熊熊的烈焰”。普希金在诗篇《先知》（1826）中表示自己的神圣使命是“用语言将人心点燃”，在《阿里翁》（1827）一诗中描述自己与十二月党人的精神联系，指出自己依然唱着“昔时的颂歌”。此时的普希金的诗作既有乐观情绪，也伴随着悲观情绪的流露，比如诗篇《三股泉水》（1827）、《回忆》、《枉然的馈赠，偶然的馈赠》（1828）。1828年普希金创作了具有高昂爱国激情和真实历史描绘的长诗《波尔塔瓦》。

1830年秋，普希金为了结婚前处理财产，来到世袭领地鲍尔金诺，因疫病流行、交通受阻而在此逗留三个月。1830年前后是普希金创作最丰产的阶段，他先后写成《石客》等四个小悲剧，戏谑性长诗《科洛姆纳一人家》、诗体小说《叶甫盖尼·奥涅金》，30多首抒情诗，以及包含五个短篇的《别尔金故事集》等作品。

《别尔金故事集》体现了普希金在散文中强调的朴实、简短、明朗的创作原则。其中的《驿站长》以其描述的真情实感和对人物性格的深刻理解，超越了感伤小说的多愁善感和道德劝喻，用真实的生活场景、现实的人物形象及其喜怒哀乐取代了蓄意安排的故事情节和理想化的人物。小说中的主人公驿站长维林是个备受欺凌而又逆来顺受的“小人物”，他的女儿被过路军官带走，驿站长奔赴京城试图领回自己“迷途的羔羊”而遭蛮横拒绝，最后生活潦倒，借酒浇愁，抑郁而死。小说开俄国文学描写“小人物”作品之先河，反映出作者深厚的人道主义精神。

诗体小说《叶甫盖尼·奥涅金》的写作过程前后经过八年（1823—1830），发表于1825至1832年，于1833年出版全书。这是俄国文学中一部以现实社会生活为主要内容的重要作品。别林斯基看中这部作品中的时代气息和民族性，称其为“俄国生活的百科全书”。小说描写贵族青年奥涅金对都市上流社会的空虚感到失望和无聊，因继承遗产来到乡间。乡村生活同样使他感到索然无味，他拒绝了纯情少女达吉雅娜的爱情，又在无足轻重的小事引发的决斗中杀死富于浪漫主义幻想的朋友连斯基，此后出外漫游。几年后他来到彼得堡，见到已成为社交界引人注目的贵妇人的达吉雅娜，后者拒绝了他的狂热追求。奥涅金是俄国文学史中第一个“多余人”典型。他身受典型的贵族教育，接受了某些西方文明的影响，阅读过亚当·斯密以及卢梭等人的著作，欣赏拜伦式的叛逆与忧郁，并且对写作、农村改革有过短暂热情。然而俄国愚昧落后的现实以及他无力摆脱的贵族生活环境及恶习，导致他丧失任何生活热情，内心空虚，无所事事。他既蔑视贵族社会，不愿出任任何公职，又无力与上流社会决裂，被世人视为“怪人”。“多余人”是特定历史时期的产物，这些贵族知识分子受过良好教育，对贵族社会有一定批判能力，但是他们远离社会生活和人民，缺乏坚定的生活目标和实现理想的毅力，结果一事无成。女主人公达吉雅娜身上寄托了普希金的理想，是他心目中优秀的“心灵气质上的俄罗斯人”的化身。她生长于与俄罗斯大地联系最为紧密的乡村环境，在她身上体现了普希金所倾心的纯真天性和道德情操。这部诗体小说吸取了拜伦的《唐璜》等叙事诗的艺术技巧，运用了许多抒情和描述性插叙，广泛触及了俄国社会生活的诸多方面，富于民族生活特色。小说注重人物性格塑造和心理刻画，注重情节的戏剧化处理。在诗歌技巧上，普希金独创了“奥涅金诗节”，全诗八章，每章节数不等，绝大部分诗节为十四行，用19世纪初期盛行的四步抑扬格写成，音律整齐固定，每节中由前三个四行诗和一个两行诗组成，有时具有相对独立的主题和功能，显示了普希金高超的诗歌才能。

30年代，普希金的诗歌创作有所减少，个人主观感受成分降低，哲理性、描写性有所加强。《秋天》（1833）赋予诗人所钟爱的季节以独特的抒情性，《我又重新造访》（1835）描述故地重游对人生的感怀，以及对未来一代的期望，在《纪念碑》（1836）中诗人对自己一生创作的意义作出诗歌总结，认为自己将受到人们爱戴的原因在于他用自己的创作呼唤过自由和人道精神。叙事性诗歌作品主要有《渔夫和金鱼的故事》（1833）等童话诗和长诗《青铜骑士》（1833）。长诗《青铜骑士》提出两个彼得堡的主题，体现了诗人对历史和现实的复杂深刻思考。诗的引子描绘彼得大帝的历史功绩以及由他建立的彼得堡今日的雄伟壮观，正文叙述了1824年彼得堡洪水中一个小公务员叶甫盖尼的悲剧。洪水冲走了叶甫盖尼的未婚妻及其居住的小屋，安分守己的小官吏在悲痛中发了疯，四处流浪。他在精神错乱中向彼得大帝铜像纪念碑发出怨怒，而又被铜像的威严气势吓得疾足狂奔至死。普希金以非凡的勇气和胆识审视国家利益与个人幸福这一历史发展的尖锐矛盾，彼得大帝为国家利益建立了雄伟的彼得堡，而没有顾及所在位置易受到洪水威胁及可能对个人的伤害。而叶甫盖尼的遭遇虽然值得同情，但是他将个人不幸归结于彼得大帝同样是荒谬的。作者本意也未必是要历史人物对叶甫盖尼的悲剧负责，但是残酷的现实也粉碎了普希金对新沙皇尼古拉一世的幻想；在狂人叶甫盖尼对铜骑士挥舞拳头的愤怒中，寄托了清醒的诗人对当代君主的谴责。青铜骑士的形象既是历史上彼得大帝的化身，又是当时专制君主的象征；普希金既对小人物的不幸与无力给予同情，又对历史人物的业绩予以赞颂。该诗同情中包含否定，赞颂中隐藏批判，从而巧妙完成了将历史与现实相联系的艺术构思。全诗艺术精湛，既有对洪水景象的有力描绘，也有对主人公发狂状态的逼真勾画，对铜像的描写引起人们的丰富联想。诗中语言灵活多样，将“雄浑壮丽”与“散文式的质朴和单纯”结合在一起，在音响上达到极好的效果，是普希金创作中思想最深刻、艺术最完美的作品之一。

在散文方面，普希金也取得了惊人成就。他在中篇小说《黑桃皇后》（1834）中既成功地塑造了一个为追求金钱不择手段的年轻冒险家和极端利己主义者的典型，又通过对老伯爵夫人腐朽生活的描绘，触及俄国贵族徒然拥有巨富却使其白白浪费的主题，使作品具有深厚的思想与生活内涵。普希金对农民暴动问题的关注表现于他先后创作的描写被逼造反主题的小说《杜布罗夫斯基》（1835）和历史小说《上尉的女儿》（1837）。

《上尉的女儿》涉及了18世纪70年代普加乔夫起义的真实历史事件。贵族青年军官格利涅夫赴边关炮台途中，路遇暴风雪，偶然与普加乔夫相遇。到任后，爱上了炮台上尉司令的女儿玛莎。普加乔夫率众攻破炮台，杀死上尉等人，由于感念格利涅夫当初有赠皮袄之恩，将他释放，后来又成全了他与玛莎的爱情。起义失败后，格利涅夫因此受到怀疑而遭逮捕，是玛莎只身前往彼得堡谒见女皇，才澄清怀疑，格利涅夫遂被释放，并且目睹了普加乔夫被处以极刑的情景。在小说写作前，普希金曾到过普加乔夫当年活动的地区，收集了大量原始资料，并于1833年撰写了《普加乔夫史》。在小说中，普希金没有按贵族社会惯例将普加乔夫描绘成无恶不作的强盗，而把他写成一个勇敢、机智、乐观、豪爽的俄罗斯人。他受到民众的爱戴，也博得了格利涅夫这样的贵族子弟的好感。但是对普加乔夫的诗意刻画并不意味着普希金赞成农民起义，他通过格利涅夫的视角描写了起义者的“暴行”，借他之口发出但愿不要看到这样“既无意义又残酷的暴动”的感慨，把希望寄托于非暴力的“风气的改良”。小说借鉴了英国作家司各特的创作经验，将虚构人物与真实历史人物、个人的悲欢离合与历史事件的进程融为一体，在特定历史氛围中赋予人物以生动丰满的形象和性格。普希金的小说以讲故事为主，对人物外貌和心理的描写简洁而逼真，人物对话不冗长，情节发展迅速且富于戏剧性。

普希金还写下许多不乏真知灼见的文论，并于1836年创办了《现代人》杂志。例如，在《论古典主义诗歌和浪漫主义诗歌》(写于1825)中，普希金认为古典主义诗歌是指古希腊、古罗马人所熟悉的那些诗歌种类，而浪漫主义诗歌是古代人所不熟悉的新的诗歌种类，起源于法国两韵短诗、歌谣、回旋诗、十四行诗等等，注重重音音响、均匀的节奏以及图画和故事；弥尔顿、莎士比亚、维柯、拉伯雷正是古代缪斯的新的竞争对手，等等。普希金对文艺潮流的发展有广阔视野和渊博知识，是一位既重视传统又不断探索的学者型文学家。

普希金在他的创作中触及了许多时代的重要问题，并予以艺术性的回答。他广泛吸收了前人以及西欧文学经验，并以其卓越的艺术才能为同时代及后人树立了典范，他的创作推动了浪漫主义运动在俄国的传播，后期的写实风格对俄国现实主义文学产生了深远影响。他扩大了俄国文学的创作领域，丰富了文学语言和艺术表现形式；他在作品中体现的深厚的人道主义精神不断被后人阐释和继承。可以说，普希金确立了俄国文学植根于民族生活的独特发展道路，使俄国文学迅速摆脱落后局面，与西欧文学并驾齐驱。

第六节　意大利文学

19世纪前期意大利的历史明显划分为两个阶段，1815年以前是拿破仑统治时期，其后是奥地利统治下的封建复辟时期，文学也相应地先后出现新古典主义和浪漫主义两大潮流。

法国18世纪的启蒙主义思想和1789年的资产阶级革命曾经给意大利人带来希望，但是随着拿破仑的入侵，意大利人感到痛苦的幻灭。从1793年开始法国就同奥地利在意大利国土上展开长达七年之久的争夺战，使意大利遭受战乱之苦。获胜的法国于1801年全面控制意大利，1804年拿破仑皇帝自任意大利国王。在14年的统治期间，拿破仑将意大利视为财政支援和人力配备的取之不尽的源泉，进行残酷的奴役和掠夺。革命的法国像封建专制的奥地利一样将意大利当做被征服国进行蹂躏，法国人关于自由、平等的宣言对于意大利人成为一种嘲弄。被激怒的意大利人决心不惜牺牲生命去换取民族独立，成千上万的属于各阶层的意大利人组织起各种以反法爱国为宗旨的秘密会社。

曾经以法国为师的意大利知识界，由于对入侵者的失望，不再迷信启蒙主义和法国资产阶级革命学说，转而向本民族的文化传统寻找精神力量。他们重新学习和研究维柯、萨尔皮、马基雅维利等意大利先贤的理论，寻求民族自救的良方。意大利古典著作重新出版，如1804至1814年在米兰出版了规模巨大的250卷《意大利古典作家书库》以及《意大利古典政治经济学作家》等书籍。在这种思想政治形势的影响下，文化界再次出现复古潮流。古典主义成为文化艺术中的时尚，体现了在理性指导下通过古典形式建立新秩序的愿望。因此而产生了文学上的新古典主义。

新古典主义文学继承了18世纪阿卡迪亚派的古典主义趣味，但它不是简单的复古，而以古典美的形式表现新的内容；它同时又继承了启蒙主义的价值观念，追求自由、平等、博爱的理想。它的独特之处在于从启蒙主义的理念出发，将古希腊、罗马的社会理想化，把它们当做与现实对比的参照系。古罗马的共和体制被视为保障民主与自由的完美制度，以对它的歌颂来反对封建专制，多神论的古希腊神话被用来代替上帝是唯一主宰的基督教神话，以达到反对封建教会的目的。因此，新古典主义文学具有激进的性质和浓重的政治色彩。但是，有时希腊神话也成为逃避现实的工具。新古典主义主要代表一种审美情趣，反映出拿破仑统治时期意大利社会的悲剧性矛盾。它并不是一个明确的思想潮流，而是启蒙主义向浪漫主义过渡的桥梁。新古典主义的代表作家是蒙蒂和福斯科洛。

1814年拿破仑失败，1815年维也纳会议将意大利重新置于奥地利奴役之下。在奥地利的扶植下，各地封建君主纷纷复辟。他们联手防止任何趋向立宪政府的运动，极其残酷地镇压秘密会社。意大利到处弥漫着不满情绪。随着拿破仑帝国的崩溃，参加秘密会社的人数大量增加，以前意大利王国的复员官兵、文职人员都成群结队而来，扩充了各派系的大军。在南部有烧炭党，北部有联邦党和兄弟党，在教皇辖地有黑别针党等。他们都在策划动乱。

另一方面，由于拿破仑时期铲除了各地封建小国国界，那里的人民已经开始把自己看做意大利人，而不是托斯卡那人或皮埃蒙特人，民族意识开始形成。拿破仑在意大利实施了一些资产阶级性质的政治经济改革，尤其是拿破仑法典的强制推行，打击了封建势力。意大利人民再也不能忍受国家的分裂和封建统治的复活。各种会社在1820至1831年间组织了多次武装起义，由于没有发动群众和缺乏明确的政治纲领，全都失败了。旧的秘密会社在遭到镇压之后崩溃了。但是斗争没有结束，民族复兴运动将在资产阶级领导下正式拉开序幕。

在意大利，封建专制复辟时期也正是浪漫主义文学兴起之时。浪漫主义强调文学同时代精神和社会生活的联系，符合当时民族革命斗争高涨的需要。浪漫主义作家采用诗歌、历史剧、历史小说等体裁的作品，抨击民族压迫和封建统治，讴歌爱国主义，维护民族尊严，抒发人民渴望独立和自由的崇高理想。浪漫主义文学唤起意大利人民的民族觉悟，鼓励和支持政治斗争，有力地促进民族复兴运动的发展。浪漫主义文学批判新古典主义脱离实际、脱离群众的倾向，致力于开拓文学大众化的新道路。同时它也继承了新古典主义对于民族传统艺术形式的尊重，为建立意大利民族的大众文学作出了积极可贵的贡献。

意大利浪漫主义文学的奠基人是曼佐尼和莱奥帕尔迪。诗人白尔谢则是最初的开拓者。

温琴佐·蒙蒂（1754—1828）是新古典主义的代表作家。他出生于意大利北方的阿尔丰西内城一个贫苦家庭，早年入神学院受教育，后来在菲拉拉大学研读法律和医学。他在求学期间开始模仿古人写诗，1775年参加阿卡迪亚学会。1778年他赴罗马教廷供职，1781至1797年间出任教皇侄子布拉斯基公爵的秘书。罗马时期是他创作中的第一阶段，大部分作品是以近似宫廷诗人的身份所写的颂歌、贺诗之类的应景之作。《伯利克里的重现》（1779）写古希腊雅典政治家伯利克里的胸像在蒂沃里被发现并借伯利克里之口颂扬教皇庇护六世治理之下的罗马。《教皇的朝圣者》（1782）记述庇护六世出访维也纳。《宇宙之美》（1781）是献给布拉斯基的婚礼贺诗。《致蒙戈费埃尔先生的颂歌》（1784）赞美气球的发明者蒙戈费埃尔，将他比喻为随伊阿宋到海外取金羊毛的阿耳戈英雄。这些借古喻今的即兴作品十分注重语言雕琢和形式完美，追求古典诗歌的艺术效果。

蒙蒂也有一些流露个人真情实感的作品，如他读过歌德的《少年维特之烦恼》之后，写了《挽歌》（1779）、《情思》（1783），表达伤感失落的情绪。这些诗作具有前浪漫主义色彩。

叙事诗《巴士维尔之死》(1793)是他前期创作中最重要的作品，采用梦幻形式，以三韵句诗体，悼念死者，成功地仿效但丁《神曲》的形式，但是表达的却是恐惧和谴责法国革命的消极落后思想。巴士维尔是蒙蒂的朋友，在那波里任法国公使馆秘书，1793年赴罗马宣传法国革命思想时被杀害。蒙蒂在诗中想象巴士维尔将在天使的引导下进行苦修，思想和灵魂得到净化，幡然悔悟，批判法国革命的暴力，最终得到上帝的宽恕。蒙蒂的这首诗反映了当时保皇派和天主教徒的思想情绪。

拿破仑领导的法国革命日渐深入人心，社会舆论风向改变，蒙蒂的思想也随之发生转变，变得较为激进。1797年3月他离开罗马来到米兰，公开站在革命派一边，写诗歌颂拿破仑，抨击罗马教廷。1799年奥地利反扑成功，重新统治意大利时，蒙蒂逃往巴黎。在法国期间他翻译了伏尔泰的《奥尔良少女》。当拿破仑在马伦戈战役中获胜后，蒙蒂回到米兰。在拿破仑统治期间，他被委任为文学艺术局长和帕维亚大学教授，成为帝国的侍臣。1797年至1814年是蒙蒂创作的第二阶段，为拿破仑歌功颂德成为诗歌的主题。

《普罗米修斯》(1797)描写游历人间的普罗米修斯观看拿破仑指挥的第一次意大利战役，欢呼拿破仑的胜利，全诗共分三歌。由《盲从》、《迷信》、《危险》组成的三部曲(1780)，批判宗教迷信，描写罗马民众的觉醒，也暗含对革命狂热情绪的针砭。《马斯恺罗尼之死》(1781)是蒙蒂在巴黎完成的长诗，以哀歌的形式悼念数学家、诗人马斯恺罗尼的逝世。死者升天后遇到法国数学家波尔达，波尔达预言拿破仑将平息欧洲的动荡，带来和平、自由和正义。《塞尔瓦·奈拉的游吟诗人》(1806)和《腓特烈二世之剑》(1806)歌颂拿破仑在德国的胜利，《政治新生》(1809)纪念法西战争。这些都是颂扬拿破仑武功的作品，其中《塞尔瓦·奈拉的游吟诗人》尤为典型，蒙蒂采用拿破仑喜欢的莪相诗体，以一位在魏玛投降前夜受伤的法国士兵向游吟诗人讲述自己身世的形式，回顾拿破仑领导的第一次法意战争、埃及远征、雾月政变、法国革命恐怖时期、第二次法意战争等一系列历史事件。蒙蒂对拿破仑崇拜至极，不惜将“美丽的意大利”比喻为“拿破仑的婢女”，未免有阿谀奉承之嫌。蒙蒂还为拿破仑的家事写过两首贺诗。一首是庆贺波拿巴迎娶玛丽亚·路易莎的《克里特男女神之结合》(1810)，另一首祝贺波拿巴与玛丽亚·路易莎的儿子诞生，此子被封为罗马国王，诗的题目是《阿尔维索波里的帕纳克利迪阿尔卑斯山》(1811)。蒙蒂在米兰时期最优秀的作品是政治抒情诗《为了意大利的解放》(1801)，诗中洋溢着爱国主义的热情。此时期最重要的作品是译著《伊利亚特》(1810)。蒙蒂根据拉丁文本和切萨罗蒂(1730—1808)的散文译本转译成无韵长诗。译文不完全忠实于原文，而是以现代人的观点转述荷马史诗中的英雄业绩。译文缺少原著苍凉厚重的历史感，增添了慷慨激昂的抒情性。这部译著由于语言流畅古雅，结构严谨匀称，一直被认为是新古典主义的杰作。

1815年拿破仑倒台后，蒙蒂又成为奥地利统治下的顺民，甚至写诗讨好新主人。但是，他写的《纯粹的敬意》(1815)、《欢迎保护神》(1816)、《正义女神的归来》(1816)这三首颂歌并没有获得奥地利政府的青睐。他被撤消了公职，停发薪俸，陷入贫困境地。在1816年新古典主义与浪漫主义之间的论战中，他充当主将，但无力挽回新古典主义的颓势。蒙蒂晚年很少写诗，主要从事语言研究。

蒙蒂晚期最著名的作品是抒情诗《在女人的命名日》(1825)，表现出坦诚豁达的胸怀，真挚动人的感情。诗人仿佛觉察到死亡的临近，以坚强平静的心情看待生命的最后旅程。《关于神话的教训》(1825)是他捍卫古典主义的力作，哀叹辉煌灿烂的古老神话经典像落日一般黯淡下去。《关于修订克鲁斯卡词典的建议》(1818)是蒙蒂同他的女婿、作家佩蒂卡里(1779—1822)合写的一篇优秀的新古典主义论文。他们在文中一方面坚持古典主义的立场，反对浪漫主义者将神话排斥出诗歌和否定一切传统文学模式的主张；另一方面也反对克鲁斯卡学会以14世纪但丁确定的托斯卡尼方言为标准意大利语的主张，提倡以历代优秀文学作品为范本，吸收意大利半岛各地方言的长处来完善意大利语。行文逻辑严密，语言诙谐，具有很强的说服力。

蒙蒂还写过三部以古希腊、罗马时代的政治活动为题材的悲剧：《阿里斯托代莫》（1787）、《盖约·格拉古》（1800）、《忒修斯》（1804）。其中以描写古罗马保民官的《盖约·格拉古》最佳。剧中一心为民的保民官没能得到民众的拥戴，悲愤而自杀身亡，说明蛊惑人心的宣传与反动的保守主义是阻止进步和民主的两大障碍。

蒙蒂的创作大多以时事为题材，采用仿古的诗歌形式，充分体现了新古典主义文学以古典美的形式反映新生活内容的独特之处。综观他的全部作品，犹如阅读一部用诗句写成的几十年的编年史，记载了18世纪末至19世纪初的意大利社会变迁。他的随波逐流的政治态度，使作品呈现思想浅薄的缺点，同时也真实地反映了社会巨变时期普通人游移不定的心态。蒙蒂有着极强的拟古能力，每一部作品的体裁都是出自某一可以考证的古代文体，每一篇的内容都涉及古代神话或历史典故，并使之与现实沟通。他仿佛神游于古代与当代之间，去发现历史的雷同之处，对于历史的进步却不甚敏感。他也极少流露日常的个人情感，因此作品有些空洞和枯燥。他集古代希腊和罗马、文艺复兴和启蒙主义时期的优秀传统诗歌之大成，复活和完善旧文体和旧语言，是诗歌艺术的革新者。他联想广泛生动，想象丰富多彩，使得作品经常产生出奇制胜的艺术效果。他极尽语言铺陈之能事，文辞绚丽，成功地再现华美的古风古韵。

乌戈·福斯科洛（1778—1827）出生于希腊爱奥尼亚群岛中的湛特岛，当时那里是威尼斯的属地。他的父亲是威尼斯人，在轮船上当外科医生，母亲是希腊人。他从小学会希腊语，熟悉希腊神话故事。1793年他随母亲和兄弟回到威尼斯定居，这时父亲已经去世，生活十分艰难。他在困境中发愤图强，于1793年开始文学创作，第一部作品是悲剧《食人者》(1793)，在威尼斯的圣·安杰洛剧院上演后，他一举成名。此后他又发表了一些抒情诗，成功地跻身于上流社会的文艺沙龙。

出于对革命的向往和对拿破仑的崇拜，福斯科洛于1797年投笔从戎，在博洛尼亚自愿加入骑兵部队，并写了一首颂歌《致解放者波拿巴》(1797)。可是几个月后，拿破仑同奥地利政府签订坎坡福尔米奥条约，将威尼斯等地划归奥地利，令福斯科洛十分愤慨，称拿破仑为"出卖人民的商人"。这一事件对他的打击十分严重，他对祖国解放事业的满腔热忱化为深深的忧虑，因为他看出拿破仑在为意大利准备新的枷锁。他来到米兰，主编《意大利箴言报》，宣传爱国主义思想。1799至1800年间，奥俄联军入侵意大利，他重新拿起武器参加战斗，并且受伤被俘，获释后又投入热那亚保卫战。1802年他发表长篇小说《雅科波·奥尔蒂斯的最后书简》。

1804至1806年，福斯科洛加入拿破仑组建的意大利军团，驻扎在法国北部，准备参加渡海登陆英伦岛的军事行动。他在业余翻译了英国小说家斯特恩的作品《感伤旅行》，并完成了散文集《有关迪迪莫·杰里科的消息》。迪迪莫·杰里科是他写讽刺小品时使用的笔名。他在这些散文中以自嘲的轻松笔调阐述自己的哲学、伦理学和文学观点。

登陆英伦的计划落空，意大利军团解散，福斯科洛回到意大利，结束了断断续续达十年之久的军旅生涯，全力投入文学事业。随即完成了长诗《墓地哀思》(1807)，翻译了荷马的《伊利亚特》，1808年他被帕维亚大学聘请为修辞学教授，但是第二年就由于他不屈从法国统治者而失去职位。1811年12月米兰斯卡拉大剧院上演他写的悲剧《阿亚切》(1811)，该剧被指责为影射攻击拿破仑而遭到禁演。福斯科洛离开米兰来到佛罗伦萨，创作第三部悲剧《里恰尔达》(1812)。该剧描写意大利人之间的不和引起自相残杀的故事，呼吁民族团结，具有现实意义。长诗《美惠三女神》（1812—1813）也是在佛罗伦萨期间创作的。

1814年他回到米兰，不久，奥地利卷土重来占领米兰，新政府对他进行拉拢利诱。他于1815年出逃到瑞士的苏黎世，开始流亡生活，1816年9月辗转至伦敦，1827年在贫病之中客死于伦敦郊外的小镇。1871年意大利政府将他的遗骨迁葬于佛罗伦萨专门停放名人灵柩的圣十字教堂，以供后人凭吊。福斯科洛在流亡期间写下的大量文学评论文章，其中最重要的著作是《彼特拉克评论集》（1821）和《论〈神曲〉》（1825）。他对彼特拉克的爱情诗进行了细致精当的心理分析，对但丁伟大人格和高尚品德的肯定，成为意大利现代文学评论的开端。

《雅可波·奥尔蒂斯的最后书简》是福斯科洛最重要的作品，也是意大利第一部现代长篇小说。作者采用书信体形式描述一位青年的思想成长过程和爱情经历，带有明显的自传色彩。雅可波是一名威尼斯学生，在威尼斯于1797年被拿破仑出卖给奥地利后，雅可波对法国革命深感失望，对祖国统一的前途更觉渺茫。在奥地利的封建专制压迫下，雅可波追求民族独立与自由的信念日益坚定。他反抗外族统治的言论和行动引起反动当局的追捕，因此他出逃到埃乌加内依山区。在那里他爱上少女特雷莎，也博得姑娘的芳心。可是特雷莎已被父亲许配给一富豪子弟，两人毫无结合的希望。他只能放弃爱情梦想，离开山乡。他遍游意大利名城，凭吊历史文化名人，拜访当代作家，胸中爱国主义的激情澎湃。可是，他所到之处，触目皆是外国入侵者的暴虐行径，令他悲愤不已。他无法忍受被外族奴役的屈辱，也无力承受失去爱人的孤寂，痛苦而又绝望。当他听到特雷莎结婚的消息后，急忙赶回威尼斯，给姑娘留下一封长信，告别老母，然后用匕首自戕。

在1799年的初稿中，雅可波只因失恋而自杀，完全遵照歌德的《少年维特之烦恼》的模式。在经过修改的定稿中，小说更多地描写雅可波的爱国主义思想感情，明显地继承了阿尔菲耶里作品的英雄主义气概。在谈到雅可波寻死的原因时，福斯科洛写道："为了作为自由人和强者而活着，必须学会能够自由地和坚强地去死"。书中对意大利的现实进行了痛心疾首的指陈："一些人以鼓吹自由来诱骗我们，另一些人用宗教狂热蒙哄我们；而我们大家却被长久以来的奴役和新近的出卖摧毁了，从来不曾因别人的背叛和腹中的饥饿而恼怒，变成了忍气吞声的奴隶，任人欺凌，忍饥挨饿"。小说真实地反映出爱国青年报国无门的苦恼、坚定不移的政治信念和牢固的民族意识，抒发了强烈的政治热情，是一部弘扬爱国主义精神的杰作，历来被人们称颂。小说中讴歌政治理想的篇章最富于浪漫主义色彩，而对纯朴真挚爱情的刻画别具古典主义的情趣。这是一部从新古典主义向前浪漫主义过渡的代表性作品。

福斯科洛早年还写了一些抒情诗，主要作品是两首颂歌和12首十四行诗。《致落马的露易佳·帕拉维奇尼》（1800）是赞美一位热那亚贵妇人的颂歌。诗人将露易佳骑马摔伤的事故描写成优美的神话，将她比喻成女神，描绘为美的象征，在她的身边出现众多神话中的人物。诗人祝愿她像从马车上摔下面部受伤的狄安娜女神一般，伤愈之后变得更加容光焕发，艳丽动人。第二首颂歌《致康复的女友》（1802）是诗人献给在米兰时期的情人阿雷塞伯爵夫人的贺诗，庆贺她大病初愈，容颜无损，青春永驻。诗人赞颂女性超凡脱俗的美貌是一种永恒美的标志，认为女神就是诗人们笔下美女的化身。这两首颂歌均以古雅的形式和语言表达了对于令人赏心悦目的优雅高贵之美的崇拜，充满古典主义的情趣。而十四行诗更具浪漫主义的激情。前八首十四行诗大多写于18世纪的最后几年，带有自传色彩，反映诗人年轻时期的精神状态。其中有表达他对伊莎贝拉·隆乔尼爱慕之心的情诗《惶惶不可终日》、《我心甘情愿》、《颂歌中有你》，有由于失恋和对战乱的反感而导致绝望沮丧的感伤之作《我不是从前的我》等。这几首诗与小说《雅可波·奥尔蒂斯的最后书简》是同时期的创作，同样地坦露了年轻人时而热烈追求、时而消沉颓唐的躁动不安的心灵。后四首十四行诗写于1802年至1803年之间。《在夜晚》描写一个企图自杀者在临死前夜的心情，于极度的痛苦之中怀着摆脱苦难的渴望，将死亡看作是安宁的归宿而欣然前往，充满对彼岸世界的冥思玄想。《致扎钦托》描写流亡者对祖国的怀念，表达对自由与和平的向往，将古希腊神话中的世界奉为人类幸福时代的象征。《乔万尼兄弟之死》是写得最为成功的一首十四行诗，记叙家庭的不幸遭遇。诗人被迫流放在外，而弟弟不幸夭折，致使年迈的母亲痛失两个儿子，孤苦伶仃，晚景凄凉。他沉痛悲叹人生的不幸，认为只能在死亡中寻求安息。最后一首《致缪斯》表达了诗人难以平息内心痛苦的焦虑，因为写诗也未能给他带来一吐为快的欣慰。

第一首颂歌和前八首十四行诗恪守彼特拉克的古典程式，在形式上留下刻意求工的痕迹，抒情也显得较为直露。第二首颂歌和后四首十四行诗从个人遭遇中引申出具有普遍意义的人生哲理，不拘泥于具体事件；或以自哀自怜，或以对永恒价值的否定思考，或以对痛苦感情的节制，表现同命运的抗争；因此作品视野开阔，感情深沉，同时在语言、韵律、结构诸方面都达到了古典式艺术的高度和谐美。

《墓地哀思》是一部长诗，既有史诗般的宏伟规模与磅礴气势，又有挽歌荡气回肠的感人力量。它的内容十分丰富，综合性地再现了福斯科洛在以往作品中涉及的一切话题，并且从历史的高度予以概括，凝聚着诗人的哲学思想和人生观。长诗围绕墓葬方式问题展开讨论，起初是诗人与宾德蒙特的思辨性谈话，随着内容的扩展，变为诗人独自的沉思遐想，写法也由逻辑论证变为自由联想，循序渐进的严密推理演化成快速跳跃的直觉反应和多姿多彩的幻想，也可以说是由对话变为即兴发挥的谈话式结构。

话题由拿破仑的一道禁令引起。1804年法国通过建立公墓的圣克卢法令，1806年拿破仑将这道法令推广到意大利，从此禁止将死人葬在教堂里或市区内，只能埋在郊外的公墓，并且制定统一的墓碑规格，还设立专门委员会审查碑文内容。这项法令的本意是维护环境卫生和提倡平等观念，但却违背了意大利人民的丧葬习俗。一些意大利人对此极为反感，即使承认它是理智举措，也觉得冷冰冰的，不近人情，难以接受。宾德蒙特首先写诗表示异议，福斯科洛立即写诗与之唱和，并借此表示对拿破仑独断专行的抗议和抒发爱国主义的情怀。

诗人认为该项禁令从功利主义出发，只强调物质上与政治上的实利，忽视了人们的精神需求。死亡不能隔断人们精神上的交流。墓穴里封闭着死者的躯体，它也是死者英灵的体现，对活着的人是一种莫大的精神安慰。人们可以在坟墓前进行祭奠寄托哀思；也可以通过幻觉同亡故亲友叙谈，表达悼念之情。墓穴使死者与家属保持感情上的联系，是家庭生活中不可或缺的组成部分。墓碑记载着死者的生平、信仰、志向、抱负，有时又是荣誉的象征，向后人传递历史的信息，给人以思想启迪，激发诗人的灵感。英雄或伟人的墓是对崇高理想和高尚品德的永恒纪念，吸引后人不断地前来顶礼膜拜，先人的遗志得以世代相传下去。生命的意志跨越死亡的界限，得以无止境地延续，死亡因此也变得不足为惧。从历史上来看，在荒蛮时代是没有坟墓的，只有人类建立婚姻、家庭、宗教和国家之后才有了墓葬，这是文明生活方式的体现。诗人列举墓穴的伟大功能之后，将它誉为人类文明生活的根基。长诗其实是一首人类历史的深沉挽歌。诗人还认为，个人的生命虽然是短暂的，整个人类在生与死的循环中永生，人类的理想在循环中永生，而爱情、友谊、诗歌永远与生命同在。长诗因此成为对生命的礼赞。

诗人在阐述观点时，不仅列举希腊神话故事加以说明，而且大量援引意大利历史。他赞扬长眠在圣十字教堂里的先贤是意大利的荣耀，他们的坟茔虽是安息之地，也代表着意大利的复兴，因为它们时刻激励后人继承伟大传统去争取祖国的独立统一。长诗也是高扬爱国主义的颂歌。

《墓地哀思》在格调上类似18世纪末英国早期浪漫派诗歌，采用了哀歌的形式对生死问题抒发感慨，但它不是感伤主义的消极哀怨，而是积极的道德与政治的抒情。全诗犹如为意大利文明史丰碑撰写的碑文，风格庄重凝练，笔力苍劲深沉，语言优美典雅，其中醒世警句迭出，常被人引用。

《美惠三女神》是一部未完成的长诗，后人将诗人的遗稿整理为三首赞美诗。第一首的题目是《维纳斯》，它描写美惠三女神同维纳斯一起诞生的景象，她们从希腊海边的浪花泡沫中升起，给人类带来高贵的精神和细腻的情感，引导人类从野蛮状态进入文明社会。第二首的题目是《维斯塔》。维斯塔是古罗马宗教所信奉的灶神，诗歌描写的背景从希腊转移到意大利。在佛罗伦萨郊外的贝娄斯瓜尔多别墅，人们为美惠三女神建造祭台，举行祭祀典礼。诗人爱恋过的三位意大利美女分别向三女神献上音乐、舞蹈、诗歌三种象征性礼品。美惠女神从希腊来到意大利，将文明带到了意大利。第三首的题目是《帕拉狄昂》，这是艺术与智慧女神的名字。纵欲的人们以暴力威胁美惠三女神，迫使她们逃往众神居住的阿特兰蒂德岛。帕拉狄昂出手解救，用一幅自由女神们集体编织的轻纱裹住她们的裸体，保全其贞洁。纱巾上绣有体现人类诸种美德的图画故事，劝喻人们珍视青春、爱情、仁慈、友谊和母爱。三女神从此可以安心地从事教化人类的使命，指引人们追求净化的美，排除兽性欲念。

这是一首典型的新古典主义作品，通过神话故事，阐释古希腊哲学中关于和谐美的观念。福斯科洛认为人的完美与不完美，美德与劣行，幸福与不幸，都处于一种或大或小的和谐状态。比如艺术，音乐取决于声音的和谐，雕塑是造型的和谐，绘画是线条与色彩的和谐。而人的精神状态取决于脆弱的情感、活跃的智慧和无穷的幻想之间的平衡。人生的幸福在于保持精神的和谐状态。人接受教育后懂得理解和仁爱，在艺术的熏陶下变得趣味高雅，经过痛苦的磨难之后得到心灵的净化，最后获得协调感情、智慧和幻想的能力，使内心获得平衡宁静。这些脱离历史和现实的奇思妙想，以纯净透明的语言，优美洒脱的形式展现，极具高远情雅的古典韵味，历来被认为是古典“纯诗歌”的成功再现。

亚历山德罗·曼佐尼（1785—1873）是意大利浪漫主义的重要作家。他出生于米兰的贵族之家，父亲是伯爵，母亲是著名启蒙主义者贝卡利亚的女儿。他虽然自幼入教会学校读书，但受母亲一家的影响，接受了唯理性主义和法国革命思想，从少年时代起就向往自由，憎恶任何形式的专制统治。他15岁时写下的第一首诗歌的题目就是《自由的胜利》（1801），表现出雅各宾派的激进思想。成年后他拒绝继承父亲的爵位，甘愿做平民。1805年他赴巴黎与已经与其父分居的母亲一起生活。他在侨居巴黎的五年中，经常参加感觉派组织的哲学学术活动，也时常出入文学沙龙，尤其与法国历史学家福里埃尔（1772—1844）关系亲密。1808年他娶日内瓦银行家的女儿恩莉凯塔·布隆代尔为妻，她是一个由加尔文教派改信天主教的虔诚教徒。曼佐尼通过妻子结识了一些神职人员，天主教的道德准则令他景仰。两年后，他接受洗礼，皈依天主教，但他是一个不承认罗马教廷的教徒。他幻想在天主教精神的指引下，实现资产阶级革命的理想，建立一个自由、平等、博爱的社会。他企图把启蒙主义的理性与宗教信仰调和在一起，将资产阶级革命的要求与天主教平等仁爱的教义合二为一。

政治追求与宗教信仰给他带来巨大的人道主义热情，能够以仁慈之心接近人民群众，了解他们的痛苦和希望，做他们思想情感的代言人。他成为一位浪漫主义作家，认为浪漫主义首先必须懂得人和热爱人，了解人们的内心，揭示他们的痛苦与欢乐、希望与失望。他说过：“越是深入地发现人内心的真实，就越能得到真正的诗。”

1810年7月曼佐尼回到意大利，定居米兰。他入教之后深居简出，大部分时间住在乡间别墅，静心思索和写作，但也不失时机地参与重大的政治运动和文学活动。他的宗教信仰没有妨碍他参加意大利人民的祖国复兴运动。他从来不隐瞒自己的政治观点，在著作中和不多的公开场合清楚地阐明立场，为民族的独立与自由而坚持斗争，例如，1860年他不顾教会的反对，接受参议员之职，成为著名的天主教自由派人士。他参加米兰的浪漫主义文学运动，很快被公认为该运动的主要代表人物。1812年至1827年是他创作的高峰时期。1827年后，由于积劳成疾，他不再大量写作，主要从事语言和历史研究。1862年他担任“统一意大利语委员会”主席。1872年荣获罗马名誉市民的称号。

曼佐尼的创作从新古典主义的诗歌起步，皈依天主教之后写的《圣歌》开始向浪漫主义过渡，其后写出的一些政治抒情诗、两部戏剧、一部长篇小说，均是浪漫主义的经典之作。

曼佐尼早期的作品写于1810年之前，反映世纪之交米兰的政治和文化氛围。在艺术形式上，他是一个古典主义者，这得益于他在学校所受的古典文学教育和帕利尼与蒙蒂的古典主义作品的影响。但是，他在思想上继承了外祖父的启蒙主义，通过流亡在米兰的那波里革命家和《咖啡馆》杂志的朋友们，他又接受了来自法国资产阶级革命的新观念。这时期理性主义和伏尔泰的自然神论是他的哲学支柱，反宗教迷信和反封建专制是他的政治追求。长诗《自由的胜利》以一位那波里起义者的口吻，欢呼革命的胜利，抨击王室的专横，歌颂自由。诗中引入历史典故，谈古论今的写法显然是对蒙蒂新古典主义诗歌的模仿，但是曼佐尼注入了更为充沛的感情。颂诗《在那五座山峰上》(1802—1803)、田园诗《阿达河》(1803)充满神话色彩，追求语言和形象的古典美风格。他还按照帕利尼的讽刺诗模式写了四首《布道诗》(1802—1804)，讽刺暴发户的狂妄骄横，批评不良社会风气，提倡高尚道德准则。他在模仿之中也显示出对思考和写作的独立性和个性的追求。

《悼念卡尔洛·英勃纳迪》(1805)虚构自己与死者的对话，赞扬英勃纳迪抨击贵族奢侈虚伪生活方式的勇气和保持朴素诚实生活的美德，表达对他的爱戴和崇敬。英勃纳迪是与曼佐尼的母亲同居多年的男友。这首诗不再追求浮华虚假的古典美感，而是以真诚朴实的情感抒发见长，情真意切，感人至深。曼佐尼严肃凝重的独特风格开始出现。《乌拉尼亚》(1809)是作者最后一首新古典主义诗作，描写缪斯遵循宙斯的旨意到人间传播文明的神话故事，赞颂诗歌的教化作用。

《圣歌》标志着诗人信奉天主教后在思想上和文学上的双重革新。一方面，曼佐尼通过《圣歌》宣扬自己新的精神收获，企图“将那些伟大、高贵和慷慨的感情纳入宗教之中，当然它们来源于宗教”；另一方面，他要用天主教的内容取代新古典主义的神话故事，用新的通俗语言取代传统的文学语言，使普通读者能够读懂自己的诗。他打算写十二首圣歌，描写每年十二次重大的宗教庆典，但是只完成了以下五首:《复活》(1812)、《马利亚的名字》(1812—1813)、《圣诞节》(1813)、《耶稣受难》(1814—1815)、《圣灵降临》(1822)。这些《圣歌》的内容一般分为两部分，前半部是对所庆祝的宗教历史事件的回顾，后半部是进行神学和道德的评论，集叙事、抒情和说理于一体。曼佐尼将圣经故事写得生动新颖，说理亲切动人，抒情适度。他不夸张矫饰宗教人物形象，不刻意宣传神学教条，一改宗教文学晦涩艰深的旧面貌，以活泼浅显的形式拉近了人们与宗教的距离。他通过这些诗将高高在上的上帝变为人们心中的上帝，化为崇高的社会理想和道德情操。他写的《圣歌》得到了人们普遍的喜爱。

他遵循浪漫主义的理论写了两部历史题材的悲剧，借古喻今，表现对祖国命运的关切和忧虑。在第一部《卡马尼奥拉伯爵》(1816—1820)的序言中，曼佐尼批判古典主义的戏剧理论，驳斥悲剧的主人公必须是贵族出身的陈腐观念。《卡马尼奥拉伯爵》不仅打破了“三一律”的旧框框，而且在幕与幕之间插入“合唱”，用以充分发挥作者的感想，即使在剧情发展中也不时对某些场面和人物表现进行点评，这些都是悲剧写作的创新技法。该剧的故事情节来源于15世纪的真人真事。弗朗西斯科·布索尼原来是一个普通牧民，由于在战场上骁勇异常，屡建奇功，米兰大公授予他封地卡马尼奥拉，赐予伯爵头衔，并招为女婿。伯爵因才华出众而声望渐高，引起大公的妒恨，被迫离开卡马尼奥拉，转而为威尼斯共和国效力。他成功地指挥了同米兰公国的战争，被擢升为统帅。后来在一次战斗中，他的军队受挫。威尼斯人怀疑他是来自米兰的奸细而将他打入牢笼，除了妻子和女儿无人为他申辩。他被处以斩首，含冤死去。曼佐尼查阅史料，十分同情他的坎坷不平的人生经历和无辜被杀的结局。通过他的不幸故事，曼佐尼指出：封建割据和封建君主之间的长期内讧造成意大利的民族四分五裂，导致各种灾难和外族入侵。在幕间的合唱中，他号召意大利人民团结一致对外，为解放祖国而奋斗。卡马尼奥拉伯爵是典型的浪漫主义英雄人物形象，他出身低微而品德高尚，才能卓越，最终成为权贵耍弄政治阴谋的牺牲品。伯爵在法庭上义正辞严的自我辩护铿锵有力；他临刑前同妻女的诀别，悲怆激越，是惊天动地的至真情感的剖白；这两个场面的描写是浪漫主义文学中的精彩片断。

《阿岱尔齐》（1822）是一部抒情悲剧。故事的背景是公元772至774年发生在意大利北部地区的伦哥巴第[1]王国与法兰克王国之间的战争。伦哥巴第王与教皇为争夺地盘开战，教皇请来法兰克查理大帝帮助收复失地。查理大帝获胜，成为占领地的新统治者。主人公阿岱尔齐是伦哥巴第国王的儿子，他明知父王卷入的是一场非正义战争，却无力制止战事发展，而且被迫服从父命走上战场。他虽然英勇善战，却因遭叛徒出卖而失

---

① 伦哥巴第是伦巴第的古名。

败，惨遭杀害。他的姐姐埃曼嘉达公主本来是查理大帝之妻，由于两国交战而被丈夫抛弃，忧郁成疾，死在修道院里。姐弟两人的命运是悲剧的主要情节线索，然而悲剧的中心是描写意大利人民在战乱中遭受的苦难和他们对自由的渴望。因为伦哥巴第人是欧洲日耳曼血统的民族，公元6世纪南下侵占了意大利北部地区，意大利人民希望在法兰克王国的帮助下驱逐伦哥巴第人而获得自由，没料到战争的结果是引狼入室，反而增加了法兰克这个新外族统治者。意大利民族国破山河在的历史悲剧与阿岱尔齐兄妹家破人亡的命运悲剧交织在一起。曼佐尼通过前者告诫人民自由不能靠别国的赐予，只能靠自己的斗争来获得。这一教训对于两个多世纪以来一直处于西班牙、奥地利、法国轮流统治下的意大利具有深刻的现实意义。在后一个悲剧中，曼佐尼赋予埃曼嘉达公主善良美好的品质，将阿岱尔齐王子塑造成空怀壮志的失败英雄，善良被邪恶摧残，理想被现实粉碎，奏出悲怆的命运交响曲。被英雄血、美人泪浸透的故事同时具有浪漫主义美学的悲壮美和凄婉的柔情。

曼佐尼1821年写的两首赞歌都是著名的政治抒情诗。1821年3月烧炭党人在伦巴第地区发动起义，展开推翻奥地利统治的武装斗争，不久惨遭镇压，革命志士被杀害、监禁、流放。曼佐尼在腥风血雨之中挥毫赋诗，写成《一八二一年三月》，纪念这次革命斗争，哀悼死难的烈士。他没有采用哀歌的形式去叹息起义的失败和悲号死亡，而是热情讴歌在斗争中英勇献身的战士，颂扬人民革命和统一祖国的民族解放理想。他在诗中还指出各地的革命行动应当有一个统一的指挥，因此恳请彼埃蒙特国王出面担任统帅。他还认为自由是上帝应允给人的礼物，但是必须用生命做牺牲才能换取；人民的自由必须由神明保护。尽管蒙上一层宗教色彩，这首表达革命信念的颂歌，深受人民喜爱，被广泛传诵，1848年米兰起义时成为鼓舞斗志的战歌。

1821年5月5日拿破仑在圣赫勒拿岛逝世，曼佐尼在米兰闻讯后，写了抒情诗《五月五日》悼念曾经叱咤风云的历史伟人。曼佐尼超越历史恩怨和政治是非，仅从人性和宗教的层面描写拿破仑其人，回顾他的崛起、辉煌和衰败的生命历程，将他的成败归结为天意的表现。他特别着重描写拿破仑在流放期间的痛苦和孤独。他以天主教徒的理解方式想象被流放的拿破仑从宗教信仰中寻求到安慰，承受住巨大失败的打击，平静地面对死亡，在死亡中获得精神永生。诗人宣扬死亡是生命重负的解脱，尘世显赫时的威风与荣耀都是过眼云烟，希望只在天堂。也许是神秘的天命论避开了功过得失的裁判，这首颂歌在众说纷纭的大量纪念拿破仑的作品中独树一帜，在欧洲闻名遐迩，风靡一时。歌德将它译成德文。

长篇历史小说《约婚夫妇》（1821—1823）是意大利最重要的浪漫主义作品。曼佐尼对这部作品倾注了大量心血。他于1821年开始动笔，1823年完成初稿，起初取名为《费尔莫与露琪亚》，但并未付梓，而是不断地进行修改，直至1827年才定稿，更名为《约婚夫妇》出版面世，小说的副标题是《曼佐尼发现并重写的17世纪米兰历史》。1828年曼佐尼开始对小说的语言进行修改，删除伦巴第方言，代之以标准意大利语；当时视佛罗伦萨知识阶层所讲的意大利语为标准语，为此，他搬到佛罗伦萨短期居住，以熟悉和掌握这种语言。他逐段逐句地修改，花去12年时间才完成通篇的语言改造，于1840年付印第二版，这就是流传至今的版本。曼佐尼在酝酿和写作《约婚夫妇》的过程中，查阅大量的史料和有关的回忆录，积累了丰富翔实的素材。因此，小说成功地再现了在西班牙统治下意大利战祸连绵、生产停顿、经济凋敝、民不聊生、盗匪猖獗、瘟疫肆虐、哀鸿遍野的悲惨社会图景。小说有一个生动、曲折的故事，随着悲欢离合的情节发展，逐渐展开广阔的历史画卷。

故事发生在1628至1630年之间，地点是科莫湖畔一个美丽的乡村小镇。纺织工人伦佐和露琪亚相爱，互定终身，准备结婚。恶霸地主堂·罗德里戈对姑娘的美貌垂涎已久，一心想将她据为己有。他在地方法官和西班牙当局的庇护下，采用各种卑鄙手段阻挠这对恋人结婚，甚至进行人身迫害。伦佐和露琪亚被迫逃离家乡，各奔东西。露琪亚躲进一座修道院避难，堂·罗德里戈追踪而来，并买通一个惯于杀人越货的大寨主，将她抢入山中，扣押起来。大寨主正经历精神危机，颇有悔过赎罪之意。他被露琪亚虔诚的宗教信仰、忠贞不贰的纯洁品质所打动，并在一位红衣主教的启迪下，决定改邪归正，将她释放。在主教的安排下，露琪亚被护送至米兰的修道院内，受到大主教博罗麦奥的保护。伦佐四处流浪，也来到米兰。他参加反抗外族压迫的民众暴动，被捕入狱，米兰的西班牙政府以造反罪判他重刑。他越狱逃跑，进入威尼斯共和国的领地内，使西班牙人无法继续追捕。后来西班牙与法国为争夺曼托瓦公国的继承权而打仗，法国招收德国雇佣兵入侵伦巴第地区。德国兵烧杀掳掠令意大利百姓生灵涂炭。他们还带进可怕的瘟疫，使千万人丧失生命。瘟疫也使米兰政府瘫痪，无人执行法律判决，伦佐乘机返回米兰，寻找露琪亚。

这时露琪亚和地主堂·罗德里戈都住进了米兰的一家传染病医院，同乡克里斯多夫神父也在这里做看护工作。堂·罗德里戈不治而亡，露琪亚很快病愈。热心的神父帮助她与伦佐团聚。瘟疫过去后，伦佐与露琪亚举行婚礼。小说中对17世纪30年代西班牙统治下的意大利的描写，其实是影射19世纪上半叶奥地利奴役下的意大利现状。200年以来，由于外族的入侵，意大利社会停滞不前，除了外国统治者走马灯似地轮换之外，几乎没有变化，人民一直生活在水深火热之中。这对农村青年历经的磨难是劳苦大众悲惨境况的真实写照。小说发出了灾难深重的民族要翻身求解放的强烈呼声，把批判的锋芒指向外来侵略者和与其狼狈为奸的封建地主阶级，具有重大的现实意义。

在《约婚夫妇》中宗教的力量无处不在。露琪亚在逆境中化险为夷，大寨主立地成佛，全靠宗教指引，而几位神职人员处处以救星的姿态出现。小说中强调的逆来顺受的宗教忍耐精神，宽大无边的仁爱之心，上帝拯救人类的福音思想，显然与时代的革命要求相违背。这是曼佐尼思想的复杂和矛盾的体现。

这是意大利第一部以被压迫的劳动人民为主人公的长篇小说。作家热情地赞扬普通劳动者，通过塑造农民、车夫、船工、仆役、手工业工人等众多极具个性特色的光彩动人形象，突出劳动人民朴实勤劳、团结友爱、善良真诚、嫉恶如仇、敢于抗暴反霸的素质，使他们居于道义上和道德上的强者地位。

小说自始至终以感情充沛的文字进行叙述，字里行间爱国主义的激情融合着宗教热情。强烈的抒情性更加鲜明地突出了作品的思想倾向，增加了艺术感染力。这部小说语言运用出色，语言纯正精炼，显示遣词造句的深厚功力，因此它成为学习现代意大利文的阅读范本。

贾科莫·莱奥帕尔迪（1798—1837）出生于意大利中南部的偏僻小镇雷卡那迪，这是一块十分落后闭塞的教皇领地。他的父亲是世袭的伯爵，母亲也出自侯爵府第，但到他出生时已经家道中落。母亲性情冷漠怪僻，父亲虽然是一位知识渊博的学者，却思想陈腐，行为保守，父母与子女的感情疏远。在这个没落的贵族之家里，他从小就感到缺少温暖。他天赋极高，敏感而早熟，从十岁起就利用父亲丰富的藏书刻苦自学，积累了丰富的知识，成为出名的“神童”。尚未成年，他就通晓古代的拉丁文、希腊文、希伯来文，掌握现代的英语、法语、西班牙语，并写出了有关语言、历史、哲学方面的学术著作，翻译文学作品，进行诗歌、悲剧和随笔的创作，数量达到240多篇。从1815年开始，他将广博的兴趣转向对文学的专注，那时他正值青春年华，可是过度劳累毁坏了健康，使他终生疾病缠身。

年轻的莱奥帕尔迪在事业上缺少知音，甚至被人诬蔑为“假充博学”，他感到极度孤独，迫切需要走出封闭的环境，到更广阔的天地去求学交友。但是思想保守的父亲唯恐儿子出去结识进步人士，惹是生非，不允许他离家外出。1819年，他企图外逃，没有成功。他只能用通信的方式与外界保持一些联系。爱国主义文学家焦尔达尼发现了他的天才，经常写信指导他，1818年9月还亲临雷卡那迪探望。

1822年11月他终于获得父亲的允许，第一次离家去罗马，寄居在舅舅家里。由于教廷怀疑他的政治和宗教观点，他没能找到工作。他对罗马也感到失望，在他的眼里，罗马是“文学和风俗的粪堆”。他外出寻找幸福的梦想破灭了，于次年4月返回家乡。1825年，他应米兰一家出版社的邀请，到那里主编《西塞罗文集》。从此先后旅居米兰、博洛尼亚、佛罗伦萨和比萨，有时当家庭教师谋生。他结识了一些民族复兴运动的有志之士，参加过自由派的集会，但是他无法从封建复辟的黑暗现实中看到光明，而且不同意他们对祖国前途的乐观主义看法。1828年8月他的健康状况恶化，无力维持生计，被迫回归故里。在家乡痛苦地滞留一年多时间。

1830年4月托斯卡那地区一些朋友为他募集一笔救济金，帮助他永远地离开了他所厌恶的故乡。他先在佛罗伦萨居住两年。1831年2月烧炭党人在摩德纳和博洛尼亚发动起义，推举他为博洛尼亚议会代表，他婉言谢绝，因为他不相信革命会成功。他在佛罗伦萨爱上一位贵夫人，但对方拒绝接受他的感情，这次失败的恋爱给他的精神打击很大，幸亏得到来自那波里的青年文友拉涅里的安慰。1834年他接受拉涅里的建议，同他一起迁居那波里，希望那里的气候对健康有好处。他靠不多的稿费收入过着清苦的日子，忍受着疾病的不断折磨。1837年病逝前两小时刚写完了最后一首诗《月落》。

莱奥帕尔迪的一生是短暂的，却留下了大量抒情诗、英雄诗、田园诗、寓言诗和政治讽刺诗，其中许多是流芳百世的名篇佳作。他的创作过程大致可以分为四个阶段。1815至1821年是第一阶段，这是他从新古典主义转向浪漫主义的过渡时期。他自幼在古典文化的熏陶中长大，培养了古典主义的情趣，在诗歌创作上，一开始很自然地追随新古典主义潮流。

他首先翻译了古希腊、罗马的一些诗歌经典，如摩斯科斯的田园诗、荷马的《奥德赛》、维吉尔的《埃涅阿斯纪》中的某些章节和荷马的《鼠蛙之战》，随即仿照古典格式写《海神颂》(1815)，假托是译自新发现的希腊文抄本，表现出阿卡迪亚派风格。1816年他在病中写出第一首抒情诗《死的临近》，宣泄对死亡的恐惧。类似的作品还有《记忆》(1816)、《初恋》(1817)。《初恋》是其中的佳作，莱奥帕尔迪在这首诗中表达他对已婚的表亲杰特鲁德·卡西的暗恋之情和单相思之苦。这些形式上属于新古典主义的作品表现出一个共同的倾向：品味个人生活中的痛苦，写得十分伤感。这是对新古典主义描写美好事物的主题的疏离。

莱奥帕尔迪最著名的新古典主义诗歌作品是政治抒情诗《致意大利》(1818)和《但丁纪念碑》(1818)，它们采用颂歌的形式讴歌意大利光荣的历史，哀悼它现在的不幸与屈辱。前者借古希腊诗人西摩尼得斯之口赞美斯巴达人抵抗波斯侵略者，血战温泉关的英勇壮烈行为，谴责先烈的后代忘掉祖先的传统，在入侵者的统治下苟且偷安。后者描写意大利在法国统治下遭受的蹂躏，着重刻画意大利人随拿破仑远征俄国而葬身冰天雪地的惨状，呼吁同胞不要充当侵略者的炮灰，应当从祖先那里汲取民族自尊感和自豪感，像但丁那样做伟大的爱国主义者和捍卫自由的斗士。诗人壮怀激烈，慷慨悲歌，抒发了对国人“哀其不幸，怒其不争”的沉痛心情。诗句切中时弊，发人深省，犹如长鸣警钟，有振聋发聩之力。再振雄风、重整山河的决心，气贯长虹，使这两首诗成为意大利民族的正气歌，激励一代人为民族复兴而奋战。

莱奥帕尔迪从创作伊始，描写的就是死亡的悲哀，失恋的苦恼，山河破碎的痛与恨。从此，他在多病多愁的一生中与痛苦结下不解之缘，痛苦也成为他写诗的主题。他是一位吟咏痛苦的诗人，很快突破新古典主义唯美思想的束缚，走上浪漫主义之路。他写过两篇关于浪漫主义的文章：《致〈意大利丛书〉撰稿者们的一封信》(1818)、《一个意大利人关于浪漫诗歌的讲话》(1818)。他在文章里表示赞成浪漫主义作家对新古典主义的批判，反对把古代神话作为诗歌的唯一创作源泉，主张摒弃墨守成规、因循守旧的仿古创作方法。他还认为诗歌是原始社会的产物，是表达感觉、幻想和本能的一种自然现象，同理性毫无关系；古典诗歌具有的自然纯朴之美是现代人无法企及的。

莱奥帕尔迪高昂的浪漫主义激情主要表现在抒发振兴民族的爱国主义热情的作品中。《致安杰罗·玛伊》(1819)赞颂红衣主教玛伊在梵蒂冈发现西塞罗的《论共和国》抄本的功绩，将古罗马和文艺复兴时期的著作和成就看做光复祖国的精神武器。《在宝丽娜妹妹的婚礼上》(1821)呼吁意大利妇女恪守妇道，鼓励丈夫报效国家，为民族养育健壮后代。《致球赛获胜者》(1821)号召青年锻炼身体，以强壮的体魄投入救国救民的斗争。

他将颂歌献给祖国和人民，高声悲号时代的痛苦，大声疾呼民族复兴，为自已写的是一些田园诗和哲理诗，低吟浅唱个人的身心痛苦。《无限》(1819)是一首意境悠远的田园诗，诗人坐在小山上，感觉到空间的无限与时间的无穷，体会到魂归自然、与天地合一的快慰。《节日的晚上》(1820)记述诗人的静夜幽思。他由自己的爱情不幸，联想古代罗马的帝王伟业已成废墟，感到世事无常，悲从心生。故乡的山丘、月光、屋顶、篱笆、菜园，是触发诗人无限感慨的景物，时常在早期的田园诗中出现。《致月亮》(1819)、《梦》(1820)、《孤独的生活》(1821)都是这一时期写的田园诗。田园诗表达了空虚与无奈，而哲理诗就更为沉重，是绝望与诅咒。哲理诗《小布鲁图斯》(1821)和《萨福的最后之歌》(1822)均以自杀为主题。前者由古罗马政治家兵败自杀的故事，得出命运不可抗拒的结论，并且指责宗教是欺骗，哀叹美德无用；后者描写古希腊女诗人萨福由于相貌丑陋得不到爱情和幸福而自杀的故事。诗人与萨福一样是才情很高而其貌不扬的人物，他与萨福同病相怜，谴责上天不公平地在他们的命运上打下悲惨的不幸印记。1819年诗人也曾因眼睛几乎失明而产生过自杀的念头。莱奥帕尔迪由极度痛苦而产生万事皆空的虚无思想，不把希望寄托于来世，不相信灵魂不灭的假设，进而推翻基督教的全部神话。

1822至1827年是莱奥帕尔迪创作的第二阶段。在这些年里他四处漂泊，写诗的灵感似乎枯竭了。他在《通讯集》和《杂记》里记载了他离开家乡后在求职、社交诸方面的失败和失望，贫穷和孤独，充满悲观情绪。诗人陷入苦思冥想，企图以一种普遍性的“宇宙悲观论”来化解对个人命运的悲观认识。他从对自身不幸的状况和原因的思索中得出结论：不仅他个人的生活不幸，而且人的生存本身就是一种不幸，因此痛苦是一切人类所共有的。这种思考的过程被表述在散文集《道德小品》（1827）中，这是他在这一阶段的主要作品。

《道德小品》1827年初版时是24篇，1834年再版时增加两篇。文章大多采用对话录形式，对话者是神话人物、历史人物，如赫拉克勒斯、塔索、哥白尼、哥伦布等，也有一些虚构的人物。对话大多围绕某一专题进行辩论，主要是对他在诗歌中流露的悲观厌世的思想进行理性的论证，同时并不放弃对理想的追求，也探讨人生的价值问题。全书的内容可分为三组：第一组批判现代文明生活的呆板和空虚，认为现代生活方式使人依赖理性而缺乏想象力，功利主义的物质追求使人生缺乏高尚价值。其中一部分对话讽刺恶习和低下品格，如利欲熏心、虚伪堕落、贪图安逸、追逐时髦、骄傲自大等，还说明对人进行和谐的智育、体育的重要性。第二组集中体现莱奥帕尔迪的悲观主义哲学思想，否定人是世界主宰的传统观点，认为人类的生死繁衍都取决于自然，大自然是人类的后母，人因此注定由泪水和死亡伴随一生。人维护自己尊严的唯一方法是清醒地正视现实，默认自己的不幸命运，以保持生存的勇气。充满幻想和紧张的生活能给人欣慰，反之，没有目标的空虚生活会产生无聊的烦恼，是最大的痛苦。第三组说明人间仍有幸福存在，幸福在于消除虚荣心，冷静观察事物的本质，不耽于幻想，敢于冒险，不贪生怕死，烦恼因此就会减少。这些对人类不幸所做的哲理性思考，超脱个人具体的生活困境，条理清晰，内容深刻。他对于传统的人文主义思想的挑战代表了现代思想观念的萌生。《道德小品》的文字风格朴素严谨，简洁凝练，继承了古典散文的优秀传统。

1828至1832年是莱奥帕尔迪创作的第三阶段，是他的诗歌创作达到顶峰的时期。1828年4月他在比萨，当时心境较为平和，《道德小品》的完成使他获得了大彻大悟后的宁静，他也很喜欢比萨城的人文环境，写诗的冲动重新出现。他写出著名的田园诗《致席尔维娅》（1828），席尔维娅是他父亲家车夫的女儿，是诗人爱慕的对象，十年前就已夭折。诗人对她的追思成为对已经消逝的青春和希望的哀悼。席尔维娅被描绘为青春与美的象征，是意大利抒情诗中最动人的少女形象之一。

1828年8月莱奥帕尔迪在贫病交加之下无奈地返回故居，度过一生中最痛苦的日子，也经历了诗歌创作的黄金时期，写出一系列优秀的田园诗。《孤独的麻雀》（1829）描写一只麻雀在春天里独自飞翔，比拟无人相伴的孤寂青春。《回忆》（1829）怀念少女奈丽娜，咏叹青春“是枯寂人生中的唯一花朵”，叹息自己在“鄙野的家乡小镇”虚度了美好年华。《暴风雨后的宁静》（1829）描写雨过天晴时人们欢呼雀跃的情景，但是诗人感到人生的欢乐只是忧愁的间歇，是更残酷的痛苦的前奏。《乡村的星期六》（1929）描写村民度周末的各种乐趣，人们及时行乐，因为明天等待他们的是悲哀和厌倦，而诗人认为，既然如此，等待欢乐比欢乐更令人愉快。《一个亚洲游牧民的夜歌》（1830）是孤独的牧羊人对月亮和羊群的倾诉。他执着地追问为什么而生，为什么而死，为什么忍受痛苦，而结论只能是人生毫无幸福和意义可言，只是走向死亡的过程。

1830年4月莱奥帕尔迪最终离开祖居之地，来到佛罗伦萨，一年多后他出版了诗歌选集《歌集》(1831)，在欧洲各地引起轰动。此后，他还写过一些抒情诗，如《爱情和死亡》(1832)，将两者比喻为“命运的孪生兄弟”。

莱奥帕尔迪的田园诗将古老的牧歌唱出了新意。他赋予了它哲理幽思和伤感的抒情，创造出深邃意境。田园诗是他创作中的精品。1822年以前的田园诗以抒写个人情怀为主，感情描写细腻深沉，显示一种清凄婉约的纤细之美，被称为“小田园诗”。1828年后写的田园诗，已不是兴之所至、即景抒情之作，风景与人物都具有象征意义，寄托着独特的人生感悟，别具一种饱经沧桑后的凝重与深刻，给人以广漠苍凉的悲壮美感，被称为“大田园诗”。田园诗较多地继承了传统抒情诗优雅简练的风格，语言明快清丽，格律自由多变，是他运用得最为得心应手的体裁。

1833至1837年莱奥帕尔迪在那波里度过一生中的最后岁月。他的诗歌风格有很大的改变，表现出理性的硬朗风格，没有了多愁善感的叹息，也没有了在不幸命运面前退避的软弱态度，而是表现出豁达从容，甚至积极进取的姿态。对于人类物质生活状况和现实社会斗争的关注代替了以往对自我处境和心境的关注。《翻案诗》(1834)嘲笑资本主义社会的表面繁荣，批判正在形成的资本主义社会关系，揭露资本主义国家的种种罪恶，对科学技术发展的意义表示怀疑，指出人的真正价值和美德遭到践踏。《金雀花》(1836)称“自然是人类的生母，就其意志而言，则是人类的继母”，人类如同维苏威火山上的金雀花，永远处于被自然毁灭的危险之中；呼吁人类消除纷争，一致对付共同的敌人——大自然。这是从消极悲观的世界观出发而得出的具有积极意义的结论，是一种进取的人生态度。政治讽刺诗《鼠蛙交战记续篇》(1837)以1820年那波里革命为中心事件，描写1815至1821年间意大利的政治风云，抨击奥地利入侵者的倒行逆施，谴责波旁王朝的腐败贪婪，批评以烧炭党人为代表的资产阶级自由派的软弱无能。作品采用寓言的形式，用螃蟹、青蛙、老鼠等动物形象比拟各类人物，予以无情的嘲讽。《月落》(1837)描写垂暮之年的老人的心境，一方面怨恨大自然冷酷无情地剥夺了人的青春，同时又以坦然平静的心态迎接死亡。

莱奥帕尔迪是学者型诗人，有着哲学家的头脑和诗人的激情，两者的有机结合，使他的诗歌和散文作品无一不是理趣横生而又诗意盎然。他在1817至1832年间写过一些思想随笔，被后人整理为《杂记》(1898)于他100周年诞辰时出版，通讯往来也收集成《书信集》(1900)出版，是研究他的思想和创作的重要文献。

乔万尼·白尔谢(1783—1851)是意大利浪漫主义文学的开拓者。他出生于米兰的一个商人家庭，精通几种欧洲语言，早年在政府机构当译员。1818年他和佩利科等人共同创办文学杂志《调和者》。1818至1826年间，该杂志发表了许多有学术价值的论文，阐明启蒙主义与浪漫主义之间的关系，主张在意大利建立一支以促进民族独立和社会进步为己任的作家队伍。杂志的鲜明政治立场引起奥地利统治者的恐慌，几位主编曾经以颠覆政府罪名被当局逮捕。1821年他参加了烧炭党人发动的武装起义，失败后流亡英国，在一家意大利银行担任翻译，1829年后继续在比利时、德国等地漂泊。1848年他回国参加米兰暴动，又因不成功而再次流落他乡，辗转于意大利其他城市，1851年客死都灵。

他最重要的浪漫主义理论贡献是在1816年由法国女作家斯塔尔夫人挑起的文学大辩论中发表的《格利佐斯托莫给儿子的亦庄亦谐的信》(1816)。这是意大利浪漫主义文学运动的宣言书。白尔谢假借一个虚构的文学翻译家的名义，以给儿子回信的方式详细论述了浪漫主义文学观点。他批评一些缺乏生活内容、只重形式的作品是过时的，学究气太重，反对专事模仿古人的创作方法。他主张当代作家应创造平民百姓能够看懂的生动活泼的现代文学，用以“改善人们的风俗习惯，教化人们的思想，满足人们的需要”。他认为诗歌是“最激动心灵的事情的镜子”，反映重大的社会事件和体现时代精神。

白尔谢积极投身爱国主义的政治斗争，同时写下大量战斗的诗篇，这些诗篇是典型的以爱国主义为中心思想的浪漫主义作品。长诗《帕尔加的逃亡者》（1819—1820）是一首英雄史诗，描写巴尔干半岛上的帕尔加共和国人民抗击土耳其侵略者的英勇斗争，谴责英国将帕尔加出卖给土耳其的卑劣行为，影射意大利被西班牙、奥地利、法国轮番奴役的屈辱经历，激励人民奋起反抗外国侵略。《浪漫曲》（1822—1826）是他在英国期间写的一部诗集，其中大多以记叙政治斗争为内容，如《克拉莉娜》描写1821年意大利北部皮埃蒙特地区的民族革命斗争，《切尼西奥的独居者》刻画爱国作家佩利科被投入监牢后英勇不屈的形象，《玛蒂尔达》描写意大利人民对侵略者普遍的憎恨情绪。《幻想集》（1829）记录一个流亡的革命者的回忆和遐想，通过对抗击外国侵略斗争历史和现实事件的回顾，控诉入侵者对意大利国土野蛮的践踏，揭露封建统治者卖国求荣的卑鄙面貌，歌颂为自由而奋斗的战士，也表达了流亡者对祖国刻骨铭心的思念。1830年，当摩德纳和博洛尼亚人民举行起义时，白尔谢闻讯立即写出政治抒情诗《拿起武器》（1830），欢呼人民的觉醒，鼓励革命者团结一致，坚持武装斗争，夺取胜利，迎接自由统一的新意大利诞生。白尔谢的诗歌感情热烈奔放，节奏鲜明有力，具有豪迈雄健的壮美风格。作品集叙事、抒情和心理刻画为一体，汲取了民歌在形式上不拘一格的特色。

卡尔洛·波尔塔（1775—1821）是一位用米兰方言写作的浪漫主义诗人。他在米兰财政局当一名小职员，一辈子生活在米兰，刻意用方言表现当地的社会生活。米兰是当时意大利政治与文化的中心，他的诗虽然没有直接描写重大社会事件，但通过众多的人物描写从各方面体现了时代的气息，表达了被压迫人民的心声。作品大多是叙事体诗歌，代表作是《维尔查的尼奈达》（1813）和《跛子马尔乔的怨恨》（1816），前者描写一个女子受骗堕入娼门的故事，后者讲述残疾人音乐家马尔乔遭人欺凌的厄运。他经常描写善良正直的平民百姓的不幸遭遇，以此抨击社会的不公正。这类作品还有《乔万尼·彭杰埃的不幸》（1812），主人公是一个憨直的穷汉，经常由于维护正义而挨富人的耳光。波尔塔还毫不留情地揭露封建贵族和反动教会僧侣的倒行逆施，刻画他们形形色色的丑态，予以辛辣的讽刺，如《司铎的任命》（1819）、《祈祷》（1820）、《神甫之战》（1821）等。他的作品充满浓郁的生活气息和幽默感，人物形象生动有趣，采用民间口语，机智犀利，明快清新。

波尔塔有一首论战性诗歌《浪漫主义》（1819），批判古典主义，支持浪漫主义打破传统旧框架的束缚和建立有益的新规则和新程式。

第七节　西班牙文学和葡萄牙文学

西班牙文学　19世纪的西班牙是一个多事之秋的国度。1808年拿破仑侵入西班牙，同年5月2日马德里人民起义，接着全国奋起抗敌，1812年西班牙临时中央军政府在加的斯颁布了一部旨在推行君主立宪制的宪法。1814年抗法战争胜利，极端独裁专制的费尔南多七世回国即位。他不承认1812年的宪法，勾结封建反动势力和教会，实行君主专制，于是国内展开了反封建、反专制的斗争，1812年的宪法成为当时团结进步知识分子进行斗争的旗帜。1820年拉斐尔·列戈将军举行护法起义，各大城市纷纷响应，费尔南多七世被迫承认1812年宪法。但1823年在欧洲“神圣同盟”的武装干涉和费尔南多七世的残酷镇压下，护法革命运动终于失败，起义将领列戈等人也于同年被费尔南多七世处死。从此西班牙陷入最为黑暗的十年君主专制统治之下。1833年费尔南多七世去世，幼女伊萨贝尔二世即位，但先由母后摄政。这时国内最反动的封建地主阶级拥戴费尔南多七世的弟弟卡洛斯为国王，于是引发了争夺王位的两次卡洛斯战争（1833至1840年和1872至1876年）。摄政母后对资产阶级自由派做出某些妥协，以便利用他们的力量击败卡洛斯派的叛乱。当政权得到巩固后，母后食言，继续专制统治。1844年宣布女王伊萨贝尔二世成年正式主管朝政。

在这个世纪的前几十年里（1810—1833年），新古典主义流派还继续存在着，尽管浪漫主义业已小心翼翼地向前迈开步子，出现在西班牙的文坛上。法国大革命的冲击，特别是西班牙独立战争（1808—1814）在国内加剧了拥护旧体制的倾向。相当一部分自由派被迫流亡国外，因为费尔南多七世反动的独裁政权和国内大多数政治集团把接受新思想的自由派视为亲法叛乱分子，加以迫害。这期间，一些报刊上开始就国外的浪漫主义文学展开争论，人们仅把浪漫主义看作恢复“黄金世纪”文学传统的一种形式，也就是说，重新回到具有基督教色彩的传统文学之路上去。这个世纪的30年代到50年代之间是浪漫主义发展阶段。

这时期，西班牙浪漫主义文学的基本特点是捍卫个人和民众的自由；追民族的根，溯历史的源，喜欢回归到遥远的过去，如对中世纪的怀恋，感伤情绪流露。他们不愿意接受社会现实，故设法忘掉现实，从而去追求异国情调，如东方主义、美洲主义、遥远的景观等。他们在作品中极力赞赏粗犷的大自然；他们反对新古典主义者蔑视民间文学形式与主题的主张，掀起了一股研究民俗的热潮，创造出一批以民间习俗与传统为主题的作品。对古老的民间文学，如谣曲、中世纪的叙事史诗（甚至扩展到黄金世纪的戏剧）都用浪漫主义者的观点重新进行评价，并加以改写，从而把民间文学提高到一个新的艺术高度。他们的宗教观是泛神论，他们对国内的重大事物，如政治、伦理道德、哲学、宗教等领域发生的事件极为关注；作品显示出强烈的叛逆和独立的精神。

西班牙第一代浪漫主义作家从同时代的法国文学作品、英国诗人（如拜伦）的诗歌以及德国的文学理论等三个方面得到效仿的模式。西班牙第一代浪漫主义作家有三位代表人物：新闻记者拉腊，戏剧家、诗人里瓦斯公爵以及抒情诗人埃斯普龙塞达。1837年，拉腊去世，西班牙文化知识界的代表人物都出席了这位浪漫主义主将的葬礼。这是浪漫主义在西班牙扎下牢固根基的一个象征。

西班牙第二代浪漫主义代表作家是何塞·索里利亚（1817—1893）。他是西班牙19世纪最具有人民性的作家之一，有人称他为“西班牙的雨果”。他的文学才干表现在抒情诗、叙事诗中。叙事诗的内容、主题变化无穷，优美的叙述技巧引起读者浓厚的兴趣，如《对于好的法官就有更好的证人》、《修道院的守门人》。索里利亚的诗作具有明显的音乐感。他的诗歌格律多变，不管是八个音节的谣曲体还是八个音节以上的其他诗体，他都能运用自如。他的剧作中最为人称道的是描写葡萄牙国王堂佩德罗事迹的《国王与鞋匠》（1840年第一部分，1842年第二部分）、按照浪漫主义美学观重塑堂胡安形象的《堂胡安·特诺利奥》（1845）以及取材于葡萄牙国王塞巴斯蒂安之死的《叛徒、拒不认罪者以及殉道者》（1849）。这些剧作给他带来巨大声誉。

从30年代开始，历史小说在西班牙浪漫主义文学中占据主要地位，但这类小说政治色彩较浓，多数作品艺术质量不高。作者往往选择某一史实为背景，将历史、传奇和虚构结合在一起；风流潇洒的绅士，闭月羞花的淑女，骑士精神，恋爱激情与虔诚的宗教信仰组成一幅华丽的英雄场景。历史小说中的杰作是恩里克·希尔·卡拉斯科（1815—1846）的《本比布莱先生》（1844），而拉腊是西班牙浪漫主义风俗志作品的大师。

浪漫主义诗歌的发展过程比戏剧和小说稍晚。19世纪初期，西班牙诗坛占统治地位的仍是18世纪的诗人，而第一、二代浪漫主义诗人早期也都写过新古典主义作品。直到1840年，浪漫主义诗歌才走向繁荣。起初，西班牙浪漫主义诗歌多为“历史诗”，以中世纪作为背景来表现诗歌主人公的反抗精神。继而出现具有社会诗歌特点的大量“哲理诗歌”，充满讽刺与幽默，典型作品是埃斯普龙塞达的《魔鬼世界》。同时在西班牙北部出现了一个挖掘人物内心世界、倾诉衷情的诗歌流派，该流派写作情感诗（intimismo），更加注重抒情，表现伤感和哀怨的情绪，其代表人物是希尔·卡拉斯科。这一倾向促使抒情浪漫主义最终演变成为以奥古斯托·费兰（1830—1880）和贝克尔为代表的“主观情感诗”。

浪漫主义诗歌突破了古典主义的模式，在诗歌作品中融进了戏剧和小说的成分。例如，在传奇诗和民谣中，都有一个叙事主干，同时加上抒情和戏剧化成分。浪漫主义诗歌的突出特点之一是将作品分割成许多片断，这使作品的结构显得零散而不连贯，需要读者在内心加以重构。

戏剧在西班牙浪漫主义文学发展过程中扮演了极其重要的角色。新古典主义同浪漫主义两种不同的美学观的公开对抗均显示在戏剧领域。当时，无论是西班牙作家的作品，还是翻译过来的外国剧作，每一部浪漫主义戏剧上演都产生巨大反响并引发各种不同观点的争论。1835年对西班牙浪漫主义者来说具有极为重要的意义，戏剧界出现了一件大事，震动了整个马德里文坛。这就是里瓦斯公爵的新剧《堂阿尔瓦罗或命运的力量》的推出。这出剧作的首演，犹如1830年2月雨果的《艾那尼》在法国首演那样重要。从此，浪漫主义戏剧作品年复一年地出现在西班牙舞台上，如加西亚·古铁雷斯（1813—1884）的《吟游诗人》（1836），哈森布斯（1806—1880）的《特鲁埃尔的恋人们》（1837）。《吟游诗人》是典型的浪漫主义戏剧，把雅与俗结合起来，散文体与韵文体并用，再现了荣誉问题，是从洛佩·德·维加和卡尔德隆的作品中得到启迪而写出的民族历史戏剧。1842年又上演了里瓦斯公爵的第二部剧作《从梦中醒悟》以及其他短小的剧目。浪漫主义剧作打破了三一律的束缚，突出了人类激情，充满夜和神秘的气氛与景观，舞台设计复杂，场面庞大。浪漫主义作家的革新精神和创作热情终于平息了古典主义派的非议。

里瓦斯公爵（原名安赫尔·萨维德拉，1791—1865），出生于科尔多瓦的贵族家庭，少年时期有志从军，后为御林军军官。在抗击拿破仑入侵的战役中曾光荣负伤十一处之多。青年时期他思想激进，被自由党推为议员，1823年由于极端自由派的观点而被国王费尔南多七世判处死刑。后来他逃亡到伦敦，并辗转于意大利、马耳他、法国，在国外度过十年流亡生涯，以教授与出卖绘画为生。流亡期间他阅读了莎士比亚、拜伦和司各特等人的大量作品，深受浪漫主义思潮影响，1833年获赦后返回西班牙。1835年3月他的剧本《堂阿尔瓦罗或命运的力量》首演，引起古典主义和浪漫主义作家争论，从此一举成名。这部剧本讲述的是塞维利亚破落贵族卡拉特拉瓦侯爵的女儿堂娜莱昂诺尔与"风流倜傥"的堂阿尔瓦罗相爱的悲剧故事，后者是从美洲归来的"身世不明"的"美洲佬"。当热恋中的堂娜莱昂诺尔与堂阿尔瓦罗约会出走之际，被卡拉特拉瓦侯爵发现。堂阿尔瓦罗为了表示自己并无恶意，将枪放在地上，表示愿意束手就擒。不料枪支触地走火，击毙老侯爵。堂阿尔瓦罗在混乱中逃走，堂娜莱昂诺尔也逃进修道院了此一生。侯爵的两个儿子卡洛斯、阿方索为报杀父之仇分别四处寻找堂阿尔瓦罗，历尽千辛万苦终于与仇人相见，尽管堂阿尔瓦罗耐心解释前因后果，最后仍不得不以决斗方式解决矛盾，老侯爵的两个儿子都相继死于堂阿尔瓦罗的剑下。当阿方索临死之前要求忏悔时，堂阿尔瓦罗匆忙中从近处山洞里找到一个修士为他主持仪式。阿方索认出来人就是自己的妹妹堂娜莱昂诺尔，误认为她还与堂阿尔瓦罗鬼混在一起，就用匕首将妹妹刺死，与她同归于尽。这时堂阿尔瓦罗陷入完全的绝望之中，于是也跳崖自杀。

《堂阿尔瓦罗或命运的力量》是西班牙浪漫主义戏剧中最著名的作品，从风格到内容均与作者此前和此后的剧作截然不同。该剧的主题是浪漫主义戏剧惯用的基本主题：命运作弄并战胜爱情。该剧分为三个层面：第一幕的爱情层面，第三、四幕的行动层面以及第五幕的宗教层面。第二幕看上去是个过渡层面，实为结尾的宗教层面作铺垫。剧中的一系列巧合显示出恶劣的命运导致了堂阿尔瓦罗的自杀成为必然。因为充满浪漫主义精神的主人公无法接受毫无意义的生存，堂娜莱昂诺尔之死摧毁了他赖以生存的支柱。

该剧在舞台技术上的运用堪称浪漫主义戏剧中的楷模。诗歌体与散文体达到完美的结合；舞台场景具有浓郁的地方色彩；运用对比手法，制造强烈的戏剧效应等。此外，值得注意的两个细节是剧中的监狱和修道院，含义深邃。因为几乎所有的浪漫主义戏剧中的主人公都有坐牢的经历。而堂阿尔瓦罗的独白中的一句话："这个世界啊，简直就是一所深重的监牢……"，很好地说明了为何监狱对浪漫主义作家有如此巨大的吸引力，因为它是当时人类生存的象征。而躲进修道院，在浪漫主义作家看来，是一种绝望的反映，一种逃避灾难、解决问题的途径。

里瓦斯在其长兄殁后继承公爵爵位，思想转向保守党。在政府历任部长、大使等要职，出任过西班牙皇家语言学院院长。他青年时期的诗作均属于新古典主义的、冷若冰霜的作品，质量不高。1828年出版的《马耳他灯塔》是里瓦斯公爵摆脱新古典主义的影响，转向浪漫主义的诗作。1834年发表的叙事长诗《摩尔的弃儿》，取材于中世纪的历史传说拉腊七王子的故事，包括12首诗歌。他还以《历史谣曲》（1841）在浪漫主义诗人中占据重要地位，在这些谣曲中，有的由于其主题的突出或因其庄重性至今尚流传吟诵，如《一位忠诚的卡斯蒂利亚人》和《塞维利亚城中的一件过时的东西》。

马里亚诺·何塞·德·拉腊（1809—1837）在拿破仑军队入侵西班牙不久出生于马德里。由于他的父亲在拿破仑部队里任军医，从而遭到国人的敌视。当法国入侵军撤出西班牙时，1813年拉腊一家被迫迁居法国，

1818年大赦后返回马德里。1828年，拉腊不顾家人反对，放弃大学学业，全力投入文学创作，并办了报纸《白天的讽刺精灵》，发表针砭费尔南多七世专制统治的评论，仅出五期即被查封。作家虽年仅19岁，但已显露出惊人的洞察力和辛辣的讽刺手法。20岁时结婚，后来证实这是一次失败的婚姻。1829至1832年间，费尔南多七世政府的书报检查制度使他的创作受阻，他被迫翻译法国的喜剧和撰写一些应时的短诗。1832至1835年间为《西班牙杂志》撰稿并创办了一份讽刺性报纸《可怜的饶舌者》，但该报仅维持了一年便夭折了。在此期间，为了纪念博马舍，他开始使用"费加罗"为笔名。1832年，拉腊狂热地爱上了一位漂亮的有夫之妇多洛雷斯，最终导致与妻子离异。1835年他与情人周游法国、葡萄牙、比利时和英国，在巴黎受到出版界的热情接待，发表了一些文章并试图创办一份报纸，年底回国后继续从事新闻工作。1836年起，政治上和个人生活上的一连串失意使他深深地陷入绝望之中。他对争取自由的事业丧失信心，加上情妇多洛雷斯弃他而去，导致拉腊心如死灰，并于1837年2月13日开枪自尽。

拉腊和埃斯普龙塞达被认为是西班牙浪漫主义作家中最具有叛逆精神的两位作家。拉腊才华过人，个性突出，对社会现实观察敏锐，善于抓住其实质问题，用讽刺和幽默的笔触披露给读者。从整体上看，他的文章流露出作者面对西班牙社会生活中的扭曲现象感到痛心疾首，忧虑不安。因此，有人将拉腊描绘成一个追求柏拉图式理想和脱离社会现实的人。但是从其作品中可以看出，他的世界观和价值观并非纯粹柏拉图式的，而是来自并受制于现实社会的。

1834年9月，拉腊的剧作《马西亚斯》在马德里首演。该剧的题材与他同年发表的历史小说《苦命人堂恩里克的侍从》的题材一致。堂恩里克使用卑鄙的手段使外出的马西亚斯未能如期返还，并迫使女儿埃尔维拉与贵族费尔南多成婚。但马西亚斯并未放弃对埃尔维拉的追求，两人相会时被费尔南多和堂恩里克撞见。马西亚斯因对后者出言不逊而被捕入狱。埃尔维拉得知她的丈夫欲置马西亚斯于死地,遂前往狱中助其逃走。逃亡中马西亚斯被堂恩里克阻截,继而被杀害,埃尔维拉也自尽殉情。剧本描写加利西亚的吟游诗人马西亚斯与堂娜埃尔维拉的爱情悲剧。《马西亚斯》被视为西班牙浪漫主义文学的奠基作品之一。拉腊通过这部作品,为浪漫主义戏剧打下框架基础:爱情被命运摧毁而导致死亡。在马西亚斯这个人物身上,体现了浪漫主义反叛精神和恋爱的激情。剧中诗歌的韵律生硬,模仿古典戏剧形式的痕迹显而易见,但从该剧对后来古铁雷斯的《吟游诗人》及阿森布什的《特鲁埃尔的恋人们》所产生的影响来看,可以称得上是西班牙浪漫主义文学的开山之作。

拉腊的主要作品是大量的戏剧评论和讥讽时政、抨击陋习的文章。他早期发表的报刊文章多是涉及上个世纪文学的评论,可以说,启蒙主义思想和文学在拉腊作品中有着深厚的根基。其早期作品已显示出他的一些基本特色:用理想化的眼光看世界,崇拜真理,无情地嘲讽腐败和虚伪以及深厚的爱国情感等。他一度对风俗主义兴趣浓厚,喜欢描写西班牙某些地区的特定环境,如宜人的景色、有趣的事件。他与当时的风俗志作家不同之处在于他笔下的人物、风景和事件极其贴近现实生活,而不像其他风俗志作家那样故意搜寻一些出人意表和故意浓妆艳抹的表面现象,以便取悦于读者,从而给人留下程式化的肤浅印象。拉腊最典型的风俗主义文章往往是描写马德里现实生活的某个侧面,如咖啡馆、公寓区、公园、化妆舞会等。从整体上看,他的作品展现了西班牙社会生活的许多层面,如教育、文化生活、不同的社会阶层、公共服务设施等。文章多用第一人称描述,这使他的观点更为可信,产生更加感人的效应。拉腊以其细腻的观察、幽默风趣的对话、讽刺的笔触和喜剧性的夸张手法刻画人物和事件,使读者忍俊不禁。但拉腊认为怀疑、自暴自弃的失败主义和自欺欺人的人生哲学都是西班牙人的典型特点,因此他的许多作品在结尾处都流露出一种悲观的情绪。他勾画出一个腐败不堪、无所作为、懒散和病态的社会。在这些风俗志文章中，拉腊讽刺和批判的矛头指向公众、社会，没有直接对准政府，但从字里行间，显然可以看出，政府才是社会腐败的最大祸根。

拉腊的政论文不如其风俗式的社会批评文章写得有声有色。在这类作品中，由于他把自己当作救世主而伤害了其文章中的一贯讽刺风格。给人们留下的印象，起初是个温和派青年，随着年龄增长而变得日益偏激。他更多的时候是鞭挞落后的心态而不是社会、经济方面的弊端；把教育和文化发展视为解决社会问题的出路。

拉腊在文学批评方面的文章大部分是戏剧评论。他的早期评论遵循新古典主义的原则，从1833年开始转变态度，提倡文学要与时代精神相结合。此后他所有的文章都对浪漫主义戏剧持赞扬态度。他的文学评论是研究那个时代文学现象的宝贵文献。他的讽刺杂文的矛头大多指向当时担任内阁总理大臣的剧作家弗朗西斯科·马丁内斯·德拉·罗莎（1787—1862）的统治，表现出作家维护真理、仇视邪恶的深厚爱国主义立场。他对当时的文艺方针亦持反对态度，反对全盘照搬国外的文学艺术模式，主张"文学与西班牙时代精神相结合"，要求"反映知识分子的进步，打破陈旧的枷锁，破除古老的传统，推翻崇拜的偶像"，呼吁创建表现新社会的民族文学。当时拉腊的名字成为将渴望自由的人们团结在一起的一面旗帜。即使到现在，他的某些杂文还具有强大的生命力，读起来感到亲切新鲜、切中要害，对西班牙新一代有着深远的影响。拉腊的葬礼成为反对教权、争取自由运动中的一宗著名事件。

何塞·德·埃斯普龙塞达（1808—1842）出生于西班牙厄斯特列马杜拉地区的一个殷实的家庭，从小受到母亲的严格管教，青年时期对政治和文学产生了极大的兴趣。1820年他前往马德里，投入启蒙主义文学作家利斯塔（1775—1848）门下，但不久便厌倦了老师的那套谨慎的自由主义观点以及他对浪漫主义思潮所持的保留态度。15岁时他目睹反独裁英雄列戈将军被处决后，与该地青年组织了旨在推翻专制政府的秘密社团“努曼西亚人”，并因此被关押在马德里附近的一座修道院里。其间他受到利斯塔的鼓励，开始创作以西班牙民族抵抗摩尔人入侵为题材的史诗《佩拉约》，但未能完成。18岁时他逃往里斯本，与流亡在该地的西班牙自由派汇合并结识了美貌的特雷莎·曼查，即后来他的著名诗作《特雷莎颂》中的讴歌对象。此后不久他去英国、荷兰、法国，在此期间阅读了英国、法国、德国的浪漫主义作家作品，这对他后来的创作有很大影响。旅居法国期间他参加法国七月革命，此后又加入华金·德尔·巴勃罗领导的队伍，从比利牛斯山向西班牙进军，旨在推翻费尔南多七世政权，但起义失败，诗人逃回巴黎。

1833年大赦期间，埃斯普龙塞达返回西班牙继续从事政治活动，加入一个狂热的自由主义派系，并与一些浪漫主义文学青年共同创办了进步报纸《世纪报》和新的马德里文学协会。1840年他成为共和党的创始人之一，并于1842年进入议会，同年因喉部染疾，突然病逝。

埃斯普龙塞达的作品最初以手抄本形式出现并在公众场合广为传诵，亦时常在报纸杂志上发表。1840年，他的一些朋友在马德里为他出版了诗集，定名为《堂何塞·埃斯普龙塞达的诗歌》，其中包括《史诗随笔》（即《佩拉约》的部分片断）、《抒情诗》、《歌谣》以及《萨拉曼卡的大学生》等。他的作品数量不多，有50多首抒情诗和三部叙事诗，其中两部未能完成。

埃斯普龙塞达的抒情诗可分为三类：一、具有自由主义和爱国精神的政治诗，如早期的《献给祖国》（1829）和一些十四行诗及《五月二日》（1840）等。这些诗歌抨击西班牙当局的暴政，为流亡者鸣不平，号召民众反抗，表现出过分激烈的情绪。二、抒情诗，包括1840年出版的主题各异的诗集，有的诗作歌颂爱情与自由，如《哥萨克之歌》、《海盗之歌》、

《乞丐之歌》、《死囚之歌》以及《刽子手之歌》。这些诗作以不同方式表达了诗人对旧的社会习俗和羁绊的鄙视以及对个人绝对自由的向往。其中《乞丐之歌》开了西班牙社会诗歌的先河。三、最具有个人性格特点和浪漫主义风格的诗歌，其中包括《致狂欢中的哈里发》、《致一颗明星》和《太阳颂》等。后者是其短诗中唯一的哲理诗。

《萨拉曼卡的大学生》（1840）是西班牙浪漫主义传奇叙事诗中最早和最出色的作品之一。这部成名作长达2000行，塑造了堂胡安式的人物堂费利克斯·德·蒙特马尔的形象，并揭露了他的冷酷无情与玩弄女性的罪恶行径。作品情节引人入胜，充满想象力。作者大胆尝试不同的韵律，对主要人物的性格刻画尤为出色，并宣扬了浪漫主义爱情观：爱情是一种幻想，也是生命的支柱。

另一部长达6000行的诗《魔鬼世界》从1840年开始陆续发表，但到埃斯普龙塞达去世前仍未完成。按作者的原意，想把它写成一部规模宏大的、富有哲理意义的社会抒情诗，但由于诗人过早地离开人世，成为一部未完成的杰作。它讲述的是人类的代表亚当在死亡和永生之间作出抉择，他理所当然地选择了永生。此后，他逐步发现这一选择给他带来的是一连串的痛苦。赤身裸体、天真无邪的亚当一来到世上就被关进了监狱，但他仍抱有幻想，以为拥有青春和暂时的爱情可使他摆脱枷锁。全诗至此结构清晰，但接下去，由于作品未完成，有些情节便很难解释了。只有一点是清楚的，即亚当陷入失望的情绪之中，爱情理想受挫，开始用悲观的目光看待世界。他觉察到不幸的命运所带来的问题并意识到内心所渴望的是找到阐明生命之谜的圆满答复，作品到此中断。这部长诗中的第二歌《特雷莎颂》是一首浸透着诗人深厚情感的、催人泪下的挽歌。诗人一直狂热地爱着特雷莎，献给她的这首有关爱情与死亡的不朽抒情诗为西班牙文学宝库增添了不少光彩。这部作品显示出埃斯普龙塞达思想和艺术上的成熟。它突破了史诗作品旧有的框架，吸收了小说作品结构松散、灵活的特点。有时，诗人会突然中断叙事，转而与读者交谈。诗中运用讽刺、嘲弄的手法，语言极富特色，大胆使用非诗歌语言，甚至出现许多粗俗的词汇和表达方式。他的诗作是直观的，没有固定的效法模式，尽管有人说他受到拜伦的影响。埃斯普隆塞达以其青春的活力，以毫不矫揉造作的文体创建了浪漫主义诗歌流派。他的影响超越西班牙国界，传向西班牙语美洲。

葡萄牙文学 葡萄牙的浪漫主义文学可溯源到博卡热、库尼亚和阿卡迪亚诗社。它的发展得益于翻译介绍外国作品和与境外文艺思潮的接触。19世纪初浪漫主义文学在欧洲兴起时，葡萄牙爆发了反对封建专制复辟的斗争和反对英法占领的民族解放运动，1820年又发生了资产阶级革命。这时一些著名的浪漫主义作家，如加雷特、埃尔库拉诺等人，在战火中赶回祖国，亲身参加了在波尔图的反对米盖尔派的战斗。他们认为文学革命是社会革命的一部分，因此葡萄牙浪漫主义文学作品从一开始便具有反专制争自由、反侵略争解放的进步性质。葡萄牙浪漫主义作家中的大部分人曾被迫流亡国外，接受了欧洲先进思想的影响，并写出了最初的浪漫主义作品。葡萄牙的浪漫主义主要受到法国浪漫主义的影响，同时也继承了葡萄牙18世纪启蒙主义文学的传统。加雷特在流亡期间发表的叙事诗《卡蒙斯》（1825），在文学史上被视为葡萄牙浪漫主义文学的开端。而葡萄牙浪漫主义真正成为一个流派则是在1836年以后。《全景》杂志的创刊者，葡萄牙浪漫主义文学理论的奠基人埃尔库拉诺的诗歌和历史小说的发表，加雷特的戏剧创作以及安东尼奥·费利西亚诺·德·卡斯蒂略（1800—1875）的《城堡的夜晚》（1836）、《诗人的嫉妒》（1836）等诗集的出版，是葡萄牙浪漫主义流派形成的标志。

若昂·巴普蒂斯塔·达·西尔瓦·莱唐·德·阿尔梅达·加雷特（1799—1854）是为祖国自由奋斗的战士，曾两次流亡国外。他既是诗人、演说家、教育家，又是剧作家。他出生于波尔图一个资产阶级家庭，其父是波尔图海关的高级职员。他于1816至1820年间在科英布拉大学学习法律，并参加自由派的政治活动，开始发表作品。他生活动荡，经历坎坷，1823至1826年曾在欧洲其他国家和美洲居住过，深受拜伦、席勒、夏多布里昂、斯塔尔夫人的影响。长诗《卡蒙斯》(1825)是加雷特的第一部重要作品，该叙事诗以葡萄牙诗人卡蒙斯及其史诗《卢济塔尼亚人之歌》为主题，以忧郁的笔触叙述了卡蒙斯回到祖国后的遭遇。晚年与洛兹侯爵夫人相爱，写了许多爱情诗，于1853年编为《落叶集》出版，该诗集被誉为葡萄牙浪漫主义文学中最佳抒情诗集之一。此外讴歌爱情、感叹生离死别的《无果之花》等都是他的优美抒情诗的代表作。尽管这些诗作缺乏独创之处，主题显得陈旧，但它们是作者内心情感的直接宣泄。它的风格介于阿卡迪亚派和浪漫主义之间。

他的小说《圣安娜之弓》(第一卷，1845；第二卷，1853)揭露卡布拉尔政权与投机商人沆瀣一气的腐朽现实，并反映了资产阶级反对封建教士的斗争。这部作品可以被视为葡萄牙现代小说的第一个范本。

加雷特1837年任政府戏剧总监，并创建戏剧艺术剧院，为推广民族戏剧的发展作出了重要贡献。他还写就了有关戏剧家吉尔·维森特生活轶事的《吉尔·维森特》(1838)、颂扬普通妇女送子上战场，抗击西班牙入侵军的《堂娜菲莉帕·德·维列娜》(1840)、歌唱葡萄牙铸剑匠的爱国激情的《圣塔伦的刀匠》(1841)、反映西班牙、葡萄牙战争中失散夫妻悲剧的《路易斯·德·索萨教士》(1843)等剧本。上述剧作均取材于历史故事，属于富有民族色彩的浪漫主义戏剧。

加雷特是葡萄牙浪漫主义文学运动的代表。他具有多方面的才能，充满爱国主义热情和浪漫主义气质。他主张自由与进步，他的作品流露着深厚的民族感情。

亚历山大·埃尔库拉诺·德·卡尔瓦略·埃·阿劳若(1810—1877)生在里斯本，出身贫寒，青年时期曾攻读文学，因家境困难而中途辍学，是一位靠自学成才的作家。与加雷特一样，他曾因受迫害而流亡英、法等国。他坚持自由主义立场，反对封建贵族的特权和宗教对社会生活的干预。他还主张文学要反映社会现实和政治变革，提倡创立民族的民间文学。他的这些论点都体现在他的《论文集》(1873)中。他也是诗人，他的诗作表达了对上帝的崇敬，对罪恶的惩罚，对自然的热爱，对自由的向往，同时也描写了流亡生活的凄惨和战争的野蛮。他的诗作都收在题为《信徒的竖琴》(1838)的诗集中。诗中表明他是爱国的自由主义者，同时又是虔诚的宗教徒。他还撰写历史小说，如《小丑》(1843)、描述教士独身生活的成名作《埃乌里科》(1844)、《西斯特尔派的长老》(1848)等。他的这些历史小说为他的历史著作《葡萄牙史》(1846—1853)作了艺术的诠释。如果把埃尔库拉诺与加雷特加以对比的话，后者的作品清新自然，艺术性强，而前者的作品则显得博大精深。

第八节　东欧文学

19世纪初期，是东欧各国社会、经济、政治和文化发生巨大变革的时期，这些国家依然受到外国的奴役，经济发展受到阻滞，但由于法国大革命的影响和国内民族意识的不断高涨以及其他因素的作用，封建社会关系开始土崩瓦解，资本主义经济得到了长足的发展。在这个时期，东欧各国民族解放运动风起云涌，构成了东欧这一地区最重要、最突出的特征。波兰在1795年被俄、普、奥三国瓜分灭亡之后，波兰民族处于深重灾难之中，但波兰人民不甘屈服，展开了英勇顽强的斗争，并于1830年举行了第一次反俄武装大起义。捷克随着资本主义经济的迅速发展，从18世纪末到19世纪50年代，反对奥地利哈布斯堡王朝统治，要求民族复兴和经济文化独立的运动蓬勃开展起来。匈牙利从19世纪20年代起，便开始了一场由中小贵族知识分子领导的要求社会和政治改革的运动。保加利亚在经受了数百年的奴役之后，民族意识开始增长，民族解放斗争也得到不断的加强。塞尔维亚先后于1804年和1815年举行农民起义，并建立了塞尔维亚自治公国。克罗地亚也于30年代开展了波澜壮阔的伊利里亚民族复兴运动。斯洛文尼亚、马其顿、罗马尼亚和阿尔巴尼亚的民族复兴运动也得到了迅速的发展。东欧各国的武装起义大多以失败告终，但却动摇了外国压迫者的统治基础，并提高了东欧各族人民的民族意识，增强了他们要求独立的决心和信心。

在民族复兴和民族解放运动中，文化起着重要的作用。在文化领域中，民族语言又是一个重要的因素，为使用和纯洁本民族语言所作的斗争，便成了这一地区争取民族独立的重要内容。东欧各国的爱国进步人士强烈要求恢复本民族语言的合法地位，在学校和其他公共场所使用本民族语言，并为此做了大量工作。他们编纂词典、撰写语法著作、规范语言文字，为语言文字的规范化和纯洁性作出了贡献。他们还要求普及文化教育，建立民族学校。为了恢复本国、本民族历史的真实面貌，启迪人民的民族意识和提高人民的民族自豪感，他们都非常重视修史工作，出现了一批有学术价值的历史著作。他们还创办各种用本民族语言文字出版的报刊和书籍。在艺术方面，无论是建筑、绘画，还是音乐和戏剧，都创立了本民族的艺术特点和风格，取得了突出的成就，出现了像波兰的肖邦、匈牙利的李斯特这样闻名遐迩的音乐大师。

19世纪初期，是东欧各国文学发展开始进入全面繁荣的时期。这个时期的文学包含着古典主义、浪漫主义和现实主义三种流派，浪漫主义则是这一时期的主要文学流派。东欧各国的浪漫主义文学受到西欧浪漫主义文学的影响，具有许多共同的特点：如描写理想、抒发个人的强烈感情、对大自然的酷爱和喜欢采用诗歌体裁等。但东欧的浪漫主义文学与西欧的浪漫主义文学有着很大的不同，那就是它与民族复兴、民族解放运动的紧密联系更为突出。东欧浪漫主义文学大多直接描写和歌颂民族解放斗争，充满了强烈的爱国思想和激情，而且许多诗人和作家直接参加了民族解放运动和武装斗争，有的甚至献出了自己的生命。东欧浪漫主义诗人的创作目的更为明确，他们把诗歌创作当作一种民族解放斗争的手段，视为争取自由独立的一种斗争武器。作品的主人公往往把祖国的利益放在首位，把个人的命运与祖国的命运、人民群众的命运紧密联系在一起。匈牙利诗人裴多菲的诗篇“生命诚可贵，爱情价更高，若为自由故，二者皆可抛”，道出了东欧诗人们的共同心声。

东欧浪漫主义诗人对民间歌谣和民间传说有着极其强烈的兴趣。他们不仅从民间创作中汲取素材，创作出许多富于民歌风格的诗歌，而且还把收集民歌当成一种寻根溯源的行动，把整理出版民间文学视为民族复兴运动的一个重要内容。在这个时期，波兰、捷克、匈牙利、罗马尼亚、保加利亚、塞尔维亚和阿尔巴尼亚都曾出现过一股收集民歌的热潮，出版了一批民歌集或民间故事集，在西欧各国引起强烈反响。在文学体裁方面，诗歌、小说、戏剧和政论都有了重大的发展，而以诗歌的成就最大，出现了像密茨凯维奇、马哈、普列舍伦和涅戈什等一批著名诗人。诗歌的形式也更为丰富多彩、艺术技巧有所突破，有所创新，形成了东欧各国诗歌创作的黄金时代。

由于东欧各国政治、经济发展的不平衡，社会生活和文学传统的差异，各国文学的发展也不尽相同。

波兰文学　波兰文学在19世纪初期便进入了它的繁荣阶段。出现了一大批富于才华的诗人和作家。19世纪初年，随着“波兰志愿兵团”在国外的建立，便开始出现了第一批歌颂民族解放斗争的诗歌，其中以尤·维比茨基（1747—1822）的诗篇《波兰没有灭亡》最为有名。诗中洋溢着强烈的爱国激情，充满了对民族解放斗争必胜的信心，立即成了军团的战歌，并从1830年起成为波兰的国歌。1822年，密茨凯维奇第一部诗集的出版，标志着波兰浪漫主义文学的诞生。波兰浪漫主义文学既是民族解放斗争的产物，也是在与古典派文学的斗争中发展壮大起来的。密茨凯维奇是波兰浪漫主义文学的开拓者和主将。与他一起进行诗歌创作和斗争的还有“乌克兰派”诗人塞·戈什钦斯基（1801—1876）、尤·博·扎莱斯基（1802—1886）、安·马尔捷夫斯基（1793—1826）和文学批评家马·莫赫纳茨基（1804—1834）。他们积极参与民族解放运动，并写出了许多富于浪漫主义特征的诗歌作品。1830年11月起义失败后，大批诗人逃亡国外，法国巴黎成了当时的波兰文化中心，密茨凯维奇、斯沃瓦茨基和克拉辛斯基都在这里出版了他们最重要的作品。由于受到沙俄政府的残酷镇压和迫害，30年代波兰国内的文学创作受到极大的阻遏和摧残。19世纪初期和整个上半叶，是波兰诗歌发展的鼎盛时期，但小说和戏剧创作也不甘落后，出现了像科热尼奥夫斯基、克拉舍夫斯基这样富于才华的小说家和像弗雷德罗这样杰出的剧作家。

亚当·密茨凯维奇（1798—1855）是波兰伟大的爱国诗人。他生于小贵族家庭，父亲是律师，曾参加1794年的武装起义。密茨凯维奇从小受到爱国思想的教育，1815年考入维尔诺大学后，积极参加爱国学生运动，是爱国学生组织“爱学社”和“爱德社”的发起人和核心成员之一。1819年大学毕业后，他在科甫诺学校任教，仍和维尔诺大学的爱国学生组织保持联系。1820年他创作的诗篇《青春颂》标志着他已摆脱古典主义的影响，走上了浪漫主义的创作道路。1822年第一部《诗歌集》出版，其中的《歌谣和传奇》是根据民间传说写成的一组脍炙人口的佳作。这组诗歌题材各异、主题不同：有写水仙女和鬼怪的，也有写被侮辱的少女变成了美人鱼如何复仇的故事，如《小鱼》，还有写谋害亲夫的妻子后来遭到报应的《百合花》。有的歌谣歌颂了纯洁的爱情，有的则洋溢着爱国的精神和情操，有的反映了农民的生活情趣和道德观念，有的则写出了对美好生活的向往。这些诗歌具有丰富的想象力，而且语言朴素无华，富于民歌风格。1823年，他的第二部诗集出版，收有《格拉席娜》和诗剧《先人祭》第二部、第四部。《格拉席娜》描写了一位古代立陶宛的巾帼英雄格拉席娜，她女扮男装，率领将士与日耳曼骑士团作战，最后英勇牺牲。长诗把叙事和抒情糅合在一起，具有拜伦的"诗体故事"的特色。《先人祭》第二、四部是在维尔诺、科甫诺写成的，后人便称之为"维尔诺先人祭"，以区别诗人在德累斯顿写成的《先人祭》第三部。"先人祭"是波兰—立陶宛民间祭祀亡灵的一种仪式，由祭师主持，保持着异教时代的祭祀特点，因而受到天主教会的反对。《先人祭》第二部通过对不同亡魂的召唤和祭奠，表达了人民群众的人生观和道德观。《先人祭》第四部塑造了一个失恋者古斯塔夫的形象，诗剧采用主人公独白的手法，把失恋的痛苦描写得淋漓尽致，但格调比较低沉。1823年，波兰立陶宛地区的爱国学生运动遭到沙俄政府的迫害和镇压，密茨凯维奇被捕入狱，次年10月被流放到俄国内地。在俄国期间，他结识了俄国的十二月党人和许多诗人，其中就有普希金。1826年，他的《十四行诗集》出版，内有《爱情十四行诗》和《克里米亚十四行诗》两组诗。前者反映了作者的真实感受，同时对敖德萨上层妇女的虚伪和放纵有所针砭。后者则是密茨凯维奇创作中的一串珠玑，诗人在描绘克里米亚自然景物的同时，抒发了人们对古代英雄人物的铭念和诗人自己对祖国的赤子之情，达到了情景交融，相互辉映的境界。1828年出版的长诗《康拉德·华伦洛德》，也是取材于古代立陶宛和日耳曼骑士团斗争的历史。华伦洛德是一位为了祖国独立和人民自由而不惜牺牲自己名誉和生命的英雄，他看到敌人的强大，便千方百计打进敌人内部，并取得了他们的信任，被选为骑士团的大团长。在与立陶宛的作战中，他故意贻误战机，致使骑士团遭到了惨败，他自己后来也被迫自杀。长诗不仅人物形象生动鲜明，而且故事情节曲折起伏，富于悬念。

1829年，密茨凯维奇逃离俄国，经德国、瑞士到达意大利罗马。1830年11月，华沙爆发了反俄大起义，消息传到罗马，密茨凯维奇便立即整装回国，但由于外国政府的刁难和其他原因，待密茨凯维奇到达波兹南时，起义已临近失败。他后来随着流亡的起义战士来到德累斯顿，写出了《先人祭》第三部。这部作品与前两部相比，无论是思想意义，还是艺术成就，都是一个飞跃。这部诗剧以1823年沙俄统治集团迫害爱国学生的事件为背景，深刻揭露了统治集团的凶狠残暴和虚伪狡诈，热情歌颂了波兰爱国青年不畏牺牲、相互激励的高贵品德。诗人采用了梦幻、对比、歌唱和独白等手法，把美与丑、正义与邪恶、爱国与叛变，正直与虚伪揭示得泾渭分明，从而使作品更具艺术感染力。

1832年起，密茨凯维奇定居巴黎，写出了《波兰民族和波兰巡礼者之书》，1833年担任波侨进步刊物《波兰巡礼者》主编。1834年7月他与波兰著名女钢琴家希曼诺夫斯卡的女儿塞丽娜结婚。同年他出版了最著名的作品《塔杜施先生》，这是一部史诗式的长诗，以1812年前后波兰、立陶宛的历史事件为背景，通过索普利查和霍雷什科两个家族的争斗，反映了地处穷乡僻壤的波兰贵族的生活和矛盾，最后因为沙皇军队的镇压而使两家消除宿仇，一致对外。长诗还再现了拿破仑军队进入立陶宛时受到欢迎的情景。诗人在长诗中对人物、农村生活和自然景色都作了深刻而生动的描绘。作者善于采用对比的方法去刻画人物的性格，从而使人物富于个性、形象生动鲜明。长诗在结构上也是独具匠心的，全诗近万行，但事件发生的时间实际只有六天。然而在如此短暂的时间里，该诗却表现出了广博的社会生活内容，刻画了众多的人物形象，还把风土人情、狩猎宴饮和自然景色描绘得逼真细腻，绚丽多姿，这在波兰诗歌史上也是独一无二的。《塔杜施先生》不仅是密茨凯维奇诗歌创作中的顶峰，也是波兰诗歌创作的重大成就。

1839年，密茨凯维奇应聘为瑞士洛桑大学的拉丁文学教授，1840至1844年担任法兰西大学斯拉夫文学教授。40年代，密茨凯维奇曾受到宗教神秘主义的影响，完全停止了诗歌创作。1848年席卷欧洲的革命风暴又激起了他的革命激情，使他摆脱了神秘主义，重新投入民族解放斗争。1848年他到罗马组织波兰志愿军队，为波兰和意大利反对奥地利统治而战。1849年他在巴黎创办《人民论坛报》，写出了近百篇政论，宣传反对专制制度，揭露俄、奥勾结美、英、法等国镇压革命的行径，号召各国人民团结起来，共同对敌。1855年俄土战争爆发后，他来到土耳其，想组织军队去和沙俄作战，不幸染上瘟疫，11月26日逝世于君士坦丁堡。

密茨凯维奇是波兰最伟大的浪漫主义诗人。他的诗歌创作充分反映了他的爱国热情和对自由、民主、平等的追求。他的诗歌以题材新颖、风格朴素、人物生动、语言优美、形式多样而开创了波兰诗歌的一代新风。

尤留斯·斯沃瓦茨基（1809—1849）生于克热米涅茨（今属白俄罗斯）一个贵族知识分子家庭。父亲是剧作家、维尔诺大学教授，在尤留斯五岁时逝世。母亲酷爱文学，后与维尔诺大学的医学教授贝居再婚。斯沃瓦茨基从小受家庭影响而喜爱文学，1824年进入维尔诺大学法律系学习，并开始诗歌创作。1829年大学毕业后到华沙财政部工作，并积极关心当时的政治斗争和文艺论争，写出了许多富于浪漫主义色彩的诗篇，如《胡果》（1829）、《修道士》（1830）、《阿拉伯人》（1830）、《扬·别列茨基》（1830），和两部历史诗剧《明多维》（1829）、《玛丽·斯图亚特》（1830）。1830年华沙起义爆发后，斯沃瓦茨基本想参加起义军，但由于从小身患肺病，未能如愿，只好以笔作武器，写出了《自由颂》、《悲歌》和《立陶宛军团之歌》等富于革命激情的诗篇，曾被印成传单，成为华沙起义的战歌。起义后期，他曾作为信使出使法国和英国。1832至1836年他侨居瑞士，先后写出了长诗《在瑞士》（1836）、诗剧《科尔迪安》（1834）、《巴拉丁娜》（1839）、《霍尔什亭斯基》（1836）和《马泽帕》（1840）等。

《科尔迪安》是斯沃瓦茨基的重要作品。写主人公科尔迪安从一个多愁善感的少年成长为秘密组织的成员，在华沙行刺沙皇时胆怯动摇，遭到失败而被沙皇处死。这反映了波兰贵族革命脱离人民群众，孤军奋战的弱点。这部诗剧把幻想和现实、叙事和抒情结合在一起，并把剧情置于波兰乡村、华沙、伦敦、罗马、阿尔卑斯山等不同的地方，产生出强烈的效果。语言生动优美，人物心理描写入木三分，使《科尔迪安》成为波兰浪漫主义戏剧的一部杰作。《巴拉丁娜》是一部取材于古代传说的诗剧。写乡村姑娘巴拉丁娜与贵族骑士结婚之后，施展种种阴谋诡计，终于当上了女王，最后遭到雷殛的故事，揭示出封建制度形成初期的残酷性。

1836至1837年，斯沃瓦茨基游历了东方，先后到过希腊、埃及、叙利亚、巴勒斯坦和黎巴嫩等地。这期间写出了长诗《瘟疫病的父亲》、《瓦兹瓦夫》、《比亚特·但特舍克的长诗》（1839）和带有神秘色彩的散文诗《安赫利》（1838）。1838年后他定居巴黎，嗣后写出了剧本《里拉·文涅达》（1839）、《法塔齐》（1866年发表）和长诗《贝尼奥夫斯基》（1840）等。《里拉·文涅达》和《巴拉丁娜》是姐妹篇，都取材于古代传说，写波兰古代列赫和文涅达两个部族的争斗，列赫打败了文涅达，并成为波兰的统治者。诗剧富于想象力，并具有象征的意义。《贝尼奥夫斯基》是一部夹叙夹议的长诗，以18世纪"巴尔同盟"的活动为背景，通过插话广泛涉及了当时的政治、社会生活和诗人个人的经历。可惜长诗只发表了前五章。

1842年以后，斯沃瓦茨基受到神秘主义的影响，作品充满宗教的哲理说教。后来他摆脱了这种影响，投入民族解放斗争。1848年他抱病回国，参加波兹南的起义斗争。起义失败后他又回到法国，1849年4月4日病死于巴黎。

斯沃瓦茨基是波兰浪漫主义的一位大诗人。他的诗歌想象力丰富，意境深奥、语言优美，而且善于在动态中去刻画人物的性格。他的创作对波兰诗歌的发展具有深远的影响。

亚历山大·弗雷德罗（1793—1876）出身于大贵族家庭。1809年加入波兰军队，曾参加拿破仑的对俄战争，1815年脱离军队，回到利沃夫附近的庄园,从事农业经营和文学创作。除了喜剧外,他还写有小说《一个最幸福丈夫的不幸》、《流亡者日记》,回忆录《三与三》,诗歌有长诗《叶雷密什·森普》和寓言诗等。

弗雷德罗的喜剧创作可分前、后两个时期。前期从1816到1835年,是他喜剧创作的丰收时期,发表和上演的喜剧有20余部。其中有嘲笑通过婚姻以提高自己门第的《歌德哈布先生》(1818),有揭露贵族阶级虚伪和道德败坏的《夫与妻》(1820),有讽刺崇洋媚外、盲目仿效外国的《外国化》(1822),有抨击高利贷者贪婪本性的《终身权益》(1835)。而《夫人们和轻骑兵》(1825)通过少校邀请他的同事回家休假时所发生的爱情纠葛,反映了人们之间的真情。《少女的誓言》(1832)是弗雷德罗的代表作,写两位少女发誓永不结婚,但在两位青年的苦苦追求下,防线被攻破而放弃了誓言,双双结成了美满眷属。这是一出性格和心理的喜剧,人物刻画得生动鲜明,全剧写得幽默风趣而又充满机智,深受观众的喜爱。《报复》(1833)是他的另一部代表作,写两个贵族家庭同住在一座旧城堡中,由于不和而产生种种矛盾。新怨旧恨使他们都在想方设法报复对方,但他们的子女却在暗中相爱。后来机缘巧合,老人们的相互报复反而促成了后辈的婚姻,两个家庭终于尽释前嫌而结成秦晋之好。《报复》剧情紧凑,结构严谨,人物性格突出,语言生动优美,是波兰剧院经常演出的剧目。

齐格蒙特·克拉辛斯基(1812—1859)出身于大贵族家庭。父亲曾在拿破仑军中任将军,后又投靠沙皇。克拉辛斯基曾在华沙大学政法学系学习,后在俄国政府外交部工作,不久便辞职出游西欧各国,长年居留在国外。克拉辛斯基在中学时代便开始写作,30年代发表了小说《报复的侏儒》、《马斯瓦夫》、《马佐夫舍公爵》、《符瓦迪斯瓦夫·赫尔曼和他的庄园》(1830)、《阿加-汗》(1834)等。1835年发表的《非神曲》和1836年发表的《伊利迪安》则是他的两部传世之作。《非神曲》,直译为《非神的喜剧》，它的取名与但丁的《神曲》寓意相反，即该剧描写的是人世间发生的事件。《非神曲》是一部三幕剧，写的是以亨利克伯爵为首的贵族集团和以潘克拉齐为领袖的平民之间进行的一场殊死斗争，平民起义军打败了贵族军队。虽然剧本带有作者的宗教保守观点，但这种直接描写平民起义军战胜贵族军队的作品在波兰文学史上还是第一次，因而具有积极的意义。《伊利迪安》写的是古代希腊人反抗罗马统治的故事，主人公伊利迪安孤军作战，想通过罗马内部斗争推翻罗马帝国的统治，事情败露，主人公也以身报国。这两部剧本都用散文体写成，语言优美，具有散文诗的特点。

40年代开始，克拉辛斯基的思想更趋保守，他嗣后所写的神秘主义长诗《黎明》（1843）和组诗《未来的礼赞》（1845），对波兰贵族大施美化，认为波兰的未来只能是贵族的未来。因而他反对一切改革和进步，竭力维护贵族的特权。克拉辛斯基一生写有大量的书信，特别是他的情书写得情深意切，文笔优美，深受后来读者的喜爱。

尤瑟夫·科热尼奥夫斯基（1797—1863）是一位剧作家和小说家，早期从事戏剧创作，其主要作品有揭露贵族贪婪吝啬、追求金钱的《犹太人》（1844），有反映以权谋私、强迫独子当兵的《喀尔巴阡山山民》（1844）。后来他转向小说创作，主要作品有《投机者》（1846）、《分化》（1847）和《亲戚》（1857）。《投机者》刻画了一个为了猎取嫁妆不惜施展阴谋诡计的投机者的丑恶形象。《分化》描写了封建贵族庄园的分化和兼并，揭示了封建贵族阶级的没落和衰败。《亲戚》则指出了新旧交替时代小贵族阶层应该选择的生活道路。

捷克文学　随着民族复兴运动的高涨，捷克文化开始走向繁荣，出现了一批进步的语言学家、历史学家和文学艺术家。他们为恢复捷克语言的合法地位和捷克历史的本来面貌做了大量的工作，进行了坚决的斗争。他们编纂捷克语词典，撰写捷克语语法和捷克历史、文学史，收集和整理民歌和民间传说。

19世纪初期，随着民族意识的日益提高，捷克文学也得到了空前的繁荣，涌现出一批新的作家和诗人。他们在思想上受泛斯拉夫主义的影响，在文学创作上则以浪漫主义为主，而反对民族压迫、争取民族独立便成了这个时期文学的主要内容。诗歌最为活跃，小说和戏剧也得到了相应的发展。在18世纪末、19世纪初出现的一批诗人中，以瓦·汤姆(1765—1816)，安·雅·普赫马耶尔(1769—1820)和瓦·汉卡(1791—1861)、约·林达(1789—1834)较为有名。普赫马耶尔的《诗歌选集》热情歌颂祖国，为新诗创作奠定了基础。汉卡和林达为了弥补捷克英雄史诗的空缺，便伪造了古代诗歌集《王室手稿》(1817)和《绿山手稿》(1818)，曾引起欧洲各国的强烈反响。后经专家考证，才认定这些手稿是伪造的。捷克诗歌的真正繁荣是从20年代开始，出现了像科拉尔、切拉科夫斯基和马哈这样的一批浪漫主义诗人。

扬·科拉尔(1793—1852)出身于富裕农民家庭，曾在德国学习哲学和神学，回国后长期从事牧师并进行诗歌创作，晚年曾任维也纳大学考古学教授。科拉尔的《抒情诗集》(1821)是一部具有浪漫主义特征的诗集，诗人把他对米娜的爱与对祖国、民族的爱融合在一起。《斯拉娃的女儿》(1832)是他的代表作，收有600多篇爱情诗和爱国诗。诗集通过斯拉娃神的控诉和她女儿漫游斯拉夫各国，揭示了斯拉夫各民族所受的压迫和苦难，号召斯拉夫各民族团结起来，为争取民族解放而共同斗争。诗集既反映了他强烈的爱国主义思想，也流露出明显的泛斯拉夫主义色彩。

弗朗季谢克·拉克斯拉夫·切拉科夫斯基(1799—1852)出生于木匠家庭，曾在布拉格学习哲学，后担任过家庭教师和编辑，40年代曾担任斯拉夫学教授。切拉科夫斯基早年对民间文学有着浓厚的兴趣，曾收集、翻译、出版过三卷本的《斯拉夫民歌集》(1822—1827)。切拉科夫斯基从青年时代起就很热爱俄罗斯，把俄罗斯视为所有斯拉夫民族的支柱。正是在这种思想的驱使下他写出了诗集《俄罗斯歌曲回声》(1829)。诗集收有他根据俄罗斯历史和现实生活而写成的叙事诗和抒情诗。叙事诗以俄罗斯历史上的事迹为题材，热情赞颂俄罗斯人民的英雄业绩，抒情诗则描写了俄罗斯人的爱情、亲情和风土人情。《捷克歌曲回声》(1839)是诗人的另一部代表作，着重反映了30年代捷克农村的生活面貌，与豪迈雄浑的《俄罗斯歌曲回声》相比，《捷克歌曲回声》则更富于幽默、诙谐和讽刺的特点和风格。

卡雷克·希内克·马哈(1810—1836)生于布拉格的小商人家庭，曾在布拉格查理大学攻读法学和哲学，毕业后做过律师，1836年11月5日不幸英年早逝，才26岁。马哈性喜旅游，酷爱读书。他的诗歌富于浪漫主义特色，具有反抗精神和爱国思想。其代表作是抒情叙事诗《五月》(1836)，它通过雅罗米拉和威莱姆的爱情悲剧，揭示出捷克封建社会的残酷和混乱以及教会的黑暗，表达了诗人对受压迫人民的深切同情。长诗由三幕、两个间奏曲和尾声组成，给人以一种戏剧或歌剧的印象，故事情节带有戏剧性的上升、高潮和低潮。诗中对自然景色的描写生动形象，而又充满感情，语言优美、富于音乐性。此外，马哈还写有长篇小说《克希沃克拉特》(1834)、《吉卜赛人》(1835)和短篇小说《玛林卡》(1834)。

匈牙利文学　19世纪初期的匈牙利，依然受到奥地利哈布斯堡王朝的统治和压迫。但法国大革命和欧洲各国资产阶级革命运动的不断深入，在匈牙利引起强烈的反响，因而出现了一个政治社会改革时期。初期的改革运动是由中小贵族自由派领导的，其代表人物是塞丞尼·伊斯特万(1791—1860)。他们要求把匈牙利语作为官方的语言文字，为提高匈牙利民族文化而斗争。20年代，随着社会生活的变化，佩斯成了匈牙利的文化中心，并涌现出一批年轻的作家，其中著名的有诗人魏勒斯马尔蒂、克尔采伊，剧作家基什法鲁迪，文学批评家波依约等人。1821年由基什法鲁迪主编的大型文学杂志《曙光》成为匈牙利浪漫主义文学的阵地。1825

年成立的匈牙利科学院和1836年创立的基什法鲁迪文学研究会，对维护匈牙利语的合法地位，鼓励文学创作，收集和整理民间文学，弘扬民族文化传统作出了贡献。

19世纪初年，匈牙利文学依然是古典主义占有重要地位，主要作家有考岑奇、法泽考什和卡托纳。**卡托纳·尤若夫**（1791—1830）出生于一个手工业者家庭，毕业于布达佩斯大学法律系，后参加巡回剧团，并为剧团翻译了莎士比亚和席勒的剧本。剧团解散后，他返回故乡从事律师工作，同时进行戏剧创作。他先后写有剧本《鹭》（1812）、《杰斯卡·扬》（1813）、《耶路撒冷的毁灭》（1814）、《玫瑰与蜘蛛中间的没有经验的生物》（1814）等，而以《邦克总督》（1814—1815）最为出名。这部历史悲剧写13世纪邦克总督的一段经历，揭露了德国势力在匈牙利的飞扬跋扈，为所欲为，具有反对民族压迫、争取民族解放的意义；剧情紧凑，对话简短有力，在匈牙利戏剧史上占有重要地位，曾被改编成歌剧，屡演不衰。

20年代开始，匈牙利文学进入浪漫主义时期。匈牙利的浪漫主义文学以1840年为分界线，可分为前、后两个阶段。前一阶段主要以中小贵族出身的知识分子为先导。文学作品多为宣扬民族传统的历史题材，通过对先辈的光辉业绩的描写和歌颂，以激起人民的民族自豪感，增强他们的民族意识。匈牙利的浪漫主义诗人除了从古代传说和历史事件中选取创作题材外，还特别重视向民间文学学习，经常采用民歌的形式和风格以丰富自己的创作。像欧洲各国浪漫主义文学一样，各种文学体裁，如诗歌、小说、戏剧、政论、游记都得到了较快的发展。19世纪上半叶是匈牙利诗歌创作的高峰时期，前后阶段都涌现出一批才华横溢的诗人。

在前一阶段的诗人中，**克尔采伊·费伦茨**（1790—1838）是匈牙利浪漫主义文学流派的先驱者之一。他出生于中等贵族家庭，小时患过天花，一只眼睛失明。他性格内向，喜爱读书，受伏尔泰和康德等人的影响，思想较为激进；在担任国会议员期间，积极主张解放农奴，进行社会改革。

他早期的诗歌具有感伤主义的特点。20年代开始，转向爱国诗歌的创作，1823年创作的《赞歌》成为匈牙利的国歌。此后他还写有《致自由》（1825）、《兹里尼之歌》（1829）、《兹里尼第二支歌》（1838）等著名诗篇，反映了他对自由的渴望和强烈的爱国主义情感。作为文学评论家，克尔采伊在《民族传统》中提出民间诗歌是匈牙利诗歌更新和丰富的源泉，对当时的诗歌创作具有指导意义。作为国会议员，他的《演说集》（1832—1834）和《国会日记集》（1832—1833）反映了要求社会进步和改革的观点，文笔优美，逻辑性强，是不可多得的散文珍品。

魏勒斯马尔蒂·米哈依（1800—1855）是位爱国诗人、剧作家，生于贵族家庭，曾在布达佩斯大学攻读法律和文学。1825年他发表《佐兰的逃跑》而蜚声文坛，嗣后他写出了一系列优美的爱国诗篇，如《号召》、《致李斯特·弗伦茨》、《祖国之爱》、《战歌》等。1848年革命期间，他积极投身于起义行列中，并写出了大量的短诗。他还写有歌颂历史英雄人物的史诗《废墟》（1830）、《两座邻堡》（1831）和取材于民间传说的长诗《美丽的依龙卡》（1833）等。诗剧《钟古与段黛》（1830）是他的一部重要作品，通过勇士钟古和仙女段黛的爱情故事，表达了对美好幸福生活的追求、尖锐地批判了以巫婆为代表的黑暗势力。诗剧富于浪漫主义戏剧特征，情节曲折动人、语言优美朴素，富有诗的韵律，至今仍为匈牙利剧院的保留剧目。此外魏勒斯马尔蒂还写有《阿尔巴德的苏醒》（1832）、《血泪的婚礼》（1833）等十多部诗剧和《剧作理论杂谈》一书。魏勒斯马尔蒂不仅在诗歌创作上开创了一代诗风，而且还积极指导了匈牙利20至30年代的文学活动，培养了一大批文学新人，对匈牙利文学的发展作出了贡献。

塞尔维亚、克罗地亚、黑山、斯洛文尼亚和马其顿在19世纪初期也出现了要求摆脱外国统治、争取民族独立的民族复兴运动。民族文化运动也蓬勃地发展起来，出现了一批爱国的文化人士。他们积极开展活动，修史著说，为本民族语言的纯洁性和合法性进行了艰苦的斗争和大量的工作。在这个时期文学也得到了相应发展，出现了一批著名的诗人和作家。

塞尔维亚文学 塞尔维亚于19世纪初年举行了多次农民起义，并于1815年在被解放的部分领土上建立了塞尔维亚自治公国，为民族文化教育事业的发展创造了有利条件。20年代，塞尔维亚文学经过与新古典主义和封建宗教保守势力的斗争，走上了浪漫主义文学的发展道路。在这场斗争中，卡拉季奇起了重要的作用。**武克·卡拉季奇**(1787—1864)出身于农民家庭，曾参加1804年反抗土耳其统治的起义，1813年移居维也纳。卡拉季奇虽未受过正规的教育，但他靠自学成才，为塞尔维亚文化事业的发展作出了多方面的贡献。首先，他在语言方面进行了大胆的改革，写出了第一部《塞尔维亚语法》(1814)，编纂了第一部《塞尔维亚语辞典》(1818)，为塞尔维亚语言和正字法的改革奠定了基础。他潜心收集整理和出版民间诗歌、传说和谚语，先后在维也纳出版了《斯拉夫塞尔维亚民歌丛书》(1814)、《塞尔维亚民歌集》(1815)、《塞尔维亚民间故事》(1821)、《塞尔维亚民间诗歌》(四卷)(1823—1833)和《塞尔维亚民间谚语》(1836)等，弘扬了塞尔维亚丰富悠久的文化传统，并受到歌德、格林、普希金和密茨凯维奇等著名诗人的称赞。他还写有多篇文学评论，与新古典派进行论争，为浪漫主义文学开辟了道路。

黑山文学 黑山虽然贫穷落后，但却一直保持着独立的地位。19世纪上半叶，这个贫瘠的山地小国却出现了一位闻名遐迩的诗人。他就是**佩塔尔·佩特罗维奇·涅戈什**(1813—1851)。涅戈什既是黑山的著名诗人，又是黑山国的君主。1830年他17岁时登上王位，便开始了一系列的政治社会改革，以加强黑山国的独立地位，提高人民的文化教育水平。涅戈什曾游历奥地利、意大利和俄罗斯等国，接触过当时欧洲各国的文学。他从小就喜爱民歌，并采用十音节的民歌体进行创作。1828年他写出了第一首诗歌《俄土之战》，后来的《自由之歌》（1835）和诗集《反抗土耳其的良药》（1834）都仿效民歌形式，反映出黑山人民的生活和斗争，具有朴素自然的风格。《微观世界之光》（1845）写上帝降服撒旦、创造世界的故事，充满了宗教哲理。而《山地花环》（1847）和《僭王小斯捷潘》（1851）则是涅戈什的重要作品。《僭王小斯捷潘》是一部历史题材的作品，它通过斯捷潘假借俄国沙皇彼得三世之名，窃取黑山王位的故事，反映出18世纪黑山国的复杂矛盾和尖锐斗争。《山地花环》是根据18世纪初黑山历史上的真实事件而写成的一部诗剧。黑山人民在贤明君主达尼洛领导下，用武力把土耳其人和叛教分子赶出国境，捍卫了国家的独立、人民的自由和宗教信仰。诗剧突破了传统戏剧的模式，没有场幕之分，也没有严谨的结构，而是通过人物对话、独白和歌舞，以及说梦算命等形式，反映出黑山人民的英雄气概和对自由的追求。诗剧还描写了许多黑山人民的生活习俗和风土人情，阐述了诸如生活意义和实质、善与恶、黑暗与光明、爱与恨、生与死这样一些富于哲理的人生问题。《山地花环》是涅戈什诗歌创作的顶峰。

斯洛文尼亚文学 斯洛文尼亚此时依然处在哈布斯堡王朝的统治之下，文化教育事业受到极大的压制。但随着民族复兴运动的兴起，斯洛文尼亚文学也得到了相应的发展。马蒂亚·乔普（1797—1835）是新时期文学的理论家，他提出文学应反映人民大众的思想和利益，应把古典主义的经验和浪漫主义的精神结合成一体。他主持的《克拉英蜜蜂》诗刊，积极宣传民族复兴的思想和创立民族文学语言的主张，对斯洛文尼亚浪漫主义文学的发展产生了重要的影响。**弗兰茨·普列舍伦**（1800—1849）是斯洛文尼亚最杰出的浪漫主义诗人。他出生于一个农民家庭，曾在维也纳大学学习法律，回国后曾长期担任律师助理，直到1848年才获准独立从事律师业务。1828年普列舍伦开始发表诗歌。他的诗歌体裁多样，有叙事诗、讽刺诗等，尤以抒情诗见长。他早期的诗歌以爱情诗居多，写得感情真挚，委婉动人。他的《告别青年时代》受密茨凯维奇的《青春颂》影响，对不公正的社会进行了无情的嘲讽。40年代随着斯洛文尼亚人的民族意识高涨和革命运动的不断加强，普列舍伦也成了爱国的政治诗人。这个时期的诗歌表现了他对祖国的热爱和对未来的信心。普列舍伦还写有不少的十四行诗，如《爱情十四行诗》、《不幸十四行诗》(1834)，而以《十四行诗花环》最为著名。这组由《序曲》、《主题》等16首十四行诗组成的《十四行诗花环》，除《序曲》外每首诗的末一句都成了后一首诗的首句，而这些承上启下的诗句又汇聚在一起，组成了第15首冠名为《主题》的诗篇。这种格式复杂的组诗，普列舍伦写来却得心应手，毫无造作之感，表现了诗人的高超技巧和驾驭诗歌语言的能力。普列舍伦的诗歌创作数量不多，但可称得上篇篇都是精品，对斯洛文尼亚诗歌的发展具有深远的影响。

第九节　北欧文学

这一时期的北欧文学主要包括19世纪初到30、40年代的文学。同欧洲大陆一样，文学运动以浪漫主义为主。但是由于国家大小不一样，强弱不同，政治经济发展不平衡，表现在文学上发展也很不相同。丹麦、瑞典稍后于英、法等国于19世纪初出现浪漫主义。挪威的19世纪初期文学以反对异族统治和控制为主，30年代后出现了两个政治上对立的浪漫主义流派。冰岛文学还处于启蒙运动时期。芬兰语文学主要是收集和编纂流传在民间的口头文学。

丹麦是北欧五国中最早进入浪漫主义文学的一个国家。早在19世纪初，丹麦就受到德国浪漫主义的影响，出现了一些重要作家和作品，其中以欧伦施莱厄和格隆德维克较为突出。欧伦施莱厄是丹麦浪漫主义文学的奠基人，他的经典作品《黄金号角》发表于1803年。他的作品对整个北欧作家的创作都产生了很大的影响。除本国作家海贝亚和安徒生等人外，瑞典哥特式的诗歌仿效他的诗集；泰格奈尔的《弗里蒂奥夫萨迦》受了他的长诗《赫尔格》的启发；不少挪威、冰岛作家在他的影响下加入了浪漫主义运动行列。他被称为“斯堪的纳维亚作家之王”。格隆德维克也是一位在北欧有影响的作家。北欧国家竞相仿效他的成人业余教育思想，直至今日，这种成人业余教育学校仍然方兴未艾。

瑞典的浪漫主义运动晚于丹麦，其代表社团是“曙光联盟”和“哥特联盟”。他们分别于1810年和1811年出版《晨星》和《伊杜那》杂志，用来发表阐明自己观点和纲领的文章和作品，主要代表作家有阿特博姆、耶伊尔和泰格奈尔等。

法国资产阶级革命的影响跨过欧洲大陆深入到遥远的北部，受异族统治的北欧其他三国挪威、冰岛和芬兰到了19世纪初出现了不同程度的民族觉醒。挪威人民经过斗争终于在1814年召开国民议会宣布摆脱丹麦的统治，成立独立的君主国，然而独立未能实现，丹麦在同年签署的《基尔和约》中又将挪威割让给瑞典，挪威人民又为摆脱瑞典控制而奋斗。因此整个19世纪挪威人民为自身的独立解放进行着艰苦的奋斗，挪威的文学环绕着这一独立运动也蓬勃地发展了起来。30年代起文学上出现两种不同流派，即支持民族解放运动的自由派和主张维护传统、反对社会变革的保守派，其代表作家分别为韦格朗和韦尔哈文。两派作家都发表了不少诗歌、剧本和文章，对后来的挪威文学产生较大影响。

冰岛的文学尚处于启蒙运动时期，主要作家有埃盖尔特·奥拉夫松和荣·索尔劳克松等。

芬兰情况比较复杂，由于历史原因存在着两种文字的文学：用瑞典语创作的芬兰瑞典语文学和芬兰语文学。19世纪30年代前，芬兰瑞典语文学没有什么重要作品，芬兰语文学以收集流传在民间的诗歌为主。埃利阿斯·隆洛德经过多年长途跋涉，收集和整理，终于在1835年发表了第一版民族史诗《卡勒瓦拉》（又译《英雄国》）。它是世界文库的珍宝，有些语言学家把它同《伊利亚特》、《尼伯龙根之歌》和《罗兰之歌》并列为世界四部伟大民族史诗。

北欧浪漫主义运动是在德国浪漫文学影响下兴起的，有些作家还受到歌德和席勒较大影响。北欧浪漫主义作家的世界观具有德国唯心主义哲学流派的特点，他们都有共同的柏拉图观念，确信存在着一个更高的世界，即柏拉图的理念世界。

北欧的浪漫派作家同欧洲大陆国家的浪漫派作家一样，抒写大自然景色和风光是他们热衷的主题，作品富有感情和想象。他们对北欧古代历史、文学以及民谣、民间传奇和故事特别感兴趣，常常从其中寻找创作灵感和素材，如丹麦的欧伦施莱厄和瑞典的泰格奈尔、阿特博姆等。有些作家如泰格奈尔等在创作手法上和艺术经验方面也继承了古典主义的传统。

丹麦文学　16世纪的丹麦航运业和海外贸易十分发达，商船队居欧洲第三位。它还拥有一支规模可观的舰队。16世纪末，丹麦成立东印度公司，在西印度群岛和几内亚拥有殖民地。1767年丹麦宣布同俄国结盟，以保障其“武装中立”政策，从而导致同英国冲突。1801年丹麦舰队和英国舰队在哥本哈根海湾发生战争，这场战争导致丹麦民族精神、民族情绪的新生，从而也产生了一种新的诗歌。1807年英国再次派遣舰队包围哥本哈根，经过四天炮轰，丹麦海军全部覆灭。丹麦转而支持拿破仑一世，于1807至1814年同法国结盟以对抗英国。1812年瑞典和俄国结盟反对丹麦和法国。拿破仑一世失败后，丹麦国王菲立德立克六世被迫于1814年签署《基尔和约》，将挪威割让给瑞典。这次失利使丹麦的民族主义感情遭到严重打击，经济发生危机。335艘商船被缴获，使丹麦的对外贸易遭到毁灭性打击，挪威和英国市场丢失，国内物价暴跌，农产品质量低劣引起农业危机，从而又引起工业生产瘫痪。1814至1830年是丹麦现代史上最贫困的年代。在这种背景下，爱国主义情绪和怀念丹麦历史上光辉岁月的怀旧感情在全国出现。艺术和科学的发展呈现高潮，被称为黄金时期。文学上出现回归思潮，在德国耶拿浪漫派和歌德、席勒古典主义的鼓舞下，浪漫主义运动传入丹麦，浪漫主义思想和创作手法登上丹麦文坛。

文学上的浪漫主义思想首先由居住在丹麦的挪威人亨里克·斯坦芬斯（1773—1845）和萨克·斯坦菲尔德（1769—1836）介绍到丹麦。1798年斯坦芬斯访问了德国文化中心耶拿大学，出席费希特和谢林的讲座，他又熟识歌德和席勒。德国浪漫主义文学运动深深影响了他，他于1802年带着在德国学到的新的经验、观点和研究成果返回丹麦，在哥本哈根作了一系列关于浪漫主义哲学思想的讲座，引起轰动。斯坦芬斯这些讲座中的前九讲以《哲学讲座》为题于1803年发表。在他众多的听众中有后来成为著名作家的欧伦施莱厄、格隆德维克和勃里高等。1804年斯坦芬斯又返回德国居住，用德文发表《小说》（1837—1838）一至十六卷。虽然他的作品在文学上价值不大，但是他把德国浪漫主义思想介绍到丹麦的功绩使他同后来的格奥尔格·勃朗兑斯等齐名。

丹麦浪漫主义文学运动中有两位最杰出的代表，他们是欧伦施莱厄和格隆德维克。

阿达姆·欧伦施莱厄（1779—1850）是丹麦浪漫主义文学的奠基人。他出生于哥本哈根，父亲是首都附近一个城堡的管家，家道比较拮据，正如欧伦施莱厄自己后来所说的："在我年轻时代的道路上没有玫瑰。我是穿着王室廉价出售的破烂衣裳长大的。"

欧伦施莱厄曾在哥本哈根一个学校学习，16岁离开学校到皇家剧院当演员，两年后进入哥本哈根大学攻读法律、北欧历史和神话学。1808年出任哥本哈根大学美学教授。

1802年他同斯坦芬斯进行一次彻夜长谈之后，立即动手把自己业已完成的诗稿，除了八首之外全部重新改写，并于次年以《诗》为题发表。这部作品共分三部分，第一部分是歌颂北欧古代辉煌的史诗；第二部分是描写大自然景色的抒情诗；第三部分是诗剧《仲夏夜之剧》，是《诗》的高潮部分。这是一部歌德式的叙事诗作，艺术上的价值不算太高。

1803年，欧伦施莱厄发表长诗《黄金号角》，这部作品由简短而不规则的诗节组成，通过丹麦古代两个黄金号角得而复失的故事来象征过去和现代的一致性。诗中通过对大自然的描写着力展现出宇宙精神，其中题为《大自然气质》一首尤为明显。这首长诗的发表，打破了18世纪丹麦文学的古典主义传统，标志着浪漫主义从德国进入丹麦。它被誉为丹麦浪漫主义诗歌的经典作品，确立了欧伦施莱厄作为丹麦浪漫主义文学奠基人的地位。在1805年他发表的抒情叙事诗《诗作》中包括一篇诗剧《阿拉丁，神灯》。丹麦文学评论家勃朗兑斯称它是19世纪上半叶丹麦文学的奠基石。此外，欧伦施莱厄还创作了大量取材于斯堪的纳维亚历史和神话的诗作，如《圣·约翰的夜晚》（1803）、《小牧童》（1818）、《赫尔格》（1814）和《北欧诸神》（1819）等。《赫尔格》是一部在丹麦文学史上首次出现的、由两组诗歌构成的长诗，诗中写两个兄弟，一个是海盗赫尔格，另一个是热爱和平的丹麦国家组织者克罗阿尔。赫尔格由于不断玩弄阴谋，搞暗杀，最终遭到惩罚而自杀。

1805年夏天，欧伦施莱厄从丹麦政府领到一笔奖学金，并开始到德国、法国、意大利和瑞士等国旅行，接受了歌德和施莱格尔的影响，创作了一系列以北欧古代历史、传统和异教神话为题材的历史剧和神话剧。他在德国创作了以北欧历史为题材的悲剧《哈康·雅尔》（1807），在法国旅行时写了历史剧《帕尔那托克》（1807）和《阿克赛尔和瓦尔堡》（1808），在瑞士他写了以意大利文艺复兴时期伟大画家的生平为题材的悲剧《克雷吉奥》（1809）。这几部作品主要反映新与旧、民权与王权、人道主义与社会压迫之间的斗争。正当霍尔堡的喜剧在丹麦衰落时，欧伦施莱厄的这些剧本给丹麦戏剧带来了生机。这一类剧作还有表现北欧民族特有的剽悍性格的爱情剧《哈格巴尔特和悉格内》(1815)以及描写一个名叫斯特科德尔的人在年轻时由于受到教士唆使杀死奥拉夫国王而感到后悔的悲剧《斯特科德尔》(1811)等。30年代以后,他创作了历史剧《玛格雷特女王》(1833)、《圣奥拉夫》(1836)和《克努德大帝》(1838)等剧本,流露出把王权理想化的倾向。此外还著有取材于民间关于丹麦王子哈姆莱特传说的悲剧《阿姆莱特》(1846)以及其他剧作,如《瓦里亚格人在君士坦丁堡》(1827)、《查理大帝》(1829)等。

晚年的欧伦施莱厄创作精力仍然十分旺盛,在70岁高龄时还发表了悲剧《卡尔坦和古德隆》(1848)和诗歌《诗的艺术》(1848)。他最后一部作品是英雄史诗《拉格纳·洛德勃鲁克》(1849)。

欧伦施莱厄是一位才华横溢的作家,他不但创作了大量的剧本、数量浩繁的诗作,还著有小说、自传、回忆录和美学论著等。他作品的核心思想是精神自由,创作的素材和主题大都借鉴于北欧历史和神话。

欧伦施莱厄的创作受外来影响尤其是德国影响较大,而**尼古拉·弗列德立克·赛文林·格隆德维克**(1783—1872)则主张提倡民族精神,摆脱外来影响,他被誉为"北欧国家的倡导者"。格隆德维克出生在乌德毕市,曾在一个庄园里当过家庭教师。他热衷于研究神学,精通历史,崇拜斯堪的纳维亚古代文学,认为北欧人民可以从这种古代文学中看到自己民族的精神和传统。他还是一位诗人、演说家和教育家。他以其毕生精力在丹麦处于十分贫困的时期为国家民族的振兴而大声疾呼。他认为在政治和社会处于困难阶段时,文学是最好的庇护所,丹麦历史上的光辉年月是对青年一代最好的安慰和教诲。为了从历史的往事中去挖掘财富,他到英国去收集丹麦民族祖先的文学遗迹,经过调查挖掘,对收集到的材料进行整理研究后发表了《北欧的神话》(1808)。由于这部作品,他在北欧诸国享有盛誉。

格隆德维克的座右铭是“忠诚和自由”，因此他主张学校应该成为传授新教育思想的阵地，唤起基督教英雄主义精神的场所，通过对本民族历史语言和文学的学习和研究，学校应该使学生们胸怀爱国主义情操。他不但积极宣传，而且还身体力行，发表了旨在唤起民族自尊的诗集，从古老神话、传说和“埃达”中吸收营养，创作诗剧《命运女神和神之间的斗争》(1808)、《北欧英雄时代衰落的戏剧性场面》(1809—1811)以及《世界编年史概略》(1812)、《教会史概略》(1833)。1848至1851年他负责主编《丹麦人》周刊。这本杂志经常发表他的文章以及有关历史、宗教和社会方面的作品。此外他还翻译出版了丹麦教士萨克索·格拉马蒂可斯和冰岛作家斯诺里·斯图拉松的作品。

本哈德·赛文林·英厄曼(1789—1862)出身于丹麦南部路德派的牧师家庭。他于1806年到哥本哈根大学攻读语言学和哲学。在大学学习期间对德国浪漫主义诗歌发生兴趣，并于1811年发表处女作《诗》。他的哲学观点同歌德和谢林不一样，他认为人类的存在是恶魔势力和基督教，即撒旦和上帝之间斗争的继续。他的这种观点在寓言诗《黑色骑士》(1814)和童话诗《神童雷纳尔德》(1816)中有较为显著的表露。他的《晨曲和晚歌》(1839)是丹麦儿童都会背诵的诗歌。他还发表了不少以13、14世纪历史为背景的小说，如《瓦尔德玛胜利王》(1826)、《埃里克·门维兹的童年》(1828)、《埃里克国王和歹徒》(1833)和《丹麦王子奥托》(1835)等。这些作品以颂扬丹麦古代的伟大和光辉来唤起丹麦人的自傲和民族精神，深受读者欢迎，他因此被誉为丹麦的“沃尔特·司各特”。他还著有一些剧本，但均不十分成功。

约翰内斯·卡斯顿·豪克(1790—1872)也是一位受德国浪漫主义文学影响的丹麦作家，他出生在挪威，父母都是丹麦人。他在第一部作品《对比·两首戏剧性的诗》(1816)中揭示了自己在现实和理想之间举棋不定的矛盾心理。这部作品发表后，他对自己能否成为一个出色的作家感到犹豫，因此中止写作而全身心投入到学习自然科学上。1821年他获动物学博士学位，后来由于长期生病而截掉一只脚，使他又走上了创作道路。1827年豪克担任索勒学院自然科学教师，1846年任德国基尔大学斯堪的纳维亚文学教授，1857年出任哥本哈根大学美学教授。

豪克曾任皇家剧院经理兼戏剧顾问，在希腊和莎士比亚戏剧影响下创作了剧本《巴雅扎特》（1828）、《第比利乌斯》（1828）和《堂·君》（1829）等。这几部作品都是悲剧，人物描写对比性强，对白有力而引人入胜。

豪克同英厄曼一样极力推崇司各特的作品，仿效他创作了不少历史小说，如《威廉·扎伯恩》（1834）、《炼金术士》（1836）和描写为争取自由、反抗俄国的波兰英雄的《一个波兰家庭》（1839）以及《莱茵河上的城堡》（1848）和《罗伯特·福尔坦》（1853）。最后一部小说《查理·勃西莱》（1860）描写法国革命期间主人公为营救断头台上的犯人而进行英勇斗争的故事。此外，他还著有诗作：《抒情诗》（1842）、《抒情诗与浪漫史》（1861）和《新诗集》（1869）等。

瑞典文学 1792年3月16日，瑞典国王古斯塔夫三世在歌剧院参加化装舞会时遭暗杀，两星期后因伤势过重而去世。他的去世意味着瑞典文坛上的“古斯塔夫时代”结束。从他的去世到19世纪头十年中，瑞典文坛十分平淡，没有发生重大事件。当时的著名作家有的相继去世，如谢尔格伦、李德奈尔；有的移居国外，如图里尔德；有的作家，如女诗人伦格伦除了偶尔发表几个小作品外，几乎把自己的笔搁置了起来；莱奥波尔德则创作枯燥的道德诗。但是在这看来似乎无声无息的表面现象中，一种新文学思潮——浪漫主义思潮正在悄悄地酝酿。弗朗斯·米开尔·弗朗森（1772—1847）是个芬兰作家，移居到瑞典后，在海尔诺桑德当主教，是他首先抛弃古斯塔夫时代的古典传统，模仿英国、德国诗人发表诗歌。后来劳伦苏·哈马舍尔德（1785—1827）和克拉斯·李维恩（1781—1844）办了一本取名为《波立芬》的杂志，第一期于1809年12月出版，著文讽刺瑞典学院的保守立场。1810年一本更为激进的杂志《晨星》出版。这两本杂志代表新浪漫派的主张，被称为“新派”或“晨星派”，最重要的代表人物是诗人彼尔·达尼尔·阿特博姆，他们在德国浪漫派的影响下对18世纪启蒙派和法国古典派传统发动猛烈攻击。在“晨星派”出现后不久，一个新的学术团体——“哥特学会”于1817年成立。这一派强调民族因素，主张发扬古代哥特人刚毅坚强的性格，恢复北欧历史的早期传统，重振瑞典民族精神。他们通过自己的作品使民间传奇、故事和民歌重又在瑞典人民中引起广泛兴趣。这一派的会刊《伊杜那》，以斯堪的纳维亚古代一个神的名字命名，代表作家是耶伊尔和泰格奈尔。

瑞典的浪漫主义思潮一直延续了20年，在这20年中，主要有四位代表作家，除了上面提到的三位以外，还有斯塔格奈利乌斯。他们发表了一系列富有活力、技巧娴熟的诗篇，因此这一时期被称为“瑞典诗坛的黄金时期”。黄金时期的出现一是由于出现了几位才华横溢的诗人；二是由于当时外来环境的影响。18世纪末来自英国和德国的新浪漫派诗歌已经介绍到瑞典，更为重要的是19世纪初德国哲学思想和德国浪漫派文学对瑞典诗人产生了重大影响。在创作中耶伊尔和泰格奈尔较为独立，没有全盘照搬德国文学，而阿特博姆和他的新浪漫派的其他成员则亦步亦趋地学习德国，使德国浪漫派这棵大树在欧洲北部的瑞典长出了分枝。

瑞典浪漫派中的主要诗人除了斯塔格奈利乌斯外，大都生长在农村，是牧师或商人的子弟，上过大学，后来又在小城市的大学中当教授；阿特博姆和耶伊尔在乌普萨拉大学，泰格奈尔在当主教以前一直在瑞典南部的隆德大学。他们的这两个特点使他们在政治上比较保守，漠视实际变化，对当时社会和政治上的变更甚至持强烈的反对态度。但是耶伊尔则有些不同，到了晚年他从保守派转向了自由派。

瑞典的浪漫派同北欧历史和民间传说关系密切，他们中的绝大部分人早在孩提时代就听其父辈们讲述北欧古代传奇，自己也从小阅读大量民间故事和传说。他们被古代奇异而神秘的社会和世界深深吸引住；他们认为这些材料才是最富有生命的，也是最充满活力的。他们研究文物，收集、整理和分析民间传说和故事，从古代萨迦世界和古代历史中去挖掘素材，创作出反映现代民族理想的英雄故事和作品。阿特博姆的《瑞典的先知和诗人》（1841）、耶伊尔的《斯维亚王国的编年史》（1825）以及《瑞典人的历史》（1832—1836）都是在研究历史后创作出来的里程碑式的作品。

彼尔·达尼尔·阿特博姆（1790—1855）出生于东约特兰省的一个牧师家庭。15岁进入乌普萨拉大学学习，此后，除了1817至1819年出国和每年夏天回家乡度假之外，再也没有离开过乌普萨拉大学。20岁时他带头组织文学社团，并为其喉舌《晨星》杂志撰写发刊词。这是一篇新浪漫主义的实验诗作，详细叙述了他们的哲学观点和美学纲领。但是在这篇发刊词中，他对新浪漫主义的思想表达得不十分清楚。在以后的作品中，阿特博姆对浪漫派诗歌的复杂形式和思想有了较为精辟的阐述。1812至1838年，他在《诗历》杂志上陆续发表了题为《花》的诗篇，共有40篇，每篇写一种花，后收入《诗集》中。他的这些《花》诗受到谢林关于万物有灵和自然现象是内心生活表现的理论影响，是感怀抒情之作。前期的《花》诗高雅而具有深刻的哲理思想，后期的《花》诗形式简洁明朗，类似民歌。这些《花》诗描写极为生动形象，语言技巧运用娴熟，受到广泛欢迎。

阿特博姆的代表作是分上、下两部分的童话剧《极乐岛》，分别发表于1824和1827年。这个剧本是根据他童年时普遍流传在瑞典农村的民间故事编写而成的。它描述北方国的阿斯道尔夫国王从自己寒冷、阴郁的北方国跑到南方的极乐岛，并同岛上的女王费丽西娅过了300年幸福的生活。300年后阿斯道尔夫为脱离自己的王国、自己的人民而受到良心责备，说服女王后，乘一匹飞马返回到自己的王国，返回到现实中，返回到他自己该尽义务的王国里。剧本的结尾是阿斯道尔夫国王无法重新统治本国，在重返极乐岛途中死去，费丽西娅女王也重新变成星星的女儿回到天上，极乐岛沉入海底。这部故事剧是具有深刻哲理的典型的浪漫主义作品，极富有诗意；诗人将叙事诗、抒情诗和戏剧熔于一炉，因而成为瑞典诗坛上一位重要诗人。

阿特博姆的其他作品还有剧本《蓝鸟》(1813)以及花了20年撰写的瑞典文学史《瑞典的先知和诗人》(1—6卷)等。

埃里克·古斯塔夫·耶伊尔(1783—1847)是"哥特学会"的重要成员，他和阿特博姆是乌普萨拉大学的同事。早年两人的趣味及意向相同，成为至交；但阿特博姆生性柔弱，自悲自怜，自我专注，而耶伊尔则健壮、乐观、充满活力，由于两人性格截然不同，慢慢地两人的关系变得不十分亲密了。

耶伊尔出生于韦姆兰省东部的林区乡间，父亲是铸铁厂厂主，家境富裕。虽然他的家远离文化、文学和艺术中心的城市，但是他从小爱好音乐，这对他的性格培养、诗歌创作和流露情感的方式都有重大影响。耶伊尔在30年代出版的《回忆》一书中对家乡旖旎的自然风光和工场劳动生活以及温馨的家庭和愉快的童年时代都有较为详尽的记载和描述。他16岁离开家乡，考入乌普萨拉大学，七年后获哲学学士学位。1809至1810年他到英国旅行，在英国的经历使他开阔了眼界，促使他对社会关系和外界现实发生兴趣。回国后，他的诗才像洪水决堤似的喷涌奔流，发表了不少卓越的诗篇，并获得了瑞典学院文学奖。他自己把这一阶段称为"歌德时期"，瑞典的有些评论家也把他称为"瑞典的歌德"。他的《自耕农》(1811)和《北欧海盗》(1811)是瑞典抒情诗宝库中两颗光芒四射的珍珠。这两篇诗都是以主人公第一人称的自述来描写古代斯堪的纳维亚人的作品。《自耕农》是描写刚健而具有独立性格、脚踏实地靠土地生活的农民。《北欧海盗》则带有浪漫色彩，描绘富有冒险精神和热爱自由的维京人，即海盗时代的北欧人。他在这首诗中对海洋和航海生活的描写生动而逼真，活泼而清新，读后使人感到似乎是航行在波涛汹涌的大海上。《曼海姆》是耶伊尔在《伊杜那》杂志中发表的一首"哥特学会"纲领式的诗，用浪漫主义诗歌常用的格律写成。《最后一名战士》(1811)和《最后一位诗人》(1811)也是他重要的叙事诗作。

1815年耶伊尔担任乌普萨拉大学历史讲师，两年后任斯堪的纳维亚历史教授，出版了几部历史著作，其中最著名的有《封建主义和共和国》(1818—1819)、《斯维亚王国的编年史》和《瑞典人的历史》。除了诗歌和历史作品外，他还在音乐领域孜孜不倦地耕耘，为很多歌词谱曲，有些歌曲至今仍然广泛流传。

和耶伊尔同时代的诗人**埃沙伊阿斯·泰格奈尔**(1782—1846)也出生在韦姆兰省，但是他和耶伊尔不同，家境十分拮据，父亲是一个乡村牧师，小泰格奈尔9岁时父亲去世，母亲无力抚养孩子，更无能力提供他们上学。幸亏有人赏识泰格奈尔的天分，资助他上中学、大学。他于21岁取得大学学位，29岁任母校隆德大学希腊语教授，1824年任斯莫兰省韦克舍区主教。

泰格奈尔早年曾发表过一些诗歌，虽然也送到瑞典学院参加竞赛，但并未引起瑞典学院和读者的注意。1808年瑞典在芬俄战争中丧失芬兰，泰格奈尔对俄国极为愤恨，发表《斯考耐国民警卫队员战歌》(1808)，引起轰动，1811年又发表诗歌《斯维亚》。这是两首热爱祖国、仇恨沙俄的诗篇，诗中号召瑞典人民采取行动反对俄国。在《斯维亚》一诗中，诗人甚至号召瑞典人民对东方的敌人展开一场复仇战争。《斯维亚》一诗使泰格奈尔获得了瑞典学院文学奖。

泰格奈尔和耶伊尔都属于老一代诗人，受到法国古典主义和新古典主义的影响。1812至1813年间泰格奈尔的创作向浪漫主义方向发展，但是他的“哥特主义”主要是在美学方面，和他的新古典主义倾向有着密切的联系。他的作品往往形式是古典主义的，内容则是浪漫主义的，如《树》和《太阳之歌》等。泰格奈尔虽与新派有共同之处，也曾为《伊杜那》杂志撰稿，有的文章也受到新派的欢迎，但是“晨星派”和泰格奈尔之间很快出现分歧。“晨星派”批评泰格奈尔写诗的风格，并责备他缺乏热情和深度。泰格奈尔从康德的“批判主义”哲学出发，始终保持怀疑论的立场，反对“晨星派”的形而上学思想。他对“晨星派”的新浪漫主义和18世纪古斯塔夫时代的文学都持不赞同态度。他在隆德大学庆祝“宗教改革”三百周年的《庆典会上的演讲》（1817）中发表了自己的原则宣言。他表示19世纪初德国文学沉溺于玄妙以及对神秘世界的探索，与18世纪的经验主义同样都是不可取的。泰格奈尔在这里首先批判了谢林等人的新形而上学及一切神秘主义，接着批驳了“晨星派”把信仰和知识混为一谈的观点，认为他们创作的诗歌软弱无力、含混不清和不合情理。

1820至1822年泰格奈尔在“哥特学会”会刊《伊杜那》上发表史诗《弗里蒂奥夫萨迦》。这部史诗标志着泰格奈尔从早期的抽象抒情诗人进入叙事诗人阶段。《进圣餐的孩子们》（1820）和《阿克赛尔》（1822）也都属于这一类作品。《弗里蒂奥夫萨迦》是泰格奈尔从欧伦施莱厄的浪漫曲《赫尔格》得到启发，以浪漫曲形式来描写古代北欧题材的作品。这部诗作不但使他享誉北欧，也使他作为瑞典诗人第一次在世界文坛上占有一席地位。全诗共有24个篇章，内容大致是：弗里蒂奥夫是挪威富裕农民的儿子，同国王的女儿英格堡一起学习；国王答应将英格堡嫁给他，但是国王死后，王位继承人——英格堡的兄弟不遵守国王的诺言，而且还焚烧了弗里蒂奥夫的财产。他为了复仇烧掉了巴尔德尔神殿，后隐姓埋名逃到林恩国王的宫殿。最后他回到自己家园，同英格堡结为伉俪。弗里蒂奥夫萨迦原本是一部冰岛萨迦，经过泰格奈尔加工、改动和整理，故事情节更为生动和现代化。这部史诗熔抒情与宏论于一炉，成为瑞典诗歌一部不朽杰作。主人公弗里蒂奥夫是无所畏惧、勇往直前、不取得最后胜利决不善罢甘休的英雄。其实他不是简单的个人，他代表了具有远大志向、高尚情操和不屈不挠精神的斯堪的纳维亚民族。

《阿克赛尔》(1822)是泰格奈尔的另一篇佳作，内容是歌颂国王英勇的侍从阿克赛尔。国王派他去送书信，中途要穿越俄国漫漫无际的大沙漠，他毫不畏惧，只身启程，被敌人发现并受了重伤。沙漠之女玛利营救了他，两人产生了爱情。可是阿克赛尔为了完成任务毅然离开了心爱的人。当他执行完任务返回时，玛利已身受重伤奄奄一息。她以微弱的声音说道："看呀，阿克赛尔，月亮下有一朵云彩正在飘流，这朵云彩飘走的时候也是我要死去的时候，我的魂魄将会安息在彼岸，我将在那里为你祝福。"玛利死后，阿克赛尔整天围绕在玛利的坟墓周围哭泣。最后他在海岸边死去，可他已经失明的眼睛仍然牢牢地盯着他心上人的坟墓。这首诗内容缠绵悱恻，感情真挚，写景写物自然真切，语言优美动人，是瑞典最优美的诗歌之一。

除了诗歌外，泰格奈尔当教员时的讲稿和当主教时的布道词以及书信等，在修辞学上和教育学上都对瑞典的语言作出了杰出贡献。

埃里克·约翰·斯塔格奈利乌斯(1793—1823)也是这一时期重要的浪漫派诗人，但是他同当时的文学团体"晨星派"或"哥特学会"都没有联系。他出生于厄兰岛的牧师家庭，没有上过正规的小学和中学。17岁前靠大量阅读父亲的藏书自修学业。1810年他到隆德上大学，1812至1814年在乌普萨拉上大学。毕业后在斯德哥尔摩一个皇家公署任职。由于他体弱多病，经常病休在家，而且他的性情孤僻古怪，很少同人交往。逝世之前酗酒，抽鸦片，生活堕落，29岁就离开了人世。他生前出版过剧本《殉教者》(1821)和《酒神的女祭司》(1822)以及一部宗教抒情诗集《萨隆平原上的百合花》(1821)。他去世后，由新浪漫派杂志主编劳伦苏·哈马舍尔德整理出版了他的《文集》(1824—1826)。

斯塔格奈利乌斯的作品有抒情诗、叙事诗和剧本。由于多病和爱情的挫折，他经常沉湎于梦幻之中，他的抒情诗以描绘理想和现实的对立为主，如《恩底弥翁》和《内根》。有的诗描写他渴望摆脱人世间的苦难，奔向天国，奔向"更高超的生活"，如《候鸟》一诗通过对候鸟从北方飞到南方的描写来象征人在死后从忧郁的现实世界飞向想象中幸福和美好的天堂。《萨隆平原上的百合花》是哲理性的宗教抒情诗，充满新柏拉图主义思想。除了诗作外，他还著有不少剧本。悲剧《阿尔勃特和尤利娅》、《骑士之塔》和《罗马的妓女》等都是生前最后几年创作的。他最重要的剧本是生前出版的《殉教者》和《酒神的女祭司》。前者描写女主人公坚持信仰基督教，宁死不改变其立场的殉道精神，后者是写主人公积极宣传新教，被酒神的女祭司分尸而亡。

斯塔格奈利乌斯的文学成就主要在于他的创作风格。作品充满激情，形式准确，技巧娴熟，词藻华丽，音乐感强。同时代的诗人无不对他推崇备至，称他为早熟的天才诗人。

瑞典的浪漫主义文学到斯塔格奈利乌斯那里达到了鼎盛期，此后的作家或模仿他们的风格和技巧，或转向新兴的现实主义文学。

挪威文学　自17世纪至18世纪初期，由于丹麦对外战争频频失利，国力急剧衰弱，放松了对挪威的控制，挪威经济因此得到迅速发展。但是丹麦的宗主国地位和对挪威贸易的垄断阻碍了挪威资本主义经济继续发展，因此挪威国内要求脱离丹麦、争取民族独立的运动不断高涨，民族意识越来越强烈。这种独立倾向反映在文学上是民族因素的复苏，出现了描述自己国家、自己民族和用本国语言创作的作品。诗人克立斯蒂·鲍曼·吐林（1728—1765）于1758年发表《五月天》，歌颂挪威自然风光，赞美乡村生活。在挪威各阶层人中还出现不少刻苦钻研历史的作家，他们发表唤醒民族意识的作品，其中最突出的人物是盖哈德·舍宁（1722—1780）。尽管他的《挪威历史》（1771—1781）到他临终时仍未完成，但是为挪威历史研究打下了基础，为挪威民族感情的发扬作出了贡献。1760年挪威成立"皇家挪威研究社"，这个组织虽然在文学方面没有突出成就，但是它的成立意味着挪威出现了提倡本国文化的雄心和意识。1772年由定居在丹麦的挪威作家和留学生在哥本哈根成立的"挪威社"则是民族主义倾向发展的标志。挪威社的成员提倡"民族骄傲、爱国爱家"，他们以文学为武器发表争取民族独立、反对丹麦在政治和文化上统治挪威的作品。诺达尔·勃鲁恩（1745—1816）发表了爱国诗歌《欢呼呀!喔，挪威!》以及挪威文学史上第一部历史剧《埃纳尔·塔姆勃斯盖凡》（1772）。18世纪下半叶的挪威文学大多是充满政治理想色彩的作品，虽然缺乏美学价值，但是这时期的作品都充分显示了挪威人民300多年来一直向往的要求文化独立、摆脱丹麦枷锁的愿望。

挪威文学在持续几个世纪的萧条时期之后，到了19世纪终于出现了变化。但是从1800至1830年，挪威文坛不像丹麦和瑞典文坛那样处于黄金时期，没有什么重要作家和作品出现，因为文艺界将全部精力都献给了争取国家的自由和宪法的诞生。1811年挪威建立了自己的大学，挪威学生再也不需要涉洋过海到丹麦去完成学业了。1814年5月17日，挪威临时行政委员会在埃兹沃尔召开国民议会，通过宪法，宣布挪威为独立的君主国。在"五月十七日宪法"的鼓舞下一批酷爱自由、热爱祖国的作家纷纷涌现；他们以国王、英雄和普通农民为主人公，创作诗歌、剧本和小说。这个时期的主要诗人有西蒙·乌拉斯·沃尔夫（1796—1859）、康拉德·尼古拉·斯瓦斯（1793—1860）、19世纪第一个在诗歌中运用方言的诗人汉斯·汉松（1777—1837）和挪威国歌《挪威之子》（1820）的作者亨里克·恩克尔·培累加德（1792—1842）等。

随着挪威政治上保守派和自由派的形成，文坛上也出现了两种不同观点的文学潮流；自1830年起两派之间展开了一场持续几年的大辩论。以亨里克·阿诺尔德·韦格朗为首的"挪威社"政治上属自由派，他们主张挪威应该进行不屈不挠的斗争，彻底摆脱异国统治，争取政治上和文化上的完全独立，同丹麦彻底决裂；在文学上他们是典型的浪漫派。韦格朗的诗作主要描写挪威的旖旎风光和人民生活，歌颂优美的民间音乐。他是第一个提出改革挪威语言的作家，主张提高工人、农民的教育水平，创办杂志，为增强下层群众的民族意识做了大量工作。他还发表了支持西班牙和俄国被压迫阶级、美国黑人，尤其是居住在挪威的犹太人的诗歌。他对在丹麦享有盛誉的欧伦施莱厄极为蔑视，认为后者没有反抗政治和社会压迫。同"挪威社"对立的一派以诗人约翰·赛巴斯梯恩·韦尔哈文为首，这一派主张维护传统，属于保守派，代表挪威文职人员阶层。他们认为19世纪初期的挪威诗歌过于浅薄，要想在一无所有的基础上创造出一种新的文学是不可能的，只能在外国文学的启迪下从事文学创作，因此这一派主张几百年来将挪威和丹麦联结在一起的关系不应该破坏，文化上存在的丹麦因素不能忽视。

约翰·赛巴斯梯恩·韦尔哈文（1807—1873）出生于挪威第二大城市卑尔根，父亲是医院牧师，母亲思想敏捷，善于言辞，是丹麦作家约·卢·海贝亚[①]的亲属。这一背景对他影响很大。他在文学上从当时丹麦著名作家中吸取营养，在政治上愿意同丹麦继续保持固有的关系，这使他成为保守派中的重要一员。他于1836年到过法国和德国，1840年被国王任命担任克里斯蒂安尼亚（即今奥斯陆）大学哲学讲师，1858年赴意大利学习考古学。

韦尔哈文被挪威西部雄伟壮丽的景色以及高山冰川和峡谷之间的和谐美深深吸引，他的大部分诗作都是描绘自然景色的，诗句优美生动，充满柔情。

---

① 约翰·卢兹维·海贝亚（Johan Ludvig Heiberg，1791—1860）是丹麦有影响的作家，安徒生等作家都受到过他的赞赏和支持。

1830年8月韦尔哈文在《晨报》发表诗作，攻击以韦格朗为首的“挪威社”派。1832年他又发表《论亨里克·韦格朗的诗作》，全面抨击韦格朗的作品。

韦尔哈文主张诗歌不应该是直接感受的抒发，而应该是感情的回忆。他的第一部诗集《诗》（1839）回忆了同韦格朗的论战、在法国的旅游，描写多姿多彩的挪威自然风光，如《卑尔根一览》和《城市墓地》等。《新诗》集（1845）中有怀念已故妻子的诗歌《倒放的酒杯》、哲理诗《诗的灵感》以及民谣《天空中的骑士》。《五十首诗》（1848）大部分描写自然景色和叙述民间传说，也有怀念亡妻的《神圣的人》等。这部诗集被誉为挪威文学上最美丽的回忆诗篇。1851年和1860年他还发表过两部诗作，但都逊色于他30、40年代创作的诗歌。

亨里克·阿诺尔德·韦格朗（1808—1845）出生在克里斯蒂安桑市，父亲尼古拉是个牧师，曾在哥本哈根学习神学，在政治上积极主张摆脱异族统治，推崇法国革命，发表过小册子《丹麦在挪威犯下的政治罪行》（1816）。韦格朗深受父亲影响，他跟随着父亲的足迹，积极主张挪威独立。

韦格朗曾在奥斯陆大学攻读神学，1829年获神学学位。他从小爱好文学，13岁时发表第一篇短篇小说，19岁用笔名发表第一部剧本。第一部诗集《诗，第一组》发表于1829年。他的另一部诗集《创造力、人和救世主》（1830）发表后一个月便遭到韦尔哈文等人的抨击。挪威文学史上第一次文坛辩论由此开始，韦格朗和韦尔哈文成为首次论战中的两位核心人物。

韦格朗对政府歧视犹太人极为不满，发表了《犹太人》（1842）和《犹太女人》（1844），这两首诗直至今日还被挪威人民广泛传诵。它们在挪威政府给犹太人同其他外国人同等权利上起了很大作用。由于他的功绩，侨居在挪威的犹太人在韦格朗墓前为他竖起了纪念碑。他的其他诗作还有《扬·冯·赫松姆的花卉画》（1840）、《一个古老的挪威庄园》（1835）以及在病榻上创作的《致我们的紫罗兰花》（1845）等。

韦格朗一生发表过大量剧本、讽刺小品和诗歌。他通过这些作品在人民群众中播种自由和正义的种子，揭露社会问题。他还积极从事启蒙教育活动，开办图书馆，创办杂志，散发小册子等等。他为摆脱瑞典控制和丹麦影响，争取民主和民族自由而呼唤奔走，受到富人们的非难，但是却赢得了广大下层群众和小人物们的推崇。在他的号召下，挪威人民把1814年制定宪法的日子——5月17日选为挪威国庆日。韦格朗虽然只活了37年，但是他在这短暂的生命中为挪威的政治独立和文化发展作出了巨大的贡献。韦格朗的思想及创作对19世纪后期的作家如易卜生、比昂格等人产生了影响。

冰岛文学　18世纪下半叶到19世纪初期，即1750至1830年是冰岛的启蒙运动时期，也是冰岛民族开始觉醒，国家开始进步的重要时期。

冰岛几世纪来由于异族统治压迫、饥荒以及恶劣的气候和物质条件，人民一直处于贫困和绝望的深渊。18世纪后半叶起，随着英国的科学知识和哲学思想以及法国孟德斯鸠、伏尔泰等人作品的传入，人民要求发展科学、争取自由和民族独立的愿望越来越强烈，启蒙运动开始在冰岛兴起。启蒙运动者致力于普及教育，他们认为只要把真理和真知传给每一个人，一个幸福的世界就可以建立起来，因此教育和启蒙成为当时最为时髦的口号。冰岛启蒙运动的主要代表有诗人和自然科学家埃盖尔特·奥拉夫松、农学家比尔恩·哈尔多尔松、社会经济学家荣·埃里克松、主教哈内斯·芬恩松、主编马格努斯·凯梯尔松和民族主义者、法院院长马格努斯·斯坦芬森等。他们成立了各种文学社团，如“无形社”（1760）、“冰岛博学艺术社”（1779—1796）和“启蒙社”（1794—1827）等，并且出版了各种刊物和书籍，如《皇家之镜》（1768）和《冰岛月刊》（1773—1776）等。1773年一个印刷非宗教文学的出版社成立，打破了教会长期以来对印刷书籍和纸张的垄断。在众多的社团中有两个较为重要，一个是由丹麦语言学家拉斯莫斯于1816年分别在雷克雅未克和哥本哈根成立的“冰岛文学社”，其宗旨是维护冰岛语言，出版古今冰岛文学；这个文学社为冰岛人民的文化生活作出了很大贡献。另一个是1825年成立于哥本哈根的“北欧皇家古籍研究所”，编辑出版了不少古代冰岛作品和王室萨迦等。这些作品引起冰岛人民对古代萨迦文学的兴趣，从而极大地加强了冰岛人民的民族意识和民族精神。

冰岛的启蒙运动者为了打破200年来“上帝的话”主宰冰岛的局面，首先出版各种知识性的书籍和小册子，教育人民怎样种田，怎样打鱼，通过发展生产来提高生活。他们还用生动的寓言、故事和短剧以及简洁易懂的对话、文章和箴言来叙述自然科学、地理和历史，如哈内斯·斯坦芬森（1762—1833）的《快乐朋友》（1791）就是用这种深入浅出的形式写成的。

冰岛的启蒙运动者不但自己发表作品，而且还把英国的弥尔顿、蒲柏、挪威的吐林、丹麦的埃瓦尔和德国的克洛卜施托克等人的作品译成冰岛文，这些翻译作品对推动冰岛启蒙文学的发展和诗歌的创作都产生了一定的影响。

埃盖尔特·奥拉夫松（1726—1768）是启蒙运动初期的重要诗人和研究冰岛地理和自然史的学者。他出身于西部斯纳费尔斯内斯的农民家庭，1748年在哥本哈根大学获学士学位后发表了两篇关于冰岛自然史的论文，引起丹麦科学院的重视，推荐他对冰岛的地理、地貌、自然资源和人民的生活习俗进行考察研究。1752至1757年，他和比约尔尼·鲍尔松一起在冰岛各地旅行调查，写成《周游冰岛》一书（共二卷），于1772年首先用丹麦文发表，后被译成德、法、英等多种文字在各国发表。这是冰岛历史上第一部对这个国家和人民进行详尽而有权威性描述的巨著。

埃盖尔特是一位有才华的诗人，发表过大量诗篇。他是第一个在诗中把冰岛比喻为"高山妇人"的诗人，直至今日，冰岛诗歌和绘画艺术仍不断借鉴这一比喻。他还是第一个用诗来描写冰岛自然风光的诗人。他的诗作洋溢着对自己国家和民族深深的爱和对本国历史和古代文学的崇敬。《农民阶层》是他最著名的作品。这是由一系列诗歌组成的诗集，描述生活在美丽的自然风光中的冰岛农民节俭、活跃而富有幻想的生活。埃盖尔特于1768年5月在返回家乡途中溺海而亡，他的生命虽然短暂，但是他对冰岛文化和文学的影响却是深远的。

18世纪后期最主要的诗人是**荣·索尔劳克松**（1744—1819）。他出身于牧师家庭，长期在物质贫乏、气候严酷的冰岛北方担任乡村牧师。他虽然也写诗，但是他对冰岛文学的贡献主要是翻译了弥尔顿的《失乐园》、克洛卜施托克的《救世主》以及蒲柏的诗，这对冰岛的诗歌创作产生了一定的影响。

西古德尔·彼得松（1759—1827）是冰岛第一个剧作家，写了两部莫里哀-霍尔堡式的喜剧《克劳尔福尔》和《纳尔费》。《克劳尔福尔》是讽刺爱讲闲话和爱传流言蜚语的人，《纳尔费》揭露和挖苦那些热衷于模仿丹麦商人的愚蠢的势利小人。但是这两个剧本的文学价值并不太高。荣·斯坦恩格里姆松（1728—1791）发表一部自传体小说、文字简洁朴实，不但生动真实地描述了自己的生活经历，而且也是他同时代人生活的真实写照，因此深受读者欢迎。此外还有贝尼迪克·格伦达尔（1762—1825）等也较为有名。

芬兰文学 芬兰人在种族上属于芬匈民族，语言上属于芬匈语系。无论从其民族或语言来看，严格地说芬兰不能算是斯堪的纳维亚国家，可是人们一直把芬兰归纳在斯堪的纳维亚国家之中，那是由于历史、文化和地理的因素造成的。

芬兰位于斯堪的纳维亚半岛。自1155到1809年长达600多年的时间里，芬兰在政治上和文化上受到瑞典的控制和统治。在瑞典统治时期以及从1809至1917年受俄国控制的时期，芬兰的官方语言一直都是瑞典语。但是芬兰人民没有忘记自己的母语，平时常用芬兰语交谈，讲述故事、传说和朗诵诗歌。从1841年开始，芬兰初级学校开始教授芬兰语，1902年芬兰语同瑞典语获得同等地位，成为平等的官方语言。1809年后，芬兰民族独立运动高涨，终于在1917年宣布成为独立的共和国，芬兰语的地位也越来越高，直至今日，芬兰语和瑞典语都是官方语言。除一部分地区的芬兰人讲瑞典语外，绝大部分的芬兰人都讲芬兰语。由于这两种语言几个世纪以来一直同时并存，因此在芬兰存在两种语言的文学，即芬兰语文学和芬兰人创作的瑞典语文学，又称芬兰瑞典语文学。

芬兰瑞典语文学早在中世纪的芬兰就已出现。当时有一个叫尤恩斯·布旦（约1500年去世）的僧侣于1484至1491年间翻译了几本宗教书。芬兰瑞典语文学中最早的作品是由牧师、天文学家西格夫里德·阿鲁诺斯·福西乌斯（约1550—1624）创作的。他既写诗也写有关历书和科学方面的书籍。1640年奥堡科学院成立，1642年第一个出版社建立，这两个事件对瑞典语文学在芬兰的发展起了推动作用。此后出现了一些诗人和剧作家，如写爱情诗和应景诗的吐斯登·鲁顿（1661—1729）和创作喜剧、神秘剧和道德剧的雅可布·克鲁纳恩德尔（约1694年去世）等。芬兰瑞典语文学第一个较为重要的抒情诗人是**雅可布·费里斯**（约1691—1729）。他出生于当时芬兰第一大城维堡，曾在奥堡上学，年轻时迁居瑞典，但是他从来没有忘记自己是芬兰人，在其诗作中常常提到芬兰。他的诗主要写战争引起的灾难和他个人遭受的痛苦，宗教意识浓厚。他认为死没有什么可怕，死只能使灵魂得到解放。他在一首诗中有这样的诗句："死亡不会杀死我们，它让拯救降落人间。死亡使灵魂摆脱躯壳，死亡使灵魂更加健康。"他的主要诗作有《精神诗和世俗诗》（1726）和《几个诗集》（1728）等。**亨利克·加勃莱尔·鲍坦恩**（1739—1804）是18世纪后半叶芬兰文化生活中的一位重要人物。他出生于讲芬兰语的环境里，但是在讲瑞典语的地区长大,因此两种语言都能运用自如,1760年他获学士学位,后来长期在奥堡科学院工作,先是图书馆馆员,后担任教授。他是个历史学家,但是对文学的发展有深远的影响。他是奥堡"奥鲁拉文化和文学社"的创始人之一,是该社的刊物(芬兰第一个文学报刊)的首任主编。他致力于研究芬兰民间诗歌、芬兰语和芬兰历史。他用瑞典语和拉丁语写诗,内容以歌颂芬兰人民和自然风光为主。他最重要的著作是《论芬兰诗歌》(1766—1778),这是一部第一次对芬兰民间诗歌进行评价、分类、研究和分析的作品,为以后的埃利阿斯·隆洛德收集、整理和编纂芬兰史诗《卡勒瓦拉》打下了良好的基础。

同费里斯一样迁居到瑞典居住的诗人还有古斯塔夫·菲列普·克雷伊茨(1731—1785)、弗朗斯·米开尔·弗朗森(1772—1847)和米开尔·考莱乌斯(1774—1806)。弗朗森早年的诗作属于瑞典前浪漫派诗歌中的杰出作品。他还著有《赞古斯塔夫·菲列普·克雷伊茨伯爵》,获瑞典学院文学奖。综观19世纪头30年芬兰瑞典语文学,没有出现重要作家和高水平的作品,但是他们的创作为加强芬兰民族感情和民族意识作出了贡献。

芬兰语的民谣、民歌早在中世纪时就十分繁荣,但只是口头流传在民间,没有文字记载。**米开尔·阿克里考拉**(约1508—1557)主教是第一个用芬兰文书写并出版书籍的人。他最早出版的一本书是1542年的《基础书》,接着出版了《祈祷书》(1544)、《圣歌书》(1551)等。阿克里考拉对宗教改革最重要的贡献是把《新约》翻译成芬兰语,并于1548年发表。由于他的贡献,他被誉为"芬兰书面语言之父"和"芬兰文学之父"。后来埃里柯斯·埃里西(约1545—1625)继承了他的事业,用芬兰语出版了讲道集。在17和18世纪期间,芬兰也出版一些应景诗和宗教诗,但没有多少文学价值。18世纪下半叶,亨利克·加勃莱尔·鲍坦恩虽然不用芬兰语创作,但是他对芬兰民间诗歌的研究引起了芬兰人民对流传在民间的口头文学的兴趣，尤其使1809年以后的浪漫派诗人不但重视民间口头文学，而且去用芬兰语进行创作。

19世纪中期著名作家扎卡里阿斯·托佩利乌斯的父亲老扎卡里阿斯（1781—1831）是一位医生，但是他热爱芬兰民间诗歌，芬兰第一部民间诗歌集是由他收集并出版的。继他之后，**埃利阿斯·隆洛德**（1802—1884）以更大的热情收集民间诗歌。隆洛德出身贫寒，为人谦恭，衣着举止完全像个普通农民，但是他学识渊博，成绩卓著，是芬兰19世纪文学中最重要的人物之一。他从小爱好诗歌，1822年进入奥堡大学，在教师的影响下，对芬兰民间诗歌产生浓厚兴趣，他的硕士论文的题目就是用拉丁文写的芬兰神话中的英雄《万奈摩宁》（1827）。1831年芬兰文学社成立，他是这个团体的第一个秘书和积极的成员。毕业后他在芬兰中部一个小城当医生，并多次外出旅行采集民间诗歌。1835年至1836年第一版《卡勒瓦拉》[①]完成，共32篇，12000余行。他并不以此为满足，继续旅行采集。1849年又出版了一部更为完善的《卡勒瓦拉》，共50篇，22795行。此外，他把多次旅行中收集到的民间抒情诗收进《甘德勒达尔》（1840）[②]。

据考证，隆洛德收集在《卡勒瓦拉》里的诗歌除了结束语是他自己创作的之外，其余诗歌是世世代代口头流传在民间的，但是有的诗歌比较零星，有的比较混乱，如英雄业绩类同而主人公的名字不同等等。隆洛德将自己采集到的大量民间诗歌加以编纂，使内容混乱的诗歌完整统一；把两种不同的歌词进行合并，有时还改动、增删。这样他就将流传在各地的个别的和分散的诗歌归纳整理成一部首尾连贯的史诗。《卡勒瓦拉》描述水母之子万奈摩宁勤劳智慧，能植树，能耕种，又能捕鱼打猎，还会造船制琴和唱令人心醉神迷的歌。他派铁匠伊尔玛利宁到波赫尤拉去熔铸能

---

① 又译《英雄国》。

② 甘德勒是芬兰文 Kantele的译音，这是芬兰古代一种有五根弦的民间乐器，弹奏人把它搁在桌上或双膝上弹奏。“达尔”即女儿之意。

磨出麦、盐和钱的三宝神磨，波赫尤拉人得了三宝神磨后变得蛮横无礼。万奈摩宁决心夺回三宝神磨，双方为争夺三宝神磨进行了战争。万奈摩宁所领导的象征光明、勤劳、善良、自由和幸福的卡勒瓦拉赢得了胜利，故事的结尾是处女玛丽雅吞下蔓越橘后生下一个孩子，他成为卡勒里亚之王，万奈摩宁感到愤怒和羞惭，立即离开这块国土，但是为了人民的永久欢乐，他留下了甘德勒琴和伟大的歌。

《卡勒瓦拉》所反映的社会是一个氏族制度尚未瓦解的时代，一个没有剥削、没有贵族、没有军队，人民向往铁器和技术的时代。同其他民族的史诗相比，《卡勒瓦拉》有两个明显特点。首先，史诗的主人公不是上层阶级中的王公将相，而是普通的劳动人民——农夫和工人。主人公中万奈摩宁是一个农民、歌手和法师；伊尔玛利宁是一个能打造三宝神磨的铁匠；勒明盖宁也是一个过着普通生活的青年农民。其次，史诗热烈地歌颂主人公们的劳动激情，它详尽而生动地描写他们勤劳耕种、艰辛打造三宝神磨和造船打猎等生活场面，细腻而富有感染力。如伊尔玛利宁在打造三宝神磨时先打造出金弓、船、母牛和犁，但是他都不满意，把它们一一扔回熔炉，不断熔铸，最后：

铁匠伊尔玛利宁，
这伟大的原始的工人，
他就锻炼又捶击，
迅速地打击不停，
巧妙地打造了三宝：
这面的磨是麦磨，
那面的磨是盐磨，
第三面的磨是钱磨。（孙用译）

芬兰学者早在16世纪就注意到史诗的存在，但是直到19世纪30、40年代才编纂出版，一方面是由于隆洛德的巨大贡献，而另一方面同当时的历史背景有一定的关系。1809年芬兰被瑞典割让而成为俄国的大公国，比起在瑞典的统治时期，芬兰有了相对的独立性，因而呼出了“我们再也不是瑞典人，也不愿意成为俄国人，让我们做个地道的芬兰人”的口号。芬兰人民迫切要求创造出地道的民族文化和艺术。这为芬兰民族史诗《卡勒瓦拉》的诞生创造了极为有利的客观条件。《卡勒瓦拉》的出版使芬兰人民知道他们有自己的民族语言，有自己的民族文化。它唤醒了他们的精神力量，鼓舞了他们为祖国的独立和自由进行斗争。一百多年来，《卡勒瓦拉》还成为芬兰画家、音乐家和文学家撷取素材和吸取养分的源泉。音乐家西佩留斯（1865—1957）从它那里获得了有力的灵感，小说家基维（1834—1872）以《卡勒瓦拉》中的主人公为其作品中的主要人物，诗人雷诺（1878—1926）仿效它的诗行创作诗歌。

《卡勒瓦拉》是世界文学中的一朵奇葩，是世界文学史上杰出的史诗之一。

第二章　十九世纪中期文学

第一节　概述

1830年法国七月革命推翻波旁王朝，建立了代表金融资产阶级利益的政权。1832年英国议会通过改革选举制度的法案，工业资产阶级参加了政权。这两个事件标志着资产阶级在欧洲范围内的胜利。在英、法两国，上升的资产阶级和封建势力的斗争虽未结束，但无产阶级和资产阶级的矛盾已日益发展，逐步升到首要地位。1831年和1834年法国里昂织工两度起义，1848年6月巴黎无产阶级举起红旗，提出建立“民主的、社会的共和国”的政治口号。1838至1848年，英国爆发了以工人为主体的宪章运动。甚至在资本主义发展程度较低的德国，西里西亚织工也于1844年举行了起义。在蓬勃开展的工人运动的基础上，马克思和恩格斯于1848年发表《共产党宣言》。

40年代末，欧洲许多发展比较缓慢的国家也陆续进入全面、深入、范围更广的资产阶级革命时期。在1848年法国二月革命的影响下，1848至1849年欧洲民族民主革命风起云涌，诸如奥地利帝国的维也纳人民起义，德国柏林的革命，意大利的米兰起义，奥地利帝国统治下的布拉格的反封建、反民族压迫的起义，匈牙利反奥地利统治的民族解放战争。1848年的欧洲革命摧毁了“神圣同盟”所竭力维护的封建秩序，但由于资产阶级不够强大成熟，这些地区的革命多以妥协告终。即使在法国，1851年政变也恢复了帝制。

50、60年代，在英、法两国，资本主义得到飞速发展。当时的英国被称为“世界工场”，称霸世界市场，镇压殖民地反抗，已经开始具有帝国主义的一些特征。法兰西第二帝国代表金融贵族和工业巨头的利益，对内实行军事独裁，对外掠夺殖民地。在德国，保皇主义者俾斯麦推行“铁血政策”，着手统一全国。在大块领土被奥地利占领的意大利，人民要求统一的斗争又一次高涨，资产阶级依靠撒丁王国的军事力量，通过和贵族地主妥协的道路，也建立了统一的国家。德、意两国的统一，有利于资本主义的发展，但仍保存了君主制度。这一时期，资产阶级在英、法的统治日益巩固，采取了一些自由主义政策，企图通过改良主义缓和国内各种矛盾。欧洲工人运动在50年代尚未摆脱资产阶级和小资产阶级的影响。英国的工联主义、法国的蒲鲁东主义、德国的拉萨尔主义，以及在一些落后地区较有影响的巴枯宁主义等，都主张阶级调和。60年代，在1857年波及全欧的资本主义经济危机之后，工人运动重新高涨，工人群众日益感到团结斗争的必要。1864年9月，马克思、恩格斯亲自建立了第一国际，为国际工人运动制定了统一的策略。正是在这种条件下，1871年诞生了巴黎公社，第一次建立起无产阶级专政，在国际工人运动史上写出光辉的新篇章。

俄国资本主义经济远远落后于西欧，但在30至40年代，工商业也得到一定的发展。农民起义持续不断。19世纪俄国解放运动的中心问题，就是反对专制制度和农奴制度。解放运动的第一时期即贵族革命阶段，开始于1825年。克里米亚战争（1853—1856）的失败，全面暴露了封建俄国的衰朽。沙皇政府被迫于1861年宣布自上而下的农奴制改革，但农民身受的剥削和压迫却更为沉重。解放运动大致上从此进入第二时期，即资产阶级民主主义革命阶段。早在40年代，革命民主主义就已开始成为俄国思想界的旗帜。50至60年代形成了革命民主主义思潮，产生了一批平民知识分子革命家。他们反对沙皇专制,主张废除农奴制度,并对资本主义提出批判;他们当中有些人是空想社会主义者,幻想通过半封建的农民村社过渡到社会主义。在革命民主主义思想鼓舞下,俄国人民反沙皇制度的斗争更加高涨。1863年,波兰爆发了反对俄国统治的民族、民主革命。

这一时期,欧洲的阶级关系和阶级斗争错综复杂,各国所走的道路也各有特点,但一切都和资本主义不同程度的发展有关。发达国家已经确立了资产阶级的金钱统治;在落后国家,金钱关系也开始渗透到封建社会内部,这就更激化了社会矛盾。资本主义的社会问题进一步暴露,封建社会瓦解的加速,不能不对一些作家产生深刻的影响。他们揭示资产者带来的新秩序或封建社会的旧生活,鞭挞黑暗丑恶的现象,探求改善社会现状的种种可能。法国的斯丹达尔、巴尔扎克,英国的狄更斯和俄国的普希金、果戈理最先表现了这种新的创作倾向,形成一股现实主义文学潮流。

19世纪现实主义文学的形成和发展,同世纪上半期欧洲的哲学和科学有密切关系。黑格尔的辩证法、费尔巴哈的人本主义唯物论、孔德的实证主义、自然科学方面的新成就和实验科学的流行,以及法国复辟时期资产阶级历史学家如基佐等的历史观,都在不同程度上影响了一些现实主义作家,启发他们去探求写实的新方法。

欧洲文学史上的现实主义渊源可以追溯到古希腊、罗马,但18世纪英国小说、法国启蒙运动文学和俄国讽刺文学等,则是19世纪现实主义在艺术方法上的直接先驱。从反映现实的基本方法说,现实主义和浪漫主义是颇不相同的,但现实主义也借鉴了19世纪浪漫主义的艺术经验,如浪漫主义者表现历史题材时注重风俗画面的描绘,他们在心理描写上的某些技巧,等等。

这一时期欧洲现实主义的发展经历了两个阶段。30、40年代,法国和英国出现了巴尔扎克、狄更斯,俄国出现了果戈理。50、60年代,西欧现实主义文学,尤其法国文学中的自然主义倾向日益明显。而在俄国,现实主义文学势头仍然旺盛，从40年代中期到50年代，先后出现了屠格涅夫、陀思妥耶夫斯基、托尔斯泰和车尔尼雪夫斯基。

19世纪现实主义作家的政治态度不尽相同。就他们的主要倾向而言，有的站在自由主义贵族立场，有的代表资产阶级民主派或小资产阶级的利益，有的从革命民主主义的观点出发，反映了当时农民的某些情绪和要求。

一般说来，现实主义作家受到启蒙思想、空想社会主义和基督教博爱思想的影响，他们的世界观的核心是人道主义和个人主义。他们对冷酷的现实，尤其是资产阶级金钱统治，提出指责，对社会下层的贫困生活表示同情。现实主义作家塑造了出色的社会的反面典型，如保守顽固的贵族、穷凶极恶的地主、冷酷无情的资本家、贪婪的高利贷者、守财奴、自由主义伪君子、个人野心家和庸俗的小市民等。巴尔扎克的《人间喜剧》描绘了法国社会许多阶层的生活和风貌，写下了资产阶级丑恶的发家史。狄更斯的作品批判了英国资产阶级政治、教育和伪善的慈善机关等等。在俄国，专制农奴制进入最腐朽反动的阶段，资本主义迅速发展，广大人民身受双重剥削和压迫，阶级斗争尖锐异常。果戈理、屠格涅夫和车尔尼雪夫斯基等人的创作反映了俄国这种社会面貌。这些现实主义作品是封建制度溃灭、资产阶级上升和走向衰落过程的珍贵的艺术文献。

19世纪现实主义作家也有着不可克服的历史和阶级的局限。他们作品中所反映的生活是不全面的，大部分作家只描写了统治阶级内部的矛盾，以及中小资产阶级同大资产阶级、贵族的矛盾。这种矛盾在作品中往往借助个人同社会的冲突表现出来，劳动群众反抗剥削者的斗争没有得到多少反映，作家对劳动民众往往止于怜悯同情。现实主义作家在揭发社会罪恶时，往往通过伦理道德的途径来解决问题，或提出一些社会改革方案。在西欧和俄国多数作家都自觉或不自觉地表现了改良主义思想，并由于或多或少地意识到社会改良的局限，产生了不同程度的彷徨悲观情绪。现实主义作家宣扬自由、平等、博爱。他们塑造的正面人物多数是个人“英雄”，如忏悔的贵族、“改好了的”资产者、好心肠的知识分子，也有社会上的“多余的人”，以及温和驯良的“小人物”等。

现实主义文学在19世纪中期的文学中虽占主要地位，但在法国、俄国、西班牙和意大利等国，浪漫主义文学仍继续发展。法国浪漫主义作家如雨果发表了他的代表作，其中现实主义成分有所增强。浪漫主义诗人拉马丁的作品在这段时间也仍有较大影响。俄国的莱蒙托夫创作了写实的小说，但也写过许多浪漫主义诗歌。在德国，青年时代一度倾向于浪漫主义的诗人海涅，随着德国革命的发展，创作中的批判精神增强，写出了一些优秀的政治诗。

随着工人运动的开展，无产阶级强烈要求运用文学来表现并鼓舞自己。本时期产生了英国宪章派文学和德国无产阶级第一个诗人维尔特。无产阶级文学表达了广大劳动群众的要求，充满着反对剥削的革命精神，具有政治鼓动力，但在艺术上远不够成熟。40年代末，在欧洲各国民主运动中产生一些来自人民群众的革命歌谣，它们在本时期的文学中也放出了光彩。

在中欧、东南欧的民主、民族解放运动中，许多国家的文学都有较大发展，出现了裴多菲这样重要的作家，他们利用文学这一武器来反封建、反民族压迫，对这些国家的革命作出了贡献。他们的不少作品在当时的欧洲流传，后来又受到一些被压迫民族的欢迎。

第二节　法国文学

19世纪30年代，浪漫主义成为法国文学的主流，一时间大有收纳百川之势。然而也就在这时，一种新的文学观念已经悄然崛起。一批描写现实社会生活图画的小说如雨后春笋接连问世。1830年斯丹达尔发表《红与黑》。同年，巴尔扎克发表《私人生活场景》，包括《高布赛克》等六部中篇小说，以后又陆续发表了《欧也妮·葛朗台》(1833)、《高老头》(1835)等后来被看作现实主义经典的作品。梅里美以《马铁奥·法尔戈内》(1829)为起点，创作了许多观察细密的描写现实社会的中短篇小说。此时多数人还在浪漫主义百花园里徜徉，对这些作品带来的新信息浑然无知，正如后来小说家莫泊桑所言："巴尔扎克出现了，起初人们几乎没有在意。"[①]不过，有人已经敏锐地感觉到了季节更替的脚步。1834年和1835年，法国记者费利克斯·达文先后写了《〈哲学研究〉导言》和《巴尔扎克〈十九世纪风俗研究〉序言》两篇论文[②]，称赞巴尔扎克小说"是对社会现象的准确再现"，对社会整体"充满着详尽与耐心的分析"。文章对巴尔扎克小说特点的分析，无异于宣告一种新的文学观和创作方法——现实主义的文学观和创作方法的诞生。

巴尔扎克本人曾经试图对新的小说作品进行理论总结，不过他没有使用现实主义这个词[③]。用现实主义来界定斯丹达尔和巴尔扎克作品的小说美学观和创作方法，始于50年代。当时，在美术界发生了关于现实主义的争论，画家库尔贝(1819—1877)真实描绘普通人生活的作品成为争论的焦点，被加冕为现实主义。随后，现实主义这个概念移植到文学领域，那些努力准确再现社会生活的作品自然就被定义为现实主义文学。不过，当时现实主义这个概念还是相当模糊的。被看作现实主义小说的那些作品，虽然都以现实生活为题材，但是无论内容上和形式上都各具

---

① 引自莱蒙(Michel Raimond)：《大革命后的小说》，第121页，阿尔芒·科兰出版社，1981年。

② 据说，这两篇文章很可能是达文与巴尔扎克本人合写的。不论是否确实如此，文章无疑反映了达文的观点。

③ 巴尔扎克在《贝尔先生研究》中把斯丹达尔的作品定义为"观念文学"，把他自己的作品定义为"折中文学"。虽然有一定的道理，却很难说是一种科学的定义。

形态，差异很大，难怪有的文学史家说“有多少现实主义者，就有多少现实主义”①。

现实主义的产生，就社会根源而论，是因为法国社会自1830年七月革命后，虽然又经过数次动荡，但是总体说比较稳定，经济增长较快，资本主义进入了平稳、高速发展的阶段。到第二帝国，法国经济出现了空前的繁荣。物质生产的发展和物质利益的重新分配，逐渐改变了社会心态，人们日益关注人生和社会的物质层面。资产阶级，尤其金融资产阶级，疯狂竞争，积累资本；而生产竞争和商业竞争的结果，使得无论在社会运作或个人生活中，经济利益都成为最实际也最紧要的问题。

在这种社会背景下，从思想文化层面说，由内省转为务实，由关注精神世界转为观察分析外在世界，渐成风气。实验科学各学科，特别是生物学科，取得重大成果。达尔文的生物进化论在法国广泛传播。居维耶、若夫华·圣伊莱尔等法国生物学家在进化论的基础上，创立了各自的物种理论。科学精神逐步代替推崇宗教和神秘的浪漫主义。也就在这个时期，由法国哲学家奥古斯特·孔德（1798—1857）创立的实证主义体系逐渐成为一种占主导地位的哲学思想。实证主义提倡放弃那种带有很大臆测成分的对客观事物本质的探寻，只对客观世界进行一种重视经验事实或经验现象的求证和研究。显而易见，现实主义的产生，与实证主义和科学精神的出现与发展是息息相关的。

从真实表现生活这个意义上说，法国文学中的现实主义因素源远流长。历史的追溯可以把我们一直带回到中世纪的市民戏剧和韵文故事。然而较为严格地说，现实主义小说的直接思想渊源是18世纪的启蒙思想。不但现实主义崇尚的实证精神和科学精神可以从启蒙思想得到历史的启示，而且它那种人文精神的批判意识也显然是从启蒙思想继承下来

---

① 米歇尔·莱蒙：《大革命后的小说》，第76页，阿尔芒·科兰出版社，1981年。

的。当然，浪漫主义也继承了人文精神的批判意识，但是，在现实主义小说中，这种批判意识不再像在浪漫主义作品中那样仅仅表现为对社会秩序大声抗议，对权势集团愤怒斥责，对下层人民居高临下的怜悯，而是更多地构建在细致观察经济和政治机体，以及冷静剖析社会种种弊病之上。

50年代以后，现实主义得到广泛认同。但是，应该指出，此时浪漫主义小说创作的成就也不能低估。值得注意的是，在整体思想氛围和现实主义的影响下，第一代浪漫主义作家也开始把目光转向现实生活的题材。1851年，雨果发表《悲惨世界》。这部长篇巨制就其表现社会的广度而言，相比巴尔扎克的《人间喜剧》毫不逊色。雨果的作品依旧保持了浪漫主义的想象和夸张等特点。正因为如此，《悲惨世界》遭到福楼拜、龚古尔兄弟、左拉等人的指责。乔治·桑的小说也依旧如她在致福楼拜的信中所说的那样，最终要展示“安慰人心”的理想图画。这个时期小说创作还有一个值得注意的现象，那就是长篇连载小说的繁荣。这种小说形式是随着报业的发达而兴起的。法国40年代起，出现了一批擅长此道的作家，其中有已经以多部成功的剧作而蜚声文坛的大仲马，还有后起之秀欧仁·苏、苏里耶、费瓦尔。欧仁·苏的作品，就故事性而言，稍逊于大仲马，不过对社会生活的描写比大仲马更真实。这两位小说家的作品揭露了社会的黑暗，具有现实意义，然而在小说观念、技巧和内容上，他们基本上还是循着浪漫主义的范式。

法国的现实主义小说大致以1850年为界，分为前后两个时期。前期代表作家是斯丹达尔、梅里美、巴尔扎克。前期现实主义小说的共同点，是它们刚从浪漫主义小说脱胎出来，多少还带着浪漫主义的痕迹。它们包含强烈的激情，情节故事多具有较强的戏剧性，而且读者在作品中可以明显地感到作者的“在场”。乔治·桑在比较巴尔扎克和福楼拜时说过这样的话：“巴尔扎克的审美能力不及福楼拜正确，但是更有感情，更有深度。”[①]除了这种群体特征，这三个作家又各自具有鲜明的特点。斯丹达尔的作品多关注政治关系网络中人的存在和人的价值，巴尔扎克的注意力则集中在社会的经济活动对人的影响。梅里美经常把故事置于异乎寻常的生活背景之上，而且更注意叙事技巧和文笔的优美。

后期现实主义的代表作家是福楼拜，其他还有尚夫勒利、杜朗蒂、弗洛芒丹、巴贝·铎维利、迪冈、柯莱、费多。在对小说这种文学体裁的形式和功能的理解上，这些作家基本上师从巴尔扎克。但是，他们的作品不再具有巴尔扎克《人间喜剧》那样恢宏的气势和澎湃的激情，也不热心于昭示社会理想和道德关怀。具有代表意义的作品是福楼拜的《包法利夫人》、《情感教育》、《布瓦尔和佩居谢》。他的小说拍摄的是生活平凡的琐事，不再编织扣人心弦的故事，而是如实地反映平庸时代的平庸的人和平庸的事。为了像外科大夫做手术那样冷静客观地解剖社会，福楼拜在现实主义小说叙事上进行了重大革新，继巴尔扎克在小说观念和功能上的历史性突破之后，又一次将小说推到一个新的发展阶段。

尚夫勒利（1821—1889）和**杜朗蒂**（1833—1880）都是画家库尔贝的朋友，热情支持库尔贝的现实主义绘画。尚夫勒利出版了一本名为《现实主义》的文学评论集，杜朗蒂与友人一起创建了《现实主义》杂志，推动了现实主义理论的发展。尚夫勒利最主要的作品是《玛丽埃特小姐传》（1853）、《莫兰夏尔的资产者》（1854）。他受到漫画家、剧作家昂利·莫尼埃（1799—1877）的影响，叙事中糅杂幽默的成分。他在理论上的主张与福楼拜类似，对巴尔扎克他也十分崇敬，但是他的作品却往往偏离自己的理论，对现实生活的描写比较粗糙简单。杜朗蒂的作品是《昂丽埃特·吉拉尔的不幸》（1860）和《美男子吉约姆的事业》（1862）。杜朗蒂

① 见《欧美古典作家论现实主义和浪漫主义》（二），第140页，中国社会科学出版社，1981年。

在理论上的建树不如尚夫勒利，但是小说成就超过后者。

弗洛芒丹（1820—1876）是著名画家，喜好文学，写过几本游记，得到好评，但是他在文学上的名声主要来自1862年发表的小说《多米尼克》。这部小说的主题和福楼拜的《情感教育》相仿，叙述主人公多米尼克与有夫之妇的爱情，爱情中断后，多米尼克黯然回到故乡，在幻灭感中啜饮自己亲手酿成的苦酒。

巴贝·铎维利（1808—1889）虽然经常被列为现实主义作家，但是他的作品风格特异，归入现实主义不无勉强。这恰好证明了这个时期小说创作的多元化。巴贝·铎维利写过诗，也是很有名气的报人和以尖刻著称的评论家，70、80年代为一批青年作者所崇拜。他在文学史上的地位今天看来主要是由他的小说作品奠定的。他的《神魂颠倒的女人》（1854）、《结婚的神甫》（1865）、《魔鬼》（1874）、《没有名字的故事》（1882）等作品，将现实社会生活的图画和奇异的故事情节糅杂在一起，而且渗透着一种近似黑色幽默的情调，具有很特殊的魅力。

19世纪中期，在实证主义哲学的影响下，文学批评也发生了重大变化，产生了两位有影响的文学批评家，他们是圣勃夫和泰纳。这两位批评家都曾尝试赋予文学批评一种科学的方法，乃至一种科学的理论体系。不过，他们彼此间也存在很大差异。圣勃夫心目中的科学方法，主要是详尽地占有材料，然后进行综合和归纳，而泰纳心目中的科学方法，是要像自然科学那样有固定的公式可依循，是从公式出发的一种推演，因此具有比较明显的决定论成分。

夏尔·奥古斯丁·圣勃夫（1804—1869）早年倡导浪漫主义，期望以诗名享誉文坛，还创作过小说《情欲》（1834）。由于文学创作未能获得预期的成功，他便以主要精力从事文学批评，终于成为批评界的权威。他的批评著作主要有《星期一谈话》（1851—1862）、《文学批评与画像》（1832—1839）、《妇女画像》（1844）、《夏多布里昂及其帝国时期的文学团体》（1860）等。圣勃夫的批评方法被后人界定为传记批评，因为他的批评角度一般定在作家的生平，或者说作家的事迹行状之上。当然，平心而论，圣勃夫对于作品还是给以充分注意的，只不过他认为理解作品离不开作家的为人，只有了解了作家作为个体的人的特征，才能发现作品的真实的意义。圣勃夫还认为，一部人类的思想史，就是不同"精神家族"的历史，因而文学批评的任务之一，是对构成文学上的"精神家族"的作家群落进行研究。圣勃夫早期的批评著作经验论的色彩比较浓，后期受泰纳的影响，更自觉地进行文学批评科学化的尝试。20世纪，圣勃夫受到激烈的批评，被看作"外围批评"的开山之人，文学批评科学化的大敌。他的批评理论和方法无疑有相当大的局限，但是完全否定其价值显然是不公正的。他的理论的一些基本点，诸如对作品的理解应该和了解作家的生活经历和经验相结合，应该注意对作家群落的研究以便从宏观上把握一个时代的精神特质等，即便在今天也没有完全丧失其意义。

伊波利特·阿道尔夫·泰纳（1828—1893）既是文学批评家，又是哲学家、历史学家。他的文学批评，就理论基础和方法论而言，毋庸置疑具有实证主义倾向[①]。正因为泰纳深信实证研究的科学性，所以他对圣勃夫经验论的批评很不以为然。从某种意义上说，我们可以把泰纳对圣勃夫的态度比之于福楼拜等人对雨果的态度，这是两人思想上的差异所致。而这种差异正好说明50年代之后，实证主义一方面更加深入人心，另一方面也开始出现僵化的端倪。就具体理论而言，泰纳的文学批评与孟德斯鸠的法理研究，以及斯塔尔夫人关于文学与社会建构相互关系的研究一脉相承。他的批评理论的基点是所谓"三要素"说，即文学的形态是由种族、环境、时代三要素决定的。泰纳在《〈英国文学史〉序》（1864）

---

① 法国有研究者发现在泰纳阅读的书目中，找不到孔德的著作，据此否定泰纳受到实证主义的影响。实际上，是否受到实证主义影响并不取决于泰纳是否读过孔德的著作，影响的途径可以是多种的。

里首次明确提出了“三要素”说，然后在《艺术哲学》（1865）中运用这个理论研究了欧洲不同民族艺术的特点，以及同一民族不同时代的艺术之间的区别。泰纳的理论肯定社会存在决定文学艺术的性质，肯定文学艺术随时代的变化而变化，从而奠定了文学研究的社会历史方法。他的批评方法在操作上较之圣勃夫显得更为有章可循，因而泰纳认为他的批评方法才真正称得上是科学的方法。不过，他所谓的“环境”，主要指自然环境，对更为重要的社会环境，他研究得不够。他把文学艺术与生活的复杂关系归纳为简单的公式，在讨论三要素与文学艺术形态的关系时，又失之简单武断，机械片面，而且明显忽视了作为创作主体的作家个人因素的作用。所有这些都为后人所诟病。泰纳的著作除上述两种外，还有《19世纪法国哲学家》（1857）、《批评和历史论文集》（1857）、《拉封丹及其寓言诗》（1861）、《心知论》（1870）、《现代法国的根源》（1876—1893）等。

与现实主义小说几乎同时而起的是以戈蒂耶为代表的“为艺术而艺术”的文学思潮。这股思潮从40年代末起主要为帕纳斯诗派所继承。从这个诗派的美学思想中可以看出它受到了重视物质层面的社会心态的影响。在这一点上，它与现实主义小说有相通之处。但是实际上，帕纳斯派提倡纯艺术的追求，试图割断文学与现实生活的联系，把诗歌圈定在个人生活的狭小范围里，与现实主义的旨趣大相径庭。唯美主义思潮的泛滥，从作家个人说，是企图逃避到艺术的象牙塔里去，在一定的意义上是以艺术的美对抗现实的丑；然而从社会根源说，它又恰恰是胸无大志的平庸时尚造成的，它的缺乏理想和激情恰与时代的特点相吻合。

“为艺术而艺术”的口号不但在戈蒂耶和帕纳斯派的作品里得到体现，而且程度不等地影响了一批现实主义小说家。在梅里美、巴贝·铎维利的作品中，都可以看到这种影响的痕迹，福楼拜更是反复申明对“为艺术而艺术”心领神会。然而怀疑或反对“为艺术而艺术”的作家也大有人在。雨果始终坚持自己的人文主义关怀，他早在1840年就在《诗人的任务》这首诗里批判了企图逃避社会责任而独善其身的诗人，指出这种人为人民所抛弃是咎由自取。以后他的许多诗歌和小说都显示他始终把艺术和人生、社会紧密联系在一起。乔治·桑这个时期的作品一如既往表达作者对道德价值和社会理想的关注。即使是福楼拜，他也绝不是唯美主义者。他的现实主义创作原则使他的作品自然地具有批判社会的意义。

就在这个时期，诗人波德莱尔出现在法国诗歌的地平线上。波德莱尔处于各种思潮的交汇点，受到的影响是多方面的。浪漫主义的余波在他的心中激起微澜；唯美主义曾经引起他的反感，但后来又为他所赞同；美国爱伦·坡的神秘主义让他觉得"心有灵犀一点通"；文学与绘画的现实主义潮流对他也有所触动。正因为如此，他的《恶之花》才表现出极其复杂的面貌。

波德莱尔的作品宣示了法国乃至整个西方文学的许多现代特征，比波德莱尔稍早的诗人热拉尔·德·奈瓦尔和波德莱尔一样，受到后来象征派诗人的重视，特别受到20世纪初超现实主义诗人的推崇。如果再加上同时期的**洛特雷阿蒙**（1846—1870），我们可以看到这个时期法国诗歌的另一个侧面，即对社会现实叛逆的一面。这种叛逆，不是像现实主义小说那样暴露并批判社会，而是对这个时代的实证主义思想、孜孜于物质利益的精神状态和平庸无聊的生活的全盘否定。洛特雷阿蒙主要以散文诗作《马尔多罗之歌》（1868—1869）闻名。这部作品发表时，反响微乎其微，直到20世纪，才因超现实主义诗人的鼓吹而受到注意。"马尔多罗"有"破晓时分的不适"、"黎明之恶"等多种含义，所以诗中充满了梦一样怪诞，令人难堪以至恐怖，却又朦朦胧胧难以确认的意象。诗人似乎是觉得世人困惑于世界的表象，浑浑噩噩，以无聊平庸自得自慰，所以他要无情地嘲弄他们，揭示他们心底潜意识的恐怖，让他们在难堪中发现自己的卑微和空虚。

斯丹达尔（1783—1842）本名亨利·贝尔，出生于法国格勒诺布尔市的律师家庭。他七岁丧母，与笃信宗教、思想保守的父亲性情不合，关系紧张。他的童年是在法国大革命的火热年代里度过的，从小受到具有启蒙思想的外祖父的影响。一名耶稣会会士给他当了三年家庭教师，这个教士的虚伪暴虐引起他的强烈反感，在他幼小的心灵里埋下了仇恨宗教、反抗暴政的种子。他憎恶贵族，为国王路易十六被处死而欢欣鼓舞，还企图参加雅各宾党人建立的准军事组织“希望营”。1796年，小贝尔进入格勒诺布尔中央学校学习。他喜爱文学和绘画，也喜爱数学。1799年10月，他赴巴黎报考综合工科学校，但后来放弃了入学考试，靠表兄举荐在陆军部谋到了一个职位，1800年5月奉命去意大利米兰，被授予龙骑兵少尉军衔。意大利令他陶醉，但他不喜欢军旅生活，次年12月辞去了军职，以后几年大多住在巴黎。这个时期他接受了孔蒂亚克、爱尔维修等18世纪唯物主义哲学家和卡巴尼等思想家的影响，培养了对科学和推理分析的爱好。他立志当大诗人，梦想成为当代的莫里哀，研读法国和意大利的许多悲剧和喜剧作品，注意观察和分析周围人的性格和心理。虽然他没有为后世留下剧作，但这些知识和生活积累成为他以后创作小说时随时取用的一笔财富。

1806年，斯丹达尔又回到军队，先后担任皇家领地总管、军医院院长等职。1812年，他随拿破仑大军进攻俄国，目睹了莫斯科城的大火。对俄战争失败后，他奉命参加德意志战役，任后勤军官。1813年底，他在格勒诺布尔参加了多菲内保卫战。1814年波旁王朝复辟后，他在法国没有立足之地，只得离开巴黎前往意大利，在被他视为第二祖国的米兰生活了整整七年。他与从事意大利民族解放斗争的烧炭党人交往，同时密切关注法国国内的局势。他读书，旅行，研究音乐和绘画，1815年化名出版了第一部作品《意大利绘画史》。同年他发表《罗马、那不勒斯和佛罗伦萨》，首次使用了斯丹达尔这个笔名。在这部游记中，作者生动地描绘了意大利的自然风光、名胜古迹和风土人情，盛赞这三座城市不愧为精神之城。同时，他在书中揭露奥地利对意大利的黑暗统治，抨击反动教会的劣行恶迹，讽刺意大利封建贵族的荒淫无耻，热情讴歌拿破仑对意大利的社会进步所起的推动作用。整部作品显示了斯丹达尔的写作才华和鲜明的政治立场。

1818年，斯丹达尔着手为拿破仑写传记。创作时断时续，到1837年底才完成，作者去世后以《回忆拿破仑》为名发表。1822年出版的《论爱情》既是对爱情的本质及其各种表现的研究，又是对作者个人情感经验的剖析。

1821年，意大利烧炭党人反抗专制制度的起义遭到镇压，斯丹达尔被警方视为危险分子，不得不离开米兰前往伦敦，不久返回巴黎。他没有工作，生活清贫。他对法国复辟王朝极为不满，经常出入自由派的文艺沙龙批评时政。自1822年起，他匿名为英国报刊撰写通讯，报道和分析法国政治和社会要闻以及思想文化动态。这些文章在作者去世后结集出版，名为《英国通讯集》。

斯丹达尔是最早向古典主义堡垒发起冲击，为浪漫主义摇旗呐喊的斗士之一。在1823年发表的文艺论著《拉辛和莎士比亚》中，他批评固守过时的清规戒律、以模仿拉辛等古典主义作家为目标的错误态度，赞扬莎士比亚的作品反映了剧作家生活年代的习俗和激情。他主张艺术形式必须适应时代的变化，还为浪漫主义下了如下定义："浪漫主义是为人民提供符合其当前的习惯和信仰，因而能带来最大愉悦的文学作品的艺术。"该论著1825年再版时，又增加了同古典主义者与浪漫主义者的来往信件共十封。在两派的论战中，斯丹达尔有力地批驳了法兰西学院院士奥热反浪漫主义的论调。在这一年，斯丹达尔还发表了《罗西尼传》。他十分尊崇这位当年只有30多岁的意大利作曲家，对其歌剧创作发表了精辟的见解。

《阿尔芒丝》(1827)是斯丹达尔创作的第一部小说，其副标题为《一八二七年巴黎沙龙的几个场景》。这部作品以1825年波旁王朝颁布法令，向流亡贵族发放赔偿金这一史实为背景，通过门第高贵的奥克塔夫和他的穷表妹阿尔芒丝之间的爱情和婚姻悲剧，展现了一幅复辟时期巴黎贵族的生活画面，辛辣地讽刺了妄图开历史倒车的腐朽没落的封建阶级。作者用大量篇幅描写男女主人公的情感纠葛，尤其对他们的心理活动作了精确细腻的分析。

1829年，斯丹达尔有两部作品问世。一部是《罗马漫游》。自1802年起，作者曾六次赴罗马，对拿破仑时代和教皇治下的这座永恒之城有着亲自的体验。他认真记旅行日记，阅读了大量书籍，为写作积累了丰富的资料。这部游记不仅详尽地介绍了罗马的古迹和艺术、历史和现状，还发表了作者个人的见解，甚至提出了颇具实用价值的游览建议。可以说，这是一本包蕴着广博知识的旅行指南。另一部作品是小说《瓦里娜·瓦里里》，它通过意大利青年烧炭党人彼德罗为革命事业毅然与自己的恋人、贵族小姐瓦里娜·瓦里里决裂的故事，歌颂了烧炭党人为争取民族解放而开展的可歌可泣的斗争。这篇小说后来与另外几篇以意大利为题材的中短篇小说结集，取名《意大利纪事》出版(1839)。

长篇小说《红与黑》(1830)是斯丹达尔的第一部代表作，它以法国王政复辟时期为时代背景。主人公于连·索雷尔是外省小城维立叶尔一个锯木工场主的儿子，由于精通拉丁文，被市长德·瑞那聘为家庭教师，不久与市长夫人秘密相爱。事情败露后，他逃到东部城市贝藏松，进入神学院学习，后来院长推荐他去巴黎当拉莫尔侯爵的私人秘书。于连很快获得侯爵的信任，在其策划的政治阴谋中充当了得力的工具。他又赢得侯爵的女儿玛蒂尔德小姐的芳心。玛蒂尔德有了身孕，侯爵出于无奈，答应把女儿许配给于连这个平民之子。正在此时，德·瑞那夫人在神职人员的威逼下写信揭发于连，毁了他的前程。于连为了报复，在教堂里朝她开了两枪，最后以蓄意谋杀罪被判处死刑。

于连是个性格复杂、充满矛盾的人物。他出身寒微，从小受父兄虐待，养成了多疑、敏感和顽强的性格。他英俊，聪颖，记忆力惊人，常为自己的天资与低下的地位不相称而苦恼。他读过卢梭的《忏悔录》，受到启蒙思想的熏陶。他把拿破仑奉为神明，梦想追随这位伟人去建功立业，最终穿上红色的将军服。但拿破仑的垮台堵死了这条飞黄腾达的路。这个既无门第又无财产、但雄心勃勃的年轻人认为：在教会势力猖獗的复辟时期唯有披上教士的黑色道袍才有出头之日。于连高傲而自尊，鄙夷外省那些趾高气扬、卑劣无能的贵族和资产者。但为了向上爬，他不惜扮演伪君子的角色。于连蔑视生活腐化奢侈、看重风度的巴黎贵族，同时又梦想成为他们当中的一员，享受他们的某些特权。于连热烈地追求爱情和幸福，但爱情和野心在他内心时时发生激烈的冲突。于连身上的这些矛盾和冲突其实有着深刻的社会历史根由。面对死亡，他终于看清自己的幻想是多么虚妄，对他的惩罚正是对他那个阶级的青年人的惩罚，以便彻底打消他们跻身于上流社会的痴心妄想。于连的人生悲剧，是复辟时期下层平民青年无法施展才能和抱负的社会悲剧。小说作者对这个人物倾注了同情，并把他的命运置于广阔的社会历史背景上去展示，揭露了保王党和反动教会沆瀣一气复辟封建旧秩序的阴谋，深刻地表现了1814至1830年法国社会的本质特征，使《红与黑》成为一部闪耀着现实主义光辉的杰作。

1830年七月革命后，斯丹达尔被法国政府任命为驻奥地利占领的意大利的里雅斯特的领事。奥地利官方因他曾写书揭露奥地利在意大利的统治，拒绝了这项任命。斯丹达尔被改派到教会辖下的意大利滨海小城西维塔维基亚当领事。除1836年请长假在法国度过三年外，他担任这个职位直到1842年逝世。斯丹达尔不受外交部上司的重视，又时时处于教皇当局的监视之下。他常住罗马，很少出入社交界，大部分精力都用于写作，主要成果有：两部自传、一部传记、一部游记、一些中短篇小说和一部长篇小说，还有两部小说没有完成。

早在1831年初斯丹达尔便萌发了写自传的念头。1832年他着手写《自我主义回忆录》，但没有完成。1835年重拾计划，开始写《亨利·布吕拉尔传》，以审视自己一生的言行，正确地认识自我。布吕拉尔是斯丹达尔的亲戚，他借用其名回顾自己的童年和少年时代，并把孩童记忆中的往事、印象和感受与作家正在写自传的创作活动糅合在一起，仿佛是作家与自己的坦诚对话。这部配有120幅速写画的自传是一份珍贵的资料，有助于我们了解斯丹达尔的成长历程及其创作的思想根源。它共有47章，写到17岁的亨利·贝尔1800年6月骑马进入米兰，开始一生中最幸福时光这一节时，作者由于过分激动而写不下去，只得搁笔。所以说《亨利·布吕拉尔传》只是一部自传的初稿，它有多种版本，1949年出了定本。

长篇小说《帕尔玛修道院》（1839）是斯丹达尔的另一部代表作。它以20年代前后的意大利为背景，描述了拿破仑时代向复辟时代转变的历史过程，资产阶级的自由思想与封建贵族的保守思想之间的激烈斗争及其在一个贵族家庭中的反映。主人公法布里斯是反动顽固的台尔·唐戈侯爵的次子，但其生父是拿破仑军队中的一名中尉。他拥护新思潮，崇拜拿破仑，1815年听到拿破仑从厄尔巴岛返回法国的消息，16岁的法布里斯弃家投奔心目中的英雄，在滑铁卢战役发生的当日来到炮火连天的战场。拿破仑惨败后，奥地利重新占领了意大利的北部和中部。法布里斯回国后受到通缉，只得去那不勒斯神学院读书，后经姑母桑塞维里纳公爵夫人的安排，成为帕尔玛大主教的助理。但是法布里斯没有真正的生活目标，干了不少荒唐事，在一次打斗中杀死了情敌。姑母及其情人，即帕尔玛公国首相莫斯卡的敌人利用此事大做文章，把他关进了监狱。监禁期间，他与监狱长之女克莱莉亚相爱，后在她和姑母的帮助下越狱逃跑。但听到心上人遵从父命即将嫁人的消息，法布里斯主动回到监狱，姑母再次全力营救。后来法布里斯当上帕尔玛的大主教,他和克莱莉亚的私生子不幸夭折,克莱莉亚悲伤过度,不久去世。法布里斯退隐到帕尔玛修道院,一年后也郁郁而终。《帕尔玛修道院》和《红与黑》一样,反映了从拿破仑时代到复辟时代这一历史转折时期的风云变幻和新旧思潮的尖锐对立。帕尔玛小暴君的朝廷是欧洲君主专制政体的一个缩影。小说以辛辣的笔触揭露这个小公国的政治内幕,锋芒直指复辟时期欧洲的封建君主统治。小说发表后受到巴尔扎克的高度赞扬,称它为一部"观念文学的杰作"。

小说《吕西安·勒万》以法国七月王朝时期的社会生活为题材,原拟写三部分。第一部分写大银行家勒万之子吕西安因持共和观点被巴黎综合工科学校开除后,在父亲安排下到驻扎在南锡的一个枪骑兵团里当少尉。在这座外省城市里,各种政治势力对七月革命后国王路易-菲力普建立的中庸政府态度各异,正统派贵族处心积虑地伺机复辟,军队沦为替政府镇压公民起义的工具。吕西安的一腔报国热情渐渐冷却,他只满足于执行命令。后来他爱上一位年轻高雅的寡妇夏斯特莱夫人,由于中了离间计,两人关系破裂,他只身返回巴黎。第二部分写老勒万替儿子在内政部谋到一个重要职位,吕西安从而洞察了政权的黑暗内幕:伪善和谎言,金钱与政治势力的勾结,欺压百姓、破坏民主的阴谋,选举中的舞弊丑行。小说尤其通过老勒万这个人物着重描写了银行家在七月王朝中的作用:他本身也是议员,不仅掌握财权,而且能左右内阁人选,操纵议会表决。父亲去世后,家道中落,吕西安转到外交部工作。作者放弃续写的第三部分,按原创作计划第三部分的主要内容是吕西安在法国驻罗马使馆的生活,以及他和夏斯特莱夫人的婚姻。《吕西安·勒万》反映了七月革命后尖锐的社会矛盾,揭示了七月王朝即金融资本家王朝的实质,具有强烈的现实主义批判精神。

另一部未完成的小说《拉米埃尔》同样以七月王朝之初的法国社会

为背景。它用第一人称讲述诺曼底贫民女子拉米埃尔如何凭借自己的聪明和才智、毅力和谋略，终于进入巴黎上层社会的故事。她的结局很悲惨：她爱上一个向社会宣战的人，后因谋杀罪被判处死刑。她放火烧了法庭，自己葬身火海。这是一个于连式的女性形象，也是腐朽虚伪的社会的产儿。这个人物的遭遇，无疑是对资产阶级社会的愤怒控诉和声讨。

斯丹达尔在其评论文章、书信、小说或序言中多次提出“小说应该是一面镜子”。他的每部小说都取材于真实的事件，塑造的人物大多有生活的原型。他善于准确地描写“真实的小事”，让人物在他熟悉的环境中活动，勾勒出一幅幅风俗的画卷，再现时代的氛围。但是，斯丹达尔并不满足于“镜子式”地临摹生活，被动地笔录现实，主体意识在其创作中表现得十分明显。首先，斯丹达尔塑造的男性主人公于连、法布里斯、吕西安等人身上都有作者的影子，是其个性的补充或延伸，反映了作家本人的平民意识、自我观念和反抗精神，凝聚了他的生活体验和梦想。斯丹达尔笔下的女性人物是其幸福观的体现：在追求爱情和幸福的过程中，她们或热情大胆，或矛盾重重，但最终都在激情的驱使下不惜扯断一切社会纽带，推翻一切道德规范，表现出人的最高价值。她们是作家爱恋过的女子或心目中的理想女性。其次，作家从未在小说人物面前完全消失，他一再闯入叙事，评判人物的言行，审视人物的内心，表明自己的爱憎，或直接与读者对话，担保叙述的可信性，为作品的内容辩解，以免读者对人物作出不公正的道德评价。所以说，小说家对其作品的介入是双重的。

斯丹达尔的叙述手法独具特色。他摒弃真善美的普遍性原则，认为我们只靠感觉认识一切，而感觉总是片面的，视角不同，感觉就不同。他尽量避免传统叙述中常用的全知全能的高视角，而代之以聚焦于一个或多个人物的内视角。他不喜欢鸟瞰式的全景描写，宁可顺着人物的视线勾勒一连串的小画面。他让读者处于一个人物的有限视野中，比如《红与黑》几乎自始至终采用企图主宰自己命运的于连的视角，展示了他眼中的世界，并通过这位主人公的自我剖析告诉我们他对人对事的印象以及他的心理活动。《帕尔玛修道院》也以主人公法布里斯为聚焦人物，著名的滑铁卢战役就是通过这位初次上火线的少年的一双眼睛来表现的。不过法布里斯远不是于连那样刚毅的人物，他优柔寡断，听凭别人安排自己的命运，渐渐退出视觉主体的地位。作者出于情节的需要变换视角，轮流把法布里斯的保护人桑塞维里纳公爵夫人和莫斯卡首相以及法布里斯的恋人克莱莉亚当作聚焦人物。在《吕西安·勒万》的第一部分，七月革命后外省的政治风俗是透过吕西安这个见证人饱含谴责的目光再现出来的。而在小说的第二部分，当老勒万成为中心人物时，作者又把吕西安的言行置于父亲的慈爱和嘲讽的目光之下。与内聚焦手法相联系的是内心独白的大量运用。这些内心独白与事件的叙述相互穿插，准确细腻地展现了人物的内心世界，显露出斯丹达尔擅长心理分析的杰出才华。斯丹达尔的语言自然、平实、熟练，他厌恶夸张和矫饰，追求《民法典》那种简、朴、瘦、硬的语言风格。

总之，斯丹达尔一生勤于写作，虽然生前没有成名，但其作品对社会现实的强烈批判，对人物心理的深度开掘，均得到后世的公正评价。他对视角手法的娴熟运用，使他的小说成为最早具有现代小说特征的作品之一。

奥诺雷·德·巴尔扎克（1799—1850）是伟大的小说家，塑造典型的巨匠，举世公认的现实主义大师。和莎士比亚一样，巴尔扎克属于文学史上的划时代人物。在他之前，法国小说一直未能完全摆脱故事的格局，题材内容和艺术表现力都有一定局限。巴尔扎克拓展了小说的艺术空间，几乎无限度地扩大了文学的题材，让社会生活中的方方面面，包括那些仿佛与文学的诗情画意格格不入的东西都在他笔下得到了富于诗意的描绘；巴尔扎克是小说艺术的革新者，他将戏剧、史诗、绘画、造型等多种艺术形式的表现手法熔于一炉，把叙事、描写、抒情、对话交织在一起，大大丰富和完善了小说的艺术技巧，使之成为一种表现力极强的综合性的艺术形式；巴尔扎克创造性地实践和发展了现实主义的典型化艺术理论，创建了19世纪法国最壮观的人物画廊；更富独创性的是，他在《人间喜剧》的总标题下，用某一人物反复出现的手法，将他的90余部小说联为一体，构成了一幅完整的、包罗万象的社会风俗画，提供了一部19世纪法国社会的卓越的现实主义历史，使通常被视为供人消遣的小说具有了文献价值。这种把文学作品系列化、整体化，以反映社会全貌的做法，是巴尔扎克的首创。

巴尔扎克出生在法国都兰地区图尔市的一个市民家庭。父亲是从农民上升到中产阶级的国家公务员，母亲是巴黎马莱区一个殷实的呢绒商的女儿。所以巴尔扎克最熟悉的就是市民阶层的诸色人物。巴尔扎克从少年时代就开始博览群书，在精神领域相当早熟。中学毕业后，巴尔扎克按父亲的意愿在巴黎大学法学院注册入学。他一面在法学院学习，一面在文学院听课，同时进修数学、物理、化学、生物等自然科学课程。当时法国著名的生物学家若夫华·圣伊莱尔和居维耶之间关于动物分类学及其机体有无“统一格局”的论战，曾引起巴尔扎克浓厚的兴趣。若夫华·圣伊莱尔认为动物的有机构成只有一种基本形态，因生存条件不同才演变出千殊万类。巴尔扎克联想人类更是只有一种基本形态，同样因处境不同而出现千差万别。既然博物学家布丰能成功地通过一部书来描绘动物世界的全貌，为什么不给人类社会也写一部类似的著作呢？这一联想，后来竟成为他构思《人间喜剧》的契机。

在巴尔扎克上大学期间，父母为了让他尽早熟悉未来职业，曾先后安排他在一位诉讼代理人和一位公证人的事务所见习。几年的见习生活让他受益匪浅，他非但熟悉了民事诉讼程序，还从这个法律窗口窥见了巴黎社会的种种奥秘，看到了隐藏在金银珠宝之下的罪恶，为他未来的创作积累了大量素材。

1819年1月，巴尔扎克从法学院毕业，但他拒绝家庭为他在公证人事务所安排的前程，坚持要走毫无生活保障的文学道路。为了向父母证明自己的文学才能，巴尔扎克几乎足不出户地奋战了一年，然而他煞费苦心写出的处女作——诗剧《克伦威尔》——却令人大失所望。法兰西学院的一位院士看过剧后表示："这位作者随便干什么都可以，就是不要搞文学。"这个结论几乎代表了全体亲友的看法，唯独巴尔扎克仍然对自己满怀信心。

当时巴黎有一伙小有文才的青年，专为书商炮制流行小说和各种小册子。为了摆脱经济上对父母的依赖，巴尔扎克加入了他们的文学作坊，以雷奥诺、圣多班等化名参与或独立写作了十多部流行小说。当然，这类限期完成、粗制滥造的商业性作品不会带来他所期待的荣誉，后来他甚至不肯公开承认这些作品出自他的手笔。巴尔扎克深感没有稳定的经济来源就很难从事严肃的艺术创造，于是决定暂时弃文经商。从1825年开始，他先后尝试过出版业，开办过印刷厂、铸字厂，每次都以为即将财源滚滚，结果却总是债台高筑。四年的商海沉浮，让他尝够了破产、倒闭、负债的苦楚。最后，走投无路的巴尔扎克只好把烂摊子撇给一位表兄去收拾，自己重新一头扎进文学创作，在那里，他生活中最惨痛的失败，都将转化为最成功的创作题材。

1829年，他完成了长篇历史小说《舒昂党人》。这是他第一部以"巴尔扎克"署名的作品；小说不带偏见地再现了舒昂党叛乱的真相，剖析了在该地区发生这一事件的条件和原因，真实地描绘了贵族、僧侣为恢复失去的权力，如何以宗教迷信为手段煽动农民为王党效命。《舒昂党人》并没有成为畅销书，但在内行人眼中，巴尔扎克已不是等闲之辈了。从1819至1829年，巴尔扎克在充满挫折和失败的道路上整整闯荡了十年，终于在巴黎文坛初露头角。正是在这十年里，他的知识积累和生活积累完成了从量变到质变的过程。从1830年开始，巴尔扎克进入创作高潮，他以令人目不暇接的速度，接连发表了篇幅不等的小说数十部，部部引人瞩目。及至1833年《欧也妮·葛朗台》问世，巴尔扎克已是名满全国、享誉欧洲的大作家了。

巴尔扎克的创作生涯，大体上可划分为三个阶段。从1829至1834年，是《人间喜剧》的酝酿阶段，这一阶段发表了小说42篇。巴尔扎克的中短篇精品，大都是这一阶段的收获。如1830年发表的《猫打球商店》、《苏镇舞会》、《高布赛克》、《长寿药水》，1831年的《玄妙的杰作》、《红房子旅馆》，1832年的《夏倍上校》、《图尔的本堂神甫》等。长篇小说《驴皮记》（1831）和《欧也妮·葛朗台》是本阶段最重大的成果，一出版便引起极大的轰动。《十三人故事》（1833—1834）、《乡村医生》（1833）和《绝对之探求》（1834）亦属本阶段的力作。不过，对作者本人来说，这一阶段还有一项意义深远的成就，即《人间喜剧》宏伟规划的酝酿成熟。巴尔扎克早有使作品系列化的打算，但直到1833年才找到一个合适的框架将所有的小说组成一个整体。到1834年，这一设想已发展成一个庞大的计划。他在给韩斯卡夫人的信中谈到，他的作品总汇将定名为《社会研究》，下分"风俗研究"、"哲理研究"、"分析研究"三大部分，分别表现结果（即现象）、原因和法则。至此，整套巨著的基本框架和立意已告形成。后来，在但丁《神曲》的启发下，又将总称改为《人间喜剧》，意味深长地把人世间一切纷争角逐、悲欢离合喻为人生大舞台上的一个个场景，一幕幕悲喜剧。

从《高老头》（1835）开始，巴尔扎克进入创作生涯的第二阶段，即有计划地为《人间喜剧》大厦准备构件的阶段。《高老头》就是他为大厦铸造的一根顶梁柱。他要这部小说像拉开《人间喜剧》的序幕一样，展示巴黎社会这个光怪陆离的巨型舞台，让各个社会阶层的代表人物都在此登台亮相，并点出整套作品的中心主题——金钱在当今社会中的杠杆作用。从这部小说开始，他运用串篇人物的手法，把以往的作品和今后的作品联为一体。1835至1841年，巴尔扎克又接连发表了十六部长篇、十部中篇和八个短篇，篇篇堪称杰作。如短篇小说《改邪归正的梅莫特》（1835）、《无神论者望弥撒》（1836）；中篇小说《禁治产》（1836）、《夏娃的女儿》（1838）、《比哀兰特》（1840）；长篇小说《幽谷百合》（1835）、《古物陈列室》（1836—1838）、《幻灭》（1837—1839）、《卓越的女人》（即《公务员》，1836—1838）、《赛查·皮罗托盛衰记》（1838）、《搅水女人》（1841）等。《幻灭》是本阶段继《高老头》之后最突出的成果，只是作品中对新闻出版界的批判揭露引起了轩然大波，一场围攻和笔战延续了数年之久，乃至此后他所有的作品都遭到报刊评论的恶意攻讦。

至1841年末，尽管有待创作的作品还很多，但现有作品已构成一个井然有序的艺术世界，可以汇编在一起了。于是巴尔扎克与出版商菲讷、赫哲尔等正式签订了16卷本《人间喜剧》的出版合同。从1842年开始，巴尔扎克的创作生涯进入了第三阶段，即系统地出版《人间喜剧》的阶段。巴尔扎克一面修订、汇编旧作，一面不断补充新作。反映庄园经济解体的《农民》（1844）就是本阶段的新成果。《人间喜剧》以每年三至四卷的速度出版，至1846年9月，16卷本已全部出齐。1846年秋至1847年春，《立宪报》又连载了以《穷亲戚》为总标题的两部精彩的长篇：《贝姨》和《邦斯舅舅》。这两部作品补编为《人间喜剧》第17卷，于1848年出版。至此，一座由90余部小说构成的《人间喜剧》大厦已基本落成。

但巴尔扎克是个不知满足的人，1844年，他又为《人间喜剧》拟定了一个包括144部作品的更加庞大的计划。遗憾的是，他已经没有足够的时间来完成这个计划了。从1829至1849年，巴尔扎克为他的《人间喜剧》整整奋斗了20个春秋。短短20年写出这样一套巨著已经够令人吃惊的了，何况每部作品他都要反复修改，更换好几次乃至十余次校样，每次都改得密密麻麻，面目全非；更何况他还曾为好几种报纸杂志撰稿，发表了数以百计的杂文、特写、书评、专论、时政述评；此外，他还创作了六部戏剧和一部仿16世纪文体及拉伯雷风格的短篇故事集《趣话百篇》（实际仅写30多篇，中译本题为《都兰趣话》）。谁也无法想象巴尔扎克的工作效率和工作节奏，他经常晚上6点钟上床，半夜12点起身，披上圣多明各式的僧袍，点起四支蜡烛，一口气工作14至16个小时，有时甚至更多。有人说他三天用掉一瓶墨水，更换十几支羽笔。为了保持头脑的清醒，咖啡成了他的生活必需品。经年累月的超负荷脑力劳动和过量的咖啡摧毁了他的健康，巴尔扎克不满50岁便已风雨飘摇了。1849年他在韩斯卡夫人的领地上是病病歪歪度过的。1850年3月，俄国沙皇终于恩准了他和韩斯卡夫人这桩酝酿了十年之久的跨国婚姻。举行婚礼后，年已半百的新郎新娘启程返回法国。巴尔扎克在途中再次病倒，双目几近失明，5月抵达巴黎时已一病不起。8月18日，巴尔扎克去世，8月21日，在拉雪兹神甫公墓举行葬礼，自发的送葬行列绵延了好几条大街，几乎望不到尽头。

巴尔扎克的一生也像是一出悲壮而辛酸的"喜剧"，如果把他的一生写成小说，无疑是《人间喜剧》中最可惊可叹的一幕。正如波德莱尔所说，巴尔扎克是《人间喜剧》诸多人物中"最奇特、最有趣、最浪漫，也最富有诗意的一个"①。他的生活充满惊涛骇浪，夹带着多次神话般的破产。他虽是举世公认的现实主义小说家，他本人却是个最浪漫的幻想家。他的生活由一连串想入非非的梦幻破灭的惨痛经历连缀而成。或许可以说，正是他那些梦幻与现实的碰撞，使他获得了对现实的深刻理解。他绝大部分时间都生活在虚构的世界里，结果所有的实际事务都被他搅得一团糟。他曾两次创办杂志，结果使原本还不清的债务益发还不清了。他一辈子在债务中挣扎，时刻受着高利贷者和出版商的追逼，永远在为到期的期票发愁。他的房屋、家具不止一次被查封、拍卖，还经常逃到乡下去躲债。他正像自己所描写的一些天才人物那样，在巴黎这个炼狱里"生

① 见波德莱尔《有才能的人如何还债》（1845）一文。

活过，搏斗过，感受过”。正是这些切身的体验与感受，给他提供了无穷无尽的创作题材，构成了《人间喜剧》中最精彩的篇章。

巴尔扎克步入文坛的时候，适逢法国浪漫派向古典主义公开宣战，浪漫主义运动进入高潮。巴尔扎克却游离在浪漫主义运动之外，独树一帜，以风俗史家自喻，决心为这瞬息万变的时代充当历史见证人：“法国社会将成为历史家，我只应当充当它的秘书”。

巴尔扎克生活的年代，正值法国从封建主义向资本主义过渡的历史转轨时期，他亲身经历了拿破仑帝国及其百日皇朝、波旁王朝的两次复辟、七月王朝，直至1848年二月革命资产阶级取得全面胜利的全过程。这是法国近代最动人心魄的一段历史，法兰西从来不曾这样生气勃勃，也从来不曾这样乾坤颠倒、一片混乱。这是一个既充满罪恶又充满活力，既腐败而又正在向前发展的社会，新旧交替之际错综复杂的矛盾冲突，频繁的政权更迭，急剧而持续的社会动荡，波及每一个家庭和个人，社会各阶层的兴衰沉浮、沧海桑田，比以往任何一个时代都令人触目惊心。正是这个处于巨变中的时代，吸引了巴尔扎克去研究它、认识它，并萌发了充当历史见证人的愿望。

所有优秀的作家都程度不同地在作品中反映了自己的时代，巴尔扎克的与众不同处是力图完整地再现他的时代。他不满足于描绘某一社会侧面，塑造某几个人物典型，而是要完成“一整套反映19世纪法国社会的作品”。不仅如此，他还要从纷纭复杂的表象中探明事物的内在联系，追溯这种种现象产生的根源，进而对社会弊端作出更加深入的剖析和诊断。在巴尔扎克身上，很早就有一种“把握一切、认识一切、解说一切”的强烈倾向。当他决定以小说形式来谱写当代历史的时候，便已经站在历史的高度，考察、研究和评判这个社会。与其说他是作为小说家来记述历史，不如说他是以哲学家、史学家和社会学家的眼光来写小说。小说成为他概括、分析和说明世界的一种手段。

为了达到他所企望的高度，他曾如饥似渴地阅读古往今来的大量哲学、社会科学和自然科学著作，不断地进行比较、分析和概括；他深入到社会生活的各个角落，搜寻人们内心的秘密，他倾听各行各业人物的谈话，参加精英们的聚会，向军人讨教，和刽子手一起吃饭，和苦役犯交朋友；他像哲学家、史学家、经济学家、社会学家那样观察研究当代社会的政治经济结构、权力和财富的分配、法律的奥秘、宗教的效用，精细地剖析人们的感情、欲望、各种行为的动因；终于在这个骚动的、杂乱无章的社会中，发现了一条非人力所能控制的规律，这就是资产阶级的日益得势和贵族社会的解体灭亡。社会上一切冲突、争斗、动乱、犯罪，发生在家庭和个人生活中的种种悲喜剧，都和这个特定的历史进程紧紧联系在一起。由于对社会形成了这一总体认识，巴尔扎克得以从种种貌似分散、个别、偶然的现象中，把握住了以拜金主义为核心的具有本质意义的历史内容：人们"不再信仰上帝，只崇拜金犊"了，金钱成为整个社会的杠杆。对财富的追求既给社会带来活力，推动了生产的进步，又使人性产生可悲的异化，正是对金钱的贪欲，断送了无数家庭的幸福，酿成了一幕幕惊心动魄的惨剧。这样，巴尔扎克便站在历史哲学的高度，理解了他的时代。他在《幻灭》中描写未来的大作家德·阿泰兹时，说过这样一句话："他要像莫里哀那样，先成为深刻的哲学家，再写喜剧。"这句话，正是作者本人的座右铭。

作为风俗史家，巴尔扎克和真正的史学家的最大区别在于：史学家关注的是历史事件，巴尔扎克关注的则是人。他认为文学艺术应以"借助思想再现人的本性"为目标，艺术家的任务是"把提炼过的思想通过人物体现出来，塑造出让读者感到栩栩如生而又简明概括的艺术形象"。对巴尔扎克来说，完整地再现一个时代，首先是刻画这个时代两三千个有代表性的人物，亦即生活在当代社会典型环境中的整整一代人的种种典型。在这方面，他从司各特那里获得了重要借鉴。他要求自己像司各特那样，让笔下的人物“孕育在时代的胎腹中；在他们的躯体里，悸动着整个人类的心灵，蕴蓄着整套的哲理”。他正是要通过谱写人类的心灵史来描绘当代风俗和记述时代的变迁。

塑造形象，刻画典型环境中的典型性格，是巴尔扎克概括和提炼生活的主要手段，也是他对现实主义艺术的首要贡献。巴尔扎克具有艺术大师的洞察一切的锐利眼光，他能够通过短暂的接触，迅速深入到人的内心，揣摩出最微妙的感情；他善于选择富有特征意义的细节来突出人物的个性，通过人物自身的行动来强化其本质特征。他的作品中没有概念化、脸谱化的形象，哪怕是次要人物，也都鲜活生动，血肉丰满，每个人的性格都与他独特的经历和处境息息相关。巴尔扎克从不按一个模式描写同类人物。律师、公证人也好，医生也好，艺术家也好，这一个都不同于那一个，连吝啬鬼都是各式各样的。作家对真实的追求，使他力图在作品中表现出社会生活和人类心灵的全部复杂性。

巴尔扎克是人性的伟大探秘者，他对人类心灵的深入挖掘，使他的人物比产生他们的时代具有更强的生命力。拿破仑帝国、波旁王朝、七月王朝早已成为历史，而高老头、葛朗台、高布赛克、拉斯蒂涅、吕西安、伏脱冷、贝姨、赛查·皮罗托、戈迪萨尔等却永远活着。高老头还在溺爱子女，葛朗台还在琢磨钱怎么生怎么死的秘密，拉斯蒂涅、吕西安等还在生存竞争中体验成功的喜悦或失败的悲哀，贝姨还在受着嫉妒和报复心的折磨，赛查·皮罗托还在破产中挣扎，戈迪萨尔正在口若悬河地推销商品。

想象力是巴尔扎克最强的天赋之一。他不仅是个头脑清晰、眼光锐利的观察家，同时也拥有最热烈、最丰富的想象。他从大量生活素材中提炼出来的观念和思想，总是迅速地转化成千姿百态的人物。这些人在作家的头脑里按照生活的逻辑行动着，似乎并不怎样受作家主观意愿的支配。巴尔扎克经常生活在幻觉世界里，与他虚构出的人物朝夕相处，被这些人搅得寝食难安。他和他的造物一起幻想、受苦、搏斗，常常把虚构的世界与现实世界相混淆。他不时兴致勃勃地向朋友们报告这些虚构人物的消息，仿佛这些人真的生活在他们中间。就这样，他笔下的两三千个人物便在纸上活跃起来，有声有色地演出了法国大革命以后直至1848年资产阶级取得全面胜利的这一整段历史。也就是他所说的，被许多历史家所忽略了的风俗史。

巴尔扎克认为“最高的艺术是要把观念纳入形象”，“艺术作品就是以最小的面积惊人地集中最大量的思想”。因此思想充溢是巴尔扎克作品的一大特色。在很多人看来，巴尔扎克让小说负荷了过重的思想理论重担。他的叙述和描写经常伴以说理和推论，他笔下的人物也经常在说理和推论，每个人都有一整套从自身经验中总结出的生活逻辑，每一种欲望或行为的前因后果都有详尽的交代和分析。然而他的人物确实因思想丰富而形象饱满，他的故事因夹带着巨量思考而格外发人深思。巴尔扎克认为：“一个见信于人的作家如果能以自己的作品启发读者思考问题，就是做了一件大好事”，否则就只是个“逗乐的作家”。在巴尔扎克心目中，作家对社会的影响非但不亚于政治家，甚至还高于政治家：“帝王统治人民不过一朝一代，艺术家的影响却能绵延几个世纪……”，所以“真正的艺术家应当同时是思想家”。人们往往注意小说家巴尔扎克，而忽视思想家巴尔扎克，其实巴尔扎克的作品中特别耐人寻味之处正是透过形象所阐释的思想，是那些从现实生活中概括出的饱含哲理意味的真知灼见。他的作品中经常出现的格言警句完全可以和拉罗什富科的《箴言集》媲美。

巴尔扎克的头脑是一个无所不包的多维化的广阔空间，填满了五花八门的学说和理论。他相信世界的物质性，却又深受神秘主义唯灵论的吸引；他本质上是个无神论者，却热心地宣传宗教；他充分肯定资本主义生产方式和竞争机制对社会繁荣的促进作用，在政治上却是保王党。他的思想体现了现代科学与神学、唯物主义与唯心主义之间的矛盾冲突以及人们试图认识整个客观世界的艰苦努力。但不能否认,他芜杂的思想中闪烁着大量智慧的火花,20世纪著名传记作家莫洛亚甚至认为他的有些思想"走在了科学之前一个世纪"。

从总体上看,巴尔扎克的哲学世界观是建立在世界的"统一性"、"物质性"和"可知性"的基础上的。尤其值得注意的是他思想中包含了许多辩证法,这一点曾经受到马克思和恩格斯的充分肯定。巴尔扎克相信"自然界是一个有机的整体",相信"万物相互联系","万物处在运动之中",相信人性的演变"受环境和生存条件的制约"。这种观点,构成了他的基本思维方式,使他习惯于从事物的相互联系中去探明各种现象的因果关系,在特定的历史条件和社会环境中考察人类的共性与个性,普遍性与特殊性。他之所以能对现实关系获得深刻的理解,之所以对人类、对社会的分析达到同代作家未能企及的深度,首先是得益于他这种思想方法。他观察某一现象,必须联想到相关的种种现象;他刻画一个人物,往往首先注意这个人的生存环境,同时回顾他的过去,预测他的未来。因此,巴尔扎克重视环境的细节描写,强调在一定的典型环境中塑造典型性格。

巴尔扎克是精神力量的信奉者,精神的能动作用可说是他的哲学思想的核心。他非但肯定"世界的物质性",甚至肯定"思维的物质性"。他认为思想、意志如同声、光、电一样,没有实体,却是一种存在,它派生于肉体又作用于肉体。他确信精神和物质是同一实体的两个方面,而且深信意志能转化为巨大的能量。正是从这一思想出发,激情(或欲望)在巴尔扎克的作品中占有特殊重要的位置。巴尔扎克认为"激情是创造之母","是人类一切行为的动力"。它既可以导致人作恶,也可引导人行善;它既能推动人们成就大的事业,也可能使人遭到灭顶之灾。巴尔扎克笔下的所有人物都是某种激情的奴隶,所有的故事都是某种激情的历险,《人间喜剧》的“哲理研究”，中心就是对激情的研究。巴尔扎克分析过各种不同类型的激情，指出每一种激情发展到极端都会走向自己的反面：路易·朗贝尔为寻求哲学的绝对真理陷于癫狂；音乐家冈巴拉、画家弗朗霍费将自己探索到的艺术奥秘绝对化，从而断送了艺术；出于物质欲望将灵魂出卖给魔鬼的梅莫特和他的替身卡斯塔涅一旦享有了无限的权力和财富，便意识到了人世的空虚。不过，作家刻画那些英才为科学、艺术的发展付出惨重代价的崇高激情时，并没有用黑色的笔调，而是以动人心弦的描绘赞颂了他们悲壮而绚丽的一生。巴尔扎克本人就是激情无限膨胀的典型，恰如法国现代评论家加埃唐·皮贡所说，“巴尔扎克不是别的，他是一个接一个的欲望，是向着未来的冲刺，这种与一切艰难险阻的较量既是无往不胜的，又是永无休止的。总之，他代表一种永远进取的精神。”[①]巴尔扎克在自己身上最大限度地调动了精神的能量，同时也将自己的生命活力注入了他所创造的人物，于是这些人物也都带有巴尔扎克的印记，他们个个都和他们的创造者一样充满激情和欲望，“上至豪门显贵，下至庶民百姓，无不比现实喜剧中的人物更渴求生活，在斗争中更活跃、机智，享乐中更贪婪，忍受苦难时更坚韧，奉献时也更为伟大崇高……”（波德莱尔：《论戈蒂耶》）。因此巴尔扎克笔下的人物色彩格外鲜明强烈，也格外富有艺术魅力。

巴尔扎克的哲学世界观不仅对他的创作思想产生了深刻影响，同时也从中孵化出他的宗教和政治观。他高度估计精神的巨大能量，也格外关注激情与欲望的负面影响：“每个人都有一股生命力，有的人用它干一番事业，有的人则用它犯罪”。所以“激情（它是思想和感情的汇合）固然是构成社会的因素，却也是摧毁社会的因素”。由此产生了他的以宗教抑恶劝善、遏制人欲泛滥的思想。

---

① 转引自莫洛亚：《巴尔扎克传》，第417页，人民文学出版社，1993年。

巴尔扎克在《〈人间喜剧〉前言》中宣称自己“在两种永恒的真理，即宗教与王权的照耀之下从事写作”，但法国现代作家阿兰说得好：“他虽然拥护王权和宗教，却对这两者都不相信”[①]。莫洛亚也指出：“从信仰的绝对意义上讲，他对两者都不相信，但他相信它们的实用价值。”[②]巴尔扎克显然不是一个虔诚的天主教徒，他曾说天主教教义是“一套自欺欺人的谎言”，且清醒地指出“宗教也许不是神的旨意，而是人的需要”；可是，在他看来，面对人欲横流的社会，除了宗教，还有什么手段能够约束恶的发展，阻止人类滑向堕落呢？“利欲在助长人类的不良倾向，唯有施行宗教教育，才是减少恶行、增加善举的有效办法”，“要全民族都去研究康德是不可能的，对民众说来，信仰和习俗比研究和论证更有实际意义”。这一观点，在《无神论者望弥撒》中，有极其生动的体现。同样，他认为唯有君主原则能约束社会上不同利益集团的纷争，保持国家的稳定平衡。在巴尔扎克看来，经历了1789年革命的法国最需要的是稳定，而“任何一种形式的集权政治”都比当时那个争吵不休的代议制政府有利于法国社会的稳定发展。然而巴尔扎克虽主张君主制却对保王党人毫无好感；他反对共和却对为理想献身的共和党人满怀敬意（《幻灭》、《卡迪央王妃的秘密》）。

巴尔扎克对社会历史进程有他自己的见解。他无情地揭露社会上的等级划分，却又认为“除了缓慢的改良，没有任何东西能改变人类社会的等级制度”；他憎恶随着资产阶级得势产生的种种丑恶现象，同时却肯定资本主义给社会带来的活力与进步。他在追求认识一切、解说一切的过程中找到了各种现象的“因”，从而意识到了现实社会存在的理由。他强调：“如果一场革命已经发生在实际生活中和人们的思想上，那它便是无可

① 转引自莫洛亚《巴尔扎克传》，第491页。人民文学出版社，1993年。

② 同上书，第491页。

争议的，只能把它当作一件既成事实接受下来。历史的演进是不可逆转的。”所以他仅仅批判这个社会，却无意于摧毁这个社会。他把现存的一切作为世界的本来面目接受下来，却不是消极悲观地接受，他相信人类可以逐步“在自我改善中前进”。于是他以醒世作家自诩，试图肩负起教育时代的重任。不过艺术家的天赋告诉他，艺术的功能在于提供一种发人深省的观察，如果作家试图说教，作品的美就毁了。所以这位醒世作家藏身在史学家的外衣之下，将谱写人类社会的风俗史引为己任。

在1842年开始出版的《人间喜剧》中，巴尔扎克按原计划将编目划分为三个系列：“风俗研究”、“哲理研究”和“分析研究”。作者的解释是：“风俗研究将全面反映社会现状——社会结出的各种果；哲理研究是追根溯源，找出这些现象的因；继果和因之后，还要有分析研究，因为，在列举了果，分析过因以后，就该着手探讨原则了。”三个系列中，“风俗研究”的篇幅最大，根据题材的类别，巴尔扎克又将它分为“私人生活”、“外省生活”、“巴黎生活”、“政治生活”、“军旅生活”和“乡村生活”等六个场景。其中分量最重的是前三个场景。

希腊神话传说中，巨人普罗米修斯用泥土捏塑成人类，巴尔扎克则是用纸笔创造了一个完整的人类社会。他这个社会几乎像现实社会一样无所不包，从上流社会到社会底层，从内阁大臣到监狱里的囚犯，各行各业、各阶层的人物都带着各自的习俗、风貌登场。形形色色的商人、银行家、高利贷者，身份、性格各异的宫廷贵人、地方贵族和落魄的末代王孙、不同层次的冒险家、骗子、强盗，不同类型的文人、艺术家、法官、律师、公证人、公务员、店员、推销员、手工业者、城市贫民……都在这个大舞台上演出了自己的剧目。“金钱”是这部大剧中没有名姓、没有性别的主人公；激情是全部人物和故事的灵魂；资产阶级的得势和贵族阶级的衰亡则是贯穿全剧的主旋律。

巴尔扎克几乎是用“编年史的方式”，逐年描绘出上升中的资产阶级对贵族社会日甚一日的冲击。他描写资产阶级如何发家（《纽沁根银行》、《欧也妮·葛朗台》），贵族如何破产（《古物陈列室》、《卡迪央王妃的秘密》），资产者的势力如何深入到每一个城镇、乡村，在一切领域和贵族社会展开政治上、经济上的较量（《比哀兰特》、《图尔的本堂神甫》、《老姑娘》），贵族的庄园经济如何在资产阶级的进逼下土崩瓦解（《农民》）；他揭露资产阶级政客如何利用手中的权力将充公的贵族产业变成自己的私产，如何要弄权术，在频繁的政权更迭中使自己的权势节节上升（《一桩神秘案件》），指出杂货商确实当上了贵族院议员（《邦斯舅舅》），贵族有时却沦落到社会底层（《浪荡王孙》）；他记叙巴黎商业从个体商贩、小业主到批发商的历史进程及商业银行、股份公司、证券交易的出现，披露心狠手辣的银行家如何用倒账清理的手段掠夺千家万户的财产（《纽沁根银行》），敦厚的老派商人又如何在金融投机家的算计下被逼破产（《赛查·皮罗托盛衰记》）；他考察资产阶级的得势如何导致整个社会风俗的改变，金钱如何成为"无人知晓的国王"、人们"命运的主宰"（《高布赛克》）；文学艺术如何沦为商品，青年人在拜金主义新时尚的冲击下又面临何等严峻的人生选择（《高老头》、《幻灭》）；他列举金银珠宝下面隐藏的无数罪恶（《禁治产》、《夏倍上校》、《红房子旅馆》）；刻画人的贪欲会使遗产之争达到何等穷凶极恶的地步（《搅水女人》、《于絮尔·弥罗埃》、《邦斯舅舅》）。

巴尔扎克似乎无所不知：巴黎的每个区，外省的城市和乡镇，从相互对立的社会圈子之间的钩心斗角，到贵妇人的内心世界；从学术界不同意见的对立，到夫妇间因琐事引起的争吵……他都了如指掌。有人形容他像勒萨日笔下的瘸腿魔鬼，半夜揭开人们的屋顶，窥探千家万户的秘密。巴尔扎克似乎对一切都要穷其究竟：他研究家庭及婚姻生活中各种矛盾的前因后果，探究资产者和贵族这两大阶级兴衰成败的缘由，推断金融资本即将主宰法国经济的前景，剖析司法行政及选举制度的弊端、官僚体制的危害，探索政府机构的改革，讨论农村经济的振兴与改造。他像考古学家、建筑师那样考察外省小镇的房屋建筑、门窗的构造，像经济师一样核算着盈利和亏损，像法学家一样研究法律程序，像古董商那样鉴定和估量每一幅名画的价值。总之，当代社会的全部历史、哲学、政治、经济、法律、宗教、财政金融、工商农业、新闻出版、文学艺术，乃至医学论战、科学实验，他都涉猎到了，《人间喜剧》简直就是一部以艺术形式撰写的《百科全书》。恩格斯说他从巴尔扎克的《人间喜剧》里，“甚至在经济细节方面所学到的东西，也要比从当时所有职业的历史学家、经济学家和统计学家那里学到的全部东西还要多”（《致玛·哈克奈斯》，1888年4月）。

资产阶级的得势和贵族社会的衰亡是《人间喜剧》的总背景和主旋律。巴尔扎克的卓越之处，远不止是写出了这个历史趋向，而且还通过精心选择的细节和精心塑造的典型，准确而深刻地论证了这一历史演变正是这两大阶级的生存条件、生活方式及思维模式在实践中发展的必然结果。《欧也妮·葛朗台》中的葛朗台老头和《古物陈列室》中的埃斯格里尼翁家族便是这两大阶级的代表。葛朗台老头是著名的吝啬鬼典型。这一形象的独特价值，在于他是趁法国大革命之机发财致富的暴发户典型。作者通过葛朗台的发家，高度概括地反映了贵族的产业如何一步步转移到资产阶级手中，满身铜臭的暴发户又如何成为地方上权力的象征和众人膜拜的对象。巴尔扎克以大量生动的细节刻画了葛朗台的思维方式和生活方式，描绘了他精明狡猾的聚财手段和种种吝啬的习惯，充分论证了这类人的财产为何能以令人难以置信的速度增长。在《古物陈列室》中，刻画了贵族阶级遗老遗少的思维方式和生活方式，描绘了他们根深蒂固的特权思想和对产业经营管理的一窍不通。埃斯格里尼翁家族在大革命中已经失去了他们的大部分产业，而贵族的生活方式却没有丝毫改变，他们既不操心赚钱，也没想到要节俭。葛朗台老头年收入高达30万，过日子仍和当地庄稼人一样，喝的老是坏酒，吃的老是烂果子；埃斯格里尼翁侯爵家只剩下一万法郎进项，可三个主子仍有五个仆人伺候，儿子接受的仍是全套贵族式教育，因此别说恢复家业，就连维持生计也越来越困难。然而把放荡、荒唐视为贵族子弟的天然权利的年轻伯爵依然恣意享乐、横行乡里；去巴黎一年，便挥霍了够一个普通家庭生活一辈子的10万法郎，欠下20万法郎债务，还伪造证券诈骗了30万法郎。从这部小说的篇名到无数细节，读者不难领略到作者在几位贵族头上堆砌的若干褒词含有多么尖刻的讽刺；而他以大量贬词描绘的居心险恶的资产阶级，却义正词严地发表了一篇掷地有声的讨伐贵族阶级的檄文。尽管巴尔扎克对粗俗、冷酷的资产者素无好感，却十分客观地指出他们"推动了全省的工业化，给地方带来繁荣"，以致"君主政体的寿终正寝在百姓中引不起丝毫同情"；而那个因风度优雅令他倾倒，使他屡屡为之叹息的贵族阶级，却被他无情地描写成"不配有更好命运的人"。这是现实主义的伟大胜利，更是辩证法的伟大胜利。作家正是在研究种种现象的内在联系、剖析两大阶级力量对比发生转化的主客观原因的过程中，认识到了社会发展的趋势和贵族社会必然灭亡的命运。

巴尔扎克善于使典型人物的塑造和社会风俗研究形成互补关系。人物的性格在一定的环境作用下发展成熟；同时人物的行动又导出社会生活的广阔画面。拉斯蒂涅是《人间喜剧》中机灵善变、青云直上的典型，作者却不是一开始就让他以老奸巨猾的面目出现，而是让他在《高老头》中怀着外省青年的几分童心登场，在巴黎社会中逐步完成他的蜕变。这样的构思，不仅符合生活逻辑，也体现了作家的艺术匠心。围绕拉斯蒂涅这段生活经历，作者将纷纭复杂的巴黎社会纳入了作品的狭小框架，同时从不同角度揭露出拜金主义社会对年轻人的生活道路产生的决定性影响。《高老头》是《人间喜剧》中最脍炙人口的作品，也是巴尔扎克最重要的代表作。小说主人公拉斯蒂涅是当时纷纷从外省涌向巴黎寻找发迹机会的无数青年中的一个。由于贫穷他不得不住在破旧寒酸的伏盖公寓，凭着出身又可以出入金碧辉煌的贵族府第。一边是锱铢必较的贪婪吝啬，一边是风雅阔绰的奢侈享乐。两个社会的对比太鲜明了，初见世面的青年不可能不受刺激。最初他还想用功，凭学识谋前程。随着他一步步认清社会的真相，明白了金钱的威力和达官贵人们攫取财富的手段，他的是非善恶之心便渐渐淡漠，自私的欲望则越来越占上风。他眼见领袖群伦的宫廷贵妇敌不过20万法郎年息嫁妆的竞争，谋财害命起家的百万富翁可以赢得社会尊重，满怀爱心的高老头因被女儿榨干了财产而凄惨地死在六层阁楼里，他就再也下不了决心规规矩矩做人了。他埋葬了高老头，也埋葬了青年人的最后一滴眼泪，从此便以野心家的挑战姿态向社会发起了进攻。后来他果然成为银行家纽沁根的帮凶，发了大财，当上国务大臣。

巴尔扎克在这部作品中创造了一种高度凝练的艺术风格。人物、事件错综复杂，读来却紧凑而集中；种种光怪陆离的社会现象，都紧紧围绕着拉斯蒂涅的经历和感受逐步展开，由浅入深，由表及里，层次分明，详略有度，剪裁得恰到好处，充分显示了作家驾驭素材和提炼生活的能力。环境描写在巴尔扎克的作品中占有相当重要的地位，这一点在《高老头》中也有突出的表现。例如对伏盖公寓的描绘，具体而精微，连墙上的石灰、碗碟上的缺口都不放过。在一般读者看来，冗繁的细节描写对情节是一种累赘；而在作者心目中，某些情境对故事的进展、人物性格的演变至关重要，值得用绘画的手法细细描画。如果读者对伏盖公寓的贫穷寒酸没有深刻的印象，怎能使之与圣日耳曼区的奢侈豪华形成鲜明对比，进而又怎能理解这样的对比对青年人的腐蚀作用？所以某些仿佛和情节线索关系不大的细节，从艺术家所追求的艺术效果来考虑却是不可少的。

在《高老头》中首次登场的伏脱冷是《人间喜剧》中另一个重要典

型。他是苦役犯帮口里的要人，是他们足智多谋的军师和老板。他跟官府作对，并不是为了替天行道；他劫夺有钱人的财产，也不是为了劫富济贫。他只是不甘心屈从社会分配给他的命运，千方百计要在社会上谋取自己的一份权益。用合法手段得不到的东西，他便用非法的手段去攫取。他并不代表正义，只是对社会的非正义有极透彻的了解。他是人间的撒旦，既邪恶又合理。巴尔扎克不曾把他写成正面人物，却赋予他一种反叛美。但此人最后终于与官府同流合污，在《烟花女荣辱记》的结尾变成警厅的密探头子。

转轨期社会对青年人的冲击及对价值取向的影响，是《人间喜剧》中挖掘得最深的一个命题。《高老头》一书已经点明拜金主义社会对青年的腐蚀作用，《幻灭》三部曲则从青年一代命运的高度，使这一命题进一步深化和升华。巴尔扎克给韩斯卡夫人的信中曾将《幻灭》称作他的作品中“居首位的著作”。小说通过两个有才能、有抱负的青年理想破灭的故事，揭示了法国大革命以后整整一代青年的社会处境和精神状态。随着封建所有制的解体，等级门阀观念的削弱，凭借个人才智到社会上寻求发迹的机会，已成为法国青年普遍的幻想。这种幻想既是历史发展的必然产物，也反映了时代的进步。在封建时代，每个人的身份、地位是早已确定好的，只有资本主义竞争，才给个人的发展提供了可能。巴黎是法国政治、经济和文化的中心，巴黎的财富、权力和机遇，对外省青年必然具有无法抗拒的魅力。人人都想到巴黎去碰运气，如此就产生了各种人才云集巴黎，互相竞争角逐的局面。竞争者如此之多，真能爬上显赫地位的又如此之少，这就必然挑起无穷无尽极残酷的搏斗，由此产生一首首个人奋斗的诗篇，一出出理想破灭的悲剧，同时也产生了19世纪文学的基本主题——个人和社会的矛盾。《幻灭》的构思就是在这个背景上产生的。巴尔扎克在《幻灭》初版序中写道：“巴黎像一座蛊惑人的碉堡，所有的外省青年都准备向它进攻，……在这些才能、意志和成就的较量中，有着一代青年的惨史。”

《幻灭》是《人间喜剧》中画面最广阔的作品之一。作者在这里展示了王政复辟时期从外省到巴黎的种种最具特征意义的现象，描写出资产阶级价值观已渗透到一切领域，在野的资产阶级自由党比执政的保王党更有势力；一切都已商品化，包括精神产品在内，人的尊严也变成了交换价值；作者还敏锐地指出了当时尚处在萌芽状态的资本集中现象，描绘出工商业的竞争、同行间的倾轧是以何等阴狠毒辣的方式进行。巴尔扎克不仅看到险恶的社会环境对青年的影响，还注意到环境的影响是通过人物自身的内因起作用的：诗人吕西安从外省来到巴黎，面前分明摆着两条不同的路：一条是德·阿泰兹和他的小团体所代表的自强不息、苦学成材的道路；另一条是卢斯托代表的欺世盗名、急功好利的道路。前一条路艰苦、漫长，然而清白可靠；后一条路肮脏、危险，然而表面看来是名利双收的捷径。吕西安尽管聪明、有才华，但他自私、虚荣，野心很大而又意志薄弱，总想抄近路一步登天，没有毅力在真学问上下功夫，也忍受不了长期清苦生活的煎熬，这就决定了他必然要脱离小团体而向卢斯托靠拢，从而逐步被巴黎社会改造成出卖灵魂的文痞。这样一来不仅人物性格的发展更加真实，对社会的分析也更全面、更有说服力了。

反映七月王朝时期社会生活的《贝姨》（1847）是“巴黎生活场景”中的华彩篇章，也是巴尔扎克最后的绝唱。小说环绕于洛男爵一家的悲欢离合，揭露了七月王朝末期巴黎社会尤其是上层社会的腐化堕落：官员的贪污渎职，暴发户的骄奢淫逸，贫富的悬殊，人心的败坏，充斥于不同社会阶层的各种公开或隐蔽的卖淫、偷盗、诈骗和谋杀。这是一部小说体的《恶之花》，其污秽、丑陋、畸形、病态，即使在着意列举“罪恶清单”的《人间喜剧》中亦属尖端。作者本人将这部作品称作“动人心魄的巴黎风化史”，他以种种令人触目惊心的事实，说明了无论豪富或赤贫，都同样会成为罪恶的温床：穷人堕落是由于没有生路；富人堕落是由于放纵情欲；恶人则以诱人堕落为发财致富的手段。这部小说中，刻画得最成功的是老姑娘贝姨的形象。这是个从外表到内心都极丑陋的人，但作者并没有脸谱化地将她作为纯粹的恶人处理，而是深入地剖析她作恶的心理根源。贝姨是嫉妒的典型，她由妒生恨，由恨而生报复之心；贝姨本身是社会不公正的产物，既是不公正的受害者，又以不公正的手段去加害于人；她既有平民阶层合理的愤懑与反叛意识，又有对金钱、权势、虚荣的渴望。野心、欲望的煎熬，嫉妒心的折磨，加上感情饥渴带来的痛苦，造成她心理上的畸形、变态。她不幸福，不快乐，所以不能容忍堂姐幸福、快乐；她一辈子仰人鼻息，所以巴望自己能凌驾于众人之上。这股强烈的激情毒化了她的灵魂，损害了她的健康，使她在费尽心机害人的同时也毁灭了自己。

“风俗研究”是《人间喜剧》的主体，但“哲理研究”却是破解巴尔扎克作品的钥匙，归于这一类的许多作品的重要性不在“风俗研究”小说之下。而且由于“哲理研究”偏重对精神现象的分析，艺术手法更加大胆，作家丰富的想象力更有发挥的余地。

《驴皮记》是“哲理研究”中最有世界影响的一篇，在这部小说里，神秘荒诞的形式非但不妨碍作者对现实矛盾的刻画，而且比纯粹的现实更加强烈、更加深刻、更加震撼人心。作者用一张驴皮象征人的欲望和生命之间的矛盾，这种矛盾也许只是对那些欲望强烈的灵魂才显得那么尖锐，那么不可调和，巴尔扎克本人恰恰属于这种灵魂。他写作《驴皮记》的年代，正是他经历了十年的艰苦奋斗，尝尽了人世的辛酸，深刻体验了金钱的威力和贫穷的痛苦以后的1830年，他从自己的切身感受中，得出了这样一条痛苦的结论：人类为了谋求生存，尚且需要耗费巨大的精力，如果想要追求某种大的快乐、满足某种强烈的欲望，则无疑要付出生命的代价。你要长寿么？那就该清心寡欲，这样就能免除一切痛苦、忧愁，避开一切呕心沥血的搏斗和失败的烦恼，然而你的生活也就无所谓欢乐，无所谓幸福；你想快乐么？你有追求么？那就以你的生命为代价去争取吧！《驴皮记》的结论是什么？是通过拉法埃尔的形象劝诫世人节制情欲、修养心灵，提倡一种清静无为的人生哲学吗？似乎如此，其实不然。在这部小说中，真正让人产生深刻印象的，与其说是死的恐怖，不如说是那种行尸走肉式的生活的痛苦。拉法埃尔慑于死亡的威胁，几乎不敢运用驴皮赋予他的权力，作者显然对此深感遗憾："权杖在儿童手里是玩具，在黎塞留手里是板斧，在拿破仑手中是使世界倾斜的杠杆……权力只是使伟大的人更伟大。拉法埃尔本来可以无所不为，他却什么也不曾做。"巴尔扎克却充分运用了生命赋予他的权力。他的一生在高度浓缩的状态下度过，他以生命为代价，创造了《人间喜剧》这一小说史上的奇迹。《驴皮记》一书深刻地反映了巴尔扎克的人生观、价值观，《驴皮记》中关于欲和能的思想，几乎贯穿了他的全部作品。所以有人说："不读《驴皮记》，就不能真正理解巴尔扎克。"

从巴尔扎克的全部创作还可看出，他虽是举世闻名的现实主义大师，却并不意味他在艺术手法上拘泥于现实主义。在《贝尔先生研究》一文中，他曾自称"文学折中主义"者，以阐明他的兼收并蓄、博采众长的艺术主张。事实上巴尔扎克从不受任何传统或艺术流派的束缚，只要能真实地"反映世界的本来面目"，充分和透彻地表达思想，他乐于使用一切可能运用的艺术形式。在他的作品中，既有细致入微的精确描绘，也不乏浪漫的想象和奇特的构思，乃至荒诞或超现实的成分；他让同时代的两三千个人物活跃在《人间喜剧》的舞台上，同时也不排斥在某些场景中让幽灵出现，鬼魂托梦，撒旦施展威力。不过，无论采用何种艺术手法，巴尔扎克始终尊重生活，尊重现实，把认识和再现客观世界的本质真相视为自己的天职。

居斯塔夫·福楼拜（1821—1880）出生于法国鲁昂，父亲和兄长都是外科医生。小居斯塔夫是个忧郁早熟，狂放不羁，富于浪漫气质的孩子。

他酷爱文学，阅读了大量国内外的经典作品，中学时代便开始习作。15岁那年，他在特鲁维尔度假时遇到音乐出版商施莱辛格的妻子，暗暗爱上了她。这位比他大11岁的女子给了他创作《狂人回忆录》（1838）和《十一月》（1842）的灵感，并成为小说《情感教育》中阿尔努夫人的原型。1841年，福楼拜中学毕业后，依照父母的愿望在巴黎法学院注了册。1844年，他突发癫痫状疾病，只得中断学业。两年后父亲和姐姐相继去世，他与母亲和外甥女定居鲁昂近郊的克鲁瓦塞。从此他靠遗产为生，专心从事创作。

福楼拜年轻时才华横溢，文思如涌，写过不少以历史为题材、蕴含哲理或富于浪漫激情的作品。除上面提到的两篇外，还有《地狱之旅》（1835）、《佛罗伦萨的鼠疫》（1836）、《激情与贞操》（1837）、《地狱之梦》（1837）、《死者之舞》（1838）、《斯玛尔》（1839）、《穿过田野和沙滩》（1847，与友人马克西姆·迪康合著）等等。这些早期作品文笔不免稚嫩，但为后来的创作打下了良好的基础。

福楼拜逝世后发表并多次再版的《书信集》，汇集了自1833年起作家写给至亲好友的近3000封信，从中可以看到一个真实的福楼拜：敏感的天性，纯真的热情，对生活的厌恶，对资产者的仇恨，创作的欢乐与艰辛。他与同时代的许多作家通信，如路易·布耶、路易丝·科莱、龚古尔兄弟、左拉、乔治·桑、雨果、屠格涅夫、莫泊桑等，这些书信充分反映了他的文学抱负和美学主张。在福楼拜看来，散文和小说创作不能令人满意，"我认为小说刚刚诞生，正在等待它的荷马"。他渴望找到新的艺术形式，创立新的风格，一种"节奏如诗，准确如科学语言"的风格。他主张艺术必须具有自然科学的客观性，艺术家在作品中应当同上帝在宇宙中一样，"既到处存在，又无处所见"。"我认为伟大的艺术是科学的和客观的"。福楼拜的信直抒胸臆，文笔自然，流畅，生动，所以《书信集》不仅是研究福楼拜其人、其作品的珍贵资料，而且也堪称一部文学佳作。

福楼拜发表的第一部长篇小说《包法利夫人》(1857)，以真实的事件为素材，讲述了19世纪30、40年代发生在法国诺曼底的一个悲剧故事。女主人公爱玛是一个富裕农民的独生女，在鲁昂修道院附设的寄宿学校里受过教育。后来嫁给了乡村医生查理·包法利。丈夫的平庸拙钝使她失望，外省庸俗鄙陋的气氛令她窒息。她与公证人事务所的见习生赖昂情趣相投，互生爱慕之心。赖昂去巴黎后，她百无聊赖，郁郁寡欢，终于在乡绅罗道耳弗的勾引下失足。正在她准备与罗道耳弗一起逃走的当口儿，后者叫人送来一封绝情的信。她大病一场，养病期间敬奉上帝，大行善事，以求解脱。可是，她在鲁昂歌剧院与赖昂不期而遇，旧情复燃，成了他的情妇。她撇开女儿和家务于不顾，每周一次去鲁昂与情人幽会，编造谎言，一味靡费，瞒着丈夫到处举债。终于法庭发下催债的传票，她四下奔走，无人相助，于是吞下砒霜自尽。一年后，查理也在孤独和悲伤中死去。

福楼拜好似一名手执解剖刀的外科医生，冷静地剖析女主人公的灵魂，无情地挖掘致她于死命的病根。爱玛是农家女，却在修道院接受了贵族教育，学会了跳舞、弹琴、刺绣和素描，向往贵族生活的优裕和清闲。她缺乏鉴赏力，从阅读过的浪漫主义小说和历史小说中接受了消极的影响。而当这种影响与充满神秘色彩的宗教教育相结合时，它的毒性就更大。爱玛追求浪漫的情调和理想的爱情，却嫁给了一个凡夫俗子，一名乡下的庸医。幻想与现实之间的巨大反差把她抛进绝望的深渊。小说家不惜笔墨，描写了爱玛平淡单调的生活中发生的一件大事，为她的悲剧结局埋下了伏笔：爱玛婚后，由于一次偶然的机会，出席了昂代尔维利耶侯爵举办的舞会。贵族豪华的生活，华美的服饰，文雅的举止，讲究的饮食，旅游与赛马的话题，男女之间的眉来眼去，直至陪她跳舞的风度翩翩的子爵，都给她留下了不可磨灭的印象。从此，她与丈夫的感情日益疏远，她恨他没有情趣，不会用书上写的那种方式表达爱情。她倾心于赖昂，因为他和她一样喜爱月亮、落日、大海、诗歌和音乐。罗道耳弗之所以能引她上钩，正是因为他善于用感伤主义的陈词滥调打动她的心。其实，赖昂不过是个庸俗、自私、懦弱的小人，他生怕受爱玛的牵连，为了前程竭力要做资产阶级的“正人君子”。罗道耳弗更是风月场上的老手，绝不会为感情牺牲自己的名誉和金钱。当狡猾的商人兼高利贷者勒乐抓住爱玛的弱点，投其所好，把她一步步引向身败名裂的绝境时，这两个情人拒绝向她伸出援助之手。债主的催讨加上爱情的幻灭，把爱玛逼上了一条死路。

爱玛·包法利不满意自己的生存境遇，对自己、对生活抱有罗曼蒂克的幻想，结果在现实面前碰得头破血流。这是一个具有典型意义的艺术形象，早在1853年尚未成书前，福楼拜在致友人的书简中便写道：“此时此刻，我可怜的包法利夫人想必同时在法国的二十个村庄里忍受痛苦，饮泣吞声。”爱玛之死，是对不切实际的浪漫情调的辛辣嘲讽，也是对庸俗丑恶的社会现实的有力控诉。《包法利夫人》在描绘女主人公个人悲剧的同时，展示了七月王朝时期法国外省的一幅色调灰暗的风俗画卷。贵族、教士、政府官员、资产者，无一不是作者讽刺的对象。其中以教士的敌人、科学的代表自居的药剂师郝麦集中体现了资产阶级自私自利、愚蠢卑鄙、志得意满的特征，是正在上升的资产阶级的一个代表。《包法利夫人》刚一出版，作家便被扣上“亵渎宗教和有伤风化”的罪名，受到法院的传讯。这恰恰说明这部小说对社会具有强烈的揭露性和批判性。

福楼拜花了近五年的时间，孜孜矻矻，呕心沥血，完成了《包法利夫人》的创作。他坚持以科学的态度观察生活，对小说的每个插曲、每个细节，事先都做了缜密的研究或实地考察。他奉行客观性创作原则，不直接在作品中表述自己的观点，不对人物进行道德评判。在叙述手法上，他大量运用内聚焦，并根据情节需要不断变换焦点，从某个人物的视角出发摄取生活中的景象，并将人物的内心活动投射于外部世界。这样，描写不再是一种停顿，而变成叙述的一部分。诺曼底农村婚礼、渥毕萨尔城堡舞会、地方性农业促进会等场景的描写，显示出作者的艺术功力。自由间接引语的巧妙运用，把叙述者和人物的声音交织在一起，使整部小说的语言风格比较统一，又隐蔽地表露了叙述者的思想情感，增强了客观性效果。福楼拜追求艺术形式的完美，整部小说结构严谨，文笔精炼，涉及内心世界和外部世界的明喻和隐喻多达五百多个，大大增强了艺术感染力。福楼拜在写作手法上的创新，为后世许多作家所效法，《包法利夫人》也被公认为一部经典之作。

福楼拜深受古代东方文明的吸引，早在1849年11月至1851年6月便随友人迪康去埃及、巴勒斯坦、叙利亚、君士坦丁堡、希腊和意大利游历。《包法利夫人》发表后，他立即着手另一部小说《萨朗波》的创作。故事发生在第一次布匿战争之后。雇佣军因未领到军饷，包围了迦太基城。叛军首领之一玛托在一天夜里潜入城内，从神庙盗走月亮女神的面纱，并溜到他所迷恋的萨朗波的房间向她表白爱情。萨朗波是迦太基将领阿米卡的女儿，她从大祭司那儿得知面纱是迦太基的护符，便决定亲赴敌营讨回圣物。玛托见到她欣喜若狂，把珍贵的面纱还给了她。迦太基人的武运果真好转。雇佣军被击溃，逃到一个峡谷，弹尽粮绝，饥渴而死。玛托在街头被愤怒的民众处以极刑，在萨朗波脚边咽了气。暗恋着他的萨朗波由于触摸了月神的披风也倒地身亡。这部作品充分显露了福楼拜的浪漫气质和丰富的想象力。他以宏大的气势、生动传神的笔墨，描绘了迦太基人为雇佣军摆下的盛宴，玛卡尔河的血战，斧头峡饿殍遍地的惨状，再现了两千年前非洲一座城池的氛围，谱写了一首壮烈的史诗。作者希图复活的是一个早已逝去的世界，因此他运用实证的方法，写作前阅读了大量历史学和考古学著作，从医学论文中了解人在极度饥渴时的生理和心理状态，还到突尼斯迦太基遗址前凭吊一番。这部充满异国情调的小说于1862年发表，立即大受欢迎，并得到皇后的喜爱。自1863年起，福楼拜便与皇室成员交往，尤其与玛蒂尔德王妃过从甚密。1864年他应邀到皇宫做客,1866年获骑士级荣誉勋位。

1843至1845年,福楼拜创作了小说《情感教育》,但对它并不满意,没有发表。1864年,福楼拜开始写《情感教育》的第二稿,五年后完成。这是一部带有自传性质的小说。主人公弗雷德里克·莫罗出身于外省一个资产阶级家庭,18岁那年来到巴黎攻读法律。但他只对文学艺术感兴趣,想当法国的司各特,试写过小说和华尔兹舞曲,还跟人学习绘画,但都半途而废。他深深爱上了画商阿尔努的妻子玛丽。玛丽虽不爱丈夫,但恪守妇道。后来,她终于被莫罗的一片痴情所打动,答应与他约会。时值1848年2月,巴黎爆发了革命。莫罗为了等她,没有去参加民众的游行。但玛丽因儿子突患重病,未能赴约。绝望之余,莫罗投入交际花萝莎奈特的怀抱,两人同居并生下一个儿子,不久儿子不幸夭折。莫罗与出身贵族的实业家唐布勒兹交往,为了进入上流社会,他成为唐布勒兹夫人的情夫。实业家去世后,两人准备结婚,唐布勒兹夫人为了他对阿尔努夫人的爱情而羞辱他,于是他与这位贵妇人一刀两断。莫罗回到家乡,恰遇一直爱恋他的农村姑娘小罗克与他的老同学戴洛里耶举行婚礼。1867年的一天傍晚,阿尔努夫人突然来访,两人万分激动,互诉衷肠。她剪下一缕白发留给莫罗作纪念,与他诀别。

弗雷德里克·莫罗是个具有时代特征的人物。他希望在文学艺术上成就一番事业,本人也不乏艺术家的天分。但他意志薄弱,缺乏自信,耽于幻想,只有愿望而没有行动,到头来一事无成,虚掷了光阴。在他的情感生活中,阿尔努夫人和萝莎奈特扮演了重要的角色。前者温柔,美丽,贤淑,情趣高雅;后者快活,妖艳,愚昧,趣味低俗。一个的爱不可企及,另一个的爱唾手可得。莫罗与这两个女子的感情最终都没有结果。失意之时,他只想到自己,把萝莎奈特丢在脑后,对阿尔努夫人也漠不关心。他不爱傲慢、自私的唐布勒兹夫人,只把她当作进身之阶,最后与她冷冷地分了手。当他退而求其次,想到一直被他冷落的小罗克时,别人早已乘虚而入，取代了他在她心中的位置。莫罗在情感上是个失败者。理想之爱，肉体之爱，爱情交易，无一获得成功。他可以说没有受到情感教育，只有过一些微不足道的情感体验。在政治思想上，他和同时代的许多青年一样具有民主倾向，1848年2月革命爆发后，他为普遍的革命热情所感染，甚至有意参加议员竞选。但6月工人起义被镇压时，他却与萝莎奈特躲到枫丹白露游山逛景。1851年12月路易·拿破仑发动政变之际，他由于个人幻想的破灭心灰意冷，对国家大事漠然置之。莫罗是生活的旁观者，一个无所作为的庸人，也是七月王朝的产物，具有典型意义。

围绕着莫罗这个主人公，小说家塑造了一系列各具特色、属于不同社会阶层的人物：浅薄的记者，后来主管新闻业和剧院的于索奈；眼高手低的画家，最后成为摄影师的佩勒兰；喜欢发号施令，从共和派沦为拿破仑三世打手的塞内卡尔；娶了嫁妆丰富的女子为妻并当上参议员的富农之子马蒂侬；智力低下、笃信宗教的外省贵族子弟西齐；对上流社会垂涎三尺，为实现个人野心不择手段的戴洛里耶；满怀革命激情，但在生活狂飙的打击下变得性情乖戾的瓦特纳兹小姐；老奸巨猾、爱慕权势的资本家，七月王朝的"柱石"唐布勒兹；轻浮好色、损人利己的画商和瓷器厂老板阿尔努；嗜酒贪杯，喜欢在咖啡馆空谈政治的"公民"雷冉巴尔。小说中唯一可亲可敬的人物是店员杜萨迪埃，他纯朴忠厚，富于正义感，为保卫共和国英勇献身。透过这些芸芸众生相，作者展现了19世纪40年代，特别是1848年革命前后法国社会的一个缩影。所以，《情感教育》不仅是一部个人的情感史，也是一部社会小说，一部记录1848年革命形象的编年史。作者没有刻意制造曲折跌宕的情节，对事件不予评论，对人物不加褒贬，却用准确的细节和遒劲的笔力，真实地描绘了一个时代，塑造了一个典型。这正是福楼拜的过人之处。

1870年，普法战争爆发。福楼拜到哥哥工作的鲁昂医院里当护士，不久参加了国民自卫军，领中尉军衔。9月2日，法军在色当惨败，皇帝被俘，第二帝国崩溃。翌年3月，爆发了巴黎公社起义。福楼拜对第二帝国的腐败无能和由此导致的军事失利极为愤慨，但又站在维护本阶级利益的立场上，反对巴黎公社。这年4月，他回到克鲁瓦塞，立即开始修改《圣安东尼的诱惑》。圣安东尼是公元3至4世纪埃及基督教隐修院的创始人，他的故事在民间早有流传。福楼拜八岁时在圣罗曼的市集上就看过表现这位隐修士受魔鬼诱惑的神秘剧，后来歌德的《浮士德》和拜伦的《该隐》也给他留下了深刻的印象。1845年，福楼拜在热那亚旅行时看到了16世纪佛兰德斯画家老勃鲁盖尔的一幅画《隐修士圣安东尼的诱惑》，当时就萌发了以此主题进行创作的愿望。1848年他开始动笔，20多年间三易其稿。1874年作品终于问世。这是一出玄奥的幻梦剧，一首充满奇思异想的哲理诗。全剧共分七场。第一场写圣安东尼在晚祷前独坐茅庐，回首往事，思潮奔涌。后六场写魔鬼在他面前展示各种物质的和精神的诱惑，使他陷入重重梦幻之中。当圣安东尼驱走幻觉后，假扮成他弟子希拉里翁的魔鬼来到他面前，就禁欲苦修、灵魂拯救、知识、奇迹、《圣经》等问题与他展开辩论。能言善辩的希拉里翁否定"人格化"上帝的存在，揭穿《圣经》的悖谬虚妄，他的周密论证闪烁着唯物论和无神论的光辉。当圣安东尼有所醒悟时，自称"科学"的魔鬼背着他遨游宇宙。最后，他亲眼见到"生命的萌发，运动的开始"，产生了认识上的飞跃。白昼来临，红日中显出耶稣基督的面容，圣安东尼划着十字，又开始祈祷。他心目中的上帝，此时已与自然融为一体。《圣安东尼的诱惑》反映了斯宾诺莎的思想对作者的影响，也表达了当时流行的唯科学主义的哲学观点。这部作品可以说最贴近福楼拜的浪漫天性。他驰骋想象，意兴遄飞，运用有时过于隐晦的象征，怪异可怖的形象和丰富准确的历史知识，描绘了圣安东尼的内心图景和潜意识活动。舞台指示往往很长，有如一篇景物描写或一篇故事。在各式各样的怪物、精灵、神祇、寓意人物的对白和独白中，尤以象征未知和秘密的斯芬克思与狮首、羊身、龙尾的吐火怪物西麦尔之间的对白最为精彩。不过，由于这部作品表现的思想过于庞杂，堆砌的细节过多，所以问世后受到时人的冷遇。

福楼拜因帮助破产的外甥女一家，晚年生活十分拮据。母亲和不少友人的相继去世，更令他黯然神伤。在这种情况下，他仍笔耕不辍，连续写了三个短篇，1877年以《三故事》为题结集出版。第一篇《淳朴的心》写的是女仆费利西泰的故事。这个农家女勤劳机智，纯朴善良，充满爱心，在主人家操劳了一生。她失去了一个个亲人，连与她相依为命的鹦鹉也死了，被她制成标本，当作圣灵的化身。她孤苦伶仃，最后死在破败的老屋里。作者用朴实无华的语言、简洁细腻的笔墨，描写了这位忠仆的一生，她的优秀品质和那颗充满爱的心灵，读来令人心碎，感人肺腑。第二篇《仁爱者圣于连的传说》以民间传说为题材，讲述了圣于连的故事。他是城堡主之子，误杀父母后四处流浪，最后来到一条河边当艄公。一天，耶稣乔装成麻风病人来摆渡，见于连仁爱宽厚，便把他带上了天堂。第三篇《希罗狄亚》取材于公元1世纪的史实，写莎乐美在母亲希罗狄亚，即犹太国王希律一世的孙女的唆使下，向继父索要被囚禁于宫中的施洗者约翰的头颅并如愿以偿的故事，再现了两千年前巴勒斯坦的政治、社会和宗教氛围。《三故事》是福楼拜多种创作倾向的概括，其中《淳朴的心》尤其具有动人的艺术感染力，深受读者的喜爱。

自1874年起，福楼拜便着手准备长篇小说《布瓦尔和佩居歇》的创作，并为此参阅了1500余册书。1880年5月，正当他写小说最后一章的时候，不幸猝然去世，未能完成这部作品。小说的两个主人公都是抄写员，因趣味相投成了朋友。两人搬到乡间居住，亲自务农，但没有成功。他们潜心读书，研究各种学问，依照书本知识尝试多项工作，还试图过社交生活，谈恋爱，教育弃儿。结果处处碰壁，均以失败告终，只得重操旧业，回去做抄写员。他们耗尽心血，企图完整地搜集被人们普遍接受的思想，渴望弄清一切事理，然而却一无所获。这是一出精神的悲剧。作者在书中讽刺资产者的愚蠢可笑，揭露社会的惰性和丑恶，表达了他对资产阶级精神的极度蔑视和根深蒂固的悲观主义。

综观福楼拜的文学创作，可以看出客观性是他毕生追求的艺术准则。这是他深受实证主义哲学影响的结果，也是他对浪漫主义的一种反拨。作家退出作品，不用自己的道德意识和价值取向去影响读者，这正是现代小说的一大特色。为实践客观性原则，福楼拜注意搜集翔实的资料，采用人物的内聚焦和自由间接引语等手法。而有限视野所造成的意义空白，双重声音所引起的模棱两可，则要读者发挥想象去填补，运用智慧去分辨。当然，绝对的不介入是难以做到的。作品的字里行间潜藏着作者的观点，反讽笔调流露出作者的爱憎。从不乏激情的格调中，仍然可以看到福楼拜浪漫的艺术家气质和强烈的抒情渴求。这是一位把美置于艺术创作首位的作家。他认为题材无好坏之分，重要的在于如何表现它，内容和形式是不可分割的整体，美即产生于二者和谐一致。福楼拜在艺术上精益求精，遣词造句，谋篇布局，可谓匠心独运。每写完一页，他都要高声朗读，反复推敲，一再修改，直至满意为止。他不愧为文体大师、语言巨匠，其作品堪称法语的范文。与他同时代的许多作家，如左拉、都德、莫泊桑、布尔热等，尽管文学主张不同，却都拜他为师，福楼拜对小说艺术的发展作出了开创性的贡献。

浪漫派诗人戈蒂耶在30年代初便高唱“为艺术而艺术”，虽然这个思想不是他首创，但却是经他竭力鼓吹而形成气候的。这个思想渗透到文学的各个领域，受影响的作家不在少数，不过直接承其脉络，奉之为圭臬的却是帕纳斯派。

帕纳斯派出现于19世纪中期，虽然它有纲领，有出版阵地，有领袖，是一个真正意义上的流派，但是究竟包括哪些诗人却是一个问题。这是因为“帕纳斯”[1]这个名称来自一份不定期出版的诗刊《当代帕纳斯》，人们最初把在这个诗刊上发表过作品的诗人笼而统之地称为“帕纳斯派”。诗刊共出版三期，分别在1866年、1871年和1876年问世。在其中发表过诗作的诗人数量之多可想而知。所以，被加冕为帕纳斯派的作家不但有戈蒂耶、波德莱尔，以及象征派诗人魏尔仑、马拉美，还有后来成为著名小说家的法朗士、布尔热。现在，文学史家大多倾向于将其中直接师从戈蒂耶，循戈蒂耶诗学原则进行创作的诗人称为帕纳斯派。

说这些诗人奉行戈蒂耶的诗学原则，不外两点。第一点，他们都认同“为艺术而艺术”的思想，断定诗歌创作与社会生活、道德熏陶毫不相干，而且是超历史的。戈蒂耶在《艺术》一诗中断言的“唯有艺术有不朽的永恒”，是帕纳斯派诗人的共同信念。第二点，他们不但把美作为艺术的唯一追求，而且在什么是美这个问题上，认同戈蒂耶的观点，即以为诗追求的美，主要是形式的美，遣词造句、声律音韵、意蕴形象都要美。这里的美，不是崇高的美，更不是粗犷野蛮的美，而是古希腊人推崇的优美。戈蒂耶一向热爱古希腊雕塑，他把诗歌美最高境界标定在古希腊雕塑获得的那种视觉上的完美享受。帕纳斯派的诗人大都表现出这样的审美取向。

从帕纳斯派的诗歌美学原则可以看出，它的出现是对浪漫主义诗歌的一种反拨。浪漫主义诗歌强调感情的抒发，强调个性的表现，久而久之，不免走向极端，感情的抒发变成廉价的宣泄，个性的表现变成多愁善感，无病呻吟，加之浪漫精神的价值随着社会的变化逐渐消落，因而拉马丁式的“我是一片枯叶/狂暴的北风，像横扫落叶那样把我卷走吧”（《孤独》）那样的哀鸣，甚至缪塞式的“苍白的星，远方的信使”（《致一颗星》）那样的感慨都失去了往日的魅力。浪漫派诗歌表现出的滥情主

① 古希腊神话中的山名，阿波罗及缪斯居住的地方。

义,引起新一代诗人的反感,所以帕纳斯派为了把诗歌从滥情的误区解救出来,便一反浪漫主义的美学原则,用形式美、视觉美筑起一道闸门,将汹涌的感情波涛拦住,让诗句在蜿蜒平缓的流动中显示其婀娜的身姿,在静穆宁静中透露出深层次的感情和思想的信息。从这个意义上说,一些文学史家把帕纳斯派称为"反浪漫"派是有道理的。不过,我们不能把"反"理解得过于简单。"反"针对的是滥情主义,以及对形式的过于疏忽,而不是针对整个浪漫主义诗歌。事实上,帕纳斯派是从浪漫主义诗歌脱胎而出的,在诗歌的形式上、韵味上,甚至意象上,帕纳斯派都大量继承了浪漫主义。雨果是他们公认的大师,即使他们最反感的缪塞,在描写自然景物的简练准确上对他们也不是没有启发的。

帕纳斯派包含前后两代诗人。两代人大致以1860年为线来划分。第一代帕纳斯派以勒孔特·德·李尔和邦维尔为代表,有的文学史家又称他们为"前帕纳斯派",并把戈蒂耶和波德莱尔的一部分作品也放在这一派里讨论。第二代帕纳斯派又被称为"纯帕纳斯派",这一派的诗人在1866年《当代帕纳斯》出版时都是20多岁的青年。代表人物有絮利·普吕多姆、埃雷迪亚等。

勒孔特·德·李尔(1818—1894)出生于原法属留尼汪岛。严格的教育造就了他坚定矜持的性格。他在法国雷恩城完成了学业,后来到巴黎,在杂志上发表诗篇。青年时代,他曾是傅立叶派,具有先进的共和国思想,但在1848年参加选举失败后,转向了希腊文化、历史、宗教史的研究及诗歌写作。

由于勒孔特·德·李尔曾主张解放奴隶,他的家庭中断了对他的经济供给,从此他以撰稿为生。第二帝国时代,他在巴黎过着勤奋写作的平静生活。1852年,他的第一部诗集《古代篇》发表。在前言中,他提出了科学与艺术相结合的主张。这卷诗集受到了雨果的祝贺,但诗集前言却招来了敌对者的攻击,他因这一褒一贬而闻名法国。他的诗篇以历史、宗教、远古时代及战争为主题，格律严谨而辞句精炼，但诗人的心性却隐没在对外界巨大的变易与更迭的描绘中。诗的造形美似乎难以弥补诗人所面临的宇宙的虚无空洞。勒孔特·德·李尔是一位哲理诗人，具有悲观主义思想，近似维尼，但缺乏维尼的热情。他深厚的文化素养以及对古代希腊诗歌的译作丰富了他的诗歌创作。他有关赫拉克勒斯传说的系列篇具有对几代人持久的影响。他的诗篇《正午》以描写辉煌的自然景色而闻名，诗中写道："来吧：太阳以壮丽的光亮对你说话，/尽情地在它无情的火焰中消失吧，/然后以缓慢的步子转向病弱的城市，/你的心在神圣的虚无中锻铸了七次。"

1859年，勒孔特·德·李尔发表了第二部诗集《荒蛮篇》，悲观主义愈加深沉。这部取材于《圣经》、希腊的原始历史、北欧神话以及波利尼西亚[①]的宇宙起源传说的集子，描写了各种宗教起源及盛衰。诗人使古代战士粗犷炽热的性格与现代文明的衰弱与卑劣形成鲜明的反差。集子中最知名的诗篇是对动物的写照，如：《象》、《沉睡的大兀鹰》、《美洲豹的梦》、《熊的泪》等篇。

他的第三部诗集《悲剧篇》发表于1884年。这集子与前两集并无太大差别，但其中包括受希腊悲剧影响而于1872年创作的诗剧《瓦里尼厄斯》。这部悲剧过分强调恐怖成分而忽略了悲剧内涵的神圣意义及心理分寸。集子中的其他诗篇则受到知识界的赞扬。

两年后，勒孔特·德·李尔进入法兰西学院，继承了雨果的席位，但相比之下，他缺乏雨果的气魄与才华。

泰奥多尔·德·邦维尔（1823—1891）是帕纳斯派中最平易近人、最具独创精神的诗人。他出生于巴黎东南的穆兰城，父亲是一位船长。他为求学而到巴黎，不久进入了诗人的圈子。19岁时，他出版了诗集《女神像

---

① Polynesia 指大洋洲的一部分，它包括位于新西兰、夏威夷群岛和复活节岛之间的群岛。

柱》(1842)。远在人们提出帕纳斯一词之前,这已经是一卷帕纳斯派的诗篇:年轻的诗人喜爱形式与色彩,他热衷地赞赏古代希腊的美。但是,邦维尔是位很有个性及浪漫主义倾向的诗人,虽然他采用了一种客观而富于装饰性的诗歌,他的思想感情仍流露在字里行间,增添了诗集的风趣与魅力。

1848年出版的诗集《钟乳石》,诗技更趋成熟。诗人在一首诗中提出了他注重技巧的诗艺:"雕刻艺人,在等候迷狂降临之时,/为制造精美的器皿,请仔细寻求无瑕的大理石。"但尽管他强调语言的功夫,诗篇却有不着痕迹的自然美:

啊!我古老的乔治泉,
向着你,红胸雀儿
和温柔的夜莺
振起翅膀飞去。

白房子旁的葡萄藤
在长长的藤干上扭曲
它的枝叶,叶儿喝下了
屋顶的眼泪。

1856年邦维尔出版了《小颂歌集》,内中的作品兼有颂歌和短简诗的风韵。次年,又出版了《奇巧颂歌》,这是诗人发表在不同杂志上的轻快诗篇的荟萃,其韵律技巧的确到达了鬼斧神工的境界,然而又不失抒情诗表达真性情的本色。雨果在阅读了诗集之后非常兴奋,给年轻的诗人写信说:"您在这部作品里建立了一座世纪的抒情诗丰碑。"1869年,邦维尔出版了《奇巧颂歌新集》。"奇巧"一词,原意"走钢丝的",表面上看起来，诗人选这个词是要显示他的这些诗篇在驾驭韵律技巧方面有如江湖艺人的杂技一样高难惊险，因此很有点标新立异的味道。其实，诗人是想用这个词表示他对资产阶级生活的蔑视。他一贯有将诗歌与新闻相结合的雄心，因此在这两部《颂歌》集里他对资产阶级社会的现状作了讽刺性的描绘。

邦维尔重新采用了中世纪的诗体进行创作。他的回旋诗、谣曲和两韵短诗写得得心应手。《仿夏尔·德·奥良尔的回旋诗》（1857）和模仿维庸的精神和诗风的《三十六首快乐的谣曲》（1875）是这方面的杰作。这些诗歌固然说明邦维尔极其重视诗歌的技巧和形式美，但是也显示了诗人表现自我的强烈愿望。从严格的意义上说，邦维尔实际上是浪漫主义向帕纳斯派的过渡诗人。

最能代表邦维尔思想深度的诗集，是1867年出版的《流亡者》。诗人自己很偏爱这部作品，曾经说过："如果将来我有什么书流传下去，我希望就是这一本。"他缅怀所有由于才华出众而在人群中受到孤立的诗人，他们在当时社会中是注定受到蔑视的孤独的"流亡者"，因为他们的乐土是一个理想的世界。邦维尔的思想与诗篇富于现代人的意识及迈向未来的通道，使他成为现代诗歌领袖之一。他的贡献促使诗歌语言向灵活轻快的语言转变。他发表的作品众多，其中有诗集《紫水晶》（1862）、《西方集》（1869）、《普鲁士的牧歌》（1871）、《王妃集》（1874）以及喜剧《格兰格瓦尔》，该剧中插入了一首《上绞刑架者的谣曲》（1872）。1880年以后，他的作品多是散文著作，有回忆、短篇故事及剧本。此外，他还写有一些现实主义的诗篇，但已不如早期诗歌的轻快与深刻。他的论文集《浅论法国诗歌》（1872）肯定了诗歌美化生活的纯艺术性质，成为供后来诗人参考的诗艺手册。

絮利·普吕多姆（1839—1907）是一位具有科学教养及哲学趣味的帕纳斯派诗人。他做过工程师，后来又学法律，最后献身于诗歌与哲学。

1865年,他出版了《诗歌集》,受到圣勃夫的赞许,于是加入到帕纳斯派诗人的行列。《诗歌集》中的短诗《破裂的瓶》以其委婉的叙述及完美的形式在巴黎的沙龙中广为流传。

絮利·普吕多姆的诗歌大致分为两类。一类是抒情诗,另一类是试图"使神奇的科学成就及高度综合的现代思维进入诗歌领域"的哲理科学诗。第一类诗歌包括《诗歌集》、《考验集》(1866)、《孤独集》(1869)、《枉然的柔情》(1875)。至于哲理诗,灵感来自古罗马诗人卢克莱修。絮利·普吕多姆翻译了他的长诗《物性论》的第一卷,在卢克莱修的启迪下,他想创作出能够与《物性论》相媲美的探讨物质世界本源和本质,歌颂科学成就的哲理诗。但是,他徒然具有科学修养和热情,却不具备写哲理诗的才情,也没有找到将诗与科学、哲学结合起来的角度,多半只能干巴巴地宣讲一些道理,这使他的这些诗歌往往词不达意,不能切题,更不用说从深度上开掘题目的内涵了。但在少数诗篇中,诗人表现出卓越的才华,如《天鹅》是一幅静谧和谐的优美图画,《理想》则语调清新,思想高远。

1881年絮利·普吕多姆进入法兰西学院。1901年他获得了诺贝尔文学奖。这位正直、热爱理想的诗人将其奖金所得设置了诗歌奖。

何塞-玛利亚·德·埃雷迪亚(1842—1905)在勒孔特·德·李尔看来,是最完美地实现了帕纳斯派艺术的诗人。他出生于古巴的圣地亚哥附近。父亲是西班牙人,母亲是法国人。他在巴黎夏特尔学院完成了学业,在学院中认识了勒孔特·德·李尔。

埃雷迪亚只写有一卷诗集《战利品》(1893年出版),其中除三首诗用三行诗节押韵的格式外,其余118首全用十四行诗写成。在十四行诗严格的框架中,埃雷迪亚绘制出一幅幅音色响亮的历史、神话、英雄人物的图画。他以渊博的史学、考古学、文献学、碑铭学知识为后盾,使诗篇既准确而又具时空的广袤,再现了流逝的岁月,这不仅是一卷完美统一的诗集，还是一座收集有各个时代的铜雕及杰作的博物馆。《战利品》深受当时知识界人士的赏识。

埃雷迪亚于1894年成为法兰西学院院士，于1910年被任命为阿瑟纳尔图书馆馆长。

夏尔·波德莱尔（1821—1867）是法国19世纪的重要诗人和文艺批评家。他的创作上承浪漫主义的余绪，下开象征主义的先河，并充满了现实主义的精神，其影响遍及法国现代诗歌的各种流派。

波德莱尔出生在巴黎。他的父亲约瑟夫–弗朗索瓦·波德莱尔出身农民家庭，曾在巴黎大学受过哲学和神学教育，后放弃神职当了家庭教师，沾染了一些贵族习气。他是18世纪启蒙思想家的信仰者，又爱好绘画，颇有些收藏。他在60岁的时候第二次结婚，娶了一个26岁的孤女，两年后生下夏尔·波德莱尔。幼年的波德莱尔常随父亲在卢森堡公园散步，听他讲那些美丽的雕像的神话和传说，因此，形成了他“最初的强烈爱好”。同时，父亲的作风和思想也给了他极深的影响。年仅6岁，波德莱尔丧父。正当他把全部感情寄托在母亲身上的时候，年轻的母亲丧期刚过，就改嫁军官欧比克了。这给波德莱尔幼小的心灵造成巨大的创伤。

欧比克是古板、生硬、思想偏狭的军人，资产阶级道德和秩序的忠实维护者。他对继子的聪颖感到骄傲，竭力想博得他的好感。但是，波德莱尔藐视习俗，不守纪律，恰恰与继父想把他培养成一个循规蹈矩的官场中人的意图背道而驰。父子的矛盾和对立，使波德莱尔心灵中第一次迸发出反抗的火花。他跟随继父的行旅，先后在里昂、巴黎读中学，希腊文、拉丁文和法文的成绩优异，后因拒绝交出同学传递的纸条而被路易大帝中学开除。开除后的第二年，波德莱尔通过了中学毕业会考。家里希望他进外交界工作，他却要去当作家，向往着“自由的生活”。他大量涉猎罗马末期作家的作品，着迷于他们的颓废情调；他阅读七星社诗人的作品，叹服他们声律的严谨；他喜欢巴尔扎克的小说，并因结交了巴尔扎克而感到十分荣幸。他在美术展览会上流连，重新唤起那“最初的强烈爱好”；他喜欢雨果、戈蒂耶、拜伦和雪莱，为浪漫主义最新近、最现代的美的表现“所征服”。同时，他沉湎在巴黎这座“病城”中，出入酒吧间、咖啡馆，追欢买笑，纵情声色，浪迹在一群狂放不羁的文学青年之间。他的不加检点的生活终于引起了家庭的不安，决定让他出游，试图把他的生活引入正轨。1841年，他从波尔多出发，驶往加尔各答，原计划旅行18个月，但是不久他就迫不及待地返回巴黎。旅行虽然中断，却使他领略了异域的风光和情调，给他的文学活动带来了意想不到的财富。

1842年，波德莱尔回到巴黎后，更加不能忍受家庭的束缚，终于带着父亲留给他的遗产，约十万金法郎，离开了家庭，过起挥金如土的浪荡生活。他处处标新立异，要用骇世惊俗的装束举止表示他对资产阶级的藐视和唾弃。他标榜“浪荡”，厌恶一切职业。在他眼里，浪荡就是不同流俗，“追求崇高”，而那些想对资产阶级社会“有用”的人则都在他鄙夷之列。他和在一家小剧场跑龙套的女子冉娜·杜瓦尔结成亲密关系，从此生活和创作都深受她的影响。这时他已经开始写诗，但是发表的很少。他两年中挥霍掉财产的一半，于是家庭对他进行了经济管制，每月只给他可怜的二百法郎。这对他来说，无异于继亲生父亲死后的又一次沉重打击，从此，他就日夜在债主的追索下过日子了。

1845年，波德莱尔发表了画评《1845年的沙龙》，以其观点的新颖震动了评论界，次年的《1846年的沙龙》更以一套相当完整的文艺观奠定了他艺术评论家的地位。就在这书的画面上，他预告了将出版一本诗集，叫做《莱斯波斯女人》，这是十年以后出版的《恶之花》的雏形。1847年，他发现爱伦·坡，并对他产生强烈的兴趣，从此开始翻译他的作品。

1848年革命使波德莱尔对资产阶级社会的愤怒和反抗找到了喷火口。他并不理解这次革命的意义，但是他怀着一种对资产阶级进行“报复”和“破坏”的情绪，并要在革命中“寄托一些有如空中楼阁一样的乌托邦”。革命失败后，特别是1851年路易·波拿巴政变使他彻底“脱离政治”，决定“从此不再介入人类的任何论争”。

1852年以后，波德莱尔的创作进入高潮，到1857年《恶之花》出版前，他先后发表了二十多首诗、十余篇评论以及大量译作。1857年6月25日，几经预告的《恶之花》终于出版，立即遭到了第二帝国的卫道士们的攻讦和诽谤。《费加罗报》首先发难，指控作者伤风败俗和亵渎宗教。法庭判处了波德莱尔300法郎罚款，并勒令删除六首所谓“淫诗”。但是，包括雨果在内的许多著名作家都对诗集给予了高度的评价。四年以后，波德莱尔亲自编订的第二版问世了，获得很大的成功。这时的波德莱尔精力充沛，往日的愁云为之一扫，先后出版《1859年的沙龙》、《人造天堂》（1860），发表不少篇散文诗，进一步巩固了他在文坛上的地位，成为魏尔仑、马拉美等一代青年诗人的精神领袖。

文学上的成功丝毫没有改变波德莱尔的处境，他仍然要同债主们周旋，要向母亲讨钱，还要照料病中的冉娜·杜瓦尔，而他自己也已病魔缠身，受着早年不检点的生活的报复。他曾一度想进入法兰西学院，但在布鲁塞尔的演讲遭到冷遇，使他陷入更加贫困和悲惨的境地，终于在1867年8月31日去世。参加他的葬礼的只有他的母亲和一些老朋友，没有一个官方人士去和《恶之花》的作者作最后的告别。

波德莱尔将文学批评方面的文章汇集在一起，称为《浪漫派的艺术》，而艺术批评方面的文字则以《美学珍玩》行于世。波德莱尔力主包括文学在内的各种艺术形式都是互相关联的、互相渗透的；因此他的文论与画评浑然一体，水乳交融。

19世纪40年代，浪漫主义文学运动在法国已经衰落，唯美主义的“为艺术而艺术”的思潮开始兴起。波德莱尔站在这一交接点上，他的文艺思想反映了时代思潮的变化，丰富复杂，充满矛盾，其中既有传统的东西，又蕴藏着创新的因素。再加上他诗歌创作的一些新特点，因而19世纪晚期形形色色的新流派往往把他视为先驱。

波德莱尔在为《恶之花》草拟的序言中说："什么叫诗？什么是诗的目的？就是把善同美区别开来，发掘恶中之美；让节奏和韵脚符合人对平易、匀称、惊奇等永恒的需要；让风格适应主题；灵感的虚妄和危险等等……"这是波德莱尔的美学原则，大致包含了他的诗歌理论的基本内容。

波德莱尔承继浪漫派的传统，给予诗歌以最崇高的地位，但他与浪漫派诗人不同，不是把诗歌看作纯属"心灵"的产物，而认为诗与现实有关，诗与外部世界有一种特殊的关系。在他看来，"世界是一个复杂的、不可见的整体"，"是一部象形文字的辞典"。表现周围世界的真实是小说的目的，而不是诗歌的目的，"诗表现的是更为真实的东西，即只在另一个世界才是充分真实的东西"。所谓"另一个世界"，乃是外部世界中万物之间、自然与人之间、人的各种感觉之间存在着的各种隐秘的、内在的、彼此呼应的关系。诗人独具慧眼，能够读懂这本"象形文字的辞典"，把其中的关系揭示给世人。波德莱尔在著名的十四行诗《应和》中，形象地表明了这种理论。按照这种理论，诗人不再是引导人类走向进步的导师，而是神秘自然的"翻译者"；诗人不能使用再现的方法，而只能求助于暗示，"一种富于启发的巫术"；诗歌不能满足于状物写景，而应深入事物的内部，表现各方面的联系。简言之，诗不应描绘，而应表现。

诗是否具有某种实用的目的？是否具有某种社会的功用？这是后期浪漫主义运动出现的一个问题，对这个问题的否定，表现了浪漫主义诗人在七月王朝后期由于政治上的失望而在创作上逃避现实的倾向。波德莱尔反对为说教的目的而写诗，主张通过诗本身的逻辑由读者引出道德的教训。他并不否认诗的道德作用，而是认为，如果以思想比形式更为重要为借口就忽略了形式问题，"其结果就是诗的毁灭"。1851年以后，他又抛弃了"真善美不可分割"的传统观念，声称要"从恶中发掘美"，更加激烈地反对在诗中进行道德说教。

波德莱尔认为，“研究美是一场决斗”，他所依靠的不是从天而降的灵感，而是艰苦的精神劳动。他尖锐地指出，新一代的文学家“由于绝对地相信天才和灵感，而不知道天才应该如同学艺的杂技演员一样，在向观众表演之前曾冒了一千次折断骨头的危险，不知道灵感说到底不过是每日练习的报酬而已”。就是他称之为“一切功能中的皇后”的想象力，也是以精神劳动和刻苦锻炼为基础的。他把灵感和想象力牢固地竖立在现实生活的基础之上，同时又不拘泥于单纯地摹写自然，扩大和加深了真实性的领域。

由于波德莱尔强调精神劳动和锻炼，所以，在创作中，他十分重视技巧的作用。他正确地阐明了想象力与技巧的关系：“一个人越是富有想象力，越是应该拥有技巧，以便在冒险中伴随这种想象力，并克服后者热烈寻求的种种困难。而一个人越是拥有技巧，越是要少夸耀，少表现，以便使想象力放射出全部光辉。”因此，他从不抱怨诗歌格律的束缚，而是乐于遵守，“因为有形式的束缚，思想才有力地迸射出来”。

技巧和规则所以重要，还因为它们反映了人为的努力。波德莱尔美学观念中的一个重要内容是重艺术（即人工）而轻自然。他认为，“一切美的、高贵的东西都是理性和算计的结果”，而自然的、不经过人为的努力而存在的东西是丑的。因此，“恶不劳而成，是天然的、前定的，善则是某种艺术的结果”。很明显，这种观点的出发点是基督教的“原罪说”。不过这只是问题的一面，这种观点也包含着部分的真理，它指出和肯定艺术的作用，即人对自然的加工和改造的作用。

波德莱尔最重要的作品是诗集《恶之花》（1857）。《恶之花》第一版收诗100首，辟为5个部分。第二版删除了6首，增收32首，共收126首，分为6个部分：《忧郁和理想》、《巴黎风貌》、《酒》、《恶之花》、《反抗》和《死亡》。诗人死后第2年，他的朋友们编定了第三版，收诗151首，被删除的6首诗于次年补入，仍为6个部分，排列顺序略有变化。

《恶之花》是一个孤独、忧郁、贫困、颓废、病态的诗人追求光明、幸福和理想的失败的记录，是他对现实的观感和内心的写照，用他自己的话说，他“在这残酷的书中”放进了他“全部的心，全部的温情，全部的信仰”。而他所有的感情又都在一种现实与理想、堕落与上升、地狱与天堂的尖锐对立中展现出来。波德莱尔说：“在每一个人身上，时刻都存在着两种要求，一个向着上帝，一个向着撒旦；祈求上帝或精神是一种上升的意愿，祈求撒旦或兽性是一种堕落的快乐。”上升的意愿和堕落的快乐“选择了人心作为主要的战场”。这种斗争是贯穿《恶之花》的一条主线。沿着这条主线，可以看到诗人在泥淖中挣扎，而终于未能走出去，只是留下一个远走高飞、离开这个世界的愿望。

《忧郁和理想》的第一首诗《祝福》就像一扇通向地狱的洞开的大门，诗人“出现在这厌倦的世界上”，一开始就受到母亲、妻子和众人的诅咒和折磨，接着又饱尝精神上不被理解的苦难，好似巨大的信天翁，从天空跌落到船上，成为船员嬉笑玩弄的对象（《信天翁》）。堕落到尘世的诗人，多么想摆脱肉体和精神上的苦难，重新飞上云端（《高翔远举》），但是，“心灵和感官的热狂”只得到片刻的缓解，诗人的高翔远举更不能持久。疾病使他的诗神眼中“夜影憧憧”（《病缪斯》），贫穷使他的诗神“歌唱并不相信的神明”（《稻粮诗神》），懒惰窒息了他的灵感（《坏修士》），“时间蚕食着生命，这阴险的敌人噬咬我们的心”（《敌人》），厄运又使诗人喟然长叹：“艺术悠长，光阴短促”（《厄运》）。诗人追求美，然而美却像一个“石头的梦”，冰冷、奇幻、神秘、不哭、不笑、不动，如一尊古代的雕像，多少诗人丧生在她的胸脯上，耗尽毕生的精力而终不能接近（《献给美的颂歌》）。求美不获，痛苦依然，诗人失望之余，转向爱情。疯狂的肉体之爱使他心醉神迷，他不禁问道：“你可是让我做梦的一片绿洲，让我大口吮吸回忆之酒的瓶？”（《头发》），然而不是。诗人感到肉体之爱充满着“污秽的伟大，崇高的卑鄙”（《你把全世界都放进》）。他祈求上帝的怜悯，让他走出“这个比极地还要荒芜的国度”（《来自深处的呼喊》）。他诅咒他的情妇“像一把刀子插进我呻吟的心中”（《吸血鬼》）。他感到悔恨，看到了年华逝尽后的坟墓，“虫子像悔恨般噬咬你的皮”（《后悔》）。总之，诗人遍尝肉体之爱的狂热、残酷、骚动和悔恨，并未得到他追求的宁静，于是，他转而追求精神之爱。诗人把他追求的对象看作“远方的公主”，犹如一缕晨曦，把他从沉睡中唤醒（《精神的黎明》），醒来的诗人挣脱了肉欲的枷锁，意中人的神圣的目光使他突然变得年轻，她成了引导诗人追求美的指路明灯（《今晚你说什么》），那是一支有生命的火炬，以比太阳还明亮的光芒歌唱着灵魂的觉醒（《有生命的火炬》）。觉醒的灵魂感到了往日的生活所造成的焦虑、仇恨、狂热和衰老，诗人向他的天使祈求快乐、健康、青春和幸福（《转换》）。超脱的精神之爱要求物质的内容，变成了温柔的家庭式的爱。在他看来，酒可以使人安静，“像灰蒙蒙天空中的一轮落日”，鸦片可以使灵魂超越自己的能力而获得阴沉忧郁的快乐，然而这一切都比不上那“一双绿眼睛”，像一泓清水解除他灵魂的干渴（《毒药》）。但是，金风送爽，却预告着冬天的来临。她神秘的眼睛时而温柔，时而迷惘，时而冷酷，使诗人看到天空布满乌云，心中顿生忧虑（《乌云密布的天空》）。诗人想象他的伴侣是“一条美丽的船”（《美丽的船》），她是他的孩子，他的姐妹，他们要一同到“那边”去生活，去爱，去死（《邀游》）。然而，那只是诗人的向往，冬日将回，他的“心灵好似那堡垒终于倾颓，受了沉重不倦的撞槌的击撞”（《秋歌之一》），重又沉入他试图摆脱的堕落之中，他悔恨，悔恨不该试图改变自己的处境（《猫头鹰》），他想用烟草消除精神上的疲劳（《烟草》），用音乐平复他绝望的心（《音乐》）。一切都是枉然，他的头脑中出现了种种阴森丑恶的幻象，他想“在一片爬满了蜗牛的沃土中”给自己掘个深坑，“睡在遗忘里”（《快乐的死者》），他想象自己“灵魂开裂”，“竭尽全力,却一动不动地死去”(《裂钟》)。诗人对爱情的追求彻底失败,忧郁又袭上心头。在阴冷的雨月里,他只有一只又瘦又癞的猫为伴,潮湿的木头冒着烟,生不出火来(《忧郁之一》),阴郁的情怀只能向落日的余晖倾吐(《忧郁之二》),他的白天比夜还要黑暗,头脑里结满蛛网,一颗漂泊的灵魂不断呻吟;希望被战败了(《忧郁之四》)。于是,“令人喜爱的春天失去了芬芳”(《虚无的滋味》),天空被撕破,云彩像孝衣,变成梦的柩车,光亮成为他的心悠游其中的地狱的反射(《厌恶感》),诗人又像一个堕落尘世的天使在噩梦中挣扎,在黑暗中旋转,徒劳地摸索,企图找到光明和钥匙,走出这片满是爬虫的地方(《不可救药》)。然而,时间又出现了,时间这险恶的、可怖的、无情的神,手指着诗人说:死吧,老懦夫,为时已晚!时钟一记长鸣,诗人的心灵的旅程和精神的搏斗以失败告终(《时钟》)。

如果说波德莱尔在诗集的第一部分已经展现出一条精神活动的曲线的话,那么第二部分《巴黎风貌》就是他向外部的物质世界投去的一瞥。诗人让太阳“进入城市,使最微贱的东西具有高贵的命运”(《太阳》),他试图静观都市的景色,“在黑暗中构筑我仙境的宫室”(《风景》)。然而诗人一离开房门,就看见一个女乞丐,她的美丽和她的苦难形成鲜明的对比,她任人欺凌的命运引起诗人深切的同情(《给一个红发女丐》)。诗人在街上徜徉,一条小河使他想起流落异乡的安德洛玛刻,一只逃离樊笼的天鹅更使他想起一切背井离乡的人(《天鹅》),他分担他们的苦难,他不仅想象天鹅向天空扭曲着脖子是“向上帝吐出它的诅咒”,而且看到被生活压弯了腰的老人眼中射出仇恨的光(《七老人》)。在这“古老首都曲曲弯弯的褶皱里”,那些瘦小的老妇人踽踽独行,在寒风和公共马车的隆隆声中瑟瑟发抖,引起了诗人心中的呼声:“爱她们吧,她们还是人啊!”(《小老太婆》),而那些盲人,“不知向何处瞪着无光的眼球”(《盲人》)。夜幕降临,城市出现一片奇异的景色,对于不同的人来说，同一个夜又是多么地不同（《薄暮冥冥》）。诗人沉入梦境，眼前是一片“金属、大理石和水”的光明世界，然而他睁开眼，又看见“愁苦麻木的世界上，天空射下一片黑云”（《巴黎的梦》）。当巴黎从噩梦中醒来的时候，卖笑的女人，穷家妇，劳动妇女，夜游的人，形形色色的人都以不同的方式开始了新的一天，但那毕竟是一个劳动的巴黎（《晨光熹微》）。

至此波德莱尔剖析了两个世界，诗人的精神世界和诗人足迹所及的物质世界，也就是说，一个在痛苦中挣扎的诗人和敌视他压迫他的资本主义世界，然后他试图通过自我麻醉、放浪形骸、诅咒上帝、追求死亡的方式，来与这个世界相对抗。

诗人首先求助于酒，由此开始诗集的第三部分：《酒》。那用苦难、汗水和灼人的阳光酿成的酒，诗人希望从中产生出诗（《酒魂》）。拾破烂的人喝了酒，敢于藐视第二帝国的密探，表达自己高尚美好的社会理想（《醉酒的拾破烂者》）。酒可以给孤独者以希望、青春、生活以及可以和神祇比肩的骄傲（《醉酒的孤独者》）。而情人们则在醉意中飞向梦的天堂（《醉酒的情人》）。然而，醉意中的幻境毕竟是一座“人造的天堂”，诗人只作了短暂的停留，便感到了它的虚妄。

在诗集的第四部分《恶之花》中，诗人深入到人类的罪恶中去，那地方不是别处，正是人的灵魂深处。他揭示了魔鬼如何在人的身旁蠢动，化作美女，引诱人们远离上帝的目光，而对罪恶发生兴趣（《毁灭》）；他以有力而冷静的笔触描绘了一具身首异处的女尸，创造出一种充满着变态心理的触目惊心的氛围（《殉道者》）；变态的性爱（同性恋）在诗人的笔下成了一曲交织着快乐和痛苦的哀歌（《该下地狱的女人》）；放荡的后果是死亡，那是“两个可爱的姑娘”，给人以“可怕的快乐和可憎的温柔”（《两个好姐妹》）；身处罪恶深渊的诗人感到血流如注，却摸遍全身也找不到伤口（《血泉》）；他在追索爱情的航行中目睹猛禽啄食悬尸——诗人自己的形象——的惨境而悔恨交加（《西岱岛之行》）。诗人在罪恶之国漫游，得到的是变态的爱，绝望，死亡，对自己的沉沦的厌恶。于是，诗人反抗了。

在《恶之花》的第五部分《反抗》中，波德莱尔希望人世的苦难都是为了赎罪，为了重回上帝的怀抱而付出的代价，然而上帝无动于衷。诗人责问上帝，逼迫上帝说出："彼埃尔背弃了上帝……他做得对！"（《圣彼埃尔的背弃》）。诗人让饱尝苦难、备受虐待的穷人该隐的子孙"升到天宇，把那上帝扔到地上来"（《亚伯和该隐》）。他祈求最博学、最美的天使撒旦可怜他长久的苦难，他愿自己的灵魂与战斗不止的反叛的天使在一起，向往着有朝一日重回天庭（《向撒旦唱的祷词》）。

诗人历尽千辛万苦，最后在死亡中寻求安慰和解脱，这是诗集的第六部分：《死亡》。恋人们在死亡中得到纯洁的爱，两个灵魂像两把火炬发出一个光芒（《恋人之死》）。穷人把死亡看作苦难的终结，因为他们终于可以吃，可以睡，可以坐下了（《穷人之死》）。艺术家面对理想的美无力达到，希望死亡"让他们的头脑开放出鲜花"（《艺术家之死》）。但是，诗人又深恐一生的追求终成泡影（《好奇者的梦》）。死亡仍然解除不了诗人的忧郁。最后，诗人以《远行》这首长达144行的诗回顾和总结了他的人生探险。波德莱尔受尽痛苦的煎熬，挣扎了一生，最后仍身处泥淖，只留下一线微弱的希望，寄托在"未知世界之底"。

总之，在创作方法上《恶之花》继承、深化、发展了浪漫主义，为象征主义开辟了道路，奠定了基础，同时，由于波德莱尔对浪漫主义深刻而透彻的理解，在其中灌注了古典主义的批评精神，又使得《恶之花》闪烁着现实主义的光彩。它们仿佛红绿蓝三原色，其配合因比例的不同而生出千差万别、无比绚丽的色彩世界。因此，《恶之花》能够发出一种十分奇异的光彩，显示出它的作者是古典诗歌的最后一位诗人，现代诗歌的最初一位诗人。《恶之花》是在一个"伟大的传统业已消失，新的传统尚未形成"的过渡时代里开放出来的一丛奇异的花；它承上启下，瞻前顾后，由继承而根深叶茂，显得丰腴；因创新而色浓香远，显得深沉。

除了《恶之花》外，波德莱尔的重要作品是散文诗集《巴黎的忧郁》（1869），收有散文诗50首，写于1857年后的七、八年间。作品的主题与《恶之花》是一致的，可以说是《恶之花》的散文形式。波德莱尔曾经说，《巴黎的忧郁》"依然是《恶之花》，但是具有多得多的自由、细节和讥讽"。这些散文诗是要"描绘现代的生活，更确切地说，是一种现代生活"。这"一种现代生活"，具体说来，就是巴黎这座大城市的生活。诗人像一个漫游者，在巴黎城中信步来去，他看到的是：穷人望着灯火辉煌的咖啡馆而不得入（《穷人的眼睛》）；戴孝的穷苦寡妇，"连痛苦也得节俭"（《寡妇》）；孤独的老太婆，想要与无知无识的婴儿亲昵一下，却引起一连串的大哭大闹（《老太婆的绝望》）；可怜的卖艺老人的凄凉晚景，正如穷愁潦倒的老文人一样悲惨（《卖艺老人》）。总之，诗人看到的是一个欢乐与痛苦、豪华与贫困尖锐对立的巴黎。诗人想到的是离开这个世界，到那港口去，那里"充满着忧郁的歌声、各国健壮的人们、各式各样的船只"（《一缕青丝中的半个世界》）；到那"一切都是美的、丰富的、正直的"地方去生、去死（《邀游》）；或者随便什么地方，只要离开这个世界（《这个世界以外的任何地方》）。诗人悲叹艺术家无力达到美的境界（《艺术家的悔罪经》）；蔑视公众（实际上是资产者）的口味（《狗与香水瓶》）；嘲笑所谓法兰西人的机智（《戏谑者》）。总之，一种愤世嫉俗的情绪，一种悲观主义的思想，贯穿着这些散文诗。所以，《巴黎的忧郁》又不单单是《恶之花》的另一种形式，而是在意境上、细节上都有所深化和发展，它可以被看成是《恶之花》的补充。此外，《人造天堂》（1860）也是一部重要的散文作品。

散文诗并不自波德莱尔始，但是，波德莱尔是第一个把它当作一种形式，并使之臻于完美的人。他说："我们当中谁没有在那雄心勃勃的日子里梦想过一种诗意的散文的奇迹呢！它富有音乐性，却没有节奏和韵脚，相当灵活，对比相当强烈，足以适应灵魂的抒情性的动荡、梦幻的波动和意识的惊跳。”他的实践的确是实现了这个梦想，《巴黎的忧郁》中的作品音调和谐，意象丰富，虽无韵脚却自有一种内在的节奏，玄妙的哲理和精细的刻画水乳交融，日常的、平凡的生活被提高到诗的境界中，通过清新流畅的语言表现了出来。诗人的思考和感受则反复抒写，如天光云影，在一片空蒙之中渐渐清晰，读起来给人以极深的印象。

第三节　英国文学

维多利亚女王1837年继位，1901年逝世。女王治下，诗文并茂，文学上最大的成就是写实的小说。不过，史称“维多利亚文学时期”的始端，却往往定在司各特去世的1832年。浪漫主义时代的文豪多已先他而去，华兹华斯等人虽在，创造力却大不抵当年，浪漫主义作为一个思潮气数散尽，司各特的辞世恰似给它画上句号。此外，1832年英国国会通过了第一个改革法案，从政治上说也标志着一个新时期的到来。

一个大时代绵绵70载，其始与末的情状自然不能一概而论，于是通常又将维多利亚时代分作三段：早期（1832—1848）、中期（1848—1870）、晚期（1870—1901）。早期问题丛生，社会纷乱四起，宪章运动就活跃在这个时期。各种社会力量交锋、摩擦、调整，到了中期产生相对平衡，在欧洲大陆再次忙着革命打仗的时候，英国却享受了一段太平盛世。中期从社会形态、思想文化、价值体系等诸方面说，都是最典型的“维多利亚”型，最契合后来人对维多利亚的印象；它也是文学创作的高峰期。鼎盛之后，又有新的分裂和动荡，价值观也全面受到挑战。后期这一段又常分出90年代作单论，“世纪末”的情绪自别有滋味。

这一时期经济、政治、文化、思想、精神等的走向，自然是理解当时文学作品不可缺的知识背景。下面的介绍以维多利亚早期和中期为主，重点有四个方面：工业化、民主化、科学发现和宗教纷争。

维多利亚女王登位前后，英国摆脱了法国革命和战争的阴影，社会聚积了多时的能量，仿佛一下子爆发出来，如飞轮般带着英国以空前速度运转起来，一个旧式的农业和商业的国家率先在世界上踏进了工业化、民主化的现代之门，这便是英国社会的"转型期"。

18世纪中叶，英国就有了改进的蒸汽机，到了19世纪工业革命成熟。纺织机、收割机、印刷机等机器大规模应用，制造业发达；1830年，曼彻斯特至利物浦的铁路开通后，不出十年，到处铺设了铁道；铁制的船代替了木帆船，1838年起开设了大西洋上的班船服务；1846年引进商业电报，1866年越洋电缆竣工；1855年取消印花税，出现大发行量报刊；各类创造发明更是令人目不暇接。几十年的时间里，英国社会变化之巨超过以往千年之总和。凝聚了经济"腾飞"形象的是1851年的伦敦博览会：海德公园里那座巨大的玻璃和铁的现代建筑中，展示了现代工业和科技的成果。它令世人瞩目，令英国人喜不自胜，对未来充满信心。为"进步"大唱礼赞、毫不掩饰地表现沙文主义情绪的麦考利（1800—1859）可算代表。

由于工业化最早，英国在世界上"捷足先登"，成为列强之首，它那无与伦比的船队满载英国的棉花和工业产品驶往各地，所获利润又在亚洲、非洲、北美进行广泛的投资，实质上是对其殖民国家的残酷掠夺。也正是在这段时间里，英国人载着麻醉人心志的鸦片，凭着国力武力的优势，强行进入中国，中华民族蒙受羞辱的近代史从此开始。当时的英国已成为世界的加工厂，1870年以后的伦敦成了世界金融和现代文明的中心，英国女王成了"日不落"英帝国的女皇。直到普法战争结束，俾斯麦的德国强盛起来，英国才有了真正的对手。

工业技术革命带来的经济和社会结构的大变化，使英国古老的选举法显得十分荒唐：人口密集的大工业城市（如曼彻斯特）没有议席，可是人口稀疏的郡县却一成不变地由乡绅推举两名议员进国会。于是就有1832年的改革法案出台，一是将选举权扩大到男性公民中拥有岁入十镑以上财产者，二是取消名存实亡的“衰败选区”，议席分给新兴城区，这一举措象征着英国工商中产阶级正式“上台”。

30、40年代盛行“不干涉主义”经济理论，应和着工矿主对劳工，尤其是女工、童工极残忍的剥削，恩格斯的《英国工人阶级状况》一书便是针对这一时期的。工人恶劣的工作和生活环境使有良知的人震惊，卡莱尔等以犀利的笔锋指向放任自流的经济政策，金斯利、盖斯凯尔夫人和勃朗宁夫人的小说和诗歌写出了工人、童工的悲苦。英国工人更是行动起来，30年代末发起了著名的大规模宪章运动，要求国家在立法方面作出进一步的改革，表明英国民主意识的进一步觉醒。当然，直到1867年，国会通过第二个改革法案，劳工阶级才获得选举权；而从30年代起便积极争取选举权的英国妇女则要到第一次世界大战之后才得到这一权利。可以说，英国用300年的时间走向了现代意义上的民主、民权。16世纪伊丽莎白一世治下为王权鼎盛时期，17世纪的内战是宗教仗也是王室和国会的政治仗，到光荣革命有了基本的解决：王室为象征，实权在国会；19世纪权力进一步下移，民选的“平民”院（下院）成了政治中心。

30、40年代的英国，人称“饥饿的时代”。除了上述引起普遍关注的工矿区的恶劣条件外，就业机会严重不足，1845年粮食歉收，爱尔兰土豆遭虫害等，都使人们对前途丧失信心。1846年，托利党首相庇尔终于放弃了对国内土地所有者阶级的保护主义政策，废除对进口粮食收取高额关税的“谷物法”，从此打开了自由贸易的通道。决策层的这一识时务的调整，在相当的程度上缓解了国内的经济危机；土地贵族也很快认识到自由贸易的好处，农业随着工商业繁荣；国会通过的一系列工厂法也使劳工境遇有所改善。英国走出了困境，体制稳固，运行良好，甚至王室都已成为体现忠于职守、重视家庭生活的中产阶级价值观的典范。

“转型”期的维多利亚社会处于矛盾丛生、各处脱节、新旧并存、举步维艰的局面。维多利亚的思想界在旺盛的创造力、无穷的机遇和传统价值的巨大张力之间，进行着活跃而又痛苦的求索。问题的内核是信仰危机，最大的冲击来自理性思潮和科学的重大发现。

早期的维多利亚英国仍继续着浪漫主义时期边沁与柯尔律治之争。杰里米·边沁（1748—1832）创立了功利主义理论，主张用理性的尺度测量体制的功用和效率，即看它是否对增进最大多数人的最大幸福有用。它脱胎于英国根深蒂固的经验主义，影响深广，推动了英国的工业化和公务员制度的重大改革；但无可否认实际运用中功利主义理论就沦为不顾他人死活的极端利己主义、政府对资本放任自流的“不干涉主义”等。边沁将理性尺度用于信仰范畴，认为宗教是迷信，已经过时。柯尔律治则认为信仰如同食物，是人的根本之需。柯尔律治之后坚守信仰立场的主要有两类人士。一是卡莱尔，虽同现存的基督教体制分道扬镳，却仍在寻求某种替代性的信仰。另一是“牛津运动”派，发布近百篇《时代书册》，力主振兴国教的高教会，以历史、传统、权威和强大的体制化宗教抵御自由思想的进攻，其精神领袖纽曼后来皈依天主教。

40、50年代后，论争愈加激烈。其时，世纪初起源于德国的高等批评学已流传到英国，它将《圣经》作为历史文献，用科学的态度加以考据，在知识界形成对信仰的强大冲击波；而几十年来地质学、天文学、生物学所揭示的自然奥秘，更是对信仰的灾难性打击。人们的时间、空间观起了剧变：原来地球的历史远不止六千、六万甚至六百万年，时间深不见底，星空渺远无际，人的形象不再高大，及至达尔文将马尔萨斯人口论用于生物界，推出“物竞天择，适者生存”的进化论，原先自持在世上具有特殊地位和作用的“人”更是感到被推进虚空，无限孤立。

《物种起源》（1859）的发表，使已经酝酿了十数年的有关进化的争执爆发出来，挑战的一方有宗教界以及不赞成达尔文理论的科学家，为首者系牛津主教威尔伯福斯（1805—1873），另一方以科学学者托玛斯·赫胥黎（1825—1895）为首。后者致力于普及进化论等科学知识，而且竭力主张确立科学在大学教育中的地位，对传统的人文教育提出质疑，因此80年代又有阿诺德同他的论争。可以说，当时已现端倪的人文知识分子和科学学者的分野与争论一直持续至今。

维多利亚社会从政治、经济、社会、文化、思想甚至宗教意义上都以中产阶级为主心骨。但是"中产阶级"是个涵盖面很宽的用语，如果说其中上层接近土地贵族的话，其中下层可以是相当穷酸的，如家庭教师。几百年间，英语中原先专指有田产者的"绅士"一词，语义不断扩大，模糊，后来更是代表某些品质风范，而不独指家系血统了。值得注意的是，当时好几项重大改革措施都出自保守的托利党，从中也可见维多利亚的务实、宽容、圆通和中庸的心态。那个时代崇尚个人自由，言论自由，有识之士揭露和议论问题很不留情，但又总是自觉不自觉地流露出对世界上最强盛最自由的英帝国的自豪感。或许正因了解英国的强盛，才更有远虑。他们相信舆论的力量，认为通过合法手段可以缓和、解决矛盾，最害怕也最反对使用暴力。他们对法国革命的"恐怖"记忆犹新，可对自己在海外的血腥行为还很少认识。不过，马克思在德国、法国、比利时等西欧国家到处受驱逐，却能在1849年来到伦敦，度过近35年的余生，完成《资本论》等巨著，倒也说明英国自由开明的风气。

如上所说，牛津运动和进化论在思想界引起了巨大反响，可对当时社会中下层影响最深的却是"福音"教。这并不是个严格的教派，而涵盖了国教中的"低教会"以及非国教的各种派别，无疑人数甚众。事实上，福音教是对18世纪上层阶级的理性主义和怀疑主义思潮的反动，此外，锐意改革者无论有无宗教信条，往往被视为福音教派。其历史渊源是宗教改革时期激进的清教，因此含有清规戒律多、一本正经、情绪"狂热"等贬义。他们抨击宗教体制的弊端，热衷做好事，坚持严厉的道德标准，反对纵欲享乐，讲求实际，注重责任和勤奋。虽然其中不乏虚伪，有时也很压抑人性，再说太平时代也滋生着平庸，但它毕竟造就了务实的工商业者独特的价值体系和生活态度，带来了他们的世俗“成功”和“体面”，也使“维多利亚”这个时代标识在一定程度上成为当时人们的共识和共同态度的代名词，既与此前摄政和浪漫主义时期的奢华和过度的世风划出了分界线，也有别于此后动荡、分裂和越来越多元化的20世纪。

与“福音”精神相契合、参与建构具有维多利亚特色的价值体系和意识形态的是当时的文学。文学事业的兴盛，得助于多方面的物质、社会条件，如印刷业、出版业的发达，报纸杂志业的继续勃兴，教育的进一步普及，有闲阶层的出现，读者队伍尤其是女性读者群的不断扩大等。价格优惠的租赁图书馆也对普及小说起了很大作用。供求互相推动，职业作家文人队伍迅速膨胀，大量女性走上文坛尤其引人注目。

如果说维多利亚盛期的诗文与后来的文学有什么区别的话，那主要就是作家比较直露地表现出使命感、道德意识和忧患意识；狄更斯等人犀利的社会道德批评曾深受恩格斯的赞扬。再者，同浪漫主义这个大的诗歌时代相比，维多利亚更是伟大的散文时代。盛期的散文体小说以写实为主要特征，虽然它的“现实主义”其实仍富有浪漫主义的气息。维多利亚戏剧可能在90年代前无甚大作为，但戏院却始终是热闹非凡的大众娱乐场所，并对小说家和诗人的创作产生不小的影响。

维多利亚时期的小说　维多利亚时期，小说创作蔚成大观，据说总数达四万至五万部。除了“三卷本”等传统的出版形式外，许多小说采取杂志、报纸连载或小分册等多种形式发表，降低了售价，扩大了读者群，加之图书租赁业的发达，渐渐形成了当时特有的发行者、作家与读者之间密切的互动关系。小说的繁荣不仅说明维多利亚社会旺盛的创造力，而且是其通俗性的见证。庞大而高产的作者群（其中有大量的女作家），必然带来作品内容和形式的多样化。但是，如果将维多利亚时期的优秀小说与其他时期的小说、与诗歌等其他文类以及与同时期美国小说相比较，我们仍能识别它们的一些整体性特征。

维多利亚小说常被冠以“写实主义”（亦作“现实主义”）的标记，然而“写实”的作品并不等于全面、真实、客观地反映或再现了社会历史原貌。首先，小说本身所具有的明显的阶级特征，就决定了它特定的视角和价值取向。这些小说以当时处于上升地位的中产阶级（特别是其中下层）为关注、描写的对象，以中产阶级（包括其最底层的女佣人）为主要读者群，作者本人也往往属于这个阶级。作品中虽时有贵族、乡绅出现，但一般不再居于中心地位。从事体力劳动的阶级乃至社会底层的流浪者等虽得到一定的表现，却与作品的主要人物有较为明显的界线，幼时寄人篱下的简·爱一口咬定自己不愿做工受穷，就是一例。

其次，小说的“写实”性，其实也只是相对于此前的浪漫主义文学而言。优秀的写实小说转向描写大众熟悉的生活，力求逼真地再现城乡普通人的日常生活场景，重视细节的拟真，而不再迷醉于异域、神秘、渺远的时空或普通人不能企及的阶层和生活方式（在这点上小说与同时期的诗歌亦有所不同）。它有很强的社会、群体意识，那张无所不在、纵横交错、变动不居的社会网络成了它的一大特征。它营造了自我、欲望、理想与社会网络、时代变迁、主导性意识形态之间的张力，最终则取得某种调和，允许在基本的社会框架内有一定程度的自我实现，而张扬个性乃至不见容于社会的情形在典型的维多利亚小说中则较少见（在这些方面，它也有别于同时期的美国小说）。

维多利亚前期、中期小说中家庭和女性的形象突出，家庭成了演绎社会变迁和价值观冲突的主要场所。所谓“家庭小说”（the domestic novel）的另一层意思是，相对于后期描写英帝国的扩张、海外冒险、殖民生活等的小说而言，中期小说以描写英国国内生活为主。小说与诗歌、散文不同，较少直接讨论形而上问题（如时间的概念，与上帝的关系等），但可以说，小说家用更加通俗易懂的形象，将需要更高教育程度才能理解或参与讨论的问题灌输给大众。因此写小说、读小说在一定意义上就成为社会话语周转交流的一个场所，它于无形之中铸就了跨进现代工业和科技文明的人对自身、对他人以及对社会的种种既定的看法，它参与了社会心态、价值体系和现代主体意识的建构，譬如在培植帝国主义、殖民主义的意识和态度方面，小说就起了很大的作用。

维多利亚小说富有英国式的幽默感，但其严肃的道德和严厉的说教又明显带有福音主义的时代特征。即使和道德上颇严肃的奥斯丁的作品相比，也可看出时尚风气的变化——吃喝宴请、聚会跳舞显然大大减少，而吃苦、忍耐、劳作、勤勉、认真等中产阶级、亦即福音教所倡导的思想准则和行为则比比皆是。读者要求得到指点，作家也自认负有指点迷津的使命；从这个意义上说，小说最经常使用的"全知"叙述视角不只是一种写作方法，它也表明了当时的社会仍不失为有机整体，仍存在着相当程度的社会共识。

当然，共识并没有消除无处不在的矛盾冲突，维多利亚时期的优秀小说作品的大容量，也体现在对于许多不同声音的兼容并包上。一般说来，这些小说摹写了人在迅速变迁中的惶恐和不知所措，对丑恶面有清醒的认识，对社会的各类问题亦有尖锐的批评。但同后来的心理现实主义相比，它仍有浓重的理想主义、浪漫化的色彩，背靠传统，面对变化，相信社会将进步，改良，变好；作品多为温馨的暖色调，而不是一味的冷峻乃至冷酷，不是掉进冰窟后的大清醒。

或许与当时人们对历史的浓厚兴趣有关，同20世纪的现代派作品相比，维多利亚小说大多厚重冗长，重视情节，讲究故事的动人好看，重视因果关系，在叙述行为、事件的过程中刻画人物性格，体现了对人、人生、历史作连贯性阐释理解的需要。但在乔治·艾略特等人的作品中，心理的铺陈已见端倪，对行为动机、意图也有详尽的描写分析，表现了那个时代对人自身的多元认识。或许也因为认真、热切的福音教的影响,以拟真写实为己任的小说既警惕地对待过度和无节制,但却不排斥激情、幽默、怪异、荒诞、神秘,而是在相当程度上保持了浪漫主义的能量,并绳之以更严格的形式。

20世纪下半叶的研究发现维多利亚小说中含有不少对形式和语言的前卫性意识。事实上,优秀的作家严肃地探讨摸索着小说这种通俗文化产品在新时代应有的功能和形式。又因当时的小说创作有许多禁区(例如,不能写让女孩子家脸红的任何话),作家往往使用曲笔,造成了其意象的丰富和隐晦,作品经得起反复阐释。此外,当时的小说已具有多种门类,如历史小说,侦探小说,政治小说,工业小说,神秘小说,哥特式鬼怪志异小说等。各种文类文体互相渗透,优秀的写实作品往往集多种文类于一体,狄更斯便是这方面的典型。

查尔斯·狄更斯(1812—1870)无疑是位大作家,但他更是雅俗共赏的大作家。一百多年来,即使学界、论者对他时有微词,即使当时走红的大作家都有过被后人冷落的遭遇,广大的读者却从未抛弃过狄更斯。他的作品被译成世界各国文字,其中《奥立佛·屈斯特》(又译《雾都孤儿》)、《双城记》、《远大前程》等还被反复搬上银幕。他是描写工业化早期城市生活经验的高手,人们从他那里了解到资本主义的无情、冷漠、残酷,体验到工业化、城市化社会与生俱来的病疴:丑恶、堕落、犯罪、渎职、无能、疾病、贫穷。但翻开他的书,生机勃勃、热气腾腾、喧闹非凡的市井生活也扑面而来;我们走进浑浊激荡的人流、街道、商店、市场、工厂、教堂、监狱,走进家庭,体验那创造了现代化的人的活动和欲望。他的许多人物的姓名和用语已广为流传,进入英语词典,长存于英语世界。

狄更斯本人就是那个时代旺盛的创造欲和燃烧的能量的化身。他留下了14部沉甸甸的小说,一部未完成小说,一系列短作品,探索、创造了传统的三卷本之外的连载或小分册发表形式,先后创办并主编过三种周刊，两次访美并著有《美国札记》，去过意大利和瑞士，多次游历法国，还津津乐道于在公众之前声情并茂地朗读自己的作品，大过戏剧瘾，甚至不惜搭上自己的性命。他的婚姻生活同样富有戏剧性，与凯瑟琳·霍格斯生活了22年、生下十个儿女后分居，终身恋着凯瑟琳的妹妹，还与女演员传出绯闻。

狄更斯的经历体现了维多利亚式自我造就的神话。他生于普茨茅斯，后随家人迁居伦敦。父亲在海军部做小职员时因负债而入狱服刑数月，家人均奉陪，只有12岁的查尔斯被送到一家鞋油厂做工。这段儿时的痛苦经历成了他终身的情结，他对父母生而不养、未给予他正常上学受教育的机会尤其耿耿于怀。这也是他的作品中出现那么多不幸儿童的心理原因。

成为"粗俗的"打工仔绝非渴望体面和尊严的小狄更斯的"期望"。他去律师事务所打杂，开始学速记，后当上通讯员，记录庭审进程，1835年成为《早间新闻》记者，报道国会辩论。这期间，他为一家刊物的漫画系列配写讽刺性的文字，陆续发表了《博兹见闻录》，很受欢迎，于是应约又以博兹的名义续写一个系列，但强调以文字为主，插画为辅，这就是使狄更斯"像拜伦一样，一早起来发现自己成了名人"的《匹克威克外传》（1836—1837），当时狄更斯24岁。诚实可欺的匹克威克身上有18世纪小说中天性率真的人物的影子，如菲尔丁的亚当斯牧师和斯特恩的托比叔叔等，但狄更斯对乡村的了解也止于一些忆旧的文字。匹克威克的仆人萨姆·威勒则是城里的油子，两人的关系很有点像堂吉诃德和桑丘。《匹克威克外传》被称为最滑稽的书，在狄更斯的早期作品中最受批评界关注。

狄更斯的小说创作以1850年为界，分为两个阶段。40年代之前，在《匹克威克外传》之后连续推出《奥立佛·屈斯特》（1837—1838），《尼古拉斯·尼可比》（1838—1839），《老古玩店》（1840—1841），《巴纳比·拉奇》（1841），其中《奥立佛·屈斯特》最为出名，而模仿司各特、写1780年戈登之乱（因国会取缔对罗马天主教的某些限制而引起的动乱）的历史小说《巴纳比·拉奇》则不甚成功。早期作品大多以一个人物的经历为主线，结构比较松散，尤其是《尼古拉斯·尼可比》和《老古玩店》，但已具备狄更斯的一些主要特征。它们都有对社会全貌的观察，但着重写社会下层，如贫民院、盗贼集团、城乡小学、走江湖的戏班子等等，猛烈抨击体制的弊病。狄更斯对犯罪问题有浓厚兴趣，写得绘声绘色，有狂欢化倾向，被萨克雷等作家贬称为"纽格特"[1]即监狱题材作家。他的小说多采用孤儿经历和视角：奥立佛是出生在贫民院的私生子，不幸落入贼窝，尼古拉斯在父亲去世后担当起养家的重任，小耐儿拉着输了古玩店仍嗜赌的外公逃出伦敦，巴纳比因出生当晚父亲谋杀了雇主而成了痴呆儿；狄更斯的童年经历固然是造成这一视角的重要因素，但在他作品中，吃苦挑重担的儿童和不负责任、脾气像小孩子的家长已成为一种象征，可作多种阐释，例如政府、体制和人民的关系，还有自我奋斗、自我造就等。人物姓名有寓言性质，给人留下最深刻印象的大多不是主人公，如说话有排山倒海之势的尼可比太太，《老古玩店》中虽身无分文却能苦中作乐的狄克·斯威夫勒和他所爱的"侯爵夫人"；一些反面角色尤其写得活灵活现，如《奥立佛·屈斯特》中那位表面和蔼可亲、实则残酷无情的小偷头目费金，《老古玩店》中穷追耐儿祖孙、极具喜剧色彩的迫害狂奎尔普等。狄更斯有时过于追求引起恐惧或催人泪下的轰动效应，如《奥立佛·屈斯特》中赛克斯杀害南茜、他在房顶上面临追捕者时的骇惧、《老古玩店》中小耐儿之死等描写，就经常招致批评。

40年代狄更斯出版了三部长篇小说和《圣诞颂歌》等专为圣诞节而写的系列故事（1843—1848）。1842年访美，对他的作品在美国被盗版十

---

① 译音，是伦敦主要监狱之名。

分气恼，《美国札记》和小说《马丁·恰泽尔威特》（1843—1844）对美国有不少批评，引起美国人反感。这时狄更斯已开始有主题和情节结构意识，《马丁·恰泽尔威特》就以各种类型的自私为主题，小马丁在美国受骗上当，吃了苦头，反治好了自私病。书中充满了本·琼生喜剧中的不同气质型人物；写得最生动的当数爱喝酒、撑一把大伞的护士甘普太太。《董贝父子》（1846—1848）是狄更斯的第一部成熟的作品，结构明显复杂，且已出现后来常用的象征手段。当时英国正大修铁路，经济走出了40年代初的低谷，《董贝父子》写出了经济巨变中家庭、人际关系的变化和人的复杂心情。董贝只认钱不认情，是19世纪经营理论和"不干涉主义"社会哲学的象征，他最大的愿望就是生个儿子，将商号改为"董贝父子公司"，小保罗的出生盖过了丧妻之痛，但幼子却因不堪重负而早夭（写保罗之死的一期又像当年写耐儿之死一样引起轰动）。铁石心肠的董贝根本不接受女儿弗洛伦斯的爱，第二个妻子也跟他的经理卡克私奔了。卡克是恶棍，如狄更斯笔下的其他恶人一样，具有非凡的能量。他被比作"怪物"，这个形象和铁路、伦敦、机器文明联系在一起：伦敦"这头怪物，在远处吼叫"，它使人迷醉，又吞下了迷恋它的人，把他们源源不断地"作为美食送给医院，坟地，监狱，河流，热病，疯狂，罪恶，死亡"。

《大卫·科波菲尔德》（1849—1850）是这阶段狄更斯的最后一部以一个人物为中心但结构松散的作品，有一定的自传性。第一人称主人公大卫从小爱幻想，有很强的感悟力和想象力，后成为作家，作品以回忆方式进行再创造，赋予主人公的经历以新的生命。其中不少人物家喻户晓，如虽穷但乐观、幻想投机发财、相信好运会降临的米考伯，据说他身上有作者父亲的影子；大卫心中的英雄、长得仪表堂堂、内心却狂傲、自私、无情的斯蒂尔福斯；大卫的姑婆，刀子嘴、豆腐心的特洛特伍德小姐；还有尤赖亚·希普，现在这个名字专指那些表面低声下气、恭顺谦卑，实则富有心计、野心勃勃、手段卑劣的人。

自50年代初，狄更斯进入了创作的第二阶段，亦即成熟期，作品有《荒凉山庄》（1852—1853）、《艰难时世》（1854）、《小杜丽》（1855—1857）、《双城记》（1859）、《远大前程》（1860—1861）、《共同的朋友》（1864—1865），以及未完成的《埃德温·德鲁德的神秘事件》。近年来，《荒凉山庄》和《远大前程》成为最受关注的狄更斯小说，对《小杜丽》和《共同的朋友》也有相当多的研究。相比之下，《双城记》失之概念化，书中描写法国大革命，血腥气很浓，从政治和社会意义上说，狄更斯写这部作品是有感于印度大起义和国内日益高涨的扩大选举权的呼声。他提醒掌握权力的人不忘民主改革，因为无视某些社会力量是愚蠢的，书中不断出现死亡和再生、种子与果实，以及卡莱尔式的火和洪水的意象。《艰难时世》也许因为在六个月内以周刊连载形式发表，时间、空间过于紧迫，致使作品有点像赤裸裸的道德寓言，不过在小说开头大叫我们只需要"硬邦邦的事实"的格赖德格朗德还是给人留下很深的印象，他用功利主义的政治经济学教育儿女，扼杀了他们的灵性，毁了他们的生活。书中涉及教育、离婚、劳资关系等多方面社会问题，特别是有了对产业工人生活的直接描写。狄更斯虽然始终关注工业社会的动向，但并不正面表现工业生产关系，出现在他作品中的下层人物大都为城市贫民，而很少有矿山、工厂的劳动者。

狄更斯最优秀的作品和早期作品相比，整体设计显然加强，其中不少作品虽仍是分期或分册发表，但都早有通盘的考虑，结构、情节、人物刻画和意象等，都指向那无所不在的人与人之间的联结。事实上，这一联结在狄更斯的小说中有浓厚的神秘色彩，或许也正因此就造成了一种很强的震慑力。情节更加繁复，主副线交叉，大多靠一个深藏久埋的秘密的暴露而扭结在一起，这使作品具有了最早的"侦探"小说特征。这个时期对人物心理经验的描写也有所加强。

《荒凉山庄》以19世纪30年代为背景，有几条突出的情节线。最显见的是对法律程序的批评讽刺，具体指大法官法庭（即英国的衡平法院）延宕不决，“吃”案子，造成许多悲剧，也使法律违背原旨而成为堕落腐败的体制。小说开始时，大法官法庭正在审理“庄迪斯诉庄迪斯”的遗产官司，由此引出与案子多少有牵连的社会各阶层人物，包括期望得到遗产、卷入后不得自拔、最后病死的青年理查·卡斯顿。另一条主线是女主人公埃丝特的身世之谜。埃丝特是“孤儿”，但严厉的教母实际上是她的姨母，母亲非婚生下了埃丝特，姨母向埃丝特百般灌输她生来有“罪”的意识，所以解开身世之谜也是埃丝特正视自我的心理过程。埃丝特的故事将包括她的生父“无名氏”在内的社会中下层与上流社会拉到一起。母亲嫁给了莱斯特·戴德洛克爵士，以冰冷的态度傲立于上流社会，严守着内心的秘密，又忍受着不为人知的煎熬。埃丝特的故事在主题、情节上又同作品中大量的受苦儿童挂钩，如父母双亡、默默地干重活养活好几个弟妹的女孩恰莉，杰勒比家的孩子，受父亲剥削的普林斯等。与法庭的渎职相应，许多家长放弃了养育子女的天职，如戴德洛克夫人（虽然她并没有遗弃埃丝特），又如杰勒比太太，她生了一堆孩子，却看不见他们在自己鼻子底下跌撞磕碰，她的目光太远大了，一看就看到非洲，整日为非洲的福利瞎忙。书中的另一著名人物斯金波生了三个女儿，却始终以“孩子”自称，逃避一切责任，损人利己，过着寄生虫的日子，还有一套套理论为自己的极端自私装门面。在作品的结构中起了关键作用的是贫民窟的孤儿乔，狄更斯通过生活在社会底层又被迫流浪的乔，让“被鸿沟分隔在两边”的人相遇相碰。

采用两种视角和叙事语声是《荒凉山庄》的一大特色。整部小说由两个声音轮流讲述，一个用第三人称，可以看成作家狄更斯，另一个是埃丝特的第一人称叙述，两边虽无直接的交流，但所涉及的人物和情节互相交叉。它们的分工和差别首先表现在性属意义上，作家是男性的，埃丝特则是女性；性别又成为隐喻，暗示狄更斯认可的那个时代流行观念中的区别：男声铿锵有力，眼光居高临下、扫视全貌，立足于发生的事件之外，客观，用现在时态，不时对社会和事件的本质进行评论批判，有尖锐的讥刺，睿智的反讽，善用夸张、幽默，有燃烧的激情和愤怒；而埃丝特开始讲述时则显得稚嫩，羞涩，语调温和，与“全知”型相对，她置身于社会生活中，参与事件，用过去时态讲述自己的见闻、经历，只有有限的知识，对人对事宽容，富有同情心。这样的分工造成了作品情感结构的张力，两方面互相补充，又互相抵触，造成多义性，扩展了意义空间。当然，这毕竟是作者的叙事手段，所谓分工也不是绝对的，狄更斯成熟的夸张、幽默、睿智、反讽就经常“潜入”埃丝特的语声。埃丝特表面上和狄更斯笔下过于善良、恭顺，也因而十分乏味的女性差不多，但近20多年来评论界做了许多为她翻案的文章。她在叙述中总是特别引人注意地采取低姿态，将关注投向他人，但这样反而使她成了故事的中心。她确实是作者所创造的较有心理内涵的女性形象。

作品出版后，读者对“自燃”的情节颇有异议，狄更斯不得不为自己辩护。其实这正是文学创作和政论式批评的最大不同。书中除了第一章和少数几处有法庭场面外，读者看不到法庭程序的写实描述，故事中起了某种关键作用的是“法律的穷邻舍”、坐落在法庭附近小巷中的废品店老板克鲁克。作者用广义的明喻手法，将法律体制的弊病、腐败及其造成的恶果形象地化为外号叫“大法官法庭”的破烂店。可以想见，在官司的无尽延宕中消耗的纸张、笔墨、文书连同已经生锈的案柜钥匙、法官律师穿烂了的衣服、一代代牺牲品的白骨，都成了外号“大法官阁下”的克鲁克的货源。他的店和大法官法庭一样，有进无出，他为人也和大法官大人一样，虽有点蠢，算个怪人，却不失和蔼，可见狄更斯并非针对个人，而是针对体制。但是让克鲁克自燃而化成浓浊的油烟，然后诅咒一切害人的体制都应早早地自燃，才是它们正经的死法，却点明了故事的寓言性质。克鲁克并非现实主义的人物，而只是个“影子”。文学对真实世界中的法律运作无能为力，但能用寓言宣判它的死亡。

这种“重影”是狄更斯后期作品中常见的手法，如靠儿子教舞蹈养活自己、整天只忙着摆花架子来显示优雅身姿的特维特洛普，就可以看成是行将就木、除了古老的名分已是空架子的贵族戴德洛克们。至于戴德洛克夫人过去的法国女仆，那个杀了穷追夫人隐私的律师塔金霍的真凶，书中也有很多细节表明她代表了夫人内心的黑暗的情欲。和《远大前程》中袭击匹普姐姐的奥力克一样，除了让他或她来担当杀人罪过外，他们只是影子，但这些影子却能在文学、语言、心理、社会禁忌等方面揭示出表面上不易看到的东西。当然，“重影”不只表现在人物身上，房子、场景等也有许多重叠，例如故事结尾时荒凉山庄主人为埃丝特准备的另一座“荒凉山庄”（这个名字就不是字面意思，它是书中充满阳光、最温暖人心的所在）。

狄更斯刻意表现的“鸿沟”两边的联系也在很大程度上依靠了具有象征意义的形象。《荒凉山庄》起笔写茫茫大雾，基本只用非限定动词，更无行为动词，但抓不住的雾却无孔不入，不可抵挡，最浓处就在大法官法庭。大雾与泥浆就是伦敦，就是法律体制的糊涂、污浊。林肯郡的戴德洛克乡间府邸则是洪水肆虐，雨水滴在“鬼行道”上，仿佛两百年前卷入政治和暴力的戴德洛克夫人仍在愤怒诉说不平，同时也暗示着现在的女主人的隐秘。克鲁克的房客弗莱特小姐为她养的鸟起了许多富含寓意的名字，预示了这部小说中与大法官法庭有关的各色人物的命运；朝气蓬勃的青年理查一旦钻进遗产官司，也染上了弗莱特的疯病，失去了青春、容貌和希望。

这些意象互相渗透，结成一张网，烘托主题，推进情节，突出性格，将本无联系的人和事联结起来。但由于意象本身的暗示性，也必然造成某种晦涩，乃至不可调和的冲突，这或许正是读狄更斯作品的愉快。作者的“全知”常化为一种从制高点俯视的形象，如《董贝父子》中设想“揭开房顶”后看到的情景，《荒凉山庄》第二章开头那只从伦敦飞到林肯郡的乌鸦，还有律师塔金霍被谋杀事件中静静注视人间的星月。这类形象使狄更斯的作品有一种静态的空间结构，而模糊了时间的向度。有时制高点并不必然代表全知，流浪儿乔看着圣保罗教堂的尖顶时只有茫然无知的感觉，可无知的乔既是社会罪恶的牺牲品，也是无意中对社会进行报复的人。他带着从浅葬墓地和贫民窟染上的热病四处流浪，也散布了病菌。狄更斯可以用“疾病”象征政府的渎职和病态的社会，诅咒它必然咎由自取，但乔却让照顾他的好人埃丝特染上了天花，失去了美貌。“鸿沟”两岸的“联结”远非真正的人类融合，而是让人清楚地看到其中的界线，看清这种分裂的潜在危险。

《小杜丽》中触及时政的主题是负债人监狱，金融危机，官僚作风，文牍主义。繁复的情节与循环反复的意象纠葛在一起，监狱不只关人，还指心牢；牢狱、病、毒、感染的意象贯穿始终，而对文牍主义进行辛辣讽刺的“弯弯绕绕部”尤其给人以深刻印象。《共同的朋友》中则有铺天盖地的灰尘，到处迷漫着欺骗、死亡的气息，背景也是英国的金融危机。

《远大前程》堪称狄更斯的精品。书名的含义为“宏大的期望”，强调了第一人称主人公匹普的主观欲望。“期望”和真实世界相距甚远，这个距离也是曾经沧海的叙述人匹普和初涉人世、对自我和世界充满美丽幻想的主人公匹普的差别。“期望”化为名叫埃丝黛拉的美貌少女形象，为得到她，铁匠铺出来的穷小子匹普必须跻身“绅士”行列，然而“埃丝黛拉”意为星星，永远可望不可即。小说至少有两个结尾，原稿强调匹普治愈了对埃丝黛拉的渴望，而狄更斯听从朋友劝告，发表时又暗示匹普认为他和姑娘不会再分手。关于结尾引起的争论，不仅关系到对这部小说意义的认识，也和维多利亚小说的大团圆结局背后的种种因素以及小说理论的发展有关。此外，《远大前程》也集中反映了狄更斯所吸收的通俗文化养分，例如情节剧和闹剧、哥特式的恐怖、怪诞故事等。

威廉·梅克皮斯·萨克雷（1811—1863）是狄更斯的强劲对手，两人在写实文学的创作观念和方法上有较大分歧，又各自有一批忠实的读者，到1858年竟闹得互不理睬，直到萨克雷死前不久才和解。与狄更斯相比，萨克雷更认同18世纪的理念、态度和文学模式，人物多属于中上层阶级，作品的历时性突出，怀旧情绪强烈，全知叙述中含有诸多暧昧。

萨克雷生在印度的加尔各答，父亲是东印度公司的高级官员。萨克雷六岁丧父，被送回英国，中学毕业后在剑桥三一学院就读，未得学位而离开，学过法律，也中途而废，转向报业和美术。1833年后家道中落，萨克雷不可能再过无忧无虑的绅士生活，遂去巴黎习画，虽未成为画家，日后却也为报章杂志和自己的作品画了许多惟妙惟肖的插图。30年代后期他发表了不少幽默、讽刺作品，在文坛已有名气。可惜他结婚几年后，妻子伊莎贝尔便精神失常，再也没有恢复。萨克雷为支付妻子的护理费和抚养两个女儿拼命写作。《名利场》的成功改善了他的经济状况，但他身上的压力未减，仍疲于还文债，往往墨迹未干就交给了取稿人。

萨克雷的长篇小说主要有《名利场》（1847—1848）、《潘登尼斯》（1848—1850）、《亨利·埃斯蒙德》（1852）、《纽可姆一家》（1853—1855）及《埃斯蒙德》的续集《弗吉尼亚人》（1857—1859）；除了《亨利·埃斯蒙德》以三卷本出版外，其他作品均先以连载形式发表，后出书。早期还著有《凯瑟琳》（1839—1840）和《巴里·林登的命运》（1843）等专写盗贼无赖的叙事作品。除写小说外，萨克雷还先后在《笨拙》漫画杂志任职（1842—1851）和担任新办的《考恩希尔》杂志主编（1859—1862）。他以自由撰稿人和期刊编辑人员的身份写了大量文章，有的当时已结集发表，如《势利人》（1848）和《转弯抹角集》（1863）。50年代还在英国和美国各做过两轮演讲，题为《英国十八世纪的幽默家》和《四位乔治国王》，可见他当时颇享盛名。

《名利场》不仅是萨克雷最好的作品，也常被看作1832至1848年间最佳的英国小说。背景为滑铁卢战争前后十几年的英国城乡和欧洲生活，时代跨度大，有社会全景的扫视。书名取自班扬《天路历程》中由魔鬼比埃尔兹巴伯等管理的市场，那里官爵、婚姻、肉体、灵魂等一切物质和非物质的东西都可买卖。副标题为“没有主人公（或没有英雄）的小说”，确实书中刻画了“一伙混迹人世、过着没有上帝的生活的人”的群像，很难挑出一个可为榜样的正面人物。小说围绕两位女性的命运沉浮而展开：从阿米莉亚·赛德利和蓓基·夏泼离开同一所女子学校开始，写她们的恋爱、婚姻，做妻子、母亲的经历，结束时（30年代初），她们的儿子已到了恋爱时节。

两人的背景、性格、欲望、言行等截然不同。夏泼可以说是英国文学中最讨人喜欢的女无赖形象。她出身低微，却智力过人，能说会道，是个出色的“演员”；她不只利用自己的姿色，更是凭着聪明的脑袋打天下，而且失败了能自嘲，因此不会受到伤害。她爬到的社会顶点是受到过一次宫廷接见，但之后就走下坡路了。阿米莉亚则胆怯、本分，她的父亲投资失败，丈夫乔治刚上前线就被打死，儿子也被夺走，但她默默地承受着厄运；叙述人常对阿米莉亚的“愚蠢”表示不耐烦，例如她闭眼不看纨绔子弟乔治的坏毛病，不愿承认乔治对自己的一再伤害，甚至因此而一再伤害深爱她的道宾。夏泼虽说是个反面角色，但萨克雷在表现她如何机关算尽的同时，也通过她广泛地揭示、讽刺她想钻进去的上流社会；她谈吐的俏皮和锋利属于萨克雷本人。虽说谁都明白萨克雷的人物个个善恶并存，但是对具体人物和行为的褒贬以及程度的把握，还是会引出相距甚远的认识，认识的分歧同《名利场》的叙述行为有直接关系。

书中最有意思的人物，当属叙述人。他不断改变身份，从“无所不知”的作家、操纵木偶的艺人、游艺场经营者、记者、评论家到读者的知心朋友、作品中人物的朋友等，不一而足。他同作品和人物的关系也在“全知”型的有力控制和报告“听说”的真人真事这两极之间滑动。他给人的印象是滔滔不绝，事无巨细都不厌其烦地说给人听，可仔细一看，到关键的时候他就住口了，例如夏泼和斯戴恩勋爵有染否？夏泼真的谋害了乔斯吗？叙述人光提问不回答。他也很喜欢评论褒贬，但很快读者就知道那赞扬或批评未必不是噱头，不能随便相信。他的讽刺是双面刃，一边刺书中人，一边刺书外人，也就是作者和读者。读者很快就被叙述人拉进这场智性的"游戏"，既接受指点，又牢牢抓住判断的自由。

其实，萨克雷写《名利场》之前已有十年的摸索和试验。早期的创作和为期刊撰写的短文中，他曾试用过各种身份的化名或"面具"进行叙述或评论，并形成了同读者亲密随意地侃侃而谈的散文风格。他刻意模仿菲尔丁，力图创造生动的人物形象和极富戏剧性的场面，但更不忘对当时的流行文学进行戏谑模仿，并随时对人物的言行及各种问题进行点评。从他的早期作品开始，萨克雷的叙述姿态已同狄更斯拉开了距离，他的叙述人从来不会像狄更斯那样居高临下，将读者不由分说地卷入他的叙述洪流，而是采取低姿态，承认自己具有叙述对象身上的种种缺点，不断地自嘲（例如，讲势利者时叙述人本身就算一个，这种姿态在《名利场》中比比皆是）。

特别应注意的是《名利场》的"时间"向度。萨克雷的作品往往有"回忆录"特点，因此走到时间边缘回首的纵深感和看穿一切的大智慧，同生活在时间中、正在经历人生者的火辣辣的欲望和热切的追求必然形成不同的视点。也许，《名利场》最终告诉人们的并不是一切皆虚荣因而一切皆可抛，而是明知一切皆空，人们还是会起劲地追逐利益，这就是人生。

勃朗特三姐妹夏洛特（1816—1855）、**埃米莉**（1818—1848）和**安妮**（1820—1849）将浪漫主义的澎湃诗情化入日常生活的场景，在沉重的人生、情感、精神负荷中挣扎出鲜活的不屈的独立人格。她们表达欲望、情感的坦诚、大胆，在维多利亚文学中实属独特。英年早逝的命运，更为其作品增添了神秘色彩。

勃朗特姐妹年幼时就随父母迁居约克郡的哈渥兹，母亲在安妮出生后不久即去世，父亲是爱尔兰血统的英国国教牧师。家中本有五姐妹、一兄弟，但年长的两姐妹在条件恶劣、管理不善的考恩桥学校住读期间染疾丧生，《简·爱》中洛伍德学校的种种便来自这段经历。1831年夏洛特去罗海德学校就读，1835年又回到那里教了几年书，此间两个妹妹也曾先后在该校住读。为了自己将来能开办学校，她于1842年同埃米莉一起去比利时求学，在埃热先生的寄宿学校当学生；因姨母生病，两人同回英国，翌年夏洛特又只身再赴埃热学校任教。人们根据她给埃热的几封法文信猜测她热恋着埃热，这段无果的苦恋却结出了文学的硕果，《简·爱》中简与罗切斯特、《维莱特》中露西与保尔·伊曼纽尔的恋情，写得回肠荡气，为19世纪英国小说中所少见。夏洛特和安妮都有过当家庭教师的不愉快经历，这在《简·爱》和《阿格尼丝·格雷》中都有反映。

不过，对她们的创作不宜"对号入座"。或许因勃朗特夫妇均喜好写作，子女们在阅读和文字表达方面都相当早熟。深深铸就了她们文学品格的是文艺复兴和浪漫主义诗歌，她们所崇拜的人物是打败拿破仑的威灵顿公爵和"拜伦式的主人公"，即目中无人、反叛型、忧郁型、沉浸在过去的罪愆中不可自拔的青年男子。尽管她们的作品中有自己的身影，但人物那强烈的自我意识以及复杂又清晰的自我表达能力和文学想象力，则明显地来自浪漫主义传统。其实，早在童年时期，她们就已开始集体创作，并持续了十几年。现在归为"少年习作"的作品主要指两部分，一是夏洛特和弟弟布兰威尔的《安格利亚》，写一个虚构的非洲王国中的战争与冒险；另一部分是埃米莉和安妮所写的《冈德尔编年史》，讲述神秘的南北太平洋岛国中的战争、阴谋、情欲。《安格利亚》留下大量散文，而《冈德尔编年史》的散文均佚散，仅存一些诗歌，且与埃米莉的抒情诗混在一起，20世纪50年代由美国学者整理复原。习作中的人物、事件和情感倾向在后来成熟的作品中仍留下痕迹，但其主要价值在于研究勃朗特姐妹如何逐渐节制过度浪漫的、狂放的幻想，找到更为“适度”的审美表达。

夏洛特的办学设想未能如愿，但她却发现了两个妹妹写的诗歌，于是加上自己的诗，编成一集，于1846年以男性笔名柯勒·贝尔、埃利斯·贝尔和埃克顿·贝尔的名义自费出版，却只售出两本。夏洛特基于比利时经历的第一部小说《男教师》也多次被不同的出版商拒绝（直到她去世后该书才于1857年问世）。然而，一年后她们又以上述笔名推出三部小说，即夏洛特的《简·爱》，埃米莉的《呼啸山庄》，安妮的《阿格尼丝·格雷》，其中《简·爱》销售、评论极佳。正当她们步入创作力最旺盛的时期，布兰威尔、埃米莉和安妮却在1848和1849年相继辞世。此后，夏洛特在照顾年迈的父亲之余还出过两部小说：《雪莉》（1849）和《维莱特》（1853），享誉文坛。她1854年同父亲的副牧师结婚，转年却因难产而死。勃朗特姐妹竟无一活过40岁。

安妮常被说成才华平平，沾了姐姐的光。其实《阿格尼丝·格雷》可以看成心态温和、平实得多的简·爱，故事的剪裁、部分与整体关系的处理、表现个人戏剧的分寸感等方面均优于夏洛特的《男教师》。她的第二部小说《怀德菲尔庄园的房客》（1848）则包藏了《简·爱》式的秘密（马克姆向海伦求婚，却不知她只是躲开恶棍丈夫而假称“寡妇”），也具有《呼啸山庄》的野性，却失之叙述结构牵强（全书53章，竟让海伦用其中29章以日记方式解释她的过去）。安妮虽然文学成就不如其姐姐，但她仍是理解勃朗特姐妹独特性所不可缺少的一环。

《简·爱》可以说家喻户晓，60、70年代后评论越来越注意作品中丰富的自然意象、童话构架、《圣经》和其他文学作品的借喻、地点和地貌特征等文学因素的强烈的暗示性。小说女主人公以第一人称叙述自己的经历，她先后在五个地方生活，这五处富有喻意的名称凸显了西方古典文学中"人生如旅"的基本架构,比如罗切斯特的桑菲尔德庄园意为"荆棘地",有受难、抵御诱惑等《圣经》喻意。而在穷家庭教师和雇主恋爱的浪漫故事中,作者则表达了类似中世纪传奇中常见的寻找"圣杯"的主题。简·爱寻找的"圣杯"是什么,历来有许多不同阐释,如追求精神归宿、信仰的至高无上,或追求个性的解放,或以女性原则净化原始情欲世界、使之进入文明等等。女权主义批评在前人认识的基础上又赋予它以两性之争的政治意义,在简与罗切斯特之间不仅看到了"爱",更看到了征服与被征服的关系。书中的伯莎·梅森的形象尤其引起关注,关在楼顶的疯女人和小简·爱被关在红房间几乎致疯的情节被看成同一母题的回旋重复与强化,伯莎的纵火倾向和折磨着简的内心怒火也有同一指向,故可将伯莎看成简的性格中为社会所不容的另一个侧面,而简的人生之旅必须"直面"这一隐秘的自我,才能达到身心体魄的健康。其实,首先是因为女权主义作出了不同于传统意识的关于女性自我和主体性的界定,才会这样看待伯莎。和当时其他许多作家一样,夏洛特也往往将与纵欲有关的想象安到东方人或西印度人身上,这在一定意义上说明了英国人对"自我"与"他者"的构想。或者说,更值得关注的是为何在当时的文学中会出现伯莎式的无话语权的、处于负面形象地位的"刻板形象"。

夏洛特的小说中,主人公的情感和处世态度有极端化倾向,火与冰的形象广泛运用于各层次的描述,形成情绪的张力结构,感情表达激烈处往往有明显的受虐倾向。虽然她的作品不如《呼啸山庄》那么扑朔迷离,但也有相当的复杂性,如在精神皈依方面,在《简·爱》中,国教、非国教、非基督教信仰和迷信多元并存,在她最成熟的作品《维莱特》中则更复杂。

如果说《简·爱》迷漫着浓厚的浪漫气息,那么《维莱特》则是实实在在地写露西·斯诺在维莱特(即布鲁塞尔)贝克夫人寄宿学校的经历。但是,露西是个更加孤独、内心更封闭的简,书中的写实反而比浪漫具有更强烈的迷幻色彩：幽闭的恐怖、误食鸦片、梦魇纠缠、迷走街头、狂欢的人群、向天主教神父忏悔、修女幽灵之谜，尤其是第23章观看舞台上扮演《圣经》人物瓦实提王后的演员如何将痛苦撕裂成碎片的描写，都使读者深深地沉入叙述者兼主人公那燃烧的意识和分裂的性格。叙述更趋于复杂，露西的"不可靠叙述"造成作品丰富的多义性，也可说明作者对视角有高度的理性控制。

《呼啸山庄》是埃米莉唯一的小说，因想象力奇特，当时不为世人理解，20世纪中后期人们认识到它的"现代性"，评论如潮，竟使埃米莉声誉大大超过夏洛特。小说只有两卷，写了石南荒原附近的欧恩萧和林顿两家两代人之间的联姻、恩怨与报复；尽管书中有大量的地形地貌、气象季节、植物鸟兽的自然修辞和隐喻，但即使和夏洛特作品相比，《呼啸山庄》也是地道的"室内剧"。书中场景、情节、生活圈的封闭性与情感、言辞表达的激烈程度成正比，而且人物关系、事件发展，甚至人物命名和心理因素等似也遵循了一定的格式，循环往复，造成纵深感却又没有终极的解释。小说中，"外来者"打断既定关系，造成一系列混乱的模式就是典型的例子（贯穿全书、引起两代人动荡关系的希斯克利夫是"捡来"的孤儿，中间曾神秘地失踪三年，然后像换了个人似的回到山庄）。当时作品中少见的语言暴力，希斯克利夫与第一个凯瑟琳的"爱"的性质，两位叙述者与作品内核的关系，第二代人与第一代人故事的关系等，这些都是批评界经常争论的问题。《呼啸山庄》之所以引出那么多的歧见，同作者采用镜框式两层叙述结构有关，担任叙述的洛克伍德和耐莉或是自作聪明的城里的"文明"人，或是有"常识"的传统价值的卫护者，他们难以理解、同情、认同主要人物的言行和感情。埃米莉在这两人的叙述语声中让读者感到了反讽，从而怀疑他们的判断力，但她自己却从未出面给予任何评定。另一方面，虽然各个时期的《呼啸山庄》阐释都有各种认识角度和方法的交锋，但不同时期仍存在不同的主导倾向。在形式主义批评盛行的时期，诸如《呼啸山庄》和希斯克利夫形象与道德无涉的意见比较占上风，对作品的叙事、隐喻修辞手段研究甚为仔细，而20世纪80年代中后期政治、社会、文化批评成为潮流，对作品的阶级性和“性政治”的再现等问题便也有了更为集中的探讨。

维多利亚时代每十年都有享誉世界的小说家和作品出现，继狄更斯、勃朗特姐妹和萨克雷之后，50、60年代又有乔治·艾略特和特洛罗普等人跨上文坛，他们的作品以更厚实的生活质感赢得了读者。如果说狄更斯像魔术师般变幻无穷地施展着文学创造力的话，乔治·艾略特则以博学多思著称，作品具有深邃的哲理、严肃的道德探索和细腻的心理描写，幽默而不怪诞，感情深沉炽烈，却又比勃朗特姐妹更为含蓄收敛。与狄更斯的伦敦生活相对比，艾略特以再现英国传统的乡村生活场景见长。

乔治·艾略特（1819—1880）原名玛丽·安·埃文斯（后来签名为玛丽安·埃文斯），生于英国中部的沃里克郡，父亲年轻时当过木匠，后来担任过庄园主的经纪人。玛丽安先后在两所女子学校就读，笃信福音教，热衷于慈善事业。她自幼才识过人，通晓法、意、德等多种现代语言以及拉丁文和希腊文等古代语言，熟读《圣经》和大量宗教、文学著作，并涉猎天文、地质、数学、昆虫学等各类科学。1836年母亲去世后，她辍学为父亲管家，1841年随父迁居考文垂，结识了自由思想家、缎带商查尔斯·布雷一家及布雷的姻亲汉纳尔一家。查尔斯·汉纳尔的著作《基督教起源的调查》（1838）很快转变了她的宗教信仰，1842年初她宣布不再去教堂，不信奉上帝。但她始终能深切地理解和同情一切虔诚的宗教感情，这后来成为她作品的基调。

早在写小说之前十多年，玛丽安·埃文斯便以翻译欧洲的神学、哲学著作而跻身英国的文化思想圈。她译的德国高等批评学著作——施特劳斯的《耶稣传》，1846年匿名发表，在英国思想界产生很大影响；此后又翻译了斯宾诺莎的《神学政治论文》；1851至1854年在伦敦担任《威斯敏斯特评论》的副编辑，写了许多书评；她深受费尔巴哈的《基督教的本质》一书影响，1854年将该书翻译后以真名玛丽安·埃文斯出版；旅居德国期间为《威斯敏斯特评论》写专栏文章，书评中已包含她对写实主义小说的认识和理论；这时她已着手翻译斯宾诺莎的《伦理学》，回国后译完，但并未发表。

她在伦敦期间认识了许多知识界人士，如哲学家赫·斯宾塞，以及后来与她先后共同生活的刘易斯和克罗斯。乔治·亨利·刘易斯（1817—1878）是活跃的著作家、评论家，具有多方面的才华，对哲学、心理学、生理学等均有研究著述，创办了《双周评论》杂志，还写了《歌德传》，但他却因自由思想，姑息妻子与友人的亲密关系，致使自己的婚姻名存实亡，而且永远失去了离婚的机会。孤身在伦敦、亟需感情慰藉的玛丽安与他志趣相投，不久决定与之公开同居。1854年7月他们以夫妇身份赴德，此举违背当时的社会习俗，玛丽安的哥哥姐姐从此同她断绝来往，朋友也疏远了，她则甘愿承受自己严肃的抉择的结果。他们俩共同生活了24年，她的稿酬一直用以帮助刘易斯抚养他在瑞士的三个儿子和长期分居的妻子。

一般认为玛丽安成为小说家"乔治·艾略特"，同刘易斯的鼓励密不可分。1856年秋，在德国期间，她开始文学创作，写了三部回忆早年家乡生活的中篇小说，1858年结为一集《教区生活场景》，以男性笔名乔治·艾略特发表。她在创作中开始实践自己的小说理论，忠实表现平凡人物的平常生活，唤起人们的同情，在现实主义传统中别开生面，引起普遍重视。

1859至1876年间她共创作了七部长篇小说，均用"全知"型叙述。20世纪50、60年代以来对她的叙述语声的复杂功用也有很多研究。作品中虽有大段议论，但并不给人以抽象说教的印象，主要是因为她的人物并不公式化，大多有较复杂的性格，而且性格的发展、人物的思想动机和行为效果的分析都有可靠的心理和社会依据，人物形象逼真，他们所处的环境表现得真确而具典型性。艾略特的细腻的心理分析影响了许多作家，如哈代、亨利·詹姆斯、约瑟夫·康拉德、劳伦斯和普鲁斯特等。

她的七部小说中的前三部以及上述中篇集通常被称为艾略特的前期小说，描写18世纪末、19世纪初期单纯质朴的英国乡村生活。《亚当·比德》（1859）在平凡恬静的外表之下，蕴积起发生在普通人心灵深处的暴风雨。木匠亚当爱着农家女海蒂，而海蒂好虚荣，被地主少爷亚瑟·多尼桑诱奸，怀了身孕。她在寻找亚瑟途中分娩，犯下当时被视为死罪的杀婴罪，后经少爷亚瑟斡旋，被判处流放。善良正直的亚当原先总以为自己一贯正确，通过海蒂的磨难，他痛切认识到人生道路的复杂和艰难，产生了博爱。书中第17章专门讨论了写实创作的问题，称作品应以荷兰现实主义绘画为楷模，不加修饰地描绘原汁原味的、不完美的人生。作者娴熟地使用中部方言，一些精彩段落（如快人快语的奶场主妇波伊泽太太舌战老地主的场面）令人过目难忘。

早期作品有不少作者亲人的影子，如亚当·比德（作者的父亲），最后与亚当成婚的戴安娜（作者的姨母、卫理公会教传教士）等，而《弗洛斯河上的磨坊》（1860）中有关汤姆和麦琪兄妹童年生活的出色描写更有温情的怀旧色彩。作品将主人公的遭遇置于传统的生产、生活方式和社会关系发生变化的时代，磨房主塔利弗固执地认为水力资源应归他所用，结果输了官司，破了产，自己染病不起，他的一双子女汤姆和麦琪也因性格相异和对人生的不同态度而逐渐疏远。后来麦琪在爱情问题上经历种种磨难，艰难地作出不利于自己的选择，却进一步引来汤姆的误会。众叛亲离之际，洪水泛起，麦琪奋不顾身地去救哥哥，虽然他们的船被水中象征机器文明的“庞大物体”撞翻，但眼光狭隘的汤姆在最后一刻终于体会到妹妹的高尚情操，两人沉入河底，好比返回了幸福的童年。多年来，评论界有不少人认为《弗洛斯河上的磨坊》的结尾是败笔，虚幻地解决了作品内无法解决的矛盾。虽然艾略特坚持她如此处理的理由，但此后的作品中她在感情问题上显然采取了更为谨慎的态度。

《织工马南》(1861)如一则精致的寓言，马南曾受好友诬陷，对人丧失了信任，成了守财奴。一晚他的金币失窃，却捡回了一个金发的迷途孤女；通过养女艾比，他重又体会到人间的温暖和同情。艾比其实是地主少爷卡斯的私生女，他为保全面子、不担责任而狠心不认女儿的做法受到作者严厉的道德审视。从这时起，艾略特在作品中往往会安排一个深藏多年的秘密，让它牵动许多人物的命运。

艾略特的后期小说内容复杂、凝重，采用了重大的历史、政治、社会题材，而幽默和乡村生活的亲切感有所弱化，曾被认为是她创作力衰退的表现，但近几十年来这些作品很受重视。1860年她在游览佛罗伦萨时，决定以15世纪意大利宗教改革和政治斗争为背景写一部历史小说，并为此做了许多研究，这就是《罗慕拉》(1862—1863)。虽然对它的反应远不如前几部作品，但篇名女主人公的丈夫提托的堕落过程写得极为深刻，这是艾略特式的典型的"利己主义者"画像。另一部作品《费利克斯·霍尔特》(1866)写1832年选举中的动乱，而其中最为成功的描写是特兰桑姆太太的悲剧。最后一部作品《但尼尔·狄隆达》(1876)是艾略特唯一的一部写当代生活、并以英国都市和欧洲为背景的小说。当主人公但尼尔得知自己的犹太背景后，决定放弃自幼的优越生活环境，投身于犹太复国运动，但这似乎过于以理念来主宰行动，不甚令人信服。然而对贪图虚荣的女主人公格温多琳的性格刻画及心理分析则达到了很高的艺术成就。

《米德尔马契》(1871—1872)自20世纪后半期以来被公认为艾略特的代表作，也是英国小说的巅峰作品之一。它以1832年议会选举法案的出台为背景，以英国一个郡城米德尔马契及其周围的乡村为舞台，将主人公的命运交织在一个由新兴的工商资产阶级和古老的英格兰世家、乡绅、牧师、政客、律师、医生、学究、无赖等形形色色人物所结成的错综复杂的关系网络中。作品的主线讲述有理想抱负的主人公多萝西娅和利德盖特被生活挫败、不得不放弃各自孜孜以求的目标的经历。多萝西娅是庄园主布鲁克的侄女，她抱有圣特莱莎的心志，却生不逢时而成就不了任何壮业，她发现“我根本办不成我要办的事。我的任何计划从来没有实行过。”曾在爱丁堡和巴黎学医的利德盖特医生之所以选择小城米德尔马契，除了有治病救人的热忱和身体力行去改革不合理的医药制度的愿望外，更重要的是想在相对平静的省城潜心研究，以图在解剖学方面作出划时代的贡献。他们的失败并非因为缺乏足够的常识和技能。他们都曾按自己的人生设计走出第一步，但是在那张牵一发而动全局的无形而又细密的社会大网中，却引来了一系列始料不及的后果。回首间，只有那“一切本不应如此”的万般无奈。这个庸俗狭窄猥琐的社会，甚至不允许失败者轰轰烈烈地倒下。“尾声”中，利德盖特在阔气的病人中成了富有的名医，还写出富人常患的痛风病方面的论文，这个迎合世俗观念的所谓幸运结局也许比让他负债累累、名声扫地更具有作家刻意渲染的悲剧意义和讽刺意味。究竟什么样的力量能如此折损一个体魄强健、精力过人、医术高明、智识超群的男子的意志，竟使他放弃了曾视之如生命的科学研究呢？可以说，艾略特在这部小说中做了利德盖特未能成就的事：她用手术刀般犀利的笔“解剖”了米德尔马契地区，这个表面死水微澜的社会“细胞”一旦置于显微镜下，便显示出异常生动的景象；作者顺着蛛丝马迹，揭示出深藏在事件背后的无数细小的原因和隐蔽的过程，将事情本不应如此却又何以至此的道理剖析得一清二楚。但是，艾略特不只是责怪不完美的社会扼杀了人的理想和才智，她同样冷峻地剖析了人的心灵，好比用高倍显微镜，在瞬息万变的闪念中搜寻捕捉甚至不为当事人自己所觉察的动机。性格并非天生固定，而是“米德尔马契”（该词的意思即“在行进中”），是不断生成、发展、变化的过程；美德和缺点都可能“扩张或收缩”，无数细小的选择影响了关键时刻的抉择。由外在环境、内在精神活动以及纵深的历史因素等极其复杂的交互作用产生的力，支配着人的“自由意志”，迫使人们承担抉择所引起的一切后果。当作家把隐蔽的关联一一揭示出来时，人生便显得格外令人困惑，甚至艰险了。

在挫败多萝西娅和利德盖特的诸多因素中，首要的是同床异梦的不幸婚姻。然而，他们当初都心甘情愿地选定了自己的伴侣，多萝西娅甚至把嫁给年长的书蛀虫卡苏朋看成充实自己、求得人生真谛、实现一心向往之的伟业的第一步！挫折感从蜜月就开始了。她不仅很快就对丈夫的学识及其价值产生怀疑和失望，而且他的阴冷、自私、多疑也无情地压抑了她丰富的天性和充沛的感情，把婚姻变成了牢笼。他甚至要在死后继续拴住她的心灵、感情和精力。医生的婚姻也许更糟，罗莎蒙德那温和娴静的外表下，隐藏着一颗固执地追求浮华虚荣的心，她对丈夫在事业上的追求既无兴趣，也不抱丝毫同情，认为提供舒适奢华的生活是丈夫应尽的责任，如果因住房、家具欠了债，那么他至少应懂得别去得罪同行和付得起诊费的病人，应主动同男爵伯父家搞好关系，或干脆去伦敦行医。医生虽然始终不忘来米德尔马契的初衷，但实际上他的精力却日益被债务、无谓的争吵与隔膜所牵制。缺少一个患难与共的妻子，是他最终被迫离开该城的重要原因，然而这却并非全是罗莎蒙德之过。她有自己的教养、原则和理想的生活方式，问题还是出在利德盖特自己身上。他那高超的医术、精深的学问并未能使他在诸如家具、女人的问题上具有准确的判断力。说实在的，他当初根本不欣赏多萝西娅这样热情而“缺乏理智”的女子，只是在自己备遭磨难之际，才认识了她那圣母一般纯洁高尚的心灵。可以说是利德盖特性格中夹杂的几分俗气和虚荣铸就了他与罗莎蒙德的婚姻，然而当初他又怎么知道一些不经意的看法、做法竟会酿成这样一杯苦酒呢？但是医生有他温良敦厚的一面，他从不推卸对妻子负有的责任，而是咬牙面对越来越残酷的现实，慢慢低下了高贵的头。虽然放弃崇高的目标是莫大的牺牲，但他的责任感和人格仍赢得了多萝西娅和读者的尊敬。

多萝西娅则是更为理想化的人物。婚后的感情折磨最终使她跳出了自怜的牢笼，由己及彼，懂得并谅解了丈夫孤苦地与命运搏斗的一生和内心的恐惧，决定继续默默地奉献。这种自我克制不是逆来顺受，而是浸泡在苦难中而滋生的宽容和博大的同情，它在卡苏朋猝死后继续成为多萝西娅的生活准则。后来她误会自己所爱的威尔（卡苏朋的外甥）和罗莎蒙德有染，又一次经历了灵魂的激烈涤荡，完成了又一次的自我超越。归根到底，艾略特还是写出了一个新的圣特莱莎，她的业绩不会载入史册，她的坟墓无人凭吊，然而她的高洁和善行却如涓涓细流滋润着苦难的大地。正因为有了这样的人，生活才不至于那么难以忍受，而她那动人的品质也将通过《米德尔马契》而代代相传。

艾略特还写过少量短篇小说，诗剧《西班牙吉卜赛》（1868），散文集《对西奥弗拉斯图斯其人的印象》（1879）等，以及一些不大成功的诗。刘易斯去世后，她完成了他的遗著《生命与意识问题》的最后一卷，并在剑桥建立刘易斯生理学奖学金。1880年5月，她与比她年轻得多的约翰·克罗斯正式结婚，与她断绝来往多年的哥哥参加了婚礼，但五个月后她便在伦敦逝世。

安东尼·特洛罗普（1815—1882）从40年代后期开始发表小说，一生共出版47部小说，游记、故事集、速写集多种。其中一半以上是在繁忙的公务期间，靠每天早起、坚持日写数千字的情况下创作出来的，这不能不说是个奇迹。

特洛罗普的父亲在法律事务、农场经营和投资方面均不成功，最终宣布破产。特洛罗普在哈罗和温切斯特公学上学期间，因家境窘迫，深受羞辱，童年丧失尊严的阴影跟随了他一生。母亲弗朗西丝从52岁起靠写作支撑了这个风雨飘摇的家庭，到她83岁去世时，竟出版了游记、小说等共41部作品。特洛罗普也是40岁时才成名，和母亲一样，他开始也有明确的挣钱养家的目的，但是一旦进入创作便一发而不可收，写作带来的远不止金钱的满足。

他19岁时进邮政总局做小职员，多年后才得到提升，派去爱尔兰做邮政调查员。这时他才发现自己颇受欢迎，心境大有好转，开始有了社交生活，不久结婚成了家，直到1859年才回伦敦居住。他有务实的眼光，工作卓有成效，发明了英国的直式邮筒。户外工作的性质，使特洛罗普养成了骑马、打猎的嗜好，更重要的是使他有机会到处跑，不仅去了英国各地，而且还到过埃及、西印度群岛和美国。特别是1851年起的两年内他在英国西南部做调查，走马观花式地查看了六七个郡县，广泛接触了各层人士。这些丰富而又朦胧的印象综合起来，经过特洛罗普活跃的想象力的再构，便产生了巴塞特郡系列作品。

特洛罗普开创的“系列小说”，指几部作品的地域环境大体一致，人物有一定的连续性，一部小说中的一些人物也出现在其他几部中（他之后英美小说中具有鲜明地域关联特征的著名系列作品还有哈代的威塞克斯系列，福克纳的约克那帕托法系列）。特洛罗普先后写过“巴塞特郡”和“政治小说”两个著名系列。前一系列的巴塞特郡是英国西部一个虚构的郡县，共六部小说：《院长》（1855）、《巴切斯特塔院》（1857）、《索恩大夫》（1858）、《弗拉姆利牧师屋》（1861）、《阿林顿的小宅》（1864）、《巴塞特的最后纪事》（1866至1867年连载，1867年出书）。后一系列也是六部：《你能原谅她吗？》（1865）、《菲尼亚斯·芬恩》（1869）、《尤斯塔斯钻石》（1873）、《菲尼亚斯回来了》（1876）、《首相》（1876）、《公爵的子女》（1880）。这些又称“帕利泽小说”，因为每一部都有普朗特吉耐特·帕利泽这个人物，他后来继承头衔成为公爵。特洛罗普对政治一直有浓厚兴趣，本人是有浓厚保守观念的自由党人，1867年他辞去公职，翌年竞选议员，未能成功。帕利泽小说系列以伦敦为背景，写富有的上层阶级、职业界头面人物、下院议员等，所关心的是权力机制的实际运作过程，体现了作者对政界风云的丰厚而又模糊的想象。这些小说的道德意识更深厚，笔触更实在。除了这两个系列，还有不少佳作，如《奥雷农场》（1862），写金融诈骗的《如今的世道》（1875）等。1868年参加议会竞选失败后，特洛罗普曾担任《圣保罗》杂志主编，仍坚持写作，最后阶段的作品有相当的心理深度，讽刺力大大加强。

尽管特洛罗普的作品质量都不错，但最受欢迎的还是巴塞特郡系列。《院长》是他正式发表的第四部小说，也是他真正得到认可的第一部作品。哈勒姆养老院院长之职是由慈善捐款的积累而设的报酬优厚的挂名闲差。当地一名热心改革事业的博德医生发现教会利用捐款为自己谋福利，而养老院收容的12位老人的生活却没有改善，便将情况披露给一家全国性大报，致使性情温和的院长哈定处于曝光地位。围绕这一事件展开了教会和其他势力的争斗。对哈定的女婿、副主教格兰特利来说，这一职务是神圣而不容异教、俗界染指的，他逼迫岳父按党派立场抗争。但哈定看清了自己职务的不合理性，以很大的个人道德勇气辞去院长之职。最后风浪平息，博德撤回控告，娶了哈定的女儿埃利诺，哈定也在大教堂内得到了新的职位。

《巴切斯特塔院》展现了教会内部高低教派争夺主教管区权力的风波。巴切斯特是巴塞特郡的首府，主教大教堂所在地。老主教去世了，他的儿子——副主教格兰特利升任主教的希望落空，因为新的辉格政府任命了低教会的普鲁迪当主教。新主教十分惧内，加上主教的牧师斯洛坡一味秉承主教夫人意志，所以这个主教区实际上是主教夫人说了算。她通过斯洛坡发布了一系列法令，从礼拜仪式、主日学校、缺席教士问题到养老院长、教士会长等人事更迭，无一不按低教会观念、更是她本人的好恶进行大更动。过惯养尊处优生活的高教会人士被激怒了，好斗的格兰特利副主教又跳出来了，善良敦厚的哈定和女儿埃利诺（现在是已守寡的博德太太）再一次夹在两种势力之间，新闻界也再次卷入，推波助澜。而在此过程中，小说实际上却演变为主教夫人和斯洛坡之间的明争暗斗：前者不容别人违拗她的意志，后者则工于心计，不但将他手中那一点权力施展得淋漓尽致，还见缝插针地扩大影响，推销自己，向上爬。然而，斯洛坡将事情做过了头，反误了前程，足见其十分愚蠢。例如，他看中了博德太太的财产，想娶她，可见到从意大利回来的维西·内罗尼太太，又情欲发作，丑态毕露。最后斯洛坡四面楚歌，惹怒了主教夫人，被请出了巴切斯特。特洛罗普入木三分的刻画为斯洛坡和主教夫人赢得了英国文学人物画廊中显要的地位。

巴塞特郡系列的两个主要人物哈定和普鲁迪主教夫人在《巴塞特的最后纪事》中去世。这部书的主要情节是调查副牧师克劳利的所谓偷窃问题，主教最后总算仗义顶撞了夫人，不料夫人竟发心脏病，一命呜呼。据特洛罗普说，小说连载期间，一日他在俱乐部听人议论，对主教夫人表示不满，他便向他们保证"周末前将她除掉"。这从一个侧面也反映了连载小说作者与读者的特殊关系。尽管和后来以伦敦为主要背景的作品相比，巴塞特可以说是阳光灿烂，但小说的喜剧同样处于作者的反讽掌控之中，所描写的宗教界和俗世仍是物欲、利欲至上的社会，那里女人经常是权力和利益交易中的筹码。虽然特洛罗普没有否认争执的几方在一定程度上都按自己的理想在维护教会精神，但"精神"和建筑房产、家具装潢、权利薪俸等教会的世俗形式密不可分，在这方面格兰特利是个典型。

特洛罗普基本上都写当时的生活，这是他的一大特点（其他维多利亚大作家的主要作品背景多为19世纪初至30年代）。作品中的问题（如怎样合理使用慈善捐赠）在作者生活的时代常有提及，至于高低教会、福音教、非国教者的矛盾冲突，在19世纪中期的宗教和社会生活中更占有重要地位。但是，特洛罗普最大的兴趣，也是他最擅长的是写矛盾冲突中的人。这些人物基本上属于人类中既非英豪也非顽劣的中间段。他在《自传》(1883)中说:“小说应描绘普通生活的画面,幽默令其生辉,同情令其美好……”画布上应“充满真实的肖像”,这并非指应写真人真事,而是“创造出来的人物应饱含人们所熟知的品性特征”。

这里有两个相辅相成的方面。首先,他的人物完全是高度想象力的产物。他把主教、副主教、教士团、教区牧师和大教堂内部的生活刻画得栩栩如生,高度可信,但据他自己说,在写作前他和主教、大教堂教士团等并无过从,也从未进过主教宅第。另一方面,这种想象力本身却来自对他所接触的人群的行为、动机、言论、心理的洞察,以及他的全部知识结构。他设计出各种可信的品性、性格,让这些来决定人物的行为轨迹,而对情节构造则无浓厚兴趣,有时干脆先交待结果,而不像狄更斯那样喜欢层层剥开,揭露一个核心秘密。这些人物一旦在他脑中出现,就像真人一样活着,过自己的日子,作者同他们亲密无间,甚至他“杀死”了主教夫人后,对她的阴魂还情有独钟。和其他作家的系列小说不同的是,在特洛罗普的几部小说中出现的同一人物的身份年龄保持一致。他特别注意每个月底做个记号,人物同自己一样长了一个月,和自己一样在变老。与此有关的是,他对虚构的地域即人物活动环境的想象亦极其详尽,不但道路、小径、城市、乡村教区、爵爷的城堡、绅士的庄园,就连出没在这里的猎物,他都了如指掌,就像自己真的生活在其中一样。这里可见维多利亚时期的“写实”风气之盛及写实主义概念的矛盾性,但更重要的是特洛罗普对写作的“务实”态度。他在《自传》中将做小说这件事看成同做律师或经商等同样“体面”的“职业”,对自己按部就班的工作方式和精益求精的匠心尤其感到自豪,写作带来的金钱和其他收益也一一在录。这种坦诚和当时将艺术提到宗教的高度的观念和修辞甚有差距,令那时欣赏他的人有些尴尬,但也反映了特洛罗普作为中产阶级作家的价值观和职业道德。

维多利亚时期还有许多作家,他们有时身兼数职,同时写小说、诗歌、剧本，编杂志，为报刊撰写散文评论，著述数量惊人。他们之中许多人当时很有影响，后来渐被遗忘，待批评气候变化，便又从故纸堆里翻出来，例如女权主义批评形成声势后，乔治·艾略特曾嘲笑过的一大批“愚蠢的女小说家”就重新得到重视。此外，维多利亚小说如按关注的问题、写作模式或类型来分，也有多种门类，例如工业化问题，社会改革和政治问题，妇女问题，而18世纪晚期以来的哥特式小说、历史小说等仍有许多实践者。

伊丽莎白·盖斯凯尔（1810—1865）也是位优秀作家，父亲和丈夫都是唯一神教派的牧师。和英国最著名的女作家奥斯丁和勃朗特姐妹等不同，她不仅结了婚，还有四个女儿，幼小的儿子夭折后，为排解痛苦，她开始创作《玛丽·巴顿》（1848），很快成名，应狄更斯之邀长期在他的杂志上连载小说，长篇以写实为主，短篇倒有不少鬼故事。

半虚构的《克兰福德》（1853年出书）是盖斯凯尔夫人最为人熟知的作品，根据她小时候在切斯特的纳茨福德和姨妈一起生活的经历写成。主要人物是一群恪守旧规矩的中老年妇女。作者清醒的意识、善意的嘲讽并不妨碍她和人物的感情认同，即使在当时《克兰福德》就已有浓厚的怀旧意味。她婚后长期随丈夫在工业城市曼彻斯特生活，对30、40年代产业工人的悲苦怀有深厚的同情，对劳资冲突有很深的了解，《玛丽·巴顿》是英国最早直接描写产业工人状况的小说，引起工厂主的不满。后来，作者又将英国南方乡村和北方工业地区的价值观和习俗的对比写进了《南方与北方》（1855）。她始终从人道的立场出发，主张劳资双方的互相理解和谅解，作品中往往有卷入几方爱情纠葛的女性作为代表和解的力量。盖斯凯尔夫人还因写最早的一部夏洛特·勃朗特传而享誉文坛。

工业化问题在维多利亚时期引起广泛的争论，虽然史学家麦考利、社会学者斯宾塞等坚定地相信社会在进步和完善，文学家却持远为怀疑的态度。卡莱尔、罗斯金和后来的莫里斯等都是反对机械化大生产的先驱。小说家中除了盖斯凯尔夫人外，夏洛特·勃朗特以世纪初勒德派捣毁机器为背景写了并不浪漫的《雪莉》，狄更斯有《艰难时世》，乔治·艾略特有《费力克斯·霍尔特》，还有金斯利、里德、迪斯雷利、马蒂诺等许多作家都直接描写、反映过工人状况、劳资矛盾、经济政策的弊病，呼吁社会改革。

查尔斯·金斯利(1819—1875)是英国国教牧师，起先追随过牛津运动，后因对独身、禁欲等问题持不同意见，而转为反对派，1864年在刊物上攻击纽曼，招致后者写《自辩》予以反驳。他生性好斗，但威望很高，1860至1869年担任剑桥大学现代历史教授，还是切斯特和西敏寺大教堂的教士会成员。他受卡莱尔等的影响，对社会改革投入很大精力，可是也反对宪章派，蔑视黑人，反对暴力。涉及工人状况的著名小说有《艾克顿·洛克：裁缝兼诗人》(1850)，金斯利对自由意志的看法使他强调对实际生活和道德状况应负最终责任的是人本身，而不是环境。

查尔斯·里德(1814—1884)有多面才能，任牛津大学的特别研究员和多种学院职务，有法学学位，是报刊撰稿人，经营并精通提琴生意，经营剧院，写剧本，创作或将剧本改编为小说，当时被公认为狄更斯的后继人，现已不多提起。著有涉及改革的《克里斯提·约翰斯顿》(写监狱改革，1853)，《改过总不嫌迟》(1856)，《设身处地》(1870)等。里德因牛津学院生活的规定，被迫独身，作品中坦率地写性问题。

哈丽叶特·马蒂诺(1802—1876)是当时知识圈内著名的女性，曾是虔诚的唯一神教徒，后失去宗教信仰，处处保持经济和精神上的独立。她热衷社会改革，访美时冒险支持废奴运动，翻译过孔德的实证哲学著作。她深受边沁、穆勒的影响，《政治经济学示例》是1832至1834年间写的一系列短篇，后来政治家都向她请教社会和经济学方面的问题。她比较有名的小说是《迪尔布鲁克》(1839)。

维多利亚时期的小说家中职位最高者，当数第一任比肯斯菲尔德伯

爵本杰明·迪斯雷利（1804—1881）。他曾任下院反对党领袖，三度任财政大臣，两度任首相（1868，1874—1880），任内他使英国获得苏伊士运河，使英女王受封印度帝国女皇。他出身犹太家庭，父亲是文学史家。他得益于家里丰富的藏书，自幼对文学创作有浓厚兴趣，广泛尝试过史诗、诗体悲剧、讽刺等各种文学体裁，写得最好的是小说。他共写过十多部小说，现在常提到的是其第二个三部曲：《科宁斯比》（1844）、《西比尔》（1845）和《坦克雷德》（1847）。其中前两部反映城乡穷人生活的描写很成功，有些意见后来列为英国的社会法规。迪斯雷利对上层社交界和政界表现出既醉心又蔑视的矛盾态度，对党派之争、政治机器的操纵有锐利的观察描述。他很看重创作，认为通过小说可以最有力地影响公众舆论。《科宁斯比》三部曲可以说是英国最早的真正的政治小说。后来特洛罗普也有著名的政治小说系列，乔治·艾略特的《费力克斯·霍尔特》和《米德尔马契》也有不少政治生活的描写。30年代以后，写上流社会、时髦生活的小说（即萨克雷讥笑的“银调羹”小说）呈衰势。

自司各特确立历史小说这一文类以来，模仿者众多，维多利亚时期的大小说家多少都试写过，如狄更斯的《巴纳比·拉奇》和《双城记》，乔治·艾略特的《罗慕拉》，萨克雷的《亨利·埃斯蒙德》，金斯利的《西行嗬！》（1855；写伊丽莎白时期击败西班牙无敌舰队的战争），里德的《修院与家庭》（1861；写文艺复兴时欧洲学者埃拉斯慕斯父母的爱情悲剧）等。历史小说中真实的历史人物、事件和虚构的人物、事件并存，认真的作者（如里德）往往对所写的历史做了厚实的调查研究，写得准确、可信。

写历史小说最多的或许要算用**布尔沃-利顿**的笔名发表作品的爱德华·乔治·厄尔·利顿（第一任利顿男爵，1803—1873）。他任国会议员十多年，当过殖民事务大臣。文学创作为他带来很大收益，他生活奢华。他编过杂志，写过几个剧本，几卷诗集，约20部小说，包括写上流社会、监狱罪犯(即"纽格特"小说)、家庭生活和超自然的小说。他写历史小说也做了扎实的史料研究,比较著名的有《庞贝的最后日子》(1834)、《罗马最后的护民官吕恩齐》(1835)、《最后的男爵》(1843)、《最后的撒克逊人哈罗得》(1848)等。他树敌甚多,常遭萨克雷、丁尼生等作家的挖苦,但也是迪斯雷利和狄更斯的好友。

虽然以反映妇女问题为鲜明主题的小说要到维多利亚后期才出现,但女性的教育、就业、婚姻、社会地位等问题已经成为论争的一个焦点,并在作品中尤其是女作家的小说诗歌中有大量反映。当时舆论认为女性在智力、理性、逻辑等方面不如男性,但感觉、情感更为发达,这种论调还常打着医学(其实是颅相学等伪科学)的幌子,支持和加强男权制统治。社会经济的发展、"闲暇"时间的出现,使男女分工进一步明确,于是就出现了类似"男主外、女主内"的所谓不同性别不同领域或不同职分的理论。对于上层、中层及中下层的女性而言,闲暇成了打发不完的时间,百无聊赖的同义词,教育只是为了使她们成为客厅里的点缀,这种处境对女性生活和心理的影响,许多小说中都有描写。此外,中下层女性当家庭教师,下层女性当佣仆、做工等方面的生活,也在小说中有所反映。

18世纪中后期以来,医学的进步、卫生条件的改善,使儿童死亡率大大下降,社会、家庭对儿童的感情投入、教育投资增加了,这也促进了维多利亚时期儿童文学的发展,成人的书也有许多用儿童的视角看问题或涉及儿童生活,如勃朗特、狄更斯、艾略特等的作品。不管有没有明确的说教,为儿童写的作品无形中都在塑造新一代人的道德、人格,又因儿童文学运用神话、童话、幻想的成分多,其中凝聚着文化的基本结构,故现在越来越受到重视。数学家**路易斯·凯洛尔**(本名查尔斯·道奇孙,1832—1898)的《爱丽丝漫游奇境记》(1865)和《穿过镜子》(1872)不仅深受儿童欢迎,而且富有哲理思考,为当代各种文学理论经常引用讨论。弗雷德里克·马里亚特船长(1792—1848)描写海上生活、冒险等的作品，后来得到长足发展，为培养殖民者起了不可或缺的作用。

以城堡、墓园、荒野、废墟为背景的恐怖和鬼怪故事，即哥特式小说，在维多利亚时期已不再盛行，但在重要作家的作品中仍有浓厚的哥特式因素，狄更斯和勃朗特是典型。有些作家，如乔治·艾略特和盖斯凯尔夫人，在长篇小说中基本用写实主义手法，但在短篇小说中却写幻觉、超自然现象等，从一个侧面也反映了文学创作的多元化。此外，由于罗斯金等人的提倡，“哥特式”一词的原意，即中古风格，对维多利亚建筑的影响深广。

维多利亚小说中还发展出了经典型的侦探小说，这个门类的鼻祖应是美国的爱伦·坡。许多英国小说中都有追寻深藏秘密的情节，如乔治·艾略特的《米德尔马契》，但侦探小说的基本因素，即由专业的或业余的侦缉专家，通过观察、调查、推理等一系列过程最后确认罪犯，最早见于狄更斯的《荒凉山庄》。到了60年代，写难以置信或耸人听闻事件的“情节小说”繁荣起来，与稍后侦探小说的发展密不可分，其中《白衣女子》（1860）的作者威尔基·柯林斯（1824—1889）在1868年发表的《月亮宝石》是公认的长篇侦探小说的原型。世纪末柯南·道尔（1859—1930）的福尔摩斯故事则成为短篇侦探小说的顶峰。

哥特小说和侦探小说原先都被看成大众文化，20世纪后期文化研究渐成风气，批评界对这些门类兴趣大增，据说颠覆性的潜意识活动、对社会禁忌的冲破或加固、政治权力和意识形态的建构等，都可在此“解码”，有助于认识现代社会中人对自我和欲望的重新构造。

维多利亚时期的诗歌　维多利亚时代大约是诗歌尚能与小说平分秋色、拥有同样多读者的最后一个时代，诗坛的气势虽稍逊于浪漫时代，但思想和风格的复杂不在其下。社会变迁对诗人提出了新的挑战，要求诗歌成为时代的声音，行动的指导，而如浪漫诗人那样直抒胸臆的做法有点行不通了。诗人们致力调节主体与客体的间距，调和自我、欲望、想象力与社会、群体、时代的关系，诗歌更强调视觉，更多地用“形象”来统摄客观事物与主观视点及对客体的情感反应，使自身有了客观性基础。为解决“语声”等于诗人这个传统所造成的局限，诗人探索用“面具”的形式区分诗的语者和诗人的主体，使诗歌避免了成为个体的私有象征的危险。从题材上说，维多利亚诗歌较多地诉诸神话、历史、传说，解除了以诗歌作为“心脑之寓言”的重负，使诗歌获得了个人感悟所不能达到的共鸣回响。维多利亚诗人似乎力图创造这样一种认识论，即意义是外部世界本身所具有的品质，而不是心智的创造活动的结果，他们力图说明诗所呈示的“形象”本身就寓含意义，“感悟”是诗人的真诚所体验到的自然的真实。不过，维多利亚诗歌虽较浪漫时期更重视客观性，却仍继承了浪漫主义对人的思想、精神、情感活动的关注，以及对想象性经验的高度重视，因而成为浪漫主义诗歌和非个人化的现代诗歌之间的中介。

可能因处于伟大的散文时代，作为应对小说挑战的一种策略，维多利亚诗歌更偏好以诗讲故事，叙事诗发达，丁尼生、勃朗宁等大诗人都著有多种长篇叙事诗。对于诗人来说，更大的压力来自时代对诗歌功用的新要求。诗歌必须担负起以往的宗教使命的这一认识，往往和诗人的审美追求形成冲突。后来现代派批评当时的诗歌混淆诗与哲学、宗教的界线，有过多的直露的教诲。确实，维多利亚诗歌留下了时代的印迹，记录了诗人的信念和悲观情绪并存的矛盾与彷徨，也表现出后来的时代所没有的诗人与读者的关系。和小说相比，诗歌的“禁忌”较少，往往能更公开直接地面对扩大了的视界，讨论人与上帝的关系，时间意识的巨变等，爱的主题也较18世纪更为突出。

维多利亚诗人中，丁尼生与勃朗宁不仅是时代巨人，也属英国文学史上经典作家之列。**阿尔弗雷德·丁尼生**（1809—1892）被认为具有最敏锐的乐感，与勃朗宁相比也更明显地代表了时代的声音，其造诣之高为自蒲柏以来所罕见。

丁尼生儿时并无温馨的成长环境，入剑桥后始有诗人意识。最初的影响来自斯宾塞、弥尔顿和华兹华斯，与同学亚瑟·哈勒姆（1811—1833）成为挚友后，被引入济慈的世界。丁尼生诗中作者与内容的距离、多重含义与语声、诗句的美妙、真与美、现实与浪漫的关系以及用中古题材喻及今人的做法等特点，在一定程度上体现济慈的影响。其创作生涯大致分三段：1830至1850年被封为桂冠诗人这一阶段为早期，1850至1872年为中期，1872至1892年为晚期。

早期佳作迭出，思想深邃，整体成就最高。当时浪漫诗坛随第二代诗人的去世而出现低潮，而丁尼生能很快成为新一代的典范诗人，首先因为他继承了浪漫的思维，在城市化、工业化的环境中引起或满足人们对神话和传奇的兴趣。此外，他以超凡的韵感创造了较甜美、舒缓的诗句，有雅俗共赏的特点。他较其他诗人更直接、更敏锐地悟见时代的痛点，把握住典型矛盾。说他代表时代的声音，实际上指他诗中常出现的两种声音：一方面他看到社会变化、发展与进步的必然性或必要性，另一方面他体会到社会速变中个人的焦虑与痛苦。《夏洛特的少女》（1832）一诗中，作者将楼宇林立的宏大城池与夏洛特的小城堡、将集市与田园、小岛与河流等对立，前者大致代表社会的、有限的、相对的生存状态，暗示着堕落、死亡，当然也指向生命的热能；后者虽相当于某种完整的、宁静的存在方式，但无生气亦等于另一种死亡。对个人来说，这是艰难的选择。少女最终挣脱岛屿意识，顺流而下，消逝于时间之中，从幻影变成另一种幻影，像现代城市中的许多朝圣者和牺牲者。

丁尼生诗中作者的音量不及济慈的水平，不仅因为他更多地借古讽今，也因为常以戏剧独白代替诗人的自我抒表。由于人物不必代表作者的系统思维，其语声中与“进步论”和“乐观主义”有关的成分也就具有了含义飘忽的特点。独白诗《尤利西斯》（1842）就稍别于《夏洛特的少女》。尤利西斯从特洛伊返家后，在土地上思念海洋，宁愿在遥远的海域死去，也不愿屈服于现实的事物："三年来自己成为入库的贮物，/任苍苍心灵充满思慕，多么卑鄙！/因为它渴望追求经历，跨越人类思想的极限，/就像落去的孤星。"诗中追求新知识的词语会被看作维多利亚式精神，但现实的责任感竟被看作是可鄙的，可见所谓进取与不求进取可以互换位置。若联系同期另一首相关诗《食落拓枣者》来看，除了摆脱世俗事物之意与《尤利西斯》相似外，进取欲则更显出消极的一面。尤利西斯的士兵们懒于跋涉，想食忘却之果，在大自然中隐退："不断攀登那不断攀升的浪峰，怎有平静？""多么甜美，若能常听那顺落的溪流，/眼睛永远似闭非闭，似落入/似梦非梦的睡梦！"倒是另一首诗中通过一位特洛伊王子的自白，表现与之相对的情绪："不要永远将我拘留在你的曙光中……放开我，将我重新送回地面"（《提索纳斯》，1833至1834年创作，1860年发表）。丁尼生所谓的乐观主义常是不务实的远游或解脱，而另一方面，为能接受俗世的变化，他必须将社会与工业方面的发展精神化，调解其与浪漫情感的对立，使其以精神的追求、而非以物质本身为终极目标；或像狄更斯那样，视世间奔波者为现代神话与传奇的实践者。另如同期独白诗《洛克斯利厅》（1842）所示，变化与进步不等于物质主义或无梦的现实活动；铁路也可成为浪漫的载体。

有人将丁尼生与当时的扩张政策做了某种联想，但是我们从他的诗中首先体味到的是诗人个人的焦虑和个人的渴求。1833年哈勒姆的去世成为丁尼生一生中最重要的事件之一，不仅使他写出《拍击》和长诗《公主》（1847年发表）中一些情感涌动的小诗（如《眼泪》），也驱动他用十多年的时间写成其杰作《怀念》（1850年发表）。他以《圣经》预示论的框架看待个人的损失，将其戏剧化、时代化，不仅像雪莱哀悼济慈那样怀念哈勒姆，更视哈勒姆之死代表济慈和整个浪漫时代的消逝。在《怀念》中，他继而以预示的手法写及个人在逆境中恢复信念的过程，表达能被时人认同的缺憾感和后续的生命耐力。此外，《怀念》与《公主》等诗继续体现他对现代科学的忧虑，似乎是新的机械思维导致了理想的消逝。尽管达尔文的《物种起源》于1859年才发表，但1830年里耶尔的《地质学原理》已对传统宗教信仰有所撼动，诗人代表中产阶级以理想主义反对这些新认识和事物，诗中常出现的荒原形象也在一定程度上与此有关。由于这些哀念与信念，由于他诗句的优美和诗中悦目而感人的浪漫场景，丁尼生30岁时即已声名显赫，后很快成为最受欢迎的诗人，他在世时享有的爱戴为英国文学史上任何作家所无法比拟。他成了文化现象，融入文化之中，若不听他的声音，似乎就听不清维多利亚中期的文化声音。当然，不从文化和社会角度切入其诗，也听不清他的声音。

丁尼生中、后期诗艺稍有滑落，但仍不乏重要作品。中期主要有实验性独白诗《莫德》（1855），公众主题诗《威灵顿公爵之死》（1852）和爱国诗《轻骑兵旅的冲锋》（1854），以及以华兹华斯手法写成的有关渔村生活与爱情的叙事诗《埃纳克·阿顿》（1864）和取材于亚瑟王传奇的长诗《国王的田园诗》（1869年发表全诗）。《国王的田园诗》极受欢迎，主题涉及时代的变化。亚瑟王所代表的时代质感显而易见，但在悲剧性的末尾诗段中，他意识到自己的时代已经过去："老的秩序会变化，让位于新的秩序。"这变化感已融入诗人的自我意识。此时的社会价值观念已趋复杂，多种声音出现，理想主义势头减弱，阿诺德已开始以更沉郁的诗语呼应国王的哀伤。丁尼生晚期诗的总体水平不如从前，有风格化过重之嫌，但小诗《驶过沙洲》（1889）却非晚年不能创作。"昏暮与晚钟，/再以后就是黑暗!/但当我上船时，/我不想听到告别的哀音；"因为他要驶入另一个时空中，将有幸看清他的向导。

20世纪初西方一些评论家曾认为丁尼生的诗稍欠思想力度，流行意识和对公众事件的反应似损耗了其悠绵的抒情才华，而另有些主题则用得过频，如怀疑与信念。后人开始注意到他的诗中有关现代社会问题、现代人心理、性别等方面的思考，认识到他与文化的紧密关联。无论当代丁尼生研究是怎样一个混杂体(解构、文化批评、形式主义、心理分析等),大家共同感受到诗人语言的力量,他清楚的语声、从容不迫的诗节、固执的韵律,就像强加给机械文明的礼物。只有注重他的诗语织体,才能进入他的思想织构。

哈代说:"勃朗宁的性格是19世纪文学之谜。"西方评论家在解谜方面下了不少功夫,主要力图揭示他的诗艺的复杂性和现代性。**罗伯特·勃朗宁**(1812—1889)与丁尼生有相同的特点,他们都有维多利亚式的意志力与耐力,及用相似的精神能量,分担相似的疑虑,但两人的区别也显而易见。抛开诗语的用意与功能不谈,从表面上看,勃朗宁的诗远不及丁尼生的诗畅美,两者似有说话与唱歌之别,或如19世纪旧见所示,从华兹华斯到丁尼生再到勃朗宁,似乎是从纯净到装饰再到怪异的变化。丁尼生追随济慈,勃朗宁崇拜雪莱;丁尼生喜欢神话与传奇,勃朗宁着迷于意大利文艺复兴及其后的艺术与文化;丁尼生的背后有斯宾塞和弥尔顿,勃朗宁则有乔叟、莎士比亚和约翰·多恩。相对于丁尼生诗而言,勃朗宁本人与他的诗人身份、他的信仰与荒原意识、作者语声与人物语声、科学与艺术、宗教与生活之间的关系都拉大了距离或变得更为复杂。他之所以被称为"谜",最重要的在于他以实验的手法使戏剧独白形式得到实质的发展,将第一人称赋予众多怪异人物,而他们多为历史上的真实人物。诗人于是有了许多"面具",变成许多勃朗宁。由于其艺术手法及对现代人心理的关注,他被视为20世纪文学的先驱,亨利·詹姆斯、康拉德、庞德、T.S. 艾略特与乔伊斯等都受到他的影响。

勃朗宁是银行职员之子,未受过持续的系统教育,早年的随意而广博的阅读可部分地解释其日后缺乏"规范"意识的实践。勃朗宁的创作生涯也可分成三段。1833年至1845年为早期,也被称为探索期,最初是些富含表白成分的长诗,体现雪莱的影响,如自传体表白诗《葆琳》(1833),类似性质的六卷长诗《索迪洛》(1840)和散文与诗文混杂的诗剧《碧芭走过》(1841)。由于前类诗不大成功,《碧芭走过》可被视为艺术转折点,显示勃朗宁从抒情风格转向他所喜爱并擅长的戏剧风格,以人物的表白代替个人的表白,进而发展到后来以戏剧独白来完成整个诗的做法。但他成名后,人们反过来注意到前两首诗的重要性。《葆琳》写一位青年向爱人葆琳诉说自己战胜疑惑、找到信仰与爱情的过程,而写游吟诗人的《索迪洛》则进一步扩大了前者的思想空间。它们是研究诗人初期思想与艺术风格形成过程,尤其是研究雪莱影响的必读作品。虽然《索迪洛》中有害怕再与雪莱纠缠的段落,但索迪洛既是勃朗宁又是雪莱的化身。具体说来,勃朗宁欣赏雪莱"倾听自我内心跳动"的气质,着迷于他的自我表白;此外,尽管他有雪莱所不具备的现实感,但雪莱代表了信念,勃朗宁很容易将其无神的自由主义转化为模糊的理想主义、不懈的精神追求和维多利亚式的宗教信念。

1842年发表的《戏剧式抒情诗集》显示诗人在戏剧独白领域的实验全面开始,虽初期反应不好,集内的《我的前一位公爵夫人》和《西班牙修士的独白》等却成了著名范例。所谓戏剧独白,似是介乎于莎剧式舞台独白和乔伊斯式内心独白之间的形式,由人物说出,但不过分突出戏剧性。浪漫时期的交谈诗有戏剧独白的早期痕迹,但第一位现代实践者还应推丁尼生。勃朗宁常选用有案可稽之人物,巧妙地将语者、作者、(诗内的或诗外的)听者之间的距离拉开,涉及与现代生活有关的广泛话题,使思想更加复杂。该形式更以微妙的视角变化迫使我们提问:"这是谁的思想?"读者必须但又很难区分作者的同情与评判以及我们自己的同情与评判。诗中的人物有医生、学者、教士、艺术家及恋人等,同某些丁尼生式的英雄相差甚远,诗语也因而时显怪异,如多恩一样,为求媒介和含义的统一而回避了表面的优美。在以上诗集中,《我的前一位公爵夫人》揭示人在生命活力面前的不安全感和控制欲,而以艺术代替生活的做法虽然体现了某种成功,实则反映苍白的傲慢,内含可怕的讽刺。《西班牙修士的独白》表现新教徒对苦行的怀疑，诗中语者对教友劳伦斯嫉恨之极，甚至想以自我堕落的方式来毁掉他的灵魂。探索期后来另一本诗集中的《主教预订他在圣布拉西德教堂的墓位》(1845)将此前诗人对意大利文艺复兴文化与道德的研究引向高峰，尤其借该时代后期的世俗倾向以暗讽诗人生活时代的文明。

中期大致从1855至1869年，是高峰期。1845年他初遇女诗人伊丽莎白·巴雷特，第二年与她私下结婚并私奔至意大利，两人的感情后来成为世人津津乐道的话题。恋爱与婚姻，再加上地中海沿岸的自然和文化，使他进入最佳创作状态。1855年发表的《男人与女人》反映这段时光，成为其最著名的诗集。其中有许多爱情名诗，如在古今场景之间反复切换的《废墟中的爱》，以一位妻子为语者、表现她为保护爱情而甘拜下风的《女人的结束语》，称生活和爱情高于艺术的《最后一次骑马同游》，将美女比作三类玫瑰的梦幻诗《女人与玫瑰》，以及分别表现爱情中的理解与孤独的《壁炉旁》和《我俩在原野上》等。诗集中还有许多涉及其他主题的重要独白诗，如《利波·利彼修士》、《格鲁比的一首托卡塔》、《“罗兰少侠来到黑暗的古堡”》[①]、《安德利亚·德尔·萨托》和《文法家的葬礼》等，都十分精湛。虽然相对于丁尼生和阿诺德而言，勃朗宁更显出厚实而强烈的信念，但他很清楚自己生活在机械力控制的时代，意识到今人的精神疲惫，因而更感到由中世纪、文艺复兴初期和浪漫时期所代表的生命能量的宝贵。我们可感到他绝望中的意志力，但也可以说是绝望使他产生意志力。主要作品《“罗兰少侠来到黑暗的古堡”》展现了艾略特或卡夫卡式的荒原环境：“四面都是灰色的平野，/只有平野，铺向极尽的地平线。”拜伦式的青年发现已无退路，既然只有毫无生机的荒野，“我只好前行，反正无它事可做。”在《格鲁比的一首托卡塔》中，作为科学家的

---

① 译名参见有关拜伦《少侠哈罗尔德游记》一诗的注释。

语者幻见到一对恋人在音乐中听见时间的绵延和生命的终止，听到绵延中无休止的绝望："生活会延续！我们只能努力！""会延续"绝不含轻浮的乐观性，倒体现极其沉重而疲惫的心态，但在此基础上产生的耐力也显得更强劲，这也是维多利亚文学中的荒原与现代派意念的不同之处。

《格鲁比的一首托卡塔》及《安德利亚·德尔·萨托》和《利波·利彼修士》等也涉及艺术与生活的关系。《格鲁比的一首托卡塔》诗中谈到，尽管科学与艺术分别代表某种永恒，但它们都是寄生于生命热能之上的冰冷的东西，而真实因有生命的美、激情等，必然逝去，此与《我的前一位公爵夫人》和《最后一次骑马同游》等诗的涵义相似。《利波·利彼修士》诗则借意大利文艺复兴早期修士画家利彼之口，表达诗人对贴近现实活力的自然主义艺术风格的推崇："美与奇迹与力量，/事物的形状、色彩、光与影，/其变化与引来的惊讶……特别是男人、女人、孩子的体态，"若不能以现实的笔触描绘这些，"让真实溜掉，"那将是"罪恶"，因为它们是"上帝的原作"。与利彼形成对照的是《安德利亚·德尔·萨托》中的后代画家萨托，他虽能做到完美无瑕，却无利彼的活力与粗犷，这是工匠与艺术家之别。散文家罗斯金颂扬中世纪艺术风格，借以鞭笞现代物质文明，叹今人竟不知不完美与个性表达才是艺术生命之所在，他和勃朗宁说的是同一道理。

勃朗宁在夫人去世后携子回国，但创作势头未减，于1864年发表诗集《剧中人物》，再次推出一批极为出色的独白，如解释爱情失败原因的《神祗们另有所见》和《青年与艺术》，他最杰出的音乐主题诗《弗格勒教长》，表达厚实的乐观信念并与时代对话的《本·埃兹拉牧师》，以及被人广为称道的、以莎剧《暴风雨》中半人半怪的岛人卡勒班为语者的《卡勒班想到塞特勃斯》等。在一定意义上，《卡勒班想到塞特勃斯》同时批判了加尔文主义的注定论、达尔文的进化论以及借19世纪科学之力再度流行的自然神论。诗人暗示，科学的图画与人实无关联，与人有关的是精神的画面，它涉及完美的上帝和他为检验人类灵魂而创造的不甚完美的世界。这是包含着同情、宽容、狄更斯或乔叟式的人间关怀与坚定的宗教信念的文思。1868年，勃朗宁发表长达21000余行的鸿篇巨制《指环与书》，以十二个戏剧独白的形式讲述17世纪罗马的一次刑事审判。凶犯弗兰彻斯基尼伯爵很像《我的前一位公爵夫人》中的公爵，怀疑年轻妻子与一位漂亮的牧师有染，将她杀死，自己也被处以极刑。诗人在意大利一书摊上偶获旧黄皮书一本，抓住内中案例，让不同人物从多重视角复述同一故事。所谓“指环”，指成诗的过程如同首饰的制作：从金矿采来粗金，以艺术手法，掺入想象的“合金”，制成艺术品；也指推理过程的非直线性；另指诗作将意大利与英国、意大利题材与英语联结成环。该诗使勃朗宁与丁尼生齐名。

1870年后是晚期，由于中期的佳作和《指环与书》的巨大影响，人们似对后来的作品有所疏忽，而事实上诗人在这一时期相继发表了许多诗集。若说变化，诗坛的成功使他更自信地与时代议题对话，诗中常驳斥一些信条。因此，后期诗作思想含量更高，想象力或有所减弱，怪异与执着的气质则一如既往。诗人晚年曾说自己不重形式，却有洞达的辨识，然而后人在他的方法与思想之间多重视前者。20世纪50年代后，西方评论界才更多地谈论其文思的复杂性，于是他成为多种理论（形式主义、影响论、后结构主义、新历史主义、女权主义等）的热门话题，其开明的政治态度也增加了与现今时代的相关性。

马修·阿诺德（1822—1888）诗文并茂，40、50年代以诗为主，并因诗歌成就于1857年起兼职牛津大学的诗歌教授达十年之久。60年代转向文学、文化批评，这固然因为他自1851年起一直担任教育督学，公务繁忙，更重要的是他觉得自己的诗歌达不到心目中的标准，故而辍笔。虽然论坛对其诗与文的成就向有不同意见，但仍公认他为维多利亚中期第三大诗人。

出生在泰晤士河畔的阿诺德也是名人之后，父亲是拉格比公学的校长、教育家、古典学者，还是英国广教会的领头人，热心于政治、宗教、社会和道德问题。有人说阿诺德转向批评是最终选择做了他父亲的儿子，这是指他40年代在牛津求学期间表现得像个反其道而行之的逆子，不过1849年第一部诗集《迷路的狂欢者》中那种直面人生、追寻意义的叩问和内心冲突的披露，令已经熟悉他的亲友刮目相看。1852年又出诗集，但直到1853年才第一次署名发表前两集中的作品和新诗，其中包括《被遗弃的人鱼》、《邵莱布和罗斯托》、《学者吉卜赛》、《悼华兹华斯》、《纪念〈奥勃曼〉的作者》，诗集的序详尽表达了他的诗学见解，是重要的文学批评著作。1855年《诗歌第二集》问世，1858年有悲剧诗《梅罗珀》，此后直到1867年才出《新诗集》，其中的名篇有按古典悼亡诗风格写成的《色希斯》、富有哲理的抒情诗《多佛海滩》和追忆父亲的《拉格比教堂》等，还应勃朗宁的要求收入了他1853年撤下的重要长篇戏剧诗《埃特纳火山口的恩派多克勒斯》。

和丁尼生、勃朗宁相比，阿诺德在观念和气质上更具现代性，诗歌的色调也更悲观、无奈。诗中主人公常常如哈姆莱特那样忧郁、多思，“徘徊于两个世界之间，一个死了，另一个尚无力诞生，”被自己所处的怀疑、纷乱、骇惧和涣散的时代折磨得身心交瘁，深感郁闷和厌倦。阿诺德不满意自己的诗歌，正是因为这种无法排遣、绝无出路的病态郁结不能像从前的诗歌那样激活人们、给苦恼的人生带来愉快。对现代社会里思想的专断跋扈、心智和思维活动与情感、感悟的日渐剥离，他深感不安，也很怀念自己敢想敢为、思与感合一的年轻时代。他是个矛盾体，忧患意识和责任感要求他投入生活，做实在事，体验雄心、欲念的折磨和痛苦，追寻自我的本质；但深刻的失望又令他走向孤独，远离尘嚣，徜徉于山涧林边，感念自然之平和、秀美，寻找人类无法制造也无法破坏的宁静。作为诗人的阿诺德似乎越来越倾向后一种态度，诗中多有出色的自然景物描摹，写得情景交融。

但丁·加布里埃尔·罗赛蒂（1828—1882）的名字总和画家兼诗人的团体“前拉斐尔兄弟会”联系在一起。1848年，亨特（1827—1910）、米莱（1829—1896）和罗赛蒂牵头组成“前拉斐尔派”，在画作上签了兄弟会的词首字母（如罗赛蒂的《圣母的少女时代》和《天使报喜》）；1850年出团体刊物《萌芽》（一共四期）；1852年因被怀疑有颠覆目的，加上内部分歧，兄弟会名存实亡。1857年起罗赛蒂在牛津画壁画期间吸收了威廉·莫里斯（1834—1896）、爱德华·伯恩-琼斯（1833—1898）等人，前拉斐尔派再度繁荣，直接或间接加入的还有斯温伯恩（1837—1909）、佩特（1839—1894）、梅瑞迪斯（1828—1909）等，均为文艺界新一代的风云人物。

顾名思义，“前拉斐尔派”是要回到意大利文艺复兴鼎盛期的代表拉斐尔之前的画风，他们不满自拉斐尔以来过于程式化的学院派风格，提出要像15世纪初的艺术那样“贴近自然”。在1848年的背景下，这种怀旧是向权威挑战的革命性口号。他们的画讲究植物等的细部处理，色彩浓艳，装饰性强。题材多取自但丁等人的文学作品或宗教，思想上很受罗斯金的影响。作品因感官冲击力强而曾被攻击为“肉欲诗派”，美学上对英国式的社会主义和唯美主义有较大影响。

罗赛蒂的父亲原是意大利爱国者，母亲有英、意血统，是虔诚的国教高教会信徒。罗赛蒂既有拉丁人的热血、幻想和偏执，也深受母亲的禁欲主义、道德理想主义的影响。他与女性的关系同他的诗画也密切相关。1850年认识了后来一直当他的模特的伊丽莎白·西德尔，几年内有不少佳作，十年后才同她结婚，感情却早已冷却。1862年妻子去世，他被悔恨折磨，竟将未发表的诗稿与妻子同葬。数年后因深深爱上莫里斯的妻子简，再获灵感，大量画作以简为模特，1869年发表包括《柳树林》系列的16首十四行诗，甚至让人掘墓，取出诗稿；1870年出《诗集》，确立诗人画家的威望。但很快诗情低落下去，直到死前才再度恢复，出版新的《诗集》

（内有全部《生命之宫》系列和《谣曲及十四行诗》，1881）。最后20年他失眠、酗酒、服用麻醉品，身体每况愈下。

罗赛蒂的诗如画，注意细节，他常将诗绘制成画，又为画作诗。在《萌芽》上发表的短诗《沐浴圣恩的少女》（1850）及同名画中，已升天的少女在无数对情人天堂相会的背景前凭栏下眺，思念着地面的情人。他的女性常流露出特殊的眼神，呆滞中透出欲望，她们本身也勾起欲望，诗画都有禁欲和欲念之间的张力。另一首载于《萌芽》的诗《妹妹睡去了》（1850）写少女之死，纯朴简约、真诚动人。如《生命之宫》十四行诗系列所示，对他特别有吸引力的主题是私会、情欲及惩罚。《珍妮》（1870）写风尘女子，思考淫欲与堕落。罗赛蒂最好的诗总是浸透着十分克制的真诚情感和坦率求实的表达。

罗赛蒂家和勃朗特家一样，兄妹们均有才华，自幼就办家庭杂志。他的弟弟威廉（1829—1919）后来成为艺术评论家，为兄妹编作品集、作传。他的妹妹**克里斯蒂娜·罗赛蒂**（1830—1894）是公认的优秀诗人。她和母亲一样，笃信国教，因信仰的原因两次废除婚约。她为哥哥当过模特，受他影响很大，特别是能娴熟运用谣曲和十四行诗的形式。作品集有《小精灵集市及其他》（1862）、《王子出行及其他》（1866）、《童谣集》（1872）、《游行盛会及其他》（1881）等。诗歌中有大量的宗教祈祷诗，还有用意大利文写的十四行情诗；和玄学派诗人相仿，她写神爱充满激情，而写情爱则很纯净，诗中饱含欲望和禁欲的冲突，主题多为延宕、受挫的爱，无果的希望和死亡，虽然感情压抑，但笔调不乏轻松甚至调皮。最有名的是童话叙事诗《小精灵集市》，短促的诗行，潺潺的节奏，不规则的韵脚，错落有致地讲述了一个类似吃禁果和通过爱进行赎救的故事，英雄是姐姐利齐，她为救活妹妹不仅自己抵制诱惑，而且几乎遭受了精灵们的“瓜果式强暴”。克里斯蒂娜还有一些著名的短诗，如《上山》（用对话写人生最后的旅程）和《生日》。《在画室里》写哥哥与西德尔，短短十四行中包含了对女性自我的深刻审视。

提起**伊丽莎白·巴雷特·勃朗宁**（1806—1861），人们似乎只记得她和罗伯特·勃朗宁的秘密恋爱，私奔结婚，以及她献给丈夫的“情书”：《葡萄牙十四行诗》（1850）。其实她生前比勃朗宁诗名大得多，她的《诗集》（1844）受到高度赞扬，由她继任华兹华斯为桂冠诗人的呼声一度很高。她是虔诚的基督徒，自幼多病，多年足不出户，但在家自学了多种现代和古代的语言，精通希腊经典和韵律理论，本人也尝试创作各种形式和格律的诗歌，和其他女诗人相比，她作品量大，而且题材宽广，诗体丰富多变。婚后她基本上住在意大利，关注意、法的政治。她的诗歌具有突出的政治热情和社会责任感，如早期为工矿童工呐喊的《孩子们的哭喊》（1843），后来写意大利革命的诗歌（见诗集《圭迪公寓的窗子》，1851）等。她的“诗体小说”、长达11000行的叙事诗《奥罗拉·李》（1857）可能是当时唯一描写女作家成长的作品，现已被奉为女性主义文学的经典。奥罗拉盯望母亲肖像的段落凝聚了西方文化、文学和语言中对女性的全部观照，同时透露出明确的反叛信息。优秀的抒情诗见她死后出版的《最后的诗集》（1862）。

在勃朗特三姐妹的诗歌中，以埃米莉·勃朗特的成就最高，最具原创性。她生前只在三姐妹的诗集（1846）中发表过21首诗。关于勃朗特姐妹的一些诗歌的具体归属问题向有争议，但最近的版本考订认定埃米莉至少创作了182首。这些诗中有一部分属于“冈德尔”故事，以人物的口吻说话，更多的则是抒情诗。埃米莉的诗具有强烈的神秘主义，诗中的自然景象如黑暗、夜色、星星、风等都与内心的精神体验有关。《囚徒》第46至56行被认为最充分地描述了神秘主义经验，被囚禁的女子感到灵魂渐渐出窍，直接见到了另一世界的光芒，虽然很快又回到了被肉体束缚的感觉，但这种特殊的体验给了她希望。《纪念》以极舒缓的节奏诉说类似希斯克利夫失去凯瑟琳的痛苦，但却没有希斯克利夫的疯狂，而有《老斯多葛》的淡泊和坚忍。诗人去世前写的《我的灵魂并不胆怯》中有些诗行几乎重复了凯瑟琳描述自己对希斯克利夫的感觉。如《呼啸山庄》所示，埃米莉的信仰中有非基督教因素，她总是通过自然来理解精神，通过对终极世界的幻视达到对人间爱恨的认识。在19世纪具有强烈宗教倾向的女诗人中，埃米莉可能是坚信彼岸的极乐世界与自由的唯一的一位。

维多利亚时期的散文　这里说的散文，主要指有关信仰、真理、政治、历史、民主、科学、教育、文学、审美等的探讨与论辩的文字。文豪卡莱尔、纽曼、穆勒、罗斯金、阿诺德等都是当时的思想精英，企图改造物欲骚动、作风粗鄙的中产阶级世俗社会，使之成为有灵性、人性、同情心、趣味高雅的新社会。这些以批判中产阶级社会而成为其立言者的文人，其道德文章无一不是集新旧于一身的矛盾体。他们怀疑并批判民主制度、工具理性以及大工业文明，而所崇尚的理想往往是古典的、中古的，因而是保守的，骨子里还是贵族气的，文章中也不乏直露的帝国主义言论；但是他们"文学为人生"的主张，对现实生活的热忱，对问题的敏感，人文价值的执着，道德良知的信念，以及自我探索的真诚，仍透过那些篇幅宏大的文章感染了现代人。至于文风，尽管因人而异，但都不事雕琢，而以大器、雄辩取胜，旨在劝导；有的以激情感染，更多的是层层说理，逻辑严谨，旁征博引，凸显历史文化的纵深感和传统的底蕴，又多幽默讽喻，启迪心智，于素朴中见典雅，实在是熔17、18世纪的精华于一炉，成为英国散文史上又一个高峰。

托玛斯·卡莱尔（1795—1881）是济慈的同龄人，却成了下一代的精神领袖：1834年，他那句"合上拜伦，打开歌德"成为划分浪漫主义和维多利亚社会风气及文风的一句名言。他的许多思想即使当年也遭到反对，例如仇视民主，否认普选能作出明智选择；"英雄崇拜"，几乎是法西斯式的欢呼独裁；加之种族主义、殖民主义、性别歧视等等。可是他实实在在影响了政治家、科学家，尤其是文学家，并通过他们影响了大众；正如美国诗人惠特曼所说，不为卡莱尔画上浓重一笔的19世纪中后期社会图像定然失实。他以先知的身份，诊断了时代的疾病，以诗人、布道家的气质，振聋发聩地预言旧制度的灭亡。

理解卡莱尔，首先要理解他的精神症结。这位出生于苏格兰爱克尔范肯村的石匠、农夫之子有着加尔文教的背景，家人送他上爱丁堡大学是想让他当牧师，不料年纪轻轻的他读了休谟、伏尔泰、吉本[①]的书，便背叛了基督教会。但是信仰的失落令他感到巨大的缺憾。1830年动笔、1833至1834年间发表的一部奇书《旧衣新裁》，假托一位德国哲学教授托依费德吕克的精神经历，写出他如何跳出抹杀人生终极意义的"永久否定"、迎来"永久肯定"的精神再生记。所谓"衣服哲学"讨论了外表与实在的关系：衣服是表，人体是实；进一步说，人体是表，灵魂是实；推开来说，基督教会是表，神性是实。基督教这件旧衣服已经破烂，该扔掉了，然而"神质"依在。大自然和一切平凡的事物都是超自然神的外衣，而人只有在灵光泻入心田时，才能摆脱混沌状态，真正活着。卡莱尔以自己的人生观感，用他诚服的德国超验哲学，加上苏格兰加尔文教的碎布头，缝制起信仰的新衣。

其实他在1831年剖析当时思想社会状况的《特征》一文中，就提出了可称为生机论的宗教哲学。神即被他称为"生命力"或曰"能量"的神秘力量，只能直觉其存在，而无法用理性证明。只有健康的心灵在无意识状态下才会有宗教敬畏的本能反应，智性的分析对信仰却无能为力。他将生机论引入社会政治、历史研究，甚至文学批评，因此有无"能量"、"活力"成了衡量社会、体制、制度、思想、作品是否应继续存在的试金石。使他文名大振的史书《法国革命》（1837）用丧失能量说明路易十六注定要被强劲有力的革命摧垮。《论英雄、英雄崇拜》（1841）中不论哪路英雄（神话人

① 指《罗马帝国的衰亡》的作者爱德华·吉本（1737—1794）。

物、帝王、将领、诗人、文学家、牧师等)，都是他推崇的造就历史的强者。

毋庸说，生机论是机械论和机器时代的死对头。然而卡莱尔的信仰是落实到“行动”上的。为什么要“打开歌德”？因为歌德说“只有行动才能驱散任何形式的怀疑。”抛开没完没了的形而上，只有在身体力行中才能找到确定。他总是大叫：工作，工作！生产，生产！尽责，尽责！在社会批评著作《过去和现在》(1843)中，他怀着对劳苦大众的深厚同情，痛斥放任自流的经济政策。但是他仍寄希望于工业巨头。土地所有者阶级是“怠惰的贵族”，而大工业的组织管理者是“劳作的贵族”，应成为未来世界的“领袖”。卡莱尔就是要唤醒这批具有潜在“能量”的优秀分子，靠他们去整治那死期将至的社会。随着年龄增长，他更不相信代议制度和个人自由，认为英雄领袖的强权统治才能使社会有效运作，这方面的论述可见《近日论争文》(1850)。

卡莱尔的风格如警钟轰鸣，更接近17世纪，而不是讲究理性分析、概念化的约翰逊。他将高亢的声调、激昂的情绪灌注进文字，所以他的书靠大声读，靠听，听他直呼，听他呐喊，感受其能量的一次次爆发，心灵的激越飞扬。为了亲耳感受这位“切尔西的圣贤”的谈锋，当年不知有多少名流云集庭前，排队求见。这位备受胃病折磨、脾气暴躁的怪杰，用他那石破天惊而又令人捧腹的幽默言谈，慑服了所有的听者。

他也善于调动视觉效果，为同时代名人刻画的肖像，夸张怪诞如漫画，可是与画中人十分匹配，呼之欲出。《法国革命》将史料做成一部活生生的戏剧。作为史家、传记家，他还编写了《克伦威尔书信演说集》(1845)和《普鲁士大帝腓特烈二世传》(1858—1865)。他早年翻译了不少德国浪漫主义作品和文论，也著有多种作家作品论。

他的妻子原名简·威尔士，也写得一手好文章，认准他是个天才，从众多的追求者中选了他，1826年结婚，共同忍受孤独、贫穷；1834年到伦敦后家境才有好转。1866年，农民之子卡莱尔终于衣锦还乡，就任爱丁堡大学校长，可惜简不久便撒手人寰。卡莱尔从此很少写作，但亲自编撰了夫人的书信集。他本人不愿意跻身西敏寺的诗人角，死后静静地躺在了爱克尔范肯的家人中间。

约翰·亨利·纽曼（1801—1890）和卡莱尔同为30年代宗教纷争中的风云人物，都追求大彻大悟的至高生存境界，但二者不仅信仰方向不同，散文风格也迥异。纽曼看上去温和持重，理智稳健，有点像个擅长以柔克刚的削球手，不紧不慢之中有一份韧劲。

他15岁进牛津大学三一学院，后有20多年在牛津任教职、神职。30年代的牛津运动中，他的宣道、演说和辩论如磁石般吸引来大批听众，连反对者也难抵御他的魅力。但是他那些向天主教靠拢的主张还是受到怀疑，纽曼遂离开牛津，44岁时改奉天主教，此为他90年人生道路中的最大转折。后创办伯明翰讲道所，可是许多思想、做法，又往往不为天主教界接受。可以说，他的一生常处在英国的争端中心。晚年他被罗马教廷封为枢机主教。

纽曼著作颇丰，最出名的是《关于大学的设想》（1852）和《为我一生的自辩》（1864）。后者是借驳斥他人点名攻击的机会，向公众袒露自己的心路历程，澄清20多年来对他沸沸扬扬的传言。纽曼的身上纠结着那个时代各个方向上的力。他出身福音教家庭，在牛津受过自由派、理性主义的熏陶，30年代成为高教派领袖，因而同圣公会低、广、高三大派都有关系；最后离开新教，投向罗马，因为他确信上帝与世俗之间的中介只能是古代教父时期统一的有使徒传统的基督教会。六十述怀，追忆人生，对自己的信仰变化娓娓道来，细加辨析，态度坦诚。他的文字委婉曲折，骨子里却很硬，很有尊严。

《关于大学的设想》更是人文教育的经典著作，原为他在都柏林天主教大学任校长时的系列讲演。高等教育应造就具有整体观念的“自由人”；靠功利主义的、技术性的专门训练不行，只有人文学科的熏陶才能开阔心智。但纽曼所说的追求知识与思维训练，是既独立于道德品行，又独立于信仰的一个范畴。通篇高屋建瓴，可又举重若轻，复杂的问题被他一层层剥开来说，对立面可能提出的质疑也都纳入他的辩驳，逻辑的缜密，文化的凝重，道理的透辟，全都含蓄在睿智的文字中。

约翰·斯图亚特·穆勒（1806—1873）和他父亲的名字都与功利主义哲学联系在一起，但他对父辈的学说作了一番大的改造，扬弃了其伦理观的狭隘核心，而从反对功利主义的柯尔律治和卡莱尔等人的论著中吸纳了对人类感情、情操的关怀；其著述至今在哲学、逻辑学、政治学和经济学等领域影响犹存。30年代后穆勒担任了伦敦一些激进的评论杂志的主笔和主编。他以率真的态度、求实的精神讨论宗教和政治问题，以坦荡的胸怀兼收并蓄人类的思想精华；文章清澈见底，逻辑推理严谨，又有宽厚仁爱和博大的同情之心滋润其敏锐的头脑和发达的抽象思维；这些都使他成为英国思想史上的大家。

穆勒幼年便对古希腊、罗马的文学、哲学、数学、逻辑学、心理学经典烂熟于心，却也因智力过于早熟而付出代价，20岁时几乎精神崩溃，一切原先引为人生目标之事都失去了新鲜感和刺激，从而对父亲和边沁所持的幸福观产生怀疑。后来他从华兹华斯的诗中悟出“情感教育”和感受力的重要，开始摆脱自我中心，而将寻常人的感情、平凡的命运和他人的幸福装进心里；这就是他所说的艺术的“疗效”。1873年他逝世后出版的《自传》记录了对他一生产生重大影响的这场精神危机。

崇尚理性和民主制度的穆勒在许多论著中表现了对民主的远虑。虽然就政治和宗教而言，英国可算世界上最开明的国度，但中产阶级信奉的加尔文教义加上世俗成功的刻板信条，却在社会层面上对持不同意见和不按规范行事的个人形成高压，这种多数人的暴政可谓民主的负效应。穆勒的经典之作《论自由》（1859）对个人自由与群体制约的关系作了精辟的分析，他指出强行趋同会扼杀蕴藏于个体中的原创力，久而久之，必造成社会能量消减，质地退化，集体趋向平庸。他所说的自由固然是人类每一个体完善自身和社会所必需的，但更是产生、保存极少数能发现真理、纠正谬误的知识精英的条件。

《论对妇女的统治》（1869）也是穆勒关于个人自由的思想的延伸，文中驳斥了所谓女人受治顺乎自然的谬论，探讨女人之所以臣服于男人这一习俗的社会、历史、文化成因，真诚提倡从思想、教育、立法等各方面将人类的一半从奴役中解放出来。穆勒如此关注妇女权益，这在当时十分难能可贵，据他自己说是受到泰勒夫人的启发；他爱恋后者达20年之久，直到1851年泰勒去世后才同她结为伉俪。

约翰·罗斯金（1819—1900）被誉为最擅写作、最长于表达的维多利亚人，对后人来说，他塑造了维多利亚社会的审美品位，几乎就是当时艺术良心的守护人。他出身殷实的酒商之家，14岁起随父游历欧洲山水，观赏画廊、建筑，培养起浓厚的美学兴趣和艺术鉴赏力，而在家随母日日诵读《圣经》又培植了他深刻的道德意识和使命感。这双重影响的结果就是他那融入独特审美批评中的尖锐、持久的社会批评，以及那富有韵律感、浸淫在基督教人文主义悠远传统中的酣畅文字。

罗斯金早年醉心绘画艺术，23岁从牛津大学毕业后，打算写一篇文章为英国画家透纳（1775—1851）的后期画法辩护，没想到一发而不可收，前后17年间写就了五卷本的道德美学批评著作《现代画家》（1843—1860）。但罗斯金的兴趣极为广泛，总不能专注于某一领域，不久便移情建筑，于是有了他最著名的复兴哥特风格的论著《建筑的七盏灯》（1849）和三卷《威尼斯之石》（1851—1853）等，称哥特式建筑是以无数局部的不完美而取得了庄严的整体美，而工匠仍能在个体的不完善和缺陷之中保持着自由表达的尊严，在工作中完善自身；相对说来，古希腊和现代英国所追求的精确完美只表明人的奴性；其批判锋芒针对着分工日渐精细的大工业和机器文明。

到了60年代，他更是直接跨入经济学领域，著有《给那后来的》（1860—1862）、《芝麻和百合》（1865）、《时与潮》（1867）等，毫不留情地批判流行的“不干涉主义”理论、聚敛财富的贪欲，主张社会改革，被视为异端邪说，直到多年后才有了莫里斯、萧伯纳等追随者。精神气质敏感孤傲的罗斯金在孤立和疯病的折磨中仍不断著述，晚年时对英国工业化造成的大气和水源污染问题的精确观察和激烈批评尤令今人钦佩。他两度担任牛津大学的艺术教授，还将自己的社会主义主张付诸不成功的实践，从父亲那里继承的大量遗产也悉数用于慈善事业。

马修·阿诺德的诗歌往往记录他真实的经历感受，而他的评论文则更倾向于系统阐明思想、抒发理想；诗中是病态社会中的病态人，而散文则塑造了一个坚定乐观的治病救人者的形象。他由文学批评开始，进而涉及社会批评、宗教批评、教育批评、文化批评等社会和精神生活的方方面面，80年代又回到文学批评。文风儒雅，留下许多警句，在文学批评领域更是“普遍主义”的集大成者，不仅在当时，就是现在也时时引起反响。

阿诺德学识渊博，言必称希腊，相信超越时空的基本人性，同时又深感无法超越自己所处的历史时刻，常发出今不如昔的感慨。1853年的诗集序提出了诗歌题材的重要问题，认为优秀作品必基于伟大的行动，而维多利亚时代却精神委顿、思想平庸，找不到值得书写的东西。作为督学，阿诺德常去欧陆考察，又深入英国的中产阶级家庭做调研，两相比较，更是深感英国人重利务实却又愚昧浅薄，缺乏智识学养，审美情趣低俗，因此挖苦地称之为“非利士人”（此词语来自《圣经·旧约》，后指庸俗的市侩）。他不但自觉以批评为利器，无情地解剖社会，而且特别强调培育批评意识。《评论一集》（1865）中的力作《论当今批评的功用》着力倡导不以利害关系为转移的、无禁区的、独立自由的、客观公允的思考，有了这样的精神就会迫切地去学习和传播“世界上最优秀的知识和思想”，由此逐渐改造狭隘粗俗的社会，营造出产生伟大艺术作品的思想氛围。阿诺德很清楚，其实只有极少数的文化精英（他称之为“以色列人”，即光明之子）才能担当起传播文化、教化大众的任务。

这些思想在他最重要的社会批评著作《文化与无政府状态》（1869）中得到进一步的阐发。他以古代社会和欧洲大陆的国家意识反观英国各阶层滋长着的个人主义，对盲目崇拜自由本身的这种精神文化上的无政府倾向深感不安，强调尤其要对影响力大的中产阶级进行美与智的教育，灌输英国极其缺乏的“希腊精神”，以同“希伯来文化风气”（在英国表现为清教所注重的道德、勤勉和克制）取得平衡。阿诺德用蜜蜂酿的“蜜”和蜂蜡带来的“光”比喻人性全面发展，从古代流传下来的优秀的文、史、哲、艺术传统就代表了这样的理想境界。针对赫胥黎等有关大学教育中的文学应让位给更有用的自然科学的意见，他的访美演说《文学和科学》（1885年发表）更是将人文学科看成科技教育无法替代的全面的人性、人生教育之根本。《评论二集》（1888）中的《华兹华斯》重申诗就是人生批评，另一篇《诗歌研究》赋予诗歌以更高的使命——替代日益萎缩的宗教，给人以精神支撑和慰藉。

阿诺德的两个评论集和《评荷马史诗的译本》（1861年发表）、《论凯尔特文学研究》（1867）等著作广泛涉猎古今文学，有不少精辟见解。总的来说，他讲究整体美和严谨、适度，题材与风格的契合，文风方面尚质黜华，不以雕琢为意。尤强调严肃性，竟因此而对乔叟有点不公道的说法。

阿诺德于1883年和1886年两次访美，回国两年后心脏病猝发而逝。

第四节　德国文学

19世纪30年代的德国虽然还处于分裂状态，封建专制统治依然如故，但已出现了工业革命的迹象。在萨克森、西里西亚、莱茵河流域逐渐建立了工业区，资产阶级的经济力量也逐渐得到加强，由于工业的发展，德国的无产阶级也开始形成。

由于法国七月革命的爆发，促使德国人民觉醒起来，民主力量得到发展，农民也开始对容克地主的封建统治产生了反抗情绪。1832年在莱茵河畔与法国接壤的哈姆马赫有25000人聚会要求成立共和国、统一德国，提出了“打倒诸侯！”的口号。对于这次具有重大意义的政治示威，统治者的回答是禁止一切政治性的结社和集会，对反对派进行残酷的镇压；一些进步的报纸被禁止，一些持不同政见者不是被打入牢狱，就是被迫流亡国外。但面对日益增长的大工业，政府又不得不作出一些让步，于是1834年成立了符合资产阶级利益的关税同盟，与此同时，铁路网也逐渐建立起来。这些政策无疑对机器生产起到了促进作用。

随着国内政治经济的发展，在文学发展方面也有了变化。浪漫派已走向衰落，代之而起的是面向现实，要求改变现状的民主派文学。这派作家不仅在政治上反对封建统治，同时也反对一切过去的、腐朽的事物，反对偏狭的、僵死的伦理道德。他们的作品不仅在思想内容上具有深度，而且反封建的民主倾向自始至终坚定而明确；在艺术手法上独具特色，富有个性。其代表人物是海涅和毕希纳。在这时期还有一些同样具有反封建进步倾向的作家，他们接近现实，对政治采取积极的态度，他们被称为“青年德意志派”，但并没有自己的纲领，也不是有计划有目的组成的文学流派或团体。“青年德意志派”只是一个标志，它代表的是1830年法国七月革命后在德国出现的一批革命作家。“青年德意志派”这个名称来源于其中一个作家鲁多尔夫·维恩巴格（1802—1872）的论文集《美学出征》（1834）的献词，在献词里写着“献给你，青年德意志”。这部作品提出，文艺应与时代、生活密切结合并相互影响。1835年德意志联盟议会列了一张名单，禁止一些进步作家的作品，凡是与他们接近的人也属这个范畴。于是“青年德意志派”就流行成为一个固定的名称，代表具有同一进步倾向的作家。但实际上在这张名单上的作家虽然当时都具有反封建统治的倾向，却在思想上有很大区别：大部分作家带着小资产阶级的狂热性和不彻底性，许多人后来脱离了革命的队伍，甚至转而反对进步。正如恩格斯在《德国的革命与反革命》中所指出的那样，当时几乎所有的作家，都在谈论“一种浅薄的立宪主义或者更为浅薄的共和主义”，当时的一切文学作品都充满着所谓的“倾向”，“多少有些畏葸的反政府意味”。[①]这些作家在艺术才能方面却很有限，作品中往往充塞着空洞浮夸之词。因此，他们没有经得住时代的考验，许多作家和作品已不为人们谈起。他们所代表的思想是资产阶级激进主义，其中较有成就的有伯尔纳、古茨柯夫及亨利希·劳伯（1806—1884）。劳伯在1833至1837年写的三部曲小说《青年欧罗巴》从政治、宗教、社会生活各个方面描绘了一幅新世界的图像，但写到第三部，革命精神就消失了。海涅和毕希纳也在这张名单上，但他们的政治思想和这些人的思想有着极大的不同，在艺术才能上也有天壤之别。同时列在这张名单上的还有这一时期已具有现实主义倾向的伊默尔曼。由此可见，这张名单上的成员，不论是政治思想还是艺术创作方面都是千差万别的，只有一点是共同的，那就是反对当局，反对现存制度。

19世纪的40年代，德国开始了真正的工业革命，也产生了新的民主力量，形成这股力量的除了小资产阶级、农民之外还增加了正在成长起来的工人阶级。1848年巴黎二月革命成了德国革命的信号，同年三月在柏林发生了声势浩大的游行示威，群众和政府军展开了流血斗争，德国工人阶级表现了它的巨大力量，但这次革命最终却因资产阶级害怕无产阶级、站到旧势力一边而宣告失败。

1848年诞生的《共产党宣言》为劳苦大众指出了正确的革命方向。

---

① 恩格斯：《德国的革命与反革命》，第18、19页，人民出版社，1953年。

与此同时，马克思和恩格斯也对当时的文艺现象给予了充分的重视，着重对文学艺术与现实之间的关系阐述了他们的文艺观点，尤其对貌似革命实际上只是代表小市民阶层思想的“真正社会主义者”进行了批判。恩格斯在《真正社会主义的诗》和《诗与散文中的德国社会主义》里指出“真正社会主义”诗人的错误在于企图用所谓的“真正的人性”和“爱”来达到社会主义。恩格斯对卡尔·格律恩（1817—1887）和鲁易丝·奥托-彼德斯（1819—1895）、卡尔·依西杜·贝克（1817—1876）等人的混乱思想和不彻底性作了批判。但马克思、恩格斯最关注的还是正在成长中的无产阶级文学。因为40年代由于工商业的发展，阶级之间的矛盾已经不仅在贵族和资产阶级之间存在，有产者和无产者之间的矛盾也日益尖锐起来。这时的文艺已不能停留在对贫困的描述，不能只满足于引起同情，而必须投入到解放斗争中去，在社会斗争中成为有力的武器。就在这样的时代动荡、思想激变的年月，德国出现了一批革命性强、和人民密切联系的作家。这些作家被称为“48年的人们”，他们积极地投身实际行动，表达了德国人民要求统一，反对政治压迫的愿望。他们的作品，尤其是他们的诗歌具有极大的煽动性，因而他们都遭到统治者的迫害，作品也遭到禁止。“48年的人们”人数不少，除少数外，可以说都是当时德国人民的代言人，他们中的一些人甚至还加入了共产主义者联盟，参加了马克思的《新莱茵报》的工作。具有代表性的是法勒斯莱本·弗赖利格拉特和赫尔韦格。虽然有的作家在1848年革命失败后渐渐消沉或趋向妥协，但他们在德国1848年的革命中作出的贡献却是不可否定的。

40年代是德国历史上革命高涨的时代，除涌现了大批像“48年的人们”那样的革命作家外，产生于民间的歌曲也参与了战斗。1844年西里西亚的织工起义时，不少革命诗人写出了激昂的诗歌，工人自己也创作了许多歌曲。如反映纺织工人反抗剥削者的《血腥的审判》首先直接提出了反对私有制社会，又如1844年6月史托珂夫的市长捷锡谋刺普鲁士国王失败，之后就在民间流传一首《捷锡歌》，表达人民对此深感惋惜的情绪。但此时期许多民歌已失传，像《血腥的审判》是由马克思的友人维廉·沃尔夫记录下来才得以保存至今，而《捷锡歌》则是因登载在《德意志布鲁塞尔报》上才留存下来。

在40年代出现的许多具有革命倾向的作家诗人以实际行动投入战斗。由于被迫流亡过国外，他们的眼光往往变得广阔，思想变得活跃。他们接触到了各种不同的思潮，其中有圣西门主义，也有马克思主义等。他们积极，富有政治热情，但他们的政治思想却并不相同，有的属革命的民主主义，有的属资产阶级自由主义或激进主义。但格奥尔格·维尔特是个例外，由于他的社会主义诗歌的成熟和风格的独创性，他被恩格斯称为“德国无产阶级第一个和最重要的诗人”。①

这一时期需要提到的还有两位作家。一位是小说家、剧作家伊默尔曼（1796—1840），作为一位关心现实的作家，他曾参加反拿破仑的民族解放战争。他的作品显示出由浪漫主义过渡到现实主义的特色。他的长篇小说《后裔》（1836）描绘了德国从封建主义走向资本主义的社会生活。他的另一部长篇小说《闵希豪森》（1839）对当时社会中的各种虚伪欺骗行为作了犀利的揭露和嘲讽。伊默尔曼是德国19世纪上半叶广泛反映时代变化的现实主义作家。另一位是女诗人、小说家德罗斯特—许尔斯霍夫（1797—1848），她曾帮助格林兄弟和乌兰特收集童话和民歌，她的作品回避政治，着重描写的是故乡的风土人情和美丽景色，她的诗作抒情性强，其代表作除诗歌外有中篇小说《犹太人山毛榉》（1842），她的作品具有浪漫主义和现实主义相结合的特色。

“青年德意志”派作家　路德维希·伯尔纳（1786—1837）是位政论

① 恩格斯：“格奥尔格·维尔特”，见《马克思恩格斯全集》，第21卷，第6页，人民出版社，1965年。

家、文学评论家，“青年德意志”派的主要人物。他原名勒布·巴鲁赫，出生在法兰克福的一个犹太人家庭。自1803年起，他先后在柏林、哈勒、海德堡、吉森等地攻读医学、法律和政治学，1808年获哲学博士学位。1811年，他担任法兰克福警察局书记员，但在1814年因其犹太血统被辞退。1818年改名伯尔纳，皈依新教，开始政论家和新闻记者的生涯。1818至1821年，伯尔纳编辑《天平》杂志，因反对梅特涅，杂志被查封。1819年曾编辑《自由城市法兰克福报》，随后又编辑《时代的震动》杂志。1820年3月，他因进行煽动性宣传，被判14天拘留，1822年被迫流亡巴黎。1824年回到德国后，他曾在法兰克福、柏林和汉堡等地任新闻记者。受到法国七月革命的鼓舞，伯尔纳自1830年起寓居巴黎，直至逝世。他是流亡法国的德国小资产阶级革命者的中心人物。

伯尔纳在其文学评论中提倡现实主义的政治戏剧，反对伤感、恐怖的作品，主张把舞台变成培养民族感情的学校。伯尔纳的著作有《巴黎书简》(1832)和《巴黎新书简》(1833—1834)。书简涉及到巴黎政治、经济、社会和文化等各个方面的问题，其言辞十分激烈，无情地讽刺和抨击德国的现状，成为小资产阶级激进派的政治纲领，为德国1848年的革命作了舆论上的准备。在书简中，伯尔纳一针见血地指出了资本主义社会中贫、富之间的尖锐对立。他写道：“这是真的，穷人对富人的战争开始了。那些政治家们真可怜。他们太愚蠢，太坏了，这使他们无法理解，他们不应该对穷人，而是要对贫穷宣战。”这些书简由于其鲜明的政治性，收集成书后，立即遭到德国联邦议会查禁。

伯尔纳在《吞噬法国人的门策尔》(1837)一文中，倡导民主主义的爱国主义，抨击盲目排外的民族主义，主张各民族友好相处。

在充分肯定伯尔纳的进步性时，也不能不看到他的局限性。过于偏激的情绪使他对许多人和事的评判失之公允，他把歌德当作“公侯的奴仆”进行批判，指责海涅的作品缺乏他所谓的“倾向性”，由此引发了海涅与伯尔纳之间的论争。海涅于1840年发表了《论路德维希·伯尔纳》一文，阐明了他同伯尔纳之间的分歧，并对伯尔纳作出了公正的评价。他认为，伯尔纳是一个勇敢的爱国主义者，他的缺点就在于思想浅薄，受到小资产阶级狂热的局限。

卡尔·古茨柯夫（1811—1878）是"青年德意志"派的又一位代表。这位小说家、剧作家和文学评论家出生在柏林的一个驯马师家庭。他于1829年进入柏林大学攻读神学和哲学。1830年8月，古茨柯夫受到法国七月革命的影响，开始从事政治活动，成为激进的自由主义政论家。1831年至1832年，他与别人在斯图加特合办《文学报》，然后在柏林、海德堡、慕尼黑等地继续学业。1835年，他在法兰克福主编《长生鸟报》文艺版。同年，因有人告密，"青年德意志"派作家的作品被德国联邦议会扣上"亵渎宗教"、"有伤风化"的罪名，遭到禁止。1836年1月，古茨柯夫被判监禁一个月。自1837年起，他在汉堡主编《德国电讯》杂志，1846至1849年任德累斯顿宫廷剧院艺术顾问，此后成为自由作家。古茨柯夫于1852至1862年主办《家庭消遣》周刊，后迁居魏玛，并于1861至1864年任席勒基金会秘书长。这时，他的神经疾病日趋严重，1865年因为出现被追踪的妄想症，曾试图自杀，最后在一次大火中死于一氧化碳中毒。

古茨柯夫是一位多产作家。他既写剧本，也写小说和政论。他的历史剧和家庭剧深受法国社会问题剧的影响，自始至终贯穿着社会批判的内容。《乌里尔·阿科斯塔》（1847）是古茨柯夫最著名的诗体悲剧，提倡宗教问题上的宽容，反对教会的专横和集权是这部戏剧的主旨。喜剧《达尔杜夫的原型》（1844）对1848年三月革命前的德国状况，尤其是当时的书刊检查制度进行了辛辣的讽刺。其余的剧本还有《富人学堂》（1841）、《辫子与宝剑》（1844）和《王国少尉》（1852）等。

古茨柯夫的小说以现实主义手法批判宗教和社会弊端。长篇小说《马哈·古鲁》（1833）借用一个离奇的西藏故事，对宗教进行了批判，并进而提出“真正的人道”应当代替神的要求。长篇小说《多疑女人瓦莉》（1835）的创作受到乔治·桑的影响，表现了妇女解放的主题。贵族少女瓦莉因不中意年轻的怀疑论者凯萨尔，转而同撒丁岛公使结婚。当婚后发现自己成为丈夫骗取钱财的工具时，她又毅然同凯萨尔一道离家出走。多疑的瓦莉开始探索上帝和死亡的问题，最后绝望而死。小说通过凯萨尔的书信，对《新约全书》神的启示学说和路德的新教进行了严厉的批判。

在长篇小说《精神骑士》（1850—1851）中，作者从自由主义和空想社会主义的立场出发，把社会改革的希望寄托在优秀知识分子组成的精神骑士团身上，企图通过传播科学知识和人文主义的思想来振兴民族。侯爵之子埃贡由精神骑士团的代表人物蜕变为宫廷派的头面人物，表现了这类知识分子的动摇性，他最后被两者抛弃的结局则宣告了这样一种社会改革的破产。

作者的“时代小说”《罗马魔术师》（1859—1861）和历史小说《弗里茨·埃尔罗特》（1872）虽然试图表现社会的全貌，但因艺术上粗糙，未获成功。中篇小说《阿姆斯特丹的撒都策教徒》（1834）、《仰视》（1852）、《虚无主义者》（1853）具有一定的社会批判内容。此外，古茨柯夫还写了具有文学史料价值的传记《少年时代》（1852—1873）、《回顾我的一生》（1875）和一些针砭时弊的政论文章。

诗人、政论家**亨利希·海涅**（1797—1856）出生在一个破落的犹太商人家庭，1815年在故乡杜塞多尔夫上完中学后，曾在法兰克福和汉堡学习经商。1818年依靠当银行家的叔叔资助，海涅试图经营纺织品商店，未获成功，1819年入波恩大学攻读法律，后来又去哥廷根大学和柏林大学学习。大学期间，他听过文学讲座和浪漫主义作家奥·威·施莱格尔的德国语言史课，听过黑格尔的哲学课程，1825年在哥廷根获法学博士学位。此后，这位已负盛名的诗人经历了四年之久的漫游生涯，他的进步思想在国内遭到压制。受到1830年法国七月革命的鼓舞，他于1831年5月前往巴黎。在那里，他结识了巴尔扎克、贝朗瑞、大仲马、雨果、乔治·桑和作曲家柏辽兹（1803—1869）等人，并同圣西门主义者保持联系。1833年他担任奥格斯堡《总汇日报》记者，并同时为法国报纸撰稿。1834年，海涅在巴黎认识法国女工克雷斯琴斯·欧仁妮·米拉（即玛蒂尔黛·米拉），七年后结婚。1835年海涅的作品在德国成为禁书。1843年，他和马克思建立友谊，并参与《德法年鉴》的工作。早在1832年，海涅已经出现瘫痪的征兆，从1848年起，便病卧在床，开始了长达八年的"褥垫墓穴"生涯。但直到生命的最后一刻，他始终保持着"剑与火"的品格。"纸——铅笔……"就是海涅的临终遗言。

海涅的早期作品写于1817至1831年间，其代表作是《歌集》和《旅行札记》。《歌集》（1827）包括他早年发表的《青春的苦恼》、《抒情插曲》、《还乡集》、《哈尔茨山游记，组诗》和《北海集》五个部分。这部诗集广为流传，海涅在世时就已出了13版之多。它确立了海涅作为诗人的荣誉。诗集以他同堂妹阿玛莉之间的爱情为主线，在表现失去爱情的烦恼时，也流露出对于现实社会的不满情绪。其中有不少意境优美、音调和谐、语言朴实、情景交融、充满民歌色彩的抒情诗被谱上曲子，四处传唱。诸如《罗累莱》、《你好比一朵鲜花》这样的歌词随着悦耳的旋律，飘向四面八方。

他的《旅行札记》分为四卷。第一卷《哈尔茨山游记》（1826）是用讽刺与抒情的手法描绘的一幅20年代德国社会现实的风俗画。它真实地描述了海涅在哥廷根大学读书时去哈尔茨山旅游的所见所闻。作者讽刺的锋芒直指德国的小市民、反动统治者、沙文主义者和教会。在一段辛辣的讽刺之后，接踵而来的往往是一段优美的抒情文字，抒发他对平民百姓，对矿工、牧童、小学生、美丽的女孩，对自然界的树木、花草、河流的热爱之情。对反动势力的嘲讽和对人民与大自然的热爱相互交织，形成了这部游记的特殊风格。第二卷《观念——勒格朗特文集》(1827)把拿破仑视为“革命的平民皇帝”，大加颂扬，颂扬他在德国推翻封建制度的进步作用。作品表现了海涅对当时社会状况的抨击，提出只有革命才是摆脱困境的唯一出路。第三卷包括《从慕尼黑到热那亚的旅行》(1829)和《卢卡浴场》(1829)等篇。在《从慕尼黑到热那亚的旅行》中，海涅第一次综述了自己的革命观点，他指出：革命势力与反动势力之间的阶级斗争是欧洲历史发展的动力。在书中他把自己称作“人类解放战争中的一名勇敢的士兵”。在《卢卡浴场》中，海涅宣称时代的任务就是摆脱德国反动势力在生活的所有领域对于自由思想的束缚。游记的第四卷《英国片断》(1827—1828，1831)体现了海涅对当时经济发达的工业资本主义的深刻认识。它反映了由备受赞扬的英国资本主义自由所掩盖的劳动者的悲惨遭遇。在熙熙攘攘、热闹非凡的伦敦街景后面，作者看到的是剥削者的自私与贪婪，他们对劳动者的残酷压榨。作品在揭示资本主义是造成群众苦难的根源的同时，预言了爆发革命的必然性。

海涅自1831年寓居巴黎后，撰写了大量论述宗教、哲学、文学、绘画、音乐、戏剧的文章。30年代最重要的著作是《论浪漫派》(1833)和《论德国宗教和哲学的历史》(1834)。这两部著作对欧洲封建社会的精神支柱——基督教进行了深刻的分析和批判。

《论浪漫派》开创了德国系统批评浪漫派的先河。歌德认为，浪漫派具有健康的与病态的两种倾向，海涅则进一步把这两种倾向上升到进步与反动的高度。他认为，浪漫派“不是别的，就是中世纪的复活”，“这种文艺来自基督教，它是一朵从基督的鲜血里萌生出来的苦难之花。”因此，它在政治上是反动的，但在艺术上却又有可取之处。在谈到创作与现实的关系时，他指出：“正如巨人安泰只有在脚踏着母亲大地之时，才无比坚强，不可征服，一旦被赫拉克勒斯举到空中，便失去力量”一样，“诗人也只有在不离开客观现实的土壤之时，才坚强有力，一旦神思恍惚地在蓝色太空中东飘西荡,便变得软弱无比。”

《论德国宗教和哲学的历史》在批评德国古典唯心主义哲学的同时,充分肯定了它在反对宗教方面的进步作用。海涅认为,康德的不可知论强调的是人,是人的理性的批判精神。他把康德的学生费希特比作拿破仑,把费希特先验唯心主义强调的自我视为与神相对立的“人”的“自我”。他指出,德国古典唯心主义哲学家正是从强调“人”的“自我”出发,否定了上帝的存在。

40年代是海涅诗歌创作的巅峰时期。1841年写成的长诗《阿塔·特罗尔》是对他的敌人,对那些出于不同的政治目的和相同的妒嫉心理对他进行恶毒攻击的敌人的反击。海涅借助阿塔·特罗尔这只自恃技艺高超,不愿屈居人下的熊的形象,刻画出德国社会生活中一批既无能、又凶狠的愚昧之徒的丑恶嘴脸。

40年代也是德国政治抒情诗的黄金时代。海涅于1844年发表的《新诗集》包括一部分以《时代的诗》命名的政治诗。这些诗歌有的抨击普鲁士国王及其臣仆(《献给格奥尔格·赫尔韦格》);有的公开向封建贵族和教会挑战,预言“一些教堂的高塔要倒塌,/一些宫殿也将要动摇!”(《等着吧》);有的忠实反映1844年的织工起义,热情歌颂旧制度掘墓人的光辉形象(《西里西亚的纺织工人》)。

政治长诗《德国——一个冬天的童话》(1844)是海涅最重要的作品。1843年深秋,海涅在离别德国12年之后重返故土,他途经慕尼黑和不来梅,于10月30日到达汉堡。德国反动统治者企图以假象、伪善和诡辩来掩盖自身的腐朽,这不啻是一个自欺欺人的“童话”;旅途上诗人所经历的是暮秋的萧瑟和严冬的肃杀,而这一切又正好成为德国社会停滞不前、死气沉沉的象征。全书共27章,对德国的检查制度、关税同盟、分裂的城邦、君主立宪、资产阶级的民族主义和自由主义,进行了辛辣的讽刺和无情的抨击。在第三章里,他把普鲁士反动统治者比作一只“丑恶的凶鸟”，他“唤来莱茵区的射鸟能手”，要“来一番痛快的射击”。

由谁为我把鸟射下，
我就把王冠和权杖
授予这个勇敢的人！
为他吹号欢呼：“万岁，国王！”

在海涅身上，对于祖国的无比热爱之情同对于德国鄙陋状况的尖锐批评相反相成。为了反击政敌的诽谤，他在《序言》中写道：“你们放心吧，我跟你们同样地热爱祖国。为了这种爱，我把13年的生命在流亡中度过，也正是为了这种爱，我又要回到流亡中，也许长此下去……”在长诗中，作者针对德国浪漫主义所唱的充满消极情绪的“断念歌”和“催眠曲”，提出要制作“一首新的歌，更好的歌”，要在大地上“建立起天上的王国”。

在“褥垫墓穴”中，海涅凭着惊人的毅力完成了诸如《罗曼采罗》（1851）、《1853至1854年诗集》、《自白》（1854）和《卢台奇亚》（1855）的创作，为世人留下了一笔宝贵的精神财富。在这些作品中，虽然有时也流露出某种多愁善感，甚至是万念俱灰的情绪，但是作品的基调却是对普鲁士现状的不满和同命运的抗争。嬉笑怒骂，冷嘲热讽仍然不减当年。在去世前不久写的《卢台奇亚》法文本序言中，海涅出于误解，对共产主义心怀恐惧，害怕获胜的无产者会毁坏他所心爱的艺术，但在资本主义与共产主义之间，他宁肯选择后者。

除了诗歌和散文，海涅还写过一些小说。《巴哈拉赫的经师》（1840）仅存三章，通过亚伯拉罕经师夫妻在法兰克福等地的所见所闻，引申出中世纪犹太人惨遭迫害的故事。《施纳贝勒沃普斯基先生回忆录》（1834）共14章，记述了主人公在汉堡和阿姆斯特丹的经历。夹叙夹议，借古讽今,集幽默讽刺于一体,熔散文诗歌于一炉,其中穿插着一些优美动人的传说。《佛罗伦萨之夜》(1836)借一对恋人的谈话,对帕格尼尼在汉堡的独奏音乐会进行了绘声绘色的描写。

综观海涅的全部作品,其讽刺艺术的运用堪称一绝。无论是冷嘲热讽,还是反唇相讥,都令人忍俊不禁。朴实无华的语言,娓娓道来的风格,使人倍感亲切,增强了散文的艺术感染力,使这些作品成为传世佳作,受到人们的喜爱。

剧作家**格奥尔格·毕希纳**(1813—1837)出生在达姆施塔特附近的戈德劳,父亲为医生。毕希纳1831年入斯特拉斯堡大学攻读医学和自然科学,1833年到黑森大公国的吉森大学继续学业,并兼学历史和哲学,在此期间,开始参加当地激进的民主政治运动。1834年初,毕希纳组建地下革命组织"人权协会",同年7月,撰写了第一篇社会主义的战斗檄文《黑森信使》。这是《共产党宣言》诞生之前,19世纪欧洲最革命的宣言。由于有人告密,毕希纳于1835年初离开吉森,回到达姆施塔特,在五个星期内写就剧本《丹东之死》;3月初逃往斯特拉斯堡,在那里攻读医学和哲学,创作中篇小说《棱茨》和讽刺喜剧《莱翁采和莱娜》。1836年,毕希纳移居瑞士,担任苏黎世大学自然科学史编外讲师,写出悲剧《沃伊采克》。他的另一个剧本《皮特罗·阿雷蒂诺》完稿后丢失。此外,毕希纳翻译了雨果的两部剧《玛丽·杜铎》和《吕克蕾丝·波基亚》。1837年初,毕希纳染上伤寒症,于2月在苏黎世逝世,终年24岁。毕希纳从事创作的时间虽然只有两年,而且作品也不多,但由于这些作品内容深刻,艺术上有创新,对后世产生了深远的影响。

《黑森信使》(1834)是毕希纳撰写的政治传单,在奥芬巴赫秘密印刷。自由派牧师魏狄希为它加上标题《黑森信使,第一份传单》。《黑森信使》利用一系列精确的统计数字,揭露黑森大公国对劳动者的残酷剥削,既有说服力,也有鼓动性。它提出法国大革命时的口号:"对茅屋——

和平！对王宫——战争！”，号召劳苦大众揭竿而起。“贵人们的生活是一个漫长的星期日：他们住在漂亮的房子里，穿着质地精美的衣服，他们有肥胖的脸庞，说着一种独特的语言；……农民的生活是一个漫长的工作日：别人在他们面前吃掉他们的庄稼，他们的身体是一个肉茧，他们的汗滴是贵人们饭桌上的盐。”达官贵人对于劳动群众的盘剥，贫富悬殊的鲜明对比跃然纸上。

四幕历史剧《丹东之死》（1835）以法国大革命时期雅各宾党人和吉伦特党人之间的斗争为背景，集中表现了罗伯斯庇尔与丹东的矛盾冲突。丹东指责罗伯斯庇尔不关心人民生活，要求他放弃恐怖政策；罗伯斯庇尔则指控丹东腐化堕落，背叛革命。丹东虽然被革命法庭送上了断头台，但罗伯斯庇尔却因为无法解决人民的面包问题，最后也陷入孤立状态。剧中有不少辩论和对话，大多取自国民议会和革命法庭的发言记录，因此具有较强的真实性。历史上发生过的事件虽然早已成为过去，但丹东的结局和罗伯斯庇尔的孤立却发人深省。

在讽刺喜剧《莱翁采和莱娜》（1836）中，波波国国王彼得之子莱翁采饱食终日，百无聊赖。彼得国王为了过上闲适的生活，决定让儿子继承王位，并选定庇庇国公主莱娜做儿媳。莱翁采不愿放弃懒散生活，决定离家出走，半道上与莱娜完婚，继承王位之后，莱翁采制定了一项尽情享乐的基本国策。剧本无情地揭露和嘲笑了封建贵族内心的空虚和生活的无聊。

《沃伊采克》（1836）取材于1821年在莱比锡发生的一件情杀案，被誉为“德语中第一部穷人戏剧”。军中理发师沃伊采克为了供养情人玛丽和孩子，不得不为低廉的报酬，接受极其苛刻的条件，充当医生的试验品。当他看见玛丽同鼓手长跳着舞从身边走过，听见他们一面跳，一面说“继续跳，继续跳”时，他万分气愤，遂用刚买来的刀子将玛丽刺死，最后自己也淹死池中。在德国文学史上，毕希纳第一次把贫富对立作为剧本的主要内容，揭示犯罪的社会根源。沃伊采克同玛丽相爱，但未去教堂举行婚礼，由于穷困，自然也就顾不上所谓的道德。他对玛丽的态度由爱到恨，由恨到杀的转变过程笼罩着忧郁的气氛。按照亚里士多德的观点，贫穷乃万恶之源，贫穷引起暴乱。它是一种不幸，是一种在法庭上视为“可使罪行减轻的情况”。作为一个“善良的罪人”，“无辜的罪人”，沃伊采克的遭遇激起人们的同情。他悲惨的结局是对当时生活法则的一种软弱无力、但又充满愤怒的、沉闷的抗议。

中篇小说《棱茨》虽然创作于1835年，但发表的时间却在1839年。小说的主人公是狂飙突进时期的诗人和剧作家棱茨。棱茨是歌德的挚友，曾投身狂飙突进运动，后因事业和爱情受到挫折，精神失常。毕希纳描写的是棱茨精神错乱后的生活经历和心理特征。细腻的心理分析和细致的景物描写构成这篇小说的特色，使它成为德国中篇小说的佳作。

40年代革命诗人　霍夫曼·封·法勒斯莱本（1798—1874）出生在吕内堡附近法勒斯莱本的一个商人家庭，原名奥古斯特·亨利希·霍夫曼，1814年入不伦瑞克文科中学，结识诗人克尔纳（1786—1862），深受其影响。1816年起，他先后在哥廷根大学、波恩大学攻读神学、语言学和考古学，并于1818年在卡塞尔结识格林兄弟。1823年，法勒斯莱本任布雷斯劳大学图书馆管理员，1830年任该校语言文学副教授，1835年晋升为教授。他喜爱旅游，收集民歌。1842年，他因为发表诗集《非政治的诗》触犯当局，被免除教职，驱逐出境。他漂泊多年，在各地朗诵诗歌，深受欢迎。虽然在1848年就已恢复名誉，但直到1860年，他才在威悉河畔的科尔韦城堡谋得图书馆管理员的位置。

法勒斯莱本是一位资产阶级自由派的爱国诗人，也是“48年派”的重要诗人。他的诗歌创作受到浪漫派影响，音调和谐，朗朗上口，富有民歌风味。他歌唱世上的一切，歌唱爱情和美酒、春天和冬天、儿童和流浪汉、王侯和小市民。他的饮酒歌、爱情诗和儿歌纯朴自然，充满了生活的欢悦，曾广泛流传。他一生创作儿歌近两百首，其中《林中响起布谷、布谷声》、《再见吧，冬天！》、《鸟儿们都已来到》、《群星失去了光辉》、《一个人站在林中》和《金龟子，飞吧！》等备受欢迎。他的政治讽刺诗虽然对普鲁士的君主制和书报检查有所批评，态度却比较温和。

法勒斯莱本于1841年8月创作了政治诗《德国人之歌》，表达他对于祖国四分五裂所感到的忧虑。诗中迫切希望德国统一、富强的强烈愿望使它在历史上几度被用作德国国歌。1990年东、西德统一后，仍被用作国歌。诗中唱道："统一、权利和自由/为德意志祖国！/让我们用心灵和双手/兄弟般地奋发努力！/统一、权利和自由/是幸福的保证——/在幸福的光芒中繁荣昌盛，/繁荣昌盛，德意志祖国！"但是这首诗的第一句"德意志，德意志高于一切，/高于世上的一切"曾被人歪曲，为沙文主义者和帝国主义分子所利用。

除创作外，法勒斯莱本还收集了不少民歌，经他编纂出版的有《德国古代政治诗歌集》(1843)、《十六、十七世纪德国社会诗歌》(1844)和《荷兰民歌》(1833—1863)等。作为日耳曼语文学家和文学史家，他发现了《奥特弗里德》和《路德维希之歌》等古文手稿。

费迪南德·弗赖利格拉特(1810—1876)同法勒斯莱本一样，也是40年代的重要革命诗人。他生于德特莫尔德的一个穷教师家庭。文科中学毕业后，因无力支付大学学费，他不得不于1825年去索斯特当商店学徒，自学英语和法语，1832至1836年夏天在阿姆斯特丹任会计。1834年，他开始在地方晨报上发表抒情诗。1837年，他在巴尔门的商店里任办事员。1838年，因出版《诗集》，一举成名，翌年成为自由作家。由于诗中有反对海涅和"青年德意志"派的内容，他从1842年起，获得普鲁士国王给予的一笔荣誉年薪。受到法勒斯莱本的影响，他的思想转为激进，1844年他放弃年薪，并出版政治诗集《信仰的自白》，宣传资产阶级自由民主的革命理想。诗歌遭禁后，诗人被迫流亡。1845年，他在布鲁塞尔与马克思结交，在瑞士结识作家凯勒。弗赖利格拉特于1848年回到德国，加入共产主义者同盟，1848年8月因“煽动颠覆”罪遭反动当局逮捕，获释后参加马克思主持的《新莱茵报》编辑工作，直至1849年该报被禁。1846至1851年间，弗赖利格拉特创作了大量革命诗歌，获得“革命鼓手”的殊荣。

1851年，弗赖利格拉特再次流亡伦敦，先任瑞士银行伦敦分行会计，后任行长，逐渐疏远马克思。1868年，他经大赦回国，获得德国国家博物馆的一笔数目可观的荣誉礼金。1870年普法战争爆发后，他写过一些鼓吹沙文主义的诗歌，如《格拉韦洛特的喇叭》（1870—1871）等，收在《新诗集》（1877）中。

弗赖利格拉特的早期作品《诗集》（1838）深受法国浪漫派，尤其是雨果东方诗歌的影响，具有不问政治的倾向。他的《沙漠和狮子的诗歌》感情炽热，优美如画。《信仰的自由》（1844）是他成为政治诗人的标志。组诗《这就行了》（1846）共六首，以法国大革命时的歌曲作为组诗的标题，预示在德国一场革命的风暴即将来临。其中的《由下而上》一诗把一个国家比作一艘轮船，描写了甲板上和机舱里两种生活的尖锐对立，无产者询问国王：“谁在为你有节奏地转动轮子”，表明无产者的觉悟和必胜的信心。革命的1848年是弗赖利格拉特诗歌创作的旺盛时期，在这一年他写了诸如《死者致生者》、《黑红金》、《共和国》、《不管怎么样》等充满革命激情的诗歌。1849年5月19日发表在最后一期《新莱茵报》上的《新莱茵报告别辞》在揭露敌人阴谋诡计的同时，表明了战斗到底的决心：“再见——可不是永别！”“我马上就要回来，/更加武装整齐！”

除创作外，弗赖利格拉特还翻译过莫里哀、雨果、莎士比亚、拜伦、彭斯和惠特曼等人的作品。

格奥尔格·赫尔韦格（1817—1875）出生于斯图加特一个旅馆老板家庭。1835年在图宾根神学院攻读神学，因具有自由民主思想，1836年在一次吵架事件后被开除，同年回到斯图加特，1837年在那里参加《欧罗巴》杂志编辑工作。1839年因不愿服兵役，他逃往瑞士，在那里为《德国人民殿堂》杂志撰稿，因1841年出版诗集《一个活人的诗歌》第一卷而一举成名。赫尔韦格于1841至1842年去巴黎，在那里结识海涅；1842年回到德国，在科隆认识马克思，在柏林受到普鲁士国王威廉接见。不久，因为他致信国王，建议改善令人压抑的政治气氛，引起国王不满，被逐出普鲁士。他自1843年9月起寓居巴黎，与雨果、贝朗瑞、海涅和马克思来往密切，同时也受到无政府主义者巴枯宁的影响。1844年，他的《一个活人的诗歌》第二卷在瑞士出版。1848年，赫尔韦格任巴黎德国共和主义者委员会主席。同年4月，他凭着一腔热情，率领一支由德、法工人组成的志愿军团，从巴黎出发前往巴登，支援当地的起义。起义失败后再度流亡国外。

他与拉萨尔关系密切，曾任全德工人联合会驻瑞士全权代表，1865年退出该联合会后接近马克思和恩格斯。1866年德国大赦后，他才得以重返故土，定居巴登—巴登。他于1869年被任命为第一国际荣誉记者，参加社会民主党党报《人民国家》的编辑工作，发表诗歌抨击普鲁士的国家制度，批判1870至1871年的普法战争。他最后的诗稿辑入《新诗集》中，于1877年出版。

赫尔韦格是40年代的重要革命诗人。他的诗歌语言简练，韵律严谨，形象生动，充满激情，具有很强的号召力。在1841年写的《号召》一诗中，诗人以炽热的语言号召："拆除地球上的十字架！/所有的十字架都应变成利剑"，奋起反对"暴君和小市民"。

立场坚定，旗帜鲜明是赫尔韦格处世的最高原则，正因为这样，他在《党》这首诗中，把"党"称作"一切胜利之母"，抒发了一个革命战士对"党"无比深厚的感情。1863年10月写成的《全德工人联合会会歌》词句简短，铿锵有力，气势磅礴，表达了工人争取自由的决心。

诗人和小说家**格奥尔格·维尔特**(1822—1856)出生于德特莫尔德的一个牧师家庭。他于1836年起在埃伯菲尔德学习经商,1839至1841年在科隆当会计,1842年在波恩任文书,1843年赴英国经商,与恩格斯结成至交。在英期间,维尔特研读费尔巴哈的哲学和国民经济学,结识宪章运动的领袖,接受恩格斯的建议,在了解无产阶级所有苦难的同时,也去探讨摆脱这些苦难的手段。在这里,他参加了"正义者同盟"伦敦中心,即后来的"共产主义者同盟"。1845至1847年维尔特在逗留布鲁塞尔期间与马克思相遇。在马克思、恩格斯的影响下,他写出了一批体现科学社会主义思想的散文作品,创作了一系列优秀的政治诗。

1848年法国爆发二月革命,他奔赴巴黎,但不久又随马克思、恩格斯回到德国。1848至1849年,维尔特在科隆担任《新莱茵报》副刊编辑。从1850年起,维尔特迫于生计,不得不停止写作,充当商品推销员,前往西班牙和南美、中美等地。1856年维尔特因病,在哈瓦那去世。

维尔特短暂的一生写下了不少脍炙人口的诗歌。这些诗具有民歌风格,语言朴实,通俗易懂,幽默风趣,感染力强。其中最有名的当推组诗《兰卡郡之歌》(1845)。这七首诗歌揭露了资本家剥削的残酷,歌颂了工人阶级争取解放的斗争和国际无产阶级的相互支援,譬如《一百个哈斯韦尔男子》描写的是矿坑失事后,资本家只发给100个死者家属一个星期工资的情景。《他们坐在板凳上》体现了英国工人同德国工人同呼吸、共命运的团结精神。诗歌用朴实的语言,形象地刻画出一群工人感情的变化。这些工人坐在板凳上喝着啤酒谈天说地,纵情高歌,但在他们听说德国西里西亚纺织工人的起义遭到残酷镇压时,他们都流下眼泪,举起拳头,扬起帽子,向西里西亚的工人致敬。

《英国人社会生活和政治生活速写》(1843—1848)表现了作者敏锐的观察力和批判眼力,其中的《英国工人的赏花节》备受赞赏。《爱德华——一部小说的片断》(1845—1846)塑造了"德国文学中第一个有觉悟的工人”形象。爱德华是一个年轻工人。他作为一个焕然一新的人物，从英国回到原工作的厂里，受到工人的热烈欢迎。他启发工人的觉悟，向他们灌输革命道理，号召他们不仅要罢工，还要举行武装起义。小说的语言自然流畅，叙述故事轻松自如。

与《爱德华——一部小说的片断》相反，《德国商业生活的幽默速写》（1845—1848）的中心人物是一个名叫普赖斯的大商人。全书共14章。前面几章描写学徒、文书、账房、老职员等小人物的命运，揭露经纪人费尽心机推销劣质商品，为老板骗取高额利润的丑恶行径。最后几章集中描写1848年革命后，普赖斯感到大难临头，万分恐惧，却又故作镇静的心态。作者巧妙地用“零”代表剥削阶级，用其他数字代表劳动者，形象生动地说明：“零”之所以有价值，是因为前面有其他数字存在；如果没有其他数字——劳动者，零——剥削者便会一钱不值。在这部作品中，人物形象的刻画、数字形象的比喻都很出色。

长篇小说《著名骑士施纳普汉斯基的生平事迹》（1849）由21篇讽刺小说组成，通过对贪生怕死、道德败坏的贵族子弟施纳普汉斯基发迹过程的描写，对普鲁士贵族进行了无情的揭露和猛烈的攻击。由于书中影射1848年被农民处死的利希诺夫斯基侯爵，维尔特遭到指控，被判处三个月监禁。

维尔特在他的作品中不仅写出了工人的苦难，也写出了他们的成长过程，更写出了这些有觉悟的工人的高贵品质，因此，恩格斯称他为“德国无产阶级第一个和最重要的诗人”。

克里斯蒂安·弗里德里希·黑勃尔（1813—1863）生于一个泥瓦匠家庭，由于家境贫困，很早就学过瓦工，1836年至1839年在海德堡大学和慕尼黑大学攻读哲学、历史和文学。他深受黑格尔和谢林的哲学美学以及叔本华的悲观主义影响。他的创作以诗歌和短篇小说开始，后来主要以戏剧为主。他的第一部戏剧《尤蒂特》（1841）讲述的是犹太女英雄拯救犹太民族的故事，在汉堡和柏林上演，获得很大成功。1843年黑勃尔游历法国，在巴黎时写成了他的重要的现实主义作品《马利亚·玛格达勒娜》（1844）。1846年定居维也纳，继续创作剧本。其中，重要的有诗体剧《赫罗特斯和玛丽阿姆耐》（1848），它取材于犹太人的历史传说讲犹太王后因个人尊严受到损害而进行复仇的故事，从中揭露了暴君的专制。1848年德国革命失败后，他的作品更加远离政治现实，其妥协求安的思想愈来愈明显。1851年写的五幕剧《阿格芮丝·贝尔瑙尔》取材于15世纪奥格斯堡的传说，写巴伐利亚的王子违反习俗和一美貌绝伦的穷女子阿格芮丝私下结婚，引起国王及贵族的强烈不满。因为害怕自己死后引起内乱，国王不得已判阿格芮丝死刑，王子得知后悲愤交集，决心向父王复仇，但教皇调解了父子间的矛盾。剧情原本涉及的是封建门第婚姻悲剧，但黑勃尔却突出了国家利益高于一切的主题思想，可见作者浓厚的妥协倾向。此后黑勃尔转向古希腊、罗马题材，创作了《吉格斯和他的戒指》（1852）。这是一部五幕悲剧，讲希腊牧人吉格斯得到了一只隐身戒指，他把它献给了国王，两人成为好友。国王为了炫耀王后的裸体美，令吉格斯戴上戒指偷看妻子，但被王后发觉，伤了她的自尊。为了复仇，她指使吉格斯杀死了国王并和她结婚，婚后她马上自杀。剧本的语言很优美、讲究，对人物的心理描写非常成功。国王是个不喜欢陈规的反传统人物，而其结局却是悲剧。这说明改革是不可行的，这也是黑勃尔本人的思想。1861至1862年黑勃尔根据德国古代史诗《尼伯龙根之歌》写成剧作《尼伯龙根》三部曲，在魏玛、巴黎和伦敦演出，引起轰动。1863年黑勃尔于维也纳逝世。

作为一个40年代的剧作家，黑勃尔最成功的、以现实生活为题材的作品是《马利亚·玛格达勒娜》。这是部家庭悲剧，讲的是一个小市民家庭里发生的事件。木匠安东是个守旧、正直的家长，对他的女儿克拉拉和儿子卡尔要求很严。克拉拉和儿时的朋友弗里德里希很要好，但后者外出杳无音信。克拉拉只能遵从父命和莱昂哈德订婚，然而莱昂哈德看中的只是安东师傅的存款，克拉拉的陪嫁，为此他诱迫克拉拉发生了性关系，但当他得知安东已把存款用来救济别人时就借口卡尔因盗窃嫌疑入狱而宣告解除婚约，转而追求市长的驼背女儿。安东要求女儿保证，她是清白的，这时弗里德里希回到了故乡，向克拉拉表达了爱情，但克拉拉告诉他关于莱昂哈德和她的事，弗里德里希决心和莱昂哈德决斗，以洗刷耻辱，然后再和克拉拉结婚，但克拉拉并不知道他的计划，她转而去求莱昂哈德和自己结婚，因卡尔已无罪释放。但她的苦苦哀求并没有打动莱昂哈德，克拉拉不能保全自己和家庭的名誉，就只能投井一死了之。当弗里德里希杀死了莱昂哈德，来到克拉拉家时，克拉拉已死去。对这场悲剧安东师傅只能惊叹说："我再也不理解这个世界了！"而实际上这一场悲剧正来自安东师傅的旧伦理思想，是他太过分重视世俗的名誉而迫使女儿走上了绝路。但是安东的家庭悲剧恰恰反映了德国小市民的现实生活：认真恪守传统的安东，他的荣誉观，他的家长作风；软弱善良、对父辈唯命是从的克拉拉；唯利是图、一心往上爬、虚伪的莱昂哈德；很想跳出狭窄的天地但目标不明确的卡尔等人物都是现实生活中的典型。而悲剧本身则宣告了这个固有的传统家庭在社会现实的变化面前正在遭受分崩离析的命运。剧名之所以用《马利亚·玛格达勒娜》是作者以《圣经》中虔诚的女子的名字来肯定克拉拉。黑勃尔的这部剧作是他唯一一部现实主义倾向较强的作品，是欧洲最好的家庭悲剧之一。由此可见，黑勃尔是可以写出反映社会问题的好作品的，但由于革命的失败，黑勃尔个人的思想局限，在后来的多部作品里，黑勃尔着力描绘分析的往往是人物细微内心的变化，而忽略了作品主题的社会意义，从而削弱了作品的积极性。

爱德华·默里克（1804—1875）出生在路德维希堡，父亲早逝，因而家境贫寒。1822至1826年他在神学院攻读神学，之后任助理牧师，1834年任牧师，1843年病退，后在斯图加特的一所女子学校任文学教师，并为多种报刊写稿。1856年任教授。默里克被称为德国浪漫派的最后一个诗人。他在1832年写了带有自传性质的长篇《画家诺尔顿》,这部作品反映了作者青年时代的生活经验,但并不是一部自传小说,而是近似教育小说。主人公诺尔顿处于两个女人的情爱纠葛之中,又加上神秘的吉卜赛女郎的介入,更使他长期处于情感矛盾、思绪乱如麻的状态,小说的结局是男女主人公一个接一个地死去。这跟歌德的教育小说《维廉·麦斯特》、凯勒的《绿衣亨利》大相径庭,有人认为这部小说属于心理小说。小说的手法在结构上散漫无章,情节的发展也往往显得突兀。作品虽写于青年时代,直到晚年默里克仍作了修改,最后由他的友人加以完成。

中篇《莫扎特在赴布拉格的途中》(1855)是默里克最成功的散文作品。作品讲述的是莫扎特和妻子赴布拉格的途中在一家旅店附近散步,由于莫扎特摘了一所私人花园中的一只小橙子而结识了花园主人,一位伯爵。伯爵全家都是莫扎特的崇拜者,莫扎特向他们弹奏了他正在创作的歌剧《唐璜》片段,这时伯爵的侄女预感到这位天才将不久于人世。全书因优美的文笔和多变的风格而获得好评,至今常常为人所阅读,是一部优秀的传记文学。

但默里克最大的成就是他的诗歌。他的抒情诗大多反映他的个人生活和赞叹家乡的自然风光。他的诗歌在风格上继承了古希腊及歌德以来的德国抒情诗的传统,还加上民歌的影响,因而朴素自然,音调极为优美和谐,为此舒曼等作曲家将他的一些诗歌谱成曲子流传至今。他的作品虽然不涉及政治社会问题,尤其在1848年革命失败之后,他热衷于古典文学传统的人道主义,但从他的作品中可以看到,他对现实是不满的,在他的叙事诗《博登湖的牧歌》(1846)中对贪婪破坏了爱情作了抨击。他的抒情诗虽然大多是脱离现实的,但却是健康的。他描绘事物非常生动逼真,对人物的思想感情能洞察入微,并能把情感形象化。他是德国19世纪中叶的一位优秀诗人。

第五节　意大利文学

1831至1860年是意大利民族复兴运动向纵深发展并走向胜利的时期。朱塞佩·马志尼（1805—1872）组织“青年意大利党”，资产阶级政党开始取代秘密会社，领导这场运动，并且提出奋斗的目标是在自由与独立之外加上统一。马志尼尤其主张，意大利必须在一个建都罗马的共和形式的政府领导之下成为一个自由、独立与统一的国家。这成为资产阶级民主派的共同目标。他们拒绝君主立宪政体，认为这种政体意味着不平等；他们也拒绝联邦制度，认为这种制度只会削弱国家的力量，也不利于加强各地之间的团结。经过1848至1849年的第一次独立战争和1859至1860年的第二次独立战争，意大利基本实现统一，于1861年2月在都灵召开第一次国民议会，宣布原撒丁王国国王维克托·埃玛努埃尔为意大利国王。这个君主立宪制的国家是大资产阶级同封建势力妥协的结果，许多人对此不满。此后，意大利王国又经过十年的努力，于1866年10月收复奥地利盘踞的最后一块土地威尼提亚，于1870年9月占领罗马，将教皇逼进梵蒂冈城内，政府迁都罗马。统一大业最终完成。

在意大利人民浴血奋战的几十年里，讴歌民族理想的浪漫主义文学更加紧密地与民族复兴运动结合在一起。起初，不少作家仿效曼佐尼的《约婚夫妇》写历史小说。这些作品在精神上是浪漫主义的，却有着明确的政治目标。小说围绕过去引人注目的事件或人物描写反抗与斗争，讴歌民族的辉煌历史，与当时的受外族奴役的屈辱状况形成对照，激发人们的民族自尊，宣传爱国主义思想。接着，更为突出的现象是许多作家亲身投入血与火的战斗，并以其创作直接描写民族复兴运动。有的作品是鼓舞斗志的战地文学，如诗人马梅利（1827—1849）在罗马共和国保卫战中英勇牺牲时年仅22岁；他写的《意大利兄弟们》（1847）、《罗马！共和国！来吧！》（1849）都是著名的战斗诗篇，《意大利兄弟们》后来被定为国歌。不少作家因参加革命活动遭到监禁或流放，他们的体验与反思，以抒情诗、小说或回忆录的形式加以表达。意大利浪漫主义文学始终与民族复兴运动相伴相生，当民族复兴运动结束时，浪漫主义文学也随之悄然消失。因此，第二阶段的浪漫主义文学也称之为民族复兴文学。浪漫主义文学完成了意大利民族在精神上的统一，也造就了第一支意大利全民族的作家队伍。在此之前，文人分属于各地的封建小朝廷，处于闭塞的环境里，彼此很少交流。

当民族复兴由理想变为现实的革命运动时，浪漫主义文学也随之发生改变，逐渐出现写实倾向。同时，由于斗争的残酷和曲折，君主立宪制的不尽如人意等原因，一些作家产生悲观失望情绪，流露在作品中，形成感伤主义。也有一些作家厌倦于浪漫主义文学追求政治思想、宣传实效的功利主义，重新拾起古典主义的雅趣，追求更精美的艺术形式。总之，浪漫主义文学趋于尾声时歧异纷呈，没有再出现像前期的曼佐尼、莱奥帕尔迪那样伟大的作家；只产生了一个杰出的理论家德·桑克蒂斯，他对浪漫主义文学进行了总结。

尼科洛·托马泽奥（1802—1874）是19世纪中期一位有着突出地位的作家，著述丰富，文学创作以表现复杂、矛盾的内心活动见长。他出生在现属克罗地亚的海滨城市希贝尼克，早年入神学院学习，成为一个虔诚的天主教信徒。1820年他到米兰，与曼佐尼建立友谊，1827年迁居佛罗伦萨，积极参与《文选》的编辑工作。后因发表反对奥地利和俄国的文章，他招致当局的迫害，流亡巴黎，1839年返回，在威尼斯又因进行反对奥地利的活动而被捕入狱；威尼斯在1848年革命中独立，他才获得自由。第二年威尼斯陷落，他流亡到希腊的科孚岛，1859年定居佛罗伦萨。

托马泽奥兴趣广泛，博学多才，著述涉及多种学科领域：语言学、宗教理论、伦理学、教育法、政治、历史、美学、文学。他编纂的《同义词词典》（1830）、《意大利语辞典》（1859—1879）至今仍是人们常用的工具书。他写的《评〈神曲〉》（1837）是一篇著名的浪漫主义评论文章。他对民歌深有研究，翻译了《希腊民歌》，收集和整理了《科西嘉和托斯卡那民歌》。在文学创作方面，他最突出的成就是诗歌与长篇小说。

他在长达40年的诗歌创作中，真实地抒发了身处各种逆境时的焦虑心情，记录了时常出现的情感躁动，表现出一个追求宗教信仰安慰并为实现社会理想而奋斗的人的高尚心灵，同时也袒露了在情欲折磨之下的犯罪感与自责。带有自传性的抒情诗写得坦诚而质朴。一些叙事诗，如以中世纪故事为题材的《一个女仆》，与其他浪漫主义诗人写的同类作品相比，夸张性的描写较少，追求真实自然的效果。他的诗歌风格比较古朴优雅，在浪漫派诗歌中独具一格，全部作品收入《诗集》（1875）中。

他的长篇小说《信仰与美》（1829）也不同凡响，不仅题材特殊，而且叙事技巧新颖。这是两个饱经忧患的男女相遇相恋的故事，女方向情人述说自己漫长的可悲情感经历，而男方以日记的形式，描述自己在事业与感情上的失败，抒发郁郁不得志的烦恼，正当他们想通过结婚来建立新的希望时，女主人公却因肺结核病逝。小说没有浪漫的情节，完全依赖深层次的心理描写，采用人物内心独白的形式进行心理剖析，描写精确细腻。他的另一部小说《内心日记》（1853）是一部忏悔录，表现一个爱国者和基督徒复杂而矛盾的内心生活。人物的高度敏感，变化不定的心态，和对自我的清醒意识，显示出后来颓废派文学形象的特征。托马泽奥被认为是意大利颓废派的先行者。

西尔维奥·佩利科（1789—1854）是一位较早的浪漫主义作家，但他最著名的作品是晚年写的感伤主义的回忆录。他出生于沙鲁佐的一个穷苦人家，20岁时迁居米兰。他积极参加浪漫主义文学运动，1818年成为

《调和者》的主编。不久之后加入秘密革命团体烧炭党，1820年被捕入狱，先被判处死刑，后来改判15年徒刑。他在奥地利政府的监牢中受尽酷刑，忍受非人待遇长达十年之久，至1830年才遇大赦出狱。

他早期的作品《弗兰契斯卡·达·里米尼》(1815)是一部浪漫主义的悲剧，借用中世纪一对青年男女的不幸爱情故事，讴歌爱国主义思想，上演时取得轰动的效果，有力地呼应了当时意大利人民心中民族革命的要求。1832年发表的回忆录《我的狱中生活》，是一部浪漫主义感伤之作。佩利科在书中追述自己在狱中的十年囚徒生活，控诉外族侵略者的凶狠残暴，披露监狱中的黑暗内幕，描述内心的曲折变化过程，写得凄恻动人，充满哀伤惨痛、消沉颓唐的情绪。书中还流露出忏悔自责和无原则宽容等消极基督教思想，鼓吹放弃一切革命行动，表现出懦弱与退缩。但是，这部作品由于对侵略者惨无人道的罪行的有力揭发，以及作家自白的坦诚无忌，很具可读性，也很有感染力；流畅自如而又婉约深沉的叙事风格也颇具艺术魅力。因此，这本书在当时是最流行的读物。它所描写的复杂心态反映了意大利人在民族革命中一些矛盾的想法。

马西莫·达泽里奥(1798—1866)出生于都灵的名门望族，从小受到严格的文化教育，年轻时跟随父亲到罗马，父亲是萨伏依王朝驻罗马教廷的代表。他在罗马学习绘画。他的画大多以风景和历史故事为题材，第一部历史小说《埃托雷·菲埃拉莫斯卡》(1833)就是从他所画的一幅历史人物画上获得灵感而创作的。1843年他开始从政，参加过1848年的第一次独立战争，并在战斗中受伤。1849年他出任撒丁王国总理，1852年退出政坛，他是民族复兴运动中著名的温和派领袖。

《埃托雷·菲埃拉莫斯卡》描写16世纪初13名意大利骑士与13名法国骑士在巴尔莱塔决斗的故事。小说出版时产生轰动效应，极大地鼓舞了民族士气。后来他以1530年的佛罗伦萨为背景写了第二部历史小说《尼科洛·德·拉比》(1841)，社会反响也很热烈。第三部历史小说《伦巴第联盟》没有写完。他的小说文笔清丽典雅，注重营造真实的历史氛围，而且洋溢着爱国主义激情，很受读者喜爱。

他在晚年撰写的自传《我的回忆》（1867）也是一部颇有社会影响的作品。他通过回顾自己的经历，总结了许多有益的思想教训和政治经验，有很强的教育意义。他还写过一些著名的政论文章，如抨击教皇的《论罗马涅的最后案件》（1846），为参加振兴民族的大辩论而写的《关于国民舆论的纲领性建议》（1847），主张定都罗马的《迫切的问题》。他的政论文章笔锋尖锐犀利，观点鲜明，文字简洁。

托马索·格罗西（1790—1852）是米兰的公证人，也是一位爱国的革命者，曾经被迫流亡瑞士。他起初用米兰方言写诗，一首悼念波尔塔逝世的六行诗写得哀婉深沉，深得人们的赞赏。他还用米兰方言写长篇的伤感小说《逃跑的女人》（1816）。此后，他创作了爱情悲剧小说《伊尔德贡达》（1820）、英雄史诗《第一次十字军东侵时的伦巴第人》（1825）、诗体小说《乌尔利科与丽达》（1837）等作品。

格罗西最重要的作品是历史小说《马尔科·维斯康蒂》（1834），他将小说题献给曼佐尼。格罗西是曼佐尼的朋友与艺术上的忠实追随者。这部小说模仿《约婚夫妇》的程式，用浪漫主义的手法描写14世纪发生在伦巴第地区的一个爱情故事，情节悲惨，凄艳哀绝。格罗西的创作，无论是散文体还是诗歌体，大多写得凄惨恐怖，绵软感伤，尽管如此，贯穿他的一切作品的思想红线一直是明显的爱国主义情感。他的作品反映出意大利人民在连续二百多年的外族统治之下精神上的压抑与沉重，内心的沉痛与苦涩。

弗兰切什科·多梅尼科·圭拉齐（1804—1873）是“民主派”代表人物。所谓“民主派”是指一些赞成马志尼的共和思想的作家，他们所写的文学作品也为实现马志尼的政治与道德理想服务。圭拉齐出生于里窝尔诺城，领导了1848年托斯卡那革命起义，曾任临时政府首脑，旧政权复辟后逃往科西嘉岛。1860年后他重返政坛，拥护民主建国的主张，反对君主立宪制度。他写过大量历史小说，借古喻今，突出宣传共和思想，并不拘泥于历史事实，这些作品是一些典型的浪漫化的历史故事，情节夸张，政治抒情浓重。主要作品有《本内文托战役》（1828）、《佛罗伦萨围困记》（1836）。

他在建立意大利共和国的梦想破灭后，修正了纯粹为政治宣传服务的创作原则，晚年所写的小说均以现实生活为题材，描写社会风尚，带有辛酸的幽默和悲观主义情调。短篇小说《小蛇》（1859）、长篇小说《墙孔》（1862）和《死亡的世纪》（1885）是后期代表性作品。这些小说表现出对社会问题的关注，是19世纪末意大利现实主义小说的先驱。他后期的作品艺术性较高，非常注重语言的精确与美感。

路易吉·塞登布里尼（1813—1876）是那波里人，毕生从事爱国政治斗争。他早年因参加“青年意大利党”而被捕，后来又参加1848年那波里起义，1849年失败后被判终身监禁，1859年改为流放美洲，在赴美洲的海上航行途中，他劫持海轮，逃亡到英国。1860年革命胜利后，他回到祖国，在那波里大学讲授意大利文学。他年轻时写过著名的政治檄文《两西西里王国人民的抗议》。

《回顾我的一生》（1879年出版）讲述了他的青年时代、家庭生活、秘密革命活动、武装斗争的经历、十年铁窗生涯和越狱行动。作品绘声绘色地描述了极富传奇色彩的爱国志士的一生，文笔生动朴实，以真诚的情感打动人。他对祖国怀着坚定不移的、生死不渝的热爱，对家人有着温馨的亲情，对妻子倾注温柔热烈的爱情；而面对敌人时他却是一位勇猛而顽强的斗士，有着不屈不挠的坚强意志。这部回忆录是一本进行爱国主义教育和品德教育的极好材料，在当时极受普通群众欢迎。

朱塞佩·罗瓦尼（1818—1874）是一位擅长写历史小说的作家。他是米兰人，年轻时当过家庭教师和图书馆管理员，后来参加民族革命运动，亲身经历过1849年罗马保卫战。他写过多部历史小说，如《金色的利比亚》(1868)、《尤利乌斯·恺撒的青年时代》(1872)、《朗贝托·马拉泰斯塔》(1873)、《曼弗雷多·帕拉维奇诺》(1874)。但他最主要的成就是一组连环套式的巨型小说《百年》，1857至1858年在报刊上连载，1864年成册出版。小说通过两个家庭几代人的故事，述说1750至1849年间的米兰社会百年沧桑巨变。但是小说并不重点刻画重大的历史政治事件，而是着意表现社会风俗人情的变化，突出描写不同时期人物的不同生存状态。对一些著名历史人物的描写也大多以日常生活的角度切入，塑造他们作为普通人的真实形象，而不追求体现其已有定论的公众形象。《百年》在意大利首创套装小说的先例，这种形式在19世纪末蔚然成风。

伊波利托·涅沃(1831—1861)的一生虽然短暂，但他的长篇历史小说《一个意大利人的自白》(1857—1858)是浪漫主义文学中的重要作品。他出生在帕多瓦，学过法律，自幼受家庭的民主思想影响，很早就投身于民族解放斗争。他1859年加入民族英雄加里波第(1807—1882)的革命部队，1860年跟随千人团远征南方，曾任负责后勤事务的上校军官。西西里解放后，涅沃留在当地从事新政权的建设，1861年从西西里返回北方时，在途中海轮触礁，他不幸遇难，年仅30岁。

《一个意大利人的自白》是涅沃的代表作品。小说的主人公是一个流亡在英国的80岁老翁，名叫卡尔洛·阿托维蒂。他一生参加了历次民族革命战争，转战各地，经受各种磨难，最后双目失明，流落海外。他回顾自己的战斗历程，叙述自己亲身经历的社会变迁，从法国资产阶级革命、拿破仑帝国、封建君主复辟直至民族复兴运动，还讲述了1848年起义和罗马共和国保卫战，包罗了从18世纪末至19世纪上半叶的半个多世纪的历史。小说的结构错综复杂，倒叙、闪回、插叙交叉进行；人物众多，场景多变，内容十分丰富；充分展现了革命风云多变的时代特色。通过主人公的自白，也成功地说明了现代意大利人民族意识的形成与觉醒。这是一部极富意大利民族特色的作品。小说有着明朗、快捷的叙事风格，夹叙夹议之中还充满抒情意味。

涅沃的其他作品也都是以民族复兴运动为主题。诗集《加里波第战士的爱》（1860）是战地随想录；诗剧《卡普阿人》（1856）和《斯巴达克斯》（1858）借用历史上的革命斗争题材表达民族复兴的理想。论著《威尼斯与意大利自由》（1859）和《关于民族革命的断想》（1859）指出完成民族复兴运动的关键在于实行土地革命，提高农民的社会地位和经济地位，资产阶级必须克服脱离人民、脱离农民的缺点。他还写过一部反映农民生活的短篇小说集《乡村小说》（1856）。

拉法埃洛·乔万尼奥里（1838—1915）诞生于罗马。他的父亲是律师，曾任税务官，参加过1848年反抗奥地利统治和罗马教廷的起义。在父亲的影响下，乔万尼奥里20岁时带领三个弟弟弃学从军，投身民族解放运动。他因作战勇敢，战功卓著，被加里波第提升为军官并调入总参谋部工作。1870年意大利独立后，他退伍回到罗马，担任罗马高等女子师范学校校长，并从事新闻报道与文学创作。

乔万尼奥里的主要著作是六部历史题材小说，还有两部现代题材的长篇小说，历史著作，诗集和文艺评论集。他的历史专著和历史小说以描述和研究革命斗争史见长。例如，《齐雷鲁基奥和堂皮隆尼》（1894）和《佩雷格里诺和罗马革命》（1898—1911）论述罗马人民1848年反对奥地利侵略者的武装起义，史料丰富，评论精彩。历史小说《萨杜尔尼诺》（1879）描写古罗马共和国护民官萨杜尔尼诺改革法律，为维护平民利益同贵族豪门斗争的事迹。作品充满革命的激情，极富浪漫主义的理想色彩。

长篇历史小说《斯巴达克斯》是乔万尼奥里的代表性作品，起初在报纸上连载，1874年出版单行本。关于斯巴达克斯起义，史书中有许多记载，这是公元前73年古罗马爆发的历史上规模最大的一次奴隶起义。作家深入地研究历史资料，进行合理的想象和艺术构思，成功地再现了这一伟大历史事件。

乔万尼奥里满怀激情以浓墨重彩描绘奴隶革命从星星之火燃成燎原之势的迅猛发展过程，热情讴歌创造历史的奴隶们，真实可信地描叙他们通过血与火的洗礼之后从卑贱者成长为勇敢聪明的战士的经历，赞美他们崇高的理想和高贵的品质。尤其是在叱咤风云的统帅斯巴达克斯的巨人般形象上，作家倾注了自己参加民族复兴运动的全部豪情壮志，塑造了一个理想的英雄，完美高大的人，表达了对自由、平等和民主的美好社会的向往。对于社会理想的高歌是作品的中心思想和主旋律，使小说始终保持高昂亢奋的基调，具有振奋人心、激励向上的积极作用。这部小说是一首革命英雄主义的赞歌，是一首理想之歌，富于教育意义。小说也是一幅古罗马社会生活的巨型画卷，展示奴隶社会的政治制度、生活习俗和社会风尚，可以增加人们对奴隶制度的认识和对一个遥远时代的了解，堪称一部关于奴隶社会的历史教科书。

小说情节丰富，既有波澜壮阔的战争场面，又有缠绵悱恻的恋爱故事；既有胜利的豪迈，也有失败的悲壮；既有豪情壮志冲云天，也有柔情蜜意深似海；既有刀光剑影古战场，又有如诗如画的田园风光，极具可读性。作家对于人物多姿多彩的精神世界的揭示，使英雄不流于常见的高大而空洞的苍白无力形象，而是真实可爱，可歌可泣。这是一部成功的通俗历史小说。它在意大利境外拥有许多读者，比在本土有更大的影响。

与散文作品类似，这时期的诗歌创作形式也是多样化的，有方言诗，讽喻诗以及伤感的抒情诗。

朱塞佩·乔阿基诺·贝利（1791—1863）生于罗马，幼年丧父，母亲改嫁。他较早进入社会，后来又多次改换职业，阅历丰富。他是意大利文学从浪漫主义向现实主义过渡阶段的重要代表人物。他主张诗歌要反映现实，成为历史的见证，在表现手法上，强调不加评论的客观描述。他的主要作品是《现代罗马十四行诗集》（1886年发表），收有2279首用罗马方言写的十四行诗，主要写于1830至1839年和1843至1847年这两段时间。这是一部思想性强、生活面广、观察细致、描写精确的杰作。它用讽刺的笔法揭露以教廷为中心的上层社会的腐败，如《波尔盖赛别墅》、《纳沃纳广场》、《齐托利奥山》等；又以哀伤的情调表现下层人民的贫困处境，如《贫穷的家庭》、《贫穷的母亲》、《多病的老妪》、《可怜的妻子》等；两者形成鲜明对比，表现出诗人强烈的倾向。诗中描写了各种具有地方特色的人物形象，广泛反映了罗马的生活图景，是当时罗马政治、经济、社会状况以及人们精神状态的真实写照，被誉为罗马的史诗。他的作品局限于客观描写，缺乏浪漫主义的理想光彩，显得沉郁压抑。但是，总的说来，贝利作品的沉重感恰如其分地反映了教皇领地闭塞落后的真实状况。

朱塞佩·朱斯蒂（1809—1850）出生在蒙苏马诺，曾在比萨大学攻读法律，后来到米兰，与曼佐尼成为知交。他最后定居佛罗伦萨，1848年参加托斯卡那地区的革命起义，曾任国民卫队少校和区议员。封建君主复辟后，他退避乡下。

朱斯蒂一生创作了大量抨击暴政、赞美自由和正义的爱国主义诗篇，唤起民族感情，为民族复兴运动作出了积极贡献。他的诗歌创作以浪漫主义为基础，手法夸张，笔调幽默，同时注重反映日常现实生活，显示出现实主义的倾向。作品在艺术风格上继承了古典抒情诗的优雅，又吸取了民歌的轻快，具有简练有力、朴素清新、生动活泼的特点。诗歌的韵律自由多变，历来被人们喜爱和背诵。他在作品中塑造出许多漫画式的人物形象，十分生动有趣，给人深刻印象。

1831至1845年间朱斯蒂写了许多讽刺诗。一些政治讽刺诗脍炙人口，如其中的名篇《反复无常者的祝酒词》揭露和鞭挞反动政客投机钻营的无耻行径，表明了诗人对革命时期一些重大政治事件的鲜明态度；

《津吉里诺》则是一篇嘲笑封建官僚制度的杰作。有些诗针对不合理的社会现象进行讽刺，如《不动与自动》说古老的教育方法只能教人制作木乃伊，新的教育办法才能教人制造机器；《授衣仪式》讽刺将荣誉授予不称职的人。他的政治抒情诗《靴子》将意大利的国土比喻为一只靴子，追述祖国的历史，得出意大利必须统一和独立的结论，很有说服力和鼓动性。《圣·安布洛焦》是一首极具感染力的政治抒情诗，描写一群奥地利士兵在米兰的大教堂里做弥撒时，与意大利人一起高唱威尔第的歌曲和思乡曲，动人的场面使诗人对他们由憎恶变为同情，表达出诗人的爱国主义和人道主义思想。朱斯蒂的主要作品收入《诗集》（1853）中，此外，还有散文作品《托斯卡那谚语》和《书信集》。

乔万尼·普拉蒂（1814—1884）出生于北方的康坡·马祖列镇，毕业于帕多瓦大学法律系，积极参加政治活动，站在君主立宪派一边，是萨沃依王朝的支持者，并且获得王室史学家的头衔。1865年他随王国政府从都灵迁至佛罗伦萨，1870年再迁至罗马，出任参议员。

他的第一部作品是伤感小说《艾德梅涅加尔达》（1841），用诗体写成，是一个根据当时发生的真人真事改编的爱情加革命的悲伤故事。女主人公与人通奸后感到悔愧，尽力赎罪。作家花了许多笔墨描写她的精神危机，进行心理分析，脱离了前期浪漫主义文学单纯追求道德价值的轨道，而是要竭力唤起读者的同情心。小说发表后风靡一时，是他的成名作。他在叙事长诗《鲁道夫》（1853）、《撒旦与美惠三女神》（1855）、《阿尔曼多》（1868）中通过悲惨事件来描写人物的内心世界，展示个性特征，尤其以刻画强烈个性为中心。作品充分发挥感伤主义手法。他最成功的作品是晚年写的两部诗集《心灵》（1876）和《伊西德》（1878），以日常生活为题材，抒发忧郁伤感的情怀，表达一种失落感，有些吟咏自然风景的诗篇写得很精致。这些诗反映出意大利普通群众在建国之初的失望情绪。

阿莱阿尔多·阿莱阿尔迪（1812—1878）出生于维罗纳城的贵族之家，毕业于帕多瓦大学法律系，与普拉蒂是同学。他因参加1848年威尼斯暴动和1859年第二次独立战争而两次被捕入狱。意大利独立后，他获得许多荣誉，当过众议员、参议员，在佛罗伦萨美术学院任美学教授。他的第一部作品是爱国主义的历史题材长诗《洛卡的阿尔娜达》（1844），成名作是长诗《致玛丽亚的信》（1848），这是软绵绵的感伤主义和神秘的唯心主义相混合的作品。他最优秀的作品是长诗《契尔切洛山》（1856）和《意大利古代沿海商业城市》（1858），以古典主义的趣味描写风景和刻画普通人物形象。其他作品还有《最初的故事》（1857）、《政治诗》（1862）、《歌集》（1864）等。

阿莱阿尔迪历来被人称为"浪漫主义的阿卡迪亚派"。他的作品赞颂意大利光荣的历史，描写不幸的爱情，回忆童年生活，不仅具有浪漫主义的激情，而且结构匀称，音韵和谐，语言优美，较多地继承了古典诗歌的传统，艺术性较高。

弗朗切斯科·德·桑克蒂斯（1817—1883）生于南方的莫拉小城，1826年去那波里求学，1833年开始师从著名语言学家巴西利奥·波蒂，并同老师一起修订《意大利语基本规则》一书。1839年他开办私立学校，讲授意大利语言和语法。同时应聘在一所军事学校教文学。1848年他同学生一道参加反对波旁王朝的起义，1850年再次暴动时，他被捕入狱，1853年8月获释。他在那波里教书时的讲义后来由克罗齐整理成两卷《文学的理论和历史》出版。德·桑克蒂斯在狱中学习德语，翻译了黑格尔的《逻辑学》。1854至1855年他流亡至都灵，在那里成功地举办了但丁讲座，并为当地报刊撰写许多文学评论文章，讲座内容后来被结集为《关于〈神曲〉的未出版讲义》。1856年他被瑞士苏黎世工学院聘请为意大利文学教授，开设了关于但丁、中世纪骑士诗歌和彼特拉克的课程。《论彼特拉克》（1869）是这一时期的研究成果。

1860年他回到那波里，开始参加意大利王国政府的管理工作，起初任阿维利诺省省长，接着升任公共教育部部长，并当选为议员。1863至1867年他主办报纸《意大利》，在此期间写了许多文学评论，结集为《批评文集》(1886)出版，完成了他最重要的著作《意大利文学史》(1872)。1871至1877年他重返课堂，在那波里大学担任比较文学教授，先后开设四门课程："曼佐尼"、"自由派"、"民主派"、"莱奥帕尔迪"。在此基础上出版了《论曼佐尼》(1872)、《莱奥帕尔迪研究》(1872)。他在那波里大学的讲义后来经克罗齐整理，汇编成《19世纪意大利文学》(1897)出版。

德·桑克蒂斯运用黑格尔的美学思想和维柯的历史循环论，对浪漫主义文学的经验进行概括和总结，许多观点超越浪漫主义，自成独特的文艺理论体系。他的基本观点是：艺术是精神的表现，但这种表现，既不像古典主义者认为的是在于表面形式，也不像浪漫主义者认为的是在于内容或思想，而是两者的结合，是思考和感情的整体，以一种艺术的形式得到了完美的表达，它同这种形式在本质上是一致的。也就是说，他认为艺术作品的内容与形式是统一的。在作家、作品与社会的关系上，他认为，批评家通过分析作品的文本，从其中具体而生动的语言和形象中，可以重新构筑作家的内心世界；但是作家本人不可能脱离他所生活的社会，因此艺术作品，虽然从美学价值来说是一种真正的独立存在，但也是影响和制约作家的特殊文化风气和历史趋势的反映。德·桑克蒂斯也受到民族复兴运动时期关于诗人—先知的观念的影响，虽然他的观点不像浪漫主义批评家那么简单，但他也很推崇强有力的大作家，认为他们能够充当社会的良心和导师。在文学与时代的相互关系上，他认为自由而强健的文明生活时代能够产生大作家和活跃的文学创作，而从另一方面来说，文学活动在一些时代能够为自由和自觉的文明社会的产生创造条件。

德·桑克蒂斯开创了意大利现代文学批评,几乎一切文学史,包括最新的版本都是基于德·桑克蒂斯的评价。他在《批评文集》中对历代作家进行评说,其中包括有关但丁的论述;他的《论彼特拉克》是一部极其重要的论著;《意大利文学史》则是奠基之作。他将爱国主义者的政治与文化责任感和批评家的眼光与趣味结合在一起,在这部作品中沿着文学发展史的脉络,写出了意大利人民的文明和道德形成的过程。文学史实际上成为文明史。他力图向祖国统一后的意大利人提供一幅他们几个世纪的光明与黑暗交织、荣耀与痛苦交替的思想史画卷,尤其想说明意大利知识分子对社会的重要性以及他们自身的局限性。这部文学史写到19世纪初为止。德·桑克蒂斯晚年在大学讲课的内容是19世纪上半叶文学,实际上是文学史的延续。

他在晚年写的论文《论艺术中的达尔文主义》(1888)和《艺术与科学》(1889)中对现实主义文学予以积极评价,认为它适应了艺术与现实生活联系越来越密切的要求,是意大利19世纪最有实效的文学活动。

德·桑克蒂斯的作品是他从19世纪30年代至80年代的50年中对政治、文化和文学的批判反思的结果,是对以思想、行动,也以文学活动实现了民族统一的几代人的总结。他结束了民族复兴的浪漫主义时代,将它的精神财富传递给现实主义诞生的新时代。

第六节 俄国文学

19世纪中叶,俄国解放运动由贵族时期过渡到平民知识分子时期,即资产阶级民主主义时期。在30、40年代,农奴制危机日益加深,反农奴制的社会活动家多半还是贵族中的先进人物。到50、60年代,俄国进入“农奴制改革”阶段,出现了一批平民知识分子革命家。

1825年十二月党人起义失败后，尼古拉一世强化军事官僚机器，实行黑暗统治，宪警和密探遍布全国，监视对政府和教会不满的人，搜索秘密团体，并颁布苛刻的书刊审查条例。但是随着资本主义因素的增长，农奴制的危机日渐显著，农民自发的反抗斗争不断发生，如30年代初的"霍乱暴动"和40年代的"马铃薯暴动"。连沙皇警察头子卞肯陀尔夫也承认："农奴制的现状是国家底下的火药库。"

为了抑制进步思想和革命思想的传播，沙皇政府提出了"正教、专制制度、民族性"三位一体的官方学说，用以维护封建专制统治。他们宣扬正教是"社会幸福和家庭幸福的保证"，专制制度是国家的"奠基石"，而俄罗斯民族则生性"虔诚"、"温顺"。报纸《北方蜜蜂》（1825—1864）创办者布尔加林是这套官方谬论的积极鼓吹者。进步知识分子则加以嘲讽，并热烈探求改造俄国的理论。从30年代初开始，以莫斯科大学为中心出现了若干学生小组。赫尔岑小组（1831—1834）继承十二月党人的传统，宣传反专制农奴制的革命思想，并探讨法国空想社会主义学说；斯坦凯维奇（1813—1840）主持的小组（1831—1839）研究德国谢林、费希特和黑格尔的哲学，向往改造社会的事业，但是脱离俄国生活实际。1836年，恰达耶夫（1794—1856）在《望远镜》杂志上发表《哲学书简》（第一封信），在俄罗斯和西欧的对比中批评前者生活的停滞落后，引发了40、50年代斯拉夫派和西欧派旷日持久的论战。斯拉夫派将俄国中世纪的"村社"制度理想化，主张以它为基础，走俄国独特的社会发展道路。西欧派主张俄国走西欧式的资产阶级自由主义和改良主义道路。而革命民主派的先驱别林斯基则主张推翻专制农奴制的民主革命道路。40年代中期，彼得拉舍夫斯基（1821—1866）在彼得堡组织了探讨傅立叶空想社会主义的小组，并准备展开反专制农奴制的斗争。1849年这一小组遭到沙皇政府的镇压，小组成员陀思妥耶夫斯基等人被流放到西伯利亚服苦役。

从文学潮流的角度来说，30年代的俄国文学呈现浪漫主义和现实主义并存的局面，40年代中期具有强烈批判倾向的现实主义流派——“自然派”在俄国确立。从30年代到40年代初，浪漫主义诗人莱蒙托夫以“注满了悲痛与憎恨的铁的诗句”，向社会黑暗挑战。平民诗人柯里佐夫（1809—1842）于1835年发表第一部诗集，以清新纯朴的民歌风格抒发农民的思虑和悲欢，出色地描绘了农村的生活。卓越的哲理诗人丘特切夫开始推出他的早期名篇《沉默》（1830）等作品。在高加索服役的十二月党人诗人别斯土舍夫以笔名马尔林斯基发表了浪漫色彩浓厚的《考验》（1830）等中篇小说。此外，历史小说家扎果斯金（1789—1852）在再现俄国历史生活风貌上也取得一定的艺术成就。

从40年代初期起，特写体裁在俄国文学中兴起。1844至1846年涅克拉索夫主编了文集《彼得堡风貌素描》和《彼得堡文集》，收入许多青年作家描写普通民众（看门人、运水工人、农民）生活的作品，这些作品触及彼得堡生活的许多侧面，具有写实的倾向，对俄国现实主义的形成起了重要作用。布尔加林著文鄙视其主题和格调，称其为“自然派”。而别林斯基接过这一称呼，肯定其写实风格和人道情怀。到40年代中期，在普希金、莱蒙托夫和果戈理小说艺术的影响下，出现了一批名著，如陀思妥耶夫斯基的《穷人》（1846）、赫尔岑的《谁之罪？》（1845—1847）、冈察洛夫的《平凡的故事》（1847）等小说，屠格涅夫的特写集《猎人笔记》（1847—1852）和涅克拉索夫的诗作《摇篮歌》（1845）。这些作品继果戈理的名著《死魂灵》（第一部，1842）之后，忠实地描绘和剖析了农奴制俄国的社会状况，在刻画主人公的心理特征上进行了新的艺术开拓。由此别林斯基宣称“自然派”确立了它在俄国文学中的主导地位。俄国“自然派”的艺术主张与西欧的现实主义相似，不过对文学的社会性的要求似乎更为强烈。

米哈依尔·尤利耶维奇·莱蒙托夫（1814—1841）是杰出诗人、作家，在短暂的创作生涯中，他写下了400余首抒情诗、20多部长诗、7部剧本以及许多长、短篇小说和散文作品。

莱蒙托夫出生在莫斯科一个退役军官家庭，幼年丧母，在奔萨省外祖母的地主庄园度过了他的童年；外祖母与莱蒙托夫父亲长期失和，这使敏感聪颖的幼年莱蒙托夫忧郁内向。1829年他进入莫斯科大学学习，1832年因与校方发生冲突，被迫退学，同年进入彼得堡近卫军骑兵士官学校，毕业后取得骑兵少尉军衔，在彼得堡近郊近卫军骠骑兵团服役。1837年普希金决斗身亡。一夜之间，莱蒙托夫写出《诗人之死》一诗，备受世人瞩目，并从此招来官方不断的政治迫害，几度被流放，在高加索参加对山民的激烈战斗。1841年，未满27岁的诗人在仇视他的人们设置的决斗圈套中丧生。

莱蒙托夫一生的创作以1837年为界可以划分为前后两个时期。早期创作有大量的抒情诗，虽然其成就逊色于后期诗作，但是许多诗作从题材、形式到思想为后期创作作了必要的准备。《一个土耳其人的哀怨》、《独白》（1829）等诗表达了诗人对专制制度的不满和对人生的忧思，《高加索》（1830）等诗描述了那里奇异的自然风光和诗人的欣悦向往之情，《1831年6月11日》（1831）是对青年时期思想探索的总结，《不，我不是拜伦，是另一个……》（1832）表明诗人与拜伦的精神联系和自己独特的志向。短诗《帆》（1832）是他这一时期的优秀抒情作品，描绘了茫茫雾海中一叶孤帆的迷惘以及不安和躁动，这是青年诗人内心的真实写照，尤其结尾处不安的帆祈求风暴的诗句表达了诗人渴望斗争生活的心境。剧作中最杰出的是《假面舞会》（1835—1836），作者塑造了阿尔别宁这个蔑视尘世、孤高自傲而又自私多疑的愤世嫉俗者的形象，他由于上当受骗，冷酷地毒死无辜的妻子，真相大白后，精神失常。莱蒙托夫后来为争取剧本能够上演多次进行修改，在最后版本中加强了阿尔别宁对上流社会的批判。莱蒙托夫还写了一部未完成的历史小说《瓦吉姆》（1832—1834），小说有着与普希金的《上尉的女儿》相类似的主题，描写一个投向农民造反阵营的残酷傲慢的贵族的复仇经历。小说《里戈甫斯卡娅公爵夫人》（1836）在描写贵族和平民的个性心理方面迈出了大胆的一步。

莱蒙托夫的成名作《诗人之死》在哀悼普希金的不幸身亡的同时，谴责法国流亡者丹特士竟敢向俄罗斯民族的骄傲和文坛巨星举起罪恶之枪。在后来添加的16行诗句中，莱蒙托夫把批判的矛头指向“蜂拥在宝座前”的宫廷贵族，指出他们就是扼杀自由、戕害天才的屠夫，他们终究不能逃脱上天的惩罚，他们所有“污黑的血”洗涤不掉诗人“正义的血痕”。这是一篇饱含哀伤、讽刺与抨击等诸多内容的诗歌杰作，莱蒙托夫心灵里早已形成的崇高使命感，在他的竖琴上弹奏出反叛沙皇专制的音符；它宣告了继普希金之后一位大诗人的出现。在此后的诗歌创作中，莱蒙托夫越发突出了他的社会批判激情。《沉思》（1838）尖锐剖析了同时代的贵族青年无所作为的可悲精神状态，在《我常常被花花绿绿的人群包围》（1840）中诗人表示与虚伪奢靡的上流社会势不两立，他要把“铁的诗句”投在他们的脸上。但是他对祖国和人民却表现了自己“奇异的爱”（《每逢黄澄澄的田野泛起麦浪》，1837；《祖国》，1841等）。《波罗金诺》（1837）以一个老兵讲故事方式追忆普通士兵在卫国战争中表现出的英雄精神。在《先知》（1841）中莱蒙托夫强化了作为先知的诗人的孤独及其所遭受的冷遇。孤独与忧伤是贯穿莱蒙托夫抒情诗创作中的主题。《又寂寞又忧愁》、《云》（1840）沉痛诉说对漂泊命运的感怀。《我独自一人出门启程》（1841）表现诗人疲倦的心灵渴望在与大自然的结合中获得解脱和宁静。莱蒙托夫的抒情诗，除少量近似象征诗的篇目（如《帆》；《三棵棕榈》，1839；《悬崖》，1841）外，绝大部分采用自传性极强的心灵日记式的独白或自白形式。浪漫主义的直抒胸臆、爱憎反衬、自我表现是他抒情诗的总体特征。在后期诗歌中更趋于心灵矛盾的展示与剖析，使表现自我与表现时代水乳交融。

莱蒙托夫成熟期留下多部长诗杰作。《沙皇伊凡·瓦西里耶维奇、年轻的近卫士和勇敢的商人卡拉希尼科夫之歌》（1837）是一部历史歌谣体的长诗。它叙述一个勇敢的商人当着沙皇的面在拳击决斗中杀死凌辱其妻的近卫士，虽然他最终被处以死刑，但是他的凛然正气使得沙皇伊凡雷帝为之折服，许诺将照顾其妻子及子女。《恶魔》（1829—1841）是莱蒙托夫长期构思加工、八易其稿完成的一部长诗。在莱蒙托夫笔下，恶魔是由于反抗对理性和自由的束缚，企图通晓宇宙的秘密，蔑视旧有规范而遭上帝放逐并注定要在天地间漂泊的天使；他怀疑一切、反对一切的天性在遇见纯洁美丽的格鲁吉亚少女塔玛拉时一度转化为对真、善、美的向往，然而他的爱情之吻却导致少女的死亡。少女的灵魂被天使带进天堂，而恶魔依然在人世间忍受孤独和痛苦的折磨。恶魔身上体现的反抗精神折射出莱蒙托夫本人的叛逆性格，而少女不幸的命运使人对造物主的完美产生怀疑和否定。《恶魔》体现了莱蒙托夫所特有的“宽阔的想象、恶魔般的力量、对上帝的高傲的敌视”（别林斯基语）。《童僧》（1840）也是莱蒙托夫长期精心构思、雕琢创作出的浪漫主义杰作。早在《忏悔》（1830）和《大贵族奥尔夏》（1835）等长诗中，莱蒙托夫就触及了囚禁于寺院中的少年临终自白的主题或相关内容。《童僧》的中心内容是一个山民的后裔、从小被囚禁于寺院长大的童僧，在冲出寺院、经历三天自由后，身负重伤，重新落入寺院，临终前向长老所作的自白。在他的讲述中，诗人展现了高加索高山峻岭的瑰丽、自由的快乐、风雨的狂暴、与豹子的殊死搏斗以及童僧内心不屈不挠的坚强意志。莱蒙托夫秉承茹科夫斯基在翻译拜伦的《锡庸的囚徒》时所使用的诗体，采用单一的阳韵四音步抑扬格，突出作品铿锵有力、凝重威严的气势和力量。莱蒙托夫的诗体小说《唐波夫金库主任之妻》（1837—1838）和《叶甫盖尼·奥涅金》一样用十四行诗四音步抑扬格写成，以幽默和略微粗俗的笔调讲述金库主任在牌桌输掉了自己妻子的故事。

《当代英雄》（1840）是莱蒙托夫散文创作的最高成就，也是一部注重心理描写的现实主义长篇小说。作者将旅行手记、冒险小说、社会小说熔于一炉，集中描绘了富有理智和行动能力而又以自我为中心的青年军官毕巧林的心理风貌。小说由五部看似相对独立的中篇组成，它们不是按照时间先后顺序，而是按照揭示人物心理世界的由表及里、由浅入深的步骤展开。在《贝拉》中，一位在高加索服役的老军官马克西姆向叙事者讲述了毕巧林和切尔克斯少女贝拉的爱情故事，毕巧林用计谋获得贝拉，并赢得她的爱，但是不久之后他的淡漠薄情间接造成少女的惨死。在《马克西姆·马克西梅奇》中叙事者亲眼目睹了疲倦冷漠的毕巧林。后面三部是毕巧林以前的日记。《塔曼》讲述毕巧林和一伙走私贩子的冒险经历，他的好奇心破坏了他们的平静生活，自己也险些送命。《梅丽公爵小姐》记述了毕巧林与两个女人的感情纠葛，他在他人挑唆的决斗中杀死粗俗愚蠢的军官格鲁希尼茨基。《宿命论者》记录了毕巧林对射击、赌博和命运的思考。

莱蒙托夫成功塑造了毕巧林这个俄国文学中又一个“多余人”的典型。如同奥涅金一样，他对现实不满，渴望有所作为，但又无力超越阶级和时代的局限。他比其前代人更具有行动和思想能力，更愤世嫉俗，也更痛苦消沉。为了满足心灵的饥渴，发泄旺盛的精力，他到处寻找冒险刺激，在玩世不恭中浪费青春，往往造成他人的不幸，自己也更加感到不幸。毕巧林身上的突出特征是他敏锐的观察力和深刻的分析批判能力，他对周围的人和周围的世界有清醒的观察和分析，而且对自己内心活动也有足够的剖析和批判。然而，毕巧林虚掷才智和被毁灭的悲剧正是其所处时代许多贵族知识青年的共同命运，莱蒙托夫正是通过对这个时代的代表人物的描绘完成了他对社会现实的批判。同时，作者又时常跳出人物视野，对许多人生、社会重大问题表达个人的独到见解，将对时代的诗意感受和哲理思考变为清新的散文。小说有对人物外表和内心的准确刻画，有对自然景物的出色描绘，语言精炼明澈，修辞手段丰富，为许多后代作家所称颂。果戈理称俄国还从未有人写过如此规范、优美和芬芳的散文作品，托尔斯泰和契诃夫尤其称赞《塔曼》在艺术上的完美准确。

尼古拉·瓦西里耶维奇·果戈理（1809—1852）出生于乌克兰波尔塔瓦省密尔格罗德县。其父为地主，爱好文艺，写过几出喜剧。在家庭影响下，果戈理从小喜爱乌克兰的民谣、传说和喜剧。他1821至1828年就读于波尔塔瓦省涅仁高级科学中学，受到十二月党人诗人和普希金以及法国启蒙学派著作的影响。1828年底抱着鸿鹄之志赴首都彼得堡，他最初的理想是做一名主持正义的法官，但只得到房产局和封地局小职员的职位，尝受了小官吏的困苦生活。1830年春夏，曾利用业余时间去美术学院学习绘画，这对他以后的文学创作起了重要作用。

1830年初，果戈理在杂志上发表了一篇根据乌克兰传奇故事创作的《圣约翰节前夜》，并先后结识了茹科夫斯基和普希金。在他们正在写作的童话诗的影响下，果戈理完成了其成名作《狄康卡近乡夜话》（1831—1832）。在这部独创性的乌克兰民间故事集中，童话、传说、民谣和幽默、怪诞以及悲喜剧等艺术成分同对乌克兰现实生活和风俗习惯的描绘交融在一起，嘲讽了妖魔鬼怪和乡镇封建势力，赞美乌克兰人民的俊美机智和乌克兰山河的秀丽。

果戈理对乌克兰史和中世纪世界史具有浓厚兴趣并且颇有研究。1834至1835年间，他被聘为圣彼得堡大学世界通史副教授，发表过《略论小俄罗斯的形成》、《论中世纪》（1834）等别具一格的史学论文。他推崇德国历史学家施洛塞尔（1776—1861）的文笔，焦点高度集中，以两三个鲜明特征便能概括出事物的本质；欣赏瑞士历史学家米勒（1752—1809）宁静、沉思和怀有真挚感情的文体风格；赞扬德国批评家、历史哲学家赫尔德（1744—1803）以精神眼光观察人物等等。同时，果戈理还注意到司各特叙述故事的趣味性和对于最微妙的色调的把握以及莎士比亚在“紧缩的环境中展开性格的突出特征”的艺术。在史学和文学研究中，果戈理吸取各派所长，逐渐形成自己的文体风格。

1835年间，果戈理进入创作成熟期，推出了《密尔格罗德》和《小品集》两部文集。《密尔格罗德》取材于乌克兰现实和历史。其中小说《旧式地主》以田园诗风格描绘了一对年老地主夫妻饱食终日、百无聊赖、悄悄离开人世的情景，反映了乌克兰地主庄园的衰败。《伊凡·伊凡诺维奇和伊凡·尼基福罗维奇吵架的故事》描绘密尔格罗德县城的两个乡绅好友因一次口角而结下深仇，长年涉讼，直到双双死去为止的经过。果戈理以宁静的史诗风格叙述卑微琐细的人生故事，达到令人啼笑皆非的讽刺效果。别林斯基在《论俄国中篇小说和果戈理先生的中篇小说》中评论说，果戈理的审美特征在于“构思的朴素，民族性，十足的生活真实，独创性和那总是被深刻的悲哀和忧郁之感所压倒的喜剧性兴奋”。历史小说《塔拉斯·布尔巴》是研究乌克兰史和民歌的成果。它描绘了17世纪初第聂伯河流域哥萨克同统治那里的波兰军队的殊死战斗，焦点集中地刻画了哥萨克老队长塔拉斯·布尔巴英勇豪迈的性格和热爱集体、大义灭亲的精神；同时也展示了在“那半野蛮的时代”，由于民族和宗教纠纷而引发的战争的可怕景象，有如梦魇般的、充斥着饥饿和死亡的城市和哥萨克妇女落寞寡欢的悲苦人生，这些场面的艺术描写具有令现代读者震惊的力度。这篇英雄史诗般的历史小说同描绘猥琐性格的前两篇小说在《密尔格罗德》文集中起着鲜明对照的艺术效果。

《小品集》包括一组美学和史学论文以及三篇彼得堡故事：《涅瓦大街》、《肖像》和《狂人日记》。这三篇故事和后来发表的《鼻子》（1836）、《马车》（1836）、《外套》（1842）、《罗马》（1842）组成《彼得堡故事集》。果戈理向往启蒙和文明进步，但认为必须结合自己民族的特点，不应当全盘西化，因而对彼得堡官僚社会的时髦、堕落和追逐名利进行尖锐的批判，这构成《彼得堡故事集》富有现代性的审美价值。《涅瓦大街》以绅士们的美髯和漂亮的大礼服以及淑女们绚烂轻飘的时装来象征这条逐渐西化的彼得堡繁华大街。一个追求美的理想的青年画家在诱惑人的街灯下所发现的美的化身，竟是在物质享受的诱惑下陷入污泥而不肯自拔的妓女。画家对于现实生活的畸形化感到绝望，终于割喉自杀。富于怪诞现实主义色彩的《鼻子》描写八等文官柯瓦辽夫在幻觉中以为失去了自己的鼻子，葬送了自己的锦绣前程，于是丧魂落魄，拼命去寻找鼻子的故事。而鼻子却变成高等文官的模样，坐着漂亮马车造访名门闺秀。鼻子成了彼得堡官僚社会的偶像。《肖像》是富于艺术哲学内涵的一篇作品。一个颇有才华的贫穷画家从古董店买来一幅老人肖像画，偶然发现藏在画框内的一千个金币。于是，他过起豪华生活，花钱请人写文章吹捧自己的艺术才华，成为替名门闺秀画肖像的时髦画家。从此，他的画笔不再能写实而任顾客摆布。一天，他见到老同学一幅真正的艺术杰作，顿感自己才华的毁灭，终于发狂而病亡。原来他从古董店买来的肖像画画的是一个残忍的高利贷者，由于他那一双凶狠的眼睛被画得十分逼真，扰乱人们平静的心，使拥有这幅画的许多人遭受不幸。果戈理在这一幻想性和具有神秘色彩的情节中表示：单纯的逼真是不够的，艺术画面必须有崇高理想之光加以照亮。著名的短篇小说《外套》以详尽的细节、真实和幽默笔法描绘了贫穷的小公务员巴施马奇金穷困潦倒的悲惨人生。他忠于职守，但只会照抄公文，经常遭受同僚们的嘲弄；他以可怜的声音恳求不要打扰他，像是在诉说："我也是你的兄弟。"他的外套破得不能再补，经不起彼得堡的严寒，于是节衣缩食，做成一件新外套，这给他带来平生未曾有过的欢乐。但就在他穿上新外套的第一天晚上在大街上行走时，新外套便被强盗们剥夺去。巴施马奇金请求"要人"帮助找回外套，反而遭到凌辱和谩骂，终于一病不起。几天后，"一个不受保护、谁都不珍爱的"存在便永远消失了。但是，他的幽灵开始出现在彼得堡夜晚的大街上，剥夺人们的外套，直到夺去"要人"的外套后才消失。《外套》是继普希金《驿站长》之后对俄国人道主义文学产生重要影响的杰作。

另一名篇《狂人日记》以精神病理学的精确性描绘"小人物"的精神分裂。派给小公务员波普里辛的工作只是替长官修鹅毛笔。他的前途没有一线光明，他痛感世上一切最好的东西都被侍从武官和将军们抢去，而为什么他自己就没有追求幸福的权力？在精神分裂中，他宣称自己是西班牙国王，被关进疯人院受尽折磨，喊出："妈妈，救救你可怜的孩子吧！……在这世上没有他安身的地方！大家都迫害他！……"此篇对我国鲁迅的同名作品产生过影响。

在写作小说的同时，果戈理于1833年开始从事讽刺喜剧的创作。1836年五幕喜剧《钦差大臣》在彼得堡首演，引起巨大的社会反响。该剧以普希金所提供的一个趣闻为情节基础，将俄国官僚社会的所有丑恶和不公正的事物集中在一起，"淋漓尽致地加以嘲笑"，是"笑文学"的杰作。剧情既简洁又含义深刻；在一个偏僻的小城里，以市长为首的官吏们获悉钦差大臣微服私访的消息后，惊慌失措，竟把一个花光旅费、困在旅馆的彼得堡小官员赫列斯达科夫误认为钦差，殷勤款待，阿谀奉承；赫列斯达科夫起初莫名其妙，后来乐得顺水推舟，假戏真做，捞了一大笔贿赂，扬长而去。正当市长因把女儿许配给他而做着升官发财的美梦时，邮政局长截获假钦差临走前发出的一封嘲笑他们的信，官吏们追悔莫及，哭笑不得。接着，传来真钦差到来的通知，喜剧以全场人呆若木鸡的哑场落幕。荒诞可笑的剧情刚好展示了专制农奴制俄国官场的沉疴，批判讽刺的笔锋锐利。市长老奸巨猾，贪赃舞弊，鱼肉市民，致使小城又脏又乱；慈善医院院长是骗子，糊弄病人；法官玩忽职守，只喜欢打猎；督学愚昧无知；邮政局长以拆看他人信件为乐趣等等。他们都艳羡玩世不恭的彼得堡官僚风度，这也是误认钦差的一个重要原因，使偶然性剧情反映了社会的真实。赫列斯达科夫正是沾染首都社会习气的青年，虽然并非职业骗子，但轻浮浅薄，羡慕虚荣，追求享受，随意撒谎。果戈理曾说："任何人都至少做过一分钟(如果不是数分钟的话)的赫列斯达科夫"，指出赫列斯达科夫气质的普遍性。因此，就深层意义说，《钦差大臣》所讽刺的是当时整个俄国官僚世界的心理变态。赫尔岑将这部剧本概括为迄今为止“最完备的俄国官吏病理解剖学教程”。

虽然果戈理以“脸歪莫怪镜子”为剧本《钦差大臣》的题词，强调他的讽刺喜剧的艺术真实性。但是喜剧公演后，却遭到以尼古拉一世为首的官僚社会的猛烈攻击。果戈理受到很大打击，于1836年6月离开俄罗斯，漫游德国、法国和意大利，侨居罗马，在国外期间完成了他毕生的巨著——史诗小说《死魂灵》（第一部，1842）。

《死魂灵》以主人公乞乞科夫游历外省省城和地主庄园收购死农奴（在俄文中农奴与魂灵同词）的怪诞情节，将农奴制下俄国城乡的生活特征、特别是地主和官僚的心理面貌描绘得十分鲜明。乞乞科夫是30、40年代小贵族地主向新兴资产者过渡的典型形象。他在官场混迹多年，几经挫折，磨炼了投机钻营的才能，发现收购死魂灵是积累财富的捷径。因为当时俄国每十年进行一次人口登记，两次登记之间死去而未被注销的农奴仍被视为活人，需交纳人头税，乞乞科夫想到可以收购这些死魂灵并以此为抵押物向国家银行借款。乞乞科夫形象的塑造精细而逼真，他讲究清洁，应酬得体，善于博得人们的好感。他随身携带一个红木匣子，里面装有梳妆用品和钞票。所有这些细节正是官僚社会的通行证，使他在省会官场上备受款待，得以结交许多官僚和地主。他先后造访五个地主庄园收购死魂灵，在省会迅速地办好过户手续，顿时成为名义上拥有四百名农奴的大地主。只是因为一卖主突然透露他所过户的都是死农奴，使整个省城震惊，众说纷纭，莫衷一是，有人猜测乞乞科夫是化了装的拿破仑或外国前来刺探国情的间谍等等，这才使乞乞科夫狼狈离去。

在寻访五个地主庄园收购死魂灵的中心情节中，果戈理既塑造了俄国地主诸典型，又使其与乞乞科夫形象相对照。幽默、讽刺的语调以及怪诞等艺术要素和生活环境的寓意性、象征性细节描写相交融。玛尼罗夫将家宅建在山坡风口上，生性懒惰，不务实际，不理家产，客厅里的沙发多年来还是未完工的半成品，却幻想在水塘上建起一座商贩可以在上面向农民出售商品的石桥。他脸上总是露出甜蜜蜜的笑容，将乞乞科夫当作文雅的绅士，把死魂灵白白送给他，幻想皇上或许会为他们的友谊而奖赏他们。科罗皤契卡（俄文意思是小匣子）是一个被蝇头微利的操劳消磨了人生的女地主。她家里一切物品都沾满灰尘，挂钟发出像蛇嘶嘶叫的声音。在死魂灵的交易中，她胆战心惊，生怕在价格上吃亏。乞乞科夫对她粗暴无礼，但他的红木匣子又同她的姓名（小匣子）相对应。诺士特莱夫是赌博、斗殴和酗酒场面上的好手，却任凭庄园荒废，家产破败，只有在他所养的一群猎狗中他才"像个家长"。他猜测乞乞科夫要买死魂灵必是有所图谋，便试图以死魂灵为赌注赢他的现金，硬逼他下棋决胜负，却公然作弊。不肯认账的乞乞科夫挨一顿痛打之后，匆忙逃命。在梭巴开维奇身上，作家描绘了像熊一样粗壮笨重、精力充沛的富农典型。他善于经营农庄，其家宅和家具都像主人那样牢固笨重，他一顿饭能吃掉整只羊、整只鹅。他最明白乞乞科夫的意图，以好价钱卖掉死农奴，并夸耀其中有许多能工巧匠。大地主泼留希金形象体现的是猥琐而贪得无厌的守财奴的变态心理。他拥有庞大财富，却衣着褴褛，使人分不清他是男是女。他的家宅像个堆满破烂的旧货店，仓库里的面粉因储藏过久，硬得像石头；呢绒衣料一碰就成碎片。庄园荒芜，农奴大批死亡或逃走，泼留希金自己也妻亡子散。他孤独一人却仍旧不惜精力地到街上捡回鞋底、铁钉、破砖碎瓦，甚至农奴偶然未加照看的水桶等物。

小说从地主生活这一侧面描绘的俄罗斯生活画面，强有力地展示了农奴制的腐朽、糜烂。它既导致农奴死后还像商品那样被拍卖的悲惨境况，也导致地主人性的扭曲和毁灭。此外，小说出版时被检查机关删去的插曲《戈贝金上尉的故事》描绘了走投无路的伤残军人反抗沙皇政府的经过，揭示专制制度的危机。《死魂灵》在尖锐的批判讽刺中糅合着作者深沉、痛苦的抒情。作者以“含泪的笑”来历览广阔的人生，渴望能“振其邦人”（鲁迅语），使俄罗斯像一驾三套马车那样摆脱这些污泥浊水，奔向光明的未来。

果戈理用一生最后十年埋头写作《死魂灵》的第二部，试图描绘道德高尚、善于管理、促进社会进步的官僚和地主形象，但觉得在艺术上未能成功。作为一种弥补，他发表了《与友人书信选》(1847)，劝说官僚地主们进行道德自我完善，以东正教的虔诚和谦卑自律，摆脱虚荣和腐败，为国为民谋利等等。其中，维护沙皇专制等观点，受到别林斯基的严厉批判。果戈理于1848年回国定居，晚年多病，常有神经痛发作。1852年3月在焚毁几乎完成的《死魂灵》第二部手稿后病逝。

果戈理毕生的创作同普希金、莱蒙托夫的创作一起奠定了19世纪俄国文学辉煌发展的基础，对俄国小说艺术发展的贡献尤其重大，被车尔尼雪夫斯基誉为“俄国散文之父”。

维萨利昂·格利戈利耶维奇·别林斯基(1811—1848)是杰出的文学批评家、美学家和文学理论家，是平民知识分子革命家的先驱。他出生于斯维亚堡一个军医家庭。1816年和全家一起随退伍的父亲回到故乡奔萨省，先后就读于当地的小学和中学。1829年秋作为官费生入莫斯科大学语文系学习，组织过以平民学生为主的“11号房间文学社”。1831年他以自己中学的经历写成反对农奴制的悲剧《德米特里·加里宁》，引起书刊检查机关的注意，次年被学校以“身体孱弱和才力贫乏”为由开除。1833年2月他结识《望远镜》杂志主编纳捷日金教授，应邀参加杂志编辑工作，开始了他的文学批评活动。1834年以连载方式发表长篇的文学专论《文学的幻想》，使他一举成名。长篇评论《论俄国中篇小说和果戈理先生的中篇小说》(1835)奠定了他作为重要批评家的地位。1836年该杂志因刊登恰达耶夫的《哲学书简》被官方关闭。此后在和俄国无政府主义革命家巴枯宁的一段交往过程中，别林斯基接受了以黑格尔哲学为主的德国古典哲学的影响，这对他毕生的哲学、美学以及文学批评活动起了极为重要的作用。在主办《莫斯科观察家》杂志之后，1839年起，别林斯基主持《祖国纪事》杂志的评论栏。1846年转入涅克拉索夫主办的《现代人》杂志。在与这两个杂志合作期间，别林斯基撰写了大量的文学评论文章以及一系列独创的年度文学回顾文章，以其鲜明的社会政治立场和观点、尖锐的批判锋芒、深刻敏锐的艺术洞察力和生动活泼的文风赢得进步知识界的普遍好评，成为40年代俄国文学生活和社会生活中的重要人物。1847年别林斯基针对果戈理在国外发表的《与友人书信选》所宣扬的美化农奴制度、颂扬宗教神秘主义思想，写成著名的《给果戈理的一封信》(1855年首次由赫尔岑在国外发表在《北极星》杂志上)，信中充分表达了他主张废除农奴制、反对沙皇专制制度以及宗教蒙昧主义、要求作家反映人民的情绪和愿望的文学和社会观点。1848年他受到官方传讯的威胁，不久因长期辛劳染病去世。

别林斯基的哲学思想经历了复杂的演化进程。早期他受谢林的影响，认为整个无限美好的大千世界都是统一的、永恒的理念的呼吸，而“艺术是宇宙的伟大理念在其无限多样性的现象中的表现”。在主张自身即为目的的同时，他又在理想的诗和现实的诗二者之间更推崇后者，认为后者是时代民族精神的产物，更能满足当时俄国社会反对封建农奴制、呼唤平等自由的精神需要。30年代末期，由于他错误地理解黑格尔“一切现实的都是合理的，一切合理的都是现实的”这一哲学命题，认为俄国社会现实是其历史发展的必要阶段，因而也是“合理的”现象，产生了与现实相妥协的思想，主张艺术家不应去干涉政治，艺术作品要使人能和现实相和解。但是他很快地意识到了自己的思想错误。从40年代初起，他批判黑格尔哲学中的保守因素，从黑格尔的唯心主义哲学转到费尔巴哈的唯物主义立场上，社会思想方面接受了法国空想社会主义，他以文学评论为武器揭露俄国社会的愚昧、落后和野蛮，强调艺术要为社会进步利益服务。他认为“剥夺艺术为社会利益服务的权利，不是抬高艺术，而是贬低艺术，因为这意味着夺去了它的生命——思想。”他对一系列艺术作品所作的精湛分析，为富于批判性的俄国现实主义文学的发展奠定了理论基础。

在文学观上，别林斯基始终坚持现实主义的美学原则。他主张艺术是“生活现象的再现”，“是在其全部真实上对现实的复制”，同时认为这种再现又因其能集中刻画生活现象本质特征而高于生活本身。艺术的审美特征在于其特有的形象性、真实性和典型性。艺术的典型化原则是别林斯基主张的基本创作法则之一，艺术典型对于读者来说是“熟悉的陌生人”，它既要具有普遍人物特征，也要包含某种生活本质，同时又是性格丰满的个性化人物。后期的别林斯基既重视艺术的客观真实性，也强调艺术的主观倾向性，艺术家应该自觉地与时代和社会的需要相结合，做时代的儿子、社会的公民。他经常提出艺术的内容和形式二者密不可分，“无内容的形式和无形式的内容都是不可能存在的”，艺术美体现在内容与形式的统一，而不仅仅体现为形式上的美。艺术的目的是为社会进步服务，为启发和提高民众觉悟服务。在概括艺术创作特征时，早期别林斯基认为艺术与哲学的区别在于“诗人用形象思维，他不证明真理，却显示真理”，晚期又强调想象是艺术创作的最重要动力，艺术创作中的理性因素不是抽象的思想，是由思想点燃、饱含思想的活跃的激情，即情致。在他最成熟的论文《1847年俄国文学一瞥》（1848）中，别林斯基认为艺术有自己的规律，艺术家首先依从的是他的本能，朦胧的、不自觉的感觉，艺术家“只要一开始思考、推理，就会重重地摔跌一跤”。

别林斯基在他的文学批评活动中始终不渝地为创立俄国自己的现实主义文学而努力。在《文学的幻想》中，他考察了俄国文学的历史进程，指出当时的文学尚未摆脱对西欧文学的模仿，大多数贵族作家的作品缺少民族性特征，而杰尔查文、普希金、果戈理等人的创作才是俄罗斯文学未来的发展方向。果戈理的《钦差大臣》于1836年春上演后，别林斯基立即作出反应，称其为“真正具有艺术性的作品”，作品以其对事物的独到见解、人物性格的典型化处理以及无穷的幽默感“在俄国的戏剧史和文学史上足可以代表一个时代”。1840年莱蒙托夫的《当代英雄》发表后，别林斯基通过对毕巧林形象的分析，肯定莱蒙托夫的主要功绩是极其出色地创造了真正的当代人物的典型性格，体现了作者对时代的批判精神，毕巧林的形象是40年代先进人物的悲剧，是丑恶社会的牺牲品。时隔不久，他又发表评论莱蒙托夫诗歌创作的文章，认为诗人创作的力量在于其辛辣的抨击和强烈的激情。1842年果戈理的小说《死魂灵》出版，别林斯基写了《乞乞科夫的游历或死魂灵》等文，指出《死魂灵》不是复活了的古代叙事诗，而是当代复杂的社会生活的产物，是生活的镜子，是对社会阴暗面的有力批判。1843至1846年间，别林斯基连续发表11篇总题目为《亚历山大·普希金的作品》的论文，广泛论述了从康捷米尔至普希金的俄国文学发展史，阐述了普希金文学产生的历史背景；在肯定普希金创作的历史功绩的同时，发挥了关于文学与社会生活关系的文学理论。别林斯基以大量论据和精辟分析证明普希金是俄国现实主义文学的奠基人，是完美的民族形式和当前迫切的民族内容有机结合的“艺术诗歌”的代表；他的功绩在于其满怀人道精神，“为生活中的不平与矛盾发出深沉的呻吟”；他的《叶甫盖尼·奥涅金》是“第一部真正俄罗斯民族的诗体史诗”，是“俄国社会生活的百科全书”。

《1846年俄国文学一瞥》（1847）和《1847年俄国文学一瞥》（1848）是别林斯基最富思想性的两篇论文。文章批判了斯拉夫派的狭隘民族主义和西欧派抽象的自由主义，论述了俄国“自然派”文学的起源、发展及其艺术成就和历史意义。别林斯基指出俄国文学自康捷米尔以来，经过普希金和果戈理的艺术实践，已经形成了批判性的现实主义传统。“自然派”文学对艺术描写真实性的要求、对普通人命运的关注、对表现社会问题的追求，符合历史赋予作家的文学使命，其影响的日益扩大决定了俄国文学未来的发展方向。在这两篇论文中，别林斯基还具体分析了40年代中期涌现的赫尔岑的《谁之罪？》、冈察洛夫的《平凡的故事》、屠格涅夫的《猎人笔记》、格里戈罗维奇的《苦命人安东》、陀思妥耶夫斯基的《穷人》以及涅克拉索夫的诗歌等现实主义创作的思想内容和艺术特色。别林斯基这两篇文章堪称是俄国现实主义文学独特的宣言书。

亚历山大·伊凡诺维奇·赫尔岑（1812—1870）出身于名门贵族家庭，少年时代受到十二月党人起义的影响，立志为废除专制农奴制而斗争。在莫斯科大学学习期间，他同奥加辽夫一起组织小组，研究和宣传革命思想，因此大学毕业后曾两次被流放。1842年，第二次流放结束，他回到莫斯科，展开哲学、政论和文学活动，主要哲学著作有《科学中华而不实的作风》（1842—1843）和《自然研究通信》（1845—1846）。赫尔岑吸收了黑格尔的辩证法，并跟随费尔巴哈走向了唯物主义哲学。文艺作品主要有《谁之罪？》、《偷东西的喜鹊》等。1847年起，赫尔岑流亡西欧，1848年欧洲革命的失败使赫尔岑一度陷入精神危机。他开始批判资本主义，逐步形成他那独特的"俄国村社的社会主义"的思想。50年代，他和奥加辽夫在伦敦创办《北极星》丛刊（1855—1869）和《钟声报》（1857—1867），秘密运回俄国传播。这些报刊揭露俄国社会的黑暗腐朽，宣传解放农民的革命主张，打破了国内沉闷窒息的气氛。在俄国农奴制改革前夕，赫尔岑曾对沙皇自上而下的改良抱过幻想，但这一幻想很快破灭。赫尔岑曾在民主主义和自由主义之间摇摆不定，但民主主义毕竟是他的基本思想。1869年，赫尔岑同无政府主义者巴枯宁决裂，把视线投向了马克思领导的第一国际。

赫尔岑创作了许多别具一格、带有政论和哲理色彩的小说。中篇小说《偷东西的喜鹊》（1848）写一个农奴出身的、才华出众的女演员一生的悲惨遭遇，抨击了贵族对农奴的压迫。长篇小说《谁之罪？》（1845—

1846）是赫尔岑的代表作。贫寒的大学毕业生克鲁齐菲尔斯基到一个退伍将军的庄园里当家庭教师，和将军的私生女柳邦卡由恋爱而结婚。他们离开了庄园，去过一种独立而平庸的小康生活。这时，贵族青年别里托夫闯进了他们的家庭生活。这是又一个"多余的人"的文学典型。他博学多才，富于理想，渴望有所作为，但在当时社会环境下他的种种努力均以失败告终。别里托夫对社会的不满和对理想的追求赢得了柳邦卡的爱慕，而他也爱上了对农奴制充满怨恨的柳邦卡。但是为了避免破坏别人的家庭，他终于远走国外。小说以三个青年的消沉和苦闷结尾。这究竟是"谁之罪"呢？作者通过这三位主人公各自的悲剧，以及对其周围人物的描写，令人感受到罪魁祸首是俄国落后反动的社会制度。小说文笔犀利，描写生动，闪耀着理智的光辉。

《往事与随想》（1854—1868）是赫尔岑的一部回忆录，共七卷，内容极为丰富，包括作者在俄国和国外经历过的许多历史事件。书中记录了他一生的思想探索过程，描写了王公贵族、平民百姓以及俄国和欧洲革命运动中的众多人物。文笔生动活泼，艺术描写与政论、历史和哲学的思考相结合，是一部具有很高成就的回忆录。

赫尔岑的文学道路可以用他的一段名言加以概括："在失掉社会自由的人民那里，文学是唯一的讲坛，从这个讲坛上可以向公众诉说自己愤怒的呐喊和良心的呼声。"

谢尔盖·季莫菲耶维奇·阿克萨科夫（1791—1859）出生于乌拉尔山脉以东的乌法市一个贵族地主家庭，1805至1807年就读于刚刚创办的喀山大学，1808年赴彼得堡，20年代以写剧评走上文坛。1827至1832年曾在莫斯科任书刊检查官。他的成名作是1847年发表的回忆录性质的《钓鱼笔记》。后来又先后创作《奥伦堡省猎枪手笔记》（1852）、《猎人讲的各种狩猎故事和回忆》（1855）等作品，表现了描写俄罗斯自然风光的才能。他把自然风景、人们的狩猎及钓鱼活动和当地的民俗风情结合在一起，融入创作中，使作品同时具有民俗志的意义。他的主要作品是《家庭纪事》（1856）、《巴格罗夫孙子的童年》（1858），以主人公从童年到成年在一个大贵族家庭中成长为线索，广泛而真实地描写了18世纪末宗法制度下俄国大贵族地主阶级的生活习俗。作品把“贵族之家”的生活起居、婚嫁喜庆、亲朋交往等活动描写得生动细腻，充满温馨和情趣。因而后来有的民主派评论家据此指出作者具有贵族保守派的观点，美化了贵族地主阶级。不过，作品中也写到农奴主的专横残暴，例如强迫农奴移居、体罚、刑讯等现象，因而得到著名评论家杜勃罗留波夫的好评。阿克萨科夫的作品运用的是生动活泼的纪事文体，在浓郁的生活色彩中揭示人物的性格和道德伦理风貌，带有自传和回忆录性质，较少艺术虚构。他是特别重视俄国的宗教古籍、编年史、传说和民间口语的小说家，其思想具有一定的斯拉夫派倾向。此外，他的回忆录《我同果戈理结识的经过》（1890）也很有名。

俄国在1853到1856年克里米亚战争中失败，充分暴露了专制农奴制度的落后和腐朽。尼古拉一世于1855年病故后，俄国社会燃起了新的希望。在农民运动高涨的形势下，一批平民知识分子活动家登上政治舞台，主张通过农民革命推翻农奴制度。俄国解放运动从此进入了第二阶段，即平民知识分子阶段。鉴于严峻的国内形势，新沙皇亚历山大二世（1855—1881）于1861年推行了自上而下的“农奴制改革”。农民虽然获得自由，却需要向地主缴纳高额的土地赎金，从而陷入新的困境。革命民主派进行了广泛的活动，揭露改革的骗局。贵族自由派则赞美改革，掩饰改革后更加尖锐的社会矛盾。改革为俄国资本主义的发展提供了有利条件，却保留了许多农奴制残余。1862年7月，革命民主派领袖车尔尼雪夫斯基被捕，并于1864年被流放西伯利亚。1866年4月，卡拉科佐夫刺杀沙皇未遂事件发生后，沙皇政府强化官僚机器，日趋反动和保守。

从50年代中期到60年代，俄国的文艺思想论争十分激烈，是俄国文学批评发展的重要时期。革命民主派的车尔尼雪夫斯基建立唯物主义美学，主张文学应当成为“生活的教科书”，为反专制农奴制的斗争服务。杜勃罗留波夫开展了卓有建树的民主主义文学评论。涅克拉索夫主编的《现代人》杂志成为革命民主派阵地，并在俄国社会思潮中产生深远的思想影响。皮萨列夫（1840—1868）成为继车尔尼雪夫斯基之后革命民主派的主要批评家，在《俄国言论》杂志上开展批评，但他的文学批评有忽略艺术审美特征的缺陷。以德鲁日宁（1824—1864）为代表的自由主义批评抹煞文艺的社会性，陷入“纯艺术论”，但在艺术性的研究上取得一些进展。“纯艺术论”批评家聚集在《读者文库》杂志周围。陀思妥耶夫斯基在其杂志《时间》中提出艺术是帮助人们寻求“美的理想”的独特见解。

“农奴制改革”前夕，俄国文学进入其发展中的繁荣时期。屠格涅夫、冈察洛夫、车尔尼雪夫斯基、谢德林、陀思妥耶夫斯基和托尔斯泰等作家将30、40年代的俄国现实主义推向思想和艺术的顶峰。在道德伦理、人物典型、心理描写和小说结构艺术等方面进行了宏伟探索，形成了各自独特的艺术流派。波缅洛夫斯基（1835—1863）等一批平民知识分子作家描写城乡贫民生活的特写和小说提供了改革前后俄国社会生活的真实记录。俄国诗坛在经过40年代末期的沉寂之后，在50年代中期再度崛起。涅克拉索夫的创作进入高潮，丘特切夫的哲理抒情诗和费特的情感诗都开拓了俄国诗歌新的艺术领域，剧作家奥斯特洛夫斯基继承果戈理传统，振兴了俄国民族戏剧舞台。

伊凡·亚历山大罗维奇·冈察洛夫（1812—1891）出生于辛比尔斯克一个商人家庭，七岁丧父，由母亲和教父抚育。1831年他放弃商业学习，进入莫斯科大学语文系。1835年起他在彼得堡任公职，通过与艺术家迈科夫一家的交往同文学界保持联系。30年代末他开始文学试笔，1847年发表第一部长篇小说《平凡的故事》。1852至1854年他随俄国舰队进行环球旅行，回国后将书信、日记等素材整理成书，题名为《战舰巴拉达号》（1858）。1856至1860年他任教育部首席图书审查官。他的代表作《奥勃洛摩夫》发表于农奴制改革前夕的1859年。1862年他任官方杂志《北方邮报》主编，1863年任出版事业委员会委员，1867年退休。1869年他发表经过长期构思的长篇小说《悬崖》。晚年有文评《万般苦恼》（1872）和《迟做总比不做好》（1879）以及一些随笔和回忆录。

冈察洛夫的创作继承了普希金以来的现实主义文学传统，深刻地批判了俄国的农奴制度，并表现出作者渐进的自由主义观点和人道主义思想。他的第一部长篇小说《平凡的故事》通过对农奴制下的地主庄园生活和刚刚萌芽的资本主义的产业活动的描述，以及对小说主人公亚历山大·阿杜耶夫形象的塑造，表现出资本主义的发展给俄国贵族的生活方式、人生观带来的冲击和变化。在作品中，冈察洛夫既嘲讽了俄国贵族空虚的幻想，又抨击了资产阶级实业家的冷酷无情。这部小说是冈察洛夫描写农奴制下地主贵族庄园生活的一种尝试，为他进一步塑造"奥勃洛摩夫性格"打下了基础。

《奥勃洛摩夫》写于克里米亚战争与农奴制改革之间。小说主人公奥勃洛摩夫是位年纪刚过30、十分富有的地主，他身体健康，头脑聪明，为人可爱，最主要的是有良心，有同情心，但他整天躺在床上沉入一些不切实际的幻想，没有任何实际行动。他对田产不闻不问，任手下人胡作非为，而自己则在都市中懒懒散散、无所事事地度过自己的时日。他幼年时的挚友希托尔兹是位精力旺盛、朝气蓬勃、有创业精神的新型实业家。希托尔兹为自己朋友感到惋惜，想把他从这种懒惰、无所事事的生活方式中拯救出来，帮他整顿产业，料理个人生活。起初，奥勃洛摩夫确实有过行动，仿佛要与自己过去的生活方式告别，尤其是在希托尔兹的介绍下认识了少女奥尔迦之后，奥勃洛摩夫心中产生了爱情，决心振作起来，开始对人的精神生活、艺术和时代的需求产生强烈兴趣。然而，奥勃洛摩夫身上的惰性和思想的停滞已经根深蒂固，无论是友谊还是爱情都无法让他真正行动起来。他害怕生活中的变动，害怕失去往昔寄生的生活方式，因此，与奥尔迦分道扬镳。后来，他在女房东——一个整日操劳、能无微不至照顾他起居的小市民、寡妇普希尼钦娜身上找到了依靠，娶其为妻并生下儿子，在静卧中打发光阴，后来因中风而早逝，终于实现了他长眠不醒的“理想”。而他所珍贵的一切都转到希托尔兹的手中：奥尔迦成为希托尔兹的妻子，希托尔兹接管了他的田庄，带走了他的儿子。

这部小说情节并不复杂，人物不多，但作家对农奴制的批判却是空前有力的。小说主人公奥勃洛摩夫的性格完全是农奴制贵族生活方式的产物。“奥勃洛摩夫性格”是对俄国贵族地主的腐朽没落、因循守旧、消极懒惰、冷漠自私等品质的概括，成为农奴主和地主的剥削寄生生活的代名词。奥勃洛摩夫的性格是逐渐形成的，他原本是个聪明、有教养的少年，有过理想和抱负，为人类的不幸而感到痛苦，但是，他生长在落后腐朽、因循守旧的地主家园奥勃洛摩夫卡，为所欲为、养尊处优的贵族生活使他养成“彻头彻尾的惰性”（杜勃罗留波夫语），成为寄生虫，任何人、任何力量都无法将他从懒惰的寄生生活中唤起。奥勃洛摩夫是俄国文学的又一个“多余人”形象，他像奥涅金、毕巧林一样，具有那种聪明而无用的特征，但是他又有别于他们。奥涅金、毕巧林等人有充沛的精力和旺盛的热情，表现出处于上升时期贵族知识分子的特征，而奥勃洛摩夫身上没有任何活力，他的一生大部分时间都在软软的沙发上度过，他是俄国没落贵族的一种象征。奥勃洛摩夫是俄国文学中“多余人”形象的进一步发展，成为给读者留下极为深刻印象的典型。

1861年农奴制改革后，冈察洛夫的世界观发生了转变，他从变革俄国社会现行制度的思想倒退到美化俄国宗法制生活方式的立场上去。长篇小说《悬崖》就是他这种思想的集中反映。

在《悬崖》这部小说中，冈察洛夫把女主人公薇拉的祖母别列日科娃这位恪守古老的封建宗法制生活传统的代表人物理想化，让小说中其他一些人物，如青年画家莱斯基、玛芬卡、薇拉等人都在不同程度上尊敬甚至崇拜她，让他们接受别列日科娃的生活理想和方式。小说后半部的中心故事是女主人公薇拉和“虚无主义者”伏洛霍夫的爱情。在冈察洛夫笔下，平民知识分子伏洛霍夫是一个言辞激烈、思想大胆、两度被流放过的政治犯，他赢得了薇拉的崇拜，两人经常在一个悬崖下幽会。但是他又是一个“虚无主义者”，是一个举动粗鲁、否定一切道德规范、对爱情不负任何责任的无耻之徒，是引人坠下悬崖的破坏力量的化身。清醒过来的薇拉离开了他和“悬崖”，去寻求固守旧道德的祖母和早已爱慕她的新型地主屠欣的保护。屠欣是一个真诚坦率、有教养、懂礼貌、会经营的工厂主、实业家，作者把屠欣这样能以资本主义经营方式从事实业的地主和资本家看成是“新力量和新事业”的代表，是俄国“可靠的未来”。这部小说由于对进行政治活动的平民知识分子的歪曲，曾受到民主主义阵营的批评。

冈察洛夫主张“现实主义是艺术最重要的原则之一”，认为艺术描写的对象是已定型的生活和已沉积为典型的人物。他的作品告诉人们要有崇高的理想，呼唤人们采取行动。在小说艺术方面，他注重叙述的客观性，通过细节的描写刻画人物性格，人物心理刻画细致入微，叙述语调平稳，节奏舒缓，对话妥帖自然。这些特点使他成为俄国现实主义文学中具有代表性的作家。

伊凡·谢尔盖耶维奇·屠格涅夫（1818—1883）是俄国文学中的抒情散文大师，他作品中的浓郁的诗情画意吸引着无数读者，迅速、敏锐地反映了19世纪急剧变动的俄国社会生活。民粹派雅库包维奇（1860—1911）写道：“屠格涅夫就出身而言是绅士，就教养与性格而言是贵族，就信念而言是‘渐进论者’，但可能连他自己都没意识到……他同情，甚至曾为俄国革命服务。”①

屠格涅夫出生在奥廖尔省的一个贵族家庭，自幼目睹地主阶级为富不仁，恣意虐待农奴，从而对农奴制度、压迫与不人道深恶痛绝。1833至1837年他先后在莫斯科大学与彼得堡大学语文系学习，毕业后赴德国柏林大学攻读哲学和历史（1838—1840）。1843年初，屠格涅夫与别林斯基相识，他终生热爱并尊重别林斯基，是在后者的文艺思想培养下成长起来的。这在《猎人笔记》中已显示得十分清楚。

1847年屠格涅夫在《现代人》杂志上发表了一篇题为《霍尔和卡里内奇》的有关农民的特写，副标题为《猎人笔记》，它立刻受到读者的青睐。年轻的作家受到鼓舞，将这种札记继续写下去；1852年集22篇冠以《猎人笔记》结集出版。1880年再版时又加入3篇，共25篇。特写记录了一个猎人徜徉在俄国中部奥廖尔省的森林与田野上的观感，画面中心则是俄国农民。在屠格涅夫笔下，读者首次看到了极富才华的俄国农民形象。在他们中间有长得像苏格拉底的霍尔，他冷静干练，有见识，是经营土地、做买卖的好手，不上地主的当。而面孔像柏拉图的卡里内奇则是个“理想家、浪漫主义者、狂热、好幻想的人物”，他淳朴多情，多才多艺，能读书，会唱歌，爱欣赏大自然，但是对现实生活不大理会，总受地主盘剥。这不仅是两个农民，而且几乎是人类两种性格的概括。天赋非凡的歌手雅可夫的歌声中“含有真实而深刻的热情、青春、力量、甘美和一种销魂的、任情的、忧郁的悲哀。俄罗斯的真实而热烈的心灵在这里面响着、呼吸着……”但这样优秀的农民的生存却濒于绝境。农奴苏乔克（绰号，意思为小树枝）被地主支过来差过去，当过马车夫、园丁、戏子、厨师、渔夫等等，却不允许结婚，连固定的名字都没有（《里郭甫村》）。从农民的命运可见地主阶级的残酷，但他们时常用温文尔雅的外表掩饰自己。《总管》

① 《俄国批评界论屠格涅夫》，第401页，莫斯科文学出版社，1953年。

里的宾诺奇金是城里最有修养的地主，但只因为农奴仆人送上的葡萄酒没有温热，就不动声色地吩咐道："费道尔的事……去处理吧。"这意味着农奴就要为此挨一顿鞭子。

全书有着很多令人神往的风景描写，充分表现出作家敏锐的观察力和细腻的笔法。屠格涅夫在极富诗意的大自然的背景上，展示农民美好的心灵、天赋的才智，反衬出农奴制度的不合理，别具一番批判力量。当局曾将1852年批准《猎人笔记》结集出版的书刊检查官解职。

1852年屠格涅夫违反禁令发表悼念果戈理的文章，更因《猎人笔记》出版问题触怒当局，先被拘捕而后被放逐回故乡斯帕斯科耶受管制。在被拘留期间，屠格涅夫完成了中篇小说《木木》，继续强烈抨击农奴制度。1853年底屠格涅夫获准回彼得堡，接着发表了中篇小说《僻静的角落》（1854）、《雅科夫·帕申科夫》（1855）和喜剧《村居一月》（1855）等。1856年屠格涅夫在《现代人》杂志上发表了《罗亭》，从此开始了他长篇小说的创作生涯。

《罗亭》的同名主人公是30年代莫斯科大学进步思想小组培育起来的贵族知识分子。故事开始时他已35岁，正在为生计奔波。一次他偶然来到地主夫人拉松斯卡娅的庄园，以其充满理想光辉的人生观立刻赢得了后者之女娜塔丽娅的心。娜塔丽娅天真纯洁，性格坚强，甘愿违抗母命与他奔赴天涯海角，去实现自己的理想。但在行动面前，罗亭畏缩了。他劝娜塔丽娅向命运低头。之后他只有离开庄园，再去浪迹天涯，寻找有益于公众的事业，但终于一事无成。1860年小说再版时，屠格涅夫又添写了一个尾声，描写罗亭于1848年7月26日战死于巴黎巷战中，以此向罗亭表示某种敬意。罗亭是德国古典哲学的信徒，认为宇宙是一个互相联系的统一而和谐的整体，而"人"乃是自然界的最高成就，"真理的容器"，他"注定要发生伟大的作用"。罗亭说："牺牲自己的小我为大我谋福利的人，才配得上人的称号。"他代表了30年代俄国进步青年在十二月党人运动失败后对理论和信仰的热烈追求。小说有对30年代进步思想小组活动的精彩描写。罗亭具有惊人的口才，思想丰富，言语机敏，无怪乎他轻易驳倒了毕加索夫的怀疑主义，并特别使年轻一代为之倾倒。娜塔丽娅视罗亭如迷雾中的灯塔，但她对罗亭的爱情恰如一块试金石，暴露出罗亭的最大弱点，即典型的"语言的巨人，行动的矮子"，不乏理智和思辨，但却缺乏行动的激情和意志力量，这种软弱是许多有识之士为脱离现实的贵族知识分子号脉诊出的通病。但是，正如罗亭的大学同学列日涅夫所言"谁有权利说他不会并且从来不曾发生作用？说他的话不曾在青年们的心里播下许多良好的种子？"后来高尔基在评价罗亭的作用时也曾说过："在那个时代，理想家罗亭比实行家和行动者是更有用处的人物。"①

《罗亭》使作家找到了自己喜爱的艺术形式，它几乎成为作家以后小说创作的模式，其主要表现为作品情节简单，篇幅不长。故事总是以一个特定历史条件下的典型人物为中心，周围有为数不多的角色从不同角度展示并丰富主人公的形象，常常是一个个戏剧性场面相串联。在内容上，屠格涅夫喜爱将爱情故事与政治问题联系起来，把抒情性与社会性紧密结合在一起，这是他小说的最大特色。

1859年屠格涅夫发表了《贵族之家》，继续地主庄园生活题材。贵族子弟拉夫列茨基在26岁但毫无人生经验的情况下，迷恋上一个美丽而好虚荣的女子。婚后不久妻子就背叛了丈夫，拉夫列茨基单独回到田庄，学习耕种，关心农民。他与美丽纯洁的丽莎相爱，准备结合，正在此时误传已去世的妻子突然出现。虔诚的丽莎决心牺牲自己的幸福，投身修道院，在寂静中度过一生。无力与世俗风习对抗的拉夫列茨基也只有与痛苦、孤独相伴随。八年后，他重访丽莎的故居，面对着年轻一代，他自语道：

① 高尔基：《俄国文学史》，第305页，上海译文出版社，1979年。

“欢迎啊，寂寞的老年！毁掉吧，无用的生命！”小说宛如一首贵族庄园生活的挽歌，以浓郁的诗意的哀愁在当时赢得大量读者。

《前夜》完成于1859年，1860至1861年连载于《俄罗斯通报》杂志。屠格涅夫后来曾说：小说的主旨是“为了推动事业的前进……需要自觉的英雄性格”。贵族少女叶莲娜是继《罗亭》中娜塔丽娅之后又一个坚强而有追求的女性，不满足于平庸空虚的庄园生活。在她周围，有天分但有失轻浮的画家舒宾，谦逊好学但缺乏活力的别尔森涅夫都令她不满，她希望能从事有益于公众的活动。这时，保加利亚爱国者英沙罗夫闯入她的生活。英沙罗夫正为将祖国从土耳其人桎梏下解放出来而进行不懈的斗争。叶莲娜从他身上看到了自己的理想，不顾一切地爱上了他。英沙罗夫起初为事业回避自己对叶莲娜的爱，但在了解少女的内心世界之后，他感到找着了一个志同道合的伴侣和亲密战友。叶莲娜不顾前途艰险、父母的反对和哀求，毅然与英沙罗夫共赴保加利亚。不幸，英沙罗夫途中病故，叶莲娜继续前行，赴保加利亚投身英沙罗夫未竟的事业。小说中叶莲娜日记里的感情记录、她与父母的诀别、英沙罗夫的死都是极为成功的感人片段，悲壮的结尾留给读者不尽的回味。《前夜》发表后，杜勃罗留波夫在其《真正的白天何时到来？》一文中，盛赞作家善于迅速“猜到渗进社会里的新观念”，叶莲娜与英沙罗夫的形象，证明与俄国国内专制农奴制作斗争的俄国的英沙罗夫即将出现，俄国正处于革命的“前夜”，白日即将到来。渐进论者屠格涅夫不能接受评论家作出的革命结论，由于《现代人》杂志坚持发表该文，屠格涅夫退出了同它的合作，不再任撰稿人。与民主阵营的决裂对他此后的创作产生了许多不良影响。

1861年屠格涅夫发表了他最优秀的长篇小说《父与子》。小说主要反映俄国废除农奴制前夕，新的社会力量——平民知识分子的崛起，以及他们与贵族阶级之间尖锐激烈的思想冲突。医科大学生，“虚无主义者”

巴扎罗夫和他的朋友阿尔卡狄来到后者父亲的庄园度假，在这里巴扎罗夫与阿尔卡狄的伯父，保守的自由派贵族帕威尔·基尔萨诺夫相识，并与其在社会政治、哲学、文学艺术等方面展开针锋相对的论争，甚至进行决斗。一次在省长家的舞会上巴扎罗夫认识了美丽的贵妇人阿金佐娃并狂热地爱上了她，但遭到拒绝。巴扎罗夫陷入忧郁与矛盾中，不久在父母庄园为农民动手术时不慎受感染而身亡。巴扎罗夫一出现就令人感到这是一个"新人"，他不是罗亭式的黑格尔主义者，而是坚定的唯物论者，自然科学工作者，相信物质，希望通过实验掌握世界的奥秘，代表19世纪中叶俄国企图清除宗教迷信、掌握自然科学的思潮的兴起。但是从政治斗争角度看，"新人"最大的特点乃是与科学求实相联系的否定精神。巴扎罗夫以无畏的气概宣称否定"一切"，包括对当时社会制度和贵族阶级的领导权的否定，因此招致保守贵族帕威尔全副心灵的仇恨。屠格涅夫迅速抓住并反映出了当时民主阵营（"子"）与贵族保守阵营（"父"）两大历史力量斗争的症结所在；同时，作为一个现实主义者，在对二者论战的真实描写中，胜利的天平总是倾向自信的民主主义者。但是巴扎罗夫作为一个机械唯物论者，面对一些精神世界现象也作出简单化的判断。他认为"一个好的化学家比20个诗人还有用"，爱情、艺术都是浪漫主义、虚无缥缈的东西。他从解剖学角度否定男女之间存在神秘的关系。然而他在阿金佐娃面前狠狠跌了一跤，认真而执着的巴扎罗夫陷入两难境地：他既不能轻易否定、放弃自己的理论，又不能否定、放弃自己的爱情，至死都处在矛盾痛苦中。描写巴扎罗夫之死的场景是屠格涅夫最优秀的篇章之一。契诃夫曾感慨其精彩程度使自己似乎也像巴扎罗夫那样患病、感到虚弱。但是不可否认，巴扎罗夫的夭折多少意味着屠格涅夫本人对"虚无主义者"的前途持悲观态度。尽管如此，巴扎罗夫毕竟是俄国文学史上一个活生生的、有血有肉的形象，他是世界文坛上一个著名的"虚无主义者"，也是一种认真执着性格的概括。小说发表后，围绕屠格涅夫对巴扎罗夫形象的处理，在当时知识界引起了一场激烈的论争，也使屠格涅夫深受刺激。

自60年代初，屠格涅夫长期居住国外。他的第五部长篇小说《烟》（1867）以贵族知识分子李特维诺夫与美貌迷人的伊琳娜的一段爱情故事为主干，揭露并讽刺了在德国境内的各色俄国侨民，其中既有反动官僚贵族也有只会夸夸其谈的"革命者"。作品反映出屠格涅夫在俄国改革后看不到出路的悲哀与消沉。李特维诺夫在爱情失意后返回祖国的途中凝视火车喷出的烟，"忽然间他好像觉得一切都是烟，他自己的生活，俄罗斯人的生活，人类的一切，尤其是俄罗斯的一切"。小说缺乏作家以往那种严整明丽的结构，也缺乏富有魅力的正面形象，对"革命家"的描写表现出作者本人的某些偏见。

时隔十年，屠格涅夫发表了最后一部长篇小说《处女地》。这次屠格涅夫又回到俄国社会的最新动向：民粹派发起的"到民间去"运动。屠格涅夫在国外根据有限的信息和自身对祖国的认识完成此书不免有一定困难，但他还是看到民粹派运动植根于俄国农民之极端贫困，看到运动的参加者是高尚的人，但作者又认为他们缺乏对农民的应有认识，行动不切实际，甚至不免幼稚，终将失败。因此他一方面肯定民粹派的品格，又不时嘲笑他们，并且塑造了一个无往不胜的渐进论者的形象与之对立，将渐进论者比喻为耕耘处女地的"挖得很深的铁犁"。小说发表后引起当时俄国进步社会普遍的不满。

总览屠格涅夫六部长篇小说，可见它们连续反映了俄国知识阶层自19世纪30年代至70年代的动向，从莫斯科大学进步思想小组到民粹派运动，从贵族到平民知识分子，触及到当时意识形态中种种问题，无异于提供了一幅俄国思想界50年来活动历史的艺术画卷，这是屠格涅夫艺术创作的一大功绩。除长篇小说外，屠格涅夫在中短篇小说领域里也颇有艺术造诣，如批判农奴制的《木木》（1852）、描写贵族青年生活的《阿霞》

（1858）、《初恋》（1860）等。

屠格涅夫晚年基于自己对过去的回忆和一些家族传说，继续写了一些中短篇小说，如《草原上的李尔王》（1870）、《春潮》（1872）、《普宁与巴布林》（1874）、《爱的凯歌》（1881）。但是晚年最大的成就是他于1878年至1882年写的一组散文诗。作家在散文诗中以优美的文笔记录了自己的种种思绪。其中有不少是垂暮多病的屠格涅夫对生死问题的思考，多呈悲观色彩，如《老妇》、《世界的末日（一个梦）》、《大自然》等。不少批评家指出其中的思想与叔本华的联系。有一些则热情讴歌真善美，如《麻雀》颂扬母爱的巨大力量，《纪念尤·彼·弗列夫斯卡娅》、《二富翁》赞美博大的爱和无私的奉献。而在死前几个月写的《门槛（梦）》则以崇敬的心情歌颂民粹派女革命家一往无前的献身精神。《俄罗斯语言》表达了作家对祖国和俄国人民的无比忠诚与信念。这些散文诗文字优美，寓意深刻，是伟大作家对祖国的最后奉献。屠格涅夫于德国逝世后，遗体运回俄国安葬。

俄国戏剧自果戈理之后，整个40年代相对是个空白。造成这种局面的一个不容忽视的原因是官方对剧院演出的垄断。随着奥斯特洛夫斯基的出现，俄国戏剧走入新的历史发展阶段。奥斯特洛夫斯基以其丰富的创作、鲜明的民族风格，建造起俄罗斯民族戏剧的大厦，为俄国戏剧事业作出了巨大贡献。

亚历山大·尼古拉耶维奇·奥斯特洛夫斯基（1823—1886）出生于莫斯科河南岸的商人聚居区。他的父亲曾长期在民事法庭以私人身份为人代理商业诉讼。而奥斯特洛夫斯基曾经按父亲意见进入莫斯科大学法律系学习，不久由于对法律不感兴趣而辍学。1843年他在莫斯科良心法院任职，接触了大量有关遗产继承的事务，后来又转入莫斯科商务法院。他从自身以及父亲的经历中直接了解到许多商业欺诈和商人日常活动。

在法院期间，奥斯特洛夫斯基写过一些自然派风格的莫斯科南区的风俗特写。1847年他发表喜剧片段《破产债户》和讽刺喜剧《家庭幸福图》，1849年在《破产债户》基础上完成第一部大型喜剧《自家人好算账》，1850年发表在《莫斯科人》杂志上，引起广泛注意。商人博利绍夫为了赖账赚钱，将财产转移到店员波德哈柳津名下，宣布自己破产。而狡猾的骗子波德哈柳津借机霸占了他的全部财产，并且和他的"有教养"的女儿成亲，两人拒绝支付债款营救亲人。喜剧以讽刺手法揭露了在商人阶层中存在的唯利是图、狡诈欺骗和丧失人性的恶劣。剧本招致官方的强烈反应，沙皇下令禁止上演，作者本人也受到警察监视并且被迫辞去公职，而剧本直到1859年在修改了结尾后才得以再版。50年代初，奥斯特洛夫斯基与具有斯拉夫派[①]思想倾向的文人阿·格里戈里耶夫（1822—1864）等人接近，组成了保守杂志《莫斯科人》的"少壮编辑部"。奥斯特洛夫斯基的第二个喜剧《穷新娘》（1852）描写一个美丽少女屈从母亲意愿嫁给一个年老富翁，已经显露出作者倒向斯拉夫派的保守立场。此后的几部作品《各守本分》（1853）、《贫非罪》（1854）和《切勿随心所欲》（1854）减弱了对商人阶层的批判，虽然具有突出感人的民间文学成分，但是在相当程度上美化了宗法制生活及习俗。在《各守本分》中，商人鲁萨科夫（意为"地道的俄罗斯人"）看穿了不怀好意向他女儿求婚的贵族青年，而具有完美道德的青年商人鲍罗特金最终娶了鲁萨科夫曾受骗私奔的女儿为妻，保住了她的名誉。《贫非罪》中，富商托尔卓夫贪图钱财，想把女儿嫁给比她大几十岁的工厂主，后来在受到对方侮辱后，幡然悔悟，将女儿嫁给穷店员米嘉。这些剧中往往有许多明显"斯拉夫派"式的

① 斯拉夫派是19世纪40—50年代俄国的一个思想派别，认为俄国与其他斯拉夫国家不同于西欧，应有自己的发展道路。

议论，试图证明商人们并非冥顽不化的人，在他们许多人身上蕴含着高尚道德品质，然而人物思想的转变往往缺乏足够的心理铺垫，这一缺欠突出体现在《切勿随心所欲》中。

50年代中期，尤其在克里米亚战争中俄国失利之后，奥斯特洛夫斯基摆脱了对宗法制的迷恋，离开《莫斯科人》，转向进步杂志《现代人》。1856年，他应海军邀请，作为“文学考察团”成员沿伏尔加河做了一次长途旅行，广泛了解当地民情。他的笔锋逐渐指向揭露“黑暗王国”（杜勃罗留波夫语）的愚昧和残暴，揭露贪赃枉法的官吏、专横粗野的商人，同情穷人和被压迫者的艰难处境。他先后写下《他人喝酒自己醉》（1856）、《肥缺》（1856）、《养女》（1859）以及著名的《大雷雨》（1860）等剧本。《肥缺》揭露了沙皇制度下官僚阶层营私舞弊、卑鄙无耻的行径，而正直、有教养的青年却陷入贫困，剧本结尾一群贪官污吏受到正义的惩罚，身败名裂，锒铛入狱。

《大雷雨》在如诗如画的伏尔加河背景下，展现了一座古老的小城中新旧道德、自由与专制的激烈斗争。纯朴善良的卡捷琳娜告别幸福的少女生活，嫁到专横而伪善的富商卡巴诺娃（意为“母野猪”）家里。丈夫季洪软弱无能，逆来顺受，连自己的妻子受母亲的欺凌都不能站出来加以保护。卡捷琳娜爱上了商人季科伊（意为“野蛮”）的侄子鲍里斯，而鲍里斯虽然有些教养，但迫于叔叔的威逼，离她而去。在婆母威逼下，卡捷琳娜在大雷雨中忏悔了自己的“罪恶”，投水自尽。卡巴诺娃和季科伊是宗法制生活秩序的卫道士，他们的共同特征是蛮横、愚昧、守旧，容不得半点生活的改变，所不同的是后者更为粗野，而前者有时伪善。季洪和鲍里斯是他们这种专制压迫的受害者和牺牲品。而钟表匠库利金、店员库德里亚什、季洪的妹妹瓦尔瓦拉以及女主人公卡捷琳娜等人物则以各自不同的方式向黑暗王国发出挑战。尤其是卡捷琳娜的形象塑造得最为成功，卡捷琳娜是富有诗意、爱幻想、爱自由的善良女性，不惜以死来反抗黑暗势力的专横肆虐与残酷压迫。她的死具有很强的悲剧性，一方面她热烈追求自由和幸福，另一方面囿于宗教偏见，把对丈夫的不忠看成不可饶恕的“罪过”，但是她在对黑暗势力的斗争中表现出非凡的勇气和毅力，体现俄罗斯民族的刚毅性格，被杜勃罗留波夫称为“黑暗王国中的一线光明”。《大雷雨》堪称为俄国戏剧文学的一部杰作。作为舞台背景的大自然景色的优美与小城生活的“黑暗”形成鲜明对比，同时，大雷雨又成为戏剧的结构因素，与女主人公紧张的内心斗争相伴而生。民间文学因素的运用也是戏剧获得成功的要素之一。

60年代，奥斯特洛夫斯基创作了一系列以俄国历史上“乱世”年代事件为基础的历史剧，如《柯兹玛·扎哈里奇·米宁–苏霍鲁克》(1862)、《僭称为王者德米特里与瓦西里·舒伊斯基》(1866)等，大多表现民众保卫祖国、反抗外来侵略的英雄精神。60年代末到70年代，随着时代环境的变化，资本主义因素的强化，奥斯特洛夫斯基创作的主题主要描写没落贵族和新兴资产者的风貌，尖锐揭露因追逐金钱、特别是证券交易而不顾礼义廉耻的行径。《智者千虑必有一失》(1868)中的格卢莫夫口是心非，巴结显贵，却因一本恶意嘲讽他人的日记落入他人手中而一无所成。在《来得容易去得快》(1869)中地主女儿为金钱享受不惜出卖色相。在《狼与羊》(1875)中破落女庄园主用假债券敲诈他人，又在更强的对手面前俯首帖耳。《没有陪嫁的姑娘》(1878)中少女拉丽莎成为没落贵族和富人手中的商品。另一方面，剧作家在《森林》(1871)、《名伶与捧角》(1882)、《无辜的罪人》(1883)等剧中塑造了一些平民知识分子和艺人的正面形象。春天的神话《雪女》(1873)富有诗意地运用丰富的民间口头创作讴歌了青春和爱情。

奥斯特洛夫斯基还致力于建立发展民族剧院，扶植培养戏剧演出人才，经他倡导，1870年在莫斯科成立俄国剧作家俱乐部。1886年1月奥斯特洛夫斯基任莫斯科皇家剧院剧目部主任，半年后因病去世。

尼古拉·加夫里洛维奇·车尔尼雪夫斯基(1828—1889)出生于萨拉托夫一个牧师家庭。1846年他入彼得堡大学历史语文系学习，其间，接近彼特拉舍夫斯基小组，在费尔巴哈和别林斯基影响下形成了革命民主主义观点和空想社会主义思想。大学毕业后，他回到萨拉托夫任中学语文教员，进行革命思想宣传。1853年他重返彼得堡，开始为《祖国纪事》杂志撰稿，后来应涅克拉索夫邀请到《现代人》杂志工作，主持两个重要的专栏：政治栏和批评栏。在他的领导和影响下，《现代人》成了革命民主派的机关刊物。在该杂志上，车尔尼雪夫斯基发表了一系列重要的著作，如《资本与劳动》(1860)、《哲学中的人本主义原理》(1860)、《艺术对现实的审美关系》(1855)、《俄国文学果戈理时期概观》(1855—1856)以及《莱辛，他的时代，他的一生与活动》(1857)等。他不仅在报刊上公开进行革命宣传，而且积极从事秘密活动。1861年他撰写传单《告领地农民书》，揭露当局的农奴制改革不利于农民，号召群众积蓄力量准备起义。他还指导过"土地与自由社"的活动。60年代初，车尔尼雪夫斯基成为俄国公认的革命领袖和导师，遭到反动派的敌视和仇恨。1862年6月，《现代人》被勒令停刊八个月，7月7日车尔尼雪夫斯基被捕，囚禁在彼得保罗要塞将近两年。1862年12月开始，他在狱中以惊人的毅力用四个月时间创作了长篇小说《怎么办?》。1864年，车尔尼雪夫斯基被判处在矿场服苦役，并终身流放西伯利亚。他在监禁、苦役和流放中度过了整整21个年头，在逆境中保持了崇高的气节。在流放期间他写作了长篇小说《序幕》(未完成)，在小说里作者反映了农奴制改革准备时期革命民主主义者和自由派、保守派之间的斗争，塑造了以沃尔金为首的一组"新人"形象，揭露了沙皇当局拟议中的农奴制改革的阶级实质。1883年车尔尼雪夫斯基前往阿斯特拉罕，1889年才获准回故乡萨拉托夫，长期苦役和流放严重损害了他的身心健康，同年10月与世长辞。

车尔尼雪夫斯基继承了拉季舍夫、赫尔岑、别林斯基的战斗传统，创造性地吸收了费尔巴哈的思想遗产，在唯物主义基础上建立了革命民主主义美学观。他的主要美学著作有《艺术对现实的审美关系》、《现代美学概念批判》（1854）、《论崇高与滑稽》（1854）、《论亚里士多德的〈诗学〉》（1854）等，其中以《艺术对现实的审美关系》最具世界意义。车尔尼雪夫斯基坚持费尔巴哈的立场观点，给美下了唯物主义定义："美是生活"，"任何东西，凡是显示生活或使我们想起生活的，那就是美的"。他肯定艺术从生活出发的原则，同时又指出由于人们所处的社会地位不同，对生活的理解和对美的观念也就不一样。"美是生活"并不意味着任何生活都是美的。"任何事物，凡是我们在那里面看得见依照我们的理解应当如此的生活，那就是美的"，反之，则为不美。这个命题包含这样的意义：人应当为改造丑陋的旧生活、建设美好的新生活而斗争。在"美是生活"命题的基础上，车尔尼雪夫斯基进一步论述了艺术对现实的审美关系。他指出，人类对美的渴望不能脱离人的其他意向和需求而存在，所以艺术的范围并不限于美，"生活中普遍引人兴趣的事物就是艺术的内容"。艺术的第一个目的就是"再现生活"，不过，这个再现并不是对美的简单摹写，而要"说明生活"、"对生活下判断"。艺术的最高使命是"提出或解决生活中产生的问题"，成为"研究生活的教科书"。只有当艺术家对于生活具有明晰、正确的观点时，他才有可能积极干预生活，促进历史的进步。他坚决反对"为艺术而艺术"的论调，强调艺术家应成为"自己人民的喉舌、人民的领袖和人民的保护人"。诚然他的美学思想也存在局限性。他在《当代美学概念批判》中离开人的社会性和历史发展，从抽象的人本主义概念出发去观察美感问题，把美感的本质归结为对生命或生活的眷恋。他还片面强调生活而过分贬低艺术的价值，未能科学地、历史地阐明审美客体和审美主体、艺术和现实的辩证关系。

在著名的长篇小说《怎么办？》中，车尔尼雪夫斯基塑造了与以往文学作品中占相当比重的"多余人"形象迥然不同的、具有全新理想和生活态度的“新人”形象。小说女主人公薇拉出身小市民家庭，母亲打算把她嫁给富有的房东的儿子——一个放荡的花花公子。薇拉不愿成为买卖婚姻的牺牲品，正在一筹莫展之际，医学院学生罗普霍夫为了挽救她，中途辍学，与她结婚。在罗普霍夫帮助下，薇拉逐渐觉悟到个人的解放必须和争取妇女解放的斗争联系起来，于是她积极参加社会活动，创办实行社会主义原则的缝纫工场。两年后，她与罗普霍夫的好友吉尔沙诺夫之间产生了爱情。罗普霍夫经过慎重考虑，相信薇拉和吉尔沙诺夫一起生活会更加幸福，于是毅然出走，佯装自杀，受革命家拉赫美托夫委托，出国进行革命活动。数年后罗普霍夫由美国回到彼得堡，与波洛佐娃结婚，并与薇拉夫妇重新相见，两对夫妇和睦相处，共同从事革命启蒙活动。小说把罗普霍夫、吉尔沙诺夫、薇拉称之为“新一代平常的正派人”，艰苦的劳动生活培养了他们坚毅的性格，他们热爱劳动，认真从事科学活动；与“多余人”不同，他们怀抱明确的理想，并为实践自己的理想而努力。小说把拉赫美托夫称之为“特别的人”，他出身贵族，当他掌握革命理论之后立刻投身革命实践，走出学校，深入到人民中间，种过庄稼，当过苦力，体验他们的生活。他过着极为简朴、苦行僧式的生活，甚至为了能全身心地投入工作决心牺牲爱情，被作者称为时代优秀人物的精华，“盐中之盐”。在他身上，概括了那个时代革命战士和领袖的优秀品质：对事业的无限忠诚、和人民的密切联系、不屈不挠的刚毅性格和高尚的自我牺牲精神。而在罗普霍夫等“新人”思想活动中，作者揭示了他们所遵循的人本主义的道德原则，即“合理利己主义”。他们受到费尔巴哈“幸福论”的影响，认为追求个人幸福是“人的本性”，但是为他人幸福也应该是“我”这个本性的要求，能够带来精神和道德上的愉悦和满足。在当时历史条件下，这是具有革命性的道德观，它鼓励人们自觉自愿、满腔热情为公众事业而奋斗，并因之感到幸福快乐。小说在“新人”与统治阶级代表人物的冲突中，表现了“新人”无比的优越性，他们数量日益增多，影响不断扩大，未来属于"新人"们。小说具有很强的政论性，在大量作者插叙中车尔尼雪夫斯基对小说所描绘的生活进行理论性概括，展现了空想社会主义思想。他通过薇拉的四个梦表达了对未来美好社会的展望和憧憬，展现了高昂的理想主义的乐观精神。《怎么办?》由于其思想性和战斗性而长期被官方列为禁书，但一直在革命青年中秘密流传，影响十分广泛。

车尔尼雪夫斯基也是一位杰出的文学批评家。他在《俄国文学果戈理时期概观》等文学批评著作中，把普希金称为"俄国诗歌之父"，并指出"普希金第一个开始以惊人的忠实和敏锐描写了俄国的风习和俄国人民各阶层的生活"，"他是俄国第一个把文学提高到全民事业的成就的人"。车尔尼雪夫斯基把果戈理称为"俄国散文之父"，"果戈理第一个使得俄国文学坚决追求内容，而且这种追求是沿着坚定的倾向，即批判的倾向而进行的。"车尔尼雪夫斯基在《幽会中的俄罗斯人》(1858)一文中，对屠格涅夫中篇小说《阿霞》的主人公形象进行了批判性分析，称其为"虚假的英雄"，在其身上体现了"多余人"优柔寡断、不适应生活、不了解俄国社会的弱点和"一无可取的软弱性格"。在《托尔斯泰伯爵的〈童年和少年〉》和《托尔斯泰伯爵的"战争小说"》(1856)中，车尔尼雪夫斯基归纳了托尔斯泰艺术创作的两个重要特点，其一是托尔斯泰善于描写"怎样从一些思想、感情中引申出另一思想感情来"，即"心理过程本身、它的形式、它的规律，用特定术语来说，就是心灵辩证法"；其二是那种"真诚的纯洁的道德感情"。车尔尼雪夫斯基认为批评的使命就是"反映社会上优秀人士的见解，以及促使这种见解在群众中进一步传播"，从而使文学批评活动具有强烈的战斗性。

尼古拉·亚历山大罗维奇·杜勃罗留波夫(1836—1861)出生于下诺夫哥罗德一个神父家庭。1853年他考进彼得堡中央师范学院，1856年发表第一篇论文《论〈俄国文学爱好者谈话良伴〉》，揭露叶卡捷琳娜女皇标榜的"言论自由"的虚伪性和她所倡导的消闲文学的消极意义。文章受到车尔尼雪夫斯基的赞赏，并且在杜勃罗留波夫毕业后请他主持《现代人》杂志批评和书刊评论。在短暂的批评生涯中，杜勃罗留波夫撰写了大量批评文章。在《论概念的真实性或人类知识的可靠性》(1858)等文章中阐述了唯物主义的哲学观和人本主义的历史观。他在《俄国文学发展中人民性渗透的程度》(1958)中指出："不是生活按照文学理论而前进，而是文学顺应着生活方向而改变。" 他进而要求艺术家不应该局限于描写风俗习惯、自然景色，摹拟方言，停留在人民性的形式，而要表现人民的内在生活，和他们一起感受和体验生活。1859年针对冈察洛夫的长篇小说他写出著名评论《什么是奥勃洛摩夫性格?》，肯定作家才能的最强有力的一面在于他善于把握对象的完整形象，并加以锤炼和雕塑。他强烈反对"为艺术而艺术"的主张，认为一个再现社会生活现象的艺术家比一个把才能浪费在工整描写小叶片和小溪流的艺术家更有意义。他着力阐释作品主人公身上体现出的奥勃洛摩夫性格是解开俄罗斯生活中许多现象之谜的关键。奥勃洛摩夫性格的主要特征在于一种彻头彻尾的惰性，这一惰性源于他所受的教育和他所处的环境，这一性格的出现表明奥涅金以来的贵族知识分子已经逐渐丧失其先进性，满足肮脏丑恶的生活而害怕生活的新变化。他认为作品中希托尔兹的活动没有改变生活的意义，而女主人公内心体现出的对理想的不懈追求更值得赞赏。

同年发表的评论奥斯特洛夫斯基剧作的《黑暗王国》是他极为重要的一篇论文。他在此提出了"现实的批评"原则，并且在以后的文章中不断加以发挥。他认为，现实的批评不是要求作家应该如何创作，硬要作家接受别人的思想，作家创造的人物先于批评家，而批评家应当去研究这样的人物是否真实可能，解释其产生原因。对待艺术家作品的态度，应该像对待真实的生活现象一样。他阐述了艺术创作的特殊性，艺术家与思想家不同之处在于他有更为敏锐的感受力，能从生活中发现值得注意的东西，把起初的单独的形象加以孕育，使它和其他同类事实和现象结合起来创造出形象化的艺术典型。在这一过程中，艺术家的世界观对于创作十分重要，有正确思想原则指导的艺术家终究会更为有利，他能把最高的思维自由转化为生动的形象，能揭示最特殊、偶然的事实中存在的崇高而普遍的意义，从而对生活产生重要的影响。从这些原则出发，杜勃罗留波夫考察了奥斯特洛夫斯基的戏剧创作，认为后者的喜剧直接展示了生活许多本质特征，把这一生活概括为"黑暗王国"，其中起主导作用的是顽固专横和逆来顺受。"黑暗王国"扼杀了人的意志和美好愿望，导致了道德沦丧和精神堕落，但是在其背后新生活的力量也在开始行动。在文章末尾，作者承认文学只是生活的再现，认为批评家应当针对作家的作品，而不是直接谈论真实的生活现象。

1860年他发表了引起巨大争论的评论屠格涅夫长篇小说《前夜》的文章《真正的白天何时到来？》。他指出屠格涅夫创作的主要特点是他每次都能新奇地发现生活中的新变化、新问题，并加以诗意展示。女主人公叶莲娜充满理想的骚动和追求、保加利亚爱国者英沙罗夫形象的出现表明俄国正处在变革的"前夜"。他呼唤能够与专制农奴制进行斗争的"俄国的英沙罗夫"早日出现，这一真正的白天已经不远了。他的激烈主张明显与屠格涅夫的贵族自由主义观相左，导致进步阵营的分化，但是无疑具有迫切的现实意义，因而受到革命民主主义者的欢迎和好评。同年他发表了另一篇重要评论文章《黑暗王国的一线光明》。他从人本主义立场出发认为追求美好的东西是人的自然本性，而衡量作家或者个别作品价值的尺度在于他们究竟把某一时代、某一民族的自然追求表现到什么程度。天才作家是某一时代人类认识最高阶段的最充分代表；文学的任务是解释生活，宣传正确的生活主张。文学的生命在于其真实性和生动性，而批评家的任务就是将这一真实展示给作家和公众。从这一点出发，杜勃罗留波夫认为剧作家的创作表明人民自觉意识的觉醒，《大雷雨》中女主人公尽管还有其自身弱点，但是因其勇敢坚定的反抗精神而体现了俄罗斯性格强有力的一面，无愧为“黑暗王国的一线光明”。杜勃罗留波夫生前的最后一篇重要的评论文章是针对陀思妥耶夫斯基作品集所写的《备受折磨的人们》（1861）。他在文章中肯定了作家在人物心理描写方面的天才，但是他同时指出作家只展现了深受生活重压的下层人物身上的自卑和顺从，没有充分揭示人性中强有力的一面，因而丧失了和谐和统一，而事实上生活中已经出现新变化，人们已经觉醒，在努力恢复人的尊严。1861年底，富有才华的年轻批评家因长期生活艰苦、积劳成疾在彼得堡去世，终年26岁。

杜勃罗留波夫推崇现实主义原则，强调文学的倾向性和功利性，要求作家真实、生动描写生活的同时，反映时代和民族的迫切需求。他强调作家世界观对其创作的重要意义，强调文学对社会发展的影响。在批评活动中他主张从作品实际出发，从作品反映现实生活的深度来评价作家和作品，强调文学所具有的普遍的社会意义。这些主张和实践对后来的民主主义，特别是社会主义文学理论和批评产生了巨大的影响。

尼古拉·阿列克谢耶维奇·涅克拉索夫（1821—1878）是“公民诗歌”的杰出代表。他出生于乌克兰卡明涅茨—波陀尔斯克省的涅米罗夫镇。父亲曾是军官，性格残暴、凶恶，生活放荡，退役后举家前往祖传庄园格列什涅沃村，诗人的童年就是在这里度过的。地主的暴虐、农民的屈辱、伏尔加河纤夫的哀号和呻吟、经由此地解往西伯利亚的流放犯都给他留下深刻的印象。1838年涅克拉索夫被送往彼得堡准备进武备学堂，他却违背父命去报考大学，落取后径自到彼得堡大学旁听，父亲一怒之下断绝了他的经济来源，17岁的涅克拉索夫从此便长期过着饥寒交迫的生活。同年，他的短诗《幽思》在《祖国之子》（1812—1844，1847—1852）杂志上发表，其他杂志也相继刊载他的作品。他的充满浪漫情调的第一部诗集《幻想与声音》（1840）因缺乏独创性受到别林斯基的批评，他感到痛苦，一度中断写诗。为了生计，他为农民代写书信，为商人写广告，为演员抄台词，同时坚持写作，在《俄罗斯和全欧戏剧丛刊》等刊物上发表书评、论文、杂感、小说和轻松喜剧。

40年代初，他结识了别林斯基，在后者影响下逐渐走上革命民主主义和“真正诗人”的道路。这一时期他的创作以抒情诗为主。《在旅途中》（1845）是诗人平生第一次显示反农奴制情绪的作品，他通过一个农民车夫之口描述了一个被贵族生活方式腐化了的农妇。在《摇篮歌》、《当代颂歌》（1845）等讽刺诗中，他用简洁凝练的诗句辛辣讥讽了“表面上冠冕堂皇，而实际上却很卑鄙”的达官贵人。诗人满怀愤恨在《故园》、《犬猎》（1846）等诗中对残暴、荒淫而又愚昧的地主进行了无情揭露和鞭挞。《夜里我奔走在黑暗的大街上》（1847）、组诗《街头即景》（1850）等描写彼得堡贫穷饥饿的角落，抒发对为给死去的孩子买棺材而沦落为娼的妇女的哀怜，同情因饥饿偷窃一块面包而被拘的可怜的无告者，暴露出当时尖锐的社会矛盾。他的著名短诗《昨天五点多钟》（1848）是诗人创作成熟期第一篇诗歌宣言，诗人目睹在广场上鞭打农村姑娘惨景后指出人民的苦难就是他的诗歌缪斯的姐妹。他的这些诗作着重社会下层人物的肖像刻画，与“自然派”文学潮流相一致，质朴的语言、民歌化的韵律、特别是尖锐的批判倾向使他在40年代文坛被称为具有创新精神的民主主义诗人。

1847年起，他与巴纳耶夫（1812—1862）合编《现代人》杂志，主持“杂志短评”栏目。50年代他先后邀请车尔尼雪夫斯基和杜勃罗留波夫参加编务，由于立场、观点一致，三人结成为革命民主主义理想而斗争的亲密战友。他15年的评论工作不仅对俄罗斯文学的发展起过积极作用，而且被视为民主主义文学评论宝库的组成部分。这一时期，他写出许多著名诗作，如《在农村》（1854）、《未收割的田地》（1854）、《被遗忘的乡村》（1855）、《小学生》（1856）等。特别要指出的是涅克拉索夫在《诗人与公民》（1855—1856）一诗中庄严宣告：“你可以不做诗人，/但是必须做一个公民”，而公民就是“祖国当之无愧的儿子”。他把诗歌看作是流血的事业，号召诗人积极干预生活，反对脱离现实的“纯艺术”派观点，宣扬车尔尼雪夫斯基的美学原则。《大门前的沉思》（1858）对沙皇官僚剥削制度进行了辛辣讽刺和大胆揭露，痛感社会贫富悬殊的现实和遍布俄罗斯大地上的人民“巨大的悲哀”，思索着他们未来的命运。《给叶辽穆什卡之歌》（1858）则号召要为自由、平等、博爱而献身。

从60年代起，涅克拉索夫写了一些抨击资本主义残酷剥削的抒情诗。《铁路》（1864）描写在资本主义剥削形式下被压迫、被剥削的工人和农民的悲惨境遇，并严正指出铁路的修建者不是沙皇和大臣，而是广大群众，铁路可以说是建筑在“俄罗斯人的白骨”上，他们在极其恶劣的条件下长年累月过着非人的生活，许多人冻饿而死。诗人明确指出劳动人民是物质文明的真正创造者，他相信人民必将“给自己开辟一条宽广、光明的道路”。与此同时，涅克拉索夫陆续写出一些描写农村生活的长诗和抒情诗，如长诗《货郎》（1861）、《严寒，通红的鼻子》（1863）等，并开始创作长篇诗作《谁在俄罗斯能过好日子》（未完成，1863至1877年写作，1866至1881年发表），这些作品洋溢着对俄国农民真诚的爱。诗人在《严寒，通红的鼻子》中描绘了两种生活：一方面是通过农妇达丽娅对自己生活的回忆，展现了生活的真实景象，社会上的一切惨状：贫困、黑暗和不平等；另一方面是通过达丽娅隆冬季节在密林深处打柴被严寒冻死前的幻梦表达了人民对幸福生活的向往和幻想。长诗的基本主题是“改革”后农村生活的艰苦，“这里只有石头才不哭泣”。全诗真实反映了农民的生活和心理，以其对劳动的礼赞和人民苦难的同情，创造了“庄严美丽的斯拉夫妇女的典型”，就其对农民生活观察的深刻、表现力和抒情力量而言，几乎超越一切农村题材诗作。

60年代前期，涅克拉索夫一再遭受挫折：昔日的朋友屠格涅夫等人因思想分歧先后与他绝交；杜勃罗留波夫去世，车尔尼雪夫斯基被流放；

《现代人》于1862年一度被停刊，1866年终于被关闭。在此之前，涅克拉索夫为了杂志能够出版曾不得不违心向镇压波兰起义的"绞刑吏"穆拉维约夫献诗，引起进步人士的责备，后来自己也写诗承认错误。1868年，涅克拉索夫与谢德林等人合编《祖国纪事》，邀请民主主义作家和诗人撰稿，使它成为70年代进步阵营的喉舌。在此期间诗人陆续写出歌颂十二月党人及其妻子的崇高自我牺牲精神的长诗《祖父》(1870)和《俄罗斯妇女》(1871—1872)、揭露性长诗《同时代的人们》(1875)、后来结集为《最后的歌》(1876—1877)的大量抒情诗以及《谁在俄罗斯能过好日子》的后三部，这些作品体现了时代的最主要特征。

长诗《谁在俄罗斯能过好日子》是他创作的高峰，是60至70年代俄国人民生活的百科全书，也是19世纪俄国文学中最具民主倾向的杰作之一。它反映了农奴制改革前后农民生活的贫困，揭露了沙皇、农奴主的残酷压迫，歌颂了人民勤劳勇敢的品格和对幸福和真理的渴望和斗争。长诗中，七个贫苦农民争论谁在俄罗斯能过好日子，有人说是地主、神父、富商，有人说是官吏、大臣、沙皇，由于相持不下，便决定出发漫游俄罗斯，亲眼目睹谁是最幸福的人。作者利用这一情节脉络广泛地描述了改革前后的俄国社会生活。诗人着重展现了地主官吏对农民的剥削和压迫：改革前地主对农民为所欲为，他们的意志就是法律；改革法颁布后，地主仍不肯放弃自己的特权，连这一温和的改革也不能接受，仍然千方百计骗取农民的土地。作者还揭露了新兴资产者对农民的压榨，他们以低价收购农产品的方式进行掠夺。在地主和资本家的双重压迫下，农民的苦难更加深重，他们许多人只有进小酒馆、矿区和监狱三条出路。但农民中间已经有许多人开始觉醒。老农民萨威里走上了公开反抗的道路，他带头活埋了凶恶的德国总管，40年的监禁流放没有摧毁他的坚强意志，流放归来依然昂着头说："烙了字，却不是奴隶！"农妇玛特辽娜饱尝了被奴役的苦，却仍旧保持着反抗精神。作者也写到农民软弱的一面，忠心的家奴雅科夫实在忍无可忍，却以自杀来“惩罚”作恶多端的地主。诗人这样来叙述俄罗斯这一历史时期农民的力量和弱点：“你又贫穷，/你又富饶，/你又强大，/你又衰弱，/俄罗斯母亲。”他迫切希望农民早日摆脱愚昧，走向光明幸福。最后，他还塑造了一个为人民幸福而奋斗的平民知识分子格利沙的形象。他热爱劳动，热爱祖国，热爱一切受压迫的庄稼汉。他生活目的明确，很早就懂得为什么而斗争，为什么人而牺牲，从而体现了时代“新人”的性格。长诗吸收了许多民间文学因素，语言通俗直露，韵律简明流畅，民歌体成分随处可见，倾诉、描写多于分析，同时也在一定程度上显露了诗人思想认识的局限，特别是在正面人物的塑造上，例如玛特辽娜对“好心的”上层人物抱有一定幻想，萨威里身上的悲观情绪等。

涅克拉索夫的诗歌直面人生，反映人民的苦难和改变现状的愿望，表达对祖国和人民命运的强烈关注，将强烈的“公民精神”倾注于通俗易懂的民歌化形式，从而开创了一代诗风，对后世影响显著，尤其得到苏联文学诗歌传统的认同、继承和发展。

费多尔·伊凡诺维奇·丘特切夫（1803—1873）是普希金同时代人，以风景诗、哲理诗见长，一生写下300多首短诗，形式短小简练但内涵丰富，既有深刻的思想，又有生动的形象、充沛的感情。他出生于奥廖尔省一个贵族家庭，1821年毕业于莫斯科大学语文系。1822年到外交部任职，不久被派往驻巴伐利亚使团工作。他在慕尼黑等地生活了22年，与德国诗人海涅、哲学家谢林交往密切，可以说他生活在德国浪漫主义诗歌和唯心主义哲学的氛围中。两位德国朋友可能并不知道丘特切夫写诗，但他们喜欢他的博学和非凡的记忆力。20、30年代丘特切夫写下《春雷》（1828）、《不眠夜》（1829）、《西塞罗》、《沉默吧！》（1830）等从构思、形象或情调上都带有鲜明独创风格的抒情诗。1836年他把一些诗稿托人转交给普希金，普希金非常喜欢这些诗，选了其中24首以“寄自德国的诗”为总题刊登在他主办的《现代人》杂志上。1854年，屠格涅夫编辑出版了《丘特切夫诗集》，撰文评论说丘特切夫是一位勇于创新的纯抒情诗人，涅克拉索夫也认为丘特切夫在作品中“对自然作了生动、雅致和形象逼真的描绘”。50、60年代他与女儿的同学杰尼西耶娃相恋并且同居，直至后者去世（1864）。他最优秀的爱情诗就是献给这一“最后的爱情”的，其中包括《你不止一次听我承认》（1851）、《我们的爱情是多么毁人》（1851）、《最后的爱情》（1852）、《一整天她昏迷地躺着》（1864）、《在我痛苦深重的生活里》（1865），饱含珍惜、叹惋和痛苦、矛盾之情。后期有一些诗作反映了诗人的泛斯拉夫主义思想。

作为一位有才华的抒情诗人，丘特切夫有较高的思想境界，敏锐的洞察力，情思非凡。丘特切夫是俄国诗人中写风景诗最多的诗人。早期风景诗带有泛神论的倾向。丘特切夫的诗通过泛神主义表现他的奔放豪情，他对生活的热爱。在《不，大地母亲啊！》（1836）一诗中表现了他对大地母亲深挚的爱，他不追求天国，只求在大地上享受自然界的美。

丘特切夫描写自然现象时，赋予自然景物以人的灵性。自然界无论是太阳、大地，还是海浪、河流，或是春夏秋冬似乎都具有人的感情。例如：《大自然不像你们所希望的》（1836）被认为是他泛神论的纲领性作品。在这首诗里，诗人把大自然写活了，他说大自然有心灵，有自由，有爱情，有语言。丘特切夫擅长观察大自然的变化，春夏秋冬季节的交替。他不写玫瑰与夜莺，而写冬春之交大地从冬眠中苏醒时的特点，描绘春天如何冲破严冬的束缚，给人间送来快乐，如《春水》（1830），《大地还是满目凄凉》（1836）。在《春》（1838）中说，不管命运如何沉重，心里充满创伤，“纵然您注定要经受/多么严酷的种种考验，——/但在初到的春的气息面前/什么事能不烟消云散！”他把春天人格化，春天把花朵撒给大地，春天的花、鸟、树木都不知道悲伤，诗人希望人们也能在春天的怀抱里忘却痛苦。

丘特切夫善于描写大自然瞬息间的变化，他喜欢听夏季快乐的雷声，例如：《夏天的风暴是多么快活》(1851)。他在盛夏雷雨尚未过去时，发现树上飘落下来的一片黄叶。他喜欢初秋，1857年创作的《当秋天刚刚到来的时候》里已没有早年诗歌中泛神论的痕迹，比较真切地写出俄国农村的初秋景色：

当秋天刚刚到来的时候，
有一段短暂却奇美的时光——
整个白天像一颗水晶，
夜晚的天空灿烂异常……

迅镰挥过处谷穗纷纷倒下，
如今都空了，到处是旷原，
只剩下蛛网上几根游丝
还在空着的垄沟里忽闪。(顾蕴璞译)

这首诗没有浪漫主义色彩，但有一种充满泥土气息的朴实美。

丘特切夫描写雷雨的诗很有特色，写得有声、有色、画面极其生动，如《春雷》(1828)。《恬静》(1830)描写雷雨过后林子里的景色，诗的题目是《恬静》，然而自然界的一切景物都处在运动之中，这是以动写静。

丘特切夫的风景诗往往达到情景交融的境界。例如：《河流迁缓了》(1836)，他以冰层下的流水比喻生活重压下人内心的生命活力、求生的欲望，比得自然而贴切。

丘特切夫的诗往往具有象征意义，读者可以透过诗人描写的画面、形象，按照自己的想法作各种联想。例如：《凋残的树木凄清、悒郁》(1850)、《请看那在夏日流火的天空下》(1850)以及1836年写的《杨柳啊，为什么你如此痴心》都带有象征意义。正像诗人自己所说，“每个人都可以根据自己的情绪把自己的思想增加进去，这样做也未必不真实”。丘特切夫的风景诗既是一幅美妙的画，又有很深的内涵，它总给读者留下想象的余地，引起读者的共鸣。

丘特切夫的抒情诗富于哲理性。他称思想和波浪一样是自然力的不同表现（《波浪和思想》1851），即使是在他的风景诗中也常常闪耀其思想火花，尤其是在他的夜景诗中。他不爱暴露一切丑恶的白昼，而沉湎于呈现混沌的夜晚（《就像大地被重洋环绕一样》，1830；《昼与夜》，1839等），在其中更能体会“一切在我之中，我在一切之中”的谢林式“同一观”（《灰蓝色的影子混杂不清》1836）。人在世界中，仿佛是法国哲学家帕斯卡尔所说的“会思想的芦苇”（《海浪的喧嚣里有一种旋律》，1865），人的存在仿佛是解冻的冰河上相互撞击的冰块（《看，在宽阔的河面上》，1851）。人仿佛是荒野中跋涉的朝圣者、“寻水者”（《朝圣者》，《疯狂》，1830），体验世界的伟大，寻求思想的甘露。而面对“说出来的思想就是谎言”这一现实，人只能沉默无声地吮吸思想的甘泉（《沉默吧！》，1830）。丘特切夫从来不是抽象地表达自己的思想，而总是和来自心灵或大自然的形象相融合，他广泛运用矛盾对比、形象象征等手法使其诗歌具有特殊的魅力，后来俄国象征派诗人从中深受启发，认为他是俄国象征派的鼻祖。

丘特切夫较少涉足政治，虽然早期称颂过普希金的自由精神，称俄罗斯之心将像初恋一样永难忘记普希金，后来也曾写过讥讽尼古拉一世“不是个君王，而是个优伶”等讽刺作品，但是他的思想主要倾向于泛斯拉夫主义。他在《大海与悬崖》（1848）中以喧嚣一时、终究在威严的悬崖前败退的波涛来比喻“无神的西方”与“敬神的东方”的对抗，认为俄罗斯在未来人类发展中肩负特殊的历史使命。他晚年那些反映泛斯拉夫主义的诗作已经逐渐为人们所遗忘，而那些蕴涵哲理、激动人心的风景诗和哲理诗则越来越为人们所珍视。

19世纪50、60年代，批评家德鲁日宁（1824—1864）、安年科夫（1812—1887）、鲍特金（1812—1869）等人提出“纯艺术”理论，在诗歌创作方面，诗人费特、阿·康·托尔斯泰（1817—1875）、波隆斯基（1819—1898）、迈科夫（1821—1897）是这一艺术流派的突出代表。在他们之中，以费特的成就最为卓著。

阿方纳西·阿方纳西耶维奇·费特（父姓宪欣。1820—1892）是“纯艺术”论最坚决的拥护者。作为抒情诗人，他着意刻画人的心情和感受，善于捕捉瞬息间的美好感情、印象，运用声音、形象、色彩等手段，把它刻画出来，传达给读者。费特的诗格调高雅，意境优美，给人以美的享受。

费特出生于奥廖尔省一个富有地主家庭，母亲是德国人。费特1844年毕业于莫斯科大学语文系。40年代初发表诗作，如《忧郁的白桦》（1842）、《奇妙如画的景色》（1842）等都是很优秀的风景诗。费特于1850年出版第一本诗集。1855年由屠格涅夫编辑出版了费特的第二本诗集。费特的诗歌才华得到别林斯基、车尔尼雪夫斯基的肯定。60、70年代费特主要从事翻译，他的译作中包括古罗马和古代东方（主要是波斯）的诗歌和歌德、海涅的诗歌作品以及叔本华的哲学著作。1883至1891年间他连续出版四册诗集，总称《黄昏的火》。这一时期，他作为诗歌翻译家和独特的抒情诗人，获得很高的声誉。

费特追求美的艺术，赞成灵感支配写作的说法，他的诗歌有明显的主观性。他曾说：“对艺术家来说事物只有一个方面，即它们的美才是珍贵的。”他在《我的回忆》（1890）中又说：“我无论如何也不能理解，艺术能对美以外的什么事物感兴趣。”享受人生的欢乐——这是费特诗歌的基本内容。他以沉浸于美的艺术世界来摆脱人生的痛苦。他认为艺术是人生唯一持久的欢乐源泉。在费特的美的领域中，主要是两种传统的题材：大自然和爱情。费特的抒情诗以新颖的手法，细腻准确地表达人们瞬息间的情绪和思想状态。他受绘画艺术中印象派的启发，力求用大量的实体世界的生动细节，通过此时此刻的感官印象来表现出具有整体感的统一的画面，传达出心灵的活动（《我前来问候》，1843；《悄声细语，羞涩的呼吸》，1850；《又是五月之夜》，1857；等）。

费特的诗歌音乐性很强。他用词注意音韵，有时借助音乐的表现手法，他的诗常如一首乐曲，通过语音韵律、节奏的变化传达人物内心的感受。因此，作曲家柴可夫斯基称费特为"音乐家式的诗人"，并多次为他的诗谱曲。

费特的抒情诗大部分基调明快，他对大自然的敏锐感受，描写爱情的细腻大胆，使他的诗歌越来越受读者喜爱。费特的诗能陶冶人的性情，培养人对真、善、美的追求。

塔拉斯·格利高里耶维奇·谢甫琴科（1814—1861）是乌克兰杰出的诗人，乌克兰新文学的奠基人。他出生于农奴家庭，9岁丧母，12岁丧父，15岁成为地主的书童，1831年随主人到彼得堡。谢甫琴科勤奋好学，他的诗歌创作引起同时代作家的注意。1838年在画家勃留洛夫协助下他赎得自由，同年，进入彼得堡艺术学院学习绘画，1845年毕业后到基辅大学任教。1846年他参加柯斯托马罗夫等人组织的秘密团体"基里尔-梅福季兄弟会"（1845—1847），从事争取民族解放、取消农奴制和建立共和制的活动，1847年被捕入狱并被充军，10年后才获释放，长期流放和苦役损伤了诗人的健康，他于1861年逝世。

谢甫琴科的第一部诗集《科布扎歌手》（1840，1860年再版时收入作品达200多首）收入他用乌克兰民歌体写成、歌唱对故乡的爱的诗歌作品八首，引起文坛的注目。他的第一部长诗《卡泰林娜》（1838）描写了乌克兰少女的不幸命运，《海达马克》（1841）描写了1786年乌克兰哥萨克起义反抗波兰地主的斗争。此后发表的诗集《三年》（1843—1845）中包括《梦》（1844）、《高加索》（1845）、《遗嘱》（1845）、《盲人》（1845）、

《寒冷的深渊》(1845)等作品，在这些作品中诗人揭露了农奴制的黑暗，号召人民起来推翻专制制度。被捕及充军期间创作了组诗《在囚室中》(1847)等作品，在长诗《公爵女儿》(1847)、《沙皇》(1848)中，诗人满怀战斗的激情表达对压迫者的仇恨。在此期间他用俄文写作了《音乐家》(1845—1855)、《艺术家》(1856)等自传体小说。获释返回彼得堡后，他创作了三联组诗《命运》、《诗神》、《光荣》(1858)等作品。他的诗歌具有浓郁的民歌风味，许多诗篇被谱成歌曲，在民间流传。剧本有《那扎尔·斯托多里雅》(1843)。谢甫琴科的文学创作对乌克兰文学的发展产生了巨大影响。

第七节　西班牙文学和葡萄牙文学

西班牙文学　19世纪中叶的西班牙与西欧其他国家相比，在经济上愈益拉开差距。工业化的步伐远没有欧洲其他国家快，只有加泰罗尼亚和巴斯克这两个地区的工业比较发达。西班牙资本主义发展的速度极其缓慢，而居民人口却迅速增长。这就更加加重了城乡人民的贫困化程度。与先天不足、后天失调的西班牙资产阶级同时存在的还有强大的保皇党势力，其中最为反动的是企图将西班牙拉回中世纪的卡洛斯党。所以"两个西班牙"——主张革新的资产阶级的西班牙和反对一切改革的传统西班牙之间的斗争一直持续着。与此同时，在前者的内部还分化为温和派和激进派，或者称之为保守派和进步派。而后者又分化出民主派和共和派。这时，工人力量业已组织起来，但受到乌托邦社会主义和无政府主义思潮的影响，1868年后马克思主义传入。19世纪中叶的西班牙仍然处在充满政治动荡、面临诸多社会问题的时代。伊萨贝尔二世的统治引起民众普遍的不满，何况女王私生活的丑闻不断发生，从而引发了1868年的

“光荣革命”，赶走了伊萨贝尔二世，进步的资产阶级取得胜利。革命后颁布的宪法，宣布给人民以广泛的自由权。制宪会议决定请意大利王子阿马戴乌斯继承王位，从而再次引发了卡洛斯战争，阿马戴乌斯自愿放弃王位，随即宣布成立共和国，但无法控制国内形势，不到一年共和政体瓦解，不得不迎回了伊萨贝尔二世的儿子阿方索十二世，实行了君主立宪政体。从此开始了王权“复辟时期”，采取了保守、自由两党轮流坐庄的办法，维系政权的相对稳定，但社会上的基本问题没有得到明显的解决，在内部争权夺利的斗争中，国势日渐衰弱。

文化是时代斗争的反映，保守与进步在思想领域中一直在针锋相对地斗争着。保守思想是建立在新古典主义思潮的基础上的，这种思想的代表人物是著名学者梅嫩德斯·佩拉约（1856—1912），而进步思想的代表则是1876年创立的“自由教育学院”，那里传播克劳泽派（德国哲学思潮的一个分支）的主张。这是一种主张社会改革的思想。这两种相对立的思想在文学创作中得到反映。

1850年以后，西班牙浪漫主义诗歌的第一次辉煌时期已成为过去，部分诗人开始探索新的创作形式，然而从60年代起，西班牙的浪漫主义再度兴起，出现了贝克尔、罗萨莉亚等第三代浪漫主义作家，或称后期浪漫主义诗人，给西班牙诗坛带来再度辉煌。他们发展了浪漫主义诗歌的优秀风格，使之更加纯洁。

古斯塔沃·阿道夫·贝克尔（1836—1870）只留下一部用半韵体写就的《诗韵集》，这部诗集反映了诗人对妇女、爱情、孤独以及死亡的感受。从中固然可以看出海涅、缪塞的影响，但贝克尔主要是从安达卢西亚的民歌中汲取了滋养。他出生在塞维利亚，其父是画家。贝克尔11岁时成为孤儿，他曾跟父亲的学生学过画。1854年迁居马德里，开始从事文学创作。贝克尔的文学起步阶段十分艰难，仅靠为小报撰写文章或与人合作撰写当时十分走红的西班牙说唱剧剧本为生，他的诗才难以施展。1858

年他的第一部传奇故事《红手掌的酋长》问世，这是他创作生涯的真正开端。同年，他患了一场大病，从此身体状况一直不佳。不久之后，发生了一段给他带来痛苦的神秘爱情，致使一些评论家猜测他的《诗韵集》与此密切相关。1861年，贝克尔结婚，同时，这也是他的创作高峰年。他发表了《致一个女人的文学书简》和22篇传奇故事中的7篇。诗人在《致一个女人的文学书简》中追忆消逝的幸福时光，与他的恋人笔谈，发表对爱情、生命、诗歌、艺术的见解。1864年在北方度假疗养时他创作了《斗室书简》，这是带有风俗主义色彩的书信体散文。1867至1868年间，贝克尔准备出版《诗韵集》，但手稿在"光荣革命"的战火中不幸失落。他被迫靠回忆重写，目前的版本都是以回忆稿为基础出版的。1868年与对他不忠的妻子离异后他带着两个孩子迁到托莱多的哥哥家中借住。两年后贝克尔不幸去世，年仅34岁。

贝克尔的《诗韵集》一改过去诗歌讲究音律、词句优美、内容精选细筛的特点，创作出一种清新自然、简短质朴的诗歌，语言接近日常生活，不是出自理智的思考，而是来自心灵感应；既没有系统思想，也没有激情，只是表达一种感觉，一种意象。《诗韵集》的最后部分是在贝克尔丧失爱的理想，受绝望情绪的支配时写就的。这部分诗歌继承了浪漫主义的典型风格，其主调是痛苦的，它与后期浪漫主义的倾诉衷情的情感诗颇有相似之处，十分注重表达内心感受和细腻的心理活动。

1861至1863年间，马德里的一些报刊发表了贝克尔的18篇传奇故事。他的传奇故事内容丰富，许多篇幅都显示出其高超的写作技巧。他能够把幽默、激情与神奇的情节糅合在一起，将读者一步一步地从现实世界导向神秘莫测的世界。贝克尔的《传奇集》以现实与梦幻结合的手法独树一帜地创立了一种新的抒情散文体，在行文中注意节奏感、精选词汇、强调引发读者听觉上的优美感受、加强富于色彩的描述以及大胆运用隐喻等，为后来的散文诗开辟了道路。贝克尔在西班牙诗坛上占据十分重要的地位。随着人们对他作品的不断发现和认识，贝克尔逐渐获得19世纪西班牙第一流诗人的称号。他的《诗韵集》、《传奇集》不断再版，在西班牙，特别是在西班牙语美洲产生影响之大，达到令人难以置信的地步。为了了解西班牙语国家的现代诗歌起源与发展轨迹，评论家们不得不从研究贝克尔的诗作入手，由此可见贝克尔的诗歌对后世影响之深。

罗萨莉亚·德·卡斯特罗（1837—1885）是出生在加利西亚地区的一位女诗人。她的童年是与姑妈在圣地亚哥—孔波斯特拉的农村度过的。后来，罗萨莉亚到圣地亚哥接受音乐、美术教育。1856年她与一个身份不明的青年有过一段短暂的同居关系，被后者抛弃后，不得不迁居马德里。在那里她很快认识了桑兹（1822—1881）、贝克尔等作家。两年后，她与加利西亚历史学家、文艺评论家马努埃尔·穆尔吉亚结婚。这时她已发表了第一部诗集《花》（1857）。以后又陆续发表了用加利西亚文撰写的《加利西亚民谣》（1863）和《新叶》（1880）。她的代表作是用西班牙语写就的诗集《萨尔河畔》（1884）。罗萨莉亚的家庭生活表面上很愉快，但实际上婚姻并不幸福。她一向情绪低沉，对日常生活中的小挫折也过于敏感，并且体弱多病，当她年仅48岁时，癌症夺去了她的生命。

罗萨莉亚最初的诗作显然受到埃斯普龙塞达的影响，从题材、格调甚至诗韵均可看到后者的痕迹。《加利西亚民谣》则受到特·德·特鲁埃瓦（1799—1835）的民谣影响，罗萨莉亚把他视为自己的老师，但她的诗作水平超过了他。她的诗作更为深沉和忧伤，技巧娴熟，韵律也别具一格。由于该诗集用加利西亚文写就，造成作品在伊比利亚半岛上传播的困难。但在她的家乡有一批狂热的读者群，此外，对身居异乡的加利西亚人来说，她变成了加利西亚地区的象征。在这些民谣中，她采用了民间诗歌的语言，用最简洁的方式和对比的手法来表现人的内心情感。这部诗集大部分是爱情歌谣，充满温情和忧伤；另一部分表现了民间的智慧，有时带有讽刺意味。但最能代表其独特风格的是为数不多的歌唱加利西亚的诗篇。这些诗歌表达了诗人对家乡的眷恋之情：“啊！若有轻捷的双翅/像鸟儿一样飞翔！/啊！多么欢快的舞曲，/驾着轻风传扬/歌唱黎明/升起在我家乡的田野上。”罗萨莉亚的这部诗集在其家乡重新激起使用加利西亚文创作诗歌的热潮。

《新叶》（1880）中的大部分诗作创作于60年代末期，风格上有所变化，民间色彩消失了，然而对生活的观察更为深刻，并且表现出当时西班牙知识界普遍存在的悲观情绪。这些诗作是她对人类生存经过痛苦思索的产物。《萨尔河畔》尽管发表于1884年，但其中收入的部分诗歌创作于60年代中期。这部诗集对内心世界的观察更为深刻，反映出作者宗教观的解体。《萨尔河畔》中的大部分诗作采用7音节、8音节和11音节的格律。同时也有许多诗句运用了6音节、8音节和10音节或亚历山大体，甚至16或18音节。她和贝克尔一样，改变了以往诗歌重视音韵和强调乐感的特性，而更注意诗歌整体上的一种模糊的和谐性。可以说，西班牙抒情诗经过了浪漫主义阶段对韵律的改革和实验，逐步发展到现代主义诗歌的创作阶段。贝克尔和罗萨莉亚的诗作在这一过程中发挥了重要作用，他们两人的诗歌将真实情感和新的创作手法结合在一起，把抒情诗推向一个新的发展阶段。此外，罗萨莉亚还用西班牙语写了反映渔民生活的长篇小说《海的女儿》（1859）以及讽刺贵族庸俗、无能的小说《蓝靴骑士》（1867）。

这一时期，现实主义诗歌也开始兴起。**拉蒙·德·坎波亚莫尔**（1817—1901）运用具有独创性的新诗体，抒发自己的哲理思想和政治主张，表现出他所处时代的社会观念。他出生于阿斯图里亚斯，在政治上采取温和的立场，曾任财政部高级官员、总督、国会议员等，1861年被选为西班牙皇家语言学院院士。在他早期的两本诗集《温存与花卉》（1840）和《灵魂的叹息》（1842）中，尚可看出第二代浪漫主义诗人索里利亚的影响。但是，在诗集《痛苦》（1846）、《小诗》（1871—1874）以及《幽默集》

(1886—1888)中，诗人创造性地采用一种短小而明快的诗体，从形式上革新诗歌，以现代的人民语言取代了过分雕琢的巴罗克式的语言。其中，《痛苦》是一部关于生活智慧的、风格单纯的诗集，近似于格言，易于记忆，至今尚被人传诵，被认为是新诗歌体裁的先驱。此外，诗人还写有叙事诗《哥伦布》(1853)、《普遍的戏剧》(1853)、《托拉巴硕士》(1886)以及主题各异、富有讽刺性和哲理性的抒情短诗集《歌集》。尽管评论家们对坎波亚莫尔在诗歌上的成就众说纷纭，莫衷一是，但他仍不失为一个拥有广泛读者群的、对后世诗人有一定影响的现实主义诗人。

王权复辟时期的西班牙戏剧文学失去往日的光辉，处于创作低潮期。这时上演的剧作是由"莫拉廷式喜剧"演变而来的"高雅喜剧"式的作品，反映的是上层社会日常生活的现实。在这类喜剧中文图拉·德拉·维加(1807—1865)的《玩世不恭的人》(1845)和塔马约—包斯(1829—1898)的《一出新正剧》(1876)曾带来很大的舞台效应，但均未达到经典剧作的水准。在戏剧创作处于低谷时，著名剧作家埃切加赖的剧作曾在西班牙舞台上风行长达25年之久，被称为"埃切加赖戏剧现象"。任何人都不能不承认埃切加赖的戏剧在那个时代的确具有某种独特的魅力。他了解西班牙观众的艺术需求，找到通向观众心灵的钥匙。西班牙观众对艺术效果总表现出宽大为怀，给予艺术家成功的机会很多。因此，数量众多的虚构内容，过于庞大繁杂的情节安排，跌宕起伏的情感冲突，诗意般壮观的灵感发挥，就有可能牢牢地吸引住这些过于狂热的观众。另一位小说家、戏剧家加尔多斯亦曾试图改变西班牙戏剧的落后局面。他将自己的某些小说改写为同名剧本，还直接推出了一些剧作，取得了一定的社会效应。此时期的现实主义戏剧作家还有华金·迪森塔(1863—1917)和恩里克·加斯帕尔(1842—1902)等，他们与加尔多斯一起开创了与社会现实密切结合的社会戏剧，但是未能形成一个流派。

新浪漫主义剧作家**何塞·埃切加赖**(1832—1916)生于马德里，曾在该城土木工程学院学习，因学习成绩优异而被留校任数学教师。他从青年时代起就梦想在戏剧创作上有所建树，也写过一些散文。起初，他以杰出的数学家、工程师而闻名。后来曾被选为国会议员，担任过财政大臣，并创建了西班牙国家银行，成为著名经济学家。他的处女作独幕剧《支票簿》在1874年，他年已42岁时方问世，这是他流亡法国时的产物。同年他又以三幕诗剧《复仇者的妻子》获得更高的声誉，从此成为一个多产的剧作家，平均每年写出两部剧作，直至逝世，总共完成77部剧作（其中34部为诗剧）。埃切加赖也写过浪漫主义式的历史剧，受易卜生等人的影响，还撰写了社会问题剧。他往往使用反讽手法展现他抨击的问题，如在《不是精神失常，就是品德圣洁》（1877）中，主人公洛伦索·德·阿文达尼奥是个类似哲学家的人，热衷于正义，对品德高尚的堂吉诃德佩服得五体投地。为了纠正错误和使美德战胜邪恶，他置社会的冷嘲热讽于不顾。这位诚实的人有个幸福的家庭：女儿即将嫁给阿蒙特公爵夫人的儿子爱德华多。有一天，洛伦索突然得知他自己原来是个冒名顶替者，不仅财产不属于他，而且连名字姓氏也不属于他。他原来是个穷佣人的儿子，这个女佣人为贫困所迫，同意了女主人要她出让孩子的要求。于是他成了出身高贵的洛伦索·德·阿文达尼奥。开始他不相信这些，但是他的生母在向他揭示这个秘密的同时，还向他提供了写在纸上的证据。将这一切继续隐瞒，还是恢复自己本来面目？如果披露自己真面目，便会毁掉他和家人的一切，甚至会断送他钟爱的女儿的一生幸福。他犹豫着，但终于决定恢复自己本来面目。然而，人们认为，他说出的故事过于荒唐，他的表现过于神秘癫狂。这一切使亲友们担忧：他是不是疯了？他让人找个公证人来，要发表放弃所有财产的声明，交出他保存在一个信封里的证据。然而，别人叫来的不是公证人，而是一位精神病医生和两个疯人院看守员。接着是一幕令人难受的场面：洛伦索以一种走向祭台的神圣表情走过去，拿起存放证据的信封拆开一看，竟是一张白纸。所有人都沉默了，大家确信这个“证据”本来就是只存在于他病态的梦想之中的东西。事实上，证据确实存在过，只是因为他的生母本来想在自己去世之前向儿子说明真相，但当看到说明真情后出现了与她意愿相反的情况时，对自己的所作所为非常后悔，于是就偷偷地用一张白纸换下了证据，将证据烧毁后死去。真相再也无法证明，人们都认为“洛伦索疯了！”只有他的女儿明白这里有某种可怕和神秘的缘由，扑向父亲，紧紧搂住他脖子，说她永远不会抛弃他，可怜的阿文达尼奥被送进了疯人院。作品表现了诚实竟为社会所不容的主题。

另一出社会问题剧《伟大的加勒奥特》（又译《伟大的牵线人》，1881）是他创作顶峰时期的最佳剧作。剧情发生在19世纪某年的马德里。品德高尚、慷慨大方的中年绅士堂胡利安和年轻美丽的妻子特奥多拉、养子堂埃内斯托住在一起。埃内斯托是个诗人，具有炽热的情感和诚实的品质。剧本中有个名叫“大家”的主人公，“大家”在全剧中仅用“一闪而过的眼神”、“窃窃私语”和“背后搞小动作”来推动剧情。埃内斯托对他的“保护人”堂胡利安的妻子特奥多拉很是倾慕，不过他很好地克制了这种感情。假如没有那些伟大的牵线人——“大家”帮忙，事情还不会发展到剧终的那种结局。“大家”向堂胡利安发出警告：他的善良已受到威胁。起先，堂胡利安对这些含沙射影的话语不屑一顾。后来造谣中伤和诽谤愈演愈烈。为了根除这些闲言碎语，堂胡利安同意让埃内斯托搬到外面自己租房单独居住。一天，埃内斯托打了内布莱达子爵一记耳光，因为后者对特奥多拉有不恭之词，并且两个当事人决定决斗。这事也传到堂胡利安的耳朵里。特奥多拉获悉后（但她并不知道堂胡利安准备抢先一步同侮辱妻子名声的那个子爵进行决斗），跑到埃内斯托的新居，劝他不要决斗。这时，有人来敲门，原来是决斗场上的证人把身负重伤的堂胡利安抬来了。在场的特奥多拉和埃内斯托再也无法表明自己的清白，再加上堂胡利安的弟弟塞维罗、弟媳梅尔塞德斯和侄子佩皮托（这三个人物在剧中正是

"大家"的代表）添油加醋地一说，更使人们相信他们有罪过。堂胡利安感到被自己最疼爱的两个人欺骗了，在辱骂了埃内斯托、诅咒了特奥多拉后含恨死去。塞维罗要把嫂子赶出家门，这时绝望的埃内斯托对可怜的特奥多拉充满怜悯，正式向她表达了爱情。恶毒的谣言竟成为事实，最后促成一桩美满婚姻。这出戏剧揭示的是无中生有的流言蜚语酿成的悲喜剧。以上两部剧作的主题都是"高雅喜剧"所热衷的典型主题。

埃切加赖的作品无论题材还是创作方式都具有本国观众喜闻乐见的西班牙传统特色。他充分地发挥了丰富的想象力和强烈的抒情性，追求离奇的情节和扣人心弦的舞台效果。他笔下的剧中人仅有一个大致的轮廓，并非真正完整的人。但是这种人物依靠埃切加赖的纯真热情的抒情力量变得栩栩如生，具有舞台上的生命力而获得满堂喝彩。然而，他的剧作毕竟只能轰动一时，寿命均不长。不管怎么说，"埃切加赖戏剧现象"在西班牙戏剧史上写下了光辉的一页。

在《伟大的牵线人》中主人公埃内斯托抱怨世道的不公，曾说过这样一段话："如今世道多变，/再大的才华也被遗弃一边。/谢世三百年后，/也许才会被发现和追认。"或许诺贝尔文学奖的评委们想要证明，对埃切加赖这样在文学上有贡献的老人们的承认并不需要花费300年，遂于1904年72岁的埃切加赖与74岁的普罗旺斯诗人弗雷德里克·米斯特拉尔分享该年度的诺贝尔文学奖的殊荣。埃切加赖获奖是"由于他的创作的独特的新颖风格，复兴了西班牙戏剧的伟大传统"。

1868年是西班牙资产阶级开始占据统治地位的年代，也可以被视为西班牙现实主义流派开始巩固的年代。也就是说，1868年之前是前现实主义时期，其特点是风俗志小说（或世态小说）风行。文学史家一般将费尔南·卡瓦列罗（笔名，1796—1877）写的《海鸥》（1849）视为西班牙现实主义小说的开创性作品，它是保守的世态文学作品的发展，作家本人也多次称她的作品为"世态小说"。这部作品如实地描述了安达卢西亚地区的民间环境并带有强烈的浪漫主义想象成分。与她的情况比较相近的作家还有佩德罗·阿拉尔孔。从1868年开始，特别是从加尔多斯发表《金泉咖啡馆》(1870)起，叙事体文学的新手法迅速发展。这得益于以下四个因素：传统的风俗志作品以及前现实主义作家作品的出版；继承黄金世纪小说中的现实主义传统；接受欧洲现实主义文学大师的影响；以资产阶级为主的读者层阅读口味的转化。

西班牙的叙事体文学早在黄金世纪（16、17世纪）就有写实的优良传统，如塞万提斯的作品、流浪汉小说等。19世纪的西班牙现实主义作家从那里找到学习的典范，《小癞子》第一次将文学的大门对底层的人们敞开，塞万提斯则成为加尔多斯的楷模。国外优秀的现实主义作家的作品，在这个时期被广泛地介绍到西班牙，作家们从中看到如何选择新的主题与新的写作技巧。他们崇敬巴尔扎克、斯丹达尔、福楼拜、狄更斯，继而又阅读了陀思妥耶夫斯基、托尔斯泰等名家的作品。但西班牙的现实主义作家也并不都是依照这些大师的手法进行创作，在技巧的采纳和主题的选取上因人而异。一般讲，进步作家较好地运用现实主义手法，而具有保守倾向的作家极其有限地运用这种手法，甚至断然拒绝采取国外作家热衷、偏爱的某些主题和对污秽、丑陋环境的描写，而将现实不同程度地置于理想化之中，如佩雷达为了与资产阶级现代社会生活中的堕落、冷酷形成鲜明对照，把农村的宗法社会写成美德的象征。胡安·巴莱拉的创作则表现出理想主义、唯美主义的特色；他断然拒绝接受纯现实主义的创作原则，他的作品避开描述生活中的悲惨、贫困场景，他说："为了安慰读者，小说家应该说谎。"总之，西班牙的现实主义与欧洲其他国家的现实主义相比，在创作手法的运用、主题选取上有一定的局限性。这与西班牙社会思想特点有着密不可分的联系：西班牙新兴资产阶级力量有限，旧的传统势力还很强大。

在浪漫主义向现实主义演化的过程中，现实主义保留和吸收了浪漫主义的某些成分，如对大自然的兴趣，特别是对地区特色、世态习俗的兴趣，后来发展成19世纪的地域小说。地域小说作家致力于描写一个地区的生活、人物和景观，并且有时使用地方的俚语。这种创作倾向虽然也具有一定的现实主义成分，但它往往使作家描写的对象局限于他所熟悉的某一地区（往往是他的本乡本土），不能更全面、更概括地去描写整个西班牙的生活，从而带来抨击社会弊端相对狭隘的缺陷。现实主义也剔除了浪漫主义的一些成分，如奇情异想、不着边际的主观情感、想象的宣泄。在描写世态过程中不再追忆、怀念传奇式的过去，不再追逐奇情异想，而是谋求准确。促使这种转变的重要因素来自19世纪读者的口味或作家以文养家的地位。从文学体裁上看，小说成为阐述新的观点、谱写"日常生活史诗"的最佳体裁。现实主义作家将笔下的事物和人物写得那样逼真，力求准确地转述人物和社会的具体特点，即使是细枝末节也是一丝不苟，这使其作品成为反映那个时代社会现状的、极有价值的文献材料。但是这种反映尚有一定的局限性，因为他们所熟悉的只是贵族、资产阶级的生活，而对劳动人民则很不了解；即使描写他们，往往也会不同程度地歪曲其真实面貌。现实主义时期的小说都带有社会性、政治性，小说成为政治斗争的武器。西班牙19世纪的代表作家们往往代表着相对立的政治倾向。加尔多斯是作为与传统主义的、王室正统论的佩雷达相对立的自由派作家出现的。

无疑，扎根于西班牙传统的浪漫主义作家所创作的世态文学作品业已开始观察事件与现实生活。拉腊、梅索内罗·罗马诺（1803—1882）、塞拉芬·埃斯特巴涅斯·卡尔德隆（1799—1867）等人已经为现实主义手法做了前期准备。他们在培养公众阅读新品味小说上功不可没。19世纪的某些现实主义作家也是从撰写短小的、描述世态的作品起家的。佩雷达的创作道路最能说明这一现象，他的《山区风光》（1864）最为典型。

从原则上讲，现实主义小说的出现是对浪漫主义美学的反驳，对兴旺一时的惊险离奇的连载小说持反对态度。但如果进行仔细认真的分析，则不难发现它们之间藕断丝连的关系。以加尔多斯为首的年轻小说家们，曾公开表示蔑视那种追求道德说教、感情极其虚假的惊险离奇的连载小说。尽管如此，连载小说的手法却使他们在创作作品时，至少在“磨合”阶段，获益匪浅。例如加尔多斯最初发表的作品就带有惊险离奇的连载小说的痕迹，而后，他的不少作品也都是在报上以连载形式发表的。在其他现实主义作家的创作中亦可看出连载小说的影响。

西班牙现实主义小说的兴起与1868年的“光荣革命”关系密切，因此文学史上将这批现实主义小说家称为“1868年一代”或“复辟时期的一代”。1868年的革命使得社会框架发生了明显变化，正如佩雷达在《佩德罗·桑切斯》(1883)中所说：“社会离开它的旧有轨道，进入一个全新的轨迹，出现了不同的生活需求，习俗也彻底地改变了。”西班牙社会变成小说家笔下最好的主题和取之不尽的灵感的源泉。加尔多斯在1897年作的著名演说《当前的社会就是小说创作的素材》中表明他追求的就是“撰写以西班牙社会、半岛生活为主题的伟大小说”。这个时期资产阶级的问题、思想成为小说家关注的焦点。在许多小说中，与无能为力的、寄生的贵族阶层形成对比的是进步的资产阶级形象，他们渴望改革社会结构。小说家描绘的兴趣主要集中在以马德里为代表的城市生活。城市的正面形象与落后、愚昧的农村形成鲜明对照。资产阶级城市不仅被作为政治中心加以描述，而且还是生产劳动的中心地区。这就与过去对首都描述的传统模式截然不同。但在某些小说家身上，不难发现他们渴望保留农村的田园牧歌式生活的愿望，因为他们认为进步威胁着这种理想生活。如佩雷达的《高山情》等小说，还有帕拉西奥·巴尔德斯(1853—1938)的《一位病人的田园诗》、《田园交响曲》(1931)和《消失的村落》(1903)。

西班牙现实主义作品一般由全能全知的叙述者来讲述。有的现实主义小说采用自传方式进行表述，如佩雷达的《佩德罗·桑切斯》、《高山情》以及帕拉西奥·巴尔德斯的《圣苏皮西奥修女》，而常用的手法是以第三人称讲述故事并相间以直接引用的对话，有时插入叙述者与读者的交谈，有的作品还使用书信和日记相间的手法。这种手法的优点在于使读者能够从不同的角度了解事物，而不仅从无所不知的叙述者的角度获悉。西班牙现实主义小说作家也利用同一个人物在不同的小说中重复出现的艺术手法，从而编织成一个又一个的小小世界。无疑，这种手法将小说世界串联起来，使读者觉得每部故事犹如大千世界里的一个组成部分。实际上采用这种手法最多的是加尔多斯。

何塞·马利亚·德·佩雷达(1833—1906)出生于桑坦德省的一个贵族家庭，中学结业后去马德里炮兵学校学习，因厌恶数学遂于1855年返回故里，专门从事文学创作。他一生的大部分时间在其家乡度过，从事写作，过隐居生活，政治趋向保守，是卡洛斯党推选的国会议员，敌视1868年革命与议会制，是宗教与君主制的狂热捍卫者。1906年他被选为西班牙皇家语言学院院士。尽管在他开始从事文学创作时(1852—1855)，雨果、大仲马、欧仁·苏等人的作品早已被介绍到西班牙，但他们之中没有一个能引起佩雷达的兴趣，而西班牙风俗主义作家费尔南·卡瓦列罗、梅索内罗等人却让他刮目相看。佩雷达被公认为西班牙地域小说作家的代表人物。1858年他在《山蜂》杂志上发表其处女作《爱情的语法》，而另一部作品《山区风光》(1864)的某些片断曾在他参与筹办的《卡耶塔大叔》刊物上发表。他的文学才能最初表现在戏剧创作上。1878年他开始撰写小说，先后共出版11部长篇小说。在具有极大争议的早期小说《有用的人》(1876)、《堂冈萨雷斯·德拉·冈萨雷拉》(1878)中表现出作者对资产阶级、新富翁、从美洲归来的暴发户以及议会政治的蔑视与不满，而在《松开的牛》(1877)、《有其父必有其子》(1879)中则反映出作者宣扬宗教及维护其统治的顽固立场。为人称道的代表作有：反映桑坦德渔民生涯的《索蒂莱莎》(又译《渔女情》，1884)，是19世纪西班牙优秀的长篇小说之一，描写了情感令人莫测的、高傲的女渔民索蒂莱莎的形象，反映山区渔民的爱情生活。佩雷达在描写山区生活时对保守人物有明显的偏袒态度。《高山情》(1895)中以优美的笔触描绘了老贵族堂塞尔索的形象，并把穷乡僻壤的宗法社会视为理想社会。作者擅长对大自然景色、典型人物和当地的风俗习惯的细节描绘，但忽视故事情节的发展与人物特性的刻画。他的小说实际上犹如陈列着风景画和人物素描的画廊，而其故事情节仅是把这些优美画面连接起来的黏着剂。尽管如此，作者还是以现实主义手法表现出卡斯蒂利亚人的特性。

贝尼托·佩雷斯·加尔多斯(1843—1920)生于加那利群岛拉斯帕尔马斯城的一个军官家庭。兄弟姐妹众多，他是最小的一个，因而受到全家的，尤其是他母亲堂娜马利亚的疼爱。马利亚是一个性格固执、狂热而又专横的天主教徒，她对子女管教甚严。作者在名著《佩翡达夫人》一书中塑造女主人公形象时，将其母亲的某些特性吸收了进去。

加尔多斯自幼聪颖过人，性格文静而富于幻想，沉默寡言而内心奔放，很早就表现出绘画天才。他七岁可以赋诗，十岁已能看懂卡尔德隆的剧作，少年时期就为当地报刊撰稿写诗。他记忆力惊人，读书过目不忘。当他只有14岁时，周围认真好学的人都向他请教历史、神话、语言等诸方面的问题。16岁时他就开始撰写剧本和剧评。他很早就幻想成为一个戏剧演员，但一直未能如愿。

1862年，他背井离乡来到首都，进马德里大学法学院学习。枯燥乏味的课程对他的成长无任何帮助，而校外的大学生生活则对他成为著名作家起了不可低估的作用。加尔多斯经常在马德里大街上游荡或到咖啡馆消磨时光。他最常去的咖啡馆名叫“全球咖啡馆”。他在那里与加那利群岛的同乡们聚会，海阔天空地交谈。这个咖啡馆是马德里的文人学子经常聚会的场所之一。那里有法学院、工学院、医学院的大学生们，也有不少饱经世故的社会闲散人士。总之，在那里他认识了各种类型的人物，与他们互相交换观点，阐述个人的政治主张，结交了不少终生难忘的好友，收集到日后写作的丰富素材。他很喜欢戏剧，新剧目的首场演出，特别是晚场的演出，他几乎是场场必到。

他还常常去蒙德拉大街上的科学文化协会——阿特纳奥斯[①]，这是一个在传播自由民主思想方面对西班牙政治文化生活有过重大影响的文化学术机构。加尔多斯几乎每天下午和晚上都在那里的图书馆看书学习，或者向那里的社会名流请教。在那里，加尔多斯也听到终身受益匪浅的不少讲座，通过公开辩论和交谈，增进了互相了解。在这种场合里，老年人和青年人，教师和学生，保守派和自由派，宗教信徒与无神论者时而水乳交融，时而剑拔弩张。在阿特纳奥斯，他与佩雷达，保守派首脑、文学家、素有西班牙的俾斯麦之称的卡诺瓦斯和著名文学评论家梅嫩德斯·佩拉约等人交上了朋友。

1869年在法学院毕业后，他放弃法律方面的工作，终身从事文学创作。早在1865年，他就为《国家报》撰稿，这是他文学创作生涯的开端。他一直孜孜不倦地从事写作，即使中途有所中断，也是由于他在国内外的旅行，或为世人不甚了解的爱情生活所耽搁。他曾数次去国外旅游，从葡萄牙到巴尔干诸国，从意大利、法国到英国都留下了他的足迹。这对他进步思想的形成，小说创作道路的选择都具有极大的影响。虽然在他的小说中很少描写异国风光，但在他的回忆录与游记中可以看到有关这方面的描述。他的足迹也遍及西班牙的名山大川、文化古城，他从中汲取民族文化艺术的营养。他曾数次走访文化古城托莱多，那里成为他后来写的

---

① 推动科学、文化、艺术发展的协会，18世纪末，首先成立于法国、英国，后来推广到其他国家。1820年在马德里由阿尔卡拉·加里亚诺成立，全称叫“科学的、文学的阿特纳奥斯”。Athenaeums，这个名字来自古希腊一位作家的名字，他是古希腊语法家，《欢宴的智者》的作者。

小说《安赫尔·格拉》的背景。为了更好地认识西班牙，尤其是了解它的人民，加尔多斯同普通人民一道搭乘三等客车，下榻低级旅馆，走遍了西班牙的角角落落，广泛地接触了各阶层人民。

他从事文学创作活动的年代正是西班牙人民民主斗争越来越深入的年代。他是1862至1874年间西班牙政治风云变幻的见证人：从1863年奥唐奈的自由联盟垮台，直到波旁王朝阿方索十二世的即位复辟，所有这些重大历史事件他都亲身经历。这样一个社会政治环境极大地影响了他的思想与创作，他的爱国主义、反封建的政治立场是极其鲜明的。这个时期的重大历史课题，在他的第一部小说《金泉咖啡馆》（1870）以及其他小说里都作了如实的反映。

他曾数次当选为国会议员。1886年出于与自由党党魁萨加斯塔的友谊，他接受自由党内阁赠予他的议员席位，此后，1890年和1891年他连续被选为国会议员。如同浪漫主义作家拉腊一样，随着年龄的增长，他的政治思想变得越来越激进，到1907年再次回到国会时已成为共和派。

从他写的《民族轶事》（1873—1912）中的一位主人公的话语中即可看出作者的政治思想："我热爱祖国就像深沉地爱着我的家庭和我自己一样。我殷切地希望祖国从开化中获益。也许有人会对我谈及开化所造成的弊端，我承认会有弊端产生，但是，利多弊少。何况弊端是可以克服的，而利益则是永存的。我认为，只有人人平等自由，我们方能获得文明、尊严与财富。没有自由，我们必然会处于愚昧、贫困与屈辱的境地。"加尔多斯与他同时代的许多的西班牙人一样，接受了君主复辟（至少在1898年美西战争中，西班牙丧失古巴、菲律宾这两个殖民地之前是这样）。他错误地认为西班牙国内问题，通过议会颁布的1876年宪法即可解决。但是，事实与他的良好愿望相反。当西班牙民主革命处于低潮、社会上弥漫着窒息的空气时，尤其是1897年以后，教权主义与军事独裁的残酷统治与日俱增，加尔多斯的情绪日益低落。这种情绪的最低点反映在他于1904年出版的《民族轶事》的第五辑第三十四卷《七月革命》一书中。他说："西班牙走向繁荣富强这一幻想完全破灭了。我的全部希望都一风吹了。我什么也不期望了，我对什么都不相信了。"这种心情导致他在后期作品中采用理想主义的象征手法进行创作探索。

由于加尔多斯的作品充满了反教权主义、反专制君主的进步色彩，西班牙反动阶层对此极为恼火，他们在1883年出面阻挠接纳加尔多斯为西班牙皇家语言学院的院士；一直到1897年他方被接纳为院士。他的晚年生活极其悲惨，经济拮据变得更加严重，同时双目失明的危险又在威胁着他。到1898年，他处于几乎完全破产的地步。这时，他被迫又继续撰写《民族轶事》第三辑。在1910年后，他双目完全失明。1916年为使作家摆脱穷困潦倒的窘境，社会上曾在全国范围发起募捐救济活动，但这一人道主义善举也遭到反动分子们的破坏。由于他的作品越来越多地、更加强烈地揭露了封建专制统治的黑暗面，无情地鞭挞了教会修士的专横，激怒了反动阶层，他们处处对他刁难、打击、迫害。加尔多斯为读者留下了78部小说、24部戏剧、15部其他作品。加尔多斯的作品大体上可以分为四大类，即《民族轶事》、当代小说、戏剧及其他。总的来看，他的作品很少触及工农业问题，他的作品表现出两大主题思想：主张民族自主的、爱国主义的民族意识；反对卡西克主义[①]、反对教权和揭露社会不公正的民主思想。他热爱普通人民及其品德，也包括他自己所属的中产阶层，但鄙视社会上层。

在创作的最初阶段，他必须自筹出版经费，幸而得到十分同情他处境的一位亲戚的资助，才得以出版其处女作——《金泉咖啡馆》。这部长

---

① 卡西克，原为印第安语，意思为"首领"。拉丁美洲各国独立后，该词用以指乡村地区的地方豪绅，他们侵占土地，利用裙带关系，控制地方政府，甚至利用武装巩固、发展自己的势力，在地方实行专制统治。这种现象被称为卡西克主义，它只为小集团利益，将中央架空，是一股妨碍社会进步和经济发展的落后势力。

篇历史小说开始写于1867年，即1868年“光荣革命”的酝酿阶段，定稿于这场革命爆发后不久，直到1870年才正式出版。在着手撰写这部小说之前，他曾去法国巴黎旅行，从巴尔扎克身上找到自己应走的道路。但对这部作品的创作产生更直接影响的应是1865年和1866年在马德里发生的两起骇人听闻的政治事件。1865年女王伊萨贝尔二世迫切需要金钱来满足其荒淫无耻的生活，但国库已空无一文，因此她决定变卖王室的一部分土地。但马德里大学教授、共和派领袖埃米利奥·卡斯特拉尔（1832—1899）愤怒指责女王这一违法行径，援引一系列的法律条文与史料说明女王无权变卖王室土地，并进而指出这是一桩“极糟糕的舞弊行为”。女王大怒，要求马德里大学校长解雇这一叛逆教授，但校长拒不执行而被女王解职。大学生们编了一首民谣表示对校长的敬意，但遭到内政部查禁，遂于1865年4月5日圣丹尼尔节那天，在市民的支持下举行大规模游行示威，但遭到王家骑兵的血腥镇压。接着1866年2月2日首都炮兵起义反对女王统治，但起义失败，一千多名起义将士被俘。女王要求将他们全部处死，但首相借口枪支不足拖延行刑。结果在女王的压力下还是有66名起义者被处决。加尔多斯回忆说：这些事件“在我脑海里留下不可磨灭的印象，也深深地影响了我的文学作品”。在回忆录中他又这样写道：“我痛苦万分地、眼巴巴地看着他们（指被捕的起义将士）在亲友的伴随下从我眼前走过。我没有勇气尾随这支被成双成对地捆绑着的队伍到刑场去，我匆匆跑回家中打开心爱的书本，撰写戏剧来排遣我内心的苦痛。”他为了声讨这一无耻暴行并希望自己的同胞今后得以自由地生活，开始写作《金泉咖啡馆》。

在这部小说里，作者描绘了西班牙民主主义者在1814年暴君费尔南多七世上台后所进行的斗争，揭露了保皇派的丑恶面貌及其卑鄙伎俩。金泉是马德里自由派经常聚会的一家咖啡馆的名字。在西班牙民主革命初期，这种咖啡馆遍及京城各个角落。西班牙进步人士在咖啡馆里激烈地探讨当时的政局。不少时候，一些重大问题，甚至政党、国家的命运都是在这种地方决定的。在这里不仅能看到自由派左翼和革命家，同时也可以遇见对旧制度时而反对、时而拥护的投机政客，甚至还能找到打入革命阵营内部、以过激面目出现的保皇派的奸细。这本书的故事发生在1820至1823年之间，即属于革命阵营的温和派费利乌组阁时期。主人公拉萨罗是萨拉曼卡大学学生，因参加学生运动被校方开除，遣送回乡。在家里遇见来乡下养病的表妹克拉拉。克拉拉并非拉萨罗的舅舅埃利亚斯的亲生女儿，系在抗法战争中收养的一个阵亡军官的遗孤。这对青年人在相处的日子里逐渐产生感情。在克拉拉返回马德里不久，拉萨罗也去首都投奔舅父谋生。在途中巧遇过去的革命战友，并被邀去“金泉咖啡馆”参加活动，不幸被捕入狱，后被保释。舅甥之间政治观点之分歧，发展到水火不相容的地步。暴君费尔南多七世利用革命阵营内部激进派与温和派的矛盾，指使其走狗埃利亚斯伪装激进打入“金泉咖啡馆”，煽动对立情绪，妄图挑起鹬蚌相争，以便坐收渔人之利。克拉拉后被其养父送到一个腐朽没落的封建贵族家中寄养，受尽折磨，后又被驱逐，流落街头，几经波折才被拉萨罗找到。拉萨罗识破舅父的阴谋并予以揭露，使国王的阴谋大白于天下。保皇派们恼羞成怒，将拉萨罗视为眼中钉，加以种种迫害，后来这对青年人在一位军官的帮助下逃离虎口，回到家乡。拉萨罗的自由主义思想也随之破灭。

加尔多斯在这部作品的出版前言中告诉读者：“当今危机与令人记忆犹新的1820至1823年时期的状况何其相似乃尔。”从1870年《金泉咖啡馆》出版起，小说在西班牙文学中成为起主导作用的文学体裁。小说面貌也为之焕然一新，从单纯的消遣读物变成抨击社会黑暗的武器。佩雷达评论这部作品时说，该书写得如此完美无缺，不像是一位青年作家的处女作，而像出自“具有40余年写作经验的老作家之手”。

接着加尔多斯又写了另一部同类题材小说《勇士——昔日激进分子

的故事》(1872)。故事发生在1804年，主人公是一个深受法国大革命影响的青年，伏尔泰学说的忠诚信徒，名叫马丁·穆列尔。与《金泉咖啡馆》主人公拉萨罗相比，马丁·穆列尔提出了更加明确的政治主张：在法律面前人人平等，自由民主制度必然取代封建专制制度。他决心将国家变成无教权影响的自由、光明的国家。他痛恨贵族，不仅出于他的政治信仰，而且由于其父死于贵族之手。作品详尽地描述了他在托莱多城组织反对卡洛斯四世宠臣戈多伊的秘密暴动，但被同伙出卖而被捕，最后发疯。作者交待了主人公是个从书本上受到革命影响的人物，而他个人的怨恨使他采取失去控制的激进行动，最后导致失败。但是，作者在这部小说中进一步阐明了他的政治主张。贝纳文特曾将该书改编为戏剧搬上舞台。

作者几乎用了毕生精力从事卷帙浩繁的历史小说《民族轶事》的写作。从1873年出版第一辑第一卷《特拉法尔加》开始到1879年完成第二辑止，涉及的历史背景包括反法独立战争以及费尔南多七世归来后对自由派的反攻倒算。间隔19年后，于1898年开始撰写第三辑(1900年完成)。在这一辑中从第一次卡洛斯战争描写到阿方索十二世的婚礼。第四辑描写伊萨贝尔二世的统治与第二次卡洛斯战争。第五辑描述了共和国的诞生，16岁的国王阿方索十二世登基和复辟时期的开始。第五辑只完成六卷。这五辑四十六卷长篇作品，每部都是一卷独立成篇的小说。而每十卷成为一辑，每辑环绕一个中心人物的生活反映一个时期的历史侧面。这部巨著描写了从19世纪初开始的西班牙民主革命的每一阶段、总共长达70余年的历史。

全书以前两辑最受读者欢迎。第一辑第一卷《特拉法尔加》和第二卷《卡洛斯四世王朝》可以被看作本辑后八卷小说的引子。《特拉法尔加》是全书史实部分的引言，而《卡洛斯四世王朝》可以说是小说虚构故事的引言。在第一辑中主人公加夫列尔·阿拉塞利是一个饱经沧桑的孤儿，作品由主人公自述其生活遭遇，具有自传体小说的性质。他从参加反英的特拉法尔加角大海战,西法联合舰队全部被歼,讲述到拿破仑军队在西班牙阿拉毕雷斯溃不成军。作者善于把历史真实人物与虚构人物妥善地安排在广阔的独立战争的历史背景中,人物性格鲜明,个个栩栩如生。第四卷《拜林》中,作者描绘了西班牙军民在拜林战役中取得的反法独立战争中第一次辉煌的胜利。在第六卷《萨拉戈萨》与第七卷《赫罗纳》中,作者描写了陷入西班牙游击队包围中的法国入侵军就像被蚊子折磨得要死的狮子一样,付出巨大伤亡,才攻陷萨拉戈萨城池。在这场力量悬殊的保卫战中,宁死不屈的萨拉戈萨城人民牺牲大半。作者犹如这场英勇悲壮的萨拉戈萨保卫战的见证人,生动地描述了该城人民为了自由和独立而斗争的激战场面。在第九卷《恩佩西纳多人胡安·马丁》中,描写了胡安·马丁这位著名游击队领袖的英勇事迹。在第十卷《阿拉毕雷斯战役》中,作者描绘了威灵顿统帅下的英国军队与西班牙人民协同作战以及法国军队溃不成军的结局。加尔多斯以这十卷小说展现出为保卫祖国而战斗的西班牙人民的一幅群英图。

在整个四十六卷《民族轶事》的创作过程中,由于写作的时间跨度较大,作者的思想变化也反映在作品中。第二辑的主人公萨尔瓦多·蒙萨卢德的行为使第二辑的十卷作品产生内在联系,从中可以看出作者试图通过旧思想与新思想的生死搏斗来反映19世纪西班牙资产阶级走上政治舞台的过程。在第二辑的中心人物中还出现了一位具有爱国主义思想、但政治上持温和态度的人物形象,这实际上是作者本人政治思想的化身。但是,19年后,即1898年开始续写第三、四、五辑时,他的政治态度产生很大的变化,表现出对资产阶级的失望,他逐渐认清这个阶级借革命之机获得政权后,就背叛了原来的革命主张,心甘情愿地让位于腐朽、无能的君主专制政体,并且助纣为虐的事实。所以在《民族轶事》第三、四、五辑中,他力图贯彻"世界人类财富应进行合理分配"这一基本思想,他的思想变得更加激进。但当后来看到事与愿违时,最后终于产生悲观情绪，这种情绪在第三十四卷《七月革命》中已明显地表现出来。

著名学者佩拉约高度评价了《民族轶事》，认为它是“一部人民喜闻乐见的作品”，它可以使各阶层的读者都能了解到历史的真相。《民族轶事》是西班牙文学史上前所未有的一部充满爱国主义精神的巨著，一部反映了民族意识高涨的、波澜壮阔的民族史诗。

加尔多斯还写了30部以当时五光十色的生活为题材的长篇小说。他的“当代小说”创作可以分为三个阶段。

论点小说[①]《佩翡达夫人》(1876—1877)、《格洛里亚》(1876—1877)、《莱昂·罗契一家》以及具有诗情画意的《马利亚内拉》是作者第一阶段创作中最受欢迎的作品。在70年代加尔多斯正忙于结束《民族轶事》第二辑的写作时，看到波旁王朝的复辟严重地威胁了1868年“光荣革命”的成果，而这种威胁在宗教界表现得最为明显。因此他暂时停止了《民族轶事》的撰写，于1876至1877年间陆续在《西班牙杂志》上发表一系列揭露、抨击社会弊端的作品，其中最为脍炙人口的作品是小说《佩翡达夫人》。加尔多斯以两个月的时间写成这部小说，它的发表正好配合了当时国会内关于天主教问题的辩论，成为投向宗教狂热信徒的一枚重型炸弹。

《佩翡达夫人》一书的历史背景是19世纪70年代(1876年左右)，英法以及梵蒂冈等国际反动势力敌视第五次西班牙资产阶级革命后成立的西班牙第一共和国，支持那些代表封建贵族和天主教会反动集团利益的卡洛斯党徒对共和国发动武装叛乱，企图在西班牙重建中世纪封建式的国家。小说中描述的欧巴霍萨城是作者虚构的一座充满西班牙中世纪封建特权、愚昧落后、保守闭塞的内地城镇。教会的阴影笼罩着整个地区。

---

① 论点小说指作家在创作之前就已经确定了一个先入为主的、试图通过小说阐明的论点，至于情节的设计安排、人物形象的塑造、素材的取舍等，均要为这个论点服务。

持有资产阶级自由主义观点的年轻工程师佩佩为了与其表妹罗萨里奥结婚来到此城他的姑妈佩翡达（在西班牙文中是“十全十美”之意）夫人家。佩佩是一个厌倦国外和马德里生活的青年，尽管对政治不感兴趣，但国家的贫困落后使他十分不安。他幻想摆脱尔虞我诈的上层社会，在这偏僻的城镇宣传自由民主理想，开办工厂，发展教育，改变西班牙人坐井观天、夜郎自大的落后心态。但严酷的现实粉碎了他的理想，他与罗萨里奥的爱情遭到当地神父堂伊诺森西奥（在西班牙文中有“单纯、纯洁”之意）的暗中破坏。这对表兄妹的纯真爱情也遭到天主教的狂热信女佩翡达夫人的强烈反对。通过佩佩与他姑妈之间新、旧思想的冲突，作者塑造出统治这个城镇的贵族地主阶级和反动的天主教会的两个典型人物：专横暴戾的佩翡达夫人和阴险毒辣的忏悔神父伊诺森西奥。当他们发现佩佩的自由主义思想和行为扰乱了本地的封建秩序和触犯了封建统治阶级和教会利益时，他们马上撕下伪善的面纱，在阴暗的角落里策划阴谋诡计。在神父的影响下，佩翡达夫人把自己的侄儿看作敌人，竟叫手下人卡洛斯党徒卡巴耶戈将佩佩射杀。最后她的女儿也进了疯人院。作者通过佩翡达夫人和伊诺森西奥神父的形象揭露了那些维护封建道德的所谓社会的“中流砥柱”的阴险毒辣的真面目。这部小说思想鲜明，艺术技巧和结构相当完美，情节扣人心弦。欧巴霍萨虽然是作者虚构的城市，但也可以说是西班牙内地城市的典型概括。

《格洛里亚》描写一对天真纯朴的青年男女的爱情遭到宗教清规戒律的非难，双双含恨而死的悲剧。故事发生在作者虚构的西班牙北方的一个海边城镇菲哥普里加，德国籍犹太族青年丹尼尔·莫顿所乘的海轮遇到风暴，在离该城不远的海面上遇难沉没。他被搭救后送到该城著名律师堂胡安·兰蒂瓜家中调养。这是一位文化修养极高、教女有方的律师。他膝下有一女，名叫格洛里亚，自幼受过极其严格的宗教教育。在那里丹尼尔与格洛里亚相识，后者认为丹尼尔是一个善良、对穷人有同情心、有教养的青年，久而久之双方产生爱慕之情。然而宗教教派间的纠纷却阻碍这对年轻人结为终身伴侣。当律师兰蒂瓜获悉女儿与丹尼尔发生关系后，气愤地中风死去。而这时格洛里亚业已有了一个孩子。她的一个亲戚，让丹尼尔补救他的过错，劝说他皈依天主教。丹尼尔对自己自幼信仰的犹太教坚定不移，经过激烈的思想斗争，为了爱情他最后决定佯装皈依天主教会。其母埃斯特尔闻讯专程赶到西班牙从中作梗，破坏这对美满姻缘。埃斯特尔的家庭是在西班牙排斥异教徒时被驱逐出西班牙的，埃斯特尔从儿子丹尼尔口中套出他改变信仰的打算之后，为了维护本教派的荣誉，便用重金收买该城上层人士，甚至不惜亲口诬陷自己的儿子，致使西班牙当局做出驱逐丹尼尔出境的决定。格洛里亚不愿因此事使丹尼尔母子感情破裂，遂决定进修道院。丹尼尔回国前，在他们的小儿子何塞处与格洛里亚不期而遇。他们喊出："为什么同是信仰上帝的人不能相爱？"在这一连串的沉重打击下，格洛里亚终于忧郁地死在她情人的怀抱里。三年之后，丹尼尔也发疯而死去。这部小说对被宗教严密控制的西班牙社会进行了强烈谴责，揭露了这个社会所谓"仁爱"的虚伪性与压制自由、破坏人们幸福的情景，同时也描绘了上层社会在笃信上帝、忠于教义的面纱伪装下争权夺利的种种丑态。

《莱昂·罗契一家》1878年以三卷集出版。故事发生在马德里，一个具有开明思想的著名工程师莱昂·罗契与他的青梅竹马的女友佩帕·富卡尔分手后，与马利亚·埃希普西阿卡结婚。她是没落的特利阿利亚侯爵家的貌美的小姐。尽管工程师发现这个女孩过于虚伪，但他还是想方设法改变她的性格，同样马利亚也试图让莱昂按照自己的意愿行事。但两个人都没有达到各自的目的，从而引发了互相的不理解，产生鸿沟。此外，马利亚过多地从事宗教活动也影响到正常的夫妻生活。自从马利亚的孪生兄弟，耶稣会教士路易斯·贡萨加来到马利亚家以后，夫妻二人的关系变得更加冷漠、敌视。病重的路易斯在临死前，指点马利亚更热烈地追求神秘主义修行。马利亚专心致志地从事宗教信仰活动使得家庭关系终于破裂，莱昂打算投向初恋女友佩帕的怀抱，但这时佩帕业已与他人结婚。加尔多斯本人是一个虔诚的天主教徒，在《格洛里亚》中作者有这样一段话："当宗教把人们结合起来时它是美丽的，而当它把人们隔离开时，是可怖的、残忍的。"这说明加尔多斯是在憧憬着一种新的、理想化的宗教，而不是反对宗教本身。

在发表《格洛里亚》和《莱昂·罗契一家》的间隔时期，作者还出版了他最得意之作《马利亚内拉》（1878）。这是加尔多斯唯一一部充满诗情画意的小说，但不是作者的代表作。小说描写发生在作者虚构的北方小城索卡尔德斯矿区的一个少女的悲惨遭遇。著名眼科医生特奥特罗·戈尔芬去该城矿区探望他的弟弟卡洛斯工程师，在途中认识了出身低微、容貌奇丑而心地善良的16岁孤儿马利亚内拉。她给本乡一位自幼双目失明的巴勃罗少爷充当领路人，以此谋生。巴勃罗之父弗朗西斯戈依靠遗产过着安逸的生活，他与弟弟马努埃尔共同继承了一份遗产。他的弟弟提出两家联姻，但要等到哥哥的独生子巴勃罗双目复明时方肯把自己的独生女弗洛伦蒂娜许配给他。弗朗西斯戈为了儿子的眼睛，不惜重金远道求医。戈尔芬医生这次来该地除了探亲外，也是应邀为巴勃罗医治眼病的。

巴勃罗对周围事物的了解完全凭借他自己的触觉、听觉和主观的想象、臆测，更确切地说，全靠内拉（即马利亚内拉）的帮助，依靠内拉的口头描述。不管寒冬酷暑，风吹日晒，两人携手同游，日久天长，朝夕相处，增加了感情。巴勃罗认为如此善良、如此温柔的内拉一定是个美貌的女子，因不能目睹其美貌而引以为憾。内拉为了安慰少爷，只得违心地承认自己正是他所想象中的那种女子。最后巴勃罗向内拉吐露了自己的爱情，并答应娶内拉为妻。在医治他的眼疾过程中，内拉一直处在矛盾痛苦的心理状态中。一方面她殷切地希望小主人的双目早日复明，另一方面又担心一旦复明后，自己的丑陋容貌会使他精神上受到极大打击。最后她决定自寻短见了此一生，但被戈尔芬大夫搭救。当手术成功，巴勃罗第一次看见堂妹弗洛伦蒂娜时，为其美貌所陶醉，误认为这就是他的内拉。内拉经受不住这种精神上的打击，一病卧床不起。当巴勃罗看见奄奄一息的内拉时，奇丑的相貌使他大吃一惊。这时他才发现自己过去一直在爱着一个怪物。虽然戈尔芬医生把内拉从自尽的道路上拉回来，但他解除不了内拉的内心痛苦，最后，她因痛苦而死亡。在这部作品里心理描述多于外形描绘，加尔多斯的这类作品都是以悲剧告终。

从1881年出版《被剥夺遗产的女人》开始，加尔多斯的当代小说创作进入第二阶段。这个阶段写作的特点除了采用某些自然主义手法外，与第一阶段不同之处在于故事发生的地点已不再是作者虚构的地方；对话更加口语化，民间谚语、成语增多；故事主题已不完全局限于对教权主义的鞭挞，而是触及复辟时期西班牙社会的各个方面，作品涉及的人物众多。

《被剥夺遗产的女人》以事实为依据写成。女主人公伊西多拉·鲁费特是个美丽的贫家女孩，她的父亲托马斯·鲁费特曾任公务人员，后因精神错乱死于疯人院。她和她的弟弟马利亚诺分别由叔父和姨妈收养。叔父堂圣地亚哥·吉哈诺，尽管并非神职人员，却被人们称为“受俸神父”，住在托梅略索。伊西多拉受到某些传言和连载小说的影响，特别是受到叔父看法的左右，自认为是阿兰西斯侯爵夫人的外孙女，是阿兰西斯侯爵府的小姐与一位军官的私生女，因为伊西多拉父母生前曾留下一纸文书，证明伊西多拉的高贵出身。然而阿兰西斯侯爵夫人拒绝相认。伊西多拉不得不诉之于法庭。官司旷日持久地拖延，伊西多拉的叔父不幸死去，她便投奔到马德里的教父堂何塞·雷林皮奥家中。后者是个想入非非的有趣人物，他依靠老婆的微薄租金和他的两个女儿接济过活。伊西多拉自幼受到叔父的吹捧，以贵族小姐自居，四体不勤，五谷不分，无法自食其力，京城花天酒地的生活诱惑着她。不久她就失身于纨绔子弟萨尔德埃罗侯爵，还生了一个像怪物的大头儿子。由于经济上的矛盾日益严重，两人最后分手。从此，她的生活日益放荡，自认为继承遗产的这场官司总会打赢，她挥霍无度，与一些男人鬼混，越来越堕落。当她获悉法院确定文书乃他生父伪造时，绝望的伊西多拉不顾她教父和朋友的规劝，自甘堕落，沦为烟花女。她的弟弟马利亚诺由姨妈收养，这个狠心的老太太逼迫小小年纪的马利亚诺到绳索店工作，后来他沦为小流氓，甚至杀死另一个孩子，若干年后，他又袭击国王乘坐的车子，成为罪犯。小说在交代主要线索的同时，还穿插了不少次要故事。

这部小说标志着作者告别论点小说而向左拉的自然主义小说手法靠拢。加尔多斯是认真对自然主义理论进行过深入考察的为数不多的作家之一，他在80年代初通读过当时左拉已发表的全部作品。《被剥夺遗产的女人》中的自然主义手法主要表现于描述当时马德里郊区贫民悲惨生活以及展示伊西多拉和马利亚诺的种种表现都是家族遗传与社会环境酿成的必然结果。作者十分欣赏自然主义关于写实的基本原则。然而当他醉心于左拉的自然主义时，也始终审慎地同自然主义保持着一定的距离。同时，小说中还有《堂吉诃德》的影响：对迷上低级趣味书籍的女孩想入非非的描绘以及某些幽默讽刺式的调侃描述，这些描述淡化了赤裸裸地披露阴暗面的自然主义手法。这部小说对马德里城的街道、生活氛围、习俗、居民等描述得极为精确、真实和可信，可以被视为一部关于那个时代马德里社会的文献资料。

这个阶段的另一部重要作品是四卷集的长篇小说《福尔图纳达和哈辛达》(1886—1887)，副标题为“两个已婚女人的故事”，它反映了1868年革命到波旁王朝复辟时期马德里资产阶级的生活，描述了花花公子胡安尼托之妻哈辛达与他的情妇福尔图纳达间的冲突和悲剧结局。男主人公胡安尼托·圣克鲁斯是马德里城的一家富裕的绸缎商的儿子。这个游手好闲的花花公子专门喜好寻花问柳，一日在马德里的贫民区遇见了貌美、单纯的福尔图纳达便施展手段诱骗到手，并生下一个儿子，但婴儿不久死去。后来，胡安尼托抛弃了痴情的福尔图纳达，与表妹哈辛达结婚，但婚后没有子嗣。过了一段时间，胡安尼托与福尔图纳达言归于好，而这时福尔图纳达早已与药剂师结为夫妇，药剂师真心爱她，但她心中却只有胡安尼托。福尔图纳达的不轨行为被丈夫发现，夫妻关系出现裂痕，而胡安尼托又再次抛弃她，使她再次身陷绝境。一位年逾花甲的退役上校给她一笔钱，劝她回归夫家，并从中调解说和，使她取得药剂师家的谅解。她也试图做个“正派女人”，但是当人们一提及胡安尼托和哈辛达，她的内心就无法平静，她认为哈辛达凭借自己高贵出身与良好的教养夺她所爱，认为世道太不公平。当胡安尼托再次前来找她时，她又不顾一切委身于他，并怀了身孕，背着丈夫偷偷生下一个男孩。后来她得悉胡安尼托又有了新欢，便不顾产后虚弱的身躯去找这个女子复仇，大打出手，从而酿成产后大出血。在生命垂危之际，福尔图纳达意识到自己和哈辛达同是天涯苦命人，消除了对哈辛达的仇恨，并将儿子托付给她，念叨着“我也是天使”而离开人世。除了上述主要故事梗概外，小说中还穿插了十几个次要人物的故事，可以说《福尔图纳达和哈辛达》犹如一部形形色色的小说汇编，成为1868至1876年马德里社会的缩影。小说反映了资产阶级的生活氛围和金融界的情况，表现了平民百姓日常生活，记录了各种人聚会的咖啡馆的热闹场面、萨拉曼卡区的建筑规模，笔录了马德里城的街道风貌，交待了商业贸易，特别是绸缎业经营状况，描述了政治、宗教生活、风俗习惯以及人们的所思所想。总之，从全方位、多角度介绍了19世纪70年代的马德里。从这个角度看，马德里是本书的主人公。

小说《福尔图纳达和哈辛达》中继续显示出自然主义流派的影响。加尔多斯给予同情的人物福尔图纳达的种种“畸形”表现，她的厄运都来自她过于貌美，来自她易于怀孕，来自她低下的社会地位，这些都是自然主义作家所关注的话题。对贫困世界的浓郁兴趣并如实地、赤裸裸地、不厌其烦地加以细腻描述以及对某些人物病根的探索等也都属于自然主义作家所津津乐道的内容。

加尔多斯笔下的福尔图纳达无疑是小说中最为复杂的人物。她向往没有被金钱、出身门第以及宗教和资产阶级的道德所束缚的真正符合自然人性的爱情。她的错误在于爱上了一个不值得爱的花花公子，数次被这个口口声声地说爱着她的人玩弄、遗弃，这自然是个悲剧，而悲剧性还在于她至死仍不能认清酿成悲剧的原因和心上人的丑恶面目。不过，她不但没有被逆境所压服，而且还认为自己在精神上胜过上流社会的任何一位贵妇。她是社会的叛逆者，她虽曾落入风尘，却始终保持着纯洁的心灵。她的所作所为是对虚伪的宗教道德法律的大胆亵渎和蔑视。她过早地含恨走完人生是因为那个世界不留给她一线生机。从技巧上看，作者在《被剥夺遗产的女人》中开始运用的内心独白手法在这部作品中得到进一步发挥。这部小说被视为加尔多斯的经典之作和19世纪西班牙最佳小说之一。这一时期的其他重要作品还有《曼索朋友》（1822）、《森特诺博士》（1883）、《痛苦》（1884）等。

悲剧性小说《喵》（1888）标志着加尔多斯当代小说创作第三阶段的开始。《喵》的主人公拉蒙·比利亚米尔是一个工作多年的财政部老职员，在即将退休的前两个月被裁掉，丧失退休后的一切福利待遇。老人为了谋得复职作了一系列的努力，但还是一无所获，最后走投无路，在寓所自尽。作者以此揭露西班牙腐朽透顶的官僚主义机构。作者在小说中还描绘了理想人物与乌托邦式的理想社会。这个阶段加尔多斯创作中某些偏离现实主义的倾向比较明显。这个时期他的最佳著作是描写悭吝人托尔克马达的发家史的四部曲长篇小说：《在火刑柱上的托尔克马达》（1889）、《在十字架上的托尔克马达》（1893）、《在炼狱里的托尔克马达》（1894）以及《托尔克马达和圣佩德罗》（1895）。四部曲的主人公弗朗西斯科·托尔克马达出身贫贱，靠放高利贷发财致富，丧妻后留下22岁的女儿和12岁的儿子巴伦廷。儿子聪颖过人，被视为数学神童，托尔克马达把他视为掌上宝。但儿子突然患脑膜炎，引起托尔克马达的反思，自问是否由于他高利盘剥别人而遭上天的报应。他向上帝承诺改恶从善，希望得到上帝的宽恕，但是最后儿子仍然死去。悭吝人深感上帝欺骗了自己，便更变本加厉地盘剥他人。他为了再生一个跟巴伦廷一样聪明的儿子，与没落贵族家庭的二小姐菲德拉结婚。菲德拉的姐姐克鲁斯（西文意为"十字架"）在他们婚后控制着整个家庭，她出谋划策，使得托尔克马达得以步步升迁，而菲德拉的哥哥拉斐尔认为与暴发户结亲有辱门庭，因而家庭发生重重矛盾。克鲁斯大摆阔气，挥霍托尔克马达的钱财，但是，托尔克马达在她的炼狱式的调教下从银行家变成议员并一跃而成为圣福洛伊侯爵。再婚后生有一子，仍然名叫巴伦廷，但是这个孩子与死去的巴伦廷相比，简直是天壤之别，活活是个白痴。这时克鲁斯购买宫殿，极尽挥霍之能事，从而引起与妹夫的矛盾，使得托尔克马达忧郁过度而患病。咽气之前，还断断续续地喊出"改邪归正"的字眼，但是人们不知道他是为了拯救灵魂而想真正改邪归正，还是在用这个字的商业行话：兑换。这部小说艺术地再现了新兴资产阶级与没落贵族沆瀣一气，盘剥西班牙民众的真实历史。这个时期的其他作品尚有：《安赫尔·格拉》（1890—1891）、《慈悲心肠》（1897）、《没有理性的理性》（1915）、《祖父》（1897）等。

加尔多斯同时也是西班牙戏剧史上继埃切加赖之后的优秀剧作家之一。早在1868年，他就写作了第一个剧本《驱逐摩尔人》，但未被剧院采纳，这使他二十几年内未在戏剧创作上进行尝试。直到1892年，在名演员马里奥的鼓励下，他把对话体小说《现实》改写成剧本，并且上演成功。这一成就使他从幼年起一直抱有的愿望得以实现，从此继续进行戏剧创作。他共写了23部剧本，其中7个剧本是他把同名小说改编后搬上舞台的。最受欢迎的剧本有《佩翡达夫人》（1896）、描写两代人对生活的不同理解与冲突的《祖父》（1904）、描写狂热的宗教信徒与自由主义者矛盾的《埃莱克特拉》（1901）。《埃莱克特拉》是一部争议最大、影响最深、抨击宗教狂热的剧本。剧本上演后，轰动全京城，引起群众的反宗教游行示威。该剧的上演客观上配合了由自由党取代执政的保守党阿斯加拉加内阁。一部文学作品直接影响到社会政治，这在西班牙还是第一次。此外，作者还写了随笔、旅行札记、回忆录、政论性文集、演讲集等各种形式的作品15种。

加尔多斯是继塞万提斯之后，为西班牙小说开辟新道路的著名作家，他的创作是19世纪西班牙现实主义小说的高峰。西班牙"1914年一代"著名小说家拉蒙·佩雷斯·德·阿亚拉曾把塞万提斯与加尔多斯比喻为西班牙小说史上的"一对孪生的高山"。

小说家、诗人**胡安·巴莱拉**（1824—1905）出生于安达卢西亚地区科尔多瓦的一个名门望族家庭，自幼受到良好的教育，具有雄厚的人文科学知识，曾攻读法律。他的一生基本上在外交界度过，数次当选国会议员，政治上持温和的自由派立场，反对、敌视任何过激的思想或行动。他也在大学担任过哲学、美学教授。上中学时，他在马拉加一家刊物上发表了诗作。1844年，父亲出钱帮他印了一本薄薄的诗集《诗的小品》，但作品在书市上无人问津。1846年他移居马德里，结识了不少显贵和文人，1847年通过父亲的关系成了西班牙驻意大利使馆的无薪随员。在意大利的三年中，他学会了意大利语、希腊语，阅读了许多美学、历史、文学著作。1850年他被任命为西班牙驻葡萄牙使馆随员，翌年又调任驻巴西使馆秘书。1853年回国后，他开始在报刊上发表散文，并为《两个世界》、《伊比利亚半岛》撰稿。1857年底他脱离外交界，从事记者工作，1858年出版《诗集》，这部作品标志着他文学生涯的正式开始。1862年他当选为西班牙皇家语言学院院士，1866年起赋闲，翌年与一位外交官的女儿结婚，婚后因经济问题并不幸福。1881年，巴莱拉再度步入外交界，1884至1895年先后担任西班牙驻葡萄牙、美国、比利时等国的公使、大使。由于长期伏案阅读、写作，他不幸身患眼疾，终于辞去外交职务，定居马德里，晚年虽双目失明，仍以口授方式坚持写作。

他的著作种类繁多，有诗歌、文学评论、文艺理论、小说以及有关哲学、宗教、政治、经济、历史等方面的论述，但他的最大成就在于小说。他在50岁时，才开始写小说。他主张"为艺术而艺术"，认为小说家的任务不是用笔墨去证实人们的贫困状态，去鼓动人们的情绪，更不是提出什么主张，而是给读者以美的享受，即使客观现实确实丑陋、悲惨，但作家为了安慰读者亦不应直接反映。尽管如此，他并没有摆脱现实主义文学潮流的影响，他尽量回避某些令人痛苦的真实画面，但在选题上仍然选取了他那个时代的真实人物与场景，尚不失为一个现实主义作家。他的现实主义主要表现在对内心世界的描述，特别是对妇女心理所进行的细腻而透彻的描绘与分析。尽管他一再强调作家不应带有倾向与主张，但在小说中仍然可以看出他的进步思想倾向与立场：他谴责教会的禁欲主义与宗教教条，揭露资产阶级的贪婪、自私和欺骗，对资本主义社会的种种黑幕作了微妙的讽刺。《佩比塔·希梅内斯》(1874)是巴莱拉的成名之作。小说描述神学院学生路易斯在决定出家做神父之前，回到离开12年的家乡度假。他回乡以后听许多人异口同声地赞扬年轻貌美、品德高尚的富孀佩比塔·希梅内斯，还听说他的父亲也在追求她。路易斯出于好奇心理，想见一见她，见后觉得果然名不虚传。在接触中，两人逐渐产生了恋情，而佩比塔极力劝他抛弃出家的念头。当他发现自己确实已经爱上了佩比塔、动摇了宗教信念时，他展开了激烈的思想斗争，试图把对上帝的爱与世俗的爱调和起来，但他办不到，甚至发展到为了维护佩比塔的名声不惜拿起马刀与造谣者决斗。这个富孀童年时代就没有品尝过欢乐，16岁时被迫嫁给一个80岁的富翁，婚后也没有幸福可言，夫翁与母亲死后，她更加孤独寂寞。自从见到路易斯后，她恢复了青春活力。她对路易斯的爱是真挚、炽热而纯洁的。当她听说路易斯将离开那里去接受神职时，竟昏厥过去。但她不是一位消极听从命运安排的女性，她积极争取个人的幸福，最后将路易斯从上帝的手中夺了回来，小说以“有情人终成眷属”而结束。这部作品具有一定的积极意义。世俗的爱和人世间的享受战胜了宗教的禁欲主义和出世思想。巴莱拉是位优秀的文体家，用词精当，文字优美，风格洒脱，又富有幽默感。他的写作手法也颇有特色，全书分为两大部分：第一部分采用书信体，这样就便于主人公自由地披露他们的内心世界，抒发情愫，使读者得以窥探他们的灵魂深处。作者对人物的内心世界的描写极为成功，特别是主人公对世俗的爱的逐渐觉醒过程，交代得极其细腻；第二部分作者改用直接叙述手法，逐渐地将故事推向高潮。最后在尾声中再次采用书信的方式将书中人物一一作了交代，脉络清晰，收笔从容。

巴莱拉的小说还有《福斯蒂诺博士的幻想》（1875）、《卢斯小姐》（1879），前者讽刺封建地主阶级知识分子的幻想、野心和邪欲；后者阐述一位神父对上帝的爱与世俗的爱发生矛盾的主题。当作家年近70岁时，他发表了另一部名著《高个儿胡安尼塔》（1895），塑造了一个以智慧战胜社会偏见、取得婚姻自主的普通妇女形象胡安尼塔。由于受到唯美观念的束缚，他的现实主义因素未能得到充分发挥，尽管文笔高雅、自然，但作品缺乏热情与深度。他笔下的人物不管其出身如何都是同样的谈吐，还夹杂着作者自已的议论，极不符合人物的身份，不管什么场景，都是那么美丽幽雅，违背场景的真实。

佩德罗·安东尼奥·德·阿拉尔孔（1833—1891）出生在格拉纳达省的古城瓜迪斯，14岁读完中学后进神学院学习。1847年他到格拉纳达学习法律，但由于兄弟姐妹众多，家庭经济拮据，三个月后不得不重返瓜迪斯继续攻读神学。可是他很快发觉他的真正天赋在于文学，于是决心放弃神学，专心致志地从事文学事业，遂于1853年离开神学院。他从家乡给一位文学艺术家的保护人邮寄去他最初的作品，由于这位加的斯人的资助，他得以创办了刊物《西方之声》。1853年他离家出走，到加的斯办杂志，然后又到马德里闯荡，试图开拓他的文学道路，但惨遭失败，不得不重返故里。后来，他缴纳钱款得以免除服兵役后，取得双亲的同意到格拉纳达去发展，并与那里的作家合作继续出版《西方之声》。刊物办得相当红火，同时他开始与"格拉纳达之弦"的青年文人和艺术家交往。在格拉纳达城听到维卡尔瓦罗起义的消息后，当时思想极为激进的阿拉尔孔积极地参加了民众的起义队伍，并且还为此创办了一份战斗性极强的报纸《拯救报》。

他再次回到马德里后，与格拉纳达的老朋友继续保持联系，后来他主编以反教权主义与封建王朝为宗旨的讽刺报纸《鞭子》，并以"青年车夫"为笔名发表抨击性文章。不久因为对待伊萨贝尔女王问题上的分歧，他与保守派记者委内瑞拉诗人埃利贝托决斗。阿拉尔孔射击失误而对手则出于人道只朝天射击以示还击。此事对阿拉尔孔影响颇大，事后他躲在塞哥维亚长期闭门反思和进行文学创作，直到九年后他才重新发表政治见解，此时他已经从反教权主义的激进革命者转变为捍卫天主教信仰的保守派。1855年他出版了长篇小说《〈诺尔曼〉的结局》（《诺尔曼》系意大利作曲家贝利尼写的歌剧）。这是一部描写爱情故事、具有连载小说特色的作品，艺术上属于后期浪漫主义。他还积极地参加各种社交活动，并从中获益匪浅。1857年他的剧作《浪荡子》首演，受到观众的欢迎，但却遭到评论界的非难，这使阿拉尔孔发誓从此放弃创作剧本。

1859年他自愿参加了派往北非的西班牙军队，1860年3月回到马德里。他将这次北非之行的所见所闻，以战地报道形式在报刊上发表，后来结集成册，题为《北非之战的见证人日记》。作者以"爱国主义"的口吻描述了西班牙奥唐奈内阁发动的北非战争与攻克摩洛哥的得土安战事中的种种轶事，确立了他作为优秀记者的地位，显示了他那善于抓住人物心理状态以及生动描述事物的才干。他几乎遍游整个西班牙后，又去了意大利。自从奥唐奈首相倒台后，阿拉尔孔参加了“自由联盟”，并创办了该政党机关报《政治报》。他撰写了不少的游记，如《从马德里到那不勒斯》（1861）、《西班牙之旅》（1863）以及《拉阿尔普哈拉》（1873）。他擅长的游记体裁后来成为“1898年一代”作家所偏爱的一种文学形式。此外他还发表了不少属于浪漫主义作家所偏爱的风俗志式的文章，其中值得一提的有《往事》（1882）。

1866年12月由于他在自由联盟派的一些议员呈给女王的抗议书上签过名，不得不流亡巴黎，后来经过减刑，改判为流放格拉纳达。他参加了1868年的光荣革命，拥护国王阿方索十二世复辟，并被任命为国务秘书，这个职务一直担任到卡诺瓦斯内阁倒台。

阿拉尔孔于1874年、1875年连续出版了几部作品，其中包括他的顶峰之作《三角帽》（1874）和《丑闻》（1875），而后者为他日后撰写的论点小说开了先河。1874年可以视为作家从政治活动中逐步淡出，全力以赴地投入文学创作的分水岭年代。阿拉尔孔试图转向现实主义创作道路，他善于捕捉读者心理活动，作品情节感人，语言优美，但是出于说教目的的哲理内容削弱了作品的文学价值。1875年他被接受为西班牙皇家语言学院院士。

阿拉尔孔的创作可以分为两种类型，第一种类型的文学作品以高超的艺术技巧为特色。《从马德里到那不勒斯》体现出选材得当、叙述清新自然的特色，而《拉阿尔普哈拉》这部作品在时间处理和事物描述的安排上独具匠心。他的风俗志作品文风优美，属于这种类型的共有38个虚构故事和一部小说《〈诺尔曼〉的结局》。这些作品具有不同的体裁特征：司各特式的历史小说、民族轶事、民间传说、奇情异想的故事等。其中最令人称道的是由19个短篇组成的《民族轶事》（1881）。故事内容多半取材于民间传说，特别是取材于抗法独立战争中的传闻轶事，如《烧炭夫村长》、《“亲法”分子》等，充满爱国激情，歌颂革命英雄主义。在《爱情的短篇故事》（1881）中的《钉子》叙述法官从头盖骨中的一颗钉子发现谋害亲夫案的经过。他的第二种类型的作品是以《三角帽》、《丑闻》为代表的四部中、长篇小说，即论点小说。他将《丑闻》的故事情节置于自己的同时代，鼓吹爱情可以挽救一切的论点。这些作品反映了作者天主教徒的极端保守观点，但写作技巧业已进入炉火纯青的时期。

顶峰之作《三角帽》讲述了磨坊主夫妇生活中一段考验爱情的坎坷经历。40岁的磨坊主卢卡斯大叔尽管外形丑陋，但为人正直、和善。他与美貌热情、性情刚烈的弗拉斯基塔结为夫妇，过着恩爱美满的生活。某天下午，和卢卡斯一样外形丑陋的市长前来勾引女磨坊主。由于磨坊主夫妻已商量好对策，结果市长反而被这对夫妇奚落、讽刺了一番。但他仍然贼心不死，施展“调虎离山之计”，命令管辖这个磨坊的邻村村长下道命令，将卢卡斯骗到村政府并拘留一夜。但是卢卡斯想到这可能是市长的阴谋，于是设法逃回磨坊。

在卢卡斯被骗出家门后，市长就偷偷赶往磨坊，但不小心掉进水沟，成了个落汤鸡，于是便叫女磨坊主赶紧开门。她深知市长的来意就拿起火枪威胁市长，市长经不住惊吓，再加上全身湿透，顿感不适，于是女磨坊主便让他躺在床上休息，她自己急忙到邻村去找丈夫。卢卡斯先回到家，从钥匙孔中看到市长睡在自己的床上。他想，不幸的事情真的发生了。但是他又不敢杀死市长，经过一番考虑之后，说道：“市长夫人也很漂亮”，于是便换上市长的衣服，去市长府上进行以牙还牙的报复。故事结尾处，书中所有主要人物都聚集到市长官邸。原来，市长夫人认出假扮的市长后，打了卢卡斯几个耳光。但当她获悉卢卡斯伪装市长的原委后，这位夫人装出没有认出假市长，并在“家中热情接待”，以便让真市长尝尝吃醋的味道。最后故事以当事人都相互谅解而结束。

作者笔下的人物,颇有闹剧韵味,好似作者从远处遥控的卡通。作者在外形上将市长与磨坊主设计得极其相似,出于故事情景发展的需要,前者与其他人的区别只在于他那硕大的三角帽和豪华的斗篷。其貌不扬的市长追逐漂亮的女磨坊主自然而然地给人们一种滑稽的感觉。本书的结构设计安排得也十分巧妙,与民间故事的例行框架有相似之处。这种故事的主人公必须经历若干磨难与考验,女磨坊主也是经历了两次磨难:市长的阴谋纠缠以及丈夫的误解。书中还充满风俗志的成分。作者将故事置于1804年和1808年之间,与作者写作时间——1874年相距数十年,从而使得作品中对过去时代的描述带有某些理想化的缺陷。故事发展的真实时间只是数小时,如同一出严格执行三一律时间规定的戏剧。《三角帽》一问世,就被视为西班牙文学中一部独特的作品。19世纪后期西班牙著名作家巴桑称它为"西班牙故事之王"。这部小说使得西班牙著名作曲家法利亚受到启迪,谱写成一出闻名全球的、由毕加索负责舞台美术设计的芭蕾舞剧《三角帽》。但是它的故事情节并非作者首创,只能说这是一部有关民间传说的最佳版本,只是叙述结构的精心安排、主要人物形象的喜剧色彩、对风俗习惯的细致观察与真实反映以及妙语连篇的独特文风使《三角帽》成为一部佳作。

葡萄牙文学 1848年法国革命和1868年西班牙"光荣革命"后,西班牙、法国相继宣布成立共和国。70年代,拿破仑三世被俾斯麦击败以及巴黎公社的成立和失败,在葡萄牙引起反响,并且触发了隐藏在葡萄牙小资产阶级和知识分子心中的不安情绪。葡萄牙于1868年成立"改良党",同年在里斯本、波尔图爆发了"一月革命",使得共和主义、空想社会主义以及伊比利亚主义等思潮更加活跃。在这个大动荡时代,由一批投身于社会活动的知识分子成立的团体(史称"七十年代派"或"科英布拉派")活跃在葡萄牙文坛上。该团体的主要成员皆就读或毕业于科英布拉大学,将肯塔尔视为他们的领袖。"七十年代派"在政治上可以说是微不足道的。但值得指出的是，在这批人中间的特奥费罗·布拉加（1843—1924）后来成为1910年推翻帝制、创建共和制的关键人物。“七十年代派”运动开始时只是在校的学生为了反对陈旧的校规，而采取了一些反对维护旧体制的校长的“过火”行动。但是，这个组织在文学方面的作用比较显著，它在1860年至1865年间为葡萄牙文学思想以及文学形式方面的革新运动作出了贡献。1865年卡斯蒂略（1800—1875）为皮涅罗·沙加斯（1842—1895）的《青春之歌》所作的序言引起一场大论战。尊古派作家卡斯蒂略在这篇序言里批评了特奥费罗·布拉加的著作《时代的观点》以及肯塔尔的诗集《现代赞歌》（1864）中所表现的新题材和新风格，认为必须尊重文学美感，而肯塔尔等则谴责前者所持的帮派的守旧态度。这场辩论持续了很长的时间，非常激烈，甚至发展到互不相容的谩骂地步。肯塔尔于1865年发表了《良好的判断和健康的趣味》，它成为一篇出色的现实主义文学宣言。他受第一国际的影响，曾公开赞扬巴黎公社，并积极参加葡萄牙工人运动。布拉加也以《文学上的专制》一文参加了争论。他的文章谴责卡斯蒂略为首的里斯本文学团体互相吹捧、排斥异己的弊端。新文学第一次引起社会关注。这场辩论标志着受到国外新思想影响的葡萄牙知识分子对最后几位因循守旧、坐井观天的浪漫主义作家的胜利，标志着一种内容更加广泛、更富于战斗力的诗歌形式占据了葡萄牙文坛。这批诗人开始放弃抒发个人之情，而力求让诗歌成为“革命的喉舌”和向愚昧与奴役制度进行斗争的武器，展现人类不断进步的思想，展示人类前进的广阔未来。在1870至1871年间最有决定性意义的岁月里，“科英布拉派”再次在里斯本聚会，扩大了该团体的队伍并创办了文学刊物《投枪》，刊物的宗旨在于抨击拥护君主立宪制的资产者、土地占有者、空谈家以及弊病百出的社会，宣传当时尚为葡萄牙所不知的新思想和科学的新成就。这个时期，为了支持改革，埃萨·克罗兹在一次文学讨论会上发表了关于《艺术中的现实主义》的演说。他强调文学的社会作用，并对浪漫主义加以讽刺。葡萄牙文学逐步从浪漫主义向现实主义过渡。但是,巴黎公社的失败,1874年西班牙共和政体的覆灭,葡萄牙采取的保守政策以及“七十年代派”内部成员的各自处境,导致了这个团体的分裂、解体。1885年,成员中的一些人结成“生活的战败者”社团,准备暗中支持奥利维拉·马丁斯的政治改革。

葡萄牙第二代浪漫主义作家中以诗人德乌斯、小说家布兰科以及迪尼斯最为著名。若昂·德·德乌斯(1830—1896)出生于阿尔加维省的一个小商人家庭,1849年进入科英布拉大学攻读法律,1869年发表诗作《田野里的鲜花》,后来从事教学工作。他一生备受挫折,生活贫困,但深受人民群众的爱戴。由于他的著作散见在各种刊物上,后来由他的崇拜者特奥费罗·布拉加出版了他的诗歌全集《鲜花盛开的田野》(1893)。诗集以其清新的风格,一扫后期浪漫主义修饰词藻的浮华习气,标志着葡萄牙文学从浪漫主义向现实主义的转变。

卡米洛·卡斯特洛·布兰科(1825—1890)出生于里斯本,曾在波尔图工程学校和卫生学校学习。1860年因民事纠纷他被投入监狱,关押两年。他在狱中写成著名的小说《毁灭了的爱情》(1862),描写西蒙和特雷莎相爱,因双方家庭成为仇敌而不能结合。小说通过这对青年男女争取婚姻自由的不幸遭遇,发出了反抗封建礼教的呼声。这位多产作家平均一年写出三四部小说。他具有非凡的想象力,作品充满奇特的情节和激烈的情感。他在创作中充分运用浪漫主义手法,但在反映下层社会生活时,却采取了写实的态度。1885年,卡斯特洛·布兰科因积劳成疾双目失明,1890年6月1日自杀。他总共出版了260多部著作,其中部分作品带有自传性质。前期作品富于浪漫主义色彩,后期作品则带有现实主义倾向。最为著名的小说是揭露资产阶级暴发户的讽刺小说《天使的堕落》(1866)。

属于浪漫主义文学潮流的作家还有《在萨尔瓦特拉的最后一场斗

牛》的作者路易斯·奥古斯托·雷贝洛·达·西尔瓦(1822—1871)、历史小说作家阿纳尔多·加马(1826—1869)、以笔名儒利奥·迪尼斯闻名的小说家若阿金·吉列尔梅·戈梅斯·科埃略(1838—1871)。迪尼斯著有《院长先生的女学生》(1867)和《一个英国家庭》(1868)等作品。诗人安东尼奥·奥古斯托·苏亚雷斯·德·帕索斯(1826—1860)也是这一时期的著名作家,此外还有作家、名记者曼努埃尔·皮涅伊罗·沙加斯(1842—1895)以及剧作家若泽·达·西尔瓦·门德斯·莱亚尔(1818—1896)等。

七十年代派运动的核心成员**儒瓦金·佩德罗·德·奥利维拉·马丁斯**(1845—1894)出生于一个知识分子家庭,14岁时成为无依无靠的孤儿,因家境困难不得不中途辍学,后来依靠经商改变了家中的经济状况。强烈的求知欲使他自学成才,掌握了渊博的知识,特别是在历史和经济学领域颇有造诣。1885年他移居里斯本。在1870至1872年改革运动的希望破灭之后,他逐步脱离了社会主义—共和主义运动,成为"生活的战败者"团体的成员,以便达到接近国王的目的。1870至1874年他在西班牙科尔多瓦地区的圣埃乌费米亚矿山担任经理,回到波尔图后担任从该城到波沃阿德瓦尔津路段的铁路局局长职务。面对葡萄牙的局势,他提出国家社会主义和繁荣经济的纲领。为了宣传上述观点并取得小工业主的支持,他在里斯本和波尔图创办了《外省》和《记者》两个刊物。1878年他成为里斯本科学院院士,1886年被选为议员。在1892年经济危机之际,他戏剧性地被国王任命为财政大臣,但很快又被免职,受此打击后,他退出政坛,全力以赴地进行历史传记的写作。

他出版的《社会科学丛书》系统地介绍了人类进化的概况。该丛书详尽地阐述了伊比利亚半岛和葡萄牙的历史。《伊比利亚文明史》(1879)介绍了半岛上各个王国的情况,《葡萄牙史》(1879)则专门讲述了这一地区的历史人物和事件。他认为,葡萄牙是与整个半岛不可分离的一个组成部分。他在著作中举例说明个人专制是解决腐败的议会制度的办法。这些著作为后来西班牙佛朗哥的独裁统治提供了理论依据。而在《当代葡萄牙》（1881）中，作者的这一思想表露得更加具体，他再次说明他宁愿以专制主义方式来解决葡萄牙的社会问题。马丁斯的后期观点与他最初的民主主义理想相距甚远，他将人民群众作为专制英雄的陪衬的观点无法让人赞同。尽管如此，在描述英国旅行见闻的《今日英国》（1893）中，他明确地认识到物质因素在英国历史发展进程中所起的作用。奥利维拉·马丁斯把一个国家的历史看成一部有始有终、高潮此起彼伏的戏剧，所以他的《葡萄牙史》被作为一部艺术性极强的"剧作"保存下来。他还是卓越的历史小说家之一。他的描写具有绘声绘色的独到之处，他将笼统的思想与历史观化为生动的戏剧场面，展现了一个民族几个世纪以来的历史。他的这种历史观影响到后来格拉·戎克罗创作的长诗《祖国》。

评论家、小说家**拉马略·奥尔蒂冈**（1836—1915）是葡萄牙文学界最具个人特色的作家之一。他出生于波尔图的教师家庭，自己也从事过教师职业，后来进入《波尔图日报》工作，负责新闻与连载小说栏目。1869年他被任命为里斯本科学院秘书处的官员，从此迁入首都，并开始为当地重要报刊撰稿，最后成为闻名遐迩的著名作家。在里斯本结识埃萨后与他保持了四十余年的友谊。他曾经参与反对"科英布拉派"的论战，他声称出于道义上的原因，站在卡斯蒂略一边，但后来受到埃萨·德·克罗兹和特奥费罗·布拉加等人的影响，转而成为"科英布拉派"的重要成员，并于1871年与他们二人共同主编《投枪》杂志。此外他还创作了小说《辛特拉公路之谜》。作为出色的记者，他以高超的描写技巧著有游记等作品，如《荷兰》（1883）。1880年后他参加了"生活的战败者"团体，宫廷成为他活动的中心，从而笔下的内容转向描写旧世界的传统。这一新的变化使他变成君主立宪的拥护者，他的《最后的投枪》是一篇攻击共和主义的文章。埃萨认为他是"令人敬仰的葡萄牙最佳文体家"。他与埃萨、菲亚略·德·阿尔梅达（1857—1911）成为19世纪末葡萄牙散文大师三巨头。

安特罗·德·肯塔尔（1842—1891）的《现代颂歌》在葡萄牙诗坛上开了一代新诗的先河。“新派”诗歌的特征是号召进行社会和政治改革，抨击教会的弊端和社会上的不合理现象。他们从法国诗人波德莱尔身上找到诗歌的色彩和主题，像波德莱尔用他自己创新的诗歌技巧如实地描述巴黎的城市生活那样，描述了他们所处时代的丑陋世界，诸如贫民窟、妓院、肮脏的街道等。葡萄牙“新派”诗歌具有社会诗歌的特征，当时这派诗歌的主要代表作家是**阿比利奥·曼努埃尔·格拉·戎克罗**（1850—1923）。这位诗人出生于弗雷沙德埃斯帕达，在波尔图学习人文科学，后又转到科英布拉大学学习法律。毕业后他就开始了宦海生涯，数次当选为王朝的议员。后来倾向于共和党，曾任英雄港和维亚纳堡两个地区的父母官，也曾担任葡萄牙共和国驻瑞士的公使职务。在“七十年代派”的帮助下，他撰写了两首长诗：批判上层社会放荡淫逸生活的《若昂之死》（1874）和反宗教的讽刺诗《埃特尔诺神父的晚年》（1885）。其他诗作还有反映与英国争夺殖民地过程中被英国最后通牒激怒的葡萄牙广大群众心声、讽刺葡萄牙君主专制制度的《祖国的结局》（1890）、《平凡的人》（1892）、《面包的祈祷词》（1903）和《光的祈祷》（1904）等作品。特别值得强调的是1896年他创作的《祖国》，这是一首歌颂奥利维拉与葡萄牙封建王朝斗争事迹的长诗。这首诗歌为1910年10月5日爆发的推翻君主政体、成立共和国的那场革命营造了鼓舞士气的气氛。他的诗歌带有巨大的鼓动性，对当时葡萄牙社会产生了极大的作用，使小资产阶级受到鼓舞。他在人民群众中享有的威望只有德乌斯能与之匹敌。他的诗作被译为西班牙、意大利、英、法、德等国文字。

其他“新派”诗人还有安东尼奥·杜瓦尔特·戈梅斯·莱阿尔（1848—1921）和塞萨里奥·韦尔德。前者以《南方的光明》（1875）一举成名。他具有鼓动宣传、雄辩的才能，善于大胆地运用丰富、独特的形象，以便引起人们的联想；从某种角度上看，他为葡萄牙诗歌开辟了一条象征主义的道路。他在《反对基督》（1884）中酷似无神论者，激烈地讽刺宗教，但在他的另一部诗作《耶稣传》（1883）中，却可以明显地看出诗人具有在劫难逃的悲观情感。他晚年变成对天主教笃信不移的忠实信徒。而**塞萨里奥·韦尔德**（1855—1886）则以大众的语言，流畅通俗的文字，用诗歌的形式将日常生活的真实景物准确而形象地描绘出来，他的诗歌歌颂先进的技术、劳动和城市生活，对受剥削的平民给予无限的同情，表达了葡萄牙新生资产阶级的自由思想，表述了对禁锢人类希望的社会抗议的心声。他逝世后，他的诗集《塞萨里奥·韦尔德全集》于1910年出版。他是19世纪葡萄牙唯一真正的现实主义诗人，后来转为帕纳斯派。

小说家**若泽·马利亚·埃萨·德·克罗兹**（1845—1900）是葡萄牙现实主义文学运动的中坚力量，“七十年代派”重要成员之一。这位葡萄牙新小说艺术创始人开始创作时，模仿过巴尔扎克、福楼拜、莫泊桑等名家的手法，但不久便形成了他个人的独特风格。他的小说文笔简洁、优美，语言诙谐，充满幽默式的讽刺意味，作品具有深邃的人情味，但在他绘制的整个葡萄牙社会画卷中带有浓郁的悲观色彩。他的作品被译为世界各种文字，在国际上享有盛誉。

埃萨出生于波尔图市附近的波瓦-迪瓦尔津渔港，1866年毕业于科英布拉大学法律系。大学期间，他广泛阅读了法国、英国、德国的文学作品，接受了正在欧洲文化界崛起的新思潮。他认为文学必须揭露社会的黑暗与罪恶以促进葡萄牙社会的变革，主张作家要客观地描摹社会现实并以改变这种现实为目的。“打倒英雄！”是他的一句名言，概括了他的现实主义小说所体现出的一个基本观念。他认为小说家不应去描写个别的和特殊的现象，而应该描写一个社会或一个社会阶层的典型事例。从这一理论出发，埃萨创作了一系列小说，对葡萄牙社会进行观察与剖析。

1875年问世的长篇小说《阿马罗神父的罪恶》是他的成名作，描写的是宗教势力控制下的一座乡村小镇的生活。作家以犀利的笔锋，无情地揭露了教会的腐化堕落和神父的虚伪。阿马罗神父诱惑了房东女儿阿梅丽娅，而当阿梅丽娅怀孕后又将其抛弃。阿梅丽娅死于难产，阿马罗则离开小镇，在首都里斯本谋得神职，过着志得意满的生活。作家笔下的阿马罗既是教会的受害者又是教会的中坚和支柱，作品对这个人物的双重性格和内心矛盾进行了充分的提示和描绘，把其犯下的罪恶归结于社会与宗教，力图揭示阿马罗神父其人及其罪恶都是他所处环境的产物，从而体现了他提出的"打倒英雄！"（即小说中不再描写高大的人物）的基本思想，使这部作品透出了深刻的思想内涵。

《巴济利奥表兄》(1878)是埃萨的又一部传世之作，与福楼拜的《包法利夫人》有着异曲同工之妙。这部长篇小说极其细致入微地描写了里斯本小资产阶级的家庭生活。露依莎为了物质利益与若热结了婚。她的初恋情人巴济利奥表兄从海外荣归故里，搅乱了她平静却又单调乏味的生活。露依莎开始想入非非，结果成为巴济利奥的猎物。发现受到玩弄与欺骗之后，她不胜痛苦而最终撒手人寰，遗恨世间。作家对与人私通的露依莎于谴责之中又包容着同情与叹息，而把造成其悲剧的元凶巴济利奥推到前台，把强烈的憎恨引向主犯巴济利奥以及产生出如此卑鄙龌龊小人的社会。在这部作品中，埃萨勾画出那个时代的现实，揭露了深植于社会根基中的虚伪，而这种根基正是葡萄牙社会的痼疾与弊端的温床。

埃萨卷帙最为浩繁、内容最为庞杂的作品当属长篇小说《马亚一家》（1880），这是一部极有力度与深度的作品。小说描写的是葡萄牙一个古老贵族马亚一家的没落过程，反映了19世纪末期葡萄牙上层社会的保守凝滞、缺乏生机的状态。这部结构巧妙的小说深入到贵族阶层及其亲朋好友的生活世界，构成了一幅社会世态的画卷，准确地刻画出葡萄牙社会懒散成习的惰性，而这正是马亚一家没落和葡萄牙社会停滞不前的重要原因之一。

埃萨创作的小说不仅具有深刻的思想性和高度的艺术性，而且在语言的运用和表现手法上也有所创新，因此被誉为葡萄牙新小说的创始人。他的作品构思巧妙，警词妙语俯拾即是，在塑造形象方面富有创造性的想象力，为葡萄牙民族典型人物的画廊留下了许多不可磨灭的生动形象。作家虽然只使用日常词汇，却能以新的修辞手法使语言变化多端，并摒弃了已然僵化的古典句法，代之以新的语言结构，创新了文学语言。埃萨以其不朽的现实主义小说而被奉为文学巨匠载入了葡萄牙文学史册，并且在国际文坛上也享有相当高的声誉。

除以上介绍过的三部作品外，他还著有《满洲官员》(1880)、《圣遗物》(1887)、《豪门拉米雷斯》(1900)、《城与山》(1901)等长篇小说以及相当数量的游记、散文、随笔等其他形式的文学作品。迄今为止，已有《阿马罗神父的罪恶》、《巴济利奥表兄》、《马亚一家》、《圣遗物》、《城与山》等五部长篇小说被译成中文在我国出版。

第八节　奥地利文学和瑞士文学

奥地利文学　浪漫派在德国境内经历了耶拿和海德堡两个阶段之后，于1808年移师维也纳。这一年，弗·施莱格尔改信天主教并迁居维也纳。他雄心勃勃，要让维也纳成为比歌德、席勒的魏玛“更伟大、更重要的”文学中心。他在这里完备地发展了“生命哲学”理论，系统阐述了他的浪漫主义文学理想。他举办了一系列文学、历史讲座，并主办杂志《德意志博物馆》及《奥地利观察家》。与此同时，艾兴多尔夫、布伦塔诺、奥·威·施莱格尔及剧作家察哈里亚斯·维尔纳(1768—1723)等也聚集维也纳。他们相互切磋理论创作，一时间浪漫运动高潮陡起。就在1808年，天主教著名神父霍夫保尔也来到维也纳，进一步削减启蒙运动的力量，重新恢复天主教的影响。因此，曾是中世纪和巴罗克文化中心的维也纳成了浪漫派中心。

维也纳成为浪漫文学的中心，一个直接原因还在于拿破仑对德语地区的入侵。1806年，哈布斯堡家族的弗朗兹二世被迫摘去“德意志民族的神圣罗马帝国”皇帝的冠冕，该帝国在拿破仑利剑的威逼下寿终。但作为皇室所在地和德意志盟主，奥地利仍被看作反抗侵略的希望。乌兰特写了《起来，伟大的奥地利》（1812），克莱斯特在《赫尔曼之役》（1808）中也赞美奥地利，艾兴多尔夫更在《漫游者之歌》中高呼“奥地利万岁”。此时的奥地利，爱国主义文学盛行。史学家荷尔迈耶（1782—1848）的20卷名著《奥地利史记》（1827年出齐）尤值一提，它详细记述了哈布斯堡王朝的辉煌历史，描写了从鲁道夫一世到华伦斯坦，从欧根亲王到莫扎特等奥地利伟人的业绩，为奥地利后世作家提供了极为丰富的创作素材。同时，奥地利皇室领导德国击败拿破仑入侵后又联合欧洲诸国召开维也纳会议，成立神圣同盟，重新确立了欧洲政治格局。这时的浪漫派文学同反拿破仑入侵的“解放战争”紧密相连，并且还和维也纳会议及梅特涅的神圣同盟遥相呼应。浪漫派旗手弗·施莱格尔作为奥地利宫廷秘书积极参加了“解放战争”和维也纳会议。

拿破仑战争结束后，欧洲在新的政治格局下获得了暂时的休养生息机会。20年代初，殷富的市民家庭中开始流行一种质朴、实用、舒适的家具风格，名曰“老实人”。这种实惠、知足心态也影响到文学创作，作家不再像启蒙运动和“解放战争”时期那样高唱理想、忧国忧民，而是双眼朝下，细细发掘日常生活中的小情趣。然而，“老实人”派不久便不满于平淡、“雅趣”，不满于梅特涅政权的压抑、钳制，转而进行社会批判，响应1848年的革命呼唤，因而很难说哪位作家是专属“老实人”派的。但其倾向在许多作家作品中都留下了痕迹并加快了文学咖啡馆与文学沙龙的诞生。

维也纳普朗肯街的“银器咖啡馆”是当时奥地利作家、艺术家的一个聚会中心。常来这里的有莱梦特，导演戴恩哈特施坦，格里尔帕策以及其竞争对手哈尔姆（1806—1871），叙事谣曲作家蔡特里茨男爵，忧郁的诗人莱瑙，革命诗人阿纳斯塔西乌斯·格绿恩等人。他们喝着银杯中的咖啡，相互探讨、各抒己见，研究创作问题。

维也纳最有名的文学沙龙属于**卡洛林娜·皮希乐**（1769—1843）名下。她的父母与摄政皇后玛丽亚·德丽萨有不少交往，她自己则是创作甚丰的作家。她的历史小说《维也纳围城记》（1824）、《瑞典人在布拉格》（1827）和《重下奥芬城》（1829）发表年代甚至早于司各特的历史小说，影响颇大。她1808年几乎与夏多布里昂同时发表的“圣烈小说”促进了浪漫主义文学的推广和发展。她的《访客之家》（1844）生动记述了其文学沙龙里的趣闻轶事；在那里，德尼斯、科林、弗·施莱格尔等新老作家同堂共叙，热闹非凡。另外，弗·施莱格尔自己的沙龙和以皇宫剧院经理施累福格尔为首的“静谧协会”所在的沙龙也很有名。盖米勒、宋莱特纳和裴莱拉则主要办音乐沙龙，且以舒伯特为主要客人；费罗里希姐妹沙龙因与格里尔帕策关系密切而著称。

这一时期，萨尔茨堡神父助理约瑟夫·莫尔（1792—1848）于1818年12月24日创作了《平安夜、神圣夜》，由朋友弗朗兹·格鲁伯（1787—1863）作曲，迅速传遍全世界，成为最著名的圣诞歌曲。

皇宫剧院以演出古典剧著称。进入20年代后，它主要演出了莎士比亚和卡尔德隆的一系列作品。维也纳还出版了卡尔德隆的36卷集和莎士比亚选集，奥·施莱格尔、艾兴多尔夫、鲍恩费尔特均参加了翻译工作。施累福格尔率领他的“静谧协会”遵循约瑟夫二世的“启蒙”思想，向弗·施莱格尔为首的浪漫派开战，但在压倒浪漫派杂志《普罗米修斯》之后，自己也遍体鳞伤，不得不更加“静谧”。总的来说，奥地利20年代的非民风剧处在古典派与浪漫派、启蒙思想与天主教复兴、革命与复辟、宏大与细腻的交织影响下，孕育了奥地利作家的一代天骄格里尔帕策。施累福格尔也因提携他而名垂文学史册。

到了20年代末，欧洲的稳定已渐渐显出是停滞不前的稳定。在1830年法国七月革命影响下，作为欧洲复辟时期主要支柱的梅特涅政权开始步入末路。对专制的不满，尤其是对警察林立和书籍审查制度的愤怒加快了自由作家和革命诗人的诞生。1830年7月革命到1848年3月革命这段革命一触即发的敏感时期被称为“三月前时期”。这时期的自由歌手和革命作家被称为“三月前派”。在自由歌手中，阿纳斯塔西乌斯·格绿恩（1806—1876）最为著名。在《一个维也纳诗人的漫步》（1831）中，他首先向“脑满肠肥的老爷们”宣战，同时又写了《穿燕尾服的尼伯龙根》（1843），针砭时弊，痛快淋漓。他富有革命激情和明确倾向性的诗篇不仅影响了“青年德意志”的一代诗人，还直接为德国40年代革命诗人赫尔韦格、弗赖利格拉特和法勒斯莱本所效法；在波希米亚和匈牙利，歌颂“第四等级”的德语诗人哈特曼（1821—1872）、迈斯纳（1822—1885）和卡尔·贝克（1817—1879）也以他为宗师。但革命文学在轰轰烈烈地产生一阵影响之后便逐渐消失，因为这些作家在革命爆发前出于对现存制度的嫉恨而表现出革命理想，呼唤风暴到来，但等到革命成为现实时，他们又很快为革命带来的暴力和混乱所惊骇，转而和革命及他们自己创作的革命文学拉开距离。他们称颂革命时满怀激情，在对革命失望后赞美旧政权的卫士时也同样毫无保留。拉特茨基元帅曾在反拿破仑的“解放战争”中任联军总参谋长，功勋显赫，但1848至1849年又镇压米兰起义，维持了奥地利对意大利北部的统治。于是，老施特劳斯立即谱写了《拉特茨基进行曲》，为他欢呼；1848年前的革命诗人格绿恩·济尔姆（1812—1864）、弗伊斯特斯累本（1806—1849）也立即吟诗作赋，为他歌功颂德。一时间,廉价的"爱国"文学名声大噪。叙事谣曲作家蔡特里茨(1790—1862)不仅赞美拉特茨基,还为曾任反拿破仑"解放战争"联军总司令的卡尔·冯·奥蒂利树碑立传。与此同时,赛德尔(1804—1875)重写了奥地利帝国国歌《上帝保佑》,卡尔·贝克也写了《蓝色多瑙河》歌词。艾德华·冯·鲍恩费尔特(1802—1890)曾在他格调高雅的皇宫剧院喜剧《成年》(1846)和《市民与浪漫》(1835)中讽刺时事,宣扬自由思想,影响很大。但在对48年革命失望后,他同样转而称颂拉特茨基,并接受了贵族封号。

真正留名的自由派诗人是**尼可劳斯·莱瑙**(1802—1850)。他家境富裕,备受娇宠,自幼放荡不羁。祖母去世后,他继承了大笔遗产,更得以无忧无虑地写作和自由自在地旅行,陶醉在早已憧憬的"诗意人生"里。自由、平等思想贯穿在他的全部作品中。波兰人不堪沙俄的残酷统治,揭竿而起,莱瑙完全站在他们一边并在起义失败后预言被压迫者会东山再起。莱瑙无法忍受梅特涅政权的警察统治,于1832年夏离奥赴美,在自由的新大陆寻找自己新的家园。在离开奥地利时,他写道:"永别了,我胆怯愚蠢的祖国,/你亲吻着暴君的脚跟,/任他摆布而默不作声。"但在美国,他发现那里的"自由"并非如他所想,于是大失所望,写了《三个印第安人》,表达对受驱赶者的同情。他的组诗《约翰内斯·齐斯卡》(1840)写胡斯教徒不甘受压,奋起反抗正统教会,反抗专制制度;他的《阿尔比教徒——自由组诗》(1842)不仅格律自由,对政治自由的追求也贯穿全篇。

但莱瑙之所以伟大,首先在于他诗歌中表现出的现代人特质。他渴求自由,称颂反抗,但又痛楚地感到纯粹的自由在现实生活中无法实现。在美国,他认识到自己曾极度向往的自由国度有的不过是追求金钱的自由:"不得不用尼亚加拉瀑布的轰鸣告诉这些笨蛋:/还有比造币厂产品更高的神灵。"他失望、愤慨,不到一年就重新回到欧洲,在奥地利和符腾堡之间辗转:他到符腾堡的朋友中去,为的是逃避奥地利令人窒息的专制;

但不久又不得不再回奥地利，是因为符腾堡这偏远省区“市侩气和学究气”钳制着文学的发展。1836年，莱瑙由于在国外印诗集时未向维也纳书检机构提出申请而被起诉，整个审理持续七年之久，莱瑙被弄得焦头烂额。于是，他又有了去呼吸一下“共和的自由空气”的愿望，并准备邀请革命诗人格绿恩一道移民美国。莱瑙的内心是忧郁和哀伤的，在他高声呼唤自由的诗篇中也依稀可见悲观的痕迹。他不是一头扎进虚幻的理想国，而是以接近现代作家的眼光观察世界，立足于现实的大地。

和浪漫派一样，莱瑙也常以春、秋、河流、漫游者、暴风雨、夜莺、眼泪、孤独、哀伤和死亡为题材；他与符腾堡地区浪漫诗人路德维希·乌兰德、尤斯提乌斯·克尔纳（1786—1862）及古斯塔夫·士瓦坡（1792—1850）私交甚笃。但与浪漫派不同，莱瑙笔下的自然不再奇妙、神圣，而是带着“永恒的伤痛”；夜莺的歌唱不再引人入胜，而是徒鸣无益；中世纪也不再令人向往，而是像人类社会其他时代一样充满痛苦，令人绝望。莱瑙由于痴恋虔信宗教的索菲·冯·罗文塔尔夫人，加上受到丹麦神学家玛腾森的影响，曾长期钻研宗教并于1837年写下充满宗教神秘的诗集《萨逢那罗拉》。但不久之后，他就和宗教神秘一刀两断，说：“宗教神秘是一种病。宗教神秘是骗人。”事实上，莱瑙用浪漫派的题材、手法和世界观超越、否定了浪漫派，他的作品向人昭示：人既无法逃向大自然、逃向过去，也无法逃向宗教和上帝。

无法逃避，只有抗争；莱瑙又知道自由无处觅，也即抗争无益，于是哀伤、绝望；尽管如此，他仍要抗争。莱瑙的这种多层次性和矛盾性正是他的诱人之处：在作品中表现绝望、无助，使他开了许多现代作家的先河；明知无望，仍要奋争，又使他具有了存在主义特征。他期盼《三个吉卜赛人》中描绘的那种浪漫的自由，却又知道它形同虚幻。他说：“幸福是迷雾一样出现的/尚未觉察便失不再来的一瞬。”他的诗《永生的犹太人》描述阿哈斯佛因为不帮助临难的耶稣而被罚永生，四处漂泊，但与

《圣经》传说不同，阿哈斯佛丝毫感受不到基督来临的希望；在世界苦难的折磨下，他渴望结束自己不幸的人生却无计可施。在组诗《浮士德》(1835)中，莱瑙借浮士德和魔鬼之口对种种社会、政治、宗教和哲学体系进行探究，确认从斯宾诺莎到康德、谢林、费希特、黑格尔，每个体系都漏洞百出。但否定了这些"体系"，剩下的便只是一个个"孤单的人"、一颗颗"孤独的心"。浮士德对真理的追求以认识到真理不存在而告终。在长诗《唐璜》(1844)中，莱瑙将唐璜追求爱情的冲动和浮士德追求真理的冲动相提并论。在莱瑙看来，唐璜走马灯似地换女人表明的不是他对个别女人的不忠，而是他对爱情这一理想本身的最大忠诚。但和浮士德一样，唐璜最终也不得不明白，他的理想无法实现。诗人莱瑙自己最后发了疯。在疯人院里，他一面说"我不屈服！"，一面写道："途中，我们耗尽了力量。"

同样因不满梅特涅的专制统治而去美国的卡尔·安东·普斯莱到美国后改名**查尔斯·西尔斯费尔德**(1793—1864)，加入美国国籍并遍游全美。作为有政治责任感的记者和受司各特、夏多布里昂影响的作家，西尔斯费尔德一方面重笔勾勒出美国富丽多姿的自然景观和民主、共和的人文景观，例如《美利坚合众国》(1827)，一方面以辛辣的笔调抨击梅特涅统治下奥地利和整个欧洲的政治反动和经济落后状态，例如《奥地利真面目》(1828)等。他观察敏锐，描绘生动，题材多样，加上对欧美两地均十分了解，他的小说在当时就深受欧美两地读者喜爱。20世纪初经过霍夫曼斯塔尔系统介绍，他在欧洲的知名度更高于先前。

从题材到手法都与浪漫派针锋相对的作家是被誉为"维也纳的阿里斯托芬"的民风喜剧家**约翰·内斯特罗伊**(1801—1862)。他本是歌剧演员，发觉自己更适合演民风剧丑角之后，便努力朝这个方向发展，成名后主要在维也纳河畔剧院和雷奥波特城区剧院演出并出任导演和剧院经理。他一生共演出了879个角色，是奥地利戏剧史上最受欢迎也最遭反对的演员。他尖刻无情，机智诙谐，无所不用其极，是庄严神圣、醉人童话等一切“正面”题材的天生克星。

为了演出需要，内斯特罗伊自己开始创作。第一部作品《逐出神国，或一个流浪汉的30年漂泊》（1828）从题目到内容都有明显效仿费迪南·莱梦特的地方。但内斯特罗伊很快就站到了莱梦特神奇、道德、充满教谕的民风剧的反面，并在演艺和创作两方面都使莱梦特一时失去光彩。他写剧尤其注重他自演以及他的主要搭档文采尔·舒尔兹扮演的角色，他们一高一矮，一胖一瘦，单从外表就易取得喜剧效果。内斯特罗伊眼中无权威，他讽刺模拟理查德·瓦格纳的歌剧和黑勃尔的戏剧，效果甚佳。在现实生活中，他讽刺的笔锋指向从大资本家、大贵族到小市民、穷苦人的维也纳社会各阶层，对任何可笑的东西都不留情面地加以夸大嘲讽。他被誉为“永恒的维也纳”，同时也被人不无嫉恨地称为“民风剧的恶魔”（善于写正面形象的莱梦特则被称为“民风剧的天使”）。1848年三月革命时，内斯特罗伊参加国民卫队，持枪走上街头。但他并没有变成革命的歌颂者，而是将严厉的批评目光继续投向包括革命在内的一切事物，并于同年7月写了他尖刻犀利的《犄角旮旯的自由》。

内斯特罗伊一生写了近80个剧，但其中不少剧本情节相对简单，往往需要行家改编才能满足当时观众的审美要求。他的意义在于人物性格塑造和机智犀利、一针见血的语言讽刺艺术。写于1833年的《坏蛋流浪汉，或轻浮的三叶草》标志着内斯特罗伊创作上的突破，剧中人物常被看作奥地利民族弱点的化身：木匠“粘胶”看似生活美满，实则忧伤不幸；裁缝“线团”做一天和尚撞一天钟，只为眼前，不想未来；鞋匠“膝补丁”是暴躁和懒惰的结合。《吉祥物》（1841）和《心乱如麻》（1844）是内斯特罗伊另外两部著名喜剧。前者写“火狐狸”借助各种颜色的发套恬不知耻地向上爬，后者则写一个富人富极无聊，须借助恐惧和工作的辛劳才能感觉到自身存在。内斯特罗伊实际在借此剧对自拜伦以来在欧洲四处泛滥的悲世悯人的浪漫情怀加以嘲讽。

弗朗兹·格里尔帕策（1791—1872）是奥地利19世纪的经典作家。他继承奥地利巴罗克戏剧传统，吸收维也纳民风剧的优点，取古希腊剧、莎士比亚剧和卡尔德隆剧之所长，兼收并蓄，创造了严谨高雅、尤以心理描写、戏剧冲突见长的经典风格，堪与歌德、席勒相比肩。同时，他的极度敏感、内心矛盾和消极悲观又使他在许多方面具有明显的现代特征。年轻时，他强烈反对梅特涅政权，说专制制度戕害了他的文学生命；1848年革命爆发后，他又对混乱状态及帝国内部匈牙利人和捷克人高涨的民族独立情绪感到愤慨，一心期望恢复国家往昔的“和谐”、平静。眼看大势已去，他越来越感伤，他的作品常像低沉的哀歌，让人感到四处潜伏着不幸。他25岁时怀着极大的创作冲动完成了《女先祖》（1817），然而并不想把它搬上舞台，因为“大众太讨厌”；他反对“太初有行”，而主张面对世界，冥思无为或是“用半心半意的手段犹豫不决地追求半成半就的作为”；他常像后来的卡夫卡那样，信写而不发，主要用于自我对话；他早于维特根斯坦[①]感到语言无法表达现实，因而对写作忽冷忽热，很早就停止发表作品；42岁时，他已感到自己“老朽无用”并写道：“作家格（格里尔帕策）已死。”还在1848年，他就立下遗嘱，要人将他的“所有遗稿不加阅读地统统烧掉”。这点，他也像卡夫卡。

《女先祖》是命运悲剧。女主人公因与他人通奸，被丈夫撞见，一刀刺死。但事情并未了结，以此为开端，家人世世代代受惩罚，厄运连连。女先祖的鬼魂一出现，家人便大难临头。最后一个男裔在误会中杀父娶妹之后，也死在女先祖阴魂的怀抱中。显然，鬼魂出现并非不幸的原因，而是不幸的征兆；先祖通奸全家受罚，其间并无因果可言。格里尔帕策在

① 维特根斯坦（Ludwig Wittgenstein，1889—1951），奥地利哲学家，主要著作有《逻辑—哲学论》及《哲学研究》。

这里着力表现的是人与生俱来的原始恐惧。鬼魂不过是不可名状的生存恐惧的暂借名。

《萨福》(1818)严格按照古典悲剧程式写成。古希腊女诗人萨福在奥林匹克诗歌竞赛中获胜,在凯旋车上由英俊少年法恩陪同接受万众欢呼。象征着生活的法恩本应和代表艺术的萨福恋爱结合,以表示生活和艺术共生,但两人尚未接触,就发现他们中间横亘着一条鸿沟。事实上,法恩喜爱的不是萨福,而是他的女奴梅里塔,萨福郁闷绝望,跳岩而死。格里尔帕策这里表现的是艺术无法与生活共融、无法在生活中存身的悲剧。

《金羊毛》(1820)是根据欧里庇德斯的史诗和奥维德的戏剧写的悲剧三部曲。格里尔帕策1848年说的话:“近代教育的路径是通过民族性把人性变为兽性”,在这里已得到体现。阿波罗是太阳神和人性的守护神,他所在的德尔菲是人性理想的发祥地。金羊毛最初来自这里。希腊人和科尔歇人的分歧争端是近代民族纷争的预演。美狄亚作为蛮王之女在希腊人中处处受排挤,她参与大众生活等要求均得不到满足。这便是民族性开始使人性变为兽性的表现。在痛苦、绝望中,她也失去理智,滥杀生灵,兽性达到极点,人性荡然无存。但是,美狄亚在流放中见到伊阿宋,表示决心将金羊毛带回德尔菲神殿赎罪,这又说明,格里尔帕策在悲观中仍希冀人性高于民族性并克服兽性。

在历史剧《国王奥托卡的幸运和灭亡》(1825)中,格里尔帕策把拿破仑的许多特点放在波希米亚王奥托卡身上:他野心勃勃、专横暴虐,是和谐与秩序的破坏者;哈布斯堡王鲁道夫一世则慎思慎行,亲切和善,与民众打成一片,是开明君主和理性的化身。悲剧中心是第三幕鲁道夫和奥托卡的对话。波希米亚王先是向哈布斯堡王表示臣服,接着却又起来反对他。奥托卡的个人野心、他无休止的欲求使他走向灭亡。在奥托卡身上有近代政治暴发户普鲁士的影子。在许多奥地利作家看来,普鲁士的迅速强盛不是建立在理性的基础上，而是靠野心、贪欲和武力。19世纪下半叶，普鲁士抛开统领“德意志民族的神圣罗马帝国”和“德意志联盟”数百年的奥地利，把大片德语地区统一在自己的战麾之下，另树王旗，这更加剧了奥地利人对普鲁士的嫉恨。但另一方面，格里尔帕策在这部历史剧里对奥地利的歌颂和对鲁道夫一世的赞美颇有廉价之嫌。当然，刚刚成功进行过反拿破仑战争的奥地利皇室还可以对自己的战绩感到自豪，格里尔帕策也还有些理由高呼：“哈布斯堡的英名与日月同辉！”但愈到后来，格里尔帕策历史剧中的乐观就愈为凝重的悲观所取代。

悲剧《忠仆传》（1830）写匈牙利王的年迈谋士邦克巴努斯在国王出巡时留在国都，兢兢业业，为完成国王嘱托，按既定方针处理朝政，保持国家安定。国舅向他的妻子调情，他全力克制自己，隐忍坚定，避免引起朝廷和国家的不安定。不论从题目还是内容，这部剧都让人想到奥地利的帝国宰相梅特涅。和梅特涅一样，邦克巴努斯也可以说自己是“秩序的磐石”。尽管如此，这部剧并不是格里尔帕策对梅特涅的称颂。格里尔帕策在这里着力表现的是“忠仆”个人情感与理智的冲突。

《大海的波涛与爱情的波涛》（1831）根据希罗与利安德的恋爱传说写成。希罗服务于爱神阿佛洛狄忒，快乐幸福。在希罗正式弃绝尘世、升成祭师的庆典仪式上，利安德和她目光相遇，顿燃爱情之火。两人决意自我克制，只是爱情力量强大，不可抗拒。利安德深夜泅水渡海，幽会希罗，剧中描写两人终于一吻的段落是德语文学中不可多得的精彩经典段落。他们约好，利安德第二天夜里渡海再来，以灯光为泅水引导信号。但希罗困倦入睡，一男祭师将灯熄灭，利安德葬身海底。希罗醒来后怒斥祭师，随后，自己也悲愤而死。理智和感情的冲突同样是这出悲剧的核心。

《可怜的琴师》（1848）的主人公被施蒂夫特和凯勒奉为圣人，不少现代批评家则说这位主人公是没有生存能力的心理病人。琴师贫穷、内向，尽管周围的人不理解，他仍琴声不断，视若珍宝地保持着对自己先前恋人芭芭拉的记忆，后来在水灾时为抢救芭芭拉和他人所生的儿子溺水身亡。琴师生活在恬淡和弃绝中，但为了初恋情人的一吻，他什么都可以舍弃。格里尔帕策在这部中篇小说里表现的，依然是情感和理智的冲突与对立，情感最后占了上风并因而导致了悲剧的产生。

格里尔帕策1838年写了喜剧《撒谎的人该倒霉！》，借历史嘲讽当时社会假话盛行的不良风气。由于观众不理解，该剧首演失败。这更加重了格里尔帕策对观众的不信任，一气之下，他不再发表作品。《黎布撒》（1872）、《托莱多犹太女》（1873）等悲剧均在格里尔帕策死后才上演。

布拉格建城的传说曾使德国剧作家察哈里亚斯·维尔纳和布伦塔诺大发灵感，格里尔帕策的《黎布撒》则是这方面最著名的作品。出于对人类的热爱和责任感，女先知黎布撒决定放弃自己慎思寡行的恬静生活，创建布拉格城。但城市尚未建立，黎布撒已经看到城墙中隐藏着仇恨和争端，她于是不得不承认自己建城失算，预言人类的未来充满不幸，期望能重新回到和谐、无为的原始状态。格里尔帕策的历史观与黑格尔截然不同，他认为人类前景黯淡，人类纷争的原因在于近代人日益膨胀的个人权利和个人欲求，但他并不为过去的某个时代涂脂抹粉，他所谓的和谐时代是传说中的“黄金时代”。格里尔帕策无意为人类提供开拓未来的行为准则，只想表达他对时代可悲的感受。

格里尔帕策笔下人物的悲剧多在于：他们一方面受感情、情绪的驱使，有强烈的行为冲动，同时又为超然、冷峻的理智所制约，知道有为必招致灾难，冲动必引来不幸。格里尔帕策作品的精髓和诱人之处也恰恰在于此。

阿达尔伯特·施蒂夫特（1805—1868）曾长期被认为是“老实人”派的花鸟诗人。19世纪后期遭冷落之后，施蒂夫特的小说在一战后期被重新发现。黑塞、霍夫曼斯塔尔等人均对他推崇备至，称他为“单纯和力量”的化身，是“真正人性”的象征。自此，施蒂夫特像文学界的圣人，声誉经久不衰。他的作品表面看上去充满恬静和基督徒的谦恭，道德观甚为严格，“轻柔法则”统治着一切；但其真正魅力在于：在施蒂夫特竭力表现轻柔、理性的同时，随处可见主观情绪、非理性与之相搏击的深刻痕迹。

施蒂夫特一生不幸。他12岁丧父，爱恋芳妮·格莱泊尔得不到回应，长期生活拮据，在维也纳站不稳脚跟，只好任家庭教师谋生，地位卑微，妻子阿玛丽亚几乎是文盲。施蒂夫特45岁时有幸被任命为上奥地利州学监，收入增多，但支出也加大，经济状况仍然不佳。他参加抽奖和股票投机，更是输多赢少，常债台高筑。另外，他的第一个养女夭亡，第二个养女18岁时跳河自杀；他自己则劳作不止，心力交瘁；尽管他竭力不让个人生活中的不幸在作品上投下阴影，但这谈何容易！他最后终于支持不住，自绝性命。

小说是时间艺术。19世纪的欧洲长篇小说更是以描写经济、社会和心理危机沿着时间轴线的发展见长。施蒂夫特的长篇小说《晚到的夏天》（1857）则独树一帜，要超越时间，描写一个理想、和谐、没有发展的乌托邦。但既然叙述就一定会有时间，施蒂夫特于是用早、中、晚饭表示时间的表面推移，而小说的真正内容则日复一日，无甚变化。在最大限度地取消时间的同时，《晚到的夏天》又集中力量拓展从心灵到房屋、到大自然的空间。在小说中人得其所，物尽其用，人与人、人与自然之间的关系和谐融洽。一个只有空间、没有时间的乐园焕然出现。《晚到的夏天》是一部教育小说，小说主人公理查赫以自己的生活经历教育年轻的海因里希。理查赫的一生充满隐忍舍弃和自我控制，他虽遇坎坷却知足自乐。他和玛蒂尔德的黄昏之恋是人生真正幸福的象征：没有狂放起伏的激情，有的只是温馨和永恒。施蒂夫特的教育理想以理性、细腻、单纯和静穆为特征，它和歌德笔下永不满足、纵横驰骋的人物类型截然不同。有人说《晚到的夏天》是“恬静主义”作品，说它和政治上反对48年革命的势力遥相呼应。这种说法是肤浅的，因为《晚到的夏天》既没有肯定革命前的现实，又不想逃避了事。施蒂夫特塑造的是一个区别于所有现实制度的永恒理想国。

施蒂夫特要体现永恒，选择的捷径是描写自然。他笔下的风景不仅常常美不胜收，他在描述中还经常取消客观现实和主观想象之间的界线，自然于是成为比人大得多的生命有机体。在人类文明和自然的对立中，他明确站在自然一边，反对人类对自然的侵害。他的所有小说，尤其是《我曾祖父的记事册》(1842)中主人和自然平等相处，这和当时迅速发展的机器大工业社会中"人是自然的主人"这一基调截然不同。为了表现永恒，施蒂夫特自然而然地把高山作为风景的框架：陡峭雄奇的雪峰恰是"永恒"最好的象征。施蒂夫特有意无意中流露的是他对大自然中无机部分的偏爱。在对日常事物的描绘中，施蒂夫特同样对无机的静物情有独钟：房屋、家具、器皿、服装、信件，他描写起来，总是不厌其烦。

轻柔、细腻的描写是施蒂夫特的长处，这种描写便于营造静谧的气氛，但它又极易延缓叙述速度，使故事显得不顺畅，甚至顾此失彼。在写长篇历史小说时，它的缺点更为明显。《维提科》(1865—1867)可以说是一部集体教育小说。这里，"轻柔法则"不再只是体现在个别人物的个别命运中，而是体现在惊心动魄的事件和宏大的历史框架中。小说的真正重点在于维提科和他的林中伙伴过的恬静安宁、友爱公正的生活。施蒂夫特塑造的是一个和马基雅维利截然相反的政治家类型。但历史小说毕竟与一般小说不同，要成功地描写复杂多变、动荡起伏的社会发展，就不能只是一味"轻柔"，更不能只要空间，不要时间——这恰是《维提科》的败笔所在。施蒂夫特是静谧、细腻的大师，不是描写宏大、发展的高手。

但是施蒂夫特笔下的自然绝不是一味温顺和谐的。顷刻间晴天霹雳，亦或日月消遁，万物黯淡，或渊不见底，雪原无际：短篇《兀鹰》(1840)、《阿泊狄亚斯》(1842)等作品中突出表现的天气陡变、自然无常使人明确感到平静祥和的表面下潜伏着深不可测的巨大力量，它可以让人间乐园顿成九重地狱。施蒂夫特笔下人物的感情并不是平直、理性的。《原始森林》（1842）中罗纳德对克拉里莎的爱情便蕴含着巨大的强力和非理性。此类例子，不一而足。正是这些非常状态——具体地说，是自然和人身压抑不住的强烈情绪——像五彩颜料，为施蒂夫特小说隐忍、理性的黑白画面注入了旺盛的生命力。

施蒂夫特描绘自然时对原始状态的偏爱与他作品中注重女性贞洁相辅相成。这和一般所谓假道德无关，而起源于他做家庭教师这一经历：他一方面感到女学生的魅力，同时又知道她们遥不可及。在这一点上，和荷尔德林的经历也完全相同。施蒂夫特作品里还经常出现原始与开发、处女与性交的隐含象征。

在女性人物描写方面，施蒂夫特尽量对容貌轻描淡写，以避免激情充溢；对女性的服装，他描绘得细致入微，颇有恋物狂之嫌。施蒂夫特和阿玛丽亚的婚姻生活不幸福，尽管他多方面掩饰作品里的婚姻生活，仍常有不祥之兆，短篇《愚人堡》（1843）和《普罗科普斯》（1848）便是很好的例子。前者的悲剧性是由于对爱情的背叛，后者的不幸则因为爱情本身。施蒂夫特作品中幸福的男人或像《晚到的夏天》中不结婚的理查赫，或像《我曾祖父的记事册》中婚后丧妻的上校。独身和丧偶在施蒂夫特的下意识中显然具有同样重要的意义。卡夫卡认为，过独身生活就和自杀一样。从表现看来，施蒂夫特没有后来的卡夫卡悲观，但他对卡夫卡的看法想必会暗自赞同。

瑞士文学 瑞士地区虽然早在1291年就成立了盟邦，但这种原始的民主邦联并不像卢梭在他的著作中所描绘的那种纯朴的理想田园。到了19世纪，随着产业革命的发展，瑞士新兴的资产阶级要求政治上相应变革。1815年维也纳会议确立了瑞士的中立地位。1848年资产阶级自由派起草了新宪法，确定了两院制政体，由联邦委员会执政管理国家。新宪法规定了货币和关税统一措施，加强了各州之间的协调和联系，使瑞士走上了稳步发展的道路。

19世纪的欧洲处于动荡和变革的时代。瑞士的相对稳定的社会也无法避免资本主义发展带来的种种社会矛盾，但是相对稳定和平静的局面使瑞士作家能够比较客观地观察欧洲的社会变革。19世纪中期瑞士文坛出现了三位现实主义作家，这就是戈特黑尔夫、凯勒和迈耶尔。与英法等国文学相比较，德语国家的文学侧重的是教育小说，或者叫发展小说。从题材上可以分成四种：城市题材小说、农村题材小说、教育小说和历史题材小说。戈特黑尔夫的小说《雇工乌里》、凯勒的小说《绿衣亨利》是教育小说，迈耶尔主要写历史小说。历史小说在当时很受读者欢迎。工业化带来的一系列社会问题使资本主义的矛盾和弊端日益明显，人们感到传统的价值体系的可贵，企图通过文学欣赏逃离令人不满的现实，从往昔中寻找慰藉。这就是为什么19世纪后半叶有些出版社大量出版德国古典时期文学的道理。

瑞士德语文学发展的这种状况是与德语国家资产阶级的处境分不开的。资产阶级起步较晚，而且从一开始就面对政治和军事上强大的封建贵族保守势力，而且不久又遇到由于国际影响日趋成熟的无产阶级，这就使资产阶级无法彻底实现自己的政治要求，只好用经济实力来弥补政治上的软弱。这种状况反映在文学上，表现为作家对现实的剖析不够深刻，也看不到解决社会矛盾的途径与前景，最终很自然地接受空想社会主义思想的影响，把希望寄托在通过个人道德的完善来改变社会，因而这些小说的结尾往往是妥协与和解；作品的基调是通过教育及虔诚的宗教信仰来净化人的心灵和改善社会。

尽管如此，由于作家熟悉所描写的题材，并且具有驾驭语言的才能，比如凯勒和迈耶尔同时还是诗人，有的文学家甚至认为他们的诗歌在某种程度上艺术价值更高。他们的小说写得很生动感人，既能愉悦人的心灵，又能帮助人们认识客观世界。

叶雷米亚斯·戈特黑尔夫(1797—1854),原名阿尔贝特·毕齐乌斯,出生于牧师家庭,1814至1820年在伯尔尼读神学,1821至1822年在哥廷根大学读历史和文学。毕业后他在父亲身边当助理牧师,1832年升为牧师。他积极参加自由派报刊《伯尔尼民众之友》的工作,1835至1845年担任地区人民教育委员。戈特黑尔夫曾在德国各地旅游,目睹德国诸侯割据状况,更觉瑞士共和制民主和自由的可贵。他在贵族政权复辟时期积极倡导自由思想,拥护民主改革,但是到了晚年,当自由派获胜并进一步深化改革时,他却对自由派持敌对态度,公然反对新的国家和1848年宪法。

戈特黑尔夫将近40岁时才开始文学创作。1837年他的第一部小说《农民的镜子,又名叶雷米亚斯·戈特黑尔夫传记,由自己撰写》发表,获得成功。小说以自传形式叙述了一个穷苦农家牧童的生活道路,他那饱受剥削、欺凌和压迫的人生。小说反映了学校教育的落后、乡村居民的狭隘和自私以及正在兴起的酒馆旅店业对传统风尚的腐蚀。主人公终于离乡背井去参加雇佣军。在法国他由于亲戚的帮助和鼓励才重新鼓起生活的勇气。后来作为耶稣教徒和民众的教育者返回家乡,从事关心和照顾孤儿和不幸者的工作。小说的结尾体现了作者的理想。由于这部小说的成功,作者从此走上文学创作道路,并以小说主人公的名字作为笔名。戈特黑尔夫的家乡艾门河谷的美景经常出现在他的作品中,这里山丘起伏,林茂水清,草地上畜群游动,原野上教堂高耸,然而使他离开城市长期生活在故乡的并不是这田园牧歌的景观,而是生活在这里的农民和农村里日趋尖锐的社会问题。戈特黑尔夫以农村为题材共创作长、短篇小说80多种,代表作是长篇小说《雇工乌里》(1841)、《佃农乌里》(1849)以及中篇小说《黑蜘蛛》(1842),两部长篇都是以乌里这个人物作为主人公的。

在《雇工乌里》中,贪杯、行为荒唐、不知进取的乌里在东家的关心和引导下立志通过诚实和勤劳来改变自己的生活。当他在人品和本领方面都有长进后,经东家的推荐,去东家的表兄家当管家。在这里,手下人的抵触和家庭成员之间的矛盾使乌里一度放弃进取的努力。后来他租佃了这里的土地，并同这家农户女主人的一个亲戚的私生女结了婚。

《佃户乌里》叙述乌里缺乏足够的资金经营田产，受到这家农户主人约格里的怂恿雇用了廉价的雇工。然而，酒店老板和磨坊主都想尽办法榨取他的钱财，此外他还得对付这家农户狡猾的姑爷。到了租佃的第四年，乌里付不起租金，加上因一桩不正当交易吃了官司，一场冰雹又使他的土地颗粒未收。物质上和道德上的挫折使他得了一场大病，险些送了性命。最后不得不拍卖全部财产。一位远房亲戚买下了他的财产，此人原来是他妻子的亲生父亲，于是乌里夫妻俩终于绝处逢生。

这两部小说所表达的不是对工业革命带来的新生活的抗议，而是对所谓"进步"的时代里道德观念的淡漠所感到的失望。作者认为主人公人生道路的关键时刻都是上帝在直接或间接地干预，他所遭遇的挫折和失败不是由于命运，而是生活对他的要求和考验。

这两部小说使戈特黑尔夫在瑞士成为家喻户晓的作家，而《黑蜘蛛》更使他获得了国际声誉。《黑蜘蛛》运用倒叙的方法，由某村庄一位祖父在庆祝孙子受洗礼时讲述一个往昔故事。400年前一个暴虐的骑士统治这个地方，驱使农奴为他建造一座豪华宫殿，又强迫他们在一个月内铺设一条林荫大道，在道路两旁种植一百棵山毛榉树，如不按期完成就要夺去农奴的生命。魔鬼扮成猎人表示要帮助农奴，条件是要得到一个未受洗礼的孩童的灵魂。不信上帝的女人克里斯蒂娜替农奴与魔鬼订下了这个契约。农奴们认为他们的生命毕竟比一个孩童更重要。但村里的牧师却站出来与魔鬼斗争，为孩子作了洗礼，于是克里斯蒂娜被魔鬼吻过的脸上长出的黑痣开始肿胀，显露出蜘蛛的模样。在牧师又为另一个孩子洗礼后，女人脸上的黑痣就爆裂开来，生出无数小蜘蛛，它们将毁掉山谷的一切生命。在牧师为第三个新生儿洗礼后，克里斯蒂娜终于被魔鬼变成了一只大蜘蛛，贪婪地袭击村民。这时一位信仰上帝的虔诚妇女不惜牺牲自己，将蜘蛛关进窗柱子上事先挖好的洞穴。200年后，这个女人的后裔克里斯顿建造起阔气的新房，将旧房让给他的仆人。在圣诞之夜欢宴时，这仆人把洞穴里的蜘蛛放了出来，死神再度猖獗于山村，克里斯顿以先辈为榜样发扬牺牲精神将蜘蛛逮住关进洞穴。小说描写了自私自利的地主、贵族在软弱者面前的残暴，在灾难面前的怯懦；赞扬虔诚信仰上帝的人，他们的勇敢和牺牲精神。那根陈旧的窗柱仿佛在告诫人不要去试验上帝，不要去试验魔鬼。

戈特黑尔夫的作品不追求奇特的情节，不塑造畸形的病态的人物，着力描写的是日常现实生活：恋爱、结婚、生育、节庆、疾病和灾荒等，人物活动的地点无非是家庭、田地、集市、教堂、饭馆等。但他写得生动、真切，因为他熟悉农村的生活。他写作的目的是要教育农村民众，他运用农民习惯的表达方式、生动的民间谚语和方言土语。他认为社会的进步最重要的是教育，教育的重点在家庭。因而他的作品在描写婚丧嫁娶、生儿育女、家庭兴衰中斥恶扬善，针砭时弊，往往用健全的基督精神净化人的心灵。

戈特黑尔夫的政治态度的变化也清楚地体现在他的作品中。前期作品，包括上述的两部，表现作者对社会改革还抱有信心。他的后期作品，如《学手艺的雅各布漫游瑞士》（1846—1847）、《时代精神与伯尔尼精神》（1852）等表明作者几乎只看到阴暗面，认为唯物主义、无神论必然导致社会道德堕落并鼓励游手好闲、懒惰享乐。他的思想蜕化到几乎排斥一切新事物的地步，就连见到年轻女子弹钢琴也会暴跳如雷。于是在他的后期作品中议论和说教多了，使作品的艺术性遭到破坏。

戈特黑尔夫作品一个显著特点是注重女性形象的塑造，她们大多是善良，聪慧，温柔，吃苦耐劳，持家有方，脚踏实地。他视女性为善、爱和美的象征。这在直到那时为止的德语文学史上还是罕见的。

戈特黑尔夫虽然在方言土语的文学加工方面颇有成就，但有时仍显得方言所占的比重太大，影响了他的作品更广泛的传播。

戈特弗里德·凯勒（1819—1890）出生于苏黎世一个手工业者家庭，幼年丧父，14岁读技工学校，因与同学结伙要求教师发还拖欠的作业本，被校方开除。1840年他由母亲作工资助去慕尼黑学画。由于资金不足，再加上他对自己的绘画才能有所怀疑，终于放弃学画返回家乡。他在瑞士跟来自德国的民主主义流亡者接触频繁，这使他立志从事写作，1846年发表第一本充满民主激情的诗集。1848年获苏黎世州政府奖学金赴德留学。在海德堡，他结识了费尔巴哈，受到了唯物论和宗教批判思想的极大影响，这对凯勒后来的现实主义创作起了决定性作用。50年代是他创作的高峰，他的代表作《绿衣亨利》（1855）、《塞尔德维拉的人们》（1856）都完成于这一时期。1855年凯勒从德国返回瑞士，1861年担任苏黎世州政府秘书长，在此期间最后一次婚姻尝试终未成功。1872年他重新开始写作，1876年辞去政府工作专事创作，1872年发表《七个传说》，1874年《塞尔德维拉的人们》（第二部分），1878年《苏黎世中篇小说集》，1879至1880年《绿衣亨利》（第二版本）。《马丁·萨兰德》（1886）是他的最后一部长篇。

凯勒在诗歌、中短篇小说和长篇小说方面都有佳作，成就最大的当属他的中短篇小说。《塞尔德维拉的人们》是凯勒第一部中篇小说集。塞尔德维拉是作者杜撰的瑞士某个地方，意思是幸运之城，这里的人们将他们精力充沛的年华用来洗钱，做投机买卖，不惜债台高筑，只有在混不下去的时候才动手劳作，如果社会运作不停顿，他们是不会去关心政治状况的。凯勒以温厚的幽默，有时也运用讽刺来反映这种状况，表现了个人幸福和社会集体兴衰之间的关系。中篇《安慕兰太太和他的小儿子》可以说是一篇微型发展小说。丈夫只靠买卖股票而不愿苦心经营，终于破产，为躲避债主而离家出走。从外地嫁到塞尔德维拉的安慕兰太太接替丈夫管理采石场，她精打细算的经营不久就使生产走上盈利的轨道。

她以身作则教育她的小儿子，不说教和训斥，让他自己在实践中总结经验教训，使这个年轻人成长为勤劳节俭、办事可靠、对个人和社会都具有责任感的人。另一篇有名的中篇《人恃衣裳马恃鞍》的主人公施特拉平斯基是裁缝师的伙计，由于师傅破产而不得不易地谋生。由于他的衣着和偶然的机遇，他被认为是一位乔装打扮、负有重要使命的伯爵。整个哥尔达赫城争先恐后地向他献殷勤，该城行政顾问的女儿涅特欣梦想成为“伯爵夫人”。小裁缝突然受到意外的礼遇，既迷惑又陶醉。当这一切像肥皂泡那样破灭时，几乎只有涅特欣认为小伙子是善良和无辜的，是哥尔达赫市民庸俗行为的牺牲品，她更加爱他并执意同他结婚。他们婚后的美满、生意上的兴隆让塞尔德维拉的人们羡慕不已。这个幸福的结局当然是作家理想的体现。小说也讽刺了小资产阶级的虚荣和对贵族的崇拜。

《苏黎世中篇小说集》包括五个中篇，大多选取历史题材，只有《七君子的小旗子》取材于瑞士的现实生活。它讲述满头华发的七位手工业工匠在1848年前后动荡的年代里聚集在一起，积极倡导社会改革、拥护共和制度，但他们的思想却没有完全摆脱传统的封建贵族的门第观念。贫穷的赫弟格和富有的傅里曼虽然在政治上同心同德，却都不愿让他们的子女卡尔和海尔敏娜成婚。赫弟格怕贫富差距因亲戚关系渗透到家庭中来，傅里曼则认为贫穷的小职员卡尔没有能力帮助他进一步发财致富。然而在苏黎世射手节上卡尔的出色表现，使老一辈认识到青年一代充满活力，能够继承他们的事业，于是同意这对青年人的婚姻。凯勒看到了现实社会里贫富间的矛盾越来越大，希望通过爱国主义和民主思想调和这些矛盾。

凯勒的长篇代表作是具有自传色彩的发展小说《绿衣亨利》。小说主人公亨利家境贫寒，童年生活黯淡而充满忧愁。上学时因对某些教师的劣迹表示抗议而被开除，而舅父家的田园生活使他对风景绘画发生兴趣，同时认识了对他的成长有很大影响的两个女子：教师的女儿安娜和堂姐尤蒂特。美丽纤弱的安娜好似皎洁的月亮，诱发了少年亨利对于爱情的想象和追求；健康明朗的尤蒂特则像盛夏的阳光，鼓舞亨利热爱生活，克服挫折带来的精神危机。耽于幻想的亨利尽管知道只靠母亲一人维持生计的家庭经济困难，还是决定到慕尼黑学画，终因无钱继续学业，并对自己绘画的才能产生怀疑，于是弃学回乡。途中结识窦绿苔和她的父亲，并从他们身上接受了费尔巴哈唯物主义思想的影响，结束了在宗教与现实之间的摇摆。他回国后看到瑞士民主制度生气勃勃的景象，便投身到现实生活中，在政府机构中谋得一个职务。

小说有两个版本，第一版问世于1854年，结尾是悲剧性的。亨利返回故里时，母亲已经去世。亨利在学业挫折、对母亲未能回报的双重打击下失去了继续生活的勇气。第二版作了重要修改。小说不再用倒叙的方式从去慕尼黑求学写起，而是以第一人称从童年开始叙述。在小说的结尾，主人公摆脱了悲观失望，改变了自怜自惜的狭隘胸怀，将自己的理想与公共事业结合起来，找到了生活的真正意义，完成了个人的发展。

《绿衣亨利》没有起伏跌宕的情节，但富于诗意地描写了主人公的人生历程，表达主人公对人生、宗教、艺术、哲学诸方面的感悟。作者也表现了人性的阴暗面，但是他的基本信念是：大多数人处于健康状态。在凯勒的作品中没有狄更斯和巴尔扎克作品中那种笼罩在主人公周围的严酷气氛，也不像歌德等古典主义作家笔下的主人公那样生活在学者、哲人之间。凯勒表现的是普通人和普通生活，并且善于在其中挖掘人生的意义，所以在某种意义上他的作品便贴近现实。凯勒的作品以瑞士为背景，表现了这个民主邦联小国政体机制的长处和弱点，它的进步与局限，作品的基调是一种乐观精神，常伴之以幽默和谐趣。

凯勒最后一部长篇小说《马丁·萨兰德》更多地触及了社会的阴暗面，主人公以民主主义思想改造社会的计划处处碰壁。社会上弥漫着金钱至上、虚伪欺诈、腐化堕落的风气。昔日志同道合的朋友大都成了口头上的自由共和派，实际上已经蜕化为自私自利的机会主义者。作者对资本主义所带来的恶果表示出悲观情绪，同时这部作品太拘泥于当时的社会现实，加之议论太多，削弱了作品的艺术表现力。凯勒曾计划写一部续集，叙述主人公的儿子如何振兴他的家庭企业，但这个计划没有实现。

康拉德·费迪南特·迈耶尔（1825—1898）是历史小说作家和诗人。他出生于苏黎世一个贵族家庭，15岁时丧父，1856年母亲自杀。迈耶尔为忧郁幻想症所折磨，中断了大学法律学业，在家研读历史，阅读法国小说。罗马和巴黎之行使他有机会欣赏文艺复兴时期的造型艺术，他在米开朗琪罗的雕塑作品中看到了理想的形式严谨的艺术，认为这种艺术可以克服个人的痛苦。在姐姐的支持下，迈耶尔46岁时创作了史诗《胡腾最后的日子》（1871），得到了文学界的承认。他所以对胡腾感兴趣，是因为他认为胡腾也梦想祖国的统一和强盛。这部史诗在德法战争结束后不久发表，将避难于苏黎世湖乌芬瑙岛上的胡腾过的孤寂日月，同这位人文主义者、宗教改革斗士昔日叱咤风云的历程进行了鲜明对比。此后他陆续发表了十几部中、短篇小说（其中有些是片断），以及诗歌、剧本等。

小说《于尔格·耶纳奇》（1876）叙述的是三十年战争中瑞士人同西班牙天主教徒的斗争故事。新教牧师耶纳奇因奋起反抗西班牙对格劳宾登的侵略，激怒了亲西班牙的天主教派首领普兰塔，后者谋害了耶纳奇的妻子，迫使耶纳奇逃亡，并且帮助西班牙占领了格劳宾登。为光复祖国，耶纳奇利用法国军队赶走了西班牙人，不料法国人违背诺言不肯在保证格劳宾登独立和自由的条约上签字，其军队滞留不撤。耶纳奇转而与西班牙密谋，以皈依天主教换取西班牙的支持。法国人被赶走了，但西班牙人视耶纳奇为他们扩张的障碍，最后利用要报杀父之仇的普兰塔的女儿将耶纳奇杀害。作者在小说里表现了正义和权力、道德与政治之间的冲突。为祖国的独立耶纳奇不惜牺牲原则和信仰，结果非但不能战胜敌人，而且脱离了拥护他的民众。小说虽然取材于17世纪三十年战争，但所表现的主题对19世纪70年代具有现实意义。小说在表现方法上显示出现代小说的一些特征：不着重叙述的完整，不用编年史式的方式，而是把许多个别的场面和情景组合起来，通过回忆、书信、谈话、目击者报道等让小说中的人物自己来讲述。深刻的主题与让读者感到内容真实的形式，使小说出版后颇受欢迎，在作者生前就再版30多次。

另一部小说《护身符》（1872）的历史背景是由1572年巴黎天主教徒对胡格诺派大屠杀而激化的16世纪宗教战争。主人公沙岛因偶然见到他的救命恩人的父亲，促使他把多年前发生的那个奇特的事件写下来。而小说的作者只是把已经旧得发黄的、17世纪留下来的这些笔录译成"我们这个时代的语言"。作者以此与故事中的人物、事件保持距离。沙岛的救命恩人是他的同乡、天主教徒博卡特，在法国国王的瑞士卫队中服务。沙岛担任胡格诺新教派领导人秘书，当他将要与别人决斗时，博卡特将一护身符暗中放在他上衣内使他幸免于对手尖刀的袭击。在大屠杀之夜，博卡特又借给沙岛一套卫队服装使他得以逃脱，而这位忠实的朋友却因掩护沙岛而中弹身亡。作品意在说明加尔文教的宿命论和天主教迷信护身符都是荒谬的。不是杜撰出来的教条而是博爱精神驱动博卡特，赋予他的行为以生命力，正是这种精神使讲述者铭刻在心。作者认为只有纯粹的人性才能克服世界观上的偏见。

中篇小说《引诱佩斯卡拉》（1887）把个人的自传与在政治、社会和心理方面的思考联系在一起，以文艺复兴时期的意大利为背景。查理五世的将领佩斯卡拉战胜法国军队，推动了振兴强盛的中世纪大帝国的理想。但意大利诸小国家如米兰、威尼斯、佛罗伦萨等决心与法国联盟抗击查理的侵犯，只是苦于没有一位能与佩斯卡拉匹敌的将领。米兰公爵于是采用毁誉、行贿等手段企图把佩斯卡拉拉向同盟一边。尽管佩斯卡拉同情意大利的独立愿望，但还是占领了米兰。这是因为他忠于皇帝，也由于他认为只有占领米兰才能使它免遭西班牙的控制，但所有这些在作品中都没有说明，只是指出他在去世前曾上书查理五世赦免米兰公爵及其大臣。作品中真情和假象令人难于分辨。而这恰恰构成了迈耶尔小说的一个共同特征：故事缺乏明确性，人物的行为矛盾，难以明确辨识。作者似乎有意识地要在表现方法上让谜一般的世界给人以更深的印象。迈耶尔尽量避免用语言去解释人物心态，而是通过人物动作、面部表情这些既外在、又来自情感的特征来进行象征的描绘。

迈耶尔在诗歌方面的成就可以与凯勒和冯塔纳在小说方面、弗里德里希·黑勃尔在戏剧方面的成就相比，他于1882年发表的《诗集》收入200多首诗篇。他的诗歌不着重情感的抒发，象征性的景物和事物占据诗歌的主体，比如《罗马的喷泉》、《海鸥飞翔》。从题材上看，以爱与死为主题的诗是迈耶尔写得最好的，如《死去的爱情》、《黑影栗树》。

第九节　东欧文学

从40年代开始，随着社会经济的发展，新兴的资本主义经济与腐朽的封建制度之间的矛盾日益加剧，要求民族复兴的意识不断高涨，东欧各国的民族解放运动也随之如火如荼地开展起来；特别是1848年欧洲革命在东欧各国激起了巨大的反响。波兰人民于1846年和1848年举行了两次武装起义，沉重打击了俄、普、奥三国统治者的反动气焰。捷克于1848年开展了民族解放斗争，布拉格等地爆发了武装起义。匈牙利于1848年3月开始了规模空前的武装起义，起义持续了一年多。保加利亚在1855年俄土战争期间，曾多次组织军队和发动武装起义，经过艰苦卓绝的斗争，终于在1876年获得了独立，成为东欧各国最早获得独立的国家。罗马尼亚1848年爆发了资产阶级民主革命，经过十多年的努力，实现了摩尔多瓦和罗马尼亚公国的联合，并于1877年赢得了独立。南斯拉夫各民族在19世纪中叶也先后举行过武装起义，30年代、40年代初开展的“伊利里亚运动”，对南部斯拉夫的民族复兴运动影响深远。所有这些起义和斗争，不仅打击了外国统治者，动摇了他们的统治基础，而且壮大了革命声势，支援了欧洲革命。东欧各国人民在革命斗争中互相支持，并肩战斗，结成了深厚的战斗友谊，体现了被压迫民族的国际主义精神。

这个时期的东欧各国文学也得到进一步的发展，出现了一派繁荣景象。在原来基础较好的国家，如波兰、捷克和匈牙利，浪漫主义依然呈现出勃勃生机，并开始向现实主义转化。而原来由于受到外族统治者压制和摧残、长期未能得到发展的其他国家的文学，如罗马尼亚、保加利亚和阿尔巴尼亚的文学也开始赶了上来，掀起第一次创作热潮。在这些国家的文学中，浪漫主义占据主导地位，诗歌是其主要体裁，小说和戏剧也开始脱颖而出，出现了第一批小说家和剧作家。与前一时期相比，这个时期的东欧文学，在思想内容上更为激进，更富于爱国精神和革命战斗性；诗人们常常把反对外国统治和反对封建主义结合在一起，把民族解放和社会解放融为一体，表现出强烈的民主主义思想。在题材和形式方面，也更为丰富。东欧文学作品既富于理想和幻想的色彩，又和现实生活有着紧密的联系，人物形象和故事情节都较真实自然，具有浪漫主义和现实主义相结合的趋向。

波兰文学 1830年华沙起义失败后，波兰受到外国统治者的残酷迫害，民族解放运动受到镇压而处于低潮。许多诗人纷纷离开祖国流亡国外，波兰国内文学的发展受到阻碍而呈现出凋敝的局面；直到40年代初，波兰国内的文学才开始复苏，各个地区都涌现出一批富于才华的诗人和作家。其中较为著名的有奥占区的罗曼诺夫斯基、华西列夫斯基、安齐兹，普占区的贝尔文斯基，俄占区的爱伦贝格、兹米霍夫斯卡和克拉舍夫斯基。

密·罗曼诺夫斯基（1834—1863）生于波库特，曾在基辅大学法律系学习。1848年开始发表诗歌，1863年参加起义部队，不久便牺牲在战场上。他的诗富于革命战斗性，长诗《桑兹的姑娘》（1861）描写波兰人民反抗瑞典侵略的斗争。《齐什科之死》歌颂捷克起义领袖不屈不挠的革命精神。短诗《波兰旗帜在克里姆林宫》充满了波兰必胜的坚定信念。埃·华西列夫斯基（1814—1846）出身于小贵族，很早就参加了民主革命运动。他的爱国诗篇《水手之歌》、《痛苦之杯》和《鹰颂》热情奔放，格调高昂。长诗《克拉科夫之歌》（1840）具有浓厚的地方色彩和民歌风格。弗·安齐兹（1823—1883）是著名诗篇《密使》（1848）的作者，这首诗热情赞颂了1846年起义领导人邓波夫斯基。长诗《泰顿》（1861）富于爱国精神，诗剧《在拉兹瓦维齐的科希秋什科》（1881）热情赞美了英勇参加起义的克拉科夫市民和农民。他还写有《农民贵族》（1849）、《农民移民》（1876）等剧本。理·贝尔文斯基（1819—1879）年轻时曾到农村去收集民歌民谣，并写成《大波兰小说集》（1840）。1844年出版的长诗《波兹南的唐璜》尖锐指责贵族的保守落后和对金钱的追求。1846至1848年他两次因参加革命活动而被捕，但他坚定不移，出狱后依然投入斗争。他的第二部诗集反映了他的激进观点，指出只有人民革命才能建立“没有暴君、没有地主的人间乐园”。古·爱伦贝格（1818—1895）是俄占区的一位革命诗人，30年代开始写诗，并积极参加革命活动，曾三次被捕入狱，并被判处死刑，后改为流放西伯利亚。爱伦贝格的诗具有激进的爱国思想和鲜明的民歌风格，诗集《过去时代的声音》（1848）猛烈抨击贵族阶级的自私自利和奴颜婢膝，热情赞颂了人民群众的巨大力量。他的《1831年的波兰贵族》一诗，成了波兰众口传诵的革命诗篇。

40年代华沙出现一批充满革命激情的作家，被称为“华沙热情派”，其中有理论家爱·邓波夫斯基（1822—1846）和女作家纳·兹米霍夫斯卡（1819—1876）。邓波夫斯基一生积极参加民族解放运动，是1846年克拉科夫起义的领导者，后牺牲在起义战场上。他不仅是位革命家，而且是个哲学家、文学批评家。他的哲学观点受黑格尔和费尔巴哈的影响，强调自由对社会发展的作用。他的文学论著有《华沙青年文学》（1844）、《波兰文学简史》（1845）等，强调文学的社会意义和人民性。兹米霍夫斯卡曾做过家庭教师，40年代曾在手工业者中间从事革命活动。她的小说《女异教徒》（1846）揭露了当时的社会矛盾，表达了女作家的民主主义观点，曾引起强烈反响。

尤·伊·克拉舍夫斯基（1812—1887）是波兰文学史上最多产的一位作家，他写的政论、剧本、诗歌、小说和历史著作达500卷，还写有20万封书信。在他的文学创作中以小说的成就最大，他以一组农村题材的"农民小说"奠定了他在波兰文学史上的地位。《沙夫卡的历史》（1842）、《乌拉娜》（1843）、《叶尔莫瓦》（1855）和《篱笆木桩的故事》（1860）是这组小说中的代表作，所写的都是波兰农民所受到的欺凌、剥削和压迫，揭露了封建农奴制度对贫苦人民的欺压和对人的心灵的摧残，表现了作者对农民的深切同情。其他反映现实生活和爱国运动的小说还有《村外茅屋》（1852）、《奸细》（1863）、《红色的一对》（1864）、《犹太人》（1865）等。这些小说采用现实主义的手法，真实地反映了波兰少数民族如吉卜赛人和犹太人的悲惨境况，再现了50年代和1863年一月起义的真实情景；作品的人物形象生动鲜明，故事曲折感人。克拉舍夫斯基还是波兰历史小说的开拓者，而且历史小说的创作贯穿他的整个文学生涯。早期他主张历史小说应摒弃虚构，完全忠实于历史，但实践的结果并不理想，后来他便在忠实于历史的基础上加入了传奇的因素，使历史小说更能吸引读者。他的历史小说题材广泛，有写古罗马历史的，如《尼禄时代的罗马》（1864），也有写古代波兰的，如《十字军骑士，1410》（1874），而以写18世纪波兰历史的一组小说最为著名，其中的萨克森三部曲《科塞尔伯爵夫人》（1874）、《布里尔》（1875）和《七年战争》（1876）是他历史小说中的精品。三部曲不仅真实地反映了时代的风云变幻，而且还深刻地揭示了人物的心路历程。到了70年代，由于俄、普侵略者加紧了对波兰人民的迫害，使他更有意识地去写作波兰历史小说，让读者从中了解祖国历史，增强他们的爱国情感。他在1875至1887年的13年中（包括他被普鲁士当局以间谍罪被判刑关押的两年多在内），写出了29部76卷的波兰历史系列小说。这组小说从史前传说时代《古代的传说》（1877）开始，一直写到18世纪中叶萨克森王朝结束时的《萨克森的末代》（1887）为止，几乎把波兰的全部历史都写进了他的这套小说中，因而受到当时波兰社会的重视，被当作历史教科书来阅读。在这套卷帙浩瀚的历史小说中，艺术水平并不平衡，写得最好的有《古代的传说》、《马斯瓦夫》（1877）、《农民的国王》（1881）和《巴利塔》（1883）。总的说来，克拉舍夫斯基的小说能反映出时代气息和生活习俗，故事情节生动曲折，跌宕起伏，人物形象栩栩如生，语言较为优美，对波兰小说的发展作出了重大的贡献，他被称为“波兰小说之父”。

从40年代开始，波兰的侨民文学也有了较大的变化。30年代流亡国外的那批诗人，如密茨凯维奇、斯沃瓦茨基、戈什钦斯基等，一度受宗教神秘思想的影响，而且大多已经搁笔。“欧洲之春”革命期间，又有一批诗人和作家流亡国外，其中较为著名的有诗人诺尔维德、列纳托维奇和小说家叶日。**崔伯里安·卡米尔·诺尔维德**（1821—1883）出生于小贵族家庭，曾在意大利学习绘画和雕塑。他1852至1855年曾到美国谋生，后定居巴黎，一生贫困潦倒，生前默默无闻，直到20世纪初才被现代派诗人们“发现”，被推为现代派的“祖师爷”。诺尔维德是个富于创新的诗人，他的代表作有：散文诗集《黑花和白花》（1856—1857）、抒情诗集《瓦德-梅楚姆》（1865—1866）和剧本《克拉库斯》（1858）、《一千零二夜》、《贵夫人的戒指》（写于70—80年代）等。他的作品构思奇特，打破传统模式，融多种体裁和形式于一体，形成了他独特的风格。他的诗语言简练含蓄，但很隐晦艰深，一般读者难以理解。特奥非尔·列纳托维奇（1822—1893）于30年代开始写诗，40年代侨居意大利后，他的诗作更臻完美。列纳托维奇酷爱民间文学，因此他的诗歌也富于民歌风格，被称为“玛佐夫舍抒情诗人”。他的诗集《抒情小诗》（1855）和《新抒情小诗》（1859）描写了玛佐夫舍地区的风土人情，讴歌了该地区的绮丽风光。这些诗立意清新，语言朴素无华，后期作品因作者久居国外脱离波兰现实而流于形式。**特奥多尔·叶日**（原名齐·米乌科夫斯基，1824—1915）的一生都与民族解放运动相联系，曾参加匈牙利的1848年起义、波兰的1863年起义和巴尔干各国反土耳其压迫的斗争。他一生发表小说近90部，早期作品反映了波兰和乌克兰地区农民的苦难生活，如《瓦西尔·何乌布》（1858）。后来的小说多以民族解放斗争为题材，其中有写匈牙利人民起义的《山多尔·科瓦兹》（1859—1860），有反映保加利亚反抗土耳其压迫的《黎明》（1870）。叶日的小说题材广泛，涉及古今和波兰国内外，而且主题突出，具有鲜明的倾向性。他的小说不以情节曲折取胜，却生动感人，深受当时东欧各国读者的欢迎。

捷克文学 40年代开始，捷克的民族复兴运动日益高涨，终于在1848年达到顶峰，爆发了布拉格起义。尽管起义被镇压下去，但却动摇了外国侵占者的统治，唤醒了人民的民族觉悟。伴随着民族复兴运动的风起云涌，捷克文学也更呈现出革命性，作家们更关注祖国的命运，与当时社会的对立也更显尖锐；文学中的现实主义因素迅速增长，除了诗歌外，小说和戏剧创作也日渐繁荣，出现了像狄尔和聂姆佐娃这样闻名遐迩的作家。

约瑟夫·卡耶坦·狄尔（1808—1856）生于平民家庭，曾在布拉格查理大学攻读哲学。后参加巡回剧团，1835年在布拉格创建“卡耶坦业余剧团”，并主编过《花朵》、《五月》等刊物。狄尔是以小说创作步入文坛的，先后发表了《库特纳山法令》（1841）、《捷克艺术家的历程》（1845）

等中短篇小说，充满爱国主义精神，但他的主要成就在戏剧。他的戏剧创作非常丰富，包括滑稽剧、现实题材的戏剧、历史剧和神话剧。在滑稽剧中，以描写布拉格手工业者生活的《费德罗娃契卡》（1834）最为出名。他的现实题材的戏剧，如《纵火犯的女儿》（1846），敢于触及捷克社会中的尖锐矛盾和迫切问题。在历史剧中，《扬·胡斯》（1848）和《库特纳山的矿工》（1847）是他的代表作。《扬·胡斯》所写的虽是文艺复兴时期的宗教改革家胡斯的斗争经历，但却反映了1848年革命的目的和要求。《库特纳山的矿工》是捷克最早反映工人生活的剧作，描写的是15世纪末库特纳山矿工暴动的真实事件，它号召人们为民族的解放事业而奋斗，具有借古喻今的意义。狄尔的童话剧也充满了爱国主义精神，《斯特拉科尼采风笛手》（1847）成为捷克剧院久演不衰的传统剧目。

鲍日娜·聂姆佐娃（1820—1862）是捷克著名的女作家，生于维也纳，父亲是日耳曼人，母亲是捷克人，后举家迁到拉季勃日采村。女作家的童年是在外祖母身边度过的，外祖母给她留下了深刻印象，她的小说《外祖母》（1855）就是以自己的外祖母为原型创作的。15岁时她便嫁给了海关税务官聂麦茨，经常随丈夫的职务变动而辗转南北，1842年迁居布拉格，并积极参加爱国活动。1848年革命期间，她曾参加布拉格的起义斗争，50年代受到奥国统治当局的迫害，生活很不安定而又极端困难，晚年在贫困中度过。

聂姆佐娃于1843年开始文学创作，早期写诗歌和童话，曾先后出版七卷《民族传奇和故事集》（1845），随后便开始中短篇小说的创作，发表了许多"呐喊和控诉式"的作品，如《卡尔拉》（1855）、《山村》、《野姑娘芭拉》（1856）、《庄园内外》（1857）、《善良的人》（1858）和《老师》（1859）等。这些小说反映出捷克农村的真实面貌和贫苦农民的悲惨境地。《庄园内外》所揭示的是一幅"朱门酒肉臭，路有冻死骨"的真实图画。《野姑娘芭拉》塑造了一个敢于为女友解困济危的、具有侠女风格的放牧姑娘的形象，是聂姆佐娃中篇小说中最富于诗情画意的精品。

聂姆佐娃的《外祖母》不仅是她小说创作的高峰，也是捷克19世纪文学中最杰出的一部长篇小说。小说是根据女作家的外祖母为原型而创作出来的，但并不是一部传记作品。作家在外祖母这个人物身上融进了捷克农村妇女的许多品德和性格特征，把她塑造成一个性格温和、勤劳正直、乐观风趣、热爱自然和祖国、富于同情心的捷克农妇的光辉形象，一个深受大家尊敬和喜爱的外祖母。小说还通过外祖母的日常生活和作家对童年的回忆，把捷克农村的各种人物、四季景色、风土人情、民歌民谣都作了出色的描绘，从而使这部小说成了19世纪捷克“农村生活的画卷”。

此外著名的捷克作家、诗人还有哈夫利切克和爱尔本。长雷尔·哈夫利切克-博罗夫斯基（1821—1856）是位勇敢的新闻记者，又是位大胆的讽刺诗人。他出生于商人家庭，曾在查理大学和神学院学习，后到俄国任教，回国后积极从事新闻工作，曾主办《民族报》和《斯拉夫人》等报刊。他多次因揭露奥地利政府的卑劣勾当而被捕入狱，后被流放到布里克森。哈夫利切克除写有大量政论和通讯报道外，还有不少的讽刺诗。他早期的讽刺诗，对基督教会进行了无情的嘲讽，后期的讽刺诗浸透着对现实的批评。他在流放期间所写的三部长诗《蒂罗尔悲歌》（1852）、《拉弗拉国王》（1852）和《圣弗拉季米尔的洗礼》（1852）则是他的代表作。《蒂罗尔悲歌》写出了他流放到蒂罗尔南部小城布里克森时的情景，对当时奥地利的反动统治进行了辛辣的讥讽和鞭挞，表达了他对祖国和故乡的挚爱感情，这首诗成了捷克人民最喜爱的诗歌之一。《拉弗拉国王》是一首根据爱尔兰民间传说改编而成的“快乐的民间故事诗”。《圣弗拉季米尔的洗礼》取材于俄国历史，抨击了教会与沙皇的专制统治。哈夫利切克的诗辛辣尖锐、语言朴素无华，为捷克讽刺诗的发展奠定了坚实的基础。卡雷尔·雅罗米尔·爱尔本（1811—1870）

出身于平民家庭，一生致力于民间文学的收集整理工作，编有《捷克民歌集》（1842—1845）、《捷克民歌民谣集》（1864）和《斯拉夫民间童话和传说》等。他的代表作《花束集》（1855）收有12首民间故事诗和一些短诗，这些诗歌颂善战胜恶、爱战胜仇、光明战胜黑暗的美好理想和对祖国、对未来的向往，诗句优美，富于音乐节奏，有的诗曾被谱成歌曲，深受群众喜爱。

斯洛伐克文学 斯洛伐克长期受到奥匈帝国的统治，到18世纪末19世纪初，随着民族运动的高涨，斯洛伐克文学也开始得到发展，出现了像科拉尔、霍利这样一些斯洛伐克文学的开创者。到了40年代，文化与政治运动达到了高潮，出现了新一代知识分子，他们被称为“什图尔派”。这一派作家有意识地将社会问题与民族政治问题列入自己的纲领，主张废除封建制度，普及教育，提高人民的民族觉悟和文明程度。他们还确定了斯洛伐克的书面语言，并用这种语言文字进行创作，他们的文学创作受浪漫主义影响，并从民间文学中吸取素材和形式。吕德维特·什图尔（1815—1856）是这一派的领袖。他很早就参加了爱国社会活动，曾任匈牙利国会议员。他著有《斯洛伐克方言研究》和《斯洛伐克语言学》（1846）等著作。他的诗歌创作收录在《歌与诗》（1853）这部诗集中。他采用民歌形式，反映出斯洛伐克人民的艰苦生活和斯洛伐克的风土人情与自然景色。安·斯拉德科维奇（1820—1872）是“什图尔派”的优秀诗人，他的组诗《玛琳娜》（1846）和《杰特万》（1853）歌颂爱情、青春和美，而且语言优美，被认为斯洛伐克新书面语言最出色的成果。扬科·克拉尔（1822—1876）是“什图尔派”中最激进的一位诗人，曾参加1848年起义。他的诗集《回声》从民间故事诗中吸收营养，写出了人间的不平。《扬诺西克阶段》（1847）歌颂了斯洛伐克民间传说中的英雄扬诺西克。组诗《世界的戏剧》则是诗人对权利、宗教、正义、民族自由等问题的思考的反映。扬·卡林恰克（1822—1871）是“什图尔派”中最著名的小说家，其代表作《选举》(1862)勾勒出18世纪上半叶小贵族生活的种种场景，人物也刻画得较为生动，语言优美，被誉为斯洛伐克的“语言大师”。

匈牙利文学　匈牙利进入40年代后，要求民族独立和社会进步的呼声更为高涨，柯苏特于1841年创办《佩斯新闻报》，积极宣扬资产阶级民主和武装革命。以青年作家裴多菲、约卡伊、汤波、瓦霍特等人组成的“青年匈牙利”，又称“佩斯十人小组”，坚决支持柯苏特的革命主张，强烈要求国家独立和解放农奴，并积极参与和领导了1848年3月发动的武装起义。这个时期的匈牙利文学与政治和社会的联系更为紧密，许多作家不仅用笔，而且用枪参加了战斗，有的还牺牲在民族起义的战场上。这个时期的文学依然是浪漫主义占据主导地位。诗歌得到进一步的发展，出现了一批平民出身的诗人，他们的诗歌从内容到形式都更贴近人民群众，而且成了当时推动资产阶级革命的有力武器。小说更加注重对社会现实生活的观察和研究，现实主义因素得到了加强；戏剧创作也由于1837年佩斯民族剧院的建立而走向繁荣，出现了一批很有价值的浪漫主义戏剧。

裴多菲·山陀尔(1823—1849)是匈牙利最杰出的爱国诗人。他生于屠户家庭，从小就对文学产生兴趣，16岁进入佩斯民族剧院工作，后曾当过兵，做过流浪汉。1844年他来到佩斯，担任《佩斯时髦报》的助理编辑，并得到魏勒斯马尔蒂的帮助，出版了他的第一部《诗集》(1845)。在与佩斯的进步诗人接触中，他形成了激进的社会政治观点，他的诗歌创作也走向成熟。1846年春，裴多菲发起成立了“佩斯十人小组”，积极宣扬民族独立和资产阶级民主革命。同年裴多菲与森德莱·尤丽亚结婚，还为她写了许多爱情诗。1848年在“欧洲革命之春”的推动下匈牙利也于3月15日爆发了民族武装起义，裴多菲是这次起义的鼓动者和组织者之一，1849年1月，裴多菲投笔从戎，成了起义的波兰将军贝姆的副官，多次参加战斗，1849年7月31日在与俄奥联军的作战中牺牲在“哥萨克的长矛上”，时年26岁。

裴多菲的诗歌创作生涯虽然短暂，但却留下了丰富的遗产。他一生写出了800多首短诗和8首长诗，此外他还写有小说和游记。裴多菲的诗歌创作大致可以分为三个阶段，前期为1838至1844年，他写作了不少的民歌体诗歌和两首长诗《农村的大锤》（1844）、《雅诺什勇士》（1844）。民歌体诗歌大多取材于劳动人民的生活，描写的人物也多是农民、牧民、商贩和盗匪，语言朴素无华而又清新优美，深受读者的喜爱，其中的46首已成为匈牙利的真正的民歌。《农村的大锤》是一部由四章组成的讽刺长诗，它通过农村酒店里的一场殴斗，展现了匈牙利形形色色人物的丑态，揭露了牧师淫荡不羁的行径。《雅诺什勇士》取材于匈牙利古代的民间传说。主人公雅诺什是个勇敢善良的青年，为了获得爱情和幸福的生活，历尽千辛万苦。他忍饥寒，斗黑暗，战海浪，打败龙和熊，战胜巨人国，最后到达仙人国，终于和心爱的姑娘伊露斯卡团聚。这首长诗以其深刻的含义和浪漫主义的风格，奠定了诗人在匈牙利文学史上的地位。

第二阶段从1844年底到1846年春天，是裴多菲的思想正处于“淡淡的哀愁”时期。这种感伤的思想集中表现在他的组诗《云》（1846）上。《云》由66首短诗组成，每首诗只有四至八行，反映出诗人的悲观、愤懑和痛苦追求的矛盾心理。这个阶段裴多菲还写有两组爱情诗，一组是为突然死去的年轻姑娘乔波而写的《文特尔克坟上的柏树叶》（1845），另一组是写给贝达的《爱情的珍珠》（1845），贝达曾拒绝诗人的求婚，《我是树》是其中最优美的一首抒情诗，比喻新颖，感情真挚，深受读者喜爱。第三阶段从1846年春天开始，裴多菲摆脱了悲观情绪，开始走向革命。他的诗歌创作更臻成熟和完美，也更具革命性，就连他写给妻子森德莱·尤丽亚的许多爱情诗也浸透着强烈的政治内容，例如1847年的《自由与爱情》（“生命诚宝贵/爱情价更高/若为自由故/二者皆可抛”）就是一首脍炙人口的爱情诗。

1846年春天，裴多菲组织“十人小组”，并创办刊物《生活景象》，积极宣扬政治、社会的彻底改革，同时还写出许多号召人民起来推翻统治者的诗篇，如《贵族》、《我的歌》等。随着欧洲革命浪潮的汹涌澎湃，裴多菲的诗歌格调更加高昂，诗句也更为铿锵。1848年3月15日，当匈牙利的人民揭竿而起，爆发了声势浩大的佩斯起义时，裴多菲写出了他的著名诗篇《民族之歌》，并立即印成传单，成为起义的战歌。在这首诗中，诗人提出了“愿意做自由人，还是做奴隶”的尖锐问题，并以祖国的名义号召奴隶们投入到祖国解放的斗争中去；这首诗由六节组成，每节后半部都以“我们宣誓……我们不再继续做奴隶”作叠句，加强了诗歌的感召力。起义期间，裴多菲还写有许多充满革命激情的爱国诗篇，《自由颂》、《大海沸腾了》、《拉科治》、《起来》、《革命》等，以及他的最著名的长诗《使徒》（1848）。《使徒》描写的是匈牙利革命者所经历的道路，主人公锡尔维斯特原是个地主庄园的仆人，后来目睹了人世间的不平，便投身于革命行列中。他曾被捕入狱，在牢房里度过了十个春秋，但他矢志不移，最后因刺杀国王而被送上断头台，结束了他悲壮的战斗的一生。像大多数浪漫主义长诗中的主人公一样，锡尔维斯特也是个“孤军奋战”的革命者，他虽有美好的愿望和崇高的理想，但他脱离人民，甚至高踞于人民群众之上，因而他的斗争往往以失败告终，不过锡尔维斯特并不是为个人利益而斗争的利己主义者，而是为民族、为人民的解放而不惜牺牲自己的英雄人物。《使徒》是裴多菲一生创作活动的总结和概括，也是他诗歌创作高峰的标志，被匈牙利诗人伊耶什誉为“诗人思想的辞典”。

在40年代走上文学道路的还有诗人阿兰尼、小说家厄特沃什和剧作家马达奇。**厄特沃什·尤若夫**（1813—1871）是匈牙利19世纪中期的著名小说家，出身于大贵族家庭，曾到法国等西欧国家学习，接受了资产阶级的进步思想，回国后积极从事民族文化活动，宣扬自上而下的改良主义观点，曾两度出任政府的宗教和教育部长。他早期的诗歌和戏剧创作受法国浪漫主义和雨果的影响，后转向小说创作，其代表作是《乡村公证人》(1845)。这部小说通过主人公乡村公证人坦格依的不幸遭遇，揭露了匈牙利封建贵族政权机构的为非作歹和落后腐败。作者运用现实主义方法，较为深刻地反映了当时匈牙利的社会生活风貌，人物形象和细节描写都较为生动真实，对匈牙利小说的发展具有深远的意义。

阿兰尼·雅诺什(1817—1882)是匈牙利19世纪的杰出诗人，生于农民家庭，曾做过演员和副公证人。1848年革命期间，他主编《人民之友》报，写出了许多政论文章，竭力支持起义斗争。起义失败后他回到故乡担任中学教师，60年代被选为匈牙利科学院院士。阿兰尼中学时代便开始写诗，1847年发表的长诗《多尔第》使他一举成名，并受到裴多菲的高度评价，两人从此成为挚友。《多尔第》是取材于14世纪的历史故事，多尔第是个历史传说人物，诗人在收集大量材料的基础上，对这个人物形象进行了进一步的探索和艺术加工，使他成为匈牙利人民道德和性格的化身。嗣后他相继写出了《多尔第的晚年》(1848)和《多尔第的爱情》(1879)，组成“多尔第”三部曲。1848年革命期间，他写出了《四月十四》、《近卫军之歌》等革命诗歌。革命失败后，他很长一段时间停止了创作。60年代他重新拿起笔，写出了一系列脍炙人口的历史歌谣。这些歌谣揭露压迫者的横征暴敛，歌颂劳动人民的高尚品德及其反抗国王统治的精神。此外，阿兰尼还写有长篇叙事诗《愚蠢的伊斯托克》和讽刺长诗《纳吉德来的吉卜赛人》等。阿兰尼以写叙事诗见长，他的诗歌既具有浪漫主义的丰富想象力，又有现实主义的描写特点，用诗人自己的话来说，力求达到“现实”和“理想”的结合。

马达奇·伊姆雷(1823—1864)既是诗人，又是著名的剧作家，生于贵族家庭，曾在布达佩斯大学攻读文学和法律。他从小便爱好戏剧，尤其爱读希腊悲剧和莎士比亚、席勒、雨果等人的作品。1861年他当选为国会议员，1863年当选为科学院院士。1840年他出版诗集《琴之花》，但他的主要成就在戏剧创作，其代表作有《文明使者》(1859)、《人的悲剧》(1859—1860)和《摩西》(1861)等。《文明使者》是一部讽刺剧，嘲讽哈布斯堡王朝对匈牙利的殖民统治。《人的悲剧》是一部规模宏伟的浪漫主义戏剧，共14幕，取材于《圣经·创世记》，写亚当和夏娃受魔鬼鲁西费尔的诱骗，偷吃禁果被上帝驱逐出伊甸园，在梦境中经历了人类社会的各个阶段，并幻化成一系列著名人物，梦醒后决心奋起斗争以改变人类的命运。作者在这部剧作中表现了善与恶、上帝与人、人与人、人与自然的关系和斗争，揭示了人生的价值和意义。此剧在1883年才得以首演，演出极为成功，成为匈牙利剧院的保留剧目，剧本被译成30多种文字。《摩西》也是取材于《圣经》，写摩西率领以色列人出使埃及的途中经历千辛万苦，最后到达迦南的故事。作者借古喻今，以激励匈牙利人民反抗外国统治的斗志。

罗马尼亚文学　罗马尼亚和保加利亚的文学发展较上述三个国家起步要晚一些，直到19世纪40年代，这两个国家的文学才逐渐走上繁荣之路，出现了一批富于才华和开拓精神的作家。罗马尼亚的文学受西欧浪漫主义的影响，重视民间文学，富于想象力和民歌风格。其主要诗人有**瓦西里·阿列克山德里**(1821—1890)，这位出身于平民的诗人、剧作家，曾在法国巴黎大学攻读医学和法律，回国后积极参与国家统一运动和1848年的革命斗争，曾担任雅西剧院院长。他一生出版了诗集四卷、戏剧六卷、散文集一卷，收集整理和出版了民歌汇编《叙事诗》两卷。他的诗富于民歌特色和战斗激情，而且题材广泛，寓意深刻。他在《罗马尼亚的觉醒》(1848)一诗中号召罗马尼亚人民积极为祖国独立而战："或者自由，或者战死！"著名诗篇《统一霍拉舞》(1856)歌颂罗马尼亚的联合统一，立即被谱成歌曲，成为鼓舞人民斗志的战歌。在戏剧创作方面，他是个多产的作家，一共写有50余部剧，包括喜剧、悲剧、歌剧、闹剧、滑稽剧等。其中以讽刺喜剧《基理查太太在雅西》（1850）、《基理查太太在外省》（1852）最为著名，通过基理查太太这个人物形象，批判了上层社会崇洋媚外的种种丑态。阿列克山德里的创作在罗马尼亚的文学发展中具有开拓的意义，对罗马尼亚文学语言和诗歌形式的发展具有深远的影响。

罗马尼亚的小说创作尚处在初级阶段，情节简单，人物形象较为刻板，但也涌现出一批作家。他们的创作对罗马尼亚的小说发展起了推动作用，其中较为著名的有科·内格鲁齐（1808—1868）和尼古拉·菲利蒙（1819—1865）。内格鲁齐的中篇小说《亚历山德鲁·拉普什尼亚努》（1840）取材于16世纪中期摩尔多瓦君主与贵族之间的权力斗争，小说写得情节动人，富于戏剧性。菲利蒙的早期小说受浪漫主义影响，以写反抗暴政的中篇小说《马迪奥·齐普利亚尼》（1858）较为有名。他后来逐渐走向现实主义，代表作是长篇小说《新老土豪们》（1862—1863）。这部小说以1812至1818年的罗马尼亚社会生活为背景，描写了一个贪官污吏由盛到衰的丑恶历史，具有强烈的反封建意义，是罗马尼亚长篇小说的真正开端。

40年代，由于雅西民族剧院的建立和多个剧团的组成，罗马尼亚的民族戏剧事业得到了迅速的发展，戏剧创作也开始活跃起来。在剧作家当中，除了前面提及的阿列克山德里之外，还有以写历史剧著名的**博·普·哈什德乌**（1838—1907）。这位出身于贵族的诗人和剧作家，以知识广博而著称，曾是巴黎、彼得堡和纽约科学院的成员。他的诗歌作品有叙事长诗《沃依基查太太》（1858）和诗集《我是达契亚人》（1859）等。但影响最大、艺术价值最高的是他的历史剧《勒兹万和维德腊》（1867）。该剧以1595年的历史为背景，叙述了勒兹万在权力和爱情方面的悲惨结局，剧情生动紧凑，人物性格鲜明；1867年在雅西剧院首演时，激起较大反响。他还写有喜剧《三个王子来自东方》(1879)。他的戏剧创作富于独创性，为罗马尼亚戏剧发展奠定了基础。

这个时期的**保加利亚文学**也是和民族解放斗争紧密联系在一起的，许多作家都参加了1848年的起义斗争和后来的复兴运动。他们的创作充满了战斗激情和爱国内容，摆脱了宗教文学的束缚而走向世俗化，文学形式丰富多彩，各种体裁都得到了发展，诗歌创作最为活跃。多布里·钦图洛夫(1823—1886)是保加利亚第一位政治鼓动诗人。他的诗歌，如《起来吧，巴尔干的勇士！》等，号召人民起来与土耳其统治者进行斗争，诗句铿锵有力，富于鼓动性和号召力。格奥尔基·拉科夫斯基(1821—1867)是保加利亚民族解放运动的领导者，也是一位革命诗人，曾主编《保加利亚日报》等报刊。其代表作是长诗《森林的旅客》(1858)，写一群农村青年被“逼上梁山”的故事。他们高举“不自由毋宁死”的旗帜，誓死为祖国的解放而斗争。长诗还穿插写了一些古代英雄的传说，使现实斗争与古老传统连成一气，富于浪漫主义色彩。佩特科·斯拉维科夫(1827—1895)也是一位爱国诗人，他的三首叙事长诗《克拉克那·彼尔尼什基》(1872)、《女首领波依卡》(1873)和《贝罗诺加的泉水》(1873)，写的都是保加利亚的英雄儿女反抗土耳其统治的事迹。他的抒情诗也写得感情真挚，道出了人世间的不平。他还写有许多讽刺诗、寓言和政论。

赫里斯多·波特夫(1848—1876)是保加利亚民族解放运动的领袖和最杰出的革命诗人。他生于知识分子家庭，曾在俄国敖德萨学习，回国后积极从事民族解放斗争，并被迫逃离祖国。1876年保加利亚爆发“四月起义”，波特夫率领军队回国参加起义，途中受到土耳其军队阻击，不幸中弹牺牲，时年28岁。他的诗歌数量不多，但都是诗歌中的珠玑，其风格沉郁激愤，富于强烈的爱国精神。在他的诗歌中，有忧国忧民的《离别》(1868)、《我的祈祷》(1873)；有号召人民起来斗争的《悲歌》(1870)、《斗争》(1871);有歌颂革命战士英勇战斗的《海杜特》(1871)等。他的诗写得犀利泼辣,富于想象力,对保加利亚的诗歌发展具有深远的影响。季米特洛夫称他是"为民族解放和民族独立而斗争的天才诗人"。

保加利亚的小说和戏剧创作起步较晚,50年代才出现真正的保加利亚小说和戏剧,其代表作家是德鲁梅夫、卡拉维洛夫和沃依尼科夫。瓦西尔·德鲁梅夫(1841—1901)是保加利亚最早的小说家和剧作家。他的小说《不幸的世家》(1859)通过一个家庭遭受土耳其统治者迫害的悲惨事件,反映出"只有斗争才有出路"的积极思想。这是保加利亚文学史上第一部小说,具有开拓的意义。他的剧本《伊凡科》(1872)写的是12世纪末拜占庭操纵下的一场宫廷斗争,剧情紧凑,人物刻画生动。它的出现标志着保加利亚的戏剧创作开始走向成熟。留宾·卡拉维洛夫(1834—1879)出身于商人家庭,曾在莫斯科大学语文系学习,大学期间便开始文学活动。他曾先后主编过《自由报》和《独立报》,并被选为民族解放运动中央委员会主席。他的小说多以反民族压迫、反封建压迫为主题,反映了作者的爱国主义思想和对劳动人民的深切同情。代表作有《尼乔·哈吉》(1870)、《首领》(1871)、《旧日的保加利亚人》(1872)和《宠儿》(1875)。这些小说在揭露社会丑恶现象方面较为深刻,对社会风习的描写也很生动真实,但对人物、特别是正面人物的刻画尚欠功力。多布里·沃依尼科夫(1833—1878)是保加利亚独立前最著名的戏剧家。他在君士坦丁堡的法国学校读书时,便接触到大量的法国喜剧,使他产生了对戏剧的爱好。回到故乡后,他积极从事民族戏剧活动,受到土耳其统治当局的迫害而流亡罗马尼亚。在那里他继续从事戏剧活动,组织戏剧演出,并写作了10多部剧,这些剧多是喜剧和历史剧,反映的是人民当时最为关心的问题,因而受到观众的热烈欢迎,但他的剧本结构较为松散,常常受到评论界的批评,其主要剧作有《拉依娜公主》(1866)、《普列斯拉夫宫的盛典》和《被曲解的文明》(1871)等。

塞尔维亚文学继续沿着卡拉季奇所开辟的道路前进，在诗歌、小说和戏剧创作方面都取得了丰硕的成果。**布兰科·拉迪切维奇**(1824—1853)的诗歌开创了塞尔维亚浪漫主义文学的新时代。这位毕业于维也纳大学的诗人，广泛接触了西欧浪漫主义文学，同时又受卡拉季奇的影响，对斯拉夫民歌深感兴趣。他的第一部诗集《抒情诗集》(1847)以其新颖的形式给予古典派以沉重打击。随后他相继出版了第二部和第三部诗集。他的爱情诗写得真挚感人，而在他的爱国诗歌中，积极宣扬南部斯拉夫各民族的团结和共同斗争的思想，同时以尖锐的讽刺笔触揭露那些反对革新的新古典派和教会人士。他的诗富于激情和斗争精神，语言明快，具有民歌风格，深受青年的喜爱，被称为"塞尔维亚诗歌的明媚春天"。约万·斯特里亚·波波维奇(1806—1856)是以小说登上文坛的，但他的成就在戏剧。他的历史悲剧从民间故事中吸取素材，积极主张国家的改革和统一。他的喜剧对资产阶级的唯利是图、贪婪成性进行了嘲笑，其代表作有《说谎者》(1830)、《守财奴》(1837)、《坏女人》、《愚蠢与傲慢》(1838)、《婚礼与彩礼》(1841)和《贝尔格莱德今昔》(1853)等。波波维奇在这些剧中采用民众的语言去反映现实的生活，并且塑造出许多个性鲜明的典型人物，为塞尔维亚甚至整个南斯拉夫的戏剧奠定了基础，被誉为"塞尔维亚戏剧之父"。

克罗地亚文学　30年代至40年代在克罗地亚兴起的伊利里亚民族复兴运动，不仅提高了人民群众的民族意识，同时也促进了浪漫主义文学的发展，所以这个时期的文学又称"伊利里亚文学"。**斯坦科·费拉兹**(1810—1851)是伊利里亚运动在文学界的领导人。他主张文学创作必须与人民生活紧密联系在一起，认为文学的社会效果和艺术性应当一致。为此，他大量翻译介绍了但丁、拜伦、普希金、密茨凯维奇等人的作品。他还和其他作家一起创办了《齿轮》文学杂志和克罗地亚剧院，对推动克罗地亚的文艺繁荣作出了不小的贡献。作为诗人,他先后出版了《红苹果》(1840)、《热拉夫密林的呼声》(1841)、《竖琴和鼓》(1845)等诗集,表达了诗人对爱情,对故乡和祖国的深情厚意,而他的50首十四行组诗《梦幻与真实》更使他名闻南欧。伊万·马茹拉尼奇(1814—1890)是19世纪克罗地亚的著名诗人,生于农民家庭,曾在萨格勒布大学攻读哲学和法律,担任过克罗地亚总理大臣和总督。由于忙于政务,他的诗歌创作数量不多,但他的一首长诗《斯玛伊尔·秦吉奇之死》(1846)使他名垂史册。长诗取材于1840年黑山人杀死土耳其将军秦吉奇的真实故事。这个惨无人道的土耳其将军多次侵占黑山,还大量滥杀无辜和涅戈什皇室家族;涅戈什为亲人报仇,联合采罗维奇等人,机智地谋刺了秦吉奇。马茹拉尼奇在自己的长诗中并不拘泥于真实故事,而是通过酷刑、夜行、入队、收税和灭亡五个诗段,再现了南部斯拉夫人在土耳其统治下的整个悲惨历史,表达出南部斯拉夫人争取自由的决心和坚定意志。长诗不仅刻画了许多栩栩如生的人物,而且汲取了古典诗的严谨、浪漫派诗歌的激情和想象力、民歌的朴素口语和形式的多样化,使这部长诗成了南部斯拉夫文学史上不朽名作。此外,马茹拉尼奇还写有一些抒情短诗和政论文章。佩塔尔·普列拉多维奇(1818—1872)是伊利里亚运动时期的又一位重要诗人,他长期在奥地利军队中任职,后擢升为将军。他最初用德语写作,后来在伊利里亚运动的感召下,认识到民族语言和文化的重要性,便改用克罗地亚语。他生前出版了《初生的人》(1846)和《新诗集》(1851)两部抒情诗集,表达了他对祖国的热爱和对美好未来的信念。他的浪漫主义长诗《最初的人》(1846)力图展观整个人类的历史、命运和使命,可惜没有完成。

阿尔巴尼亚文学的发展虽然起步较晚,直到19世纪中叶,随着民族复兴运动的开展和民族意识的高涨,文学开始繁荣起来,出现了一批有才华的诗人。他们在普及阿尔巴尼亚语言和教育,在民歌的收集和出版方面，都作出了不小的贡献。他们的创作以诗歌为主，受浪漫主义文学的影响，积极关注民族解放斗争，抒发对祖国挚爱和对敌人仇恨的强烈感情。最早的浪漫主义诗歌产生于生活在意大利南方的阿尔布莱什诗人中间，随后阿尔巴尼亚本土的诗人们也进行了大胆的尝试。在这批诗人当中，以拉塔、巴萨和达拉的名望和成就最大。**耶洛尼姆·戴·拉塔**（1814—1903）是阿尔布莱什文学的杰出代表。他的两部长诗《米辽沙奥之歌》（1836）和《富拉菲娜·道比之歌》（1843）奠定了他在阿尔巴尼亚文学史上的重要地位。《米辽沙奥之歌》通过贵族青年米辽沙奥和牧羊女丽娜悲欢离合的爱情故事，鞭挞了封建等级观念和根深蒂固的门阀之见，表达了诗人蔑视权贵、向往平等自由的民主思想。《富拉菲娜·道比之歌》写的是罗密欧与朱丽叶式的爱情悲剧。富拉菲娜爱上了保兹塔尔·斯特莱斯，但他们的家庭互相敌对，富拉菲娜的父亲要把女儿嫁给别人；这对相爱的年轻人痛苦不已，便双双殉情而死。这两部长诗都擅长描写人物的心理活动，而且富于生动的故事性，常常把抒情和叙事结合在一起，使长诗更具艺术感染力。加乌里尔·达拉（1826—1885）也是阿尔布莱什的一位重要诗人，曾积极参加意大利加里波第的义勇队。他的长诗《巴拉最后的歌》（1887）也和《米辽沙奥之歌》一样，写的都是爱情故事，但主题思想却不同，这里表现的是阿尔巴尼亚人民反抗异族占领者的英勇斗争。这首长诗故事情节曲折生动，景物描写和人物刻画都富于浪漫主义特色。它的出现标志着阿尔巴尼亚文学在长诗创作方面更趋成熟。瓦索·巴萨（1825—1892）出生于贫苦家庭，靠自学成才，并精通数门外语。他积极参与民族复兴运动，与弗拉舍里兄弟一起成立“阿尔巴尼亚出版协会”。他的诗歌代表作《啊，阿尔巴尼亚》（1878—1880）通过对阿尔巴尼亚光荣历史的回顾，表达了诗人反对阿尔巴尼亚人民相互残杀、要求团结一致的思想。这首诗成了阿尔巴尼亚久诵不衰的佳作。

第十节　北欧文学

19世纪中期是北欧各国民族语言和文学逐步发展的一个重要转换时期。丹麦、瑞典的文学处于从浪漫主义向现实主义的过渡时期。在芬兰、挪威和冰岛，民族意识进一步觉醒。继芬兰语的民族史诗《卡勒瓦拉》出版之后，一大批作家开始用自己的母语芬兰语进行写作，形成芬兰语文学崛起的时代。挪威人民除了用丹麦、挪威语创作外，乡土语言开始登上文坛，挪威的民族语言文学开始振兴。冰岛在经过几个世纪的沉寂之后文学也开始复苏，出现文艺复兴时期。这段时期可以说是19世纪末期和20世纪初期出现的北欧文学繁荣的前夜，为重要作家如挪威的易卜生、比昂松，瑞典的斯特林堡和芬兰的阿霍等人准备了肥沃的土壤和充分的条件。

1848年欧洲革命的风暴对偏于一隅的北欧国家也产生了重大的影响。与拿破仑结盟的丹麦蒙受战争失败和内政动荡的窘境，危机四伏；较为发达的瑞典随着资产阶级势力的加强，小农社会的解体，人民不满情绪日益高涨，在这背景下人民对浪漫主义兴趣渐减，于是现实主义思潮逐渐兴起。这个时期北欧文学对世界文学最大的贡献是出现了伟大的丹麦童话作家安徒生，他的作品是世界文学宝库中的一颗灿烂明珠。

另一方面在民族独立受到挫折的国家，诸如芬兰、挪威、冰岛等国，在欧洲革命影响之下人心振奋，民族主义爱国情绪高涨，争取独立和自由的斗争此起彼伏，连绵不断。由于历史背景和国情条件，这些斗争往往表现为和平而非暴力形式，但斗争的尖锐性并未因此而减弱。语言和文学历来是民族性的具体表现方面，因而宗主国往往采取包括法律在内的各种手段加以限制、阻碍、压制民族语言的发展和文学的崛起。然而挪威和芬兰的爱国知识分子经过不懈的斗争和努力，不仅冲破了种种刁难和禁令，使民族语言得到广泛使用，而且创作了许多用民族语言写的诗歌、戏剧和小说，闯入了昔日为宗主国盘踞的高雅的艺术殿堂。这一切为以后北欧文学的繁荣准备了条件。

丹麦文学　丹麦的19世纪中期文学大致从1825至1870年，特点是浪漫主义继续存在，同时也出现了关注现实社会问题的作品。文学史上称这一时期为浪漫的现实主义和富有诗意的现实主义时期。

拿破仑战败以后，丹麦作为法国的附庸也成了战败国，承担了战争的一切后果。海军的毁灭和商船的丧失使丹麦本来兴旺的海上对外贸易顿时萎缩，经济萧条，通货膨胀，失业者成群。为了增强经济实力，扩大出口，丹麦资产阶级和大学生中间兴起了一股将斯堪的纳维亚诸国之间的政治、经济和文化联合起来的思潮。随着资本主义在其他北欧国家的发展以及反对泛日耳曼主义和泛斯拉夫主义斗争的兴起，在瑞典和挪威也产生了这种思潮。这就是所谓斯堪的纳维亚主义运动。当时的丹麦除本土外，还拥有石勒苏益格和荷尔斯泰因两个公爵领地；当丹麦于1848至1850年进行镇压石勒苏益格要求独立的三年战争时，在斯堪的纳维亚主义思潮和运动影响下，瑞典和挪威都派遣了大量志愿兵参战支援丹麦。后来普鲁士和奥地利进攻丹麦，后者于1866年战败，丧失了五分之二的国土和三分之一的人口。战争的失利使丹麦国内的民族主义梦想破灭，引起了一场有关理想与现实、信仰与认识的大辩论。曾经盛极一时的浪漫主义衰退，而批评社会的文学开始出现。第一部以当时具体事件为背景的小说是保·马·默勒（1794—1838）的《一个丹麦学生的奇遇》（1824）。稍后有斯·斯·布利高（1782—1848）的诗集《候鸟》（1838）等。30年代左右以约·卢·海贝亚（1791—1860）为首的一些作家推出一种以关注诗的形式为主的、富有诗意的现实主义文学。海贝亚的父亲彼·安·海贝亚

(1758—1841)是一位愤世嫉俗的激进作家,因在1798年发表《政治声明》和《语言研究》两篇文章,得罪当局而被驱逐出境,1800年移居法国巴黎。约·卢·海贝亚到巴黎看望父亲,并在那里研究轻松喜剧。1825年11月,他的第一部轻松喜剧《所罗门国王和鞋匠约恩》在哥本哈根上演并获得巨大成功。此后他还发表了轻松喜剧《四月一日的愚人们》(1826)、《评论家与动物》(1826)和《玫瑰堡花园里的一次奇遇》(1827)以及诗剧《一个死后的灵魂》(1841)。海贝亚早年结识德国哲学家黑格尔,受其哲学的影响很深。1827至1830年间,海贝亚创办了《哥本哈根快邮报》,为以后成名的安徒生等多位作家登上文坛、发表作品提供了机会。

汉斯·克里斯蒂安·安徒生(1805—1875)出生于菲英岛欧登塞。他的父亲是个鞋匠,酷爱戏剧,能背诵莎士比亚的作品,自幼给安徒生以文艺熏陶。父亲在战争期间入伍当兵,两年后即病死,全家的生活负担都落在母亲身上;母亲不得不改嫁并当洗衣妇挣钱养家,生活十分清苦。

安徒生自幼生活在社会的最底层,饱受人生的苦难和四周的歧视。他母亲无力供他上学,把他送去当裁缝学徒,但不久就中辍了。安徒生又因长相丑陋时常受到嘲笑奚落,自尊心颇受损害,养成了孤僻的习惯。他所喜爱的是到附近的老人院去听老妇人讲故事和讲述巫婆、小精灵和可怕的妖怪等民间传说。这些故事和传说对他影响很大,他日后的不少童话便取材于此或从中汲取了灵感。例如,他的著名童话《打火匣》和《旅伴》等都是他在这里听到的故事,再用他动人的笔墨加以重编整理的。

安徒生自幼喜爱幻想,在幻想中给自己营造出一个世界;各种器具、虫鸟都拟人化,同他对话。在他14岁那年,他仍然相信他从老人院的老妪那里听来的传说——那个神秘而又广袤的中华帝国一直延展到欧登塞河的彼岸。安徒生幻想着:有一个晚上在月光底下他坐在河边岩石上歌唱,对岸的中国王子听得如痴似醉,便不惜重金把他聘请到中国,让他有财有势,后来他衣锦荣归欧登塞并且建造了一座城堡。安徒生运用自己的幻想编成一出出戏剧，用亲自制作的木偶来演出；他醉心于舞台艺术，一心想当个演员。

1819年9月，他终于带着母亲的全部积蓄，前往首都哥本哈根谋求出路，然而他的嗓音、形体条件都不适宜于舞台艺术，虽然接受严格训练，努力提高文化水平都无济于事。后来丹麦皇家剧院院长古林斯把他送到埃苏诺尔学院学习，想培养他成为一名剧作家。六年后他又返回首都，进哥本哈根大学学习。他一面勤奋学习，一面努力创作。在他24岁那年，他的第一部重要作品问世，这是一部富有幽默感的游记，名叫《从霍尔曼运河到阿玛格尔岛东角步行漫游记》（1828—1829）。这部作品在写作技巧上虽然不够成熟，但是由于深受德国作家霍夫曼的影响，颇有霍夫曼的文风，并且还有安徒生独特的一股天然清新的童真气氛，因而发表后受到了文坛重视。同年4月，安徒生又发表了轻喜剧《在尼古拉塔上的爱情》。这部浪漫主义喜剧曾在丹麦皇家剧院等五家戏院公演。1831年他去德国旅行，归途上写出了《哈尔兹旅途剪影》（1832），此外还创作了一些作品，但均不甚成功。

1833年他去意大利，写出了诗剧《阿格纳特和美人鱼》。在他回国后，于1835年发表长篇小说《即兴诗人》。这部作品描写了主人公——年轻的即兴诗人（其实就是安徒生本人）为了谋求生存如何与四周的恶劣环境和对他的冷漠蔑视，展开了坚毅不屈的斗争。这部作品对意大利的生活和风景作了细致入微的描写，但是在人物个性描写方面却颇嫌不足。安徒生的长篇小说都有这种缺陷，然而瑕不掩瑜，这部作品发表后受到了广泛重视，在十年中被翻译成英、德、意等六种欧洲文字，初步奠定了安徒生在国际文坛上的地位。

1836年他出版了长篇小说《奥特》。这部作品与《即兴诗人》有些相似之处，着重描写了乡村中的恬静生活。此后他又写作了许多长篇小说和故事：《只不过是个提琴手》（1837）、《没有画的画册》（1840）、《两位男爵夫人》(1848)、《活着还是死去》(1857)。安徒生在戏剧方面也有不少成功的作品，如浪漫轻喜剧《国王在梦中》(1843)、《新妇产病房》(1845)、《小基督徒》(1846)和《柯莫湖畔的婚礼》(1848)等。此外还有几出神话喜剧曾在哥本哈根的剧院上演过。

自1840年起，安徒生曾多次出国旅行，除欧洲国家外，还到过土耳其和非洲。在外旅行中，他结识了狄更斯等不少知名作家和艺术家，并且写出了许多颇得好评的游记，如《一个诗人的集市》(1842)、《瑞典风光》(1851)、《西班牙纪行》(1863)、《访问葡萄牙》(1866)等。

然而使安徒生在世界上享有盛誉的是他的童话创作。1835年他的第一部童话集《讲给孩子们听的故事集》问世。这本集子仅61页，包括《打火匣》、《小克劳斯和大克劳斯》、《豌豆上的公主》和《小意达的花》等。他在给朋友的信中说道："我给世人写了一册童话。幼年时这些童话常给我喜悦，而且是没有人知道的。现在我把它们写出来，正如向一个儿童讲述这些故事一样。"安徒生童话的深邃热情、幽默而又富于童真，实在是无与伦比，这部书一问世便奠定了安徒生不朽的盛名。

1835至1845年的十年间是安徒生童话创作最活跃的时期。1836年他出版了第二集童话，收入了《拇指姑娘》、《顽童》和《旅伴》等名篇。1837年出版了第三集童话，收入了《皇帝的新装》和《海的女儿》等名篇。1844年又出版了名著《丑小鸭》。这段时期的作品大多活泼幽默，讴歌真善美，鞭挞假丑恶，作品多半是浪漫主义的，清新动人，如诗一般美，具有童稚般的天真。

1845至1852年是安徒生童话创作的第二个时期。他的作品更为深沉坚实，而且真实地反映出当时的社会现实，表现了劳动人民的不幸和疾苦。如《卖火柴的小女孩》、《一个母亲的故事》都体现了安徒生对当时劳动人民所受痛苦的同情，作品中幻想和诗情有所减少，而现实主义的描绘加强，思想性更加鲜明。他把这段时期的童话作品称为"新的童话"以区别于第一个时期的浪漫主义童话。

1852至1873年是安徒生童话创作的第三个时期，这个时期的作品大致与第二个时期相似，他称之为“新的故事”，实际上是现实主义的小说，只是在写法上保留了童话的某些特点。这个时期的作品有：《柳树下的梦》（1853）、《她是一个废物》（1853）、《依卜和小克丽斯汀》（1855）和《幸运的贝尔》（1870）等。安徒生一生不懈地进行创作，共写了168篇童话和故事。他的作品被译成80多种文字。1875年安徒生70寿辰时，《一个母亲的故事》用15种文字在哥本哈根出版，这种盛况对丹麦来说是少有的。

安徒生的童话并不是一般的儿童读物，作者要求大人先细细品味作品，然后再用儿童的口吻念给大家听，所以他的童话被称为“讲给孩子们听的故事”，而不是“写给孩子们看的童话”。他的童话具有鲜明的思想性，但不做道德说教。安徒生在童话中热情讴歌了他所熟悉的社会底层人物，如园丁、鞋匠、洗衣妇、穷孩子等，赞美他们善良勤劳、纯洁高尚的品质，而对国王、贵族、僧侣和财主的贪婪、残暴和愚蠢则进行了无情的讽刺和鞭挞，从而批判了社会的不公正和罪恶。《皇帝的新装》便是最鲜明的例子。作家让那位昏庸愚蠢而又至尊无上的统治者赤身裸体暴露在光天化日之下，并且还自鸣得意，而那些饱食终日、只知阿谀奉承的朝臣们还在吹捧拍马，只有一个小孩一语道破，说出了事物的全部真相。这对统治阶级来说是何等辛辣的讽刺！

安徒生的童话同民间文学有着密不可分的血缘关系，他继承和发扬了民间文学朴素而诚挚的格调，并把它升华到一个新的境界。他早期的作品大多数取材于民间故事，加以整理、编排，充实了内容。在他中后期的创作中也引用了许多民间传说和歌谣。安徒生的体裁和写作手法有其独到之处，他运用了大量拟人化的笔法，使得四周一切都同人类活动直接发生关系，并且产生了故事。这种表现手法博得儿童喜爱，也适合成人鉴赏，因而他所创造的一些艺术形象，如美人鱼、没有穿衣裳的皇帝、丑小鸭、坚定的锡兵、拇指姑娘、红鞋、唱歌的夜莺等都已成了欧洲语言中的典故。安徒生运用清新而又简单得像是日常说话的文字。他在动手写童话之前，总是先把故事讲给孩子们听，然后再落笔成文。他在作品中运用了丹麦下层人民日常用语和民间故事的结构形式，语言生动流畅，自然而优美，充满浓郁的乡土气息和幽默感，形成一种独特的朴实而令人喜爱的文体。

安徒生的一些童话，尤其晚年的作品显示出思想的局限性和消极情绪，宣扬上帝是真善美的化身，宣扬基督教的博爱思想，提倡不分是非的容忍与和解精神。

安徒生在1832年、1847年和1855年写过三部自传，其中《我一生的童话》（1855）被认为是他的正式自传。此外在《即兴诗人》、《奥特》、《活着还是死去》等作品中也多少带有一些自传性成分。

在这一段时期里，丹麦文学中较著名的还有小说家布利高、戈尔施米特、诗人帕卢丹-缪勒、哲学家兼文学评论家凯尔克高德等人。**斯·斯·布利高**（1782—1848）是当时丹麦文坛上颇为与众不同的作家，他是一个杰出的乡土作家，作品题材大多取自他的故乡日德兰半岛。作品中不仅描写了日德兰半岛的风光和人民生活，并且把那里的方言第一次引入丹麦的文学作品之中。他写作态度严谨而细致，哪怕很小的生活细节都能反映出日德兰半岛乡间生活。他的这种写法与当时盛行的浪漫主义和唯美主义的华丽笔法大相径庭。他小说中的主人公大多是一些穷苦的农民和中下层人士，他们无力抵御飞来横祸而被环境所压倒，最终不得不发出令人为之唏嘘的悲鸣，因而作品往往具有一种悲观主义情调。他的主要写作手法是采用日记体裁或者用笔者第一人称叙述，着重描绘人物活动和四周环境，很少有心理描写。他的主要作品有小说：《贼窝》（1827）、《迟来的觉醒》（1828）、《一个教区执事的日记片断》（1829）、

《内衣经销商的一家》(1829)。此外布利高出版了以日德兰半岛为背景的许多短篇小说，数之多和质之上乘足以使他林立在从薄伽丘到莫泊桑的世界短篇小说大师之列。

弗雷德里克·帕卢丹-缪勒(1809—1876)是19世纪丹麦唯美学派代表人物。他反对当时丹麦文坛上流行的将基督教的形而上学和美学价值的决定要素加以调和，以求得外在的和谐一致；他主张美就是一切，美是文人所顶礼膜拜的对象。在他带动下出现了一批唯美主义的诗人作家。缪勒的诗作受到拜伦的很大影响，主要作品有叙事长诗《芭蕾舞女演员》(1833)，这部作品几乎是拜伦的《唐璜》的翻版。缪勒还写有长诗《爱和心灵》(1834)、三卷叙事长诗《亚当·何莫》(1841—1848)、《克兰诺斯》(1854)和《诺西亚的贝纳狄克特》(1861)等。他的诗篇讲究写作技巧和音律韵味，但是离开生活较远，并且往往发掘一些偏僻冷门的题材，如《克兰诺斯》描写的是印度苦行僧在禁欲主义教规约束下灵与肉的冲突与烦恼。

梅尔·阿隆·戈尔施米特(1819—1887)出生于富裕的犹太商人家庭，早年投身于反对保皇党的政治运动，参加了反保皇党社团并出版讽刺周刊《海盗报》，后来社团被取缔，周刊被查禁，他被捕坐牢，并流亡到国外。他著有长篇小说《一个犹太人》(1845)、《无家可归》(1853—1857)以及《故事集》(1846)。此外，他还写了以《渡鸦》(1867)为代表作的许多短篇小说。舍伦·克尔凯郭尔(1813—1855)是丹麦杰出的哲学家，但也涉猎文学评论，著有《非此即彼》(1843)、《重复》(1843)、《哲学片断》(1844)等大量著作，对于挪威剧作家易卜生、瑞典作家斯特林堡等作家和丹麦文学评论家勃朗兑斯等都具有很大影响。

瑞典文学　19世纪中期，即1830至1860年左右的瑞典文学处在从浪漫主义向现实主义的过渡时期。随着锯木、炼铁等工业在瑞典日益发展，资产阶级的经济地位和影响也不断扩大。瑞典在政治上进入自由主义时期。时代的潮流不再热衷于空洞的哲学理论和精神诗歌，人们更为关注现实中的经济、政治和社会问题。现实主义的散文、小说比讲究韵律的诗歌更能反映实际思想，也更能为广大的市民阶层读者所接受，因此，现实主义的散文小说逐渐代替占文坛主导地位的诗歌。

卡尔·约纳斯·洛凡·阿尔姆克维斯特（1793—1866）是过渡时期较为典型的作家。他出生于斯德哥尔摩显赫的官僚家庭，1815年在乌普萨拉大学获学位后，曾当过政府机关职员、实验学校校长和《晚报》记者。他以纯粹浪漫派风格的作品走上文坛，如抒情诗《梦境》和《玛利娅的惊奇》（均写于20年代，1849年发表）等以及1822年完成、直到1839年才正式出版的小说《阿莫丽娜》。《阿莫丽娜》情节离奇，人物个性奇特，描写女主人公同亲兄弟相爱、最后被送进精神病院的故事。阿尔姆克维斯特在创作浪漫主义作品的同时，也开始注意现实社会，发表了描写社会现存问题、提供探讨的作品，其中涉及最多的是婚姻问题。他在23岁时写过一篇题为《爱情是什么？》（1816）的论文，认为制造伪钞是犯罪，然而让毫无爱情和思想基础的男女组成家庭，其恶果和罪孽并不轻于百万伪钞的制造者。1839年他又发表了小说《这样也可以》，叙述聪敏、能干、思想开放的女主人公萨拉·维德贝克在一次乘船旅途中和善良、但思想保守的军士阿尔勃特邂逅，两人逐渐熟悉；最后萨拉提出不要结婚仪式，不要共同住宅和财产，只要有一方对一起生活感到不满意就可以解除婚约作为条件，两人终于建立起婚姻关系。作品的中心意思是提出妇女不要为了物质生活而嫁给男人，她们应该像男人一样去工作，只有靠自己养活自己才能为爱情而结婚；只有和这样的妇女结合在一起的男人才有可能欢呼：“我被人爱了”。阿尔姆克维斯特这种婚姻观在当时笃信路德新教的瑞典激起轩然大波，他被指责为反基督徒、有伤风化的败类，没有出版社愿意出版他的作品，因此他难以靠写作为生，最后不得不靠借高利贷混日子。

阿尔姆克维斯特还著有一部多卷本的百科全书式的作品《野蔷薇花集》(1822—1851)，内容涉及音乐、宗教、哲学，包括论文、故事、诗歌、小说和戏剧等文类。整个集子的中心人物是讲故事人理查德·福鲁姆，他是作者理想中的人物，经营着一座小庄园，过着简朴但称心如意的生活。以古斯塔夫三世国王被谋杀前后历史事件为背景的历史小说《皇后的宝石首饰》(1834)也是阿尔姆克维斯特的一部重要作品。此外他还著有论文《瑞典贫困之意义》(年代不详)等。

1851年6月，阿尔姆克维斯特被指控犯有谋杀高利贷者罪而受到被捕的威胁，因而逃往美国，隐姓埋名生活了14年。1865年他回到欧洲，一年后在德国的不来梅市孤独地死去。直到19世纪最后十年，文学史家才把他列入19世纪中期重要作家的行列。

当阿尔姆克维斯特于1851年夏逃往纽约的时候，瑞典女作家**弗雷德里卡·布雷默尔**(1801—1865)在美国各地旅游考察两年后正准备离开纽约返回瑞典。她在两年的时间里，深入美国社会各个阶层，了解他们的日常起居、家庭生活、妇女地位，从“内部”考察美国社会，并用书信形式，以《新世界之家》(1853—1854)为题在她返回瑞典后不久分三卷出版。

布雷默尔出生于富裕的中产阶级家庭，在斯德哥尔摩南郊的庄园里长大。父亲十分严厉，家中礼节繁琐，使少女时代的布雷默尔生活极不愉快。20多岁时，她在庄园里为穷人办起了慈善事业以摆脱寂寞和无所事事的生活。为了给慈善事业筹款，她开始写作。1828年出版《日常生活杂记》，接着又发表了两部描写日常生活琐事的长篇小说《邻居》(1837)和《家》(1839)。《邻居》既有日常生活的叙述，也有奇特浪漫情节的建构，是一部浪漫主义和现实主义兼而有之的作品。除《新世界之家》外，她的游记还有《英国旅行随笔》(1853)。1856至1861年她在瑞士、意大利和中东游历后也发表过《旧世界的生活》(1860—1862)，共六卷。

布雷默尔的创作对瑞典社会有两方面的贡献。在文学上，她以细腻描写社会现实的作品在浪漫主义占主导地位的瑞典文坛中开创了现实主义文学，并有力地推动了它的发展。在社会、政治上，她通过自己的作品呼吁解放妇女，给妇女以选举权。在自传体小说《赫尔莎》（1856）中，她提出妇女应该有权接受科学教育，从事医生、护士、教员等各种职业，作品还为未婚妇女也有权获得公民权而进行论争，所有这些都使布雷默尔成为瑞典妇女解放运动的先锋。

卡尔·斯诺伊尔斯基（1841—1903）出身于贵族家庭，从小受到严格的教育；他从少年时期起就开始写作，18岁进入乌普萨拉大学，参加文学社团“未名社”，是该社团中最积极和最富于诗才的成员。在1863年波兰反对俄国压迫的民族大起义和1864年丹麦遭到普鲁士进攻期间，他都发表了不少支持波兰和丹麦的热情洋溢的诗歌。1864年他到南欧旅行，在罗马认识了易卜生，从此两人成为终身挚友。《意大利风貌》（1865）是他青年时期的重要作品，诗中着重歌颂靠“自己的五官”所感觉到的意大利现实世界，作品充满欢乐感，节奏活泼。

斯诺伊尔斯基在25岁时进入外交界，由于不幸的婚姻和礼仪繁琐的社交活动，他的创作不多，作品的基调也一改青年时期的热情奔放而变得含蓄、忧伤，有时用象征手法来表现他要求自由、完美和不愿受束缚的心情。在外交部工作了13年后，他离开外交界，侨居国外。此后他的创作进入旺盛时期，发表了一系列以瑞典历史题材为背景的诗作，后来都收集在诗集《瑞典风貌》（1886）中。他的朋友、丹麦文艺评论家勃朗兑斯对他写作以历史题材为主的作品不甚满意，认为他应该跟上瑞典当代生活的步伐，而不是去回忆历史。斯诺伊尔斯基还受到挚友易卜生的《群鬼》（1881）和瑞典作家斯特林堡《红房间》（1879）的影响，也开始创作反映当代社会问题的诗歌。《佣人兄弟》呼吁上层阶级理解他们的佣人；《阿芙洛狄忒与磨刀工》忠告那些漠视人的价值的人应减轻奴隶负担，否则有一天奴隶们会起来摧毁主人；《瓷厂》表达了他想成为“大众诗人”的愿望。以上几首诗均收集在《诗，第三个集子》(1883)中。

1891年斯诺伊尔斯基返回瑞典，担任斯德哥尔摩皇家图书馆馆长，直至去世。

约翰·柳德维格·鲁内贝格和维克托·里德贝里也是瑞典过渡时期的重要作家。**维克托·里德贝里**(1828—1895)出身贫寒，童年靠社会救济生活，中学和大学都因贫穷而两度辍学，直到1855年，当他为《哥德堡商业和海运报》撰写政治和文化方面的文章以及发表连载小说时，他的生活才开始有了保障。1876年他辞去记者工作，在哥德堡担任文化史讲师。1884年在刚成立的斯德哥尔摩大学任文化史教授。他一生获得过多种荣誉：议会议员、瑞典学院院士、乌普萨拉大学荣誉博士等。

里德贝里是瑞典后期浪漫派作家，作品有小说、诗歌、散文和学术论著。50年代他出版了几部连载小说，其中以《波罗的海上的海盗》(1857)较为著名，这是一部取材于17世纪的小说，情节惊险生动。《森古雅拉》(1857)以瑞典中世纪为背景，描写骑士爱兰德和吉卜赛姑娘森古雅拉悲欢离合的动人传奇故事，是一部现实与梦境、真实与幻想结合的作品。《最后一个雅典人》(1859)和《武器制造者》(1891)也都是历史小说，前者写4世纪基督教与异教斗争时期的希腊，后者写16世纪路德新教时期的瑞典。这两部作品的主人公都是象征性的，代表了他自己的人道主义理想。《最后一个雅典人》中的克利桑托斯是新柏拉图主义的化身，教士狄奥多罗斯是基督教的倡导者，作品着重描写两者之间的冲突和斗争。《武器制造者》则是写基督教中两种教义的矛盾和斗争。

里德贝里的学术论著有：《论基督的圣经学说》(1862)、《中世纪的巫术》(1864)、《日耳曼神话研究》(Ⅰ-Ⅱ，1886—1889)和《讲给年轻人听的祖先神话故事》(1887)等。他的《论基督的圣经学说》主要攻击三位一体论，遭到瑞典教会方面的激烈抨击。

里德贝里还是一个著名的诗人，他的诗作清新有力，很少注重修辞，往往先勾勒出一个情节，叙述一个故事。1882年出版的第一部《诗集》中最有名的诗篇有《普罗米修斯和阿哈斯维鲁斯》、《圣诞老人》和《飞翔的荷兰人》等。第二部《诗集》发表于1891年，其中最重要的一首是他借鉴北欧古埃达诗中的踏车[①]而作的《新踏车之歌》，他把资本主义比喻为新踏车，劳动群众是踩踏车的囚犯，在资本主义这辆新踏车中，男女老少都成了贪婪、利润的牺牲品和受害者。

1895年里德贝里去世，瑞典的浪漫派文学随着他的去世也就逐渐消失，代表新思想和新倾向的现实主义文学兴起。

挪威文学 在1848年法国革命的影响下，19世纪40、50代年以来，挪威自由主义力量有了进一步壮大，1848年马尔柯斯·斯雷内领导成立了第一个挪威工会，挪威青年诗人和画家也在1849年春在首都克里斯蒂尼亚（今奥斯陆）成立了挪威艺术家协会，并提出了一个富有浓厚的浪漫主义色彩的行动纲领：要以各种形式展示挪威农村的自然和文化的美，包括乡土风光、民间文学、民间音乐、民间艺术和民间语言。这一行动纲领无疑是同韦格朗的爱国主义精神一脉相承的，但也有明显不同，那就是它已不再仅仅是呐喊，而是以实际行动来推动挪威文化的发展。

彼得·安德雷斯·蒙克（1810—1863）于1845至1850年编纂出版了《挪威古代法律》三卷本，1851至1863年又编纂出《挪威人民历史》六卷本，填补了挪威文化的空白。

彼得·克里斯滕·阿斯比恩森（1812—1885）在挪威民间文学方面作了特殊的贡献。他同主教、诗人尤根·莫（1813—1882）一起致力于收集挪威民间文学。他们先后整理出版了《挪威民间故事》（1841）、三卷本的

---

① 古时惩罚囚犯时让他们踩踏的一种车。

《挪威民间故事》(1842—1844)和两卷本的《挪威民间传说》(1845—1848)。他们所收集整理的挪威民间文学在语言艺术上有独到之处，他们率先在民间文学作品中直接使用挪威农民和下层人物的日常用语，因而这些作品没有丹麦挪威语的华丽词藻。在韵律上，以前挪威诗歌往往带有浓厚的丹麦和德国腔调，如今却散发出朴实无华的乡土气息；这种粗犷朴实的语言被上层人物嗤之以鼻，甚至韦格朗的妹妹卡米拉·科莱特也撰文攻击其粗野鄙俗，说它们是不登大雅之堂的乡里坊间俚语秽言，然而这种语言却受到了挪威广大中下层民众的欢迎和传诵。

挪威文学作品中的语言使用历来是个大问题。上层阶级用国语，即丹麦挪威语创作的文学作品，除了在生活、情趣等方面同中下层民众相去甚远外，即便语言上也和后者的日常用语迥然不同，因而挪威语言改革家克努德·克努德森(1812—1895)对韦格朗等人的诗作所使用的丹麦挪威语进行了抨击，提出应创造一种“纯正”的挪威民族语言，以丹麦挪威语为主体并吸收消融本乡土语，将当时并存的两种语言从拼音、语法、韵律上合二为一，创造出一种全新的挪威民族语言，然而他的努力未获成功。

诗人伊凡·奥森(1813—1896)周游了挪威全国的乡村，收集了大量方言材料，于1848年出版了《挪威人民的语言》，这是挪威民族语言的第一部成文的语法书。1850年，他出版了第二部《挪威乡村语言词典》，将民族语言的词汇规范化。1853年他又出版了《挪威乡村语言范例》，除收集日常对话外，还首次用这种乡土语言翻译了莎士比亚、席勒等名家的作品。奥森本人也用这种语言创作了剧本《傍晚》(1855)等，深受中下层民众的欢迎。1864年和1873年他相继出版了《挪威语语法》和《挪威语词典》。至此，“纯正”的挪威民族语言已形成并为社会所接受。奥森将以往的丹麦挪威语称为“老挪威语”，而把这种新的语言称为“新挪威语”以示区别。在此期间诗人奥斯蒙德·维内(1818—1870)等人又将“新挪威语”不断加以完善和改进，并用它写出了不少优美作品。19世纪末和20世纪初易卜生、哈姆生等挪威著名作家都是用新挪威语写作的。

卡米拉·科莱特（1813—1895）是19世纪中期最令人瞩目的挪威文学家。她是挪威第一个女作家，发表了挪威第一部小说。科莱特是著名诗人韦格朗的妹妹，由于同父兄的宿敌韦尔哈文相恋并且支持保守的文学观点而同家庭龃龉不和，后来长期定居在丹麦。1854至1855年，她发表了长篇小说《省长的女儿们》上下两卷本。这部小说写的是某省长夫妇有四个女儿，一个女儿因婚姻不幸而早殇，一个女儿爱上了一贫如洗的教区牧师，聪明美貌的小女儿苏菲爱上了相貌英俊的家庭教师科尔德。她鼓足勇气向科尔德表白了爱恋之情，科尔德虽也爱上了苏菲，但却向好友吹嘘自己受到苏菲苦苦追求，并拒绝了她的爱情。这使苏菲受到极大刺激，便接受了一个富有的鳏夫的求婚。在结婚那天，她与科尔德相遇，知道了科尔德对她仍痴心相爱，但苏菲拒绝了他。

这是挪威第一部长篇小说，故事情节较简单，也有许多是取材于她与韦尔哈文的长期热恋而遭父兄反对的痛苦心理，在写作手法上沿袭了德国和丹麦的一些作家的表现方法，采用了大量的日记、信件和第三人称叙述来表达人物的内心世界。在语言上她仍使用了上流社会的丹麦挪威语。这部小说也是挪威第一部女性文学作品，触及妇女受歧视和压制、不能独立、包括婚姻在内的大事都要受父母家庭摆布的屈辱地位等问题。

科莱特还著有短篇小说集《漫漫长夜》（1862）、《逆流而上》（1879）、《最后的文章》（1868）等许多作品。但是她对挪威文学产生影响的还是小说《省长的女儿们》。易卜生的《爱的喜剧》（1862）和约纳斯·李的《吉尔伊一人家》（1883）都吸收了她的不少创作意境和写作技巧。

冰岛文学　19世纪是冰岛的文艺复兴时期，这种复兴主要表现在两方面：一方面是对古代的冰岛文学重新发生兴趣；另一方面是外国文学传入冰岛并受到广泛的欢迎。冰岛的诗歌创作呈现出繁荣景象。19世纪初期在丹麦、瑞典流行的浪漫主义到了中期传到了冰岛，出现了一批重要的诗人。冰岛的浪漫主义除了具有其他国家浪漫主义文学的特点外，还有两点自己的特色。第一，冰岛浪漫派作家在创作诗歌时往往继承或采用冰岛古埃达诗的传统和方式。第二，冰岛浪漫派文学同争取国家政治上独立的斗争紧密相连，作品在唤醒民族觉悟、要求摆脱异国统治的斗争中发挥了积极作用。

比尔尼·索拉伦森（1786—1841）是第一个把浪漫主义文学介绍到冰岛的诗人。他在哥本哈根大学学习期间对丹麦浪漫主义文学的旗手欧伦施莱厄推崇备至。受其影响，索拉伦森也发表了不少具有浪漫主义风格而又继承冰岛古埃达诗特点的诗作。他的作品特别注重内容，思想深邃，充满幻想。他的作品有爱国主义诗篇和爱情诗篇，但是他最有名的作品还是应景诗，简洁而充满活力。

尤纳斯·哈尔格里姆松（1807—1845）是冰岛浪漫派文学运动中的重要诗人。他出生于冰岛北部埃亚峡湾省厄赫斯纳各赫伦的一个诗人家庭，青年时代从事古典文学和古冰岛语的研究。1832年赴哥本哈根攻读自然科学和文学。1835至1846年他创办《菲约尼尔》杂志，发表民族主义诗歌，旨在唤醒同胞，提高人民的文学水平，纯洁冰岛语言，使其免受外来影响。1837年起，哈尔格里姆松在冰岛各地勘察，跑遍了全国，收集地理资料。在这位自然科学家的眼中，冰岛的山山水水都充满了纯粹的美，一草一木都散发出诱人的青春气息。他把自己对自然界的洞察、美的感受和对祖国的热爱都倾诉在诗作中。他的诗古朴简洁，流畅优美，极富感染力。他写有描写景色的《山谷诗》（年代不详，下同）、描写动物的《白鹡鸰》和《灰麻雀》；歌颂本国诗人埃盖尔特·奥拉夫松的《咏仙人》以及

《旅途的终点》、《致冰岛人的诗》、《冬天过去了》和《筵席上的赞歌》等。此外，他还发表过不少安徒生和歌德式的童话故事。哈尔格里姆松尽管不到不惑之年就离开了人世，但是他对以后的冰岛作家产生了很大影响。他的作品也深受冰岛人民的热爱，直至今日他仍然是冰岛最受欢迎的诗人之一。

荣·托罗德森（1818—1868）是冰岛文学从浪漫主义向现实主义过渡时期的作家，他以浪漫主义手法进行创作，同时也采用现实主义手法。他是冰岛文学中第一个发表长篇小说的作家，深受司各特和狄更斯的影响。他的爱情故事属“感伤小说”类型。

《少男和少女》（1850）是托罗德森的第一部长篇，这是一部采取冰岛古代家族萨迦体裁，以浪漫主义手法描写的农村年轻男女之间的爱情故事，作品真实而生动地反映了冰岛18和19世纪的农村风貌。

托罗德森出生于冰岛西北部巴尔扎滨海省的雷克霍拉尔，1840年曾在埃亚菲峡湾任家庭教师，一年后赴哥本哈根学习法律，学业结束后回乡工作。他还著有长篇小说《丈夫和妻子》（1871），同第一部一样，这也是描写冰岛18和19世纪农村生活的作品。这两部作品至今仍然受到冰岛人民的欢迎。此外，他还写有不少诗歌。

这一时期的重要诗人是西古尔德·勃雷德弗尔德（1798—1846），他是传统的韵诗诗人，也写警句格言。他的作品感情深沉、简洁明了，感人肺腑。索尔富西尔德·霍尔姆（1845—1918）是一位富有才干的叙事体作品女作家。她是冰岛第一位写历史小说的人，她从宗教史中吸取资料，作品悲怆哀婉。谢尔玛尔·荣松（1796—1875）在文坛上以布鲁-谢尔玛尔著称，他是一个农民，一生在贫困中挣扎，但他的诗作粗犷有力，注重修辞。

芬兰文学 19世纪初期和中期，芬兰虽然保持了瑞典语和芬兰语两种语言并存的局面，但是瑞典语是当时官方和社会上的主要交流工具。

作为母语的芬兰语则仅是下里巴人的乡音俚语，而政府司法、商业的交往、学校教育乃至中上层的社交都不屑于使用芬兰语。瑞典语文学也居于倍受推崇的地位，19世纪中期和后期仍在芬兰的文学艺术领域里保持着无可争辩的主导地位。随着芬兰民族意识的新觉醒和争取独立自由运动的风起云涌，芬兰语逐渐受到民族主义者的倡导和重视，芬兰语文学出现了新的振兴，历经长时期的论战、磨难和挫折，终于逐渐兴旺起来。1835年芬兰民族史诗《卡勒瓦拉》的出版，标志芬兰语文学的崛起。爱国诗人雅科勃·尤太尼（1781—1855）编写了芬兰语语法并且提出使芬兰语成为本国官方语言的正当要求。尤太尼的学生，爱国诗人卡尔·科伦德（1796—1875）于1846年创办了芬兰语文化杂志《芬兰人》，虽几度被查禁，但仍坚持发行。芬兰语言的推广是芬兰民族主义情绪高涨的表现，而芬兰语文学大多包含颂扬芬兰过去的内容以及振奋芬兰民族情绪和独立自由的要求，因而瑞典殖民当局多方加以控制和限制，一方面积极扶掖瑞典语文学，吹嘘芬兰瑞典语文学正处在它的“黄金时期”（1830—1863），另一方面采取强制手段来遏制芬兰语的推广使用，并于1850年通过《语言法》规定芬兰语只准用于印刷有关宗教和经济问题的出版物，这些措施严重阻碍了芬兰语文学的发展。经过十多年的斗争，《语言法》终于在1863年被废弃，代之以《国家语言法》。这部新法律规定芬兰语为第二种官方语言，此后芬兰语在政府、司法、教育、出版等各方面逐渐得到正式使用，芬兰的大学由奥堡迁移到赫尔辛基之后也开始使用芬兰语讲课和答辩。自60年代末起，开始出版芬兰语报纸，上演芬兰语的戏剧；芬兰语的小说、诗歌也大量涌现，其数量和质量同瑞典语文学作品不遑多让。这些芬兰语文学作品大多浪漫主义色彩浓厚，富有乐观主义精神，因而1860至1880年这一时期往往被称为芬兰文学的后期浪漫主义时期，标志着芬兰语新文学终于出现。

这一时期的重要作家有芬兰语文学的基维、奥克萨宁和尤利乌斯·克伦（1835—1888），芬兰瑞典语文学的鲁内贝格等人。

阿列克西斯·基维（1834—1872）原名阿·斯坦瓦尔，生于农村裁缝家庭，是芬兰语剧作家和小说家。他积极参与芬兰爱国知识分子为争取使用民族语言的斗争。民族史诗《卡勒瓦拉》的出版对他产生很深影响，他采用了《卡勒瓦拉》中的故事，用芬兰语编写了话剧《库勒沃》（1864）。这部作品富有浪漫主义色彩，表现出强烈的爱国精神，成为芬兰第一部出色的悲剧。喜剧《荒原上的鞋匠》（1864）是芬兰的第一部喜剧，描写了下层民众的生活和他们的情趣，作品诙谐幽默，妙趣横生。讽刺喜剧《订婚》（1866）、悲剧《逃亡者》（1867）和《康齐奥》（1868），还有《黑夜和白天》（1866）、《玛卡列达》（1870）都是受人欢迎的剧本。

基维一生中最重要的作品是长篇小说《七兄弟》（1870）。这是芬兰语的第一部长篇小说。小说描写了一户农家的七个兄弟的生活、劳动和悲欢离合。在豪绅强梁压榨之下，七兄弟背井离乡，企图找一个自由的生活，历经十年艰辛，他们终于重返家园。这部作品已成为芬兰文学中的重要经典之作并被陆续译成多国文字。

阿·奥克萨宁（1826—1889）原名奥古斯特·阿尔奎斯特，是芬兰语诗人。他一生致力研究芬兰语言和文学，在担任赫尔辛基大学教授和校长期间，曾通过不同途径提倡芬兰语言并取得一定成功。他创作不少诗歌，多半饱含爱国激情，颇有感染力，主要诗作有《芬兰颂》、《战争进行曲》和《萨沃人之歌》（年代不详）等。

约翰·柳德维格·鲁内贝格（1804—1877）是瑞典语爱国诗人。他以三部《抒情诗选》（1830、1834、1843）而名噪一时。他的这些诗作讴歌了芬兰旖旎的自然风光和芬兰人民的朴实诚挚。长篇叙事诗《麋鹿猎者》（1832）、《哈娜》（1836）、《圣诞夜》（1841），尤其是《军旗手斯托尔的故事》（第一卷1848，第二卷1860）奠定了他在芬兰诗坛上的重要地位。

他的诞辰被定为芬兰的“诗人节”。

两卷本《军旗手斯托尔的故事》是鲁内贝格的代表作，发表于1848年欧洲革命的动荡年，内容描写了1809年瑞俄战争期间芬兰人民的贡献与作为，颂扬了芬兰人民的正直和勇敢。这部史诗受到芬兰人民的喜爱，一直流传至今。

第三章　十九世纪后期文学

第一节　概述

19世纪后期的欧洲仍旧动荡不安，矛盾四起。欧洲主要的资本主义国家如英、法、德、俄，工业生产日益集中，资本主义发展到了垄断资本主义即帝国主义阶段。这些国家争夺国际市场，继续执行对外侵略扩张政策，剥削殖民地人民，引起了被压迫、被剥削民族的反抗。

19世纪后期中欧、东南欧和巴尔干半岛各国的民族解放斗争和反封建斗争继续开展。在北欧各国，经济上也有所发展，自由资产阶级或地主富农占统治地位，新兴资产阶级强烈要求民族独立，并为民主自由而斗争。

但由于主要资本主义国家，英、法、德、俄、奥，继续采取高压手段推行强权政治、压制民族独立和成立民主政体的要求，欧洲长期以来因语言、习俗、宗教和地域等因素造成的矛盾进一步激化。另一方面，帝国主义国家之间也因分赃不均而矛盾重重，这样就最终导致了20世纪初期第一次世界大战的爆发。

19世纪后期同时也是一个思潮风起云涌的时代。巴黎公社起义进一步推动了欧洲各国无产阶级的斗争，从70年代开始，欧洲许多国家的工人运动相继获得新发展，出现了工人阶级的政党，马克思主义在工人群众中得到进一步的传播。但在工人运动内部，马克思主义和各种反对和修正马克思学说原则的派别之间的斗争十分激烈。这一时期出现了英国的费边主义、工联主义，法国的无政府工团主义，俄国的孟什维主义，特别是以伯恩施坦（1850—1932）、考茨基（1854—1983）为代表的第二国际的修正马克思学说的派别等。这些斗争直接地影响了各国工人运动和欧洲的政治局面。

面对日益壮大的无产阶级力量，资产阶级思潮也很纷繁，出现了形形色色的哲学流派。法国的泰纳在19世纪中期就发表《艺术哲学》等著作，对70、80年代的欧洲许多国家的文化思潮发生过重要影响，但他提出的“种族、环境和时代”决定论也开始引起争议。

90年代在法国产生的以柏格森（1859—1941）为代表的直觉主义哲学，反对泰纳的决定论，强调人的主观认识作用。柏格森的直觉认识论是一种反理性、反科学的神秘主义，但他的理论，特别是“心理时间”说和对外界直觉认识的强调，对后代作家和艺术家产生了很大影响。

反理性、反科学的主观唯心主义还突出地表现在德国尼采（1844—1900）的超人哲学中。尼采原是叔本华的信徒，但他后来反对叔本华的悲观主义，他也曾是瓦格纳（1813—1883）的崇拜者，但又因不能接受瓦格纳的基督教信仰而与他分手。在《在善与恶的彼岸》（1886）和《达到权力的意志》等著作中，尼采以反对资产阶级传统道德、反对基督教的面貌出现，鼓吹意志的力量，断言这种力量是自然和社会中一切过程的动力。他蔑视资产阶级市侩，宣扬超人哲学。尼采的哲学后来为法西斯所利用。但是他的理论也对一些作家发生了影响，在托马斯·曼和劳伦斯的作品中都能感到尼采的存在，他的超人理论还直接出现在萧伯纳的戏剧《人与超人》之中。

19世纪末，对欧洲各国思想界产生深广影响的，还有德国叔本华（1788—1860）的悲观主义哲学。叔本华也否定自然和社会的发展是有规律的，否认历史上任何进步现象，宣称世界是由盲目的、非理性的、荒唐的意志统治着的。他的“唯意志论”助长了19世纪末的悲观主义思潮。

对欧洲这一时期思想界产生影响的另一种学说，是奥地利医生弗洛伊德（1856—1939）的心理学。弗洛伊德通过多年的医学实践，从大量的精神病案例研究中得出了对人类下意识行为的一整套理论，其中包括对性本能以及压抑和梦境等现象的解释。弗洛伊德认为“下意识”，特别是“性的本能”，决定了人的意识和一切社会活动。他的理论后来被许多作家采用来描写人的下意识心态，也被20世纪文学批评理论搬用和发展，影响深远，形成了一个文学上的心理分析派别。

19世纪后期欧洲文学流派很多，除现实主义文学外，还先后出现了自然主义、象征主义和公开为帝国主义侵略作辩护的文学，这反映了从资本主义进入帝国主义阶段后的复杂尖锐的社会矛盾。这些流派和上述的思潮有着不同程度的联系。

自然主义首先产生于法国。60年代中期，左拉在他一系列的论文中探讨自然主义的理论；随后，为了进一步明确他的观点，又提出“实验小说”的口号。按他的看法，小说家不单是要把事实“客观地”记载下来，而且应该用所描写的事实来证明某一科学定理（如遗传学的定理）。小说家的创作实践就像科学试验，要把人放在依据事实创造出来的环境中，研究环境对人的影响。左拉还认为小说家在研究和描写事实时，不应作判断，小说家应该是超党派、超政治的。左拉和泰纳一样，用自然规律来代替社会规律。同时，他把艺术创作和实验科学等同起来，实际上就削弱了艺术的追求。自然主义作家与早期现实主义作家一样强调写社会中、下层百姓的日常生活经历，但他们在写实方面进一步要求毫无艺术点缀和修饰，甚至反对任何带有理想主义的升华描写。因此根据自然主义原则写成的作品，总是着重对生活琐事、变态心理和反常事例本身的详细描写，把现实的丑恶、阴暗赤裸裸地展现在读者面前。但是，自然主义在记录日益复杂的社会现实，描绘人生的悲欢离合等方面，是有一定贡献的。自然主义对当时欧洲文坛的影响很深。许多作家如法国的莫泊桑、挪威的易卜生、德国的霍普特曼等，都在不同程度上表现出自然主义的倾向。80年代末，在德国还产生了以史拉夫和霍尔茨为代表的“彻底的自然主义”文学运动。

80年代在法国最早产生的象征主义诗歌，是19世纪末叶资产阶级的重要文学流派之一，它可以被视为对主导潮流现实主义和自然主义的一个反动，有一定的颓废倾向。象征主义理论家、诗人马拉美认为，诗歌应当表现“理想世界”。这种“理想世界”是理性所不能把握的，是超现实的，只能通过象征予以暗示。对他来说，诗是一种隐晦的、谜语式的寓言，如果直陈其事，那就已经将诗歌四分之三的快感取消了。象征主义抛弃了对世界的理性认识，反对如实地描写客观世界，反对诗人明确地表现自己的思想，要求艺术家逃遁到奥秘的个人内心世界中去。他们特别重视挖掘语言的音乐潜能，对瓦格纳歌剧把音乐与语意综合一体的尝试最感兴趣。这种诗歌的出现是和同一时期哲学领域中的直觉主义相呼应的，它也受波德莱尔和爱伦·坡等人的诗歌的影响。象征主义宣扬艺术至上，象征主义作为一种艺术潮流波及欧洲许多国家，特别是90年代以后的俄国诗坛。象征主义对诗歌形式的重视及其“为艺术而艺术”的主张，对王尔德所代表的英国唯美主义也发生了影响。

80年代末，欧洲文学领域里也出现了一些维护和支持帝国主义殖民扩张的作品，如英国的吉卜林（1865—1936）把推行殖民主义政策说成是白种人的“神圣义务”，法国的洛蒂则用异国情调的描写掩盖殖民掠夺政策的实质。还有些作家，如法国的巴雷斯（1862—1923）、德国的李林恩克龙（1844—1909），从狭隘的民族主义出发，歌颂强权，宣扬军国主义和沙文主义。

这一时期，现实主义文学在欧洲各国的发展参差不齐。在法国，莫泊桑的中短篇小说有较突出的成就。英国主要的代表是哈代。德国是后起的资本主义国家，现实主义文学这一时期才繁荣起来，出现了冯塔纳和什托姆等作家。这些西欧现实主义作家在作品中揭露资产阶级民主的虚伪，谴责上层社会道德的堕落，对资本主义文化的危机感到忧虑，不满于军国主义和沙文主义势力的日益猖獗。他们的作品反映了一部分知识分子的彷徨苦闷情绪。这些作家虽不同程度地受到唯心主义哲学、自然主义和颓废文学等多方面的影响，但他们的作品在总体上对我们认识西方社会起到了积极的作用。重要的是，这些作家以各自的艺术尝试和追求，拓宽和加深了小说和戏剧的表述内容，丰富了表现技巧和手法，其中不少作品在20世纪后期的氛围里更显露出了精湛和深邃。

在俄国，现实主义文学得到进一步发展，陀思妥耶夫斯基相继发表了探索人类灵魂奥秘的多部小说名著；列夫·托尔斯泰的后期作品对当时俄国的国家、教会、社会和经济等制度进行了猛烈的抨击，深刻反映了处在社会转型期的俄国生活，但是陀思妥耶夫斯基的畸形心理描写和托尔斯泰的“不以暴力抗恶”的观点，同90年代后蓬勃发展的俄国解放运动处在矛盾、对立的地位。值得指出的是，大约从80年代起俄国文学对西欧文学产生了日益显著的影响。

在中欧、东南欧和巴尔干半岛各国，随着反封建、争取民族独立的革命运动的新高涨，现实主义文学也形成和发展起来，特别是波兰、捷克、匈牙利和保加利亚等国。

在西班牙，加尔多斯和伊巴涅斯创作了具有鲜明民族色彩的现实主义作品。加尔多斯的《民族轶事》展示了19世纪西班牙社会历史的广阔画面。伊巴涅斯的《茅屋》（1898）突出地表现了在封建地主压迫下，西班牙农民的悲惨命运。伊巴涅斯在第一次世界大战期间还发表了《启示录四骑士》（1916）。这部作品谴责帝国主义战争，暴露德意志军国主义的狰狞面目，在欧美很受欢迎。

在北欧，70至80年代，现实主义在挪威获得很大发展，其发展的速度和繁荣的局面，除了俄国以外没有一个国家能与之媲美。易卜生创作了一系列“社会问题剧”，揭发了资产阶级的伪善和守旧，描绘出挪威中小资产者的心理面貌，对当时欧洲的戏剧改革作出了贡献。

无产阶级文学在上一时期已经发挥了革命的战斗作用，1871年以后又得到了进一步的发展。作为无产阶级文学的早期实践，70、80年代所产生的巴黎公社文学，反映了法国无产阶级的斗争精神。著名的《国际歌》传遍世界。在其他国家，特别在俄国，无产阶级文学也取得了较大的成就。高尔基在19世纪90年代登上俄国文坛。

第二节 法国文学

19世纪最后30年是法国历史上的多事之秋。1870年爆发普法战争，拿破仑三世在色当投降，第二帝国解体。翌年，以工人为主体的巴黎市民发动起义，成立巴黎公社。资产阶级临时政府对公社残酷镇压，造成震惊世界的“流血周”。80年代后期，被免去军政部长职务的布朗热将军以极端民族主义的口号赢得右翼势力以及部分群众的支持，掀起极右的布朗热运动。1889年大选，布朗热在巴黎和其他几个选区获胜，差一点攫取政权。1887年，格雷维总统的女婿出售荣誉军团勋章的丑行被揭露，舆论大哗，格雷维被迫辞职。1892至1893年又爆发巴拿马运河股票案，涉及众多政界要员，于是民怨沸腾。1894年犹太族军官德雷福斯受诬陷，以叛国罪判处流放。从1896年起，为德雷福斯伸张正义的呼声日益高涨。1898年，左拉在左翼政治家克莱蒙梭的《震旦报》上发表《我控诉》，举国震动，要求重新审理的一方和主张维持原判的一方的斗争日趋激烈。这场斗争实际上是民主和社会主义运动，与右翼民族主义和反犹势力之间的较量。

巴黎公社失败后，社会主义和工人运动一度转入低潮，1879年工人党成立，社会主义和工人运动重新崛起。然而运动内部思想并不统一，马克思主义受到欢迎，蒲鲁东和巴枯宁的无政府主义有一定的市场，法国社会主义的领袖盖德、饶莱斯的著作也不乏忠实的读者。社会主义思潮的传播对文学产生影响，左拉的《萌芽》作为法国第一部反映工人生活和工人运动的作品，是这种影响最突出的例证。法国知识阶层，包括作家在内，明显分化为政治上的两极，然而，对政治感到厌倦，竭力摆脱世界纷扰，虽不一定就主张"为艺术而艺术"，却想给艺术保留几分安静和独立地位的作家也大有人在。

普法战争，以及随之而来的法国的惨败，可以说是19世纪后期对法国社会影响最为深刻的事件。失败暴露了第二帝国的弊端，也使人们发现在经济繁荣的掩盖下，国体虚弱，国民精神委顿，缺乏活力。震惊、愤懑、惝恍等复杂的感情在文学作品中得到反映；对民族历史的反思，对国家现状的检讨，以及对法德两国的关系、欧洲的未来、国民精神的改造等问题的设想也都成为推动作家创作的思想动因。

普法战争后，法国的经济迅速恢复。科学技术突飞猛进，推动了经济的发展。到1892年，铁路由1870年的17500公里猛增到35000公里。电话、电报等现代化通讯与消费方式迅速普及。在巴黎，出现了现代化的大型商场。地铁开始兴建，1900年第一条线通车运营。1889年为庆祝大革命百周年，举办了世界博览会，作为博览会纪念的埃菲尔铁塔拔地而起。这个引起争论的建筑今天作为巴黎的象征被当作艺术品，当时却主要是向世界显示法国钢铁工业和建筑技术的实力。面对现代化工业生产和日深一日将人们裹挟于其中的现代都市生活，文学家的态度因人而异，很难一概而论。不过，总的来说，狂欢式的态度比较少，更多的是疑虑。具有怀旧倾向的人担心传统价值的丧失，关注人文精神的人担心物欲的恶性膨胀，注视中产阶级的人担心这个阶级道德的沦丧，迷恋于保持艺术独立价值的人担心艺术创造力的枯竭，关心下层群众的人担心社会不公正的加剧。尽管经济发展很快，法国仍然是一个以农业为主体的国家，农业人口占全国人口的一半以上，农民生活依旧艰难。城市里，包括工人在内的工薪阶层，大多数也依旧生活在贫困之中。贫富差距之大令人咋舌。文学作品里描写农民和工人生活的作品依旧很少，即使出现农民或工人的形象，一般也不是有坚强的个性和清醒自我意识的人物。相形之下，勇敢地把目光投向下层人民的左拉是个伟大的例外。

在思想领域，从70年代起，实证主义和科学精神的地位开始动摇。怀疑或否定实证主义的人认为，所谓科学求证源于一种简单机械的观念，令人生厌；而建立在实证主义基础上的形形色色的决定论又如同巨大的罗网，束缚着人的精神，压抑着人的心灵。这里应该指出，其实即便在实证主义广为传播的年代，与实证精神对立，宣扬超自然的、神秘的心灵力量的学说也有一定的影响。例如瑞典神秘主义哲学家斯维登堡的感应论就不但为波德莱尔所吸取，而且影响到像巴尔扎克这样的现实主义作家。1867年，小说家维里耶·德·李尔-亚当发表中篇小说《克莱尔·勒努瓦尔》，对以科学解释整个世界的理性主义乐观精神提出质疑，犹如一盏信号灯，预示了反实证主义思想的兴起。70年代，这种思想开始泛滥。在这种形势下，叔本华的著作译介到法国。1877年，叔本华的学生爱德华·封·哈特曼的重要著作《无意识哲学》（1869）的法文版出版，其中对属于非理性范畴的意志的作用的论述在知识阶层引起反响。1883年，路易·迪克洛发表《叔本华——他的哲学的根源或者自在之物从康德到叔本华的演变》，系统介绍了叔本华的哲学思想。叔本华的《作为意志和表象的世界》1888年译成法文出版。他的唯心主义哲学在与实证主义的较量中逐渐占据上风。在文学界，1884年于斯芒斯的小说《逆反》的发表是一个有意义的事件。小说描写主人公戴艾桑特近乎病态的感官和精神生活，宣告了小说家从自然主义向唯灵论的转变。以叔本华的思想为主的各种非理性主义和唯灵论的传播，是对实证主义和被嘲讽为“科学主义”的思想倾向的一种反动。

与这种思想状况相呼应，文学艺术方面出现了显著变化。印象主义绘画便是各方面关注的焦点。印象主义继承库尔贝，又超越了库尔贝，把艺术重心从再现客体转移到表现画家的主观印象。就此而论，印象主义的产生和发展，和否定实证主义的思想倾向不无声气相通之处。然而，印象主义作品多从普通人的生活中发掘题材，着意描绘繁华的街道、火车轰鸣的车站这些典型的现代都市生活的场景。而且，印象主义标榜其技法是物理学的光色理论在绘画上的运用。就此而论，印象主义绘画又和自然主义文学在美学观上相呼应，而自然主义者左拉坚定地维护印象主义绘画也就不足为怪了。

文学上，19世纪后期的法国文学一方面出现了自然主义这样带有现代工业社会和科学主义特征的思潮，另一方面又出现了象征主义这样带有显著非理性主义特征的思潮。

在文学中的自然主义思潮深受实证主义的影响，它是现实主义沿着实证主义和科学精神发展的结果。从反映现实生活，描写普通人甚至是下层人民的形象，揭露社会的黑暗来说，自然主义与现实主义并无区别，甚至可以说，自然主义就是现实主义。不过，自然主义更强调科学地反映生活，所谓科学地，就是引进某种自然科学的理论，按照这种理论去观察生活，理解生活，寻找素材，组织素材，其实也就是要按照这种理论来解释人的思想、感情、行为，乃至人的本能和潜意识的活动。由于自然主义更注意人的生物性方面，所以它感兴趣的自然科学理论主要是生物学、生理学、遗传学、病理学，将性冲动、暴力、酗酒、贪婪等病态行为和生理机制、遗传因素相联系。自然主义作品在这些方面的刻画和渲染，超越了这个在道德伦理上基本恪守传统、相当保守与封闭的时代，引发了关于文学道德责任的争论，使自然主义在相当长的时间里遭到诟病。自然主义作家在相关科学的知识素养，实际上相当有限，而且文学的表现毕竟与科学有本质的不同，因而自然主义作家关于“实验小说”一类的宣言，很大程度上是一种理论的姿态，并没有也不可能完全融汇到创作中。对于自然主义小说的科学性或“实验性”，不应过于夸大。自然主义小说家主要有龚古尔兄弟和左拉。

爱德蒙·德·龚古尔（1822—1896）和**儒尔·德·龚古尔**（1830—1870）出身于军官家庭，父亲去世很早，在母亲的教育下，他们养成了高雅的气质和趣味。母亲去世后留下大笔遗产，使他们无需为生计奔忙，能够专心致志从事创作。他们起先热衷于绘画，后来投身文学。爱德蒙生性内向，少言寡语，而儒尔性格开朗，活泼热情，然而不同的禀性并不妨碍他们具有相同的文学理想和情趣。他们合作进行小说创作，一共发表了七部长篇。儒尔去世后，爱德蒙单独发表了四部作品，其中《妓女爱丽萨》（1877）是儒尔生前两人一起收集材料，并初步构思的，无妨仍旧看作兄弟二人的共同创作。

龚古尔兄弟的文学观，从他们的两段著名论断中可以窥见一斑：“有如历史是根据文字资料写成的，现代小说根据耳闻目睹的实物资料写成。史学家讲述过去，小说家讲述现在。”“历史是已然事件小说，小说是或然事件的历史。”他们反复把小说与历史相参照，说明他们继承了巴尔扎克关于小说是风俗史的现实主义文学观。从第一部小说《夏尔·德马伊》（1860）[①]开始，他们就努力在作品中反映社会风貌。这部小说描写初入文坛的年轻作家遭遇挫折，后来又遭受一个女演员的精神折磨。《修女菲洛曼纳》（1861）描写了在医院里当护士的修女的感情生活。《勒内·莫

① 严格地说，他们的第一部小说是《18……年》。这部作品相当粗糙，价值不大，所以人们经常把《夏尔·德马伊》看作他们的第一部作品。

普兰》（1864）塑造了60年代现代女子的形象，揭示了她们内心的矛盾和尴尬。《杰米尼·拉赛特》（1865）讲述了一个女仆的不幸。《玛奈特·萨洛蒙》（1867）是《夏尔·德马伊》的姐妹篇，讲述一个天才画家蜕变成画匠的故事。虽然这些作品反映生活的力度远不能和巴尔扎克的《人间喜剧》相比，但是它们毕竟从不同的社会层面，以不同的视角再现了时代的风貌。用作者自己的话说，这些作品表现的是"时代的道德史"的"事例和活生生的真实的状况"。

然而龚古尔兄弟对历史的关注在内容上和形式上都与巴尔扎克有很大的不同。巴尔扎克通过个人的命运表现历史的整体运动，而龚古尔兄弟则往往孤立地表现个人命运，从而在很大程度上把个人命运与社会割裂开。他们在塑造人物时，偏重于表现个人因素对人的生活的近乎决定性的作用，这些个人因素，主要包括身体、生理和精神条件。对于这一点，龚古尔兄弟理论上的阐述不多，但是从作品中可以看得很清楚。他们的好几部作品起初以表示一个社会阶层或群体的词来题名，后来都改成了人物的名字。例如《夏尔·德马伊》初版时叫《文人》，《勒内·莫普兰》原先准备用的书名是《女资产者》，《玛奈特·萨洛蒙》开始叫《朗吉布画室》。这样的改动说明作者希望强调个人命运在作品中的意义。《杰米尼·拉赛特》最典型地反映了作者的艺术主张。女仆拉赛特从小生活贫困，还未成年便遭强暴，后来又被人欺骗，结果心理变态，酗酒，借债养活情人，进而发展到盗窃主人的钱财，最后惨死在医院里。在她的命运中虽然可以看到社会因素的作用，但是这方面的描写被病态心理的描写冲淡了。作品把她的悲剧主要归因于她的精神疾病，展示精神疾病如何不可抗拒地将她一步一步引向毁灭。这样，龚古尔兄弟作品中的心理分析就与传统心理分析不同了。他们试图以生理和精神的缺陷来解释主人公的病态心理，解释她悲惨的结局。

为了描写人的生理和病理特征，龚古尔兄弟十分注意资料的搜集。

在创作《修女菲洛曼纳》时，为了熟悉医院的生活，他们特地请福楼拜介绍他们到医院作实地考察，收集第一手资料。他们在创作《夏尔·德马伊》时，为了描写主人公神经官能症的表现，特地查阅有关的医学书籍。由于理解的偏差，他们把书籍上关于不同类型神经官能症的症状集中到了一个人身上。这个错误说明了他们对资料机械的依赖程度。这正是福楼拜所提倡的所谓科学的创作方法。

埃米尔·左拉（1840—1902）是法国19世纪最重要的作家之一，自然主义流派的领袖。他生于巴黎，但童年和少年时代是在法国南方普罗旺斯度过的。父亲是意大利威尼斯人，拿破仑时代参加了法国军队，后又加入外籍兵团，1833年来到马赛，作为工程师参加了在埃克斯地区修建的引水工程，1847年去世。左拉在埃克斯读书，与后来成为名画家的塞尚同窗。他酷爱文学，并尝试写诗，拉马丁、雨果、缪塞是他最仰慕的作家。父亲死后，家境每况愈下，幸而得到外祖父母的接济。1858年，外祖母去世，左拉与母亲迁往巴黎，在那里靠助学金读完中学。由于没有通过中学会考，他放弃了学业，自谋生路，饱尝失业的辛酸，常常食不果腹。他在海关当过小办事员，后进入阿谢特书局工作，不久升为广告部负责人。这个职位使他有机会接触当时享有盛名的作家，如基佐、拉马丁、米什莱、圣勃夫，龚古尔兄弟、泰纳等。1862年，左拉加入法国籍，1864年发表中短篇小说集《给尼侬的故事》，从中可以看出浪漫主义文学的影响。小说《克洛德的忏悔》于次年问世，这部作品写一个女子的堕落和悔悟，自然主义的倾向初见端倪。警方认为该书有伤风化，又发现作者为反对第二帝国的报刊撰稿并与共和派人士交往密切。此事吓坏了书局老板，左拉被迫辞职，开始了职业作家的生涯。

19世纪50、60年代的法国，科学技术迅猛发展，标榜“科学性”成为一种时尚，让“科学进入文学领域”的口号被提了出来。1857年，泰纳在《批评和历史论文集》中首先为文学上的自然主义下了定义，即依赖观察，用科学方法描写生活。左拉接受了泰纳的美学理论。他还阅读了法国医生吕卡斯的《自然遗传的哲学和生理学论著》、勒图尔诺医生的《情欲生理学》、达尔文的《物种起源》、莫洛的《关于梦与疯狂状态同一性问题》，以及生理学家克洛德·贝尔纳的《实验医学研究导论》，逐渐形成了一整套自然主义的文学主张。左拉认为，现代文学应该抛弃“理想的香膏”和“罗曼蒂克的糖汁”，以科学为指导，保持绝对的客观和中立，实录现实世界的真相。只有这样，文学才能起到积极的作用。他主张小说家不仅要有科学的态度，对生活进行细致的观察，搜集大量资料，而且要有科学的方法，即实验的方法，把人物放到各种环境中去实验，以便考察情感在自然法则决定下的活动规律。自然主义小说是这种实验的记录，故称为“实验小说”。左拉根据一切服从于自然法则的实证主义观点，指出人与其他生物一样服从于同一种决定论。他也相信环境对性格的形成具有重要作用。为了“正确地重现生活”，他反对写英雄，提倡写平庸的人、小人物，以及平凡琐碎的事和细节。左拉的这些观点，散见于他的多部小说的序言和《我的仇恨》（1866）、《实验小说》（1880）、《戏剧中的自然主义》（1881）、《自然主义小说家》（1881）、《文学资料》（1881）等一系列批评论著中。

《苔雷丝·拉甘》（1867）是左拉根据自己的美学主张创作的一部小说。苔蕾丝是女杂货商拉甘太太的侄女，与身体虚弱的堂兄史卡米尔结婚后，因性欲得不到满足，竟伙同奸夫把丈夫抛进河里淹死。两年后，这对衣冠禽兽结了婚，但被可怕的噩梦折磨得寝食不安，卡米尔的幽灵不时出现在他们身边。两人羞惭，悔恨，自我谴责，互相仇视，终于神经错乱，双双服毒自杀。这部小说着力渲染了机体功能失常的临床表现，“对悔恨作了一次杰出的病理解剖”（龚古尔语），可以说是左拉自然主义美学理论的一次成功的实践。《玛德莱娜·菲拉》（1868）是左拉的另一部实验小说，着重研究了隔代遗传的问题。

左拉受到巴尔扎克《人间喜剧》的启迪，早在1868年便酝酿写一部多卷本的巨著，对第三帝国时代的一个家族进行“科学”研究，阐明遗传所带来的不可避免的后果和社会环境对该家族成员的身心所产生的不良影响，再通过各种风俗和事件的细枝末节展现这个时代的社会风貌。1871至1893年，20部小说相继问世，这就是著名的鸿篇巨制《鲁贡-玛卡尔家族——第二帝国时代一个家族的自然史和社会史》。这些小说既自成一体，又相互联系，约1200个人物活跃其中，血缘关系是联系主要人物的纽带。第一部《鲁贡家族的命运》（1871）叙述了一个家族的起源。故事始于18世纪末年至1815年这一时期，地点在法国南方普罗旺斯的一座小城普拉桑。富农的女儿阿黛拉依德·福克患有瘾病，性情古怪，嫁给了她家的园丁鲁贡，一个来自阿尔卑斯山区的农民。她的父亲死于精神病，后来丈夫也去世了，她找了个酒鬼兼偷猎者玛卡尔做情夫。她的婚生和私生子女中，一个酗酒，一个有肺病。到了第三代，十一个孩子当中，四个有病，两个体质孱弱。1851年12月，路易·拿破仑发动政变，建立了第二帝国。普拉桑分裂成两个阵营。鲁贡家的第二代皮埃尔和他的儿子们企图依靠贵族和僧侣的力量发家致富，站在反革命政变一方作了丑恶的表演。而皮埃尔的外甥西尔韦·玛卡尔和恋人小米埃特站在共和派一方，在起义中献出了生命。左拉以这部小说为起点，以鲁贡-玛卡尔家族前后五代人的人生轨迹为线索，创作出一套百科全书式的作品，题材之广泛，几乎涉及法兰西第二帝国时代社会生活的方方面面：政治、军事、宗教、商业、金融和投机、农村、矿山、科学、艺术、交际界和日常生活。

在《欧仁·鲁贡阁下》（1876）这部小说里，左拉把笔锋指向第二帝国时代的政界，通过野心家欧仁·鲁贡不择手段向上爬，终于击败政敌，当上内政大臣的故事，无情地揭露了50、60年代法国政治的黑暗、上层社会的奢靡腐败和种种弊端，把政客的嘴脸刻画得入木三分。

阿里斯蒂德·鲁贡是左拉塑造的众多冒险家和投机者的一个代表。

在《贪欲的角逐》(1871)中,他依附当大臣的哥哥欧仁,靠房地产投机成为暴发户。后来,他在金钱的激烈角逐中破了产,逼老婆拿出陪嫁的最后一块地产还债才免吃官司。在《金钱》(1891)中,他改名萨卡尔,在破产后重整旗鼓,与情妇的哥哥创办了世界银行。他从一名议员那里打听到奥地利和普鲁士达成停战协定的消息,便在别人以为股市将下跌的情况下大量吃进,结果发了一笔横财。但是犹太裔金融家龚德曼与他作对,被他抢走了情妇的总检察官对他恨之入骨。在你死我活的竞争中,他的银行终于倒闭了,他本人也被判处五年监禁。在欧仁的庇护下,他逃到荷兰,开始新的冒险。左拉以生动的笔墨刻画了形形色色的投机家的形象。对他们而言,金钱便是整个生命,是全部思想和行动的目的所在。这部以1882年一桩金融大案为基本素材的小说披露了在交易所合法活动外衣掩盖下的各种卑鄙伎俩,描述了金融巨头、股份有限公司因金钱而展开的社会战争,具有鲜明的时代特色。

《鲁贡-玛卡尔》不但描写重大的政治、经济事件,而且通过对普通市民生活琐事的精细描绘,表现时代的精神特征。在《巴黎之腹》(1873)中,作者对中央菜市场这个巨大的食物贮藏库作了精彩的描绘,把它比作一架腑脏俱全、庞大无比的消化机器。精细的写实手法和浓厚的抒情意味巧妙结合,使读者仿佛嗅到了渔船返航带回来的海潮味,新鲜蔬菜散发出的泥土的清香,堆积如山的野味的腥气,腐肉的臭味和干酪的酸味。生活在巴黎腹部的那些小商贩自私、偏狭,充满贪欲,互相嫉妒和仇视,在左拉笔下,一个个血肉丰满,呼之欲出。小说《家常琐事》(1882)把讽刺的矛头指向住在巴黎苏瓦泽街一幢大楼里的资产者。他们看上去道貌岸然,骨子里男盗女娼。那座庄重的大楼梯和发生在华丽的桃花心木门背后的苟且之事恰成鲜明的对比。对金钱的需要不断地刺激和折磨着他们,使他们沦为兽类。自称公正善良的资产阶级的丑恶面目在小说中暴露无遗。

《小酒店》(1877)是左拉第一部以工人为描写对象的小说，展现了巴黎市郊一对工人夫妇因酗酒而堕落的悲剧。女主人公热尔维丝·玛卡尔14岁与二流子朗蒂耶同居，生下两个儿子。热尔维丝来到巴黎后遭朗蒂耶遗弃，只能以洗衣为生，不久嫁给了房顶翻修工库波。两人辛勤工作，恩恩爱爱，生下一个可爱的女儿娜娜。四年后，热尔维丝当洗衣店老板娘的梦想即将实现之际，库波不慎从屋顶滑下来摔断了一条腿。养伤期间，他经常出入小酒店，养成了好逸恶劳和酗酒的恶习。热尔维丝细心照料他，独自挑起养家的重担。暗恋她的铁匠顾热借钱给她开了一间洗衣铺。她的诚实善良为她赢得了许多主顾，生活也一天天好起来。哪知丈夫被花言巧语的朗蒂耶迷住，把他领回了家。热尔维丝抵御不了旧情人的勾引，又当了他的情妇，因而为人诟病，主顾一个个离她而去。在生活的重压下，她也饮酒浇愁，不久沦为赤贫，沿街乞讨，甚至试图卖淫。库波终因酒精中毒死于疯人院，热尔维丝也在楼梯下的阴暗角落里咽了气。13岁进花店当学徒的女儿，在恶劣的环境和父母坏榜样的影响下走上了邪路，后来成为有名的交际花，以她特有的方式为她的阶级向富人实行无情的报复。这将是另一部名著《娜娜》(1880)的主题。《小酒店》通过热尔维丝一家人的悲惨遭遇，把劳动者的困苦不幸和非人的生活状况公之于世，无疑是揭了社会的疮疤。小说从1876年4月起在《公益报》上连载后反响强烈，引起各方面的批评，如指责小说歪曲了工人的形象，描写不堪入目，语言粗俗下流。诗人马拉美却盛赞这是“一部伟大的作品，不愧于这个真实已经成为美的通俗形式的时代！”1887年1月小说成书出版，立即赢得空前的成功，当年就印行了近百次。

如果说《小酒店》的主人公是些孤立、认命、无阶级觉悟的小手工业者，那么《萌芽》(1885)反映的则是“雇佣劳动者的崛起”和“资本与劳动的斗争”。主人公艾蒂安是热尔维丝与郎蒂耶生的儿子，他信仰社会主义，被里尔铁路局的一家工厂解雇后，在一个冬日的夜晚来到北方蒙苏煤矿区找工作，当了一名矿工。当时正值经济危机时期，公司准备采取降低工人工资等不公正的措施。工人们在艾蒂安的鼓动下举行罢工，并坚持了数月。在饥饿的驱使下，罢工最后演变成暴动，遭到军队的血腥镇压。在被迫复工的那一天，无政府主义者苏瓦林在绝望中捣毁了排水设备，矿井被淹，又发生了瓦斯爆炸，十余名矿工惨死井下。艾蒂安幸而得救，在医院养好伤后，他怀着无产阶级将像萌芽一样从苦难的深渊破土而出的希望，在一个春天的早晨离开矿区，去巴黎迎接新的生活。在这部表现劳资矛盾，无产阶级和资产阶级激烈斗争的小说里，作者运用反衬法来安排情节，刻画人物，大大深化了主题。书中的矿工有血有肉，个性鲜明；世代受剥削的矿工马厄一家尤其具有典型性。工人运动中的不同派别在作品中也各有代表：苏瓦林虚无、狂热，认为毁灭一切才能建设新世界，是个无政府主义者。原先当采煤工、后来开了一家小酒馆的拉斯奈理智、谨慎，只求改善矿工生活，反对一切过激行动，是改良主义者的代表；艾蒂安加入了第一国际，服膺马克思主义，他所梦想的新社会是个没有贫困和恶习，把资本、劳动和才干联合在一起的共同体。这个人物实际上体现了作家本人的思想倾向：左拉当时分不清马克思主义和达尔文主义的界限，对社会主义的认识片面模糊，感情上受到傅立叶式的神秘主义的吸引。作为《鲁贡-玛卡尔家族》中的一部小说，《萌芽》继续对遗传和社会环境下的人的命运进行探讨。但作者尊重客观现实的精神以及对真理和社会公正的思考，使他在创作中突破了原有的表现框架。在法国文学史上，《萌芽》第一次忠实地再现了煤矿工人地狱般的生活，塑造了产业工人的形象，表现了工人运动以及这场运动背后的社会主义和共产主义的思潮，是一部划时代的史诗般的杰作。

左拉一直想反映农村的真实面貌，1887年创作了小说《土地》。故事发生在博斯地区。农庄主富安自私、吝啬、贪婪，对土地有强烈的占有欲。他把这些缺点传给了自己的子女。热尔维丝的兄弟让·玛卡尔打仗归来，在附近的一家工厂干活，娶了富安的亲戚弗朗索瓦丝。弗朗索瓦丝的姐姐莉丝嫁给了富安的儿子比托；弗朗索瓦丝怀有身孕的时候，莉丝担心家产落入玛卡尔家族手中，不希望妹妹把孩子生下来，竟无耻地帮助丈夫奸污了弗朗索瓦丝，并用镰刀将她砍伤。弗朗索瓦丝含恨而死。无意间发现她死因的老农也被自己的儿子、儿媳谋杀，成为土地的又一个牺牲品。《土地》从生物学的角度出发，突出表现人性之恶、精神和肉体的畸形以及因争夺土地而激发的热狂凶杀。小说问世后舆论大哗，连左拉的几个弟子也发表了《五人宣言》，称这是“一部粪便文学的汇编”。这些批评显然夸大了《土地》的消极方面，即对于人的生理和遗传缺陷的过度渲染，却忽略了这部作品对在村中围绕土地所有权而展现的复杂的现实关系的深刻揭示。

三年后，左拉在小说《人面兽心》（1890）中再次以生物学决定论这种现代宿命论为主题，探讨鲁贡-玛卡尔家族的遗传特征之一——精神失常——对人命运的影响。主人公雅克是热尔维丝与郎蒂耶生的另一个儿子，由于遗传基因的作用，从少年时代起就萌生出难以抑制的残杀女人的欲望。因此，他不敢接受女人的爱，只有在开机车时才感到幸福和安宁。他无意中发现铁路职工鲁博夫妇为了报复在火车上杀死了一名老色鬼后，竟与这个女杀人犯勾搭成奸，两人之间似乎建立了某种犯罪的同盟。但不久兽性在雅克身上苏醒，在本能的冲动下他杀死了情妇。他心理获得了平衡，一度以为治愈了自己的可怕疾病。但不久嗜血的渴望再度在他身上复苏。司炉为一个女人与他争风吃醋，一天在机车上向他寻衅，两人在扭打中双双滚下疾驰的火车，被碾得身首异处。《人面兽心》可以说是最有代表性的自然主义小说之一。

系列作品的最后一部《帕斯卡尔大夫》（1893）是《鲁贡-玛卡尔家族》的概括和总结。帕斯卡尔·鲁贡是老祖阿黛拉依德的孙子，他留在家乡普拉桑城当医生，治疗疾病，救助穷人，撰写学术论文，做神经系统的实验。在他家长大的侄女克洛蒂尔德是个善良热情的姑娘，爱上了这位英俊、强壮、慷慨、把科学奉若神明的叔叔，并且以身相许。大夫拿出他精心编制的家谱，向她细说家史，解释鲁贡-玛卡尔家族退化的各个不同阶段。他通过科学推论作出的某些预见，变成了触目惊心的现实。左拉通过医生之口，赞颂新医学，分析科学与信仰的冲突，陈述他的遗传理论，阐明环境和教育对人产生的影响。小说结尾，帕斯卡尔病故，克洛蒂尔德留在家乡哺育她和医生所生的女儿。

构成《鲁贡-玛卡尔家族》的20部小说在思想价值和艺术成就上是参差不齐的。左拉把文学创作和科学实验等同起来，不免忽略了文学创作自身的特点和规律。用实验医学和观点去认识和表现人的精神生活和情感生活，以错误的遗传规律去解释人的性格、心理和行为，必然使作品带上明显的生理性色彩。强调以中立的态度逼真地临摹现实，就难以把握事物的内在联系，对现实的描写也会流于琐碎、平庸和粗俗。《鲁贡-马卡尔家族》中的部分作品艺术上比较粗糙，夸张的反复使用失之单调，细节的一再堆砌令人厌倦，文笔显得累赘。不过，左拉在创作实践中往往突破了自然主义美学理论的局限，弥补了用生物学观点进行观察和研究的缺陷。他一贯同情劳动人民，谴责资产阶级，敢于触及第二帝国时代尖锐的阶级矛盾和重大的社会问题。他把自然科学和医学引入文学，拓宽了文学的表现领域。他对作品的真实性和描写的精细性孜孜以求，为此在创作每一部小说前都要作充分的准备：阅读理论或专业书籍，采访有关的人士，到实地考察以获得切身的感受，细心地观察人和事物，不厌其烦地搜集资料。他把从生活中获取的第一手材料融入艺术虚构之中，以惊人的创造力、大胆丰富的想象、粗犷遒劲的文笔和出色的叙述技巧，描绘出一幅反映19世纪下半叶法国社会生活的宏伟画面。左拉擅长隐喻和拟人化的手法，给一些无生命的事物注入了活力，使之变成半神半兽的怪物。《小酒店》中那形状古怪、一滴滴地放出内脏之火的酒精蒸馏器；

《萌芽》中如同凶猛的怪兽蹲在洞里、缩成一团、一口口地喘着粗气的沃勒矿井；《妇女乐园》(1883)中好似牛头妖怪，吞并附近的小店铺，吸收其主顾的大百货公司；《穆雷教士的过失》(1875)中年轻教士穆雷和纯真少女阿尔宾娜双双堕入情网的人间天堂似的巴拉都大花园……在左拉笔下都成为某种超人的自然力量或社会力量的象征。

继《鲁贡-玛卡尔家族》之后，左拉又创作了小说三部曲《三城记》：《鲁尔德》(1894)、《罗马》(1896)和《巴黎》(1898)。贯穿全书的中心人物是位名叫皮埃尔·弗罗芒的教士。他的父亲是著名的化学家，在一次实验中出事身亡。他遵照母亲的意愿当了教士。皮埃尔与少女玛丽相爱。她突然得了怪病，身体不能动弹，为治病与父亲到位于上比利牛斯山地区的圣地鲁尔德朝圣，皮埃尔陪同前往。奇迹发生了，玛丽恢复了健康。但皮埃尔发现所谓圣母显灵治病纯属骗局，从此失去了信仰。皮埃尔写了一本旨在改革基督教的书，听说教廷将把它列为禁书，便赴罗马向教皇申诉。他在圣城遇到一连串令他扫兴的事，对改革教会不再抱幻想。在巴黎，皮埃尔偶遇比他年长20岁的哥哥、化学家纪尧姆。在哥哥的帮助下，他恢复了生活的乐趣，脱下道袍，娶妻生子，在世上找到了适合自己的位置。他说服哥哥放弃了用自己发明的新型炸药炸毁刚建成不久的圣心教堂的计划，阐发了科学发明应为改良社会服务的观点。《三城记》是左拉对宗教的一次彻底的清算。他憎恶散布谎言的天主教和它的形式主义，指出只有摒弃宗教、提倡科学才是解救人类之道。三部曲中数第一部写得最好。理性的思索与情感的抒发交相辉映，布局妥帖，浑然一体，诗意盎然，富于音乐般的节奏。

1894年，法国犹太裔军官德雷福斯被诬陷向德国出卖军事情报，军事法庭以叛国罪名判处他终身监禁。当左拉确信这是一桩司法错案后，便义无反顾地站在真理和正义一边，热情投入了为德雷福斯伸冤的斗争。1898年1月13日，他在《震旦报》上发表致总统的公开信《我控诉》，愤怒谴责反动当局的卑鄙阴谋，为此蒙受迫害，被法庭判处一年徒刑和三千法郎罚款。左拉不得不逃往伦敦，一年后得悉德雷福斯案件将开庭重审时才回国。但德雷福斯再次被判有罪，直到1906年才彻底平反。1902年左拉发表《真理在前进》一文，表明了真理必胜的信念。

在流亡期间，他着手创作系列小说《四福音书》，以救世主的口吻赞美为未来社会奠定基础的四大美德，表达了他对科学的信仰。第一部《繁殖》（1899）歌颂家庭和多子多孙之福。第二部《劳动》（1901）反映了通过重组劳动来改变社会的乌托邦思想倾向。死后发表的第三部《真理》（1903）是对德雷福斯事件的影射。在未完成的第四部《正义》中，作家想表达的是让公平和正义主宰人类的理想。《四福音书》是左拉晚年思想的写照。他变得更加乐观，坚信四大美德将使人类获得新生，科学将把人类引向道德和幸福之路。

1902年9月28日，左拉因煤气中毒在巴黎的寓所与世长辞，10月5日举行了隆重的葬礼，数千名敬慕者护送他的灵柩至蒙玛特尔公墓。葬礼上，当作家法朗士代表左拉的生前友好致悼词后，一群人蜂拥而至，他们手持鲜红的花束，高喊着："萌芽！萌芽！萌芽！"这是来自北方的煤矿工人，他们高呼着左拉最有代表性的作品的名字，向道出了他们的疾苦和心声的作家告别。1908年6月6日，左拉的骨灰移至先贤祠安放。

基·德·莫泊桑（1850—1893）出身于法国诺曼底一个破落贵族家庭。父亲终日游手好闲，母亲温柔善良，很有文学修养，她的哥哥是福楼拜的好友。父母离异后，莫泊桑随母亲在诺曼底乡下居住，无拘无束地与那儿的农民交往，从而对他们的习性、爱好及土语都有所了解。12岁时母亲将他送入一所教会寄读学校学拉丁语和数学。他在鲁昂念完中学，1870年普法战争爆发，20岁的莫泊桑应征入伍，亲眼目睹了法军溃败和抵抗的场面，为以后创作积累了可贵的素材。为了谋生，莫泊桑进了海军部任职，后又转到公共教育部，在那儿待了八年，过着平庸、乏味的小公务员的生活。周末就去塞纳河划船、玩乐或去拜访福楼拜。

莫泊桑早在中学时就结识了舅舅的这位好友，福楼拜承担了他父亲的角色。他们之间有着相同点：深深的悲观主义，爱好写作，喜开玩笑。在福楼拜的指点和帮助下，莫泊桑开始练笔，同时也结识了不少同时代的重要作家：左拉、于斯芒斯、都德、龚古尔兄弟以及俄国的屠格涅夫，并参加了《梅塘之夜》的创作活动。1880年莫泊桑在《梅塘之夜》上发表了中篇小说《羊脂球》，获得很大成功，一举成名。

从此莫泊桑一发而不可收。他辞去部里的工作，成了记者、小说家，十年中出版了十五个短篇故事集，共三百多个短篇，六部长篇小说，此外还有游记，并为报纸撰写了大量专栏。

创作上的成功使得他生活宽裕，巴黎的沙龙也都向他敞开。莫泊桑经常出入上流社会，开始把眼光从农民、小职员和妓女等身上转向上流社会的男男女女，描写他们隐秘的情感和曲折的爱情故事，着手人物的心理分析，进入了中篇和长篇小说的创作。

由于年轻时生活放纵，莫泊桑深受梅毒的折磨，加上母亲遗传下来的头痛症，使得他饱受病痛的煎熬。1892年莫泊桑全身瘫痪，精神失常，于第二年去世。

莫泊桑是带有明显自然主义倾向的现实主义作家。虽然他的长篇小说同样显示出他成熟的技巧，但他最成功的领域是短篇小说的创作。莫泊桑是法国文坛上短篇创作数量最多、成就最高的作家。他的短篇小说题材丰富，形式多样，构成一幅当时法国社会的风俗画。

普法战争是莫泊桑短篇创作的一个重要题材。莫泊桑亲身经历了这场战争，用生动的笔触从多方面将它展现出来。其中最脍炙人口的有《羊脂球》（1880），描写一名善良的妓女羊脂球为救同车同胞被迫委身于普鲁士军官，而那些“体面人”得救后却对她表示冷落和鄙夷。小说在揭露普鲁士士兵卑鄙、凶残的同时也讽刺了上流社会人物的自私、虚伪和冷酷，表现出对善良热情、富于牺牲精神的女主人公的同情。

同属这一题材的其他名篇有《两个朋友》（1883）、《菲菲小姐》（1882）、《米隆老爹》（1883）等。在这些作品中，作者一方面揭露侵略者的野蛮残暴和法军的腐败无能，另一方面歌颂了法国人民英勇对敌，不畏强暴的可贵精神，同时也表达作者的爱国主义思想和反战情绪。

对小职员生活的描写是莫泊桑短篇创作的又一重要内容。莫泊桑曾身为这个阶层一员，对这些小人物非常熟悉和了解。他写了一系列短篇来反映他们，其中最为出色的有《一家人》（1881）和《我的叔叔于勒》（1883），描写了小市民的庸俗、寒酸、自私和虚伪。《项链》（1884）写一个小公务员的妻子因贪图虚荣借了一条钻石项链去赴宴，不想项链丢失，经过十年的辛苦劳动终于还清为赔项链所欠的巨债，事后却发现所借项链原来是假的。莫泊桑在此深刻地刻画了小公务员窘困的经济状况和可悲可笑的虚荣心。戏剧性的结尾又使人对主人公产生同情。

家乡诺曼底的风土人情也是莫泊桑偏爱的题材。莫泊桑从小在那儿长大，对那儿的自然风光、风俗习惯、农民，都了如指掌，经由他的生花妙笔，这一切便栩栩如生地展现在读者面前。这类作品较有名的有《皮埃罗》（1882），《绳子》（1883），《泰利埃公馆》（1881）等。此外，莫泊桑还写过反映妓女悲惨生活和上流社会成员的短篇小说。

莫泊桑一生共写有六部长篇小说，其中较为重要的是《一生》（1883）和《漂亮朋友》（1885）。《一生》描写一个贵族出身的女子约娜从对婚姻、家庭和人生充满幻想和希望到幻灭的故事，揭露了上层贵族风度翩翩、温文尔雅外表下虚伪、卑鄙、无耻的丑恶本质，表现了作者对女主人公的同情和悲观主义情绪。书中有不少从生理角度进行的观察和描写，带有明显的自然主义倾向，也显示作者在心理描写和分析上的技巧。

《漂亮朋友》是莫泊桑最成功的长篇小说。书中描写了一个原殖民军下级军官乔治·杜洛瓦不择手段向上爬，最后进入政界和新闻界的故事。小说在刻画杜洛瓦的厚颜无耻的同时，也暴露了当时法国政界和新闻界人物的贪婪和腐朽。

另外四部长篇小说分别是《温泉》(1886)、《皮埃尔与若望》(1888)、《如死一般强》(1889)和《我们的心》(1890)。

莫泊桑在创作中力求逼真、自然。他笔下的人物大多是他所熟悉和了解的，他以敏锐、冷峻的观察力，细致生动地刻画出一个个鲜明的形象。他善于从平淡无奇的日常生活选取素材来描写和塑造人物性格，不以情节取胜而是寓生动于平淡、自然之中。莫泊桑在写作技巧上达到了炉火纯青的境界。他的作品结构多变，形式丰富，既有书信、日记形式，也采用梦幻和对话形式。他还善于通过外表来透视内心，通过对话和动作来表达感情，在语言上用词简洁准确、生动清晰，结构灵活。他的短篇小说往往言简意赅，高度凝练，堪称艺术典范。小说情节的淡化，对人内心世界的探索使得在语言上是古典派的莫泊桑又带有现代作家的风格。

阿尔封斯·都德(1840—1897)生于法国南部普罗旺斯的尼姆城，因家产破落，很早就出外谋生。17岁时他前往巴黎，在哥哥的帮助下，开始走上文学道路，1858年发表诗集《女恋人》。1870年普法战争爆发后，都德应征入伍，战争经历为他以后的文学创作提供了可贵的素材。70年代后他与左拉、龚古尔兄弟等交往甚密，在他们的影响和支持下开始长篇小说的创作。

都德一生共写有13部长篇小说，其中较为重要的有《雅克》(1876)，《萨福》(1884)，《小东西》(1868)，《达拉斯贡的达达兰》(1867)等。

都德的短篇小说创作数量不多，但较为成功，其中短篇集《磨坊信札》(1886)和《星期一的故事》(1873)最为有名。此外他还写过剧本和诗集，他的剧本《阿莱城的姑娘》(1872)后来改编成歌剧，广为流传。

都德擅长叙述童年和青少年时期的生活，他的半自传体长篇小说

《小东西》写的是一个外省青年到巴黎谋生而遭冷遇的经历。家乡普罗旺斯的风土人情是都德创作的一个重要题材,如短篇故事《繁星》以诗一般的语言描写了普罗旺斯迷人的田园风光和牧童真挚纯洁的感情。《星期一的故事》中的《柏林之围》和《最后一课》是取材普法战争的爱国主义名篇。此外都德还写过讽刺当时社会习俗和宗教的作品,如《不朽者》(1888),《三部大弥撒》等。

都德将口语和书面语言结合起来,笔调简约,色彩清丽,风格柔和淡雅,带有浓郁的感情色彩,富于诗意。他在理论上虽受左拉的自然主义影响,但写作中还是倾向于现实主义的。

这个时期的法国小说还存在着一种与自然主义对立的倾向。这一派作家反对现实主义和自然主义,用极端唯心主义的观点看待世界,在他们笔下,世界成为人的心灵活动的曲折投射,成为人的意志的表象。他们向中世纪的神秘主义寻找灵感,创造出朦胧、飘忽、似乎深不可测的神秘世界,其意义的阐释具有比现实主义或自然主义作品远为突出的不确定性。不过,从总体上说,在工业和科学技术的世界,这些作品的出现,无疑反映了对于现存社会模式的不满和对立,它们是70年代后兴起的反实证主义思潮在文学上的表现。这一派的代表作家有于斯芒斯、维里耶·德·李尔-亚当和雷翁·布鲁瓦。

乔里·卡尔·于斯芒斯(1848—1907)出生于巴黎,父亲是一位荷兰版画家,在于斯芒斯八岁时去世,母亲很快改嫁,使他觉得受冷落,并由此产生怨恨,这使他在创作中不写母亲和可爱的女子形象。他的一生平淡无奇,在内政部工作了32年,一直居住在教士和小市民聚集的巴黎六区。1891年他皈依天主教,曾任龚古尔学院的第一任主席。

于斯芒斯经历了自然主义、颓废主义、天主教徒等阶段,是位无法归类的作家。他早期自称是左拉的弟子,经常出入"梅塘别墅",是《梅塘之夜》的作者之一,创作上曾受自然主义理论的影响。他的主要作品有《玛特，一个妓女的故事》(1876)、《瓦达尔姐妹》(1879)、《沉浮》(1882)等，都取材真实生活，描写下层小人物，也不乏对病态心理的分析，带有明显的自然主义倾向。

自1884年《逆反》一书的发表起，他与自然主义分道扬镳。他认为自然主义已走进了死胡同，小说应该“打破界限，取消传统情节，不惜一切地创新”。书中流露出来的颓废主义倾向影响了不少法国国内外的作家。

皈依宗教后的于斯芒斯把艺术看作通向上帝的最佳途径。在《上路》(1895)这部小说中，作者竭力赞美教堂和宗教节日。他在作品中的传教热情对19世纪末天主教文学的重新崛起起了一定作用。于斯芒斯还写过小说《在那儿》(1891)、文艺评论《现代艺术》(1883)和《三位早期艺术家》(1904)等。

于斯芒斯的作品渗透着强烈的个性，具有悲观主义倾向和厌世感；风格类似绘画，直观逼真，富于色彩感；喜用新词古语，句子结构曲折复杂。

维里耶·德·李尔-亚当(1838—1889)出生于法国北海滨省省城圣-布里约。他是法国历史上一个显贵家族的后裔，有比较浓厚的贵族意识。维里耶先后在雷恩和拉瓦尔念过中学，1855年来到巴黎。他是勒孔特·德·李尔的文学沙龙和马拉美的“星期二茶话会”的常客，他喜欢在巴黎的咖啡馆构思创作、朗诵作品。在这里，他结识了福楼拜、波德莱尔、魏尔仑、于斯芒斯等人，其中对他影响最大的是波德莱尔。波德莱尔使他摆脱了浪漫主义的情怀，给他注入了艺术的现代性和独创性的血液。1867年维里耶和阿尔芒·古兹彦创办了周刊《文学与艺术》，该杂志曾为当时在法国遭到奚落的德国音乐家瓦格纳辩护。

维里耶的整个创作突出了两个主题：“梦”与“嘲”。前者主要体现在他的早期作品中，而后者在他的中后期作品中尤为突出。他的处女作《最初的诗集》（1859）充满浪漫主义抒情诗的格调，表现出处在丑恶现实中的诗人对纯粹爱情的怀念、梦想和对另一个美好世界的向往。他的第一部小说《爱西丝》（1862）是权力之梦的象征。小说描写了美貌绝伦、具有超自然法力的女主人公杜丽娅·法布利亚纳试图和斯塔利伯爵合作来实现她统治那不勒斯乃至全世界的梦想。作品反映出作者对失去的贵族天堂的怀念。剧本《反抗》（1870）塑造了一位决意离开庸俗不堪、唯利是图的丈夫，去实现精神理想的女主人公形象，另一部剧作《新大陆》（1876）表现出对以美国为象征的"理想王国"的幻想。

"嘲"的主题在维里耶的第一部讽刺作品《克莱尔·勒诺瓦尔》（1867）中已经有表现。主人公特里布拉·包诺麦身上集中了作者所憎恶的一切东西。包诺麦是实证主义和唯科学论的代表，他狂妄自大，庸俗不堪，蔑视艺术和理想。小说通过自讽的方式让陈述主体——包诺麦尽情地嘲弄自己，从而丑态百出。

《残酷故事》（1883）包括28篇故事，结构凝练，语言生动、明快，表现出维里耶短篇小说的才华，在当时标志着法国叙述体裁发展的一个新阶段。乍看起来，这部作品中包含的故事似乎内容杂乱、风格迥异，实际上却有内在的统一，那就是对现代社会残酷性的再现。金钱是现代社会的恶魔，它玷污了纯真的感情。《薇吉妮和保尔》中的一对少年恋人幽会时的对话听上去就像两个生意人的谈判，"钱"字不离口；《绝世佳肴》中，内容完全一样的两顿晚餐因为其中的一顿暗藏一枚金币而受到就餐者们不同的评价。《天上的广告》、《特里斯堂医生疗法》等故事揭示了科技发展对人性的物化。机器在给人类带来益处的同时也产生了许多副作用，在一定程度上使人变成了它的奴隶。维里耶在《残酷故事》中使用的主要讽刺手法是反讽，他有意颠倒是非，利用叙述技巧把读者引向"歧途"。

《未来的夏娃》（1886），原名《新生的夏娃》，是维里耶酝酿多年、反复修改写出的一部小说，内容复杂、集中地反映作者一生所关注的思想主题。小说的献词——“献给幻想者和嘲笑者”，不但表明了小说的主题，也涵盖了作者一生的文学主题。作品的整体结构体现了建构和解构的因果关系，而从前者到后者是由讽刺到幻想，然后又从幻想回到讽刺这样一个程序来完成的。美国科学家爱迪生为了挽救因失恋而痛不欲生的英国朋友埃瓦尔德勋爵乃至整个人类的男性受害者，发明了一个外表和内心都完美无缺的女机器人献给他。这种发明建立在对现实女性的不满和她的创造者上帝的双重揶揄的前提上。机器人阿妲丽（意即理想）的发明对人类来说是个极大的嘲弄：虚假战胜了真实。同时它也是挑战神灵的一种尝试。爱迪生打破了上帝是人类唯一创造者的神话。然而，在埃瓦尔德勋爵和他的理想天使阿妲丽乘船返回英国的旅途中，船舱突然起火，阿妲丽在大火中化为灰烬。这是动怒的上帝的惩罚，还是偶然的事件？无论答案是哪一个，当爱迪生得知这一消息时不寒而栗。《未来的夏娃》看似一部科幻作品，其实，正像维里耶本人所说，它是一部充满哲理的幻想小说。

《阿克塞尔》是维里耶生前花费心血最多的一部作品。1869年他就开始构思，在去世后一年才得以出版。这部剧作似乎不是为上演而创作的。它不是以幕为单位，而是分为四个部分。第一部分“宗教世界”，展示了女主人公撒拉圣诞之夜在修道院准备当修女时的披纱仪式。她以一个“不”字对修道院女院长神圣的提问——“你愿意接受光明、希望、生命吗？”——做出了“大逆不道”的答复。第二部分“悲惨世界”，演出了男主人公阿克塞尔与他的堂兄卡斯帕尔决斗的一幕。后者是维里耶一贯蔑视和嘲笑的小资产阶级代表，他逼迫阿克塞尔交出埋在城堡附近的财宝的秘密，阿克塞尔在决斗中将他杀死。第三部分“神秘世界”，说的是神秘术士亚奴斯如何说服阿克塞尔接受神秘力量的召唤。他对阿克塞尔重复了修道院长对撒拉提出的问题，但这次指的是神秘世界指给他的光明、希望和生命之路,他的回答也是一个“不”字。第四部分“情感世界”描写了撒拉逃出修道院与阿克塞尔邂逅的场面。两个年轻人在堆满金银财宝的地下室一见钟情,似有前世之缘。这里的财宝在剧中主人公眼里是闪耀着祖先的辉煌业绩的精神财富,与资产阶级心目中的金钱完全不同。他们决定一起离开现实世界,于是在太阳初升时双双饮毒酒自尽。维里耶也许受了叔本华悲观主义的影响,但对剧中主人公来说死亡的选择在很大程度上是一种理想主义的、富有哲理性的选择。维里耶一生都为基督教和神秘主义所困扰,他对这两种超自然的信仰的态度常常显得暧昧不明,他时而似乎从它们那里找到了理想的精神支柱,时而又怀疑甚至讽刺它们。《阿克塞尔》精湛的、富有乐感和诗意的语言以及它所展示的绚丽多彩的画面使它被誉为象征主义戏剧的杰作。

维里耶是一个思想复杂的作家,他常常会给人一种难以捉摸的感觉,他在作品中对某些现象往往流露出一种模棱两可的态度。比如女性、死亡、科学发展、超自然现象等。这种暧昧现象还表现在对时间、文字排版、颜色等的处理上,他的讽刺手法一反传统的说教式,使信息接受者常常很难把握他的思路,从而陷入一种迷惘。这正是以断裂性写作为特征的现代文学的标志。他的声音不是单一的,而是多元的,神秘的,他的魅力也正在于此。

雷翁·布鲁瓦(1846—1917)出生于法国外省的小城镇里格的一个小资产阶级家庭,父亲是个自由主义者,母亲是西班牙人,是个虔诚的信徒。

布鲁瓦年轻时是个无政府主义者,巴黎公社时期曾加入凡尔赛分子行列。他曾任教皇绝对权力主义报《宇宙》的记者,写了大量抨击文章,由于他的言辞过于激烈,大多数编辑都对他关上了大门。后来他成为颓废派作家圈子的核心人物,对宗教发生兴趣,相信圣灵显灵,并去圣地朝拜。

1887年他最重要的小说《绝望者》发表，这部小说以作者本人和他所熟悉的人物的生活为素材，叙述了男女主人公的悲剧性故事，带有神秘主义色彩。布鲁瓦的《日记》（1897—1917）记述了作者惨淡的生活和粗暴的性格。1897年发表的《贫困的女人》是一部悲惨的史诗，此外，他还写过抨击反犹太主义的小册子、报刊文集等，小说《穷人的血》揭露了社会的不公正。

布鲁瓦和他同时代的于斯芒斯一样属于无法归类的作家。他对所处时代心怀怨恨，又对宗教事物深感兴趣。他的作品往往使人觉得粗俗、唐突。布鲁瓦所处时期的法国经历了一连串危机；巴黎公社、布朗热运动、德雷福斯事件、政教分离等，他是那个时代的产物。

象征主义诗歌的兴起是诗歌领域的一次革命，它对现代主义诗歌的出现起到了决定性的作用。无论是法国的超现实主义诗歌，或是英美的意象派诗歌，或是意大利的未来派诗歌，甚至我国五四时代的新诗都受到象征主义诗歌的影响。虽然文学史家对这广大深刻的变革未必皆有足够的重视，但是不可忽视的是，象征主义之后的诗歌不再采用浪漫主义的抒情方式，而且也不再追求帕纳斯派诗歌的雕物写景，而是拨弄出一种更飘逸而空灵的弦外之音。

从广义而言，象征主义诗歌可说自19世纪下半叶开始，延续到20世纪初超现实主义派的出现，即自1857年波德莱尔的《恶之花》诗集出版，直至20世纪初阿波利内尔的《醇酒集》（1913）的刊行。评论家马塞尔·雷蒙在他的著作《自波德莱尔至超现实主义》中为象征主义勾勒出上述范围。但是从狭义而言，文学史家只将19世纪80年代出现的一批颇有才华的诗人如于勒·拉福格、特里斯唐·科比耶尔、勒内·吉尔、居斯塔夫·卡恩、斯蒂阿尔·梅里尔、让·莫雷阿斯、亨利·德·雷尼耶等称为象征主义诗人。这是因为在1886年，发表了莫雷阿斯的《象征主义宣言》，马拉美为勒内·吉尔的《论词》一书撰写了“前言”，同年魏尔仑在《风行》杂志上发表了兰波的散文诗《彩图》,此外,强调诗歌与音乐关系的《瓦格纳评论》也开始发行。这些论著和杂志的出版使象征主义更加明确地与同时期的各种不同的诗歌运动区别开来。象征主义诗歌的开拓者如波德莱尔、魏尔仑与兰波则被称为这派诗歌的先驱或被称为独树一帜的卓越诗人。

但是这些先驱代表着象征主义诗歌的不同方面,而他们共同寻求的,则是波德莱尔在他著名的《感应》一诗中所提示的诗的精粹是"声音、芳香、色彩互相呼应"的"一种奥秘而深沉的统一"。诗的精粹并不存在于自然中,而是存在于大自然这座"庙宇"所象征的超自然中。那是诗人运用象征才能够达到的境界,即用具体形象所比喻或暗示的理想世界,是一座"天上宫阙"。于是,语言成为象征主义诗人手中的钥匙,是他们用以打开某些未知的门,进入无意识的王国、梦的世界的工具。诗歌成为象征主义诗人的认识方式。如马拉美所说,诗人发挥了"词的主动性",让词引导着他们漫游在一个启示的天地中,每个词都记录着音韵和谐的声音。魏尔仑说:"音乐先于一切。"在这"仙乐风飘处处闻"的境界中,象征主义诗人站到了自然主义的对立面。当然,象征主义诗歌还具有它对资产阶级社会反抗的一面,在波德莱尔诗集中爆发的反抗火花,点燃了兰波的叛逆火炬,并燃烧成超现实主义之火。

因此,我们将以几位具有独创精神的开拓者诗人作为评介象征主义诗歌的对象。他们在作品中既继承了咏唱个人心声的浪漫主义以及尊崇艺术的帕纳斯派传统,又形成象征主义的三个支派,对现代诗歌产生深刻影响。这三个支派是:由波德莱尔经魏尔仑至阿波利奈的抒情诗,由波德莱尔经马拉美至瓦莱里的纯粹诗,以及由波德莱尔经兰波至超现实主义的叛逆诗。

保尔·魏尔仑(1844—1896)出生于法国东北部的梅斯城。父亲原籍比利时的卢森堡省,是一位军官。魏尔仑在其父亲定居巴黎后,就读于波拿巴中学（今日的孔多塞中学），后来入巴黎大学法学院，但不久弃学，做了一名小职员。他喜爱诗歌，经常诵读浪漫主义诗篇，他最早写的诗就深受雨果、戈蒂耶及波德莱尔的影响，但这位心性疏懒、嗜饮成癖的诗人更继承了那虔诚而放荡不羁的中世纪诗人维庸的遗风。他的抒情诗句好像自然流露的心底源泉，没有半点造作。

魏尔仑早期的作品带有浓厚的帕纳斯诗派色彩。他浪迹在巴黎的咖啡馆中，但也进出于里加尔侯爵夫人的沙龙。他最初的诗篇发表在路易-克扎维耶·德·里加尔的杂志上，并结交了一批重要的帕纳斯派诗人，如邦维尔、埃雷迪亚、科贝及卡蒂尔·孟戴斯。在孟戴斯主编的《当代帕纳斯》诗集中，他的作品与波德莱尔及马拉美的诗篇并列。1866年，魏尔仑的第一卷诗集《忧郁》发表，其中不难看到邦维尔及勒孔特·德·李尔的影响。作者在《序诗》中说："诗，是对美的崇拜，这是他的信仰，他的旗帜是蓝天，他的法规是理想。"而在《尾声》一诗中，他更明确地表达了对帕纳斯派诗歌的笃信：

> 灵感启发的人，眼波点燃的心，
> 尽可失魂落魄，宛如桦树花风中摇摆：
> 可悯的人啊！艺术并非散落的心灵。
> 请问米洛的维纳斯是否大理石雕成？

虽然他一再强调帕纳斯诗派的唯美主义，并鼓吹诗歌犹如造型艺术一般需要精雕细琢，但是自《忧郁》集的第一部分《感伤》伊始，诗人已经宣告了象征主义的出现。换言之，他已从写景转向了以写景来写情，即以具体的形象来表达内在的思想感情。《永不再现的时日》是对一位早逝的表姊的悼念：

——啊！早早的花朵，那样地芬芳！
最早的允诺出自敬爱的嘴唇，
多么轻盈的切切低语声！

《我熟悉的梦》同样表现出诗人的惆怅与向往。这卷诗集虽然并未完全脱离维庸、雨果、波德莱尔以及帕纳斯派的模式，但是魏尔仑的诗篇特色已经可见：《凄凉景色》犹如景物依稀的水彩画，而音韵婉转萦绕，又如从琴弦上飘下的一首轻柔哀伤的乐曲，体现了魏尔仑“音乐先于一切”的原则。《秋之歌》一诗震惊了他的帕纳斯派朋友，那袅袅的余音不绝于耳，一旦读过，人们更难以忘记这位终生将在风雨中飘零的诗人。

1869年魏尔仑出版了优美而充满梦幻的《佳节良辰》诗集。他在卢浮宫参观18世纪的绘画大师弗拉戈纳、夏尔丹、华托及布歇的杰作后，好像暂时忘记了他的凄凉景色，因为他在那些辉煌的绘画中，发现了无忧无虑世界中的心灵天地以及其诗意。他的诗篇为它们恢复了生机，并呈现出其中的陶醉与梦幻，使图画、音乐与诗达到了巧妙的结合。

这两卷诗集为魏尔仑赢得了声誉：雨果表示了热忱的欢迎，圣勃夫、邦维尔、马拉美及法朗士皆在书信及文章中表示赞赏。魏尔仑于1870年成婚前写成的诗篇表达了对新生活的盼望及对未婚妻的爱。这构成了1871年发表的《好歌集》。然而这位性情摇摆不定的诗人婚后不久，即因嗜酒而常有家庭争执。这时，在夏尔城中学读书的青年诗人兰波因欣赏魏尔仑的诗篇而给他写信，并附来他自己的诗作。魏尔仑惊赏兰波的才华，邀请他前来巴黎。1871年，魏尔仑初次会见了那时17岁的乡野天才，从此开始了两人一段奇特的友谊。魏尔仑先是离家与兰波同住，不久兰波回乡，魏尔仑与妻子和好。但四个月后兰波再回巴黎时，魏尔仑的家庭又告破裂。两位诗人开始了共同流浪的生活，他们曾先后到达比利时的布鲁塞尔及夏尔努瓦城，并在伦敦度过一个艰苦的冬天。由于穷困、滥饮及疾病，友谊变成争吵，魏尔仑将身无分文的兰波遗弃在伦敦。1873年夏天，魏尔仑将母亲及朋友召集到布鲁塞尔。他不能忍受年轻的诗人离开他，在争执中向兰波射了两枪，使后者受到轻伤。魏尔仑因此被判入狱，直到1875年1月才恢复自由。这段痛苦的经历在两人的诗篇中都有反映：兰波写成了他著名的散文诗《地狱中的一季》，魏尔仑则于1874年出版了深受兰波影响的诗集《无词浪漫曲》，以及颂扬兰波的诗篇《爱之罪》。

魏尔仑在狱中重又归依天主教。他写成不少虔诚的宗教诗，为几个世纪以来的宏伟的宗教诗歌谱写下新的篇章。这些诗篇与在狱中写成的世俗诗组成了1887年出版的《智慧集》。这一年是诗人创作的丰收年，他写下了他的《诗艺》，第一句是“音乐先于一切”，最后他说：

“让你的诗是美好的奇遇，/散布在料峭的晨风中，/发出薄荷与香草的气息，/其余的一切都只是文学。”魏尔仑没有像波德莱尔、兰波或马拉美那样的才华和想象力去以语言的钥匙打开理想王国的大门。他只打破了亚历山大体，并以短歌的形式，简单通俗的语言，奇数音节的节奏，唱出他的生活以及他凄凉的感受。当一位诗人所用的形式（魏尔仑所用的形式是音乐节奏更多于象征）与生活经历融成一体时，他即登上了艺术的顶峰。正因为如此，魏尔仑的歌，例如，《无词浪漫曲》中的《他在我心中哭泣》能够长久地留在读者记忆中：

他在我心中哭泣，
好像城里飘落的雨，
这是什么颓丧的感情，
深深地穿透了我的心。

1875年魏尔仑出狱后曾试图与妻子和好，但没有成功。他去斯图加特与兰波相会，被后者痛打。他的诗篇也遭到法朗士的拒绝。此后他教了几年书，自费出版了《智慧集》。1883年，他为哀悼他所喜爱的学生之死写成多篇哀歌，收在宗教诗篇《爱心集》(1883)中。同年发表了介绍诗人兰波，马拉美等的论文集《受诅咒的诗人》。这时，他的声誉逐渐上升，但生活摇摆不定的诗人酒后虐待母亲，于是再次入狱，三个月后获释，他仍嗜酒如常。1884年出版的《往昔与昨天》是一卷荟萃各种倾向的诗集，其中收集了颓废倾向的十四行诗《沮丧》，十一音节的赞歌《爱之罪》，以及九音节的《诗艺》。《平行集》(1889)是诗人歌咏声色的诗篇，顾名思义，是平行于他的宗教诗篇《智慧集》与《爱心集》的集子。在这几卷诗集之后，魏尔仑仍写有众多的诗集，但随着他的生活趋向沉沦，他的诗篇也失去了早期的灵感。虽然如此，1892年前他也已闻名遐迩，成为取代了勒孔特·德·李尔的诗人王子。1896年初，魏尔仑因饮酒过多，穷困潦倒而去世。

阿蒂尔·兰波(1854—1891)是法国诗坛的怪杰，他的激情澎湃的光辉诗篇经历了一个多世纪的时代变迁，没有丝毫褪色，仍以崭新的面貌呈现在读者眼前，引起了无尽的深思、惊讶与赞叹。兰波的影响遍及20世纪的诗坛，在这巨大的影响下，现代诗歌在人们不知不觉中变革着整个世纪的意识、文化、语言与思想。

兰波出生于法国东北部阿登省的一个小镇，邻近法国与比利时边界的夏尔城。他的父亲原籍法国普罗旺斯，是一位军官。兰波出世前，他已离家赴克里米亚战场。兰波的母亲出身小资产阶级家庭，笃信天主教，性情高傲，重视体面。她独自抚养了兰波兄弟姊妹四人。在小镇灰暗单调的街上，每逢节日，人们不难看到这位身穿黑色衣服的妇人，走在她的孩子们后面往教堂去做礼拜。这位母亲似乎不比波德莱尔的母亲更理解儿子的诗人才华，她专断的管教使母子间没有谅解与信任。孩子产生了逆反心理，他向往更光明自由的辽阔天地。在自我写照的《七岁的诗人》一诗中，他写道："七岁时，他写作小说，关于沙漠/广阔的生活，闪跃着夺取的自由，/森林，太阳，海岸，大草原！他借助/插图的报纸，红着面孔，凝视/西班牙与意大利的姑娘欢笑。”

中学时代，兰波成绩优异，常常获奖。虽然这位青年学生认为拉丁语是不再有人说的死语言，却仍能写出完美的拉丁诗文。因他一心想“改变生活”，于是如饥似渴地读了许多书，18世纪的启蒙哲学家和法国社会主义者的著作使他兴奋，方士巫师的书也使他着迷，浪漫派和帕纳斯派诗篇均培养了他的情感与想象力，这早熟的诗人在十四五岁已经出口成章，横眉冷对社会、家庭，抨击宗教，怒斥资产阶级的丑恶。中学的最后一年，他受到一位具有革命思想的教师的影响，这更促使他走向叛逆的道路。1870年前，他两次离家出走。这年中学毕业前夕，他卖掉奖品，赶赴巴黎，那时正当拿破仑三世的军队溃败，逃往凡尔赛的梯也尔政府向普鲁士军投降，而巴黎公社正酝酿着起义。但兰波的几次逃跑都因路费缺乏而被迫返回。然而青年诗人继承中世纪普罗旺斯行吟诗人的传统，沿途咏诵，写成了不少充满生活气息的诗篇。在兰波笔下，连最琐屑的生活细节，皆点石成金，变成真正的诗。很可能写于旅途中的《捉虱子的人》描写两位妇人为不能安睡的孩子捉虱子。孩子感觉到她们纤细的手指从他浓密的头发中滑过，闻到她们轻柔甜蜜的呼吸，甚至听到她们睫毛的眨动：

> 于是他身上升起令人疏懒的美酒，
> 可能是口琴发出了语无伦次的感叹；
> 随着缓缓的轻抚，孩子感受到
> 哭泣的愿望不断地涌出不断地消散。

兰波称为“奇兴”的十四行诗《我的流浪》抒发了流浪儿与大自然融为一体的胸怀：

我漫步走去，拳头放在穿洞的兜里；
我的外衣也变得十分称心如意；
在天空下漫游，缪斯！我是你忠诚的朋友；
哦啦啦！我梦到多少辉煌的爱情！

兰波在赶赴巴黎公社的途中，形成了一篇《共产主义宪法草案》的思想，但是这一稿件却从未再找到。兰波心中充满了雨果的激情与帕纳斯诗歌的回响，他将自己在普法战争中法军溃败后的所见，他的愤怒与失望都挥洒在纸上。

乌鸦成千上万地盘旋吧，
不是吗，在法兰西寒冬的田野，
那儿常眠着前日战死的人，
为了使每个过路人再思考！
来作呼唤责任的喊叫者吧，
啊，我们阴暗的黑鸟！

巴黎公社失败后，兰波在诗中倾吐的悲愤达到了前人所未有的程度。他以侮辱性的语言，作呕的语言写成《巴黎再次兴旺》、《小丑的心》等诗。同时他在《让娜-玛莉的手》一诗中赞扬劳动妇女，在《正人君子》、《初领圣餐》、《人们对诗人说花》等诗篇中对社会进行尖刻的嘲讽。

1871年至巴黎与魏尔仑会见前夕，兰波产生了以诗来“改变生活”的宏伟梦想。他给老师伊藏巴尔及朋友德默尼各写了一封信（所谓《慧眼人的信》）。信中他谈到了要使诗的语言成为“能达到各种感官”的新的诗艺，为此诗人必须“通过一种长期的巨大的有意识的全部感官的打乱以使自已成为慧眼”。对于兰波来说，诗歌创作不再是文艺活动，而是一种认识手段；诗人犹如普罗米修斯，是窃取天火者，他必须把他所见到的更广阔更和谐的景象带到地上来。这段时期，他写下了著名的十四行诗《元音字母》，气势磅礴的长诗《醉舟》，以及一首类似我国绝句的很美的四行诗。《元音字母》赋予每个元音以颜色及形象，极富暗示性。人们对它已不断地作出猜测，但仍未能肯定其含义。《醉舟》描绘了一只没有舵，也没有舵手的船从美洲的大河驶向海洋，远离生活与现实，迷失在无边无际的宇宙中。《醉舟》既象征一个孩子要脱离平凡的现实的内心向往，也象征着他面对前途未卜的精神探险所产生的矛盾与苦闷。兰波以丰富的想象融汇了他广泛阅读作品（如雨果的《海上劳工》、波德莱尔的《邀请远游》、柯尔律治的《老舟子吟》、爱伦·坡的海洋故事、儒尔·韦恩的科幻小说）所留下的记忆，绘出一幅气象万千的绚丽图画。诗歌从来没有如此强劲的笔触，如此丰富的形象与响亮的拍击声，也没有说出如此令人凄然的命运。

1871年秋，兰波到巴黎后，受到诗人们的欢迎。一幅方丹-拉图尔的油画至今仍保存了兰波与魏尔仑及利卡尔等七诗人围坐桌旁的景象。但不久兰波古怪的性格吓跑了所有的人，除了魏尔仑对他情有独钟。兰波在巴黎度过一段放荡的生活后，于1872年初回到夏尔城。这时，他“改变生活”的希望已化为泡影，兰波仿佛变成另一个人：陌生、冷漠而无望，不再有任何文学的雄心壮志。他在巴黎公社被镇压后的灰心失望成为了他抛洒在纸上的词的哭泣，无声的喊叫，无能为力的愤怒。这时所写的诗与《醉舟》已相距很远，不再是充满文学意味的绚丽的诗句，而是一种省略而不连贯的心声的倾吐。好像这语无伦次的诗人只在歌唱他的思想与感受，却忘记了押韵与节奏。其中的一些诗篇如《泪》、《早上的清思》、《高塔之歌》、《饥》、《永恒》，及《啊！季节，啊！城廓》也包含在1873年写成的散文诗《地狱的一季》中。这后一卷诗与写于1872年与1873年间的《彩图集》是兰波最后的也是影响深远的诗篇，它们进一步从诗歌走向了无韵诗，发展了波德莱尔的《巴黎的忧郁》所采用的散文诗的形式。

此后，兰波告别了诗歌，重又开始了他的流浪，足迹曾远到丹麦、瑞典以及荷兰，因身无分文而两次被法国领事遣送回国。他从事过许多职业，并学会了英语、德语、西班牙语、意大利语、阿拉伯语及荷兰语。1891年在非洲从事商业期间，因腿部肿痛返回马赛治疗，截肢后，病情恶化死于马赛。

《地狱的一季》是兰波在比利时与魏尔仑决裂，步行回家后所写成的反省，是这位年纪不满20的诗人对生存和诗歌所进行的心智探索的精练记录。他以直率的语言进行自我认识，叙述了他自身的污浊与纯洁的矛盾，他的失败及使命，作品饱含热烈的感情、瑰丽的形象和童稚的幻觉。他在《词的冶炼》篇中说：“通过一条险恶的路，我的脆弱将我引向尘世与黄泉的边缘，那阴影与旋风的乡土。”又说：“在海上——我热爱的海，好像会洗净我的污浊——我看见升起了慈祥的十字架。”最后，在《地狱的一季》的结尾，他说：“我么，我曾自以为是圣人，是天使，不受任何道德约束，我终于回到地上，需要寻找自己的职责，需要拥抱严酷的现实！”然而在最无助的逆境中，梦想、反抗、憧憬、童稚的神秘主义皆归于失败时，兰波仍梦想着一个明朗的“清晨”：

在依然如故的沙漠中，依然如故的深夜里，我睁开疲乏的眼，总是看到那银亮的星星。然而生命的贤王，那三位圣人：心、灵、智总是没有动静。什么时候我们越过沙滩、山峦去庆祝新工作、新智慧的诞生，去祝贺暴君与恶魔的逃遁、迷信的终止，第一批去敬仰大地上的圣诞。

天上的诵歌，人民的前进！奴隶啊，别咒诅生活。

《彩图集》大约写成于1872至1873年间，1886年才由魏尔仑在《时尚》杂志上刊出。这时兰波已远在异国，对诗歌早已不闻不问了。他原先按英语字义将这诗集命名为“Illumination”（彩图），但就大多数诗篇而言，题名按法语字义“启示”或（盛大节日时的）“张灯结彩”更为确切。这是慧眼的诗人以他的光辉闪耀的幻象所写下的启示。他把阴暗的天空照亮了。诗歌史家萨巴蒂耶认为，在尼采的“上帝死了”与兰波的“上帝该死”之间有着巨大的反差。兰波的天地并非像尼采的天地那样虚无：在《彩图集》的结尾诗篇中，兰波赞颂了代表和谐与最崇高的爱的“天才”。

象征主义大师**斯泰凡·马拉美**（1842—1898），如兰波一样，继承了波德莱尔的理想：“进入未知的深处，以发现新的事物。”他对诗歌进行的革命，影响的深远并不亚于兰波。但两人性格迥异，思想与生活道路皆截然相反：兰波各处流浪，足迹遍及许多国家，被称为“脚踏疾风的人”，马拉美却几乎足不出户，是位彬彬有礼、只作神游的诗人；兰波抛弃了诗歌，认为“艺术是件蠢事”，再也不愿反顾，马拉美则将他寒微的一生奉献给诗篇，深信“世界生来是为成就一卷美好的书”。

马拉美出生于巴黎，他的父辈原籍法国东部的勃艮第省及洛林省。马拉美七岁时母亲去世，养成了内向的性格及对诗歌早熟的狂热。他在少年时代写下不少诗篇，多数已被销毁，但他的传记作者及作品出版者亨利·蒙多尔找到其中一些，从中可以看出少年马拉美所受到的各种不同的影响以及用心写作的功夫。16岁时，马拉美阅读雨果等诗人的作品，尤其是戈蒂耶、波德莱尔、勒孔特·德·李尔及邦维尔的诗篇，后一部分诗人对他产生了程度不同的影响，给他的韵律诗打上了帕纳斯派诗歌的印记。

中学毕业后，按家庭传统，马拉美被安置在登记局做一名编外人员，然而他梦想的是成为诗人。他结交了一些喜好诗歌的朋友，并与一德国女家庭教师玛莉·格哈特相恋。1862年，20岁的诗人在外省市的杂志上发表诗篇，不久，他的诗开始刊载在巴黎的《艺术家》杂志上。接着，他发表了一篇宣言：《艺术领域中的异端邪说：大众艺术》，认为艺术应有其神秘性，美是庸夫俗子不能领会的，伦理道德可以普及，但是艺术却普及不了。

这时，他发现了爱伦·坡，为翻译这位美国诗人、小说家的作品，他必须进修英语，于是他逃离了登记局，与玛莉同去伦敦。在取得英语教师证书后，马拉美与心上人结了婚。他被任命到法国南方的图尔农城中学教书。虽然生活条件艰苦，马拉美却满足于能有时间写诗。他早期的诗篇逐渐脱离他人的影响而开始具有个人的特色。如《窗子》（1866）一诗已具有马拉美自己的风格，虽然仍带有波德莱尔诗篇的回响：

……我愿
——让棱镜成为艺术，成为奥秘——
戴着我的梦作成的王冠再度诞生
在前世的天空下，那儿是芬芳郁郁的美。

又如《大地回春》是具有波德莱尔意味的十四行诗，但在末段中，马拉美的“蓝空”主题已经出现：

我消沉地期待我的烦恼升起……
——然而蓝空在篱上欢笑，苏醒了
许多花儿般的小鸟在阳光中啁啾。

《幻象》与《花》两篇均纯粹是马拉美典雅的风格：前者使视觉形象与听觉形象产生通感，使人联想到英国前拉斐尔画派的油画，以及印象派音乐家德彪西为它谱成的旋律。后者表现出世纪末的诗歌所具有的全部魅力，在这诗篇中，马拉美的女主人公希罗底首次出现：她被描绘为血液浇灌成的“凶狠又光辉”的女人。

马拉美崇尚美与梦想，有如信仰一种宗教。因为像波德莱尔一样，他深切地感到了信仰丧失后生活的空虚，死亡的临近。为逃避庸俗的人生，他立志要写成一部伟大的著作，那将是“俄耳甫斯对大地的解说”，而且是“诗人唯一的职责。”俄耳甫斯是古代神话中的乐师，他的音乐触动天地万物的心弦，还感动了地狱之神。他于是成为诗人的象征。马拉美的文艺观点，是将诗人的心智置于造物主的位置，并认为诗人能以他发明的崭新的语言，通过类比，通过“书”将自然造化进行再一次的创造。这样宏大的理想当然是难以实现的：诗人长夜消磨在烛光下，面对着白纸无能为力。马拉美的健康变坏了，有两年的时间，他几乎沉默无语。他认为少数写成的诗篇“只带点儿绝对存在的色彩”。然而读者在这些诗篇中却欣赏到绝妙的好辞与佳句，同时也体味到诗人的艰辛。在《蓝空》的开始一段中，他说：

> 永恒的蓝空呈现出宁静的嘲讽，
> 花一般无精打采的美，难忍受，
> 无可奈何的诗人诅咒他的才华，
> 穿越着遍布痛苦的贫瘠的沙漠。

这无能为力的诗人最后喊道：“我已被缠往。蓝空！蓝空！蓝空！蓝空！”在《海风》中，他发出了响彻异域的叹息：“肉体多么凄惨，唉！我读了所有的书。/逃离！逃往远处！”

1871年马拉美终于被任命为巴黎的中学教师。他恢复了文学圈里的生活，为多家杂志撰稿，并发表了他翻译的爱伦·坡的故事及诗篇，其中

《乌鸦》一诗引起很大的反响。1874年，《类比之魔》发表，成了诗人即将带来的诗歌革命的先兆。这时，他定居于罗马街，并创办了一份刊物《最新时髦》，谈论戏剧、时装、美食学，还发表朋友们的诗篇。刊物的全部编写任务几乎是马拉美一人承担，署名是“布雷邦酒店的掌厨”、萨唐小姐等等。此外，他还从事一些为糊口的写作，如《英语的词》、《古代诸神》、《新插图神话》。但马拉美并未放弃他宏大的计划。

1875年及1876年，他相继发表了开始写于1864年及1865年的两篇诗：《希罗底记》及《牧神的午后》。马拉美曾想以希罗底为题写一部悲剧，没有成功。后来改成诗篇，包括三部分：序幕——乳母的独白，正幕——乳母与希罗底的对话，抒情插曲——圣约翰的圣歌。诗篇中的希罗底还是一位冰清玉洁的公主，是完美的象征。她对着镜中的形象忧虑地沉思，猜测到整个世界的诱惑、污浊与罪恶。《牧神的午后》是由最初的《牧神的独白》改写而成，是对异教喜好声色的生活的描绘：一个草木葳蕤的夏天下午，牧神由清晰欢快的梦中醒来，他以记忆及音乐的魔力去延长梦的魅力，渐渐地又沉入睡眠。这两部诗篇经过多年的修改及润色，体现了马拉美所进行的美学探索。《牧神的午后》成为他最著名的诗篇，20世纪评论家阿尔贝·蒂波代认为：“在纯诗的道路上，或许还没有任何东西达到如此深远的程度”，这“是为行家所欣赏的佳作”。而萨巴蒂耶则认为《希罗底记》是“对不可言传的事物的挑战”，是“清醒地投入到无意识的深处”，“自我探索并发现的方式”。

马拉美在诗的写作上要求愈来愈高。他使语言所能表达的可能性不断拓展，并继续跨越那好像已至极端界限。为了达到摄取精华的强烈表现，他把与主题直接有关的联系隐去，而用表达印象的光与声，掺入各种感觉和心智的活动，将现实世界升华为一种空灵的世界，使诗歌达到了登峰造极、意想不到的境界。他的《发》一诗具有“火的缩影那样驱动而辉煌的形象”，而另一诗篇《圣女》中，赛西尔这“寂静的乐师”在天使的羽翅上拨弄无声的音乐。当然这些诗篇不易读懂，读者必须在专心致志的阅读中努力进行再创造。1885年，马拉美的另一篇佳作《献给戴·艾桑的散文》问世，他的诗歌更趋深奥，而这将成为诗歌的一种新趋向。

19世纪80年代中，魏尔仑出版了他对兰波、马拉美等诗人的介绍《被诅咒的诗人》(1883)。次年，于斯芒斯的小说《逆反》出版，书中的人物，趣味高雅的戴·艾桑为《希罗底记》所倾倒。《献给戴·艾桑的散文》发表后，马拉美的声望逐年上升，他成为一代青年诗人及作家推崇的大师。他位于罗马街的住宅，每逢星期二，会聚一代群英以及初出茅庐的瓦莱里、纪德与克罗尔等人，国外客人有王尔德及维尔哈仑等。人们聆听大师的漫谈，朗诵他的诗篇，使他的影响延续到整个20世纪。

马拉美不得不应付各种演讲及宴会，回答各种采访及来信，写各种应酬诗。不过，他并没有中断他的诗歌探索，他写了题名《扇》的十四行诗多首，一系列悼念已故诗人的诗篇，其中悼念爱伦·坡的诗是经常被人们引用的名篇。1893年，马拉美出版了他的《诗篇与散文》。他的文章及讲稿则汇集在1897年出版的《说东道西》集中。在他去世的前一年，他发表了他所谓的“疯狂之举”的20多页的散文诗篇：《骰子一掷永远消除不了偶然》。全诗分为四部分：“骰子一掷”、“永远”、“消除不了”、“偶然”，以大小不同的字体印在首页和第二页上。字句像音乐符号一般，以特异的排列及空白，取消了标点符号，诗行横跨两页，从左页向右页展开。最后一段好像小船航行在满天星斗的太空下，直至它的停泊。诗的最后一句是：“任何思想皆是投掷了一次骰子。”这是诗人对他的思想在混乱的宇宙中为识破其中的奥秘并获得其中的法则而奋斗所作的描绘。

法国戏剧自浪漫主义衰落之后，便失去了绚丽的光彩，在相当长的时间里，没有产生伟大的作品，戏剧表现手法也少有新意。由于浪漫主义“大张旗鼓地肯定了法则的虚妄”（左拉语），因而造成戏剧的整体走向是悲剧受到冷落，通俗剧和带有通俗剧色彩的喜剧广为流行。到剧作家奥古斯坦·欧仁·斯克里布（1791—1861），通俗剧和喜剧的创作达到鼎盛。

斯克里布一生创作了将近350出喜剧、通俗剧和歌剧脚本，以剧本数量的庞大和令人钦羡的商业成功对法国19世纪后半期的戏剧产生重大影响。斯克里布将戏剧创作和商业利润紧密挂钩，并以后者为轴心。在一个追逐物质利益的时代，这不足为怪。斯克里布戏剧的最大特点是用最简捷的手段赢得成功，也就是博取最高利润。因此，哪怕最陈旧的手法，例如误会、冒名顶替等在18世纪马利伏的戏剧中就已经用滥的手法，只要巴黎观众喜爱，就当作成功的捷径使用。斯克里布从1815年《国民自卫军的一夜》获得成功后，一直是巴黎走红的编剧，直到50年代末还与人共同创作了《仙女的手指》（1858）。他的戏剧长时间风行法国剧坛，逐渐与巴黎资产阶级观众的欣赏趣味形成了互动的关系，他努力迎合后者的趣味，而反过来，他的戏剧也深刻地影响了后者的欣赏情趣。

30、40年代，现实主义文学兴起，并未能动摇斯克里布在戏剧上的地位。现实主义在小说领域取得辉煌成就，在戏剧领域却建树甚微。50、60年代，小仲马（1824—1895）、爱弥尔·奥吉埃（1820—1889）、维克托里安·萨杜（1831—1908）等作家的道德剧曾一度形成气候，尤其是小仲马根据自己的同名小说改编的《茶花女》（1852）令许多人一掬同情之泪，获得普遍好评。这些剧作家的作品对社会现实多少有所反映，因而后来在一定程度上受到左拉的肯定。但是他们的戏剧，道德问题占据的比重过大，而陈旧的资产阶级道德观又束缚了他们的精神，限制了他们的视野。而且，他们都受到了斯克里布的影响，其中萨杜更是基本上跟在斯克里布后面亦步亦趋。这样，就形成了19世纪中期乃至后期一段时间里法国小说与戏剧的巨大反差。一方面，小说观念发生重大变革，沉重的历史使命感使小说以一种严肃甚至悲壮的态度面对社会和生活，竭力想探讨并揭示生活的真实面貌，并以先进的哲学、历史、社会和科学观来认识社会。而另一方面，戏剧则想方设法用轻松离奇的情节吸引观众，引导观众远离真实的生活，在抚慰人心的浪漫故事里忘却现实。

针对这种现象，左拉在1881年发表了《论戏剧中的自然主义》和《自然主义戏剧家》两篇重要论文。左拉对以斯克里布为代表的戏剧潮流提出了严厉批评。他指责斯克里布式的戏剧是一种拼装游戏，而且不恰当地夸大剧情的作用，把情节当作“唯一的东西”。为了改造法国戏剧，左拉大力提倡自然主义戏剧。他的自然主义戏剧理论，虽然基本上是他的自然主义小说理论的拓展，但是又与他的小说理论不尽相同。在这两篇论文里，左拉没有像在阐述自然主义小说时那样强调对人物进行所谓的“科学实验”。他阐述的重点是戏剧家应该继承斯丹达尔和巴尔扎克的现实主义文学传统，到真实生活中寻找“诗意”，努力表现日常生活，尤其是下层人民的生活。因此，左拉提倡的自然主义戏剧，可以看作一种现实主义戏剧主张。为了支持自然主义戏剧的发展，1887年，作家安德烈·安托纳（1858—1943）发起成立“自由剧院”，主要上演自然主义戏剧家的作品，如左拉、塞阿尔、艾尼克。外国戏剧家的作品，例如托尔斯泰的《黑暗的势力》、易卜生的《群鬼》也是剧院经常演出的剧目。

左拉的戏剧作品主要有《玛德莱纳》（1865）、《戴莱丝·拉甘》（1873）、《拉布尔登的继承人》（1874）等。这些作品成就都不高。塞阿尔和艾尼克的剧作也没有引起很大的反响。真正获得成功的自然主义戏剧家是**昂利·贝克**（1837—1899）。他的作品，无论喜剧和正剧，都以现实生活为题材，表现现代城市生活，批判资产阶级，揭露贪欲对人性的扭曲。他第一部引起比较广泛注意的作品是《米歇尔·波佩》（1870）。虽然作品产生了一定的影响，但是从演出效果看，还很难说获得了成功。真正成功的作品是喜剧《乌鸦》和《巴黎妇女》。《乌鸦》讲述企业家维涅隆突然病故，他的合伙人泰西埃、朋友勒弗尔和公证人布尔东相互串通，像贪婪的乌鸦一样吞食他家的财产，使他的遗孀和女儿陷入困境。泰西埃进而乘人之危，逼迫维涅隆的遗孀把女儿玛丽嫁给他。作品对资产阶级的贪婪、势利、虚伪作了极其辛辣的讽刺。剧本在1877年完成之后，很长时间里没有剧院愿意上演，直到1882年才在法兰西喜剧院与观众见面。《巴黎妇女》（1885）则以嘲讽的笔调描写巴黎的一位资产阶级妇女如何一面维持着正派家庭的体面，一面在丈夫和情人之间巧妙地周旋，而无能的丈夫只能指望绿帽子为他铺平升官之路。剧本继承了莫里哀的传统，以喜剧手法处理“婚外情”这个古老的主题。作者看到资产阶级道德观对家庭夫妻关系的理念设计和家庭实际状况之间的悲剧性反差，巧妙地从中发掘了喜剧因素，情节生动，人物形象鲜明，讽刺有力而含蓄。贝克说：“过去的作者都是道德家，而我们则要做观察家。”在观察社会，反映现实上，贝克的作品确实比“道德家”小仲马等人胜出一筹。

19世纪末，随着自然主义的衰落，象征主义文学思潮浸润到戏剧。1884年诗人魏尔仑在诗集《往昔和昨日》中发表了喜剧《这些人和那些人》，作品没有曲折的情节，而是以梦幻般的场景和象征性的诗句打动人心。1890年，年仅18岁的诗人保尔·弗尔（1872—1960）创立了“艺术剧院”。剧院的宗旨是要恢复文学剧本在戏剧中的中心地位，反对为了演出效果而牺牲文学。实际上，弗尔所选择的剧本都是具有象征主义风格的作品，以及其他一些所谓“不能演”的剧本，即那些不合传统戏剧的审美标准或舞台表现有困难的作品。“艺术剧院”知难而上，将这些作品搬上舞台。而象征主义戏剧代表梅特林克的作品也是首先靠了“艺术剧院”的支持才得以和公众见面的。“艺术剧院”仅存在三年，1893年便关闭了。曾在“艺术剧院”担任舞台监督的吕涅波（1869—1940）组织上演了梅特林克的《佩列阿斯和梅丽桑德》，演出的成功鼓励吕涅波在1893年创立了“作品剧院”，继续“艺术剧院”的事业。关于象征主义戏剧和梅特林克，将在下一卷继续讨论。

19世纪后期，在自然主义和象征主义之外，成就最突出的剧作家是

爱德华·帕耶隆（1834—1899）。他的代表作《叫人厌倦的世界》（1881）受到热烈欢迎。作品讽刺了咬文嚼字、故弄玄虚的学究风和才华平庸的文人。剧本一上演，其中的人物立刻引起人们的兴趣，纷纷猜测影射的对象，闹得沸沸扬扬，观众在好奇心的驱使下，争相涌向剧场观看演出，场面之轰动为戏剧史上所罕见。从思想内容和艺术手法上说，这个剧本并没有什么了不起的成就。它的题材非但没有深刻的社会历史蕴藉，而且散发出陈旧的沙龙文学的气息。从反映生活的深度来说，远不及贝克的作品。就表现手法而言，这个剧本显然受到两种戏剧形式的影响。一个是18世纪曾经风行一世的“影射剧”，另一个是斯克里布最擅长的通俗剧，而又以后者的影响最为显著。实际上，帕耶隆的作品基本上没有跳出斯克里布的窠臼。不过，倘单论结构布局，帕耶隆的作品确有精到之处，他对如何铺垫呼应，如何层层推进，设置悬念，又如何逐一让悬念坐实这个堪称通俗剧写作的诀窍谙熟于心，运用起来可以说达到了炉火纯青的境界。这无疑也是《叫人厌倦的世界》获得成功，并且在以后将近半个世纪里成为法国剧院保留剧目的重要原因。

第三节　英国文学

历史的长河斩不断，不论以哪一年作为维多利亚后期文学的开端都难免武断。活跃在中期的优秀作家中，有不少人在70、80年代继续创作，例如，乔治·艾略特的杰作《米德尔马契》写于70年代初，特洛罗普的“帕利泽”政治小说系列多成书于70、80年代，丁尼生和勃朗宁仍在创作，而这一时期罗斯金和阿诺德的社会批评日趋尖锐。另一方面，归入后期的作家，如莫里斯、斯温伯恩等，在50、60年代就写出了传世之作，即使是70年代末才确立地位的梅瑞迪斯，其实也和乔治·艾略特差不多同时开始了文学生涯。然而，1870年前后，维多利亚社会确实经历了比较显著的变化。或许可以说，勃朗宁的《指环与书》、丁尼生集数十年心血的《国王的田园诗》、阿诺德的《文化与无政府状态》等，这几部于1868年和1869年问世的力作已强烈传达出变化和衰落的先声：老的秩序会变化，让位于新的秩序，那大一统的辉煌已暗淡，代之而起的是动荡、分裂和无法趋向一致的多元视角。正如佩特在1866年所说的，所谓“现代精神”、“现代思想”，正是“以其‘相对’精神代替‘绝对’精神而有别于古代思想。”

从表面上看，维多利亚王朝依然显赫，女王即位50周年、60周年的黄金大典和钻石大典盛况空前；英国向全球扩张“成就斐然”，版图的无限扩大使大不列颠成了“日不落”帝国；伦敦依旧是世界文明的中心。但是，俾斯麦领导下德国实力的飙升，美国内战结束后的迅速复苏，加之1873至1874年英国的严重经济萧条，使英国的竞争力面临空前威胁。这个时期，早年的经济和社会生活中的个人主义退潮了，国家权力机器得到大大加强，但体制运作中的不和谐也因此显化了。随着殖民侵略的深入，英国必须经常对付殖民地的抵抗和战争，世纪末在南非的布尔战争更是动摇了帝国的基础。爱尔兰民族主义情绪高涨，与此有关的天主教问题也再次凸显，80年代格拉德斯通首相提出“地方自治”案，争辩激烈，却未果。英国还面对日益加剧的阶级矛盾和性别矛盾。1867年，国会通过第二改革案，国内许多城镇工人得到了选举权，这在一定程度上标志着工人阶级走上政治舞台。工会力量加强，社会主义倾向明显；到了20世纪初，英国出现了工党。当然，英国的社会主义要细加分析，其中有罗斯金和其弟子莫里斯那样的社会主义，他们醉心于中世纪的生活，强调回到手工作业，以美育对抗大机器文明。

在众多的社会矛盾中，女性在政治、经济、思想文化上的觉醒，尤其能说明维多利亚社会意识形态和价值体系的分崩离析。维多利亚中产阶级的自信，在很大程度上依赖于女性的“安分守己”和作为社会基本单位的家庭的稳定。在这方面，克温特里·帕特莫（1823—1896）的长诗《家中的安琪儿》（1854—1862）可谓是强调女性的纯洁无我的代表作。但是有识之士指出，对女性的理想化是维持、强化男权的需要，以扼杀女性才华、压抑女性的本性为代价。女性为争取自己权益的斗争涉及政治、经济、教育、社会交往等方方面面。她们从40年代起就向国会申诉，要求得到选举权，到世纪转折时，斗争白热化，但英国直到第一次世界大战结束后才有关于妇女选举权的立法。已婚妇女争取财产权的斗争较早有了成果。教育方面，1848年，也就是在丁尼生发表《公主》、对女性受教育权的争端作出回应后的第二年，伦敦有了第一所女子大学。但是牛津、剑桥只准妇女去读书，却不授予学位，直到弗吉尼亚·吴尔夫写《自己的一间屋》（1929）时，她仍强烈感受到"牛桥"（Oxbridge）名校中森严的性别壁垒。女性就业更是大问题，维多利亚社会中，除了国家的象征女王之外，"体面"的女性是不得担任公职的，她们受到的点缀性教育也不足以使她们真正进入就业市场。由于各种原因，英国性别人口严重不均，出现了许多"过剩"的或"多余"的女人。到了中期，大约有50万婚龄女子找不到婚配对象，她们既不能在传统的家庭中找到自己的位置，除了从事家庭教师等地位低下的少数职业外，也无法在社会上发挥作用，加之很少移民海外，因而妇女问题成为社会上潜在的大问题。女性就业机会之少、就业条件之差，也迫使一些女性沦为娼妓。尽管舆论大唱清教式的禁欲调子，伦敦和其他一些城市的职业卖淫人数和场馆数量达到惊人的地步。在维多利亚文学中始终能感到，情欲是打破社会秩序和稳定的力量。

文学的敏感使它既反映了社会变化，也更是变革的先声。后期文学和中期的一个显著区别在于作家的态度。年轻一代作家已公开表示对中期的价值倾向和偶像人物的不满，塞缪尔·巴特勒的《众生之路》走在时代前面，将父亲比作暴君，反抗清规戒律束缚下的家庭生活，这种姿态对后人产生很大影响。随着信仰危机的加深,自信在减弱,怀疑情绪增强,小说接过了诗歌、散文中的深思、反省的特征;在欧陆的写实主义、特别是自然主义的影响下,作家们反对粉饰现实,闪避生活中的黑暗面;而成立于1842年、对培养维多利亚的阅读趣味以及设定小说创作的禁忌起了很大作用的穆地图书租赁业[1],在80年代放松了管制,也造成小说面目转变的契机。因此,家庭、婚姻、男女性爱这些社会价值的风向标,到了哈代、吉辛等人的笔下,已与中期有很不同的指向。

这个时期,乐观向上的精神也被弥漫的怀疑、不决、悲观、哀伤,乃至颓废的情绪所替代。到了90年代,维多利亚时代的认真、严肃、勤奋、尽职、关注精神、带有某种禁欲色彩的价值体系已全面瓦解。爱德华·费茨杰罗在60年代所译的12世纪波斯诗人欧玛尔·海亚姆的诗歌《鲁拜集》在几十年后的畅销,也从一个侧面反映人们对"生活无解"的哀婉情结的认同。罗斯金式的道德审美批评受到为艺术而艺术的思潮的强烈冲击,王尔德无情嘲笑"认真",佩特认为追求探索徒劳无益,人至多只能欣赏转瞬即逝的美。中期作家那种不免粗糙的自然流畅渐渐消失,代之而起的是文字的刻意雕琢,审美上的圆熟乃至世故。虽然以写当代普通人的日常生活、注重细节拟真的"写实"作品仍在继续,但前面已提到的其他各种小说样式,如写恐怖、惊人事件的情节小说、哥特式小说、冒险故事、浪漫传奇等同时并存,莫里斯、巴特勒等的乌托邦小说和威尔斯(1866—1946)的科幻小说也很引人注目。

诗坛也发生了显著变化,诗人的公众代言人身份大大削弱了。如果说,世纪初的华兹华斯在《序曲》中以高度主体化的笔调写出了悲伤、损失和诗人的心智、情感成长历程;世纪中丁尼生的《怀念》超越了诗人本

---

① 指Charles Edward Mudie(1818—1890)建立的Mudie's Lending Library,建立后生意极好,越做越大,以其严格的道德标准对当时的书刊做选择。

身的感怀，将个人的悲悼普泛化为天下人的悲痛，又给人以希望；那么，80年代后的诗人似在走向孤立，不再期待大批同情的听众，也不以教育、引导读者为己任。前拉斐尔兄弟会的第二次复兴，将世纪初济慈和德昆西的早期唯美主义同世纪末的颓废运动连接起来。诗人运用中世纪题材，诗中的感官消费和暴力倾向在增长。在技巧上，斯温伯恩、霍普金斯、哈代等探索了各种不常见的节奏、韵律。

至于散文，应该说英国的散文包括许多门类，如信件、日记、札记、日志、布道文、讲演、评论、传记、自传、游记、随笔以及历史、哲学、政治、批评和科学等方面的论述等等。现在的人对那时的片言只语都有浓厚的兴趣，例如私人文件可以折射出当时人对自我、对世界的看法，触摸到想象、幻念的边缘，探入潜意识领域，而游记在“后殖民”的审视中，则能揭示出这些文本在殖民扩张过程中建构殖民主义意识形态的作用。到了后期，卡莱尔式的宏大关怀渐渐消失，散文家对论争和充当先知的兴趣淡薄，而折中的态度、敏感的自我意识和内省渐成气候。情形似乎是，既然现实世界混乱而无序，那么只有在美的世界中才能创造出秩序，从而超越变动不居的生活。

90年代的唯美主义文学艺术表现出世纪末的情怀：凄凉，哀愁，堕落，蜕变，衰败，死亡，但是也怀着死而后生的再生意识。闲散经过了精心设计，慵倦中透出世故，1894至1897年的“黄面杂志”就是这样推出了对美的极致的追求。奥伯里·比尔兹利（1872—1898）的黑白画，马克斯·比尔博姆（1872—1956）的散文和欧内斯特·道逊（1867—1900）的诗歌，以及早些时候莫里斯考究的装帧和印刷，无不表现出复杂、细腻、繁琐的美和高度的形式自觉，对20世纪初的现代主义产生很大影响。尽管唯美主义者宣称艺术应远离生活，但现在的研究表明，对形象的追求与商品日益进入人的视界有关，它本身就是商品消费的一种形式。

将近200年成就平平的戏剧，终于在90年代迎来了又一次辉煌，出现了王尔德、萧伯纳等幽默睿智、高度成熟的作品。维多利亚时期有严肃、阴沉的一面，但它同时也产生了最伟大的喜剧。此外，爱德华·李尔（1812—1888）、路易斯·凯洛尔（1832—1898）等人轻松幽默且闪烁着智慧的“胡言诗”，杰罗姆·杰罗姆（1859—1927）的幽默小说等，也很受欢迎。维多利亚时代归根到底是复杂、多元的时代，要感受其文学样式、题材、风格的多彩与丰富，只有抛开概述的语言，扎进作品本身。下面提到的作家，大体分为两类，顺序在前的着重介绍其小说创作，顺序在后的则以诗歌和散文创作为主。

和狄更斯相似，**乔治·梅瑞迪斯**（1828—1909）也生于普茨茅斯，出身于低微的裁缝家庭，早年在律师事务所当差，后当上了记者。他和哈代一样，其实更喜欢写诗，出过9部诗集，第一部（1851）就得到丁尼生的好评，也可算是前拉斐尔派的一员，但是后人提起他来，大都只当他是做小说的。他前后写了十三四部小说，第一部主要作品《理查·菲弗勒尔的磨难》（1859）与乔治·艾略特的《亚当·比德》在同一年发表，不过后者好评如潮，前者却被权力很大的租赁图书馆指为有伤风化，落到被查禁的地步。那是一部年轻人的爱情悲剧，涉及父子关系、教育问题、心理创伤，有尖锐的社会讽刺，语言如诗，作为人物心理之对应物的自然意象丰富，警句不断。后来的小说也未遇好运，梅瑞迪斯得了“故作晦涩”之名。直到他已认定自己只能获得少数知音时，却不期然因《利己主义者》（1879）而确立了在文坛的地位。其实他和艾略特一样，代表了小说“向内转”、走向成熟的努力。

梅瑞迪斯从21岁起发表作品，主要诗集有《现代爱情》（1862）、《欢乐大地抒情诗集》（1883）、《释读大地》（1888）、《释读生活》（1901）、《最后的诗》（1909）等。叙事作品除了上面提到的两部主要小说外，还有《埃文·哈林顿》（1861）、《爱米丽亚在英国》（1864，后更名为《桑德拉·贝罗尼》）、《罗达·弗莱明》（1865），意奥战争期间在意大利当战地记者时写的《维托利亚》(1867)、《哈里·里奇曼历险记》(1871)、《包尚的事业》(1875)、《喜剧人的悲剧》(1880)，使作者第一次在英国广受赞扬的《十字路口的戴安娜》(1885)，90年代有关婚姻的《我们的一位征服者》(1891)、《奥蒙勋爵与阿明塔》(1894)、《奇特的婚姻》(1895)，以及未完成的《凯尔特人和撒克逊人》等。此外，为了生计，他还长期为查普曼与霍尔出版公司做初审人，并为几家杂志撰稿，尤其是《双周评论》，后来在那里发表了不少作品。1905年他被授予功绩勋章。

梅瑞迪斯的小说大体可归入世态小说，人物多属社会中上层，内容多为不成功的恋情、失败的婚姻，男女主人公的情感节奏总是难以契合。菲弗勒尔、哈林顿乃至里奇曼等青年主人公走向成熟之旅多少带有自传性。此外，有些作品(如《包尚的事业》)也涉及当时的政治和其他热门话题。同狄更斯等人的作品相比，梅瑞迪斯笔下婚恋关系的不稳定性更加明显，试想1876年时乔治·艾略特还以落水淹死的方法来解决不幸的婚姻(《但尼尔·狄隆达》)，而梅瑞迪斯则早就直接描写婚姻的危机和破裂。这固然同后期维多利亚社会的状况和写作禁忌的松动有关，但也体现了他一贯的思想和创作理论。同时，这些作品中都有他本人经历的影子。

梅瑞迪斯初入文坛时，迷恋上前辈讽刺作家托玛斯·皮考克之女、比他年长七岁的寡妇玛丽。玛丽在自由无拘束的环境中长大，很有灵气，聪明、敏感不亚于梅瑞迪斯本人。两人婚后摩擦不断，关系恶化，后来梅瑞迪斯发现了妻子和他的画家密友之间的私情。玛丽不久便与情人私奔，又很快分手，拖着病体回来，两年后死去。虽然梅瑞迪斯在生活中很少提起这第一次不幸的婚姻，但在创作中却不断回到这段经历。1862年发表的50首16行的“十四行诗”组诗[①]《现代爱情》，如叙事小说般讲述了一个

① 这里的“十四行诗”并不指每首诗14行，它是“sonnet”这一类型诗歌的中文译名，比较少用的另一种音译法是“桑奈诗”。

类似他自己婚姻破裂的故事。开头和结尾的几首用第三人称,其余大多以丈夫第一人称的口吻说话。夫妇两人都是悲剧性人物,各自囿于个性和虚幻的浪漫梦,却因社会习俗的制约而不能坦诚相见,荒唐地佯装“正常”。诗歌的语者口气苦涩,但不乏公正,更是绝无自哀自怜。

可以说,梅瑞迪斯的自省是长期的,持久的。近30年后,他在《利己主义者》中演绎了威洛比爵士与三位女性的关系。威洛比将自我放得无限大,无止境地玩弄辞藻、警句、格言,对阿谀奉承贪得无厌,心地却阴冷,与梅瑞迪斯其他作品中奉行唯我主义、却不乏骑士式的荣誉和热忱的主人公相比,是个令人憎恶的形象;而顶住压力、与他解除婚约的克拉拉则聪明、清新、可爱。但是作者说,我们大家都是威洛比。当时和后来的作家、评家也从梅瑞迪斯对威洛比内在意识的那种近乎亲密的深刻了解与刻画,看出了他无情的自我剖析(克拉拉可以看成是未嫁给他之前的玛丽)。这场折磨人又受折磨的戏,在作者辛辣的嘲讽和讥刺中,仍透出了对人性缺陷的怜悯。

当然,梅瑞迪斯对婚恋状况的探讨已大大超出了他个人的戏剧,成为对时代社会问题及人性的深刻批评。他深受卡莱尔影响,鄙视大众的智力水平和趣味,也完全赞同阿诺德关于“野蛮人”和“非利士人”的看法。他的作品将抨击的矛头针对着一意孤行、唯我独尊的“利己主义”,以及无视严酷事实、沉湎于浅薄的虚情假意的“滥情主义”,认为这是现代社会的两大弊病,两性关系深受其害。他笔下的男性往往被自我膨胀所障眼,看不到女性的优秀潜质,而形成了心目中滥情主义的女性形象,与实际相距甚远;女性则往往高尚而聪明,她们的直觉和常识都能使她们做出正确判断,但社会习俗、男性的优越地位又约束了她们的智性发展,使她们掩盖自己的真实性格和见解,做出天真的、依傍男性的样子。两性之间没有了坦诚,其恶果蔓延到各个方面,销蚀着文明的活力。两性关系在梅瑞迪斯眼中成了文明能否持久的关键。

这当然是在为女性争取自由表达自然情感的权利，是颠覆“双重标准”的努力，但梅瑞迪斯更将现代社会之“恶”视为在人的心灵、头脑深处进行的无形的斗争。如勃朗宁那样，梅瑞迪斯也注重人对自身的认识、意识活动、对心理和行为动机（尤其病态心理）的分析，而且风格也比较怪异。他的作品大多以悲剧结尾，但他却以提倡“喜剧精神”而著称（威洛比的故事更像一出喜剧），其实和他强调内在的症结有很大关系。现代社会千篇一律，庸俗、自满，人不易受到震动；梅瑞迪斯的喜剧精灵们专等人不设防时，一下子抓住他露出的马脚，引起笑声，起到警世讽喻的作用。与此相关，梅瑞迪斯很不喜欢当时的“写实主义”（尤其是左拉那样的自然主义），反对不顾要害问题的拟真和繁琐的细节描摹。他端给世人的，不是普通的镜子，而是哈哈镜。他写出了人物类型；事实上，威洛比的姓氏“帕特恩”（Pattern）就意味着“类型”，而“威洛比”则是“柳树”的谐音，当时绘有柳树图案的中国蓝花瓷器在英国走俏，威洛比的姓名可能暗示了英国人眼中的僵化的中国形象。或许正因人心是看不见的战场，也可能因为他的诗人气质，他在作品中大量依靠暗示、象征、意义含混的隐喻和自然关联物，过于浓重的修辞手段造成文风的艰涩，使他在相当一段时间内难以为后世的读者接受。

塞缪尔·巴特勒（1835—1902）最大的特点是喜欢树敌，好论争，但他又是位儒雅的大学才子，自幼爱听亨德尔音乐，有很深的古典文化修养，而对同时代文学几乎不闻不问。他一生写过许多论争文，每当认为别人说了傻话或有欺骗之嫌，他就会著文以正视听。例如他认为有人搞错了“W.H.先生”的身份，就写了《重读莎士比亚十四行诗》；愤于布彻和兰恩所译的《奥德赛》过于华丽，就自己动手将这部史诗译成了强劲活泼的“平常”散文体（乔伊斯研究这部史诗就用的巴特勒译本），后来又有骇世惊俗的论文《〈奥德赛〉的女作者》（1897）；就连为祖父（曾任施鲁斯伯里学校校长）作传（1896），也是想压一压阿诺德们，因为他视曾任拉格比校长的托玛斯·阿诺德为祖父的敌人，说托玛斯对教育的贡献被夸大了。此外还有关于宗教体制方面的论争文，称耶稣并非死于十字架，拆解基督教义背后最大的神话。巴特勒最著名的论争针对着达尔文主义。《物种起源》发表之初，他曾是狂热的崇拜者(当时他在新西兰)，况且达尔文是他家的朋友，但当他发展出自己的进化论时，便不依不饶地写了《生命与习惯》(1877)、《新旧进化论》(1879)、《无意识记忆》(1880)、《幸运还是谋算》(1887)和《达尔文主义之困境》(1890)等一系列论文。他自己的进化论在当时则更像想象丰富的神话而非科学，他认为进化的动因不是达尔文所说的"机遇"，而是包含在物种内部的、以"习惯"的方式遗传给后代的"设计"或"目的"。

巴特勒有两部传世之作，一是讽刺传奇《埃瑞璜》(1872)，另一是小说《众生之路》(1903)。《埃瑞璜》是19世纪乌托邦小说的杰作，书名是"乌有乡"的反写，那里一切都是颠倒的，比如贪污不算罪，生病要严惩。以体制为对象是讽刺文学的传统，《埃瑞璜》自然不例外，但是它的启示意义却难以捉摸。例如"无理智学院"完全脱离实际，使用假设的语言，教授回避问题，这看来像是谴责牛津和剑桥，但和只依靠理智作出决断的实际世界比，学院却成了与后者的危险倾向抗衡的令人愉快的地方。又如音乐银行似乎是挖苦英国教会的虚伪，但与"世道"相比，它虽愚蠢却无害，还可用来储存理想主义，为人们提供聚会场所，让他们无伤大雅地一起装腔作势。与其说《埃瑞璜》控诉了英国中产阶级的生活方式，不如说它使用多种文体再现了对当时生活的复杂态度。该书由巴特勒本人自费出版，是他在世时唯一引起轰动并赚了钱的作品，1901年他又出版了《重返埃瑞璜》。

《众生之路》有浓厚的自传色彩。巴特勒的祖父曾任里奇非尔德主教，父亲是教区长，家教严厉，压制身心，他将自己的家庭和精神经历写进了《众生之路》。书中庞蒂费克斯家族四代人都生活在专横、压抑、虚伪的气氛中，主人公欧内斯特的父亲西奥伯德和母亲克里斯蒂娜大约是英国文学中最令人反感的牧师夫妇了，但聪慧、可爱的姑母则是巴特勒的挚友萨维奇小姐的肖像。事实上，巴特勒正是在她的提议下于1872年开始创作，断断续续一直写到1884年，1885年萨维奇去世后他再也没翻开书稿。这部比他的论争文更具颠覆性的作品直到他去世一年后、维多利亚时代已划上句号时才问世。

“一战”前后，巴特勒声誉鹊起，他留下的这部自传性的作品像一枚“文学定时炸弹”，时候一到便炸飞了维多利亚社会的根基以及维多利亚小说的支柱——英国中产阶级家庭。《众生之路》出版后才几周，萧伯纳就说它取代了所有的19世纪文学；弗吉尼亚·吴尔夫有句名言：“1910年12月人性变了”，接着她还说变化的最初迹象就记录在巴特勒的书中，尤其是《众生之路》。确实，当时涌动着反抗父辈、鄙弃“维多利亚主义”情绪的年轻一代作家（乔伊斯、布卢姆斯伯里作家群[①]等）无不受到巴特勒这部作品的巨大影响，而且这影响还波及社会大众和美国广大读者。于是，巴特勒的命运多少有点像霍普金斯，被下一代人视为自己人、“现代人”，而经过时间的洗淘，研究者才能获得历史的眼光，重新将巴特勒置于维多利亚社会的思想文化语境，看到他与他的时代的千丝万缕的联系，包括基本价值观的认同。在失去信仰又渴求精神出路的时代，如何对进化论等新的科学观念作出回应，这是维多利亚作家共同的困惑和努力。

托玛斯·哈代（1840—1928）是维多利亚后期最重要的小说家，也是20世纪英国第一位重要诗人。众所周知，哈代一向看重诗歌，从1862年就开始认真写诗，但使他成名的是小说，于是用将近30年的时间写小说，直到评论界和社会对《德伯家的苔丝》（1891）和《无名的裘德》（1895）的

---

① 指Bloomsbury Group，是1905至1906年之间以吴尔夫为中心的一个文人社团，因聚会地点而得名，在艺术追求和品位上有异于维多利亚社会共识。

唾骂"彻底治愈了他对再写小说的兴趣,"才重新将精力投入诗歌,并很快赢得诗名。他的诗歌(包括大型史诗剧《列王》)大部分是在20世纪、即1898年到他逝世的30年间创作并发表的。其实他的诗歌和小说一样,主题多为命运的悖拗,带来厄运的巧合,但他的佳作总能超越悲观绝望,以平静而肃穆的语调、有节制的哀婉之情,以质朴、凝练的语言、不拘一格的格律,通过清晰的可闻、可见、可触摸的场景,表达忧伤、失却、挫折和悔恨的感情,因而读他的诗歌对于理解他的小说有着特殊的作用。下面的介绍遵循惯例,只谈哈代在19世纪写的小说,而他的诗歌则列入20世纪文学。

哈代出生在英国西南部多塞特郡多切斯特附近,祖父和父亲都是独立承包建筑工程的石匠,而且都是教堂唱诗班成员,热爱音乐,也爱喝酒,性格随和。家里的事情由母亲说了算,她极为爱护子女,但管教也很严厉,像《还乡》中的约布莱特太太一样,她对长子寄托了莫大的希望。哈代从15岁起随建筑师约翰·希克斯当了6年学徒,搞房屋设计和教堂修缮。如《无名的裘德》的主人公一样,他自幼好学,学徒期间每天清晨5至8时自学拉丁文和希腊文,阅读神学和文学著作,了解了现代思想。1862年他去伦敦,在一位建筑师手下工作;此间他阅读各类书籍,接受各种新鲜事物,钻研文学、哲学,并在伦敦大学皇家学院进修法文,还仔细研习绘画。他兴趣广泛,对于未来究竟从事建筑业还是当副牧师、艺术评论家或是诗人尚举棋不定。和他笔下的裘德一样,25岁前,他一直希望通过自学成为教士,后来成了不可知论者。但这个过程是渐进的,并不像许多维多利亚作家那样戏剧性地"失去了信仰",可以说教堂和宗教仪式对于他始终有感情价值。

因感情纠葛、用功过度、加上伦敦恶浊的空气,哈代终于体力不支,于1867年回到家乡,仍受雇希克斯及其继任,从事教堂修缮。1870年他被派去康沃尔工作期间遇到爱玛·拉维尼亚·吉福德,1874年结婚。哈代夫妇多次迁居，直到在多切斯特为自己盖了一所房子，才定居下来，每年仍去伦敦小住。爱玛与婆婆关系不好，后来夫妻之间关系紧张，日趋冷漠，这些在哈代的作品中都有反映。因他的文学成就，他于1910年被授予功绩勋章。1912年爱玛去世，1914年他娶弗洛伦丝·德格戴尔为妻，1928年逝世后骨灰埋在西敏寺的诗人角。

哈代回乡后就开始写小说，一开始并不顺利。写于1867至1868年间的《穷人和贵妇》被两个出版商拒绝，事实上是做初审的梅瑞迪斯提议不要发表的，但他同时也劝哈代另写一部，这就是匿名出版的《孤注一掷》（1871），评论毁誉参半。接着是得到好评的乡土小说《绿林荫下》（1872）。这时哈代下决心放弃建筑业，做了职业小说家。他的长篇小说基本上都先在杂志或周刊上连载，而后出书。《一双湛蓝的眼睛》（1873）之后，写了真正使他成名的《远离尘嚣》（1874），该作品虽然不乏幽默和轻松，但基调是悲剧性的。《埃瑟尔伯莎的婚事》（1876）讲述一个能干的管家之女为自己争取社会地位和钱财的故事。1878年至1895年是哈代的创作盛期，先后发表了《还乡》（1878）、《号兵长》（1880）、《老底嘉人》（1881）、《塔楼双影》（1882）、《卡斯特桥市长》（1886）、《林地居民》（1887）、《德伯家的苔丝》（1891）和《无名的裘德》（1895）。哈代不再写小说后，仍修改了1892年连载的《至亲至爱》，于1897年出版；这是关于波特兰岛上居民的奇特故事：一个雕塑家一辈子寻找理想的心上人，连续爱上了同名的祖孙三代，到头来娶了年老的寡妇，理想却早已远去。哈代还是写短篇故事的能手，作品有《威塞克斯故事集》（1888）、《贵妇集》（1891）、《生活的小小讽刺》（1894）、《判若两人，等人的晚餐及其他故事》（1913）等。

哈代的作品因其鲜明的地域特征而统称“威塞克斯小说”。“威塞克斯”是他利用古代西撒克逊人的国名所虚构的地名，大体相当于英国西南部多塞特、索默塞特、罕布什尔等几个郡（和特洛罗普不同的是各部作品中的人物没有联系）。小说中有时用真实地名，如苔丝家乡附近的布莱克默谷，象征她走上太阳神（也是男权社会）祭坛的巨石阵；更多的是利用真实地点的地貌、社会特征而虚构的名称，如卡斯特桥（多切斯特）、基督敏斯特（牛津）等。《还乡》中著名的埃格登荒原其实就是哈代出生的村子边上的石南荒原，只不过哈代在绘制地图时将南北方向故意换成了东西向。

哈代将自己的作品分为三组：环境与性格小说，浪漫爱情和幻想小说，独创小说（指“试验性”的作品，不甚顾及事件的可能性）。第一组包括《远离尘嚣》、《还乡》、《卡斯特桥市长》、《德伯家的苔丝》、《无名的裘德》等九部长短篇小说，按他本人的说法是“几乎没有受到他人影响的”亦即最具原创性的作品，自然它们也是评论界最重视的作品。出版形式对于理解哈代的创作命运也很重要。由于篇幅等方面的原因，他的小说在报章杂志连载时均经过删节缩略（如《德伯家的苔丝》连载时，有两处被删节的部分以独立的短篇形式发表在另外两份杂志上），而触犯当时道德规范和出版禁忌的内容往往是按原稿出书时才与读者见面，这就是为什么《德伯家的苔丝》和《无名的裘德》在连载时没引起风波，出第一版时却招致非议的原因。哈代经常修改作品，为头版和一些重要版本认真写序，阐明他的创作思想，坦率表达他对读书评论界的不满和失望。

哈代的小说中弥漫着支配宇宙和人的小世界、被他称为“命运”的驱动力量。在这种力量面前人显得渺小、脆弱，被自己的激情摆布，受着命运的搓揉和捉弄而无还手之力。这种力量可以视为神意或自然力与人自身的矛盾性的合力；它对有所追求的人来说，几乎总意味着“厄运”的降临。或许哈代本人自信是个“向善论”者，相信将来比现在美好，相信人的努力会有成果，他也曾以此驳斥一些人对他的悲观主义和宿命论的指责。然而从他的主要作品中却看到，作为小说家的哈代简直不相信社会中的人还能够成功地生活。哈代比当时任何作家都更依赖“巧合”，与其说他笔力不逮，不如说这种阴差阳错正说明人算不如天算，人在与命运的角力中几乎总是处于绝对劣势。另外，与乔治·艾略特不同，在哈代的作品中几乎不可能找到连贯一致的道德态度。

《还乡》中，在巴黎经营钻石行的克利姆有严肃的精神追求，他不愿以自己的一生去满足阔太太的虚荣心，便毅然回到了家乡埃格登荒原，打算办学，将新思想带给荒原的孩子们。母亲对他的世俗成功、出人头地寄托莫大希望，故克利姆留在家乡的愿望并未得到母亲的理解。回乡不久，克利姆就受到游苔莎的吸引，还认为后者有文化，可以协助自己办学；而爱情失意、好虚荣、我行我素的游苔莎甚至在克利姆还乡前就有了自己的计划，她要嫁给克利姆，实现去巴黎生活的理想。母子、夫妻、婆媳之间摩擦不断；一系列阴差阳错的意外事件，致使各自的和解意愿无法传递给对方，反而进一步加深误会，最终导致约布莱特太太、游苔莎以及她以前的情人的死亡。

《卡斯特桥市长》开始时，干草工亨查德在集市上喝醉酒，竟将妻女卖给水手纽森，醒来后痛悔不已，发誓20年不沾酒，从此发奋工作，终于发了财，赢得尊重，当了卡斯特桥（即多切斯特）市长。18年后妻子和女儿伊丽莎白-简回到他身边，这时亨查德雇用了苏格兰人法弗利为他做粮食生意，两人在经营决策上发生分歧，后者自营后成为亨查德的强劲对手，不仅在生意场上是赢家，还娶了亨查德的情妇。他们的矛盾反映了社会经济结构的变化和新旧经营观念的角力。亨查德是个血性汉子，对人对事都是一门心思，一厢情愿，一意孤行，而法弗利则能顺应形势，随机应变，精打细算，决不在生意和感情上做无谓的投入。亨查德受到的最大打击是伊丽莎白-简竟然是纽森的女儿，她的生父将她领了回去，亨查德离开卡斯特桥时比他来时还穷，还痛苦，最后在埃格登荒原上孤独地死去。他的失败、破产、名誉扫地和无子嗣也象征了传统生产方式的没落。

《德伯家的苔丝》中的农家女苔丝简直就是命运手中的玩物。她的不幸始自多事的牧师，他从族谱中发现苔丝的父亲是早已没落的“德伯维尔”望族的后裔。苔丝因一时疏忽，造成她家的驮马死亡，全家的生计成了问题。她怀着对自己犯下“谋杀”罪的负疚感，屈从母亲的意愿，去富有的“德伯维尔”家“攀亲戚”。这亲戚其实是经商放债发了财的商户，他在大英博物馆里查到了这个已断了后的古老姓氏，将它“嫁接”到了自己的姓氏之后。德伯家的少爷阿列克在英国最古老的森林里占有了苔丝，苔丝与他同居一个多月后毅然离去；因非婚生下的孩子不为教区接纳，苔丝自己为孩子行洗礼。不久孩子死去，她离开家乡当了挤奶工，遇到了牧师之子安玑尔（名字意为“天使”）。安玑尔视苔丝为纯洁的大自然，苔丝却因害怕失去珍贵的爱情而迟迟不敢说出自己被玷污的过去；新婚之夜苔丝说出真相，安玑尔却不能原谅，终于抛弃苔丝远走他乡。又是一系列的阴差阳错，幸福总是晚了一步到来而与她擦肩而过。小说以苔丝在英国西南地区的“旅程”组织全书，写出她忍辱负重的艰难人生里程。最后她杀了阿列克，在逃亡中和安玑尔完成了真正的婚姻之旅，在巨石阵平静地接受拘捕，走向生命的终点。

哈代往往给他笔下的人物以神话向度，因而在某种程度上使这些地位卑微的小人物显得高大。游苔莎自由自在，不愿受管束，是女神的坯子，稍加打磨就能置身于奥林匹斯山的众神之中；亨查德升得快，落得惨，有俄狄浦斯式的悲壮；苔丝如安提戈涅，面临可怕的道德选择，但最终起作用的是世袭的命运。苔丝写得有血有肉，然而这一具体丰满的形象不能只从写实层面去理解，而是具有多种隐喻象征意义。安玑尔称她为阿耳忒弥斯（月神），又称她为德墨忒耳（农神、丰收神），她既有“飘逸”脱俗之美，又与自然、大地合为一体，是繁殖力的象征，是自然本能和真实情感的化身，也是引起人的欲望之物。苔丝的气质大大超出了普通的乡姑，她有血性，有骨子里的高傲，就连她的“堕落”也可能来自贵族的血脉，它既是导致贵族没落的原因，也是她替所有作恶多端的先人承受的“报应”。实际上，哈代本人的家庭也是贵族“德哈代”家族的没落后裔；在英国西南部乡村，许多古老的望族、世家已在社会历史变迁中沉沦、消亡，他们的后人正像苔丝一家人，散落在田陌乡间。哈代和安玑尔一样，在政治和社会层面上对贵族的没落看得很清楚，但这并不妨碍他在想象中尽情玩味苔丝的命运与她的家系的关系，小说因此也增添了历史的厚重感。

以不同方式“坑害”了苔丝的两位男性——抚琴的“天使”安玑尔和拨弄着火的“魔鬼”阿列克，体现了某种基督教的思维框架，但他们又是生活在特定历史时刻、特定社会氛围中的人，有鲜明的时代特征。他们的行为既像在完成某种命定的使命，也体现了复杂的心理活动，例如阿列克并非一味地邪恶，他有迷人之处，况且他并没有抛弃苔丝，而是苔丝离开了他；安玑尔也不是简单的道学家，他虽接受了许多新思想，但对真实生活的理解却很理念化，因而不免狭隘、机械，但他也承受了痛苦，并能在痛苦中反省自己。

如果说人与“命”之间力量悬殊，那么承受厄运的能力对人就十分重要了。苔丝是哈代所寻求的斯多葛忍让精神的体现，她并非完全无辜，或只是逆来顺受，而是有主观能动性的人，不断做出选择，并忍受了选择的后果。事实上，她和亨查德一样，尽管犯了各种错误，却因具有承受巨大苦难的超常能力而获得人的尊严，得到作者和读者的同情和景仰。他们的英雄主义在于简朴的性格力量。在哈代的最后一部小说中出现了一个与苔丝相对的形象——苏·布拉德海德。这是哈代笔下最有头脑、最有知识和思想的女性，但她仍将自己的生活搞得一团糟。

《无名的裘德》对于今天的读者仍是一部令人费解的书。它同样以主人公的人生“旅程”为纲。自幼奋发好学的孤儿裘德常在家乡的高坡上远眺基督敏斯特（牛津大学）的灰色尖顶，后来他果然到了那里，但仍然只能当石匠而不是学生。如果单是教育体制的弊病，问题倒会简单些。事实是，哈代笔下的人物总要受到人性中最基本、原初的因素的制约，裘德也不例外。他那自学成才、当牧师的雄心并没有阻挡他的健康肉体的本能需要。在屠户的女儿艾拉贝拉的诱惑下，他匆匆结了婚。妻子离开他去了澳洲后，他又热恋着表妹苏。苏是当时英国文学作品中罕见的女性，她似乎是没有肉体的精灵，自由精神的化身，引穆勒的言论作为自己行为的根据。她撩动裘德，却又决心同他做一场精神恋爱的游戏：先是嫁给一个老学究，却没有真正成婚；然后突然回到裘德身边，却与他住同一寓所而保持兄妹关系；后来与丈夫离了婚，却无论如何不肯同裘德登记结婚；过了许久，两人关系突然“开禁”，很快就有了两个孩子。有宿命论思想的哈代常通过叙述人或借人物之口发表感慨，为何无辜的婴儿要被带到人世来吃苦。但是《无名的裘德》中的处理是惊人的：裘德与艾拉贝拉所生的儿子（名叫“时间老人”）有感时世艰难，居然绞死了弟弟妹妹后自杀，来帮助父母摆脱困境。本来就神经质的苏垮了，为赎罪她回到了前夫身边，裘德也回到了艾拉贝拉身边，借酒浇愁，潦倒死去。

与苔丝相比，哈代对苏的感情可能更复杂些。他竭力表现苏与裘德之间形同一人的默契，但他们的家族史表明，他们注定要承受婚姻的不幸，这是他们的“命运”。苏只想要爱，不要性也不要婚姻，体现了她对“命运”的防范和抗争，同时也说明她有“超前了50年”的更高层次的爱情婚姻观。可以说，哈代有借主人公的爱情悲剧讨论社会问题的用意。比起哈代其他的女主人公，苏更是个自觉的“异教徒”，她的自由精神是古典希腊文化和现代意识的融合，裘德正是在她的影响下逐步摆脱了基督教会或“希伯来精神”的束缚；然而当孩子们死后，苏突然摆向最传统的婚姻道德，因此，她本身以及她与裘德的关系也反映了哈代所专注的两大文化传统的复杂关系。同时，苏又是在当时女权主义运动的背景中产生的形象，与简·爱不同，她的“守身”似乎并非出于害怕自我沦丧，而是对性的拒绝和冷淡，是苔丝之反。这里可能暗含了哈代对女性智性过度发展的怀疑，也可能是哈代用女性的冷淡来惩罚裘德的情欲。娇小可爱又极为聪慧的苏对于裘德来说几乎永不可企及，即使一时得到也必然失去，因此身心完美结合的女性是不可得的，追求完美必然带来灾难性结果。裘德的妻子艾拉贝拉则属于完全不同的类型，代表了某种粗俗的动物性，但她同时也代表婚姻和习俗。

归根到底，哈代的小说是诗人的小说，在维多利亚小说家中，他和埃米莉·勃朗特最为相近，他们那有点笨拙的叙事作品展示了诗的品质，烘托出沉郁、肃穆的诗化的视域。哈代在创作时就意识到，自己记录着一个正在消逝的古老生活方式。在铁路、工业等现代文明的冲击下，英国乡村的人口流动加剧，苔丝一家在父亲死后失去家园、流徙他乡的经历，已经越来越普遍（多数人流入大中城镇），哈代称之为"水被机器压着往高处流"的违背自然的现象。随着人口流动而消亡的，是口头流传的集体记忆。

哈代是写景的高手，在他笔下的这片古老地域，不仅有其自然风貌，更是浸润着悠远的人文内涵。《还乡》的起笔写埃格登荒原的黄昏，气势恢弘，仿佛只有幽暗微明的石南荒原承接着天，但这是被神话传说、民间故事、民歌谣曲熏陶出来的眼光所看到的荒原，是有历史演化意识、深谙古典文化和基督教精神、又密切关注现代思想并思考着未来走向的人所看到的古老与广袤。通过叙述人和人物目光的重合，读者被引向荒原上的高坡，高坡上有隆起的凯尔特古冢，古冢之上仿佛站着最后一位凯尔特武士，他沉思片刻后就将沉入永久的黑夜。其实那人是游苔莎，尽管山坡—古墓—女人构成了一幅奇特、和谐的画面，但平衡很快被打破，游苔莎被上山来升篝火的老乡们所替代。一年后她在逃离家乡的途中又站到了古冢之上，纷乱的思绪应和着外界的狂风暴雨，再次形成奇特的和谐，这时仿佛从古冢中伸出一只手来将她拖了进去，日夜梦想离开荒原的游苔莎当晚就溺死在荒原上。11月5日夜晚荒原上点燃的篝火重叠着多层意义,它是四季更迭和自然节律的象征,是人们对即将到来的严冬和死亡的本能抗拒,是普罗米修斯的叛逆精神和对光明的向往;它是对1605年破获盖伊·福克斯火药案的民间纪念活动,但更是对早于古罗马时代的凯尔特人的德鲁伊德教和后来的古撒克逊人的庆典仪式的直接继承;远远看去,闪烁的篝火和下面漆黑的荒原构成了但丁所描写的"林勃"(即地狱的边缘)的景象。哈代就是这样,站在往昔与未来的交叉点上,用诗化的语言,密集的意象、借喻和典故,刻画了沉甸甸的黑色悲哀。当英国西南部的古风离当今世界越来越远去的时候,哈代的作品就越发像保存完整的地质层一样,对后人弥足珍贵。

罗伯特·路易斯·斯蒂文森(1850—1894)写海上冒险寻宝、少年吉姆与海盗斗智斗勇的《金银岛》(连载后于1883年出单行本)深受读者喜爱,流传至今,其中的独眼海盗皮尤和瘸腿海盗高个子西弗的形象刻画得十分生动;这部书还刮起了寻宝小说热,其中就有后殖民研究中常提到的哈格德[①]的《所罗门王的宝藏》。斯蒂文森的另一部恐怖小说《杰基尔大夫和海德先生》(即《化身博士》,1886)也因改编为舞台剧和电影而广为人知。医生杰基尔希望将人的善恶双重人格分得一清二楚,遂研制了一种药物,将自己身上的邪恶本能分离出来,这时他就成了面目狰狞的海德先生(意为"隐藏"),到处胡作非为。但"海德"这一面越来越失控,医生想恢复自己原先的绅士形象和人格也越来越困难,在"海德"犯下谋杀罪后,医生结束了自己的生命。这种分裂人格的描写那时已频频出现,如王尔德的《道林·格雷的画像》(1891)和康拉德的《秘密分享者》(1910)都将公开的自我和隐秘的自我一分为二。斯蒂文森的这两部作品概括了他的主要题材和主题:富有刺激的冒险、新奇的异域想象,以及从

---

① 亨利·赖德·哈格德爵士(H. Rider Haggard, 1856—1925),还著有《她》等探险故事。

心理深度思考善与恶的问题。

出生在苏格兰、学过土木工程和法学、获得过律师资格的斯蒂文森终于还是选择了创作生涯。他曾为几家杂志撰稿，短暂的一生留下了大量文笔优美的作品，不仅数量多，而且涉足小说、故事、诗歌、戏剧、散文、随笔、评论等多种文类。诗歌中，最脍炙人口的是用童心看世界、充满童趣的《儿童诗园》(1885)。他同威廉·亨雷(1849—1903)合作写过一些剧本，但不甚成功。小说除了上述两部外，还有司各特式的以苏格兰为背景的历史小说《绑架》(1886)及续集《卡特林娜》(1893)，《巴伦特雷的少爷》(1889)，虽未完成但据认为代表了他最佳创作状态的《赫密斯顿村的魏尔》(1896)，由亚瑟·奎勒-库奇爵士(1863—1944)替他完成的《圣伊夫斯》(纽约1897，伦敦1898)等。这些作品也充满了冒险行动，并有关于善恶的洞识，如《巴伦特雷的少爷》中原先诚实、安分守己的弟弟在哥哥的报复计划折磨下性格变化，走向疯狂；《赫密斯顿村的魏尔》中严厉的法官审判儿子、处以死刑，自己也受打击死去等等。他还写了许多传奇故事、寓言和短篇小说，如《新天方夜谭》(1882)、《奥托王子》(1885)、《快活人》(1887)、《黑箭》(1888)、《岛上夜谭》(1893)，以及与继子合写的《错箱记》(1889)和《退潮》(1894)等。

斯蒂文森最美的文字见于游记。因患有肺病，他总是在世界各地转来转去，寻找适宜养病的气候。《内河航行》(1878)记录了早年在比利时、法国乘独木舟旅行时的见闻，《骑驴走在塞万纳》(1879)写在法国南部山区的旅行。他在法国见到一女子，追随她去了美国加利福尼亚，终于娶回了这位离婚的奥斯伯恩太太。1889年斯蒂文森偕妻子定居南太平洋的萨摩亚岛，五年后他中风去世，就葬在当地的山上。

斯蒂文森的为人和文字都有一种妩媚，这使他在世时和去世后拥有许多崇拜者，但这魅力又几乎毁了他的声誉，因为美文不说明深刻，而有关他的生平材料的披露也使人们对他本人和书中的道德观念产生不同看法。20世纪中以来，随着对维多利亚文学的重新审视，批评界也调整了对斯蒂文森的评价，总的认为他是严肃的叙事文学作家，他将个人的经历、情感隐去，转化成审美冲动的能力尤其得到赞赏。于是海外冒险一时被读成人在危境中的浓缩表现，而20世纪末的后殖民批评家则将他和康拉德联系起来，从他的异域情调故事中读出了白人殖民者的堕落，对文明使命的怀疑等等。

爱尔兰小说家、诗人、剧作家**乔治·莫尔**（1852—1933）的作品体现当时一些文学和社会思潮的影响。他年轻时在巴黎学画，一般认为他接受了自然主义（左拉、龚古尔兄弟），也深受法国现实主义（巴尔扎克、福楼拜）的影响。回英国后他着手改造维多利亚小说，激烈批评英国租赁图书业强加给社会的道德标准，在创作和公开言论中坚持将性爱作为讨论的话题，这些成为维多利亚公共道德史上的重要事件；但他自称摧垮了正统的“三卷本”出版方式却是夸大其辞了。莫尔与唯美主义圈子也有相当的联系，无论自然主义还是唯美主义在当时都是叛逆的形式，这是他年轻时受到吸引的原因，但这些主义都在一定程度上压制了他的艺术气质，因此对他并未产生持久影响。莫尔正逢爱尔兰民族意识觉醒、民族文艺复兴的时期，他的三部曲自传《欢迎与告别》（1911—1914）是有关这一运动的重要文献。因他对舞台的丰富知识，他参与设计了爱尔兰民族剧院，即从1904年起作为爱尔兰民族剧社演出地的阿贝剧院（Abbey Theatre，因坐落在大寺院街而得名）。

莫尔的叙事作品有《现代情人》（1883）、《演员之妻》（1885）、《穆斯林的故事》（1886）、《埃丝特·沃特斯》（1894）、《伊夫林·英尼斯》（1898）及续集《修女特莱莎》（1901）、《凯里斯河》（1916）、《爱洛漪丝和艾贝拉》（1921）、《乌里克与索拉查》（1924）等。他写得最好的是《埃丝特·沃特斯》。普利茅斯福音教派的信徒埃丝特在当女仆期间，被一男仆诱奸后抛弃，她经历了贫困、屈辱和种种非人的遭遇，勇敢地抚养自己的孩子。后来那诱奸者当了店主，娶了她，却又因赛马和赌博之事搞得人财两空，死后没给妻儿留下分文。埃丝特又回到原先的东家家中，陪伴着孤独、贫穷的老夫人，终于找到了内心的平静。关于《埃丝特·沃特斯》是否体现了左拉式的自然主义有争议，法国一些批评家认为它仍属于《亚当·比德》和《德伯家的苔丝》那样的英国现实主义传统，对人物的思想脉络比较重视，对生活中的不幸不是持悲观主义态度，而是不怨不怒地平静接受。作品中如绘画般的细节描摹和通过重复使语言获得象征意义的做法也是莫尔所特有的。

莫尔后期的故事有点像史诗，如写耶稣的生平的《凯里斯河》，说耶稣并未死于十字架，而在凯里斯河边牧羊30年；耶稣认为早年人们对他的信仰是对上帝的亵渎，后见到保罗，听说自己的故事后吓坏了，要去耶路撒冷澄清真相，但保罗终于使他意识到将没有人会相信他的话。莫尔的优秀短篇小说集《未耕之地》（1903）读来有屠格涅夫和陀思妥耶夫斯基的感觉。此外，他以多部自传性作品而闻名，如《一个青年的自白》（1888）、《逝去生活的回忆》（1906）、《坦言录》（1919，1926）、《埃伯雷街的谈话录》（1924）等。

莫尔总是永不知倦地大规模修改自己的作品，光是《演员之妻》就改了四遍，给版本校注带来困难。

一生坎坷的**乔治·吉辛**（1857—1903）留下32部作品，其中22部长篇小说。乔治·奥威尔说只凭《新寒士街》（1891）、《民众》（1886）和《单身女人》（1893）三部书，就可以说英国“难得有比他更好的小说家”。

年轻时的吉辛曾因学业优秀而吉星高照，在曼彻斯特的欧文学院读书时得到多种奖学金，不想因帮助一位失足女子而犯下小偷小摸罪，入狱一个月，丢失了“远大前程”，从此与贫困艰辛为伴。他两度娶下层女子为妻，以教授希腊、拉丁文糊口，拒绝正式工作，似乎摆出了招引困苦的“姿态”，而生活在社会底层者的人生挣扎也成为他作品的重要内容，有五部作品专门写贫困。

吉辛的小说除了已提到的三部外，还有《黎明时的工人》(1880)、《没有阶级地位的人》(1884)、《伊莎贝尔·克莱伦顿》(1886)、《提尔扎》(1887)、《生命之晨》(1888)、《下界》(1889)、《解放了的人》(1890)、《人生之巅》(1899)、《我们的朋友江湖术士》(1901)、《流亡中诞生》(1892)、《威尔·沃伯顿》(1905)，短篇小说集《尘世琐事》(1898)和《蛛网屋》(1906)等。去意大利的经历及印象见于《在爱奥尼亚海边》(1901)，准备数年写就的6世纪意大利历史小说《弗拉尼尔达》(1904)在他去世后才发表。《亨利·赖克劳夫特的私人文件》(1903)介于小说和自传之间，贫穷烦恼缠身的赖克劳夫特像作者一样，在书本、回忆和沉思中得到解脱，获得精神上的愉快；作者以发现整理者的口吻，分春、夏、秋、冬四个部分披露他的日记。

吉辛深受狄更斯影响，写过狄更斯研究的专著(1898，1925)。事实上，吉辛和狄更斯以及后来的奥威尔在社会政治观念上和气质上有不少相似之处。他们有很强的阶级和阶级差别意识，反对不公平的社会规则，同情大众的疾苦，用各自的方式伸张社会正义；但他们又向往和依恋富裕阶级优雅的生活方式，对吉辛来说尤其留恋中产阶级生活所能给予的文化修养和学习的机会。他的作品既有对现实的冷峻、准确的报道，又是自己的审美理想和情感的宣泄。写社会主义运动及其幻灭的《民众》是各种矛盾的政治理念的杂合，书中的贵族(而非中产阶级)与工人的对立，并不能反映80年代的社会主义，但作为小说家，吉辛塑造的工人形象以及对社会罪恶的揭示，又构成了小说激进的一面。在《下界》中，吉辛已经抛弃了曾经吸引他的孔德实证学说，而倾向于决定论或对社会进程的“命运”的认识。他虽然没有早期社会小说家的滥情主义，可一般说来，他笔下的穷人骨子里还是中产阶级的绅士淑女；然而，《下界》中的贫民窟则是鲜明独立的文化范畴，而不再是“堕落”了的其他生活方式。妇女问题也引起他持久的关注,《单身女人》只是更加集中地讨论了(主要是中产阶级)妇女的地位、家庭婚姻、工作就业、争取权利等问题,因而在70年代以来的女性批评中重新得到关注。吉辛对男女平权的主张似抱有敌意,对维多利亚的妇女观比较认同,但仍受到当时女性争取权益运动的感染。

评论界最关注的是描写文学商业化的《新寒士街》(1891)。在报纸杂志的发行量激增的情况下,不仅新闻写作更不讲究内在质量,就连文学创作也越来越迎合市场所需。在穷困中仍坚持艺术家良知和作品质量的里尔登孤军奋战,得不到世俗化的妻子的支持,更敌不过像贾士柏·米尔万这样的眼尖手快、以经济状况作为文学成就标准的书评人。书中大英博物馆的阅览室是印刷文字的代表,象征了商业时代艺术良心所受到的压迫感。晚年的吉辛曾委托女友在法国出版此书,他压缩了三分之一的篇幅,削减了社会力量对作家的影响,突出了婚姻问题,使该书的重点从社会写实转向了心理研究。

奥斯卡·王尔德(1854—1900)生于爱尔兰的都柏林,父亲是一位著名的眼科医生,曾被册封为爵士;母亲是当时声誉显赫的爱尔兰民主主义诗人,笔名"斯潘兰扎"。王尔德早年在都柏林三一学院学习,熟读希腊、罗马的文学经典。1874年,他以优异的成绩获得古典文学奖学金而进入牛津大学莫德林学院。这是他生活里的一件大事。他晚年曾回忆道,他的生活中有两个转折点,一是他的父亲把他送进牛津大学,二是英国公众把他送进监狱。在牛津大学他从师于著名学者和文学家罗斯金和佩特,正是这两位思想巨匠深深地影响了王尔德,造就了这位日后驰骋文坛的诗人、小说家、戏剧家、批评家和童话作家。

当时唯美主义思潮正在英国崛起。法国传来的象征主义,德国传来的无功利美学,加上英国本土的前拉斐尔派艺术家的世纪风格和美学理想,在英国形成了一个强大的文艺运动:为艺术而艺术,为形式而创作,为美而生活。青年王尔德对此身体力行：身着奇装异服，经常语惊四座，自称是“美学教授”，与中国花瓶、日本扇子、孔雀羽毛、向日葵、玉兰花为伍。他以其唯美主义的形象和机智风趣的谈吐风靡伦敦，而这时他还没写出一部像样的作品。

1881年，王尔德自费出版了《诗集》，但批评家认为模仿多于创造。不过其中也有一些值得称道的诗作。在《早晨的印象》一诗中，王尔德刻意描写了泰晤士河上色彩斑斓的画面，以呼唤起视觉艺术的效果。其中“黄色的雾从桥上蔓延下来/直至房屋的墙角/又变成一片片阴影”使人想起T.S.艾略特《阿尔弗雷德·普鲁弗洛克的情歌》中的某些段落，充满现代的感觉和意象。1882年，王尔德应邀去美国巡回演讲，宣扬他的唯美主义理论，引起轰动。美国各地的报刊争相报道他的思想观点及其言行举止、做派服饰。他演讲的内容包括被称为“英国的文艺复兴”的形式主义、唯美主义思想，服装美学和室内装饰艺术以及爱尔兰文化等，其中三个演讲稿于1908年收入《论文和演讲集》一书中，成为了解他早期美学思想的重要资料之一。

在这个时期王尔德的主要创作是童话和小说。1888年《快乐王子和其他故事集》出版，受到人们的喜爱。这些童话故事笔调轻松、语言幽默、风格华丽，代表了他早期作品的唯美主义特色。另一些发表在90年代的童话则更具有思想的魅力。《渔夫和他的灵魂》（1891）表达了作者对人性和自我等问题的思考。年轻的渔夫想要美人鱼为妻，但苦于拥有人的灵魂而不能如愿。他必须去掉自己的灵魂，而它的载体只不过是他月光下的影子。剪掉脚下的这幅阴影，灵魂也就随之而去。显然，王尔德在这里表达了他的一贯思想：人没有内在的本性，自我是由外在之物构成。这一点受到当代批评家的推崇。王尔德短篇小说中也有十分优秀的篇章，如《阿瑟·塞维尔勋爵的罪行》（1887）。故事讲述了塞维尔如何遵循他的掌纹所显示的命运进行了一次谋杀，表示“生活模仿艺术”。其中主人公在伦敦昏暗的街道中踽踽独行的场面已经预示了《道林·格雷的画像》的主题。英国20世纪批评家雷蒙·威廉姆斯指出，这种对大都市的描写，黑暗的街景、陌生的人群、混乱的生活、神秘的城市衬托出一个孤独、恐惧的行人，是狄更斯、盖斯凯尔夫人、吉辛、威尔斯以及波德莱尔、陀思妥耶夫斯基作品中的典型形象。这一城市景象“不仅仅是现代生活的一种形式，它还是特定的现代意识的一种物质表现”①。它表现了现代人的异化、自我分裂和焦虑的意识。

对王尔德的唯一一部长篇小说《道林·格雷的画像》(1890)的主人公与其画像的关系，也可以从这一角度理解。道林·格雷是一个美男子，他看着自己优美的画像不禁思忖，希望自己能够青春永驻，让画像承担衰老的厄运。不料他的奇想竟成为事实：道林的时间之流似乎凝固，在永恒的青春中过着浮华、放纵、颓废的生活，而他的每一点恶行都在画像上留下抹不去的痕迹。最后，当他看着衰老、凶残而且丑陋不堪的画像时，心中充满恐惧和悔恨。他用匕首刺破了画像，结果刺杀的却是自己。

小说涉及的问题之一就是广泛流行于晚期维多利亚文学的双重人格或自我分裂的观念。在这里，内心与外表、本性与行为、感性与理性、自我与他人均处于剧烈的矛盾对立之中。其他同时代小说家也涉及了同一主题：如斯蒂文森的《化身博士》中的杰基尔大夫与海德先生，以及马克斯·比尔博姆的《幸福的伪善者》中邪恶的乔治·赫尔勋爵与他的圣人面具。这些作品都是以寓言的形式，生动地表现了资本主义条件下人的分裂和异化状态。在荒诞不经的故事下面隐藏着作者对人生与社会极为痛苦而深切的体验。

80年代后期，王尔德开始写下一些有分量的批评文字。1891年有四篇结集出版，取名为《意图》。此书奠定了王尔德作为一个优秀批评家的

---

① 雷蒙·威廉姆斯(Raymond Williams)：《城市与乡村》，第239页，伦敦，1985年。

声誉。其中著名的文章有《谎言的衰落》和《作为艺术家的批评家》。王尔德认为，艺术并非是生活的模仿，也不是个人情感的表达。相反，生活、情感在艺术中成形。因为艺术作为更高的文化现实，赋予生活、思想、情感以形式。而我们通过艺术形式和语言的中介能更深刻地体验生活。“语言是思想的父母，而不是思想的产儿。”批评家与作品的关系也一样：批评家通过自己的生活体验理解作品，阐释作品，因而批评也是一种创造，是批评家的“自传”。王尔德能在上个世纪就提出这样的观点，与当代阐释学与后结构主义有某种相通之处，是难能可贵的。

当然，王尔德最为知名的作品是他的话剧。但他的两部早期剧作是不成功的，他的重要作品是一部诗剧和四部社会喜剧。该诗剧《莎乐美》用法语写成，在英国遭到禁演，1896年在巴黎上演时受到欢迎。诗剧把人的感官和感性与传统的灵魂、思想、精神等概念对立起来，并加以推崇，表现了唯美主义、颓废主义的艺术理想和生活态度。1892年伦敦上演王尔德的《温德米尔夫人的扇子》，取得极大的成功。在接下来的三年里，王尔德又陆续写了《无足轻重的女人》（1893）、《理想丈夫》（1895）和《认真的重要性》（1895）。王尔德的喜剧中都有一个突出的人物形象：“花花公子”，如达林顿勋爵、伊林沃斯勋爵、戈林勋爵以及沃辛。他们衣着华丽，谈吐不凡，思想深邃，超凡脱俗，是王尔德本人的化身。“花花公子”作为艺术形象和生活理想在欧洲文学以及社会中有着悠久的传统，从英国的谢里丹、拜伦、布鲁麦尔（1778—1840）、迪斯雷利到法国的巴贝·铎维利和波德莱尔，特立独行、反抗世俗的“花花公子”由个人风格和艺术形象发展成为一种生活和艺术哲学。王尔德的“花花公子”观念则是与佩特的唯美主义思想相联系的，强调感性、形式以及瞬间的美的感受，当然也具有弘扬个性，颓废享乐的色彩。总之，它与维多利亚道德主义、功利主义和“小市民”世俗观念是格格不入的。

1895年，正当王尔德作为艺术家达到事业的顶峰之时因同性恋被捕入狱。两年的狱中生活彻底毁坏了他的身体和情绪，从此一蹶不振。但他还是坚持写了两部作品。一是《狱中记》（1905年发表），以长篇书信的形式表达了对苦难的意义的思考，深切感人。二是《里丁监狱之歌》（1898），以监狱生活为题材，风格简洁凝重，形式上刻意模仿柯尔律治的《老舟子吟》，也是英诗中的精品。

王尔德出狱后住在法国南部的一个小镇，后来又到巴黎生活了两年。虽然有朋友们的帮助和照应，但终因身心交瘁，在1901年新年到来之前贫病而死。他曾说他的成绩还不到他应该成就的四分之一。不过，就是现存的作品也足以让后人仰止。他的深邃思想和聪明睿智已经超越了国界。他生前的最后一句话仍然是那么机智和幽默，他说："如果新的世纪开始我还活着，那就不仅是英国受不了了。"

在英国作家中，富家出身的**威廉·莫里斯**（1834—1896）受马克思的影响较深，在80年代中期曾发起社会主义联盟，参加过示威游行，主张工人通过革命执掌政府和工业，使劳动重新成为令人愉快的活动。但他更是罗斯金的弟子和崇拜者，接过了卡莱尔和罗斯金对中世纪的政治性阐发和后者的美学理想，其散文叙事作品《乌有乡的消息》（1891）描绘了没有机器的共产主义图景，富有中世纪生活的色彩和活力。与政治理想有关的作品还有《约翰·鲍尔之梦》（1888），写巴黎公社的长诗《希望之旅》（1886）等。

莫里斯像一位"超人"，除了后期频繁的政治活动外，还集写诗、作画、经商、家具设计、室内装潢、印刷装帧、工厂主、织布艺人于一身，在这些方面都有极高的造诣。1856年，莫里斯和画家伯恩-琼斯（1833—1898）在牛津大学期间办过12期《牛津剑桥杂志》，并为之撰写诗文。因仰慕罗赛蒂，曾跟随他在牛津联合会辩论厅作壁画，加入了再度复兴的前拉斐尔兄弟会。60年代初，他的兴趣又转向实用艺术，以装修自己的新寓所"红房子"为契机，与艺术家友人创建"莫里斯、马歇尔和福克纳公司”，坚持中世纪的手工艺标准，同商业化的制作、低级庸俗的趣味抗衡。该公司生产家具、印染和刺绣织品、挂毯、地毯、彩色玻璃、墙纸、雕刻、金属饰物乃至厨具等，引发了影响整个英国和欧美的“艺术和手工艺运动”，彻底革新了公众对装饰艺术的品味。1890年，他又成立凯尔姆斯各特印刷社，出版的古典作品，尤其乔叟文集，其装帧之精美、印刷之考究，为印刷史上的重要一页，至今仍可见其影响。

作为诗人的莫里斯以乔叟式的叙事诗著称，1858年发表的诗集中，《桂纳维尔的自辩》、《滂沱大雨中的干草垛》等现已成为英国文学中的名篇。《桂纳维尔的自辩》的故事取自15世纪马洛里所著的《亚瑟王之死》和让·弗瓦萨尔编年志的英译本。桂纳维尔是亚瑟王之妻，同朗斯洛骑士有私情，由此引起一系列的内乱，导致王朝的覆灭。马洛里的版本中，王后被告知已判她火刑，但没有正式审判。莫里斯则想象出王后受审，为自己辩白，拖延时间，最后被朗斯洛所救的生动场面。他很明智地删除了原先很长的开场白，略去一切背景介绍，因此这部诗作很像勃朗宁的戏剧独白(勃朗宁是莫里斯最钦佩的诗人)，开篇突兀，一下子进入紧张气氛，省去过渡转折；全篇用三行诗节，连环韵，一气呵成，紧凑而有起伏。诗中丰富的视觉形象和细部描写，又显现出前拉斐尔派的特点。特别有意思的是，丁尼生同年发表的《国王田园诗》中关于桂纳维尔的一首诗，那位王后深深负疚，心情抑郁，完全不像莫里斯的桂纳维尔，受着审判还理直气壮，在她富有魅惑力的滔滔辩词下，掩盖着复杂的思想活动和脱身计谋。《滂沱大雨中的干草垛》的背景为历史上的英法战争，用两行一韵的对偶句叙事，韵脚细密而又自然(莫里斯不甚喜欢素体诗)，足见诗人的功力。三位人物形象鲜明，有勃朗宁式的戏剧张力，罗赛蒂式的画面，但那种中世纪的勇武、刚硬和惨烈，那直截了当的乃至生硬的叙述风格，则是莫里斯所独具的，为英诗中罕见。

莫里斯著有大量的散文和诗歌。《人世乐园》(1868—1870)仿效乔叟中古情趣的《坎特伯雷故事集》，让一群寻找人间乐园的北欧人和海上一座无名城的老人讲述故事，内容都是莫里斯有浓厚兴趣的古典、中古时代，尤其是冰岛和北欧的传奇，每个月两则故事，共一年，每个月又配有抒情诗，叙事主体使用乔叟的七行诗节的皇家韵体，可读性强。最早写的《伊阿宋的生与死》(1867)很有名，单独成篇。他还重写了北欧英雄史诗《沃尔松的席格德》(1876)，翻译了维吉尔的《埃涅阿斯纪》。莫里斯对早期的叶芝诗歌有较大影响。

阿尔杰农·查尔斯·斯温伯恩(1837—1909)和德莱顿、柯尔律治、阿诺德、T.S.艾略特以及美国的爱伦·坡一样，是个诗人批评家，在剧、诗、评三方面均有成就，共发表过36卷作品。他那甜美流畅的诗句，令人陶醉的强烈节奏，丰富多变的韵律组合，都表现出与生俱来的铸造文字音乐的天赋，后世很少有人企及。由于他和罗赛蒂、梅瑞迪斯、莫里斯等人的友谊，一般也将他看成后期前拉斐尔兄弟会的成员。

斯温伯恩对诗歌格律形式的实验拓宽了诗歌的表现疆域，但是在当时被视为对诗歌传统的叛逆，事实上斯温伯恩也确实是在向时代挑战。他早年最鲜明的姿态就是叛逆：虽出身贵族，就读于伊顿和牛津，但政治上同情自由共和派，支持意大利爱国运动，宗教上同情异教，生活上放浪形骸，受法国作家萨德(1740—1814)影响，有施虐受虐的倾向。早期诗集《诗歌与谣曲》(1866)试图以古希腊抒情诗人和19世纪法国诗人的精神，书写肉体爱和声色感官之娱，往往故作骇世惊俗之态，加之炫目的音律变幻遮掩了意义，竟成为维多利亚文坛上的著名丑闻。但诗集很受年轻一代的欢迎，其中的名诗有自传性的《时间的胜利》，诗中有对古代以来文学文本的大量借喻影射，显示出厚实的文学功底。

酗酒过度过早地摧毁了他的健康。幸而有朋友沃茨-邓顿的悉心照料，他在后者郊外的家中度过最后30年，戒了酒，创作仍不间断，出版了23种诗歌、戏剧和散文集，包括莎士比亚、本·琼生、雨果等的评论集，关于苏格兰女王玛丽的诗剧三部曲等。后期政治观点转向保守，1878年出版的《诗歌与谣曲》续集也不再刻意追求感官刺激。

斯温伯恩最受称颂的是他的成名作《阿塔兰忒在卡吕东》（1865）。这是从形式到内核都力图重现古希腊悲剧的诗剧，写跟随伊阿宋取金羊毛，也参加了在卡吕东狩猎的英雄墨勒阿格罗斯和他母亲阿尔泰亚的悲剧冲突。命运女神曾预言墨勒阿格罗斯的生命将随着出生时的一段木头燃尽而终结。虽然母亲立即熄灭了燃木，但当墨勒阿格罗斯杀死肆虐的野猪，并将战利品献给女猎手、他所爱的阿塔兰忒时，却引起其他猎手的不满。冲突中，他杀死了舅舅们，激怒了母亲，她重新燃起木段，致使儿子很快死亡。斯温伯恩将各种矛盾的对峙写得淋漓尽致：团结和分裂、愉快和痛苦、欲望和制约、成长和停滞等等，并将这些同希腊传统中的命运和自由意志的命题结合起来。作家心目中的希腊，是人们可以不受拘束、自由表达情感思想的国度，而并非阿诺德心目中清澈平和的希腊。诗剧熟练运用隐喻借喻，富有乐感的文字旋律自始至终未有松懈。

他的诗歌的两大主题是自由和爱情，此外是死亡。他对死亡有一种痴迷，名人逝世他总要写挽歌，为法国诗人波德莱尔作的挽歌被认为是英诗中继弥尔顿的《黎西达斯》、雪莱的《阿多尼斯》和阿诺德的《色希斯》之后的第四大悼亡诗。

维多利亚后期最重要的批评家**沃尔特·佩特**（1839—1894）大半生都在牛津大学度过，担任古典文学教师。他入学时，阿诺德正任牛津诗歌教授，他的讲授引发了佩特对批评的兴趣。1873年发表成名作《文艺复兴历史论集》，他的青年学生视之如唯美主义的宣言。王尔德称它为随身带的“金书”，又说那是“真正的颓废之花”。性格内向、不爱抛头露面的佩特深感不安，怕“有可能误导了年轻人”，在第二版中去掉“结论”，到1888年第三版时作了修改后才补回。

《文艺复兴历史论集》是有关14至16世纪意大利画家和作家的论

集，强调具体、深入、细腻的审美经验，倡导精神、道德和感官的极度欣喜状态的融合。这里似已不再有恒久的真理，而只有捉摸不定的感官感受，稍纵即逝的片刻在心目中留下的形象。佩特有强烈的死亡意识，如济慈一样，死亡和生命之短暂锐化了对美的追求，他说自己自幼便很认同庄重、素净的色调，因而迷恋宗教，即使后来受到自由主义思潮影响，失去了基督教信仰，他仍只为了教堂本身的缘故而坚持做礼拜，因为那里的灯光、器皿、服饰和仪式都让他感到美和圣洁。《房屋中的孩子》(1894)使用第三人称，细腻地摹写作者童年时期所感受到的周围世界的细小变化，以及在片刻印象的叠加中所经历的“头脑建造”过程。佩特很喜欢用心脏的“搏动”来表示以积极的审美态度感受短暂人生的激烈程度，他的“片刻”其实融汇了无数代人的梦想和情感。《文艺复兴历史论集》的“结论”部分将诗的激情、追求美的欲望、为艺术本身的缘故而热爱艺术说成是最明智的人生态度，因为艺术坦言什么也不能给予，只除了能让你活出那片刻人生的高质量。

和维多利亚中期的卡莱尔、纽曼、罗斯金等人相比，佩特不再发出工作和尽责的强令，认为求索真理也不再具有意义，道德批评的调子也大大降温；而通过艺术充分品尝和享受感官经验则成了我们的责任，王尔德等人可能因此觉得佩特比大喊大叫地攻击维多利亚价值的斯温伯恩和巴特勒等更有颠覆性。但是，佩特在许多方面仍师承了他的前辈，比如强调文艺复兴对中世纪的继承而非对立，又如哲理小说《马里乌斯：一位伊壁鸠鲁式的青年》(1885)中所体现的认真、勇气和热忱(马里乌斯是2世纪罗马青年，最后为救基督徒朋友而牺牲自己)。佩特也因对作为现代主要文类的散文及散文风格的精心研究而著称，他本人写文章就像写诗，仔细推敲字词的音律节奏。其他作品还有《想象中的肖像》(1887)，评论莎士比亚、华兹华斯等英国作家的《赏析》(1889)、《柏拉图和柏拉图主义》(1893)、《希腊论集》(1895)等。

杰拉德·曼利·霍普金斯(1844—1889)曾在相当长的时间内“跻身”20世纪现代诗人的行列,被现代主义评家奉为维多利亚时代唯一的大诗人,这不仅因为他的作品直到1918年才发表,更重要的是他在格律和词语方面的创新很符合崇尚玄学派的现代诗人和批评家的品味。到了80年代中期他又“归队”,重新被认可为维多利亚诗人,这说明经过历史的沉淀,文学史家和批评界已对浪漫主义以来的文思的递嬗和承继关系有了比较客观的认识。霍普金斯所写诗歌数量虽小,却不但有极其独特的个性、诗品,也浓缩而强烈地表现了怀疑与信念、绝望与希望共存的维多利亚时代特征。

霍普金斯出身伦敦的殷实家庭,自幼修习音乐和绘画,后来他能在诗歌中创造出鲜明的物体形态和内在韵律,很得益于这些方面的厚实基础。在牛津大学读书期间,阿诺德的人文思想,罗斯金和佩特的美学观,前拉斐尔派的创作等,都对他产生很大影响。霍普金斯的指导老师佩特的影响尤为直接,使他注重通过感官活动去强烈地体悟具体事物之美(1865年的柏拉图式对话《美之源》可能就是为佩特而写)。他的日记中大量记载了对自然事物之颜色、形状、动态的细致入微的观察,他的诗歌也往往从自然物体或人的具体的“形”入手。他之所以没有走向唯美主义,是因为宗教的感召力。60年代“牛津运动”余波未平,作为牛津大学学生的霍普金斯从温和的国教转向高教会,最后受到纽曼的《自辩》的感召,于1866年皈依了罗马天主教,1868年加入组织纪律严格的耶稣会,受训九年后正式授任神职,1885年被任命为都柏林大学学院的古典文学教授。

可以说,霍普金斯的诗歌展示了唯美主义和禁欲主义之间赤裸裸的冲撞,充分体现了天生的、极富创造力的艺术家个性与千锤百炼而获得的耶稣会教士的宗教品格之间的张力。他在学生时期写过一些诗,模仿济慈的华美辞藻,但改宗后认为不应沉溺于感官愉悦,遂焚烧了绝大部分诗稿,并沉寂七年,但此间仍在积极探寻“新的韵律”。1875年第一次写出大量使用“弹跳韵律”的抒情性颂歌《德意志号的沉没》，内容是关于当年某冬日在泰晤士河口发生的触礁事件，船上五名逃避德国宗教迫害的方济各会修女遇难。霍普金斯的兴趣不在叙事，而是苦难与赎救、信仰与牺牲的对立统一关系。该诗因风格太特殊，未能在耶稣会的刊物上发表，后来的一些运用“弹跳韵律”的短诗也被拒绝。霍普金斯从此不提发表之事，但在繁忙的神职工作之余仍坚持创作，作品中有许多格律创新的十四行诗，《主的神威》、《星光之夜》、《春》、《风鹰》、《斑驳的美》、《亨利·蒲塞尔》、《菲力克斯·兰德尔》、《翠鸟》、《耕夫哈里》等都是名篇。

从1868年前后起，霍普金斯的日记书信中便频频出现他生造的“内形”和“内力”两个词，用以表达他的诗学原则。1872年在研修中世纪哲学家邓斯·斯各特斯（1265？—1308）的著作时，他又惊喜地发现斯各特斯的“个性化原理”和“知识理论”等正好从哲学上阐明了他的想法，使他能以基督教诗人的身份做耶稣会教士所不能做的事情，即充分展示个性。“内形”指万物均有只属于个体的图案模式和独特品性，即斯各特斯所说的作为“这一个”而非别个的形态和属性。个性是动态的，每个生命都在做着唯一的同样的事情：“展现出各自所具有的内在生命；/活出自己，成为它自己”（《翠鸟》）。把握“内形”需要敏锐的观察和知性的结合，要靠“内力”。“内力”大体可从客观和主观两个方面去理解，它既指维系着事物内形的、具有先天决定作用的能量（相当于上帝的作用），但也是发自内形的冲动或能量的投射，它刺激感官，从外部涌入观察者的心中，使我们得以认出其他物体，体会其个性和完整性。但人的认识并不止于个性，如斯各特斯所说，感受事物的特性是“第一行为”，心智还必须通过“第二行为”即抽象和比较，达到对普遍性的认识。对霍普金斯而言，个性最终都是上帝造物的印记，认识个体也就成为认出和领悟神性的行为。于是，写诗是体认上帝的创造，也是展现和颂扬上帝赋予的独特性；是体验事物间错综复杂的联结，也是一种道德顿悟。他的诗中，“基督”象征了自然、人和上帝的联结，预示人在复杂的感情和道德经历中走向精神上的至善境界。

为捕捉事物的内形，再现诗人体察事物、受到灵感冲击时的想象性活动，霍普金斯创造了许多独特的表达方式。他打破句法常规，省略本来不可省的连词，多用重复、双关语，特别是利用合成法造新词，形成直觉性极强、具有感官冲击力的组合，有力地融合了事物的形态和品质。所有这些，加上他在韵律方面的实验，造就了他的诗歌的独特“内形”，他人难以模仿。霍普金斯所说的“弹跳韵律”，试图打破几百年来主宰英诗的重轻音有序相间的韵律传统，回到古英语诗歌中以押头韵的重读音节组织诗句的做法，而不再严格计较轻读音节的数目，因此他的诗歌读来有粗粝古朴的感觉。但他并非全部用“弹跳韵律”写诗。他的“新韵律”还包括对位韵律或混合韵律，使用额外音节等等。霍普金斯始终强调他不是独创者，而是发掘并系统运用了英国诗歌（如莎士比亚、弥尔顿等）和民间谚语中常见的、更接近口语和散文节律的节奏。

霍普金斯晚期（1885至1889年）曾写下一些“可怕的十四行诗”，如《腐肉的慰藉》、《我醒来摸到黑夜的皮，而非白昼》、《主，你确实公道》等，或许对于个性的过分强调导致了自我闭锁，使他同上帝疏远。但即使他表达了绝望，惶恐，怀疑，这种经历“灵魂的黑夜”的痛苦在基督教传统中也是常见的，并没有改变霍普金斯最终相信上帝存在的信念。

第四节　俄国文学

从“农奴制改革”到80年代，俄国社会经济逐步向资本主义过渡，其中，铁路建设和银行业的发展尤其迅速。资本主义的发展引起农村的阶级分化，广大农民受贵族地主和资产者的双重剥削，日益贫困化，少数农民上升为富农、富商。新兴资产者在政治上软弱，常与贵族、官僚相勾结。亚历山大二世在60年代进行的司法、地方自治局和大学教育等方面的改革进展迟缓。沙皇政府日趋保守的政策引起了广大社会阶层的不满。70年代产生的民粹派运动，举起“到民间去”的旗帜，深入农村对农民进行宣传，试图发动一场推翻沙皇制度的社会革命，以俄国古老的农村“公社”为基础，直接过渡到社会主义。但是，他们在农村的革命活动遭到失败。70年代末、80年代，部分民粹派（特别是成立于1879年的民意党）转而采取个人恐怖手段，给革命运动造成了很大损害。1881年3月，民意党人炸死了亚历山大二世。但是亚历山大三世继位后，更为保守、反动，使俄国又进入政治黑暗期。另一方面，俄国无产阶级开始登上历史舞台。1883年，普列汉诺夫在日内瓦成立“劳动解放社”，使马克思主义在俄国得到传播。1895年，列宁在彼得堡建立“工人阶级解放斗争协会”，把马克思主义与工人运动结合起来。从此俄国解放运动进入第三阶段，即无产阶级革命时期。

在这一时期，俄国现实主义文学的批判分析倾向进一步加强。谢德林具有高度概括力的讽刺文学，陀思妥耶夫斯基批判超人哲学、寻求正面理想的长篇小说和托尔斯泰深刻反映改革后俄国社会矛盾的许多名著将俄国文学推向欧洲文学的前沿。俄国文学以其思想深度和艺术创新产生了重要影响。然而19世纪俄国长篇小说的发展在70年代末、80年代初暂告一段落。自60年代中期兴起的特写、中短篇小说在70、80年代广为流行，重新审视长篇小说所遗落的角落。继60年代的平民作家之后，这一时期的民粹派作家纳乌莫夫（1838—1901）、格·乌斯宾斯基（1843—1902）的作品，以作家的亲身体验和观察，描绘改革后农村的社会、经济状况，刻画农民的心理特征，并描写了民粹派运动。而迦尔洵（1855—1888）描写知识分子苦闷的一组中短篇，在现实主义占主导的时代，放出浪漫主义的异彩。托尔斯泰在80年代也把注意力集中于中短篇创作，到80年代中期柯罗连科和契诃夫更开拓出中短篇小说的新天地。列斯科夫善于从民间文学吸取养分，在此时期创作了具有流浪汉小说特征的故事体小说，以其独特风格在俄国文学史上占有特殊地位。

从90年代起，俄国文学进入其发展的新阶段。高尔基（1868—1936）根据他漫游俄罗斯的强烈生活印象创作的《特写与短篇小说集》（1898）以其刚劲有力的写实和昂扬的浪漫主义理想，不仅轰动俄国文坛，而且在世纪之交的欧洲文坛引起了强烈的反响。另一方面，在法国象征主义诗潮和俄国哲学家、美学家弗·索洛维约夫（1853—1900）的影响下，产生了俄国象征主义文学运动。它通常被划分为1892至1900年的前期象征主义和20世纪初期的后期象征主义两个时期。前期象征主义始于梅列日科夫斯基（1865—1941）发表的诗集《象征》（1892）和论文《论现代俄国文学的衰落和新的文学潮流》（1893）。他提出“神秘的内容、象征、艺术印象的扩大”应成为新艺术的三大要素，从而带有神秘主义色彩。接着，巴尔蒙特（1867—1942）、索洛古勃（1863—1927）等诗人相继发表追求梦想、瞬间的美，探讨人生的永恒意义的诗篇，或抨击社会，或表达彷徨、孤独的情绪，而吉比乌斯（1869—1945）的诗作则带有颓废主义倾向。勃留索夫（1894—1924）主编的诗刊《俄国象征派》（1894—1895，共三期）的出版，可以说标志这一诗歌流派在俄国的形成。

关于俄国象征主义，将在20世纪文学中加以评述，而本时期将要论述的重点是取得卓越成就的几位小说家。

费奥多尔·米哈伊洛维奇·陀思妥耶夫斯基（1821—1881）是19世纪俄国文学乃至欧洲文学最重要的作家之一。他在晚年的笔记中这样概括自己毕生的创作：“人们称我为心理学家，这不对，我只是最高意义上的现实主义者，即描绘人的灵魂的全部深度。”

陀思妥耶夫斯基出生于莫斯科玛丽亚贫民医院医生的家庭。父亲早年是个军医，性格古怪，好猜疑，1828年获世袭贵族称号，后来在图拉省购置了两个小村庄。母亲出身莫斯科有教养的商人家庭，温和善良，是个虔诚的东正教信徒。在家庭中，年幼的陀思妥耶夫斯基接受了《福音书》、卡拉姆津的《俄国国家史》和普希金诗歌的文化熏陶。1838年至1843年，陀思妥耶夫斯基就读于彼得堡中央工程学校。这是一所培养军官的学校，但陀思妥耶夫斯基不喜欢军事课程，而沉醉于普希金、果戈理、席勒、雨果和巴尔扎克的文学世界；既崇敬乔治·桑笔下人物的高尚情操，又为霍夫曼充满幻想的艺术所吸引。1839年他在给哥哥的一封信中说："人是个秘密，必须识破它，"即使为此要花费整整一生，也不是浪费时间，"因为我愿意成为一个人"。他一生的创作所追求的正是这个目标。1843年工程学校毕业后，陀思妥耶夫斯基在彼得堡工程部队绘图处供职，1844年10月获准退役。是年，他翻译出版了巴尔扎克的小说《欧也妮·葛朗台》。1846年，他的第一部作品——书信体中篇小说《穷人》问世，诗人涅克拉索夫惊呼：新的果戈理出现了。

陀思妥耶夫斯基从创作伊始就把艺术描写的中心置于人的灵魂世界。《穷人》的主人公杰弗什金是受人轻蔑的贫穷小官吏，种种思虑和情怀萦回于他的心灵。但使他感到最悲哀的是：年过五十未曾尝受一点情感生活的欢乐。他为保护和抚养被富人逼得走投无路的孤女瓦尔瓦拉，自己弄得一贫如洗，却感到无比的欢乐和慰藉。他向不公平的社会发出抗议的呼声：为什么一些人还没生下来就注定要享受荣华富贵，而另一些人却注定要受凶恶的权势者蹂躏？但是杰弗什金很快又惴惴不安地把自己这"过分的自由思想"打消。他的境况愈来愈拮据，一次在长官"阁下"面前因自己制服上只剩下一根线挂着的一个衣扣掉下而感到无地自容，并为"阁下"接济给他100卢布而感激涕零。最后瓦尔瓦拉不得不违心地嫁给一个有钱有势的地主，杰弗什金失去了一切欢乐。这部小说的独创处在于对畸形心理的探讨，主人公身上既有悲剧性色彩又有滑稽成分。杜勃罗留波夫评论说:“陀思妥耶夫斯基先生以其青春才华的全部精力和新鲜感着手分析了使他惊讶的、我们可怜现实的畸形状态,并在这一分析中善于表达自己高度的人道理想。”[①]《穷人》受普希金《驿站长》和果戈理《外套》的显著影响,同时又表现出作者独特的艺术倾向。别林斯基称赞陀思妥耶夫斯基的缪斯钟爱阁楼和地下室的居民。

紧接着《穷人》,陀思妥耶夫斯基在中篇小说《分身》(1846)中探讨小官吏的精神分裂状态,在《女房东》(1847)中描绘金钱魔力对纯洁少女灵魂的腐蚀,在《白夜》(1848)中表现彼得堡青年对平等、博爱世界的梦想和追求。他的现实主义创作越来越带有幻想性特征,并与别林斯基的现实主义理论发生冲突。1847年春,陀思妥耶夫斯基参加彼特拉舍夫斯基小组的活动,研究空想社会主义学说,并且因此于1849年3月被捕,12月被判死刑,旋即改判徒刑。陀思妥耶夫斯基坚强地迎接苦难,在被判刑后给哥哥的信中说:“生活,到处是生活”,“无论在什么样的不幸中也不消沉,也不堕落,这就是生活,就是生活的使命”,“而且我仍旧有一颗心,仍旧有血肉之躯,它同样可以去爱,受苦,渴望和记忆,而这仍旧是生活!”他在西伯利亚鄂木斯克要塞监狱服苦役四年,随后又被流放于哈萨克的谢米巴拉金斯克四年,1859年12月才获准返回彼得堡。苦役和流放使他深切感受狱吏的残暴,了解了民众的性格及其阴暗悲惨的生活故事,同时也受到民间的宗教信仰的感染。

重返彼得堡后,陀思妥耶夫斯基以惊人的毅力和艰苦的努力投入文学活动。60年代初期,他创办杂志《时间》(1861—1863)和《时代》(1864—1865),发表了《关于俄罗斯文学的系列论文》(1861)和小说《被侮辱与被损害的》(1861)及《死屋手记》(1861)。在论文中他主张全民族的和解,有教养的阶层回到人民的“根基”(“土壤”),将西欧文

---

① 《俄国批评界论陀思妥耶夫斯基》,第61页,莫斯科文学出版社,1956年。

明与俄罗斯民族原则协调起来，以全人类的幸福为理想。这些观点被称为“土壤派”学说。在论文中他还提出艺术总是帮助人们寻求“美的理想”，从而总是具有现代性和现实性的观点。《被侮辱与被损害的》描写被玩世不恭的贵族欺辱的两个家庭的悲惨故事。瓦尔科夫斯基公爵诱骗并抛弃了某工场主的女儿，使其沦落彼得堡贫民区，不久病亡。他们的私生女涅莉在十二三岁的幼小年纪便成了充满怀疑与憎恨的歇斯底里病态少女。公爵还诬告待人诚实的管家伊赫缅涅夫侵吞了他的财产，并以阴险狡猾的手段破坏管家女儿娜塔莎同公爵儿子的爱情与婚姻，弄得伊赫缅涅夫一家几乎破碎。小说以《福音书》的名义提出可否宽恕公爵这样的暴君？娜塔莎在宽恕中发现一种甘美，然而涅莉直到临死前都不原谅公爵。这样，小说便给出复调的答案。小说在很紧凑的一段时间里聚集了许多令人焦虑不安的生活事件，造成小说时间旋涡般的急速运动。作品的空间大多设置在阴暗的房间、走廊、门厅和小巷里，烘托出被侮辱与被损害者的悲惨境遇。小说标题成了19世纪俄国人道主义文学的一个象征。《死屋手记》根据作者对鄂木斯克监狱囚徒生活的回忆写成，以其充满人道主义同情的艺术视角和性格刻画中的“微妙而真实的心理学”受到托尔斯泰和屠格涅夫的称赞。所描绘的囚徒性格可分为两大类。一类是以卡津为代表的虐待狂和病态心理人物。卡津嗜杀成性，喜欢残杀无辜儿童，欣赏小牺牲者恐怖的颤抖，就像猫玩老鼠那样。这显示人性堕落的可怕深渊。另一类囚徒是沙皇专制制度的反抗者，具有坚强、无畏的性格和美好心灵。沙皇狱吏则是残酷的暴君，鞭打囚徒成了他们甘美的享受，封建统治阶级的权力使他们陶醉和麻痹。《死屋手记》也引起尼采的惊叹，他在《偶像的黄昏》（1899）中进行过评论。

1862年6至8月，陀思妥耶夫斯基为治疗癫痫病，也为考察西欧生活，到英、德、法等五国旅行。1863年秋和1865年秋，他又两次赴西欧。从1867年4月到1871年7月侨居西欧长达四年。亲眼目睹西欧生活使他的创作越来越具有全欧规模。第一次欧洲之行的文学成果是《冬天记的夏天印象》（1863）。这部旅欧杂记在描绘西欧物质文明的成就（如伦敦世界博览会、水晶宫）的同时，尖锐地抨击了拜物教和利己主义的泛滥，揭示了触目惊心的贫富差距。第二次欧洲之行之后发表的《地下室手记》（1864）分析了俄国小官吏的精神分裂，对唯意志论展开批判性研究。蛰居地下室的主人公既鄙视追名逐利的军官和官僚，又羡慕他们的飞黄腾达。他向往绝对自由的个人意志，但又不能赞同埃及女皇克莉奥佩特拉和法国拿破仑的滥用权力，结果只能软弱地、病态地躲在地下室呻吟。作者称这种状态为“地下室的悲剧因素”，在作者往后刻画的许多人物身上都具有这种因素。

长篇小说《罪与罚》（1866）构思于1865年秋第三次欧洲旅行之际，以60年代初期彼得堡贫民生活为背景，描绘贫困的法科大学生拉斯柯尔尼科夫纷纭的意识流和他谋杀一个高利贷老太婆前后的精神震荡。这位主人公眉清目秀，一头深褐色卷发，有时显得忧郁、高傲，有时却宽厚、善良。在他为生活所迫，拿物品去放高利贷的老太婆住宅典当时产生对这吸血鬼的极端厌恶。他在小酒馆里倾听因酗酒而贫困潦倒的小官吏马尔美拉多夫一家的悲惨故事。回住所后，他接到母亲来信，得知妹妹为了帮助他，准备嫁给她并不爱的、只知飞黄腾达的律师卢辛。这些都使主人公对贫富矛盾日益尖锐化的社会现实感到愤恨不平。一个偶然机遇使他获知高利贷老太婆单独在家的时间，于是他像个梦游人那样将她砍杀……小说逐渐揭示主人公酝酿已久的犯罪的深层原因，并展开作者关于“人神”和“神人”的宗教哲学命题。犯罪前，他就十分动摇和犹豫不决。犯罪后丧魂落魄的主人公引起街道上一个商人老太太的怜悯，她让女儿塞给他20戈比，说：“为了基督，请接受吧。”主人公却把20戈比扔进了涅瓦河里，并觉得自己“好像用一把剪刀割断了自己同一切人和一切事物的联系”。他理不清自己的思绪，好像是在想结束人生，又觉得还在渴望生活。这时，在街头看到马尔美拉多夫被马车轧成重伤，主人公挺身而出救他，在他死后，主人公还给其家属留下一些钱，这些经过使主人公感到自己像被判处死刑的人获赦免一般。作者在如此这般的情节中对主人公的意识流做了精致描绘。拉斯柯尔尼科夫向检察官阐述自己曾发表过的一篇文章的观点：人类分为两种，一种人是普通人，其生存仅为生活和繁殖后代；另一种人是“非凡的人”，敢于越过一切法律和道德的障碍，向世界发号施令，例如拿破仑那样的人。主人公的这些思想观点是作者在当时社会思潮中洞察到的一种“超人”哲学。作者由此显示主人公犯罪的深层原因：试验自己能否成为“超人”。主人公蔑视封建资本主义社会的法律、道德、执法机关，但在思想感情深处却同自己的“超人”哲学观点有尖锐矛盾。他梦见他在用斧头往高利贷老太婆的脑壳砍下去，而老太婆却不死，反而哈哈大笑；他勃然大怒，又猛砍几下，老太婆的笑声却越来越大，甚至震动整个房子。一场噩梦醒来，曾经欺侮过他妹妹的阔佬斯维德里盖洛夫走进他的屋子说道：“我总觉得，你有什么地方像我。”这些场景揭示，“超人”哲学引发的连锁暴行与情欲恶棍的行径并无二致。拉斯柯尔尼科夫在精神危机时刻仍关怀马尔美拉多夫的女儿——沦落为妓女的索尼亚的命运，这一举动显示出主人公性格宽厚、善良的一面。作者也以此铺展“超人”哲学的“人神”观与索尼亚信仰的俄国东正教“神人”论的三次对话。在第一次对话中，主人公跪在索尼亚面前，“向全人类的苦难致敬”，但责备她的自我牺牲不能挽救她的继母和妹妹的悲惨命运，而只能自我毁灭，因为她所信仰的上帝并不存在，劝她同他一起去争取自由和权力，走向统治“一切发抖的创造物”和“蚂蚁冢”（指成年累月为生存而忙碌的人群）的“超人”道路。在第二次谈话中，索尼亚表示人不能篡夺上帝的审判权，劝主人公到大街上亲吻被他玷污的大地，向全世界认罪。主人公未能反驳索尼亚，这说明他身上仍存留东正教传统伦理。最后，第三次谈话，主人公屈从索尼亚的意旨，向警察局自首。值得注意的是拉斯柯尔尼科夫向《福音书》靠近是在西伯利亚流放时期。他梦见整个世界发生了可怕的鼠疫，这疾病指的是权力欲望、唯意志论思想的泛滥，人们狂信唯有自己的判断和信仰正确，为此彼此殴斗、互相残杀，使世界几乎毁灭。这才使拉斯柯尔尼科夫摆脱了“超人”哲学。《罪与罚》的思想价值在于对为所欲为的“超人”哲学的批判。作者以一种实验小说模式，将一种观念形态放在社会现实和处在特定文化背景的人性当中去探讨其可能性。艺术描绘十分精彩，正如高尔基所说：“就描绘的能力而言，他的才华也许只有莎士比亚可以与之并列。”①

在侨居西欧期间，陀思妥耶夫斯基写了另一部名著《白痴》（1868—1869）。作者在西欧目睹资本主义社会的尖锐矛盾。在谈到瑞士印象时说：“向卑鄙的方向发展：酗酒、盗窃、卑劣的骗子行为已渗入贸易法则”（1868年1月给诗人迈科夫信），“处在国外，我终于成为为俄罗斯的彻底的君主主义者”（1868年4月给迈科夫的信）。但是陀思妥耶夫斯基从未间断过对人类美好理想的追求。长篇小说《白痴》以探讨基督式的美好人格和同情心能否挽救被毁灭了的个性为主题。作者试图以基督和堂吉诃德为榜样塑造正面主人公梅希金公爵。在作者看来，在弥漫着功利主义和权力斗争的世纪里，像堂吉诃德那样没有自私的动机而以积极的行动去同情和帮助受苦受难者这一榜样的力量，或许是扭转正在崩溃的社会道德体系的希望所在。梅希金公爵像堂吉诃德那样既崇高又滑稽，却常常一语道破平常人不敢讲的真心话，因而被看作“白痴”。他以基督般的爱与同情试图拯救被封建资本主义摧毁的女主人公娜斯塔西娅的人性。将近十年前，当她还是个纯真少女时便受到贵族托茨基的欺凌。现在这个贵族为了娶贵妇人，准备将娜斯塔西娅嫁给一个将军家的秘书，而商人罗果津出10万卢布争夺这个非凡美貌的女主人公。娜斯塔西娅既受权

---

① 《高尔基论文学》，第117页，人民文学出版社，1978年。

势欺凌又被金钱和情欲所追逐，显出一种令人捉摸不透、玩世不恭的狂女性格。梅希金的出现使她深受感动，她说："我有生以来第一次看见了人"，但她拒绝了公爵的求婚，接受了罗果津的10万卢布，却又当场将这包钱扔进壁炉里烧掉，然后与罗果津一起离去。几经周折，女主人公最后死在罗果津刀下，而一直以同情心追随她的公爵癫痫病复发。不论是《被侮辱与被损害的》这部小说中的孤女涅莉，还是《白痴》中的娜斯塔西娅都有难于愈合的精神伤痕，成为心理变态者。这是对压迫者的有力控诉。"我几乎已不存在于这个世界"，《白痴》女主人公的这一句话饱含血泪。小说在情节结构上吸取狂欢节文化的艺术成分，富于戏剧性，人物对话含有深刻的道德伦理内涵。陀思妥耶夫斯基认为《白痴》是富于幻想性而又具有现实性的小说，他说："难道我的幻想性的《白痴》不是现实，并且是最平凡的现实吗？"这实际上也是他从《罪与罚》到《卡拉马佐夫兄弟》的长篇小说的艺术特色。

长篇小说《群魔》（1871—1872）的一些情节是参考1869年11月发生在莫斯科的涅恰耶夫案件写成的。无政府主义和个人恐怖主义的涅恰耶夫小团体残杀了被认为不可靠的一个小组成员——农业学院的旁听生，此事件曾轰动一时。小说同时也包括作者1868年开始构思的小说《无神论》（后改称《一个伟大罪人的一生》）中的一些思考。《群魔》探讨了从40年代到60年代俄国思潮中的一种变异。小说人物之一，40年代的大学教师斯捷潘认为60年代车尔尼雪夫斯基的核心思想正确，但是在当时青年的思想中发生了"美的转换"，认为皮鞋和石油比莎士比亚和拉斐尔更美、更有用，从而导致一个混乱时代的到来。斯捷潘观点大致反映了作者的思想，并贯穿于小说诸人物的分析上。中心主人公斯塔甫洛金是外省富裕女地主，守寡的将军夫人的独生子，从他的家庭教师斯捷潘那里继承了40年代的理想，但他将40年代"美的理想"转换为庸俗无神论及"超人"哲学。他像一匹脱缰的骏马，摆脱一切社会的和道德的束缚，极尽放荡之能事(即所谓"性的解放"),并涉猎各种知识领域,如社会主义诸理论、基督教神学、"超人"哲学、斯拉夫主义、科学探险等(即所谓"知识的解放")。但是在其灵魂中利己主义深深扎下了根,诸理论均是他身外之物而其中的"超人"哲学却占了上风:既然天堂被证明为不存在,便可随意委身于魔鬼。小说中另外三个主要人物彼得、基利洛夫和沙托夫分别体现漂浮在斯塔甫洛金头脑中的三种思潮。彼得体现个人恐怖主义,他组织秘密小组,准备在省城制造混乱,并主谋杀害了被认为异端者的沙托夫。彼得自称:"我是谋略家,而不是社会主义者。"尽管小说所谴责的是个人恐怖主义,但实际上具有攻击当时革命青年的效应。其次,桥梁工程师基利洛夫是"超人"哲学、"人神"论的实践者。他形而上学地推论:人为生活而付出痛苦与恐惧的代价,因而是不自由的,最自由的状态是超脱生与死。基利洛夫以自杀证明自己可以成为绝对自由的人。这实际上表明"超人"哲学已走进死胡同。第三个人物,前大学生沙托夫信仰东正教,并有俄罗斯救世思想。他曾参加秘密小组,当发现不能赞同他们"破坏一切"的权谋而退出时便被杀害。在《群魔》中,陀思妥耶夫斯基开拓了推理小说的新形式:在错综复杂的家庭、社会生活以及诸主人公的思想论争的描绘中,布置许多谜团,使意外事件层出不穷。同时,在这些描写中又包含丰富的社会伦理内涵。

1875年,陀思妥耶夫斯基在涅克拉索夫主编的《祖国纪事》杂志上刊载长篇小说《少年》。小说记述了一个名叫阿尔卡狄的贵族私生子从莫斯科的中学毕业后到彼得堡当某公爵秘书的一段经历,描写他在公爵一家及其周围人物争夺遗产、阴谋与爱情的生活旋涡中所感到的彷徨、诱惑和厌恶。许多古老的俄国贵族家庭已不可挽回地成为"偶合的家庭",主人公想当百万富翁的梦想破灭。小说着力重现处在混乱的生活潮流中少年的意识活动过程。作者采用的是少年主人公在故事发生一年后的自白笔记体形式;主人公曾千方百计地要窥探周围生活和人物的秘密,但由于他年幼，对许多事物不能做明确判断，因而笔记的叙述有时是朦胧的印象，有时是猜测推理，这就为重新探讨和阐明小说描写的时代和人物意识留下许多可能性。这也可以说是陀思妥耶夫斯基独具匠心的一种小说艺术。

70年代，陀思妥耶夫斯基陆续编辑出版杂志《作家日记》（1873，1876—1877，1880—1881），发表了许多政治小品、文艺评论和若干中短篇小说。在政论中宣扬东正教的顺从和忍受苦难的保守主义观点，同时强调“人不仅为了面包”和“精神不朽”等伦理观，认为基督的美德应成为人类的道德典范。在文论中他解释“对病态心理的偏爱”时说，他在创作中选择在精神上自以为健康的人物，而成功地证明了他们是病人。他们往往过于自信自己的正常，而走到自我陶醉甚至丧失良心的地步。他只不过证明这些人必须就医。

《卡拉马佐夫兄弟》（1879—1880）是陀思妥耶夫斯基毕生创作的总结性作品。在计划中它是分为两部的浩瀚巨著，但只完成了第一部，作家就与世长辞了。这部小说描绘出“好色、贪婪和畸形”的“卡拉马佐夫性格”，揭示了处在崩溃过程中的俄国贵族家庭“父与子”的主题。卡拉马佐夫一家的家长费多尔是丧尽人类道德准则、为所欲为者的典型，情欲的魔鬼，爱钱如命的高利贷者。他亵渎神明，离群索居，过着令人恐怖的孤独生活。人类爱的丧失，使家庭破裂，妻离子散，而他自己却沉浸于龌龊的享乐生活。他虽有一套庸俗无神论为自己辩解，但经常张扬自己的丑行，扮演小丑角色，以掩盖灵魂的空虚。他是“卡拉马佐夫性格”的典型代表。费多尔的三个儿子德米特里、伊凡和阿辽沙分别体现了贵族地主后代的三种思想和性格类型。长子德米特里蒙受父亲带给他的灾难最深，从小无人照管，长大后成为行事莽撞的人，他曾当过军官，但因参加决斗而被降职，服完兵役后成为无所事事的漂泊者。他憎恨父亲，又深怕自己也陷入“卡拉马佐夫性格”的泥潭，慨叹一个有理想的人有可能“以圣母马利亚的理想开始，而以索多玛城[①]的理想告终"，认为美是个谜，"在那里魔鬼和上帝在进行斗争，而斗争的战场是人心"。父亲扣押母亲留给他的一笔遗产使他痛苦，与他争夺情人格鲁申卡更使他怨恨。他有弑父念头，但因他心中保存着对上帝的信仰而并没有行凶，却被法庭宣判为凶手。他背着弑父凶手的十字架去迎接苦难，试图在磨炼中洗涤"卡拉马佐夫性格"的毒素，获得新生。次子伊凡从小被富有的亲戚收养，在大学受过西欧理性主义教育，似乎与"卡拉马佐夫性格"相对立。他是自以为思想健康的人物典型，却从理性主义走到认为"一切都可以被允许"的"超人"哲学。他构想了诗剧《伟大的宗教审判官》，描述16世纪西班牙宗教审判官以物质主义的名义驳斥基督"人不仅为了面包"的精神主义的故事。在家庭酝酿弑父事件的旋涡中，他故意出走，使自己不在现场。事件发生后，他却惊讶地发现弑父凶手正是自己"超人"理论的学徒——同父异母兄弟，私生子和仆人斯麦尔佳科夫，从而自己也难免道义上的责任。他不敢面对这一事实，但又在潜意识中受折磨，引起恶魔三次找他谈话的幻觉，终于精神崩溃。老三阿辽沙是作者的理想人物，他从小珍藏着对虔诚、慈爱的母亲的记忆，后来成为一名修道士，试图以对所有人的爱将俄国引向新生。他摆脱了相信奇迹的宗教蒙昧主义，但认为应该成为基督爱的实践者和战士，像看护病人那样照料心理病态的父亲和哥哥。这一形象以及整部小说都表现了作者基督教乌托邦的人道主义思想。《卡拉马佐夫兄弟》在富于戏剧性的情节故事中展开诸人物之间以及人物自我的对话。这是一部涵盖封建及资本主义社会各种思潮并将其延伸的大型小说。现实主义、怪诞、幻想和意识流小说诸艺术要素糅合在一起，思想意识的描写成为人物性格塑造的中心，悲剧性与喜剧性互为表里。可以说，小说实现了作者早期提出的揭示人的秘密的理想，对于渴望解剖自

① 索多玛城——圣经神话中因荒淫无度而毁灭的城市。

已思想潜流的读者提供了作为参照系的一面镜子。

陀思妥耶夫斯基“描绘人的灵魂的全部深度”的创作探索，对20世纪小说艺术的发展产生了重要而持久的影响。迄今仍引起学术界浓厚的研究兴趣。

萨尔蒂科夫-谢德林是米哈伊尔·叶夫格拉福维奇·萨尔蒂科夫（1826—1889）的复姓笔名，简称谢德林。他是继果戈理之后19世纪下半叶俄国最杰出的讽刺作家。

谢德林出身于特维尔省一个地主家庭，父亲软弱无能，母亲性情暴戾，家里时常争吵，生活很不愉快。他于1836年入莫斯科贵族寄宿中学，两年后被保送入皇村学校，在那里接受了自由思想的影响，曾加入进步的学生团体，逐步形成了革命民主主义的世界观。他于1844年毕业，旋赴陆军部任职。其时发表过两篇小说：《矛盾》（1847）和《一件错综复杂的事》（1848），属于初次尝试之作。但因后一篇作品矛头针对沙皇政权而被查禁，作者也遭逮捕，并贬至维特卡当了省衙门一名小官。为他带来声誉的，是以无情的讽刺揭露沙皇政府官吏贪赃枉法、荒淫无耻等污行的《外省散记》（1856）。书中含有30余篇特写，发表后立即引起反响，受到车尔尼雪夫斯基的赞赏。

1856至1858年，他在内政部任职，1858至1866年先后担任梁赞省和特维尔省副省长。1865至1868年又先后出任奔萨、图拉、梁赞等省税务署长。在前后任公职期间都以他办事认真、维护农民利益著称，但最后因著文讽刺官僚权贵而被梁赞省省长指控，革去四等文官职务，并受到此后永不录用的处置。

谢德林1862年曾一度辞官去经办《现代人》等杂志，1868年再度与涅克拉索夫合作，主办《祖国纪事》杂志。他先后接办的这两家杂志，属于俄国历史上最有影响的刊物。他在长达18年的编辑工作中，始终坚持革命传统，刊登揭露沙皇政府和自由派的作品，把两个刊物办成了当时俄国最进步的杂志，在文学史上作了杰出的贡献。1868至1884年是他创作上丰硕期，他创作了一系列优秀小说：《一个城市的历史》（1869—1870）、《庞巴杜尔先生和庞巴杜尔夫人》（1863—1874）、《塔什干的老爷们》（1869—1872）、《金玉良言》（1872—1876）、《戈洛夫廖夫老爷们》（1880）、《致婶母的信》（1881—1882）等，都是尖锐的讽刺时弊之作，涉及政府、官吏，警探和上层统治者的劣迹，尤其是社会制度的痼疾。以《一个城市的历史》为例，它采取编年史的形式，假托描写了“自1731至1826年”俄国政府派赴“愚人城”的22任市长之“政绩”。书中以怪诞和夸张的艺术手法讽刺专制制度。那些市长暴虐无道，残忍至极。有的为了收缴两卢布的欠税竟率军前去征讨，“炮轰33座村庄”；有的随意“拆毁旧城，移地另筑新城”；有的昏庸愚昧，竟“焚毁学校，废除科学”；有的荒淫无耻，“接连有八位情妇”；有的昏聩如白痴，“脑袋里装满肉馅”；有的根本不会思考问题，头上长的是“一架八音琴”，况且还音调不全，只会奏唱两句话：一句是“我要毁坏！”，另一句是“我不容许！”在这群市长连续不断的统治下，愚人城成了“市长挥鞭，居民发抖”的恐怖国度。作品有力地说明专制制度恰似一架压榨人民的机器。这是谢德林讽刺艺术的代表作，长篇小说《戈洛夫廖夫老爷们》是谢德林的另一部代表作。它写了以主人公犹杜什卡为中心的戈洛夫廖夫这个地主之家三代人——犹杜什卡的母亲、兄弟和子侄们——腐化堕落、钩心斗角、互相摧残，以至全家灭绝。通过一个家族的历史，把俄国地主阶级贪婪、伪善、残忍、腐朽寄生和精神空虚等等丑行劣迹暴露无遗。小说主要的成就是塑造了一个反面典型犹杜什卡。他为人刁钻恶毒，寡廉鲜耻，见利忘义，甚至随时可以出卖亲人，所以被取绰号犹杜什卡（意即“小犹大”）。其母阿林娜贪得无厌，专横跋扈，为积敛钱财而极端吝啬，甚至让丈夫、女儿等亲人也“节食”而死。而犹杜什卡则先与母亲相呼应共同坑害亲兄弟，然后反过来逼迫母亲去走绝路。这个家族的第三代也因寄生成性，无独立生活能力而被犹杜什卡逼得堕落下去，直至死亡。对一个典型的地主之家三代人的性格成功的塑造，这也是小说的突出成就。

1884年之后是谢德林创作生涯的晚期。他的杂志被政府查封，失去了创作的园地，又年老多病，便转向短篇和札记体裁的创作。比较著名的有《童话集》（1882—1886）、《生活琐事》（1886—1887）。《童话集》是谢德林讽刺艺术的继续和发展，系由30多篇别出心裁的寓言组成。在严格的书报检查之下，他只能用特殊的笔法，形式上写的童话，实际上是讽喻现实，像其中的《一个庄稼汉怎样养活两个将军》、《野地主》、《熊都督》等各篇，都是讽刺官吏地主的残忍、无能和农民的愚昧的故事。文集中各篇短小精炼、形象鲜明、寓意深刻、讽刺性强，犹如刺向敌手的投抢。谢德林一生坚持写作，直到临终前三个月仍在笔耕，终于完成最后一部作品《波谢洪尼耶遗风》（1887—1889）。这是带有自传性的纪实之作。

列夫·尼古拉耶维奇·托尔斯泰（1828—1910）出生于莫斯科南面不远的图拉省清田庄（音译“雅斯纳亚·波良纳”）一个伯爵家里，长大后承袭了爵位。他两岁丧母，九岁丧父，由姑母监护长大。1844年他入喀山大学东方学系，后转法律系学习，接触到卢梭、孟德斯鸠的著作，开始对学校教育感到不满，三年后退学回乡经营田庄，后来一生的大半时间都在庄园里度过。1851年他曾到高加索军队服役，参加过克里米亚战争，在塞瓦斯托波尔战役中表现英勇，当过炮兵连长，1856年退役回家。

托尔斯泰在高加索时开始文学创作，其创作历程可分为前后两个时期：50—70年代为前期，80年代起为后期。他毕生创作所编成的《托尔斯泰全集》有90卷之巨。

在前期，50年代陆续发表的小说《童年》（1852）、《少年》（1854）和《青年》（1857），组成自传性三部曲，体现了他早期的思想和对创作的探索，反映主人公尼古连卡从童年到青年的成长过程。主人公出生在贵族家庭，一方面沾染了崇尚虚荣的恶习，接受一些贵族阶级的偏见；另一方面也看到这个阶级的虚伪和自私，于是不断进行内心的反省，努力去追求“人生的真谛”。三部曲显示了托尔斯泰心理分析的才能和他早年已具有的民主思想。1855至1856年所写的《塞瓦斯托波尔故事》真实地反映了克里米亚战争，为作家带来声誉。它既表现俄国军人的爱国主义精神，又用俄国士兵的勇敢去对照贵族军官的腐败，同时也具有反战精神，颇得民主舆论界的赞许。车尔尼雪夫斯基在评价托尔斯泰早期这些创作时，指出作家才华的两个特点是心理分析和道德感情的纯洁。他特别强调：托尔斯泰“最感兴趣的是心理过程本身，它的形式、它的规律，用特定的术语来说，就是心灵辩证法”。1856年发表的中篇小说《一个地主的早晨》具有某些自传性成分。它写青年地主聂赫留朵夫从“博爱”出发，着手改善农民的处境，并实行减租减息；但没有得到农民的理解和信任，“改革”终未成功，因而内心感到苦闷和彷徨。随后发表的短篇小说《卢塞恩》（1857），是他根据旅行西欧时在瑞士风景区的见闻写成的，小说通过一个流浪歌手遭到英国绅士们嘲弄的情节，谴责资产阶级文明的虚伪。作者憎恶资本主义文明，却相信有一种“世界精神”可以调和人间的矛盾，使人们互相亲近起来。他在书中写道，“我们有一个，并且只有一个毫无错误的指导者”，“那就是深入我们内心的世界精神”。这一点在分析托尔斯泰早期的思想时尤其值得注意。

托尔斯泰对待农奴制的态度也是充满矛盾的。他一方面同情农民，赞成解放农奴，另一方面又为地主土地所有权担忧。对于解放农奴的途径，他也有特殊的看法：他反对以革命的方法消灭农奴制，与革命民主派发生严重分歧，结果导致1859年同屠格涅夫等人一起与进步杂志《现代人》决裂；同时他又反对贵族自由主义者和农奴主顽固派保护农奴主的主张，批评沙皇政府自上而下实行的农奴制改革，“除了许诺之外别无他物”。在文艺观上他倾向于“纯艺术”派德鲁日宁，而与车尔尼雪夫斯基等人有分歧。写于1859年中篇小说《三死》和《家庭幸福》就体现了作者在哲学观和艺术观上的倾向。他不是对社会问题进行揭露和批判，而是抽象地探索生与死、幸福与痛苦等问题，因而受到民主评论界的批评。

1861年农奴制改革以后，托尔斯泰转入农村教育工作，旨在启蒙农民。他曾于1860至1861年第二次赴西欧旅游，作教育工作的考察，回来后在庄园里兴办小学，创办《雅斯纳亚·波良纳》教育杂志。同时担任农村中和平调解人，在解决“改革”后农民与地主之间的纠纷时偏袒农民，从而引起地主们的忌恨。这种倾向引起沙皇政府的注意，招致了1862年宪兵搜查他的住宅。

1863年，他发表写作将近十年的中篇小说《哥萨克》，描写贵族青年奥列宁抛弃城市的舒适生活去高加索服军役，决心同哥萨克一起过山民们那种朴素的生活；但在与山民姑娘玛莉安娜的恋爱中又暴露了其自私的本性，最终痛苦地离开山村。小说同样表达了作者对于社会问题的探索，因为看不到出路，只好寄寓于“返璞归真”那样一种理想的境界。

综观上述情况可以表明，作家早期的思想和创作已经注意到贫与富的对立，他不满于贵族社会和资本主义社会，但也看不到俄国的出路。

托尔斯泰在1862年结婚后，从1863年开始潜心于长篇小说创作，先后写出了两部代表作《战争与和平》（1863—1869）和《安娜·卡列尼娜》（1873—1877），分别从历史和现实两个方面来探索俄国社会的出路问题。

《战争与和平》是一部历史题材的长篇小说，作者的用意是通过对历史的考察来寻求俄国社会问题的答案。小说有如下突出的特点。首先，其体裁样式在俄国文学中是一种创新，也突破了欧洲长篇小说的传统规范。屠格涅夫当时就称“它是一部集叙事诗、历史小说和风习志之大成的，独树一帜的，多方面的作品”。在创作方法上它综合了现实主义、浪漫主义，甚至古典主义诸传统的优点。它以1812年俄国的卫国战争为中心，反映了1805至1820年间的重大历史事件，包括俄奥联军同法军在奥斯特里茨的会战、法军入侵俄国、波罗金诺会战、莫斯科大火、拿破仑军队溃退等，全书的线索既以对拿破仑的战事始，亦以对拿破仑的战事终。作者描写了历史上真实人物拿破仑、库图佐夫以及沙皇亚历山大一世，也写出了人们的理想和鼓舞人心的目标，歌颂了俄国人同仇敌忾的抗敌精神和震惊世界的伟大胜利。但作品不是以帝王将相为主人公，而是以一批虚构的人物作主角，着重写了包尔康斯基、别祖霍夫、罗斯托夫和库拉金四家大贵族在战争与和平环境中的思想和行动。小说以四个家族的主要成员安德烈、彼埃尔、娜塔莎的命运为贯穿始终的情节线索，描绘了社会风尚，展示了广阔的生活画面：从首都到外地，从城市到乡村，从贵族的客厅到血染的战场，作者都作了生动的描写。所以它是一部现实主义的、英雄史诗式的长篇小说。其二，它成功地描写了人民并歌颂人民的爱国主义和英雄主义精神。因为1812年那场卫国战争是人民打赢的，所以作者笔下出现了许多来自民间的英雄：英勇的普通士兵、行伍出身的下级军官、农民游击队。但作者同时认为当年的贵族也有一部分起了作用，尤其是那些十二月党人的前驱——卫国战争的参加者，他们是贵族的精华和俄国的希望。因而作者笔下的贵族便分为两类。一类是国难当头能够和人民共命运的，即罗斯托夫、包尔康斯基和别祖霍夫那三个家族；另一类是腐败的醉生梦死的库拉金家族和其他宫廷显贵。凡是爱国并关心民族命运的贵族，作者就给予褒扬；反之，置民族命运于不顾的贵族，作者就加以贬斥。这种处理方法，使作品的主题思想得到高度的统一。其三，在人物塑造上有许多独到之处。作品共写了559个人物，主要形象塑造得很成功。作者把人物放到广阔的历史背景上和各种生活领域里加以描写，通过战争与和平这两种强烈对比的生活加以刻画，这种写法在过去是不多见的。托尔斯泰在刻画人物时极为重视人物的多面性和复杂性。以主人公之一安德烈·包尔康斯基为例，他的性格既复杂又不断发展。开头显得矜持高傲，不同凡俗。参军出征的动机是追求功名，作战英勇，敢于献身。奥斯特里茨一役受了重伤，醒悟到个人功名的渺小；然而抛弃了虚荣心之后却产生厌世思想，回家时万念俱灰。但由于性格刚强，加上彼埃尔的友谊和娜塔莎的爱情，他的心情出现了转机。1812年战争爆发时重新上前线，最后为了祖国而献身，他终于接近了人民，领悟了“人生的真谛”。这是托尔斯泰理想中的英雄。另一位主人公彼埃尔也鄙弃上流社会。他一方面聪明热情，善良老实，有时甚至放荡，但追求理想生活的努力却始终不懈。女主人公娜塔莎是天真活泼的少女，具有爱国热情，在小说结尾她同彼埃尔结婚后成为贤妻良母型的妇人，这反映作者的妇女观。其四，作品具有浓郁的民族风格。这部作品可以说是俄罗斯的绚丽的历史画卷，它不仅写出俄罗斯民族的性格和气质，也展示了当时俄国社会的风貌。在他的笔下彼得堡贵族优雅的客厅、莫斯科嘈杂的市井、博古恰罗沃宁静的庄园，还有春天泥泞的童山村、粗大的老橡树、穿着漂亮印花布衫的俄国少女，都得到生动的描绘。农民出身的俄国士兵纯朴、憨厚、诙谐乐天，游击队员有如古俄罗斯歌谣里的勇士。至于农村里围猎、跳舞的场面，更洋溢着古老民族风俗的浓厚气息。

作者的世界观是矛盾的，这种矛盾也反映在小说中。他理解战争的胜利靠的是人民群众的力量，却认为群众是盲目的、“蜂群式”的力量，库图佐夫指挥战争的本领也仅仅在于顺乎自然，合乎天意。作者让安德烈在临终前接受了《福音书》的教导，寄希望于宗教救世的威力；又让彼埃尔接受一位俄国士兵普拉东·卡拉达耶夫的宿命论思想的影响，相信顺从天命，净化道德，爱一切人和积极行善是改革社会的良策。作者甚至把普拉东的听天由命，逆来顺受，“勿抗恶”作为美德来欣赏。

长篇小说《安娜·卡列尼娜》以现实生活为题材，反映了俄国从1861年开始的那个历史时期社会变动的总特点，即书中人物列文说的，“一切都翻了一个身，一切都刚刚开始安排”。具体说来，那“翻了一个身”的东西，就是封建农奴制度整个旧秩序；那“刚刚开始安排”的东西，就是正在逐步形成的资本主义制度。

小说由两条平行又互相联系的情节线索构成。一条线索写贵族妇女安娜和丈夫卡列尼的感情破裂，她爱上贵族青年军官渥伦斯基，并与他同居，为此她遭到上流社会的摒弃。后来她对生活绝望而卧轨自杀。另一条线索写外省地主列文和贵族小姐吉提由恋爱而组成幸福家庭的曲折过程。两条线索分别反映了俄国城乡的变化，也体现了作者对社会问题的探索和思考。

安娜是一个追求个性解放的女性。当她还是少女时，就由姑母做主嫁给比自己大20岁的大官卡列尼。她不但外貌美丽，而且内心感情丰富。其夫则冷漠无情，而且思想僵化，夫妇关系完全靠封建礼教维系，他们一起生活了八年，后来世风大变，安娜终于产生了追求真正爱情的要求，并且付诸行动。安娜此举自有其社会意义，它既反对封建旧礼教，显示了资产阶级个性解放的愿望，又向贵族社会的虚伪道德挑战，而虚伪之风已经渗透到上流社会的一切领域里。在彼得堡，围绕着安娜存在着三个社会集团，一个是卡列尼的政治官僚集团，系钩心斗角、结党营私之徒；另一个是莉姬娅·伊凡诺夫娜伯爵夫人的集团，是些假仁假义的伪君子；第三个是培脱西·特维尔斯卡娅公爵夫人集团，也是腐化放荡，无所不作。三者之间的共同点则是伪善：丈夫欺骗妻子，妻子背叛丈夫，几乎人人都有“外遇”，人们寡廉鲜耻，道德沦丧。安娜不愿随波逐流，她要求正式办成手续离婚，以便正当地重新组成有爱情的家庭。这便触犯了讲究虚伪道德的上流社会，所以遭到它的制裁，以至于绝望自杀。她的死正是对虚伪社会的控诉。卡列尼是个伪君子，他需要安娜，不是出于爱，而是当作一种美丽的点缀品，实际生活中对她冷漠无情，连对她说的话也是公文气十足。他伪善到不顾尊严，要求安娜表面上维持家庭的体面而允许她背地里去偷情。他怕影响前程而不敢到法庭受审理，公开离婚，为了保全面子又不敢和渥伦斯基决斗。同时，他又是残酷的，他看准安娜不忍抛弃儿子这种感情上的弱点，既不同意离婚，也不许她带走儿子，让她长期处于不合法的地位。而这一点正是对安娜最痛苦的精神折磨。他用安娜的一生作为代价来维护他自己的体面，是十足的旧制度的化身。渥伦斯基也有浪荡的一面，他只是迷恋于安娜的美色，并不理解她的感情，同时他也不能摆脱上流社会的偏见，害怕贵族社会对安娜的议论会影响他在官场的升迁，终于冷淡了安娜，这给了她又一次严重的打击。

作者对安娜是同情的，所以把揭露的对象放在造成安娜不幸的上流社会。但作者的态度也有矛盾。他认为安娜为追求爱情而破坏了家庭，也就影响了社会的和谐，应该受到谴责。不过托尔斯泰认为，上流社会没有权利谴责安娜，因为它比她更坏，只有上帝才有权利惩罚她。

小说另一条线索的主人公列文带有作者自传的性质，反映了作者思想探索的过程。列文不满于俄国现实，但又奉宗法制为理想，赞颂自给自足的农村生活制度，反对城市文明。不过列文也看到地主的富足和农民的普遍贫困，二者是如此不协调，因而为此感到不安。他极力想找到地主接近农民的途径，幻想“以人人富裕和满足来代替贫穷，以利害的互相调和和一致来代替互相敌视”。但是这种幻想在保留宗法制农村的情况下，归根到底是无法实现的。结果列文只能悲观失望，试图自杀，最终只能接受宗教和上帝的“慰藉”，表示信奉“博爱”可以拯救人类的思想。他与吉提结婚，不再苦苦追索社会问题，其实只是一种精神解脱，并没有解决迫切的社会问题。从列文身上可以发现，托尔斯泰直至70年代末，并未找到探索俄国出路的问题答案，而基督教的“博爱”思想在他身上已经日见明显，他本人思想上的矛盾也越发显著了。

从80年代起是托尔斯泰创作的后期。此时俄国社会的阶级斗争又趋剧烈。农民在农奴制改革中本来就遭受了一连串的掠夺，濒于破产；现在又遇上连年歉收，成千上万人死于饥饿和瘟疫。农民被迫奋起抗争，1879

年农民暴动席卷俄国29个省，1880年增加到34省。同时，年轻的无产阶级起来反对资本主义剥削，农民运动与工人运动相汇合再一次形成革命形势，引起了托尔斯泰的注意。他在1879年就感到，民粹派薇拉·查苏里奇刺杀圣彼得堡总督事件是“革命的先兆”。他本人也加紧社会活动，遍访大教堂、修道院，同主教、神父谈话，出席法庭陪审，参观监狱和新兵收容所，调查城市贫民区等等。这一切使他更加清楚地认识到专制制度和剥削阶级的腐朽，从而引起了他世界观的剧变，并导致创作上的变化。他在《忏悔录》（1879—1881）里说：“1881年这个时期，对我来说，乃是从内心上改变我的整个人生观的一段最为紧张炽热的时期。”他又在日记中写道：“我弃绝了我那个阶级的生活。”他在《忏悔录》、《我的信仰是什么？》（1882—1884）和《那么我们应当怎么办？》（1886）等论文中阐明了这种转变及其新的观点。列宁对托尔斯泰的转变曾作了概括，他说：“乡村俄国一切‘旧基础’的急剧破坏加强了他对周围事物的注意，加深了他对这一切的兴趣，使他的整个世界观发生了变化。就出身和所受的教育来说，托尔斯泰是属于俄国上层地主贵族的，但是他抛弃了这个阶层的一切传统观点”[①]，转到宗法制农民的观点上来了。

托尔斯泰在世界观转变以后写了大量作品，著名的如剧本《黑暗的势力》（1886）、《教育的果实》（1891）、《活尸》（1911），中短篇小说《伊凡·伊里奇之死》（1886）、《克莱采奏鸣曲》（1891）、《哈泽—穆拉特》（1904）、《魔鬼》（1911）、《谢尔盖神父》（1912）和《舞会以后》（1911）等。不少作品是用宗法制农民的观点来考察社会生活并对它作了猛烈的批判。如《黑暗的势力》写一个雇工由于贪财而杀死了情妇的丈夫和婴儿，但受到笃信基督的父亲的开导，终于忏悔，并且认了罪。作品意在说明资本主义制度下，金钱是万恶之源，是腐蚀农民纯洁心灵的“黑暗势

① 列宁：《列·尼·托尔斯泰和现代工人运动》，第330页，《列宁全集》，第16卷。

力”，唯有纯朴的农民道德才能克服它，并使农民避免资本主义的灾难。其他的作品也表明，作者已经用他新的观点来考察社会和人生了。如短篇小说《舞会以后》在揭露沙皇政府蹂躏少数民族的暴行上，显示了新的力度。主人公伊凡的思想感情经历了两次升华。舞会上，他对瓦莲卡的感情由倾慕，渐至热恋，直至陶醉。爱情鼓舞他向上，使精神境界更为高尚，达到第一次升华：不但自己向善，而且扩大爱的范围，也要爱女友的父亲、爱一切人，就是“用爱拥抱世界”。然而舞会以后故事陡转，主人公情绪急转直下。因为他看到瓦莲卡的父亲，即那位在舞会上如此慈祥的上校军官，在跳完舞之后匆匆赶赴操场，亲自指挥“夹鞭刑”的情形：排成两行的士兵轮流用棍棒抽打一个鞑靼士兵赤裸的背，鞑靼士兵的背被打得鲜血淋淋，变成奇形怪状，使人不能相信那是人的躯体。上校那刽子手的真面目使主人公想象中的“爱”的世界顷刻崩毁。伊凡由强烈的爱转为极度的憎，憎恶上校，也不再爱其女儿了。他明白了花团锦簇掩盖下的那个社会是畸形和丑恶的，于是出现了第二次升华，上升到理性，他决定不与那个社会同流合污：他“不能像原先希望的那样去服军役”，而且后来进一步发展，“不但没有担任军职，也没有在任何地方供职”。如果说第一次思想升华所理解的现实是虚假的，那么这第二次升华所认识的现实就是真实的了。作品紧扣事件在人物内心引起的波澜，比单纯描写惨象更能产生撼人肺腑的艺术力量，这再次显出托尔斯泰写人物“心灵辩证法”的特点。

托尔斯泰晚期的一部杰作《哈泽—穆拉特》（1904）以揭露沙皇政府对少数民族的暴政为主题，而且更为具体地针对尼古拉一世。小说暴露尼古拉一世荒淫无耻，专横愚蠢，是一个“残忍的、疯狂的、不正当的最高统治者”，残酷镇压高加索少数民族。小说同时写到沙米尔领导的民族解放运动恰好是反对沙皇侵略的。不过哈泽—穆拉特这个人物比较复杂，他身上有托尔斯泰所赞赏的自然、朴素、豪爽、真诚和生气勃勃的特点，却作为解放运动的背叛者而死去。同那些誓与沙皇俄国侵略者拼命到底的山民们相比，哈泽—穆拉特当然不值得同情。所以主人公的死使作者联想起在犁过的田地里被车轧倒的一棵牛蒡花。《哈泽—穆拉特》这部中篇历史小说的价值正在于它强烈抨击了沙皇军队和政府的暴虐专制。

然而，最集中体现托尔斯泰世界观转变后的思想状况和创作特点的，要算是他后期的代表作长篇小说《复活》（1889—1899）。《复活》是以一件真人真事为基础写成的。一个名叫罗托丽·奥尼的妓女被指控偷窃醉酒的嫖客100卢布，判处监禁四个月。一位出庭当陪审员的青年贵族，认出了她就是当年被他诱奸过的亲戚家之养女，那时她才16岁。他良心发现，要求同女犯结婚赎回过失，请求检察官帮助解决。这个故事启发了托尔斯泰。起初他想写一本道德教诲的小说，但在十年创作过程中反复思考，六易其稿，终于把主题变成"要讲经济的、政治的、宗教的欺骗"，"也要讲专制制度的可怕"（作者语）。成书以后的情节改为：贵族青年聂赫留朵夫诱奸了农奴少女卡秋莎·玛斯洛娃，并在之后遗弃了她，使她备受凌辱，沦落为娼，最后又被告犯杀人罪而下狱，判处流放西伯利亚。聂赫留朵夫作为陪审员在法庭上与她重新见面，受到良心谴责，决定为她奔走申冤，上诉失败后又陪她去流放。此举令她深受感动，但为了不损害他的名誉地位，她还是不同意与他结婚，而嫁给了一位"革命者"。借助于这样的情节，托尔斯泰描写了俄国社会的各个方面，刻画了各个阶级、各个阶层的多种人物。

《复活》对俄国社会的揭露和批判达到了空前激烈的程度。它的主要篇幅揭露法庭、监狱和政府机关的黑暗、官吏的昏庸残暴和法律的反动。在堂堂的法庭上，一群执法者各有各的心思，随随便便将一个受害的少女玛斯洛娃判刑。上诉过程也暴露沙皇政府从上到下的腐败：国务大臣是贪贿成性的吸血鬼，枢密官是镇压波兰人起义的刽子手，掌管犯人的将军极端残忍，副省长经常以鞭打犯人取乐，狱吏更以折磨犯人为能事。作者据此指出：人吃人的行径并不是从原始森林里开始，而是从政府各部门、各委员会、各司局里开始的。小说还撕下了官办教会的"慈善"面纱，暴露神父麻醉人民的骗局，让人们看清俄国政府与教会狼狈为奸的实质。小说又指出农民贫困的根源是地主的土地私有制，而资本主义则给农民带来双重的灾难。这些方面反映了作者消灭地主土地占有制、消灭压迫人的沙皇专制制度等项强烈愿望。他实际上提出了民主革命和社会主义革命所要解决的具体问题。从这个角度看，托尔斯泰的确是个伟大的思想家。但是小说在反政府及统治阶级压迫和奴役人民的同时，却呼吁"禁止任何暴力"，否定暴力革命；在反对官办教会的伪善时，却主张信仰"心中的上帝"，号召人们"向你心中的上帝"祈祷，说"天国就在你们心里"；在反对地主和资产者的剥削时也只是软弱无力的怨诉或咒骂。不但如此，小说还宣扬"爱仇敌、为仇敌效劳"、"永远宽恕一切人"等主张。作者这些主张被称为托尔斯泰主义。

《复活》在艺术上是成功的。它塑造了一个丰满而复杂的形象——聂赫留朵夫公爵，一个"忏悔"贵族的典型。作者在描绘这个人物思考和探索解决社会问题的过程中，充分展示了人物思想和性格的辩证发展。聂赫留朵夫出于贵族阔少的任性和不负责性，诱奸了农奴少女玛斯洛娃，从此把她推入不幸的深渊。但这不仅仅是他个人的恶行，而且是贵族阶级对他影响的结果。他本来是纯洁、有理想、有真挚感情的青年，但贵族社会和沙俄军界使他放荡和堕落，他是贵族阶级罪恶的体现者。他由于青年时代受过民主主义思想和人道主义思想的影响，个人身上的善良品性还没有完全泯灭，加上有寻根究底好思考的性格，使他和别的纨绔子弟多少有些不同。所以十年后他在法庭上重新见到玛斯洛娃时，才能被她的悲惨遭遇震惊，产生了忏悔之心。他先是承认自己"犯了罪"，决定替被冤枉判刑的玛斯洛娃上诉申冤，借以挽救她，也为自己赎罪。他奔走于各级政府机关，活动于权贵之门，看到统治阶级和国家机器的专横无理，逐步意识到本阶级的罪孽深重。他转而愤怒起来，揭露法庭、监狱和政府机构的黑暗。这样，他又成了贵族地主阶级罪恶的揭露者和批判者。这种揭露和批判是来自旧营垒中的反戈一击，所以就特别有力。不但如此，他还进一步对革命者产生了同情心，决定交出土地，到西伯利亚去，有了投向人民的表示。在整个过程中他的贵族阶级旧性不断死灰复燃，他每走一步都要经过痛苦的思想斗争，这一切都使得这个人物形象显得丰满和真实可信。同样，女主人公卡秋莎·玛斯洛娃也是成功的人物形象。两个主人公都是现实中的典型，其性格既复杂，又完整，其思想性格的发展变化都是合乎逻辑的。作者把人物转变的原因归结为“人性”和“兽性”的冲突，仿佛人人身上皆有“精神的人”和“兽性的人”，即“人性”和“兽性”二者的对抗，并以此来解释主人公的向善、堕落、忏悔和精神复活等问题。

《复活》除了描写主人公形象的艺术成就之外，还有许多特色。它运用单线的情节线索却能够描绘广阔的社会生活，成功地提供了社会全景图；它在描绘艺术画面和人物形象时大量使用了对比手法，如景物对比、人物对比、贫富之间的生活遭遇对比等等，从而突出社会矛盾，加强了作品的批判力量；它对人物的心理刻画细致入微，既深入各种人物的内心，又抓住其瞬息间的思想感情变化；作品重视细节的描写，所有细节包括人的外貌特征和生活环境，都描绘得生动逼真、栩栩如生。《复活》充满批判的激情，并用鲜明的哲理和道德说教来提出重大的社会问题，表明作者的观点。托尔斯泰采用大声疾呼，直接诉诸读者的形式，所以作品具有宣言式的风格。

托尔斯泰晚期的创作表明，他转变后的世界观仍然存在着显著的矛盾。列宁曾经写过《列夫·托尔斯泰是俄国革命的镜子》等七篇文章，对托尔斯泰与时代等问题作过系统的分析，并且概括地指出作家世界观的矛盾方面。其强有力的方面是“最清醒的现实主义”，这使作家成为一个“强烈的抗议者，激愤的揭发者和伟大的批评家”；而其软弱的方面则是他的“托尔斯泰主义”，也即“不以暴力抗恶”、“道德上的自我完善”和基督教的“博爱”等三个方面。

托尔斯泰到晚年一直致力于“平民化”。他持斋吃素，坚持从事体力劳动，耕地、挑水浇菜、制鞋；并表示希望放弃私有财产和贵族特权。因而和他的夫人意见冲突，家庭关系变得紧张起来。后来，他回避家里的人，秘密离家出走。他坐火车从莫斯科向东面进发，途中感冒，七天之后便病逝在一个名为阿斯塔波沃的小火车站上。

尼古拉·谢苗诺维奇·列斯科夫（1831—1895）出生于奥廖尔省一个贫穷的小官吏家庭，1847年在省城中学读到四年级，因丧父辍学。他年仅16岁即开始独立谋生，先在奥廖尔省法院里当办事员，1849年到基辅，在省税务局工作，同时在基辅大学旁听。1857年，他辞去公职，到为大地主经营田产的姨父手下当差。由于营业的需要，他经常奔走于全国各地，获得了广泛接触人民大众的机会，为他日后的写作积累了不少宝贵的素材。1861年，他迁居彼得堡，从此专事文学创作，早期的中篇小说《姆岑斯克县的麦克白夫人》（1865）开始显示出他创作的独特风格。小说描写的虽然是俄国商人家庭中的一起情杀案，却具有浓郁的乡土气息和抒情因素。

60年代列斯科夫步入文坛时，正值俄国进行农奴制改革的前后。他同情人民的悲惨处境，对专制农奴制不满，曾在《干旱》（1862）等以农民生活为题材的中短篇小说中揭露当时社会的黑暗，但他反对用革命的手段来对社会实行根本变革。他后来还写过长篇小说《走投无路》（1864）、《结仇》（1870—1871），诋毁“虚无主义者”和“新人”，即革命民主主义者。

70年代，在蓬勃发展的革命运动的影响下，列斯科夫的思想开始发生转变。他与反动刊物《俄国导报》及其主编卡特科夫断绝了联系，开始在作品中针砭时弊，并塑造出一系列来自人民的正面形象，如穷乡僻壤中的“义士好汉”大司祭萨韦利和助祭阿希拉（《大堂神父》）、浪迹天涯、深识马性的荒野村夫伊凡（中篇小说《着魔的流浪人》，1873）等。他们具有坚毅的性格，富于自我牺牲精神，是一些诚实、正直、善良的人。他把改变黑暗社会的希望寄托在这些“好人”身上。

长篇小说《大堂神父》（1872）是列斯科夫的代表作。小说主要叙述萨韦利神父及其追随者的悲惨命运。大司祭萨韦利是个典型的“义士”，他热心为教民服务，敢于仗义执言，为民请命，深得教民的爱戴。同时，他也遭到官吏阶层的嫉恨。到小城巡察的钦差的秘书捷尔莫谢索夫为了向上爬，选中萨韦利作为“垫脚石”。他亲自写呈文，诬告大司祭出自“革命之动机”有“不轨行为”。从此大司祭的灾难接踵而至。先是被免去司祭职务，赴省城受审，随即被贬为下级职员。最后经友人营救，虽然获得赦免，返回小城，但已心力交瘁，不久即含冤辞世。小说以单纯憨厚的助祭阿希拉与司祭扎哈里亚相继死亡的悲惨结局而告终。萨韦利是一个虔诚的神职人员，由于他对人民的苦难有深切的了解，他把许多人道主义和自发的民主主义因素掺进了他所理解的基督教教义之中。萨韦利正是作为一个教徒，按照自己对教义的理解，对照现实生活，而与官方教会以及当时的社会制度发生冲突的。他在第一次布道时就指责那些言行不一的公务人员“宣誓就职而轻视誓言”，并“以此来影射官府衙门”。他庇护过穷苦的诵经师卢基扬，向省长控告过地主压榨农民的苛刻行为，为此，他受罚作了两个半月的苦工，并被撤销了督司祭的教职。

萨韦利的悲剧的深刻性在于，他虽不断与官府、教会发生冲突，但在内心深处，他仍然属于旧制度的维护者之列。他对沙皇充满幻想，恪守法律与秩序。他不过是希望清除社会上的一些弊端以改善现存制度而已。而这也竟然为当时的社会制度所不容。这确实是一个深刻的悲剧。列斯科夫曾经认为，“我们需要的不是好制度，而是好人”。但萨韦利的命运恰恰有力地证明，作者所需要的这种“好人”对于变革黑暗的社会是完全无能为力的。

像列斯科夫那样把神职人员作为作品的正面主人公，这在19世纪的俄国文学中还是不多见的。而且，他笔下的神职人员，既不是脱离红尘、不食人间烟火的理想主义的精神力量的化身，也不是假仁假义，表里不一的伪君子的典型。他们是一些忠厚、善良、正直、诚实，同时也有着七情六欲的真实可信的人物。列斯科夫真切地反映了他们的生活和心理，这不能不说是他对俄国文学所作出的一个独特的贡献。

安东·巴甫洛维奇·契诃夫（1860—1904）出生于罗斯托夫省塔干罗格市，祖先是农奴，至祖父才赎回全家自由。父亲曾经营小杂货店，性格暴躁，教子严厉。中学的课程枯燥无味，因此后来契诃夫说自己没有童年。少年时代他迷上戏剧，14岁便与兄弟们举办家庭演出，中学即将毕业时曾试写剧本，并大量阅读各种书籍。1879年他考入莫斯科大学医学系，次年开始文学创作。1884年毕业后他开始行医，接触到广泛的社会生活，获得了丰富的创作题材。1884年底他第一次咳血，从此备受肺结核病折磨，1904年春病情恶化，不久在德国疗养地巴登维勒逝世。

契诃夫的创作大致可分为三个时期。初期多用一些滑稽可笑的笔名，最常见的是契洪特，因此被称为“契洪特时期”；1886年起开始使用真实姓名（但还不时使用契洪特和其他笔名），从此时到1892年为他创作的第二时期；以后为第三时期。

契诃夫最初在一些幽默杂志（如《蜻蜓》、《闹钟》以及较为严肃的《花絮》等）上发表作品，以笑话和趣闻为主，仅有少数遵循果戈理和谢德林的传统，讽刺社会的庸俗和落后现象。不久，他对这种“非文学性”写作感到不满，1883年前后写出一批较为优秀的幽默小品，揭示小人物在权势和金钱力量面前低声下气、自轻自贱的奴才心理（《一个官员之死》，

《胖子和瘦子》，1883；《小人物》，1885）；刻画小官吏对上奴颜婢膝，对下作威作福的可鄙嘴脸（《变色龙》，1884）。如果说这些笑声虽然辛辣却无忧无虑，那么另一些作品中的笑则较为含蓄。如《普里希别耶夫中士》（1885）里那个小爪牙多管闲事，看似很可笑，实则令人感到当时窒息一切自由思想的气氛；《嫁妆》（1883）看似可笑，但却引发人们对那位待字闺中、忧郁至死的老处女的同情。80年代中期开始，契诃夫的注意力渐渐转向普通人的命运。《苦恼》（1886）里老车夫死了儿子，没有人同情他的苦痛，只得向自己的老马诉说；《万卡》（1886）中小童工万卡不堪忍受老板虐待，写信哀求祖父带他回家，但他只会在信封上写上"寄乡下爷爷收"，他的信成了一封寄不到的信。两个作品都充分体现出穷人痛苦无处诉说的处境，并且前者还体现了人与人之间可怕的隔膜，后者以万卡梦回故里的结尾增添了悲剧色调。《厨娘出嫁》（1885）里女佣佩拉盖雅无权决定自己的终身大事，被主人蛮横地嫁给一个凶狠、酗酒的车夫；《歌女》（1886）里女主人公帕莎地位低微而又过分善良，被一位太太勒索走了全部积蓄，换得的却是一场侮辱，这两部作品突出了穷人无力自卫、任人摆布的境况。与此同时，契诃夫也注意到这些被侮辱的人们的品德和自尊心。《风波》（1886）里家庭女教师平白无故被女主人当作窃贼搜查，女教师毅然出走以维护自己的人格尊严。这些短篇小说充满民主思想和人道精神，标志作家思想的逐渐成熟。早期作品中滑稽逗笑的因素由情节主线退居细节部分，往往给苦涩和忧郁的基调增添几分灰色。契诃夫深切感到作家的责任，决定以"严肃的态度谈论严肃的话题"。在艺术上也确立了自己的风格和手法，即取材于日常生活，描写平常的人与事，不追求外部效果，精选细节以勾勒人物或事物的特征，描绘景色以烘托人物的性格和情绪，通过动作表现心理活动而不直接刻画精神状态，作者态度由形象本身显示，抒情笔触较为隐蔽、冷静，因此他的有些小说会有几种迥然不同的解读。

在他创作的第二阶段，视野大大拓宽。他广泛研究社会不同阶层和不同职业的人物。依他看来，平常的琐细事物甚至比重大的、悲剧性的事件更能呈现人们的生活及其本质，因而他的创作常常涉及前人所未涉及的角落，其题材也比前人繁多而分散。在《黑暗》(1886)中，作者同情穷人的处境，也看到他们的愚昧；在中篇《神经错乱》(1888)中他痛斥娼妓现象，又深惜她们的感情麻木。作为自由艺术家，他在面对社会矛盾时总是保持温和立场而避免激进态度。作者同情医生基里洛夫对自私的贵族阿波金的严厉斥责，但却认为医生对阿波金的态度“残忍得不近人情”(《仇敌》，1887)；医生米哈伊尔·伊凡诺维奇酒醉后谴责公爵夫人轻视普通人，断言她的慈善事业是伪善的，“没有丁点的爱和仁慈”，但这种批评只限于道德方面，他第二天酒醒后向公爵夫人请求原谅(《公爵夫人》，1889)。爱情也是契诃夫最关注的问题之一。不过，他很少单纯写爱情，更多的是写与爱情有关的一些社会和人生问题：如使人庸俗化的“美满的”爱情(《爱情》，1886)；以金钱为目的的买卖性的“爱情”(《求婚》，1886；《大团圆》，1887)；被虚荣心和庸俗所断送的纯真的爱情(中篇《跳来跳去的女人》，1892)；因心灵枯萎而错过的爱情(《薇罗琪卡》，1887)；为生活地位鸿沟所阻碍的可望而不可即的爱情(《波琳嘉》，1887)；成为生活中最大恐怖的没有爱的爱情(《恐怖》，1892)。可以说，契诃夫笔下的爱情在一定程度上是用来考验人物的性格和品德的试金石。

这一时期契诃夫小说的一个重要内容是表现社会思潮、知识分子的思想情绪和思想探索。80年代初是俄国政治黑暗时期，不少知识分子陷入悲观主义情绪。中篇小说《灯火》(1888)中的两个人物对这种思潮进行了哲理性的论争。阿纳尼耶夫六年前曾受悲观主义影响，现在则以亲身体验否定它。小说未能揭示悲观主义的本质，只是以悲观主义会导致反道德行为为例来说明其危害。小说结尾把人们的思想比作暗淡的“灯火”,说它无法照亮什么,也无法驱逐黑暗,并得出“这世界上的事谁也弄不明白”的结论。这一作品是作者思想发展的路标之一。在《在途中》(1886)和《风滚草》(1887)中出现了思想探索者的形象,这与当时社会开始摆脱消沉情绪,思想逐渐活跃,重新思考生活问题的趋势正好同步。1889年他创作了中篇《没意思的故事》,主人公尼古拉·斯杰潘诺维奇学识渊博,声誉卓著,在科学上很有成就,但临近晚年时,突然意识到自己缺乏“总的观念”,甚至弄不清生活和工作的目的。这也正好是契诃夫本人面临的苦恼,他此时感叹自己“没有政治上、宗教上和哲学思想上的世界观”,并认为“这种生活就简直不是生活”。

1890年4月契诃夫带病前往苦役犯的流放地——萨哈林岛实地考察。在这里官吏腐败,滥施淫威,犯人备受酷刑,过着地狱般的生活,这一切对他震动很大。他把见闻写入旅行记《萨哈林岛》(1895)。在此次旅行印象影响下他写出著名的中篇小说《第六病室》(1892)。《第六病室》构思巧妙。疯人院墙头安着钉子,窗子钉着铁格子,环境酷似监狱,是沙皇专制俄国的缩影。格罗莫夫原是聪明而有正义感的知识分子,他之所以精神失常最初是由于看到押解犯人而受惊,但是根本原因则是因为平时常常感到社会上不存在正义,人们常遭到不白之冤。他的遭遇透露出当时政府迫害无辜、人人自危的气氛。医生拉京为人正直,但他消极无为,脱离社会,宣扬逆来顺受。最后自己受到迫害,才发出抗议而最终也被关入疯人院。作品通过格罗莫夫对拉京思想的批判和拉京本人的惨死对作者自己一度信仰过的托尔斯泰主义予以有力批驳,表明作者社会政治观点的显著变化,从此他的创作进入第三阶段。

契诃夫新阶段的创作反映面更广,主题更集中,重大社会问题成为聚焦点。工商业和农村生活是契诃夫新的创作领域。在中篇小说《女人的王国》(1894)、《三年》(1895)、《出诊》(1898)等作品中,工厂商行虽然只是作为背景出现,但工人和店员的艰苦生活,恶劣的工作条件,以及封建制度家长般的厂主（老板），所有这些都表现得相当充分。契诃夫认为，资本主义"怪物"是同时控制并欺骗工人和厂主双方的"魔鬼"。不过，他笔下的厂主大多是年轻的资产阶级继承人，他们面对风起云涌的罢工风潮，不免因自己生活的优越而感到不安。对农村的关注源于契诃夫于1892至1899在梅里霍沃的别墅里与农民的交往，以及1891至1892年参加赈济饥民等公益活动。不同于80年代的《幸福》（1886）、中篇《草原》（1888）等作品富于诗意地描写民间生活和农民的道德品质，现在主要是以灰暗色调突出农村生活的阴暗面。其中《农民》（1897）写农村的赤贫、落后、愚昧、粗野，著名中篇《在峡谷里》（1900）进而揭露新兴富农对农民的残酷掠夺，在《新别墅》（1899）里还涉及了农民对地主的不信任感。这些作品都写到农民的不满和自发的反抗情绪，肯定他们中许多人的勤劳朴实、心地善良、热爱生活。

契诃夫对当时一些知识分子宣扬做"小事情"表示怀疑。在中篇《带阁楼的房子》（1895）里，他借主人公之口指出，满足于为农民办学治病将使人抛开社会变革的任务，而且无异于给拴住人民的"锁链上添上一些新的环节"。然而他并不反对、甚至非常推崇诚实劳动、从事平凡事业的知识分子。像《教师》（1886）中的绥索耶夫、特别是中篇《跳来跳去的女人》（1892）中的戴莫夫几乎是他作品中仅有的正面人物。相反，中篇《黑衣修士》（1894）中的考甫林沉溺幻想，黑衣修士是他幻想的化身，是意识深层活动的体现。他自命不凡，不务实事，为作者所否定。在契诃夫看来，人生最大的悲剧并非贫穷或死亡，而是平庸，他一辈子都是庸俗的"仇敌"。在《强烈的感受》（1886）、《纠纷》（1888）和《命名日》（1888）中，他曾鞭挞小市民习气、虚伪与庸俗，在许多作品里都特别点明人物活动的背景是"灰暗和乏味的城市"，人们为庸俗所包围和窒息。契诃夫通过《姚内奇》（1898）等中篇小说进一步揭示庸俗的根源和危害。姚内奇本来是富有朝气的青年医生，但他落入枯燥单调、空虚无聊的C城，由于环境的熏陶短短几年间他就变成了贪婪的守财奴。《醋栗》(1898)中的主人公原本温和善良,但为求得一座种植醋栗的庄园而嗜钱如命,终于沦为毫无感情的猪猡。契诃夫在中篇《语文教师》(1894)中描写了一位不满足个人幸福、试图摆脱庸俗小天地的知识分子尼基丁,他毅然离开甜蜜的"家庭小天地",到广阔世界中去辛勤劳动,尽管他还不知道具体应该"怎么办"。坚决反对保守力量是契诃夫著名短篇小说《套中人》(1898)的主题。希腊文教师别里科夫把自己的思维和行为都装在各种各样的套子里,整天惴惴不安,唯恐"闹出什么乱子"。不仅如此,他还以说教、恐吓、监视和告密威胁众人遵守旧的规矩和当局的法令,使整个学校乃至全城的人战战兢兢过了15年。别里科夫既是时代的产物,又是专制社会的支柱。但"套中人"却有着更为广泛的含义,正如叙述人伊凡·伊凡内奇所说,一切庸俗无聊、苟且偷生、委曲求全等习气都是"套子",这些习气或多或少存在于许多人身上,因此他气愤地说:"不能再这样活下去了!"这句话正是90年代社会运动高涨的文学反响,也是契诃夫后期作品的基调,它以不同方式表达出来。如果说《农民》、《在峡谷里》通过农村阴暗愚昧的生活画面让人得出这个结论,那么《出差》(1899)中则由主人公目睹民间疾苦,感到良心和同情心像一把"小锤子"敲打头脑,从而发出这样的呼声。其他作品中的一些人物不仅把变革想法停留在口头上,他们有新的期待,并开始行动:中篇《女人的王国》中的女工厂主安娜因富裕生活而苦闷,幻想嫁给工人或者去做女工;《出诊》中工厂主之女丽莎终日恹恹卧病,无精打采,只因她为拥有财产而深感不安,一旦决定出走后精神便振作起来;中篇《我的一生》(1898)中出身望族的"我"不愿享受"用金钱和教育换来的特权",抛弃了无聊的寄生生活,去作工种田,尝试过另一种生活。到了20世纪初,在俄国革命风暴来临前夕,中篇《新娘》(1903)中的娜嘉毅然抛下即将举行的婚礼去彼得堡求学,告别灰色的故乡,投入新的生活。"娜嘉"本身的意思是"希望",在这里直接具有了象征意义。

契诃夫成熟时期的作品在艺术上有所发展和变化。首先，他虽然仍旧力求简洁，但作品的内容由比较单薄变得深厚和多层次，篇幅也随之扩大，情节因素稍有加强，但依然没有曲折起伏，没有高潮，甚至缺少开端和结局。而且作品中常有大段议论，他曾因此对《灯火》深感不满，但是它并非个例。其次，人物性格稍稍复杂化，作者要求写出“人物出自其中的那个人群、气氛、背景”，在不少作品（特别是中篇）里出现若干围绕主人公活动的各色人物，这既用以烘托主人公性格，也用以说明其代表性。此外，景色描写也较以前充分，而且常常运用拟人化手法。叙述的语调一般仍然冷静平和，有时却寓有强烈的讽刺或批判，虽然出自人物之口，但与作者的声音是一致的，而抒情笔触则时或带有激情，洋溢浪漫气息。某些作品还显示了明确的倾向性，总的说来，他的客观性渐渐冲淡。

契诃夫还是位优秀的剧作家，他写过一些独幕剧和轻松喜剧，其中有的是他的小说的改编。他的主要剧作除《伊凡诺夫》外，《海鸥》、《万尼亚舅舅》、《三姊妹》、《樱桃园》等四个剧本都写于后期。就思想内容来说，它们与小说的发展和变化是一致的。

在《伊凡诺夫》（1886）中，契诃夫对以往自己所写的“灰心和苦恼”的人作出了总结。伊凡诺夫是80年代的多余人，年轻时虽有理想和抱负，但却无力战胜周围的庸俗，终至心灰意懒，连爱情也无法使他重新振作，只能以自杀了结“没有生活目标”的一生。剧中的其他人物从各个角度烘托着这个形象：里沃夫医生的堂吉诃德精神是伊凡诺夫年轻时的影子；列别捷夫丧失了青春时代的理想，蜕变成随遇而安的“乐天派”，与伊凡诺夫因对周围不满而自杀适成鲜明的对比；有教养、聪明正直的姑娘萨莎爱他、信任他，表明他性格中仍存留着许多好的品质。

《海鸥》（1896）第一次直接提出艺术的意义和艺术家的使命问题。

特里戈林是具有创作经验和艺术成就的老作家，他固然认识到作家有责任写国家、写人民，但他只是从周围生活寻找灵感，抓不住重大事件的实质，跟不上“生活与科学”的发展，只能“写写风景”，无法突破“老一套”。青年作家特列勃耶夫一味追求新形式，试图描写“梦想中”的生活，结果是脱离现实，创作中没有新意，本人因此绝望自杀。与他们相对照，尼娜几经沧桑，却能够满怀热情地献身艺术，执着而充满信心地完成为人民美好愿望服务的使命，她成长为“真正的演员”，从中获得了巨大的乐趣。关于这部剧作契诃夫写道：“有许多关于文学的谈话，很少情节，五普特（很多）的爱情”。他正是以人物间多重的爱情关系为支架，撑起了在淡化的情节中进行的文学问题讨论。

《万尼亚舅舅》（1897）的主题是劳动，是在反常社会中成为无谓牺牲的劳动。万尼亚是位勤劳而又不无才华的知识分子，但却为谢列勃里雅科夫教授辛苦操劳了20多年，最终发现后者是个不学无术、自私自利之徒，两次要杀死这个“寄生虫”都没成功，不得不继续为他卖命。索尼娅的遭遇几乎与万尼亚重叠。医生阿斯特罗夫为人治病，植树造林，美化大地，做着“有意义”的工作，但却同样徒劳无功。他与万尼亚、索尼娅爱情上的失意，似乎意味着他们的劳动没有得到社会的承认，他们的悲剧还在于虽然意识到生活的无聊，却不得不照常生活下去。

《三姊妹》（1901）展现了一群无力摆脱庸俗生活折磨，心灵却未被之浊化的青年。三姊妹一个比一个更富于幻想，更向往新的生活，可是只能停留在向往上。军官威尔希宁和男爵屠森巴赫同样是幻想家，都能预感到美好未来的迫近，虽无所作为，但满怀激情。他们都认为应该劳动和工作，并以此作为自己人生的目的和幸福。屠森巴赫虽在剧终时死亡，然而剧本仍令人感到乐观。这部写于20世纪初的剧作表明契诃夫感受到时代脉搏的跳动——大风暴即将到来。

革命风暴临近了，在《樱桃园》（1903）中，笼罩契诃夫过去创作的愁闷消沉的气氛一扫而空，樱桃园就是俄国的象征。干练积极的新资产阶级分子陆伯兴取代了腐朽无能的没落贵族拉涅斯卡娅一家，成为新的主人。不过，在剧终时，人们看到充满信心、“坚强而骄傲”地迎接新生活的却是新的一代——大学生特罗菲莫夫和安尼雅。这也正是俄国历史舞台上各个阶级相互替代的缩影。契诃夫以乐观的情绪来欢迎这种变化。如果说《三姊妹》虽名为正剧，实为喜剧（契诃夫要把它演成喜剧），但它的笑是忧郁的，针对的是无力与旧世界较量的新的一代；那么作为喜剧的《樱桃园》，它的笑是明朗的，针对的是退出历史舞台的残余力量。《樱桃园》几乎是契诃夫的绝笔之作，但却是他最有朝气的剧作。

契诃夫的短篇小说含有戏剧因素，而戏剧则因情节淡化而散文化，二者在艺术上有许多共同之处：如取材于日常生活，情节也像日常生活那样铺开，不求跌宕起伏、没有高潮，结尾是开放性的；人物也是平常的人，既非天使也非恶棍，只是这些特点在剧作中更为突出。契诃夫的艺术革新在剧作中比在小说中走得更远。他的主要剧作都采用四幕的形式。人物的性格一般都不是通过与其他人物的斗争，而是通过他认识到生活的矛盾来揭示。他的人物极少行动，主要沉浸于内心活动。与小说不同，在戏剧中他以浓郁的、抒情性的内心独白来表达人物的内心感受，此外他以声响、停顿和仿佛没有意思的对白等手段传达全剧的气氛和某些难于言表的深层的“潜流”。他还使用象征，如海鸥和湖水、樱桃园和伐木声等来传达多重内涵。

契诃夫没有写过结构复杂的大型小说，但他把短篇小说的艺术提高到一个新的水平。他的剧作则以其大胆的创新成为20世纪戏剧的先驱。

弗拉基米尔·加拉克季昂诺维奇·柯罗连科（1853—1921）出生于乌克兰日托米尔城，父亲是廉洁正直的法官，母亲是波兰人。1817年中学毕业后，柯罗连科先后到彼得堡、莫斯科学习，此间，深受民粹派运动影响，1876年因向当局递交学生请愿书而被学校开除。此后几年，他断断续续地在监狱和流放地度过，1881至1884年被流放到西伯利亚雅库特。流放西伯利亚的经历和长时期的外省生活使作者有机会广泛而深入地接触底层人民，包括林业工人、农民、小手工业者、流浪汉等。处于俄国社会动荡不安、解放运动风起云涌的年代，柯罗连科对各种社会思潮进行全面分析和研究，在创作中加以表现。

柯罗连科创作的最重要主题是探讨知识分子与人民的关系。他认为知识分子必须与人民相结合以培养新的社会关系，创造新的社会条件使人民摆脱对社会的消极和冷漠态度，表现出积极进取的精神，只有这样，俄国才会有生机和希望，知识分子的社会理想和追求才会实现。他的第一部短篇小说《探索者的生活插曲》（1879）就表现了知识分子的探索。后来许多作品也都涉及这一主题，如《奇女子》（1880）、《勒拿河上的梦》（1881）、《无家可归的费多尔》（1887）、《画家阿里莫夫》（1896）等短篇小说和四卷本自传体小说《我的同时代人的故事》（1905—1921）。作家在实际生活中亲身体验到两个多世纪里形成的人民与知识分子之间的隔阂和互不理解，认为盲目美化农民性格中驯顺、忍耐和迷信心理是不可取的，而脱离人民进行社会改造活动也同样是没有结果的。他强调要相信人民，从人民琐碎、无所事事的生活表面向深处看，相信人民之中蕴藏着终有一天会觉醒的力量。作家在短篇小说《马卡尔的梦》（1886）、《嬉闹的河》（1891）和特写《饥饿年代》（1891）中都表达了这种坚定的信念。《马卡尔的梦》表现了雅库特农民马卡尔的反抗精神和自我意识的觉醒，他虽然生活极端困苦、备受欺凌和压迫，但对美好未来从未丧失希望。《嬉闹的河》中摆渡人久林表面愚钝、冷漠，酗酒成性，萎靡不振，但在危机时刻却表现出惊人的勇敢和智慧。在代表作——中篇小说《盲音乐家》（1886）中，柯罗连科选择了一个新颖的题目，通过细致的心理描写逐步追踪盲童彼得个性形成的复杂过程，指出个性形成与民间艺术和民间艺人的关系，只有把个人命运与人民命运、祖国命运联系在一起才可以摆脱个人小圈子，实现存在的意义和价值。

柯罗连科创作的另一个重要主题是流浪汉生活。在作家眼中，流浪汉和社会背叛者成为人对自由幸福生活不懈追求的象征，是希望与激情的象征。《杀人者》（1882）、《索科林岛的逃犯》（1885）、《切尔克斯人》（1888）、《在坏伙伴中》（1885）等短篇小说塑造了不同寻常、充满活力、追求自由和尊严的流浪汉形象，为已有的流浪汉题材创作注入了崭新的浪漫内容和人道色彩。

柯罗连科的作品充满象征寓意，如《马卡尔的梦》、《嬉闹的河》、寓言小品《大海》（1886）、抒情小品《火光》（1904）和《盲音乐家》等；语言富于韵律美和音乐美，自然景物直接映衬人物内心世界；叙述方法受乌斯宾斯基影响，描写真实情节和人物，作者直接参与议论，有自传色彩，随笔与小说之间界限不明显，如《巴甫洛沃随笔》（1890）、《在荒凉的地方》（1890）等。

第五节 德国文学

德国1848年的革命失败后，分裂状态依旧，各邦都恢复了反动统治。但是德国的资本主义从50年代开始却有很大发展。在十年之中，不仅铁路线大大加长，各种工业也迅速增长，仅柏林的工人数量就由5万上升到18万人。德国由农业国逐渐变成了工业国。摆在德国面前的，阻碍其继续发展的就剩下政治的分裂了，但由于德国工人阶级还不成熟，统一运动的领导权最终落到了普鲁士的统治者手里。普鲁士是联邦内最大的国家，而且具有经济实力。1862年俾斯麦出任首相，他主张用“铁血政策”来达到德国统一目的，那就是用战争的手段扫除障碍。他首先通过1866年的普奥战争迫使奥国放弃对德意志联邦的领导权，自己在美因河以北形成了以普鲁士为首的北德意志联邦，实行了一系列有利于资产阶级的措施，如设立统一的度量衡，废除行会特权等。随后，他又在1870年挑起了普法战争并把法国击败，至此德意志帝国宣告成立，普王威廉一世为德国的皇帝，就这样德意志的统一终于在铁和血的洗礼下完成了。

德国自统一后，工业发展迅猛，煤、铁、化学、电气等工业发展尤为突出，出现了大资本家的联合组织，工业资本进入垄断阶段。在农业中资本主义也有所发展，致使农民的无产阶级化加速。自1871至1890年俾斯麦加强统治期间，他把德国工人阶级视为最危险的敌人。当时德国的社会主义分为拉萨尔派和爱森纳赫派，1875年在哥达合并成为社会主义工党，1890年改名德意志社会民主党，其领袖是倍倍尔。俾斯麦对无产阶级的这一成就采取了高压手段，1878年国会通过了禁止社会民主党存在的“非常法令”，由此社会民主党不得不转入地下，但其党员以个人名义参加了公开的选举竞争，并取得了24个议席。这说明俾斯麦反对社会主义者的政策彻底失败。1890年随着俾斯麦被免职，“非常法令”被废除。1893年国会选举时，社会民主党获得了44个议席，但90年代中，德国社会民主党内部出现分化，致使工人运动受到了危害，而德国帝国主义的侵略性和掠夺性本质也日益明显化。

在这一时期的德国文学中具有批判倾向的现实主义作家要算是施托姆和拉贝，但真正具有重要意义并为20世纪现实主义文学开辟道路的则是冯塔纳。施托姆和拉贝作为人道主义者和民主作家，对德国资本主义的发展表示不满。他们主要是从比较狭隘的地方角度出发对当时德国社会的弊病进行批判，而这种批判倾向在冯塔纳的作品里，尤其是晚年的作品里，则显得更为明确、深刻，更接近本质。

有些作家虽然也反对资本主义的弊病，但由于感到自己没有力量反抗现实，又缺少明确的奋斗目标，转而走上了逃避现实的道路。曾风行一时的“地方文学”就是这种文学的代表；他们的作品往往取材于一个城市，一个乡镇，他们写的内容往往限于当地市民或农民的日常生活、风俗习惯，有时也具有嘲讽性，但往往把当地生活方式中的保守因素加以理想化。与“地方文学”同时，“方言文学”也应运而生，当时可谓风行一时，除了著名的弗里茨·罗伊特（1810—1874）用低地德语写作外，诗人克劳斯·约翰·格罗特（1819—1899）是用低地德语方言写抒情诗的创始人。豪普特曼写的著名剧本《织工》（1892）最初也是用方言写的，次年才把它译成普通德语。

在这段时间里，具有很大声势的是德国自然主义文学，它比法国的自然主义要晚一些。德国的自然主义在80年代才开始萌芽。其代表人物是豪普特曼。1884年在德国出版了一本选集《现代诗人性格》，其中收有许多青年作家的作品，例如亨利希·哈尔特（1855—1906）和尤利乌斯·哈尔特（1859—1930）兄弟，阿尔诺·霍尔茨（1863—1929）、约翰内斯·史拉夫（1862—1941）、赫尔曼·康拉蒂（1862—1890）等。这本集子在当时对一些人，尤其是对豪普特曼影响甚大，豪普特曼称它是一部“重要的时代文献”。霍尔茨不仅把自然主义看作是一种新的创作方法，而且主张“彻底的自然主义”。他认为作家应把现实生活中最细微的东西、最轻的声音、最小的阴影都要写出来，语言要用日常生活中的语言，也即方言来表达。就是按照这样的要求他和史拉夫于1887年合作出版了短篇集《哈姆莱特老爸爸》。这是用自然主义方法写的反映社会问题的作品，给豪普特曼开了眼界。这两位作者虽然成就不大，但都是德国自然主义的先驱。

1885年初米歇尔·盖欧尔格·康拉特（1846—1927）在慕尼黑出版了一本自然主义的杂志《社会——关于文学、艺术、公众生活的现实主义的周刊》，它不仅大力介绍左拉、易卜生等作家的作品，还发表许多新作家的作品，豪普特曼的最初两篇短篇就发表在这刊物上。由于这本杂志成为德国自然主义的重要阵地，慕尼黑也就成为自然主义运动的一个中心。

自然主义的第二个中心是柏林。1886年在柏林出现了诗人协会“通过”，它致力于宣传新的艺术，也即自然主义；宣传新的时代，也即社会主义的时代，但他们对社会主义的理解却是各不相同。对于自然主义最具意义的是“自由剧场”的建立。这是由剧评家哈尔特兄弟及奥托·布拉姆（1856—1912）等人发起的。1889年9月“自由剧场”开幕，剧院领导人布拉姆选定易卜生的《群鬼》为首次公演的节目，演出大获成功。接着10月20日，豪普特曼的《日出之前》首演，引起轰动，演出时欢呼声、顿足声以及反对派的嘲笑声喧闹成一片。《日出之前》的成功使豪普特曼一跃而成为德国自然主义的领袖。

德国的自然主义到1895年后影响减弱，豪普特曼的创作也渐渐脱离自然主义而走向梦幻和象征。但自然主义不论在文学的题材还是戏剧的结构方面都走出了新的路子，它对事物的精确观察、描绘以及对方言的使用，在后来的文学发展中有着不可磨灭的影响。

自然主义之后，在德国文坛上出现了印象主义，象征主义，新浪漫主义等各种流派，它们之间有着千丝万缕的关系，要找到它们之间明确的分界线是很困难的，但它们和自然主义的创作截然不同，它们所强调的是主观感觉。

文学上的印象主义首先来自法国绘画。印象主义画家不重视客体的形态特征，他们所描绘的是画家所经验到的直接的感性印象，景色给人引起的感觉，而文学上的印象主义同样着重描绘转瞬即逝的感觉印象，不进行传统的逻辑、理性的加工。这派作家的代表有里夏德·戴默尔（1863—1920），他是位颇有影响的抒情诗人。他力图摆脱古典派和浪漫派的传统，寻求一种全新的创作方法，曾受到法国早期象征派诗歌的影响。其创作多以描写下层人民的生活为主，对劳动者充满同情；其诗集有《拯救》（1891）、《不是爱情》（1893）和《女人和世界》（1896）等。他的语言既精练又形象、生动，感情极为细腻。另一个印象主义作家是戴默尔的友人德特勒夫·封·李林克隆（1844—1909）。他早年在军队服役，曾参加过普奥、普法战争。他曾是自然主义的代表作家之一，但他的作品大多属印象主义，他善于以精确而简练的语言记录个人的感觉和体验。他的有关自然和爱情的抒情诗具有丰富的艺术结构，他擅长写叙事诗和短篇，尤其是战争小说。他的作品有诗集《副官骑马出行》（1883）、《战争小说》（1895）等，后者以显著的印象主义手法描述了自己的战争经历。彼特·希勒（1854—1904）也是位印象主义作家，他的主要作品的内容是宣传无政府主义。他的作品往往篇幅过长，结构松散，但以反映作者对大自然的感受和抒发个人的感情见长，其主要作品有长篇小说《社会主义者》（1886）和悲剧《柏拉图主义者之子》（1896）等。

除了上述作家外，19世纪90年代的德国文坛还有小说家维廉·封·伦茨（1861—1903），他的作品主要反映了19世纪末资本主义入侵农村后，在农民中造成分化的情景。他最杰出的小说是《农民箍桶匠》（1895），他的许多作品都涉及容克地主和资产阶级在社会变动中的走向问题。在这时期还需要提到的是尼采，他的影响不仅限于哲学范畴，而涉及整个西方的意识形态。直到今天，对他的评价依然众说纷纭。但他对基督教文明及其传统进行批判，公开宣称"上帝死了"，从根本上动摇了历史久远的理念论哲学观，打破了一切旧的道德价值观念，尤其是他对"人"的分析至今影响西方的文学艺术家。

台奥多尔·施托姆（1817—1888）生于当时处于丹麦统治下的石勒苏益格—荷尔斯泰因州濒临北海的小城胡苏姆。大学时在基尔、柏林攻读法律，毕业后回故乡开设律师事务所，同时开始收集整理家乡的民歌、格言、传说和童话，并创作了一些抒情诗。1853年，施托姆因反对丹麦人统治而被迫离开故乡，在普鲁士过了十年流亡生活。1864年丹麦人被逐走，石勒苏益格—荷尔斯泰因并入普鲁士，施托姆重返故里，任行政长官。

施托姆以写抒情诗开始文学创作，第一部《诗集》于1853年出版。他的诗大多描写北德家乡的自然景色，也描写爱情，语言清新质朴，感情深沉真挚，融图画美和音乐美于一体。他的主要成就在中、短篇小说，一生共写有50多篇。由于受浪漫主义的影响，他的早期作品具有浓郁的抒情性，充满诗情画意。此外，故乡的自然风光、历史典故与风土人情水乳交融，形成了施托姆小说的气氛与情调，并赋予他的创作以梦幻般的宁静与苦涩的激情。“框形结构”是施托姆十分爱用的手法，即以第一人称的回忆方式倒叙过去发生的故事，有利于抒发感情。

中篇小说《茵梦湖》（1850）是施托姆的成名作，奠定了他的小说家地位。小说主人公莱茵哈特暮年孤单寂寞，一天，他触景生情，回忆起少年时代跟美丽的伊丽莎白相爱的情景。那时两人情投意合，但在莱茵哈特去外地求学时，软弱的伊丽莎白屈服于母亲的意愿而他嫁，婚后没有幸福，时常想念着莱茵哈特。小说具有强烈的感伤色彩，男女主人公都默默忍受了命运的安排。《茵梦湖》体现了施托姆早期创作的典型特色，整篇小说如同一首散文诗，又如同一幅充满抒情气息的画，随着情节的发展，展示出人物内心的孤单、痛苦和无限的眷恋与惆怅。施托姆自己说过，他的小说是从诗和画中发展出来的，由最初单个的情景画连接、形成了一个诗意的整体。

施托姆青年时期的小说多半以恋爱、婚姻和家庭生活等为题材，具有抒情的田园牧歌情调。他晚年的作品则富于情节性和戏剧性，表现人物对无法逃脱的命运的抗争，其中最为成熟的是他的最后一部中篇小说《白马骑士》（1888）。这部小说通过一位思想开明的校长之口叙述施托姆家乡传说中的一位堤长造堤的故事。农民出身的豪克·海恩凭着自己的造堤天赋和勤奋好学由小工做到堤长。他所主管的地区虽已一个世纪没发过洪水，但一旦洪水泛滥，原来的堤坝就会决口，大片土地也难免遭殃。为了长久的利益，为了保护土地，向海要地，豪克决心围一道新堤。但目光短浅的小土地所有者根本不愿为造堤出钱出力，因为按规定，新堤建造费用必须按土地的多寡由土地占有者分担。豪克的计划不为人理解，这使他十分苦恼。可是他又无法改善和群众之间的关系，只好孤军奋战。最理解他的是妻子——前任堤长的女儿。就在一个风雨交加的夜晚，新堤尚未完工，旧堤霎时被洪水冲垮，豪克只身一人，眼见妻子和孩子全被洪水淹没，事业已毁，便骑着他的白马跃入水中自尽。从那以后，每当堤坝面临危险，就会出现白马骑士的身影，那便是孤独的英雄豪克·海恩的幽灵，与平庸的环境格格不入造成了他的悲剧。

施托姆的小说还有《木偶戏子保罗》（1874）、《被淹死的人》（1876）等。他的创作远离时代，局限于个人的生活体验之中，表达出一种怀旧的失望的灰色情绪。在他的作品里较突出地体现了19世纪下半叶德国现实主义文学的特点。

维廉·拉贝（1831—1910）出生在一个法院书记官家庭。他曾在书店当学徒，接触了大量文学作品，后入柏林大学攻读哲学和历史。他的第一部小说《麻雀巷的故事》发表在1856年，获很大成功，从此他就专心从事文学创作。拉贝的作品都是在德国资产阶级革命失败后写成的，这时期的德国资本主义发展迅速，打破了旧有的传统观念，改变了固有的生活方式，拉贝看到在这种变化面前人们无法抗拒追求金钱和权力的欲望，唯一的出路是寻找一个与世隔绝的安静角落，才能做一个真正的人，因为他深刻地看到金钱和权力只能使人们变成更大的奴隶。在拉贝看来，面对强大的社会潮流，个人是没有力量对抗的，因为当时的德国在革命失败后，几乎没有任何可参加的民主力量和潮流，因此拉贝看到的出路，就是逃避现实或到波兰或南美去参加争取自由的斗争。正因如此，他的作品充满了悲观情绪。《麻雀巷的故事》写的就是在革命失败后人们的低沉情绪，全书通过一个古怪老人的日记叙述了当时底层市民的日常生活和社会发生的事件。作者采用的艺术手法是把过去的回忆和现在所见到的事实，以及自己的生活体验和通过阅读得来的知识都融合一起，以生动的笔调写人写事，因此引起了读者的兴趣和好评。继《麻雀巷的故事》后，拉贝又写出了三部曲：《饥饿牧师》(1864)、《阿布·台尔凡》(1867)和《运尸车》(1870)，达到了他创作的最高峰。这三部作品之间互无关连，但基调却是一致的悲观。其中《饥饿牧师》在当时最受欢迎，作品描绘了两个有着不同追求的青年人的命运。其中一个追求知识、劳动和爱情。最后历经艰苦，和他的爱人生活在一个偏僻的小村里，过着与世无争的平静生活。另一个拼命追求物质生活，利欲熏心，虽然达到了目的，但堕落成为一个流氓。显然拉贝在这里再次向读者指出了应该走逃避现实、与世无争的道路。《运尸车》比前两部小说的悲观气氛更为浓厚，主人公唐妮由于抗拒外祖父要把她卖给伯爵而牺牲了生命，她的外祖父靠战争做军需生意发了财，是个十足的坏蛋。拉贝对坏蛋得势的现存社会作了尖锐的揭露。“坏蛋得势，而且继续得势，这是世界上最可怕的事情，比死还厉害”，这些带有结论性的话语反映了拉贝对当时社会现状的看法。

台奥多尔·冯塔纳(1819—1898)生于柏林附近的诺伊鲁平，祖先是定居普鲁士的法国胡格诺教徒，父亲是药剂师。冯塔纳小时候也曾在药房当学徒，后来对文学发生兴趣，以写诗开始了他的文学生涯，先是以写叙事诗闻名，后来作为记者又写了一些旅游印象记，其中1862至1882年间完成的著名的《勃兰登堡漫游记》成为他日后小说创作的重要准备。普法战争以后，冯塔纳长期为一家报馆写戏剧评论，还一度担任过柏林皇家艺术院的秘书。将近60岁时，冯塔纳发表了他的第一部长篇小说《风暴之前》(1878)，以后又写了20多部小说和两部自传作品。此外，他还是勤奋的书信作家。

冯塔纳一生经历了俾斯麦统治由兴而衰的过程。他成为德国第一个描写大城市生活的作家，晚年创作的小说大多以当时的柏林生活为背景，真实地反映了德国贵族和市民阶层的问题。作家自己说过，现代小说的任务在于通过描写生活、描写社会和人，毫不歪曲地反映人们所经历的生活。如果说19世纪下半叶的德国现实主义文学回避了时代的重大社会问题和政治问题，在社会批判性方面较为落后、保守，与当时英、法、俄等欧洲其他国家的现实主义文学不能相提并论，那么冯塔纳可以说是一个例外。他在生命的最后20年里创作的时代小说与社会小说，是其漫长的作家生涯的光辉顶峰，并开启了下一世纪德国的现实主义文学。

长篇小说《艾菲·布里斯特》(1895)被认为是冯塔纳的最佳小说，并常常与福楼拜的《包法利夫人》以及托尔斯泰的《安娜·卡列尼娜》相提并论。《艾菲·布里斯特》是作家思想深度及艺术风格的集中体现，在当时获得了出人意料的巨大成功。小说描写普鲁士贵族女子艾菲·布里斯特的婚姻悲剧。天真美丽的艾菲17岁那年由父母做主，嫁给了母亲青年时代的情人、已成为凯辛县长的殷士台顿男爵。这是一桩出于门第考虑的婚姻。婚后殷士台顿公务繁忙，热衷仕途，对年轻的妻子缺少殷勤、激情和关心。艾菲在感情和性格上同丈夫有很大距离，日子过得寂寞无聊。不久，她认识了丈夫的朋友克拉姆巴斯少校，少校是极为聪明、多才多艺而又很懂得女性心理的花花公子，他很快看出艾菲不悦的原因，并处心积虑地引诱了她。后来殷士台顿调职柏林，艾菲就此摆脱了克拉姆巴斯而感到一种解脱。六年以后，殷士台顿偶然发现克拉姆巴斯和艾菲过去的通信，知道了他们之间的关系。为了捍卫名誉，他和克拉姆巴斯进行了一场决斗，把对方打死，并和艾菲离婚，女儿归殷士台顿抚养。艾菲一个人和女仆罗丝维塔孤零零地住在柏林。最后她身患重病，父母才容许她回娘家居住，不久，她便静悄悄地离开了人世。

作者通过艾菲在婚姻和爱情上的不幸遭遇，描写了当时普鲁士社会与个人之间的关系，使个人的婚姻故事上升到具有社会性、普遍性的高度。女主人公艾菲受社会习俗与观念的影响，嫁给了能够满足其贵族虚荣的殷士台顿，尽管她本能地意识到自己和殷士台顿之间的性格差别，并为此感到害怕。这就使她后来的失足具有了内在的心理必然性。艾菲和克拉姆巴斯的私通事件，殷士台顿是在六年以后偶然发现的。六年以来他和艾菲之间的关系已经相当亲密了。从自然情感上讲，由于已经时隔多年，他没有丝毫憎恨的感觉，也不渴望报仇，况且他仍然爱着艾菲，愿意宽恕她的一切。而另一方面，已经深入他内心的普鲁士荣誉观念却要求他为捍卫名誉而决斗。结果，社会准则和荣誉观念压倒了自然情感，殷士台顿最终认为旧账非算不可。尽管他可以将发现的秘密永远埋在心底，不让世人知晓，但他骗不了自己，对自己的尊严和价值也会产生怀疑。于是他无可奈何地执行了普鲁士道德观念的非人道要求，杀死了自己并不仇恨的人，毁了心爱的妻子，也毁了自己的幸福。他和艾菲同样都是这场悲剧的牺牲品。布里斯特夫妇虽然非常疼爱自己的独生女儿，却也一度忍痛拒绝将她接回家。对此艾菲的母亲在信中解释得非常清楚：并不是他们害怕因艾菲而影响同外界的来往，而是他们要公开表明自己的态度，要对艾菲的过失行为表示谴责。小说人物的命运充分表明，社会的要求与人性的需求已互不相容，个人与社会的存在相互构成了难于解决的问题。冯塔纳在这里批判的不是殷士台顿或布里斯特夫妇等普鲁士道德的自觉或不自觉的维护者，也决不仅仅是普鲁士的名誉崇拜，作家的批判锋芒是指向普鲁士上层的那一整套社会和道德的戒律。这些戒律所需要的是人们的盲目服从、偶像崇拜，它们不仅从外部约束人的行为，而且更为可怕的是，可以从内部不可抗拒地控制人的思想，以致人们会为了某种社会观念而自动扼杀夫妻之间、骨肉之间的那种最美好、最自然的感情。冯塔纳通过揭露“普鲁士精神”残杀生命的非人道特性，道出了依靠这种精神而支撑的普鲁士社会必然覆亡的命运。

在另一部小说《沙赫·冯·乌特诺夫》(1883)中，骑兵上尉沙赫不得不同一位他所喜欢的起初是美女、后来因患天花成了麻子的贵族小姐结婚。由于害怕成为社交界的笑料，沙赫在结婚典礼之后随即举枪自尽。

作家以此无情地嘲笑和批判了沙赫所崇拜的普鲁士的虚假荣誉，所谓普鲁士精神正是建筑在这种冷漠和空虚的荣誉感基础之上的。晚年的冯塔纳身处普鲁士社会发展的末期，作为一个保守的自由主义者，一个高明的观察家，一个通达人情世故的老人，他不倦地透视着人物的社会心理过程，并以冷静、平稳的笔法进行客观的描绘，从而道出他所归属的那个社会内在的病症并给予毁灭性的批判。与此同时，作家又始终保持一种怀疑、克制和听天由命的态度，他笔下的人物也大多是一些毫无反抗性的忍受者。在《艾菲·布里斯特》中，女主人公艾菲在临终前承认殷士台顿的所作所为都是对的，并希望跟他取得谅解。在长篇小说《迷惘、混乱》（1888）中，相爱的贵族青年和平民女子出于社会等级观念的考虑而最终放弃爱情，各自与同一阶层的人结婚。冯塔纳的听天由命来自他与旧世界的深刻联系，来自他对人的社会限定性的清楚认识，也来自他对历史与文化的延续性的尊重。正如作家在其最后一部作品《斯泰希林》（1899）中通过斯泰希林老人之口所说："一切旧事物，只要它还有权要求，我们都应该爱，可是我们却应该为新的事物而生活。"这是小说的主题，也是冯塔纳老人自己的心声。

冯塔纳的作品不夸张，不做作，情节简单，风格沉静。随着创作技巧的日臻成熟，对话在他的作品中占有越来越重要的地位，他的小说因而具有一种戏剧化倾向。作家擅长用对话来表达人物的性格、心理、地位、身份以及观点立场，并以此烘托时代气氛，甚至用对话展开情节。冯塔纳给德国小说带来了新技巧，也带来了自歌德以来的又一种具有欧洲意义的，融讽刺、批判、智慧和博爱于一体的艺术风格。

从文学史上看，冯塔纳的创作丰收时期恰恰是在19世纪德国现实主义文学接近尾声，而自然主义已经登上文学舞台的时候。他以剧评家的身份赞成自然主义，他是同辈人中唯一对自然主义给予理解的作家。在文学创作上，晚年的冯塔纳毫无保留地置身于现实，对社会进行忠实地描写和批判，他和自然主义文学运动的重要而又深刻的联系也正表现于此。然而，他的创作又深深地扎根于19世纪中期的文学传统中的，他的作品在主题和风格上都和自然主义有一定的距离。冯塔纳在德国文学史上的重要意义就在于，当自然主义奏响凯歌的时候，他以他的晚年成就将德国19世纪的现实主义推向顶峰，并在现实主义与自然主义之间架起了相通的桥梁，为20世纪的德国小说艺术开辟了道路，这一道路直接通向托马斯·曼。他因而被誉为德国现代小说的开拓者。冯塔纳是19世纪下半叶最具欧洲水平的德国小说家，并且也没有一位同时代的德国小说家像他那样，身后的名气与日俱增。

弗里德里希·尼采（1844—1900）是19世纪德国思想界、文化界中具有重要意义的一个人物。他的艺术哲学在很大程度上影响了20世纪的文学艺术。

尼采是一个哲学家，然而，尼采所理解的哲学并非严密的逻辑体系或形而上的教条，而是来自体验、本能和激情的创造性认识。对于尼采来说，重要的不仅是对一种哲学的理性的领悟，而且还有对它的精神的直觉感知。尼采的哲学作品就是他个人的体验与激情的产物。

对于尼采世界观和思想的形成，叔本华和瓦格纳有着特殊的、重要的影响。这两个人物对于尼采来说是一个精神上的有机的统一体。如果说叔本华对于尼采来说是一个重大的哲学经验，那么瓦格纳则是一个重大的艺术经验。他们使尼采相信：一个创造性的个体面对一个缺乏理解力的社会仍然有可能保持自我。把青年尼采同叔本华的哲学以及瓦格纳的艺术联系起来的首先是由他们所传达出来的那种情感，以及在他们身上所体现出来的那种个体超越时代、超越“群盲”的优越之处。尼采之所以崇拜叔本华，是因为在他看来叔本华哲学的非理性的内涵要比它的逻辑论证更有价值。他把叔本华的哲学称为“艺术品”，也就是说他从中首先感受到了一种创造的冲动。尼采曾经指出，与歌德相比较，叔本华是一个哲人；与康德相比较，叔本华是一个诗人。因而，尽管尼采不否认叔本华哲学有谬误之处，他仍然对这个哲学家的人格怀着敬仰。后来，尼采脱离了叔本华的哲学并发展了自己的肯定生存和做“命运的爱人”的观念。尼采同瓦格纳的关系是情感的两个极端，即对瓦格纳的绝对狂热和对瓦格纳的毫不妥协的批判。尼采个人的精神生命与瓦格纳联系得过于紧密了，以至于他始终不可能以客观的方式认识对方，青年尼采完全生活在瓦格纳的魔力之中，在瓦格纳身上看到了一个艺术与革命的伟大斗士。尼采渴望着一种天才的、富有创造力的艺术出现，来创造出一种崭新的文化，而他在瓦格纳的音乐剧中恰恰看到了这种新艺术的力量，所以瓦格纳暂时是变革文化的最大希望之所在。然而，尼采独立的天性注定了他同偶像最终的决裂，因为他不可能永远生活在偶像投下的阴影之中。在看到了瓦格纳的宗教题材的音乐剧《帕齐伐尔》之后，尼采这个反基督主义者站到了瓦格纳的对立面，并称对方的艺术为颓废的艺术。

尼采的主要哲学、美学著作有：《悲剧的诞生》(1872)、《不合时宜的观察》(1873—1876)、《查拉图斯特拉如是说》(1883)、《论道德的谱系》(1887)、《偶像的黄昏》(1886)、《反基督者》(1887)、《瓦格纳事件》(1888)、《瞧这个人！》(1888)等。

尼采的艺术观的核心在于艺术与生活的统一。尼采反对将艺术与生活分割开来的美学，他把艺术视为“生活的至高任务和根本的形而上活动”。尼采的美学著作即是这样一种尝试：对传统的艺术与生活的割裂加以摒弃并将艺术的审美假相固定在生活的创造性原则当中。他否定了古典的生活与假相、创造性的生活与审美的假相、生命过程与艺术自制之间的分割状态。艺术不再只是笼罩在生活上的美丽的、审美的假相，而是原始的、酒神性的直接表达。尼采提出了酒神性、日神性二分法。同时尼采用“醉”与“梦”的状态来比喻酒神性和日神性的各自特征。梦创造了想象中的图像世界，而醉则创造了原始生活的无羁和恣肆。梦的世界以限度、形式、和谐与美为特征，而在醉的世界中原始、混乱和暴烈居于统治地位。梦是美的节制，而醉则是混乱的无度。尼采指出，酒神性与日神性不仅是艺术的两种境界，它们也内在地存在于自然之中，大自然就是原始的艺术家。因而最接近自然的艺术也就是最完美的艺术，这就是日神–酒神艺术。这种艺术的代表就是古希腊的悲剧和瓦格纳的音乐剧。

尼采是基督教文化的叛逆者，他主张打破一切基督教道德和价值观念给人套上的枷锁，称基督教道德是扼杀人性的“奴隶道德”。他宣布“上帝死了”，以此来唤醒人类的自我意识：主宰生活的上帝已经死去，人类只有立足于自我、拯救自我，才能有未来和希望，“自由精神”的时代的曙光才能到来。查拉图斯特拉是尼采理想的人类代表，是尼采为了对抗和摧毁在当代占统治地位的“群盲”的平庸所提出来的理想。在这个人物身上，尼采看到了自己早年称之为“天才”的东西，这是一个有创造性的不平凡的人，他建立价值、创造价值、肯定生存，以自己的力量创造生存的意义。遥远的、全知全能的上帝已死，现在的超人查拉图斯特拉是一种来自于人而又超越人的力量。查拉图斯特拉绝非生物学上的理想人型，不是人类进化的未来模式，他的提出是出于对文化历史的洞察和对人类命运的忧虑。

尼采不仅是一个哲学家，同时也是一个抒情诗人。他从中学时代起就开始写诗，创作了大量的抒情诗歌、格言诗和酒神颂歌，这些诗作以美的文学形式体现着他的思想和认识。

尼采对后世的影响相当深远。托马斯·曼甚至把尼采的影响同歌德相比，因为尼采的确影响了整整一代人。表现主义的作家们尤其同尼采密切相关，贝恩、格奥尔格等就是很好的例子。

盖尔哈特·豪普特曼（1862—1946）出生于德国东部西里西亚地区，祖父当过职工，父亲是旅店老板。故乡的风土人情以及笃信宗教的传统对他日后创作产生了重要影响。他曾在布莱斯劳和罗马学过雕刻，后在耶拿和柏林的大学学习自然科学、哲学和历史。1885年婚后他住在柏林郊区，这期间他接触了生活在社会底层的劳动者，阅读和研究左拉和易卜生的作品，与哈尔特兄弟和霍尔茨等人结交，并参加了自然主义作家组织的“通过”协会。1888年，豪普特曼在自然主义刊物《社会》上发表短篇小说《道口工梯尔》，引起了社会的广泛注意。1889年《日出之前》上演，使豪普特曼蜚声文坛，成为德国自然主义文学运动最杰出的代表。

《日出之前》所讲述的故事发生在西里西亚矿区。农民克劳塞因在他的地里发现了煤而成为矿主，此后他终日饮酒作乐，并对前妻所生的两个女儿不怀好意。他的后妻暗中与人通奸，大女儿与大女婿两个人都喜欢杯中之物，小儿子也因酒精中毒而夭折。自小在外读书的小女儿海伦娜洁身自好，回到家后她对这种污浊的家庭环境非常不满。这时她认识了来到矿区做调查的青年社会主义者洛特并与他相爱。海伦娜希望在洛特的帮助下摆脱自己的环境，但当洛特知道了海伦娜家里的情况后，不愿与这样酗酒和淫乱的家庭联姻，怕对后代有遗传作用。于是洛特在日出之前留下一封信离开了海伦娜，海伦娜在绝望中自杀。

《日出之前》是一部典型的自然主义作品，豪普特曼将这个剧本献给史拉夫和霍尔茨，以感谢他们用自然主义方法描写社会问题的小说集《哈姆莱特爸爸》在创作上给予他的影响。这部剧作也令人想起易卜生的《群鬼》和托尔斯泰的《黑暗的势力》。作者通过克劳塞一家的堕落以及海伦娜和洛特的爱情悲剧表现了人与环境的关系：人是外部环境的牺牲品。而另一方面酒精中毒和遗传问题自始至终贯穿于全剧，与当时德国舞台上盛行的历史剧不同，《日出之前》真实地记录了现实生活，同时也从一个侧面反映了19世纪中叶德国无产者贫困悲惨的处境。剧本用方言写成，舞台提示中有十分详尽的人物外貌和环境描写的说明，对人物的动作和表情给予了高度的重视。这些艺术手法的采用有助于塑造人物性格，烘托气氛和环境，它们也构成了豪普特曼日后戏剧创作的一个特点。

1890年豪普特曼写了《和平节》和《孤独的人们》。这两部剧本着重表现的仍然是资本主义工业化时期家庭的破裂以及人们内心深处所感到的孤独。

1892年豪普特曼发表以织工和工场主斗争为主题的剧本《织工》。这个剧本最初用西里西亚方言写成，次年由作者译成高地德语。1893年该剧在柏林首演，遭到了柏林警察总监的禁止。《织工》一剧以1848年西里西亚的织工起义为素材。豪普特曼在创作这部作品时曾研读了大量有关织工现状以及织工起义的资料，如阿弗雷德·齐默尔曼的《西里西亚麻纺织业的兴衰》（1885）和威廉·沃尔夫的《一八四五年的德国公民手册》（1845）等剧，他还两次赴起义地区做调查。他的祖父曾经做过织工，这也使他对织工的痛苦有深切的体会。剧本分五幕。第一幕写织工们向棉布工场老板德莱西格上缴自己的劳动产品。他们本就微薄的工资又要被削减。年轻织工贝格尔与工场老板发生冲突，他揭露了工场老板对织工们的残酷剥削。第二幕发生在老织工鲍默尔特家。退伍军人耶格尔来到鲍默尔特家，向织工们朗诵织工之歌《血腥的审判》，使他们认清了自己的悲惨处境。第三幕，织工们聚集在小酒店里。警察局长禁止他们唱《血腥的审判》，织工们却激昂地高唱着这首歌向老板德莱西格家走去。第四幕为全剧的高潮。耶格尔被警察逮捕，织工们将警察局长痛打一顿，他们冲进德莱西格的住宅将其捣毁，德莱西格全家逃走。第五幕在老织工希尔泽家展开。起义织工来到这里要求这里的织工参加他们的队伍，但笃信宗教的希尔泽拒绝参加。最后他被镇压起义的政府军队的流弹打死。

这个剧本没有一个传统意义上的中心人物，取而代之的是一组挣扎于痛苦之中的织工群像。他们生活在社会的最底层，终日辛苦劳作，换来的却是饥饿和疾病，共同经受的苦难使他们团结起来，对压迫者和剥削者进行了英勇的反抗。织工之歌《血腥的审判》在剧中重复出现，它比语言和动作更直接地表达了织工的觉醒和愤怒。不愿参加起义的老织工希尔泽相信最后审判和来世幸福，但却正是他被政府军队的流弹所击中，这一人物形象发人深省。工场主德莱西格对待工人冷酷无情，而且善于用种种借口来掩盖自己的剥削行径。《织工》一剧所展示的不再是家庭冲突，而是尖锐的不可调和的社会矛盾，受苦受难并奋起抗争的劳动群众形象被搬上舞台，这在19世纪40年代以后的德语文学中尚属首次。全剧五幕各自独立成章，结尾属开放式。对西里西亚织工生活真实有力的描绘赋予了该剧强烈的社会批判色彩，使它成为德语戏剧文学中的一部震撼人心的杰作。女画家珂勒惠支（1867—1945）曾专门为此剧创作了铜版组画《织工起义》。

1893年豪普特曼写了喜剧《獭皮》。该剧的情节是：洗衣妇沃尔夫大妈偷了有钱人克吕格家的獭皮，克吕格向警察局报案，但警察局长韦尔哈恩热衷于向上级报告捕风捉影的政治颠覆活动，对民间失窃小事不感兴趣。他把偷窃獭皮的沃尔夫大妈当成品行端正的好人，拒绝考虑他所认为的政治可疑分子莱歇尔博士提供的破案线索，甚至还当众为私买赃物的船夫伍尔柯夫辩护。最后这桩偷窃案不了了之。剧中的沃尔夫大妈勤劳、能干、泼辣、狡黠。她巧妙地利用了警察局长的愚蠢、自负和偏见，显示出小人物在生存斗争中的聪明和机智。沃尔夫大妈因其性格的鲜明复杂而成为德国戏剧舞台上一个长演不衰的形象。警察局长韦尔哈恩刚愎自用，昏庸无能，是德意志帝国容克贵族和政府官吏的缩影。作者通过这一人物对整个德意志帝国的官僚机构进行了辛辣的嘲讽。《獭皮》一剧情节紧凑，人物性格鲜明，语言生动有力，它与莱辛的《明娜·封·巴尔赫姆》和克莱斯特的《破瓮记》一起被称为德国的三大喜剧。豪普特曼的其他喜剧还有《克拉普顿同事》（1892）、《红公鸡》（1901）等。

1896年1月，豪普特曼以16世纪德国农民战争为背景的历史剧《弗洛里安·盖尔》在柏林上演，但观众反应极为冷淡，评论界也横加指责。这是豪普特曼戏剧创作经历的第一次失败。

几乎与《獭皮》同时创作的《汉奈蕾升天记》（1893）是一出梦幻剧，它是豪普特曼突破自然主义创作模式的第一次尝试。该剧的主角是14岁的穷苦少女汉奈蕾。她因不堪忍受酗酒成癖的继父的虐待而跳进池塘自杀。人们救起她后将她送进了穷人院。奄奄一息的汉奈蕾在高烧中梦见了天堂，在那里她所有的愿望都得到了实现。最后汉奈蕾在天使的歌声中沉入了永远的睡眠。这个剧本仍保留了自然主义的一些特征，如较为松散的结构和对于西里西亚穷困山区的环境描写，但诗体的运用以及建立在梦幻基础上的剧情已使这部作品带上了新浪漫主义和象征主义色彩。

豪普特曼具有新浪漫主义和象征主义风格的剧本还有《沉钟》（1896）和《碧芭在跳舞》（1906）这两部童话剧以及中世纪传说剧《可怜的亨利希》（1902）等。《沉钟》讲述铸钟匠亨利希不断铸钟的奋斗过程，主题是生活和艺术的矛盾。在这部作品中豪普特曼运用了不少民间故事和传说。《碧芭在跳舞》具有较强的象征意义和神秘色彩。故事发生在西里西亚冰天雪地的山区。来自意大利的美丽少女碧芭以及她的舞蹈象征着所有人心目中对于温暖和美的渴望。碧芭最后的死意味着理想的破灭和美的不可企及。

豪普特曼并没有因为梦幻剧和童话剧的创作而放弃对现实生活的反映。继《沉钟》之后，他又相继写下了《车夫亨舍尔》（1898）和《罗泽·贝恩特》（1903）两部以小人物的婚姻和爱情纠葛为题材的优秀剧作。这两部作品在环境描写、人物塑造以及语言的运用等方面仍保留了自然主义的特色。《车夫亨舍尔》表现了男主人公车夫亨舍尔悲剧性的命运。软弱而善良的亨舍尔禁不住情欲的诱惑，在前妻死后没有遵守自己对她许下的诺言，与放荡不羁的女仆汉娜结了婚。对前妻的背弃使他感到内疚，汉娜的冷酷和不忠又使他在精神上受到打击，最后亨舍尔悬梁自尽。在《罗泽·贝恩特》一剧中，豪普特曼探讨了狂飙突进时期已经出现过的杀婴主题。美丽又健康的农村姑娘罗泽将要嫁给诚实而体弱多病的奥古斯特，有妇之夫弗拉姆仍私下与她来往。品性恶劣的斯特克莱曼发现了两人的关系后便以此相要挟，并且奸污了罗泽，后来罗泽怀孕，而真正的父亲是弗拉姆。罗泽出于羞耻在法庭上作了伪证，否认了和弗拉姆的私情，最后她在痛苦中杀死了自己的婴儿。罗泽因为貌美而受到男人们的追逐，同亨舍尔一样，她也是情欲诱惑的牺牲品。上述两部作品对主人公的心理都作了较深的挖掘。写于同时期的《米夏埃尔·克拉姆》(1910)描写了一个艺术家的悲剧生活。

豪普特曼1911年发表的悲喜剧《大老鼠》主要写泥瓦匠约翰的妻子因想得到女仆保丽奈的孩子而致使保丽奈被杀，最后约翰的妻子自己也跳窗而死。该剧以柏林一所简陋的公寓为背景，用象征的手法表现了“一战”前德国社会的腐朽和没落，具有强烈的社会批判色彩。这部作品在当时并未得到人们的理解和重视，但却受到了后人的高度评价。

豪普特曼的后期剧作不像早期那么出色。第一次世界大战爆发后，他对战祸感到忧虑，同时又希望世界有新的转机。大战之后他拥护新成立的魏玛共和国，成为这个资产阶级共和国的精神代表。1921年凡尔赛和约签订，豪普特曼从中看到了新的世界大战的危险，因此他四处呼吁和平，反对战争。在《日落之前》(1932)这部剧作中，他预见性地指出了法西斯的兴起。该剧通过70岁的出版家克劳森与20岁少女英肯的恋爱悲剧，揭露了资产阶级家庭的金钱至上和冷酷无情。这部作品从标题到形式都与《日出之前》有相似之处。1933年希特勒上台时，豪普特曼已是71岁高龄；他没有离开德国，而是深居简出，保持沉默。这期间他转向了对基督教本质和古希腊、罗马文化的研究。他最后的剧作《阿特里德四部曲》(1940—1944)取材于古希腊传说，包括《伊菲格涅亚在德尔菲》(1941)、《伊菲格尼亚在奥里斯》(1944)，《阿伽门农之死》和《厄勒克特拉》(后两个剧本在作者死后于1948年出版)。与歌德的《伊菲格尼亚在陶里斯》不同，这个四部曲没有歌颂古典人性的善良和高贵，而是表现了人的无能、命运的神秘以及世界的阴暗混乱，它反映了豪普特曼在第二次世界大战期间对于人类前途的怀疑和绝望。这部作品在形式上具有古典主义的特征，每场戏分许多幕，语言采用抑扬格诗体。豪普特曼后期比较重要的剧作还有《冬天的叙事谣曲》（1917）、《白色救世主》（1920）、《多罗苔娅·安格曼》（1926）等。

豪普特曼还发表过一些短、中、长篇小说。其中《道口工梯尔》在艺术上最为成功，在这个短篇小说中可以看出毕希纳的影响。豪普特曼其他较为重要的小说还有《狂欢节》（1887）、《使徒》（1872）、《克里斯多·埃门努埃尔·克文特的傻瓜》（1910）、《索阿那的异教徒》（1918）等。此外他还写过自传体作品《激情篇》（1929）、《我的青春冒险》（1937），游记《希腊之春》（1908）以及史诗《大梦》（1942）等诗歌。

1945年法西斯德国崩溃后，诗人贝歇尔曾来到豪普特曼晚年居住的阿格内腾多尔夫，邀请他到柏林参加德国战后的民主复兴工作，豪普特曼欣然允诺。在准备搬往柏林前夕，豪普特曼于1946年6月6日在阿格内腾多尔夫逝世。

从豪普特曼的一生来看，他的主要成就在戏剧方面。他一共写过40多部剧，他的作品兼容了自然主义、现实主义、新浪漫主义、象征主义等各种不同的艺术手法，体现了19世纪末20世纪初德国戏剧发展的特点。表现人类命中注定的痛苦、孤独以及人际关系的破裂是他的作品中一再出现的主题。豪普特曼在其一生的创作中始终没有放弃人道主义精神和对于被压迫、被损害者的同情，这使他成功地塑造了一系列来自社会底层的小人物形象。他的自然主义剧作对德国的表现主义以及布莱希特的叙事戏剧都产生过一定影响。1912年，豪普特曼获诺贝尔文学奖。

豪普特曼的《织工》、《獭皮》、《寂寞的人们》、《沉钟》等作品在20世纪20年代就被介绍到中国，对中国话剧艺术的发展起过一定作用。当时成立的现代文学团体沉钟社就是以他的剧作命名的。

第六节　北欧文学

在英国开始的工业革命自19世纪60年代初传入丹麦后，逐渐波及北欧诸国，生产力与生产关系的改变引起了整个社会的变革和动荡，哥本哈根、斯德哥尔摩、奥斯陆等大城市迅速膨胀，乡村人口流入城市并且有数以百万计的移民漂洋过海到北美谋生。在新的条件下，社会思潮、道德态度、伦理观念也在变化，这些都在文学上得到反映。达尔文的《进化论》向宗教正统观念挑战，康德、黑格尔的哲学观点也大行其道，这不仅使北欧诸国知识分子震悚，而且也使他们深思反省。自19世纪中叶以来，北欧国家尤其是丹麦、瑞典和挪威的文学界思想十分活跃，文学家们在思索和寻求变革社会的道路。丹麦的文学评论家勃朗兑斯就是在这种气氛之中登高望远，于1871年在题为《十九世纪文学主流》的演说中喊出了“写社会与人生”这一振奋人心的口号。他的鼓动起了催化剂的作用，写实主义的“问题文学”成为当时的时尚。最先响应勃朗兑斯号召的是挪威作家，他们写出了许多抨击社会弊端、揭露资本主义社会欺诈、虚伪的作品，如易卜生的剧本《玩偶之家》、比昂松的剧本《破产》等。接着，瑞典的斯特林堡也写出了脍炙人口的现实主义作品，如剧本《奥洛夫老师》、小说《红房间》。一批文学巨匠在北欧纷纷涌现出来。他们不再停留于描写英雄史诗般的过去，抛弃无病呻吟的个人情感而去接触当代社会的现实和问题，以“照相般”的手法，黑白分明地暴露出社会的不平与丑恶，阶级之间的悬殊和冲突，沉重的剥削和劳苦大众的痛苦，写出了不少流传广泛的不朽经典名著。这一时期持续十余年，被称为北欧文学上的“突破的时期”或“黄金年代”。北欧这批现实主义作家为北欧文学乃至世界文学的发展作出了重大贡献。

进入90年代后，北欧文坛变化迭起，出现了一股对勃朗兑斯的主张和写实主义的逆反潮流。掀起这股潮流的并不是“现代突破”的发祥地丹麦，而是瑞典。1889年，封·海顿斯坦发表了论文《论文艺复兴》，从而吹响了新浪漫主义的号角。在这篇论文中，海顿斯坦提出：自然主义文学创作在以往十年中对瑞典文学作出了有价值的贡献，起到了使瑞典文学复兴和充满活力的作用，然而现实是单调和丑恶的，因此写实主义也无优美可言；他主张文学应当及时地重新回归到唯美和想象的道路上去。他明确提出文学已到了“渴望欢乐的年纪”。1890年，他和奥斯卡·莱维尔廷（1862—1906）联名发表了论文《彼比塔的婚礼》，继续批评80年代文坛为写实主义所占据的现象，并且主张以新浪漫主义来取而代之。他们在这篇论文中提出：“难道诗人的想象不也是现实的一种形式吗？”1892年，古斯塔夫·弗洛亭发表论文《自然主义和浪漫主义》，赞誉法国作家左拉创作的伟大之处正在于用了象征主义手法，因而照相般的写实主义是无法同伟大的艺术瑰宝相比拟的。经过这一段时间的呐喊，新浪漫主义便脱颖而出。继瑞典之后，丹麦、挪威和芬兰都出现了浪漫主义文学，涌现了不少优秀的作家，如丹麦的尤汉内斯、约恩森、挪威的哈姆生等。

冰岛由于长期遭受殖民统治，文坛颇为沉寂闭塞。1882年，在哥本哈根学习的四个冰岛学生在勃朗兑斯激进文学观的影响下出版了一本名叫《凡尔唐蒂》的杂志，宣传和出版现实主义作品。这本杂志只出版了一期，也没有传世之作。

丹麦文学　19世纪70年代的丹麦见证了现实主义文学的“突破时期”。1871年，勃朗兑斯在哥本哈根大学所做的《十九世纪文学主流》的演说标志着现实主义和现代文学在丹麦的“突破”。勃朗兑斯在报告中提出欧洲的革命产生了“文化成果”，而丹麦文学没有跟上欧洲文学的发展，仍然局限于浪漫主义，脱离社会实际。他指出，丹麦文学比欧洲文学落后40年；他认为要纠正这种局面，丹麦作家在文学创作中应该提出当前社会问题进行讨论。在勃朗兑斯振臂高呼下，丹麦涌现出一批围绕社会和经济问题进行创作的作家，如雅科布森和德拉克曼等。他们不仅在丹麦，而且在世界文学史上都有一定的地位。

除了追随勃朗兑斯主张的作家外，丹麦在80年代还有一些不完全赞同勃朗兑斯观点的作家，他们也发表了不少很有影响的作品，如自然主义和印象主义作家赫尔曼·邦、卡尔·吉勒鲁普和亨里克·彭托皮丹等。到了90年代，丹麦文坛同其他斯堪的纳维亚国家文坛一样出现了变化，自然主义、写实主义不再占上风，新浪漫主义逐渐兴起。这种变化并不像瑞典那样突如其来并且声势浩大，但是其内涵之深刻、影响之深远，却要远远超过瑞典。勃朗兑斯自1889年起在丹麦报刊上介绍和倡导尼采哲学，这标志着勃朗兑斯本人思想的逆转，而由于他的名声和影响，也带动了丹麦文坛倾向于接受这股哲学思潮。此外，丹麦哲学家、文学家克尔凯郭尔所宣扬的神秘主义、虚无主义和不可知论也起了推波助澜的作用。勃朗兑斯的转变是由于他本来以为随着资本主义的迅速崛起，市民阶级掌握了经济政治权力，整个社会必将发生根本性变化，个人的自由必将得到极大伸张，文学上也会出现欣欣向荣的局面；然而自从他在19世纪70年代率先发出“现代突破”的口号，开始向宗教势力、王权思想冲击以来的20年间，虽然自然主义和写实主义有了发展，但是这些流派仅能揭露资本主义原始积累的残酷现实，却找不到解决这些社会矛盾的出路。勃朗兑斯对资本主义社会里人人可以享有完全的自由抱有幻想。然而，宗教压制和王权势力虽然削弱，但是新兴市民阶级盘剥劳工和压制反对力量的手段甚至比过去更为严酷；资本主义带来了城市的扩大和现代化，哥本哈根和其他几个大城市办起了大工厂，然而也使得原本较为安定的小农庄不断破产，农民失去土地流入城市或举家移民到北美洲去寻找安身立命之地。这幅悲惨的现实图画打破了勃朗兑斯和他的追随者的美梦。在这种情况下，他们接受了尼采哲学，在创作手法上也从写实主义转向象征主义。

格奥尔格·勃朗兑斯（1842—1927）是具有重要影响的文艺评论家，他的激进的民主主义文学观不仅改变了丹麦和北欧浪漫派文学脱离实际的倾向，而且推动了欧洲现实主义文学的发展。

勃朗兑斯生于哥本哈根，属犹太人血统，曾在哥本哈根大学攻读法律、美学和哲学。1870年，他在出国旅行途中遇到易卜生。易卜生建议他在斯堪的纳维亚发动一场“精神革命”。于是，勃朗兑斯于1872至1875年在哥本哈根大学任教期间发表了一系列演讲，在纵论法国、德国、英国等国的浪漫主义、民主主义运动和文学动向及源泉的同时，猛烈地抨击了丹麦文坛上的唯心主义。他提出作家应该关心现实社会，要用现实主义手法进行创作。他的主张得到北欧许多作家，如挪威的比昂松、易卜生，瑞典的斯特林堡，丹麦的雅科布森、德拉克曼等人的热烈响应。勃朗兑斯的这些演讲后来汇编成《十九世纪文学主流》（1872—1890）一书，成为世界名著。它共分六卷：《流亡者的文学》、《德国浪漫派》、《法国文学的反动》、《英国的自然主义》、《法国的浪漫派》和《青年德意志》。

勃朗兑斯的文学观在北欧乃至欧洲其他国家广为传播，可他本人却被保守派指责为激进主义和无神论的代表，受到打击和迫害，不得不放弃哥本哈根大学的教职，被迫离开丹麦去柏林侨居。

1883年，勃朗兑斯重又返回丹麦，继续在哥本哈根大学执教。1887年，他赴俄国讲学，不久发表了《俄罗斯印象记》（1888）和《波兰印象记》（1888）。他十分推崇普希金、果戈理、托尔斯泰和高尔基等俄国作家，并在欧洲积极介绍他们的作品。1880至1890年期间，他同尼采一直保持着通信，受到尼采哲学思想的影响。

勃朗兑斯还撰写了《丹麦诗人》（1877）、《埃沙伊阿斯·泰格奈尔》（1878）、《男人和工作》（1883）、《莎士比亚传》（Ⅰ-Ⅲ，1895—1896）和《易卜生传》（1898）。他在晚年还发表了不少重要著作，如《歌德传》

（Ⅰ-Ⅱ，1914—1915）、《伏尔泰传》（Ⅰ-Ⅱ，1916—1917）、《裘力斯·恺撒传》（1918）和《米开朗琪罗传》（1921）等。

勃朗兑斯是19世纪末期斯堪的纳维亚现实主义文学的领袖，他所发起的这场“精神革命”运动延续了十年之久，几乎所有北欧国家的年轻知识分子都卷入“勃朗兑斯主义”的运动中，使北欧文学汇入欧洲文学的大洪流。

丹麦人通常把**彦斯·彼得·雅科布森**（1847—1885）同挪威的易卜生和瑞典的斯特林堡相提并论，因为雅科布森不仅是“现代突破”运动的主力，而且也是这一时期丹麦仅有的具有较高国际知名度的作家。他的作品传播到斯堪的纳维亚地区之外，受到欧洲大陆和美国等地的重视。奥地利心理学家弗洛伊德、诗人里尔克、小说家穆齐尔都深受他的影响，尤其是里尔克对他推崇备至，德国小说家托马斯·曼对雅科布森的长篇小说《尼尔斯·吕恩》更是爱不释手。即便是在90年代以后，勃朗兑斯主义和写实主义、自然主义失势，新浪漫主义兴起之时，雅科布森的作品仍继续引起公众的重视和好评。他的作品主题鲜明，结构紧凑，情节跌宕起伏，往往以细腻的观察勾勒出人物的性格，并且以高超的技巧烘托出气氛，取得震撼人心的效果。

雅科布森出生在丹麦一个名叫梯斯坦德的小镇上，他自幼爱好写诗，喜欢阅读和吟诵波德莱尔的诗。但是在哥本哈根大学求学期间，他一反过去的兴趣爱好，投身到勃朗兑斯的阵营，立志为创造丹麦新文学运动而呐喊冲锋。他发表了不少论文，并且译介了国外有关达尔文学说的文章。

雅科布森在1872年发表了小说《莫恩斯》，这是丹麦第一部自然主义作品。小说主人公莫恩斯不顾社会常规习俗，按照直觉本能如醉似痴地爱上了一个女人，然而这个女人却不幸死去。他耽于肉欲，放纵淫乱；在一段时间里，他虽然纵情于享乐主义，然而内心痛苦不已。后来，他幡然悔悟，痛心疾首，要重新做人。这时他邂逅了一个能使他的灵与肉的爱情都得到满足的女人，自此之后，他便快乐地生活下去。这部作品刚一问世便引起轰动，不仅因为其崭新的创作手法和写作技巧，也是因为敢于写出人类身上的人性和兽欲的两重性。整部作品虽然有写实主义色彩，然而所运用的语言、表达方式乃至情节故事，都具有十分浓郁的浪漫主义情调。

雅科布森的第二部重要作品是1876年发表的长篇小说《玛丽亚·格鲁卜夫人》。这部作品实际上是福楼拜小说《包法利夫人》的翻版，不同之处在于雅科布森比福楼拜更富于乐观主义，没有像福楼拜那样让包法利夫人去自尽，而是让女主人公自己主宰自己的命运。小说的故事情节发生在17世纪的上流社会，玛丽亚·格鲁卜夫人出身于名门世家，长得端庄美丽，曾有过两次婚姻，其中一个丈夫是国王的私生子，然而两次婚姻都在剧烈的争吵后以失败告终。她忍受了孤独和焦虑，在伤感和惶恐之中步入中年，她摒弃了尔虞我诈的上流社会隐居起来，忽然她发现自己爱上了伺候她多年的身份卑微的男仆，于是，她不顾清规戒律和啧啧人言，竟同那个男佣私奔，并且享受到从未有过的快乐生活。这部作品问世之后曾掀起轩然大波，雅科布森被不少人指责为诽谤社会、败坏道德和有碍风化。

雅科布森第三部重要作品是小说《尼尔斯·吕恩》(1880)，主人公吕恩是个从不信上帝、甚至亵渎宗教的无神论者，他经常与人展开辩论，宣扬无神论，反对宗教；主张妇女解放，反对夫权束缚；颂扬真实的艺术，反对浪漫主义梦想，可是他本人却并未因此而感到自己得到了解脱，或者享受到了真正的人生。他曾被许多女人所吸引或诱惑，然而却遭到了她们的抛弃，甚至他妻子在临终前都不肯原谅他对上帝的不敬。当他的独生子病危之际，他在病榻前向上帝祈祷，可是上帝似乎并没有理睬他所发出的呼号，病儿悄然死去，而尼尔斯·吕恩本人也在1864年德国入侵丹麦的作战中被死神召去。《尼尔斯·吕恩》在结构和人物性格上都同作者以前的作品一脉相承，然而这时的作者已经不再乐观，而敢于面对严峻的人生和社会。《尼尔斯·吕恩》的思想性更为深刻，也更具有现实主义特征。

霍尔格·德拉克曼（1846—1908）是丹麦另一位重要的现实主义作家，作品有诗歌、小说和剧本。他出生在医生家庭，曾学过绘画，年轻时在英国结识了一些在巴黎公社失败后流亡到英国的法国人，也看到了英国劳苦大众的生活，使他对资本主义制度十分痛恨，这对他日后创作产生不小的影响。他的小说《命中注定》（1890）写一个正在杂乱无章地膨胀扩大着的城市中的形形色色的状况。同瑞典作家斯特林堡的小说《红房间》类似，德拉克曼的这部作品也是着重反映90年代知识分子的日常生活和艺术活动的。他的其他作品还有小说《一个多余的人》（1876）、诗作《英国的社会主义者》（1871）、《莫勃国王》（1871）、《诗集》（1872）和《海滨之歌》（1877）等。他的作品辛辣地讽刺了资产阶级的堕落和腐朽，热忱地表达了他对“健康”、“自然的”人民的同情。

埃德瓦尔德·勃朗兑斯（1847—1931）是文学评论家格奥尔格·勃朗兑斯的弟弟，雅科布森的挚友。他是个记者、作家，利用报刊大力传播勃朗兑斯主义的学说，他撰写激进的政论，发表现实主义的文学作品，为推动现实主义文学的发展作出贡献。他著有剧本《一次访问》（1882）和小说《一位政治家》（1889）、《年轻的血》（1899）等。这时期丹麦重要的现实主义作家还有苏弗斯·斯康道尔夫（1836—1901）和埃里克·斯克拉姆（1847—1923）等。

卡尔·吉勒鲁普（1857—1919）出生于牧师家庭，自幼深受基督教的影响。1874年进入哥本哈根大学学神学。1878年大学毕业时，他发表了第一部小说《一个理想主义者》，接着又发表了《青年丹麦》（1879）以及描写一个丹麦青年牧师从信奉宗教到背叛宗教的《日耳曼人的门徒》（1882），这些作品明显地表现了他受到勃朗兑斯现实主义文学观的影响。1883年，他到德国、瑞士、意大利、希腊和俄国进行考察旅行，对这些国家的文学艺术进行研究，这次考察使他的创作从现实主义转向德国古典主义。他发表了深受席勒影响的剧本，如大型悲剧《布伦黑尔》（1884）等。除以上这部悲剧外，还有诗集《我的爱情书》（1889）以及两部长篇小说《敏娜》（1889）和《磨坊》（1896）。这两部小说的结局都很悲惨，《敏娜》描写一个叫敏娜的德国姑娘的爱情悲剧；《磨坊》是写磨坊主把妻子和妻子的情人在磨轮下活活碾死的惨剧。他的后期作品有小说《皮利格里姆·卡马尼塔》（1906）和《金色的树枝》（1917）等，这些作品充分反映了他受到佛教的影响。

亨里克·彭托皮丹（1857—1943）出生在日德兰半岛的一个牧师家庭，但是他对家庭虔信宗教颇为反感，一心想获得工程师的学位，因此违背父意，到哥本哈根技术学校学习，没有毕业即到一所学校教数学和物理，同时对写作产生浓厚兴趣，立志当一名作家。他从80年代开始写作，90年代起一直居住在农村，过着专门从事写作的生活。

长篇小说《天国》（1891—1895）描写一个出身于富裕家庭的青年牧师自愿到偏僻的农村当牧师，一心想通过自己的工作和劳动去改变农村贫穷落后的面貌；但是他的良好愿望和努力没有得到同情和支持，反而遭到反对，受到孤立，他不得不放弃教职，回到哥本哈根，最后被送进疯人院。作品通过对一个宗教幻想者的刻画，反映和抨击了资产阶级社会的腐朽。《幸福的彼尔》（1898—1904）是他最著名的长篇小说，带有自传性质，描写一个出身于牧师家庭的年轻人，立志学工，以便把自己的国家变成一个工业国，但是他没有成功。后来他离开了喧闹的城市来到乡间，最后他发现他只不过是在具有中世纪神秘色彩和宗教虔诚的荒凉地区中消磨余生而已。长篇小说《死人的王国》（1912—1916）中的主人公厌倦生活，渴望死亡，充满悲观失望情绪。

彭托皮丹的其他作品还有小说《农村景象》（1883）、《农舍》

（1887）、《云》（1890）和中篇小说《贵客临门》（1908）等。晚年还著有小说《男人的天堂》（1927）和自传《寻找自己》（1943）等。彭托皮丹是丹麦现实主义文学的代表，他的作品批判和抨击了社会上的自私、虚伪和罪恶，描绘了贫苦人民受欺凌和被蹂躏的状况，给丹麦文坛输入一股清新之风。由于他的作品"真实地描写了当代丹麦的生活"，他于1917年与吉勒鲁普同获诺贝尔文学奖。

赫尔曼·邦（1857—1912）是19世纪80年代重要的现实主义作家。他出身于牧师家庭，曾在艺术学校就读，在首都哥本哈根和巴黎担任过戏剧导演。

邦在19世纪80年代发表了一系列评述法国自然主义和叙述自己艺术观的论文，他主张文学应该研究现实，认为现实主义是符合时代风格的一种艺术形式，文学艺术要像演戏一样使读者受到作品中的人物和情节的感染。这些文章后来均收进论文集《现实主义和现实主义者》（1879）一书中。

邦的作品有长篇小说《绝望的后代》（1880）、《灰泥》（1887）和《蒂娜》（1889）等，回忆录《白屋》（1898）和《灰屋》（1901）以及短篇小说集《低沉的乐曲》（1880）、《奇怪的小说》（1885）、《寂静的生活》（1886）和《枷锁下》（1890）等。邦的后期作品着重描述人的孤独，他的两部长篇《米盖尔》（1904）和《失去祖国的人》（1906）中的主人公都是艺术家，作品描写他们得不到亲朋的爱和理解，孤独地在天涯流浪的故事。这实际上是他本人经历的写照。邦自己曾以记者、作家等身份在欧洲各国游历旅行，朗诵作品。1912年，他在美国巡回朗诵时溘然去世。

维尔海姆·迪内森（1845—1895）是为数甚少的几个丹麦散文家之一。迪内森是勃朗兑斯的契友，然而并未参与"现代突破"的文学运动。他家境富有，时常为报刊撰写散文作品，然而他并不满足于平静生活，曾参加过战争。1872年他去美国，在内布拉斯加州和威斯康星州游历，1874

年返回丹麦后写了许多游记和散文，1889年汇编成集出版了《狩猎来鸿》，成为轰动一时、竞相传诵的文学作品。他自己发觉有性病后自杀。

尤汉内斯·约恩森（1866—1956）由于对90年代抒情诗的复兴作出贡献而在丹麦文学史上占有显要位置。他曾担任对丹麦文学有广泛影响的期刊《灯塔》（1893—1894）的主编，并且成为丹麦年轻一代文学家的核心人物，同"现代突破"的自然主义、写实主义流派作斗争。他在《灯塔》上发表了多篇颂扬象征主义的论文，受到了新浪漫主义青年作家和颓废派诗人的喝彩，被誉为"新世纪曙光的标志"，并且被他的好友，作家苏菲斯、克劳森等人称赞为敢于叛逆自己以往信仰的人。约恩森受到法国象征主义流派影响很深，他的诗作大都刻意仿效法国诗人魏尔仑，虽然富有浪漫情调，却很少有新意，并且宗教色彩很浓郁，因而被人挖苦说他思想十分前卫而诗作却很古板。约恩森的主要作品有短篇小说《夏天》（1892）、长诗《忏悔》（1894）、诗集《从深渊中来》（1920）和《流淌的井》（1920）等。

约恩森在晚年更虔信天主教，他撰写了几部圣徒传记如《圣·法朗西斯传》（1907）、《西奈的圣卡塔琳娜传》（1915）等，并写就自传《我一生的传奇》（七卷，1916—1928）。他的作品在欧美流传很广，为他赢得了国际声誉。

瑞典文学　19世纪末期的瑞典文学可以分为两大派别，一派是80年代以斯特林堡为代表的写实主义文学，另一派是90年代由拉格洛夫领衔的新浪漫主义文学。

70年代以后瑞典逐渐由小农经济走向工业化，资产阶级兴起，达尔文主义从欧洲大陆传播过来，宗教势力不断削弱，中世纪残留下来的愚昧和迷信对文学的禁锢被冲破。在勃朗兑斯以及狄更斯、巴尔扎克、左拉、莫泊桑、托尔斯泰、屠格涅夫等文学大师和德国哲学影响下，瑞典文坛出现了可以称为"文艺复兴"的现代文学启蒙时代。这个时代作品的主题以描绘人的日常生活，宣扬人性和追求个性解放为主。

1882年，瑞典一批青年作家，其中有斯特林堡、古斯塔夫·盖耶斯坦姆（1858—1909）、维克特里娅·贝纳迪克逊（1850—1888）、吐尔·赫德贝里（1862—1931）等人，在勃朗兑斯理论的感召下，组成了激进的"青年瑞典派"。他们围绕在由社会民主党领导人亚玛尔·布朗亭（1860—1925）主编的《时代》杂志、自由党的《每日新闻》和《哥德堡商业航运报》以及社会民主党文艺杂志《当代年鉴》周围，开始尝试运用文艺探索社会问题，暴露社会黑暗面。斯特林堡的重要历史剧《奥洛夫老师》作出了大胆的突破，气势磅礴，小说《红房间》更是淋漓尽致地揭露了社会上的虚伪丑恶，成为开创瑞典现代文学的珍品。盖耶斯坦姆的短篇小说集《灰冷》（1882）探讨了宗教和社会问题以及保守的父母和激进的孩子们之间的矛盾。他的另两部短篇小说集《穷人》（第一部，1884，第二部，1889）则细腻地描写了下层人民的生活。"青年瑞典派"作家在当时激进的社会民主主义思想熏陶下，曾写出不少针砭时弊的现实主义作品。他们在哲学观点上信奉尼采、叔本华和斯宾塞。几年后，他们中的大多数人（包括斯特林堡在内）都悄然从写实主义转向表现主义，而且热衷描写深奥晦涩的心理变态。

80年代末，瑞典在北欧诸国中首先掀起新浪漫主义运动。这场运动发生在瑞典而不是丹麦，除了欧洲大陆的哲学和文学思潮的冲击和影响外，有它自己的时代和社会背景。这是因为丹麦虽然曾是北欧霸主，但它的农业资源丰富，基本上是个农业国，工业发展缓慢，而瑞典拥有优质铁矿、森林、水力等丰富的自然资源，工业发展迅速。1897年，在斯德哥尔摩举办的工业展览会标志着瑞典已步入工业化社会。19世纪初的瑞典是百分之九十以上人口居住在农村的典型农业国，而到了20世纪初城市人口已占总人口近三分之一。人口也迅速增长，1815年为250万，1900年增长到500多万。由于饥饿和失业的威胁，其中85万人不得不远涉重洋移民到美国谋生。国内社会矛盾日益尖锐。在这段时期中，瑞典当局加强了对文化和宣传的控制，斯特林堡等“具有危险倾向的作家”历经艰辛和被排斥，处境十分困难，因而一些瑞典诗人作家提倡逃避现实，追求唯美的新浪漫主义。

新浪漫派的代表作家主要有抒情诗人海顿斯坦、唯美派诗人古斯塔夫·弗洛亭(1860—1911)、田园派诗人卡尔费尔德和女作家拉格洛夫等。他们才华横溢，放浪形骸。他们主张逃避灰色的现实，追求感官享受和生活情趣，反对斯特林堡的自然主义和写实主义，并将它讥讽为“鞋匠的写实主义”。拉格洛夫、海顿斯坦和卡尔费尔德都于20世纪初期荣获了诺贝尔文学奖。

约翰·奥古斯特·斯特林堡(1849—1912)出生在斯德哥尔摩，父亲是船舶经纪人，母亲出身低微，当过女管家。斯特林堡在中学毕业后考上乌普萨拉大学学医，因经济困难，曾几度辍学，最后不得不放弃学业。他当过家庭教师、小学教员、报社编辑、记者、皇家图书馆管理员，还演过戏，画过画。

社会讽刺小说《红房间》(1879)使斯特林堡一举成名。这是瑞典第一部现实主义作品，描写瑞典文艺界人士的生活状况，同时也勾勒当权者的昏庸无能和无所事事以及唯利是图、欺诈劳动人民的社会风气。这部名著以犀利辛辣的笔锋鞭笞吏弊民痈，引起了舆论的广泛重视，博得很大声誉，但由于作品刺痛了从事龌龊勾当的权势者上流社会，斯特林堡遭到不公正的非议，后来不得不携家漂泊到法国和瑞士。1884年短篇小说集《结婚集》的出版招来了更大麻烦，他被控犯有亵渎、诽谤宗教罪而受审，此后他被迫侨居丹麦、德国和奥地利，过着穷困的生活。在此期间，他又陆续出版了自传体小说《女佣之子》(1887)以及《在海边》(1890)等著名作品。

在世界文坛上，斯特林堡主要以戏剧创作享有盛誉。历史剧《奥洛夫老师》(1872)是他早期的现实主义代表作。剧本赞颂了马丁·路德教派的宗教改革运动和献身精神，也揭露了王室和教徒保守势力的反扑和扼杀改革的种种手段。独幕剧《朱丽小姐》(1888)是欧洲戏剧史上一部优秀的自然主义作品。剧本描写一个伯爵女儿在五旬节之夜委身给男仆并要求同他一起私奔，男仆骗取了她的爱情，想凭借她挤入上流社会，又畏惧伯爵的威严而无所作为，最后伯爵的女儿悲愤之极，举刀自尽。该剧突出表现了情感、理智和不同社会阶层的矛盾。此外，还有剧本《父亲》(1887)、《罪与罪》(1899)、《复活节》(1900)等。

斯特林堡早期创作的是现实主义作品，1887年后，他的创作转向自然主义，作品愤世嫉俗，为下层阶级鸣不平，充满反抗精神。由于半生潦倒漂泊，横遭统治阶级压迫，哲学上受尼采和弗洛伊德影响，晚期作品大都表现想摆脱痛苦而又找不到出路的绝望、挣扎和变态心理，描写梦幻般虚无缥缈的事物，充满了神秘主义和悲观情调，如剧本《梦戏》(1902)、《鬼魂奏鸣曲》(1907)和长篇小说《黑旗》(1904)等。作者在表现手法上也逐渐放弃了早先的现实主义和自然主义，转而采用象征主义手法。《鬼魂奏鸣曲》是一部描写资本主义病态社会关系的作品，是欧洲最早出现的表现主义代表作之一。剧本用象征手法表现事物的内在实质，揭示人物的心灵活动，抒写复杂的人物心理状态。斯特林堡可以说是欧洲表现主义和象征主义戏剧的开山鼻祖。

斯特林堡一生颠沛流离、郁郁不得志，加之经受三次婚姻的挫折，神经一度失常，晚年醉心于炼金术。但斯特林堡仍不失为一位才气横溢的多产作家，是瑞典文坛上的一颗巨星。他一生共写了62部剧本，60多部小说，构思奇特，笔锋犀利。他的作品揭露和鞭笞了资本主义社会的伪善和丑恶，因而深受瑞典工人和进步知识分子的喜爱。1912年在他63岁生日的时候，成千上万的斯德哥尔摩人高举火炬和红旗，游行到他寓所，高唱“马赛曲”，欢呼“人民的斯特林堡”。以往比较常见的情况是瑞典文坛跟着欧洲大陆走，但是斯特林堡却是一个例外。他是欧洲现代戏剧的改革家，他的自然主义和表现主义戏剧对欧洲尤其是德国和法国戏剧界产生了重要影响。

塞尔玛·拉格洛夫（1858—1940）是瑞典90年代新浪漫派文学的代表作家。她诞生在瑞典西部风景秀丽的韦姆兰省的莫尔巴卡庄园，并且在那里度过了童年、青年和晚年。她的父亲是位陆军中尉，性格开朗，心地善良，酷爱文学并且十分热爱韦姆兰家乡的风俗习惯和传统，祖母心中又装着讲不完的韦姆兰民间传说和故事，这一切对拉格洛夫的文学生涯起了很大的作用。

1881年，她筹借到一笔款子，只身前往首都斯德哥尔摩求学，次年考入高等女子师范学院。1885年毕业后她到南部的一所女子学校任教，教学之余伏案刻苦写作。1891年，第一部作品《古斯泰·贝林的故事》出版。作品通过对古斯泰·贝林牧师的描写，记述了19世纪20年代寄居在瑞典乡间地主庄园上的一群食客的故事。她以强烈的怀旧感记录了瑞典的庄园传统和生活习惯，抒发自己的恋乡之情。但是这部作品在瑞典国内起初没有多少人问津，直到格·勃朗兑斯在1893年发表赞扬该书的评论后，瑞典国内评论家才改变了对这部作品以及拉格洛夫本人的态度。她的短篇小说集《无形的锁链》于1894年出版时获得空前成功，这极大地鼓舞了拉格洛夫的创作热情，她辞掉教员工作，走上了职业作家之路。

1904年夏，拉格洛夫跋山涉水到瑞典全国各地考察，为撰写《骑鹅历险记》[①]收集资料。1906至1907年，《骑鹅历险记》问世。作品的情节比较简单，写一个14岁的农村小男孩尼尔斯不爱读书学习，调皮捣蛋，好作弄小动物。一个初春，他在家里因为捉弄一个小精灵而被精灵用妖法变成一个拇指般大的小人儿，正在这时，一群大雁从空中飞过，家中一只

① 瑞典文篇名直译应为《尼尔斯·豪格尔森周游瑞典的奇妙旅行》。

雄鹅也想展翅跟随大雁飞行，尼尔斯为了不让雄鹅飞走，紧紧抱住鹅的脖子，不料却被雄鹅带上高空。从此，他骑在鹅背上，跟随着大雁走南闯北，周游各地，从南方一直飞到北方，历时八个月才返回家乡。他骑在鹅背上看到了自己祖国的奇峰异川、旖旎风光，学习了祖国的地理历史，听了许多故事传说，也饱尝了不少风险和苦难。这部作品使作者一举成名，赢得了与安徒生齐名的声誉。她在国内外的地位和声望也不断提高。1909年获诺贝尔文学奖，1914年当选为瑞典学院院士。挪威、芬兰、比利时和法国等国家还把本国最高勋章授予她。

1915年，她搬回到童年时代住过的莫尔巴卡庄园，一面辛勤经营庄园，一面积极创作，发表了长篇小说《被开除教籍的人》(1918)，回忆录《莫尔巴卡》(1922)和《罗文舍尔德》三部曲(1925—1928)。此外她还发表过长篇小说《一个庄园的传说》(1899)、《耶路撒冷》(上、下集，1901—1902)、《阿尔奈先生的钱》(1904)、《利尔耶克鲁纳之家》(1911)和《车夫》(1912)等。

拉格洛夫到了晚年仍然孜孜不倦地写作，出版了回忆录《一个孩子的回忆》(1930)和《日记》(1932)。她出版的最后一部作品是《秋天》(1933)。

卡尔·古斯塔夫·魏尔纳·封·海顿斯坦(1859—1940)是19世纪90年代瑞典新浪漫主义文学的领袖，瑞典文学史家称他为"瑞典文学新时代的首要代表人物"。他出生于瑞典南部维特恩湖以北的奥尔斯哈马尔的一个贵族家庭。1876年，海顿斯坦因病中断学业，前往意大利、希腊、埃及、巴勒斯坦和叙利亚等地养病游历，十年后，他把这段游历印象写成诗歌，热情赞扬东方文明。他酷爱绘画，一心想当画家，并于1879年到意大利、罗马学习绘画。1880年，他因父亲反对他成为艺术家而同父亲闹翻，带着妻子又一次离开瑞典，到欧洲大陆居住。1884至1887年他在瑞士居住期间，认识了当时也侨居在瑞士的斯特林堡，两人频繁的交往对海顿斯坦日后的文学创作产生了一定的影响。1887年他返回瑞典攻读文学，第二年，诗集《朝圣与漂流的年代》（1888）发表，由于其迥然不同于在文坛上流行的自然主义风格而引起广泛注意。

1889年，海顿斯坦发表了以《文艺复兴》为题的小册子，向自然主义文学发起挑战。他宣称，自然主义已经过时，并把它讥讽为“鞋匠的写实主义”和“灰色气氛”。他还指出，文学作品应该有情感、幻想、美感、个性和生活情趣；他唾弃传统的美学思想，提倡诗歌应该像印象派的绘画那样富于光亮和色彩。他的这本小册子成为瑞典写实主义和新浪漫主义文学的分界线。

继第一部诗集后，海顿斯坦发表了两部长篇小说，一部是根据希腊神话写成的《恩底弥翁》（1889），另一部是描写一个为寻求“生命灵感”而到处旅行的人《汉斯·阿里埃诺斯》（1892）。1902年诗集《人民集》发表，其中最著名的一首诗为《瑞典》，表达了诗人热爱祖国、思念家乡的强烈感情：

雪橇铃儿叮当响，
篝火把斧钺金戈映亮。
军旅的业绩必定载入传奇，
然而依靠的终究是，
手拉紧手，万众一心，
你的儿女一如既往，
吼出愿为祖国牺牲的誓言。

1897至1898年，海顿斯坦发表著名短篇小说集《卡尔十二世麾下的军队》，这部小说集写的是卡尔十二世时期的瑞典士兵，目的是通过对英勇士兵的歌颂来激励瑞典人民的爱国热情。长篇小说《圣比尔吉塔朝圣旅行记》（1901）是一部描写中世纪宗教活动家圣比尔吉塔献身宗教事业的历史小说。《福尔孔世家》（1905—1907）写福尔孔家的老祖宗从一袋金银开始发家，最后当上瑞典国王的发家史。《新诗集》（1915）是海顿斯坦最后一部诗作，诗风由早期的华丽、高贵转为简洁、宁静。

海顿斯坦1912年被选为瑞典学院院士，1916年被授予诺贝尔文学奖。他的著作涉及的领域很广，有诗歌、散文、政论和长、短篇小说，但是他的主要文学成就还是在抒情诗方面。

埃里克·阿克塞尔·卡尔费尔德（1864—1931）是瑞典文坛上重要的抒情诗人，90年代浪漫主义文学创始人之一。他出生于瑞典达拉那省南部的托夫曼庄园，祖辈均是农家。他在中学时代即崭露才华，19岁时就发表了一些很优美的诗作。1885年，他赴乌普萨拉大学求学。正当前途似锦的时候，父亲由于经济亏空不得不把庄园拍卖掉。这使得他在大学期间生活十分拮据，但他意志坚强，虽几度辍学，但终于在十几年后取得了两个学位。在这段时间里他始终不屈不挠地对付逆境，孜孜不倦地写作。

1895年，他的抒情诗集《荒原和爱情之歌》发表，引起瑞典诗坛轰动。诗集富于浓郁的乡土气息，创作风格朴素严谨。这部作品的发表奠定了他成为瑞典一代伟大诗人的基础。

1898年，他的第二部诗集《弗里多林之歌》发表。三年后，又一部以弗里多林为主人公的诗集《弗里多林的乐园》（1901）问世。弗里多林和诗人本人一样是达拉那人，受过良好教育，学识丰富，身强力壮，善于劳动；性格豁达，能同周围的农民打成一片；能歌善舞，会唱山歌，又能吟哦优美的诗歌，既文雅又粗犷。总之，这是一个寄托着诗人理想和追求的农民形象。这些诗歌的发表为他赢得空前盛名，受到瑞典各阶层的喜爱。卡尔费尔德于1904年被选为瑞典学院院士，1916年获瑞典文学大奖。

在两部关于弗里多林的诗集之后，他又连续发表了许多享有盛誉的诗集，如《弗洛拉和波玛拉》（1906）、《弗洛拉和贝洛娜》（1918）和《秋日的号角》（1927）等。

卡尔费尔德的诗绚丽多姿，轻松明快。他用诗的语言来描景叙情，勾勒出一幅幅色彩夺目的风景画或是风俗画。他的诗大多是描绘大自然的瑰丽景色、农村的田园牧歌生活以及青年男女的爱恋倾慕，诗中蕴含着强烈的热爱人生的情愫。他的诗作宗教色彩浓厚，但是他笔下的使徒们不是苦修殉道的圣贤，而是爱好说笑戏谑、纵情欢乐甚至贪杯如命的活生生的凡人。

卡尔费尔德是一位浪漫主义诗人，同时，在他的诗作中也有一定的现实主义成分，如诗集《弗洛拉和贝洛娜》中的《黑色的圣诞节》和《秋天的号角》中的《鼠疫的讴歌》等，揭露了战争的罪恶和给人民带来的苦难。

1931年，卡尔费尔德在斯德哥尔摩去世后，瑞典学院追授他诺贝尔文学奖。

挪威文学　1860年前后挪威开始有了现代化工业，主要是在木材业和制造业方面。农业和渔业也有所发展。城市急剧扩大，人口增多，城市总人口从1801年的88万人猛增至1900年的224万人。然而挪威毕竟受到长期殖民统治，经济极不发达，人民生活贫困清苦，这就造成了挪威在19世纪成为就总人口相对来说输出移民最多的欧洲国家。从1840至1914年，挪威向北美移民达75万人，几乎相当于18世纪末挪威的总人口。在这样的社会条件下，19世纪80年代的挪威文学写实主义和“问题文学”兴起，这不仅是受到丹麦文学评论家勃朗兑斯的“现代突破”文学运动的影响，而且也具有其深刻的社会背景；属于这一潮流的作家反映了社会中、下阶层的呼声，从而博得广大人民群众的喜爱和尊重。易卜生、比昂松已成为挪威家喻户晓的名字，他们的作品影响到欧洲文坛。易卜生的名剧在挪威和欧洲国家频频上演。随后，阿列克塞德·纪兰德（1849—1906）和尤纳斯·李（1833—1908）的小说也获得了好评。他们被誉为挪威文学“四大巨匠”，他们在挪威的影响如此巨大，以致当时人们都竞相阅读他们的作品或观赏和他们的剧本演出。

同时，挪威在欧洲大陆、瑞典的影响下，也掀起新浪漫主义潮流，涌现出一批新浪漫主义的作家和诗人，然而他们的作品并不受人欢迎，影响十分微弱，直到90年代初这种局面才有所改观。1891年哈姆生在奥斯陆作了三次演说，题目分别为《挪威文学》、《心理文学》和《时尚文学》。在这三次演说中，他的矛头直指当时挪威文坛“四大巨匠”。哈姆生指责他们作品中人物性格都典型化，人物的言语行动都按照情节需要事先安排好的模式来展开，缺乏自己的鲜明个性和情感。他还指责这四位现实主义文学巨匠把注意力都放在平凡琐细的事物上，迷恋于描述日常生活中的庸碌之辈的情绪冲动；说他们笔下的人物都是一群命运已被预先安排好的生物，不仅不能自己掌握自己的命运，甚至连言行举止都受到社会、经济或其他外部环境力量的支配。哈姆生特别推崇“心理文学”，认为它能将现代人理智和思维的多重性和复杂性演绎得淋漓尽致，能把当代生活的荒诞性和非理性一清二楚地表现出来，这种创作手法并不是排斥或者摒弃科学的观察，而是将物质化的外部世界进一步延伸，从显而易见的客观事物中探讨人的意向奥秘，不仅能描述有意识作出的决定，而且可以领会捉摸不定、毫无规律可言的官能反应和无意识的思维。哈姆生的论点是：作家的责任在于对哪怕是最微小的灵魂颤动都作出反应，用他那天生的敏感去瞄准这些现象，把它们捕捉住并且记录下来，把它们放在自己的放大镜之下显示出来。

1890年，哈姆生在《我们的时代》杂志上发表了《思维中的无意识生命》一文。他提出作家要写“现代人”的与众不同的心理特质，表现他们的分裂、混乱而又极不和谐的思维，要把侵入他们头脑中的那些稀奇古怪和莫名其妙的思维想法还原出来，而不是将笔墨浪费在渲染诸如订婚仪式、晚舞会和郊游等日常琐事上，这才能体现出作家捕捉客观事物和深入渗透外部事物的能力，也可表明对现代生活的更深刻的理解。

哈姆生的论文、演说和他的长篇小说《饥饿》都是当时挪威文学的重要事件，标志挪威文学摆脱了“问题文学”一统天下的局面，“心理文学”同“问题文学”开始分庭抗礼。虽然这类创作并未在挪威占到主导地位，除了哈姆生和金克（1865—1926）之外，并没有其他有名的作家和诗人，然而这场论争的影响超越了挪威文学的范围，扩展到斯堪的纳维亚之外，在不到25年之后所涌现出来的“意识流”小说同哈姆生的观点一脉相承。

亨利克·易卜生（1828—1906）出生于挪威南部希恩镇一个富裕商人家庭。不久，父亲破产，家庭经济发生剧变，易卜生只受过几年小学教育。1843年，易卜生到一家药材店当学徒，工作余暇，他刻苦自学，阅读研究世界文学名著。1848年，他在法国二月革命影响下，热心从事进步活动，并开始创作诗歌和剧本。他的第一个剧本《卡提利那》创作于1848年，于1850年出版。同年他离开药店去首都克里斯蒂安尼亚（今奥斯陆）。他的第一部剧本没有上演，但他的第二个剧本——独幕剧《勇士之墓》（1850）获得很大成功。这激发了他的戏剧创作热情，他的才华也赢得了挪威著名小提琴家欧勒·布尔的赏识。当布尔在卑尔根创建第一所挪威民族剧院时，邀请易卜生担任剧院的导演和编剧。可以说，易卜生是挪威民族戏剧的创始人。在此以前，挪威没有自己的剧院和演员，挪威戏剧界一直被丹麦统治着。

1851至1857年，易卜生在卑尔根剧院积极工作，研究戏剧艺术，选择上演剧目，创作民族戏剧。这一时期的工作为他后来的成功打下了坚实的基础。《苏尔豪格的宴会》（1856）和《厄斯特罗特的英格夫人》（1857）这两部剧作都是以挪威16世纪历史为题材的，其中可以看到当时在挪威十分流行的浪漫主义文学的影响。易卜生剧作的一个母题也首次出现，那就是提出事业的重要性和“或者得到一切，或者一无所有”的思想，这一思想在他后来的剧本中得到进一步发挥。此外，从这两部剧本中还能看到受丹麦和法国戏剧影响的痕迹。

1857年易卜生应聘到“新挪威剧院”任经理。这个剧院的建立是为了对抗在丹麦文化支配下的剧院。易卜生为了给挪威戏剧开辟一条新道路而同资产阶级政客们展开了艰苦的斗争。

《海尔格伦的维京人》（1858）和《觊觎王位的人》（1863）也是以英雄传说和挪威历史为题材的。前者采用北欧古代萨迦传说风格，但不十分出色，整个剧本比较呆板，人物性格的刻画也比较粗糙和不够自然。相比之下，《觊觎王位的人》出色得多。这部剧本描写1250年挪威形成统一封建国家的伟大事件，深受莎士比亚历史剧和冰岛斯诺里王室萨迦的影响。剧中的主人公是农民出身的霍克恩国王，他主张国家统一，代表推动历史前进的进步势力。剧中的斯古利伯爵和尼古拉斯主教是封建主和教会的代表，他们反对农民利益，主张维护封建割据局面，新旧两派势力的斗争，终于以主持正义、代表大多数人民利益的国王霍古恩取得胜利而告终。霍古恩国王对事业的坚定信念可以说正是易卜生自己的心情和追求的表露，因为从1857到1864年他的处境极为艰难，为了发展民族戏剧他要同反动势力进行斗争。1862年，“挪威剧院”破产，易卜生在精神和经济双重压力下对社会政治和人生的看法发生了变化。

1864年，他得到了一笔出国奖学金。此时，普奥联军两次进攻丹麦，而挪威和瑞典都不出兵支援，这使他极为失望，决定出国远行。这一走，他就在国外侨居了27年，其中虽几度回挪威，但都是短暂逗留。头四年，他居住在罗马，发表了《布兰德》（1866）和《彼尔·金特》（1867）。这两部剧本具有内在联系，起着相互对照的作用。布兰德是一个有个性、有理想的人物，对不符合他思想的事和人，包括对自己的母亲、妻子和孩子都采取不妥协态度，他在往山顶爬的时候被雷电击死；而彼尔·金特则是一个轻易妥协和极端自私的人物，他自甘堕落，结果也以失败告终。

易卜生用两个截然相反的人物表现了“个人精神反叛”的主题，以探索真理，讨论哲学伦理问题。易卜生关于“或者得到一切，或者一无所有”的思想在这两个剧本中有了进一步的表露。易卜生这两部诗剧震动了整个斯堪的纳维亚半岛，奠定了他在北欧乃至欧洲文坛上的地位。接着，易卜生发表了诗集《诗》（1871）和描写公元4世纪罗马宗教斗争的浪漫主义历史剧《国王与加利利人》（1873）。当时的易卜生已年近五十，但他并没有停留在浪漫主义戏剧阶段，而是向“社会问题剧”的方向发展。他的《爱的喜剧》和讽刺喜剧《青年同盟》（1869）都是社会批评性质的戏剧，这两部作品本身并不重要，重要的是易卜生首次向政治、社会问题发起进攻。

勃朗兑斯的《十九世纪文学主流》深受易卜生赞赏，前者提出的作家应该在作品中提出社会问题来进行讨论的论点激励易卜生发表了以下著名的社会问题剧：《社会支柱》（1877）、《玩偶之家》（1879）、《群鬼》（1881）和《人民公敌》（1882）。

《社会支柱》以资产阶级社会的支柱，富有、体面、受人尊敬的领事，造船商卡斯腾·博尼克为主人公，通过对他的腐朽丑恶面目的揭露，谴责了资本主义社会。剧本采用回顾、倒叙的手法，直到最后一幕才把第一幕的疑团解开。易卜生对这种在希腊悲剧中早就有的技巧作了精湛的发展。剧本结局是博尼克天良发现，当众认罪。这个软弱无力的结局是剧本的缺点，是易卜生主观愿望的表现。

《玩偶之家》是一部提出妇女在婚姻中地位问题的作品。易卜生用这一问题来提倡他的基本思想，即个人有按照自己意愿生活的权利。这个剧本也揭露了资产阶级的虚伪。女主人公娜拉为给丈夫海尔茂医病，曾伪造父亲的签字向人借钱。当海尔茂这个“社会支柱”了解真相后，一方面认为自己的自尊心受到伤害，另一方面又害怕影响到自己的名誉地位，怒斥娜拉。当娜拉认识到自己在家中的地位只不过是一个玩偶时，毅然离家出走。这部妇女独立宣言式的剧作使易卜生同时代人极为震惊，除了引起广泛辩论外，还引起了一部分人的愤怒抗议，有些剧院经理在演出这一剧本时对结局进行篡改。

《群鬼》是易卜生对那些对《玩偶之家》感到震惊的人们的反击，也是一部关于爱情、婚姻和家庭生活的社会问题剧。剧中的女主人公阿尔文太太同娜拉相反，按照资产阶级社会的要求恪守妻子的本分，苟安于恶劣的家庭生活，结果成了资产阶级婚姻关系和伦理道德的牺牲品。她精心培养的儿子也得了遗传病——梅毒。剧本深刻地揭示了这样的道理：不向“群鬼”们展开无情的斗争，妇女的命运将是十分悲惨的。

《群鬼》的发表使易卜生遭受了比《玩偶之家》更为激烈的抨击，易卜生几乎成了“人民公敌”。易卜生就用这个称呼作为他下一个剧本的剧名。《人民公敌》是易卜生社会问题剧的最后一部，作品通过对正直、关心群众利益的斯多克芒医生被资产阶级自由主义者宣布为人民公敌这一事件，对资产阶级民主和自由进行抨击，并宣称“世界上最坚强的人是最孤立的人”。

1884年易卜生发表《野鸭》，从这部剧作开始，易卜生的创作进入象征主义阶段。作品的重心从社会问题逐渐转向内在的心理活动和人生问题的探讨。这类剧作还有《罗斯默庄》（1886）、《海上夫人》（1888）、《海达·加布勒》（1890）、《建筑师》（1892）、《小艾友夫》（1894）和《当我们死而复醒时》（1899）等。

易卜生的戏剧对北欧乃至世界戏剧都产生重大影响。世界各国许多舞台上都上演过他的剧作，不少剧作家，如英国的萧伯纳、高尔斯华绥，德国的豪普特曼，俄国的契诃夫以及美国的奥尼尔等剧作家都在不同程度上受到易卜生的影响。易卜生对中国戏剧的发展及剧作家的影响也是很大的。早在1914年，我国即把他的《玩偶之家》译成中文并搬上了舞台。

比昂斯藤·比昂松（1832—1910）出身于牧师家庭。担任过报纸文学戏剧评论员、编辑、卑尔根国家剧院编导，主持过克里斯蒂安尼亚（今奥斯陆）剧院。他积极主张争取民族独立，发展挪威民族文化。

比昂松是一位多产作家，作品有戏剧、小说和诗歌。小说主要有《孙诺威·苏尔巴根》（1857）、《阿尔纳》（1859）、《一个快乐的孩子》（1859）和《渔家女》（1867）等。

比昂松创作的主要成就在戏剧方面，他同易卜生一样，创作道路也可分为三个阶级，早期作品属浪漫主义，有《战役之间》（1857）、《国王斯凡勒》（1861）、《西格尔特恶王》（1862）和《十字军骑士西格尔特》（1872）等。这些剧作都是比昂松根据挪威12世纪历史而创作的。

1873至1876年，比昂松到国外旅行，接受了达尔文学说和勃朗兑斯激进的文学观，创作了几部重要的现实主义戏剧，主要有《破产》（1874）、《编辑》（1875）、《国王》（1877）、《新制度》（1878）、《黎昂娜达》（1879）和《挑战的手套》（1883）等，其中以《破产》和《挑战的手套》最为著名。《破产》写投机商钱尔德在破产危机中进行挣扎的故事。《挑战的手套》是一部关于爱情、婚姻和家庭的剧作，女主人公斯瓦法订婚后发现未婚夫曾与其他女子有染，要求解除婚约，但受到多方阻挠，最后未婚夫表示悔改，矛盾在"宽恕"中得到解决。比昂松敏锐地看出了资产阶级的自私、虚伪和贪婪，用其锋利的文笔、现实主义的手法暴露和抨击了资产阶级的欺诈。他对被压迫者给予极大的同情，对妇女解放运动给予热情的支持。比昂松主张用"宽恕"和"爱"使敌对双方化对立为融和，以"人道精神"使压迫者和被压迫者互相接近。他的这些剧作往往以尖锐的写实手法开始，而以妥协、调和矛盾结束，大多是坏人悔悟，好人得救，充满改良主义色彩。

比昂松第三阶段创作属象征主义戏剧，最著名的一部作品是《人力难及》（1883）。

比昂松于1903年获诺贝尔文学奖。

克努特·哈姆生(1859—1952)是挪威19世纪末期重要的作家,出生在挪威中部洛姆地区,祖辈均是农家,父亲除耕种外,还靠做裁缝补贴家用。哈姆生三岁时,全家迁往挪威北部居住,夏天的白夜、浓密的森林和巍巍的群山激发起了他对大自然的无比热爱,这为他以后的写作提供了很好的条件。

哈姆生由于家境贫困没上几年学就开始到鞋店当学徒,后来还当过小贩、修路工等。为了生计,他两度去美国,先后在农场做工,在商店当店员,在芝加哥电车上当售票员,在美国和挪威讲学,为报刊写文章等。总之,他做过各式各样的工作,饱尝过饥寒交迫的痛楚。

哈姆生18岁开始写作,尽管也出版了,但只是一些模仿比昂松的关于农村的小故事,没有什么著名的作品。他的成名作《饥饿》是在1890年他30岁时发表的。这是部小品文体裁的作品,最初于1888年刊登在丹麦一个定期刊物《新土地》上。它叙述一个住在小城镇里穷困潦倒的青年文人,靠写文章给报纸投稿生活,但他所写的稿子常常被主编退回,又找不到职业,身无分文,付不出房租,买不起面包。他饿着肚子整天在街上、公园里游荡,经常喝冷水充饥,在露天住宿,偶尔投稿成功,得一点钱应付几天生活。他既卑微又高傲,他看见路上乞丐向他求乞,会毅然脱下背心当掉去救济乞丐。哈姆生在这部作品中着重描写了青年文人在饥饿中产生的各种幻想和狂态,极为细腻、真实和生动。《饥饿》的发表使哈姆生一举成名,成为新浪漫主义派的代表,开创了挪威小说史的新时期,对整个斯堪的纳维亚文坛也产生了一定的影响。

《维克多利亚》(1898)是哈姆生的另一部重要作品。维克多利亚是个富家之女,她同磨坊主的儿子约翰内斯产生了真挚的爱情,但是由于社会地位悬殊,父亲贪财,她被迫与一位年轻军官订婚。约翰内斯在万分悲痛中写了一部又一部作品,倾诉了他对维克多利亚的爱。不久维克多利亚在抑郁寡欢中凄惨死去，临终前给他写了一封表达自己对他始终不渝的爱情的信。维克多利亚是他写作的源泉，随着她的去世，约翰内斯再也没有力量继续写作了。这部爱情悲剧小说写得情节曲折，故事生动，感人肺腑，被列入世界爱情小说名著之一，从而使哈姆生在世界文坛上获得了声誉。此外，他还著有小说《神秘》(1892)、《牧羊神》(1894)、《梦》(1904)、《时代的儿童》(1913)和《赛格福斯村》(1915)等。

哈姆生早期作品中的主人公大都是流浪者，实际上是他自己生活的真实写照。他对生活中所经历的一切，财富积累、妇女解放、工会组织等等都持反对态度。哈姆生在将近50岁时不再像年轻时那样狂热，而是郁闷沮丧，这在他那时期的小说《在秋天的星空下》(1907)和《最后的欢乐》(1912)中有较为明显的反映。

1920年，哈姆生由于他的里程碑作品《土地的生长》而获诺贝尔文学奖。《土地的生长》(1917)是三部曲小说，主人公伊沙克高呼回到大自然中去，回到原始的文化中去。这是一部赞美田园生活，反对工业城市社会，宣扬个人主义的作品。

20世纪20和30年代是哈姆生的名声达到顶峰的年代，他的新作一出版，立即被译成世界上主要文字在各地出版，如小说《赶路人》(1927)、《八月》(1930)和《前进之路》(1933)。

哈姆生推崇尼采哲学，主张超人统治世界，第二次世界大战期间，他发表文章支持希特勒，甚至在他自己的祖国挪威被德国法西斯占领时，他仍站在入侵者一边。1945年，德国战败投降，挪威获得解放，哈姆生名声扫地，以叛国罪被判处有期徒刑，后因病获释。1949年，哈姆生出版了小说《在树荫下的小径上》，企图为其堕落变节与德国法西斯合作辩解，但是挪威人民和世界舆论并没有由此而同情他。

芬兰文学　芬兰的现实主义文学晚于北欧其他国家，出现于80年代后期，以敏娜·康德和约翰·阿霍为主要代表。90年代后期出现了以埃依诺·雷诺（1878—1926）为代表的新浪漫主义，这一派文学一直延续到20世纪30、40年代。

1885年，阿霍在一篇报刊文章中写道："来自大世界心脏的跳动在我们僻远的血管中也逐渐开始感觉到了。"阿霍在这里所说的"心脏跳动"是指新的文艺流派——现实主义，"大世界的心脏"是指巴黎文坛。阿霍的这篇文章标志着芬兰现实主义文学时期的开端。芬兰现实主义文学思潮的出现有其深刻的社会和文化背景。1867至1868年芬兰处于大饥饿年代，小农社会开始解体，农村人口不断流向城市，工业开始发展，尤其是木材交易和森林工业改变着国家经济体制。随着工业资本主义发展壮大，劳资矛盾激化，社会上不满情绪增长。另一个因素是用芬兰语培养起来的第一代新人已经成长，他们同老一辈人不一样，对语言问题和民族问题都不感兴趣，而对社会问题极为关注。达尔文进化论的传入，北欧国家文化思潮的影响，丹麦文学评论家勃朗兑斯的文学观，挪威易卜生、比昂松，瑞典斯特林堡等人的现实主义作品的传入，所有这些都对芬兰作家产生很大影响。此外，俄国文学对芬兰也有影响，当时芬兰有一个名叫耶乃费尔特的高级将领，其夫人出身于俄国望族，他们组成一个文学沙龙，称为"耶乃费尔特学校"，介绍陀思妥耶夫斯基和托尔斯泰等人的作品，敏娜·康特和约翰·阿霍都是这个沙龙里的成员。在这样的社会、文化背景和外来文化影响下，在芬兰原有的现实主义传统如英雄史诗《卡勒瓦拉》和基维的《七兄弟》等文学作品的基础上，现实主义文学在芬兰迅速发展起来。

进入90年代以后，北欧诸国流行新浪漫主义文学。在芬兰，随着俄国沙皇尼古拉二世于1894年登基，对芬兰加紧了统治，芬兰民族问题被提到了首位。芬兰文艺界人士思幽怀古，企图从古老诗篇中寻找安慰和鼓舞，纷纷到英雄史诗《卡勒瓦拉》的诞生地卡累利亚去，芬兰文学史上把这一现象称为"卡累利亚主义"。与此同时，欧洲各种文化思潮，如法国的象征主义、尼采的“超人”哲学以及北欧其他国家的新浪漫派文学流入芬兰,在它们的影响下新浪漫主义文学也在芬兰出现。

敏娜·康特(1844—1897)出身于职员家庭,父亲是一家纺织厂的总管。1863年她就读于凡斯秀莱师范学校,两年后与一中学校长结婚而中途辍学。但她坚持自学和写作,经常在丈夫主编的报刊上发表有关禁酒等社会问题的文章。《入室偷窃》(1882)是她第一部主要喜剧,作品在描述农村青年爱情故事的同时,抨击了酗酒和宗教迷信。此后,在北欧现实主义作家如易卜生等人影响下,敏娜·康特发表了不少针砭社会弊端,揭露宗教保守势力,呼吁妇女为自身权利进行斗争以及反映工人运动等问题的作品,成为80年代芬兰现实主义文学的先驱。剧本《工人的妻子》(1885)猛烈抨击社会现状和由男人控制、妇女受欺凌的不合理的家庭制度。剧本最后一幕,吉卜赛姑娘郝姆桑图说出了全剧的中心主题:“你们的法律,你们的权利——这正是我要击毙的东西!”类似主题的作品还有小说《哈娜》(1886)、《穷人》(1886),剧本《苦命的孩子》(1888)。

敏娜·康特晚年的创作深受托尔斯泰的影响,手法上侧重心理描写,内容上强调个人因素,认为生活贫困固然是由于不合理的社会制度、陈腐的道德观念造成,但是每个个人的自身行为也是重要原因。这时期较为重要的作品有剧本《牧师之家》(1891)、《瑟尔薇》(1893)和《安娜·丽莎》(1895)。

敏娜·康特是芬兰一位重要的现实主义作家、剧作家。值得一提的是,她也是最早把工人形象写进文学作品、搬上舞台的北欧作家之一。

约翰·阿霍(1861—1921)原名尤哈内斯·布罗费尔德,出身于牧师家庭,是芬兰第一位靠写作谋生的专业作家。1880年他进入赫尔辛基大学学习,后曾担任过《日报》、《新画报》等报刊的编辑。处女作短篇小说《当父亲买灯的时候》(1883)描述洋油灯代替旧式提灯的故事。

小说《铁路》(1884)描写住在僻远地区的一对老夫妇听说要建铁路,产生想坐火车的愿望。这两部作品真实地描绘了芬兰农民对接受现代文明的反映,令人读来轻松,掩卷捧腹,笑定深思。中篇小说《海尔曼老爷》(1886)深刻揭露了地主和地方官吏的丑恶本质和贫困农民的悲惨生活。

小说《牧师的女儿》(1885)和《牧师的妻子》(1893)被誉为芬兰文学中的《包法利夫人》。《牧师的女儿》描写女主人公爱丽在强迫的婚姻中痛苦的生活。《牧师的妻子》写爱丽婚后遇到婚前情人时的复杂内心活动。阿霍的这两部作品体现出他写作的两个特征:其一是擅长于描写景物,通过描绘周围自然环境的细微变化来表现人物的细腻心理变化。阿霍在运用这一表现手法时得心应手,恰到好处地使情景相融、浑然一体,烘托出艺术效果。其二是文笔生动,不落窠臼,既含蓄又幽默。这些特征在后来的作品中发挥得更加淋漓尽致。

1889年发表的长篇小说《去赫尔辛基》描写几个大学生乘船去赫尔辛基,他们一路上尽兴游玩,梦想爱情,却疏忽了等待着他们的学业。1890年发表的长篇小说《孤独》叙述主人公为治疗失恋的心灵创伤而远赴巴黎,却无功而归。这两部小说都涉及爱情,阿霍的笔触却并不着重于描写男欢女爱的场面,而是侧重于写出他们面临爱情这一人生问题挑战时的心理活动和在作出抉择时面对周围环境和世俗观念的压力而感到的彷徨苦恼和压抑感。这就使作品升华到更深刻体现人生的高度。

1897年,在围绕卡累利亚地区归属问题而产生的爱国主义情绪影响下,阿霍发表历史小说《帕奴》,这是阿霍创作中的一个转折。他背离了自己富于特色的现实主义风格,转而迎合世纪末流行的新浪漫主义时尚。这部作品描述16世纪卡累利亚的异教徒帕奴为保卫当地宗教而与基督教展开的激烈的斗争,在最后决战中帕奴兵败被杀。这部作品一般被认为是阿霍的一部不成功之作,因为故事情节是老套翻新,写作笔法既脱离现实又不太浪漫，作品中运用了大量稀奇古怪、异想天开而又显得颇为幼稚的咒语和法术，以致当时有的文学评论家讥讽说它不像小说，而像是一个陈列魔法和咒语的露天博物馆。

1906年，为纪念民族诗人斯奈尔曼100周年诞辰，阿霍发表了长篇历史小说《冬夜和春日》，反映了1840至1850年间芬兰民族觉醒的历史变迁，整个作品铺叙生动流畅，文风严谨扎实，获得了好评。

阿霍的代表作是他的长篇小说《尤哈》(1911)，小说的情节很简单，线索也较单一，并且基调同《牧师的妻子》大体雷同。主人公尤哈勤劳憨呆，整日忙于垦荒劳作而不知怜惜疼爱妻子，他美丽的妻子玛丽亚终于忍受不住诱惑而被东卡累利亚的"唐璜"式的人物塞梅卡所勾引，尤哈不敢去复仇，愤而自尽。这部作品无论在构思和风格上都超越了他过去的作品，尤其在人物性格的描写上有独到之处，把东卡累利亚人的粗野剽悍，洒脱而未开化的野性展示得十分生动。

阿霍还著有八部散文集，题材广泛，文笔生动，显示出作家学识的广博。

第七节　奥地利文学和瑞士文学

奥地利文学　19世纪60年代，随着普鲁士军事、政治力量的迅速膨胀和普奥战争的进行，奥地利被排斥在统一的"小德意志"门外，最终失去了在德国的领导地位；同时，随着意大利统一运动的高涨，奥地利也失去了对意大利北部广大地区的统治权。在这种情况下，哈布斯堡家族于1867至1869年间筹划成立了"奥地利匈牙利帝王双元国"，简称奥匈帝国，版图依然包括中欧、东欧及巴尔干大片地区。

玛丽·冯·艾本纳-艾森巴赫(1830—1916)是19世纪后期最重要的

奥地利女小说家，出生于今属捷克的美伦地区贵族之家。她交替住在美伦地区的庄园和维也纳，这两个地区成为她作品的主要背景。她的描述还涉及东到加里西亚（今波兰、乌克兰交界地区），南至西本毕尔根（今罗马尼亚西北）的广大地区，客观反映出奥地利当时疆域辽阔、多民族共存的事实。艾本纳-艾森巴赫笔下的人物多受斯拉夫文化的影响，又受德语文化的熏陶，由于作家本人主要交游于“上流社会”，这些人物也多是大贵族、大资本家及其农奴、仆人。艾本纳-艾森巴赫不加避讳地描写贵族的偏狭、肤浅和严酷，表明他们行将衰亡。她对弱者、受压榨者充满同情和基督徒的博爱，作品中隐约可见屠格涅夫的影子。但另一方面，艾本纳-艾森巴赫不是以正面、反面区分笔下人物，贵族阶层虽行将衰亡，他们的人性特点却被表现得活灵活现。艾本纳-艾森巴赫的分析是尖锐的，可尖锐中不带辛辣，而是充满幽默。因此，她解决矛盾的方法是让所有人都审视自身，通过善行和仁爱回到和谐的人性状态。长篇小说《罗林娜》（1876）就是这样的作品。在中短篇小说集《乡村故事和城堡故事》（1883）中，人物自身同样有这样那样的缺陷和不足，但作者表明，要解决冲突，只有在现有的人和社会上下功夫，不应也不可能通过革命另起炉灶。小说《公众之子》（1887）仍然写主人公主要通过自我反省和自我教育弃恶从善，造福大众。

在奥匈帝国东部加里西亚广大地区的德语作家中，颇值一提的有萨赫尔-马索赫（1836—1895）和弗兰佐斯（1848—1904）。现代心理学中的重要概念“受虐狂”在欧洲语言中叫马索赫主义，即主要来自萨赫尔-马索赫的自传体中篇小说《穿皮衣的维纳斯》（1870）。此外，萨赫尔-马索赫在他的许多作品中真实反映了加里西亚地区的社会历史风情。这里，居住着波兰人、鲁吞人（即乌克兰人）、犹太人和日耳曼人。由于远离帝国中心，经济落后，农奴制盛行，民族、社会矛盾尖锐。萨赫尔-马索赫尤其对生活在最下层的鲁吞人充满同情。弗兰佐斯出生于犹太家庭，他对加里西亚犹太人生活的生动描绘对后来的东欧犹太作家有很大影响。

19世纪后期,奥地利乡土文学得到较大发展。**路德维希·安岑格鲁伯**(1839—1889)在继承维也纳民风剧大众传统的同时,接受费尔巴哈唯物论和自然主义文学环境与遗传学说的影响。他的剧作主要反映农民生活,乡土气息浓郁。他反对贵族和教会的政治、思想统治,努力传播自由理想,对大众进行启蒙教育。《基希费尔德的神父》(1871)、《发伪誓的农夫》(1871)和《第四条诫命》(1878)是这方面的成功之作。长篇小说《星岩大院》(1885)则脱开理想教谕,描写一个农家女成为庄园主的发迹史。安岑格鲁伯虽是乡土文学的代表,却与偏执、非理性、带着纳粹血腥味的宣扬优等民族和争取生存空间的文学毫不相干。

乡土作家中,最著名、最典型的要数**彼得·罗赛格**(1843—1918)。他生于奥地利克里格拉赫的一个农民之家,自幼和森林结下不解之缘。林区的穷困自不待言,林区的欢乐也蕴于清新的自然之中。《森林故乡》(1877)描述的就是作者在家乡的童年经历。直到今天,离维也纳不远的西默岭的南边林区仍按罗赛格的小说称为"森林故乡"。与施蒂夫特不同,罗赛格描写森林不是出于哲学理念,不是为了象征,而是基于直接的生活经历。罗赛格作品的一个明显倾向是启蒙教育,他的代表作《一个林区教师的笔记》(1875)中的主人公在艰苦、贫穷而又充满原始乐趣的林区努力办学校,办社会福利机构,使林区农民逐渐成为一个充满友爱、勤劳幸福的群体。但罗赛格的理想并不是通过扫盲和发展科技把农村变成工业城市,他要的是通过消除落后的一面更好地体现自然生活的魅力。也就是说,罗赛格的乡土文学有和城市文明明显对立的一面。

19世纪后期,奥地利叙事文学中的另一重要作家是**费迪南·冯·萨尔**(1833—1906)。与艾本纳-艾森巴赫、安岑格鲁伯和罗赛格不同,萨尔的作品中有明显的悲观情调。一方面这是由于叔本华哲学的影响,另一方面则是由于庞大的奥匈帝国步入末途,衰败之迹随处可见。观察敏锐的萨尔要以自己的作品记录奥地利“19世纪后半叶的历史”。他笔下的人物大多悲观、孤独，他的作品仿佛是奥地利老朽帝国的送终曲。萨尔的成名作《英诺森》（1866）的主人公身为教士，在发愿弃绝俗世生活后却长期受到感情和肉欲的折磨，最后才猛然醒悟，认识到情欲等尘世享乐的暂时性，在隐忍和弃绝中感受到了自我拯救的希望和力量。在萨尔的另一部小说《考斯腾尼茨宫》（1893）中，宫殿主人无为、不幸，随时受到死亡的威胁，其厄运还与奥地利帝国的灾难紧密相连，明确预示着帝国末日的来临。此外，萨尔在作品中尤其重视对性冲动的描写并在这一点上开了阿图·施尼茨勒的先河。

瑞士文学　19世纪末工业的加速发展、科学技术的进步和物质财富的增加并没有带来道德与精神价值的同步提高。这一社会现象首先在法国的艺术创作中反映出来，这就是随着自然主义、象征主义和印象派而兴起的现代派艺术。在德国文学中这一变革发生在19世纪末，在瑞士德语文学中从1904、1905年才开始这一新的阶段。瑞士没有其他国家那种大都市，工业化带来的许多社会问题相比之下并不那么尖锐。由于没有大的文化中心，文学诸流派的竞争也受到影响。这个时期瑞士文学的主流是乡土文学。文学作品反映的是远离权势和财产欲望的农村，是尚未受到工业文明干扰、破坏的大自然环境，这里还保持着纯朴的风俗、伦理和信仰，保持着诚实的劳动和安逸的生活。

瑞士乡土文学作家**约翰娜·施佩里**（1829—1901）的父亲是外科医生，母亲是位诗人，她在家庭里度过了幸福的青少年时代。婚后的生活使她感到压抑，而写作使她终于得到了解脱。自1878年起，她发表《为儿童及热爱儿童的人们写的故事》，她最著名的两部小说是《海蒂的学习和漫游时代》（1880）、《海蒂运用学到的本领》（1881）。女作家以幽默、风趣的笔调叙述这个酷爱大自然的孩子如何以充满爱的童心影响周围的人们，描述了许多感人的故事。小说一问世立刻排在畅销书之首，并被译成多种文学，改编成戏剧和电影，在世界许多国家拥有不少读者，成为象征瑞士的传奇故事。

阿尔弗雷德·胡根贝尔格（1869—1960）的作品时代气息比较浓。小说《神泉边》（1898）的主人公刻苦学习工程技术，开山凿石为家乡山村修建一条水渠。小说的情节富于戏剧性，并穿插着野人的传说和山民的迷信故事，语言通俗生动，景物描写富有诗情画意。

恩斯特·察恩（1867—1952）的小说《卢卡斯·胡赫施特拉斯尔一家》（1907）把作品的背景从山乡移到了苏黎世湖畔，探讨的主题也随之有所变化。既勤劳善良又有魄力、威望很高的主人公失望地看到，继承了家产的孩子们一个个走上歧途。为履行作为家长的职责，他将孩子们重新召回家中。小说涉及到乡土文学中典型的对立事物：糟糕的城市，美好的乡村；失去自由的工人，独立自主的农民；没有根基的游民，生活稳定的庄稼户；离经叛道的儿子，宽宏大量的父亲。面对着工业化带来的骚动和混乱，乡土文学企图引导人们离开使人扭曲的工业文明，回到山乡的健康、自然的田园生活中去。

同样以山乡为背景，但已具有社会批判倾向的是亨利希·费德勒尔（1866—1928）和雅各布·博斯哈特（1862—1924）的作品。前者的《山和人》（1911），后者的《雾中，瑞士山区的故事》（1898）等作品着重表现自由意志与必要的强制、客观环境的压力与道德决断之间的矛盾，批评了教会滥用权势和社会的不公正，同情为社会所排斥的局外人。

当上述作家把山乡农村作为主要表现对象时，有少数作家关注城市和历史题材。比如女作家玛丽雅·瓦泽尔（1878—1939）和罗伯特·法艾希（1883—1972）。前者原本学艺术，但由于照顾家庭而放下了自己的专业。在她的作品中，她批驳了爱和艺术在女人心中不能并存的观点，认为女人对自我实现的要求比男人困难得多。罗伯特·法艾希的处女作《苏黎世的田园牧歌》（1908）写的是18世纪才华横溢的年轻诗人克洛卜施托克与他所崇拜的文学教授博德默尔之间的故事，以及克洛卜施托克著名诗篇《苏黎世湖》的写作过程。法艾希与科罗迪合作的《诗城苏黎世》（1913）精彩地表现了维兰特在博德默尔家中的情景，年青的莫扎特拜访诗人、画家萨洛蒙·格斯讷（1730—1788），还有歌德等人物形象。他的两部以现实为题材的喜剧《开着的门》（1912）和《门面》（1918）讽刺投机取巧、自私虚伪和趋炎附势等社会现象。显然这些作家的作品已超出了真正意义上的乡土文学。

卡尔·施皮特勒（1845—1924）出生在巴塞尔附近的里斯塔尔，先后在巴塞尔、苏黎世和海德堡学习神学和法律。他在俄国彼得堡作过八年家庭教师，曾到西欧、斯堪的纳维亚半岛旅行。回国后他先在伯尔尼执教，后来回到巴塞尔当新闻记者，妻子的财力使他摆脱了对生计的操劳，在90年代中期专心从事诗歌创作。

生活在世纪之交的施皮特勒的创作一方面受到凯勒和迈耶尔作品的启发，另一方面也有乡土文学的影响，同时他因表现艺术创作与艺术家生活而接近罗伯特·瓦尔泽那一代作家。施皮特勒在诗歌、散文和小说方面都有佳作，主要成就是诗歌，代表作品有《普罗米修斯与埃皮米修斯》（1880—1881）和《奥林匹克之春》（1900—1904）。

史诗《普罗米修斯与埃皮米修斯》中上帝让普罗米修斯治理人间，条件是要他抛弃灵魂，换上一颗以能分辨是非曲直为满足的世俗良心。普罗米修斯拒绝接受这样的条件，然而兄弟埃皮米修斯由于权力欲望的驱使与上帝达成了协议。普罗米修斯因违抗上帝意志被放逐，但仍矢志不移。史诗表现了高尚的心灵与世俗伦理道德之间的矛盾、坚持个性与随波逐流以适应社会现实之间的矛盾。

1905年发表的长达两万行的史诗《奥林匹克之春》，明显受到叔本华和尼采的哲学思想影响，在介乎激情与幽默，昏暗的深渊与五彩缤纷的表层之间，展示作者广阔的世界图像。作者以大胆的幻想来表现希腊神话的主题：生活是残酷无情的斗争，其意义仅在于为崇高目标而去奋斗。施皮特勒神话诗中的形象常常仅仅是姓名与希腊神话中的人物相同，比如身穿血迹斑斑外衣的宙斯的统治和权力是通过罪恶的手段得以实现的。

世纪之交资本主义国家在世界范围内抢占销售市场，掠夺资源，迫使人们异化，而拥有巨额财富者则以为他们可以主宰一切，是地上的神灵。只有少数人看到了人类的危机，对前景持悲观态度。施皮特勒在史诗中集中表现的正是他心中的这种忧虑。

施皮特勒唯一的一部小说《意象》（1906）是一位艺术家的心理肖像，这位艺术家将现实生活中的经历从意识中清除掉，在心中构思对人的虚幻的想象。作者把现代的心理分析同传统的描写方式融合在一起，描绘了作为艺术家在现实生活中的感受。如果说在其他作品中只有作者的影子存在，那么这部作品可以说披露了作者心灵的细微活动。1879年施皮特勒从俄国返回瑞士，发现他热爱的、19岁的表妹艾伦已是他人之妻，然而她的形象却持久地保留在作家心中。26年后，施皮特勒创作了《意象》这部小说。小说的主人公维克托有着与作者相同的经历，将理想情人的形象深深地藏在心中；然而当他从异国他乡返回时，不仅他的心上人与他心中的想象不同，而且整个故乡城市也变得陌生；虚伪，狭隘，夜郎自大，简直成了"情感的地狱"，与异国他乡的亲切接待、热情关怀以及对他错误的谅解，对他个性的宽容形成鲜明的对照。他对瑞士如此深刻的批评，而且表达得如此精彩，在20世纪瑞士德语小说中是不多见的。然而他的小说笔调轻松，幽默中流露出讥讽，讲述娓娓动听。

在施皮特勒的散文中最有名的当属1914年12月他在苏黎世发表的演讲《我们瑞士的立场》。他面对第一次世界大战爆发后瑞士思想上的混乱，公开批判德国入侵比利时，警告同胞不要在政治上与语言相同的、好战的邻国认同，并提出反对战争、保持中立的立场。这篇演讲成了瑞士坚持中立的指针。1920年施皮特勒出人意料地因史诗《奥林匹克之春》获诺贝尔文学奖，他这篇政论文章也许对此起了作用。

第八节 意大利文学

意大利国家统一后没有如人们所期望的那样出现太平盛世；人们发现黯淡的现实与复兴运动提出的辉煌理想相距甚远，振兴祖国的希望落空，普遍地感到失望。工业发展起来，资本主义生产方式确立，无情的价值规律和残酷的自由竞争将资产阶级理想王国覆盖的“自由、平等、博爱”的面纱撕得粉碎，人们不再相信讴歌理想的浪漫主义文学所做的动人描写。随着民族复兴运动的结束，资产阶级革命的高潮已经过去，资产阶级有过的理想、抱负、英雄主义这些浪漫主义的感情也消失了。已经掌权的资产阶级面临许多急需解决的问题，冷静务实成为社会的时尚，浪漫情调的文学作品很难再在人们心中引起共鸣。19世纪上半期兴起的、以反映民族复兴运动理想为内容的浪漫主义文学，日益失去现实意义而趋向衰落。

结束了持续近半个世纪的独立战争后，意大利转入和平建设。19世纪科学上有许多重大发现，促进了技术改革，给生产和生活带来便利，人们空前地尊崇科学，在思维方式上偏重理性，注意客观实际，而排斥主观的幻想和情感。科学所具备的客观真实性又使人们在心里不自觉地树立起以求真为主的美学标准。现实呼唤一种与浪漫主义相反的写实文学出现。

文学上现实主义的潮流应运而生。60年代在意大利北部的米兰以及周围的伦巴第地区出现一个自称“自由不羁派”的文学团体，它的主要成员是一些年轻的诗人、画家、音乐家。他们以宣扬夸张的个人主义来对抗浪漫主义文学提出的阶级的集体追求，以描写敏感的艺术家与恶劣环境的冲突来反衬浪漫主义所讴歌的和谐的理想世界,提倡抒写真实与具体的个人感受。它成为反浪漫主义的先声。但是这个流派由于它主要反映少数知识分子的感受,只在较小的范围内流行了很短的时期。在意大利中部托斯卡那地区产生了以诗人卡尔杜奇为代表的新古典主义文学的回潮。这一派的艺术家打出古典主义的旗帜,在艺术形式上与浪漫主义抗衡,同时在内容上紧密联系现实生活,描写社会贫富对立的现象,讽刺资产阶级政客以权谋私的卑鄙行为,对浪漫主义文学形成直接冲击。这种文学由于植根于现实生活而富于生命力,延续至19世纪末,但它在表现新的社会内容时没有突破旧的艺术形式,缺乏创新,没有占据文坛的主导地位。在托斯卡那以南的广大地区出现了大量以纪实性手法描写普通劳动者日常生活的小说,及时反映出当时社会的真实面貌,这就是真实主义(verismo)文学。真实主义文学以其崭新的内容和形式在现实主义潮流中成为一股强劲的主流。

真实主义文学是伴随着当时意大利文化生活中一个特殊的现象而发展的,那就是"南方学"的兴起。由于科学精神的发扬光大和实证主义哲学的流行,伽利略的实验科学也被运用于社会科学领域,一些社会学家大兴社会调查研究之风。他们在考察意大利社会结构、城乡关系和农业经济时,发现在贫穷、落后的南方集中了所有的社会重大矛盾,因此对它给予特别的关注。他们深入实地,写出大量的调查报告,揭开了历来被忽视的偏僻、闭塞的南方地区的真实境况,在社会上引起极大的兴趣,也吸引了作家们的注意力。"南方学"为作家提供了对那里的社会生活比较科学的认识和比较切实的分析。

真实主义文学虽然是作为对19世纪上半期的浪漫主义文学的否定而出现的,但是一些浪漫主义文学作品,特别是以曼佐尼的《约婚夫妇》为代表的历史小说,在展示社会生活场景和塑造劳动人民形象方面的成功为真实主义作家提供了良好的借鉴。浪漫主义文学中的爱国主义和民主思想也在真实主义文学中得到继承。

真实主义作为一种特殊的艺术表现方法则是在法国泰纳的实证主义决定论美学和左拉的自然主义文学影响下形成的。从60年代开始，实证主义的理论著作在意大利陆续被翻译介绍。泰纳运用科学方法研究文艺问题的方式以及他提出的关于种族、时代和环境对人发生重大影响的决定论，启发意大利真实主义作家以科学家的眼光观察和描写人的生存状况。他们又从左拉的实验小说中学习到一些具体的创作经验。

真实主义是19世纪末意大利的主要文学流派。它属于现实主义的范畴，受到法国自然主义的影响。真实主义的代表人物是文艺理论家卡普安纳和小说家维尔加。

维尔加的作品以真实地描写和严肃地批判社会黑暗面为特色，代表了最适合当时意大利社会需要的文学倾向。一大批作家纷纷仿效维尔加，描写自己家乡的人和事，形成生气蓬勃的乡土文学热潮，涌现大量的真实主义文学作品。它们既具有民间文学的形式，又容纳了丰富的现实生活，充分展现各地区的独特社会风情。比较著名的作家是北方的德·马尔基和南方的玛·塞拉奥和迪·贾科莫。另外，杰出作家黛莱达、邓南遮、皮兰德娄的早期创作也属于真实主义文学。真实主义作家人才辈出，灿若群星。他们具有地方特色的作品组成了像镶嵌画一般五彩斑斓的意大利文学版图。

也有一些作家满怀爱国主义热情进行积极的建设性工作，尤其重视青少年教育，由此产生了举世闻名的儿童文学精品《爱的教育》和《木偶奇遇记》。

埃德蒙多·德·亚米契斯（1846—1908）生于意大利北方小镇奥内加，1865年毕业于莫德纳军事学校，随即以少尉军衔加入炮兵部队，投入抗击奥地利侵略者的战斗。1867年他调往佛罗伦萨，在军队刊物《战斗的意大利》任记者、编辑。他在这个刊物上发表了许多有关军队生活的报道、特写、短篇小说，后来汇编为《军营生活》（1868）、《短篇小说集》（1872）出版。他于1870年退役，专门从事文学创作。他周游世界各国，撰写游记，文笔生动活泼幽默，如《西班牙》（1872）、《伦敦游记》（1874）、《摩洛哥》（1876）、《君士坦丁堡》（1878）、《巴黎游记》（1879）等。他还写过一本介绍意大利首都的书：《三个首都：都灵、佛罗伦萨、罗马》（1879），除了详述三城市的风土人情外，主要是记述意大利1860至1870年完成统一大业的最后阶段的历史，向人民进行爱国主义教育。

德·亚米契斯继承了曼佐尼以仁慈博爱之心描写普通大众的传统，始终以身边的凡人小事为描写的题材，采用平易近人的朴素语言，平铺直叙地讲述日常生活中的平凡故事。他的作品不以大起大落的情节变化令读者惊心动魄，而是以真实可信的描写和深沉哀婉的伤感抒情动人心弦。《朋友们》（1883）、《在海洋上》（1889）描写老百姓居家过日子遇到的种种问题，讲述漂流海外的侨民的天涯苦旅。作品反映出人民大众在国家统一之后处境并未得到改善的真实状况。

德·亚米契斯晚年接受社会主义思想，更加关心社会问题，尤其重视教育，把民族复兴的希望寄托于提高国民文化水平和道德素质。为此，他写出一系列有关教育的作品，蜚声全球的小学生日记《爱的教育》（1886）就是其中写得最为成功的短篇小说集。另一部短篇集《学校和家庭之间》（1892）提倡平民教育，企图以此在不同阶级之间建立比较协调平衡的关系。《一个教师的小说》（1890）采用长篇小说的形式，把许多学校生活中的问题串联起来，仿佛是一部教育百科全书。长篇小说《五月一日》（1889）记述意大利社会主义运动诞生的历史过程，以一个教授的坎坷经历为情节线索，反映出一代知识分子对社会前途的探索。作家生前不愿公开发表，迟至1980年才出版。

《爱的教育》的意大利原文书名是《心》，以一个三年级小学生的日记形式，记述中下层劳动群众的子弟在一学年内的学习和生活情况。他们生活贫困，但是内心充实快乐，因为他们感受到来自学校、家庭和社会各方面的关爱。作品展现饱含亲情友情的诸种爱心，提倡感情教育。虽然书中描写的师生之情、亲子之爱、同窗之谊、社会关怀，似乎理想化了，但写得十分富于人情味，温情感人至深。作品通过日常生活中的小故事向少年一代灌输爱祖国、爱人民、爱家乡、爱劳动、爱和平的好思想，倡导尊敬师长、孝敬父母、团结友爱的好作风和诚实正直、谦逊好学的好品德。这样的主题思想得到世界各国人民的认同，平易近人的生动描写吸引各种年龄和不同地位的人，因此被译成几十种文字，广为流传，并且经久不衰，成为最受欢迎的儿童文学作品之一。德·亚米契斯在书中提倡以宽容谅解的博爱精神去填平阶级之间的鸿沟，实现全民地位平等和感情融合，迎合了大多数人的善良愿望，其实是宣扬了空想社会主义思想。

卡尔洛·科洛迪（1826—1890）是儿童文学作家，《木偶奇遇记》使他享誉全世界。他生于佛罗伦萨，真名卡尔洛·罗伦齐尼，科洛迪是他母亲的故乡——佛罗伦萨旁边一个小镇的名字。他从青年时代起就是一名爱国志士，1848年参加抗击奥地利侵略的武装斗争，1859年再度加入诺瓦拉骑兵旅，参加第二次独立战争。战后他在佛罗伦萨创办两份幽默报纸《路灯》和《小论战》，但是很快停刊。他去米兰一家公司当职员，业余从事新闻报道，还写过四部喜剧、一部正剧和两部长篇小说，但这些作品都写得很平淡，只有几篇关于都市生活的速写比较成功，以嘲讽的笔调勾画出了具有特色的人物和场景，如《滑稽角色》、《眼睛和鼻子》、《消遣》、《快乐的音符》。

70年代后期，随着祖国统一大业的完成，他为之奋斗的“民族复兴”的理想得以实现，于是又满怀“民族再生”，即造就新型意大利人的新理想，开始致力于教育新一代的儿童文学创作。他首先于1875年以流畅的文笔将古老的民间传说改写成优美的童话《仙女的故事》，接着发表两部对儿童进行品德教育的故事集：《贾涅蒂诺》（1876）、《米努佐洛》

(1878)。这两本书由于道德观念上的偏见较少，写法极其生动活泼而受到热烈欢迎。他受到鼓舞，接连写出一系列知识性的儿童读物，如《贾涅蒂诺第一次漫游意大利》、《贾涅蒂诺的地理学》、《贾涅蒂诺的语法》、《贾涅蒂诺的算盘》、《二年级阅读课本》等，通过趣味盎然的故事向小读者灌输科学文化知识。

1880年《儿童报》的主编约请他为该报撰写一个分期连载的故事，他于1881年7月动笔，至1883年1月完成，这就是他的举世闻名的杰作《皮诺基奥的冒险经历》，中译名为《木偶奇遇记》。1883年出版该书单行本。这是一部童话故事，小主人公是老木匠吉佩托制作的一个儿童木偶，取名为皮诺基奥。他具有天真单纯的儿童本色，在老木匠的教育下，培养了热爱正义、痛恨邪恶的鲜明是非观念，但是他调皮而任性，又有贪玩、不爱学习和撒谎等坏习气，喜欢搞一些淘气的恶作剧。他受坏蛋怂恿而逃学后，经历了许多风险，经受了正反两方面的各种考验，在仙女的帮助下，重新找到失散的"父亲"——吉佩托，从木偶变成了真正的孩子，也就是完美的人。从顽童变成好孩子是儿童文学中常写常新的主题。这部作品独具的永久性和世界性的魅力不仅在于它想象丰富，情节惊险，风格幽默，可读性强，而且更是由于它围绕着自由放任的童年时代与开始有责任心的少年时代这一交替时期的冲突展开故事，抓住了少年儿童在这时期的心理特征。作家对少年儿童特有的不守规矩、淘气捣乱、喜欢幻想的思想行为，给予理解和一定的同情，夸张的情节中包蕴着真实可信的内涵，将孩子们成长中的烦恼描写得惟妙惟肖，因而格外具有打动人心的力量。故事是用作为标准意大利语基础的托斯卡尼方言写成的，语言新鲜活泼，优美简练，读起来朗朗上口，是供意大利儿童诵读的优秀语言教材。它在世界许多国家都有译本，并且被改编成剧本，搬上舞台或银幕演出。木偶皮诺基奥成为世界文学中不朽的艺术形象。

科洛迪后来还写了一本《快乐的故事》(1887)，是一些故事片断的汇集。

乔祖埃·卡尔杜奇(1835—1907)生于托斯卡尼大区的维尔西利亚镇。他的父亲是著名医生,也是"烧炭党"成员。他从小跟父亲学习拉丁文,阅读古罗马经典作品。1849年全家迁居佛罗伦萨,他进入教会学校读书,在那里获得比较全面的古典文学知识。1853年他考入著名的比萨高等师范学校,1856年完成一篇研究骑士诗歌的论文,取得毕业证书。他在大学时代开始发表诗歌,走上古典主义的创作道路,还与一些志同道合者组织起反对浪漫主义的文学团体《学究朋友》。大学毕业之初,他在乡镇中学任教,由于思想激进而不见容于地方政府,一年后被迫辞职。他返回佛罗伦萨,当家庭教师糊口,有时替出版社编书或为古典文学作品写注释,没有固定收入,生活十分清苦。1859年4月托斯卡尼大区加入意大利王国后,他的命运才有了转机,开始在皮斯托亚中学教书。1860年底他得到教育部长的聘请,去博洛尼亚大学主持文学讲座,从此在这里执教44年。1906年瑞典皇家学院"不仅鉴于他精深的学识和批判性的研究,更主要是表彰他在诗歌杰作中显示的特色、创作的气势、清新的风格和抒情的魅力"而授予他诺贝尔文学奖。

卡尔杜奇从维护意大利文化传统的立场出发,反对浪漫主义,崇尚古典主义。他认为浪漫主义是外国的舶来品,意大利的浪漫主义是屈从外国人意志、抛弃祖国文化遗产的思潮,而且浪漫主义文学过分伤感,缺乏英雄主义气概,浪漫主义诗人"骄矜自夸,矫揉造作"。他极力提倡改造意大利当代文学,主张通过恢复古典文学传统来实现文学的民族化。他的主张体现了统一后的意大利建立新型的政治文化体系的要求。他在诗歌上推崇阿尔菲耶里和福斯科洛。他并不提倡形式主义的复旧,而是把诗歌当作表达人民心声和促进社会进步的工具。他在《新诗集》的《后记》中写道:诗人"应是一个伟大的手工艺人,善于运用历史赋予他的浩如烟海的素材,为自由铸造宝剑,为力量制作盾牌,为胜利和荣耀编织花环，为美女缝制华贵的帽子，为信念和爱情制造神龛。”他自称是“古典主义的掌马官”，追求古典式的艺术完美，发掘古典诗歌中一切可以古为今用的体裁和格律，古曲新唱，源于传统，又着意创新。

卡尔杜奇从1850年左右开始写诗，至1871年，是他创作的前期，主要作品有诗集《青春诗抄》（写于1850至1860年，1871年出版）和《轻松的诗与严肃的诗》（1871），还有一首著名长诗《撒旦颂》（1863）。这20年是意大利民族复兴运动蓬勃发展的时期，他是资产阶级民主派革命领袖马志尼和加里波第的忠实信徒，用诗歌进行革命的宣传鼓动。他用诗来疾声呐喊，谴责民族侵略和封建专制，抒发渴求民族独立、自由和统一的强烈感情，为民族英雄和革命者大唱颂歌。作品深受希腊和意大利古典诗歌风格影响，主题紧扣现实，气势磅礴，感情充沛，基调豪迈乐观，犹如史诗一般宏伟壮丽。

卡尔杜奇的早期作品《青春诗钞》反映了民族复兴运动高潮年代的高昂斗志和革命热情，充满时代气息。诗人从古典人文主义精神出发，追求政治上和文学上的新目标。祖国的统一和独立是政治目标，而恢复古典传统，抵制浪漫主义是文学目标。他积极支持民族复兴运动，用诗歌为之摇旗呐喊，擂鼓助威。他热烈赞美革命的领袖人物，称颂马志尼是“照耀整个意大利的太阳”，加里波第是“前无古人的崇高英雄”。他对祖国解放事业的胜利满怀信心，字里行间洋溢着欢欣喜悦之情。他表达了革命者坚定不移的意志：“唯有死神，才能在奴隶与暴君之间建立和平”。诗人还关心欧洲其他被压迫民族的正义斗争，用火热的诗句鼓励他们投入战斗。他在有些诗中推崇文艺复兴时期的写实主义，同时也显露出自然主义新思潮的端倪，写得热烈而雄辩。一些针对外国侵略者和封建势力的诗歌措辞激烈，具有攻击性、挑衅性和讽刺性，战斗力很强。这些早期的作品以积极、进步的思想内容见长，显示高度的爱国主义热忱；形式活泼自由，但格律不很严谨，语言不够精炼，在艺术上尚不够成熟。然而，它们以古韵古调的形式和古色古香的修辞自成一格，明显区别于浪漫主义的政治抒情诗。

《撒旦颂》是诗人于1863年11月写成的一首长诗，诗人自谓“呕心沥血”写成，但发表之初曾引起广泛的争论。因为诗人破天荒地将《圣经》中的魔鬼之王撒旦当做造反精神的最高化身进行歌颂，在诗中写道：“赞美你，伟大的人类生命之法则，/物质和精神，理智与情感。”这对于基督教的卫道士们来说，不啻是晴天霹雳，令他们惊惧不安，疯狂地加以攻击诋毁。诗人热情讴歌撒旦的反叛精神，将他塑造成一个勇敢仁慈、可敬可亲的叛逆者形象，赞誉他代表“复仇的理智”。该诗同时抨击教会扼杀自由和理智的罪行，严厉谴责宗教阻碍文明进步和人类发展，并且热情讴歌人的理智冲破宗教教条束缚的胜利，宣扬世俗生活的欢乐幸福。长诗得到追求自由和进步的人们的热烈欢迎，是对1860年后民族复兴运动高潮的呼唤。长诗写得紧张热烈，富于感染力，一些悲壮场面的描绘极具戏剧性，撒旦慷慨悲歌的壮士形象栩栩如生，跃然纸上，仿佛呼之欲出。他将满腔的激情描写得波澜起伏，汹涌澎湃，是爱国志士豪情壮志的生动写照。

《轻松的诗与严肃的诗》是1861至1871年之间所写的抒情诗汇集。诗人对此卷的评语是：“从中可以看到一个对诗和自己都没有信心的人，但是他仍然有所追求；他追求新意又没有勇气同习惯决裂。”诗集反映诗人由于政治上的失望而产生的精神危机和对当时流行的浪漫主义文学的不满。诗人内心的痛苦流露笔端：“永别了，快乐的年代，/外表和梦想令人心神陶醉的岁月；/生命的春天啊，永别了。”诗人原本是加里波第式的共和派，君主立宪制王国的建立令他失望。因此，这部诗集无论是描写社会生活的《狂欢节》，还是政治抒情诗《为了宣告意大利王国的诞生》都写得调子低沉，色彩黯淡，失去了从前热情、明朗的色调。他认为当时意大利浪漫主义发生总危机，是“如临深渊”，为了消除浪漫主义的不良影响,他要好好地进行“语言洗涮”,“用知识的裹尸布”包缠身体。只有一首抒情诗《蒙塔尔托山》是例外,写得激昂高亢,怒斥君主制像雾气笼罩太阳一样使民族复兴的理想失去了光芒。感情激越的诗句被评论家称为“像从滑膛枪里射出的子弹”一样射向同封建地主妥协的不彻底的资产阶级革命家。对于国家命运和文学前景的忧虑是这部诗集的主题,表现了诗人爱国主义思想的另一个侧面。作品在语言上精工细琢,讲究韵律美,遣词造句颇具匠心。

意大利民族复兴运动在70年代胜利结束。卡尔杜奇起初保持革命的锋芒,写诗抒发对献身祖国统一事业的英雄的敬意,讽刺资产阶级政客窃取胜利果实、背叛人民的卑劣行径,揭露贫富悬殊、人民继续遭受苦难的不平等社会现象。他还写诗称颂第一国际是“未来的太阳”,支持巴黎公社的建立。这些诗结集为《讽刺诗和抒情诗》(1877)。

后来,卡尔杜奇的政治倾向和诗歌风格逐渐发生变化。他从激进的民主派变为保皇派,政治上趋向保守,对君主立宪政体寄予幻想。他的诗歌也失去昔日锋芒毕露的战斗性,成为温文尔雅的、古典主义趣味极浓的作品。《间奏曲》(1874—1886)、《新诗抄》(1861—1887)、《野蛮颂歌》(1887—1889)、《押韵诗与节奏诗》(1887—1898)等后期作品,回避现实生活,或采用历史题材,抒发思古幽情;或描写自然风光,寄情于山水;或缅怀往昔,追忆青春和爱情的欢乐;有些诗篇还表达了模糊的乌托邦式的社会幻想。与前期作品的爱国主义不同,这些诗表达的是诗人对生命的热爱和体验,刻意描摹个人情感的细微精妙,企图揭示生命和宇宙的奥秘。在艺术上,模仿古希腊、罗马诗歌的韵律,追求形式的完美,树立起优美、自然的新古典派诗歌风范。他以优雅的形式与玩味自我情感的内容成为颓废主义诗歌的先驱。

《野蛮颂歌》是卡尔杜奇后期的代表作。诗人如此命名诗集的原因是:“这些诗在古希腊人和古罗马人听来和读来是野蛮的,虽然很注意按照他们的抒情诗的格律形式来写，而且在许多意大利人读来也还算写得不错，听起来是和谐悦耳的。”他要通过这些作品实现对意大利诗歌的革命和恢复两大目标，所谓革命就是针对当时流行的浪漫主义诗歌进行革新，而恢复就是复古，恢复古典诗歌的传统，他也因此被称为“新古典派”诗人。他在这些诗里进行大胆的新尝试，获得了广泛的赞誉，也引起激烈的争议。作品的主要特点是抛弃了浪漫主义诗歌空洞的音乐和谐感，不讲究韵脚，而代之以由重音排列产生的节奏感，注重每一节诗与下一节诗之间的逻辑与节奏上的有机联系，注重诗的整体结构，力求将结构上的形式美与听觉上的乐感美结合起来。诗集的主题是多样化的，有些诗篇，如《赞阿达》、《冬天的太阳》、《春天》、《幻想》，表达诗人的道德理想和文化追求，而《胜利颂》、《在罗马的编年史里》是欢庆祖国统一的赞歌，《市政府的法依达》、《莱尼亚诺之歌》是回顾历史的史诗般作品，《在曙光初照之时》、《博洛尼亚郊外》等则是描写大自然风光的即景抒情诗。他还有大量回忆青春年华和爱情欢乐的诗篇。

路易吉·卡普安纳（1839—1915）出生于西西里岛米内奥市一个富裕的资产阶级家庭，从小上贵族学校，后来就读于卡塔尼亚大学法律系。在大学期间他积极投身于民族复兴运动，参加了1861年反抗西班牙统治者的西西里起义，并且开始文学创作，写出一些属于晚期浪漫主义的诗歌和诗剧。大学毕业后他到临时首都佛罗伦萨工作，任《民族日报》戏剧评论员，所写的文章收集成《当代戏剧》（1872）一书出版。他在这里结识了许多文化界知名人士，接触到当时欧洲出现的新学术思想和新文化潮流，对法国的自然主义文学发生浓厚兴趣。四年后因病回故乡休养，又因父亲去世需要他主持家事而留居七年，其间潜心研读了大量的哲学和文艺理论著作，还曾出任米内奥市长。

1877年他迁居米兰，成为《晚邮报》的撰稿人，1882年前往罗马，主编文学评论刊物。1889年他开始在罗马高级女子师范学院教意大利文学，1902年接受卡塔尼亚大学聘请，任美学和修辞学教授，从此定居卡塔尼亚，直至逝世。

卡普安纳十分推崇左拉，从1870年开始在报刊上发表一系列介绍自然主义的文章，并由此产生自己的文艺主张，称之为“真实主义”，提出直接描写现实中的真人真事是真实主义的基本原则。他认为作家应当从当代生活中选取题材，像新闻报道那样描述真正发生过的事件，作品应当成为“人的文献”，不仅在艺术上有美学价值，而且是科学的历史资料。为使文学作品具有科学性，作家必须依据已经发现的或者自己观察到的社会和自然发展的客观规律，艺术地再现生活，并且尽力避免在作品中表现作家本人的任何主观意图。作品应当是一种“无个人色彩”的纯客观描述。作家在修辞上不必十分考究，应当灵活使用语言，使之适合所表现的特殊环境。他还从强调表现人的自然属性出发，主张描写落后闭塞地区的人和事，认为在那里人们较少地受到文明的腐蚀，更加接近自然状态。卡普安纳实际上提出了真实主义文学的纲领。他照搬了自然主义的“人的文献”、“以科学方法描写生活”等观点，然而他对这些观点的理解与自然主义者不尽相同。他不满足于记录现实生活的表象，他认为“人物的感情和性格不是以摄影师的呆板的准确能够捕捉到的”，而应当用创造的方法，赋予他们血肉之躯和不朽的生命，这种“创造的方法”是由“科学与想象的适当比例”组成的。他不相信左拉提出的写小说的“实验方法”，认为那是左拉故弄玄虚的宣传方式，实际上是行不通的。他赞成写典型，认为“典型是抽象的东西……当艺术中的人物能够成为活生生的人时，他们由于自己特有的内在品质，就把自己变成了他那样的典型。”他虽然说“不要让小说服务于这样或那样的理想，替这种或那种思想效劳”，但他赞美左拉：“崇高的感情……透过完美无瑕的、真实的、本色的描述和详尽的、无情的、几乎是科学般准确无误的分析，散发在字里行间，这种感情构成他的作品中生命的气息，是纯朴而深沉的诗。”卡普安纳既不反对在作品中表现作家的感情倾向，又不反对写典型，应当说他的文艺主张符合现实主义的基本观点。他想沟通自然主义与现实主义这两种不同的文艺创作倾向，因而在表达上显得有些含混不清。这些文章结集成《当代文学研究》(1879)。

实际上，卡普安纳的文艺思想更多地受到当时意大利著名文艺理论家德·桑克蒂斯(1817—1883)的影响。德·桑克蒂斯说得更明确："我的现实主义可以用几句话讲清楚。它的实质是这样：在艺术中必须给人的先天性的和动物性的力量以更多的位置，驱除幻想，并用情节代替。"他一语道破当时现实主义文学的新特点，即利用生物学、医学、人类学等自然科学方面的研究新成果来分析人和描写人，使对人的认识较以前更完全一些，反映生活的手段更多一些。真实主义作家普遍接受了这一观点，只是在创作实践中表现出运用程度上的差别。

卡普安纳作了较为突出的尝试。他运用生理学原理分析人物的心理活动，用病理学和遗传学来解释人物的行为表现。他在短篇小说集《女性们的侧影》(1873)中通过对女性心理的分析来研究人的行为产生的过程。在长篇小说《姬雅琴塔》(1879)中，他特意安排了一个作为次要人物的医生对女主人公的行为和感受作出生理学的和临床病理学的解释。小说中有这样一段话直接说出了他的用意："伏利尼以科学家面对一个典型病例的冷静的好奇心研究姬雅琴塔。先天的遗传、社会环境只能在一定程度上说明问题。而他……虽然不相信灵魂不朽的说法，却相信心理和精神作用，她这样的痛苦不可能仅仅是细胞、神经和血液造成的后果。他要揭示痛苦产生的全部过程和实质原因……因此，当她来找他看病时，他就粗暴地审问她，让她坦白地讲出一切。"这部小说描写的是一个妇女幼时不幸遭受奸污，后来因此葬送了终生幸福的故事。小说一方面谴责封建贞操观对主人公的残害，另一方面又通过她的婚姻揭露资产阶级道德的虚伪性。但是小说的中心却是着力描写女主人公的心理创伤如何决定了她的思想、感情和行为乃至命运。她无辜受害，又因此遭到社会无情的贬压，产生强烈的报复心理，促使她做出一系列反抗行为，后来失败而自杀。作品中过分强调人的非正常心理，仿佛意在说明造成主人公悲剧结果的主要原因是受损害的心灵具有抑制不住的反抗本能。生物学的决定论超过了社会环境决定论。

他的另一部长篇小说《洛卡维迪纳庄园的侯爵》（1902）描写西西里岛一位贵族的心理悲剧。侯爵与女仆秘密同居多年后，为了与另一贵族妇女结婚而将这女仆名义上嫁给一位男仆，规定他们以兄妹相处，后来疑心男女仆人违反要求而将男仆暗杀，并把罪名栽到一个农民头上。事后他无法承受恐惧感与负罪感的重压而精神错乱。小说成功地描写了侯爵既是一个由于门第限制不能娶所爱的人为妻的封建主义的受害者，又是一个确信自己对奴仆拥有生杀予夺之权的封建势力代表者的双重处境，以及这种处境造成的他在思想上和行动上的矛盾，并且将主人公阴暗晦涩的心理与穷乡僻壤落后、愚昧的环境状况有机地结合起来，达到了较好的艺术效果。但是，由于过多地描写人物精神上的畸形，作品往往脱离人物的性格发展去单纯追求人物精神活动的规律，使得人物成了在自然法则制约下精神活动的图解。

卡普安纳的这两部主要作品揭露和批判了带有封建残余的资本主义社会对个性的压抑、束缚和摧残。姬雅琴塔为追求个性自由与社会习俗、偏见发生激烈冲突；侯爵由于爱情受到门第阻碍而走上杀人犯罪的道路。卡普安纳对他们的“不幸”极为同情，连对侯爵损人利己的极端行为也不加以谴责，因此作者在批判社会的同时，又宣扬了资产阶级利己主义思想。卡普安纳虽然第一个提出真实主义的理论，但是，他的小说无论从思想意义还是艺术水平上看，都不是真实主义文学中的上乘之作。他的小说创作还有长篇《香气》（1891）、短篇集《乡村妇女》（1894）和《乡村妇女新编》（1898）。

卡普安纳于90年代末开始追随唯美主义和反理性主义的新潮流，承认真实主义的原则如果不加幻想，就不能产生艺术作品。他文艺思想的变化集中体现在《当代诸种“主义”》（1898）和《艺术与科学》（1903）两书中。他在晚年接近未来主义文艺。

乔万尼·维尔加（1840—1922）也是西西里岛人，出生于卡塔尼亚市一个小贵族家庭，与卡普安纳是卡塔尼亚大学法律系的同学。他的祖父是反对奥地利统治的烧炭党成员。他本人于1861年参加国民卫队，从事爱国武装斗争四年，1865年移居佛罗伦萨，1872年迁至米兰，1893年返回故乡安度晚年。

他最初在故乡发表的小说以“爱情—祖国”为题材，描写爱国主义志士的斗争与生活，如《山地的烧炭党人》（1861）和《在濒海湖上》（1863）。在北方生活的初期则以“爱情—死亡”的主题写了几部浪漫主义的小说：《一个修女的故事》（1869）、《夏娃》（1873）、《真老虎》（1873）等。

1874年他响应卡普安纳提出的真实主义文学原则，将目光投向社会矛盾尖锐、经济落后的西西里岛，描写在资本主义和封建主义双重压迫下的小人物的遭遇，暴露社会阴暗面的真实景况。当年发表的中篇小说《奈达》是他开始走上真实主义创作道路的标志。从此他的创作进入新阶段，成为真实主义文学的杰出代表。

《奈达》叙说一个西西里农村姑娘的苦难身世。《田野生活》（1880）和《乡村故事》（1883）是优秀的短篇小说集，描写当时西西里农民受压迫和被剥削的悲惨状况。其中《牧羊人耶利》是一篇佳作。在风景如画的牧场上，勤劳纯朴的牧羊人耶利和美丽善良的妻子过着清贫而宁静的生活，地主少爷像狼一般闯了进来，污辱了耶利的妻子，老实温顺的牧羊人被激怒，拿起剪羊毛的剪刀，杀死仇人。另一篇名作《乡村骑士》描写资本主义金钱至上的观念对淳朴的传统生活的侵蚀，展现了西西里特有的古老风土人情。小说后来经改编谱写成同名歌剧，风行欧美各国。

维尔加计划以“被征服者”为标题写五部长篇小说，但只完成了《马拉沃里亚一家》（1881）和《堂·杰苏阿尔多师傅》（1889）两部。前者描写劳动者家破人亡的悲惨遭遇，马拉沃里亚一家靠一条渔船为生，主人公安东尼指望与儿孙们一起通过勤劳节俭脱贫致富。可是，海上风暴毁掉渔船，使儿子葬身鱼腹，接着媳妇被瘟疫夺去生命。他寄希望于孙子辈，但是孙子有的死于战场，有的很不成器，沾染城市的坏习气而堕落了。老人在高利贷的盘剥下倾家荡产，悲愤离世。小说真实地反映了在迅猛发展的资本主义冲击下，小生产者走向破产的历史性悲剧。后一部小说描写劳动者在社会剧变中坎坷不平的命运。杰苏阿尔多从苦力和泥水匠奋斗成为财主，为了跻身上流社会，他娶一个破落贵族小姐为妻。但是当地的贵族与资本家联合起来排挤他，使他的财产和精神都遭到惨重打击，蒙受巨大损失，最后失去反抗能力，在众叛亲离之中含冤屈死。小说形象地说明：在落后的西西里，劳动者的兴旺发达是昙花一现，终究会被地主与资本家联手扼杀。

维尔加的这些小说是真实主义文学的代表作品，像左拉的优秀小说超出了自然主义的理论一样，维尔加的小说突破了真实主义纲领的限制，克服了自然主义艺术的某些消极影响，朝着富于批判性的现实主义方向发展。

真实主义要求作家科学地认识世界，维尔加没有用抽象的善恶是非观审视社会，他根据实证主义哲学把一切归之于自然法则的基本思想，用达尔文的生物进化论观察人类生活。从这种生存竞争是人类社会发展的基本动力的观点出发，维尔加把一切社会矛盾的斗争都看成是生存竞争的表现，这虽然不是科学的正确认识，但维尔加却敏锐地抓住了19世纪60、70年代意大利资本主义达到自由竞争顶点时的社会经济特征。他的小说主要描写人们的物质生活，从人们的经济状况和相互之间的经济关系上来理解和分析人的思想、感情和行为，较少描写人的生物本能，而是社会环境决定论占优势，因而对现实的反映不是表象的记录，而是接触了现象之下的本质，体现出历史的真实性。他描绘出一幅幅资本主义社会中弱肉强食的血淋淋的现实图景。一方面是《堂·杰苏阿尔多师傅》中的主人公在自由竞争中巧取豪夺，获得超额利润，暴发成巨富，他的资产阶级化的贵族女婿过着花天酒地、穷奢极欲的享乐生活；另一方面是《马拉沃里亚一家》中渔民们不断遭受风暴、瘟疫、战争、高利贷这些天灾人祸的摧残，生计无着，流离失所，家破人亡。他用鲜明的艺术形象客观地表现了阶级分化与阶级对立的社会现象。他的大量的短篇小说描写劳苦群众在饥饿线上苦苦挣扎的惨状，如实地反映广大劳动人民日益陷入贫困化的真实境况，说明了资本主义的发展导致自然经济彻底瓦解，造成广大小生产者破产的历史过程。

维尔加从人们之间的经济关系来观察和分析社会问题，他所写的“人的文献”中表现出阶级斗争的内容。虽然他是以进化论的观点看待人类历史，却看出了社会中阶级的分野和阶级力量之间的较量。在《堂·杰苏阿尔多师傅》中，他出色地描写了资产阶级在民族复兴运动各个阶段的不同表现：起初联合人民反对封建贵族，在1848年的民众革命运动中又勾结贵族镇压人民。在短篇小说《解放》中以锐利的眼光描写资产阶级政府在革命胜利后不仅没有帮助农民解决土地问题，反而在农民为争取土地所有权向地主造反时派军队逮捕、枪杀起义者的罪恶行径，用事实说明胜利的果实被资产阶级独吞，曾经为实现祖国统一而流血牺牲的人民并没有获得解放。

维尔加遵循真实主义“无个人色彩”的创作原则，在小说中不直接发议论，但是在这个标题为《解放》的短篇中，农民的结局是监禁与死刑。作者的愤慨之情、抗议之声已经溢出言表。他在作品中对劳动人民表现出一贯的、明显的同情。他的真实主义作品的全部内容都集中于描写故乡西西里岛贫穷、落后的面貌,主要叙说小人物的悲惨命运。他自觉地以描写社会阴暗面为己任。他从民族复兴运动的理想和人道主义出发,以这种灰暗、丑恶的现实生活为证据,指控资产阶级统治者没有实现在革命过程中向全体人民许诺的自由、平等的权利与和平昌盛的前景。他看到资产阶级理想的虚伪性,因而替他认为受到不公正待遇的劳苦大众鸣不平。他的感情倾向是鲜明的,超越了自然主义纯客观的态度。然而正是由于他对理想的笃信,理想因现实的低下而变得高远而虚渺,他变得忧伤、失望,所以他的作品中弥漫着浓重的悲观情绪。

维尔加选择同时代的劳动群众的生活为描写题材,但他本人不属于劳苦大众之列,对这种生活并无亲身体验,只有凭借实事求是的观察和分析来把握。冷静的观察家眼光,科学的分析是他认识下层社会不可缺少的条件。这正是真实主义从自然主义那里学习到的重要经验,维尔加自觉地接受它,成功地加以运用。他通过深入的观察发现了社会的弊病,对观察到的事实进行分析后,对现实有了较深刻的理解和较清醒的认识,因而当他再现生活时,就不是机械的摹写,不是现象的罗列,而是尽可能按照事物发展的内在逻辑描述事件发生的始末和经过,不露出刀砍斧凿的人为痕迹。这就是维尔加的理想的小说标准。

为追求真实自然的效果,维尔加在修辞上也进行了改革,在典雅的传统文学语言中,大量吸收了西西里民间谚语和方言词汇,使之变得淳朴而生动,赋予作品强烈的地方色彩和浓郁的生活气息,开拓了真实主义朴实清新的文风。

艾米利奥·德·马尔基(1851—1901)出生于米兰,在米兰求学和工作,从大学文学系毕业后在米兰文学科学院当文书,后来升任文体论教员。他还在市政部门和慈善救济机构任过职,1889年首创并主编大众教育丛书《善良的话》。他关心社会问题,了解中下层市民生活状况,力图在作品中反映人民群众的情绪。他认为文学“不是无所事事者的娱乐工具，而是要帮助人生活得更好。”他的第一部作品是幻想小说《一个肉体的两个灵魂》(1878)，具有浪漫主义色彩。但是他的兴趣很快就转向现实主义文学，推崇法国的福楼拜和本国的维尔加。他在创作中还特别注意继承曼佐尼的思想和文风，遵照《约婚夫妇》的模式，强调道德价值，注重语言的规范化和通俗化。

他的代表作是长篇小说《德梅特利奥·皮亚奈利》(1890)，主人公是一个邮局职工，债台高筑而又遭受上司的欺凌；为了维护人格的尊严和爱情的纯洁，他努力抗争，不惜牺牲一切。这是一个小人物的辛酸故事，写得真实细致，反映都市劳苦大众的可悲处境。《教士的帽子》(1888)是一部陀思妥耶夫斯基式的作品，描写罪与罚的主题，主人公最后因过分地自责而精神失常。《理想主义者贾科莫》(1897)描写一个到处碰壁的下层知识分子的遭遇，谴责冷酷无情的官僚机构和人情淡薄的资本主义社会。这部作品的心理刻画向深层次开掘，突出描写潜意识活动。此外，还有短篇小说集《五颜六色的故事》(1885)、《五颜六色的新故事》(1895)、《旧故事》(1926年出版)。作品主要描写在痛苦命运中挣扎的小百姓，对他们给予深切的同情和爱怜。

德·马尔基还是一个社会教育家，他的一些著作，如《珍贵年华》(1890)、《如花年代》(1891)、《我们的孩子》(1894)等是青少年读物中的经典之作。

玛蒂尔黛·塞拉奥(1856—1927)是著名的那波里女作家。她出生于希腊，母亲是希腊人，从小在那波里生活，入师范学校读书，毕业后在电报局工作。1882年她迁居罗马，开始从事新闻报道，与丈夫一起创办杂志《罗马邮报》。后来返回那波里，在《晨报》当主编。1904年她独自创办那波里《日报》，自任主编，将这份报纸办成很有权威性的媒体，极大地影响地方公众生活。她为此奋斗20多年，在报社一直工作到生命结束。

塞拉奥也是一位勤奋的作家，一生共创作40余部小说，全部以那波里为背景，大多描写当地中下层市民生活中的不幸事件，揭露资本主义制度给他们造成经济上的破产和道德上的堕落，谴责资本主义势力是罪恶的渊薮。她在作品中抒发了浓厚的乡情，倾注着对故土的眷恋和对父老乡亲的热爱。最初发表的作品是描写劳动妇女的中、短篇小说，取材于她早年在电报局里的生活。那些勤劳善良而又热情爽朗的南方妇女，在贫穷生活的逼迫和旧道德观念的迫害下，沦为可悲的牺牲品。她们快活大胆的天性和热烈真挚的爱情追求，体现了那波里古老的淳朴民风，她们不幸的命运是时代的悲剧。早期的代表作品是《乳白石》（1878）、《写生》（1879）、《痛苦的心》（1881）等。她后来写的长篇小说则广泛地展现了社会风情，如艺术家的穷困潦倒，孩子们失去欢乐的童年，修女幽闭孤寂的生活，小业主的惨淡经营等，无一不是社会阴暗面的写照，充分反映出资本主义制度下那波里呈现的病态。主要的长篇小说有：《幻想》（1883）、《那波里深处》（1884）、《少女的故事》（1886）、《安乐乡》（1892）等。

萨尔瓦多列·迪·贾科莫（1860—1934）也是一位那波里乡土文学作家。他上过医学院，但没有完成学业，当医生的希望无法实现后，转向文字工作。起初他当新闻记者、报刊自由撰稿人，后来开始文学创作，擅长写诗和短篇小说，成名之后出任著名的那波里国立图书馆馆长。

他用那波里方言写作，常以那波里人民大众，特别是社会下层人民为描写对象，反映水手、工匠、艺人、流浪弃儿的苦难生活，生动地再现性格豪放、感情外露的那波里人富有浪漫色彩的风俗画面。作品具有强烈的地方色彩。短篇小说以简练的手法布局谋篇，大多写得短小精悍，节奏明快，跳跃性强。文笔洗练是他的独特风格。主要的短篇集有《18世纪圆舞曲》（1883）、《那波里故事》（1915）、《无名氏》（1920）；另有一部童话故事集《烟斗和陶罐》（1893）。他的抒情诗文字优美凝练，晶莹剔透，采用清新悦耳的民歌格调，独具风采，至今仍被广为吟诵，不少诗歌已由著名作曲家谱写成歌曲。诗歌作品全部收入《诗集》(1935)之中。

第九节 西班牙文学

1874年12月阿方索十二世同意以君主立宪方式治理国家，恢复了王位，开始了西班牙历史上的王权“复辟时期”。1876年通过了新宪法，把旧的封建关系和天主教教会的利益以法律形式固定下来。资产阶级的上层分子只得到以“小伙计”的身份参政的权力。到了80年代西班牙的资产阶级已经完全和代表封建势力的专制政府站在一起来镇压人民群众。阿方索十二世早逝，王子阿方索正式掌权之前，由马利亚·克里斯蒂娜母后摄政，这时期保守党的卡诺瓦斯和自由党的萨加斯塔轮流组阁执政。这期间为了重新瓜分殖民地，发生了1898年的美国和西班牙战争，最后以西班牙败北而结束。西班牙不得不承认古巴独立，还被迫将波多黎各、菲律宾割让给美国。从此西班牙失去了在美洲和大洋洲地域的最后殖民地。

“复辟时期”的西班牙文坛上，从60年代就已开始的现实主义和理想主义(即唯灵论派)之争仍在继续。在这场争论尚未见分晓之际，又发生了对自然主义创作手法的辩论。70年代中期，西班牙《当代》杂志驻巴黎记者查尔斯·比戈特率先将左拉的有关信息介绍到西班牙。80年代以后左拉作品的西文译本在西班牙大量出版发行。自从1885年西班牙文版的《萌芽》问世后，左拉其他作品也迅速被译成西班牙文出版，但有关自然主义的重要理论著作《实验小说论》、《自然主义小说家》直到1892年与1893年才分别译介到西班牙。当然还有龚古尔、莫泊桑等其他法国自然主义作家的译本。

在80年代初的西班牙，自然主义已成为一个“震撼人心的问题”，并引起热烈的争论。加尔多斯以1881年的《被剥夺遗产的女人》步入了自然主义流派行列,尽管作品只在某些方面带有自然主义特征。1881至1882年在马德里的“阿特纳奥”协会组织了关于自然主义问题的辩论。新天主教传统主义者对自然主义流派热衷于描绘“不道德”行径的做法持反对态度;而那些思想先进的作家们从总的方面极力称赞这一流派,但是给这个新流派下定义时相当含糊不清,现实主义与自然主义之间的界线很难划分。

女作家帕尔多·巴桑在小说《未婚夫妇之旅》(1881)的前言中表达了她对自然主义的看法。这位女作家看到,小说已经不再是仅让人们排遣烦恼的工具,而起到了对社会历史以及心理进行研究、探讨的作用。但她反对系统地去挑选或偏爱描述那些让人厌恶的事物,描写猥琐的或过于细腻的琐事。1882至1883年间巴桑又在《时代》上发表了20篇文章,于1883年汇集成册,命名为《震撼人心的问题》,对自然主义文学的是非功过发表了个人见解,反驳人们抨击它是伤风败俗的作品。她认为左拉并没有宣扬、支持恶习,而只不过是如实地反映客观现实而已。尽管她不赞成对龌龊、淫秽、不堪入目的事物过多的描绘,但她并不反对采用辛辣、刻薄的语言反映现实。巴桑部分地接受自然主义流派的创作手法,欢迎现代的科学精神,但她作为一个虔诚的天主教徒,拒绝承认生物遗传决定论。尽管巴桑对自然主义理论带有某些偏见,甚至某种厌烦情绪,但并未妨碍她赞赏左拉以自然主义艺术手法撰写的作品。

《震撼人心的问题》发表后,在反对自然主义流派的文人中,阿拉尔孔的态度最为坚决。在抨击自然主义的文章中,胡安·巴莱拉的《有关写小说的新艺术札记》(1886—1887)是一篇极为有趣的文章。他那四平八稳的气质与他的美学观和新流派的主张正好水火不相容。他不同意将小说变成进行科学研究的工具,他认为自由意志比遗传因素与强调环境影响的决定论更有优越性。

还有一个十分有趣的现象，西班牙自然主义作家将自然主义的美学观与本国过去的一些创作方法，特别是黄金世纪的现实主义手法联系起来。他们认为，在塞万提斯、克维多等人的作品里，就已存在过类似自然主义的手法。如加尔多斯认为，自然主义的精髓在西班牙自古有之。古往今来早已有人懂得按照造物主赋予的本来面目表现人、物、个性和环境，使艺术虚构符合自然与心灵的真实这样一个法则。加尔多斯追溯西班牙文学的写实传统后，认为西班牙是自然主义的真正故乡。因为他认为写实手法乃由16世纪的流浪汉小说和塞万提斯首创，以后才风行于英法诸国，但在西班牙本土却逐渐失传，所以法国自然主义的传入等于游子还家，受到西班牙作家的欢迎是天经地义的事。

西班牙另一位自然主义流派的捍卫者是克拉林。他认为左拉已经陷入过分夸大的泥坑之中，但他肯定了自然主义所表现出来的自由意志。

西班牙的自然主义作家并没有严格地按照左拉的理论进行创作。他们仅仅采用自然主义的某些创作技巧和主题，除了少数例外情况外，他们的文字并没有达到像左拉的那样辛辣、犀利。这个时期的西班牙小说在描述伦理道德和物质生活的贫困时，只不过用了一些悲惨的笔触，而在性生活的描述上比过去略微开放了一些而已。

有的西班牙评论家认为西班牙的自然主义柔和、肤浅甚至还带有乐观情绪，与左拉的自然主义相比更具有人情味。书中描述的悲惨处境，由于作家的同情心与有意识的淡化，其格调并不显得阴沉。这也许受到塞万提斯的影响，悲观色彩的描写常常被诙谐语气、调侃的笔触或轻微的讽刺所冲淡。西班牙的自然主义与法国的自然主义之间的差别是如此之大，甚至有人怀疑在西班牙是否有过自然主义流派存在。但是比较明智公正的看法应该是，西班牙有一个外在形式上的自然主义（从创作形式上进行模仿的自然主义），也就是说，这种新流派在西班牙作家运用过程中没有死板地遵循左拉的理论教条，而是有更大的灵活性，使它更接近于传统的现实主义。西班牙作家在自然主义与理想主义之间找出了一条中间道路。

深受自然主义影响的西班牙作家对复辟王朝采取了严厉的抨击态度，抨击家庭中败坏的伦理道德、政界的腐败，虽然下层平民捍卫荣誉的问题也得到反映，但对国内最为贫困阶层却缺乏同情心。同时还可以看到这个时期的作家对“地域的发现”，他们在作品中生动描绘了地域自然风光，有种充满活力的情感。在纯景观的描述里还掺杂着对农村生活中表现出来的人们的原始本能的具体刻画。

在80年代初西班牙独特的自然主义流派就已经发端，出现了何塞·奥尔特加·穆尼利亚(1858—1922)的《卢西奥·特雷列斯》(1879)、《直达快车》(1880)等作品。当时年轻的作家，即被称之为西班牙第二代现实主义作家的巴桑、克拉林、帕拉西奥·巴尔德斯、皮康(1852—1923)等，也都在效仿左拉的手法方面作出贡献，但也出现了一些由于语言过于刻薄、描写过于露骨而引起舆论风波的作品，如爱德华多·洛佩斯·巴戈(1855?—1931)的《妓女》(1884)。1884至1887年可以被视为西班牙自然主义的高潮期。然而在1886至1887年西班牙文坛已开始向唯灵论式的创作趋势转化，受到了俄国文学的影响，特别是托尔斯泰的影响，因为1884年法文版的《战争与和平》业已面世。左拉的创作方法日益受到人们的反对，越来越被神秘的玄想所取代。从80年代末到90年代初，西班牙的自然主义业已进入创作低谷。1891年巴桑就曾说过法国的自然主义可以被认为已经到了完结阶段，1892年她又指出西班牙创作潮流转向了唯灵论的现实主义。

阿曼多·帕拉西奥·巴尔德斯(1853—1938)出生于阿斯图利亚斯的恩特拉戈的一个富裕家庭，曾在马德里攻读法律。他最初的爱好是哲学、政治经济学和自然科学，后来其兴趣转向文学，曾任《欧洲杂志》社社长。他的文学活动是从撰写文学评论开始的，但不久即转向小说创作，最后成为著名小说家，1909年被选为西班牙皇家语言学院院士。他的代表作是：揭露腐败教会、反对教会精神统治的《圣苏尔比西奥修女》（1889）。该书主人公加利西亚青年圣胡尔霍以第一人称讲述他如何追求年轻美丽的、即将还俗的圣苏尔比西奥修女。这位修女的俗名叫格洛里亚。他们两人的恋爱遭到格洛里亚的母亲强烈的反对，后者试图将格洛里亚强行送回修道院。圣胡尔霍及时地救出格洛里亚，克服重重困难，最后组成幸福美满的家庭。这部作品讽刺了违反人性的禁欲主义，同时也揭露了标榜金钱万能的资产阶级和趋炎附势的教会的丑恶面貌。从作者为这部作品所写的序言可以看到，作者也十分重视作品的可读性和愉悦读者的作用。在19世纪和20世纪更迭之际，他的作品被广泛翻译为他国文字出版，他在欧洲读者群中颇有名气。

帕拉西奥的优秀作品还有作者自传性质的《里韦丽塔》（1886）和《马克西米娜》（1887），描写海上渔民生活的《何塞》（1885），追忆童年生涯、歌颂农村宗法社会、抵制工业发展的《消失的村落》（1903）等。帕拉西奥的作品具有浓厚的生活气息，文风活泼洒脱，语言优美，富有幽默感，充满乐观情调，尤其以塑造女性形象见长。他的作品有田园小说的倾向，将阿斯图利亚斯农村生活描写成一种纯朴恬静的境界，流露出对农村宗法制社会的眷恋之情，但是，由于他的小说大都带有自传性质，人物和场景均取材于现实生活，人物的性格、自然景色的描写逼真、生动、自然，故仍不失为一位优秀的现实主义小说家。此外，他早年喜爱科学，他的作品有时还显示出自然主义手法的一面。

克拉林（1852—1901），原名莱奥波尔多·阿拉斯，出生于萨莫拉，父亲是该城行政长官。由于父亲工作调动，他家几易住所，最后于1863年定居于奥维耶多城。阿拉斯在中学学习期间就表现出对文学的爱好，大量阅读文学作品，并创办《胡安·鲁伊斯》。这是一份完全由他一人编撰的报纸。中学毕业后，他继续在该城学习法律，1871至1882年在马德里攻读法学博士学位，同时积极从事文学活动。1875年他在共和派报刊《埃尔·索尔菲奥》上开始用克拉林的笔名发表尖锐的评论文章，文笔尖锐，令人生畏，从此名扬国内文坛。从笔名克拉林（原意是“号角”）的含义就足以看出他撰写的文学评论的特色。他的这个笔名，据说来自西班牙戏剧家卡尔德隆的名剧《人生一梦》中丑角克拉林的一句台词：“而这种沉寂/与克拉林的称呼不符/我无法保持缄默。”克拉林反对西班牙波旁王朝复辟后盛行的“寂静主义”①，这句台词就成为他的座右铭。后来这些评论文章结集成册，题名为《克拉林的独奏》（1881）。实际上，他确实是一个孤军奋战、和者甚寡、咄咄逼人的评论家。他对天主教会和保守派作家佩雷达、阿拉尔孔等人进行了不遗余力的抨击。他于1878年获得法学博士学位，四年后自由派内阁授予他萨拉曼卡大学政治经济学教授职称。不久他迁回奥维耶多，在该城大学讲授罗马法。1898年，在他倡导下奥维耶多大学成立了旨在把文化送到平民阶层的大学对外开发部。他那体弱多病的身躯承受不住超负荷笔耕不止的劳累，因患肺病去世。他一生主要致力于教学和文学评论工作。他的创作可以分为三个时期，即成长时期（1872—1880）；作为评论家、小说家活跃于文坛的中期（1880—1890）和晚期（1890—1900）。晚期尽管评论文章不多，但是1893年发表的叙述风格独特的《闲谈》极为引人注目。

1895年他的实验性独幕散文剧《特莱莎》在马德里首次上演，但未获成功。从1875年到逝世前他共写了5部中篇与60余部短篇小说，此外还有两部长篇小说：《庭长夫人》（1884—1885），《独生子》（1890）。前者是他的代表作，被认为是西班牙19世纪最优秀的自然主义小说。后者以现实主义手法塑造了自私、专横、残忍的贵夫人埃玛的形象，揭露西

---

① 基督教的灵修理论之一。谓纯真在于灵魂的无为沉静，人应该抑制个人的努力以便上帝充分施展作为。此词通常专指西班牙司铎毛里诺斯所倡导的理论。

班牙贵族的伪善面目，表现出追求理想的倾向。他的中短篇小说尽管思想和艺术质量参差不齐，瑕瑜互见，仍能反映出作家的广博学识和敏锐的观察力。《堂娜贝尔塔》(1891)、《皮巴》(1879)、《永别了，小羔羊》(1893)这三部中短篇小说堪称是思想性、艺术性达到完美结合的佳作，尤其是后者，描述两个牧童皮宁和罗萨在生性温驯的奶牛"小羔羊"陪伴下度过难忘的童年。皮宁的父亲破了产，只好卖牛抵债，"小羔羊"成为阔人餐桌上的美味佳肴，而皮宁成年后又被抓了壮丁，成了保卫富人利益的炮灰。作者以动人的笔触和忧伤的情调描绘了破产农民家庭的不幸遭遇。克拉林与阿拉尔孔、巴桑一起被誉为西班牙19世纪短篇小说三大名家。克拉林生前对西班牙种种痼疾，尤其是对封建道德的伪善深恶痛绝，并对它进行了无情的抨击，因而得罪了不少达官贵人。许多人也不理解他文学评论中的幽默讽刺手法，直到克拉林死后很久，他的作品在文学史上的巨大价值才逐渐得到承认。

克拉林从80年代起就对左拉的创作美学感到极大兴趣。他积极参加马德里"阿特纳奥"协会组织的辩论。在加尔多斯的《被剥夺遗产的女人》出版不久，克拉林先后写了两篇书评，对自然主义手法得以在西班牙起步给予极高的评价。这两篇评论文章被收进《1881年的文学》集子里，被誉为"西班牙的自然主义宣言"。他在1882年发表了冠以"关于自然主义"总标题的一系列文章以及为巴桑的《震撼人心的问题》(1883)写的序言。他十分同意，自然主义的小说只能是自然的如实反映，绝非其他。他主张需要一个持中立立场的叙述者。他认为最为重要的是小说要自由而全面，不应当将现实中的任何一个方面排除在小说之外。克拉林与同时代的大多数其他作家（甚至包括巴桑）相比，对自然主义的见解显得更为独特与深刻。随着时间的推移，克拉林的观点与巴桑的观点日益分歧，他不同意巴桑将自然主义视为理想主义的对立面。

他的长篇小说《庭长夫人》以贝图斯塔城（实为奥维耶多城）为背

景，以年轻美貌的庭长夫人安娜被她的年轻忏悔神父追逐和当地贵族子弟勾引的三角关系为主线，描绘了西班牙内地省城(实际上是西班牙社会的缩影)的社会风貌和政治现象，抨击了教会的黑暗、虚伪以及无聊落后的省城生活。小说的女主人公安娜·奥索莱斯被人称为“庭长夫人”，因为她嫁给了本城退休的老庭长维克托·金塔纳尔，一个年龄比她大得多的、极有教养的、心地善良的老者。婚后，尽管维克托对爱妻生活上处处体贴入微，但这充其量不过是一种父爱。维克托仅对几件事感兴趣：狩猎，养鸟和阅读维加和卡尔德隆的剧本与看戏。他无法填补安娜情感上的空虚。安娜过着一种“只有牺牲、毫无欢乐的生活”，处于无法名状的苦恼之中，最后找到一种精神寄托与安慰的方式：向自己的新忏悔神父、讲经师堂费尔明倾吐内心的苦闷。他们互相宽慰，互相鼓励，彼此沟通思想，彼此排忧解惑。35岁的费尔明神父举止温文尔雅，谈吐和蔼可亲，人们都认为他是本城学问渊博的神学家、哲学家和法学家，而他本人最倾心的是研究有关贝图斯塔城的一切，对它的一草一木费尔明都了如指掌，他甚至对当地每幢房屋的各个角落、对每个人的灵魂深处都进行过搜索和探寻。堂费尔明的母亲在教区主教还是普通神父的时候当过他的女管家，依靠这层关系，堂费尔明能够接近主教，并利用主教的弱点，控制了本区的所有教士，为所欲为地控制着整个教区的事务。

堂费尔明在与安娜的不断接触中，对她产生了不可名状的情愫，此时安娜又面临着堂阿尔瓦罗的引诱。此人是什么事都敢干的浪荡公子，被称为“大能人”。安娜为了在道德上保持圣洁，求助于她的“精神之父”，当安娜发现堂费尔明同样也是居心叵测时，感到极其害怕，在这重重的压力下，自幼就远离父母，从来没有享受过双亲的呵护，婚后的处境又没有多大改善的安娜，最后身不由己地投入堂阿尔瓦罗的怀抱。然而，堂阿尔瓦罗并非对安娜有爱情，只是出于虚荣和为了满足感官享受。堂费尔明获悉安娜和堂阿尔瓦罗的关系后，出于醋意和报复心态，勾结女仆佩特拉让退休的老庭长维克托得知这一奸情，从而引起后者为挽回名誉与堂阿尔瓦罗的决斗。维克托在决斗中负伤身亡，堂阿尔瓦罗一走了之，整个悲剧的后果落在安娜的身上，安娜决定向堂费尔明做宗教忏悔，以求得主的宽恕，但遭到神父的冷落和侮辱。安娜气愤之极，便昏厥过去。

全书的结构安排独具匠心，分为篇幅均等的两大部分，共30章。第一部分介绍人物和背景，第二部分展开故事情节。小说的时间分配也比较特别，没有按主人公经历的时间顺序安排，前15章故事进展极为缓慢，仅讲述了三天里发生的事情，而后15章迅速地铺开冲突性情节，写完了三年内酿成的悲剧。小说前部分情节由外向内发展，而后部分又由内向外延伸。小说的开头与结尾皆描述了贝图斯塔城的冷漠风情，形成首尾呼应的格式，显示出残酷的社会现实依然故我，没有丝毫的变化。该书运用了多种艺术表现手法，用讽刺、幽默的笔法描绘悲剧场面，详尽展现社会现实并注重内心刻画，将梦幻、回忆、内心独白等手法巧妙地运用到人物描写上，可以说汇总了现实主义、自然主义和浪漫主义的技巧。此外，小说对贵族阶层和宗教界的庸俗、虚伪和冷酷，对市井小民的愚昧、落后和自私，皆描述真实，嘲弄无情，致使奥维耶多城的一些"正人君子"们深感难堪，此书尤其遭到教会的强烈谴责和全盘否定。

安娜是作者着意塑造的主人公，她的心态、隐私一览无遗。作为父母"不光彩婚姻"的结晶，从小受尽歧视和揶揄，付出巨大牺牲的婚姻使她的精神受到莫大的刺激，变得"神经质"。安娜美貌、端庄，行为无可挑剔，仍然引起不良男人的邪念和嫉妒女人的中伤。出于各种动机的人向安娜进攻，使安娜内心充满痛苦和不满，与守旧的贝图斯塔城的社会格格不入。这些内外因素把她推向婚外恋的泥坑，最后成为这个腐朽社会策划的一场阴谋的牺牲品。作品指出，安娜的最终失身并非她个人的过错，而是政界——维克托，宗教界——堂费尔明，市侩阶层——堂阿尔瓦罗共同铸成的。通过对堂费尔明这个人物的刻画，作者鞭挞了宗教势力的化身，剥去他道貌岸然的外衣，展露了他狂妄伪善的面目。事实上堂阿尔瓦罗与堂费尔明有许多共同之处，两个人都擅长从心理上控制周围的人，只不过是手法不同而已，堂费尔明通过听取教徒的忏悔来猎取他人的隐私，而堂阿尔瓦罗则是利用与上流社会女人们鬼混的机会，在枕头上窃取各种情报、点滴信息。书中另外一个绰号叫"弗利希斯"（意思是"天性脆弱"）的次要人物是唯一一个能够掌握自身命运的人，这个小人物自始至终牵动着故事发展的主线。他表现出对弱者的同情心，具有一种头脑清醒又超凡脱俗的局外旁观者身份，似乎可以说是作者本人的某种化身。

埃米莉亚·帕尔多·巴桑（1851—1921）出生于拉克鲁尼亚的一个富有的开明家庭。她自幼酷爱读书，16岁时就在《加利西亚年鉴》上发表诗歌。1868年她与何塞·基罗加结婚，1869年因其父被选为国会议员，她举家迁居马德里。她在马德里积极投入文化活动，随后与丈夫到欧洲其他国家与澳大利亚旅游，在法国与左拉相识，并参加著名的文人集会。在罗马她与窥探西班牙王位的卡洛斯（费尔南多七世的弟弟）会面，这次谈话的成果就是她的作品《我的朝圣》，该书出版后引发一场政治辩论。1876年她发表献给儿子的《海梅》诗集，并以《费霍神父作品论》一文参加文学比赛。从1879年发表第一部小说《巴斯库阿尔·洛佩斯——一个医科大学生的自传》起，她就全力以赴地投入小说创作，在小说《未婚夫妇之旅》（1881）中已显示出运用自然主义创作手法的端倪。这是女作家创作的第一阶段——现实主义阶段的作品。她创作的第二阶段，即自然主义阶段始于1882年的《烟草女工"拉特里布纳"》，但最具有自然主义特点的作品是《乌略阿府邸》（1886）和《大自然母亲》。从80年代末期、特别是90年代开始，她转向唯灵论派手法，这是她创作生活的第三阶段，即理想主义阶段。巴桑是俄国文学的爱好者，在这个时期的作品中可以看出俄国文学影响的印记，而且在作品中宗教意识频频出现。这时期的主要作品有：《堂娜米拉格洛斯》（1894）、《一个单身汉的回忆》（1896）、

《梦幻》(1906)和《黑色美人鱼》(1908)。

巴桑以文会友，广交朋友，其中包括见解各不相同的社会名流。她与加尔多斯间的情书往来也是众所周知的传闻。她曾兼任马德里大学当代文学教授。她著作等身，涉猎各种文学种类，有小说、短篇小说、故事、文学评论、诗歌以及游记等，但使她在西班牙文坛上占据重要地位的是她的小说。

她的小说在她同时代的评论家中引起不同的评述。思想保守的学者梅嫩德斯·佩拉约抨击她的《乌略阿府邸》，却称赞她的《圣弗朗西斯科·德·阿西斯》(1891)。克拉林对巴桑的诸多小说给予高度评价，如《未婚夫妇之旅》、《烟草女工“拉特里布纳”》和《维拉莫塔的天鹅》(1885)，并将《乌略阿府邸》列为经典之作，但对她1890年之后的作品进行了猛烈抨击。

她还创办了一个由她一个人编撰的刊物《新戏剧评论》，共有29册，每册都超过百页。1908年阿方索十三世授予她伯爵称号，从此以后，她的作品均以帕尔多·巴桑女伯爵之名签发出版。她1916年开始在大学任教，直至1921年去世前夕，还不断发表文章。她知识渊博，尤其对英、法、俄等国文学颇有研究。

在她的代表作长篇小说《乌略阿府邸》及其续篇《大自然母亲》(1887)中，作者以有力的笔触勾画出加利西亚没落的贵族地主阶级在灵与肉上的堕落面貌。《乌略阿府邸》描述一位年轻、天真的神父胡利安·阿尔瓦雷斯来到乌略阿侯爵佩德罗·莫斯科索的家，一方面担任该地教堂的神父，另一方面协助侯爵管理庄园。一开始他就感到村里有一种暴力氛围与道德沦丧的不正风气。佩德罗与他的女仆萨贝尔生有一子，名叫佩路乔，萨贝尔的父亲普里米蒂沃利用这层关系成为侯爵府上的真正主宰。胡利安设法让自己的主人摆脱这里的罪恶生活。他鼓动主人去圣地亚哥，到他的亲戚马努埃尔·帕尔多家中小住，并且希望在那里佩德罗能够明媒正娶一房与他社会地位般配的夫人，切断这种姘居关系。帕尔多家中的大女儿利塔是四姐妹中最为漂亮的，但佩德罗却将目光转向最为天真、善良的小妹妹马塞利娜，外号叫“努查”的姑娘。她也是胡利安神父崇拜的女性，神父对佩德罗施加影响使他选择努查为妻。佩德罗住了数月后厌烦了城里的生活，决定返回故里。于是努查与佩德罗回到乌略阿侯爵府。在快到家的时候，努查告诉丈夫自己已经身怀六甲，年轻的夫妇以及众人都为此而欢欣鼓舞，但堂胡利安觉得这种欢乐可能只是暂时的，因为萨贝尔和她的父亲普里米蒂沃还住在府邸。努查生下了一个女孩，侯爵一扫过去对待努查的温存态度，对难产后生病的努查不管不顾，因为他很不喜欢这个女儿。努查也发现她丈夫与萨贝尔的不正当关系，并本能地感到家中的男孩佩路乔的父亲就是自己的丈夫。

伊萨贝尔二世被推翻，全国开始大选。堂佩德罗被塞布雷地区推选为代表，贵族与地区的教士们支持他。眼看即将当选，突然有人背叛了他，从而落选。努查的身体状况越来越坏而普里米蒂沃等一伙人还在一边虎视眈眈地看着她们母女。她害怕女儿被害，于是决定请堂胡利安帮她逃离侯爵府。普里米蒂沃发现了他们的计划，禀报了侯爵。侯爵控告堂胡利安引诱妻子并将他驱逐出村，而这时普里米蒂沃也由于竞选问题在山里被暗杀。堂胡利安被贬到偏远山区的小教堂里担任十年驻堂神父后，又被派回乌略阿从事教职。努查早在胡利安神父被迫离开乌略阿府邸六个月后死去。神父在死者的墓地上遇到一对少年男女：服饰考究的佩路乔和努查的女儿马努埃拉在一起玩耍，而后者的打扮就像一个贫家女。

这部作品展现了三个主题。首先以自然主义手法赤裸裸地介绍了加利西亚农村的严酷现实；其次，将农村与城市生活做了鲜明的对比；再次，毫不掩饰地披露卡西克主义利用选民的无知在竞选中表现出的种种腐败行径。人们常说巴桑是西班牙自然主义的真正代表，《乌略阿府邸》是一部深受左拉流派影响的作品。这个地方无视伦理道德准绳，过着腐朽、堕落的生活，作家以莫大的勇气揭示农村的胡作非为的生活，特别是从医学、生理学角度以及环境影响等方面阐述、解释人物的种种行径。神父胡利安的形象与当地居民不检点的生活形成鲜明对照。巴桑描写实际状况以及不可逆转的结局时，力图做到客观，不去进行评论，也不提出解决办法，但仍显示出她的同情心取向，这是她与加利西亚贵族有着千丝万缕的联系的必然结果。

《乌略阿府邸》结尾处佩路乔和努查的女儿的幽会，为它的续篇埋下伏笔，故可以说该书是开放式的。如果在《乌略阿府邸》表现的是大自然战胜了文明的话，那么它的续篇《大自然母亲》，试图以同样悲切的笔触展示大自然又如何被文明所战胜。《大自然母亲》的质量与上部小说比相差甚远。故事场景仍然发生在乌略阿侯爵府，其中出现的人物都是读者在上部作品中见到的。它讲述了佩路乔和马努埃拉之间的爱情故事，但是这对年轻人对自己是同父异母的兄妹关系毫无所知。本书出现一个新人物，他和胡利安一样，与这个野蛮的生活环境格格不入。这个人物就是努查的弟弟，炮兵军官加夫列尔·帕尔多。他来到乌略阿侯爵府找寻他的外甥女，也正是他将事实真相——兄妹关系告诉这对恋人，从而终止了这场田园牧歌式的爱情。尽管加夫列尔来自文明社会，但他终于发现他拥有的文明武器在那儿并无用武之地，他自己试图与年轻的马努埃拉结婚的计划也化为灰烬。

巴桑的小说价值主要在于作者善于抓住环境与人物特点加以描述，不足之处在于描写过于繁琐以及加入过多作者个人的评述。从她笔下五百余篇题材各异的短篇小说中可以看出作者无穷无尽的创作源泉与丰富的想象力，而且其中不少篇已成为西班牙语国家的短篇小说楷模。

维森特·布拉斯科·伊巴涅斯（1867—1928）出生于巴伦西亚省的一个商人家庭，卒于法国芒东。他曾在巴伦西亚攻读法律，但中途辍学，背着父母逃到马德里，给著名连载小说家费尔南德斯·伊·冈萨雷斯

(1821—1888)当助手,帮他撰写连载小说。法学院毕业后,他违背其父母的意愿将全部精力投入到政治活动和文学创作中去,成为一名激进的共和派分子。1885年他因参与策划反对封建统治而被捕,后潜逃,流亡于巴黎。1891年他回到巴伦西亚创办《民众报》,宣传民主政治。他曾七次当选为国会议员,一生中有三分之一时间在狱中或流亡中度过。1903年以后主要从事文学创作,1909年去南美旅行并在阿根廷创办两个农场,从事移民开垦事业。1914年第一次世界大战爆发,他回到欧洲,支持协约国,从事宣传工作。他同情当时的新生政权苏联的处境,曾在反帝国主义武装干涉苏联的宣言上签名。在西班牙普里莫·德·里维拉军人独裁统治时期他又被放逐,流亡到法国直至逝世。

伊巴涅斯的创作生涯可以分为三个时期:第一个时期,其作品以现实主义和戏剧性为特色,带有浓郁的乡土气息,虽然仅局限于描写巴伦西亚一个地区,但却真实而深刻地反映了该地区的社会面貌,如反映城乡劳动人民贫困生活的《巴伦西亚短篇小说集》(1896)、描写地中海渔民与残酷的大自然、与不合理的制度进行斗争的《五月花》(1895)、反映农村男女爱情悲剧的《芦苇和泥淖》(1902)等都是这个时期的杰作。这些作品揭露了社会矛盾,鞭挞了惨绝人寰的阶级压迫,其中,《茅屋》(1898)以其洗练的结构、明晰的形象,合乎逻辑的情节充分表现出伊巴涅斯早期作品的特色。第二个时期作者扩大了眼界,跳出地域小说范围,着眼于写整个西班牙,如描写工人运动、怒斥耶稣会丑行的《闯入者》(1904),以反对教权主义为主题的《大教堂》(1903),宣扬无政府主义的《酒窖》(1905),反映斗牛士生涯的《碧血黄沙》(1908)等均为第二时期的上乘之作。1910年以后,他开始写作的第三个时期,特别是第一次世界大战为伊巴涅斯的文学创作开阔了新的视野。在大战中他创作出了三部反战小说:《妇女的敌人》(1919),《启示录四骑士》(1918)以及《我们的海》(1918)。尽管这三部作品从文学技巧上看并未超出其他著作水平，但由于作者是站在协约国立场上描述这场战争，所以使他赢得战胜国评论界的称赞。

小说《茅屋》是作者早期作品的代表作，反映了西班牙社会一直存在的一个根本问题——耕者无田的问题。西班牙的封建残余势力在农村中是十分根深蒂固的。几个世纪以来，除了疾病、饥饿、鞭子和子弹以外，西班牙统治阶层再也没有给予农民其他东西，西班牙历史上农民运动从未中止过。到19世纪末，随着西班牙民主革命运动的高涨，原来暂时平息的农民运动又掀起了高潮。农村中的农民组织了起来。他们罢种，拒绝为地主干活，焚烧地契甚至庄稼和地主庄园，打死宪警，杀死地方上罪大恶极的官吏。这种如火如荼的农民自发斗争给伊巴涅斯提供了生动的素材。

《茅屋》讲述了发生在当时巴伦西亚城近郊农村的故事。最初作者将它命名为显示本书中心内容的《摩尔人式的报复》，因为这位小说家一直坚持认为巴伦西亚农民是摩尔人的后代。在巴伦西亚大片碧油油的果菜园里，巴雷大叔那空无一人的茅屋孤零零地矗立在荒芜了十年的耕地中间。这一悲戚景象对全村居民来说，犹如"官逼民反"的铭心刻骨的见证与抵制压榨的、此处无声胜有声的抗议。巴雷大叔是地主堂萨尔瓦多的佃户。当这个老地主看到从巴雷大叔身上再也榨不出油水时，便将他们全家赶出茅屋，从巴雷大叔手中收回大叔祖上好几代人开发、耕耘的这块土地。在走投无路的情况下，巴雷大叔实在忍无可忍，就将地主萨尔瓦多砍死在地里。他被判处死刑，后来改为终身监禁，最后死于狱中。

书中大部分篇幅描述了以毕门东为首的全村农民同外乡迁来的农民巴蒂斯特之间的矛盾冲突，引起冲突的原因是后者租佃了巴雷大叔原先耕耘的那块土地。自从巴蒂斯特一家迁入的那天起，就生活在一种难以忍受的嘲弄以至仇视的氛围里。本村村民出于维护自己的自尊心，给外来户设置重重障碍，使他们无法生活下去，最后达到迫使这户"闯入者"离去的目的。而毕门东，这个游手好闲的二流子，成了排挤"闯入者"的领头人。首先,在抗旱用水之际,在灌溉用水仲裁委员会上给巴蒂斯特制造麻烦;接着,全村的女孩在水池边嘲弄、辱骂巴蒂斯特的女儿罗塞塔;然后,小学校的孩子们串通一气,经常作弄巴蒂斯特五岁的小儿子帕斯库亚尔,甚至将他投入水渠作乐,以致孩子患肺炎死去。巴蒂斯特家中丧子的不幸表面上似乎缓解了他与村民们的紧张气氛,但是最后在酒馆里醉汉毕门东与正直的巴蒂斯特之间发生斗殴,毕门东的头部被椅子击伤。毕门东为了报仇,放冷枪要谋杀巴蒂斯特,后者自卫还击,击毙毕门东。被激怒了的乡民烧掉了巴蒂斯特的茅屋,给予这个外乡人一次致命性报复。巴蒂斯特一家被迫再次四处流浪。

小说的主题是集体报复。这是那些认为精神上受到侮辱的人们所采取的野蛮的、返祖式的报复,因为他们认为地主将巴雷一家驱逐一事是对全村的挑战。反对外来户巴蒂斯特的这股风之所以刮起,就是因为毕门东看到自从巴蒂斯特租了那块土地后,地主们对佃户们变得更加苛刻了,从而引发出这场冲突。作者如实地描绘了巴伦西亚农村的风土人情:它的晨曦景色,土地拥有制体系,劳动分工与农产品的分配,家族、社会习俗,劳作方式,巴伦西亚的机构以及说话的方式等。再次,作品运用自然主义手法,关注社会底层,描述某些人物对其同类所施展的残酷手段。"从骨子里看都是好人"的这些底层人物却由于其生活环境的影响而做出丧失理智的行为。最后,书中反映了复兴主义者①的情感。书中受人尊敬的小学教师堂华金的形象尽管着墨不多,但是在某些场合好似作家的代言人:"这儿急需的是教育,非常需要。智慧会给这个地方带来觉悟

---

① 19世纪末20世纪初在西班牙兴起的文化政治运动。1898年美西战争中,西班牙败北,失去最后的殖民地。一些关心国家命运的有志之士,抱着把西班牙变成具有活力的、进步的现代化国家的愿望,试图从精神上、机构上使西班牙复兴。在20世纪初从巴利亚多利德的红衣主教到小说家布拉斯科·伊巴涅斯,从加泰罗尼亚的民族主义者到激进的爱国者,无人不撰写文章议论西班牙复兴问题。

之光。"

全书结构简单，按照时间先后推动故事情节，只有个别情况利用倒叙手法交待前因。可以看出，作品是从一个短篇小说扩展而成的。读完全书让人模糊地感到它的原始框架，因为后来增加的许多成分没有镶嵌得十分完美。伊巴涅斯以大量篇幅描述了毕门东和巴蒂斯特这两个乡民之间的冲突，从表面上看，似乎冲淡了作者揭露地主与农民矛盾的意图，但作者在叙述这个主要情节过程中却巧妙地穿插了巴雷大叔杀死地主萨尔瓦多以及巴雷服苦役累死他乡的次要情节。从这个次要情节引发出一个农民把自己对地主的阶级仇恨发泄在另一个与他们同样可怜的农民头上的悲剧。这样，作品所揭露的社会矛盾就更有力地暴露了地主阶级的险恶用心与罪恶活动。这部作品被视为伊巴涅斯佳作之一，也是文学教材选段和研究19世纪文学课题的必读作品。

极具西班牙民族特色的小说《碧血黄沙》是作者第二时期的代表作之一。在西班牙南部城市塞维利亚有一位嗜好饮酒和观赏斗牛的、颇有名气的老鞋匠。他去世后，他的遗孀只得给有钱人家打零工维持生计，女儿被送进一家烟厂当女工，12岁的儿子小胡安被送进塞维利亚城最好的鞋铺当学徒，以便继承父业。但小胡安自幼深受父亲熏陶，对斗牛具有浓郁的兴趣，常常不去鞋铺学艺，而去附近牧场戏弄小雄牛或混进斗牛场观看斗牛表演，幻想有朝一日成为斗牛士。后来他与小伙伴组成一个斗牛班子离家出走，沿途依靠斗牛表演谋生。一次，林格纳达农庄的主人雇用他们进行斗牛表演，全队中只有胡安以无畏的勇敢精神杀死一头小公牛。农庄主十分赏识胡安，并邀请他同桌进餐，还赠送一张去塞维利亚的火车票。这一消息不胫而走，故乡的人都认为他是未来斗牛事业的一颗新星。

后来，胡安成为职业斗牛士，声誉也越来越高。斗牛合同像雪片一般落在他身上。他为母亲购置了一套豪华的住宅，姐姐、姐夫也靠着弟弟响亮的名字发迹起来。胡安最后与青梅竹马的女友，貌美而忠贞的卡尔曼结婚。婚后夫妻生活美满，但是斗牛士的冒险生涯让家人牵肠挂肚，接连不断的合同常将他们夫妻分开，尤其在7、8月份的斗牛高潮季节里，胡安率领的斗牛班子常常是日夜兼程地奔波于一个个城市，晚上在火车上过夜，白天又要在斗牛场上卖命。每年将近70余场的斗牛犹如70多个吉凶未卜的日子，卡尔曼感到自己"就像夜间呆在死囚牢房等待处决的犯人"一样。婚后四年夫妻仍未得子，但胡安却买下林格纳达庄园，跻身于地主阶级的行列。

正当胡安名利双收、处于职业巅峰之际，贵族寡妇堂娜索尔闯进了他的生活。她是向斗牛场提供公牛的畜牧家摩莱马侯爵的外甥女，一个曾经跟随当外交官的丈夫长期旅居国外的、放荡不羁的女人。胡安曾在摩莱马侯爵的牧场营救过被公牛威胁生命安全的索尔，从此胡安落入情网，成为贵夫人家中的座上客。这个充满猎奇心理的贵妇只是想尝试一下新奇的生活，她戏称胡安是"高贵的畜牲"、"小雄牛"。不久，堂娜索尔厌倦了对她痴情的胡安，便疏远他。胡安认为只要凭借斗牛事业上的惊人之举定会再次得到堂娜索尔的青睐。可惜他的表演动作让观众大失所望，辱骂、嘲笑声向他袭来，他威信扫地。在一次表演中这位轰动一时的西班牙第一斗牛士被一头公牛顶伤。在斗牛场的医务室里，血流如注的胡安在从场上传来的观众对另一名斗牛士精彩表演的欢呼声中咽了气。

这部描写西班牙斗牛士生涯的小说带有深刻的政治含义，表现了西班牙人民内心的愤怒和初步觉醒。小说中详尽地描述了生动紧张、扣人心弦的斗牛场面，也诉说了斗牛的历史渊源、社会基础、政治作用和对民众的心理影响等。作者从抨击的角度视这项娱乐活动为一种时代的错误。作品写的虽然是一个热情奔放而又引人入胜的恋爱和斗牛的故事，却通过塑造一批性格各异、形态逼真的人物，揭示了19世纪末西班牙社会的真实面目，是一部融合现实主义和自然主义风格的佳作。主人公胡安生活在“爵位和财富有那么大权威的国土里”，处于“人人都难过日子的时候”，他选择了斗牛士的生活道路是因为在这样的社会里“所有的大门都向穷人们关上了”，穷人要想挣到更多钱只有斗牛，因此斗牛行业永远不乏像胡安这样的牺牲品。

小说用了大量篇幅烘托胡安在进行斗牛表演之前复杂而紧张的心态。他坐立不安，暴躁易怒，对周围发生的任何细枝末节都十分敏感。他选择斗牛士的生涯，除了金钱的驱使，为名誉而战也是一个重要原因。这种名誉感包含了两层含义：一是对自身勇敢精神的确认，二是对自身社会地位的追求。他将认识堂娜索尔视为步入上流社会的象征，觉得“凭着这份恋爱关系，似乎就打破了所有等级的成见了。”胡安从个人的狭隘、浅薄的视角看到的只是堂娜索尔的富有和显赫，却无法看清隐藏在她背后的堕落与空虚。堂娜索尔最终抛弃他，既反映了上流社会对他的鄙弃，又预示胡安在名誉地位的追求上失败的必然，这正是胡安的悲剧之所在。

小说对女主人公堂娜索尔的刻画是通过几处有代表性的场景进行的。在教堂的门口，侯爵的牧场，昏暗的私人密室中，欢腾的斗牛场上以及林格纳达农庄里，这个年轻贵妇既高傲、矜持又奢侈、放荡；为满足私欲可以寡廉鲜耻、为所欲为。凡接触到她的有夫之妇都像惧怕霍乱那样拉开自己的丈夫，敬而远之地避开这个瘟神。如果说堂娜索尔以冷酷无情从心灵上刺杀了胡安，导致他命丧斗牛场的话，那么她的舅舅侯爵则是从物质上提供了促使斗牛士丧生的条件。这个侯爵是掌握社会权力的著名人物，他热衷于饲养公牛，资助着使千千万万斗牛士丧生的斗牛业，却假仁假义地为一头公牛的流血而流泪。他和那些斗牛场上狂热的观众一样把斗牛士和那些野性十足的雄牛统统视为满足自己“嗜血的兴致”的对象。他是虚伪与贪婪的化身。

这部作品更为可贵的是描写了下层人民的反抗，塑造了几位真实人物。“小羽毛”就是其中的突出代表。他时常神出鬼没、独往独来，是个牵制着整队整队军警的土匪。他心地善良、正直纯洁，对下层百姓充满同情；他仇视邪恶，对作恶多端的官吏严惩不贷。他受到人民的爱戴，被视为“复仇的英雄”。从“小羽毛”身上反映出西班牙人民对社会不公的愤怒和抗议，这是西班牙新生命力的代表。此外作品对斗牛班子中的短剑手“国家”的描写也很真实。这个人物为了维持生计被迫走上斗牛场，却视斗牛为“反动的行业”。平时他对斗牛表演敷衍了事，但一旦战友处于危险时刻他又甘愿两肋插刀，冒死相救。他认为对国家命运应时刻关心，他崇尚用普及教育来拯救世界，是作者笔下的西班牙民主革命觉醒的象征。胡安的妻子卡尔曼是个温柔、善良、虔诚的普通妇女，与堂娜索尔形成鲜明的对比。作品主要是从她作为斗牛士的妻子遭受着与常人不同的痛苦经历的角度来塑造这个人物的。作品描述了每次丈夫去斗牛的下午她都在家中坐立不安，跑到教堂祈祷以求平安。她原谅丈夫的不忠，劝阻丈夫放弃斗牛职业，宁愿舍弃豪华的生活去做一个普通鞋匠的老婆，认为金钱是毒药，越多越苦恼。卡尔曼的愿望是众多斗牛士家属的共同心声。然而，在金钱主宰一切的社会中，他们的善良想法随着斗牛士血染黄沙而成了泡影。

总之，伊巴涅斯的作品对社会现实采取了尖锐的批评态度，但过分地强调细节描写，带有一定的自然主义色彩，故有人称他为“西班牙的左拉”。他是19世纪和20世纪之交西班牙承上启下的小说家。

第十节　东欧文学

波兰文学　波兰1863年的一月起义，迫使俄国沙皇在波兰不得不废除封建农奴制，从此，资本主义在这个古老国家的城乡得到了很快的发展。19世纪后期，现实主义文学在波兰获得了迅速的发展，其中小说的繁荣更为世人瞩目。与以往的文学相比，这时期的现实主义文学更有反映社会生活的广泛性和揭示社会矛盾的深刻性。由于统治阶级对文化出版工作实行严厉的控制，作家很难直接地揭露、鞭挞统治阶级的倒行逆施及社会的种种黑暗，不得不采取借古喻今、指桑骂槐的形式进行创作，于是便出现了大量的针对现实弊病的历史小说。从艺术上来说，这时期的小说无论在结构布局，还是在语言使用、人物形象塑造上，都达到了前所未有的高度。

亨利克·显克维奇（1846—1916）是波兰文学史上第一流的作家，也是具有世界声誉的作家。他自幼受到爱国主义教育，70年代初，以政治色彩浓郁的小说《徒劳无益》和《沃尔瓦皮包里的幽默作品》（1872）以及真实地描写一月起义前的波兰贵族生活的小说《老仆人》（1875）和《哈妮娅》（1870）崭露头角。70年代末发表的报告文学作品《旅美书简》，以对北美社会生活和风土人情广泛而有趣的描写和对白人殖民者狰狞面目的揭露，显示了作家作为一个富有正义感的新闻记者的宝贵品质。自70年代末到80年代初，显克维奇发表了大量的中短篇小说，生动地反映了波兰人民在落后的封建主义制度压迫下遭受的深重灾难，揭露了凶险的殖民主义者残酷压迫、剥削印第安人的野蛮罪行，表现出可贵的人道主义精神。这类作品中的精彩之作还有《炭笔素描》（1877）、《音乐迷杨科》（1879）、《奥尔索》（1879）和《穿过大草原》（1879）等。

80年代初，显克维奇创作了大部头的历史小说三部曲：《火与剑》、《洪流》和《伏沃迪约夫斯基先生》。《火与剑》以广阔的画面展示了波兰贵族与乌克兰贵族在17世纪中期进行的一场惊心动魄的政治斗争及战争的角逐。《洪流》写的是17世纪50年代波兰人民反抗瑞典侵略者的英勇斗争。《伏沃迪约夫斯基先生》留给人民的是17世纪70年代波兰人民抗击土耳其侵略者的艺术画卷。90年代，显克维奇又出版了两部史诗性的历史小说《你向何处去》(1896)和《十字军骑士》(1900)。前者将读者带到尼禄皇帝统治时期的古罗马,目睹统治者对人民惨无人道的压迫。小说写得气势磅礴,具有震撼人心的艺术力量。而《十字军骑士》则以真实而细腻的笔触描绘出14世纪和15世纪初波兰北方人民反抗日耳曼统治者的历史图画。

显克维奇的作品数量多且艺术质量高,在世界上也具有很大影响。他的作品"成就显得既巍峨高大,又浩瀚广阔。同时在各个方面都表现得高尚和善于克制。"他的史诗风格更是达到了艺术上完美的地步,因此荣获了1905年度诺贝尔文学奖。

波利斯瓦夫·普鲁斯(1847—1912)是著名的现实主义小说家。开始以反映社会中对立阶级的生活状况而获得文名,不久便发表了《顶楼上的房客》(1875)、《孤儿的命运》(1876)、《米哈尔科》(1880)、《改邪归正的人》(1881)等优美精巧的短篇小说。他的作品描写了劳苦人民的悲惨生活,歌颂了他们不惧险恶、敢于抗争的自我牺牲精神,鞭挞了资产阶级贪婪成性、伪善奸诈的行径。中篇小说《回浪》(1880)是最早描写工人阶级反抗资本家的名篇之一。自80年代开始,普鲁斯开始长篇小说的创作,重要作品有《前哨》(1885)、《玩偶》(1887—1889)、《解放了的女性》(1890—1893)、《法老》(1895)。《玩偶》是代表作,它以暴发户沃库尔斯基和贵族小姐伊莎贝拉的爱情故事为主要情节线,反映了一月起义后商业资本主义在沙俄资本和封建贵族的包围下艰难兴起、发展的过程,同时也嘲讽、鞭挞了封建贵族阶级腐朽的生活方式和低劣的道德行为。普鲁斯的作品具有深刻的揭露性,对波兰现实主义文学的发展具有很大影响。

出生于立陶宛的女作家**艾丽查·奥热什科娃**(1841—1910)在60年代开始走上文坛,以短篇小说《荒年》(1866)、《厄运》(1876)、《尤里扬卡》(1878)、《不愉快的山歌》(1878)等博得好评。奥热什科娃是一个关心时代发展的作家，60年代到80年代发表的两组小说（第一组总题目为《幽灵》；第二组包括《底层》、《久尔济一家》、《涅曼河畔》和《乡下佬》）是很好的证明。这些小说从不同角度反映了波兰初期的社会主义革命活动，描绘出在沙俄农奴制统治下波兰农村满目疮痍的图画。《涅曼河畔》（1887）是她的代表作。小说通过对地主别涅迪克特和农民安哲尔姆两个家庭关系演变的描述，着力宣扬了平等、博爱的资产阶级民主思想和爱国主义精神。

玛丽娅·科诺普尼茨卡（1842—1910）是诗人和小说家，自幼就受到过波兰民族解放斗争革命传统的教育。她一踏入文坛，作品就表现出强烈的爱国主义和民主主义思想倾向。她曾受到沙俄当局迫害，长期流亡国外。自19世纪70年代到20世纪初，科诺普尼茨卡共出版了七部诗集，为波兰民族解放斗争而高歌，为贫苦农民的苦难生活而呐喊。与此同时，她还发表了《四个短篇小说》（1888）、《我的相识者们》（1890）、《在路上》（1893）、《短篇小说集》（1897）等一系列短篇小说，其中有些作品揭露了贵族阶级的腐败无能和资产阶级的虚伪没落，大胆地控诉了政府法庭迫害劳动人民的罪恶。长诗《巴尔采尔先生在巴西》（1902—1908）通过一个波兰农民漂洋过海到巴西谋生的坎坷经历和他最后参加工人反对资本家的罢工游行，反映了19世纪下半叶出国谋生者的悲惨遭遇和人世的不平，表达了女诗人高昂的爱国主义思想情绪和对受压迫、遭奴役的劳动者的同情。

斯泰凡·热罗姆斯基（1884—1925）是背叛贵族家庭、自青年时代就投身于爱国事业的小说家和剧作家。90年代末，他出版了《徒劳无功》（1898）和《无家可归的人们》（1900）两部长篇小说。《徒劳无功》描写的是波兰青年学生为反对沙俄当局在波兰学校里推行俄罗斯化而进行的爱国斗争。小说激荡着一股不惧邪恶的正气和英雄气概。《无家可归的人们》描绘了一位贫穷的医生为改善劳苦大众的生活条件付出的巨大努力和上层统治者对他的重重阻挠。小说《灰烬》（1902—1903）反映的是拿破仑对异国的入侵和波兰农民受奴役遭宰割的悲惨命运。晚年，作者还创作了讴歌波兰人民为自由和独立而英勇战斗的剧本《玫瑰》（1909）和小说《罪恶史》（1909）。

弗瓦迪斯瓦夫·莱蒙特（1868—1925）是一位为波兰文学赢得世界性荣誉的小说家。他出身于贫苦的农民家庭，对劳苦大众的生活有较深的了解。早期他以写作短篇小说为主，著名的有《母狗》（1892）、《汤美克·巴朗》（1843）、《正义》（1899）等。这些作品一方面鞭挞了狠毒的工头、残暴的地主及其走狗、虚伪的村长和神甫，另一方面也歌颂了富有正义感、勇于反抗黑暗统治的劳动人民。长篇小说有《女喜剧演员》（1895）、《烦恼》（1896）、《福地》（1897—1898）和《农民》（1902—1908）。《福地》以揭露唯利是图、尔虞我诈、损人利己的资产阶级的深刻性而著称。《农民》这部长篇是莱蒙特的代表作。它以富裕农民波利那一家争夺财产继承权的争斗，深刻地揭示了农村封建宗法制家庭的衰败和瓦解，而且还巧妙地展示了20世纪初农村各阶层人们的生活情态和乡俗风情画，歌颂了农民反抗外国占领者和本国地主阶级的伟大斗争。莱蒙特正是因为创作了“伟大的民族史诗”《农民》而荣获1924年度诺贝尔文学奖。

需要特别书上一笔的是，随着无产阶级革命运动的发展，波兰文坛上在这一时期还出现了无产阶级革命文学，而最能代表这一文学的思想实质的是革命诗歌的大量涌现。革命诗人希文切茨基等在监狱中创办了的《囚徒之声》（1879）。切尔文斯基的《红旗》（1881）、希文切茨基的《华沙革命歌》（1883）和瓦林斯基的《镣铐歌》最为有名。

19世纪90年代，西方现代派文学也开始对波兰文学产生影响，在诗歌和戏剧创作中，出现了象征主义、印象主义和表现主义的创作流派。

捷克文学　19世纪后期的捷克文学与资本主义经济的发展、无产阶级社会地位的提高，以及民族独立和社会解放运动密切地联系在一起，现实主义文学发展迅速。文学反映的内容是揭露外族侵略者和本国统治阶级的罪恶，争取民族的解放，鼓舞、号召人民为争取自由与进步而斗争。19世纪50年代至70年代最重要的诗人是聂鲁达和哈列克。

扬·聂鲁达（1834—1891）生于布拉格的贫苦人家，自幼就感受到人世的不平。1848年欧洲革命爆发后，年少的聂鲁达被革命的巨大声势所吸引，受到“人类平等”和“自由”的口号的巨大影响。不久他进入查理大学学习哲学和法律，因家境贫寒而辍学后，一边从事教育工作，一边为报刊当编辑。聂鲁达视野宽阔，多才多艺，在杂文、诗歌和小说三个方面都有丰硕的成果。仅杂文创作，篇目就突破两千，内容丰富，幽默风趣，文笔瑰丽，自成独具风采的艺术世界，对后辈文人影响甚大。在诗歌方面，聂鲁达是一代大手笔，有诗集六种：《墓地之花》（1857）、《诗集》（1867）、《宇宙之歌》（1878）、《故事诗与浪漫曲》（1883）、《平凡的主题》（1883）和《礼拜五之歌》（1896）。《墓地之花》以炽烈的情感抒发了年轻人的苦恼郁悒、悲凄哀婉的心绪。这里既有对情人真挚情感的表达，也有对反动统治阶级愤怒的抗议。《诗集》则具有乐观的情调，表达了诗人追求崇高的生活目标的决心。《宇宙之歌》的思想更为深邃，将祖国的命运与宇宙紧密地联系在一起。《礼拜五之歌》政治性更为强烈，在诗集中诗人把当时捷克人民的处境比作耶稣受难。《故事诗与浪漫曲》表现了诗人对社会与革命问题的关注，形式优美，富于幽默感。聂鲁达还是一位优秀的小说家，代表作是短篇小说集《小城故事》（1878）。这些面貌全新的小说，轻巧而深刻地反映了布拉格小城区的生活情况。作家运用直接叙述、札记、书信、日记等多种形式，唤起读者的兴趣和注意力。这里既有对小市民狭隘、愚昧、庸俗、顽固等弱点的善意讽刺，更有对穷苦大众深深的同情与真挚的热爱。聂鲁达的这些小说内容真实，笔调灵活，人物形象鲜活生动，具有强烈的艺术感染力。

维捷斯拉夫·哈列克（1835—1874）也是19世纪下半叶著名的诗人和作家。第一部诗集《黄昏曲》（1858）以欢乐的心情和明快的基调，颂扬了青年男女真诚的爱情。不过，诗人并不是一般地歌颂爱情，而是把个人的爱情同对祖国和人民的爱联系起来。因此，这爱情诗集便具有深刻的社会意义和美学价值。《在大自然中》（1872—1874）是诗人的第二部诗集，共三卷。在这部清新明丽的诗集里，诗人怀着一颗纯真的童心，歌颂了大自然的美丽、和谐和宁静。然而，诗人并不是一个逃避现实，以山水风光寄托感情的平庸诗人，他能从大自然的宁静与和谐中联想到社会的黑暗龌龊，进而对当时的资本主义社会提出强烈的抗议。这样，这部诗集便具有十分可贵的政治内涵。哈列克的这些抒情诗内容清新，意境深远明澈，情感炽烈而真诚，极富有民歌韵味，音乐性很强。在从事诗歌创作的同时，他还创作了一批反映阶级分化的短篇小说，《退休老人》（1873）和《荒山下》（1874）便是其中的名篇。哈列克的作品格调清朗，充满对民族解放事业的乐观主义情绪。

在19世纪80至90年代的捷克文坛上，现实主义文学依然占主导地位。**斯·捷赫**（1846—1908）是蜚声文坛的诗人，主要作品有历史题材的诗篇《波罗的海边上的胡斯信徒们》（1868）、《西蒙山上的罗哈奇》（1898—1899）等；反映现实生活题材的诗集有《莱塞金斯基的铁匠》（1883）、《收割者》（1903）。代表诗作是抒情叙事诗集《奴隶之歌》（1894），利用寓言的形式，控诉、讽刺反动统治者压榨捷克人民的罪行，是这部诗集的主要特点。捷赫的诗作深刻地反映了捷克19世纪下半叶的民族矛盾和社会问题，文笔辛辣幽默，风格独特。约·瓦·斯拉德克（1845—1912）是捷克民族大无畏精神的积极宣传者。他主要有域外诗集《诗书》（1875）和《海上的火花》（1880），记载了诗人在美国的所见所闻。《光明的足迹》（1881）、《在天堂的门口》（1883）等诗集则纵情地赞美了工人阶级的创造力，指明唯有工人阶级才能给国家和民族带来幸福与光明。他还是一位才华出众的儿童诗诗人，创作了《金色的五月》(1887)等儿童诗集，深受小读者喜爱。捷赫还是一个很有成就的外国文学翻译家，译了莎士比亚的32部剧作。雅·伏尔赫利茨基(1853—1912)是一位杰出的诗人、文艺评论家及文学翻译家。一生共创作了80多部作品。在叙事诗、抒情诗、文艺评论、戏剧、文学翻译等诸多领域，他都有丰硕的成果。主要诗集有《史诗片断》、《农民叙事诗》(1885)。他的著名喜剧《查理城堡之夜》(1884)一直久演不衰，是剧坛的优秀传统剧目。

阿·伊拉塞克(1851—1930)是捷克现实主义历史小说的奠基者。他把“胡斯革命运动”、“黑暗时代”和“民族复兴运动”三个重要历史时期的社会生活作为创作题材。关于胡斯运动，他创作了《在激流中》(1887—1890)、《抗击众敌》(1893)和《弟兄们》(1899—1908)小说三部曲。戏剧三部曲有《扬·胡斯》(1911)、《扬·齐日卡》(1903)和《扬·罗哈奇》(1913—1914)。关于黑暗时代，他写了长篇历史小说《黑暗时代》(1913—1915)、《狗头军》(1884)等。关于民族复兴运动，他推出长篇小说《弗·勒·维克》(共五卷，1886—1906)和《在我国》(共四卷，1896—1903)。伊拉塞克的作品还有诗化小说《捷克古代传说》(1894)及神话剧《灯笼》(1905)等。

斯洛伐克文学　帕·奥·赫维兹多斯拉夫(1849—1921)是19世纪后半叶斯洛伐克的著名诗人，他的诗歌作品对这一时期斯洛伐克的社会生活和政治关系作了艺术的再现。他的诗作真实地描绘出斯洛伐克人民痛苦的生活，表达出为民族自由和社会正义而斗争的战士的坚强意志和必胜的信念。他的主要作品有抒情诗集《嫩枝》(1885—1895)、组诗《青春漫步和思念》(1898)；叙事诗集《守林人的妻子》(1883—1886)、《埃诺·伏尔柯林斯基和加博尔·伏尔柯林斯基》，前者生动感人地描绘了年轻的守林人米哈尔为获得真正爱情而拼搏的苦难经历，后者展示了贵族与农民间的阶级矛盾。这两部叙事诗来自生活深处，因此具有深刻的思想内容，语言朴素无华，民间口语运用得娴熟自如，形式也很优美。

马尔丁·库库钦（1860—1928）是斯洛伐克著名的现实主义作家。曾在克罗地亚行医多年，对当地人民的生活十分熟悉，因此，他的作品大多与克罗地亚的生活、风土人情有密切关系。中篇小说《没有觉醒的人》、短篇小说集《火红色的小牝牛》等描绘出乡间牧鹅人、鞋匠、泥瓦匠等普通劳动者的生活图景。代表作长篇小说《斜坡上的房子》（1903—1904）描写的是一个克罗地亚地主之子与农家姑娘的爱情悲剧，说明不同阶级之间在爱情问题上存在着不可逾越的障碍。鲍·斯·基姆拉娃（1867—1951）是自学成才的著名女作家，主要作品有揭示保守主义在斯洛伐克农村家庭中种种表现的中篇小说《停滞不前的人们》（1914）和揭露口头爱国者伪善嘴脸，反对统治阶级残酷压迫人民、嗜好战争的《英雄》（1918）。她的小说生活气息浓厚，具有鲜明的地方特色，因此有"19世纪末20世纪初斯洛伐克农村生活的艺术文献"的美誉。约·格·塔约伏斯基（1874—1940）是斯洛伐克有名的散文家和戏剧家，主要作品有描写女佣人崇高品德的短篇小说《波士特科娃老妈妈》和表现乡间屠夫生活的话剧《妇女的法典》。

匈牙利文学　1848至1849年的匈牙利资产阶级民主革命被俄奥联军残酷镇压之后，国家陷于一片白色恐怖之中。一些有远见的作家认识到，只有通过文学创作和对这场革命的回忆，才能够使民族精神和优良传统得到继承和发扬。这个时期的文学具有鲜明的政治思想内容，表达爱国情感的浪漫主义是其主要倾向。紧紧地团结在裴多菲的旗帜下，维护资产阶级民主革命与自由斗争的光荣传统，是这一时期文学表达的中心思想。

随着国内形势的发展，文学组织也在兴起和演变。30年代建立起来的科学院、基什法鲁迪研究会等文学机构，到50年代末正式恢复活动。

围绕1848年革命传统问题，作家队伍发生了分化，自50年代开始逐渐形成了一个以小说家兼评论家凯梅尼·日格蒙德（1814—1875）为首的反对革命的作家集团。聚集在凯梅尼周围的一大批作家，60年代以后成为所谓的学院派作家。也是从这时候开始，民间文学的收集和研究工作取得了新进展，先后出版了民歌集《克里约野玫瑰》和叙事诗《桶匠柯达》、《石匠凯莱门》、《美丽的尤丽娅姑娘》等。1867年以后，在文学界出现了同官方的保守的民族派相对立的城市资产阶级文学流派。代表作家是瓦伊达·亚诺什和托尔纳依·拉约什。1876年以后，一大批20岁左右的青年作家和诗人成立了裴多菲文学协会，积极地宣传激进的资产阶级观点。官方文学中民族派也有所变动，围绕《新时代》杂志出现了一个现代派的派别，主要代表人物是《新时代》的主编海尔采格·费伦茨。这一文学派别同资产阶级、资产阶级化的大地主及贵族阶级联系密切。

约卡伊·莫尔（1825—1904）是著名的浪漫主义小说家，是继裴多菲之后在小说领域里成就最为卓著的作家。他曾与裴多菲一起组织进步的文学团体“青年匈牙利”，主编过《生活景象》报，积极参加了1848年的资产阶级民主革命。约卡伊作品甚多，仅小说就有一百多卷，另外还有大量的时事评论、文艺评论和随笔等。主要作品有《埃尔德伊的黄金时代》（1852）、《匈牙利境内的土耳其世界》（1853）、《傀儡兵的末日》（1854）等几部历史题材的长篇小说；《一个匈牙利富豪》（1853）和《卡尔帕蒂·佐尔坦》（1854）等一批反映19世纪民族复兴时期历史风云的长篇小说；描绘19世纪匈牙利人民经历过的几个重要时期的社会生活画面的长篇巨著《铁石心肠人的儿子们》（1869）、《黑钻石》（1870）和《毕竟是大地在转动》（1871）等。80年代以后，他还写出了《囚徒拉比》、《小国王们》（1886）等讽刺贵族、地主阶级的历史小说和揭露资本主义破坏人与人、人与自然关系的作品《黄蔷薇》（1893）、《那里金钱不是上帝》。浓厚的浪漫主义色彩是约卡伊全部小说最主要的特色。

瓦伊达·亚诺什(1827—1897)是著名的诗人、文学评论家,裴多菲革命平民诗歌优秀传统的忠实继承者。他是1848年革命的积极参加者,后来从事诗歌创作。主要诗作有表达对革命向往之情的《致祖国的叛徒》(1846),赞扬革命的《红色的军帽》(1849)、《致法国》(1849)等。60、70年代以后,瓦伊达的诗歌在思想和艺术上都有新的突破,继续坚持裴多菲的人民诗歌原则,维护"新的文学是属于人民的"旗帜,重视匈牙利的民歌传统,并吸收西方资产阶级诗歌的某些好的表现形式。瓦伊达的诗歌创作对后来城市资产阶级诗歌的形成和发展,起了重要作用。

基什·尤若夫(1843—1921)是城市资产阶级文学流派的著名诗人。早期创作深受阿兰尼·雅诺什提出的向民间歌谣学习的主张的影响。第一本诗集《犹太人之歌》(1863)反映了城市资产阶级社会中的矛盾和斗争。基什的诗歌创作对抨击落后的封建残余势力,推动资产阶级文学的建立与发展,起过一定积极作用。阿兰尼·拉斯洛(1844—1898)是著名诗人阿兰尼·雅诺什的儿子,在诗歌和小说创作以及文学评论文面均有建树。《幻想的英雄》(1873)这部诗体小说是匈牙利最早出现的社会批判小说的代表作。它尖锐地批判了资产阶级的腐朽,抨击了封建社会的愚昧与落后。它是具有强烈批判意识的开创性的诗体小说。

托尔纳依·拉约什(1837—1902)是以批判精神描写社会生活的现实主义小说流派的先行者。主要作品有小说《老爷们》(1872)、《伯爵夫人》(1882)和《市长先生》(1885)等。《老爷们》以细腻的笔触描绘出一个小村庄发展成农业城镇的历史画面。《伯爵夫人》和《市长先生》揭露和抨击了贵族阶级的落后和腐败,展示出他们必将灭亡的下场。拉约什的这些作品比较真实地描写出19世纪匈牙利社会阶级关系的演变,具有一定的认识价值。

米克沙特·卡尔曼(1847—1910)是在匈牙利文学史上占有重要地位的小说家。他以《多特乡亲》(1881)和《善良的巴洛茨人》(1882)两部短篇小说集崛起于文坛。80、90年代出版了《圣彼得堡的伞》(1895)、《匈牙利的两次选择》(1893—1898)、《围攻别斯捷尔采城》(1895)、《新兹里尼阿斯》(1898)等一系列中、长篇小说，成为著名的现实主义小说家。19世纪末、20世纪初，米克沙特的小说创作进入高潮期，写出了具有更深刻的社会批判内容和艺术水平的小说，其中著名的有长篇小说《奇婚记》(1900)和《黑色的城市》(1910)。作者在这几部小说里反映了进步力量与反动力量之间的争斗，暴露了新兴资产阶级的贪婪与狡诈。米克沙特的小说具有鲜明的匈牙利民族特色，散发着浓郁的泥土芳香，结构精巧奇妙，人物形象鲜活并富有立体感。

图莫尔克尼·伊斯特万(1866—1917)是著名的描写农村生活的小说家。主要作品有短篇小说集《塞格德的农民和某些老爷》(1893)、《白杨树下》(1897)、《在木头房子里》(1904)和《平凡的人们》(1914)等。图莫尔克尼具有强烈的平民意识，能够以劳动者的观点和爱憎描写普通平民百姓，反映农村社会阶级关系的真实面貌。

罗马尼亚文学 在这一时期的罗马尼亚文学中，“青年社”是占有举足轻重地位的文学团体。“青年社”成立于1865年，活动内容以编辑文学报刊、举办文学和哲学讲座为主；1867年创办的《文学漫谈》杂志是其主要的创作阵地；文学主张以蒂图·马约雷斯库的《1867年以来的罗马尼亚诗歌探讨》、《罗马尼亚诗歌和散文的新方向》、《卡拉迦列先生的喜剧》等一系列论文的思想为基础。

“青年社”的核心人物**蒂图·马约雷斯库**(1840—1911)不仅是著名的文学评论家、美学家，而且还是出色的政治家，曾担任内阁大臣和首相。马约雷斯库在文学上的成就首先表现在，他是将艺术与科学概念清楚地区别开来的罗马尼亚第一位理论家。他认为，科学是通过抽象的概念来反映自然的本质、探求客观的规律，而艺术则是人们对自然的主观理解。马约雷斯库特别强调形式的重要性，认为形式是一切的根本；关于文学与读者关系，他的理解是好的文学作品可以净化读者的心灵，进而对读者产生深刻的影响。他的这些文艺观曾引起激烈的争论，有的批评家认为他宣扬"为艺术而艺术"论。

罗马尼亚这一时期的文坛被文史学家称为"经典作家时期"，这是因为马约雷斯库发掘并培养了一批优秀作家，包括爱明内斯库、卡拉迦列、克莱昂格等，为文坛带来空前的繁荣。文学史家们一般都认为，这是马约雷斯库为罗马尼亚文学所作的最大贡献之所在。

米哈依·爱明内斯库(1850—1889)16岁时在《家庭》杂志上发表了他的第一首爱情诗《假如我有……》，从此便开始了他23年的辉煌创作生涯。爱明内斯库的创作以诗歌为主，爱情、自然、乡情是他歌咏的基本内容，其中以爱情诗流传最为广泛。《愿望》(1866—1869)、《蓝色的花朵》(1869—1876)、《星星》(1883)等是他爱情诗的代表作。爱明内斯库的爱情诗的独特处在于他在诗句间常常传达出诗人对宇宙的神秘感觉。

爱明内斯库的哲理诗也取得了相当的成就，长诗《金星》(1883)是他诗歌创作的顶峰，诗人因此获得"诗坛金星"的美誉。《金星》叙述了一个凄婉的故事：贵族出身的姑娘克特琳娜美丽如月，她常在静谧的夜晚与名叫许彼里昂的金星相互凝望。日久天长，爱情在他们心中萌发了。金星为姑娘开辟出一条上天的路径，姑娘却因惧怕天空的寂寞凄凉而不愿上路。于是，金星决定返回人间，与姑娘长相厮守。可是就在这时，金星却看到克特琳娜耐不住侍童的诱惑、与之卿卿我我的情景。虽然克特琳娜依然对金星满腹柔情，但她再也盼不到金星的降临了。这首弥漫着浓郁的浪漫主义气息的长诗意在表达天才注定将孤独一生。金星是天才的化身，虽然它的光芒永远照亮黑夜，但自身却难逃凄凉孤独的命运。在某种意义上，金星的形象也是诗人自身的写照。爱明内斯库的诗作在韵律、节奏、意象和语言的表现力上都达到了相当的高度。他的创作极大地丰富了罗马尼亚诗歌的传统；"罗马尼亚最伟大的民族诗人"的称号对他来说当之无愧。

依昂·克莱昂格(1839—1889)以其出色的作品与爱明内斯库和卡拉迦列齐名,被誉为罗马尼亚最伟大的经典作家之一。克莱昂格的作品朴实而机智,回忆录《童年的记忆》(1880—1881)是他的代表作,同时也是罗马尼亚文学中的经典之作。《童年的记忆》语言通俗、情节平实,然而却展现出了普通人的精神世界。朴实的农人、善良的母亲、茂盛的森林、葱绿的山野……这些最平常、最普通的画面,在克莱昂格饱含情感的笔下都焕发着动人的光彩。

1881年出版的《童话集》是克莱昂格的另一部力作。作者将民间流传的谚语、传奇、歌谣、逸事等糅合进他的创作之中,塑造了许多神奇而又可信的人物和动物形象。他的童话作品至今都为罗马尼亚人津津乐道。

依昂·卢卡·卡拉迦列(1852—1912)是剧作家、小说家,从事过舞台提词员、家庭教师、校对、编辑、剧院经理等职业,丰富的社会阅历为他的创作积累了丰厚的素材。

卡拉迦列在戏剧上的主要成就是讽刺喜剧《暴风雨之夜》(1879)、《列奥尼达先生面对反动派》(1880)、《一封丢失的信》(1884)等,其中《一封丢失的信》在艺术性和思想性上都达到了一定的高度,堪称卡拉迦列戏剧的代表作品。在这部作品中,作者以尖锐的笔锋、戏剧性的情节、辛辣的语言,无情地嘲笑了资产阶级的"民主"选举:在某县城"民主选举"的前夕,保守党和自由党你争我夺,互不相让,一封情书成了双方竞争优势的砝码。随着情书的转移,双方的态势不断发生着戏剧性的变化。正当他们打得难解难分之际,中央指定的候选人驾到,他的候选人资格也是靠了要挟而获得的。"民主选举"最后以两派相互妥协,共同支持中央候选人而收场。

卡拉迦列的讽刺小说和小品的影响也很大,《酷热》(1901)等小说,简短精巧,语言犀利,与契诃夫的作品有着异曲同工之妙。

卡拉迦列的创作一直将矛头直指当时的反动政府,因此备受打击迫害以致客死他乡。卡拉迦列在文学史上被称为“一只眼睛笑,另一只眼睛哭的文学大师”。

保加利亚文学 1878年保加利亚获得了国家的独立,进入了一个新的历史阶段。从这时候开始,文学的发展也呈现出新的喜人景象。作家的队伍迅速扩大,作品的数量也显著增多。各种文学样式和文学流派接连不断地出现,现实主义文学的空前发展和昌盛,成为这一时期文学的主流。著名的现实主义作家有伐佐夫、扎哈里·斯托扬诺夫(1850—1889)、康斯坦丁诺夫等。

19世纪90年代,还出现了以弗拉依科夫、采尔科夫斯基等人为代表的民粹派文学。19世纪末,以波梁诺夫(1876—1953)和基尔科夫(1867—1919)为代表的无产阶级文学登上了文坛,还涌现出布拉戈耶夫(1856—1924)、巴卡洛夫(1873—1939)等优秀的马克思主义文艺理论家与批评家。同时,深受尼采思想影响的个性派文学和象征派文学也登上文坛。

伊凡·伐佐夫(1850—1921)是19世纪下半叶保加利亚最负盛名的现实主义作家、诗人和戏剧家。他青年时代深受波特夫影响,发表了歌颂四月起义的诗歌三部曲:诗集《旗与琴》(1876)、《保加利亚的哀伤》(1877)及《拯救》(1878)。80年代的组诗《被遗忘者的史诗》以现实主义的笔调描绘了民族解放斗争壮丽的画卷。全诗具有浓烈的浪漫主义抒情韵味,音调铿锵昂扬,语言丰富俊秀,是伐佐夫诗歌作品的代表作。伐佐夫的小说有中篇佳作《流亡者》(1894)和长篇名著《轭下》(1894)。前者热情地歌颂了民族解放志士的爱国精神与崇高品格。后者通过对白拉切尔克瓦地区起义从酝酿、发动到失败的整个过程的描写,激动人心地展现了保加利亚民族的新觉醒,讴歌了保加利亚人民不惧艰难险阻、勇于摆脱土耳其统治者的重轭的爱国主义精神和英雄气概。这部小说结构紧凑，情节曲折生动、扣人心弦，细节描写逼真细腻，人物形象刻画丰满，多姿多彩。这部史诗式的作品，为保加利亚文学赢得了世界声誉。另外，伐佐夫还出版和发表了短篇小说集《花花世界》(1902)、长篇小说《新的大地》(1896)和《卡扎拉尔女皇》、喜剧《升官图》(1903)等60余部作品。

阿列科·康斯坦丁诺夫(1863—1897)是著名的讽刺作家。讽刺小说《甘纽大叔》(1895)是他的代表作。它没有完整的故事情节，而由18个独立成篇又有连续性的小说组成，通过对主人公甘纽这一艺术形象的塑造，深刻地表现了19世纪90年代资本原始积累阶段新兴资产者的典型特征。作者巧妙地运用幽默讽刺、夸张对比等手法，刻画出主人公多层次的个性特征。安东·斯特拉希米罗夫(1872—1937)是受现代派影响很深的现实主义作家。他是创作短篇小说的能手，主要短篇小说集有《笑与泪》(1897)、《十字路口》(1904)、《霍罗舞》(1923)及剧本《幽灵》(1902)、《婆母》(1906)等。长篇小说《霍罗舞》以1923年无产阶级9月起义为题材，细致入微地描写了人民起义被镇压的血泪现实，揭露了法西斯统治者凶险残暴、毫无人道的嗜血本性。

民族独立后的诗坛上，现实主义诗歌占有统治地位。诗人们继承波特夫诗歌的革命传统，在样式丰富的诗歌作品中，对资产阶级统治者和病态的资本主义社会进行了深刻的揭露和有力的鞭笞。斯托扬·米哈依洛夫斯基(1856—1927)是19世纪80、90年代以写讽刺诗和寓言著称的诗人，讽刺长诗《保加利亚人民之书》(1896)是其代表作，将讽刺矛头直接指向皇帝和政府。诗人以深邃的洞察力和雄辩的说服力向读者说明谁是他们最凶恶的敌人，具有鲜明的反君主独裁统治的思想倾向和民主意识。著名的现实主义诗人**潘乔·斯拉维伊科夫**(1866—1912)把对斐迪南独裁政权的批判与抨击作为诗歌创作的基本主题，重要诗集是《叙事诗集》(1896—1898)。长诗《血之歌》(1912)表达了对土耳其统治时代的满腔愤恨，并把人民起义作为暴君应得的历史报应予以热情的歌颂。诗人还著有三部叙事长诗，其中《拉利查》(1907)以描写村姑拉利查和小伙子伊沃真诚相爱结为伉俪，顶住恶势力的破坏，侍奉婆母和养育幼子的坚贞行为，歌颂了保加利亚妇女的优良品德。长诗具有鲜明的民歌风味和田园牧歌情调。

佩约·雅沃罗夫(1878—1914)的诗歌创作与社会主义运动和马其顿民族解放斗争紧紧地联系在一起。表达对灾难深重的农民的深切同情，是他全部诗作的主要思想倾向。主要诗篇有《田野》(1896)、《五月》(1901)、《流亡的囚徒》(1903)、《海杜特之歌》(1909)[①]等。雅沃罗夫的诗歌在歌颂马其顿爱国志士的英雄业绩时感情炽烈真挚，具有激动人心的力量。他的诗作画面秀美，韵律和谐，风格独特，拥有广泛的读者。**迪米特尔·波梁诺夫**(1876—1953)以无产阶级诗歌奠基人的身份确立了自己在保加利亚现代文学史上的地位。名诗《被摧毁的偶像》(1895)以觉醒的无产者将摧毁那支持剥削制度的三重梯子——宗教、君主和资本主义的洪亮的声音，成为社会民主党宣言的诗意表白。在20世纪，德贝梁诺夫的《滴滴海水》(1907)、《从东方到西方》(1909)、《红鹤》(1919—1923)等诗集问世。在另一首名诗《死亡之树》(1905)中，诗人则把资本主义社会比喻为一株死气沉沉的大树。另外，《劳动》、《生活的脉搏》、《扳道工》(1906)等诗还清楚地表达了真理与正义必将胜利，社会主义终将实现的革命乐观主义精神。

19世纪60年代起，**塞尔维亚文学**向现实主义挺进。19世纪末，文学创作的题材有了很大扩展，作品的揭露性、批判性和社会意义大大增强了。19世纪末和20世纪初，在西欧文学的影响下，现代主义的各种流派开始发展，诗歌方面尤为突出。而工人诗人的出现则为无产阶级文学的发

---

① 海杜特指古时候巴尔干各国抗击土耳其侵略者的战士、游击队员。

展打下了坚实的基础。

约万·约万诺维奇·兹玛依（1833—1904）是19世纪下半叶塞尔维亚著名的爱国诗人和儿童诗奠基人，素有“塞尔维亚儿童文学之父”的美称。他去世后有十卷诗文集问世，其中以《维拉》（1858）、《三个海杜特》（1866）、《不幸的母亲》、《琴师之死》（1871）等诗最具有影响。为了纪念他，南斯拉夫解放后在诺维萨德成立了“兹玛依儿童文学中心”。**久拉·亚克希奇**（1832—1878）是塞尔维亚颇具影响的浪漫主义诗人、小说家、戏剧家和画家。诗歌代表作《在利巴尔山》（1866）抒发了塞尔维亚青年渴望独立、反抗压迫之情。组诗《拉雅》讴歌了人民群众自我牺牲的精神。三部诗体悲剧《塞尔维亚人的迁徙》（1863）、《门的内哥罗公爵夫人伊丽莎白》（1868）、《斯坦诺耶·格拉瓦斯》（1878）揭露了贪婪无耻、道德堕落、变节欺骗等丑恶行为，反映了黑暗龌龊的社会现实。另外，亚克希奇还创作了40篇短篇小说，其中《农民》、《一个夜晚》、《小小白屋》等反映资本主义制度下农民痛苦生活的杰作最为有名。米洛万·格列希奇（1847—1908）是塞尔维亚著名的现实主义作家，以反映农村生活的深刻性驰名文坛。主要作品有中篇小说《糖的头》、《带角的羊》、《凶号》（1875）和话剧《两个银币》（1883）、《圈套》（1885）。反映农村里的阶级分化、宗法秩序和道德的崩溃，是格列希奇作品的中心主题。他共有两卷本文集留给后世。斯戴万·斯雷马茨（1855—1906）于80年代步入文坛，浪漫主义是他作品的主要特色，90年代向现实主义靠拢，讽刺幽默作品居多数。主要作品有描绘尼什地区市俗风尚的《伊夫科夫的光荣》（1895），揭露教会内部伪善真相和低级趣味的《神甫契拉和神甫斯皮拉》（1898，中译为《二神甫》），鞭挞官欲极强的小官吏丑恶嘴脸的《武卡丁》（1896），以及反映小店主钻营投机并与富家女爱情纠葛的《佐娜·扎姆菲洛娃》（1903）。斯雷马茨的作品勇于揭露社会矛盾，提出人们普遍关心的社会问题，富有浓郁的地方特色。

著名现实主义作家**拉扎·拉扎莱维奇**（1851—1891），以创作小说，尤其是短篇小说为主。影响较大的作品有《第一次和父亲去做早祷》（1897）、《学校圣像》（1880）、《祝你成功，绿林好汉！》（1880）、《维尔戴尔》（1881）、《人民会报答一切》（1882）。这些作品从各个侧面描绘了宗法制度下面的乡村生活和知识分子的思想状况。波里萨夫·斯坦科维奇（1875—1927）是19世纪末、20世纪初塞尔维亚最精明强干的小说家，先后出版过短篇小说集《根据旧约编的故事》（1899）、《旧日月》（1902），特写集《上帝的人们》（1901），话剧《科斯塔娜》（1909）和《塔莎娜》（1927），长篇小说《不干净的血》（1910）。这些作品以乌拉尼地区的社会生活和风土人情为背景，多方面地反映了宗法制度下的各种矛盾。富有的商人和封建家庭，手工艺家庭的生活和人物，农民的阶级分化，城市生活中的某些怪现象，吉卜赛女人、女歌手的生活，都在其作品中得到了较充分的展示，尤其是《不干净的血》更能体现这一特点。拉扎·科斯蒂奇（1841—1910）是塞尔维亚蜚声文坛的诗人、戏剧家、文艺理论家和翻译家。他的作品很多，在大量的诗歌中以具有爱国主义精神的抒情诗最为有名。根据民歌创作的诗体悲剧《马克西姆·茨尔诺耶维奇》（1887）和《彼拉·赛盖定那茨》（1887）反映了伏依伏丁那地区的塞尔维亚人民反抗奥地利政府的斗争。

19世纪80年代，**克罗地亚文学**的现实主义兴旺、发展起来。重要作家有谢诺阿、云采斯拉夫·诺瓦克（1859—1905）、安代·科瓦契奇（1854—1889）等小说家和阿乌古斯特·哈拉姆巴希奇（1861—1911）、西尔维耶、斯特拉希米尔·克兰尼切维奇（1865—1908）等诗人。19世纪末、20世纪初，克罗地亚的资本主义有了较大的发展，阶级矛盾进一步激化，西方现代派文学对克罗地亚文学的渗透和影响日渐增强。在这样的形势下，克罗地亚文学中出现了多种流派。与此同时，无产阶级文学也迅速地发展起来，产生了越来越大的影响。作家和诗人们在继承克罗地亚文学优秀传统方面，进行了艰苦的努力。这一时期里，许多作家敢于直面人生，揭露黑暗社会的种种弊端，呼唤人们为争取独立、民主、自由斗争。

阿乌古斯特·谢诺阿（1838—1881）具有多方面的才能，既能写诗，又能写小说，在文艺理论方面也很有建树。主要小说有《珠宝商的黄金》（1871）、《巴伦·伊维查》（1875）、《伊利亚的遗嘱》（1876）、《农民起义》（1877）、《迪奥根思》（1879）、《诅咒》（1880）、《从歌唱家墓地采来的干母丁香》、《布兰卡》（1881）等。长篇小说《农民起义》是其代表作。它以广阔的画面再现了1564年至1574年克罗地亚和斯洛文尼亚的一次大规模的农民起义，歌颂了两个民族的友好团结、骁勇不屈的斗争精神和爱国主义情怀，塑造了古贝茨、伊利亚等农民领袖的光辉形象。在文艺思想方面，谢诺阿认为文学应该为人民、社会进步和提高文化素质服务。其文学主张和创作实践在19世纪克罗地亚作家中产生了深远的影响。克罗地亚文学史上的19世纪60、70年代就有“谢诺阿时代”之称。

安东·古斯塔夫·马托斯（1873—1914）是19世纪末、20世纪初对克罗地亚和塞尔维亚文学都具有重要意义的诗人、小说家、评论家。主要作品有评论集《评论》（1905），游记《旅途见闻》（1907），短篇小说集《刨花》、《新刨花》、《令人讨厌的故事》（1909）等，将现实主义与现代派手法巧妙地融合在一起。后期创作了不少十四音节诗，抒发了对祖国、人民和大好河山的热爱，并于1923年出版了《诗集》。

19世纪下半叶，**斯洛文尼亚文学**也在向现实主义迈进，弗兰·莱乌斯蒂克（1831—1887）、约希普·尤尔契奇（1844—1881）、约希普·斯特里塔尔（1836—1923）、扬科·凯尔斯尼克（1852—1897）等小说家，西蒙·殷科（1835—1869）、西蒙·戈莱高尔契奇（1844—1906）等诗人是现实主义文学的代表人物。安东·阿斯凯尔茨以优美、刚烈的诗歌真实地描绘了无产阶级的生活，塑造了勇于反抗、善于斗争的农民形象。斯洛文尼亚文学与西欧现代主义文学联系十分密切，这一时期出现了自然主义、表现主义、象征主义等多种现代主义文学流派。小说家、剧作家伊万·参卡尔（1876—1918）、诗人茹潘契奇（1878—1949）等人组织了“斯洛文尼亚现代派”文学团体。他们的创作早期受西欧现代派文学影响颇深，后来在革命潮流的推动下，迅速转向现实主义。

阿尔巴尼亚文学　1878年6月普里兹伦同盟建立后，阿尔巴尼亚民族复兴文学进入了其发展的第二阶段。这一阶段一直延续到1912年阿尔巴尼亚独立为止。这一时期文化发展最显著的特点，是建立了一大批阿尔巴尼亚语言学校。复兴文学不仅在阿尔巴尼亚国内，而且在意大利、土耳其、罗马尼亚、埃及、保加利亚和英国的阿尔巴尼亚侨民中间，也有了很大发展，涌现出许多富有才华的作家和诗人。拉塔继《米辽沙奥之歌》之后，又创作了另一部重要作品《无辜的斯坎德培》。阿尔贝尔特·斯特拉蒂科依写出第一部阿尔巴尼亚文学史，它具有重要文献价值。

80至90年代，阿尔巴尼亚国内文坛上出现了另外一批才气很高的文学新人。其中成就卓异的有纳·弗拉舍里、安·恰佑比、萨米·弗拉舍里（1850—1904）、阿斯特伦（1872—1947）、格拉梅诺（1872—1931）等。纳·弗拉舍里是整个复兴文学的中心人物。这一时期的文学具有鲜明的反封建的民主倾向。在日益高涨的民族运动推动下，特别是在巴尔干各国人民社会民主运动和俄国1905年革命的影响下，还涌现出一些憧憬美好的未来，追求无剥削和压迫的社会的作品。民族复兴时期最后年代（1900—1912）的文学，为后来民族独立时期以米吉安和范·诺里为代表的民主文学开辟了广阔的道路。整个民族复兴文学以浪漫主义为基调，具有与当时欧洲、特别是巴尔干各国文学相同的浪漫主义特色。在复兴时期的最后年代里，有些作家的作品中也具有了现实主义的成分。

纳伊姆·弗拉舍里（1846—1900）享有“阿尔巴尼亚文学之父”的美名，是一个热爱祖国，眷恋人民的爱国诗人，知识渊博的教育家，阿尔巴尼亚新文学的奠基者。弗拉舍里有文集五卷，主要作品是抒情长诗《畜群和大地》(1886)、抒情诗集《夏天的花朵》(1890)和长篇叙事诗《斯坎德培的一生》(1895)。

《畜群和大地》是一部清新隽永、散发着浓郁的泥土芳香的抒情长诗,激荡着充沛高昂的爱国主义感情。全诗由几乎同等长度的两部分组成。前半部分描绘出畜牧劳动的秀丽的图画;后半部分展示了农业劳作的动人场景。诗人以巨大的热情歌颂了祖国,赞美了阿尔巴尼亚美丽的自然风光、农夫及牧民的生活和劳动,颂扬了祖国同胞高尚的道德情操。《畜群和大地》没有描写在异族统治者蹂躏下的阿尔巴尼亚广大劳动者的痛苦与灾难,对他们生活的描写似乎有些理想化。这与诗人创作这部长诗的目的有直接关系。反映民族的大灾大难,不是这部长诗的宗旨;唤起人们对祖国的热爱,进而为它的解放事业而斗争,才是此作的灵魂。诗人通过对阿尔巴尼亚美丽的风光和情趣盎然的生活的描写,圆满地达到了这一目的。在阿尔巴尼亚文学史上,祖国的山山水水,平民百姓日常农牧业劳动生活,得到如此多彩多姿的描绘与赞颂,这还是第一次。全诗从头到尾激荡着田园牧歌的情调,感情真挚、炽烈。诗中时而热情高歌,时而委婉低吟;有时骤然展开一幅色彩绚丽迷人的油画,有时又响起淙淙的流水声;有时漫天的风雪惊得人心神不宁,有时皎洁的月光或芬芳的花丛绿野又令人陶醉得手舞足蹈。诗行整齐和谐,语言纯洁丰富。诗人采用了十六个音节的长诗行,读起来气势磅礴。

诗集《夏天的花朵》由25首短诗组成。这些诗有的以充沛的感情抒发了对祖国强烈的爱,表达了阿尔巴尼亚一定要解放,美好的日子即将到来的坚定信念(《为什么》);有的对背信弃义、抛弃祖国的叛徒予以无情的揭露和鞭笞(《叛徒》)。《夜》、《心灵》等小巧玲珑的诗篇,描绘了浓艳瑰丽、秀美峥嵘的山水风光,借以表达诗人对幸福未来的憧憬。由16首短诗组成的赞美爱情的《美》,犹如五彩辉映的集锦画,恰似悦耳动听的交响诗,将诗人对爱情的渴望与追求,表达得非常充分、完美,反映了民族复兴者强烈追求自由的民主思想。

长篇叙事诗《斯坎德培的一生》是一部由22首诗组成的长达11600行的巨著。在15世纪中叶长达25年的时间里，阿尔巴尼亚人民在传奇式的民族英雄斯坎德培的领导下，同强大的奥斯曼土耳其的军队进行了殊死的战斗。他们不仅血战玛蒂河，死守克鲁雅，在阿尔巴尼亚国土上建立了不朽的业绩，而且还出国远征，北到波兰的要塞符瓦迪斯拉夫，西到那波里。《斯坎德培的一生》以错综复杂但又严整有序的故事情节，生动而真实地描绘出这一英雄岁月的斗争画卷，歌颂了阿尔巴尼亚人民光荣的战斗传统，成功地塑造了斯坎德培这个阿尔巴尼亚历史上最伟大的民族英雄的光辉形象。斯坎德培是15世纪威扬四海的人物，马克思曾多次高度评价他为保卫欧洲文明建立的不可磨灭的功绩，称他是奥斯曼土耳其的"眼中钉"。诗人通过多种艺术手段，描写了这位民族英雄的性格特征：他爱憎分明，感情丰富，平易近人。同时，诗人还以大篇幅描写了斯坎德培所具有的卓越的军事才能，赞美了他的精辟的政治见解和雄辩的说服力，讴歌了他为国为民不怕流血牺牲的献身精神以及不畏任何艰难险阻的钢铁意志。

浪漫主义诗人弗拉舍里，使阿尔巴尼亚诗歌走上民族化的道路，对阿尔巴尼亚新诗歌的形成和发展，作出了历史性的贡献，对后人具有深远的影响。

安东·扎科·恰佑比（1866—1930）是阿尔巴尼亚民族复兴晚期与弗拉舍里并驾齐驱的诗人，高举反对土耳其侵略、争取民族独立的爱国旗帜，主张举行武装起义，提出了"要么死亡，要么自由"的战斗口号，为实现阿尔巴尼亚的独立和自由而斗争。他的作品主要有短篇小说《一个家庭的历史》、《恰佑比的客人》（1898年以前）、《113首寓言诗》（根据拉封丹的寓言改编，1898—1902）、《印度之花》（1921）、喜剧《十四岁的新郎》（1898—1902）等。代表作是《父亲——托莫尔山》（1898—1902）。

全书共由三部分组成：第一部分是爱国主义抒情诗，第二部分是爱情诗，第三部分搜集了113首根据拉封丹的寓言改编和创作的寓言。爱国主义抒情诗描写了深受外国侵略者和本国统治阶级压迫、奴役的现实生活，动人地表达了无限憎恨土耳其侵略者的野蛮统治，强烈地渴望武装起义和阿尔巴尼亚的解放、独立与自由的炽烈感情。恰佑比的爱国抒情诗具有鲜明的特色，与先前的许多诗人运用譬喻、暗讽、隐喻等手法不同，他经常开门见山地把思想和主张坦露在读者面前。爱情诗的显著特点是：对祖国的爱和对情人的爱水乳交融，既表达了情人之间冰清玉洁的爱恋之情，又抒发了诗人对祖国的深挚怀念。喜剧《十四岁的新郎》批评了阿尔巴尼亚农村中男尊女卑、买卖婚姻等落后习俗和封建思想。恰佑比不仅从民歌中吸取了大量创作素材，而且学习民歌的表现形式和韵律，创造了一种带有浓厚的民歌风格的新诗歌。恰佑比创作了一大批政治讽刺诗，是阿尔巴尼亚讽刺文学的创始人。恰佑比也是一位善于刻画人物、塑造典型形象的小说家和戏剧家。另外，他还是阿尔巴尼亚文学史上杰出的寓言作家。

大事年表

年　　代	历史阶段和主要历史事件	主要文学潮流和作家、作品
1795	俄、奥、普瓜分波兰	浪漫主义文学盛行 歌德小说《维廉·麦斯特》(1795—1829)
1798		英国浪漫主义诗人华兹华斯和柯尔律治《抒情歌谣集》(1798) 德国浪漫主义作家施莱格尔等出版《雅典娜神殿》杂志(1798—1800)
1799	拿破仑专政	席勒历史剧《华伦斯坦》三部曲(1799)
1800	拿破仑入侵意大利	法国斯塔尔夫人《论文学与社会结构的关系》(1800)
1801—1825	俄皇亚历山大一世统治	法国浪漫主义作家夏多布里昂小说《阿达拉》(1801) 席勒剧本《威廉·退尔》(1803)
1804—1814	法兰西第一帝国	
1805	拿破仑战胜俄奥联军	
1806	拿破仑击败普鲁士	俄国克雷洛夫《寓言》(1806开始)
1807—1808	拿破仑入侵葡萄牙和西班牙	歌德悲剧《浮士德》(第一部, 1808;第二部, 1832)
1809	奥国梅特涅掌权	
1811—1812 1812	英国勒德工人运动 拿破仑侵略俄国	英国拜伦叙事长诗《少侠哈罗尔德游记》(1812)
1813	德国反拿破仑战争	英国奥斯丁小说《傲慢与偏见》(1813) 英国雪莱叙事长诗《麦布女王》(1813)

续表

年　代	历史阶段和主要历史事件	主要文学潮流和作家、作品
1814—1830	法国波旁王朝复辟（路易十八）	英国司各特历史小说《威弗利》（1814）
1814—1815	维也纳会议	
1815	拿破仑在滑铁卢最后失败 波旁王朝再度复辟 欧洲反动势力缔结“神圣同盟” 意大利烧炭党民族复兴运动	意大利白尔谢《格利佐斯多莫给儿子的亦庄亦谐的信》（1816） 意大利诗人莱奥帕尔迪《致意大利》（1818） 英国济慈叙事长诗《恩底弥翁》（1818） 拜伦叙事长诗《唐璜》（1818—1824）
1819	英国镇压工人运动的彼得卢大屠杀	雪莱诗剧《解放了的普罗米修斯》（1819）
1820	西班牙维护1812年宪法的起义	德国霍夫曼小说《公猫摩尔的人生观》（1820） 法国浪漫主义诗人拉马丁《沉思集》（1820）
1821	希腊爆发反土耳其的民族起义	雪莱论文《诗辩》（1821） 意大利曼佐尼历史小说《约婚夫妇》（1821—1823） 法国斯丹达尔论文《拉辛和莎士比亚》（1823） 俄国格里鲍耶陀夫喜剧《智慧的痛苦》（1824）
1824—1830	法国波旁王朝查理十世统治	俄国普希金诗体小说《叶甫盖尼·奥涅金》（1825—1832） 德国海涅《旅行札记》（1826—1831）
1825—1855	俄国尼古拉一世统治	法国雨果剧本《克伦威尔》序言（1827） 普希金叙事长诗《茨冈》（1827） 法国巴尔扎克小说系列《人间喜剧》（1829—1848）
1825	俄国十二月党人起义	俄国莱蒙托夫叙事长诗《恶魔》（1829—1841）
1830	法国七月革命，推翻波旁王朝	

续表

年　　代	历史阶段和主要历史事件	主要文学潮流和作家、作品
1830—1848	法国七月王朝	斯丹达尔小说《红与黑》(1830)
1830	华沙起义	现实主义文学渐盛(30年代起) 雨果剧本《艾那尼》演出(1830)
1831	法国里昂织工起义 意大利马志尼成立“青年意大利”组织	雨果小说《巴黎圣母院》(1831)
1832	英国议会改革	波兰密茨凯维奇《先人祭》第三部(1832)
1834	里昂工人再度起义	密茨凯维奇叙事长诗《塔杜施先生》(1834) 德国“青年德意志派”(30年代) 丹麦安徒生《童话》第一集(1835)西班牙里瓦斯公爵悲剧《堂阿尔瓦罗》(1835) 芬兰隆洛德诗歌集《卡勒瓦拉》(1835—1849) 俄国果戈理喜剧《钦差大臣》(1836)
1837—1901	英国维多利亚女王统治	普希金历史小说《上尉的女儿》(1837)
1838—1848	英国宪章运动	匈牙利民族诗人裴多菲的诗歌(30—40年代) 俄国莱蒙托夫小说《当代英雄》(1840) 俄国“自然派”形成(40年代) 英国“宪章派”文学(40年代) 果戈理小说《死魂灵》(第一部)(1842)
1844	德国西里西亚织工起义	海涅叙事长诗《德国——一个冬天的童话》(1844) 法国梅里美小说《嘉尔曼》(1845)
1846	波兰克拉科夫起义	法国乔治桑小说《魔沼》(1846)
1847—1848	欧洲经济危机	俄国赫尔岑小说《谁之罪?》(1845—1846) 俄国涅克拉索夫主编《现代人》杂志(1847) 英国夏洛特·勃朗特小说《简·爱》(1847)

续表

年　代	历史阶段和主要历史事件	主要文学潮流和作家、作品
1848	马克思、恩格斯发表《共产党宣言》 意大利西西里起义 法国二月革命，法兰西第二共和国（1848—1852） 匈牙利佩斯起义 德国柏林革命 捷克布拉格反对奥地利的起义	俄国别林斯基《1847年俄国文学一瞥》（1848） 德国革命诗歌（40年代） 德国无产阶级诗人维尔特的诗歌（主要在40年代） 英国萨克雷小说《名利场》（1847—1848） 德国施托姆小说《茵梦湖》（1850） 英国狄更斯小说《大卫·科波菲尔德》（1849—1850） 英国"前拉斐尔派"诗歌流派（约1850） 法国帕纳斯派诗人勒孔特·德·李尔的诗歌（50—80年代）
1851	法国路易·拿破仑政变	法国圣勃夫评论集《星期一谈话》（1851—1862）
1852—1870	法兰西第二帝国	法国诗人戈蒂耶《珐琅与雕玉》（1852）
1853—1856	俄土克里米亚战争	俄国丘特切夫《诗集》（1854） 俄国车尔尼雪夫斯基学位论文《艺术对现实的审美关系》（1855） 瑞士凯勒小说《绿衣亨利》（第一版）（1855） 捷克聂姆佐娃小说《外祖母》（1855） 俄国屠格涅夫小说《罗亭》（1856） 俄国谢德林《外省散记》（1856） 俄国杜勃罗留波夫的文学论文（1856—1861）
1857	欧洲经济危机	法国诗人波德莱尔诗集《恶之花》（1857） 法国福楼拜小说《包法利夫人》（1857） 俄国冈察洛夫小说《奥勃洛摩夫》（1859） 俄国奥斯特洛夫斯基悲剧《大雷雨》（1860） 狄更斯小说《远大前程》（1860—1861）
1861	俄国亚历山大二世农奴制"改革"	屠格涅夫小说《父与子》（1861）

续表

年　代	历史阶段和主要历史事件	主要文学潮流和作家、作品
1862	普鲁士俾斯麦当政	雨果小说《悲惨世界》（1862） 俄国托尔斯泰小说《战争与和平》（1863—1869）
1863	波兰反对沙皇统治的起义	车尔尼雪夫斯基小说《怎么办?》（1863）
1864	丹麦和普鲁士战争 第一国际成立，1872年迁往美国，1876年解散	法国泰纳《艺术哲学》（1865） 法国龚古尔兄弟发表自然主义小说（60—70年代）
1866	欧洲经济危机	俄国涅克拉索夫长诗《谁在俄罗斯能过好日子》（1866—1881） 俄国陀思妥耶夫斯基小说《罪与罚》（1866） 法国魏尔仑诗集《忧郁》（1866）
1867	奥匈帝国成立	
1868	西班牙资产阶级"光荣革命"	涅克拉索夫和谢德林主编《祖国纪事》杂志（1868） 法国都德小说《小东西》（1868）
60年代	捷克"民族复兴"运动	
1869	德国社会民主党成立	
1870—1871	普法战争；德国容克资产阶级统一德国	
1870—1944	法兰西第三共和国	巴黎公社文学（约1870—1890）
1871	巴黎公社革命	法国鲍狄埃《国际歌》（1871） 法国左拉小说《鲁贡—玛卡尔家族》（1871—1893） 英国乔治·艾略特小说《米德尔马契》（1871—1872）
1872		丹麦勃朗兑斯《十九世纪文学主流》（1872—1890）
1870—1890	欧洲从自由资本主义向帝国主义阶段过渡	
70年代	俄国民粹派运动	

续表

年　　代	历史阶段和主要历史事件	主要文学潮流和作家、作品
1873	欧洲经济危机	托尔斯泰小说《安娜·卡列尼娜》(1873—1877) 西班牙加尔多斯《民族轶事》(1873—1912)
1874		雨果小说《九三年》(1874)
1877—1878	俄土战争 保加利亚、罗马尼亚摆脱土耳其统治,取得独立 捷克—斯拉夫人社会民主党成立	捷克聂鲁达小说集《小城故事》(1878)
1878—1912	阿尔巴尼亚"民族复兴"运动	英国哈代小说《还乡》(1878)
1879	法国组成工党	挪威易卜生戏剧《玩偶之家》(1879) 瑞士凯勒小说《绿衣亨利》第二版(1879—1880) 谢德林小说《戈洛夫廖夫老爷们》(1880) 法国莫泊桑小说《羊脂球》(1880) 陀思妥耶夫斯基小说《卡拉马佐夫兄弟》(1879—1880)
1881	俄国民粹派炸死沙皇亚历山大二世	易卜生戏剧《群鬼》(1881)
1882	欧洲经济危机	"新浪漫主义"小说出现(80年代)
1883	马克思逝世 俄国普列汉诺夫组织"劳动解放社"	
1884	英国"社会主义同盟"成立 英国"费边社"成立	罗马尼亚卡拉迦列喜剧《一封丢失的信》(1884) 莫泊桑小说《漂亮朋友》(1885) 法国莫雷阿斯《象征主义宣言》发表(1886) 俄国柯罗连科小说《盲音乐家》(1886) 波兰普鲁斯小说《玩偶》(1887—1889) 波兰奥热什科娃小说《涅曼河畔》(1887) 瑞典斯特林堡剧本《朱丽小姐》(1888)

续表

年　　代	历史阶段和主要历史事件	主要文学潮流和作家、作品
1889—1914	第二国际	托尔斯泰小说《复活》（1889—1899）
1890	欧洲经济危机	英国唯美派作家王尔德小说《道林·格雷的画像》（1890） 德国印象主义诗歌（90年代） 俄国象征派诗歌（90年代） 哈代小说《德伯家的苔丝》（1891） 英国莫里斯小说《乌有乡的消息》（1891）
1892	柏林工人示威	德国豪普特曼剧本《织工》（1892） 英国萧伯纳《不愉快的戏剧》（1892—1894）
1893	波兰社会民主党成立	保加利亚伐佐夫小说《轭下》（1894） 捷克诗人捷赫《奴隶之歌》（1894）
1895	恩格斯逝世 列宁建立“工人阶级解放斗争协会”	德国冯塔纳小说《艾菲·布里斯特》（1895） 阿尔巴尼亚弗拉舍里长诗《斯坎德培的一生》（1895） 匈牙利米克沙特小说《圣彼得堡的伞》（1895） 波兰显克维奇小说《你向何处去》（1896）
1898	俄国社会民主工党成立	俄国契诃夫戏剧《万尼亚舅舅》（1897）、短篇小说《套中人》（1898）
1898—1899	法国德莱福斯事件	西班牙伊巴涅斯的小说《茅屋》（1898）
1899—1902	英国发动布尔战争	俄国普列汉诺夫论著《没有地址的信》（1899—1900）

索　引

（以姓氏中文译名的拼音为序）

A

B

C

D

E

F

G

H

J

K

L

M

T

W

X

Y

Z

Z

Y